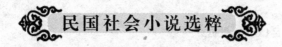

民国社会小说选粹

留东外史（上）

不肖生◎著

河北出版传媒集团

花山文艺出版社

图书在版编目（CIP）数据

留东外史 / 不肖生 著. -- 石家庄：

花山文艺出版社，2012

ISBN 978-7-5511-0584-2

Ⅰ.①留… Ⅱ.①不… Ⅲ.①长篇小说－中国－现代

Ⅵ.① Ⅰ246.5

中国版本图书馆CIP数据核字(2012)第103994号

书　　名：留东外史(全3册)

著　　者：不肖生

策划统筹：于怀新

责任编辑：于怀新　刘红哲

封面设计：艺和天下

出版发行：花山文艺出版社

　　　　　（河北省石家庄市友谊北大街330号　邮政编码：050061）

网　　址：http://www.hspul.com

销售热线：0311-88643226/32/24/28/29

传　　真：0311-88643225

印　　刷：北京楠萍印刷有限责任公司

开　　本：16开

字　　数：1281千字

印　　张：82.25

版　　次：2013年2月第1版

　　　　　2013年2月第1次印刷

书　　号：ISBN 978-7-5511-0584-2

定　　价：98.80元

前　言

　　民国社会小说，通常是指中华民国建立后，到新中国成立之前，在中国大陆刊载或出版的通俗社会小说。它从明之人情小说、清之讽刺小说发展而来，经过晚清狭邪小说、谴责小说的激发，最终在民国时期修成正果，蔚为大观，成为通俗小说四大门类之一。而它的影响之大，读者群之广，具体的类型之多，完全可以与盛极一时的民国武侠分庭抗礼，一争高下，更非民国其它种类的通俗小说可比。在前后不到四十年的时间里，堪称佳作的社会小说不胜枚举，难以计数，对于民国通俗小说的繁荣，确有赫赫之功。尽管民国时期距今已逾大半个世纪，但岁月的尘埃并不能掩盖那些优秀民国社会小说的璀璨光华。它们所蕴聚的文学、审美内涵，所体现的现实性、趣味性和娱乐性，所包含的社会、文化因素，使其具有了一种恒久的、超时代的阅读价值。而其中的一些杰作，已经或者正被归入经典。作为今天的读者，我们阅读民国社会小说的过程，不但是文学欣赏、审美体验和意义领悟的过程，同时也是评判价值、发现经典的过程。

　　为了满足读者对民国通俗小说的阅读需求，也为了全面传承中国现代文学的优秀传统，展现民国社会小说所独有的艺术魅力，我们编选了这套《民国社会小说选粹》丛书。入选的社会小说，具有以下特点：一是堪称佳构，能够体现民国社会小说的文学艺术成就；二是时间跨度大，既有民国初年问世的作品，也有上世纪四十年代后期的杰作；三是南派、北派并重，不同风格兼收，注重所选作品内容、类别的多样性；四是入选作品绝大多数建国后未曾再版，属于首次发行横排简体字版。其中唯一曾

1

由其他出版社再版的《留东外史》，本次再版亦有新意，收入了与《留东外史》情节、内容具有重要关联，尘封了近一个世纪的《留东外史补》；五是着重遴选那些既具有较高的文学价值，又具有社会小说的鲜明特点，蕴含了较强的社会批判意义，能够带给我们思考和启发的作品。如刘云若的小说《白河月》，写作和发表于抗战胜利之后，同作者其他偏重于言情的作品相比，特点鲜明，不但体现了作者强烈的爱国情怀，也真实记述了作者对国家、民族命运的忧思，表达了对日本侵略者的憎恶和对汉奸、奸商的蔑视，能够带给读者相当深入的感想和启发。再如不肖生的《留东外史》，以往对该书的评价，一般多强调它由晚清谴责小说、狭邪小说所受的影响，以及小说从思想内容到表现手法上的过渡性质。但对于《留东外史》的积极意义，如其爱国主义和向往民族强盛的思想倾向，对二十世纪初日本侵略政策的揭露及其侵华意图的洞见，对共和政体的支持和对袁世凯复辟帝制的批判，在语言表达、人物塑造、故事叙述上的深厚造诣，以及小说内容在民俗学、社会学方面所具有的独特价值等，则似乎认识、研究和肯定得不够。愿本书的再版，能够有助于读者对此书有更全面、更深入的了解和认识。而张春帆（漱六山房）的《政海》，则描写、揭露了"五四"前后中国政坛上军阀、政客的种种恶行、丑态，展现了作者在《九尾龟》之外，面对严肃的社会、政治题材，所具有的非凡的见识、勇气和驾驭能力。该书实际上代表了张春帆的最高文学成就。

　　本丛书编选、校读的原则和方法，详见《凡例》。再版和重排所依据、援用的民国原版图书情况，详见《版本说明》。为方便读者的阅读，对作品中提及的一些历史人物、事件或典故，或者较为生僻的词汇，编者作了注释。

于学松

2012年10月25日

凡　例

一、本套丛书选收的作品，一般均以民国时期首次出版的版本为底本进行录入、校正和重排。必要时，则参考同一书局的再版版本、其他书局的重排版本或者该作品发行单行本前的报刊连载文本。

二、作者本人对正文所作注解，均予以保留，以夹注形式紧排在该处正文之后，字号、字体与正文一致。

三、其他人所作眉批、夹批、回批等文字，以及原书所附插图，一般不再保留。

四、原书中如有脱文、内容上的明显错讹，或其他需要说明、提示之处，均以脚注的形式注明。

五、原书中的排印错误或者作者笔误，经仔细核对后，予以更正。

六、原书中的通假字，一般不作改动。

七、原书中的异体字，均改为现代通用字。

八、本着尊重原作的原则，对于民国时期普遍习用，而目前已不通用的词语、语法句式，只要不影响读者对词义、语义的理解，一般情况下不作改动。

九、一些民国时期不作严格区分，今天看来不够规范的用法，如助词"的"、"地"、"得"的混用，本套丛书也不作改动。

十、个别词汇，如代词"他"，在民国时期白话文中，往往用来指代一切第三人称单数的人或物，与今天的用词习惯差距较大，并且容易发生上下文语义的混淆。故在编校过程中，针对这一类词汇，根据其具体所指，按照现代汉语的规范用法，作了必要的修正。

十一、原书标点符号和段落，均按现代规范用法重标重排。

版本说明

　　《留东外史》的此次再版、重排，依据的是上海民权出版部于民国时期出版的单行本。具体版本情况为：

　　第一集：民国五年五月二十七日初版；

　　第二集：民国五年十一月一日初版；

　　第三集：民国六年五月一日初版；

　　第四集：民国六年十一月一日初版；

　　第五集：民国七年二月二十六日初版；

　　第六集至第十集：民国十一年十月一日初版。

目　录

上　册

下　册

附录：

留东外史补（第一集）

第一章

说源流不肖生哓舌
勾荡妇无赖子销魂

民国三年十二月十五日午后三时，尘雾半天，阴霾一室。此时此景，就是不肖生兀坐东京旅馆，起草《留东外史》的纪念。

这《留东外史》是部什么书？书中所说何事？不肖生著了这书有何好处？说来话长，诸君不必性急，待不肖生慢慢讲来。

原来我国的人，现在日本的，虽有一万多，然除了公使馆各职员及各省经理员外，大约可分为四种。第一种是公费或自费在这里实心求学的；第二种是将着资本在这里经商的；第三种是使着国家公费，在这里也不经商，也不求学，专一讲嫖经、读食谱的；第四种是二次革命失败，亡命来的。第一种与第二种，每日有一定的功课、职业，不能自由行动。第三种既安心虚费着国家公款，饱食终日，无所用心，就不因不由的有种种风流趣话演了出来。第四种亡命客，就更有趣了。诸君须知，此次的亡命客与前清的亡命客大有分别。前清的亡命客，多是穷苦万状，仗着热心、毅力，拼着颈血头颅，以纠合同志，唤起国民。今日的亡命客则反其事了。凡来在这里的，多半有卷来的款项，人数较前清时又多了几倍。人数既多，就贤愚杂出，每日里丰衣足食。而初次来日本的，不解日语，又强欲出头领略各种新鲜滋味，或分赃起诉，或吃醋挥拳，丑事层见报端，恶声时来耳里。此虽由于少数害群之马，而为首领的有督率之责，亦在咎不容辞。

不肖生自明治四十年即来此地，自顾于四种之中，都安插不下。既非亡命，又不经商；用着祖先遗物，说不读书，也曾进学堂，也曾毕过业；说是实心求学，一月倒有二十五日在花天酒地中。近年来，祖遗将罄，游兴亦阑，已渐渐有倦鸟思还故林之意。只是非鸦非凤的在日本住了几年，归得家去，一点儿成绩都没有，怎生对得住故乡父老呢？想了几日，就想出著这部书，作敷衍塞责的法子来。第一种、第二种，与不肖生无笔墨缘，不敢惹他；第三种、第四种，没奈何，要借重他做登场傀儡。远事多不记忆，不敢乱写。从民国元年起，至不肖生离东京之日止。古人重隐恶而扬善，此书却绌善而崇恶。人有骂我者，则"不肖生"三字，生固是我的美名，死亦是我的佳谥，由他骂罢。倘看此书的，不以人废言，则不肖生就有三层请愿：一愿后来的莫学书中的人，为书中人分过；二愿书中人莫再做书中事，为后来人做榜样；三若后来的竟学了书中人，书中人复做了书中事，就只愿再有不肖生者，宁牺牲个人道德，续著《留东外史》，以与恶德党宣战。诸君勉之，且看此书开幕。

话说湖南湘潭县，有个姓周，名撰，字卜先的书生，四岁失了怙恃，依着叔父度日。他叔父原做木行生意，稍有积聚。中年无子，遂将周撰做自己的儿子教养，十六岁上替他娶了一房妻室。这周撰虽是在三家村里长大，却出落得身长玉立，顾盼多姿，笑貌既逾狐媚，性情更比狼贪。从村塾先生念了几年书，文理也还清顺。乙巳年湖南学校大兴，周撰就考入了陆军小学。当时清廷注重陆军，周撰实欲借此做终南捷径。奈他赋体不甚壮实，每到了操场上作起跑步来，就禁不住娇音喘喘，香汗淫淫。住了半年，觉得不堪其苦。那年湖南咨送学生出洋，周撰就想谋一官费，然苦无门径。恰好他同学杨某，也因想得官费，求同县大僚某修了封书，向湖北制台关说。那大僚作书的时候，原嘱杨某亲到湖北呈递。不料杨某的母亲病了，不能前往。周撰知道此事，遂乘机诡言适有要事须往湖北。杨某不知是计，就托信与他带去。周撰得了信，到私处拆开看了，就弄神通添了自己名字进去，径往湖北。投信之后，果然效力发生，得了一名留东官费，在日本混了几年。中国革命事起，留学生十九回国，周撰也跟了回去，在岳州镇守府充了一名副官。

那时岳州南正街茶巷子内，有一个同升客栈。这客栈的主人姓翁，原籍浙江。夫妇二人带着亲生女定儿，不知因何事到岳州，开此客栈已有八九年光景。那定儿年纪虽在二十以外，然尚没有婆家，颇有几分姿色，远近有大乔的名目（岳州有小乔墓，故名）。一日，周撰到栈内会朋友，无意中与定儿见了一面，两下里都暗自吃惊。周撰打听得是栈主女儿，没有婆家，想必可以利动。遂每日借着会朋友，与栈主通了几次殷勤。那革命的时候，在军界的人，谁人不怕？谁人不想巴结？况且周撰容仪秀美，举动阔绰，又是东洋留学生，栈主岂有不极力拉拢之理？往来既熟，就时时与定儿眉眼传情。

真是事有凑巧。一日，周撰到了栈内，恰好栈主夫妇均不在家，只有定儿一人坐在窗下。周撰心中喜不自胜，忙跨进房去。定儿见是周撰，止不住红呈双颊，心中冲冲的跳动，慢慢立起身来，说了声请坐，就低着头一声不响。此时正是十一月天气。周撰看定儿穿了件竹青撒花湖绉羔皮袄，罩了件天青素缎坎肩，系条桃灰摹本裤，着了双纤条条白缎地青花鞋；高高的挽了发结，淡淡的施了胭脂。周撰见了这种娇羞模样，心痒难挠，也不肯就坐，涎着脸儿挨了拢去，扯着定儿的手，温存说道："定姑娘发慈悲，救我一命罢！"定儿将手轻轻的摔了一下道："周先生，你待怎么？快放尊重些，外面有人听见，成什么样儿！"周撰乘她一摔，脱出手来，抱过定儿之颈，乘势接了个吻道："我方才从外面来，一个人都没有。定姑娘依了我罢！"定儿道："先生家自有妻室，何必枉坏了人家身子？快离开些，我爹娘就要回了。"说着想推开周撰。周撰到了此时，那里肯放她走？连忙辩道："我家中虽有妻室，然我叔父无子，已将我承祧。本说还要替我娶房妻小，并且我家中妻子现已害着痨病，想已不能长久。将来接了你回去，定将你做结发妻看待。如说了半句欺心话，敢发个誓！"说时真个接着发了个瞒天大誓。定儿听了，想了一想，也就心允意允了。

事情才毕，翁老儿夫妇恰走了回来。见了二人情景，知道自己女儿又被人家欺负了。周撰怀着鬼胎，不便久坐，辞了出来，说不尽心中快活。翁老婆子见周撰去了，唤过定儿问道："方才周先生说了些甚么？"定儿将周撰的话一五一十的说了。翁老婆子听了道："少年人的话，只怕靠不住。你如信得他过，须要他赶紧请两个岳州正经绅士做媒，光明正大的娶了过去才好。这偷偷摸摸的，终不成个结局。"定儿答应了。

次日，周撰到了栈内，定儿就悄悄的和他说了。周撰忙点头道好。归到镇守府内，与同事的商量。同事中也有说好的，也有说定儿是岳州有名的养汉精，不宜娶她的。周撰胸有已成之竹，也不管人家议论，即着人请了岳州的一位拔贡老爷黎月生、一位茂才公周宝卿来，将事情对他二人说了，求二人作伐。这二人最喜成人之美，欣然应允。翁家夫妇见有这样两个月老，知道事非儿戏，只一说即登时妥贴。也照例的纳采问名，择吉十二月初十日迎娶。周撰就在城内佃了一所房子，初三日就搬入新房子住了。也置办了点零星木器，使用了几个下人，将房子收拾得内外一新，居然成了个娶亲的模样。转瞬到了初十，周撰同事的来道贺的也不少，倒很费了几桌酒席打发他们。

定儿自过门之后，真是一对新人，两般旧物，男贪女爱，欢乐难名。周撰自初十日起，只每日里名花独赏，那有心情去镇守府理事？如此过了十来日，这风声传到镇守使耳朵里去了。起初还作不知，后来见他全不进府，只得将他的缺开了，索性成全了他两人的欢爱。周撰得了这个消息，不觉慌急起来，忙托了同事的柳梦菰与镇守使关说。这柳梦菰平日很得镇守使的欢心，这事他又曾赞成，周撰以为一说必有效验。第二日，柳梦菰走了来，说道："这镇守府衙门不久就要取消，镇守使不出月底，便当上省。你这缺就复了，也不过多得十几日薪水。"周撰听了无法，只索罢休。于是又过了十多日，镇守府果然取消了。同事的上省的上省，归家的归家，只剩他一人在岳州过了年。所发下的薪水只用了两个多月，已看看告罄。天气又渐渐暖了起来，他去年归国的时候，已是十月，故没有做得秋季衣服。此时见人家都换了夹衣，自己还拖着棉袍，虽不怕热，也有些怕丑。又筹不出款来置办，只得与定儿商量，要定儿设法。定儿想了一计，要周撰将棉袍的絮去了，改做了一件夹衫。周撰依了定儿的计。又过了半月，终觉手中拮据，想不出个长久的计划。

一日，那柳梦菰因公事到了岳州，知道周撰尚贪恋着定儿，就走到周撰家内。只见周撰扱着双鞋，衣冠不整的迎了出来。看他容颜，已是眼眶陷落，黄瘦不堪，那里还有从前那般丰采？彼此寒暄了几句，周撰即叙述近来窘迫的情形，求柳梦菰代他设法。柳梦菰笑道："只要你肯离开岳州，法是不难设的。现在咨送学生出洋，老留学生尤易为力。你从前本是官费，只求前镇守使替你说声就得了，仍往日本去留学，岂不好吗？"周撰也心想：再不趁此脱身，把什么支持过来？等柳梦菰去后，即入内与定儿说知。检了几件衣服当了，做上省的船费。定儿虽是难分难舍，然知道周撰手头空虚，断不能长久住下，没奈何只得割舍。

次日，周撰果然上省。那时谋公费的甚是容易，所以周撰不上几日就办妥了。领了路费、执照，仍回到岳州，定儿接了，自是欢喜万分。二人朝欢暮乐，又过了半月。周撰遂和定儿计议，退了房子，将定儿寄养在同升栈内，与翁家夫妇约定一二年后回来搬取。翁家夫妇虽不愿意，然也没得话说。这日，周撰写了船票，与定儿别了，就向东京进发。

　　船上遇了几个新送的留学生，他们知道周撰是老居日本的，就说起有许多事要倚仗他的意思。周撰是个极随和的人，最知情识窍，即一口承应："到东京一切交涉，都在周某身上！"那些初出门的人有了这样的一个识途老马，那得不诸事倚赖？不几日到了上海，落了栈房，周撰即出去打听到横滨的船只，恰好当日开了，只得大家等候。第二日，周撰即买了副麻雀牌，逗着他们消遣。他们问道："我们在此又不能久住，专买副麻雀牌，斗不到几日，岂不可惜，难道到日本还可斗吗？"周撰笑道："有何不可？我不是特买了带到日本去，买来做什么？若专在上海斗，租一副岂不便宜多着？"他们又问道："听说日本法律禁赌很严，倘被警察查出了待怎么？"周撰道："放心，决不会查出来的。日本禁赌虽严，然须拿着了赛赌的财物与骰子作证据，方能议罚。我们若先交了钱，派作筹码，如警察来了，只急将骰子藏过，仍做不知有警察来了似的斗牌如故。警察拿不着证据，必悄悄的去了。万一骰子收藏不及，被警察拿着了，也不要紧，我们只装作全不懂日本话的。来的警察问不出头脑，必将我们带到警察署去。我们到了警察署，切不可写出真姓名来。他就登报，也不过写支那[1]人如此这般的罢了。他既葫芦提的写支那人，则现在日本上万的中国人，谁知道就是你我？"那新留学生听了，都很佩服周撰的见识不差。

　　几个人在上海盘桓了几日，买了春日丸的船票，到东京来。不日抵了横滨，周撰带着新来的上岸，坐火车到新桥。唤了几乘东洋车坐了，兼拖着行李，径投早稻田风光馆来。这风光馆系中国人住的老旅馆。周撰拣了楼上一间八叠席子的房间住了（日本房间大小，以房中所铺席子多少计算，每席长五尺，宽二尺五寸）。新来的各人也都定了房子。

　　不知后事如何，且俟下章再写。

----

　　[1] 支那：最早见于汉译佛教经典。其相应的梵文原文被认为是"秦"字之对音，用来指称中国。西语中的China、Chine等词亦来源于此。该词词义本属中性，但甲午战争后，日本政府或日本人使用"支那"一词称呼中国时，一般带有贬义。日本战败后，根据美国占领当局的命令，日本政府通知本国新闻出版单位和大专院校，规定不得再使用该词。

第二章

逢旧友浪子说嫖经
转新居虔婆敲竹杠

话说周撰到东京，会了几天朋友。一日到了他同乡郑绍畋处。这郑绍畋从乙巳年即到了日本。他父亲曾在张伯熙家教书，所以得了一名前清的官费。初来的时候进了成城学校，嗣后以该校功课不合意，遂退了学出来，至今尚没有一定的学校。与周撰是几年前的老友，今日见他来了，不胜欢喜。

闲谈了几句，周撰即问道："别来遇合如何？有满意的没有？"郑绍畋笑道："说什么满意的，只求可以将就下去的也没有。倒是你这周郎有福，居然被你把姨姊都弄上了！"周撰笑道："那不过哄着她们顽顽罢了，我那里有什么真心要娶她。"郑绍畋点头道："这些事原是顽意儿，认不得真的。"周撰复问道："夏麓莼现在搬往那儿去了？他近来怎么样？"郑绍畋拍手笑道："你不问，我倒忘记了。他于今注重国货，已不买东洋货了。住的地方隔这里不远，就在光明馆。"周撰道："光明馆不是在三崎町吗？"郑绍畋道："是。"周撰说："什么国货？是那个？还好吗？"郑绍畋道："岂但好，风骚极了！这个人说起来，大约你也应该晓得，就是金某的夫人，姓黄的。于今金某回国去了，只剩了这位夫人在此，不知怎么就与夏瞎子勾搭上了。"周撰诧异道："她？就是她吗？便宜那夏瞎子了。不知那黄夫人在那儿住？"郑绍畋笑道："你也想染指吗？那就颇不容易呢！她与夏瞎子同住。"周撰也笑道："不过问问罢了。这样的便是染指，想也没有什么味。"

郑绍畋道："近处却有个好雌儿，不知你手段如何。倘弄上了，倒是段好姻缘。"周撰忙问道："是不是国货？"郑绍畋摇头道："是日货。难道你也排日货吗？"周撰笑了一笑。郑绍畋接着说道："年纪才十六七岁。虽是小户人家女儿，却有八分风致，只可惜是件非卖品。"周撰问道："见面不难么？"郑绍畋道："会面倒不难，只不能说话罢了。"周撰道："只要能见面，事情就有五六分好办。日本女子有种特性，只怕不能时常看见。凡是时常看见的，只要自己不十分丑陋，就没有弄不到手的，除了他丈夫朝夕守着。你方才说的那女儿，既不是大家子，年纪才十六七，可知没有丈夫，这就很容易。你只说他姓什么、叫什么名字，怎的才能见面？"郑绍畋道："你不要夸口太早了。我到了日本这许多年，倒不知道日本女子有种什么特性。你的面孔虽生得好，我不信日本就没有不喜欢你的女子。"

周撰摇头道："不是这般说法。对于日本女子，不能全仗面孔。日本女子的特性，就是不肯太给人下不去。只要知道她这种特性格，就没有不好吊的女子了。古语说得好：'精诚所至，金石为开'。即如江佐廷去年住在四谷的时候，隔壁住了个陆军少佐，那少佐的夫人着实有几分姿色。江佐廷见了，就去吊膀子。那少佐夫人起初那里肯理他呢，禁不得江佐廷诚心诚意的调了两个多月的眼色，尚兀自不懈。弄得那夫人实在过意不去，只得略假以词色。江佐廷就乘着少佐不在家的时候，赶着那夫人说了许多仰慕颜色的话，并说道：'倘夫人竟不应允，我这单思病就害死了也没处喊冤。只是夫人怎忍心平白的将我一个书生害死哩！'那夫人听了，也无可奈何，只得说道：'你既这般爱我，教我也不忍十分辜负你。但我有丈夫的人，万一败露，两下均不得了。今日趁着他到横滨去了，以后万不可再来。'"

周撰说到此处，望着郑绍畋道："你说江佐廷那种面孔，还算好吗？一个有夫之妇，也居然被他睡了一次。你且快说那女子的姓名、住址来。见了面，我自有办法。"郑绍畋道："既是这样，我就看你的手段！那女子姓樱井，名松子。就住在这里猿乐町七番地。她每天到渡边女学校上课，必走这门前经过。我已打听清楚，家中并无别人，只有个娘，搬到这里还不上三个月。"周撰道："你知道是亲娘不是？如果是养娘，就更容易了。"郑绍畋道："那却不知道。"周撰道："她每天什么时候上课，什么时候下课？"郑绍畋道："她上课有一定的时间，每日午前八时。下课或早或晚不定。"周撰道："既如此，我明日午前七时且到你这里来，看你的眼力如何。"郑绍畋答应了。

周撰即别了出来，到天赏堂买了副十八开金的眼镜。回到风光馆内，将一身崭新的春服并外套拣了出来，重新折好了，叫下女来，嘱咐道："明日的早饭须五点半钟开来。今晚可将我的黄皮靴磨刷干净，我明早六点钟就要出外。"下女应着知道去了。

周撰这晚胡乱睡了一觉，惊醒起来，看表已是四点半钟。不敢再睡，就在被内揣想了一会。刚打五点钟，就爬了起来。洗脸刷牙已毕，对镜将西洋头着意的梳理，施好了美颜水，拣了一条流行高领。衣服穿着才完，即一片声催着拿饭来。草草用了早膳，穿了外套，戴了帽子，架了眼镜，下得楼来。忽想起忘记了件东西，仍上楼，寻了条白丝汗巾，喷了许多花露水，仍下楼。穿了靴子，提了手杖，匆匆的出门。叫了乘东洋车，坐到江户川停留场，换电车到了郑绍畋家。

郑绍畋还睡着没有起来。周撰也不待通报，径走到他房内，将他推醒。郑绍畋睡眼模糊的，见是周撰，惊道："你怎的这般早？"周撰笑道："与美人期，何敢后也！你快些起来，现在已是将近七点钟，恐怕就要过去了。"郑绍畋坐了起来，一边穿衣，一边说道："还早。我每日七点半钟起床，下去洗脸的时候，恰好见她走过。现在还不到七点钟，那里就会来？"周撰笑道："宁肯我等她的好。若迟了，她已过去，岂不是白费了一天工夫？"说时，郑绍畋已穿好了衣，收了铺盖，洗了脸，上来与周撰闲话。周撰取了表出来看，已到七点十分钟了。就将表放在桌上，望着它走。看看已是七点半，周撰即催着郑绍畋下去打望："若来了，只咳嗽一声，我即下来。"郑绍畋真个走了下去。

周撰一人坐在楼上，屏心寂虑的等咳嗽声响。等来等去，不觉已到八点钟，那里有些儿影响呢？心中正在怀疑，只见郑绍畋垂头丧气的走了上来，道："今天真怪，怎的还不见来？"周撰作色道："知道你捣甚么鬼！害得我早觉都没有睡。你作弄朋友，是这样作弄的吗？你昨天所说，我就有些不肯信。既有这样好的主儿，你是个鲁男子，就肯平白的让给我？"郑绍畋听了着急道："你以为我说的是假话吗？论人情，我何尝不想？只是我这面孔怎够得上吊膀子？还是我不顾利害，吊了几日，果然她连正眼也不瞧我。你说这勾当，不让给你让给谁哩？"周撰道："既是真的，怎的每天走这里经过，偏偏今天不来哩？"郑绍畋道："我也是觉得很诧异。"

周撰想了一想，问道："今日是礼拜几？"郑绍畋摇头道："不记得，等我去问问来。"说着又下楼去了。不一刻，笑着上来道："难怪难怪，今日正是礼拜。"周撰也笑道："你这鬼东西！礼拜都不弄清楚，害得我瞎跑。"郑绍畋道："这须怪我不得。我多久不上课了，弄清楚做甚么？谁晓得这礼拜与你吊膀子有大关系呢！好在今日知道是礼拜，明日就不会错了。你还是明日早些来罢！"周撰叹了口气道："也罢，说不得要求鱼水之乐，不得不三顾茅庐。但愿我那松子姑娘，知道我这一番至诚就好了。"

说着，别了郑绍畋，回到风光馆内。只见下女迎着说道："方才来了一位张先生，留了一张名片在此。"说时从怀中取了出来。周撰接了，见上面印着"张怀，字远西，四川成都人"。背面铅笔写着几行字道："有要事奉商。午前十二时当再来奉候，幸稍待为荷。"周撰心中想道：这张远西不是在成城学校曾与郑绍畋同过学的吗？往年虽会过几次，却没有交情，找我做甚么？怎的就知道我来了？

一边想着，一边揣了名片，到自己房内，换了衣服，闷闷的拿了小杉天外著的コブシ（《拳》）小说翻阅。心想：节子以一个有名博士的夫人，多贺子一个堂堂侯爵的夫人，都为着新庄政男的年少貌美，宁牺牲自己的名誉、财产，极力与他勾搭，可见日本女子好色，较男子尤甚。想到此处，益自信以自己这般面孔，在日本吊膀子决不至失败，不觉快活起来。又看了几页，只见下女引着张怀走了进来。周撰忙起身接了，闲叙了几句。周撰即问见访之由。

原来这张怀也是从乙巳年得到了官费到日本，在成城学校虽没毕业，却住了三年。因落了两年第，就赌气入了早稻田大学，于今已是将近毕业了。只因他秉性好与女人厮混，在早稻田那淫卖窟内，颇结识得相好不少。近来觉得老生常谈无味，搬到小石川住了个贷间（日本名，分赁为贷间）。房主母女两个，女才十八岁，名正子，生得妖艳非常。张怀住到几日，弄了些手脚，就容易的上了手。甜蜜蜜的住了个多月，也不知贴补了多少衣服首饰，那正子就山盟海誓的定要嫁他。他家中原有妻子，深恐婆回去不稳便，却又舍不得正子的恩爱，只得含糊答应，想缓缓的归家设法。

一日张怀早起，说今日约了朋友到甲州花园去看海棠。饭后出门，到了朋友家，恰好下起雨来，只得仍旧回家。到了门外，见已放着一双新木屐，顿时心中疑惑起来。轻轻的推开了门进去，见里门也关了，隐隐听得吃吃的笑声。幸喜日本的门只糊了一层单纸，他就用指涂了唾沫，戳一小孔。闭一眼就孔内张看时，见尚有两块屏风挡着，屏风的纸在那里习习作响。张怀知道那正子是与别人干那与自己干的勾当，心中好生难受。又不敢开门喊破，又不舍立时走开，只呆呆地目不转睛，望着那屏风颤动。足站了半点钟光景，只见那屏风趣颤趣急，纸声越响越高。忽听得里面两人同声轻轻的叫了声"乌吗依"（日语作有味解）。

张怀听了，气得瘫化了半截，万不能再听，扒到自己房内，一纳头倒在席子上，咬牙切齿的心中恨骂。待了好半晌，只见正子云鬟蓬松的从容走了进来，笑道："你说去看海棠，怎的就回来了？想是遇了雨的缘故，却缘何一点声响都没有就睡了？"张怀听了，鼻子里哼了一声道："你还听得见人家的声响！亏你有这脸皮来见我，快给老子滚出去。唤那老婊子来，老子今日就要搬家。"正子听了惊道："你是那里来的气这们大？见甚么鬼来？说我有这脸皮，我干了甚么坏事？你且拿出证据来！"张怀气得发抖，骂道："不要脸的臭淫妇！自己干的事被人家撞见了，不知道害羞，还问人家要证据。老子也没有精神和你多说，只快唤那老婊子来算账！"正子听了哭骂道："我才见你这种留学生，骗睡了人家闺女，知道我有了孕，恐怕不能脱身，捏造着一点影儿都没有的事污赖我，想借此做脱身之计。还要将我的娘婊子长婊子短的混骂。嗄，你要搬家，恐怕没有这般容易！"骂着，将头发披散了，一把扭了张怀的衣，接着骂道，"我既上了你的当，被你污了身子，有了孕，你又想半途抛弃！我这条命不要了，与你这没良心的拼了罢！"张怀到了此时五心无主，乱骂道："狗屁，狗屁！你有了甚么孕？就有了孕，也不是我的，与我甚么相干？"正子发泼道："你倒推得干净！我好好的闺女身子被你坏了，有了孕，不是你的是谁的？你既当着我母亲说了娶我，我就死了也是你的妻子！"

两人正闹着，老婆子回来了。正子即松手，哭诉了一切，一边骂张怀枉口拔舌的污赖好人。老婆子听了，也作色望着张怀，发话道："张先生，你也不要太昧了良心，我的女儿那一些待你不好？你听了谁人的唆使来冤屈她？"张怀冷笑了一声道："有谁人唆使？我自己亲眼看见的，也冤屈了她吗？"老婆子怒道："张先生，你这就错了。我以为你听了人家的谣言，回来发作。你既说亲眼看见，她是你的妻子，你怎不拿奸？我的女儿我带到了十八岁，无一天离了我，岂不知道她是冰清玉洁的？少年夫妇口角也是常事，切不可拿着这样话呕人。我女儿肚子里虽不知是男是女，然总是你张家的骨血。你虽是句气头上的话，将来说了开去，弄假成真的，不好听。"张怀着急道："真是好笑！还没有睡到两个月，就有什么孕？你们不要乱讲，我是决心要搬家的。"老婆子道："有孕没有孕，你们男子怎么知道？女人怀孕，岂必要同睡好久？这个不出几月就要见下落的，难道也可以捏造吗？你要搬家，我也不能勉强留你，只是须将我女儿带去。她既长了一十八岁，又有了丈夫，我也不能再养她。"

张怀听得老婆子的话，知道事情弄坏了，只得说道："我家中原有妻子，恐带了回去不能相容。"正子听了，就掩面大哭起来。老婆子也大骂张怀不该哄骗她的女儿。张怀连陪了几声不是。正子赌气哭了出去，老婆子也气忿忿的跟去了。

张怀这晚一个人睡了一夜。天明醒来，就听得正子在隔壁房内呜呜的哭泣。张怀坐了起来，猛见桌上放了一封信，忙拿了一看，是正子的笔迹。上写了许多怨恨张怀的话，并说："我是已经被你骗了，你既要半途抛弃，我也无颜再履人世，只好等机会寻个自尽。但愿你以后不要再如此的骗别人！"张怀见了，吓得魂飞天外，忙执了信，跑到老婆子房内，从被里将老婆子喊了起来，念信给她听了，教她赶紧防备。老婆子听了，也哭了出来。两人同走到正子房内，只见正子蒙被而泣。老婆子就伸手入被内，搜了一会，果然搜出一把风快的小裁纸刀来。正子连忙来夺，老婆子即掷向张怀道："我女儿倘有一丝差错，我只问你要偿命！"

张怀捡了刀，抱头鼠窜到自己房内。换了衣服，脸也不及洗，跑到近处一个朋友家内问计。那朋友听了，笑道："这分明是两母女伙通着想敲你的竹杠。只要舍几十块钱给她，包管你就安然无事了。"张怀道："给钱的话，直接怎么好说哩？就请你与我办了这交涉罢！"那朋友道："这些事，我是外行。现正来了个办交涉的好手，你去请他，管教你妥当。"张怀忙问是谁，那朋友就荐了周撰。

张怀本与周撰熟识，也知道他这些事很能干。就在朋友家用了早膳，到风光馆来。恰好周撰办公事去了，第二次方才会面，将以上的事藏头露尾的说了一遍。

不知周撰如何设策，且俟下章再写。

第三章

骗中骗虔婆失计
讹传讹学生跳楼

话说周撰听了张怀的话，笑道："老兄于这些事，也未免太认真了。既不做正式的夫妻，怎的只许你停眠整宿，不许人白日挖空？嫖场吃醋的话，在婊子原是借此哄骗客人，做出那多情多义的模样来，撒娇撒痴的笼络。即老嫖客亦多以哄骗婊子，然没有认真吃醋的。只一认真，即登时上当。老兄到此多年，应有多少阅岁，怎的倒认真的吃起醋来哩？凡老于嫖场的，嫖一个女人，只愁没有人肯垫背。老兄为何反要把垫背的打掉？难道是愁使的钱少了不快活吗？"张怀道："我虽在这边混嫖了几年，却未曾十分研究，怎么自己嫖的女人被人家占了，倒不应生气？男女之间所讲的原是个情字，那女人既将对我的风情一概献与别人，则待我的情自然淡薄了。况亲耳听的淫声，亲眼见的丑态，是而可忍，孰不可忍哩？"

周撰听了叹道："这也怪老兄不得。初入嫖场的人，于这等地方多半不能见到，上当的也不止老兄一人。老兄如终以这顶绿头巾为可耻，则这交涉任是何人来办，不能得圆满的结果。出钱倒是小事，只怕还有呕气。老兄只想，他们母女既伸出了这只脚，岂是容易肯缩回的？"张怀道："怎见得出了钱还要呕气哩？"周撰道："老兄预备了多少钱给她？她们开口太大，老兄必不能答应。不答应，则这交涉仍不是没有妥吗？交涉既未办妥，她们怎肯许老兄搬家？老兄终不成叫警察来出自己的丑吗？不搬家，又安能与正子脱离关系？不脱离关系，则正子是用着老兄的钱，与人家快活，老兄倒与人家做了垫背，还不是退财呕气吗？"

张怀道："依足下怎生办法才好哩？"周撰道："如真能依我的办法，我包你不致吃亏。我看她们母女原没有成心想敲老兄的竹杠，只因老兄不达时务，才逼出她们种种鬼蜮伎俩来。你看她们所用手段，都是利用老兄不肯戴这顶绿头巾，故敢逼着老兄娶她。老兄若真个怕这顶绿头巾减了寿算，就落了她们的圈套了。"张怀道："据足下说，还是要我娶她吗？这种女子娶回家去，只怕有些不妥。"

周撰笑道："老兄真是忠厚长者！谁教你真个娶她？不过权作缓兵之计，哄哄她罢了。这种办法，前人已有榜样。于今在某省高等审判厅当推事的程强族，当年在这里的时候，与一个下女叫秋子的相好。那秋子知道强族家中已有两位夫人，也故意苦苦的缠着要嫁他，想借此敲下竹杠脱开。那晓得程强族比老鼠还奸，毫不推难的答应了，且登时做了一百块钱的衣服给秋子。秋子见他真个允了，喜出望外。你想一个做下女的人，在日本论身分，不过嫁一个车夫马丁罢了。一旦得了这样一个堂堂的留学生，岂不是平步青云吗？那秋子既自以为做定了留学生的夫人，举动就尊重了许多。虽说是婢学夫人，也还亏她昼夜模仿，居然被她扭捏出三分大方气概来。于是枪花不掉、竹杠不兴的住了年多。程强族由法政大学毕了业，遂和秋子商议要回北京去应考，说至迟不过半年，即仍来接她回中国。但于今尚差往北京的路费，要秋子大家设法。秋子心想，左右是要到中国去的人，日本衣服留着无用，就将前回所做的尽给程强族去当。当了六十元，程先生就乘着一只老黄鹤去了，至今已是两个年头。前日我在朋友家无意中遇了秋子，谈到程强族，虽是恨恨的骂不绝口，然丝毫也奈何他不得。此虽是嫖场的前言往行，后来者正该是则是效。为老兄计，只照这样做去，即千妥万妥。"

张怀道："据足下所说程君事实，与我现在的境遇不同。那秋子并没有结识别人，故能一心一意与程君要好。我那正子心中已别有相好，怎生哄骗得来呢？"周撰笑道："老兄以为秋子没有结识别人吗？她那结识的还是家贼呢，就是强族的兄弟，与强族同佃房子住的。大凡女人养汉，多半是因手头空虚，瞒着人做些皮肉生涯。若衣食不亏，手头阔绰，则养汉的目的就不言可知了。程强族如何战退了他的兄弟，虽事属秘密，不能知道，然大约不外这几种。"周撰接着向张怀耳里说了一会。当时著书的人不在跟前，后来也没有打听得清楚，不知说了些什么。说完了，张怀心领神会的点头叹赏，感激周撰不尽。周撰笑道："那厮既有半点钟以上的实力，说不定是老兄一位劲敌。"张怀也笑了，说道："我此刻回去，以取何种态度为好哩？"周撰道："只做没事的人一样就得了。"

张怀有了主意，即别了周撰，回到家中。正子见了张怀，仍旧哭骂不休。奈张怀此次心有把握，一味的和颜悦色陪不是，绝不提及搬家的话。正子被张怀说得脸软了，只得收科。这晚张怀依着周撰的话儿，果然使正子非常美满。自此遂为夫妇如初。老婆子见这竹杠敲不着，也只好翻着一双白眼，望着他们快活。以后尚有几种交涉，暂且按下。

再说周撰替张怀设了策，安心过了一夜。翌日清早即仍往郑绍畋家。郑绍畋这日心中有事，也起了个绝早。周撰到时，恰好是七点二十分钟。不暇多说闲话，即催着郑绍畋下去打听。周撰仍如昨日的望着表等候。不多一刻，猛听得郑绍畋咳嗽一声，周撰忙收下表下楼。郑绍畋手指着街上走的一个女学生，向周撰道："就是她，快追上去！回头须来这里报告成绩，我和你还有话说呢。"周撰笑着点头，穿了靴子，追了上去。只见那女子莲步姗姗的往前走，周撰即紧走了几步，挨身过去，却回头下死劲钉了一眼，不觉大喜起来。原来那女子真个淡红浓艳，秀美天成。心中很佩服郑绍畋的眼力不错。走不多远，故意放松了脚步，让那女子走过，却又跟上去，与那女子并肩着走。自此或前或后，直送至渡边女学校门口，望着她进去了，方才转身。

回到郑绍畋家，郑绍畋即笑问成绩若何。周撰笑答道："虽不蒙欢迎，幸未撄申饬。初次得此，就算是好成绩了，只是不知何日方得功行圆满呢。早稻田隔这里太远，每早匆匆忙忙，往来不便。听说大方馆尚有空房，我想现在去定一间，下午即搬了过来。她下课的时候，也得走这里经过，岂不是事半功倍？"

郑绍畋赞道："妙极！我就同你去定了房子，顺便到龙涛馆去看看。"周撰道："看甚么？"郑绍畋道："前天新到了几个人，每人领了两个月的学费，都想顽顽钱，昨日下午已赌了一场。输家都约了今日原人不散的，要再见个输赢。我昨日已叨光了几块，今天想再去捞几个来。"周撰道："怎生个赌法？"郑绍畋道："昨日起首是骰子，后来换了牌九，场面也还热闹。江西有个王寿珊，赌兴最豪，下注最粗，牙牌骰子都是他的。"周撰道："没有笼子罢？不要着了他们的道儿。"郑绍畋道："好像没有。昨日他也赢得不多。"周撰道："既是如此，就顺便去看看也好。只可恶那龙涛馆主人贪心太重，我去年在他家顽了几次，头钱都是见十抽二的办法。要常顽，还是新组织机关的好。"郑绍畋道："这也怪他不得，他每年送警察的冰炭敬也不少。那馆主还有点担当，不是个脓包。你看上野馆、三崎馆都出过事来，只他是安然无恙。我说与其弄出事来，出钱丢丑，倒不如多给些头钱的干净。"郑绍畈说着，换了衣服，同周撰到大方馆。定了间房子，就同到今川小路龙涛馆来。

原来这龙涛馆也是完全住中国人的馆子，高耸着三层楼，有数十间房子。馆主于伙食、房钱之外，就只拉拉皮条，开开赌局，得些外水，为人甚是和气，所以能和警察猫鼠同眠。见郑绍畈二人来了，知道是入局的，忙笑脸相迎，咬着郑绍畈的耳根说道："他们已经开场了。"郑绍畈即笑着带周撰上楼。楼门口站着一人，如警察站岗的一般。望着他们两人来了，即笑道："快去，正是热闹时候。我已站了五点钟，也要换班了。"

周撰点头对郑绍畈道："这龙涛馆主顽钱，要巡风的做甚么？"郑绍畈道："这不过是有备无患的意思，其实本可以不要。"二人一边说着，到了第二层楼口。只见一人笑嘻嘻的，一边下楼，一边揣着票子，望着第一层楼口的人招手道："你去，我来换你。"那人听了，真个跑了来，与周撰同上楼。楼口也是一般的有人站着。三人径到了第三层，只见那拐角上一间房子的门外，放着一大堆的拖鞋。周撰先推开门进去，见一房黑压压的都是人，却静寂寂的一点声息都没有。

周、郑既进了场，少不得也要来两手。他们见周撰新到，衣服又穿得精致，都要推他做盘。周撰应允了，坐了上去，将牙牌骰子看了一看，说道："诸君既要我做庄，我却先要附个条件。我们顽钱，原不过闹着消遣，不在乎输赢。输家太输多了，赢家倒觉难为情。并且我们来在外国，手中的钱有限，输烂了，支扯不来，也是困难。我的意思，想定个限制，不知诸君以为何如？凡做庄的，规定只拿出二十块或三十块钱来，凭运气做十庄或十五庄。倘十庄或十五庄数没有做完，而手中钱已不够赔，即将手中的钱，做几成摊派下场。押家不许争多，庄家也不得恋盘。若庄家的运气好，顺风做了下去，也只能照上场定的盘数，数满即移交下手。但所议盘数最多不得过十五盘。押家下注，亦须有个限制，多不得过五元。下注太大，输赢都不便。诸君如以为可行，我就拿出三十块钱来，定做十盘。"各人听了，都同声赞好。周撰即由票夹内数出三十元的钞票来，放在桌上，和牌开盘。

顷刻十盘数满，周撰下场。点票子，足足赢了八十八元。江西王寿珊一人就输了四十元，郑绍畋也输了五元。王寿珊等周撰起身，即坐上去，抢着骰盘要做庄。周撰笑道："足下要做庄，没人和你争，只是也得议定庄数，先拿出多少钱来。"王寿珊听了，即一手按住骰盘，一手从怀中掏票子，掏票出来一数，仅剩了八元，只得说道："我虽只这八块钱，却要做十五盘。"各人都面面相觑，不好做声。周撰笑道："也好。足下就开盘罢。"王寿珊真个聚了牌。押家见他钱少，都三角两角的零摆，场面登时冷落起来。气得王寿珊面红耳赤，正待发作，猛听得巡风的一递一递的紧急暗号传了上来。各人听了，都收了钱要走。一间八叠席子的房，除了桌椅，还挤了二十多人，又各人都要找各人的拖鞋，一时间怎能走得干净？王寿珊坐的更在桌子横头，靠着窗户，若由门口出去，必待各人走尽方可。仓卒间急得他神智昏乱，就由窗口往楼下一跳。这楼下是个小小院落，院中一池，池中满贮清水。王寿珊从三层楼上跳了下来，正正的扑冬一声，落入池内。吓得满馆子的人登时鸦噪鼎沸起来。

幸好一个警察眼明手快，忙跳入池内，捞了出来，已跌得人事不省。馆主也慌了手脚，急忙拿了几件干衣服替他换了。那警察即向馆主追问原因。馆主只得推说他有神经病，警察也不十分追究，即叫人抬入最近的病院诊治。幸得池中水深，不曾送了性命。原来那警察并不是来拿赌的。因龙涛馆新加了许多客，照例的来查查循环簿。他们巡风的误会了，传了个紧急暗号，致弄出这样事来。周、郑二人趁着混乱之际，也不暇顾王寿珊死活，一溜烟跑了。

不知周、郑跑至何处，且俟下章再写。

第四章

打醋坛倭奴上当
写情札膀子成功

话说周、郑二人乘着混乱的时候跑了出来。郑绍畋道:"幸得那江西人跳楼混住了警察,不然我们都危险。"周撰道:"事也奇怪,龙涛馆怎的会跑出了警察来?警察就来了,又何必急得跳楼?那样高的楼,跳了下来,我想必无生理。"郑绍畋道:"管他甚么死活!我的肚子饿了,到会芳楼去吃料理去(日本称菜为料理)。你赢了钱,要请你做东。"周撰点头答应,二人就同到会芳楼酒席馆内用午餐。

郑绍畋在席间赞说周撰的赌法大妙。周撰笑道:"他们这些人赌钱,最会打死老虎。你做庄的若手兴不好,他们都落井下石的,不怕输得你一衫不着;你若手兴好,他们就扭着你不肯散场,定要你倒了出来才止。我的法子即经通过,我就敢放心赌了。后来见他们都是些外行,只得略施手段,补助我的夜度资。"郑绍畋听了,跳了起来道:"了不得!我也上了你的当。还不快退出我的五块钱来。"周撰笑道:"你不说,我也要退还你的。"说着,即由怀中拿出五元,交与郑绍畋。郑绍畋还要吃红,周撰又补了三元,郑绍畋才欢天喜地收了。二人用饭已毕,周撰会了账,自回风光馆预备搬家不提。

单说郑绍畋得了三元红利并着昨日的赢项,手头很觉宽舒,乘着酒兴想去征歌买舞。取出表看,才到两点钟,觉得太早,就顺便到一桥,想找个朋友同去。他这朋友姓黄,名文汉,湖北孝感人。为人颇聪明,知道两手拳脚,来的年数与郑绍畋差不多,有时也去正则预备学校上课。他却有层狠处,于嫖字上讲工夫,能独树一帜。周撰讲的普通嫖资格,就是施耐庵所说的"潘驴邓小闲"五字。他说不然,五字中"潘驴邓"三字非人力所能做到,只"小闲"二字算不得嫖资格。必能做到"吹要警拉强"五字,方算全副本领。"吹"是吹牛皮。他说大凡女子的见识,多不及男子，只要你吹说得圆满，就没有不上手的。他曾著"牛皮学"讲义万余言，内载有数十种的吹法。说是若能依法吹得圆熟，像中国这种社会，只须一阵牛皮，就能吹上将坛，吹入内阁。些须弱女子，何愁吹不拢来，吹不开去？会过他的人说，虽明知他所说的是牛皮，却能教人不得不心悦诚服的倾听，与湖北普通牛皮大是不同。女人既被他吹上了手，难保牛皮不破裂，女人不生心外叛。到了这个时候，他就有种种要挟的法子，或说要告知其父母，或说要宣布其秘密，使那女人害怕，服服帖帖的跟他。他从前住在山口县的时候，吹骗了个乡绅家女儿，至今尚时常须送衣服零用钱给他。其实那女子恨他入骨髓，只因一时失脚，入了骗局。后来知道他凶狠，不敢翻脸，坏了自己及父母的名誉，故竭力与他敷衍。这第二个"要"字，已是见了实效的。此是对于良家子的说法；若对于卖淫妇，他就串通警察。你肯俯首贴耳的供给他罢了，不然，即叫警察捣你的巢穴，使你做不成买卖，所以第三是"警"字；第四就是拉皮条了。他这拉皮条与人家拉皮条不同。人家拉皮条是凑成别人嫖的，他拉皮条是凑成自己嫖的。良家子与淫卖妇，可以上三字到手。至于艺妓（如上海长三）则非钱不行。他拉皮条得了钱，就去嫖艺妓。并且为卖淫妇广招徕也是他一项资格；第五个"强"字，就是仗着两手拳脚，以防仙人跳（东谚美人局）或与人争风用的。他这种嫖学一倡，愿拜门墙的不少。一时有"南周北黄"的名目。郑绍畋与他交了几年，也略略得了些传授。今日乘兴的找他，实欲打听点新鲜门路。恰好黄文汉在家，郑绍畋就说了找他的意思。

黄文汉道："地方是得了一处，在小石川竹早町。姊妹两个佃了一所房子。我昨晚与那大的住了一夜。看她们情形，虽是出身不久，却有几分狡猾气。我因是初次，不肯白睡她，给了她一块钱，他尚不愿意似的。我也没多和她说话，就出来了。今日你要同去，须与我间接的吹吹，使她们知道。"郑绍畋点头问道："那小的甚么年纪了？"黄文汉道："大的二十岁，小的十六七岁的光景。相貌都还去得。"郑绍畋听了，即催着他同去。黄文汉即换了衣服。二人因天气尚早，也不坐电车，步行到了竹早町。

黄文汉引到一家门首，郑绍畋见门外已有两双兵士的皮鞋，即欲转身不进去。黄文汉一把扯住道："怕甚么！"说着，即推开了门，扬声问道："有人在家么？"郑绍畋立在门外，只见一个妖态女子慌忙走了出来，见了黄文汉，登时现出种不快意的脸色，说道："对不住，现正有客，请明日来。"说完，做出要关门进去的样子。黄文汉听了，沉着脸说道："甚么贵客见不得人的，我偏要会会!"说时，不由分说，扯了郑绍畋跨进去。那女子不敢十分拦阻，只得引入一间空房子里，给他二人坐了，故意陪笑说道："请二位安心坐坐，等我敷衍他们去了，再来奉陪。"黄文汉道："你妹子那去了?"那女子道："也在隔壁陪客。"黄文汉道："每人陪两个不好吗? 我们比他们差了什么，该坐冷房子?"那女子笑着捏了黄文汉一把道："相好的也是这般难说话，真太不体贴人了! 他们左右就要去的，何必闹醋劲生出枝节来，使我们姊妹为难哩。"郑绍畋点头挥手道："你去，我们坐坐不要紧。"那女子笑着谢了郑绍畋一声，告罪去了。

黄、郑二人坐了一会，忽听得隔壁的笑声大发。黄文汉忍不住立起身来，就门缝里张望。只见两个佩刀的兵士，一人搂着一个女子，在一块儿浪笑。那大女子手指着这边，向那兵士不知说了些甚么，两个兵士都笑着点头。黄文汉走到郑绍畋跟前说道："我看那两个小鬼没有要走的意思，必是那淫妇故意扯着他们久坐，冷落我们的，倒不可不给点厉害他们看。"郑绍畋摇手道："和他们兵士厮闹无味，不如回去罢。"黄文汉道："做甚么? 你见他们佩了刀就怕了他吗? 你不知道越是有职业有身分的人越好惹，他断不肯以这样小事坏了自己的名誉，掉了自己的饭碗。吃了亏还不敢做声，我们怕他做什么? 他们不知道我的真姓名，就想弄掉我的官费也不能够。"郑绍畋道："虽如此说，只是当怎生办法呢?"黄文汉道："你不要多说话，同我过去，我自能见风使舵。"

郑绍畋听了，真个立起身来。黄文汉即将门推开，说了声得罪。两个兵士见他们过来，只得撇了抱的女人，起身问是有何贵干。黄文汉笑说道："事是没有，不过和老兄一样的来顽顽。只是丢得我们太冷淡了，故特过来赶赶热闹。"说完，即和郑绍畋进房坐了。两个女子见二人公然过来，反没了主意。两兵士说道："既是两位高兴，同坐坐何妨。"黄文汉望着大女子道："那位是与你有交情的，说出来我好拜识。"那女子摇头笑道："都没有。"黄文汉道："既都没有交情，说不得我要做主人了。请问两位贵姓?"一个兵士道："偶尔相逢，有何姓名可问! 老兄日语说得这般圆熟，想是已到此多年了。不知是官费，还是自费?"黄文汉道："是自费。已来了七个年头。"兵士道："老兄既是自费，大远的到敝国来求学，为何礼拜一的不去上课，却来这里胡闹?"黄文汉听了作色道："这话是谁教你说的? 我与你初次见面，怎的这般不讲理，倒开起我的教训来! 你知道我是来求学的吗? 我说句失礼的话你听，我在国内的时候，听说贵国美人最多，最易勾搭。我家中祖遗了几十万财产，在中国嫖厌了，特来贵国研究嫖的。今日就算是我上课的时间，难道你可说我来坏了吗？"兵士听了，气得答不出话来。一个故意陪笑道："我这朋友说话鲁莽，老兄不要生气。我与老兄虽是初次会面，难得老兄这般豪爽，我倒很愿意纳交二位。这左近有家日本料理店，想邀两位同过去喝杯水酒，略尽东道之意，不知两位可肯赏脸？我们是左右不能外宿的，回头仍请两位到这里住夜。"黄文汉知道是诈，也不推辞，只说道："初次识荆，怎好扰你这样盛情？也罢，且图下次还礼就是。但老兄既有这般雅兴，不知怕不怕大肚汉？"那兵士笑问怎么。黄文汉道："有酒不可无花，我的意思想要他们姊妹同去，觉得热闹些，不知老兄以为如何？"那兵士笑着点头应允。

郑绍畋暗地里扯了黄文汉一把，教他莫去。黄文汉只作不知道，催着她们姊妹穿衣。郑绍畋无法，只得跟着他们。一同六人，到了一家料理店内。兵士推黄文汉首座，又拿着菜单教黄文汉点菜。黄文汉全不客气，拣贵重的点了几样，又逼着郑绍畋也点了。不一时酒菜齐出，黄文汉一人坐在上面，神舒气泰，吃菜如狂风扫叶，饮酒如长鲸汲川，刹时间杯盘狼藉。郑绍畋心想：黄文汉手中必没有多钱，日本人从来鄙吝，那里肯平白无故的拿钱请一面不相识的人吃喝？弄来弄去，怕不弄到我老郑身上。一个人越想越怕，越怕越吃不下去，真是赴吕太后的筵席——如坐针毡。勉喝了几杯闷酒，就推说解小便，溜之大吉。黄文汉知道他是怕受拖累，也不去理他，大吃大喝如故。兵士见已走了一个，怕黄文汉也走，即喊算账。账单来了，兵士即送至黄文汉面前，指着那大女子道："老兄与此君有交情的，请做回主人罢。"黄文汉见账单上有八块多钱，也不说什么，顺便取了兵士一件外套在手道："对不住，我身上带钱不多，这外套借我去当了来开账。"说着就走。两兵士见黄文汉拿着外套要走，连忙齐上前来夺。黄文汉两三步已窜到门外，立住脚等他们来。兵士赶到，黄文汉一拳已打跌了一个，一个视黄文汉凶猛，不敢上前，立住说道："你自己说做主人请客，为何骗了账，还要打人？"黄文汉笑道："我也懒得和你多说，你只快清了钱，我和你还有账算。你们瞎了眼，拿讹头拿到老爷身上来了！老爷今日还有事去，你明日到一桥二十七番地来，找老爷要外套。"说完一步一步的往外走。那兵士忙跟了出来喊道："账是不要你还了，你还拿了外套去做甚么？"黄文汉道："还账事小，欺骗罪大。就请你到警察署去评评看，可有这个道理。"那兵士怕黄文汉用武，只是赶着求情，黄文汉那里肯理。走不多时，遇了一个站岗的警察。黄文汉即指着兵士对那警察说道："这是个骗贼，他们串通请我吃酒，吃了又叫我还钱！"那警察问道："他们甚么事请你吃酒？平日与你有无交情？"黄文汉正待开口，那兵士扯着黄文汉道："算是我们错了，我和你陪不是，以后再不敢惹你了，你还了我的外套罢！"黄文汉点头道："只要你知道也就罢了。"说着，将外套给兵士，兵士接了，自去清账回营。黄文汉别了警察，亦自回家。下文尚有交待，暂且按下。

再说郑绍畋怕事上身，偷走出来，把寻花问柳的兴致扫了个干净，没精没采的到大方馆，打听周撰已否搬来。恰好周撰才搬到，正在清检什物，郑绍畋也帮着清理了一会。收拾已毕，郑绍畋问道："你既搬了来，明天的事情，该怎么着手，你胸中已有成竹吗？"周撰道："我想了个极新鲜的法儿，不愁她不上手。我明日再送她上课，下课的时候也去接她，使她认清了我这个人。后日我就写一封情书，信封上两面都写'樱井松子君启'的字样，带在身上，到了人少的地方，走在她的前面，故意将信掉在地下。她见有自己的名字，必然拾着开看。我就偷眼看她的面色何如，再临机应变的去办。"郑绍畋笑道："法子是好，只是信封上怎的两面都要写她的名字哩？"周撰道："你这都不懂得吗？这是防信掉在地下的时候，背面向上，她在背后，我不便弯腰去翻正。她看是个没有字的信套，她怎肯去捡哩？并且可防旁人注意。"郑绍畋点头笑道："亏你想得这般周到。我明日来看你的情书。"说完别了。

第二日，周撰果迎送了一日，晚间写了封日文情书道：

　　拜啓突然御手紙を差上げますから嘸御迷惑な掛ることでせうが何卒悪からず願ひます私は昨日途上から貴君の美くしい御姿を拜見しまして誠に驚いて嬉しくて堪りません其場では恰も魂まて奪はれた様な感じをして足を運ぶさへも出来ませんでした其より自宅に歸りまして畫となく夜となく何時でも貴女の事をばかり考へ込んて三度の食事も食べられませんれは當もない私の片戀ですが貴女に於ては嘸唾も引掛けん積てはあるまいかと私は心配致します若し天が私の願を叶へ給はば今頃春暖かく櫻が眞盛りの最中にに互に手を取もながち花見をしたり情話を交へたりして其愉快さは譬へるに詞がないんでせうば然し私は世の中の癡人の如く只管自分の願が叶へ

るだけ脳の中に浮んで無我夢中になって居るが若しあべこべ
に我が戀しき松子様が我が憐むべき心事を察せず徒らに之を
聞流したら私は遂に思ひ焦れて死に申さんとも限りませんよ
我が松子様よ貴女は果して此憐むべき青年が失戀の悪魔に殺
されんことを見捨る程無情な人間でせうが若し私の心事を憐
んで之を救つて呉れるなら先づ返事だけを下さる様願ひ上げ
ますさよをら

　　戀しき

　　　　松子様へ　　　　　　　周撰より[1]

　周撰写完，添了住址，正待加封，郑绍畋已走了来。看了道："信是写
得好，只是一封信，恐怕未必成功。"周撰笑道："不成功再设他法，或写第
二封。"郑绍畋笑道："你成功之后，不要忘了我这个引线的人，须得松子绍
介一个给我才是呢！"周撰大笑道："我成功还不知在甚么时候，你就来买预
约券，不是笑话吗！"说得郑绍畋也笑了。当下郑绍畋回去，一晚无话。

　次日清早周撰揣着信，等得樱井松子经过，即赶上去觑便将信遗了。
偷眼看松子果然拾着，却不拆看，即揣入怀内。周撰知道有几分光了，照
例送进了学校门才转身。这日因是礼拜三，学校只有半日课。周撰到十一
点半钟的时候仍去迎接。午炮一响，只见校门内早拥出一群女学生来，那
樱井松子也在其内。一眼望到周撰，恰好与周撰的一双俊眼打个照面，禁
不住微笑了一笑，低头走过。周撰见有了机会，怎肯错过，忙赶上去。

　不知周撰赶上去作何举动，俟下章再写。

---

　[1] 参考译文：拜启。冒昧致函，唐突之处恕请原谅。昨日途中偶遇小姐，即为小姐之
美貌惊魂夺魄，不能举步。以致归宅后，日日夜夜，惟小姐是念，三餐难进。此种无根无
据之单相思，于小姐或为不屑一顾之事，余则整日忧思，不能释怀。值此春开日暖之际，
樱花盛放之时，如蒙上苍恩典，得偿所愿，与小姐携手赏花，倾诉衷肠，此种愉悦之情，
岂可言喻！然则余如世间痴人，徒盼己愿得遂，以致忘形。若余深爱之松子小姐，对余之
爱慕之情不闻不问，听之任之，则余或将思恋过度，忧伤而死！敢问佳人，果为无情无义
之人，听任此可怜青年为失恋恶魔所杀耶？汝绝非此等无情之人，若能怜余之心意，愿意
一见，则乞赐回函。

　此呈　余所爱慕之松子小姐　　　　　　周撰　亲笔

第五章

肆丑诋妙舌生花
携重资贪狼过海

话说周撰见樱井松子望他笑了一笑，深恐失了这机会，忙追了上去，说道："松子君，敝居距此不远，请去坐坐何如？我那信中的意思，你大约已经明白了。我实因爱你情切，毫无他意。"那松子自看了周撰的信，又听得如此说法，要想不回答，心里只是过不去，便笑脸相承的道："先生的住址，我已经知道了，迟日定来奉看。现正是午饭时候，当得回去。"周撰忙道："午饭何妨就到敝处去吃？如嫌敝处人多嘈杂，便同到西洋料理店去亦可，切不可再说迟日奉看的话。"松子见周撰这般殷勤，也就含糊答应。于是两人并肩着走到一家西洋料理店内。

周撰让松子坐了，自己才坐下。点了几样菜，叫了两杯白兰地，一边劝着她吃，一边问她家中还有何人，在渡边女学校是几年级。松子道："家中只有个母亲。学校是今年才进去的。"周撰笑问道："我到你家中看你可好么？"松子斜睨了周撰一眼，也笑道："好可是好，只是母亲在家里呢。"周撰听了，喜得心花怒放，笑道："母亲在家里有什么要紧？横竖是瞒不得娘的事。"松子低着头道："瞒不得娘的是甚么事？"周撰打个哈哈，望着松子的脸，半晌问道："你瞒过了多少次？"松子红着脸，不好意思似的，说不出话来。周撰接着道："可去便去，如不便时，就请同到我馆子里去，我还有要紧的话呢。"松子道："到你馆子里去不妨吗？"周撰笑道："我一个人住间房，妨什么？"松子点头答应。两人又吃了些酒菜，周撰清了账，同出来。

到了大方馆，周撰即嘱咐下女道："如有客来会我，只说我不在家就是。"下女答应了，才带松子进自己的房来。将门关好，换了身和服，望着松子笑道："我为你已有半个礼拜没有睡得早觉，你那里知道呵！"松子道："怎的你不睡早觉，却是为我哩？"周撰叹了一口气道："岂特没有睡得早觉是为你，就是搬到这馆子里来往，也全是为你呢。我起先听得我朋友说起你姓甚么，叫甚么名字，容貌如何好，态度如何好。说你每天七点多钟去渡边女学校上课，必走他门前经过，约了我第二日到他家看你。那日就弄得我一晚没有睡好。第二日绝早就跑到朋友家来等你，谁知我要看你的心太急了，就忘记那日是礼拜。及等到八点多钟，还不见你的影子。当时我还错怪我那朋友，说他有意作弄我。后来记出是礼拜，才改约了次日再来。"松子听了道："你那朋友姓甚么、住在那里，他怎的知道我？"周撰道："他住在表猿乐町，姓郑。因见你每天上课，走他门前经过，特意打听你的姓名出来的。"松子沉思了一会，掩口笑道："不是年纪有了三十多岁，身裁瘦瘦的，一副晦气色脸的吗？"周撰笑道："是。你怎么说他有三十多岁？他今年才二十五岁。他的面貌虽不算好，也还不是甚么晦气色，你亦未免太刻薄了。"松子听了，越发掩面大笑起来。周撰忙问为何这样好笑。松子道："你没有看见他那种病样子？他从前月见了我，就足足的迎送了我两个礼拜，也不知在我背后做了多少的祷告。我一回头见了他那副尊容，我就忍笑不住。不知怎的，总觉得他的耳目口鼻都像没有生得妥当，一双眼睛时时含着一泡眼泪似的，鼻孔里也像要流出脓来。面皮上斑不斑麻不麻的，不知长了些甚么。"

周撰不待她说完，即笑得前仰后合，摇手道："罢了，罢了，已形容得够了。"松子道："他是你的好朋友吗？"周撰点头道："你看他面孔虽不好，心地却是很干净。他的父亲从前也到过这里，于今在湖南学界上很有点势力。他现在是公费在这边留学，将来回去，定有好位置。你也不可太轻视了他。"松子道："他也是公费吗？怎的身上穿得那般不整齐？"周撰道："这就是他的好处。他一个月的伙食零用，还不到一十五块钱。"松子道："他的钱做甚么去了？"周撰道："都存在银行里。他将来想讨个日本女人带回去。"松子听了，又笑起来。周撰道："你笑甚么？他还要找你呢。"松子诧异道："找我做甚么？"周撰故意说道："找你做奥样（日本称夫人为奥样）。"松子揪了周撰一把道："讨厌！"周撰乘势将她抱在怀里亲了一个嘴，道："他是要找你绍介一个给他。"松子道："胡说！他又不认识我，怎的找我绍介？"周撰道："他求我转说。"松子道："益发胡说了。你是从何时认识我的，就求你转说？"周撰一边捏她的手，一边说道："好妮子，不要撒刁。你难道就不想谢谢媒吗？不是他，你我怎有今日？"松子道："谁教你交这样丑朋友？你说那个女子愿和他做一块儿住？"周撰道："难道都和你一样？他又没有限定程式，要如何美的。据你说，天下的丑男子都要鳏居了。你什么原故这样恨他？"松子道："不是恨他。他既要我绍介，虽说没有限定程式，心里不待说是想好的。若太差了，他必不愿意。我何苦做那费力不讨好的事？并且一个女人想嫁个男人，她自己无论如何生得不好，断没有想那男人也和自己一样生得不好。自己生得好的，更不待说了。你说两边都存着爱好的心思，而两边却都生得不好，教我这绍介的怎生作合得来？况且既不是作正式的夫妇，又不是和淫卖妇一般的，睡一晚两下脱开，这事我实在不能答应。若是你要求我，倒可以为力。"

周撰偎着松子的脸道："你想替我绍介吗？除非世界上没有你，我就望人绍介。有了你还有甚么可以绍介？"周撰说完，就浑身上下的乱摸起来，松子不忍十分峻拒。抚摸一会，两下都不自持起来，免不得办了一件男女交际上的例行公事。事毕，周撰替她整好了头发衣裙，说道："你今晚就在这里住了何如？"松子摇头道："恐母亲知道。"周撰道："你索性和你母亲说知，与我正式结婚，将来带你回中国去。好在我本没有娶妻的。"松子道："你真个没有娶妻的吗？"周撰正色道："谁哄你来？"松子低头寻思了一会，笑道："我且回去和我母亲说，是看怎样再来回信。"周撰道："今晚能来么？"松子点了点头，起身重整好了衣裙，坐在椅上，对镜子理发。周撰走拢去，望着镜子里端详一会，笑道："你说，这样艳如桃李的面孔，教我怎能不爱？我于今已是舍不得放你出去。"松子也望着镜子里笑答道："你何必这般着急，我今晚定来就是。"周撰道："万一你母亲不肯待怎么？"松子道："不肯我也来。"周撰喜得抱着松子喊乖乖。松子将发理好了，催周撰送她出去。周撰将她送至门外，又叮嘱了几句才别。

周撰转身至房内，一个人坐下，寻思方才的事，总觉得是平生第一艳事，再无不满足的了。估量着松子今晚必来，自己先到澡堂里洗了个澡，回来已是五点多钟，就坐在房里静候消息。到七点钟时分，松子果然来了。周撰如获至宝的接着，问道："你母亲怎生说法？"松子踌躇了半响，说道："肯是已经肯了，只是她说须你写张婚约。"周撰点头道："这不待说是要写的。"松子道："她说还要……"说至此，止住口不说了。周撰道："她说还要甚么？"松子不做声。周撰道："你只管说，她要甚么都可以答应。"松子道:"钱。"周撰道:"要多少?"松子道:"她说要六十元。她说你肯了,才许我和你结婚。"周撰笑道:"我以为要甚么大不了的东西,原来是几十块钱,也值得这般难启齿?我此刻就着人去接了你母亲来,将婚约写好,并六十块钱给她拿去。要她今晚便将你应用的什物搬到这里来,使你母亲放心。你以为何如?"松子道:"好。"

周撰即拿纸笔写了封信,叫下女唤了乘东洋车,到表猿乐町七番地接松子的母亲。不一刻,下女已引着进来。周撰看是五十多岁的老婆子,黑纹满面的,一副龟婆相。周撰知道不是松子的生母,便随意抬了抬身,说了声请坐,叫下女送了杯茶。老婆子见周撰房里陈设得很阔,彷彿势派不小,就不敢随便,恭恭敬敬叩了个头,坐在一边。周撰等下女出去了,便说道:"方才松子述你的话,我已明白了。特接了你来,再当面说个清楚。不知你于那个条件之外,还有别的没有?此时不必客气,免得后来另生枝节。"老婆子想了想道:"没有别的话说。"周撰道:"既没有别的话说,我此刻就将婚书写好,并六十块钱给你。请你回家将松子的日用东西叫车夫送来,她就在这里住,不必回去了。"老婆子都答应了。周撰即写了一纸婚约,盖了印,松子也署了名。又拿了六十块钱出来,将婚书念给老婆子听了。老婆子喜孜孜的接了钱与婚约,写了张收据给周撰,叩头出去。松子赶至外面,说要送些甚么来,老婆子答应着去了。不一会,车夫已送了两包东西来。自此松子就与周撰同飞同宿。

列位看周撰这膀子,自始至终,不过四日便成了功,要算是很容易了。其原因虽说由周撰的面孔标致,心思专一,然却不全乎此。今且将松子的历史补述一番,列位自然知道这成功还不算容易。

原来这松子年纪虽才十七岁,去年住在早稻田的时候,却很有点名头。因她来往的尽是些日本人,故留学生中没人知道。她那养娘从前也不是个正经东西,不知怎的收了松子做养女,就靠着她做一颗摇钱树。今年正月,日本人为吃醋,闹出了事,连累着松子在警察署拘留了几日,被警察注了意。在早稻田立脚不住,才搬到神田来。这松子生性聪明,知道神田淫卖妇最多,与她们竞争不易,遂改变方法,进了渡边女学校。借着女学生名目,充高等淫卖。她久晓得有一班中国留学生,于饮食男女之事最能慷慨,便留心想专做中国人的生意。谁知一出马,就遇了郑绍畋这个知己。她觉得很不利市,所以任郑绍畋如何叫救苦救难观世音菩萨,她只是不瞅不睬。及遇了周撰，不由她不动心。若是去年在早稻田的时候，周撰见了只须略丢眼色，即能到手。此刻是有志攀高，故也得费几日工夫，一封情札方才功行圆满。她估料着周撰不知道她底细，又见周撰这般急色，遂临机应变的，要求周撰出钱写婚书。那知周撰是嫖场老手，甚么窍他不懂得？表面上虽毫不推难地答应，心中却早计算得明白，暗自好笑她们不识自己的作用。此是后话，暂且按下。

于今却要另提一人，因其事情结果与周撰稍有关涉。其人姓朱名钟，江苏无锡人。甲辰年来日本，宣统三年考进了千叶医学校。就在千叶县佃了所房子，带了个日本女子名蝶子的同住。他父亲叫作朱正章，禀性贪婪无厌，奸诡百端，刻薄成性，积有数万财产。同乡人见了他，如遇鬼物，专为他作了几句口碑道："家有三升糠，莫惹朱正章。惹了朱正章，立时精打光。"那朱正章爱财之心，老而愈烈。在无锡地方，见人人远避，寻不着甜头。平日听他儿子说，日本放高利贷可得十分利息，他就时时垂着涎一尺长，想到日本来。值民国成立的时候，他因在地方上积怨太深，恐人报复，遂携了千多块钱，并带着亲生女蕙儿到日本来。他这女儿十六岁时已嫁了人，夫家也很富有。朱正章本欲借着女儿盘剥他家的产业，后来不知怎的图谋不遂，便平地风波的，逼着男家退了婚。于今已有二十岁了，眉目位置也还不恶，朱正章说带到日本替她择婿。两父女抵横滨的时候，打了个电报给朱钟，朱钟即接了到千叶同住。

过了一日，朱正章即将来意对他儿子说了，要他儿子打听何人需钱使用。只要保人靠得住，并不必十分利息，就是八分也可。朱钟迟疑了一会道："这生意，中国人做有多少不便。即如中国药房的林肇东，何等诡谲，何等厉害，他做的还是抵押贷金。有抵押品，仍须硬保，尚时时被人骗了。左仲远的零星被骗，更不待说。于今左仲远归国当伟人去了，林肇东也收了手。机会倒是很好，只是太不稳当。丢了钱事小，还要遭人唾骂。"朱正章着慌道："依你说，我不是白跑了一趟，枉送了许多路费吗？"朱钟道："有是有个间接妥当的办法，不过利息轻些，得四分五分罢了。"朱正章忙问什么间接妥当的办法。

朱钟道："于今住在东京牛込白银町的塚本平十郎，他专做这生意。前两日甫全还在那里借了两百块钱，是我作保。他那里定的条规很严，要借钱，非五校官费生作保不可。见月十分息，分文也不能短少，期限至久不得过两月。因五校官费生不能牵涉高利债务，牵涉了，须得开除官费。即不开除，学校的章程，非理清后，亦不得入学。他所以定要五校生作保，觉得比什么还妥当。"朱正章听了着惊道："既是这样，你怎的敢和甫全担保哩？倘甫全到期无钱，你的官费不妨碍吗？"朱钟道："那不要紧，我看了甫全的家信，说下月定汇五百元来。他因要与吉田仲子离婚，刻不可缓，强扭着我作保。我一则因是同姓的关系；二则这仲子原是我作成他的，不能不做理会；三则他家中是有钱的，明知不久即能汇来，顺水人情，落得我做。我的意思，你老人家不如将钱给塚本。也不管他放出去得多少利，只每月问他要利息四分或五分，作他借了我们的。这又稳当，又不劳神。"朱正章道："你怎知道塚本稳当哩？"朱钟道："他放出去的账，至少也有几千。只愁他不肯经手，怕甚么不稳当？"朱正章点头道："只要稳当，就是四分也罢。你明日就同我到东京去把交涉办妥。且交八百元给他，就是四分，每月也可得卅二元利息。"朱钟答应了。

次日，父子二人即坐火车到东京，找着塚本说了。塚本道："要我帮你经手也可，只是此月不能算息，来月还只能算一半，第三月方能全算。息钱每月四分。因数目太大，一时间放不出去，我不能从中贴补，依得就放在这里。"朱正章心想，他这话也近情理，就答应了。登时将票子点交塚本，收了证书，仍回千叶。

那蕙儿自从中国动身到日本，将近一月还没有洗过澡，说身上腻腻的难过。朱钟即叫蝶子带着到浴堂去。日本的浴堂是两边用木板斜铺着，中间低处作流水的沟。入浴的先由池中浸了，再坐木板上擦洗，那木板被水溜得甚是光滑。蕙儿同蝶子到得浴堂，见蝶子在外面即将衣服脱得精光，蕙儿就很觉不好意思。隔着玻璃望浴堂里面都是女人，没有穿着衣服的，只得面壁也将衣服脱了。她的脚虽是曾放过的，然小时已将骨头包死，五趾都拳作一团，全不曾打过赤脚，又势不能穿着袜子进去。见蝶子已将玻璃门打开，对自己招手，只得一扭一拐的跟着走进门来。不两步，踏着木板一滑，倾金山倒玉柱，足的跌了一交。红着脸扒了起来，就蹲在板上不敢再走。弄得一浴堂的女人都停手不洗，望着她一双脚嗤嗤的笑，羞得蕙儿几乎要哭了出来。幸得蝶子跑了过来，将她扶入池内。她就躲在池角上浸了一会。也不敢出来擦洗，扶着壁一步一步的挨到外面，抹干水，穿好衣坐等蝶子。蝶子见她已经出去，忙胡乱洗了一洗，即带着她出来。

蕙儿回到家中，气得将朱钟乱骂说道："这样地方，也要她带着我去！"朱钟笑道："这就叫我无法。你要洗澡，日本那个浴堂不是这样的？若是长崎、大阪，还有共浴的，那便怎么哩？即到日本来留学，那里还说得这些讲究？并且这又有什么可丑？"蕙儿道："谁说怕丑来？安着那滑溜溜的木板，又是斜的，教人怎生站得脚住？我是发誓不再入这样浴堂了。"朱钟笑道："只要你能终年不洗澡，就不入浴堂，也可省钱。"蕙儿发急道："你这是胡说，难道日本大家小姐也是跑出来，和她们混作一块儿洗吗？"朱钟道："那倒不必大家，只要是中等人家，家中就大半设有浴堂。只是做个浴桶，至少也需要二十来块钱，还要烧许多炭，才得一桶水热。我们迁徙不定，日本的房子做得又蠢，浴堂须在起造房子的时候安置，不能将就着用。你只看这所房子，何处可以安放浴桶？大凡有浴堂的房子，多半不小。我们人少，断不能住。"蕙儿不服道："据你说，那到日本的女留学生都是到浴堂里去洗的了？"朱钟道："那却有几等。也有几人合伙佃房子，自己备浴桶的；也有住稍大的栈房，用栈房里的浴桶的。到公共浴堂去洗的也多。"

蕙儿道："既是栈房里有浴堂，我就去住栈房。并且我既到了日本，也得进个学堂上上课。终日住在这不村不市的地方做甚么？"朱正章道："你一句日本话也不懂得，上什么课？"蕙儿道："谁生出来就懂日本话的？谁学不会的呢？"朱钟听了，望着朱正章道："妹妹想读书也是好事。你老人家就带她到东京去住栈房，两人每月伙食也不过二十多元。甫全住在江户川馆，就到他那里去也好。他左右没有上课，妹妹可从他学点日本话。还有个湖南人成连生，与我素有交情，也住在那里。他来日本很久，可托他照拂一切。我每礼拜日可来东京一次。"蕙儿问道："那馆子里有浴桶没有？"朱钟道："自然是有浴桶，才教你去住。"蕙儿听得，方欢喜了。朱自章正想到东京多交熟几个人，好施展他平日的手腕，当即应允了。只是蕙儿将来进学堂的费用要朱钟出，朱钟不能不答应。

次日朱正章即收拾行李，朱钟仍送他父女到东京，在江户川馆住着，托了成连生、朱甫全大家照应，方转回千叶。自此蕙儿每日从甫全学日本语。蕙儿的天分很高，只学了个多月，居然可办粗浅的交涉。那近处有个女子手工学校，蕙儿便报了名进去，学编物造花之类。

不知朱正章父女住在江户川馆内，演出什么事实来，且俟下章再写。

第六章

多情种拨雨撩云
老骨朵退财呕气

前章书中所说的那成连生，他和周撰是同乡。年纪有三十多岁，从宣统元年得官费到日本，近两年来，在中央大学上课。只因他性喜吟咏，在东京结识了一班诗友，组织一个诗社，每礼拜会诗一次。朱钟平日也喜胡诌几句，故与他成了相识，心中很敬慕他是个风雅之士，故送朱正章父女到江户川馆的时候，托他招呼一切。他一见蕙儿风态甚佳，便有问鼎之意。只是朱钟虽有托他招呼一切的话，而朱甫全到底是朱钟自家人，凡事都有朱甫全经理，自己无进身之阶，不过于见面的时候，调调眼色。有时那蕙儿也会望着他笑笑，他更入了魔。

正愁没有下手处，恰好一日他接了封家信，他的妹子在内地进了女学校学编物，要他买钢针、绒线付回去。他看了信，便心生一计，忙执着信找朱正章说道：“舍妹在内地学校里也学编物，写信来要我买钢针、绒线付回去。这样差事，我从没有办过，恐怕上当。世妹在学校里，这种东西用得最多，必有常做生意的铺子，想求老伯和世妹同我去买一回。”朱正章左右是没事的人，自然一说便肯，登时唤蕙儿同去。蕙儿是不能不肯的。于是三人同走到神乐坂蕙儿常买针线的一家店内，将针线买好了。归途中，成连生就带着他们父女，到一家牛乳店吃牛乳。成连生的日语也还说得圆熟，故意引着下女天南地北的谈笑。下女谈熟了，便指着蕙儿问是成连生甚么人。成连生欺朱正章不懂日语，正色说道：“是我的奥样。”这句日语，蕙儿是懂得的，成连生说时便留神看蕙儿的脸色，却没有不愿意的情形，只瞅了成连生一眼，便低着头不做声。成连生知道还容易说话，即欢欢喜喜的会了账回馆。

第二日是朱正章存钱在塚本处领息的期限，前月他已领了半息，此月是要全领了。朱正章心中很是快活，揣着息折，知道无多话说，也不要人当翻译，一个人走到塚本家内。塚本知道是来领息银的，不等朱正章开口，便数了几张票子，并四角钱给他。朱正章点数，却只二十二元四角，心中不知为怎的少了九块多钱，又说不出要问他的话，呆呆的望着塚本做手势。只见塚本说了一大篇的理由，自己却一句也不懂得。两人用笔写了一会，一个不懂汉文，一个不懂日语，仍是弄不清楚。朱正章只得连二十二元四角都退还了塚本，想回馆找甫全同来问清。回到馆内，甫全已出去了，即寻着成连生请他同去。

成连生正在力图报效的时候，欣然同往。问了个明白，才知道塚本因甫全的借款到期没还，朱钟是连带责任人，故就在他名下扣除了二百四十元。所存五百六十元，四分算息，应二十二元四角。朱正章听了着急，即请成连生当翻译说道："这钱并不是朱钟的，与朱钟毫无关系。不过存钱的时候，请他办办交涉，怎的扣起我的钱来？"塚本道："这事不难解决。你与朱钟是父子，朱甫全是你同宗，朱钟是朱甫全的连带人。我即是扣你的钱，也不为无理。你如定不肯扣，我也不能相强。只是我这里规矩，逾期不还，当得起诉。朱钟既是连带人，将来诉讼结果，我所用讼费，当向借用人与连带人索取。诉讼一日不得圆满的结果，你的钱一日不得支取。如诉讼延期至三月四月之久，朱甫全名下的利息，我仍得向朱钟名下扣除。"

朱正章不知道日本的法律，又深恐他提起诉讼，连累儿子的官费，气得无话可说。成连生知道他是带着钱来贪利，自己也曾受过高利贷的苦，故不肯为他辩论。所以说了一会，仍是不得要领。朱正章悒悒的同成连生回馆，找甫全说话。甫全仍是没有回，便托成连生打了个电报给朱钟，教他快来。这晚九点多钟，朱钟才赶到，问起原由，惊道："甫全前日写信给我，说到了钱，已将塚本的账还了，怎的又生出这样事来？可叫甫全来问。"朱正章道："甫全没有回。"朱钟道："只叫馆主来问，近日甫全到了挂号信没有，就知道的。"朱正章道："问甚么？甫全若到了钱，我同住一个馆子，时时看见，怎全没见他提起？我看你这蠢东西已中了他的计，他必已经跑了！"朱钟听得真慌了，忙跑到甫全房内查检他的行李，见什物一些没有动，柜里的铺盖箱笼，也都依旧放着，心里略宽了些。正待出来问馆主，甫全是何时出去的，朱正章已走了进来说道："你怕什么，不打开他的箱子看还有些甚么？"朱钟仍转身将箱子拖了口出来，撬开了锁一看，仅塞了半箱子的烂书及没有洗的单衣服。再开一口看，乃是一箱的报纸。朱正章急得跺脚，朱钟更是着慌。

原来朱甫全是自费到日本求学，他家中颇有几万财产。初来的时候，靠着朱钟日本情形熟悉，一切都依赖他。朱钟欢喜他有钱，引着他游山玩景，饮酒宿娼，无所不至。几年来也不知绍介了多少日本女人给他，花掉了他多少的钱。至去年九月（宣统三年），又绍介了个洋服店的女儿姓吉田的与他做妾。这吉田本与朱钟有染，朱钟因她欲望太奢，供应不来，故让给朱甫全。朱甫全见吉田貌美年轻，便想弄回中国去做妾。朱钟是巴不得他有此一举，便拼命的在吉田跟前怂恿。不到几日，即结起婚来，结婚费就很用了几百块钱。朱甫全家中原有妻室，既要在日本讨妾，即不能不写信告知父母。他父母接了信，倒没有甚么不愿意。奈他妻子阃教甚严，决不承诺。但相隔太远，遥制不来，只得勒住家中不再付钱来，先绝了朱甫全的粮道。料到朱甫全无钱使用，必然回家。任朱甫全的信如雪片一般的催款，只是不理。朱甫全的父母虽不忍儿子在外面受苦，然也不忍媳妇在家里受苦，故也有心想穷得儿子回家。

朱甫全见写回去的信，连回信都没有，知道是妻子从中把持，想不出个对付妻子的方法。看看到了民国元年二月，二人的伙食已欠至百多元，那里有钱偿还呢？馆主见逼了几次无效，已不肯开饭。不得已请朱钟在馆主跟前作保，延期到五月。那吉田嫁朱甫全的时候，原是贪图着他有钱。过门之后，见他支绌万分，连伙食账都不能清理，只每日拿着衣服去当做零用，那里还安身得住？并且朱甫全纨绔气习，挥霍惯了，此刻穷得一钱没有，又要受馆主的气，那对吉田身上的风情自然大减。吉田见朱甫全冷冰冰的，更是一刻难留，便日日吵着要离婚。朱甫全也觉养她不起，不如离了的干净。只是离婚须给她点钱，却从何处筹办哩？如是假造了封家信，说下月定汇五百元来，哄着朱钟到塚本处借二百元高利贷。朱钟素来狡猾，久知甫全老实，万不料到有假。

甫全既得了钱，将吉田退了，即想逃回国去。因他在日本大学缴了几年学费，没有得文凭，想弄手脚得张文凭回去，好夸耀乡里，故迟延了许久才办妥。朱正章父女进江户川馆的时候，他正在经营中。渐渐塚本的期限已到，他恐朱钟到东京来催，故写了封家款已到的信稳住他。至今日早，诸事皆妥，才坐火车跑了。

　　朱正章父子既发见了朱甫全逃走的证据，正没作理会处，馆主已经知道，忙跑了来问朱钟要钱，把他两父子急得哭不是笑不是。相对呆了一会，朱钟才望着馆主说道："我万不料朱甫全能如此害人。他既经逃走，尊处的账是我担保，我决不抵赖。只是百多块钱，仓卒间我断办不出。说不得须大家吃点亏，等我慢慢设法偿还，好和歹你不落空就是。他这一走，我的损失在五百元以上，想你也能替我原谅。"馆主道："既承先生的情担保，他走与不走，于我原没有甚么关系，他就明说要走，我也不能阻拦他。我们做生意的人，那有许多本钱放空？他自去年十月起，就没有拿过一钱，不是看着先生情面，谁肯给他再住下去？东京栈房的规矩，先生是知道的，欠账至三个月，馆主是可以告警察将本人行李收押，本人讨保出馆的。虽间有欠至五六个月或一年的，那在宾主感情上说话。那位朱先生的账，至今日已整整的七个月，还有他那个夫人住了四个多月。总算起来十一个多月，已近两百块钱。我们做小生意的人，要算宗大进款。先生既肯和他担保，必有把握，只一句好和歹不落空的这样不负责任的话，恐怕说不过去。"

　　朱钟听馆主的话来得锋利，越逼越紧，便定了个主意，从容不迫的说道："你所说的诚然不错。但这事你也不能不分担些过失。我那作保的时候的情形，大约你也应该记得：是不是朱甫全夫妇两个已住了四个多月，无钱偿还，你不肯开饭，他才挽我出来作保哩？"馆主道："是。"朱钟道："然则前四个多月是谁替他们作保，你才肯给他们住的哩？何以你那时不告警察收押他的行李，而肯要我作保，仍任他接续住下去哩？依你方才说是看我薄面，你要知道我的薄面发生效力，在四个多月以后，四个多月以前，不待说不是看我的薄面。既四个多月以前不是看我的薄面，则是你自己做主由他们住的。既是你自己做主由他们住的，他们没有钱，你就不能怪别人呢！你平心说，设当日我竟不作保，你看朱甫全的情形，可能设法还你的钱吗？依你方才说，告警察收押行李，你说朱甫全有多少行李？他值钱的衣服久已抽当得干净，你将他几口不值钱的箱子收押了有何用处？又依你方才说，本人讨保出馆，设当日朱甫全说无保人可讨，你能将他怎么样哩？并且你这话也未免说得太欺人了！你日本那有不经诉讼可以破产的法律？且既经破产，安有再讨保人之理？

难道破产不足，还要讨保还钱吗？但是于今朱甫全既经逃走，我又不抵赖你的钱，也不必和你说这些无用的法律。不过说起来，你我都是眼睛不认得人，应大家分担不是才对。你安能因我作了保，即逼着我要钱哩？你知道这伙食账，纵提起诉讼，也不能逼着保人要钱的吗？这比不得借钱使用，还有连带的关系。"

馆主不待朱钟说完，即辩道："先生这话只说得好听！既不能问保人要钱，则要保人做甚？先生当日作保写证书的时候，是存心负种甚么责任来的？敝国诚没有不经诉讼破产的法律，难道贵国有不负责任的保人吗？"朱钟听了怒道："你这话无礼！我何时说我不负责任？你既是这般说，我且问你，你能教我负何等责任？我不过因数太多，一时凑办不出，故要求你慢慢的偿还。你既如此桀骜，且待你诉讼结果再说。"说完起身要走。馆主见朱钟态度转硬，只得陪不是，说道："我何尝桀骜，不过小店太穷，为数又太大，想先生从速偿还的意思。先生说慢慢的偿还，也须有个期限。不然，慢到何时是了呢？"朱钟道："这倒不错。只是我此刻不能和你定期限，须等我写信到朱甫全家中去，看怎生回答，再来和你定期。你安心等候着就是。"馆主的意思，本只要有了下落，就没得话说，自出去了。

朱正章同朱钟回到自己房内，恨不得追上朱甫全，将他一口吃了。天气已到了十二点钟，只索安歇。朱正章一个人在被内恨一会，把儿子骂一会，闹得一晚不曾睡好。次日清早起来，即骂着朱钟去与塚本交涉。朱钟出门时，又赶着嘱咐道："如塚本决意要扣时，也不必和他争论，只将二十多块钱拿回就是，等我设法来弥补。蕙儿的学堂，此后也不要进了，一月也省得几块钱。你那鬼婆子听我退了，以后极力简省，每月须节出十元，给我替你管着。这里我也不能久住，仍旧搬回千叶去，食用一切都便宜些。"朱钟见他站在门口尽说，懒得久听，就走了。朱正章见儿子已去，回身走到成连生房内，和成连生闲谈破闷。

不知朱正章闲谈了些甚么，且俟下章再写。

第七章

两首新诗祸生不测
一篇快论功败垂成

话说朱正章送朱钟出去之后，回身走到成连生房内，寻成连生闲谈破闷。谈了一会，朱正章说道："我将小女带到日本来，原想等她求点学，不料无端地生出这样事来。去了我几百块钱，那里还有多钱可给她读书呢？这馆子里的交涉不妥，我又不能带她回去。又不回去，又不上课，这光阴岂不白糟蹋了？她小时候的中国书也还读得有点清白气，打油诗也可胡诌几句。小儿常说老兄博学志诚，上课的时间又有限，我的意思，想求老兄每日随便指点她几点钟，把中国文理弄清楚也是好事。不知老兄肯不嫌愚鲁，赐教一二否？"

成连生听了大喜，笑道："世伯的话真是有趣，怎以博学二字奖起小侄来？世妹名媛独步，家学渊源，小侄何人，怎敢以嫫母而修西施之容，俗子而饰宋朝之美？非特不能增光，且虞减色。"朱正章哈哈大笑道："太谦了，太谦了！小女不过略识之无，只稍出老兄余绪，就饮满而去了。"凡人没有不喜恭维的，就中文人尤甚，况成连生正在日思联络他们父女，好觑便行事的时候，听了这样话，那得不心花怒发？登时摇头晃脑地说道："论文章，小侄实无根底。至于诗，则曾受知于易实甫、王壬秋诸老前辈。在国内不敢自夸，留学生中自信不肯多让。世妹若肯学诗时，小侄勉做识途老马就是。"

朱正章笑着谢了出来。朱钟已经回了，说塚本万不肯将钱补足。和他辩论了一会，仍是无效，只得将二十二元四角钱拿了回来。说着，交与朱正章。朱正章点头收了，也不说甚么，只要朱钟回去，急将蝶子退了，写信到甫全家去讨账，看他如何回答。朱钟答应着去了。

第二日，蕙儿就到成连生房里上诗课。上了几日，蕙儿很觉有点心得。一日讲到作咏物的诗，连生说道："作诗第一是选题，第二是立意，第三才是饰词。题目不好，就有李、杜、韩、孟，也作不出好诗来。立意不新鲜，纵有词藻，亦同嚼蜡。咏物宜有寄托，直说无味，寄托愈深远愈好。一首五绝，一首七绝，虽不过二十字与二十八字，须能说到天边，收到本意。多读古人的诗，细心领略他的擒纵开合法，自能落笔不板。即如现在房中所摆的水仙，触着我诗兴发了，要作两首诗咏它，也得有个寄托在内。我且胡乱写两首七绝你看。"说着，提笔就写道：

> 隔座香生识面初，姗姗仙骨画难如。
>
> 通诚欲托微波语，好待莲开共隐居。
>
> 兰拟幽香雪作神，洛妃端合认前身。
>
> 凌波不耐风霜冷，来占人间一室春。

写完，递与蕙儿看。蕙儿看了，知道成连生有意打动她，当下触动了那日在牛乳店内的事，不觉红了脸。成连生乜斜着两眼，望着蕙儿的脸，半晌笑说道："试问卿于意云何？"蕙儿只低头，手弄衣角，一声不言语。成连生慢慢移了拢去，一手抱过蕙儿的颈亲嘴。蕙儿欲待撑拒，已来不及，又不好意思喊叫。成连生偎着脸将蕙儿放倒，不问她肯与不肯，更替她褪了裤头，强塞进去。正待深入，门开处，朱正章走了进来，吓得成连生拔锚整缆不迭。蕙儿见被父亲撞破了，羞得掩面伏身而哭。

朱正章随手把门关了，满面怒容的冷笑了一声，指着成连生道："我把你当个人，以弱女见托。你竟这样的欺起老夫来了！"说时见了桌上的诗，忙取在手中看了道："难为你教得好诗！你这样人面兽心的东西，老夫决不饶你，拼着丢丑，和你到公使馆去。国家一年费几百块钱送你这样没廉耻的学生，在老夫手里，却放你不过。"说完，也不理蕙儿，揣了诗就走。成连生惊魂稍定，见朱正章揣着诗要走，忙扯住跪着说道："求老世伯饶了小侄这一次。"朱正章把手一摔，啐道："混帐东西，谁是你的老世伯！我的儿子瞎了眼，交了你这种禽兽，谁要你做小侄？这样事也可以饶你，除非老夫不做人了！"成连生扯着苦求道："小侄一时失脚，任老伯要如何处罚，小侄决不敢违抗。只求不到公使馆去，去了不独于小侄的名誉有碍，小侄家中贫寒，非公费决不能在日本留学，于今距毕业期还有两年，万望老伯成全小侄一生的学业，任如何受罚，都是感激不尽的。并且因小侄坏了世妹的名誉，小侄宁死也不愿。老伯纵不为小侄计，也不为世妹计么？"

朱正章道："既这般说法，老夫就曲全你罢。你自己说愿如何受罚？"成连生低头半晌道："愿罚两月学费，做世妹将来择婿备奁之资。"朱正章嗤了一声道："老夫替人家赔钱也不知赔过了多少，谁希罕你这几十块钱来！你只愿这样受罚，老夫无商量之余地。"成连生道："在老伯的意思待怎样，还求老伯明示，只要小侄做得到，无不如命。"朱正章道："你不求私休，老夫没有话说。既求私休，就得依老夫的条件。第一，你须写个强奸字样给我；第二，罚你一年学费，与我女做遮羞钱。这两个条件，依与不依随你。"成连生道："小侄何敢不依？只恳老伯略放轻些。第一条，实不如老伯所云，求老伯明见，写个偷情不遂字样罢。"朱正章想了一想道："也罢，第二条呢？"成连生道："第二条总求老世伯格外成全，念小侄贫寒，作一百元罢！"朱正章摇头道："差远了！这一条万不能多减，至少也得二百五十元。"

蕙儿正羞得恨无地缝可入，见他们仍如做生意一般的讲起价来，气忿得掩面回房，拥着被睡去了。可怜朱正章见蕙儿已走，也起身道："老夫说的数目，你依得就罢，不依就怪不得老夫呢，你快些定夺！"成连生到了这时，想不应允，又恐事情决裂，只得答应了。朱正章见他已经应了，说道："你既答应了，此刻就将字写好给我。钱限你三日内交齐，此时有多少即交出多少。"成连生道："三日期限太促，恐怕筹办不出，须求老世伯宽限。"说了一会，议作一礼拜之内交齐。当下成连生写了字样，搜箱觅箧的凑了三十块钱，并交与朱正章。朱正章收了，自回房去。

成连生一个人坐在房里，说不尽那懊悔的情形。悔了一会，将事情的前后左右想了一会，陡觉得这事彷佛像仙人跳。心中一着疑，便越想越像起来。幸喜钱还去得不多，想赶急设法抵赖。奈他刚受了大惊恐的人，心中又正在着急，那里得有好计较？不知怎的一缕心思，忽触到了他那同乡风月场中老手、烟花队里班头的周撰身上，便如危舟遇岸，不觉大喜起来。原来成连生与周撰同乡，多年相识，只因周撰平日过于佻达，成连生不愿与他亲密。然见他替人设了几回策，知道他是个心灵手敏、能说能行的少年，这事正用得他着。登时换了衣服，到大方馆来。

此时周撰正在房内和松子戏谑，见下女拿着成连生的名片进来，周撰吃惊道："这位名士怎的不去作诗，倒会起我来了？"知道他必有事故，决不会来闲坐，忙叫下女请进来。松子问道："甚么人，我见面不要紧么？"周撰想了想道："不要紧。"说时，成连生已进来。周撰见他穿着日本大学的制服，手中拿着制帽，面色青黄不定。周撰忙起身接了，送了个垫子请他坐，随指着松子说道："这是我新姘识的小妾。"松子知道是为她绍介，便对成连生叩了个头。周撰回头向松子说道："这位先生姓成，是我的同乡，很是个有学问的。"成连生只得用日语对松子谦了几句，松子恭恭敬敬的送了杯茶。

成连生见周撰这般待遇，倒没了主意，不好开口。周撰见他说话没有伦次，以为他家中出了事故，便问近来接了家报没有。成连生道："前礼拜舍妹有信来了。"周撰道："伯父伯母想都纳福？"成连生也答了"均幸安好"。周撰摸不着头脑，不便再问。两下默然对坐了一会，成连生到底忍耐不住，望着周撰道："卜先，我有件事想告诉你，求你设法。然言之实在赧颜，望你觑平日交情，严守秘密，我才好说。"周撰正色道："连生，这话太见外了，我又不蠢，怎肯将不能对人说的话去对人说哩？你有事只管放心说就是。"成连生遂将事情始末一字不瞒的说了，并说事后自己如何起疑，如何想不出对付的方法，才来问计。

周撰低头静心听他倒完了，始抬头望着成连生，叹了口气道："好事已被你弄坏了，现已是无可挽回了。"成连生也叹道："我也是翻悔不该写那字据给他，使他有了证据，难于抵赖，故特请你代筹方法呢。"周撰摇头道："不是，不是，那字据要甚么紧！"成连生道："那么千错万错就是在那两首诗了？"周撰也摇头道："不是。"成连生道："都不是，是甚么？"周撰道："事情不要紧，倒把我气死了。这事若遇了我，就请那老杀才有的是气呕。你既要和女人偷情，为何这般胆小，一被人撞破，就吓得那么样的一筹莫展？真是好笑，你还要仔细提防着害淋病呢。"成连生面红耳赤的道："你这话只在这里说罢了，你又不曾见当时的情形，一味苛责人，若遇了你便怎么样？"

周撰知道自己的话说得过重，便慢慢的说道："连生，你不要说我是苛责你，凡做一事，须要想到这事的结果。成便怎样，败便怎样，想定了去做，中间纵出了变故，因利害已计得清楚，便不至错愕失据。即将你这事论起来，姑无论他是否仙人跳，或是实心在你这里学诗，只要与那蕙儿确是相与目成了，就只计这事倘被何人知道拿着了，为最不得了。心中一计算，就晓得别人都不要紧，只怕她丈夫拿着。那蕙儿既没有丈夫，即坏了事，也没有大乱子闹出来。何以不怕她父亲拿着哩？这道理很容易明白。因事情闹了出来，同一出丑，而你出丑关系小，她出丑关系大。那蕙儿有婆家没婆家虽不知道，然总之有无都有大关系。你一个男子汉，有甚么相干？认真说起来，不过一时理不胜欲，他岂敢认真到公使馆去弄掉你的公费？并且我问你，他到公使馆去，当如何启齿？难道自家揭出丑给人家笑话不成？纵他自家不要脸，他平日又不是个糊涂虫，独不想将你的公费弄掉了，与他有甚么好处？他的女儿左右是要给人家睡的，有甚么伤心，值得如此小题大做？至于丈夫，则真是可怕呢，然都时时有那不可思议的丈夫带马[1]的事呢。你当时若将这点认清了，甚么事都没有，还要开那老杀才的教训，说他不知回避。世界上岂有拿着女儿做仙人跳可以讹钱的？在中国犹可说，横竖不讲法律，可以行蛮将男子捆着辱打，逼他的钱，剥他的衣，男子出去自然不敢开口。在日本岂可干这种事？诈欺取财的罪，他可担受得住吗？在乡里犹可说，竟敢在东京，又是住人最多的旅馆内，干出这样事来，偏又遇着你这书呆子，真是又好笑又好气。我看那老杀才是利令智昏，你就算是色迷心窍。也好，三十块钱学个乖。不然，你这样真读书人，只会作诗读文章，也就不得了。"

成连生听了周撰这一大篇的议论，好似背书的一般，洋洋洒洒，心中也觉得是入情入理的话，倒佩服起周撰来。只是听了三十块钱学个乖的话，疑心周撰没有听得清楚事情原委，便说道："你的话虽不错，但都是议论已往之事。至当如何对付之法，我所亟欲研究的，仍是一字都没有到题。听你三十块钱学个乖的话，可知你事情原委尚没有听清。我当时求和所承诺的条件是二百五十元，不过只现交了三十元，并不是只三十元了事呢。于今所要研究的，就是对于这二百二十元当怎生抵赖呢？"周撰大笑道："你这老先生真是不得清楚！我说了这们久，还是什么二百二十块钱要研究如何抵赖？我直截说给你听，不是为你自己的名誉有关，怕不告下他诈欺取财的罪名呢！这种东西也可容他在日本久留吗？他的历史我不知

[1]带马：拉皮条。

道，等我调查清白了，放把阴火，就要赶起他滚蛋！你于今回去，绝不要理他，等他逼着你要钱的时候，你就来叫我同去，我自有好话打发他。"成连生听了，异常欢喜，心中感激周撰到了十分。

周撰见事情已议妥，便笑问道："那蕙儿容貌到底怎样？你这般倾心她，想必有几分动人之姿。"成连生忸怩着脸道："你横竖到我馆里来，免不得要看见的，何必问哩。我始终不信她会和那老杀才一气做鬼。"周撰道："这却不能乱猜。不过依你所说的情形揣度，则可疑之处也有，可信之处也有。于今且不要管他，等我调查他的历史，自然有个水落石出的时候。"成连生点头问道："你说放一把阴火，赶他们滚蛋。不知你这阴火，将怎么个放法？"周撰笑道："这事不难，只是于今不必说破，将来教你快心就是。"成连生不便追问，两下又谈了一会，成连生才告辞回去。

不知成连生回馆，事情究竟如何了结，俟下章再写。

第八章

野鸳鸯无端受辱
大马鹿到处挥金

话说周撰送了成连生去后，正想出外顺便打听朱正章的历史，才走到门口，只见郑绍畋笑嘻嘻的走了来。周撰即迎着问道："你有了甚么喜事，这样眉花眼笑的？"郑绍畋一边随周撰回房，一边说道："我听了件新鲜事，特来说给你听。"周撰听了，笑着同郑绍畋回到房内。

松子迎着郑绍畋笑道："郑先生，你终日忙些甚么，只见你在外面跑？"郑绍畋笑道："你说我忙些甚么，谁像你两口子整日整夜的厮守着，半步也舍不得离开呢。我又没有老婆，不在外面跑，坐在家里干甚么？求你绍介，你又推三阻四的，不怕等死人。"松子笑道："你不要着急，现在已有点门路了，只看你运气何如。我尽竭力为你拉拢就是。"郑绍畋忙问是怎样个人儿。松子笑道："如成了功，必能给你个满足。不成功，说也没用。"周撰插嘴对郑绍畋道："且不要听她的，等成了功再说不迟。你听了甚么新鲜事件，快说来听听。"

郑绍畋自己斟了杯茶喝了，说道："我从前不是对你说过那夏瞎子和黄夫人相好的事吗？这新鲜事，便是出在他们两人身上。说起来，他们两人本也太不拘形迹了。无明无夜的，鬼混得如火一般热。全忘记了自己一个是有夫之妇，一个是有妇之夫，比那明媒正娶的夫妇还要亲热几倍，弄得满馆子的人都看不上眼。前几日不知是那位嘴快的，望着夏瞎子说道：'你们要干这样没行止的事，也须敛迹些，何必显本事似的，定要把中国男女学生的脸都丢尽呢。'你说夏瞎子岂是肯饶人的？听了那人的话，登时大怒大骂，问那人要证据，说那人无端毁坏人名誉，指手画脚要打那人的耳刮子。幸得满馆子的人动了公愤，都出来帮着那人说话，才将夏瞎子的威风挫了下去。那人受了夏瞎子一顿辱骂，不服这口气，便每晚十二点钟的时候起来侦探。也是夏瞎子合当有灾，昨晚竟被那人拿着了。更有一层好笑，那人发见了的时候，并不惊动他们，悄悄将满馆子的人都推醒了，才轻轻到黄夫人房内。他们两人尚兀自交颈叠股的睡在被内没有醒。进房的人从被内赤条条的将夏瞎子拖了出来，不由分说的每人进贡了几下，打得夏瞎子抱头陪礼求饶。黄夫人从梦中惊醒，见人多凶猛，深恐打坏了夏瞎子，又怕他们将自己也拖出来打，忙紧紧的搂住被窝，放哀声替夏瞎子求饶。众人中真有要动手将黄夫人也拖出来打的，幸得两个老成的人拦住道：'她一丝不挂的，拖出来不雅相，饶了她罢！'众人听了有理，也不管夏瞎子，一哄各散归房睡去了。夏瞎子见众人已去，爬了起来，披了衣服。黄夫人见他已被打得头青眼肿，虽则心痛，也不敢再拖他进被，忙催他快回自己房去。夏瞎子一个人回房，哭了一夜。今日早起，无颜再住，匆匆的搬到冈村馆去了。你看这事新鲜不新鲜呢？"

周撰大笑道："打得好，打得好！这不见机的蠢才，应该教他吃点眼前亏，使他知道偷情不是容易事。不知那黄夫人也搬了没有？"郑绍畋道："听说她没有钱，搬不动。"周撰笑道："你何必要松子绍介日本女人哩？就去接夏瞎子的手，不好吗？趁这机会，我倒可为你设法。"郑绍畋摇首道："这事太跷蹊，我不敢承乏。她与夏瞎子虽说是暂时分开了，终是逼于外患，不得不尔，骨子里必仍是藕断丝连的。并且夏瞎子为她挨了这一顿打，她又不避危难的替夏瞎子求饶，倒成了个共患难的相好，以后必更加亲热。我又是个不惯偷情的，此刻虽仗你的神通弄到了手，将来无穷的祸害。你不能跟着我做护身符，你看我可是夏瞎子的对手？老实人干老实事，免讨烦恼，还是要松子绍介的妥当。"

周撰点首笑道："倒看你不出，竟能想到这一层。我以为你欲令智昏，故意说着试试，你就托我去办，也不见得便办得来，不过有可乘之机罢了。我于今要打听一个人，说给你听，请你替我留留神。现今住在江户川馆的一个江苏人，叫朱正章。带了个女子，有二十来岁，他对人说是他的女儿。他有个儿子，在千叶医学校，名字叫朱钟。你若有江苏的朋友，你就去探探这朱正章的来历。我方才就是为这事要出去，恰好你来了，就请你替我留留神。"郑绍畋道："打听是不难，只是要找了他的同乡，才问得出底蕴。我江苏倒没有熟人，等我去转托一个人，或者有些门路。"说完，又和松子说笑了一会，才别了周撰出来，顺便走到一桥黄文汉家。

黄文汉一见面，即指着郑绍畋笑骂道："你这不中用的蠢才！怎的奸滑到这步田地，只知图自己脱身，就不顾人家利害？你这样临难苟免的人，倒教我不敢和你深交了。"郑绍畋道："你这就错怪我了。那时我要不先走了，反使你绊手碍脚的，不好处置那两个小鬼。况且我又没带钱可以清料理账。"黄文汉笑道："倒亏你掩饰得干净。你既没有带钱，难道是邀我去白嫖吗？我最恨的就是你这种老实人，不知道安分，逢人捣鬼。"郑绍畋红了脸笑道："那日到底怎生个了结的？"黄文汉哼了声道："有甚么了结，难道红口白牙吃了东西，好意思不给钱吗？说不得我认晦气，弄掉几个罢了。"郑绍畋拍手笑道："何如呢？我暗地叫你不去，你还不肯信呢。我知道他们是不怀好意，故偷身跑了。"

黄文汉嗤的笑了一声，也不说明，只问郑绍畋来有甚么事。郑绍畋道："那日被两个小鬼扫了我们的兴，今日我想再和你去看看，那小女子还生得不错。"黄文汉道："那地方不好再去了。"郑绍畋问怎么，黄文汉才将那日郑绍畋走后的事说了，道："不是我胆怯，和人闹事也要费精神。你要有钱，我带你到京桥万花楼去吃料理。那料理店内有个下女，叫雪子，生得十分妖娆，且能喝酒搕中国拳，留学生吊上手的不少。你去若弄上了，也不枉在日本嫖了几年。"郑绍畋听了，心中欢喜，只愁要得钱多，便问黄文汉要带多少钱去。黄文汉道："只五六块钱够了。"郑绍畋道："这样我们就去罢。"

黄文汉起身道："天气太热，我不换洋服，就穿和服去。下月放了暑假，我想去箱根避暑。"郑绍畋道："你一个人去吗？"黄文汉一面系带子，一面答道："我想穿草鞋、背包袱走路去，恐没人敢和我走这远的路。"郑绍畋道："走路便宜些，只是箱根的旅馆很贵，你预备了多少钱去？"黄文汉笑道："你以为我没有钱么？这旅费我早已预备好了。走路并不是图便宜，沿途可以看看风景。"

说着二人同出门，到神保町坐电车，至尾张町下车。转左弯不上百步，郑绍畋即见一栋高大洋房子，挂着"中国料理万花楼"的招牌。二人同走了进去，就在第二层楼上，拣了间朝南的房间坐下。

原来这万花楼是广东人姓陈的开的，规模十分宏大。三层楼，有数十间房子，陈设都焕丽。更有一层为别家酒席馆所不及的，就是每间房派定了一个下女伺候，免得要使唤时拍手按铃种种手续。并且他那里请的下女，没有二十岁以上的，都是拣那眉目端正，体态风骚得人意儿的。就中黄文汉所说的那雪子，更是出类拔萃。还有一层好笑，说了出来，大约看官们也不相信。那怕一个寻常下女，在别家酒席馆内，客人见了都不说好的，一到了万花楼，便分外鲜艳起来。从前看过这寻常下女的客人，到了这时候，没有不惊奇道异，都以为万花楼有美颜术。其实那是万花楼有甚么美颜术，大凡一个人的容貌，衣服、房屋美恶，要增减人一半眼色。除绝色不在此例，中人之姿，没有不因此为转移的。看官们不信，只看那些养尊处优的仕宦，一出门便前扶后拥。旁边人见了，觉得一个个都是了不得的威严、了不得的体面。殊不知若将他放在乞儿里面，也得一般的驼肩耸背，鸠形鹄面，和乞儿不差甚么。万花楼的下女就是这样的一个反比例。

闲话休烦。黄文汉本是带着郑绍畋来看那雪子，上楼的时候，便听得一间房内是雪子的声音和客人搳拳，便对郑绍畋道："雪子在对面房里陪客，一时间恐不得来。"正说着，只见一个十五六岁的小下女，笑嘻嘻的掀帘子走了进来。黄文汉看那下女腰肢纤小，一副白净净的面皮，一双水汪汪的眼睛，从从容容对二人行了个礼。黄文汉拉了她的手问道："你是何时才来的？怎的我没有见过你？你叫甚么名字？"下女笑答道："我才来了两个礼拜。"说着，将壁上的菜单取下来，放在桌上。正待转身出去泡茶，黄文汉叫住问道："怎的我问你的名字，你不答应就走？"下女转身用袖子掩住口，笑着望了黄文汉不说。黄文汉见她娇憨得有趣，便起身拉了她的手道："你怎么连名字都不肯说？"下女笑道："你试猜猜，看可猜得着。"黄文汉真个春子、菊子、铃子的乱猜了一会，下女只笑着摇头。郑绍畋看着高兴，便说道："你说了罢，他那里会猜得着。"下女才低声说道："我叫小菊。"黄文汉听了大笑道："到底被我猜着了一个字！你日本女人的名字，就只有几十个字转着的叫唤，没有甚么不同的。你这菊字上加个小字，就算是很新奇的。"说完松了手，小菊出去泡茶。

郑绍畋望着黄文汉说道："实在是名不虚传，万花楼的下女与别家到底不同。"黄文汉道："这个不过可以敷衍罢了，那里赶得上那雪子的态度。"说着，小菊已端了两杯茶并纸笔进来。二人点了菜，便拥着小菊慢慢的吃喝起来。二人进来的时候是五点多钟，径吃到上灯的时分，那边吃酒的客人还没有走。黄文汉即问小菊道："对门房里的客来了多久了？"

小菊道："一点钟的时候便来了。一同有四个人，昨日也在这里吃了一下午，到九点多钟才去。我听得雪子说，有个姓张的先生阔得了不得，手杖是牙骨的，眼镜是白金的，吃了二十多块钱的酒菜，还赏了雪子五块钱才去。今日大约又得几十块钱才够。也不知他们这样整日的吃是甚么意思。"黄文汉听了，沉吟道："那先生懂日本话么？是个怎么样的人儿？"小菊道："日本话说得不好，身体很胖，穿的是礼服。"黄文汉点头笑向郑绍畋道："我知道了。那位马鹿（日语，中国骂蠢才之意）是你的贵同乡，名张仲，字孝友。来日本不到两年，冤枉钱也不知花了多少。"郑绍畋道："我早听人说过。"黄文汉道："既是他在这里熨上了雪子，你的事就十九无望了。"郑绍畋叹了口气道："你空有了个会嫖的名声，原来也一般的拼有钱的不过。我从此决不信你们这些讲嫖经的了。讲起来，好像日本女人就是你们布袋里的乌龟，要那个就是那个。认真起来，倒不如那初到日本的乱碰，还往往碰着了好的。同你这老嫖客花钱费力的到这里来，你还听了她搽拳的声音，我是连影子也没有梦见。"黄文汉点头笑道："也难怪你抱怨。你既这般着急，好歹等你见了佛面才去。她肯施舍不肯施舍，就要看你的缘法了。"郑绍畋无法，只得耐性儿等着。

　　于今且趁这当儿，将郑绍畋的同乡张孝友的历史表说一番。这张孝友家中有十多万产业，兄弟二人，哥子在前清时捐了个候补同知，在安徽候补。孝友生成了一副公子性情，见哥子虽说是在外面做官，一年到头，非特不能赚一个钱进屋，倒得花掉家中几千银子。他暗想：祖上留下来的产业，原该兄弟平分，于今哥子除捐官所费的钱不计外，每年还要几千银子的巴结费，心中不由的不服起来。到宣统三年，便也携了几千银子跑到日本来。他初来的志愿，不过想用掉几个钱，消消胸中的积郁，故也不打算进学校，恐怕上课耽搁了光阴。及来了两三个月，见同住的及同乡的，不上课的倒十有七八，他心中便疑惑起来，暗揣道：难道他们也都和我一样，不是来留学的吗？为何又多半穿着学校里的制服哩？想了一会，兀自想不出这个道理来。过了几天，才问了个清楚，始知道凡私立的大学，都不必上课的。不过试验的时候，高兴的自己去应应卯，不高兴便出点钱请人家去代混几回，发了榜，领文凭罢了。他又仔细问得了文凭的好处，便有人对他说，有了这张文凭，将来享高官厚禄，蓄俊仆美姬，都是在这上头发生效力，说得比张天师的符还要灵验。他心中羡慕起来，不觉动了个捞文凭将来回去与哥子争前程之念。只是恐怕自己的资格不合，说了出来，人家大为笑话。后来才知道不独不限资格，且不必实有其人，只要有钱报名缴学费便得。

张孝友有的就是钱，帮闲的又乐为之用。不到几日，在日本大学校报了个二年级的名。他也做了套制服、制帽，有时穿戴起来，谁能说他不是日本大学校的学生？其实他并不知道日本大学校坐落何方，只每日同着一班帮闲的花天酒地，无所不为。民国成立的时候，他也舍不得回去。其时他哥子丢了官，写信来叫他回国。他回信说日本求学真难，须尽夜不辍的研究，回国耽搁了难补习。昏昏沉沉的，竟闹到元年五月，更结识了一班情投意合的阔少，每日打成一圈，商议如何闹阔。日本有个最著名的艺妓在京桥区，名万龙。日本人有两句口白："吃酒要吃正宗（日本名酒），嫖妓须嫖万龙。"这万龙色艺高到绝处，身价也高到绝处。非王孙公子，休想问津。张孝友初来的时候虽闻万龙的名，只是单丝不成线的，日本话又不会说，故也不存心染指。于今有了帮手，便有意儿攀高了。

这些帮手是谁呢？一个是江西的欧阳成，一个是江西的王甫察，一个是广东的陈志林。这三个人都是挥金如土、爱色若命的，手中又都呼应得来。于是四人结了个团体，每人预备了五百块钱，在京桥一带，各显神通，想巴结万龙。奈万龙的身分越捧越高，且中国人在日本嫖艺妓的，没人出过大风头，骗了艺妓的倒不少，因此没有信用。张孝友他们虽排场很阔，自动车来，自动车去，只是为役之日浅，较万龙次一等的名妓荣龙、京子之属，虽欣动了几个，万龙则费尽精神，仅蒙她应了两遍局。昨日他们在万花楼吃酒之后，到待合室（日本艺妓均在待合室接客，想嫖的到待合室可指名调来。业待合室者，多系老妓）叫了几个小有闻名的艺妓睡了一夜。今晚想再去叫万龙，懒得回家，故又在万花楼吃酒。并不是看上了雪子，想打主意的。闹到九点钟，各自去了。

黄文汉同郑绍畋二人已等得不耐烦，见他们去了，才欢欢喜喜的叫小菊去换雪子来。小菊去了一会，走来说道："雪子被那几个客灌醉了，已睡了，动弹不得。"黄、郑二人听了无法。郑绍畋半晌道："既雪子醉了，塘里无鱼虾也贵，就吊这小菊罢。"黄文汉点点头，叫小菊再拿两瓶酒来，拉着小菊大家吃。黄文汉乘着酒兴，唱起日本歌来。日本女子生性没有不喜欢听唱歌的，越是唱得淫靡，她越愿听。黄文汉这些下等歌，记得最多，于今安心要挑动小菊，唱了又舞，舞了又唱。小菊吃了几杯酒，已有春意，再听了这些歌，十五六岁的小女儿有甚么把持工夫，便眉梢眼角露出无限风情。郑绍畋乘机扯了她的手，问她家住在那里，小菊说了。郑绍畋又写了自己的地方，塞在小菊怀里，问："何时可以到我家来？"小菊答应了有暇即来。郑绍畋说："你来时，先写个信给我，我好在家等你。"小菊也点头答应了。黄文汉见郑绍畋已有了些意思，便也坐拢来，替郑绍畋吹了会牛皮。

三人正谈得高兴，忽然凉风飒飒，吹得窗户皆鸣。一刻工夫，就下起雨来。五六月间的骤雨，一下即倾山倒海。二人等得雨住，已是十二点钟了。虽借着下雨，与小菊多鬼混了些时间，争奈中国酒席馆非住夜之处，只得会了账，与小菊珍重了几句出来。此时电车已是没有了。

不知二人怎生回神田，且俟下章再写。

第九章

莽巡查欺人逢辣手
小淫卖无意遇瘟生

话说黄文汉同郑绍畋从万花楼出来，电车已是没有了，街上满街是水。黄文汉来的时候，因怕热，穿的是和服，脚下穿了双矮木屐，在水里一步也不好走。忙问郑绍畋手里还剩了多少钱。郑绍畋掏出钱包给黄文汉看，还不到三角钱。黄文汉道："这便怎么了，东洋车也叫不成。同你这种鄙吝人顽，真是气人，多带一块钱也好了！"

郑绍畋道："你此时抱怨我也无益。幸喜雨已住了，说不得走回去罢。"黄文汉道："不走回去，难道站在这里过夜不成？你看人家都睡得寂静静的了，等我把木屐提在手里，打赤脚走罢。"郑绍畋道："那却使不得。人家虽通睡了，警察是不睡的，被他看见了，少不得要来罗唣。"黄文汉冷笑了一声道："怕不得许多。你要怕，就别同我走，免得临阵脱逃的，倒坏我的事。"一边说，一边把木屐脱了，提在手中，笑道："许久不打赤脚，倒好耍子。你要怕，就慢些来。"说着，揎起衣，提起脚，在水中劈拍劈拍的走。郑绍畋跟在后面道："你是犯法的，不怕警察，我还怕甚么？终不成将我也带到警察署去。"黄文汉道："只要你知道闹出事来与你无干，就够了。闲话少说，不早了，走罢！"

二人一路向神田走，走不到半里路，即对面碰了一个警察。见黄文汉怪模怪样的，便叫住问，为何这时分打赤脚在街上跑。黄文汉说了原故，那警察问黄文汉的姓名，黄文汉随便说了个名字。警察知道是中国人，也不多说，就走开了。二人又走了多时，路上碰的警察，也有问的，也有听得他二人说中国话，不过问的。

走了一点多钟，才走到神田。那神田町的一个警察，素来欺中国人欺惯了的，见黄、郑二人一路说笑而来。黄文汉因要到家了，心中高兴，越显精神，故意用脚踏得水拍拍的响。那警察那里看得中国人在眼里呢？便大声喝道："站住！"黄文汉见这警察凶恶，知道不免口舌，陡然心生一计，反手将木屐的纽子一把扭断，从容不迫的走了拢去，满面笑容的说道："足下叫住我们，有何贵干？"那警察气忿忿的指着黄文汉的脚道："你难道不知道法律吗？怎么敢公然打着赤脚在街上走？你们中国下等社会人打赤脚，没有法律禁止。既到我日本，受了文明教育，应该知道我日本的法律，不能由你在中国一样的胡闹。"

黄文汉等他说完了，望着那警察的脸，端详了一会道："你几时学了几句法律，就居然开口也是法律，闭口也是法律？你就讲法律，也应该问问犯罪的原因呢。假使人家起了火，逃火的打双赤脚跑出来，那时候你难道也能说他犯了罪吗？"那警察怒道："你家里起了火吗？你有什么原因？就有原因，你的违警罪也不能免。你且说出原因来！"黄文汉将木屐望警察脸上一照道："你看，这断了纽子的木屐，请你穿给我看。"警察望了一眼道："这理由不能成立，纽子虽断了，你有修理的责任。"黄文汉道："我又不曾开木屐铺，这早晚叫谁修理？"警察道："不能修理就应叫车子。难道这早晚车子也没有吗？你分明是个刁顽东西，有意犯禁。"黄文汉道："我有钱叫车子，还待你说？我从此处到家里，还有里多路，你就借几角钱给我叫车子回去，免得又遇了警察难说话。"警察更怒道："你这东西，说话毫无诚意。虽说无钱坐车，你也应知道打赤脚在街上走，为法律上所不许可。何以见了我，不先报告理由，直待我将你叫住，你还要左右支吾哩？"黄文汉道："我也因你这东西说话毫无敬意，故没有好话和你说。你说我应先向你报告理由，我问你，从京桥到这里，路上有多少警察？若一个个的去报告理由，只怕报告到明天这时分还不得到家。你这种不懂事的警察，在我中国下等社会中也没有见过，亏你还拿出那半瓶醋的法律来说！你这种态度，莫说对外国人不可，就是对你日本人也不可。你今晚受了我的教训，以后对我们中国人宜格外恭敬些才对。"

那警察听了，那里忍受的住呢，气得伸手来拿黄文汉。黄文汉等他来得切近，手一起，警察已跌进了交番室（岗棚）。扒几下扒了起来，拔出刀待砍。黄文汉见他拔出刀来，那容他有动手的工夫，一溜步早窜到他跟前，左手一把按住了他执刀的手腕，仰天打了个哈哈道："你拔刀吗？你拔刀吗？"随用右手在自己颈上拍了两下，将头伸在警察面前道："你有本事就砍，你恐吓谁来？你的本事就只这样吗？"那警察起初被黄文汉打倒的时候，气得红了眼，不计利害的拔出刀来。及听黄文汉那个仰天哈哈，如鹗鸣，如豹吼，在那万籁俱寂的时候，越显得如青天霹雳。握刀的手被黄文汉一按，便如中了铁椎，那拔刀时的勇气不知吓往那儿去了。勇气一退，猛觉得自己拔刀非法，想收回刀再说。那晓得握刀的手被黄文汉按住，如失了知觉，再也收不回来。只听得黄文汉说道："我佩服你文明国的警察了，刀是这般个用法。"说完，用右手把刀夺了，警察待不肯，不知不觉的已脱了手。黄文汉右手夺了刀，左手即拖了警察的手要走道："请带我到警察署去，领教领教你们的文明警章。"那警察那里肯走呢，用左手抵住交番室的门框，死也不肯出来。郑绍畋见黄文汉占优胜已占到极点，即扯住黄文汉道："饶了他罢，天气不早，我们也要回去睡了。"黄文汉才松了手。

那左右的商人，于睡梦中被黄文汉一个个哈哈惊醒了，接连听得拔刀的话，都扒起来开门探望。见警察拔出刀来要砍人，都吓得不敢出头，后来见黄文汉夺了警察的刀，又听了是中国人，才一个个都围了拢来看新闻。黄文汉见有人来了，更逞精神，拿了那把刀，摇摇头说道："险些儿不曾被你砍着。砍着了，还有命吗？于今你还是这样！"那警察见有人来了，不得不少存身份，挺胸走出来道："你待怎样便怎样。"黄文汉冷笑了一声道："待同你到警察署去，只是打掉了你的饭碗也可怜，并且天气太晚，我也懒得闹，饶了你这一次罢。"将刀向警察面前一摆道："拿去。"说罢，一手拉了郑绍畋，头也不回的就走。警察望着他二人走远了，才骂了一句："痞子，以后教你知道我的厉害便了。"那些看的人见已无事，即如鸟兽散了。

这晚郑绍畋就在黄文汉家住了。次日早起，才想起周撰托他调查朱正章的事，忙对黄文汉说了，托他向大家打听。黄文汉道："说起这人来，我倒曾听人说过。他放高利贷的事，只因与我没有关系，不曾留心追问。你既要调查他，等我会了他的同乡，问问就是。"

二人用过了早膳，郑绍畋辞了出来，走神田警察署门口经过。只见里面站了几个中国人，内中有一个穿中国衣服的，郑绍畋认得是黄文汉的同乡，叫刘越石。武昌起义的时候，据说立了功劳，在稽勋局领了许多的恩饷，又钻了一名公费，挂衔到日本留学。同郑绍畋一样拜了黄文汉的门，所以彼此认识。郑绍畋左右是没事的人，见他同着几人在警察署，知道必有事故，便站在门外等他出来，想问问原委。等了一会，听他们说着话出来了，郑绍畋便迎了上去。刘越石只点点头就走，郑绍畋忙扯住问道："你们甚么事从这里出来？"刘越石停了脚，正待要说，那三个中一个极美的少年，回身走了拢来，拉了刘越石一把道："不说也罢了。"刘越石即对郑绍畋笑了一笑道："没要紧，改日告诉你罢。"说完，被那少年拉着去了。郑绍畋心中好生纳闷。想到大方馆去，恐怕周撰还没起来。忽然想起他那同学的张怀，多久没有会面，不知他与那正子怎么样了，便放开步向小石川进发。

　　走到扫除町，只见一个花枝般的女子迎面而来，郑绍畋不觉吃了一惊，定睛看时，不是别个，正是那日兵士拥在怀中调笑的小淫卖。郑绍畋近来得黄文汉熏陶之力，气质变化了许多，大摇大摆的走向前，脱帽行了个礼。那女子自然认得郑绍畋，便也弯了弯腰，笑问到那儿去。郑绍畋笑道："正想到你家去看你。你既要走人家，我就只得回去了。那日我因见我那朋友痞性发作，不愿和他久闹，故先自走了。然自那日以后，便时时想来看你，奈总是没有工夫。今日我稍稍得闲，偏你又有事，要不是在此地碰了，还要多白跑些路。"那女子道："不要紧，有我姐姐在家里，我也就要回的。"郑绍畋踌躇了会，笑道："还是等你在家的时候来好。你今晚可在家么？"那女子点头道："请过来就是。"郑绍畋心中欢喜道："七点钟一定来，你可不要出外呢。"那女子笑着答应，各自点头分手。

　　郑绍畋径到了张怀家内。张怀正和正子二人共桌而食，见郑绍畋来了，连忙让坐。须臾二人饭毕，张怀便和郑绍畋闲谈起来。郑绍畋笑道："像你们这样真好，吃饭有人陪着吃，睡觉也有人陪着睡。用起钱来，也不过和我一样，每月三十六块。只有我真不值得，吃孤寡粮似的，每日就像没庙宇的游神，游到这里，见黄莺作对；游到那里，又见粉蝶成双。更可笑的，成日家与一班嫖场老手往来，一晌还不曾闻得女人的气味，倒时时引我上得火来。"张怀也笑道："你何必发这样的感慨，你以为我们有甚么好处吗？不瞒你说，我于今是骑虎不能下背呢。前回不是周卜先君替我画策，几乎弄出笑话来。我于今也看破了，日本女人面子上对我们好，全为不得凭的，只看我那正子就有了。从那回出了事之后，她还百般的掩饰，倒说我是疑心生暗鬼。你说这还瞒得我过么？及至我将那日的情形证明出来，她才笑着将头插在我怀里，承认只有那一回。我也不和她追问，只是近来对我的情，却真了许多，这也就罢了。听说周君艳福很好，到东京没有几日工夫，就得了个如花似玉的女学生，双飞双宿。我多久想去看看他，并拜识他那位夫人。因只知道他搬到神田大方馆，不知道大方馆是甚么番地，天气又热，就懒得动。"

郑绍畋道："那容易，今日你就同我去。只是我有件事找你，借几块钱，我做零用。我这月的费用尽了，下月领了就还你。"张怀笑道："凑巧，昨日才领了来，你可分五块去用。我四川新经理员余小勤才到，他与我本来认识，打商量先支了一个月。不然，我也是一个钱没有了。你说，我也不过和你一样，每月三十六块钱呢，你那里知道，我那月不捏故向家里骗十几块钱来贴补？一个公费够用么？我这里虽说是贷间，与贷家何尝有甚么分别？柴米油盐酱醋茶，那一件不是我开销的？只房钱一个月就要八块，还要带着她们母女看看活动写真，游游公园，吃吃西洋料理。饶你十分仔细，平均那月不要四五十元使用？这两个月少了钱，连早稻田的学费也没有缴。我也顾不得这些，只求每月开得账清，就是万幸。"郑绍畋道："那是自然。那正子与你其名虽说是相好，其实与作你的妾何异？你又监着她不许有丝毫外遇，她这样人家，除了将女儿卖人，还有什么生活法？房钱零用不问你，教她问谁？只要彼此相安，多用几个钱算得什么？这样热烘烘的住着，还不安享么？"张怀点头道："此后那正子外遇一层，似可放心了，很像死心塌地的应酬我。"说时笑了一笑道，"只此一件，就教我感激周君不尽。"郑绍畋忙问什么，张怀将那日的话说了。郑绍畋笑道："法子我是久已听得说了，真是效验吗？我还没有试验过。"张怀道："灵得很，你试试就知道了。"

郑绍畋催张怀换了衣，一同出来。张怀取出五块钱票子给郑绍畋道："天热，我们坐电车去罢。"二人跳上了电车。到春日町换车的时候，只见周撰正站在停车场等车，张、郑二人忙走了拢去。郑绍畋见周撰今日更穿得光彩，便笑道："老周，你今日收拾得这般标致，到那去？"周撰与张怀点头、握手，答道："有要紧的事，去会个日本人。你们到那去？"张怀道："多久要来奉看，因不知道足下的番地，今日恰好郑君来了，特邀他同到尊处坐坐。"周撰笑道："不敢当，不敢当。"回头问郑绍畋道，"张君有要紧的事吗？"郑绍畋摇头道："没有，不过望望你罢了。"周撰踌躇道："这便怎么？我昨日约了个日本人，今日午前十点半钟去会。"张怀忙道："请便，请便！改日再来奉看就是，我们以后不拘形迹最好。"周撰道："这真对不住！老郑，你邀张君到你家去坐坐，我至迟十二点钟必到你家来。"说话时，往大塚的电车到了，周撰匆匆作别，上车去了。

张怀见周撰约了到郑绍畋家来，只得同郑绍畋换了车，顷刻工夫即到了。郑绍畋让张怀上楼，只见房主人拿了几封信来，郑绍畋接了一看，中有一封是家信。原来是他的妹子写来的，说也要到日本来留学，已得了父亲的许可，现正托人运动公费。无论成与不成，来月初间一定动身。郑绍畋看了，屈指一算道：坏了，距动身的时间只差几天，写信去拦阻也来不及了。心想父亲也许可得奇怪，他又不是不知道日本情形的。莫说难得弄公费，就是有公费，也不必跑到日本来。

郑绍畋心中不快活了一阵，只得上楼陪张怀谈话。张怀先上楼，知郑绍畋在底下看信。见他上来有不快的颜色，即问接了甚么信。郑绍畋说了原故，张怀笑道："这不是可喜的事吗？中国女界这样黑暗，正愁有常识的女子少了。令妹既有志到日本求学，这是极好的事，应该写信去欢迎她才是。若都像你这样，中国的女权还有发达的日子吗？"郑绍畋道："我常听一般的男子都说中国的女权不发达，我只不好去问他们，不知女权发达到了极点，于我们男子有什么好处？"张怀笑道："你真是老实人，这也要问吗？多一个有知识能做事的女子，我们男子即可省一分力。中国两万万女子若都能和男子一样，那还了得吗？"

郑绍畋摇头道："我不信中国不强，是男子少了，要女子出来帮忙。我只怕今日人人都想女权发达，将来女权发达到了极点，我们男子倒在黑暗世界了。到那时候，再想有女子和今日的男人一样出来，提倡伸张男权，就可不容易呢。并且我说句不怕犯众的话，到日本来留学的女子，想归国去伸张女权，那就是一句笑话。姑不论那已归国未归国有名女学生的品行如何，只就日本国说，日本不是世界上公认的卖淫国吗？日本女子除卖淫而外，有甚么教育？你到日本这多年，你见日本女子除了卖淫、当下女、充艺徒、做苦工几种，有几个能谋高尚的生活的？日本男子的专制，是世界上没有的。你看他们女学校订的功课，多粗浅呢。从女子大学毕业出来，程度还赶不上一个中学堂毕业的男子。岂是女子蠢些吗？皆因他们男子不愿女子有独立的能力，故只订这样的课程，使她们有点普通知识，可以当家理事，教教自己的小儿女就够了。有丈夫的女子，在家何尝敢高声说句话、咳声嗽？连路也不敢乱走一步呢。这样的社会教育，这样的普通科学，难道我们中国也没有，定要劳神费力的跑到日本来？学了这点子东西回去，就说伸张女权，要与男子平等，不是笑话吗？并且这几年来，我看那些已归国未归国的女学生，只怕连这点子东西都没有弄到手。你住在早稻田小石川不知道，这神田是中国女学生聚居之所。我那一日不见十几个，撅着屁股在街上扭来扭去？那一个月不听得几回醋坛子响？这都是有起宴会来，逢着男子就讲平等自由的。将来回到中国，欺那些不知道日本情形的，还不知道有多凶呢。"

张怀见郑绍畋平日并不能多说话，今日忽滔滔不绝的大说起来。他生性是好与女人厮混的，不忍摧残女子，听了便不舒服，拦住说道："你的话不错。天气热，我口干了，请你叫杯茶来。"郑绍畋被张怀提醒了，才知道客来了半日，连茶、烟都没有递，忙陪笑说对不住。跑下楼去，教预备了两个客饭，提了壶水上来，泡茶，拿烟。忽听楼下面周撰和房主人说话的声音。

不知周撰来说了些甚么，且俟下章再写。

第十章

用笔谈虚心惊竹杠
施手段借事作人情

话说郑绍畹、张怀听得周撰在楼下与房主人说话，即起身迎至楼口。见周撰已笑着上楼来，望张怀道："失迎得很，恕罪恕罪，就请过敝寓去如何？"郑绍畹道："我已叫了客饭，连你也预备了。"周撰笑道："那怎么使得，我这仓卒主人不又变了仓卒客吗？"张怀笑道："只有仓卒客，没有仓卒主人。既老郑叫了客饭，就同领了他的情罢。"周撰将洋服的上身脱了，扇着扇子，望郑绍畹笑道："看你把什么款待客！张君既说没有仓卒主人，又说领你的情，你总要有点情给人领才好。不可像平日款待我一样的，一毛不拔呢。"郑绍畹也笑着答道："我本想多弄几样菜给老张吃，因想起你在内，不便多弄。我的情有限，老张一个人领了去有多，加上别个就会少。你却不要多心，我并不是说你。"说得二人都笑了。不一刻，开上饭来，郑绍畹果然在料理店内叫了几样菜。

三人用过了饭，同到大方馆来。张怀一见松子，便吃了一惊，暗道：这女子不是我去年十一月间在早稻田的时候，见她同了几个淫卖妇在街上走，我还吊了她半日膀子的吗？分明是个淫卖妇，怎的说是女学生？周撰这样聪明人，如何也被她骗了？一个人望着松子出神。松子见了张怀也似曾相识，见望了自己出神，甚觉不好意思。郑绍畹以为张怀看上了松子，恐周撰见了难为情，故意和张怀扯了几句闲话。接着周撰叫松子倒茶，又背过脸去换衣服，才混了过去。三人闲谈了一会，张怀因家中到底放心不下，先告辞走了。

郑绍畹问周撰上午会甚么日本人。周撰道："会《时事新闻》的访事，姓芳井的。我托你的事怎么样？"郑绍畹道："你昨日才说，今日就有回信吗？我已转托人去了，好歹明后日总有回信。"周撰道："此刻调查不出，也不要紧了，我有别的方法。"郑绍畋道："到底是怎么回事？你半吞半吐的，我又不好追问。"周撰即将成连生问计的事说了。郑绍畋道："你于今有甚么方法哩？"周撰道："事还没有做，何能对你说？横竖与你没有关系，不知道也罢了。"郑绍畋只得不问。辞了出来，四处闲逛了一会，回家吃了晚饭，到竹早町嫖淫卖妇去了，这且按下。

再说朱正章自逼着成连生写了字，以为拿稳了这宗进款，心中爽快。光阴易过，不觉已到了第六日。当日写字的时候，原约一个礼拜，今已只差一日，见成连生每日都是高卧不起，也不见有人来会他，心想：他是这样懈怠，明日的二百二十块钱怎么交得出来？事久生变，还须给他点厉害才对。心中定了个主意，即到成连生房里来。见成连生将身斜倚在一个气垫上，手中拿了一封信在那里看。见朱正章进房，忙揣了信，笑着起身让坐。朱正章不肯就坐，正待开口，只见下女拿了张名片进来，递给朱正章道："有个日本人要会大人。"朱正章以为是塚本，接了名片一看，上印着"小石川区高等系巡查·太和田喜作"。朱正章看了，摸不着头脑，忙对下女摇手，表示不会的意思。下女知他不懂话，即对成连生道："这警察昨日已来过一次，朱大人不在家。方才来问，我已回了在家，不能又去改口。"成连生将这话对朱正章说了道："日本高等系的巡查来会，必是要调查甚么，恐老伯不能不去会会。"朱正章皱眉道："我又不懂日本话，会了能调查甚么？"成连生道："不懂话不要紧，彼此可用笔谈。"

朱正章无法，只得下楼到自己房内，叫蕙儿到下女房中去坐坐。不一刻，只见下女侧着身，引了个四十多岁的男子进来。朱正章看那男子，穿一身青罗和服，系一条灰色纱裙，手中拿一顶巴拿马草帽，紫色脸膛四方口，扫帚眉毛八字须，望着朱正章行了个礼。下女恭恭敬敬的捧了个蒲团，当门安下。警察让朱正章坐，才背门坐了。下女奉了茶，轻轻的出去，复跪下将门推关。朱正章自到日本，从没见过下女这般恭敬，以为这巡查必有多大的威势。不知下女对客本应恭敬，因中国人爱和下女开顽笑，自己把威严丧尽，所以住中国人馆子的下女，对中国人是不讲礼的。朱正章从没有日本人往来，那里得见下女的礼节。

闲话少说，那警察问了朱正章几句话，见朱正章只翻着眼睛望了，知道是不懂日语。即从怀中拿出个小本子出来，在那本子档上抽出枝铅笔，写了几个字，给朱正章看。朱正章见上面写着："先生台甫朱正章乎？何为日本来？"朱正章会了意，也拿了枝铅笔，就在小本子上写了个"是"字，又写了"游历"两字。那警察点点头，又写道："塚本平十郎先生之友达乎？"朱正章不懂友达就是朋友，因平日听得说放高利贷是犯法的事，今见警察提起塚本平十郎的名字，以为"友达"二字，必是凶多吉少，不免惊慌起来，连用铅笔点着"友达"二字，对警察摇头作色，连连摆手。警察见这情形，笑了一笑，再写道："御息子（御息子即中国称令郎）来乎？"朱正章更把息子当作利息，以为是问塚本的利钱来了没有，吓得慌了手脚，疑心警察已全知道了自己的底蕴，特来敲竹杠的，连忙写了个"不知道"。写完把铅笔一掷，扭转身板着脸朝窗坐了，一言不发。警察很觉得诧异，仍写道："何故怒？"朱正章也不理他。警察气忿忿的撕了张纸下来，写了"不知礼义哉"几个字，望朱正章前面一掷，提着帽子走了。

朱正章也不送，望了这张纸出了会神。只见下女送了个电报进来，朱正章忙找人翻译。原来是朱钟由千叶打来的，说有紧要事，要朱正章父女即刻回千叶。朱正章又是一惊，心想若非很大的事故，决不得打这样急的电报。待要即刻带着蕙儿动身，又想成连生的期限在明日，于今千叶不知出了甚么事，这一去何时能来说不定的，这样事久必生变。无论如何，仍是等一天的好。于是拿定主意，也不管儿子的电报，仍走到成连生房里来。成连生已出去了，只得转身到自己房内。回想：方才警察的情形，分明是来敲竹杠。见我一口回绝不知道，才气忿忿的走了，说不定还要另起风波。他既知道了我的底细，这里是不能再住了，只是假使成连生明日无钱，便怎么是了？忽又想道：他这几日高卧不起，和没事人一样，莫不是他拼着丢脸对人说了，有人帮他出了什么主意？刚才我进他房的时候，见他拿了封信在那里看，好像面有喜色。此刻又出去了，其中必有原故。我看定他是个顾名誉的人，必不肯将事情对人说。不对人说，任如何也跳不出我的圈套。一个人胡思乱想，竟到夜间九点多钟，成连生还没有回来，只得带着蕙儿安歇。

次早起来，尚不见成连生的影子，知道他今日必不得回了。也想不出别的法子处置，势不能再等，匆匆忙忙收了行李，清了店账。馆主唠叨了许多话，说朱甫全的账未清，不宜就走。好在朱正章一句都不懂，自己提了行李，提不完的，叫蕙儿帮着提了。想坐电车到两国桥搭火车，无奈提的行李太大，照电车的章程不准他坐，他父女站在停车场上进退不得。亏得蕙儿能说几句日语，叫了乘东洋车，将行李拖往两国桥火车站。两父女坐电车，不一刻到了。等了几十分钟，行李才来。收了行李，开发车钱，买了车票，坐十点二十五分钟的车向千叶进发。点多钟工夫到了，下车，只见朱钟已在火车站探望。朱正章见了，心中惊疑不定，忙问出了甚么事故。朱钟道："回家再说。"立即唤了乘车载行李，三人一同走到家中。

朱钟对蕙儿使了个眼色，蕙儿知道有避忌话说，找到蝶子谈笑去了。朱钟才埋怨着朱正章道："你老人家在东京干的是什么事？怎么拿着自己的女儿做起仙人跳来？于今已是要弄得日本全国皆知了，教我在日本把甚么脸见人！"说着哭了起来。朱正章也急道："这话从那里说起？你听了甚么人造的谣言，怎的不打那人的耳刮子？"朱钟拭了眼泪道："你老人家不要强了。人家证据确凿，还要登报宣布，怎说是人家造的谣言？日本岂像中国动辄可以动手打人的？"朱正章道："你且说是谁来说的，他有甚么证据？"朱钟从洋服袋里掏出一张名片、一张纸出来，递给朱正章道："就是这个人。这就是证据。"朱正章看那名片上，印着"时事新闻社记者·芳井龟一郎"，心里就跳了一下。知道被新闻记者晓得了，事情就有几分辣手。再看那纸，认得是朱钟的笔迹，写的是日本文如下：

小石川區江戸川町十二番地江戸川館に下宿せる清國江蘇省人朱正章は鄉里口も評判ある生來の貪慾家にて千葉醫學校に在學中の自分の息子朱鐘か牛込區白銀町有名なる高利貸塚本某と懇意になれるむ幸ひ遙遙愛娘む日本に留學させるむ名さし大金む携へて東京に來り塚本と結托して高利貸む營みつつありしが此間塚本は朱の親戚朱某なる者か先頃朱鐘の連帶關係にて自分からなしたる借金を倒せしを朱の預けたる金額の內より其の辨償を勝手になしたれば朱の大に怒り此處に一場の波瀾を生じ殆んど訴訟の沙汰に及ばん所に知合の調停にてよちやく收まれり因みに朱は娘に國文詩詞を教ふる事を同國人成某に托し成某が自分の留守中室內にて娘に巫山戲る所

に踏み其の無行を責め之を脅迫して罰金の名の下に二百五十
圓に借金證書を無理に捲上げたりと云ふ詳細は調査中[1]

朱正章看了道："写了些甚么，我不认得，翻给我听。"朱钟照意思翻了出来给朱正章听。朱正章听了，出了一身冷汗，开口不得。朱钟道："人家写得这样详细，能说他是谣言吗？并且他既有胆要去登报，自然有来历，不怕人家起诉。你老人家只想，这事播扬出来，莫说同乡会即刻会开会驱逐我们回国，就是我们自己，把什么脸见人？"朱正章道："这日本人是几时来的，你对他怎样的说法？"朱钟道："昨日午前十一点钟的时分，我正上了两点钟的课回来，这新闻记者就坐在这里等。见了我，递了个名片道：'对不住，我尽我职务上的手续，要费老兄一点时间研究，故特来拜访。'我就问他有何要事，他问你老人家于我是甚么关系，我答是父子。他就拿了这样的一张字出来给我看。我看完了，他便道：'这是件很有趣味的事，由确实报告而来。本拟今日即由三面记事发表。因恐老兄这层关系不确，所以来问。于今已明白，对于此事的手续已了，就此告退。'说完他就要走。我虽知道他是敲竹杠的意思，只因关系太大，不敢决裂，当时将他留住说道：'既承足下好意，多远的来问，事之有无，将来自有最后之裁判，此刻无须与足下辩驳。只是足下的职务，不过只要报告的确实，就没有责任。今既承情来问，必是有可商量的余地。'那芳井听我是这般说，就望我笑了一笑道：'我们的职务，虽只要报告的确实，然也须派人四处调查。鄙人见这事关系贵国人的体面太大，派的调查员也就不少。若已经发表出来，任如何有力量的也不能挽回了。'我当时见他如此说，又已到了十二点钟，就邀他到西洋料理店内吃了顿料理。在料理店内再三要求他，才答应宽一天限，约了今日午后二时再来，故打了个电

---

[1] 参考译文：寄宿于小石川区江户川町十二番地江户川馆之清国江苏人朱正章，贪婪成性，乡里间恶名昭著。其子朱钟就读于千叶医学院，与牛込区白银町有名之高利贷者塚本交往甚密。朱以爱女留学东京为名，携巨款赴日，结识塚本，经营高利贷。其间，朱之亲戚朱某以朱钟为连带保证人，向塚本借钱不还，塚本即从朱寄放于其处的钱款内擅自扣除。朱大怒，顿生波澜，险及诉讼。后经人调停，得以平息。另有朱曾将其女之国文诗词之教导，托付于同国人成某。成某趁朱外出之际，与其女共赴巫山云雨。朱责其无行以胁迫之，以罚金之名强令成某立下二百五十元借款字据。据称，详情仍在调查中。

报要你老人家赶急来。我看那新闻记者异常狡猾，非有很多的钱，只怕还塞他不住。"朱正章听了，急得脸变了色，倒在席上，又悔又恨。待任他去发表，自己的名誉虽不要紧，只是要顾虑着儿子的官费，并且蕙儿也还想要替她寻个人家。待拿钱去挡塞，又听得这新闻记者很狡猾，他挟着这事，还不知有多大的希望，那舍得将几十年来日积月累的心血，这般呕气的送人？一个人想来想去，午饭也不吃，想到伤心之处，几乎哭了出来。朱钟也气得不肯去安慰。

看看到了两点钟，那芳井应时而至。朱钟将他接到自己读书的屋里坐了，仍转身问朱正章预备给多少钱。朱正章半晌道："你问我，我知道他要多少呢？"朱钟即端烟茶出来，芳井客套了几句，道了昨日的扰。朱钟道："承足下两次惠临，心实不安。方才家父由东京回来了，这事我也不敢禀白。只是据我的意思，家父平日为人戆直，说话多不避忌，以致小人切齿者多。含沙射影，希图倾陷，最是小人长技。虽发表之后，不难追求主者，对质法庭，泾渭自有分别。只是我尚在学生时代，无清闲时日与他们做无味周旋。家父又年逾六十，我何忍令其受此苦恼？知足下长者，甚望销灭于无形。至于调查所费，谨当奉还。"

芳井听了点头道："老兄聪明，真不可及！尊翁对于那种人言语上稍失检点，小人之无忌惮，何所不至？然他既能为负责任之报告，我虽明知虚伪，职务上亦不能不替他发表。并且这种记事最受读者欢迎。为营业上起见，也应据报告登载，左右与敝馆有益无损。可笑我那些同事的都以得了件奇货，见我昨日回去说老兄要求延期一日，他们登时鼓噪起来，说我从中得了甚么。亏我多方解说，他们还是似信不信的，气得我将稿子往地下一掷道：这事我不管了，随你们闹去。他们见得认了真，才没得话说。今日听老兄这般说，倒教我认真为难起来了。我那同事的没一个好说话。"说着伸伸舌头，望着朱钟打了个哈哈。

朱钟见芳井渐渐露出下等样子，知道他不是能开大口的，便也点头笑道："无形销灭的话，想足下是已肯赏脸应允了。只是调查费，须求足下指个数目，好等我量力奉纳。"芳井听了，耸耸肩，将坐位移近朱钟，伸出两个指头，偏着头向朱钟道："此数恐不能少，不是我有意贪多，实在非二百金不够分派。"朱钟摇头道："足下过于小题大做了。只半数尚恐无力担任，足下如此见教，何能承命？这事是我从中私了，不能禀白家父。我一个学生，又在贵国，仓卒何处得此巨款？还是望足下格外帮忙，大减下来方好说话。不然，就只好任凭足下，实在是能力薄弱，没有法子。"芳井沉思了一会道："也罢。我也知道老兄的难处，说不得我自己吃点亏，一百五十元，就算是无以复减了，任老兄裁夺。不答应，也不能怪老兄，只怪我能力绵薄，帮忙不到。"说完，又打了一个哈哈。朱钟只得答应，进去和朱正章商议，不由得朱正章不忍痛割舍，即时拿了百五十块钱，交给朱钟捧出来。芳井即将那稿子交了朱钟，收了钱，喝了口茶，告辞就走。朱钟也懒得远送，转身回房，长吁短叹。朱正章知道有人帮成连生设计暗害，更恨成连生入骨。

那蕙儿隐约听得些关涉自己的话，她是聪明人，见了这种情形，怎不明白？便想起自己的身世，平白被人家加了个不正经的声名，将来怎生结局？更回想那日的事，不觉伤心痛哭起来。哭到那极伤心的时候，便数道："我的娘呵，你要不死，何得许人家带在外面出乖弄丑？你死要带了我去，也免得我在阳世受罪。娘呵，你倒好，眼一闭，甚么都不管了。你也晓得你亲生的女儿在阳世没有个痛痒相关的人么？娘呵，你也忍将亲生的女儿给人家当本钱做生意么？怎么不带了你女儿去呢！"朱正章正一肚皮没好气，那里忍得过，一厥劣扒了起来，冲进房去，抓住蕙儿就是几个耳刮子道："你这畜生，夹七夹八的数些甚么？你又不早死，跑到外国来丢你娘的丑！"蕙儿更大哭大叫道："你打，你打！倒是打死了干净，免得你终日为我操心害人！"朱正章气得跑拢去，又踢了两脚。亏得朱钟跑来拦住，喝教蕙儿不要再哭了。蕙儿那里肯住，更骂出许多不中听的话来。朱正章只叫快用绳子勒死她，蕙儿也就叫快拿绳子来。朱钟骂住了那边，又来劝这边，径闹到夜间八点多钟才风平浪静。从此父女交恶起来。

过了几日，朱正章对朱钟道："我抱着很大的希望到日本来，那晓得处处风波，倒好像都是天造地设的对手，弄得我一筹莫展，退财呕气。我平生也不曾受过这样磨折，再住下去，莫说无趣，只怕还有意外枝节生出来。世情险恶，跛脚老虎赶着打的人多。并且甫全的账也须趁急去讨，说不定他又要往别省去了。我于今想了个法子，你去和塚本商量，求他到中国去走一趟。只要他做个引子到无锡县去，中国的官吏照例怕外国人的，有我从中主持，不怕甫全家里拿不出钱来。讨了钱，塚本往来的路费我都愿担任。"朱钟点头道："这事不难，塚本没有不愿意去的。他时常对我说要到中国去，在家里拼命学中国话。他去了，路费何必要我们担任，怕朱甫全不出吗？借约上写明了，如债务者归国，债权者因索债而去，可要求往来旅费。你老人家同塚本去自是好，只是没得个翻译，并且没有连带人，朱甫全并不老实，难保他不借此推托。我看不如我也同去一遭，塚本必更加愿意。"朱正章欢喜道："你学堂不要紧吗？"。朱钟道："不要紧。横竖不久就要放暑假了。不试验，不过降一年级。我也得向甫全要求损害赔偿。"当下父子计议已定，次日朱钟即到东京找塚本说了这意思。

　　不知塚本愿与不愿，且俟下章再写。

第十一章

弄猢狲饭田町泼醋
捉麻雀警察署谈嫖

话说朱钟和塚本说了来意，日本小鬼那有不愿意到中国去的？况又不要自己出盘缠，登时欢欢喜喜答应，问道："预备几时动身？"朱钟道："我随时皆可，只看你几时可走就是。"塚本道："你尊大人寄存的款子，提不提去？"朱钟道："他老人家已不打算再来了，是要提的。"塚本道："既要提，须到下月初三以后才能动身。今日是五月二十四日，也不多几天了。我帮你去打听船只。初三以后，有船就走，船票我也和你定好。"朱钟点头谢了一句，告别回千叶。到家对朱正章述了塚本的话。

朱正章没得话说，只问朱钟，蝶子当怎生处置？朱钟道："没甚么难处置，换间小些儿的房子给她住了，将器用搬去，教她守着。每月不过给她十多块钱，暑假后我左右就要来的。"朱正章知道不能拦阻，只得由他。这晚朱钟与蝶子说了，蝶子本是个老实女子，不能不应允。

光阴迅速，初五日是近江丸由横滨开往上海。初三日，朱钟到塚本家拿了钱，退回了收据，买了船票，仍回千叶，搬了家。第二日朱正章带着儿女，由东京约了塚本，到横滨歇了一夜。次日清早上船，往上海去了。

于今再说那江西人在龙涛馆跳楼的王寿珊，在病院里医治了个多月，花了几十块钱，才将伤养好。退院出来，仍住在龙涛馆。一日他同乡的秦士林来看他。这秦士林年纪有了三十多岁，生得黑漆漆的一副脸膛，长粗粗的一条身体，两膀有百十斤气力。论容貌，本来是护法的韦驮；讲性情，偏又是偷香的韩寿。与王寿珊同乡相识，近因听得他退了病院，故特来看望。彼此见面，少不得也要客套几句。王寿珊道："你还住在原地方么？再过两日，即来奉看。"秦士林道："我已搬了，于今在大塚佃了所房子。"随掏出本袖珍日记，扯了一页纸，开了个番地给王寿珊。王寿珊问道："你和谁同住？"秦士林道："和一个亲戚同住。"王寿珊寻思了一会道："你的亲戚是谁呢？"秦士林道："是新来的，你不认识。"王寿珊道："只两个吗？"秦士林道："他还有个兄弟。"王寿珊将地名收好，又谈了一会没要紧的话才别。

过了两日，王寿珊正待去回看秦士林，恰好又一个同乡汪祖经走了来，说特来邀他去看秦士林的。王寿珊笑道："你来得凑巧，我正愁一个人去无味，并且地方也不熟，难得寻找。我们就去罢。"于是二人同出来，坐电车向大塚进发。

这汪祖经于今二十八岁，到了日本多年。民国纪元前考取了高等工业学校，革命时归国。元年来，便考进了日本大学。生得近眼厚唇，长身歪脚，曾作过一番江西经理员，也是个多情之种。他今日去会秦士林，不是无意识的闲逛，却另有一层用意。

看官，你说秦士林同住的是个甚么人？何以王寿珊问他，只是含糊答应？原来是个想在日本留了学，回去伸张女权、谈恋爱自由的，江西南康都昌人，姓吴名品厂的女学生。与秦士林论戚谊，不亲不疏，是秦士林姐夫的妹妹。为人性格随和，语言爽利。在女界中，论容貌虽是中资，讲学问却称上等。作诗能押韵，写字也成行。哥哥吴源成，前清时在江西干了件小小的差事。不知怎的得罪了秦士林，秦士林稍施手腕，轻轻的加了他一个革命党的花样，把差事弄掉了，还几乎出了乱子。秦士林的父亲说：这儿子绝无天良，亲姐夫也可如此陷害，见了面，定要把秦士林活埋了，因此吓得秦士林不敢归国去。吴品厂于民国元年同兄弟吴源复钻了两名公费到日本来。秦士林知道姐夫的妹妹要来，想借他解释前嫌，亲往横滨招待。吴品厂也想居中调和，消了两家的怨恨，就任凭秦士林摆布。秦士林拣偏僻处佃了所房子住着。吴品厂初来日本，须学日语，秦士林便兼作师资。也不请下女，吴品厂就兼主中馈，一家和好的居住起来。汪祖经见秦士林如此生活，屡以为不可。劝秦士林不听，便暗劝吴品厂，劝来劝去，劝动了吴品厂的心。今日邀王寿珊同去，想借王寿珊绊住秦士林说话，他好抽空再劝吴品厂。

电车迅速，不觉已到了大塚。二人步行十多分钟方走到。凑巧秦士林不在家，吴源复也到成城学校上课去了，只有吴品厂一人在家。汪祖经翻悔不该邀王寿珊同来，便心生一计，说秦士林既不在家，我们迟日再来罢。当下要王寿珊留了个名片，同退了出来。走不多远，汪祖经道："我还要到近处一个朋友家去坐坐，你先回去罢。"说着，别了王寿珊，匆匆从别条路转到吴品厂家。

吴品厂接了笑道："我说你今日怎么这样慌急，连话也不说一句就跑。"汪祖经道："同着生人，怎么好说话？他到那里去了？"吴品厂道："多半是到神田去了。"汪祖经道："你还是怎么样，尚不想搬吗？"吴品厂笑道："急怎的？源复不久就要进成城寄宿舍去，等他进去了再搬不迟。只是搬到甚么地方好呢？"汪祖经道："我住的浩养馆有空房间，我久已留了心。"吴品厂笑道："你同我住不怕……"说到这里，忙住了口。汪祖经问道："怕甚么？"吴品厂道："我说错了，没有甚么。"汪祖经鼻子里哼了一声道："谁还怕谁？谁是被人欺负的！"说时，二人移到里面一间房里去坐。

不久，秦士林回了，见了汪祖经便道："我方才在停车场碰了王寿珊，说同你来，会我不着，你就往别处看朋友去了，怎的还在这里？"汪祖经道："我那朋友也不在家，实在走乏了，故转身来歇歇。"秦士林冷笑了声，也不开口，回自己房里换衣服去了。吴品厂轻轻推了汪祖经一把，教他走。汪祖经也不与秦士林作别，只悄悄嘱吴品厂："赶急搬来，我定了房间等你。"吴品厂点头答应了。汪祖经回到浩养馆，拣隔壁的一间空房定了。

这里，吴品厂送了汪祖经，转身即对秦士林说要解散贷家。秦士林问什么原故。吴品厂道："源复在成城学校，不能不住寄宿舍。他去了，我们两人住着不雅相。外面人嘴多，又要造谣言。"秦士林道："不相干。谁人敢当面说你我的闲话吗？"吴品厂摇头道："你有甚么法子去禁止人家说？"秦士林道："人家背后说，与我们有什么相干？你以为有源复同住，人家就没得说吗？还说的活现呢。"吴品厂道："有他同住到底好些。人家就说，也不过是疑心罢了。我要搬家，倒不是专为怕人家说，实在这乡里也住得不高兴了。"秦士林道："你想搬到那里去，可是浩养馆？"吴品厂道："还不定。如没有别的地方，浩养馆也可以住的。"秦士林便不做声了。

过了几日，吴源复进了寄宿舍，果然解散了贷家。吴品厂径投麴町区饭田町浩养馆来，汪祖经自然殷勤招待。秦士林搬到神田千代田馆，与浩养馆相隔不远，也时常来浩养馆闲坐。只可恨汪祖经自吴品厂搬来，便成日在家中坐着，并不在外。又住在吴品厂的贴隔壁，一听了秦士林声音，就跑了过来厮混。秦士林来了几次，都是如此，不曾沾着一些儿甜头。气得秦士林横了心，准备大闹一场，开锁放猢狲，大家弄不成。

一日吃了早饭，跑到浩养馆，在吴品厂房内坐着。汪祖经照例的过来，三个人天南地北的胡扯。看看谈到十二点钟，秦士林硬教吴品厂叫客饭。三人一同吃了。又坐了一会，汪祖经望着秦士林道："你的馆子今日大扫除吗？怎么不能回去呢？"秦士林知道是挖苦他，便笑道："我多久就想大扫除了，不然也不得干净。我看这浩养馆比千代田馆更肮脏得不成话，再不扫除，只怕人家都要掩鼻而过了。"汪祖经点头道："有我在这里还好，不然，恐怕更不堪了。人家故意要来弄脏，有甚么法子！"秦士林也点头道："近墨者黑。除非是一个人住，才能干净。"两个人你一言，我一语，都带着讥讽的意思，只是都不肯先动气。吴品厂在中间，左右做人难，只好不做一声，望着他们谈笑。二人两不相下。

说起来，看官必不肯信。二人你讥我诮的，吃过了晚饭，尚兀自不肯走。又接连下去坐到十一点钟，连大小便都是匆匆忙忙的，不敢久耽搁。吴品厂熬不住要睡了，只得对秦士林道："这早晚你也该回去睡了。"秦士林道："老汪他怎不去睡？他睡了，我走不迟。"吴品厂又求汪祖经去睡。汪祖经懒洋洋的走了出来，即听得秦士林说道："老汪既去，我就不回去了。天气不早，和你同躺躺罢。"吴品厂尚未答言，汪祖经复走了进来道："不知怎的，我今晚一些儿睡意也没有。既老秦不回去，就陪他谈谈也好。品厂，你要睡只管睡。"吴品厂那里好睡，也不能派谁的不是。心中虽有些恨秦士林，但是畏他凶狠，不敢作左右袒。没奈何，低着头叹声冷气，暗骂冤家。陪着他们坐到两三点钟的时候，四面鼾声大作，二人都精神来不及，渐渐的背靠着壁打起盹来，吴品厂也陪着他们打盹。稍有响动，二人即同时惊醒。此时正是六月间的天气，昼长夜短，打了几个盹，天已亮了，各自起身梳洗。

吴品厂不教下女开客饭，秦士林公然自己喊下女拿客饭来。吴品厂道："你的馆子隔这里又不远，定要吃我的客饭，是甚么道理？"秦士林笑道："有甚么道理？是吃饭的时候，应得吃饭。清早跑回去，也不像样，馆子里的下女定要笑我嫖了淫卖妇。你一个公费，难道供给亲戚几顿客饭都供给不起吗？"吴品厂没得话说，由他吃，吃了仍如昨日一样与汪祖经对坐。吴品厂催他走，他只是涎皮涎脸的说："坐坐何妨，何必这样嫌我？我往日也有些好处，你都忘记了吗？常言道，衣不如新，友不如故。我那一次没有如得你的意？你凭良心说，第二个还赶得我上吗？"吴品厂听秦士林越说越不成话，也不答白，起身系了裙子，叫下女唤了乘东洋车，到他同乡女伴袁成家去了。

秦士林便如十八岁大姐死了丈夫，不能守了，只得回去。吃了午饭，又来探问，吴品厂尚未回来。秦士林往别处打了几个盘旋，仍到了浩养馆。恰好吴品厂才回，便一同进房。汪祖经那里肯放松一刻呢？也笑嘻嘻的过来了。吴品厂知道两边都不好说话，只好由他们去坐。

不觉吃了晚饭，又是昨晚那催走的时候了。吴品厂急得要哭道："你们也不必只这样害我。我知道你们的用心了，你们不将我逼死，两下也不得放手。我吴品厂前世里造了甚么孽，今世来遇你们两个冤家受折磨。你们也不必这们了，我明日写船票回国去，大家干净！老汪，你放心去睡。老秦，你也回去。我今晚可不能陪你熬夜了。"说完，教他们让地方铺被。秦士林那里肯信，也不做声，站起来让她铺了被，仍坐着望了汪祖经。汪祖经也望了秦士林。吴品厂和衣睡了，用汗巾蒙了脸，伤心落泪。这两人动了怜香惜玉之心，都怕说话吵了她，各靠着昨夜的原地方，胡乱打了一夜盹。

次日，吴品厂吃了早饭，真个出外买了船票，给秦士林看了，收拾行李，动身由横滨到上海去了。前人有避内差的话，这吴品厂只怕要算是避外差了。吴品厂去后，浩养馆登时浪静风恬。热闹文章尚在后面，暂时放下。

且说黄文汉的嫖学弟子刘越石，那日在警察署门口遇了郑绍畋，不肯说原由的，到底是件甚么事呢？说起来却也平常。原来刘越石同了三个朋友，佃一所房子在骏河台。三个朋友是谁呢？一个是江苏的，姓姜名清，年十九岁，天生的面貌比梅兰芳还要飘逸几分。其性格之温存，出词吐气之秀雅，更是千中不能选一。只是有些女孩子脾气，爱小声小气的和人喁喁私语，并且容易动他的娇嗔。听说他父亲是个鼎鼎有名的督学使者。他十六岁到日本，就其性之所近，在美术学校上课；一个是四川的，姓胡名庄。这人年二十零岁，生得剑眉圆眼，阔臂细腰。虽没练过把势，却有几斤蛮力，有事惹他动起怒来，双眼眵出，就和张黑的那双贼眼一样。天生他一种吃喝嫖赌之才，于学问一道，用心倒很平常。最长的是几句诙谐话、几张麻雀牌。到日本六七年，不知他学了些甚么，日本话倒被他说得和日本人差不多；一个是陕西的张裕川，与那三人知识同等，性情也还相投，没有甚么特别，到日本也有四五年的程度。四人同佃房子，寻了个西洋料理店内的下女煮饭，胡庄担任弄菜。他本是个见色心喜的人，又每日弄几顿菜，时时与下女亲密，近水楼台先得月，不几日就有了关系。这三人只有姜清常说日本女人不值钱，不肯染指。刘与张都是眼明手快的，你瞒着我，我瞒着你，二人都有了一手儿，这都不在话下。

一日，胡庄的花样翻新，忽然想打麻雀，自己跑到源顺料理店内租了副牌，四人扯开桌子，闹了起来。胡庄闹到高兴的时候，是自己的庄，起了手牌，中、发、白各只一张，便摇摇头，套着《四书》念道："一白一中，财发之矣。必不得已而去，于斯三者何先？曰去白。"说着，打了张白板。顷刻轮到他跟前，又摇摇头说道："必不得已而去，于斯二者何先？曰去中。自古皆有死，财非发不可。"说着，又打了张中字，惹得三人大笑起来。

笑声未了，只见一只手从半空中插了下来，把一副骰子抓了。各人抬头一看，一个个吓得魂飞天外。定睛看时，那人头戴警冠，身穿警衣，腰佩警刀，与那街上站岗的警察不差甚么。四人登时面面相觑，望着警察将牌收好，挟在胁下，教他们四人同走。胡庄唤下女，唤了几声，那里有人答应，不知早吓往那去了。胡庄望着警察道："你教我们到那去？"警察道："走着自然知道。"胡庄道："家中无人，我不去罢。"警察忍不住笑道："这却由你不得。"胡庄骨都着嘴道："由不得我？明日失了东西，我只晓得问你要赔。"警察也不理他，赶着四人就走。

到了神田警察署，一个高等警官出来，问四人的名字。各人捏造了一个假名姓，省分也写了假的。那警官看了，叫拿户籍簿来对。中国人在日本住的，各区的警察署均按区有调查的名姓籍贯册。佃房子住的，更是如此。他们住神田不久，警察署才新造了册子。警官教拿来，翻开一对，那有一些儿像意？警官怒道："我看你们也不像是留学生，倒很像常做犯法行为的，暂且拘留一夜再说。"警官说完，怒冲冲的进房去了。几个警察走拢来，不由分说的将四人挤在一间房内，用木栏子门关了。

　　刘越石穿的是中国纺绸衣裤，坐到九点钟以后，身上一阵阵的冷起来，越夜深越冷。昨日又被下女淘了一回，更禁不起，便埋怨胡庄多事，无端想打甚么牌，不然何至受这样的苦？张裕川道："都是他！写假名字也是从他写起。他要写了真名姓，我们必跟着写真的，何致受那小鬼的奚落！"姜清道："你们都怪的不对，我只怪他不该套《四书》。不是他套《四书》，我们怎得大笑？不大笑，警察开门我们自然听得。听得有人开门，即将牌收了，警察拿不着证据也好了。"胡庄冷笑了一声道："我平日太把你们看大了，那晓得你们都是些傀儡。四个人同做的事，也要你推我挤起来。我就承认了不是，不该引诱你们。你们独不想想，谁是小孩子，可以随人引诱的？动作操之他人的，不是傀儡是甚么？你们以为不写假名姓就可以无事吗？你们不要做梦！警察平日捉了中国人打牌的，有例每人罚二十元。他于今拘留了我们一晚，明日还能问我们罚金吗？写假名姓，不过是想保全名誉的意思，难道也问得成罪？我们每人有二十块钱，到新桥去嫖艺妓要嫖两三夜，怕偿不了今晚一晚的苦呢？你们不要埋三怨四，咬紧牙关过罢！"三人听了，也似有理，都没得话说。四人团坐在一块儿，你倚着我的肩，我靠着你的头，摇签筒似的摇了一夜。

　　次日早，一个警察由栏杆缝里递了几块面包、一壶水进来。四人谁肯吃这面包呢，只各人将水打湿了汗巾，抹了脸，胡乱漱了漱口。到九点钟才将门开了，一个警察请他们四位出来。那警官板着副脸，望了四人半晌道："你们贵国的留学生也太不自爱了，只我这一署，每月至少也有十来件赌博案，嫖淫卖妇的案一个月总在二十件以上。现在留学生总数不过四五千人，住在神田的才千零人，平均就每日有一件犯罪的事发生，不是过于不自爱吗？我真佩服你们贵国人的性情，柔和得好。你们也知道贵国政府是因国体太弱，才派送你们来求学，将来好回去整理的么？怎么还这般的和没事人一样哩？"

　　胡庄听得后面几句话，眼睛都气红了，忙说道："你的话完了吗？我也有几句话说。我们中国人在贵国，不自爱的固有，然也不能一概抹煞。就是我们昨晚的事，说与贵国法律不合则可，说是甚么大罪恶则不可。这赌博的事，在世界各国，也就止贵国禁得不近情理。至于一个月有二十多件嫖淫卖妇案，更不能专怪敝国人不自爱。男女之欲，越是文明国的人越发达。敝国国人到贵国来求学，远的万余里，近的也有数千里，至多也须一年方能回去一趟。况都在壮年，此事何能免得？贵国的公娼，又有种极下等的规则，一个婊子每晚须接数客，对敝国人除专想敲竹杠外，绝无好意。艺妓略好的，就高抬身价，决非一般留学生个个所能嫖。铭酒屋和猪圈一样，岂是敝国人嫖的地方？除了这三种，你说不嫖淫卖妇嫖甚么？并且嫖的事，不是一方面做得成的。敝国人既每月要出二十多件嫖淫卖妇案，则贵国的淫卖妇，合贵国自己嫖的计算，每月就不知有几百件了。贵国不是从有留学生才有淫卖妇的，是留学生见贵国有淫卖妇可嫖才嫖的。这样看来，贵国的淫卖妇也就未免太多，贵国人也就未免太不自爱。敝国人性情柔和，诚如尊言。大国民气象，自是如此。敝国虽弱，只要贵国人少怀点侵略主义，则东亚和平，想不得由西洋破坏。我于这时候对你论世界大势，恐怕你也懂不了多少。你只快说，我们的事应怎生了结？"

那警官见胡庄口如悬河，日语也说得和日本人一样，暗自纳罕，以为是个了不得的人物。虽听得有些可气的话，只是一时间也驳不来，便说道："你们回去，以后不要再如此了。无论世界各国怎么样，敝国的法律，在敝国是有效力的。"胡庄道："牌呢？"警官笑着摇头道："赌具是没有退还的。"胡庄点头道："我知道你们背着人也想顽顽。"说着四人同走了出来。刘越石便被郑绍畋扯住问故，姜清恐他说出，故拉了就走，回到家内。

不知后事如何，且俟下章再写。

第十二章

失良缘伤心丁便毒
发豪兴买醉舞天魔

话说刘越石等四人回到家内，只见下女一个人坐在房中纳闷。胡庄一纳头倒在草席子上，叫："饿了，快弄饭。"下女道："饭久已煮好了，在这里等，请你弄菜便了。"胡庄对张裕川道："请你去弄罢，那一大篇饿肚胡说把我累苦了。"刘越石道："倒亏了你那一篇胡说，不然，我们都白送他教训了一顿。那警官还好，听了你的话绝不动气。我虽不大懂得，只看你的词色，便知道说的不是好话。"张裕川在厨房里插嘴道："我看那警官若不是听了老胡的一篇议论，说不定还要议我们的罚呢。他们对于不懂日本话的中国人有甚么法律，可以欺便欺了再说。老刘你说那警官好，我说那警官滑极了，最会见风使舵的。"姜清跑到厨房里，轻轻跺脚说道："甚么体面事怕人家不听得，要这般高声说，真把我急死了！"张裕川也自觉得喉咙过大，即笑着不做声。一刹时菜已弄好，四人随便吃了些儿，都扯伸脚睡了。

过了几日，刘越石走到黄文汉家，只见黄文汉一个人在家打着赤膊，正清检什物。刘越石问道："你要搬家吗？"黄文汉一边抹着汗一边让坐，答道："不是搬家，我要到箱根去旅行，这些零星东西不收拾下子不好。听说你们打牌出了乱子，我一晌没得闲，不曾到你家探问，究竟是怎么的，闹得警察来了，你们尚不知道？"刘越石将情形说了。黄文汉点头笑道："怪不得，笑声掩住了门响，你那种下女自然是不敢见警察。那老胡还不错，日本话也来得，只是开口太迟了。若早和来的警察说，不过罚点钱罢了，决不得拘留那一晚。"

正说着，郑绍畋来了，进房见了刘越石，便指着笑道："你们那日的事，你不肯说，我也知道了。并且我还知道，那警察何以晓得你们打牌，才来拿的原故。"黄、刘二人诧异道："你怎么知道，有甚么原故？"郑绍畈道："不必问我。老刘，你只回去问那日拖住你不许说话的美男子，便明白了。"黄文汉道："你既知道，爽直些说了出来罢，吞吞吐吐的做甚么？教人闷破肚子。"郑绍畈望着刘越石道："你隔壁不是住了个中国女学生吗？"刘越石道："不错，那女子还生得很俏皮，时常穿着西洋衣服在街上走。"郑绍畈拍手笑道："你们就吃了她生得俏皮的亏呢。你知道那女子是谁呢？就是浙江鼎鼎大名的陈女士。这女士到日本来，大约不过两三年，听说也是公费。容貌你是看过的，莫说拿甚么蔷薇花、玫瑰花去比她不相称，就是带露的芙蓉花映着太阳，也没有那般鲜艳。天生的爱好，行动起来，数十步就有一股艳香钻心扑鼻。闻了那般香，即如中了蒙汗药似的，也不知有多少。你那对门不是还住了个中国少年吗？"刘越石点头道："不错。我见他每日要换几套衣服，时而是极阔的和服，时而是中国衣服，时而是大礼服，时而是燕尾服，时而是先生衣服，呵呀呀，世界上男子所有的衣服，大约也被他穿尽了。"郑绍畈笑道："你们尝那拘留所的滋味，就是他孝敬的。"刘越石道："这话从何说起？我们没有一个认识他，无原无故害我们做甚么？你说出来，我决不饶他。"

郑绍畈道："你说无原无故，原故大得很呢！那人是广东番禺人，姓林的，名字我却不知道。他家里住在横滨，是个大商家。他在大同学校毕了业，时常到东京来顽。一日在中国青年会，无意中看见了那陈女士，他就失魂丧魄的，如受了陈女士的催眠术，身不由己的跟着陈女士走。陈女士走到那里，他也跟到那里，一径跟到骏河台。陈女士进屋不出来，他知道陈女士住的是贷间，他便进去问还有空房子没有。见里面回答没有，他大失所望，在骏河台一带走上走下，不肯离开，想等陈女士再出来。那晓得等了几点钟，陈女士并不出来，他便呆头呆脑的，只要是民家，就去问有没有贷间。他因是小时来日本，日本话说得很好，又穿得阔绰。骏河台一带的贷间，本多有不挂牌子的，问来问去，居然被他找了一间。恰好就在陈女士的斜对面。

"他既定了房子，连夜赶回横滨，对父母说要到东京进明治大学，收拾行李，次日清早即搬了来。在他那楼上望得见你家的晒台。你家的晒台不是和隔壁家的晒台相隔不远的吗？那陈女士每日要到晒台上晒汗巾。她晒了汗巾，便要凭着栏干四处眺望一会。那姓林的每日早起，即将窗子打开，临窗坐着，一双眼睛盯住晒台上。等陈女士的眼光到了这一方面，他便咳嗽扬声，挤眉弄眼。那晓得一日早，正在要引得陈女士注意的时候，忽然见你这边晒台上，出来个美人一般的男子，也拿着一条汗巾来晒。那陈女士回头看了一看，立刻低了头，慢慢的下楼去了。姓林的眼睁睁望着那美男子用眼送陈女士下楼，回头瞪了姓林的一眼，好像已知道姓林的是有意吊膀子，故意露出点吃醋的意思给姓林的看似的。姓林的这一气非同小可。自那日以后，便每日如是。陈女士一上晒台，那美男子总也是不先不后的上来。虽不见二人说话，那不说话的情形更难堪。那姓林的不说自己容貌不如人，没有法设，还想用表示有钱的手段来打动陈女士，故一日换几套衣服在街上摆来摆去。

"可怜他摆了十多日，陈女士那里将他放在眼里呢？他就疑陈女士已与那美男子有了情，便日日想设法陷害。那日也是合当有事。他在源顺买东西，见了一个人在那里租牌，他认得那人是和你们同住的，他便连忙跟定了那人。见那人径回了家，他就在外面听，听得里面有了牌声，他悄悄的报告了站岗的警察。那警察还以为他是日本人，说怕你们抵抗，要求他同来拿。他说：'不要紧，我知道没一个有抵抗的能力，你轻轻的开门进去，拿了就是。'他说完就走了。所以，我说你们那一夜拘留所的滋味是他孝敬的。我何以知道这般详细哩？他以为这事做得得意，逢着熟人便说。我从朋友处听说，他想将这风声播扬出去，好传到陈女士耳里，使陈女士瞧不起那美男子。哎呀，那美男子到底叫甚么名字？我把这三个字当作他的代名词，说起也不好听。"

刘越石听郑绍畋说完了，接着叹口气道："暗中还夹了段这样的原因，真是做梦也梦不到。"黄文汉道："事倒有趣，只是那姓林的也就蠢得可笑。你害人既要用这种最下等的手腕，怎的还敢对人说呢？纵不怕这边听了图报复，也要防人家听你说的时候，开你的教训，说你是卖国奴，借着小鬼的势力闹醋劲，欺自家人呢。这种蠢东西，那里是老姜的对手！"刘越石道："如老姜真有意吊那陈女士的膀子，何以平日从没有听他提起过？我想一个是有意，一个是无意，有意的把无意的误认作有意，才想方设计的来破坏，致我们蒙了不白之冤。"黄文汉笑道："你们确是误搭强盗船，遇了官兵，拿住了，挨了打，死也有冤无处诉。但是你观察老姜就观察错了。他若是无意，必然对大家说着取笑。因是有意，才不说出来，怕大家伸出手来坏了他的事。并且偷中国女人，最忌的是不秘密。无论已到手未到手，均不可对人稍露形迹。所以俗语说：十个女人九个肯，只怕男人嘴不稳。中国女人不像日本女人，把此事看得不要紧。中国几千年的习惯，以女子偷人为最丑，成了一种社会制裁。故女子不敢任性，其实人欲与日本女子有甚么分别？故只要你男子嘴不乱说，不对这女人说那女人的秘密事，就易于说话了。你们只想，中国人骂人不是时常骂你娘偷和尚吗？那就是这个道理。因为和尚宿奸的罪，犯了出来，比女人偷人的罪更重。故和尚一偷了女人，死也不肯对人说。那姓林的既将心事逢人便说，任你再有甚么好处，女人也不肯偷你了。老姜我看他年纪虽小，必是个偷情惯家。并且他那模样儿，也是很能得中国女人欢迎的。"

刘越石听了，沉思一会道："照你所说，倒有几分像意。他近来时时有甚么心事似的，说话不似平日那般倜傥。这回事发生，他比我们更见得着急。事后任我们议论，他只是一言不发，并且三番两次对我们说：'你们不必多议论，这不是件体面事，说开去了不好听。如外面有人问，万不可承认是我们干的。'当时我以为他名誉心重，这样看来，多半是怕隔壁陈女士知道不好。"郑绍畋道："是么？那日就是他拉着你不肯说呢。这姓姜的，只怕与那陈女士有点儿意思了。"三人胡猜乱拟了一顿。

黄文汉忽笑向郑绍畋道："那万花楼的小菊绝无消息吗？"郑绍畋跳了起来道："还说小菊，几乎把我急死了！她前日不是到我家里吗，偏偏我来不得，害她白跑了一趟。"黄文汉忙问怎的来不得。郑绍畋道："我同你从万花楼回来的第二日，由你这里回去，想到小石川会个朋友，无意在竹早町遇了秀子。"黄文汉问秀子是谁，郑绍畋道："就是我同你去遇了兵士的那个小淫卖。我碰了她的时候，她眼睛很快，一眼就被她看见了我，忙对我行礼，就在路上和她说了几句话。她定要我午后七点钟到她家去，我不好十分推托，只得依着时间去。见了面，那里肯放我走呢，强拖我住了一夜。我见她招呼得很殷勤，给了她五块钱。谁知第二日回来，就害了一场淋病。第三日生殖器上更起了几个黄泡，其痛异常。跑到神田医院去诊，他说也是梅毒的一种，在中国叫作甚么便毒。用药水替我洗了，绷带缠好。还拿了些内用的药，说要我每天去洗。前日才洗了回来，接了张邮片，一看是小菊写来的，说是星期五午后三时来看我。我查日历，前日便是星期五。我当时非常着急，忙跑到房里，解了绷带，看是什么情形，以为可以勉强敷用了。那晓得不看犹可，一看可不把我气死了！那黄泡子一个个都开了花。我赌气懒得再包，紧起裤子，实在被裤裆挨得痛不可忍，没法，又包好。等到下午三点钟，她果然来了，打扮得香扑扑的，我只得招呼她坐。她不知道我有病，挨近我的身边坐下，尽兴地卖弄风骚。几揉几搓，浪上了我的火来，下面就痛得如刀子割了一般，那敢再和她混？立起身来，弯腰伏在席子上，装肚痛。她以为我是真肚痛，定要我睡下，替我摸肚子。你说我怎敢近她？忙撒谎说，我平日肚痛，照例不能给人摸的，她才罢了。便问我要钱坐车，说天气热，不能走。我想不给她，禁不住她歪缠，硬敲了一块钱去了。这一块钱，真不值得，摸都没敢摸她一下。"

黄、刘二人听他说完，设想着当时的情形，笑得打跌。黄文汉住了笑道："这一块钱值不得，那五块钱值得？住了夜，还孝敬了你一身病。我说你真是个瘟生！那怕那秀子招呼得你再殷勤，也值不得五块钱。有五块钱不去嫖艺妓，来嫖这种下等淫卖！至多不过一块五角钱，一块钱本就天公地道了。神田的淫卖妇，就是你们这些瘟生弄坏了规矩。小石川的，你们又要弄坏。我看你平日一毛不拔，偏是这种昧心钱，用起来如撒沙子一般。咦，我也懒得说你了。我明日绝早要动身到箱根去，还有多少东西没有清理。"说着仍起身收拾家俱。郑绍畋道："你真一个人走路去吗？"黄文汉道："哄你么？"刘越石、郑绍畋见黄文汉甚忙，便同出来，各自回家。

这里黄文汉收拾完了，次日清晨，果然穿着草鞋，背着包袱，提着雨伞，步行往箱根进发。平日往箱根，由神奈川坐火车，只要两个多钟头就到了。日本的火车每点钟走十一二日本里，合中国七十里的光景。由东京到箱根，以中国里计算不过二百多里。黄文汉这日清早动身，因到神奈川这条路，他走了多次，没有甚么风景，便由品川坐电车到神奈川再走。经过平沼、程谷，在大船吃了午饭，下午由大船走藤泽到茅崎。天气还早，计程已走了九十零里路。他知道茅崎有海水浴场，便不打算再走了，想寻个相安的旅馆住下，好洗海水浴。

这茅崎地方并不是个市镇，不过是沿海的一个大渔村，鱼棚子高高低低，不知有多少。因每年夏季也有许多的绅士、学生到这里避暑、洗海水浴，故有几家旅馆。黄文汉当下找了个旅馆，名万松楼。进去，有下女出来招待。黄文汉放下包袱、雨伞，教下女拿进一间向南的房子。自己便不上去，只拿了双拖鞋，问旅馆要了件浴衣，直到海水浴场。脱衣下去，泅了会水，上来用清水洗净了身子，穿了浴衣，趿着拖鞋，回来洗了脸，将走路的衣挂在廊下吹着。看表才五点多钟。这馆子住的人不多，异常清净。黄文汉无事，找着馆主人闲话，问了问地方的人情风俗。馆主有了七十多岁，听黄文汉的口音，以为是北海道的人，便指指点点，说这茅崎地方从明治十九年才修海水浴场，这旅馆二十五年才开的。还说了这地方许多的故事，难以尽述。黄文汉听得高兴，买了几合酒。茅崎的鲷鱼最好，教下女嘱咐厨房好生烹了一尾，邀馆主人大家吃。吃了，一老一少到火车站一带散了回步，回来歇息。

次早用了早膳，会账登程，走平塚到大矶。这大矶比茅崎大是不同，一般的也有海水浴场，地方虽小，有一两条街，繁盛与东京差不多。酒席馆、游戏场、说书楼（日本名寄席）、待合室、高等旅馆，崇楼杰阁，所在皆是。其稍偏僻的地方，都是些富人的别墅，伊藤博文的别墅就在那里。黄文汉心想：我早要晓得这里有如此繁盛，昨日何不多走十几里路赶到这里来歇呢。好在从这里到国府津，不过三十零里路了，留到下午走去罢，且在这里盘桓两点钟再说。于是到各处游览了一会，路上遇了几个很标致的艺妓。

黄文汉忽然动了兴，要在这里嫖一夜，看是怎的一个规矩。主意打定，便找了家二等旅馆山本楼住了。梳洗后，换了身纱和服，在馆子里吃了午饭，带了钱出来。走东游西，逛到四点多钟，走进一家很大的日本料理店。上了楼，看陈设都十分雅洁，比东京大料理店清爽得多。黄文汉上楼，便有个十五六岁的下女跟了上来，让黄文汉坐了，磕下头去。黄文汉看她行礼有些乡气，不像东京料理店下女的大方活泼。磕头起来，把朝南方的帘子卷上，下楼托了盘茶上来，就跪在黄文汉侧边。黄文汉叫她且提一升正宗酒来。下女笑着问道："还有客吗？"黄文汉摇首道："没有。"下女去了，顷刻拿上酒来。黄文汉点了几样日本菜，下女跪在旁边斟酒。

黄文汉一边吃喝，一边问下女："这里有名的艺妓是那几个？"下女道："千代子、喜美子，都是有名的。"黄文汉道："都是一本么（浑倌人名一本）？"下女道："喜美子是半玉（清倌人名半玉）。"黄文汉道："祝仪（堂差钱）要多少？"下女道："一枚（即一元）。"黄文汉道："一根香多少钱（艺妓出局时间以香计算，一根香约燃四十分钟）？"下女道："三角。"黄文汉道："盒屋（女相帮）多少钱？"下女道："也是三角。"黄文汉点头道："与东京便宜的差不多，就在这里可以叫来么？"下女点头道："可以。"黄文汉道："你不必叫那有名的，只拣那眉目端正的，大小叫四个来。小的不嫌小，大的十八岁起，二十五岁止。"

下女见黄文汉这种举动，又不是本地方的口音，不知是甚么人物，忙下楼打电话去叫。黄文汉喝了两杯酒的工夫，已来了一个，进门即跪下磕了个头，喉咙里叫了半句多谢（日本艺妓对客人道谢，语极含糊）。走近两步，跪在一边。黄文汉见她面貌倒还清秀，只是身体太瘦弱。衣服又穿得单薄，越显出种可怜的样子。年龄不过二十二三岁，倒像自觉得很老，不好意思再施脂粉似的。黄文汉喝干了杯中的酒，在一个玻璃碗内洗了洗杯子，递到她面前道："辛苦了，请干一杯。"艺妓接了。黄文汉拿酒瓶在她手内斟了一杯，艺妓笑谢着喝了，也洗了一洗杯子，回敬黄文汉。黄文汉接了，问她的名字，她道叫瘦蝶。黄文汉点头笑道："好名字，相称得很！"说完，举起杯子正待喝酒，只见接连来了三个，均在门口叩了头，围了拢来。

不知黄文汉怎生乐法，且俟下章再写。

第十三章

伏魔家风情惊老鸨
销金帐露水结同心

话说黄文汉正在喝酒，又来了三个艺妓。看那大的较瘦蝶好，年纪不过二十岁，便招手叫她坐在身边。两个小的年纪十三四，相貌虽都平常，却各有种天真烂熳可爱的态度。一个挨近黄文汉身边，拿了瓶子就斟酒。黄文汉用杯子接了，叫下女再拿四副杯箸来，又加了两样菜。那个小艺妓跑至门口，拿了把三弦子，崩崩崩的弹了几下，想唱起歌来。黄文汉忙止住道："你不用唱，且同喝杯酒再说。"小艺妓听了，真个放下三弦，仍旧跪拢来。黄文汉亲斟了四杯酒，叫她们喝。自己也陪着喝了，才问三个的名字。三人各从怀中掏出个小包儿，同送了三张小花名片在黄文汉手上。

黄文汉看那大艺妓，便是千代子，小的一个叫梅香，一个叫友奴。黄文汉收了名片，望着千代子笑道："我在东京就闻了你的名，故特意来看你，不然我此刻已抵箱根了。果然名下无虚，也不枉我在此逗留一日。还没有领教你的清唱，想必是高明的。"千代子谦逊了几句。黄文汉掉转脸对瘦蝶道："请你同她合着唱，梅香同友奴跳舞。"说着自己起身拿了三弦子，坐下来，校好了弦。

艺妓见黄文汉自己能弹，都十分高兴。千代子、瘦蝶同问黄文汉爱听甚么。黄文汉道："要可以舞的，菖蒲好么？"这菖蒲是日本长呗之一，音调都可听。黄文汉本会中国音乐，三弦又从东京名手学过。两个艺妓各有争强斗胜的意思。瘦蝶别的歌倒不甚高妙，长呗是她最得意的。他见黄文汉喜欢千代子，想靠这支曲子夺了他的欢心。听黄文汉说唱菖蒲，立时喜形于色，答应："好！"千代子知道自己的长呗不及瘦蝶，恐比落了没体面。见黄文汉说出，瘦蝶即答应了，只得抖擞精神，两人同启樱唇，跟着三弦唱。梅香、友奴按着板在席上来回的舞。黄文汉手弹着弦，目不转睛的望着瘦蝶，见她唱到极高的音，还像只用得一半的力量，几乎把三弦的音都盖住了，黄文汉着实喝了几句彩。转脸看千代子，口里虽不住的唱着，一双俊眼只迷迷的望着自己笑，黄文汉禁不住也喊了声好。

唱完了，黄文汉放下三弦，拿了把团扇叫梅香、友奴拢来，自己拍着扇子，替两人打扇道："辛苦了！这热的天叫你们舞，实在对不住。你看你们头上都出了汗，不用再舞了。"友奴一边笑着用汗巾抹汗，一手夺过扇子道："不敢当！你又要弹，又要看，又要听，又要叫好，比我们倒忙得多。你头上不是出了很多的汗吗？还替我们打扇。我们跳惯了的，要甚么紧！平常都没有今日这般好耍子。"梅香一把将友奴推开，望着黄文汉道："你住在东京么？见过万龙没有？比千代子姐姐如何？"黄文汉见她呆得好笑，扯了她的手摇头道："没见过。你问她怎的？"梅香道："我听她的声名，比大隈伯还要大，我就不服她比千代子姐姐要好。"黄文汉望着千代子笑了一笑。千代子不好意思，拖了梅香一把道："你安静的坐着歇歇，还要跳舞呢。"梅香才坐了。

友奴将扇子递给黄文汉，拿了酒瓶斟酒。黄文汉叫下女换了个大杯子，连饮了几杯，复拿着三弦子要弹。千代子忙伸手来接，笑道："老爷肯赐教一支曲子么？"黄文汉摇头道："我唱得太坏，不献丑也罢了。"瘦蝶笑向千代子道："必是好手，无论如何要求唱一支。"友奴也扯着黄文汉的手要唱。梅香跳了起来，拿着酒瓶到黄文汉面前，满满的斟了一大杯道："吃了这杯酒就唱，唱了再吃一杯。"黄文汉无法，将斟的一杯吃了。梅香复斟满一杯，擎着瓶子，跪等着不走。黄文汉只得问她们爱听甚么，浪花节好么？她们听了，都大喜道好。

原来这浪花节是日本最有名的歌，分东京节、关东节两种，均极为难唱。艺妓中唱得好的最少，因其音节太高，又不能取巧，女子声带短，故不能讨好。日本唱浪花节的专门名家云右卫门，声价之高，就是中国的谭鑫培也不过如此。千代子的浪花节，在男子名人中虽不算好，艺妓中要算是很难得的。听得黄文汉说唱浪花节，正对了劲，非常高兴起来，问黄文汉是东京节不是。黄文汉点点头，问瘦蝶爱唱不爱唱。瘦蝶道："我替你们弹琴。"千代子将三弦递了过去。黄文汉笑道："唱得不好，不要笑话。"说着咳了声嗽，便和千代子同唱起来。只几句，千代子即停了口，望着瘦蝶叫好，赶着又同唱下去。唱完了，彼此都称赞了一会。

梅香在侧边只管催着黄文汉吃酒，黄文汉又喝了两杯，对梅香、友奴道："此刻天气凉了许多，你们再舞一套可好？"梅香道："舞甚么？"黄文汉道："请你们舞个最好的。"梅香道："最好的是甚么？"黄文汉道："浅川。"四人听了，都伏身笑起来。黄文汉笑道："不相干，这是最雅致的。"说时，从瘦蝶手里接了三弦子弹着，叫千代子、瘦蝶唱。原来浅川是个极淫荡的歌，舞起来，有两下要将衣的下截捃起，做过河的样子。日本女子本来是不穿裤的，捃起衣来，甚么东西也现在外面。在往年唱这歌舞的人，不过将衣角些微提起，故词曲虽淫靡，也还不要紧。近来一般艺妓想买客人的欢心，渐捃渐高，于今是差不多要捃到肚脐眼了。然这歌只有清官人才肯舞，也只清官人舞了才好看。黄文汉弹着三弦，千代子、瘦蝶二人唱，梅香、友奴二人便舞。黄文汉目不转睛的望着，舞到那捃衣的时候，只见四条白藕，真如筑脂刻玉，一转身跳了过来，那两缝红如渥丹的阴沟，恰恰与黄文汉打个照面。黄文汉不知不觉，将三弦子一摺，一手拖了千代子，一手拖了瘦蝶，要大家舞。二人无法，只得都捃起衣，五人混舞一房。舞完了，复坐下痛饮。

一升酒饮完，黄文汉已大有醉意，拖着千代子到外面，倚着栏干问道："你的熟待合室是那家？今晚可陪我一夜么？"千代子点头笑道："只要老爷肯赏脸，我的熟地方，这馆子里知道。老爷坐车到那里叫我就是。"黄文汉笑应了。进房，下女已开了账上来。黄文汉看友奴、梅香的祝仪，每人只有五角，并酒菜不到十二块钱。黄文汉拿了一十五块钱给下女道："这账单你拿下去，将二人的祝仪，每人补成一块。再替我叫乘车，剩下的就赏你，不必找来了。"那下女磕头道谢，四个艺妓也磕头走了。千代子到下面，交待了一句才去。

黄文汉在楼上整理了衣服，下女上来，说车子已来了。黄文汉装喝醉了，伏在下女肩上，一步步踏下楼来。馆主人垂着手站在楼梯旁边，恭恭敬敬的鞠躬道谢。馆主人的老婆用个小金漆茶盘捧着账单，黄文汉摆手道："替我撕了，收着做甚么（日本人做生意收条最要紧）！"馆主人的老婆才笑着撕了。馆主人扶黄文汉上车。黄文汉一边取帽子对馆主人行礼，一边问："车夫知道地方么？"馆主人连忙答应已说了，车夫也连忙答应已知道了，说着扶起车子就走。黄文汉一看，前面尚有一个车夫，用绳子一端系着扶手，一端系着他自己的腰上，拼命地拉着往前跑。黄文汉心想：

他们都以为我是日本的甚么大人物，故用这样的排场对我。要是在东京，这十几块钱还不够叫万龙一回局，能顽出甚么名色来？一个人在车上得意。那车风驰电掣的，瞥眼到一家挂"伏魔家"灯笼的门首停了。走前的车夫早就解了腰间的绳子，将头伸进门去，高声报道："客来了！"拉扶手的车夫便伸手来扶黄文汉道："大人到了。"

黄文汉下车，见门口已跪了个中年妇人。黄文汉也不做声，装出十分醉态，踉踉跄跄的跨了上去。妇人忙走向前，引黄文汉到一间八叠席子的房内，请黄文汉坐。见黄文汉有些醉意，即递了个腕枕过来，出去托了杯浓茶，放在黄文汉面前，问道："老爷想叫谁呢？"黄文汉故意沉吟了一会道："叫千代子来罢。"妇人看了黄文汉一眼，答应着去了。

黄文汉看那房中的陈设，虽不华丽，却也得体。迎门悬了一张横额，是落了希典的款（希典就是乃木大将[1]），只怕是假的。额下竖着四页屏风，却是泥金的。隔屏风两尺远的光景，安一张小乌漆几，几上一小白瓷瓶，瓶中插了几枝菖蒲花，相映得倒十分有趣。不一刻，妇人走了进来道："已着人叫去了。只是千代那小妮子脾气乖张得很，老爷从前与她没有过交情，恐怕不能陪老爷久坐，特预先禀明，求老爷不要怪我。这小妮子任是何人，也没有她的法子。我的意思，请老爷多叫一个罢！"

黄文汉知道，待合室的龟婆素来是这般狡猾的。一则望客人多叫一个，她好多分一个的祝仪；二则千代子是这大矶的名妓，她不肯轻易卖给人，恐挡了那二三四等艺妓的财路。待合室的规矩，分祝仪总是一般的分法。客人一见了好的，便不肯更换，她的祝仪就有限了。除非是常来往的客人，有相好，她就不能作弊。若是初次去的人，无论你指名叫谁，她没有不从中生出种种枝节。不是说这人已出去了，不得来，便说是害了病，不能来，一味怂恿你叫别个。不说这个如何美，就说那个如何年轻、会唱。及至你要她叫了来，不是九子魔母，便是阎王的外婆。客人自然不要，开了钱要走。她却又捧出些相片来，说随你拣选。客人见有相片，自

---

[1] 乃木希典（1849.12～1912.9）：日本陆军大将。甲午战争中，作为日军第二军第一旅旅长，率部侵占中国旅顺、辽阳。纵容下属日军大肆屠杀手无寸铁的中国平民，罪行累累。日本侵占台湾后，被派往台湾任"总督"。1904年6月，任日军第三军司令官，参加了日俄战争。

然又坐下来挑选。选来选去，选了张称意的，将相片留下，要她去叫。客人望着相片，正描想得十分满足，等到叫来的时候，一看人是不错，只可惜那相片是八九年前照的。日本女人又不经老，那里还像个人呢？客人气她不过，不待说丢了相片，又开钱又要走。她却做出很抱歉的样子，拖住客人说，再去找那指定的人，无论如何要拉了她来，才对得住老爷。客人自然不走了。花三四次无名无色的钱，才得一个意中人到手。这都是她们当龟婆的惯技。

黄文汉那一点儿诀窍不懂得？听妇人如此说法，便笑道："我不过久闻千代子的名，想拜识拜识，只要她来坐坐便了。住夜，随便叫谁来，都可使得。她若不得闲，只好下次再来罢。我知道你这里是她常出局的地方，才来找你。"说罢，打了一个哈哈。妇人认以为真，便应着知道，起身要出去。黄文汉叫转来，吩咐拿四合酒来，不用料理了。须臾，妇人摆上酒来，执着瓶子要斟，黄文汉挥手道："我自己斟好，你也喝一杯。"说着自己干了一杯。洗了杯子，递给妇人，妇人饮了，也洗杯回敬。

忽然门口车子响，妇人忙跑了出去，见千代子已笑嘻嘻的迎着走来。妇人不及说话，同她进房。千代子对黄文汉行了礼，起来说道："对不住，劳你等久了。我在家里正疑惑，怎的还不见有人来叫，以为你吃醉酒回去了。刚要换衣服，叫的又来了。"黄文汉起身握了她的手，同坐着笑道："那里会醉？纵醉了，也不会回去。大约你家隔这里太远，来往时间耽搁了。"千代子摇头道："就在隔壁几家。"妇人见千代子和黄文汉如老相好一般，心中好生诧异，不知这孟光是几时接了梁鸿案？跑出去问千代子的车夫才明白，知道黄文汉是不好欺的，便换了态度，抱了三弦子进来。

黄文汉道："不要唱了罢。"千代子道："我是不唱了，想听你唱。"黄文汉道："你想听甚么？"千代子道："请唱支追分曲我听。"黄文汉大笑道："追分曲是越后箱根的出产物，怎的倒要我东京的人唱？"千代子道："这种歌此地的艺妓都不能唱，本也不是我们女人唱得来的。所以我想听听。"黄文汉道："东京的艺妓也差不多，没有听得唱得好的。其实说起这追分曲的来历，本是个极粗鄙没有意味的歌。在明治维新以前，越后箱根的交通不便，那旅行的人都骑着马翻山越岭的走。马夫因马行路迟缓，连累着自己没有休息的时候，借着关山难越的意思，信口编成一种歌，发抒自己的郁结。唱来唱去，就名为马夫节，只有马夫唱。明治维新以来，有些文人见这马夫节词虽粗鄙，音节却是很好，便倚着声音，谱出词来。追分是越后的地名，故改名追分曲。其中有一支，我最欢喜它的词谱得好。那谱词的越后人，到了东京，眷怀故里，却用反写。说‘我一见北山的雨，便想到越后的雪。我那越后，就是夏天，也是有雪的。我离越后的时候，虽是流泪舍不得，于今则想起越后的风，都是讨厌的。’他词虽是这们说，意思却仍是舍不得越后。故一见北山的雨，即触动了他自己的乡思。我就唱这支给你听好么？”

千代子十分欢喜，拿瓶斟了杯酒。黄文汉喝了，在妇人手里接了三弦弹着，口中唱道：

北山微雨レリヤ

越後ガ雪ガル

夏テモ越後ガ雪アル

越後出ル时キヤ

涙テ出タガネ

今ジヤ越後ノ風モ厭ヤ[1]

黄文汉唱完了，千代子叫好，那妇人惊叹不已。黄文汉放了三弦，取出表看，十一点钟了。复饮了几杯，叫妇人将杯盘撤去。妇人搬了出去，叫出千代子问，知道是要留黄文汉歇，心中大不以为然，隐隐约约说千代子不认得人，这客人是个大滑头，有了相好，必然上当。千代子睬也不睬，只要她挂帐子，收拾铺盖，安排一碟好水果。妇人不敢违拗，咕都着嘴料理去了。

千代子依旧进房，陪黄文汉坐够十分钟的光景，妇人来请安歇。千代子起身，引着黄文汉到里面一间房内。黄文汉看是一间六叠席子的房，门口挡着两扇古画屏风。房中铺着白花褥子，一条驼绒毯子，里面胎着白布，横叠在屏风的底下。这方并排安着两个枕头，枕头前面放了个装烟灰的盒子。盒子旁一玻璃瓶的蒸气水，一玻璃碟子刨了皮切成片的苹果，并几片西洋橘红瓣，上面插了几根杨木牙杖。帐子只挂了一边，一边拖在席

---

[1] 参考译文：北山微雨雨濛濛，越后飞雪念心中，夏日银雪照碧空。越后别时泪朦胧，而今却恶越后风。

子上。黄文汉便弯腰用牙杖签了一片苹果，递在千代子的樱桃小口边。千代子道谢，用口接了。黄文汉复签了片，自己吃了。

千代子拿了一件寝衣、一根丝绦在手，请黄文汉换。黄文汉解了带子，将衣服撂在铺上，背对千代子站了。千代子将寝衣抖散，提了领，往黄文汉的肩上一搭。黄文汉待她搭稳了，一边从袖子里伸出两手，一边掉过身来。千代子当面将衣抄好，低头用丝绦拦腰系住。黄文汉让过一边，千代子将脱了的衣叠好，腰带折好，放在一个漆盒里面。黄文汉便坐在褥上，签着水果吃，看千代子换衣。千代子背过脸，换了件淡白梨花色的长寝衣。下缘有尺多长，圆铺在席上，不露出脚来，袖长过膝。换好了衣，走上褥子，弯腰将地下的帐子牵了起来。到那边壁上，拈出根丝绒绳来，将帐子角上的环穿好，复走到这边来穿。黄文汉见她行动起来，那衣缘扫着席子，全不像是用脚走路。只见那衣的下半截，两边相接之处一开一合。可惜不是站在当风之处，要是被风飘动起来，怕不赛过那画图上的凌波仙子、洛水神人吗？

黄文汉看出了神，千代子已将帐子挂好，一手撩起，坐了进来。拿着团扇扑了几下，黄文汉忽觉得一股极淫艳的香，随着扇子风扑到鼻端，登时心中如醉，骨软筋酥，忍不住一手搂住千代子同睡下，演那楚襄王阳台故事去了。

直演到次日十点钟，才起来梳洗。两个人更加亲热。但虽是更加亲热，奈黄文汉终属过客，不能留连再住一夜，只得叫妇人备了早膳，同千代子吃了，算账作别。虽只一晚的交情，却很是难分难舍。

不知别后如何，且俟下章再写。

第十四章

出大言军人遭斥责

游浅草嫖客发奇谈

话说黄文汉回到山本楼，清了账，仍改装登程，经由二宫到国府津。从国府津到箱根，有电车专往来两处。黄文汉因昨晚不曾好睡，恐天气热，走多了中暑，花了二角五分钱，坐了个三等电车。过酒匋、小田原两个停车场，便是汤本。这汤本就是箱根山下。黄文汉下了电车，即有旅馆里接客的来问，如中国长江一带码头上接客的一般。黄文汉在福住楼住了。

这汤本汤阪山有一股温泉，从石缝里涌出。各大旅馆用管子接到馆内，供客人洗浴，福住楼也是有的。黄文汉进馆，正是三点钟的时候，脱了衣即去温泉浴。浴罢觉得很倦，叫下女拿了个枕头，开窗当风，悠悠然寻昨夜的好梦。正在黑甜乡里打秋千，忽然身上被人推了一下。惊醒起来一看，原来是下女送了夜膳来。黄文汉胡乱用了一点儿，拿了把团扇，见外面散步的人很多，也出去散了会步。不到九点钟，便唤下女铺床安歇，预备第二日游览。

次日五点半钟即起来，梳洗毕，用过早膳，穿好衣服，揣了张箱根地图出门，在近处买了根手杖。过旭桥，向右走了两三里，便是塔泽温泉场，在箱根七处温泉中为第二。那四面山影溪声，耳目所接，都生凉意。徘徊了几分钟，再向前走，山路便一步一步的高了起来。那路盘旋回绕，才朝上走了二三里，回头看那塔泽的溪，便如临千丈深潭。黄文汉展开地图看，那溪名为早川。山回溪转，对面函岭的邱壑，一眼望尽。黄文汉依图经过太平台，到宫下第一温泉（离宫在焉）。这地方已高海面一千多尺，南西北三方面群山围绕，东方山麓尽处，名相摸滩。黄文汉见山中一栋很大的西洋房子，走向前看，原来是一家极大的旅馆，名富士屋。旁边一栋小屋，挂一块布招牌，写着"休憩所"。黄文汉走进去，买了壶茶饮了，开了钱，又往前走。走不多远，忽听得隐隐有打雷的声音，心中疑惑有雨。举头一看，青天万里无云。才转过山嘴，只见迎面一条瀑布，正在那里流珠喷玉，雷声便是从那里来的。

黄文汉见已有几个人在那里看，便也走向前。看那些人，不知怎的一个个脸上都有不愉之色，皱着眉吁嗟叹息。黄文汉好生纳罕，挨近一个年老的人搭着谈话，才知道有个二十来岁的女子，因丈夫凌虐太甚，在这里面投了身。方才始发见尸身，捞去烧葬去了。黄文汉听了，看那瀑布，它那里管淹死了人，仍是一阵急似一阵的推拥下来。心中觉得也有些悲惨，连忙走开，到小涌谷。小涌谷原名小地狱，也是个温泉场。黄文汉找了家料理店，吃了些点心，走到芦湖。这芦湖却要算是一副天然的图画，湖身在山顶上，高海面有千多尺。最好看的是那西北方富士山的影子，一年四季倒浸在湖内。黄文汉叹赏了一会，取道回福住楼，已是上灯时分。洗了个温泉浴，用了晚膳，一夜无话。

次日早膳后，正待去看神山的大喷火口，只见下女拿了张名片进来。黄文汉就下女手中看，那名片上印着"陆军少尉中村清八"几个字。黄文汉道："是会谁的？"下女道："是隔壁房里的，特来拜老爷。"黄文汉道："你弄错了人么？我姓黄，这人并不认识我。"下女道："不会错。他说了会住在第三号房的老爷。"黄文汉接了名片，点头道："既是不错，你去请进来。"下女走至门外，那中村已来了。黄文汉看他，年有四十来岁，生得圆头大眼，穿一件白纱和服，并未系裙（日本人访客，不系裙为不敬）。黄文汉见了，已有几分不快。只因自己是主人，不能不略尽礼数，亲自递了个垫子，说了声请坐。

中村略点了点头，坐下笑向黄文汉道："贵国是清国么？"黄文汉道："不是。"中村诧异道："日本吗？"黄文汉道："不是。"中村道："那就是朝鲜了。"黄文汉道："不是。"中村道："那么是那里哩？"黄文汉正色道："是世界各国公认的中华民国。"中村大笑道："原来如此，失敬了！老兄到敝国来，是来留学的吗？"黄文汉点头道："是。"中村笑道："这很好。我是来这里避暑的，一个人觉得很寂寞，故来寻老兄闲谈，不耽搁老兄的正事么？"说着，又打了个哈哈道，"大约于今到箱根来的人，也没有甚么大正事。"黄文汉见他那种骄慢的样子，只含糊答应了一句。中村道："老兄到敝国有多少年了？"黄文汉道："有两三年的光景。"中村道："日本话必是很能说了。"黄文汉道："也说不了多少。"

中村道："我很希望贵国留学诸君在敝国实心求学，将来回去都成个伟大人物，方不枉离乡背井的来几年。并且日支间的国交，也可由这点感情上巩固。我们日支的国交若不稳固，于世界的大局都很有关系。现在欧洲列强，日日是甚么远东问题，面子上虽说这均势不能破，骨子里何尝不是各谋各的发展？不过暂不唱瓜分罢了。贵国须趁这机会自强方好，若再像从前的样子，拖十年八年，这均势之说是靠不住的呢。万一一个问题发生，贵国无力量对付，靠敝国一国的力量，维持东亚和平，只怕有些难呢。我这都是好话，虽在闲谈中说说，于诸君的益处，就很不少。"

黄文汉点头道："很感谢足下的好意。敝国诚如足下所言，不趁这机会自强起来真不得了。只是敝国地大人多，交通又不便利，教育又不发达，一切强国的要素，还没有一些影子。我看莫说十年八年，便是八十年，只怕也没有对付欧洲协以谋我的能力。靠我们几千个留学生，纵日夜不辍的学，无论几年之间，造不出甚么学问。即令造得好学问，个个都能得博士，难道有了几千个博士，敝国就强了吗？我早夜思维，还是准备做亡国民的好。只是做亡国民，却很有研究。世界各国以做那国的亡国民为最好咧？不待说，是同文同种的贵国了。但是列国若将中国瓜分起来，不知那省分在那国手里。分到贵国的便好，若分到西洋各国的，那西洋人对敝国人，那里有甚么感情？还不知道有多少的苦受。我时常想：要是贵国有这力量，将敝国并吞了，倒是我们预备当亡国民的称心如意的结果。贵国离敝国又近，敝国的情形又熟悉，实力又充足。想几年之内，必能如我们的愿。我们横竖是免不脱要做亡国民的，故和你打这商量。难得你又是陆军里的人物，知道自家的实力。你实心说十年之内，能将敝国并吞么？说了，使我们好放心。"

日本军人脑筋本来简单，听了这话，喜笑道："敝国何时不想与贵国合并？如贵国果能自强，彼此自然可收辅车相依之效。不然，则兼弱攻昧、取乱侮亡。何只敝国，那时候，自然是捷足者先得。能多得一省，便有一省的好处。至于并吞的话，贵国人愿意与不愿意倒不必管，只看敝国的实力如何。若论实力，不是说夸口的话，像现在贵国这样子，除已在贵国的兵不计外，只再有十万兵，就是不才带领，贵国四百余州，也不出一年，必能奠定。所愁的，就是那些眼明手快的西洋人，不肯放让。不然，已早如了诸君的愿了。"黄文汉道："难得贵国早蓄此心！不知贵国政府，对于西洋已筹有使他让步的法子没有？"中村道："与他们权力上相冲突的事，有甚么法子！"黄文汉道："然则贵国势不能并吞敝国了？"中村道："要看后来的机会何如，我是不肯虚张声势的。"黄文汉道："万一敝国有了富强的希望，不可思议的一日一日强了起来，于贵国也有益处没有哩？"中村摇头道："只怕不能。若真是强了，我先说了的，彼此可收辅车相依之效。"

黄文汉听了，忽的翻过脸来，用手往席子上一拍道："十年之内，你不能并吞我中国。十年之外，我中国纵不并吞你日本，你日本能立国吗？你日本的命脉，都在我中国手里。中国不弱，你枪炮厂、造船厂，有铁用么（日本每年产铁仅五百万吨，仰给于汉冶萍工厂者，年千余万吨）？中国不弱，你五分之一的国民有饭吃么（日本产米只能供五分之四，余多仰给于中国）？中国不弱，你的国民有衣穿么（日本产棉极少，多由中国运来）？中国不弱，你日本商业有发展地么？这都是你日本命脉所在。中国一强，便成死症。中国瓜分了，西洋各国不能如中国这样宽厚的待你，你也是死症。你既不能并吞中国，中国强，你不得了，中国亡，你也不得了。要中国维持现状的长此终古，你才好过日子。但是维持现状岂能长久的？我看世界上的国家，最危险最没有希望的，就是你日本。你还得甚么意！我是个中国学生，你是个日本军人，彼此风马牛不相及，要寻人闲谈消遣未尝不可，只是须大家尊重人格。甚么话不可说，何必拿着国家强弱来相较量？如定要争强斗胜，我们不在疆场，就只有腕力的解决。"说完，一翻手，祖出右臂，拔地跳了起来，横眉怒目，指着中村道："你来！"那中村见黄文汉忽然翻脸，滔滔不绝的数了一串，说话一句紧似一句，便想用话截住，奈急遽间寻不出破绽。见他说完了，要决斗起来，也就有点心慌。尚没答话，黄文汉复说道："你进门的时候，便毫无礼节。我到日本这们久，也不曾见过上等社会人拜客不系裙的。你有意来侮蔑我，那可不能忍受！你怎么样，这房不是你撒野之所！"

日本人却有一层好处，知道自己理亏，最肯认罪，到底有些文明气象。当下中村听了黄文汉的话，便道："老兄不必动气，算我说话鲁莽，就此告辞罢。非我当军人的不敢和老兄决斗，到底老兄是客，不可如

此。"说完，起身点点头，两三步出门去了。以后并没有再见过面，大约
是搬往别处去了。不在话下。

次日，黄文汉在芦湖荡了回舟，自此高兴，即寻景致佳的地方游览。
箱根与日光齐名的胜境，有兴游览，无兴即一枕高眠。有时携一壶酒，坐
旭桥上，望落日西沉，倒像了个山林隐逸之士。这且慢表。

再说周撰曾对成连生说，放把阴火，将朱正章赶起滚蛋。看官们看了
第十章的事，大约没有不知道，那芳井龟一郎，便是周撰放的阴火。只
是这阴火，到底是怎么个放法，芳井龟一郎是何等人物，与周撰是何等交
情，看官们必不知道，于今且述他一番。

原来，周撰初来日本的时候，曾住过大塚，与芳井是紧邻，朝夕相见。
芳井是从明治大学毕业的，在时事新闻社当个访事，暇时即找周撰闲谈。那
时周撰的日本话还不能多说。后来渐次说好了，便同芳井走些不三不四的人
家，长了嫖场许多阅历。嗣后周撰虽搬到别处，与他仍是往来不绝。此次周
撰听了成连生的事，便想到他身上，因想多打听点朱正章的历史，好大大
的坑朱正章一下子。奈成连生的期限已迫，迟了恐多费唇舌，故于张怀来的
那日去会芳井。不料时事新闻社因芳井的品行不甚端方，下半年已不请他
了。芳井正在家中纳闷，见周撰来找，非常欢喜。周撰将朱正章的事情对他
说了，只没说成连生的名字，求他做成一篇三面记事的文章，赶急在《时事
新闻》上发表。芳井道："《时事新闻》发表的事，我不能为力。只是容易，
你将这事送给我，我可替你讨回那三十块钱来。如不能，再想他法宣布不
迟。时事新闻社，我与那总理有隙，已将事辞了。"周撰点头道："听说这朱
正章的儿子很能干，你留神点才好。"芳井笑道："不妨。"周撰与他约定了日
子，回来写了封信与成连生。叫他到外面避一夜。便是朱正章进成连生房的
时候，见他手中拿着看了有喜色的那封信。

那晚成连生到朋友家住了一夜，次日到大方馆，没有会着周撰。回到
江户川馆，见朱正章的房门打开，已空洞无物，知道是周撰用计吓走了。
一时间的心中快活，也形容不出。第二日清早还睡在床上，见下女引了周
撰进来，成连生连忙起来，问事情怎样了。周撰笑道："幸不辱命。"成连
生叫下女收了铺盖，请周撰坐了，自己脸也不洗，张开口望着周撰笑，要
周撰说原自。周撰拿出三十块钱钞票，放在桌上笑道："你看，是你的原
物不是？"成连生问怎么说，周撰将事情始末说了道："昨晚芳井到我馆子

里，说容容易易的骗上了手。他得了百二十元的彩头。这三十元，要我退还你。"成连生听了，跑到周撰的跟前，一把握了周撰的手道："我佩服你了。这三十块钱，我左右是已去之财，待送你，你大约也不稀罕。我们两个人想法子用了它，这样钱留在箱子里也不吉利。"周撰笑道："留着慢慢用罢。"成连生道："留它做甚么，等我去弄了脸来陪你。"说着拿了沐具，下楼去了。须臾上来笑道："卜先，你快想法子，不用了它，我心里不快活。"周撰道："你既要用掉它，有钱怕没法子花吗？你且吃了饭同出去，包你花掉它就是。"成连生即拍手叫拿了饭来。那里吃得下去，扒两口即叫端去，拿了衣服要换。周撰道："既要去送钱，使用不着学校里的制服，穿和服去罢。"成连生道："我穿先生服去好么？"周撰点头道好。

成连生打开箱子，拿了身夏季的先生服出来。周撰帮着他打扮已毕，笑道："三十块钱，小用太多，大用不够。且先问你一句，你想嫖不想嫖？"成连生道："想嫖便怎么，不想嫖便怎么？"周撰道："想嫖便研究嫖的方法。不想嫖，就不必研究了。"成连生道："还是大家研究的好么。我并不想嫖，不过想同你去看看。"周撰知道他有些做假，笑道："既嫖字上加了个研究的字样，就须得有文章做。以我的意思，公娼、铭酒屋，不待说是不能去的。艺妓那一种不理会生客的习气，也讨厌。到横滨去嫖酌妇太远（横滨有种旅馆，专为外国船停泊上岸游观的人住一夜两夜而设，贩卖种种西洋酒，下女名酌妇，多美姿首，可侍寝，惟日本人不招待）。斟酌损益，还是到日本桥滨町去嫖高等淫卖妇的好。"成连生道："我横竖是外行，你说那里好就那里好，不必多研究，就此去罢。"周撰道："此刻还不到十点钟，去看人家嫖不好。且到浅草去逛逛，下午五六点钟去不迟。"成连生道："怎么叫作看人家嫖？"周撰道："人家昨晚嫖的还睡了没有起来，你我跑去，不是看人家嫖吗？"成连生笑了。二人一同出来，坐电车往浅草。

这浅草是东京名所，秦楼楚馆，画栋连云，赵女越姬，清歌澈晓。虽说没有甚么天然的景致，人力上游观之适，也就到了极点。有名的吉原游廊（公娼）即在其内。去年吉原大火，将数十栋游廊烧个馨尽。重新起造，较前规模更加宏大。大铭酒屋亦惟此处最多。活动写真馆有一二十处，都是极大的西洋房。料理店、弹子房更不计其数。周、成二人几十分钟即到了此地。见游人塞途充巷的挤拥不通，便转到浅草公园内，同坐在常设椅上，看那些男男女女挨肩擦背的凑热闹。看了会，成连生道："只管看人家做甚么？我们到西洋料理馆去吃点东西，已将近十二点钟了。"
周撰点头。

二人同到一家料理店内，见吃的人还不多，拣了个当街的坐位坐了。
一个很清秀的下女走了来，问吃甚么。成连生望了一眼，对周撰道："你
看，还不错，大半也是卖的。"周撰并不看，一边拿纸开菜，一边说道：
"到这浅草来的女人，不要问她卖不卖，只看你要不要。莫说是下女，便
是他日本华族、贵族的小姐，只要她肯到这里来，你和她讲价就是，决不
要问她肯不肯。这浅草，是日本淫卖国精神团聚之处。淫卖国三个字的美
名，就以这里为发祥之地。你试留神看街上往来的女子，那个不是骚风凛
凛，淫气腾腾？"成连生听了，大笑起来。周撰说话时，已开好了自己欢
喜吃的几样菜，将纸递过成连生，也开好了，交给下女去办。

成连生道："你到这一带嫖过没有？"周撰笑道："不吹牛皮，我在日
本，除非他皇宫里没有去嫖过，余都领略过来。这一带算得甚么？明治
四十三年，同着那芳井，从正月初五起，径嫖到四月，没有间过三夜。东
京甚么地方不嫖到了？于今要找那芳井来，还不知有多少新鲜花样。不晓
得日本情形的，必以为那些大户人家的小姐都是贞静幽娴的。殊不知那淫
卖国的根性，虽至海枯石烂，也不得磨灭。听说那年，下田歌子在妇人爱
国会演说，发出个问题，教这些女人答。她说，我们妇人爱国，既不能当
海陆军，又不能学高等的工业，做个高等技师，应做甚么才是最有效力之
爱国？这些女人听了，有说入赤十字会当看护妇的，有说进女子家政学校
学了理家的，有说学妇人科医学的，有说学产婆的。她说，都不对，只以
当淫卖妇为女子第一要义，随说了许多当淫卖妇的好处出来。女子都拍手
赞叹，一个个归咎自己，怎么这样容易的问题也想不到？连生你看，下田
歌子是日本教育界有势力享大名的女子，有她出来提倡，还愁甚么不发达
呢？怕那些上等人家的小姐，不想尽方法的出来卖吗？要不是中国太弱，
日本新闻不挖苦形容中国留学生，那大家小姐不存着瞧中国人不起的心
思，稍微讲究嫖的留学生，只怕应接不暇呢。饶你有这们几项不讨巧不争
气，弄上手的也还不少。你不信，今晚到滨町，我叫两个给你看。不过要
早些去，等那龟婆有设法的时间罢了。"

不知成连生怎生回问，且俟下章再写。

第十五章

碎石飞刀呈绝技
差神役鬼调佳人

话说成连生听了周撰一篇话，虽不十分相信下田歌子会如此演说，然知道日本的卖淫政策是真的，不能说周撰的话全无根据。听得今晚即可实行叫来，心中只是高兴。忙按铃子催拿菜来，二人一盘一盘的吃了。会账出来，成连生走先，只往男女混杂之处挤进去。周撰怕走散了，忙跟上前。走不多远，见迎面挂着一幅大招牌，篮盘大的写着"三国大曲马"几个字。周撰扯了成连生一把道："这把戏必好看，天气还早，我们且进去看看。"成连生点头，走至入口的地方，买了两张头等入场券进去。

只见里面的人如山一般的一层高似一层，围着一个大圆圈。当下一个下女引二人到头等的所在，分了两个坐位，给二人坐了。二人见看的人都抬头望着上面，也抬头往上望。那屋顶足有三丈多高，中间吊了两条麻绳，有五尺多长，将一根尺多长的圆木棒拴住两端，与学校里的秋千索相似。一个西洋人手中拿一张四方小木凳，站在那木棒上面，慢慢的将脚聚在一端，将凳子的两脚斜立在圆棒上。那绳子只在半空中乱摆。西洋人不慌不忙的将右脚移至斜空的凳子边上，得了重心，复将左足同站了上来。双手离开绳，反接在背后，助着绳子摆的势，打秋千一般的摆动起来。看的人都吐舌，怕他跌了下来，周、成二人望着也觉得是非常危险。满场的人正都捏着一把汗，忽听得唿喇一响，连人和椅掉了下来，都大惊失色，以为这样高的跌下来万无生理。那晓得那西洋人乘着跌的势，飞到对面一条稍低的秋千索上站着，只四方凳子就下了地。等看的人赶着看时，他已在那秋千索上翻转身，举手朝众人行礼，说了声失陪，一个反筋斗，翻入幕中去了。看的人才大哄拍手起来，周、成二人也十分希罕。

西洋人进去之后，过了两分钟光景，出来了一个四十多岁的中国人。

肩上盘一条大黑辫子，穿了身半旧的纺绸衣服，走至土台子中间，对大众行了个江湖拱手礼。用右手拿着辫尾子，往左边一摔，几个转，辫子已吐直，他便笔挺挺的站着，头摇胡椒窖似的摇了起来。那辫子只管绕着头打盘旋，头越摇越急，辫子便越转越高。摇到后来，只见头微微的颤动，辫子如枪杆一般的竖在头上，辫尾子抖成茶杯大的一个花，在顶上如蛇吐信，看的人齐声喝彩。成连生悄悄地向周撰道："这该死的东西，还靠着这猪尾巴讨饭吃。"周撰点头笑了笑，不做声。看那辫子尾渐渐的绕着大花低了下来，仍旧往肩上盘。盘好了，即有个日本人，双手抱了个菜碗大的石头来，放在当中去了。中国人一手将石头拈起，拣了块结实的地放下，一拳打去，那石全体没入土中。看的人方喝了一声彩。只见他伸着五指，犁铁似的插入土中，将石块挖了出来。一手抹干净石上沾的泥土，坐下左足，将右足伸直。左手扶住石头，放在脚背上，右手一拳，只见火星四迸，石头碎作几块。满场大喝彩，大拍掌。

石头打了，走出两个日本的标致女子，一个手中拿一块寸多厚、寸多宽、六寸多长的木板，一人两手拿七把八寸多长、寸来宽雪亮的簧叶刀。同走至当中，也对大众行了礼，将刀递与中国人。两个女子走至张幕的地方，并肩站了，都偏着头，用那吹弹得破的脸合了拢来，将一块木板夹住。中国人走至跟前看了一看，往后倒退两个箭步，足有四五丈远的光景。站住了，右手在左手内分了把刀，晃了两下，只见白光一闪，拍的一声，不左不右，刀尖正立在木板中间。众人才要喝彩，忽见白光几闪，那刀如连珠箭一般，拍拍拍，响声住时，看七把刀不多不少，刀尖都挤在一块儿，刀把还在那美人脸上左右乱晃。众人都惊得狂叫起来。中国人走到两女子面前，用手捻了一把刀的把，轻轻的连木板连刀提在手内。两个女子的脸上都印了半分深的木板痕，笑嘻嘻的对大众行了个礼，进去了。中国人拿着刀把一抖，刀子脱下一把，那六把连着木板往空中翻了几个筋斗，下来早已腾出右手接住了，把刀把又一抖，又脱下一把，连抖七次，将刀取完。左胁下夹住六把，左手拿了那块木板，右手用刀一削，切笋相似，木板成了两段。弃了手中木板，右手倒握刀把，复行了个拱手礼，并胁下的六把刀齐散在空中。两手一上一下的，接这把，丢那把，如雪花飞舞的，一路舞着进去了。看的又狂叫了一声。

成连生对周撰道："这人不知道是谁，有这样本领，怎的跑到日本来变把戏？"周撰道："他不变把戏，教他干甚么？"成连生道："不知还有没有？"只见个日本人，坐着脚踏车跑了出来。成连生道："讨厌！日本小鬼坐脚踏车，我看过几回了，一点味也没有。他自以为显尽了多少的本事，不知道看的人只愁他不进去。"周撰道："我也见过几次了。去罢，那边早去靠得稳些。"

说着，二人同走出来，人推人挤的挨到电车前，上了电车，径投日本桥下车。周撰走先，引到一家待合室门口。成连生道："还是嫖艺妓吗？"周撰道："不用问，自有道理。"说时，推开门跨进去。只见一个三十来岁的妇人迎了出来。望见周撰道："啊呀，周老爷，久不见了，快请进来。"周、成二人脱了靴子上去，同妇人到楼上一间八叠席子的房内坐下。妇人一屁股坐在周撰肩下，倒着指头望周撰算道："你整整的一年没有来，到那儿去了？"周撰道："回国去了，此次才来不久。"因指着成连生道，"我这朋友说要找个地方顽顽。我想要顽，只你这里路数还多点儿。别家叫来叫去，都是几个原人。"说时，小着声音说道，"我去年弄的那富谷藤子，可设法再叫她来么？"妇人摇头笑道："你真吃甜了口！不行，她已嫁了个医学博士的儿子。"周撰笑着在妇人肩上拍了一下道："别哄我，怎么就会嫁人？她去年才十六岁，你不要捣鬼，周老爷自有好处给你。去年芳井先生弄的那个，我忘记了叫甚么名字，你也给我叫来，手数料加倍给你就是。"妇人笑着，推了周撰一把道："只有你缠不清，许多的好姑娘不叫，偏要叫这两个。这两个都不是一时间叫得来的，要看她那边的机会，由她那边定期。你就不记得去年约了几次，费了多少的力才约来？又不是淫卖妇，由你喊要就要。现在已是四点多钟了，甚么计也教人施展不来呢。"周撰道："你且去试试看，仗缘法弄得来，也是你的造化，好多报效你几个。实在办不到，就只好照顾别个了。这一年中间，你难道就没有点新鲜门路吗？"说着，抱起妇人，不由分说推她下楼去叫。妇人笑作一团，喊道："不要吵，我去就是。"周撰也笑道："你去就饶你。"回头对成连生道："我们在这里等，不如到外面去逛逛，吃了晚饭再来不迟。"成连生道好。周撰对妇人说了八点钟再来。三人同下楼，妇人自收拾去拉皮条，不提。

周、成二人出来，赶热闹所在游了一会。在西洋料理店用了晚饭，不到八点钟，复至待合室。那妇人也才回来，见二人来了，迎出来道：

"你们且到楼上去坐坐，我吃点饭就上来。"二人上楼，都将洋服的上身脱了，坐下闲谈着，等那妇人上楼。不一会，妇人托了盘茶上来，望周撰笑道："你们的缘法倒好，只是我的脚太吃了亏。"周撰问："怎样了，成功么？"妇人道："说是都说了就来，只是要中间不变卦才好。"周撰道："怎么会变卦？"妇人道："恰好两个都在亲戚家，当面约了八点钟来。我去的时候不知道，以为她们都在家里，白碰了两个钉子。"周撰忙道："既当面约了，怎的会变卦哩？"妇人道："藤子的父亲认得我，见我到他家会着小间使（大家下女名小间使，如中国的丫鬟。中下人家的聪明女孩子多贪缘入大家当小间使，见习礼节），说了半晌的话。看他的脸色，好像有些犯疑的样子，只怕会打发人叫藤子回去。"周撰踌躇道："这却怎么处？"妇人道："如过了八点半钟不来，就是叫回去了，便神仙来也没有法设。那文子是一定来的。"话未了，下面的门响，妇人忙跑下楼去。

周撰跟到楼口探望，见进来的果是芳井相好的文子，进门便问妇人藤子来了没有。妇人道："就会来，请上楼坐。"周撰退回房，对成连生使眼色道："你的成了功。"成连生点点头，用一双眼睛盯住楼口，并没有听得梯子声响，黑影里已上来了一个女子。接着梯子响，妇人的声音说道："请进去呢。"不见女子答应，妇人又道："不要害羞，进去进去。"只见一个淡妆十七八岁的女子轻轻走了进来，低头对空处行了个礼。两颊微红，坐在一边，一声不发。成连生看她实在是大家小姐的风度，走路，行礼、坐着，虽现娇怯怯的，却有种说不出的自然幽雅气象，绝不像小家子羞手羞脚的讨人厌。面貌虽不算是美人，也还生得很端正，心想比蕙儿要强多了。一人正在仔细端详，忽被周撰推了一下道："中意么？"成连生回过头来，还没有回答，妇人已大笑起来。笑得成连生倒觉有些不好意思，搭讪着问周撰道："你的来了吗？"周撰笑道："你这话出了轨，怎么就成了神经病？我的来了，你难道不曾看见吗？"成连生听了，想一想也笑起来。周撰对妇人道："烦你再去看看何如？"妇人道："无庸去看，再过十分钟不来，便不能来了。"

说时，那文子忽起身到门外，招手叫妇人出去，不知说了些甚么。只听得妇人道："不打紧，你放心，包你无事。"说了，妇人进来，文子下楼去了。周撰问她说甚么，妇人道："不相干。她说你和芳井是朋友，恐被他知道。"周撰道："我不说，那得知道？"妇人道："我已说了。"成连生问周撰道："她于今下楼往那里去？"周撰摇头道："不知道。"成连生纳闷。须臾，文子仍进房坐下。成连生望着周撰，刚要说话，只见周撰笑对文子道："小姐只管放心，我决不会对芳井君说。"文子笑着点头，待欲说甚么，忽住了口。周撰道："小姐是不是想问芳井君的消息呢？我昨日还会了他，他新闻社的事已辞了，下半年还没有定局。"文子道："好好的事，辞了做甚么，先生可知有甚么原故？"周撰道："别的原故是没有的，不过言语上和总理有点嫌隙。为保全自己人格起见，把事辞了。"文子道："先生昨日会了他，没说别的话么？"周撰便答道："他说过要来看小姐，只是心里烦得很，天气又热，就懒得出外。"

文子尚要说，成连生插口问周撰道："你还有工夫说这些没要紧的话，差不多九点钟了，看你怎么处！"周撰知道成连生已有醋意，便说道："我的意中人既不能来，只得回去，文子一个人也必不肯住的。"成连生慌道："你叫第二个，难道不是一样吗？"周撰摇头道："除却巫山不是云。要只图枕席之乐，我家里放着现成的不是，何必白花钱？"成连生叹道："你也未免太固执了，又不用你出钱，便牺牲一夜，也不值什么。"周撰道："既是这般说，要她另叫一个来也使得。"说着，起身招呼那妇人出来道，"藤子不待说是不能来了，你拣好的去另叫个来罢。"妇人问要甚么年龄，甚么身材，爱肥爱瘦。周撰道："像藤子那样的就好。"妇人应着去了。

周撰回房，因恐成连生多心，不便和文子说话，默默的坐着吃烟。成连生低了会头，忽然向周撰道："卜先，我有句逆耳之言，久想对你说。恐怕你不能听，故迟迟至今。现因有件事触动了我，不能不说了。"周撰见成连生忽然正襟危坐的说出这话来，不知他又要发甚么呆，便也正色道："请说出来，甚么话我都洗耳恭听就是。"成连生咳了声嗽道："我和你虽是同乡，不是那混帐事发生，也没有和你多谈过。我近来留心看你的言谈行事，都有很大的才情。看你写给我的信，文字也大可去得，年纪又轻，精神又好。像你这样的资质，在留学生中也不易多得。若肯用功，甚么伟大人物，你不能做？只是不进个学堂，实在可惜你这副身手、这副脑筋。我看现在中国一般聪明的少年，自谓负了点奇气的，都有个毛病，就是不肯就范围读书。这病从那里得起哩？说起来，原因虽多，其实主要的原因，就是好高骛远。养成这好高骛远的性质，就吃了几部历史、几部小说的亏。你看中国历史上所说的甚么英雄，甚么豪杰，几个说了他小时候如何用功、有如何的真实学问？不是说出自田间，就说是起于屠肆，用着一般无赖子、顽皮小孩子的举动，为他们写色，以为英雄不遇时，举动颠倒，自应如是。小说上更是荒谬了，能荒唐放纵，说几句大话的，能杀人放火，大块吃肉，大碗喝酒的，便是英雄。真实学问更不必说是一字不提的，英雄二字被他们糟蹋尽了。读历史、看小说的青年以为只要是如此，便是英雄了。故于今多有自鸣不事家人生产的，有说无不好酒之英雄的，有说英雄无奈是多情的。还有种种说法，无非依着小说中人物的行动，愈演愈奇。莫说英雄必不如是，纵令历史上小说上都是英雄，也只算得历史上的英雄。小说上的英雄，在二十世纪决不能出头露面。二十世纪的英雄，决不是无真实学问的人，凭着一张嘴吹吹牛皮，一枝笔胡乱涂几句假爱国的话，可以混充。那怕你聪明盖世，像中国现在这样社会，有知识的不多几个。又因新改国体，惟旧是去，惟新是求，含沙带泥出来的不少。只要是稍聪明的人，都可钻的钻，扒的扒，混碗饭吃。然中国不图自强则已，如果几个站在重要机关的人，有一二分心思想把中国弄好，那一般国民幸进的心思，还可由他日长一日吗？"

成连生正待将好高骛远与幸进的弊病，极力发挥一番，那不作美的妇人已带了个女子走上来。成连生不愿住口，周撰久已不耐烦起来，只不便直说：这些朽话，还待你说，我梦里说出来，只怕还要比你说得圆满！见妇人带着女子来了，便一双眼睛注到女子身上。看那女子，年龄不过十七八，鹅蛋脸儿，一双眼睛真是两汪秋水。心想：虽不及藤子的风韵、松子的颜色，身材活泼较二人有过之无不及，并无一点羞涩样子。进房叩了个头，即坐下，抽出扇子扇着，找文子说话。

那妇人在门外做手势，叫周撰出去。周撰走至门口，妇人咬着耳根道："中意么？"周撰笑着点头道："也就罢了。"妇人道："那东西怎么样，明日早晨吗？"周撰道："你等等。"说着进房，对成连生耳边说道："你把钱包给我，不可使她们两个见了不雅。"成连生点头道："理会得。"起身伸手在脱下的洋服袋内拿了出来。不提防那钱包的角，挂住了袋子口，手一滑，只听得喳喇一声，满房都是银角子铜角子乱滚。周撰不大好意思，埋怨成连生道："你在那里弄这们多散钱？"成连生一边弯腰拾钱，一边答道："十块钱的票子，你看了我在浅草料理店换散的，散钱比票子好用些。"周撰忍不住笑道："好用些，并且滚得好看些，响得好听些。"成连生也不作理会，一心一意的一个个捡了起来，一五一十的斗数。两个女子都用扇子掩着口笑，周撰急得跺脚道："可怜的老先生，她们已知道你有钱，不要摆了！"成连生叹了口气，将钱并钱包交给周撰道："算了算了，还有五角钱不对数，用了不要紧，掉了可惜。"周撰也不理他，接了钱到外面，拿了二十块钱给妇人，叫她即刻收拾床帐。转身进来，将钱包插入方才的洋服袋内，不敢由成连生经手，怕他再掉。

不知周、成二人这晚如何的真个销魂，且俟下章再写。

第十六章

开赌局奸谋传弟子
遭毒打援手望同乡

话说妇人收了周撰的二十块钱，叫两个女子下去，复身上楼，收拾了茶盘烟盒，从柜中取出铺盖来。周、成二人下楼小解上来，这房的床业已铺好，妇人到隔壁房中收拾去了。成连生道："隔壁还有房吗？我以为就只这一间呢。"走过去看，是一个四叠半席子的房间，门口挡了扇六页的屏风，房中并无一点陈设。妇人正在铺被，周撰已将洋服脱了，自己开柜拿了件寝衣，悬好帐子，喊成连生道："对不住，我先睡了。"成连生笑道："我也要睡呢。"妇人已将铺理好，关了间门，道了安置，下楼去了。

成连生不见那文子上来，又不知寝衣的所在，脱了洋服恐不雅相，一个人只在房角上打磨磨。足过了二十分钟光景，文子才进来。见成连生尚站在那角上，吃了一惊，想转身出去。成连生一见急了，走向前拖住，小声道："还不睡吗？"文子被拖住了，才道："你不先睡待怎么？"成连生道："没有寝衣。"文子将手一摔，走进房，打开柜，拿了向地下一掷道："这不是？"成连生连忙换了，钻入帐内。屏声息气，不敢稍动。见文子关好了门，换好了衣，息了电灯，才进帐来。成连生床笫之间，颇得温存之法，也不惹文子生厌。周撰这边是早已鸳鸯交颈了。

一夜晚景，不能详写。真是欢娱嫌夜短，那一轮后羿射不落的红日，忽已东升，四人同时起来梳洗。周撰的那女子叫玖子，和周撰缠缠绵绵的说话，快刀也割不断。文子只是默坐，成连生倒十分欢喜，信得过她是名门闺秀。周撰叫妇人喊了四个人的西洋料理，大家共桌而食。周撰见成连生做出许多恋恋不舍的样子，文子只是淡淡的，时似笑非笑的答一两句白，周撰即催成连生走。成连生被催不过，没奈何别了出来。

周撰埋怨他道："你怎么这点道理也不懂得？有一晚的工夫，尽你的兴亲热，何必当着那龟婆做出那难分难舍的样子，使她知道你的脾气，下次好向你敲竹杠呢？"成连生不悦道："这是做得出来的吗？这是发于至诚，所谓得乎中形乎外。"周撰知道他阅历幼稚，说不上路，忙点头笑道："不错，不错。"成连生道："卜先，你看那文子如何？"周撰道："好。"成连生道："好何待说，确是名门闺秀！我若在街上遇了她，那里敢存心汤她一汤呢？"周撰笑道："日本这样的名门闺秀多着，比她更高的还有，只愁你无钱。"成连生听了，拉住周撰问道："当真么？"周撰道："我向来不哄人的。"成连生听得，自去低头沉思。周撰知道他时常会发呆，也不理会，同走到电车场，坐电车各自回馆。

周撰到家，松子追问昨晚在那里歇，周撰少不得用言语支吾过去。那时候正是暑假，留学生归国的归国，避暑的避暑去了。七月卅日把明治皇帝又死了，热丧中，艺妓等都不敢动弦索。惟周撰、张怀等一般有日本女人的，仍是朝欢暮乐。

山中无甲子，不觉混过了暑假。其时无可记之事，惟郑绍畋的妹子，于黄文汉动身去箱根后一个礼拜，从上海写信来，说某日坐甚么船到横滨，叫郑绍畋那日去接。郑绍畋到期接了来，送到三崎町清寿馆住了，自己每日去教两点钟日本话。他妹子并没有钻得官费，郑绍畋要她赶急学点女子手工，回去好当教习。过了两个礼拜光景，郑绍畋因跑多了路，受了热，淋病、便毒发起恶来，须住院诊治，便住在神田医院。丢得他妹子一个人，孤孤寂寂的在清寿馆。幸得河南一个姓胡的与她认识了，常替她解解愁闷。只在日本住了两个多月，忽然家里来信，赶她回去结婚，她就回去了。后来听说她过门之后，六个月生了个小国民。这是后话，一言表过，不提。

再说周撰混过暑假，一日早起，开门出来洗脸，见门口贴了张纸，上面写了四句似通非通、可解不可解的话道：

　　　　女人本是两脚狐，一入女人万事无。

　　　　可怜祖国苍生血，供养倭姬叫不敷。

周撰一把撕了下来，又是好笑，又是好气，也不知道是谁贴的。洗脸的时候，心中踌躇：这馆子不能住了。定了主意，忙吃了早饭，来会郑绍畋。这时郑绍畋已退了病院，在家里静养。见了周撰，问怎的这般早。周撰道："我邀你同佃房子，你来么？"郑绍畋道："你那里不好住吗？"周撰道："虽没有甚么不好住，到底没有佃房子的自由。我们佃房子，教松子煮饭，可不请下女，比住馆子便宜多着。你要肯来，三个人更便宜多了。饭菜随我们的意，想吃甚么便吃甚么。并且拣僻静点地方，还可时常邀些人来顽顽钱、叉叉麻雀。说不定三个人的房钱伙食，在这里头可寻得许多津贴。"郑绍畝听了，高兴道："我来一个！我今日便和你去找房子。"周撰道："你的病全好了么？"郑绍畝道："不要紧了。事不宜迟，我们就去罢！"周撰点头道："你的意思，以在那方面为好？"郑绍畝道："隔神田太远了的不好，小石川、牛込一带最相安。"周撰道："我们就先到牛込去。没有，再去小石川。"

当下计议已定，二人坐电车到江户川下车，就在鹤卷町寻着了一栋，隔警察岗棚很远，两人都中意。找着房主问价，也还不贵。郑绍畝放了定钱，约了明日即搬来，叫房主收拾房子。二人回家，各收检行李。第二日都搬了过去，忙乱了两日，诸事已妥。

周撰将上海带来的一副麻雀牌拿出来抹洗，对郑绍畝道："他们新来的牌瘾最大，只要去邀他，没有不来的。五块底十块底不论，我们总要捞几个。这牌都有暗记，你把它认清，不知道的决看不出。倘若只有两个客，要我们上场时，方合得点子。"说着，将牌的暗记指给郑绍畝看了。拿了副骰子出来，往桌上丢了一下道："你没事可练习这种丢法，单双随意。逢单是对，逢双是两边。将骰子的底面记清，算着打几个翻身，即成甚么骰样。练熟了，要甚么骰样，便是甚么骰样。"说着将几种手法演给郑绍畝看了道，"还有层聚牌的手法。如我们两人坐对，两边的庄时，我们拣幺九都聚在下层，不是你摸了，便是我摸了。对家或自己的庄时，都聚在上面，两边摸的，都是下层的牌。若被人碰乱了吃乱了，总要想法子恢复原状。若是我们坐上下手，就不必聚手法，只要承上接下，有照应点子，又认得牌，他们就逃不脱了。如有三个客，我们只能一个上场，这些手法都用不着，就有'移柱换梁'、'金蝉脱壳'两种手法。移柱换梁，是看定了垛子上的一张牌，正用得着，将手中用不着的牌去换了来。这手法要轻要快。"说着将牌聚好，手中拿了一张牌道，"你看这张五索，我要换垛子上的一张七索来，你留神看，可有多少破绽。"说着，再拿张牌往桌子中间一打，收回手，问郑绍畝道，"你见我换了没有？"郑绍畝道："好像在垛子上挨了一下。"周撰打开手，向郑绍畝笑道："这不是张七索吗？"

郑绍畋惊喜，问道："这是怎么个换法？"周撰道："法子不难，只是手指难得有分寸。食指和拇指、中指拈张牌去打，那用不着的牌就夹在无名指内；收回手的时候，觑定那想换的牌，将小指在牌档上一抵，食指和拇指立刻将它拈起，无名指内的牌随着填入空处。最难的就是这无名指，它本来不及这几个指头活泼，然而用中指或小指夹了去换，万换不来，这全靠一个人演习得多。金蝉脱壳的手法，要重要快，是换桌上人家打了的牌。手法差不多，要换的牌夹在中指内。食指和拇指拈着要打的牌，也是先觑定了想换的牌，向那牌的前面打去。不妨打得桌子响，趁这响的时候，松了中指夹的牌。小指和无名指将想换的牌一夹，无名指随着一抵，即到了掌心。但是这法不能多用，收效也有限。"说着也演给郑绍畋看了，道，"留学生中，这一道能有几个高手？都是些初出茅庐的，又欢喜打，几天几晚不歇息是常事。等他们精神疲倦的时候，弄几手就够了。只是不可一回做狠了，使他们害怕。近来我已和松子商量了，教她见我们有客打牌的时候，带几个标致的女朋友来，故意使打牌的看见。倘有一个两个看中了，这里头又可寻几个津贴。弄得好，我们的官费不用一个，都可以生活。"郑绍畋欢喜道："松子前回带到我家里来的那大安幸子，说是要和我绍介的，那可不能又绍介给别人。我的淋病好全了，就要带她同住。"周撰道："那是自然。"郑绍畋自此一心一意，往神田方面张罗客人，闲时即练习手法。这嫖赌之局一开，也不知拖了多少新来的青年下水。这且不表。

再说刘越石等自犯了那场赌案，举动都敛迹了许多。只是恨那广东姓林的，就恨入骨髓，大家日夜思设法报复。及明治天皇死了，日本全国官民，不待说都要挂孝。就是中国留学生有学校的，在上课时间，也得一般的左臂上系条黑布。不上课的无人监督，便懒得替日本人带孝。有带了的，便有人骂亡国奴，这也是不懂国交上礼节的原故。

一日，那姓林的合是难星入命，正穿着极阔的洋服，带着黑布，在骏河台町走来走去，其意是要惹陈女士注意。那晓得陈女士并没有注意，倒被寻瑕蹈隙的胡庄注了意，两三步跑了出来，走向前，一手将孝布扯了下来，就是一掌。姓林的不提防跌了一跤，正想扒起来还手，胡庄赶拢去，又踢了一脚，骂道："打死你这小鬼鸡巴入出来的亡国奴！你不去寝苦枕块，在街上摆来摆去干甚么？遇见了老子，你倒了运。老子住在对面，你有本事就来，老子在家里等你。"姓林的也不答话，扒了起来，往胡庄怀里就撞。胡庄抬手一个嘴巴，打个正着道："老子多久就要打你！"这个嘴巴打重了，打得姓林的涕泪交流，双手捧着脸，掉转身就跑。胡庄知道是叫警察去了，心想警察来了，难费唇舌，不如走开一步。恰好一乘电车走过，他便飞身跳上电车跑了。

姓林的果然是去叫警察，及叫了来，不见了胡庄，便对警察道："他就住在对面，请你同去，拖了出来。"警察点头道："你上前去问。"姓林的走到门口，气忿忿的推门。推重了，门脱了榫，哗喳一声，塌了下来，险些儿又遭了一下。惊得下女跑了出来问找谁。姓林的不知道胡庄姓甚么，被下女问住了，半晌对下女道："才进去的那个大汉，你叫他出来。警察来了，有话问他。"下女见他背后真站了个警察，不知又出了甚么乱子，忙走进去喊刘越石、张裕川二人。

姜清此时不在家，刘、张二人都正睡午觉，被下女叫醒，说有警察来了。张裕川一边揉着眼，一边走出来。一眼见了姓林的，心中不由的冒上火来，开口便骂道："你这杂种，又带了你干老子来做甚？老子今日睡午觉，没有打牌，不要你父子来伺候。"姓林的听了，气得望警察道："就是这东西。"警察便跨进门，也不行礼，就想问张裕川。张裕川那有好气对他，正色道："我又没有犯法，你不由我许可，怎的敢擅进我的屋？"警察知道自己疏忽了，举手行了个礼，指着姓林的道："方才他来报告，说你和他争斗，将他左脸打肿了。这事于法律上恐不合。"张裕川看姓林的脸果然肿了，对警察道："这就奇了，我正在睡午觉，下女说有警察来了，我才起来，做梦也没有和人争斗，这话从那里说起！"张裕川出来的时候，警察本就留神，看了他尚在揉眼睛，并且一件寝衣还散披在身上，连带子都没有系，不像才和人争斗的样子。及听他说话，看他的神情也是不像，掉转脸叫姓林的证明。

姓林的到这时候，有甚么话敢证明是张裕川打的呢？只得道："和我打架的，又是个人，不是他，是个很高大的，穿着洋服。"张裕川知道是胡庄干的事，心中非常快畅，也不做声，看警察怎么说。警察道："你方才不是说了就是他么，怎么又是个很高大的哩？"姓林的道："刚才是我看错了，又是一个。"警察摸着胡子冷笑道："知道你被谁打了，人还没有看真，怎么就晓得人家的住所？你中国人怪事多，只要不扰害我日本人的治安，我也没精神多管。"说完，对张裕川举手说了声对不住，也不管姓林的，就走了。

那姓林的也待走，张裕川一把抓住道："请进来坐，有话问你。"此时刘越石正躲在门后听，到这时候也跑出来，帮着拖姓林的。姓林的那里敢进来呢，抵死往外扯。到底站在下面的占便宜，张、刘又都打着赤脚，手中有汗，一下滑了。姓林的用力过大，仰天一跤，跌到门外，扒起来，灰也不敢拍就跑。二人拍手大笑，进房命下女将门整理。不一会姜清回了，张、刘将事情说给他听，大家又笑了一会。等得胡庄回家，问了打架情形，少不得又有一番议论。

那姓林的受了这场羞辱，抱头鼠窜回到自己房内，思量邀几个同乡的来复仇。奈他的亲同乡都在横滨做生意，东京的留学生与他有往来的很少。有一两个，都是平日不大瞧得起他的。他平日也很瞧不起人，今日遭了难，没奈何要求人表同情。换了衣服，洗了脸，出来跑了几家。这种事，和那些实心求学的人说，饶你磕头下拜，痛哭流涕，莫说不能请他出来替你打抱不平，就是要求他用心听听，他也怕混坏了他的脑筋。对那些不读书的说，虽都张开口愿意听笑话，然到底都只当作笑话听，没有表同情说打得可怜的话。讲到求他们去复仇，一个个都缩着头，伸着舌，说这些人凶得很，惹不得。

姓林的见求人不动，只得忍气吞声，仍旧住下。只是几日并不见陈女士上晒台，也不见她出来走。又过了几日，那门口贴了张有贷间的条子。姓林的忙跑去装作看房子，到楼上，只见有一间八叠席子的房，那里有陈女士的影子呢？故意到晒台上去看，只见与隔壁家的晒台相隔没有一尺远，过去过来都十分容易。这八叠席子的房门，就紧靠着上晒台的短梯子。姓林的看了一会，那失意的情形也形容不出。房东就是个老婆子，姓林的向她问陈女士搬到那去了。老婆子说不知道，她没有留番地在这里。姓林的一团高兴，抱着绝大的希望，从横滨搬来，至此万事都冰消瓦解。无名无色的花了多少钱不算，还呕的是天下第一等气，吃的是天下第一等亏。当下听了老婆子的话，悟到与自己无缘，跑回家收拾行李，连夜回横滨去了。

一日，正是八月十五，姜清吃了早饭就出去了。刘越石因黄文汉已从箱根回来，邀了几个同乡，在代代木地方佃了所房子，去看他去了。张裕川也不在家，留着胡庄同下女守屋，不待说乘着无人，有多少的做作。忽听得门外报有邮便，下女出去检了。胡庄接着一看，是个洋纸信套，封得很严密，上写着"姜清先生亲启"，没有寄信人的地名。胡庄拿在手中，一翻一复，看了几遍，心中怀疑道：这字分明是女人的笔迹，不知里面写了些甚么，又不便拆看，当着亮照了一会，一字也看不见。低头想了会，仍递给下女道："姜先生回了你交他。若问你我知道没有，说不知道就是。"下女答应了。

　　胡庄料姜清上午会回，便到自己房里装睡。一刻工夫，听得姜清果然回了，看了下女递给的信，道："他们都出去了吗？"下女道："胡先生在家睡了。"姜清道："这信甚么时分到的？"下女道："才到不久。"姜清便叫道："老胡，老胡……"胡庄只作没有听得。姜清又问下女道，"胡先生睡了很久吗？"下女道："将近一点钟了。"姜清半晌不做声，叫下女煮饭。胡庄听得，已猜着了几分，故意伸伸懒腰，打个呵欠，叫着下女道："他们还没有一个人回吗？你煮饭就是，不要等了。"姜清答白道："我已回了。老张不知怎样，老刘是不回的了，他昨日就说要到代代木去。"胡庄扒了起来道："他们回也好，不回也好，我肚子饿了要吃饭。他们在人家摆龙门阵，我们犯不着挨饿的等。"姜清笑道："你要吃饭，我陪你吃，没来由发牢骚做甚？"胡庄也笑道："小兄弟，你不知道，今天是八月十五团圆的日子，几个人东离西散的，也不吉利。"姜清笑道："大家东离西散了，你一个人还不好团圆吗？"胡庄在姜清脸上扭了一下，道："一个人和谁团圆？和你团圆？"姜清啐道："你要死呢。那厨房里的，不是新从月宫里奔下的嫦娥，和你来团圆的吗？你还不去请了出来，也少沾染点烟火气。我吃了饭就出去，好等花神下来，拥护你们云雨个十分满足。"

　　胡庄见姜清喜溢眉宇，笑靥微红，说话如好女子一般，吹气如兰，忽然心动，要按住亲嘴。姜清一掌打开，瞪了一眼嗔道："该死的东西，时常是这般无礼，你也不去照照镜子！"胡庄道："照镜子做甚么？"姜清忍不住笑道："你要是请吴道子来画像，他必摇头吐舌，说你这尊容难画。"胡庄笑道："这话怎么讲？"姜清道："因为当日吴道子画钟馗食鬼图，那钟馗倒容易画成了。只有那手里的鬼，不知费了多少工夫才画传神呢。"胡庄笑道："你这短命鬼，我只怕你碰唐伯虎。你若是碰了他，不取了你的面图去画春宫，你就骂我。"姜清又啐了一口道："我懒与你这叫化子拌嘴，还不给我去催你那灶下婢快些弄饭。今日买了些甚么菜，天天冬瓜茄子的，吃得不耐烦了。"胡庄道："怕你没有吃得。这们热的天气，你当少爷，坐堂使法，人家汗淋淋的办了你吃，还说不合口。小兄弟，享早了福，怕晚来穷。"姜清笑道："你这话真么？老张回了，我就要老张办菜，使你巴不到边，那时节可不要怨我没良心呢。我都知道，你还装甚么假惺惺！"胡庄一边进厨房弄菜，一边笑道："我不是看见小兄弟可怜，别人弄的菜不合口，真个没讨的神劳。"姜清不答话，上楼到自己房里去了。

顷刻，胡庄的菜已好，姜清下楼同吃了饭，洗过脸，到胡庄桌上拿张纸，写了"肃静回避"四个字，举向胡庄道："我出去了，你把这纸条贴在门口，包你没人来吵。"说着掷向胡庄怀里，拿了草帽，穿了靴子就走。胡庄赶着说道："早些回来，过中秋呢。我办了菜等你。"姜清点点头走了。

不知后事如何，且俟下章再写。

第十七章

握雨携云都惊变卦
寻根觅蒂只怪多情

　　话说刘越石等四人同住贷家，其中就只胡庄和姜清的交情最好。这日胡庄发见了姜清的私信，想起刘越石那日回来述郑绍畋的话，很疑心这信就是隔壁的女子写的。几日没有见她，必是避嫌疑搬往别处去了。心中算计着等姜清回来，须如何盘诘他，他才肯说。

　　一时张裕川回来了，望着胡庄笑道："我们中国的事，真有些不可思议的。敝省送了七八十名丘八先生，到日本来学普通。我今日碰了一群，一个个都是雄彪大汉，年龄至少也在三十以上。你看好笑不好笑？"胡庄道："要你好笑做甚么？一视同仁，有教无类，自然是这般送法。并且小借款已成立，大借款也差不多，不愁没有钱用。"张裕川叹道："送来学别的手艺也好点，何必要学这捞什子普通呢？这普通科学，岂是容易学得出来的，不是活坑死人吗？"胡庄道："要你多这些心做甚么，管他呢！那怕于今政府要征集乡下六十岁以上的农夫，送到这边来和小姜同学美术，也只能由着政府，不能说政府是捉了黄牛当马骑。我们只要它不扰害我，横竖是中华民国的钱。每月三十六块，张也使得，李也使得，能读书不能读书是不成问题的。政府送人的时候，原没有存心要这些人读书的，管他呢。我们且到中国料理店去买点菜来，打点酒来，好过中秋。老刘说到代代木去，想必就要回了。小姜出去的时候，我嘱咐了他，叫他回来吃晚饭。"张裕川道："我看小姜与隔壁家的女子只怕已经有了苟且。你看那日老刘回来，述那姓郑的话，他在侧边听了，急得一张脸通红。我晓得他的脾气不好，不敢和他取笑。"胡庄点头道："幸喜没有取笑他。你若当着人笑他一句，他立刻放下脸走了，莫想他再和你说话。他这种公子脾气，我劝过了他多少次。和他交久了，也知道了这人的性情，却不大要紧。"

说话时，刘越石也回了，一边脱衣就坐，一边笑道："今天还快活，吃了只好鸡，听了两个好笑话，我说给你们听。"胡庄道："既有好笑话听，等我开个单子，叫下女到料理馆去买东西，好安排过节。"说时起身拿纸，问买甚么好。张裕川道："随你的意，开了就是。"胡庄写好了，拿钱叫下女去买，回身笑道："甚么笑话？"刘越石笑道："你这样经心作意的听，又不好了。"张裕川道："管他好不好，说了再评论。"

刘越石道："两个都是吊膀子出了乱子的事。一个是老胡的同乡，两个人同到锦辉馆看活动写真。一个姓陈，一个姓黄。姓陈的是官费，来了三四年。姓黄的自费，才来不久。两个人在锦辉馆遇着个女子，两个就抢着吊，都以为有了些意思。那女子不待演完就走。他们两人以为事情成了功，连忙跟了出来。那女子上电车，也跟了上电车。换车，也跟了换车。一径到了芝区虎之门，跟着那女子下车，走芝区公园穿了过去。姓陈的见四面无人，赶上前问道：'小姐到那里去？'那女子笑道：'家去。'姓陈的见她很有情，接着问道：'你家里我可以去么？'女子踌躇了会道：'我先进去安排好了，你再进来方好。'姓陈的点头，满心欢喜。顷刻，到了一家门首，女子停住脚，手招他们两人道：'你们站这里，等我进去就来喊你。'女子说完，推门进去了。

"两人站在门外，看房子也还精致，不像下等人家。姓陈的很得意，以为吊上了人家的小姐。姓黄的等了一会，不见有人出来，心里疑惑，向姓陈的道：'我看这事情危险。那女子不像是淫卖妇，恐怕出乱子，我们回去的好。'姓陈的道：'为其不是淫卖妇，我们才讲吊膀子。若是淫卖妇，还要吊吗？一点儿也不危险，我听说是这样吊上手的多得很。你要怕就先回去也好。'姓黄的听得这般说，那里肯回去，便说道：'你成了功，好歹不要丢了我。我不会讲日本话，你须替我办交涉。'姓陈的正待答话，门响处，那女子出来，对他们招手。他们大着胆子进去，女子将他们带到里面一间八叠席子的房里，女子仍转身出去了。

"二人轻手轻脚的不敢响动。忽然门开处，一个有胡子的老头儿，带着两个男子走了进来。二人一看，魂都吓掉了。那胡子指着二人道：'你们来这里干甚么？'随用手指挥两个男子道，'给我捆了，扛到警察署去。'两个男子不由分辩的一拥上前，一个收拾了一个。胡子道：'今晚已迟了，明早再送去。你们二人用心守着，不许他们走了。'说完去了。两个男子坐在旁边守着。姓黄的便埋怨姓陈的不听自己的话，这送到警察署去，什么脸都丢尽了，说不定还要监禁。姓陈的也非常担扰，怕事情弄破了，掉了官费，便求两个男子放他们出去，许送钱给两个男子。那两个男子摇头道："这干系太大，放了你们不要紧，我们的饭碗会掉。除非有一千块钱，我们就拼着担这不是。不然是要送到警察署去的，由警察署再送到你们公使馆，明后日全国就有好新闻看。且等我搜搜你们身上可有名片，不要弄错了名字。'可巧二人身上都带有名片，都被搜着了。二人更加着急，姓黄的对姓陈的道：'你和他们说，看少要点钱，可不可以放得。"姓陈的便又对两个男子求情。说来说去，作六百块钱了事。当时放了姓黄的去拿钱。姓黄的有千零块钱存在银行里，当晚不能去取，次日早才拿了，将姓陈的赎了出来。听说姓陈的对于这款子的分担，还要研究。"

　　胡庄道："研究甚么？"刘越石说："姓陈的说，这钱是姓黄的特别顾全名誉愿意出的，并且曾劝姓黄的不要同进去，姓黄的不肯听。不知他们为这笔款，将来会弄出甚么交涉来。"胡庄道："还有个甚么笑话？"刘越石道："这个是湖南姓田的，也是在锦辉馆吊膀子。吊了个女人，约好了同到旅馆里去歇。二人从锦辉馆出来，携手同绕着皇宫的河走。走了一会，那女子忽然对姓田的道：'你在这里等等，我到近处一个朋友家拿点东西就来。'姓田的便站在河边上等。顷刻工夫，女子来了，二人又携着手走。走不多远，只见黑影里一个男子劈面走了来，走到跟前，看见了女子，立住脚，呔了声道：'那去？'女子登时吓得战兢兢的，往黑影里躲。姓田的知道不妙，忙抢着上风，面朝河站了。只见那男子用手往怀里一插，对姓田的叱道：'你是谁？'姓田的知道他这手不是摸刀便是摸手枪，那里敢等他抽出手来呢，便不顾死活，连头带肩撞了过去。那男子不提防碰个正着，只听得扑冬一声，想是跌下河去了。姓田的不要命的跑回家，半晌还说话不出。"

　　胡庄笑道："同一仙人跳，也有幸有不幸。到锦辉馆看活动写真的女子，没有不可吊的。你若是蠢头蠢脑，衣服又穿得不在行，她翻过脸来，便是仙人跳。碰了内行，才规规矩矩的卖淫。你看锦辉馆每晚有多少留学生在那里，特等头等都差不多坐满了。有几多收拾得怪模怪样，金戒指、金表、金眼镜，涂香傅粉，和女子差不多的人妖，挨着那些淫卖妇坐一块，动手动脚。只要你稍稍留神，就有的是把戏看。锦辉馆也就利用这个，好专做中国人的生意。他馆子里的常例，每周有一张很长的日本新旧剧片子，最后出演。中国人不喜欢看日本剧，一到演日本剧的时候都跑了。他见每晚是这样，摸到了中国人的性格，便不演日本剧了。还有层为中国人谋便利的，监场的警察绝不到楼上来，恐碍中国人的眼。"

胡庄正说着，下女买东西回了。胡庄道："已到四点多钟，小姜想必就要回了。等去办好了菜，好大家吃酒。"说着，起身进厨房去了。菜还没有办好，姜清果然回来，径上楼换了衣服，拿了洗澡器具下楼，对胡庄道："你们只管先吃，我出了一身大汗，洗个澡就来。"胡庄笑着点头道："你去，我们等你。"姜清去了。这里酒菜摆好，姜清已来，四个人少不得划拳猜子，大闹中秋。径吃到夜间八点钟才止。

各人洗脸漱口已毕，胡庄拉姜清到僻处道："你同我散步去，我有句秘密话告诉你。"姜清答应了，都穿着寝衣，拿着团扇，同走到靖国神社的公园里面，在常设椅上坐了。姜清问："有甚么秘密话说？"胡庄笑道："那有甚么秘密，哄着你顽的。"姜清道："这也无味，下次你说话，我不信了。"胡庄道："我是想问你句秘密话。老刘、老张在跟前不好说，他们的嘴快。"姜清道："问甚么？"胡庄道："她搬的那地方还好么？"姜清道："谁呢？"胡庄笑道："今日写信给你的那人。"姜清起身道："你胡说，谁写信给我？"胡庄扯住说道："没有就没有，着急怎的？可笑你与我交这们久，还不省得我的性格。我难道也和那种轻薄人一样，不知轻重的，甚么话都拿着当笑话说？你定要将我当外人，不肯对我说，有你的自由，我何能勉强？不过你认错了我就是。并且这事，我已明白了几分。莫说外面已有这谣言，就是没有谣言，凭我的眼光也要猜着八九。然而老张、老刘背着你议论，我还极力替你辩白。即如今日这封信，要是落在老张、老刘手里，怕他不设法拆了你的看吗？既不拆看，能不当着人打趣你？并且那信面的邮花上，分明盖的是神田邮便局的印。只要跟着你走，一刻工夫，就探到了那人的住址。我因不肯做鬼鬼祟祟的举动，故来问你。那晓得你待我还是待他们一样。"

姜清低头一会道："你问了做甚么？我不是不肯说，因说了彼此都没有益处。觉得不说的好。你且说你是存甚么心问我，还是只图听我说了，你好开开心，还是有别的用意哩？"胡庄正色道："我是拿人开心的吗？你是给人拿着开心的吗？这事与我毫无关系，有甚么用意？不过见世情险恶，难保不有第二个姓林的出来，与你为难。你又文的，我和你既相好，恐你顾前不顾后，生出变故来，不能不关心。"姜清道："你既这般用心，我都说给你听就是。"

原来姜清与那陈女士眼角留情，已非一日。等那姓林的搬来，他们已差不多要成功了。只因陈女士胆小，没有干过这种事，每次姜清和她问话，她便胸中如小鹿儿乱撞，半日才能回答一句。那日，陈女士到晒台上晒汗巾，发现了姓林的对自己挤眉弄眼，她那里肯作理会？不提防姜清走了上来，她恐姜清开口说话，被姓林的听见，故忙低头下楼。走到楼口，才回头望姜清使了个眼色，随用手往对面一指。姜清瞪了姓林的一眼，也下楼去。自此姜清恐陈女士被姓林的吊去，听得那边晒台的梯子响，必带几分醋意跑来监督。及至赌案发生，从警察署放回，姜清已疑到是姓林的报的警察。心想：这厮既如此厉害，不先下手，必被他夺去。主意拿定，即跑到晒台上故意咳了声嗽，陈女士果然轻轻地上来。姜清见对面楼上没有人，便小声对陈女士道："我家昨夜出了乱子，你知道了么？"陈女士道："我彷佛听得老婆子说，被警察拿了牌，你也在内吗？"姜清半晌指着对面楼上道："就是那东西可恶！你今晚对晒台上的门不要关，我到你房里来坐坐。"陈女士摇手道："这决使不得！万一被老婆子碰了，待怎么？"姜清道："我来在十二点钟以后，你决不可害我。"说完，不等陈女士回话，即催她下去，自己回身进房去了。

陈女士一个人在晒台上出了会神，回至房中，好生委决不下，坐不安立不稳的，晚饭也懒得吃。到八点钟的时候，老婆子上来将楼门关了，她那一寸芳心，更是怦怦的跳动。挨至九点钟，挂起帐子待睡，想起那楼门，那里睡得着呢？径到十点钟，心中不知胡思乱想了些甚么。忽然想到楼门关了，他怎么得来？坐了起来，待出去开门，又想到开了让他进来怎么得了！心中虽是这般想，身子不觉已到了帐子外面，开了房门，摸到晒台门口，将闩子抽了，急急回房睡下。喘着气，双手捧住心窝，只是冲冲的跳个不了。睡了一刻，又坐起来，想门闩虽抽了，门还是关得很紧的。他跑了来，见是关着的，不敢推或怕响，推轻了不仍是和闩了的一样吗？他怎么得进来哩？不觉又摸了出来，将晒台门开了，好像姜清就站在门口等似的，战战兢兢，不敢抬头。走至房里睡下，又翻悔不该开了门，怕他进来不得了。想起来仍旧关了，想了几回，实在闹了半晚，闹乏了，起来不得。幸喜得不见他来，料到是不来了。才朦胧的要睡，猛觉得身子已被人搂住，吓得埋着脸，气也不敢出，咬紧牙关，哑声儿斯糜。只此片刻工夫，便是千秋恨事。来人不待说便是姜清了。

大凡偷情的女子，于未近男子以前，多半十分胆小，既生米煮成了熟饭，廉耻之心就要减退许多。若再被人撞破，外面有了不可掩的风声，便倒行逆施，不复计有廉耻了。所以古人立礼，男女授受不亲，重的就是防微杜渐。

当下陈女士与姜清定了情，在枕边自无所不说。谈到家世，陈女士也是上好人家的小姐，明治四十三年同他哥子到日本。革命的时候，他哥子回国，她便没有回家，只在上海住了十多日，仍到日本，在御茶之水桥女子高等师范学校上课，也是官费。那夜径睡到差不多要天亮，姜清才过去。自此夜去明来，人不知鬼不觉的同睡了几夜。那日姜清知道胡庄打了那姓林的，怕他寻事报复，夜间即和陈女士商议，教她搬家。陈女士也怕弄出是非来，第二日即在锦町寻了个贷间，午后便搬了过去。姜清或是日里或是夜间，有机会即去坐，对着房主人说是兄妹。房主人见二人面貌是有些相似，也不疑心。这几日姜清有别的事没有去，陈女士已忍耐不住，冒险寄了书信，叫姜清去。及至去了，除调情而外，又没有别的话说。姜清回家，被胡庄识破了。赚到靖国神社，披肝沥血的盘问。姜清只得将以上的事，倾心吐胆的说了出来。

胡庄听了，点点头道："我又要骂你了。她既这般待你，你就应该死心塌地的待她，才不枉她因你坏了一生名节，担了一身干系，却为何无端的又生出野心来？"姜清道："这又不是胡说吗？你几时见我生了甚么野心？"胡庄道："你还要瞒我！你没有生野心，这几日天天在外面跑，为甚么不到她家去？"姜清红了脸，不做声。胡庄道："听你平日骂日本女人不值钱，不待说，又是甚么女留学生了。"说着摇摇头道，"你是这样不自爱，将来不出乱子，我也就不肯信。"姜清低头半晌道："教我也没法子，又都不是才认识的。"胡庄吃惊道："都不是才认识的？啊呀呀，这个'都'字，令人吃惊不小呢！你听我的话，少造些孽，就是积了德。我也不愿根问你那些人了。"说着，携了姜清的手，起身叹了口气道，"都只怪阎王不好，生了你这副潘安带愧卫玠含羞的面孔，那得无事？哈哈哈！"

姜清将手一摔道：“真是乞儿嘴！说来说去，就要说出这些讨厌的话来。”胡庄笑道：“那里是讨厌的话，都是至理名言。你晓得日本后藤新平男爵的一生事业，都是在面孔生得好成的吗？我说给你听。”姜清道：“知道你信口编出些甚么来，也要人家听。”

　　胡庄道：“你才胡涂！这样大一个人物的历史，也可随意编的吗？你说后藤新平十几岁的时候干甚么呢？他在福岛县县署里当底下人。因他生得美，被那县知事安场保和男爵的女公子看上了。当时那女公子正是十五六岁，初解相思。然虽爱极了后藤新平，只是地位太相悬殊，怎的敢向父母开口？一个人心中抑郁，恹恹的成了个单相思病。她一个心爱的丫鬟知道她的心事，便向男爵夫人说了。男爵夫人对男爵说，以为男爵必动气。那晓得男爵久已看中了后藤新平，听了他夫人的话，便点头道：‘这妮子眼力还不错。后藤那小孩子，我也欢喜。我家横竖是要赘婿的。既爱了他，赘进来就是。只是我要亲自问过，看可是真爱，还是一时间的感触，这是不能由她有后悔心的。’男爵真个去问那小姐。那小姐既为后藤新平成了单思病，岂有说不是真爱的？安场保和男爵问明白了，即刻和后藤新平说，自然是立时成功。顷刻之间，后藤便做了男爵的爱婿。不到几月，男爵即拿出钱来，送他出西洋。学了几年医学回来，男爵荐他当名古屋的病院院长。他一到名古屋，即艳名大噪。凡住在名古屋的，无论是夫人、小姐、艺妓，乃至料理店的酌妇，都如着了魔，不管自己有病无病，一个个跑到医院里来，争着要院长亲自诊视，别的医生看了是无效的。有时后藤新平不得闲，她们情愿挨着饿等。他因是面孔生得好，很得人缘。从那时就做内务省卫生局长，做台湾‘民政长’，步步高升，做到递信大臣。他一生轰轰烈烈的历史，不是都从面孔上得来的吗？还有一层好笑的事，他当底下人的时候，一个同事的叫阿川光祐，也因爱了他，情愿每月在自己薪水中抽出三块钱补助他。你看面孔好的魔力大不大？”

　　姜清道：“后藤新平有这般美吗？何以在报上见他的照片，那么样不好看？”胡庄道：“明媚鲜妍能几时，那里有美貌的老头子？你再过二三十年，不也成了吴道子不能画的吗？”二人一边走一边说，不觉已到了家。

　　不知后事如何，且俟下章再写。

第十八章

乘人之危张全捉鳖
执迷不悟罗福抱桥

话说姜、胡二人到家，已是十一点钟，各自安歇。

有话即详，无话即略。光阴迅速，不觉已到了中华民国"双十节"的纪念。这日各学堂的中国人都不上课，神田方面各中国料理店都忙乱异常，径闹到午后十二点钟才止。

一点钟的时分，神田的一个警察，在帝国教育会旁边发见了一个醉汉横躺在地下，一身洋服上呕吐得狼藉不堪。警察将他推了几下，见他翻了个身，口中喃喃不知说了些甚么。警察知道是个中国人，用靴尖在他肋下踢了几脚。醉汉痛醒了，睁开眼看是警察，翻身扒了起来，踉踉跄跄的就跑。警察怕他再跌，追上去扯住问道："你住在那里？我送你回去。"那人不答话，摔开手又跑。警察觉得可怪，跟着他跑。跑到表猿乐町一个日本人家门首，拍拍拍敲了几下门。警察走拢去问姓名，那人不答应。里面有人开了门，那人钻了进去，拍的把门关了。警察笑了一笑自去。

那人关了门进房，将一个同住的人推醒，喘着气道："好危险！一个警察追上门来了。"同住的吓得扒了起来，问是怎的。那人道："我在维新料理店内，同王立人、李锦鸡、小姜几个人吃料理。吃醉了出来，碰了个女学生，生得非常之美。李锦鸡扯了我一把，叫我同去追。追了一会，李锦鸡忽然不见了，只见那女子一个人在前面走。我跑上去一把抱了就同睡。正睡得好，警察就来了，在我腰下打了几铁尺，只怕还受了伤。我也不能顾那女学生了，拼命的跑回。好像那警察也跟来了，你快起来把那警察挡住。"同住的人起初听说有警察追来了，又见他身上糊得一塌糟，以为真出了甚么事。后来见他硬着舌头，说得不伦不类，知道还醉了没有醒，忙起来替他开了铺，敷衍他睡下。

这两人是谁哩？吃醉了的是云南人，姓罗，名福，才得公费到日本来，不上三个月。同住的是贵州人，姓张，名全，来了三年，也是公费。均能唱两句京调。张全更生得清秀。姜清原有戏癖，所以二人与他认识。那李锦鸡是福建人，到日本多年，年龄廿来岁。真生得有沉鱼落雁之容，闭月羞花之貌，闲行则翩翩顾影，独坐亦搔首弄姿。人家见他生得美，又爱好，送了他一个“锦鸡”的绰号，他却十分得意。他本来叫甚么铁民，朋友见他欢喜这“锦鸡”两个字，于是都丢了铁民不叫，只叫“锦鸡”。叫来叫去叫开了，这李锦鸡的名声，在学界尚不见得十分出色，嫖界上恐怕没有不知道的。王立人，湖南籍，在江苏生长，与锦鸡志同道合，号称生死之交。

这日因是国庆日，李锦鸡与罗福等在维新吃得大醉出来。姜清、王立人各自回去，罗福与锦鸡同追一个女学生。罗福跑不动，跌倒了，昏迷中尚以为抱住了女学生，被警察吓了回去，次早醒来才清楚。大悔喝多了几杯，好事被李锦鸡夺了。忙起来上楼，到自己房内换了和服，想吃了饭去东乡馆找李锦鸡。忽听得隔壁推窗子的声音，即起身也把窗子开了。原来隔壁住了个学裁缝的女子，也还齐整，罗福垂涎已久。罗福的房与那女子的房只隔一条尺来宽的弄堂，两边窗户直对。罗福每听得隔壁窗子响，他也将窗子推开。因不曾说话，只对着那女子使眼色。那女子总是似理不理的，如此已非一日。今日罗福闻声推开窗子，那女子见了，掩住口笑了一声，掉转身走了。

罗福心中高兴，下楼对张全说：“隔壁女子对我有情。”张全摇手道：“你且去洗了脸来再说，亏你糊了这一脸的东西也过得，我看了恶心。”罗福被张全提醒了，才记得昨晚呕的东西糊了一脸，尚未洗去，忙用水洗了。复到张全房里说道：“隔壁的女子对我有些意思了，只怕差不多就要到手。”张全笑道：“恐怕未必。我看那女子已有姘头。”罗福摇摇头道：“没有没有，你不要吃醋。我晓得你是想我不成功，你好去吊。”张全笑道：“我要吊还待今日？你用心去吊你的就是，只不要弄出乱子来才好。”

罗福也不理会，同吃了早饭，跑到东乡馆会李锦鸡。他因与李锦鸡往来亲密，不必通报，径走到锦鸡的房门口。见下女的拖鞋脱在门外，门又关了，不敢进去。轻轻敲了一下道：“开门不要紧么？”就听得下女在里连说了几个咿呀（反对、不愿意之意），接着小声叫道：“李先生，客来了，还是这样！"罗福听了，忍不住大笑一声，推开门撞进去。李锦鸡拔地跳了起来，下面赤条条的，指着罗福骂道："短命鬼，短命鬼！老子明日害了淋病就找你。"罗福看那下女伏在被上，笑得起来不得，忙蹲下去，按着亲嘴，伸手就去摸私处。李锦鸡跑拢来，在罗福背上就是两拳，抱住罗福的腰，往侧边一滚。下女乘机扒起来跑了。

罗福倒在席上，右手往鼻子上嗅了一嗅，摇头道："臭臭臭。"李锦鸡骂道："你这混帐东西，这早晚不去挺尸，跑来干甚么？"罗福又着手，慢慢的扒了起来，见壁上挂了条手巾，取下来就揩。锦鸡一把夺了道："龌龊鬼，我的洗脸手巾，把你揩这个！"罗福嘻嘻笑道："不揩了怎么样，你替我吮了？"锦鸡笑道："谁教你去摸！你自己舔了，抵得剂补药。你瞎了眼，枕头底下不是纸吗？"罗福用脚踢开枕头，果有一叠水红色极薄极嫩的纸。罗福抽了几张揩了手再嗅，觉得有些香气。复拿了几张纸嗅了嗅道："好香好香，这纸做甚么用的，怎的这们香？"锦鸡一边穿衣服，一边答道："这纸么，用途大得很，带在身上最好。可以辟疫，又可以防臭。你插几张在和服的襟口上，些微露点出来，随到甚么地方，不闻见臭气。我是特意买了来防臭的。不过不可拿多了，这纸很贵。"罗福听了，真个分了一半，插入怀中。锦鸡走向前道："你插的不好，是这们样留一小半在外面，香气才得出来。"罗福即将身子就拢来，要锦鸡替他插好了。锦鸡道："我洗了脸来陪你。"拿了洗脸器具下去了。

一个下女进来收拾铺盖，望了罗福，只是笑。罗福不能用日语问她，以为方才那下女的事，她知道了好笑。见她要扫房子，便走出房外。等扫好了进来，锦鸡已洗了脸上来。罗福对他说了昨夜的事，问他得了甚么样的结果。锦鸡道："我也是大醉，不知怎的就追得不见了，混寻了一会，没有，就回了。当时糊里糊涂，也不记得还有个你。"罗福笑道："我以为你必是得了手，可惜小姜没追，他要追或者比你强些。"锦鸡道："他不喜欢日本女人，说日本女人不值价，他怎么肯追？"说话时，下女送了饭上来。罗福起身辞了出来，锦鸡送到门口，嘱咐道："仔细你怀中的纸，不要掉了，不要落到衣里头去了。"罗福点头，摸了摸纸道："理会得，理会得。"锦鸡忍笑回房，不提。

罗福揣着纸，得意洋洋的会了几个同来的朋友。他们听罗福说这纸的好处，又嗅得真是好香，每人都要分几张，插在怀里。罗福没法，每人分了三张，叫他们好生保存。出来，不敢会朋友了，怕有人再要分，径回到家里。

张全一眼望见了他怀中的纸，走拢来要看。罗福忙掩住道："再分不得了。"张全闻了香气道："该死，该死！你把这纸插在怀里，在街上走不上算，还要露出大半截在外面，真是笑话！你怕谁要分你的？"罗福怔了一怔道："这辟疫防臭的纸，难道带不得吗？"张全知道是有人哄他出丑，笑得打跌道："你这蠢东西，怎么得了！是谁说这纸能辟疫防臭？"罗福道："老李说的呢。不是防臭的吗？又这们香。"张全笑道："也怪你不得，你到日本来还没有嫖过，故不知道这纸的用处。你快抽出来，我说你给听。这纸名消毒奇丽纸，纯是女人用的，又叫妇人用纸。你看它好薄好嫩，色气多娇美。"罗福才恍然大悟道："哦，是了，是了，老李放在枕头底下，就是这个用意。我去的时候，他正和下女在那里苟且。这东西该死，他哄我，我还宝贝似的送了几个同来的人。怪道那扫房的下女只是望着我笑。"张全道："要紧是没有甚么大要紧，不过知道的见了好笑就是。除开你们这些才来的，大约也没有人不知道。"

罗福道："虽是这样，这纸我还是舍不得便丢了，实在是香得好。"说完，仍拿了上楼。忽然心中想道：这纸既是那么个用法，隔壁的女子自然知道，我何不拿给她看，使她知道我的用意，不强于和她使眼色吗？一个人想着，点头道："不错！"这边的窗页是开着的，只那边的关了，便伸手过去，一把推开，拿着纸伸进去，舞了几下。猛听得大喝一声道："谁呢？这般无礼！"罗福听是男子的声音，吓得魂飞天外，缩手不迭，忙关了窗页，蹲作一团，不敢出气。听得那边说道："就是那支那人吗？我过去找他。"罗福吓得好像被猫追慌了的耗子，不知往那里钻好，在房中打了几个磨旋。听得下面开门问话声响，一时人急计生，想起柜子里可以躲。钻进去才关了柜门，就听得梯子响，有人开了房门道："嗳呀，那里去了？"房主人跟了上来道："他吃早饭出去了，还没有回来。"那人道："回是回来的，不知于今逃往那里去了。那东西十分无礼，是个甚么留学生，这般没有人格。他下次再敢如此，非叫警察来，拿他拘留几天不可！"房主人问："究竟是为甚么事？"那人道："那东西屡次对那边做种种卑鄙样子，他们因他是外国人，不理他。方才更不成体统了，拿着一些妇人用纸，伸手到那边房里乱舞。这还能够不结实教训他吗？"房主人道：

"他既走了，就算了罢！他才来，不懂日本话，他是在中国这般惯了的，不知道日本的规矩。"那人气忿忿的下楼去了，房主关了房门，也下楼。

张全在楼下听得清清白白，暗自好笑，知道罗福必是躲在柜里。等日本人去了，他便说着日本话上楼道："我不信他跑了这般快，非搜了出来，带到警察署去不可！"罗福正要出柜，复听得日本人的声音上楼。他又辨声音不出，吓得蹲在柜里发抖。张全推开门进房，一手扯开柜门，罗福用双手捧着脸，屈作一团。张全鼻子里哼一声，一把揪住他的耳朵往外就扯。罗福忍住痛，低着头出来，面无人色，不敢仰视。张全恐说话隔壁听得，径拖下楼，到自己房里，忍不住噗的一声笑了。

罗福见是张全，跳起来道："你这没良心的，不怕吓死了我！这也可以闹顽笑的吗？"张全笑道："我多久说顽不得，你不听，定要出了乱子，才知道顽不得呢。"罗福抖了抖身上的灰，吐舌道："好险！来的那日本鬼你见了没有，是个甚么样子？"张全道："怎么没有看见，五十多岁，比你丑多了，一脸的络腮胡子。穿的衣服和叫化子一样，眼睛只一只有光，鼻子一个孔。"罗福道："我不信有一个鼻孔的人，你别哄我。"张全道："哄你么，你不信咧，那女子还是共着他这一个鼻孔出气呢。"罗福道："你胡说！大约比我的面孔差些就是了，我也料得他要不比我差些，那女子怎么时常会望着我笑？我今日也是合当背晦，碰了这鬼来了，不然也好了。"张全点头笑道："是吗，不是这鬼来了，你已到了手呢。"

这日，罗福上楼，连咳嗽都不敢咳。次日，邀张全去看姜清，张全不去，罗福一个人跑到骏河台。进门见王立人、李锦鸡和胡庄一伙人都在那里说笑。见他来了，更大笑起来。罗福一把扭住李锦鸡道："你害得我好！几乎把我的命都送了。"李锦鸡挣脱了手问道："甚么事害了你？"罗福道："你那揩嘴巴的纸，怎说是辟疫的？"李锦鸡道："不是辟疫的是干甚么的？哦，我知道了，你是听了那哄死人不偿命的老张的话。你且说他说是做什么的？"罗福道："他说是女人用的。"锦鸡冷笑了一声道："怪道你骂我揩嘴巴的纸。"顺手将胡庄的柜子打开，拿了一叠出来道："我时常有女人同睡，不能和你辩。难道他们也有女人用这纸吗？我说你瞎了眼你不信，这上面有消毒的字样，不是辟疫，是辟你的鸡巴？"罗福跺脚道："我上了老张的当！老张这样害我，我死也不依他。"姜清笑问道："老张怎样害你？"罗福摇头道："说不得，说不得。"胡庄道："他不说不要紧，怕老张也会替他瞒吗？"姜清道："好笑，老罗做事也要瞒人。"胡庄道："是吗，我看曹操要多大的本领，才能叫阿瞒呢。"罗福道："我不是想瞒你们，说了出来呕气。"胡庄道："你说，我替你出气。"李锦鸡等同声都道："替你出气。"

罗福真把昨日的事一五一十说了，笑得这些人在席子上乱滚。姜清忍住笑说道："我不笑别的，我就笑他那理想实在高妙，以为将这纸舞两下，便可打动人。"说罢，想起那舞纸的情形，又笑。罗福道："若老张不哄我，我怎的会做这般想。"胡庄道："你想是没有想错。不过日本女人个个怀中插了这辟疫的纸，若是看了便动心，她那心就没有定的时候了。拿张春宫去舞，或者有些效验。"罗福道："可惜日本没有这东西买。上海遍地皆是，先来的时候，带几套来就好了。"李锦鸡道："日本怎么没有？上海的装束不对，买了来也不中用。你要日本的吗？我借两套给你。"罗福道："你真有吗？"锦鸡道："你不信，我就给你看。"说着用手往洋服里襟的口袋里去摸，这些人都翻眼望着，不知锦鸡又要用甚么东西哄罗福。

锦鸡摸出一叠照片，往罗福脸上一照道："这不是？"这些人争着来看，不是春宫是甚么？把个姜清吓得摇头吐舌，连喊该死，胡庄也骂锦鸡无聊。锦鸡道："你们既都不愿看，我收了罢。"仍旧聚了起来，待往口袋里插，不提防刘越石在后面一手夺了道："老李，你来抢，就是一拳，这东西孝敬了我罢！"李锦鸡真个不敢上前去抢。罗福不依道："老李说了借给我的，你拿去做甚？"刘越石道："老罗。你不要信他，他那里会肯借给你？你没见他带在身上，这是他随身之宝，肯借给人的吗？我抢了他的，他就没有法子。"李锦鸡道："老罗，他自己想要，故拿话来哄你。我要不打算借你，我也不拿出来了。我于今随你的便，这东西我横竖不要了，你没有本事承受，怪我不得。"罗福正待开口，刘越石道："老罗，你不用着急，我分两张给你。"罗福道："两张不够。"刘越石道："够不够不能管。"他说时，选了两张递给罗福。罗福接了看道："这个不好，要随我选。"刘越石道："你知道甚么好歹！不是我，你一张都没有。老李方才要往袋里插，你没看见吗？"锦鸡站在旁边看了，闷闷不乐，拿了帽子就走道："你们这强盗窝里来不得。"这些人大笑起来。王立人扯住刘越石道："你一个人独得不行，好歹分两张给我。"刘越石摇头道："这里共总只有六张，万不能分。"王立人扯住，那里肯放，硬分了两张才罢。姜清看了，大不畅快，独自上楼去了。王立人、罗福即辞了出来，各自归家。

单说罗福走到自己门口，见隔壁门外一乘车子，堆了许多行李，好像是搬家。罗福脑筋中忽然如受了什么大刺激，呆呆的站在门口。望了那车上的什物，有几件是平日从窗子里见过的，心想她这一走，知道她走到那里，与她还有见面的日子吗？心中想着，眼中几乎要流出泪来。不一会，一个车夫走来，拖着车子就走。接着隔壁的门响，那女子收拾得齐齐整整，走了出来。见了罗福，笑着行了个礼，说声少陪。罗福得这机会，心中就有许多话要问。奈日本话一句也不能达意，只得也点点头，眼睁睁望着她去了。想起方才她笑着行礼，说失陪的态度，便觉得情深似海。门口无可留连，进房即将方才的事和张全说。张全道："横竖你不懂得日本话，莫说吊不上，便吊上了，又安得巫山置重译，为你通情话呢？"罗福道："我于今赶急学日本话，来得及么？"张全道："有甚么来得及来不及？日本女人可吊的多得很，学好了日本话总有用处。"罗福道："我从此拼命学日本话便了，学好了你替我设法。"张全笑着答应。罗福上楼，真个拿了日本语读本，放开喉咙喊起来。张全在楼下好笑，心想：这呆子想女人想疯了，何不哄着他顽顽？眉头一皱道："有了。如此这般的，岂不大妙！"登时依计做了。

次日，罗福早起，邮便夫送了封信来，上面写"罗君亲启"。罗福拆了，见是日本文，看不懂其中意思，来找张全看。张全还睡着没有起来，推醒了，请他翻译。张全接了一看，跳起来道："恭喜你，恭喜你！你快去收拾，就是今日。"罗福也欢喜，忙问："是甚么？这信由那里来的？"张全道："就是那隔壁的女人写来的。"罗福着急道："你还不快些翻给我听！"张全道："你听吗？信上说，'一向承你的情，我非常感激，因我有个哥子同住，不便和你说话。于今搬的地方，也不好请你来。你如想会我，明日午后六点钟，我要到浅草帝国馆去看活动写真。你可于六点钟以前，到那里买入场券的所在等我。无论如何，我是要来的。我现在有许多话要说也说不尽，明日会了面谈罢！'信是这们写的，你看是喜事不是喜事？"罗福道："你没有看错么？"张全将信摆在罗福眼前道："看错了，这些汉字难道你也不认得？"

罗福看了汉字，依着张全说的意思，一个字一个字的研究起文法来，果然不错。喜得张开口望着张全，不知要怎么才好。张全道："她这叫你去，很有点意思。浅草的料理店、牛肉馆、旅馆，都是白日可以借房间的，见了面一定成功。你快去剃了头，我送香水、美颜水给你收拾。"罗福道："借房子这交涉是几句甚么日本话，请你写给我念熟，免得临时不晓得说。"张全道："呆子，这许多话一时间念得熟的吗？交涉她自然会去办。你就会说日本话，到底是个中国人，也犯不着去说呢。"

罗福心中七上八下，想去剃头，肚子又饿了。即催张全收被、洗脸、吃饭。吃了饭，往理发店，一边剃头，一边描想见面时的快活。头还没有剃完，不凑巧的，天下起雨来了。幸理发店隔家里不远，冒雨回来，张全真个替他收拾。到午后那雨越下越大。他老早穿好了衣服，刷净了靴子，望雨住，那里肯住？看看已到五点钟，加上些晚风，更大了。他恐错过了时间，只得冒着雨走。站在神保町停车场等了十分钟的电车，风大了，伞挡雨不住，一身洋服除领襟而外，早喷得透湿。

到帝国馆时，六点钟过了，站在买入场券的地方，用眼望着街上。见往来的尽是些下等男子，一个个擎着伞，携着衣，穿着高木屐，凄凄惶惶的跑，绝无一个女子。罗福驼着一身湿透了的衣，又是十月天气，站在当风的地方，雨虽小了，还是不住的当面喷来。饶他有比火炭还热的心，也禁不得这冷风冷雨吹打。只一阵工夫，可怜他连五脏六腑都冰透了。忍死等到八点钟，料道不能来了，仍依原路回家。实在乏了，脱衣便睡。次日和张全叹息了一会。自此一心想学日本话，再候机缘。

不知后事如何，且俟下章再写。

第十九章

掷果潘安登场逞艳
惊筵焦遂使酒挥毫

　　话说罗福此心不死，整整的在家读了两个月的日本话。心坚石也穿，普通平常的话，他居然能讲得来了。一日是十二月十五，同张全到姜清家里，姜清迎着张全道："你来得正好，有事正要找你来商量。"张全见胡庄、刘越石、张裕川都围着火炉向火，二人脱了外套，也围坐拢来。姜清就在睡椅上斜躺着。

　　张全问道："什么事要找我商量？"姜清笑道："于今要过年了，你且猜猜找你商量什么？"罗福笑道："我一猜便着，必是小姜不得过年，找老张去替他借高利贷。"张全摇头道："这题目太泛，我猜不着是甚么事。"姜清道："我们方才在一块儿几个人闲谈道，过年了，闹着甚么顽顽才好，看你可想得出花样来？"张全低头沉吟了一会道："可惜谢抗白、陆扶轩、吴我尊、欧阳予倩诸人都走了，不然演新剧就很好。我们这里可以登场的人也不少。"胡庄笑道："真是英雄所见略同！我们正商议说是演戏好。"罗福拍手笑道："妙透了！演戏演戏，少不得要我来帮帮场面。"姜清道："那是自然少你不得。"张全道："你们方才怎样商议了一会？"胡庄道："我想正脚色少了，只好演《鸳鸯剑》，我扮柳湘莲，你扮尤二姐。小姜他说，他不愿做尤三姐，他说他要扮茶花女，我就答应扮亚猛，他又说不好。"张全道："我扮亚猛何如？"姜清道："你扮侍儿好。扮亚猛身材太小了。"胡庄道："我身材大，你怎的又说不好？"姜清半晌道："你又不能唱歌，把甚么扮得来？"胡庄笑道："那不容易吗？随便哼两句就是，谁懂得！"姜清摇头笑道："你扮亚猛的爷倒相称。"张全道："扮亚猛的，我想起个人来了，青年会的老李不好吗？"姜清想道："果然好。"胡庄道："不是广东的李默卿吗？"张全道："是。"胡庄道："他不是个矮子吗？"姜清道："他的歌唱得很好，他与西洋人往来得久，姿势也好。"

胡庄不服，自言自语，说李默卿不相称，姜清也不作理会。张全道："正脚已齐，这些便很容易，只是在甚么地方演哩？"姜清道："教老李去借日本青年会好么？"胡庄道："好。"于是几人又商议了一会，收多少钱的入场料，派某人扮某脚，当下派了罗福做揭幕掩幕的。罗福道："这揭幕掩幕也算是做戏？我不来。"姜清笑道："说了来帮场面，这不算是帮场面吗？你不愿，就派别人，愿干的多呢。"罗福连忙道："来，来！只是小姜你也太使乖巧了。"姜清道："老张，请你到青年会和老李说，我们先要演习几天，才得合拍。布景的器具也都托他去办，他必然高兴。入场券由我这里印。"胡庄望着姜清笑道："你只要他去说，倒底是几时唱，唱几晚，我们自己还不知道，教老李怎么好去借器具，好去借房子哩？"姜清拍着腿笑道："我真糊涂，你们说定几时唱，唱几晚好？"大家共议了三十日一晚，元旦日一晚。于是张全辞了出来，去会李默卿。

罗福正待归家，走不多远，只见对面来了个女子，正是两月前为他生出种种问题的那人儿。罗福一见，心中大喜，忙走上前行礼，道阔别。那女子认得是罗福，也只得还礼。罗福道："那晚你约我到帝国馆，你怎么不来呢？"那女子摸不着头脑道："我何时约过先生到帝国馆？"罗福笑道："你就忘了吗？你写的信，我还带在身上，舍不得丢掉，你看。"说时解开外套，从里面拿出信来，递给那女子。那女子看了笑道："这不是我写的。"罗福诧异道："不是你写的是谁写的？我为这信还受了一晚的苦呢。"那女子复将信看了一遍道："这信不像日本人写的，恐是你的朋友故意写了哄你的。我的名字也错了，口气也不对，我叫芳子，这信上写的是月子。"罗福听了，才恍然里钻出个大悟来，登时跌脚道："是了，是了！我同住的那姓张的最会作弄我，可惜他于今不在家。不然，就请你同去问问他，看他如何抵赖。"芳子道："他在家，我于今也不能去。我就住在饭田町四丁目十二番地大熊方内，你高兴可请过我那边来顽。"罗福喜不自胜，忙用铅笔记了地名，说明日午后七点钟定来。芳子应了在家相等，彼此别了。当日罗福归家。夜间张全回了，少不得骂他不该欺骗自己。

次日七点钟，罗福又全身装束，找到大熊方，会了个老婆子，问芳子在家没有。老婆端详了罗福一会道："请进来，我就去找她来。"罗福进去，老婆引到一间六叠席子的房内，捧了个火钵，放在罗福面前，老婆子去了。罗福看房里并无陈设，一张小桌子塞在房角上，席子旧到八分，只一盏五烛光的电灯，更显得不明亮。罗福心想：这房子不像是芳子住的。她的房必在楼上，到她里坐着去等不好吗？想罢，立起身来，轻轻上楼。只见楼上的瓦斯灯照耀得如同白日，罗福推开门看，一眼便望见壁上挂了件狐皮袍子，桌上竖了支中国水烟袋。房中陈设虽不精致，却十分华富。罗福吓了一跳，知道是错了。幸得没人在房内，忙退了出来。才到楼口，听得外面门响，吓得他三步作两步的踏得梯子一片响。梯子下完，一个雄赳赳的男子，披着貂领外套迎面而来，望罗福操着北方口音问道："你找谁呢？"罗福慌了，连忙道："对不住，对不住，我找芳子。"那人道："甚么芳子？她住在那里？"罗福道："她说住在大熊方。"那人道："混帐！大熊方住的就是我，有甚么芳子！你上楼来，我要问你个清楚。"那人说着上楼，罗福只得跟了上去。那人进房，外套也不及脱，开了抽屉，开了柜子，检查一会，回头打量罗福几眼，挥手道："你去，你去！"

罗福如遇了赦，下楼回到方才的房内坐着，心想：好危险！几乎把我当贼。正想时，门响，老婆子同芳子来了。罗福站起来问芳子去那里来，芳子笑答没去那里。老婆子送芳子进房，告回避，关门去了。芳子道："我并不住在这里，这婆子是我的亲戚。"一边说一边拖罗福同伴着火钵坐了，彼此攀谈起来。罗福心迷神醉，要求芳子和老婆子办交涉，借房子住夜。那老婆子历来是愿天下有情人都成了眷属的，况一个卖弄有家私，一个果然爱你金资，怕不成就了这幽期密约？这一晚腿儿相压，脸儿相偎，手儿相持，颠凤倒鸾百事有。罗福到东京，这便是破题儿第一夜。次日珍重后会才别。二十日后，陪着姜清等演习了几天新剧。

姜清借了几套阔西洋妇人衣服，初次装扮起来，连同演的人都看呆了。自己也对着镜子出神，忘记了镜子里就是自己的影子，以为另有个这般美的女子，并且是个真的，差不多要和她吊起膀子来。及悟了是自己，又疑心自己不是个男子。一想到了是做戏装马克，那霎时间佳人薄命之感，便奔注脑内。不啻自己就是马克，一颦一笑，一出词一吐气，无一不是马克。就是真马克复生，见了也必疑是自己的幻影。如此径演到二十九日，都已圆熟。

次日，午后三点钟光景，齐集青年会，束装布景。五点多钟，来看的人便不少。西首一排二三十位中国女学生，一个个都是玉精神花模样，静悄悄、眼睁睁的等马克出场。这日黄文汉、郑绍畋、周撰、李锦鸡都有优待券，先到了，坐在前面一排椅上。后面来的人络绎不绝，顷刻之间，楼上楼下，挤得水泄不通，都望着台上拍手催开幕。到六点钟，罗福将幕一揭。楼上楼下的千百只眼光，一齐射到马克身上。不约而同的千百只巴掌，拍得震天价响。有几个忘了形的狂叫起来，倒把那些女国民吓醒了，幸有人叱了几声才住。于是台上聚精会神的演，台下失魂丧魄的看。演一幕，欢呼一幕，径到十点多钟才罢。次日元旦夜也是如此，不过男子少了几位，女子多了几位。男子换了几位，女子没有换。黄文汉、周撰、郑绍畋这晚都没有来，李锦鸡混入女人这边坐了。戏完，李锦鸡极不得意，回到东乡馆与下女调了会情睡了。次日起借着过年，会朋友打麻雀，推牌九，吃花酒，快乐无边。这也不只他一人，凡在东京的留学生，到这时候，没有不各自寻些快活的。不过薰莸异味，雅俗殊途罢了。其间寻常嫖赌小事，难得详写。

　　似水流年，新正已尽。有学校的依旧上课，无学校的照常吃饭。与看官们久违了的那位黄文汉，这时候已同着几个同乡，在代代木佃房子住了四五个月。因其中无甚大事故，没有请他出来。这日正是二月初六日，早起即飘飘的吹下了一天大雪。吃了早饭，正在读新闻，忽来了个四川姓伏的朋友找他。那姓伏的单名一个焱字。民国成立的时候，说是在四川省立下了奇功。南北统一，他功成身退，不久即到日本来，在代代木不远千驮谷町地方佃了栋威武堂皇的房子。久与黄文汉认识，见面彼此寒暄了几句。伏焱道："中山定了这个月十一日，由上海坐山城丸动身到东京来，计程十三日可抵长崎。我当得去招待，那日去欢迎的日本人必不少。胡瑛他们都带了翻译，我想请你同去走遭。如有演说，请你替我翻译何如？"黄文汉道："孙先生这回虽是以私人资格到日本来，然到底曾做过中华民国的元首，凡是中国人都应得去欢迎。不过人数太多，不能尽往长崎，就在新桥罢了。那时我少不得也要去的。你既要接到长崎，我陪你去一趟也使得。说是没有演的，会了日本人，不过几句应酬话，我还说得来。随你何时去，来邀我就是。"伏焱道："山城丸十三日午前抵长崎，我们于十日清早就要动身。若路上不耽搁，十四日午后便能陪中山到新桥。"二人约定了。

　　黄文汉说："今日新闻上说，大借款二月初四日签押的事不成功。"伏焱问："是日本新闻吗？"黄文汉点头道："《朝日新闻》上的北京特电。"
伏焱道："说了甚么原因没有？"黄文汉道："略略说了些，是因法使康梯
反对德人赖姆泼任稽查总监察，说此职当以俄、法人为之，所以有这波
折。并说六国银行团有破裂之兆。"伏焱听了，没得话说，辞了回家。

　　初十日绝早，伏焱即来邀黄文汉。黄文汉也穿了礼服。提了个手皮
包，同坐电车，由新桥改乘火车往长崎进发。在神户遇了胡瑛，带着个翻
译、两个日本浪人上车。伏焱接着谈了几句，胡瑛道："时间还早，明日
过福岛县，我要到博多去会会山川健次郎，顺便参观他办的工业专门学
校，前日已知会了他。"伏焱道："我也同去看看。"胡瑛点头。黄文汉心
想：山川健次郎是日本有名的人物，并且是个财产家，明日会了他说话，
倒要留神。胡瑛带的那翻译，不知怎么个程度，可借此见识见识他，听他
说话的声音彷佛是广东人。

　　不言黄文汉心中暗想，且说火车次日十点钟时候到了福岛。胡瑛、伏
焱等一干人下车。出了停车场，即有山川健次郎派来迎接的两乘自动车，
六人分乘了。顷刻之间到了一个大操场。其时积雪未消，只见满场一片白
光，有许多学生正在雪里奋勇习体操。驾车的把车停了，胡瑛等下车，黄
文汉走最后。见前面一个六十来岁的老人，穿着一双长筒靴，裤脚扎在靴
筒里，上身青先生洋服，并没穿外套，竖脊挺胸的冲着北风，站在那里看
操。见胡瑛到了，掉转身来，接着行礼。黄文汉知道便是山川健次郎，便
也随着大众见礼。胡瑛说了几句客套话，并为绍介伏焱，教翻译说了。山
川健次郎便笑着请大家看操。看了一会，一阵极冷的北风吹来，吹得黄文
汉几乎发抖。看胡瑛穿的是皮外套，尚不见十分缩瑟。看那山川健次郎仍
是神色自若的站着，并没有移步。胡瑛的翻译、伏焱及两个日本人，都冻
得脸上没有了血色，几乎僵了。

　　黄文汉素来要强，恐怕露出丑态，忙鼓起精神。足足看了点多钟，山
川健次郎才请他们进屋。这些人真是如得了恩诏，进屋重新见礼，一个个
手足都麻木不仁了，都暗恨老头儿不近人情。黄文汉看那房子还是新的，
完全西洋式，十分壮丽，陈设亦很大方。听得山川健次郎说道："我做成
这房子，还没有来过客。今日初次得各位驾临，真是蓬荜生光辉了。"胡
瑛道："鄙人晋谒，适逢大厦落成之候，得共瞻仰，才真是幸事。"黄文汉
留神看那翻译一副脸，如泼了血一般，说话声音打颤，发语也全不大方，

心中好笑。他方才冻得一点血色也没有，不到十分钟便红到这样，难道这房里还冷吗？怎的说话会打颤？如此没有见过世面的人，也敢和人当翻译，不是怪事！

翻译说完了话，山川健次郎即起身请他们到食堂大餐。山川两个儿子都有三十多岁，出来给大家见礼，一同入座。席中山川的大儿子和胡瑛谈了些中国矿山开矿的事。那翻译竭蹶应酬，也没有谈中肯要，便罢了，大家寂静无声的。大餐已毕，仍回到客厅。用过烟茶，山川便邀同去看他办的学校。于是大家出来，仍坐上自动车，从操坪抹屋角过去，便是学校。黄文汉同着下车，看那学校的规模，也就比东京的高等工业差不多。山川引着看讲堂、试验室、标本室、仪器室，足穿了一点钟才看完。复回到客厅内，伏焱起身告辞，黄文汉说了几句道扰的话，山川送了出来，用自动车送到停车场。胡瑛这晚在山川家住夜，次日午后才到长崎。此是后话，一言表过不提。

伏焱、黄文汉由福岛停车场坐火车，当晚十二点钟光景到了长崎，在长崎有名的福岛旅馆住了。日本的宫崎寅藏等一班浪人及新闻记者、湖南刘天猛等一班暴徒及留学生代表，都因欢迎孙先生，住在这馆子里。

十二日吃过早饭，黄文汉无事，在街上闲逛，无意中遇了他两年前一个相好的淫卖妇名静子，即问黄文汉几时来长崎的，住在甚么地方。黄文汉说了，彼此在街上不便多说话，分了手。黄文汉逛了一会，回馆吃了午饭。那静子在家里收拾得花枝招展，坐了乘东洋车，径到福岛馆来访黄文汉，在门房里问黄先生在家没有。那晓得中国的姓，用日本话发音，相同的就是这黄字的音最多，如姓高的，姓顾的，姓古的，姓孔的，姓辛的，姓胡的，姓龚的，姓向的，姓虞的，还有许多，一时间也数不尽。虽其中长短音稍稍有分别，然卒然听去，时常会听错。这两日福岛馆中国人住得最多，与黄文汉同姓的固有，同音不同字的也就很不少。门房里的下女只听得是问黄先生，问静子又不知道名字，下女只得接着客单上同音的去报。报了几处，这些人听得是女人来找，都很诧异。也有平日不尴不尬的人，恐怕遇了冤家，即一口回绝说不是会我的。也有明知不是会自己，故意下来看看人物的。下女报了六七个，才报到黄文汉房里。黄文汉听了，绝不踌躇道："是会我的，快请进来。"下女出来带静子进房，那几个看的才如鸟兽散，各自回房议论去了。

　　黄文汉见静子穿得很阔绰，举止也有些大家风度，不仅与两年前不同，就是方才在街上见了，也没有这般模样。问起来由，原来她自去年正月，嫁了个广东商人做姨太太。那商人很看得她重，一个月给她三十块钱的零用，另外佃了所房子给她住了。商人每晚来歇，怕她做事吃苦，请个下女服侍她。日里到外面闲走，商人并不禁止。知福岛馆是个大旅馆，恐怕穿差了，丑了黄文汉，所以穿得这们整齐，态度更装得大方。黄文汉听了原故，叹道："你这真是好际遇，将来生了个儿子，你的位置更稳了。以后还是不要在外面多跑的好。"

　　静子正待回答，伏焱开了门进来，轻轻对黄文汉说道："这女子是甚么人？"黄文汉道："你这般认真问了做甚么？"伏焱道："方才宫崎对我说，住在二十番房里的那位中国人，像是你带来的翻译，怎的有淫卖妇来找他？你去说说，教他赶急将那淫卖妇送出去，免得外面人说起不好听。所以我来问问你，我看还是叫她出去的好。"黄文汉听了，勃然大怒道："狗屁！甚么混帐东西，敢这样的干涉我？淫卖妇便怎么，淫卖妇不是人吗？宫崎寅藏那东西盗名欺世，其卑贱无耻，比得上我嫖的淫卖妇吗？"伏焱连忙掩住黄文汉的口道："是我的不是，我述话述错了，请你不要闹。你这般聪明的人，难道不知道他是一片至诚来欢迎孙中山？为这些小事和他吵一场，显见得我们无礼。你不听他的，他就没趣了。"黄文汉才不做声。

　　静子很是伶俐，见了二人说话的情形，猜着了八九分是为她自己，便告辞起身。黄文汉留她不住，直送到门外，还写了东京自住的地方给她，叫她时常通信。望着她上了车，才转身回房，问伏焱现在宫崎在那里。伏焱道："他现在同着很多的人，在他房里吃酒。"黄文汉道："你带我去坐坐。"伏焱笑道："去打打闹闹便得，只是我要和你定个条约。我知道你的脾气，你决不可打趣宫崎，使他过意不去。为这些事伤感情实在犯不着。"黄文汉道："那自然。我从来不给人下不去的。"伏焱笑道："只怕未必。我知道你惯会给人下不去，平日我也不管，今日无论如何，你要看我的面子。"黄文汉道："你这样怕，就不去也罢了。"

　　正说着，下女进来，说宫崎先生请两位先生过去。伏焱拖了黄文汉就走，黄文汉只得同到宫崎房里。一看是一间十二叠席子的房，两边吃酒的中国人、日本人共坐了十多个。宫崎装模作样的坐在上面，见二人进来，略点点头，用手往对面一指，说了声请坐。二人坐了，吃了几杯酒。黄文汉见各人都乱嘈嘈的说话，没有秩序，便起身到宫崎身边坐了，抽出张名片，递到宫崎面前道："我就叫这个，冒昧识荆，即叨盛馔，惭愧得很。"宫崎收了名片，点头谦了几句，对黄文汉举杯，并向大众敬酒。

黄文汉举着杯子，便向大众笑道："今日贤豪长者，毕集一堂，真是难得。鄙人因伏君得与诸公接近，私心尤为欣幸。只是盛会不常，盛筵难再，甚希望在座诸公尽欢，不拘形迹，留些精彩，为后日纪念。"这些人听了，都同声道好。黄文汉对面坐的一个日本人，有四十多岁，听黄文汉说完，笑着隔座递了个酒杯过来。黄文汉知道日本饮酒礼数，递杯子叫作饮达，便是较饮，有不醉无休之意。即举杯问他贵姓，那人道："菊池。"宫崎忙绍介道："他是菊池法学士。"黄文汉只作没听见，望着菊池说道："这杯子太小。"顺手取了个酱碗盖道，"用这个好么？"菊池笑道："好极了。"黄文汉道："且等我满座各敬三杯，再来敬足下。"说着，擎着碗盖，就从菊池敬起，挨次敬了下去。其中虽有不吃酒的，这时候也只得拼命喝，三碗盖，一口气敬了一十八个人。

轮到宫崎，黄文汉停了杯子，望着他说道："我两三年前，在东京听了云右卫门（唱浪花节第一名手，宫崎寅藏之师也）的浪花节，至今心焉向往。久知道足下也是浪花节名手，难得有今日这般高兴，想拜听一曲。"这些人见黄文汉当着众人要宫崎唱曲子，心中都十分纳罕，不敢做声。宫崎不悦道："吃多了酒，嗓子坏了，唱不得。"黄文汉仰天大笑道："可惜，可惜，改日再领教罢！"举起杯子向菊池道："我们战争开始罢！"菊池虽也举杯同饮，因怕黄文汉醉狠了闹事，故意迟缓着，引黄文汉说话。

忽听得外面铃子响，喊卖号外，即有人叫下女买了一张。许多人争着看。一个先看了归座道："就是山本入阁，没有别的事。"黄文汉道："哦，山本哪。"接着便高谈阔沦，大骂日本的内阁及内务大臣。在座的都是国民党，无论有理无理，只要是帮着骂他党的人，便没有不快畅的。就是宫崎见了黄文汉这般豪气，也暗自吃惊。

当下又喝了一阵酒，有一个日本人捧出一卷纸及笔砚，请在座的挥毫作纪念。座中有八九个中国人礼应请先写。黄文汉见已有个三十多岁的中国人，坐在那里正心诚意的写，即起身走拢去看。写的是吴梅村的

《圆圆曲》，并没有对着书本。字和朝考卷子一般大，一般工整。写了好半晌，才写完。翻复又看了几遍，无一字错落，才起身。黄文汉瞑目望了他一眼，咦了一声。日本人即请他写，他便不客气，也不坐，提起笔，醉眼模糊的，抹了"精神一到，何事不成"八个大字，下写"癸丑二月十三日，宫崎君招饮，既醉，出纸索书，作此八字畀之，为他日相见之息壤云尔"。写完，落了款，掷笔大笑。观者都大笑。

其时刘天猛在旁，拉了黄文汉到侧边，握手道："我不会说日本话，请你替我对宫崎翻几句话可使得么？"黄文汉道："甚么话？"刘天猛道："请你说，我是中国社会党的首领，想联络他，将来多少得点帮助。"黄文汉掉转身，也不答话，鼻子里哼了一声，走到外面。见隔壁一间房里，几个少年下女聚作一团喁喁私语，黄文汉走了进去，笑道："你们聚作一团议论那个？"一个伶俐的下女接口笑道："我们在这里羡慕今日来的那女客容貌好。"黄文汉道："不要胡说！我吃醉了酒，想跳舞，你们那个来和我跳？"几个下女听了，都掩面吃吃的笑，不做声。黄文汉一把拖了那答话的下女，便跳起来。那几个想跑，黄文汉脚一伸，拦住了门，都走不出去，逼着下女同乱跳了一会。门口围了许多人，拍手大笑的看。黄文汉的酒一阵阵涌上来，自觉支持不住，一手将那下女拖至怀里，身子便伏在她肩上，叫她背着回房。下女压得连喊"哎哟"。一个日本人走近前伸手来扶，黄文汉一声叱退，叫几个下女都来帮着搀。于是扶的扶，推的推，到了自己房内。一个下女先放手铺了床，安置黄文汉睡下。伏焱来看，已是鼾声震地了。

不知后事如何，且俟下章再写。

第二十章

新桥弹秘书官破胆
神田火罗呆子穿衣

话说黄文汉吃得大醉，睡到半晚两点多钟才醒来，喝了几口冷茶，仍旧睡下。天一明，伏焱即进房推黄文汉道："中山的船七八点钟的时分便要泊岸，我们须早点去等。"黄文汉道："我只在火车站等便了，你上船去，宫崎他们他必是要上船的。人太多，我跟着挤无味。"伏焱想了想不错，便不多说，自去料理。

黄文汉也起来洗脸。下女见了他，便笑嘻嘻的跑。黄文汉也自觉昨晚的事好笑。吃了饭，这些人都纷纷往码头上去。伏焱招呼了黄文汉一声，也去了。热哄哄的一个旅馆，登时鸦雀无声。黄文汉慢条斯理的穿好了衣出来，几个下女都赶来送。黄文汉笑着说了几句骚扰的话，举手为别。跳上一乘车，叫拉到火车站，就坐在车站里等。

等得火车到，恰好一大群人拥着孙先生来了。日本政府早预备了特别车，这些人即拥孙先生上去。黄文汉见刘天猛并未穿礼服，也钻进了特别车去，不觉好笑，自己便跳上一等车坐了，即刻开车。午后换船过了门司海峡，在门司的中国商人，都排班在码头上欢迎。日本人男女老少来欢迎的，来看热闹的，真是人山人海。孙先生上岸，举着帽子，对大众答了礼，跨上自动车。到长崎欢迎的中日人士，或坐马车，或坐自动车，或坐东洋车，都跟着孙先生的自动车往车站进发。

黄文汉也坐了乘东洋车，在上面左顾右盼。见两边粉白黛绿的夫人、小姐、艺妓、下女，充街塞巷。有两个艺妓在那里指手画脚的说笑，恰好黄文汉的车子挨身走过，听得说道："前面坐自动车的便是孙逸仙，好体面人物。"黄文汉暗恨车夫跑得太快，没听得下面还说了些甚么。转瞬到了车站，已有火车在站上等着。中日贵绅大贾，在那里候着的也不知有多少，齐拥着孙先生上了特别车。黄文汉就在相连的一乘一等车上坐了。看那些来看孙先生的，还是络绎不绝，竟到开车，挤得车站满满的。每人用手举着一顶帽子，那手便不得下去。万岁之声，震山动岳。车子走了多远，不看见人影，方不听得声响。

车行到五点钟的时分，黄文汉有些倦意，正待打盹，忽见一个四十来岁的男子，穿着礼服，黑瘦脸儿，几根疏疏的胡须分着八字，手中拿一本袖珍日记，一张白纸写着几个寸楷字，从特别车里走到一等车来。肩膊耸了两耸，望着黄文汉对面坐的一人点了点头，坐拢去，口中说道："讨厌，讨厌！我忙极了的人，定要派我来欢迎甚么孙逸仙。戴天仇那该打的东西可恶，做出那种骄傲样子。孙逸仙也不像个人物，袁世凯到底好些。"黄文汉在旁边听得清清楚楚，真是怒从心上起，恶向胆边生，方才的瞌睡不知抛往那儿去了。拔地立起身来，指着那人说道："你才说甚么？我虽是中国人，你的话，我却全然懂得。孙先生到日本来，并没有要求你来欢迎。既不愿意，何必来？戴天仇对你有甚么失礼，何不当面责问，要出来对着大众诽谤？就是诽谤人，也须有个分际，何得说出那种丑话来？你且说，你来欢迎，是团体资格，是个人资格？"

那人见黄文汉起身指实自己说话，知道自己失了检点，吓得翻着双眼望了黄文汉。听黄文汉说完了，忙抽了张名片出来，起身递与黄文汉，用中国话说道："先生请坐，先生误会了我的话。我是大阪每日通信社的记者，叫中川和一。戴天仇因与我往日有隙……"黄文汉不接名片，止住道："你用日本话说，我懂。"那人仍用中国话说道："先生请坐，等我慢慢说。我到过贵国多年……"黄文汉始终用日本话道："谁问你的历史？戴天仇与你往日有嫌隙，你是个男子，当日不能报复，背后诽谤人，算甚么东西！这个我且不问你，戴天仇本也不算甚么人物，但是同孙先生来，你也应得表相当的敬意。你知道孙先生是中华民国甚么人，可能由你任意诽谤？你是个新闻记者，怎么有这种不懂礼节的行为？"那人还是用中国话说道："先生请坐，不要动气，有话好说。"

同车坐了许多日本绅士，都望着他二人，不好拢来劝解。一个车掌走拢来，劝黄文汉坐。黄文汉叱了声道："你无劝解的资格，站开些！"转身逼近那日本人道："你有甚么理由？可辩就说，没有理由就当着大众陪礼。不肯陪礼，就同到孙先生那里去，说明我和你决斗就是。怎么样？"

那人听得要决斗，登时变了脸色，忙用中国话说道："我陪礼就是，求先生恕我说话鲁莽。"黄文汉冷笑了一声道："你既知道陪礼，求我恕你鲁莽，就饶了你罢。"回头指着自己的手皮包，对车掌道："替我送到二等车去。这种卑劣东西，谁屑与他同坐！"说完，取了帽子，同车掌忿忿的走到二等车坐了。

次日午后九点多钟，安抵新桥驿站。黄文汉从窗眼里往车站上一望，吓了一跳。车站上的人那里像是来欢迎的呢，竟是有意来凑热闹罢了。就是天上有数十条瀑布倾了下来，有这些身子挡住，大约也没有一点落在地下。孙先生一出火车门，犬养毅、柴口侯爵等一班贵绅就围裹拢来。站得远的人，都争先恐后。孙先生用手举着帽子，被人浪几推几拥，转瞬即卷入漩涡之中，那里还能自主？戴天仇、马君武等五个随员都被冲散。黄文汉下车，同卷了出来，隔着孙先生不远。才出车站门，只见刘天猛同一个穿军服佩刀的中国军人，强捉着孙先生的手臂，从众人中奋勇冲出，拥上了一乘马车。那时来欢迎的几千留日男女学生、商人，及日本人来欢迎的、来凑热闹的，从车站门口排起，十多层，径接到电车路上。中间分出一条路，马车即从路上跑去了。那晓得那马车并不是接孙先生的，接孙先生的是一乘自动车，上面插了五色旗子。欢迎的人都注定了那乘车，一个个要等那乘车子过，才行礼，叫万岁。马车过去，故都没有留意。及马君武和戴天仇挤出来，孙先生早已不知去向，料得是先走了，便跨上那插旗的自动车。那车呜呜的叫了两声，开起便走。幸喜夜间看不真面目，欢迎的认作是千真万确的孙先生，都行礼，霹雳般的叫万岁。戴、马二人居之不疑，便偷偷受了这般隆礼。黄文汉在背后看得清楚，心中暗恨刘天猛与那穿军服的不是人。欢迎的人见自动车已去远，才一队队的走散。

黄文汉不见伏焱出来，便站在僻静处等。见许多的贵绅飚发潮涌的出来，马车、自动车、东洋车，嘈嘈杂杂，纷纷扰扰，闹个不清。知道伏焱必在内同去见孙先生，用不着自己，便不去找他。望着大家走了八成，正待要走，忽见一个三十多岁的中国人，穿着先生衣服，又胖又矮，满头油汗，慌手慌脚，口中操着英语，上跑到下、下跑到上的找人问话。恰好一个西洋人走来，那人如获至宝，谈了几句，西洋人找着驿长，用日语说："这人是孙先生的秘书官，初次到日本，挤失了伴，不知路径。因在美国多年，本国的普通话也说得不好，所以用英语问路。"驿长听了，忙着人叫马车，送到日比谷帝国旅馆去会孙先生。黄文汉听得，笑了一声，离了车站，回代代木。到家已是十二点钟。安歇无话。

次日午后，伏焱来道谢，黄文汉问昨晚何以刘天猛同那军人挟着孙先生走，秘书官何以那般慌手慌脚。伏焱道："中山原不认识刘天猛，那军官也不认得是谁，因被人挤得立脚不住，回头看随员不见一个，心中便有些不自在。刘天猛和那军人知道日本小鬼素来无礼。那年俄国皇太子（即现在的俄皇）来日本，无缘无故的中了一手枪。李鸿章在马关定条约，也冤枉受了两枪。恐怕中山这回来又有意外，故紧贴住中山左右。见中山回顾了两次，一时神经过敏，便一边一个挟着中山跳上马车便跑。那秘书官却是好笑，我也没有问他姓甚么。我正到帝国旅馆不久，见他坐马车来了，一见了中山，开口便道：'好危险，好危险！我以为你们中了炸弹。'中山忙问：'你这是甚么话？'他指手舞脚的道：'那停车场上白光一闪，轰的一声炸弹响，你们没有听得吗？'中山笑道：'你该死！在美洲这们多年，连夜间摄影用镁你都不晓得吗？'他才明白了。"黄文汉听了大笑起来，说道："中华民国地大物博，就有这种怪人物。今日报上五个随员都有名字，我记得是戴天仇、马君武、袁华选、何天炯、宋耀如五个。戴、马二人，我亲眼见他坐自动车跑了。这三个我不认识，矮胖子必是三人之一。"伏焱笑道："管他是那个，知道这笑话便罢了。这种无名之英雄，就调查出来，也不过如此。"黄文汉点头道是。伏焱道："明日午后一时，留学生在日本青年会开欢迎会，你去么？"黄文汉道："去听听也使得。"伏焱道："早点儿去才好，不然，恐怕没有坐位。"黄文汉应了，伏焱别了回去。

第二日，黄文汉吃了早饭，便到神田来，计算着到刘越石家吃午饭。他与姜清、胡庄、张裕川都认识，见了面也是无所不谈，不过少共嫖赌罢了。这日四人都在家，黄文汉会着，笑谈了几点钟往长崎欢迎孙先生的事。吃了午饭，都同到美土代町青年会，就是姜清演戏的所在。那会场楼上楼下，也是一般的挤得没有多少空隙。有些想出风头的人见孙先生未到，讲台空着，便借着这机会，上场去演说，图人叫好。于是你说一篇，我争一篇，他驳一篇，都好像有莫大的政见，只怕孙先生一来，说不出口，非趁这时机发表不可似的。如此犬吠驴鸣的闹了两点多钟。孙先生一到，才鸦雀无声。主席的致了欢迎词，孙先生上台。那满场的掌声，也就不亚于去年除夕，不过少几个发狂叫好的罢了。孙先生的演说词，上海报纸有登得详悉的，难得细写。

胡庄听到"中华民国正在建设时代，处处须人。诸君在这边无论学甚么，将来回国，都有用处，决不要愁没有好位置"的话，已不高兴，心想：我们开欢迎会欢迎你，倒惹起你来教训人。你知道我们都是将来回去争位置的吗？未免太看轻了人家的人格！更听得掌声大作，那里还坐得住，赌气走了出来。暗骂：这些无人格、无脑筋、无常识、无耳朵的东西，只晓得拍手便是欢迎！一个人归到家中，闷闷不乐。下女近前调笑，也不答白，只叫热酒来，靠着火炉，自斟自饮，深悔不曾喊姜清同出来。

不一刻，姜清回了，说被掌声掩住，并没有听得孙先生几句话。胡庄道："散会没有？他们怎的不回？"姜清道："孙先生已下台，恐是去了。跳上了几个不知姓名的人，在那里演说。我懒得听，就回了。老刘说同黄文汉到代代木去，老张不知挤到甚么地方去了，大约就会回的。你怎么跑回来就吃酒？"胡庄道："我听了不高兴，天气又冷，不如回来吃酒的快活。你也来吃一杯。"姜清摇头道："不吃。"胡庄道："我问你，昨日下午同你在神乐坂走的是那个？"姜清吃惊道："没有，我不晓得。"胡庄道："不是你，就是我看错了。那个女子，我彷彿前晚在新桥欢迎孙先生的时候，见她隔你不远站着，时时拿眼睛瞟着你。"姜清道："我不曾见。"胡庄道："可惜你那晚没和我同回，我在电车上遇了个极美的女子，你见了，必然欢喜。"姜清道："谁教你走那么快，瞥眼就不见你了。"胡庄道："你这就冤枉死人。我们让女学生先走了才走，那时候那里有你的影子呢？你不用瞒我，你的举动，我尽知道。"

姜清低头不做声。胡庄拉了他的手，温存说道："你告诉我是谁，我决不妨害你。"姜清忽地改变了朱颜，摔手道："你不要把朋友当娱乐品，知道也罢，不知道也罢，说是不说的。"胡庄忙作揖陪笑道："你就是这种公子脾气不得了，动不动就恼人。我方才又没有说错话，你不欢喜听，我不说了就是，动气怎的？"姜清道："你分明把我当小孩子，你既说尽知道，何必再问？爽爽直直的问也罢了，偏要绕着道儿，盘贼似的。谁做事负了要告诉人的责任么？"胡庄笑道："你不要误会了我的意，要依你的见解说去，我一片好心，都成了坏心了。我平日对别人尚不如此。我是因他人在你眼前说话，每每惹你动气，故过于留神。我何尝不知道爽直的问好，只是问唐突了，你又怎么肯说？"

正说着，张裕川回了。胡庄忙换了几句别的话，接续说下去。张裕川进房坐了，大家烤火，说老刘散了会同黄文汉去了，今晚不得回。胡庄起身，到厨房看下女弄饭。这时候的下女，与刘越石、张裕川都脱离了关系，一心一意的巴结胡庄，差不多明目张胆同睡。刘、张虽有醋心，奈不是胡庄的对手，更兼下女偏向胡庄，只得忍气丢手。当晚吃了饭，三人闲谈了一会，安歇。

次日，李锦鸡来邀打牌，姜清不去。胡庄与张裕川三人同到东乡馆，加入一个锦鸡的同乡赵名庵，四人打了一天的麻雀，收场时约了次日邀刘越石再来。第二日真个又打了一天，至午后十一点钟才散。胡、刘、张到家，已是十二点钟。外面北风异常紧急。都各自睡了。

胡庄拥着下女，正在不亦乐乎的时候，猛听得警钟铛铛铛铛敲了四下，知道是本区有了火警，忙披衣起来。接连又听得四处警钟乱响，一个更夫敲着警锣，抹门口跑了过去。下女吓得慌了，拉了胡庄，叫怎么得了。胡庄道："不要紧，你快检东西，我到晒台上去看看远近。"即跑到隔壁房将刘越石推醒，说隔壁发了火，快起来。刘越石从梦中惊觉，听得隔壁发了火，即扒起来，一手拖了件皮袍子，一手挟了个枕头要跑。胡庄拦住道："乱跑不得，同我到晒台上去看看。只要人醒了，是没有危险的。"刘越石才放了枕头，穿了皮袍，同上楼。姜清已被惊醒，喊起了张裕川，四人同上晒台。那北风吹得连气都不能吐，只见红光满天，出火焰的所在，正在三崎町。

胡庄道："不相干，无论如何烧不到这里来。小姜，你看那几十条白光在那里一上一下的，是甚么？"刘越石、张裕川都聚拢来看，姜清道："是消防队的喷水。"胡庄道："啊呀，火烧过了街。老罗、老张那里只怕难保，等我快去替他搬行李。你们不要慌，西北风这里是不要紧的。"说罢匆匆下楼，只见下女打开柜子，七手八脚的在那里检行李，铺盖都捆好了。胡庄忙止住道："不要检了，隔的很远。你上晒台去看，我要去招呼个朋友。"说着，披了件雨衣，开门到外面，叫下女将门关好，急急走到神保町。

那火光就在面前，沿街的铺户都搬出了家什。街上的男女老幼，提的提，担的担，挟的挟，一个个两手不空，来来往往的混撞。那北风一阵紧似一阵，吹得那烈焰腾空，只听得劈劈拍拍一片声响。任你有多少消防队的喷水管，就如喷的是石油一般，那里能杀它千万分之一的威势呢！胡庄见三崎町、猿乐町两边分着烧，那敢怠慢，三步两步窜到表猿乐町张全门首。见已围着几个中国人，每人背着一件行李，只叫快些出来。即听得楼上罗福的声音喊道："我这口箱子太重了，搬不动呢。"胡庄分开人，钻进去道："呆子，我来替你搬。"张全挟了个很大的包袱，迎面走出来，几乎被胡庄撞倒，忙退一步道："老胡吗？来得好。我还有东西，请替我接了这包袱，我再进去搬。"罗福又在楼上叫道："老胡，老胡，你快来帮我。"胡庄连靴子跳了进去，几步窜上楼，只见罗福一身臃肿不堪，提脚都提不动似的，站在那里望着口皮箱。胡庄一手提着放在肩上，问道："还有甚么没有？快走，隔壁家已着了火。"罗福道："你先走，这挂衣的钉子我摇去。"胡庄听了，也不做声，迎面就是一个巴掌道："还不给我快滚下去！"罗福才一步一步的扭下楼。

胡庄跳到外面，一看张全他们都跑了，隔壁的屋角上已烘烘的燃了起来，照耀得四处通红，只不见罗福出来。胡庄着急，翻身进屋，只见他还坐在那里穿靴子，左穿穿不进去，右穿也穿不进去，拿着双靴子，正在那儿出神呢。胡庄气急了，劈手夺了靴子，往外面一丢，拖了他的手就跑。才出巷口，回头看那房子，已燃了。胡庄道："快跑！对面的火又要烧来了，暂且同到我家里去。"说完，驼着箱子先走，叫罗福快跟来。罗福答应晓得，胡庄跑了几丈远，回头看罗福又退了后，胡庄骂道："你怎的空手也跑不动呢？"罗福忙跑了几步道："来了，来了。"胡庄见他跑得十分吃力，身上又这般臃肿，疑心他这几日病了，便用左手掖住他的右手，拖着跑，累得一身大汗。到了家，放了箱子，进房脱衣，用手巾抹汗，坐着喘气，罗福才慢慢的走进房来。

胡庄见他并没有病容，正要问，楼梯响，刘越石、张裕川走下来道："好看，好看。"罗福掉转身道："还烧吗？"刘越石走近前，打量罗福道："你身子怎的这们大哩？"罗福道："多穿了几件衣，待我脱了。"说着解开腰带，脱了外面的棉和服。三人看他里面，穿的是一身冬洋服。脱了，又现出身秋洋服来。脱了，还是很大。接连脱了三身卫生衣，才是里衣裤。三人都纳罕，问他怎么穿这们多。他说箱子里放不下，穿在身上免得跑落。胡庄气得笑道："你这种人，真蠢得不可救药！"便朝他脚上一看道：

"你没有穿靴子，怎的袜子还干净哩？"罗福道："已脱了双丢在门口。我这里还有几双。"说着，坐在席上，一双一双的脱了下来，足足的十只。胡庄笑了一声，懒得理他，一个人上楼到晒台上，见下女呆呆的站着看火，远近的屋顶上都站满了人。

消防队用喷水管只在近火的人家屋上乱喷。那火越延越远，满天都是火星飞舞。大火星落到一处，即见一处上黑烟一冒，随着喷出火焰，连风又卷出许多火星来，在半空中打几个盘旋，疾如飞隼。扑到别家，别家又是一样的，先冒烟后喷火。最坏事的就是神保町几十家书铺，那着火的书，被风卷了出来，才是厉害，飞到几百步远，还能引火。一家书铺着火，半空中即多千百个火星，冲上扑下。时而一个大火星冲上来，风一吹，散作几十百个。时而几十百个小火星，待扑下去，风一卷，又聚作一团。平时东京发火，有几区的消防队凑拢来，都是立时扑灭。这回东京所有的消防队到齐了，灭了这处，燃了那处。有些当风的地方的消防夫不是跑得快，连自己性命都不能救，莫说救人家的房屋。警察也吓慌了，还讲甚么秩序，昏了头，跟着避火的人乱跑。起初那些近火之家，一个个望消防队努力救熄，愁眉苦脸的搬东西。后来见消防夫都几乎烧死了，倒索性快活起来，都忘了形，不记得搬东西，只张开口望着火笑；烧近身，又走退几步，那一处火大，便那一处笑的人多。

胡庄忽想起，怎么不见了姜清？即问下女：姜先生到那去了？下女道："你出去不久，他就出去了，说看个朋友。"胡庄料到是帮陈女士去了，便留心看锦町南神保町一带的火，正在烘烘烈烈，心中也有些替陈女士着急。只恨自己不知她的番地，不能帮姜清去救。心想：我何不到那一带去看看，若碰见了，岂不可以替小姜分点劳吗？于是复下楼，见三人都不在房里，罗福的衣丢了一地，诧异道："罗呆子没有靴子，怎样出去得呢？"走到门口一看，自己的靴子不见了。即叫下女下来，另拿双靴子穿了，也不披外套，走至外面，见火势丝毫未息。由东明馆（劝业场）穿出锦町，看那火如泼了油，正在得势的时候。顷刻之间，锦町三丁目一带，已是寸草不留。幸风势稍息，没有吹过第二条街。

胡庄在未着火的地方穿了一会，因往来的人太多，找不着姜清，只得仍回家。见罗福三人已回了，即问他们去那里来。罗福跳起来道："我一个被包烧了。"胡庄道："烧了就烧了，要甚么紧！你们方才想去抢吗？"刘越石道："方才你到晒台上去了，我和老张正笑他穿衣，他忽然跳起来说，还有个被包放在柜里，没有拿，定要我们大家去抢。我们还没有走到神保町，看那一块的房子，都已烧塌了，只得回来。"胡庄笑道："事也太奇怪了，一点钟的时候起火，你的被包还在柜里，难道你夜间蠢得不睡吗？"罗福急道："不是没有睡，听说发了火，才起来捆好的。捆了后，因放在房中碍手碍脚，将柜里的箱子拖出来，被包就搁在柜里，才打开箱子穿衣服。穿好了，把桌上的书籍、抽屉里的零碎东西，捡到箱里锁了。老张的朋友不肯上来，恰好你来了，提了箱子，就催我走，故忘记了被包。"胡庄笑道："亏你，亏你！还可惜了个好挂衣钉子。不是我说句没良心的话，连你这种蠢东西，烧死了更好！"

　　说话时，天已要亮了，四人又到晒台上去看。火势已息了一半，消防队这时候都奋勇救火了。那一线一线的白光，在空中如泻瀑布，煞是好看。火无风，便失了势，那里是水的对手？可怜它看看没有抵抗的能力，消防队打跛脚老虎似的，怎肯放松一步呢。不到两个钟头，眼见得死灰无复燃之望。四人下楼洗脸，姜清已回。刘越石问他那里来，姜清说替朋友搬行李。胡庄知道，便不问。

　　是役也，日本总损失上二千万，中国总损失近二十万，湖南省断送了一个求学青年。不肖生写到这里，笔也秃了，眼也花了，暂借此做个天然的结束，憩息片时，再写下去。

第二十一章

异客他乡招魂此日
情谈绮语回首当年

话说姜清回家，天已大亮。刘越石、张裕川等争着问他替谁救火，姜清只是含糊答应。胡庄望着他微笑点头，姜清不好意思，搭讪着寻罗福取笑。刘越石等也不理会，便将罗福穿衣的故事说给姜清听，直个笑得姜清前仰后合。胡庄道："张全那厮不知逃往那儿去了。"罗福生气道："那样没良心的人，理他呢！他只知道有自己。他倒拦住他的朋友，不许上楼帮我。"胡庄道："你不必埋怨人家，他的朋友自然是来帮他救火。他有东西，自然教他朋友大家搬。都在匆忙的时候，那里顾得许多？你若是将那穿衣服的工夫来搬东西，这几件不值钱的行李早不知搬到那儿去了，何必求人家干甚么？"罗福无言可说，只低着头叹息自己的被包烧了可惜。

胡庄盥漱已毕，吩咐下女煮饭，拉着姜清道："我们找张全去。"姜清道："你知道往那儿去找？"胡庄道："救火的时候，我彷彿看见他的同乡朱继霖在内。朱继霖住在本乡元町的衫音馆，我们且去问他，必知端的。"姜清点头问道："你的意思从那边走好？"胡庄道："自然走水道桥去。御茶之水桥虽近点，冷清清地有甚么味？且猿乐町一带的火景，安可不赏鉴赏鉴。"二人说着，一同下了骏河台町的斜坡，向神保町走来。见满街的什物乱堆，两边的房舍都烧得七零八落，败桷残椽支撑于废井颓垣中，犹时时袅烟出火。还有无数的消防队执着喷水管，在那里尽力扑灭，恐怕死灰复燃。日本交通便利，神田方面的电车照例开行甚早。今日，虽途中搬运什物，拥挤不堪，电车却仍是照常行走。此时还不到七点钟，电车的铃声已是当当的喊人避道。

胡、姜二人走到三崎町的街口上，只见一大堆的留学生在那灰烬中寻觅甚么似的。胡庄拉了姜清一把道："同去看看。"那晓得不看犹可，看了好不伤心。原来一个个的在灰烬中寻取骨殖呢！这骨殖是甚么人变成的哩？后来才知道是一位湖南人姓佘的，名字却没有打听得出来。两年前同他哥子自费到日本来留学，很能实心读书，住在三崎町的金城馆内。二十来岁的人，日间功课疲劳，夜间又自习过晚，自然是一落枕便沉酣睡去。凑巧起火的地方，就在他的房间隔壁。从梦中惊醒的，都只知顾自己的行李。金城馆的主人芳井又素无天良，他早知道隔壁发了火，却怕惊醒了客人，扰乱他搬运器物的秩序，一言不发的督着他几个女儿，各收拾自己情人送的衣服首饰。在芳井那时的意思，恨不得那火慢慢的，等他将家中所有一切并厨房里的残羹剩汁都搬了个干净，才烧过来，方无遗憾。奈火神虽有意庇护他，却有一班在空中观望的鄙吝鬼羡慕他的本领，都说这厮的能耐实在不小，真可为我们队里的都管。便有一个大鄙吝鬼说，我们羡慕他，不如催着火神进攻，将他烧死，他一缕阴魂，便可为我们的都管。如是大家围绕着火神，叫快烧过去。火神无奈，将火鸟一纵，直扑过金城馆来。那晓得芳井命不该绝，早逃了出来，鄙吝鬼却误攫了这一位姓佘的青年学子去。姓佘的虽是死于鄙吝鬼之手，便说是死于芳井之手亦无不可。

胡、姜二人当时看了这焦炭一般的骨殖，虽不知道是谁，但见拾骨殖的都泪流满面，哽咽不已，禁不住也挥了几点同情之泪。回首看姜清，正拿着手帕不住的揩眼。再看那站着远远的日本人，也一个个愁眉苦脸的呆呆望着。姜清拉着胡庄的手道："尽看怎的？"胡庄听他说话的声音带颤，知道他见着不忍，自己也觉得凄楚，便携着姜清的手，懒洋洋的向水道桥走来。

衫音馆便在水道桥的附近，转盼之间到了。胡庄上前问讯，张全果在这里。胡庄同姜清上楼，张全已迎至楼口，望着二人笑道："这火真要算是亘古未有之大火。幸喜我起来得快，东西一点不曾丧失。"胡庄笑道："我倒损失得不少。"张全诧道："你那里也着了吗？"胡庄一边进房一边笑答道："倒不是着了。"朱继霖起身迎客，见姜清不觉吃了一惊，心想：世间那有这样美人一般的男子，我以为张全就算是极漂亮的了。心中这般想，一双眼不转睛的盯住姜清。张全问道："你家既不是着了，怎的损失不少？"胡庄一面与朱继霖点头，一面就坐答道："我所说的损失与你们不同。我所受的是精神上的损失，弄得我一晚全没有合眼。"朱继霖笑道："住在神田方面的人，昨晚想没有一个能合眼的。这里是本乡馆子里的客人，昨晚也都跑出去了。隔壁束肥轩（旅馆）住的尽是中国人，更是闹得烟雾腾天，也不知来了多少避火的。"姜清看朱继霖年纪三十来岁，面皮黄瘦，留着几根老鼠须似胡子，说话时随着他的嘴一起一落。见他时时用那黑白不分明的眼睛瞟着自己，心中有些不自在。忽然想起他意中人陈女士，便起身告辞。朱继霖忙笑着挽留，姜清也不理会，和张全点点头，拿着帽子对胡庄道："我先走了，你还到那儿去么？"胡庄道："我便回去。"朱继霖乘着这时候说道："二位都在这用了早点去不好吗？"姜清只作没有听见，匆匆下楼。张全、朱继霖都赶着送了出来，望着姜清穿好靴子去了，才转身回房。朱继霖道："这位是谁？我倒没有会过。"张全向他说了。朱继霖叹道："这才算是筑脂刻玉，可惜我无缘与他同住，不知他的妻子修了几世，才能得他这样的一个丈夫。"

张全笑道："你所见真不广。我去年四月和周正勋到涩谷去，在神保町等电车，见已有一男一女并肩儿站着在那儿等。男女都在十七八岁的光景。男的穿一套青灰色的秋洋服，戴着平顶草帽。脚上的那双黄皮靴，磨刷得光可鉴人。左手抱着个书包，右手挽住女子的手。那女子头上缩着西洋幼女的妆髻，穿一件淡青绣花纱夹衣，露出几寸藕也似的白臂，套一个珠钏。手中提一个银丝编的小提包，左手挽在男子手内，看不清楚。下面系一条西洋式的青纱裙，那靴光直与鬓影同其炫灼。至于这两个人的容貌，只我与周正勋及当时见着的人知道罢了，若用口来说，便是一百张口，恐怕也不能恍惚其万一。我只将当时同见着的人的情形说给你们听就知道了。

"我当时见了，不知怎的，心中总是跃跃的跳动。他两人并着肩，只是喁喁细语，并不知有旁人似的。站着同等车的人都悄然不语，没一个不望着二人表示一种羡慕的样子。不一刻往江户川的车到了，我心中很怕他们坐这乘车走了，不得久看。而一班往江户川去的人，则惟恐不得与二人同车，都睁着眼看二人的举动。见二人只是说话，并不抬头移步，以为二人必是贪着说话，忘了上车，便有人故意喊道："往江户川的电车到了！"喊了几句见仍没有动静，电车又要开行，才一个个攀登上去。有两个年轻日本学生，一步一回头的走到电车旁边，恰好电车缓缓的开行。若在平日，日本学生赶电车的本领，恐世界上没有人能比得上。此时脚上生了根似的，那里赶得上呢？故意赶了几步，舞着书包说道：'你要开这样急，我就等第二乘罢了。'两个学生笑说了几句话，仍走近二人立住，失魂丧魄的张开口望着。有两个老头儿，须发都白，也望着他两人出了神，不住的点头颠脑。一个中年人立久了，精神疲倦，想打一个呵欠，又恐怕耽搁了眼睛的时间，极力的忍住。这人胃口必是很弱，那里忍得住呢？只忍得胃气横口而出，这人喉咙又仄，一口气呛得他淌出泪来。两个小男女仍是聚着头说他的话，那里知道这人为他受这难言之苦呢？

"又等了一会工夫，往青山的车到了，小男女便说着话走近电车，等下车的走尽了，才从容而上。我心中已算定了，到青山一丁目再换往涩谷的车。恰好周正勋也和我的心理一样，不约而同跟着上车。此时等车的人，男女老少都争着上来，车掌连忙悬起满员的牌，急急的开车。这车上的客本来坐得不少，加上这些人，更挤得没有空隙。我看那两个赶车的学生，也挤在里面，探头探脑的望这一对小男女。这一对小男女上车的时候，坐位都满了。有一个日本人望了他们一眼，随即立起身来让坐。男子见了，推小女子坐，女子望男子笑了一笑，摇摇头，用手推男子。我看他的意思是教男子坐，男子也笑着摇头。还有个坐着的日本人，彷佛知道这一对小男女不肯拆开似的，也立起身来，空出了两个坐位。两个才笑着坐了。仍是紧紧的贴着说话，绝不举眼看人。我揣他两人的意思，必是恨不得溶成一个，或如赵松雪所说，你身上有我，我身上有你。当时满车的人都鸦雀无声，莫不恨电车开行的声音太大，阻了二人说话的声浪。车一停，又都恨车外卖新闻纸的，不知车中人方静听莺声呖哳，只管放开嗓子在那里喊'一个铜板两张'，'一个铜板两张'。"

张全说到这里，朱继霖、胡庄都大笑起来。张全道："这都是真的，若有虚言，天诛地灭。你们说我当时心中做甚么感想？"朱继霖道："你有甚么好感想，除非是想吊那女子的膀子，还有甚么？"张全道："胡说！莫说是我，随是甚么不要脸的人，也不敢做这样的妄想。我心想：他两人若不是夫妇，便愿他两人不是兄妹，旁的都可。只是兄妹则永无成夫妇的希望了。他两人若即成了夫妇，我的愿心就更大了，愿他两人生生世世为夫妇，并愿他们生生世世是这样不老不少，不识忧不识愁。世界上更不许有第二个人侈口讲爱情、污辱爱情这两个字。"胡庄笑道："你这话就太武断了！你要知道世界上的人，个个都具了这神圣不可侵犯的爱情，其厚薄固不在乎美恶。且美恶也有甚么定评？都是从各人爱情上分别出来的。即如你说的那一对小男女，幸那时所遇者，好尚皆同，故各人都从爱情中生出一种美感。然不能毕天下之人皆以他为美。"张全不待胡庄说完，即跺脚说道："老胡，你当时没有看见，所以是这般说，若是看见了，必得另具一副眼光。我敢断定说，天下的人有能说那一对小男女不好的，除非是贺兰进明[1]的后身。"说时望着朱继霖道："你说小姜美，与那男子比较起来，才真是有天渊之别呢！"胡庄心中不悦道："凡物数见则不鲜，你和小姜时常见面，故不觉得怎的。"朱继霖也说道："确有此理。"

三人说着话，不觉已到了八点钟，下女端着三份牛乳面包上来。胡庄笑道："贪着谈话，忘了时刻，怎好取扰？"朱继霖谦逊了几句，各人吃喝起来。朱继霖忽问张全道："你的话还没有说完，倒打断了。后来那一对小男女到底怎样了？"张全道："他们在四谷警察署前下了车，不知往那里去了。"朱继霖道："可惜不知道住处。你听他说话，可知道他是那里人？"张全道："他们说话的声音极小，我于今还有些疑心。听他们的语调彷佛是说日本话似的。"朱继霖道："那就奇了，日本女人怎的会穿中国衣哩？"张全道："我也是这般疑心。"胡庄笑道："管他是中国人是日本人。老张，我且问你，于今你的巢穴烧掉了，你就在这里住吗？"

张全道："还没有定规，等公使馆发了津贴费再说。于今是没有钱，贷家贷间都不能就。"朱继霖说道："这馆子的料理太恶劣，并且中国人住得少，待遇亦不佳。我不是有安土重迁的性质，早已搬了。"张全笑道："你不要掩饰，谁不知道你住在这里是想吊这老板的女儿。"朱继霖听了，觉得对胡庄面子上有些下不去，鼻子里哼了一声道："我吊她的膀子！我见了她和那通身生黑毛的日本鬼谈话，我的气就不知是那里来的。"胡庄正含着一口牛乳，听着这醋气扑扑的话，忍不住呼的一声，将一口牛乳直笑了出来，喷了一席子。张全更是大笑道："不打自招了。"胡庄连忙从袋中取出毛巾要揩席子，朱继霖已顺手拿了条抹布抢着揩了。朱继霖虽觉得有些不好意思，到底事属寻常，终不甚以为意。三人早点用完，又闲谈了一会，胡庄告辞出来。

过了几日，孙先生因这次大火烧得太酷，特和公使商量，被火之生，

---

[1]贺兰进明：唐代诗人。开元十六年（728年）登进士第。《全唐诗》存其诗数首。《广异记》记载，贺兰进明与狐狸结婚，家人或有见者，状貌甚美。

每人多发津贴费三十元。这三十元由各该生本省提给，暂由中央代发。合之照例火灾津贴费四十元，每人共发七十元。这慈善之局一开，留学生素来穷苦，见财起心，出而假冒的就也不少。仗着烧毁的人家太多，神田又是留学生聚居之所，公使馆一时那里调查得出来？周撰、郑绍畋一般人少不得借着大方馆也沾光几个。

张全领了津贴费，与朱继霖商议搬家。朱继霖道："我想在市外寻个贷家，就是我和你两个人同住，请个下女，每人一个月也不过花十多块钱，你的意思以为何如？"张全道："住市外也好，只是去神田太远，上课不甚方便。"朱继霖惊道："你进了学堂吗？从没听你说过你进了什么学堂。"张全道："上课是奇事吗？我前年就在明治大学商科报了名，明年这时候就快毕业了。"朱继霖道："原来是明治大学，有什么要紧！我不是在日本大学也报了名的吗？冤枉送它点学费罢了，还花电车钱上甚么课？我想这些私立的大学，也没有什么学可求。骗它一张文凭便够了。"张全沉吟道："也好，市外省俭多了。"朱继霖道："我也是因为图省俭，才作住市外的念头。你不知道我们都是将近毕业的人，毕了业不能还搁在东京久住，必须归国谋事。你想一个堂堂法学士归国，岂可不有几件漂亮的先生衣服？就是礼服也得制两套，遇了大宴会，才不失体面。我三十来岁人，本可不留须，为将来归国壮观瞻起见，故预先留着。并且在中国谋事，全仗着言谈随机，举动阔绰，方能动人。你家中尚称小康，我家中则一无所有，不趁现在于官费中存积点下来，将来一个人负书担囊的跑回去，只怕连讨口饭都没有路呢。在我的意思，连下女都不用请，瓦斯煮饭不过四五分钟，左右闲着无事，便自炊有什么不可！但这是我一个人的意思，你如定要请下女，也好商量。"张全道："我也不必要请下女，不过弄饭我不惯，恐弄不来，反糟蹋了米。"朱继霖道："那容易，我一个包弄就是。"张全道："累你一个人，我怎么过意得去。我来弄菜就是。"朱继霖道："这就好极了。你的意思，想在那方面寻房子为好哩？"张全道："我没有成见。我们且同到高田、马场、大久保一带去找找，有合意的便定下来。没有时，再向目白、柏木去找。"朱继霖道："好，柏木我住过几个月，那一带的房子很便宜，我们不如径到那里去找。"张全点头道："就是这样罢。我们便去看房子何如？"朱继霖答应了。

二人遂收拾一同到水道桥，坐高架电车，在新宿换了去上野的车，到目白下车。在落合村左近寻觅了一会，没有合意的。便从大久保练兵场穿出柏木，在淀桥町寻了一所房子，二人都甚合意。房子大小四间，厨房在外，每月租钱六元。张全当下给了定洋，吩咐三日内将电灯、瓦斯装好，仍坐车回衫音馆。才到衫音馆门首，只见馆主的女儿打扮得如花似玉的站在门口，等谁同走似的。张全便借着解靴子，故意的挨延。朱继霖以为必是和她的母亲同出外，正打算寻话和她说，显显自己的本领给张全看。刚打点了一句问她将到那儿去的活，还没有说出口，忽然从账房里走出一个黑大汉来。这黑大汉便是朱继霖那日说见了他，气就不知是那儿来的那一个日本鬼。朱继霖曾看他和馆主的女儿在一个浴桶内洗澡，黑大汉光着身子教这女儿擦背。朱继霖见他通身的黑毛有一寸来长，不由的气得发抖。

其实，朱继霖与这女儿并没有丝毫苟且，不过朱继霖爱这女儿的心太切，女儿有时亦引着他玩笑。朱继霖那里知道日本女人的性格，无财无貌的蠢然一物，又是中国人，怎能得她的欢心？况这日本鬼是她将来的役夫，她那里肯弃而就这样不成材的中国人？当时朱继霖见日本鬼穿得和富商一样，下颔的络腮胡子也剃得只剩下一块光滑滑的青皮，挺着胸膛，腆着肚子，一步一摆的从账房走了出来，登时身上冷了半截。忙将打点的这句俏皮话咽住，跟着张全脱了靴子上来。站在楼梯旁边，眼睁睁望着他二人鹣鹣比翼的出了大门，才放心上楼。张全生性最喜滑稽，口头锋利，与胡庄差不多，阴柔且过之。见朱继霖受气，便故意笑道："那小鬼丰采虽不佳，倒还魁梧得好。日本女人喜体魄强实的，宜其中选。你若是身体略佳，他最喜欢中国人，必不得与那小鬼同飞同宿。从前有个山东人住在这里，只第二日这女儿便去昵就他。你知这女儿有种甚么毛病？她最喜学上官婉儿窥浴。她中意的，一些儿不费力。"

张全这话，是因与朱继霖同过浴，故是这般说。朱继霖听了一点儿也不疑惑，只是低着头自怨自艾的吁气。张全心中非常得意，复故意说道："近来有个医学士发明了一种生殖器空气治疗法，还有几位医学博士替他证明有效。不知到底如何？"张全这话，也是无意中见朱继霖箱里有这空气治疗的器具，故意打趣他的。朱继霖恐他窥破自己的底蕴，也故意的问张全试验过没有，是个甚么样儿。张全暗自好笑。过了两日，二人遂搬入新居。

欲知后事如何，且俟下章再写。

第二十二章

脉脉含情张生遇艳
盈盈不语朱子销魂

话说张全、朱继霖新组织贷家，布署一切，不待说是十分劳顿。朱继霖道："这地方我有几家熟店，我只出外走一趟，各店家必来兜揽生意。"说时换了件半新的布夹和服，从箱底掏出几年前在上海买来的一条蓝湖绉腰带系了，打一个尺来长的花结垂在后面，提一根十钱均一买的手杖，靸一双在讲堂上穿的草履，科着头去了。张全看了好笑。

朱继霖走到弄堂口立住脚，踌躇了一会，大摇大摆的靸着草履，向西首走去。转了几个弯，到了一家门首。这家用树编成的墙垣，足有七尺多高。朱继霖从树缝里张看了几分钟，又跑到大门口看牌子上写着"东条"两个字。朱继霖点点头，退到墙角上呆呆的站着，一双眼盯住这家的大门，睛也不转。足站了半点钟，一双腿太不争气，只管打颤。朱继霖便蹲下去，用手杖在地上画字消遣。画了一会，猛听得门响，忙抬头张望，只见一乘极精致的包车，载着一个十七八岁的女子，缓缓的从门里出来，那门即呀的一声关了。朱继霖看了，心中一跳，想立起身来走上前去。奈一双脚蹲麻了，一步也不能提，只急得他眼睁睁的望着车子跑了。朱继霖叹口气，弯着腰揉腿，一扭一拐的走到一家从前做过来往的米店，找着店主说了一会，店主答应送米来。又跑了几家肉店、杂货店，均被他说得人家愁眉苦脸的，答应再做往来。

朱继霖回到家里，张全蹲在厨房里洗碗。朱继霖捋着鼠须笑道："我的信用到底不坏，许多旧相识的店家，见了我都扭着要我照顾他。我在这里住了两三年，那家生意做得规矩，我都了如指掌，他们丝毫也不敢欺我。我出去的时候，心中已定了认那几家做往来。心中既有了把握，任他们如何的纠缠，我只是回说已经定妥了。"张全在日本住了三四年的人，又素知朱继霖的性格，怎么不知道是牛皮？但是也不便说穿，跟着说笑了几句。碗已洗好，便到自己房内坐着吸烟。不一刻果然米店送了米来，随着酱油店也来了，问要些甚么，好搭便送来。张全因想：是我弄菜，这些东西得归我买。遂走了出来。见朱继霖已在那里与酱油店的伙伴说话，叫他送三个钱的盐，两个钱的酱油来。张全抢着说道："这东西横竖天天要用的，又不会坏，叫他多送点来，有甚么要紧？三个钱两个钱的，像甚么样儿？人家也难得跑路，难得记账。"朱继霖连忙挥手道："你不知道理家，你不要管。"复叮咛那伙伴道："你赶快依我的话送来。"日本人极会做生意，不论大小，都是一般的恭敬客人。伙伴虽心中鄙薄朱继霖，面子上却仍丝毫不露出来，恐得罪了主顾，受东家的叱责，自点头道谢而去。

朱继霖走到张全房内，笑向张全道："你那里知道此间商人的狡猾？你买四个钱的盐，和三个钱的盐比，一点儿不差多少。酱油这东西，有了盐，本可以不用，不过买一两个钱搁在这里。我去年住这里的时候，一个人租一所房子，房租每月四元，火食、电灯费不过六元，还时时用下女。"张全笑道："电灯五烛光每月五角，一个人伙食每月五块多钱，还可敷衍。只是那里得有下女用哩？人家说婊子有恩客，你难道做下女的恩主吗？"朱继霖笑道："你们纨绔子弟那里知道此中奥妙！你不信我就用给你看，包你不花一个钱，有下女使。"张全笑道："我知道了。你不过巧语花言的骗隔壁人家的下女使，这算得甚么呢？只落得人家笑话。"朱继霖摇头笑道："不是，不是。任你是个甚么聪明人，也想不出我这样的法子来。不独没有人敢笑话我，还要特别的尊重我。"说时眉飞色舞，点点头，拍拍腿。那种得意的样子，人家见了，必疑他在学校里毕业试验取了第一。

张全听他说得这般神妙，兀自想不出是个甚么道理。便笑道："你且说出来，是个甚么法子，使我也得增长点见识。"朱继霖道："我和你说了，你可别告诉人。这法子行的人一多，便不好了。就是我于今要行，也得从远处下手，近处我都使尽了。"张全说道："人家侧着耳听你说法子，你偏要绕着道儿扯东话西的讨人厌！"朱继霖道："你急甚么，我不是在这里说吗！你知道往人口雇役所（上海名荐头行）请下女有甚么规矩？"张全道："有甚么规矩？不过请它介绍下女，如合意，照下女的月薪提三成给它作手数料就是。不合意则一钱没有。"朱继霖点头道："怎么才知道能合意哩？"张全道："照例先试做三天。"朱继霖拍手笑道："你既知道这规矩，却为何不晓得讨便宜哩？你只想：无论如何懒得做事的下女，到人家试工，没有个不竭力卖弄她能干的。我们趁这时分，地板也得教她抹，厕所也得教她洗，院子也得教她扫。凡一切粗重的工夫，都不妨在这三天内教她做尽。等到三天一满，随意借件事将她退了就是。过几天要是厨房秽了，或衣服破了，又找一个来试做三天，你看这不是最奥妙的法子吗？"

张全听了，翻着一双眼睛，望着朱继霖开口不得。朱继霖以为他是震惊这法子神妙，颠了颠头，用手指着自己的鼻子笑道："我这种算计不对人家说，人家必以为我的古怪，有谁敢笑话？"张全忍不住说道："亏你还这般得意！你不想想，讨下女便宜的人，把自己的身分当作甚么？我说句你不见怪的话，你也未免太下贱了。"朱继霖听了张全的话，反笑道："你这人年纪小，终欠阅历。我自有我的身分，难道讨便宜的人就没有身分吗？并且这种事，不是和你同住，死也不得对你说。人家既不知道，我暗中得便宜，与身分有何关系？并且这也要算是居家应有的算计。"张全知道他鄙啬成性，多说徒伤感情，便不再往下说。

次日，胡庄、姜清、罗福都来了。胡庄进门便笑道："把我寻死了，你的邮片又不写清楚。"姜清笑道："我知道老张搬到这偏僻地方的意思了。"张全道："你说是甚么意思？"姜清道："不过因神田来往的客多，住远点，可以避避，所以他的邮片也不写清楚。"朱继霖见了姜清，连骨髓都融了，想让到自己房里坐。只见胡庄问道："老张，你的房间在那里？"张全笑着和姜清说话，引三人到自己房内，朱继霖也跟了进来。罗福赶着请教朱继霖的姓名，朱继霖鞠躬致敬的答了，复问了罗福。张全笑向罗福道："你定了地方没有？"胡庄道："他今日看了个贷间，在四谷桧町，说是很好，明日就得搬去。"罗福道："老张，你这房子多少钱一月？"张全说了，罗福屈着指头数了一会道："我的贷间上了当！六叠席子的房间，一个月连伙食得十五块，不是上了当吗？若不是交了定钱，一同住这里倒好了。你这里不是还有一间四叠半的房间空着吗？就是要请下女，门口的三叠房怕不够下女住？"姜清起身走至四叠房里一看道："这间房紧靠着厨房，光线又不好，怎么住得？"随走到廊檐下观望，胡庄等也跟了出来。姜清道："市外的风景，比市内真好多了，只是夜间有些怕贼。"张全笑道："甚么倒了霉的贼来偷我们？"胡庄笑道："你却不怕贼偷，乡村女儿见了你，你倒要小心点才好。"朱继霖道："说不怕贼是假的，不过此间人家尚多，夜间警察梭巡的厉害，贼不敢来就是。"姜清点点头。

五人又笑谈了一会，姜清向胡庄道："我们去罢。"罗福道："我首先赞成。我做了被盖，今天还得去取。"胡庄道："我们多走点路，到大久保去上车，免得在新宿等换车，等得心里躁。"姜清点头道好，于是三人同拿帽子出来。胡庄拉着张全的手道："你送我们到停车场，方才寻你这房子，实在寻苦了。"张全笑道："你寻苦了，难道教我赔偿你吗？小姜说我是避客，我倒甚愿意戴上这个声名，免得人家来要我还脚步。"张全笑说着，拿帽子戴了，教朱继霖听门。跟着胡庄等向停车场走来。

此时正是三月将尽，村中树木绿荫蓊郁，加上那淡红色的夕阳，更成了一副绝好的图画。张全送三人到了停车场，站在栏杆外面，等着电车来了，他们上了车。正要转身回家，忽见由电车内下来了一个女子，因相隔太远，看不清面貌。但看那衣服之鲜艳，态度之妖娆，张全已销了魂。心想：这女子肩上的折彷彿还没有解（日本女子在二十岁以内者，衣之肩上有折），年龄必不大。何不等她出车站门，看看面貌。遂仍靠着栏杆立住。那女子袅袅婷婷的走近身来，张全下死劲的钉了几眼，真个是秀娟天成。登时心中怦怦的跳了起来。那女子看了张全这种出了神的样子，又见张全唇红齿白，也不因不由的送了几个美盼。张全更是骨软筋酥，不待思索的跟着那女子便走。

那女子知道张全跟在后面，却不敢回头再看，只是低着头向前走。张全见她向往来人少的地方走去，以为她有吊自己的意思，但一时还拿不住，不敢冒昧。又走了一会，那女子忽然停了步，回头向张全瞟了一眼。那一对秋水盈盈的目光，恰好与张全的鹘伶渌老[1]打一个照面，那女子登时羞得澈耳根都红了。张全虽说在风月场中有些微阅历，到底还算脸嫩，不觉也面红俯首。再抬头看时，那女子已经轻移缓步的走到一家门首，推开门俯身而入，更不回首。张全紧走了几步，赶到门首。见门已关上，便就门缝贴着耳听那女子进去扬不扬声，便知道她是这家

---

[1] 鹘伶：亦作鹘鸰，本系一种目光尖锐的鸟，此处形容聪明伶俐。渌老：眼睛的俗称。

的客，还是这家的人。听了一会，没有声息，知道是这家的人了。便抬头看那门上的牌子，上面写着"东条"二字。张全看那房子的规模不小，心想：这女子吊上了，倒还值得。看她的情形，不是甚么难下手的。不过她的家庭，只怕管束她严点，不容易到手罢了。既又心想：她一个人既能出外，必是没有十分的管束，这倒不可不一心一意的对付她几天。一个人站在门口胡思乱想了许久，也忘记自己是站的甚么地方，只觉得渐渐的眼中黑了起来，才知道天已暮了，连忙回到家中。

朱继霖埋怨他道："你送客，怎的送了这半天？我要出外有事，等你回来看家，你就死也不回来。"张全道："只许你每天下午出去，我送客回来迟了，你就有的是话说。且问你有甚么要紧的事，非出去不可？"朱继霖道："我要去洗澡呢。太迟了，满澡堂的人，臭气薰薰的。"张全道："此刻正是吃晚饭的时候，去洗正好。"朱继霖终是闷闷的，拿着帕子去了。

张全走到厨房里，见饭已烧好，便弄起菜来。心中计算：明日早起便去东条门首等候出来，见了面当如何咳嗽，如何使眼色。她若不拒绝，便如何挨近她的身走；她若不畏避，便如何与她说话；她若答白，便如何问她的家世；她若问我，便如何的答复；看她的面色若欢喜，便如何的引诱她去看活动写真，或去看戏；她若肯去，则她家庭的管束必不严，便可强着她同往旅馆里去住夜。心中越想越乐，想到同往旅馆里去住夜，只觉得一种甚么气味，钻鼻透脑而来。细嗅之，知道是烟。这一口烟，却把张全冲醒了。眼睛有了光，便看见锅里煮的白菜，被那瓦斯烧得焦头烂额，那里还说得上是白菜，直变成了一锅黑炭。

张全急得连忙伸手去拿那铁锅的把，这一拿却受了大创，连掌心的皮都烫起了泡，痛得张全眼泪都淌了出来。幸有朱继霖买来壮观瞻的两个钱酱油放在手边，即将它倒在创上。赌气将瓦斯扭熄，抱着手回到自己房里，坐着一口一口的气往掌心上吹。吹了好半响，朱继霖才回，进门便问张全的菜弄好了没有。张全气得不答白。朱继霖跑到厨房里一看，只见满地是酱油，铁锅里还在那里出烟。一时心痛得不可名状，也不知道张全何以弄到这步田地，一肚皮没好气的跑到张全房里。想发作几句，见张全屈做一团的捧手呻吟，便问怎的。张全忿忿的道："你说怎的？偏这时候好洗澡，我赌个咒，以后再进厨房弄了菜，不是人！"

朱继霖是个想在政界上活动的人，怎肯冲撞人，就是刚才说张全回迟了，实在是关系太大，并不是他敢向张全生气。因见张全有放让的心思，故回来见了厨房里痛心的情形，才敢存个想发作几句的心，不是朱继霖真有这般勇气。今见张全如此气愤，早把那想发作几句的雄心，吓到九天云外去了，便弯着腰问张全怎的烫了手。张全也知道自己迁怒得无礼，想将锅把烫了的话给他听，忽心想这话说了出来不好笑吗？怎的一个人弄菜，锅把会将手烫得这样哩？并且一锅白菜怎的会烧得焦炭一般哩？只得哄小孩子似的，说是白菜下了锅，忽然肚痛得紧，忘记将瓦斯扭熄，在厕屋蹲了一刻出来，见白菜烧枯了，急得伸手去拿锅，所以烫了手。朱继霖蠢然一物，那里知道张全的话是信口胡诌的，点点头回到厨房，重新煮了白菜，教张全吃饭。张全的右手不能握箸，且痛得不可忍，也懒得吃饭，捧着手走到近处一家小医院里去诊。上了些药水，觉得好了许多。医生用布将手裹好，教张全不要下水。张全回家，扯开被便睡。手痛略减，心思又飞到东条家去了。张全在这边房里想东条，朱继霖在那边房里也是想东条。张全想东条是自今日起，朱继霖想东条就有两三年了。

这东条到底是个甚么女子哩？说起来，大约也有人知道她的身世。她的父亲叫东条筱实。后藤新平做台湾"民政长"的时候，他跟在台湾，不知供甚么职，很积了些财产。平生就是一个女儿，叫东条文子。这文子小时也到过台湾，不知怎的，生性喜欢中国人，十五岁上就被一个同文中学的留学生吊上，破了身子。她的母亲虽时时对她说中国人的短处，她只当作耳边风。只是柏木这乡村地方，中国人住的少，竟找不着一个可通情愫的人。朱继霖虽算是中国人，只是那尊范，实在令她难于承教。幸而是中国人，百分中她尚有一二分加青之意。若是日本人，早就莺嗔燕叱了。朱继霖并不知道文子性情如是，见她不跑不怒的，兀自以为看中了自己。一个人在柏木住了两年，时吊时辍的，也没有得一点甜头，赌气搬到本乡过年。于今同张全搬到这里来，终是此心不死。初到的那一天，便等得个精疲力竭。无奈吊膀子倒运的人，到处倒运。偏偏文子坐车出来，头也不回的去了。想追上去报到，可恨爹娘生的那一对不争气的脚，一点能力也没有，偏于这时分发起麻来。后来每天下午候补老爷上衙门似的来伺候，不是遇着文子同她母亲同走，便是男男女女一大堆的，从没有咳嗽使眼色的机会。

大凡诚心诚意吊膀子的人，每天的伺候时间，差不多成了好学人的功课。女的分明没有约他，他心里总觉得不去是失了信似的。朱继霖也就是这种心理。所以今日张全回迟了，误了他的功课，心中不胜气恼。后来虽借着洗澡补足了，终觉得迟了时刻，罪该万死。并且他在那里补课的时候，文子并没有来鉴临他的诚恳，尤觉得是来迟之过。更恐怕未来之时，文子已出来盼望，见他忽然不在那里伺候，因此怪他心意不诚。他一个人坐在房里无所不想，那知道张全也正在被里忍痛的打主意。两边各不相闻的想了许久。

朱继霖倒有一件事真讨了便宜。看官猜是甚么？因为他吊文子的经历已多，思潮旋起旋伏。伏的时候，也就可以成寐。张全今日是初经，又得了文子的青睐，转辗反侧的，那里睡得着呢？更兼手掌虽涂了药水，还是隐隐作痛，直到四点多钟才勉强睡去。他没有睡的时候，本预算明日早起即去等文子。一睡着了，便一头在梦里头寻找，全忘了醒时的思想。朱继霖素爱睡早觉，平日都是张全唤醒他。今日张全不醒，朱继霖也不醒。两个人赌睡似的，青菜店、酱油店来唤门，也没有工夫答应，都白唤了一会去了。直到十一点钟，还是张全赌不过朱继霖，先醒了。窗门都关着，电灯照得房子通红，也辨不出是早是晏。只记得昨晚睡得很迟，居然睡醒了，必已不早。从垫被底下掏出表来看，才吃了一惊，连忙坐了起来，喊老朱。喊了几声，朱继霖才从被里含糊答应。张全起身推开了窗子的外门，只见满园的红日，隔壁人家晒的小儿衣服，都要干了。

张全忙将朱继霖踢醒，洗脸吃饭毕，已是一点钟。张全即托故说要往神田。朱继霖不乐，叮咛复叮咛的教他快回。张全今日出外，就不比平常，穿了明治大学的制服，还是崭新的。靴子也刷得和他去年在神保町遇的那一对小男女的时候一样。戴一顶方帽子，假装了一个书包，提着去了。

欲知他去那里，且俟下章再写。

第二十三章

桑间濮上结带订鸳盟
月下风前对花愁蝶梦

话说张全校章炫灼，金纽辉煌的提着假书包，挺胸竖脊走了出来，不待说是向东条家那条路走。途中想起昨日之遇，真算侥幸。今日这般打扮，那怕文子见了不动心？不过右手烫伤了，绷着白布，损了点观瞻，但大致不差，也不十分要紧。心中得意，两条腿就如扎了神行太保的甲马似的，不住的向前走。

本来路不多远，一刻工夫便到了。张全昨天虽在这门首立了许久，因为那时天已垂暮，又与文子初次见面，只一个临去秋波，早转得他眼花缭乱，所以这地方的景物，一点儿都不曾领略。今日到这里才一点多钟，看那大门紧紧的闭着，彷佛告诉张全说文子还没有出来似的。张全就门缝向里面张了一会，只见绿树遮云，红帘罩日，芳春昼永，燕语莺啼。张全恐有人来，走到生垣（日本名树编成之垣为生垣）角上站了，眼光时时射在那大门上。足站了一个钟头，毫无动静。偶一低头，见地上画了许多的字，心想是那个没事人在这里画的？便蹲下身来寻那字迹。不寻倒也罢了，这一寻，可又添了一番心事。原来明明白白写着"迟美人兮不来"几个字。张全看了，惊异得了不得，心想这字必是中国人写的。再细看那字体的波磔，极与朱继霖平日写的相似。

张全本来聪明，还有甚么不明白朱继霖连日外出的行径，只是不知他已有了甚么样的成绩。但想这样粉装玉琢的美人，必不得垂青于朱继霖。然又想：朱继霖若全没有得一点好处，为何这样如潮有信的每日下午出来呢？于今且不管他有了甚么成绩，以后他若出外，我总跟着他，看文子见了他是个甚么态度就明白了。心中虽如此想，却又自己呸了声道："那有工夫看他，我不知道自己赶急下手，管人家呢！"一个人蹲在地下想来想去，也不知蹲了多少时间。抬头一看，只见射在树上的日光，都变成了红色，彷佛已到了昨日送客的时候。掏出表看，将近五点钟了，不由得心里慌急起来，恐她今日已是不出来了。当时那懊丧的情形，也描揣不出，慢腾腾的立起身来，伸了伸腰，打了个呵欠。洋服的裤脚因蹲久了，近膝头的所在尽是皱纹。复弯身抹了几抹，用脚抖了几抖，无精打采的提着假书包，离了原处。

走到大门口复站住，想再向门缝张望。忽听得极细碎的木屐声音，从那边生垣角上走来。知道是有人来了，忙退了几步，眼睛随着屐声望去。绿叶缝里，倩影姗姗而动，渐渐到了生垣这边。张全此时的眼睛对住那生垣的角，动也不敢动，肺叶震得砰砰的响，两只脚不知道要怎么站着才好。叉着手不雅，垂着头也觉得不妥。挺了挺胸，似乎太不斯文。弯着腰，又嫌过弱。正在心急如焚的没作摆饰处，惊鸿一瞥，已触眼帘，他那意中人的风姿真是难得：几根鬒鬒之发，似雪如银；满口空空之牙，没唇露龈。张全这一吓非同小可，将头一缩，掉转身就走。彷佛这老太太伸着手要来捉他似的，头也不敢回。

跑不了几步，劈面又来了个人，张全一看不是别个，正是东条文子。张全登时觉得自己的丑态毕露，羞惭满面，一双脚不待命令的已停了。心中虽觉得十分羞惭，然舍不得不将那乞怜的眼光望望文子。文子今日见了张全，却比昨日开放了许多，从容不迫的走近张全，故意丢一条汗巾在张全脚边，俯着身子去捡。张全不敢冒昧，连忙弯腰拾了起来，恭恭敬敬的递给文子。文子接了，鞠躬道谢。张全满心想趁这时机说话，无奈心中的话太多，反塞住了喉咙，一时间寻不出那句是当说的话出来。这千载难逢的机会，一纵即失，等你慢条斯理寻话，她已不能再等，轻移玉步的走了。这时候张全却想出话来了，只是文子已走近了大门。张全回身跟了两步，文子望张全笑了一笑，进去了。张全只急着跳脚，心想：刚才那老太太是谁，怎的就没看见了？说不定她已看见我拾手巾给文子。便走到树林里，四处张望了一会。只有几个小雀在树上啾唧小语，如谈论方才的事。更有几个燕子，在树林中穿梭也似的飞来飞去，以外就只有一半含山的日光，也从叶底穿到自己脸上，那里有甚么老太太？

张全出了会神，忽听得门响，连忙探望。门开处，文子走了出来。换了一套素净衣服，赤着一双白玉一般的脚，趿着拖鞋，手中牵一条白花小狗，在她那身前身后一跳一扑。文子回身将门关了，也举头四面探望。张全穿着青衣站在树里，文子一时看不见。张全咳了一声，文子即低着头，左手拈着系狗的皮条，右手引着狗竖起前足，跟着文子走。文子并不理张全，只管引着狗向前走。张全心中领会，便分草拂柳的和小狗一样跟着走。

文子一径不回头的走到大久保练兵场，才住了脚，回头望张全笑着点头。张全猝逢恩召，反羞缩得不知怎才好，勉力走到跟前。文子笑嘻嘻的问道："你是中国人么？我喜欢中国人，所以带你到这里来。"张全见她举动出人意外，只得笑笑点头。文子见张全不说话，笑得低着头，也不做声。张全见小狗可爱，即弯腰去捉，将一个书包丢在草地上。文子将皮条递给张全，随手拾了书包打开。张全想阻住已来不及，这书包里包的并不是教科书，也不是讲义，乃是张全常置案头的棋谱、小说。张全原是假装书包吓人的，料想没有人开看，所以随手捡了几本书包着。文子打开一看，乃是《布局精要》（棋谱）两本、《魔风恋风》（小说）三本。文子望望张全，张全低着头弄狗。文子笑道："这《魔风恋风》上面写些甚么故事？"张全道："不是我的，我没有看过这书，是个朋友托我买的。"文子笑道："你住在那里？怎的从前没见过你？"张全恐怕朱继霖已和她通了情愫，不敢告诉他的实在地址，随便说了个番地给她听。

文子道："柏木住了多少中国人，你知道么？"张全道："我才搬来不久，不知道。"文子道："有一个三十多岁的中国人穿着破烂的和服，趿着草履，远远的看去就像那夜市上摆摊盘的，你曾见过他没有？"张全知道她问的是朱继霖，便有心探听朱继霖演了些甚么丑态，随口答道："不是时常提着一根手杖，留下几根胡须的么？"文子点头应是。张全道："那人我见过多次。"文子道："你去年见着他吗？"张全心想：我从前虽认得他，却没有来往。便摇头道："这几天才在这街上时常见着他。你问他怎的？"文子道："不怎的。因为他这中国人蠢得好笑，也不知道人家的喜怒，一味歪缠。他两三年前就住在这里。他的地方，我也知道，不过没有去看过。可笑他见着我就涎皮涎脸的讨人厌。有时他还会写些似通非通的日文信，强塞在我袖子里面，我看了真好笑。有时我掏了出来，丢在地下不看，他便拾着跟在我背后念。你看那人蠢不蠢？"张全听了，笑得喘气。

文子翻着《魔风恋风》第二本，见上面画着一个女子背面低头站着，一个男子站在背后握住女子的手，俯着头去接吻，笑着指与张全看。张全到这时分，还有甚么客气？旷野无人，天又将黑，便也照那图画的样子，接了极美满的吻。登时春意融融，实是平生初经之乐。张全问文子夜间在外面歇宿，可能自由？文子摇摇头。张全道："然则怎么才好哩？"文子笑着不做声，丢了手中的书，牵了小狗。张全将书包好提在手中，文子笑道："回家么？"张全道："这早晚回家干甚么，我们再谈谈不好吗？"文子笑着牵了狗，往树林深处走。张全已知道她的用意，随着走去。文子回头问张全道："你一个人住吗？"张全道："还有一个朋友同住。"文子笑道："那却没有法子，不能到你家来玩。"张全见四野俱寂，幽辉入林，便将绿茵当作宽绣榻，与文子竟野合了。这虽是张全的容貌动人，也要是日本女子才有这般容易。一霎时淫妇荡儿，都十分满意。又坐着各谈了会各人的身世，张全才知道遇的那老太太便是文子的母亲。两个珍重了后约，才携手同行的离了练兵场。

张全直送文子到家，方得意扬扬的回来。朱继霖满腹牢骚，要发又不敢发，瞪着眼睛望了张全，埋怨道："你出门便不记得家里，留着我当看家狗。以后我和你定条约，你要出去，午前总得回家，我午后是不能在家的。"张全知道他有说不出的苦处，故意说道："你午后出去不行。我今日在德文学校报了名，每日下午两点钟起，四点钟止，是不能不去的。你下午又没有功课，要办甚么事，赶上午去办了不好吗？"朱继霖气得冷笑道："住在神田的时候，没见你上过课。搬到这里，倒忽然心血来潮的，要上起课来，真是活见鬼！"张全听了，本可不生气，但故意要给他苦受，也冷笑了一声道："我上课不上课，与你有甚么关系？在神田我不高兴上课，故不上课，此时我想上课散散闷。公使馆有钱给我做学费，学校里许我报名，难道你能禁止我，不许我去吗？你才真是活见鬼呢！"朱继霖更气得几根胡子都撑了起来，说道："我不能禁止你去，你也不能禁止我去，我下午也得去上课。"张全忍不住笑道："你到那里去上课？"朱继霖哼了声道："你管我呢！"张全笑道："去上上日文课也好。一封情书都写不通的留学生，也教人笑话。"朱继霖怔了一怔道："你说甚么？你见谁写了不通的情书？"张全正色道："谁说你来？不过我看你这样子，恐怕你写封情书也写不通呢。"朱继霖沉思不语。张全复笑道："莫说是写，就是读法，也得练习练习。口齿清晰，人家才听得清楚。"

朱继霖听张全专揭自己的阴事，心中诧异得了不得，不知他怎么知道的。绝不疑到几天工夫，文子便与他有了关系，故意装出镇静的样子问道："你说些甚么鬼话？我都不懂得。"张全一边去厨房里看有甚么菜，一边答道："没有甚么。我说的是去年的话，与你没有关系，你何必问我？肚子饿了，你快弄菜吃饭罢。我的手烫了还没好，不能拿东西。"朱继霖进厨房弄菜，总寻思不出张全怎生知道的理由来，心中非常纳闷。弄好了菜，同张全吃饭。一言不发吃完了，回到房内，垂着头，闷闷不乐。心想：张全这话必非无因。他这东西神通广大，模样儿又生得好，说不定东条文子给他勾引上了。不然，这些话他怎生知道？忽然心中又想，他不知道我想吊文子，他怎的会和文子说我的事哩？他不当文子说我，文子怎无缘无故的说起我来？并且他即算神通大，我们搬这里不到几日。起首两天，他并没有出去，难道两天工夫，就上了手吗？想来想去，心中实在委决不下，忍不住跑到张全房内。见张全换了和服，拿着手巾胰皂正要去洗澡，不好开口问他。

张全见朱继霖进房，知道他是不放心，想追究方才的话，即丢了毛巾说道："几乎忘记了，我的手还不能下水。"说着仍坐了下来。朱继霖见他不去，便绕着道儿问道："你昨日送客，怎的去了那么久？"张全道："到一个日本人家坐了许久，所以回迟了。"朱继霖道："甚么日本人家？"张全装出极随便的样子道："又不是甚么有名的人，说了你也不会知道。"朱继霖道："你且说说何妨，或者我知道亦未可知。"张全道："说是没要紧，东条筱实你知道不知道？"朱继霖极力的镇静说道："不知道。是甚么样人？你怎的和他认识？"张全笑道："我那里是认识他，不过他女儿在江户川女子家政学校上课，我同罗呆子住的那日本人家有个亲戚与她同学，时常会带着她到那家里来，所以认识她。昨日送客，无意中遇了她，定要拉着我到她家里去坐，所以迟了。今日在神田又遇了她，同坐电车回的。他的母亲待我很好，今日又在她家谈了会天。刚才还是她送我回的。"

朱继霖听了，认作真的，一刻工夫，灰心到了万分，叹了口气道："原来你早就认识她了。"张全故意吃惊道："难道你也认识她吗？"朱继霖道："你还装甚么假惺惺？你当我是马鹿（蠢物之意）吗？我且问你，文子对你怎么样说我？"张全笑着将文子形容他的话说了，朱继霖倒气得笑起来道："不待说你和她是已有了关系。"张全微笑摇头道："没有。"朱继霖道："我不信你这色鬼与这样的美人往来了差不多一个年头，还没有关系。不必瞒我，我也不吃醋，我只遇了她得问问，看我怎像摆夜摊的。"张全笑道："那我更不能说了。你去质问她，她还要怪我挑拨是非呢。"朱继霖道："你说不妨。你就不说，我未尝不可质问她。不过我想听你说着顽顽。"张全笑道："你说我当你作马鹿，你自己说，不是马鹿是甚么？你只想她对我说的话，可是没有关系的人说的？"朱继霖想了一会，点点头道："已有过了多少次？"张全道："你问了做甚么？谁还准备了账簿写数吗？"朱继霖笑道："这样说起来，就有多次了。"接着叹了口气道，"世界上总是面孔生得好的人占便宜。若论起认识她的资格来，谁也不比我老。"随用手指着他自己的脸道，"就是这点东西不争气，教人没有法子。"张全听了，大笑起来道："我若老实说给你听，你更要恨你的尊容的不济呢。"朱继霖道："这是甚么道理？"张全笑道："你以为我真是早认识她吗？实对你说，昨日才是第一次呢。今日她便引着我到大久保练兵场谈了许久的心，还真个销魂了一回。"

朱继霖听了，倒摇摇头道："不相信，不相信。"张全心中也随即翻悔不该和盘托出的说给他听：假使他遇了文子，拿着去问她，不教文子难为情吗？必怪我太轻薄，没有涵养。连忙翻过口来道："这样容易事，也不能说一定没有，不过文子不是那样人罢了。"朱继霖点头道："那是自然。莫说是文子，便是初音馆那东西，算得什么，她还那么看得自己宝贝似的哩。人家都说日本女人容易到手，我看也不尽然。我的面孔不好，吊不到手难怪。就是有些面孔好的，我看他们也时常会不顺手。"张全见已瞒了过去，便不多说，搭讪着抽了本书看。

朱继霖归到自己房里，想了一会，复跑到张全房里说道："我想请个下女来，你赞成么？"张全笑道："你又想骗人用吗？"朱继霖摇头道："不是。我倒想找个年轻的，可借着泄泄火。"张全道："只怕难得好的。"朱继霖道："我自己到神田人口雇入所去找，必有可观的。"张全道："神田的尽是淫卖妇，请来做甚么？倒惹得隔壁人家笑话呢！不如到麻布、深川那一带去找，或者有好的。"朱继霖点头道："就到那一带去找也容易。我明日便去看看，你说何如？"张全笑道："你找了来，可得小心点儿，不要又被我抽了头去了。"朱继霖笑道："这倒可以放心，我守在面前，任你本领高强，只怕也没得地方施展。"张全笑笑不做声。

　　次日，朱继霖果然到麻布找了一个，年纪十六岁，模样也还去得。不过初到东京来的人，有些乡头乡脑的，望着人只是笑。绍介人带着来的时候，恰好朱继霖不在家，张全出来当招待。那下女叫年子，样子虽说是乡里人，却很聪明，不讨人厌。她在乡村长大，又没有在大户人家当过下女，那里见过张全这样的风流人物？见面便看得张全如神仙一般。张全本来无意嫖下女，因为朱继霖夸嘴，偏要显点本领给他看。绍介人去了，便和下女扯东拉西的说话。下女见张全这般和蔼可亲，喜得无话不说。倒是乡里人不知道狡猾，房里又没有别人，随着张全一人摆布。张全更和她订了条约，一个月工钱之外，给她八块钱，只不许与别的男子多说话，须一心一意跟着他。下女自然是百依百随的。当下张全就拿了一块钱给她，算是放了定钱，教她到厨房里去抹洗地板，自己到浴堂里去了。洗了澡回来，朱继霖已回了，操着手站在厨房门口，望着下女做事。张全不作理会，坐在自己房里看小说。下午六点钟约了文子在练兵场相会。吃了晚饭，张全因为洋服太不方便，穿着和服去了。

　　朱继霖见张全已去，便预备寻着下女开心。还没有上灯，便叫下女铺了被盖，想引着下女闲谈，为进身之阶。才要唤下女进房，只见下女拿着胰皂手巾，说要去浴堂。朱继霖不便阻止她，不教她去，仍然一个人的坐着呆等。直到八点多钟下女才回，还没有坐，张全已回了。下女即跑到张全房里，替张全泡茶上烟，铺被盖，叠衣服。还拿着带来的针线，坐在张全房里，趁电光做活。朱继霖借事叫了过去，做完事就跑了，好像朱继霖房里有老虎咬人似的。朱继霖心中实在诧异面孔好的有这样的魔力，抵死不服这口气，叫着下女说道："你到这房里做活计不好吗？定要坐在那房里，是甚么理由？"张全听了，掩住口笑个不了，故意推下女去。下女不知就里，那里肯去呢。

　　不知后事如何，且俟下章再写。

第二十四章

朱痴生扬帆航醋海
罗呆子破浪趁情波

　　话说朱继霖见下女屡叫不来，急得没法，一纳头倒在被上便睡。不知怎的，居然被他叫了几个睡魔来，送他到黑甜乡去了。他在黑甜乡里逛了一会，心中终觉忘不了下女，仍跑了回来。此时静悄悄的，一点声息都没有，掏出钥匙开了抽屉，取表一看，刚到一点钟。将表仍放在抽屉里面，扯了张纸盖了。

　　看官，你说朱继霖的表为何这般珍重？原来他这表买来的时候，实在去的钱不少，整整的去了二块五角钱，在一家荒货摊子上买的。人家见他收藏的这般秘密，以为他是怕人见了笑话，其实他不是这个意思。当下收好了表，锁好了抽屉，心想：这时分下女必睡熟了。我交待她睡四叠半房内，不知她是靠着那边的门睡。等我悄悄的去搂着她，不分皂白奸起来。一个下女，断没有抗拒我之理。主意已定，轻轻爬起来，蹑足潜踪的走到隔门口。端开了门，见电灯已熄了，执着自己房里的电灯一看，只有一条垫被铺在地下，盖被卷作一团，丢在一旁，那里有下女的影子呢？只气得朱继霖目瞪口呆。放了电灯，瘫化在席子上，心想：张全这东西可恶！他明知道我是为这个才请下女，他既有文子那样的美人相好，为甚么还要夺我的下女？不是有意与我为难吗？这下女也不是东西，太不要脸，怎的敢明目张胆的和人整夜的歇宿。等我咳声嗽，看他们怎样。便高声咳起嗽来。咳了一会，静听没有动作。心想，他们必是睡着了。复爬起来，故意放重脚步，走到厕屋，撒了泡尿。推开板门，看看夜色。但见烟雾迷离，夜沉如死。更夫敲木铎的声音，也如病夫手软，断续不成节奏。朱继霖好不凄凉，意懒心灰的关上板门。听隔壁房里还没有动作，复重重的走到厨房里，放开自来水管，冲得水槽一片声响。朱继霖洗了会手，又咳了两声嗽，闭了水管，回到房内。轻轻走到张全房门口，闭着一只眼睛就门缝里张看。电灯也熄了，黑漆漆的，看不出甚么来。便侧着耳朵就门缝听，也听不出声息，只是舍不得走开。更听了一会，里面已低声说起话来，但是一个字也听不清楚。

朱继霖听得忿火中烧，赌气不听了，回到房里想主意摆布他两个人。想了一会，自以为想着了，仍旧睡了下来，伸了个懒腰，打了个呵欠，翻了一个转身，装出个梦里模糊的声音，叫着下女的名呼道："还有茶没有？"叫了两声不见答应，一蹶劣又爬起来，将张全的房门推开道："老张，你房里有茶没有？"张全忍住笑道："没有了。"下女忽抢着道："还有一壶在厨房里。"朱继霖见下女居然说话，倒吓了一跳，没奈何只得开门回身便走，心中恨不得将两人一口吃了。复睡了想主意，想来想去，那里想得出主意来呢！想不到几十分钟，张全和下女已一递一声的打起鼾来。朱继霖无奈，睡又睡不着，只得拿着书来消遣。他的书不是遇了这种机会，也就很难得邀得青盼。朱继霖素来瞧书不起，此时勉强与它周旋，终觉得格格不入。醉翁之意不在酒的翻了几页，倒在书里面发现了一样宝贝。这宝贝不是别的，乃是些瞌睡虫。朱继霖得了这东西，立刻不知人事，昏昏沉沉径到十点多钟，才被下女唤醒。朱继霖见是下女来唤，那里有好气，便厉声叱道："还不给我滚开些，在这里献甚么假殷勤，你伺候张先生一个人够了！"说完，气忿忿扭转身，朝里睡了。下女讨了个没趣，不敢出声，自回厨房去了。

张全一个人在房里听了好笑，也不理他，教下女陪着吃了饭。坐电车到御茶之水桥下车，走到胡庄家里。姜清上课去了，刘越石一早去访黄文汉，没有回来，罗福已搬到四谷去了。只有胡庄和张裕川在家里，彼此时常见面的人，没有甚么客气。闲谈了一会，张全邀胡庄去看罗福，胡庄笑道："那罗呆子，也未免太呆得不成话，我说件笑话你听。昨日他跑到这里，正遇着我和小姜几个人坐着谈故事。他听了一会，忽插嘴道：'有一种海兽凶极了，你们知道么？'我们以为他在那本书上看了甚么极凶的海兽，都问他叫甚么名字。他记了半响，你道他说出甚么来？"张全笑道："不知道，他说甚么？"胡庄笑道："他说叫巡洋舰。"张全怔了半响道："这话怎么讲？"胡庄道："你说他这话怎么讲？他说昨日看报上有甚么巡洋舰，他不知道是甚么东西，恰好他有个同乡来了，他就拿着问。他同乡告诉他，说是海兽，并说这海兽是极凶狠的。他就认以为真，拿着四处说，以显他的博识，你看好笑不好笑？"张全听了大笑起来。

胡庄换了衣服，同张全出来，坐电车到罗福家里。胡庄来过一次，房主人认识他，知不必通报，即让二人上楼。胡庄一边上楼，一边叫呆子。罗福跑到楼梯口，胡庄见他神色仓皇，知道有原故。恐蠢人心性厌，便努努嘴，表示已经知道的意思。罗福忸怩说道："我来了个女客。"张全生性较胡庄轻薄，便大笑说道："看不出呆子长进了，居然有女客来往。"罗福见张全来了，更红了脸。胡庄等张全近身，捏了一把。张全知道，便也敛容正色，悄悄问罗福道："若不便见面，我们且在底下坐坐，不妨事。"胡庄也道甚好。于是复下楼来，罗福也要跟着下来，胡庄忙止住道："你不用管我们，房主人认识我，我自去和他借房坐。"罗福真个不下楼。胡庄和张全到楼下，找着房主人闲谈。

不一会，罗福已送了女客，唤胡、庄二人上楼。二人见罗福有愧色，也不问女客是谁。张全见房中摆了许多的日本糖果，拈着便吃，故意咂得嘴一片响，连说这糖果有味。胡庄也拈了点吃，道："要在呆子家里吃果子，也不容易。"罗福从皮夹里掏两角钱出来道："你们要吃，我再叫人去买来。"胡庄丢了手中的果子笑道："谁爱吃你的果子！我且问你，你昨日说，看见一个中国人在三省堂偷书，被警察拿去了。我当时因你东一句西一句的，没留心听，到底是个甚么人？怎的会被警察拿着哩？"罗福道："我看那中国人真是倒霉，甚么东西不好偷，他偏要去偷书。书偷了值得甚么？若是我想偷东西，我就要去东明馆劝业场，或者九段劝业场。那两边摆满了东西，人来人去的随手拈一两件，那个知道？我看那个人有些呆头呆脑的，难怪他被人拿住。"胡庄笑道："你这呆子，还说人家呆头呆脑，我又不是问你做贼的法子，你说这一大堆的话干甚么？我问你知道他是个甚么人，怎的会被警察拿住？"

罗福说："听说那人姓黄，那里人就没有打听得明白。那人平日本欢喜做贼，时常会偷人家的东西。他偷了，自己却不要，白白的送给别人。别人若在甚么地方见了可爱的东西，叫他去偷，他很愿意去。他昨日并没有在三省堂偷书，他的书是在岩山堂偷的。他偷了书，从和服袖口里插在背上，岩山堂并没有知道。走到三省堂，他买了一本书，再想偷一本。不知怎的手法不干净，被三省堂的伙伴看见了，便指着说他是贼。他不服，顺手打了那伙伴一个耳刮子。伙伴大喊起来，说强盗打人，登时店中的人都围着那人。那人口还不住的骂伙伴瞎了眼，伙伴那里肯罢休呢，硬指定那人是贼。店中有精细的，见那人实在有些可疑，仔细的将那人周身相了一会，一把抓住那人，要搜那人身畔。那人还没有答话，已有人敲得他背上的书拍拍的响，围着看的人都闹起来。那人气得一拳将敲书的打倒了，自己从背上抽出书来道：'这是你家出版的书吗？'此时警察已来了，见打了人，即伸手来抓那人。那人用手一推，将警察推跌了一交。警察爬了起来，衔着警笛一吹，登时跑来了七八个警察。那人还要动手，因见来的人太多了，便高声说：'我买的书，由我放在甚么地方，何能因我插在背上就说我是偷的？真好生无理！'几个警察见那人有些雄气，又见推跌了一个警察，吓得没人敢先动手来拿。你推我我推你的，推了许久，决议是几个警察一拥而上，将那人裹住。那人既被警察拿住了，便没有法子，随着一群的警察往警察署去了。"

胡庄听了点头笑道："这人真是倒霉。"张全笑道："做贼若能永不破案，倒是件好勾当了。"三人接着谈了会闲话，张全将吊文子及偷下女的事说给胡庄听，大家拿着朱继霖开心。罗福忽然低着头想甚么似的，过了一会，望着张全道："我同到你家里去顽顽好么？"张全道："有甚么不好，去吗。"回头问胡庄去不去。胡庄摇头道："太远了，我懒得跑，呆子一个人去罢。"罗福因近来领了七十块钱的津贴费，做了一套新洋服，拿出来穿了，同胡、张二人出来。胡庄自归家不提。

张、罗二人径向四谷停车场走。罗福此时穿了新衣，非常得意，一步一摆的向前走，觉得人家穿的衣服都没有自己的称身，没有自己的漂亮。正走得高兴，忽然张全在他手里捏了一下。罗福忙止了步，翻着眼睛望了张全，问做甚。张全向前面努嘴，轻说道："你看，对面来了个美人。"罗福一看，真是有个美人劈面来了。看她年纪不过十七八，穿一身半旧的衣服。罗福连忙整顿精神，复大摇大摆的走。张全唉了口气道："可惜老胡不同来，他若来见见这个人，也可证实我那日在初音馆说的话不错。"罗福不暇和张全答话，用尽平生气力的装绅士模样。谁知那女子低着头，只顾走，那里知道有人在旁边卖弄呢。转眼之间走过去了，罗福才问张全道："这美人你认识她吗？"张全道："去年在神保町等车见过一次。那时她穿的中国衣服，还同一个年纪和她差不多的男子。我刚才见了，吃了一惊。这样看来，那男子也是日本人。只是去年他们两个比翼鸟似的，今日为何独自一个人低着头走？并且她那面上很现一种愁苦的颜色，是甚么道理呢？"罗福道："你知道她住在那里？"张全道："呆子，我知她住在那里又好了。我不过从去年八月看过她一面，直到今日，才是第二次见着。"罗福道："你去年见了她的时候，和她说话没有哩？"张全笑道："你这人真呆得没有道理！我说了在电车场遇着她，她还同了一个男子，又不认识她，有甚么话可说？"罗福寻思道："只怕不是那个，你不过见了一面，又隔了这们久，那里还认得清楚？"张全摇头道："不会认错，我虽只见过她一回，她那影子已深入了我的脑筋，便再过两三年也不会忘记。"罗福道："你于今想怎么样？"张全笑道："发发感慨罢了，能怎么样？"

二人说着话，已到了四谷停车场。坐电车中到家，途中无事。将到家门的时候，张全轻轻的教罗福站着不动，自己也蹑足潜踪的走近门口，见门已由里面锁着。张全知道是朱继霖恐怕自己仓卒跑回，推开门进房没有声息，撞破他的好事。不由得一般酸气，直从丹田冲到脑顶，由脑顶再回到喉咙里，奔腾而出。这酸气既脱了喉咙，便发出一种异声，远远的听去，好像是开门两个字，把罗福吓了一跳。不是罗福这样的胆小，因为他站得稍远，那想偷听声息的心思，比张全还加几倍。所以宁神静气的站着，连身子都不敢晃，恐乱了声浪。陡然听了这样的声音，几乎将耳鼓都震破了。你道他怎的不吓了一跳？张全一声才毕，接连第二三声如连珠一般的发了出来。这声音中间，还夹了一种拍拍拍的声音。这拍拍拍的声音，却是张全的手和锁好了的门组合成的。

罗福见张全敲了几下门，里面没人答应，他那副赛过傅粉涂朱的脸，登时变了颜色，提起脚用死劲踢了几下，里面才有答白的声音。罗福听去，知是下女。门开了，张全见下女蓬鬓惺忪的，更是有气，也厉声叱道："还不给我滚开些，青天白日，锁了门干甚么？"下女吓得战兢兢的道："朱先生……"张全冒火道："朱先生怎样？"下女道："朱先生出去了，我一个人在家里想睡，恐怕贼来，所以将门锁上。刚才我正睡着的，求先生恕我。"张全听了，一肚皮的气不知消到那里去了。见下女倚门站着，那可怜的样子，直使张全连心窝都痛澈了。罗福也替下女抱屈，说张全鲁莽。张全此时恨不得立刻拉下女到私处，温存谢过。只是碍着罗福在旁，不得不装出点对情人有身分的样子，便点点头道："客来了，去泡茶罢。"下女等罗福进房，关好了门，自去厨房泡茶。

张全让罗福坐了，也跑到厨房里，轻轻问下女道："朱先生甚么时候出去的，说甚么没有？"下女半晌答道："刚出去不久。"张全道："没说甚么吗？"下女望着张全笑笑。张全心中好生疑惑，追问道，"你笑甚么？赶快说给我听。"下女低着头不做声。张全知道必有意外，急得跺脚道，"你为甚么不说？我知道了，他一定是对你无礼！"下女望着张全摇头。张全怒道："你不说，我便认定你与他已有了关系！"下女没法，说道："你去之后，他在被里叫我拿衣服给他换。我拿了衣服给他，他乘势扯住我的手不放，教我进被同睡。我说怕人来，摔脱手就走。他衣服也不换，爬起来抱我。"张全睁着眼睛问道："抱了你怎么样？"下女道："我要喊。"张全道："你喊了没有？"下女道："没喊。"张全急道："你为甚么不喊？"下女道："没喊出，已有人来了。"张全道："谁来了？"下女道："青菜店。"张全道："青菜店去了之后，他没说甚么吗？"下女道："他拿一块钱给我，我没要，他就没说甚么了。"张全复盘诘了几句，下女始终抱定宗旨说没有，张全也没得法子，叫下女端茶出来给罗福喝。

张全两人在厨房问答的时候，罗福已躲在门外听了半天。只是罗福的日语尚不能完全听懂，然也知道了一大半。他就很疑惑这下女已与朱继霖有染。心想这种乡里人只知道要钱，有一块钱给她，她有甚么不肯的？日本女人把这件事本看得不值甚么，况且她又是个下女，那里还有比这个再便宜的弄钱方法？再留心看下女的举动，在罗福眼中，便觉得有十分风致，且如小鸟依人。送茶给罗福的时候，还叩了个头，喉咙里说了两句听不清楚的话。罗福实以为意外之荣，便也有了个不可告人的念头。虽有张全监着，他仍是乘机便要瞟下女两眼。下女却也可怪，刚刚罗福望她，她也用眼望罗福。不消几眼，险些儿把罗福的灵魂都望掉了。罗福坐着遍身不得劲的，张全明明知道，然料定他们当着面，决闹不出甚么花样来，偏故意装没有看见。罗福高兴得无可不可，找着张全指手舞脚的高谈阔论，以卖弄他的精神活泼。

张全暗自好笑，懒得和他纠缠，随意拿了本书翻看。罗福想再胡扯，见张全已不答白，也觉有些难为情，便搭讪着也拿本书看。张全见天色将要黑了，吩咐下女煮饭。各自无言了一会，朱继霖回来了，欣欣的对张全笑道："上课回了吗？"张全知道是打趣自己，便也笑着答道："我今天那能上课？昨晚整整的没有合眼，也忘记起来了多少次。"朱继霖见罗福在这里，也有些不好意思，便不再往下说，跑到厨房里，指挥下女弄菜。张全心想：我本不应与他争这下女，不过见他的意思太拿稳了下女是他的，所以显点手段给他看，何必与他这般闹醋劲？真是糊涂一时了。他这种鄙吝鬼，花掉他几个冤枉钱也好。我看呆子这东西，很有染指于鼎的意思，何不顺水推舟的送个敌手给老朱？

　　心中一想，早定下了个主意，起身到厨房里叫下女去买酒。朱继霖问："谁要喝酒？"张全道："买给老罗喝。"罗福听了得意。朱继霖接下女的手弄菜。下女去了不一刻，买了酒回，菜已弄好，吃喝起来。张全殷勤劝罗福喝酒，下女跪在一旁执壶。罗福本来喜酒，更兼有绝美的下酒物，喝得个壶倒杯空，便装出十二分醉态，望张全道："我今晚不能回去了，你有铺盖多没有？"张全点头道："铺盖很多。"罗福道："没有也不要紧，和你睡便了。"张全道："我不喜同人睡，你还是一个人睡好。"罗福笑道："我晓得，怕我吵你。你放心，我睡下，甚么事都不管。"张全知道他是有意探听口气，便也笑道："不要胡说，放着你同睡一房，你是死的吗？将来落到你口里，说得好听。"

　　罗福喝多了酒，也不吃饭了，借了条手巾去洗澡。洗了澡回来，已到九点钟。罗福催着要睡，拿了两块钱，纳在里衣口袋内，预备半夜起来送给下女，买片时的快乐。下女摊被的时候，他就乘着张全不看见，捏了下女一把。下女笑着对张全努嘴，罗福心花怒放，摸出票子给下女看。下女点点头，罗福恨不得便将她掳住，连连的催张全睡。张全真个睡了。朱继霖也是巴不得早睡。

　　三人都鸦雀无声的，各人想各人的心事。惟朱继霖觉得今日有些美中不足，悄悄从箱子里捡出张全看见的那副空气治疗器来，如法泡制。心想：说明书说只须四十天便见成功，我怎的施用了两个月还一点效都没有？放在管子里面，将空气拔了的时候，还觉得可观，一松手，又复了原。便再治两个月，恐怕也没有甚么效验。但是已经花钱买了来，不用也觉可惜，且再治两个月，看是怎样。

　　这边房里罗福假装睡着，听张全落枕没二十分钟，便打起鼾来，心中甚喜。侧着耳朵听下女在隔壁，翻来覆去的擦着席子响，知道她没有睡着。轻轻爬起来，听朱继霖房里没有动作，以为他也睡着了；其实他正在被里用空气治疗器。罗福握着一团欲火，真是色胆天来大，爬到下女门口，端开门。日本的门纯是纸做的，不仔细绝听不出声息。罗福端开了门，心中跳得和小鹿儿撞，颤巍巍的。看张全醒也没醒，复听朱继霖有没有动静，微微的听得有拖着被窝响的声音，便吓得不敢过去。静心再听，只见下女望着他摇手。他此时心中急得比热锅上蚂蚁还难过，更回头看张全嘴闭眼闭的睡了。起先还有鼾声，此时连一点儿声息都没有了。心中忽想道：老朱多半也睡着了，且过去再说。他们就知道了，也不能拿我怎么样。主意已定，即跨了过去，下女睡着不动。

罗福刚伏身下掳定，抽出票子交易了。还不到两分钟，张全已醒了，翻身咳嗽，朱继霖也翻身咳嗽，倒好像报个暗号，罗福吓得不敢动，下女推他走，罗福不知怎样才好。正在犹疑的时候，张全蹴得席子响，朱继霖即爬了起来。罗福恐怕他开门，用被蒙着头。下女站了起来，走到厨房里去洗手，忽然大叫一声，跌在地下。三人都大吃一惊。

不知后事如何，且俟下章再写。

第二十五章

吴品厂嗔蜂叱蛱蝶
秦士林打鸭惊鸳鸯

话说下女正心虚胆怯,黑暗中摸入厨房里,不提防脚下踢着一件东西。那东西站起来将她推了一下,下女即大叫一声,跌倒在地。此时朱继霖本已起来,连忙将门推开,借着电灯光一看,只见一个穿黑衣的男子,挨身跑到厕屋里去了。

朱继霖知道是贼,一声没有喊出,通身都吓软了,不由自主的缩作一团。张全听得脚步声响,连忙呼贼。罗福本不敢出来,听说有贼,他却不怕,一蹶劣爬了起来,问贼在那里。一面问,一面提起脚向厨房里跑。恰好蹴着下女身子,下女倒在地下,本昏了过去,这一蹴,倒醒了转来喊痛。罗福跑到廊檐下,见朱继霖蹲在房角上,便问他见贼向那里跑。朱继霖蓦地伸了起来喊道:"有贼! 躲在厕屋里。"罗福便去开门,门已由里面闩了,扯了几下,扯不开。罗福喊道:"不要慌! 贼在厕屋,还没有跑。老张快起来,大家把这门撬开! 看他跑到那儿去。"

张全如雷一般的答应来了。朱继霖蹑足蹑手摸到罗福背后,扯着罗福的手问道:"贼还在这里面吗?"罗福跺脚喊道:"老张为甚不来?"张全已到了罗福背后,应道:"来了。贼那里还在这里,老朱眼花看错了罢?"罗福道:"不错,定在里面。贼怕我们进去,所以将里面的门闩住了。"张全从罗福膀子底下伸手去开门,里面果然闩了,连忙缩手喊道:"快打进去!"回身跑到自己房里拿了两条压纸的铜尺,紧紧的握在手内,叫罗福挤门。朱继霖因手无寸铁,回到房里找家伙,顺便摸了那根十钱均一买来的手杖,在房中舞了几下,觉得也还称手,捏着一把汗跑了出来。

日本房子的门有甚么牢实,罗福拼命一挤,已挤作两开。朱继霖、张全低着头推罗福上前,厨房里黑洞洞的,罗福也踏了进去。日本的厕屋本来极小，其中若是有人，第二个人决不能再容身进去。此时罗福既能踏了进去，自然是没人了。张全见没人，便一把推开朱继霖，争着向弯里角里寻找，眼见得那贼是不知去向的了。朱继霖见贼人已去，胆忽壮起来，一个人跑到厨房里来探下女的死活。下女幸得罗福一脚踢了转来，已爬到她自己的房里揉伤去了。朱继霖跟她到房里，极力的温存安慰。罗福寻贼不着，出来见了二人的情形，不由得发生一种新鲜的醋意。

朱继霖不知罗福的事，自己倒觉得不雅，同到张全房内议论贼人从何处进来。张全拖着罗福到门口踏看一会，一点形迹也没有。转到后面，见粪坑的出粪门开了，才知道他是由这里出进，登时教罗福关上。张全的意思，以为罗福是不知污秽的。谁知罗福也一般的怕臭，用脚踢关了门，还掩住鼻子叫臭。张全嗤的笑了一声，拍着罗福的肩道："呆子，仔细吓出淋病来。"罗福一回头，张全用指在他脸上戳了下道："好大胆的东西，居然割起我的靴腰来了！"罗福忙摇手道："低声些，老朱听见不雅。"张全笑着点头。

二人复转到前门，朱继霖和下女正待出来，见了张、罗二人，便停了脚，问可有甚么形迹。张全道："这狡贼从毛坑里出进的，已跑得无影无踪了。"随望着下女笑道，"吓坏了么？好好的跑到厨房里干甚么？"下女不做声。四人一同进房，张全问朱继霖道："老朱，你不是没有睡着吗？为甚么一点儿声息也没有听见？"朱继霖道："我睡着了，因为听得响声才起来，我还以为是你呢！"张全道："我睡梦中只听得哎哟一声，把我惊醒了，睁眼看老罗，已不知去向。"说时望罗福一笑，急得罗福忙使眼色。张全便又对下女道，"你确没有睡着，只听得擦得席子一片响。"下女红了脸。朱继霖起先本有所闻，因疑在下女房里的必是张全，故只想打草惊蛇的，爬起来阻张全的兴。此刻听张全这般说法，明明在下女房里弄得席子响的又是一人，这人不待猜疑，已决定了是罗福。这一个醋浸梅子，直酸得朱继霖五脏冒火，七窍生烟，登时横着眼睛瞪了罗福几下。罗福几乎吓出汗来，那种极新鲜的醋意，立刻冰消了。

朱继霖气忿忿的跑回自己房内，发话道："我们这个赁家，也太没有体统了。难怪贼人不从毛坑里进来，自己人还要引贼上门呢。"张全听了推罗福，教他答白。罗福张开口望着张全，张全正待对垒，朱继霖已叫着下女骂道："你这小淫妇，要偷多少人才够？"下女哭着答道："谁偷了人？人家要来找我，叫我有甚么法子？"张全忍住笑跑过去道："老朱，你发甚么醋劲，夹七夹八的骂人！公共的东西，公共人用，谁是谁的老婆，不许人家窥伺的？"朱继霖听了，翻着双眼睛望了张全，半晌叹口气道："我骂下女，与你有甚么相干？你一个人毫无禁忌罢了，你难道不知道借人行房，家败人亡的话吗？"张全听了又要笑，心想：这宗蠢物，不与他说也罢了，这早晚何必替人家争闲气。我的意思原不过使他呕呕气，他现气得这样，也就可以收科了。便笑道："我竟不知道有这种话，怪道进贼呢。"笑了一句回房，又打趣罗福一会，各自安歇无话。

于今且说那住在浩养馆的汪祖经，自从去年吴品厂因避外差逃去上海之后，他无精打采的住到于今。有时遇了秦士林，他便横眉怒目的握着拳头，恨不得将他打死。奈秦士林生得金刚一般，汪祖经自揣不是对手，咬紧牙关的忍住。那秦士林也是此心不死，时时会跑到浩养馆来，向馆主打听吴品厂来了没有。他何以跑到浩养馆打听哩？他因为知道吴品厂的行李寄在浩养馆，料定她到日本时，必来取行李，所以只管来打听。汪祖经咬牙切齿的痛恨。

一日，汪祖经接了吴品厂一封信，教他到上海去。他那敢怠慢，连夜向同乡的筹措盘费。同乡的问他忽然去上海做甚么，他说译了部书，卖与商务印书馆。商务印书馆要本人去签字，不得不走一趟。同乡的人都有些犯疑，说他从来不讲究学问的，为甚么无端的译起书来？并且他是个好吹牛皮的人，若是译书，他必张大其辞，逢人遍告，那有译完了还没人知道的？但是他同乡虽是这般疑惑，却没有人肯说出来，有钱的还是借钱给他。他本是官费，又做过一次江西经理员，同乡的也不怕他没得还。他一夜工夫筹好了盘费，次早便乘火车到长崎，恰好搭筑后丸到上海。吴品厂给他的信，地点写得极其详细，恐怕他走错了路，耽搁了见面的时刻。汪祖经到上海，一找便着。两人久旱逢甘雨，说不尽各人心中的快乐。欢娱嫌景短的已住了几日，仍旧同回东京。两人的行李都在浩养馆，不待踌躇的，径投原处来。

第二日，秦士林便如苍蝇一般的嗅着了腥气，插翅飞到浩养馆。问明了吴品厂的房子，笑嘻嘻的走进去。此时，汪祖经正和吴品厂促膝谈心，猛然见了秦士林，只吓得吴品厂芳心乱跳，汪祖经兴致顿消。秦士林见了二人情景，心中大乐，便操日语呼著吴样道："久违了。自你去后，我朝思暮想的，好不难过呢！不知到这里打听了多少次。你也太过于寡情了，怎的连信都不给我一个？甚么时分到的？老汪，你不是往上海去了的吗，怎的也回了？"吴品厂不敢不作理会，只得忍住气，起身让坐。汪祖经也怕他再说出不中听的话来，隔壁人听了笑话，便也微微点头，招呼他坐。

秦士林用脚将垫子移近吴品厂，坐下道："你在家里住了多久？府上人口都好么？"吴品厂一面移坐垫避开，一面答道："承你挂心，家人都好。"秦士林对汪祖经笑道："听说你译了部书，卖给商务印书馆，交易已经成了吗？"汪祖经有意无意的点头，并不答白。秦士林又笑道："难为你有本事译书卖钱。你们两个人，想是在商务印书馆遇着的了，真算是天缘凑巧。"吴品厂不觉红了脸，汪祖经那里按纳得住呢？瞪着秦士林正待发作，秦士林已回过头对吴品厂道："你此次从家中来，手中必定宽裕。我这晌穷死了，光光的一名官费，应酬又大，又没本事译书卖钱，你借给我几个罢！"吴品厂身子一扭，脸一扬说道："我那里有钱！我到上海要不是……"说到这里，忽然停住了口，过了一会才接着道，"不是有人借钱给我，几乎困在上海不得动身呢。"秦士林笑道："你怕甚么，自然是有人接济的，女学生占便宜就在这些地方。要是我秦士林困在上海，只怕一天一个电报，也打不出一个人送钱来。男子值得甚么！你记得我们同住的时候，官费发得不应点，你要钱使，我甚么东西不给你当了？只少当铺盖给你用。你不想想，我图着甚么来？我做梦也不料到有今日。"

吴品厂听了急道："你说话不要太没良心！我当了你几件东西？同住的时候，就当了，难道是我一个人使吗？当了你的东西，我都记得，总共不过二十来块钱。我自己使的仅买了一把伞，四块五角钱，剩下的都是公共着使了，亏你还拿着当话说。"秦士林笑道："就据你说，也有二十多块。我于今也不和你争多争少，横竖我都有账在家里，写得清清楚楚，只是也得算算才好。我使了钱，还讨不得个好收场，不值得。"吴品厂气得变了色，说道："你有账算更好。总算是我背时，遇着了你这没良心的人。"秦士林摇摇头道："我是没良心，你有良心的。且凭着你的良心想想，我当日待你的情形，应得受今日这般的报答吗？"

汪祖经久要发作，因秦士林提起往日的事说，不能插嘴。此时见逼得吴品厂哭了起来，心中说不出的难受，便拔地立了起来，指着秦士林道："你们是亲戚，就用了你几个钱，终久得还的，算得甚么！况且是同住时大家使的，也值这般装形作色的逼人吗？至于讲到现在，她有甚么得罪了你？"秦士林不待他说完，即扬着头道："老汪你坐，这事不与你相干。论礼我和她说话，你应得躲避才是。你既知道我和她是亲戚，我来了，要你这外人羼在里面做甚么？我因看同乡的面子，不与你计较，也算对得住你。你还要多嘴，这就使我太难了。"汪祖经见秦士林动气，反坐下笑道："老秦，你倒会拿架子，只是你说话太过了头。莫说我和品厂是同乡，便不是同乡，我在她房里，她不说来了秘密亲戚，叫我回避，我也不必走开。况且我和她是朋友，又先在这里坐着，为甚么叫作羼在里面？你不看同乡的面子，便当怎样？我倒要请你计较计较给我看。我起来说话，原是调解的意思，甚么叫作多嘴？我看你欺人惯了，这回可走了眼色，欺到我头上来了。"秦士林冷笑道："谁还敢欺你！我知道你差不多以这房里的主人自命了。只是我劝你敛迹些的好，将来都要在江西上舞台的。"吴品厂听了，更伤心痛哭起来。

秦士林、汪祖经一时都默然无语。吴品厂嘤嘤的哭了一会，下女送上晚饭来，吴品厂挥手叫："端去，我不吃饭！"秦士林忙止住道："既端来了，让我吃了罢。省得跑回去迟了，又得补开。"下女即将饭菜放下，问汪祖经道："汪先生也在这里吃吗？"汪祖经点头答应，下女笑着去了。须臾之间，送了进来。二人声息俱无的吃了个饱，预备蹲夜。下女进来收碗，秦士林问道："这馆子还有空房间没有？"下女道："底下有一间三叠席子的，但是光线不好。这对面一间六叠的，客人说就在这几日内搬去，不知道几时能搬。"秦士林点点头道："等他搬了，我就搬来。"下女答应着收了碗去。秦士林见吴品厂伏在桌上哽咽个不住，无心再寻话说，顺手拿了个垫子，折叠起来，当枕头躺下，在书架上抽了本书，借着电光消遣。

汪祖经见了，心中悔恨自己何以想不到这着，被他占了便宜。登时眉头一皱，忽然得了一计，也借着到书架上拿书，乘秦士林不意，捏了吴品厂一把，并推了一推。吴品厂知道是叫她走，便起身叹了口气，开柜拿了裙子，收拾停当。秦士林问："到那去？我陪你走。"吴品厂道："我去走人家，要你陪甚么？"秦士林笑道："我不去就是，何必动气？"回头对汪祖经道，"你也出去吗？"汪祖经道："定不定出去，我还不知道。若有事，也是要出去的，你问了做甚么？"秦士林道："不做甚么。你出去，我也得同走。你若不出去，我就再在这房里躺一会。"汪祖经道："我出去，你为甚么得同走？"秦士林道："你们都出去了，我一个人坐在这里干甚么？"汪祖经恐怕秦士林跟着吴品厂跑，便说道："我不出去，只是我不能多陪你坐。"吴品厂不顾二人说话，推开门走了。秦士林笑道："陪陪我何妨，我们难道不算是好朋友吗？"汪祖经也不答话，抢着秦士林的地方睡了，也抽了本书来看。

秦士林知道吴品厂一刻工夫不得回，坐着没有趣味，拿着帽子推开门，一摇一摆的往外走。汪祖经恐他去追吴品厂，连忙爬起来，跑到自己房里拿帽子，蹑足蹑手的跟了他走。秦士林并不回头，径走到电车路上。两边望了一望，没有吴品厂的影子，一步一步的踱到北辰社喝牛乳。汪祖经就在门口站着等，等了点多钟不见出来，悄悄的走近玻璃探望。只见秦士林跷着腿坐在里面，左手捏着几张新闻纸，搁在桌上，右手膀搭在椅子靠上。一个年轻俊俏下女站在一旁，掩住口笑。隔着玻璃听不出秦士林说些甚么，只见他摇头晃脑的，嘴唇动个不了。汪祖经心想：我怎的这般糊涂，只管站在这里等他干甚么，何不回馆子里去？老吴回了，就教她今晚睡在我房里，岂不好吗？老秦从没开过我的房门，我若听得他的脚步响，就到老吴房坐着。他进来，我只说老吴没回。他等过了十二点钟，必定以为不回了，回去安歇。

主意已定，三步当两步的跑到浩养馆。吴品厂还没有回来，他便站在门口等候。不到几分钟，吴品厂已莲步姗姗的回了。汪祖经忙迎上去，将自己的计划说了。吴品厂叹气点头，遂走进汪祖经房里。汪祖经看表已到十点钟，便从柜里将被拿了出来铺开，要吴品厂先睡。他自己却跑到门口，故意找着下女谈心，好等秦士林来了，不疑心他房里有人。浩养馆虽然专做中国人的生意，却不甚讲究请下女，所以浩养馆的下女没有甚么出色的。汪祖经的那副尊容，加之以辞不达意的日本话，下女都懒得答白。汪祖经也志不在鱼，不过想借着说话掩饰人的耳目，下女不高兴也就罢了。独自站了二十来分钟，听得木屐声响，汪祖经的眼睛本来近视，又在暗处，益发看不清楚是谁来了。及听得叫御免（对不住之意，日俗进人家多呼之）的声音，才知道就是秦士林。

秦士林早已看见了汪祖经，便问道："老汪，品厂还没回吗？"汪祖经乘机答道："没回，我正在这里望她回呢。"秦士林笑道："这才真算是倚定门儿待咧。到她房里去等不好吗？"说着已卸了木屐上来。汪祖经站着不动。秦士林道："我到她房里坐去，站在门口像甚么样？"汪祖经怕他推自己的房门，连忙跟了进来。秦士林果然疏忽，径跑到吴品厂房内。见折着当枕头的垫子，还是那般摆着，房中一些不动，心信吴品厂是没回来，便一屁股坐在席子上，从袋里拿出烟来，擦上洋火，呼呼的吸。汪祖经怕他犯疑，也勉强坐了下来，两个人你望望我，我望望你，都没得话说。秦士林一枝烟吸完了，站起来低着头，在房角上突来突去，心中思量甚么似的。踱了一会，摸出表来看，见已到十一点三十分钟，估量着吴品厂已是不回了，拿着帽子就走。

出了房门，忽然发现吴品厂的一双拖鞋，摆在汪祖经的房门口。心中恍然大悟，不由得怒气填膺，一把将房扯开。此时吴品厂正脱了衣服，躲在背窝里面，屏声息气的听秦士林的动作。猛然听得门响，只吓得径寸芳心几乎从口里跳了出来。睡也不好，起也不好。正在百般无奈的那一刹那间，秦士林已走近身边，用那使降魔杵的气力，将被一揭。吴品厂缩作一团，秦士林弯着腰瞧了一眼，冷笑道："原来是你！你为甚么不再躲到上海去？"一句话没说完，汪祖经已脚声如雷的奔了过来，拼命的将秦士林一推道："跑到我房里干甚么？乘我不在房里，你想行窃吗？"秦士林也将汪祖经一推道："我是行窃，你去叫警察来！"汪祖经本来没有气力，又和吴品厂新从上海来，更是精疲力竭，被秦士林这一推，几乎栽了个跟斗。退了几步，立定了，眼睛里冒火，握着拳头撞了进去。秦士林一手接住，往怀里一拖。汪祖经乘势将秦士林的腰抱住，想将他放倒。奈秦士林身躯高大，气力又大，撼了几下，撼不动。吴品厂见两人打了起来，急得没有主意，爬起来跑回自己房里哭去了。

秦士林恐隔壁干涉，不敢恋战，将汪祖经放倒在地，轻轻的脱了手，抖了抖身上的衣，仍走到吴品厂房里来。汪祖经自知不是秦士林的对手，然仗着一股浩然之气，也就不怕秦士林厉害。立刻爬起来，咬牙切齿的进到吴品厂房里，望着秦士林道："你敢再来吗？"吴品厂哭着央求道："求你们两位都放点让。你们的意思不过想逼死我，我一死，你们都干净了。"说着用头往壁上去撞。日本的壁，是篾扎纸糊的，那里撞得死人，撞了两下，汪祖经怕撞破了壁，忙跑过去抱着，叫她莫撞。吴品厂很懂得三从四德，便住了头不撞，却仍是掩面呜呜的哭个不了。秦士林鼻子里哼了一声，自言自语道："恐吓谁来？今晚我也懒得和你们多闹，明日再来奉看罢。"说着，提起脚走了。汪祖经见秦士林已走，即代吴品厂将铺盖理好，极力的劝她安歇。半夜无话。

次日起来，梳洗才毕，秦士林已施施从外来。吴品厂扭转身，朝窗坐了，睬也不睬。秦士林叫着品厂道："你说只当了我二十来块钱的当，我此刻已将账单拿来了，请你算算。你既待我负心，我何必死缠着你不放？只是我不甘心白花了这许多的钱，落得这样的下梢。于今老汪译的书也卖了，你的官费也有几个月没有使，请清还了我这笔账，大家分开罢！"说着，从袖袋里掏出张纸来，丢给吴品厂看。吴品厂见秦士林进来，本待不理，反听他说出这些话，实在诧异，不能不拾着账单看。只见上面写着某月某日付品厂洋若干元，某月某日付品厂衣服若干件，当洋若干元，共计洋一百四十七元。吴品厂看了，除几件衣服当二十二元外，几笔数都想不起影子来。知道秦士林是有意敲竹杠，气得将账单一提道："我几时用了你这们多钱？随你的意思写个数，就问我要钱吗？"秦士林两眼一瞪，说道："你也不要太昧了天良。使了我的钱，不感我的情，还要赖我骗你吗？老实告诉你，你没有钱还我，休想我出这间房。"随即坐了下来，将背靠着壁，气忿忿的预备久坐。

汪祖经已过来，拿着账单看了一会，仍旧放下。此时他恐事情上身，却不陪着坐了，掉转身就走。吴品厂更是着急，又哭了起来。秦士林却用好言来温存，可怪吴品厂的性格和《石头记》上的花袭人一样，伺候那个，心眼中就只有那个。去年这时候，心眼中除秦士林外，没有汪祖经的影子。这时候心眼中换了汪祖经，便也没有秦士林的影子了。所以秦士林用好言来温存她，只作没听见。秦士林见房中没有他人，以为吴品厂与自己有那么久的恩爱，必不得十分撑拒，想拢去慰藉她一番，那晓得倒遭她打了一个嘴巴。这嘴巴虽打在秦士林的厚脸上，不算甚么，却委实将他的那一团欲火打下去了。秦士林的欲火既已下去，涎皮涎脸的样子便做不来了。想发作几句出出气，忽然转念，还是和她用软工夫的好。随即挨着她坐下说道："我往日待你的好处，你都忘了吗？"

不知吴品厂怎生回答，且俟下章再写。

第二十六章

旧梦重温良媒逢蝶使
新居始卜佳朕种兰因

话说吴品厂见秦士林挨近身坐了下来，连忙将身子一让。吴品厂原靠桌子坐着，这一让，腰子恰好抵住了桌角。秦士林的手已从腰间抱了过来。吴品厂那里肯依呢？极力的撑道："你再不放手，我就嚷了。"秦士林见她声色俱厉，知道是不肯将就，登时将欲火变成了一团无名火，随手将吴品厂一推，跳了起来骂道："贱婆娘，赶快还我钱来！老子有了钱，怕没有女人睡吗，定要你这种臭货？"吴品厂听了气得打抖，战兢兢指着秦士林的脸道："你这个绝无天良的人，我真瞎了眼，上了你的当。想敲我的钱是没有的，一条命你拿了去罢！"秦士林哼着鼻子道："没有钱咧，看谁的本事大。"秦士林口里虽是这般说，心中却仍是有些不忍，也不往下再说。靠着坐了，翻着一双白眼，看吴品厂哭。

吴品厂哭了一会，揩干眼泪，叫下女不用开饭进来。秦士林到底脸皮薄，不能再和下女强要。挨着肚皮饿了一会，实在忍不住，自己掏出钱，叫下女买了些点心吃了。竟到夜间十点多钟，汪祖经才轻脚轻手的走了回来。先在门缝里一望，见秦士林未去，便不敢推门，悄悄的回到自己房内坐着。吴品厂早已听得他的脚响，心中正恨他临难苟免，见他竟不进房，更是呕气。心中骂道：你平日一丝不肯放松，抵死的将我勾引。我今日为你出了乱子，你就匿迹销声的不顾人死活。原来你们男子都是些没有天良的。你既这般怕事情上身，我此刻是走投无路的人，恐怕你不得干净。心中越想越气，便起身开门到汪祖经房里。

汪祖经此时正贴着耳朵在壁上听吴品厂房里的动静，见吴品厂进来，疾忙低声问道："怎么样？"吴品厂等他凑近身，一把扭着他的耳朵道："我房里有老虎咬人吗？你昨日为甚么不躲？"汪祖经连忙分辩道："不是躲，

我想换了衣服就过来。"吴品厂道："你早躲倒好了，此刻想躲，只怕来不
及了。你一个男子汉，亏你也这般怕事。"汪祖经奋勇说道："谁怕事？你
且说他要怎样？"吴品厂道："他不过想敲几十块钱，那账单你不是看见的
吗？"汪祖经皱着眉道："你想给他吗？"吴品厂道："不给他，他死守在这
里，成甚么样儿？我还有三十多块钱，你再凑几十块钱给他去罢。"汪祖
经本待不允，因怕事情闹翻了，反掉了自己的官费，只得答应。秦士林原
只想敲几十块钱的竹杠，钱既到手，立即无事。后来到民国三年的冬天，
吴品厂的官费毕竟因这事弄栽了，还连累了他兄弟吴源复也裁撤了官费，
两人便伴着汪祖经吃饭。汪祖经因为是五校的官费生，所以没事。他们没
有钱，倒没有笑话，这件事就算是了了。

　　不肖生写到这里，一枝笔实在污秽不堪了，极想寻一桩清雅的事来洗
洗它。却苦留学界中，清雅可写的事委实有限。在脑筋中寻来寻去，仅寻
了件香艳的事。却喜这事是看《留东外史》诸君欲急于知道的。诸君看了
前几回书中，不是有张全惊艳的一段事吗？当时诸君必以为是张全信口开
河说出来的，后来见张全在四谷和罗福同走，居然又遇了这美人，并且改
变了装束。诸君此时，必想打听这奇怪美人的历史。这奇怪美人的历史，
在下却知道得十分详细，于今且从这美人的对面慢慢写来。

　　前清光绪三十二年，浙江有一个小孩子，姓张名思方，随着他哥子张
正方到日本留学。那时张思方还只有九岁，生得神眸秋水，品夺寒梅。
任是甚么无情人见了，都要生怜爱他的心。他到日本不久，便同他哥子进
了宏文学院。宣统二年毕了业。他父亲死了，归国。直到民国元年十月，
张正方运动了一名西洋官费，出西洋去了，张思方也得了一名东洋官费，
仍到日本来。这时候，张思方已有十七岁了，更出落得风流蕴藉，神采惊
人。他在宏文学院的时候，原有个日本人姓真野的和他认识。真野是庆应
义塾的学生，家中很是富有，因慕张思方的人品结交。张思方归国后，两
人都时常有书信往来。张思方这次来日本，动身的时候就写了封信给真
野。真野自是非常欢喜，亲到横滨迎接。

　　到东京锦町锦枫馆住了几日，张思方嫌不清洁，和真野商量，托真野
代览清净地方。真野知道他也是想进庆应义塾，因笑说道："清净地方不
难找，只是要合你的脾气的恐怕不容易。"张思方道："为甚么呢？"真野
道："一则你太好洁了，敝国人好洁的虽多，也没有像你的；二则你选择

伏侍的人太苛，人家用的下女，怎得合你的意？你还有许多古怪脾气，我和你来往得久，才得知道，要是不相干的人见了，还要笑话呢。"张思方笑道："还有甚么古怪脾气，你说给我听，看我可能改了？"真野摇头笑道："我说出来，你能改吗？你且同我去洗个澡再说。"张思方踌躇了一会道："你为甚么要在这里洗澡？这时分的水已经洗脏了。"真野笑道："水脏了便没人洗吗？你不肯和人同洗也罢了。你这脾气可能改？"张思方笑着不做声。原来张思方有好洁之癖，最不肯和人共浴。他进浴堂，总是赶浴堂开张的时候进去。若已有人，他便不进去了。真野知道他这脾气，所以故意邀他去洗澡。停了一会，张思方道："倘寻不出好贷间，我就住贷家也好，不过一个人劳神些。"真野道："且不用着忙。我有个亲戚住在四谷桧町，他家里人口少，又爱洁净，等我去问问。要是肯租给人，搬到那里寄居，倒很相宜。"张思方道："令亲家里有些甚么人？都干些甚么？"真野道："神保町不是有个山口吴服店吗？那吴服店就是他家开的。他家本是静冈县人，山口河夫便是我的姑丈。他在店内照顾生意，我姑母因嫌店内嘈杂，在桧町租了所房子住着。我的表妹和他祖母住在静冈，一年只来东京一次。桧町的房间是好的，只怕我姑母不肯租给人。"张思方道："你就去问问何如？"真野点头道好，立刻乘电车去问了。过了一会，真野已问了回来，对张思方道："你的运气好，我一说她便肯了。此刻同你去看看房间，若合意，明日便可搬去。"

　　张思方换了衣服，同真野往桧町来。顷刻之间到了，真野引到一所在生垣（解见前）的房子门首，向张思方道："这就是了。"张思方见门楣上有"山口"两字，点点头道："这地方倒僻静，庭园宽广，房子也像是新的，只不知道内容何如。"真野道："新却不是新的，但是里面很精致。这一带的房子本来便宜，而这房子差不多要八十块钱一个月，自然是好房子呢。"真野说着推开了门，让张思方先走。张思方进门，见院落收拾得修洁异常。用鹅卵石铺着一条通行的道，道旁青草上连排摆着许多的盆景，弯弯曲曲径到里门的阶基上。两株凤尾松分左右栽着，彷彿是两排盆景的督队官似的。张思方且不上阶基，掉转身向外面看了一会，对真野道："里面的房子不用看也罢了。有这样的庭园，便是极旧极坏的房间，我也愿意。"真野笑道："既来了，岂有不进去看之理，并且绍介你见见我姑母也好。"张思方点头。真野隔着门扬声。一个小下女开门，见了真野，便鞠躬让进。真野等张思方脱了靴子，才拖木屐，引张思方到一间八叠席的客房内。下女已跟着进来，捧着两个蒲团让坐，一双眼睛不住的向张思方脸上瞟。张思方红着睑望着真野。真野忙对下女道："快去请太太来，说有客来了。"下女笑声答应，从容缓步走出，回身关门，还兀自望着不舍就走。真野恐张思方不好意思，忙站了起来，叱道："还不给我快去，我就自己去请！"下女才去了。张思方不乐道："这下女讨厌！我来住，一定要退了她。"真野道："不相干，退了就是。我姑母也说不欢喜她，她年纪才十三四岁，就时常会和男人吊膀子。"

二人说话时，听得有两人的脚声响，即住了嘴。门开处，下女跟着一个四十来岁的老佳人进来。下女即送上一个蒲团。真野便指着张思方向他姑母道："这位便是我的朋友张思方君。"回头对张思方也介绍了。张思方从小时到日本，很知道日本的礼节。应对一切，日本话也说得十分圆熟。山口夫人见了，异常欢喜，对真野说道："你说张先生好几年没到日本来，怎的还记得说日本话？中国话和日本话差不多吗？"真野笑着摇头道："完全不同。学外国语言，从小时候学起容易多着，并且不会忘记。他从小时来日本，所以还能说得这样圆熟。"山口夫人道："怪道说得这般好！不知道他是中国人的，还听不出呢。你带他去看看房子，可能中他的意？"接着望张思方道："先生不要笑话，租人家的房子住，总没有自己造的房子合意。这房子别的好处一些也没有，只图它个清静罢了。八叠席的房有三间，先生若肯来，随便住那间都可以的。"张思方连忙应是。真野起身对张思方道："去看么？"张思方道："不必看，我明日搬来就是，这家的房子，我想没有不好的。夫人尚可住得，我难道不能住吗？"山口夫人笑道："这倒不然，各人欢喜的不同。这房子我就不十分中意，他的姑爹偏说好，我也懒得再搬，就住下来了。先生既来了，去看看何妨？"张思方心中原想看看，不过存着些客气，不好太直率了。山口夫人既是这般说，便告罪和真野走到廊檐下。山口夫人也跟了出来，抢先引张思方穿房入户的，连厨房都到了。张思方心中十分满足，当下不便问价钱，只说明日定搬来。山口夫人拉着真野到一边，问张思方吃日本菜能否吃得来。真野知道张思方能吃，便代答了。二人兴辞，山口夫人直送到门口。

张思方问真野道："你姑母一个人住这大的房间干甚么？"真野道："怎说是一个人住？我姑爹每日回家，还有一个听差的、一个车夫。他的母亲及他的女儿每年到东京来，约住两三个月，此刻已差不多要来了。你将来见了我那表妹，必定欢喜。她年纪今年才十六岁，说起来也奇怪，她的相貌和你竟像是嫡亲的兄妹，性格也差不多。"张思方不信道："那里有这们巧！"真野道："你不信罢了，日后见面自然知道。"二人说着话，已到了停车场。张思方道："你明日早起到我馆子里来，帮我检行李好么？"真野道："好。"张思方道："还托你桩事。你回去走三田花屋门口过，请你顺便替我定一份花，叫他每早送上好的鲜花到桧町来。从前我在本乡一家花屋里定花，是四块钱一个月，此刻就再贵点也不要紧，只要花好。"真野答应了。电车已来，张思方乘着回锦町，一宿无话。

次日六点钟，真野就来了，手中擎着一把鲜花。见张思方还没醒，便轻轻将花放在一旁，拿花瓶到外面换了水，将鲜花插上，搁在张思方枕边。自己坐下，打开书包，拿出讲义来看。不一刻张思方醒了，开眼吃了一惊，连忙爬起来道："笑话，笑话，你来了多久？"真野笑道："才来不久。"张思方道："不耽搁你的课吗？请你按铃叫下女来。"真野仍将讲义包好，按了按电铃。下女来了，张思方吩咐算账来。真野催张思方去洗脸，替张思方打好了被包。零星东西，昨晚张思方已检点清楚。唤了三乘东洋车，一乘拉着行李，真野捧着花瓶坐了一乘，一乘张思方坐了，径投四谷桧町来。须臾到了。真野先下车进里面通知，领着一个下女、一个下男出来搬行李。张思方开发了车钱，同真野到昨日坐的客厅内。便有个五十来岁的男子笑容满面的迎了出来。张思方看他的举动，知道是山口河夫，恭恭敬敬的行了个礼。真野两边都介绍了，山口夫人也走了出来，笑说道："怎的这们早？我们刚起来呢。"山口河夫打着哈哈道："他们学生时代，怎能和我们比？张先生此刻在甚么学堂？"真野代答道："他想也进庆应义塾。"河夫笑道："庆应很好。庆应的学生，一个个走出来还像个人。甚么明治大学、日本大学的学生，都是打着穷幌子。好好的一顶四方帽儿，他们偏要揉得方不方圆不圆的，搁在头上。还有故意将帽儿揉破称老学生的，我望了他们实在讨厌。当学生的时候，省俭的固然好，只是也得有个分际。难道有了一学堂的叫化子，这学堂就算有精神吗？"

真野知道山口河夫的脾气，开了话箱，便不容易收场的，恐怕贪着听他说话，误了自己上课的时间。拿出表看，已到了八点二十分。忙走到外面，招呼下女安置行李。山口夫人跟了出来道："太郎，你去请张先生看是住那间房好。"真野答应着，回头问张思方。张思方因自己胆小，僻静的房间不敢住，拣了靠内室的一间。真野帮着清理了一会，复取表看了看道："八点五十分了。我今日九点钟开课，不能再延了。"张思方问道："你今日几点钟课，下了课还来么？"真野道："今日只有三点钟，下了课就来。"张思方点头，望着真野提着书包去了，便如小儿去了保母一般，不知怎么才好。呆呆的望着下女七手八脚的，拿着这样看看，拿着那样嗅嗅。山口夫人也帮着摆桌子移椅子，忙个不了。山口河夫走近张思方的身边，在张思方肩上轻轻拍了两下道："我要进店去了，夜间回来陪你谈话。"张思方连忙点头道："请便。"山口河夫摇摇摆摆的去了。

张思方才想起自己的行李，为甚么教夫人来检？并且下女搬这样翻那样，毫无条理，也怕弄坏了自己的东西，便笑着道谢道："夫人不用劳神，没有多少行李，我自己检检便了。"接着用手挥下女出去。河口夫人拿着张思方的一张小照，见上面写了许多字。日本女人认不了几个汉字，只知道写得好看，便问上面写了些甚么，是谁写得这样好字。张思方道："是我自己写了几句诗在上面，不成字的，见笑夫人。"夫人将相片搁在桌上道："这小照须得配个夹子才好。"张思方一边清东西，一边点头应是。夫人站在一旁看张思方慢条斯理的，一刻儿工夫检得齐齐整整。拿出一个蒲团让夫人坐。夫人道："我不坐了，我要去指点他们弄菜，太郎差不多要下课了。"说时，冬的一声午炮响，夫人便别了张思方，进厨房去。张思方对准桌上的钟，拿着脸盆手巾，走到洗脸的地方去洗脸。见洗脸架旁边一个圆池，池的两边都有吐口，从厨房里自来水管内引出水来，通川流过。池里养着几尾暴睛巨尾的金鱼。流连了一会才洗脸。

刚洗完回房，真野已提着书包走了进来，笑道："已经清理好了吗？这房子经你布置出来，比前更雅相了。这地方你不必客气，和一家人样才好。我姑母待人很亲切的，你一客气，倒生出许多隔膜来。我姑爷为人也很和平，只是有种脾气不好，太欢喜说话。你将来还是不和他多谈的好。"张思方笑道："欢喜说话为甚么不好？我也是欢喜说话的。"真野小声说道："你欢喜说话和他不同，他最欢喜评论人家的长短。好在你来往的朋友少，不然，他最容易得罪人。他还有一种脾气，欢喜这人的时候，他便无所不可。若不喜欢的人，连这人的朋友亲戚都是不好的。他客气的时候，客气到万分。若不客气起来，就当面叫他，他也不一定答应。我说给你听，对于有这种脾气的人，总是敬鬼神而远之的好，你不要忘记了我的话。我和他至亲，来往了十多年，也不知见他得罪了多少人。对我虽算是无以复好，只是我总兢兢业业的，防备他一句话不投机，伤了亲戚的面子。我那表妹的脾气也怪得很，从来不肯和人多说话。每年到东京的时候，常和我姑母到我家来，就坐一天也不能听见她说三句话。要说她是害羞，却又不是。她也一般的和人应酬，从没见她红过脸，露出点羞涩样子。她那爱洁静的脾气，也就和你差不多。"张思方听了，沉吟了一会问道："她不欢喜说话，难道问她也不答应吗？"真野道："问她自然答应，不过问一句答一句罢了。"张思方点点头，不做声。

真野道："我到厨房里看看。看我姑母教他们弄甚么给你吃。"张思方道："我同去看好么？"真野一边走一边笑道："有甚么不好！"张思方真个跟着真野走到厨房里。只见夫人弯着腰在那刨鲣节鱼，下女正在地下切浸菜。夫人听得脚声，回过头来，见是张思方来了，忙伸着腰子笑道："张先生不要笑话，这里脏得很，仔细挨坏了你的衣。太郎你也太失礼了，领着他跑到这里来！"真野道："夫人这句话可就是完全的客气话了，昨日张思方看房子的时候，恨不得连厕屋都领着他看，这时候却偏怕污了人家的衣服！"好在张思方是一副纯洁无瑕的脑筋，并不理会，也笑道："夫人怕我弄坏了衣，我自己还会弄菜呢。"夫人笑道："你会弄日本菜吗？"张思方摇头道："我知道弄一样中国菜。"真野大笑道："你会弄一样甚么中国菜？"张思方道："你想吃么？你想吃，我就弄给你吃。"夫人道："甚么菜？日本可有买？"张思方用眼四处张了一会，见了几个鸡蛋，指着笑道："就是这东西我会弄。"真野道："你将鸡蛋怎么弄法？"张思方走上去拿了两个在手里道："弄的法子极简单，只先将油倾在锅里，等烧红了，将这东西整的打在里面，烧黄了，翻过来再烧，加点酱油在上面，就是中国菜。"夫人听了笑道："这法子不容易吗？"张思方道："容易是很容易，只是不知道的，要他发明这种弄法，也很费研究呢。"真野道："你就照你的法子，弄一个给我吃，看是甚么味。"张思方点头。夫人道："太郎，你也真太放肆了！我照他说的弄给你吃就是。他在旁边看着，弄错了，可以说的，何必教他亲自动手？"张思方也真有些怕脏，见夫人这般说，便连声道好。夫人放了手中的鲣节鱼，叫下女洗了锅，张思方将手中两个蛋递给夫人。夫人真个如法泡制得一丝不错。，张思方心中很是纳罕：她们女人家怎的一说就会？

真野见已弄好了，便催着下女开饭。张思方回房，须臾下女端出两份饭菜来。张思方问真野道："夫人为甚么不同吃？另开更劳神了。"真野道："不错，等我去问问。"说着又跑进去了。不一会，端了张小几子出来，笑着说道："我姑母本想做一块儿吃，她说因怕你喜一个人吃，所以没出来。你既说一块儿好，她是很愿意的。"说时夫人已来了。下女将夫人的一份都放在小几上，三人同用了饭。真野连说，蛋是这般弄法很好吃。张思方笑道："弄蛋的法子不知道有多少，只我不知道罢了。"夫人道："你吃过些甚么日本菜？"张思方寻思道："日本菜我吃过的很多，但是不知道名目。"夫人道："生鱼（日本名サシミ）你吃过没有？"张思方道："生鱼我怕吃得。"真野笑道："吃日本菜不吃生鱼，就没再好的东西了。"三人闲谈了一会，真野恐荒了今日的功课，便兴辞回去了。张思方也拿出书来读。

夜间，山口河夫归家，在夫人房里换了衣服，即到张思方房里来。张思方忙起身让坐。山口河夫笑嘻嘻的问道："张先生到敝国来几年了？"张思方道："三年前在日本住过四年。"山口河夫道："贵国人到过日本的，回到中国去，一个个都欢喜说日本人的坏话，是甚么道理？我们日本人待贵国人实在不错。"张思方道："先生怎么知道欢喜说贵国的坏话？"山口河夫道："我见新闻上都是这般说。"张思方道："恐是新闻记者弄错了，或者故意是这般说，想贵国人待中国人好的意思。"山口河夫笑着点头道："日本人待贵国学生不好的本也不少。我那吴服店的左右，贵国人住的很多，也有贷家的，也有贷间的。那些米店、酱油店没一家不存心欺他们。欺了人家还拿着当笑话说，你看这些东西可恶不可恶？我听见他们说，便骂他们不应该。我看也难怪贵国人生恶感，他们这些做小生意的人知道甚么？我时常对他们说，中国是近来弱了。我们做小孩子的时候，听说有谁从中国来，便不知道这人有多大的学问，能到中国去。那时候那一样不是学中国的？后来听说要和中国开仗，我们都吓得打抖，十有九怨政府不该闯这们大祸。贵国就吃了那一仗的亏，我日本的一般青年都不信仰了。然而平心论起来，那时候日本那里打得过中国？听说那时开仗的战舰，中国的比日本的大得多呢。我的心理中国虽然打输了，还是说中国比我们日本好。不讲旁的，一个人走出来都觉得大方些。日本人鄙吝不堪的，活讨人厌。"

不知山口河夫还说了甚么，且俟下章再写。

第二十七章

题像初成秾艳句
言情乍结鹭鸳缘

话说张思方因白天听了真野的话，知道山口河夫的脾气，见他果然七扯八拉的说个不了，恐怕他说出不成听的话来，存着心无论他说甚么，总不置可否。山口河夫说了一会，忽然觉得自己错了，连忙陪笑道："张先生今日搬家劳顿了，早些安歇的好。"说着，起身看桌上的钟道，"十点钟了，我也得去安歇。你这相片新照的吗？"一边说，一边拿起桌上的相片。一双眼睛看看张思方的脸，看看相片，笑道，"我说照像的法子，还是不好，照不出人的颜色来，要失却许多真相。每每一个美人，反照成了一个泥塑木雕的菩萨，倒是相貌平常的人占便宜。这上面的字是你写的吗？怎的中国人个个会写字呢？"张思方谦逊了几句，夫人忽走了来，催山口河夫去睡。山口河夫才随着夫人去了，张思方也自安歇。

次早，张思方还没醒，下女即来喊道："张先生，花屋里送花来了，问先生要盆景不要。他说有绝好的紫罗兰、玫瑰花盆景。"张思方从被里应道："你去教他等着，我就出来。"下女答应着去了。张思方才起来，披着寝衣，趿着拖鞋，走到门口。只见一担鲜花当门放着，卖花人正和下女说话。张思方问道："卖花的，盆景带来了吗？"卖花人见张思方出来，连忙行礼道："盆景没带来，先生要时，立刻去搬就是。"张思方点头道："你去搬来，不好，我仍退给你。今日送甚么花来了？"卖花人从花担里面抽出一把花来，将纸套去了，笑道；"今日是寒牡丹和白杜蘅。这都是西洋种，颜色异常鲜美。"张思方用手接了花，复玩视了一会，淡红浅白，果是好看。

回到房里，叫下女换花瓶里的水。下女就桌上将昨日的花抽了出来，水淋淋的滴了一桌。张思方骂道："无用的蠢才，捧出去抽不好吗？"下女笑着用袖子往桌上揩，桌席都揩动了。张思方更气得跳脚骂道："我这房里不要你来做事了，给我快出去！"说着将花瓶夺了过来，自己跑到自来水管的地方，换了半瓶水，揩干了瓶的外面。正待回房，夫人从厨房里走了出来，笑道："张先生为甚么自己来换水？有事只管叫下女做，不必客气呢。"张思方心中正恨下女，听夫人这回说，恨不得立刻教夫人将这下女开了。只是才搬来一日，便教人家换下女，觉得有些不便，含糊答应了一句。回到房中，将花插好，清理了桌上。下女拿扫帚来扫房，张思方挥她出去道："你将扫帚留在这里，我自己会扫。"下女不敢扫，又不敢不扫，倚门站着，望着张思方发怔。张思方走过去，接着扫帚，往席子上扫。扫了几下，仍递给下女道："拿去，不用扫了。"说完掉转身，拿着洗脸的器具洗脸去了。下女不敢违拗，拿着扫帚，如此这般的告诉夫人。夫人道："你这样蠢东西，毛手毛脚的，怎样怪得人家不要你做事。房间等我去扫。"

夫人随手取了扫帚，到张思方房里。打扫完了，张思方才洗了脸进来。夫人陪笑说道："蠢下女做事不如人意，我多久就不欢喜她。因为一时间难得好的，我平日也没有多少事差遣她们，不费力的事，我都是自己做了，所以仍让她在这里吃饭。明日叫绍介所带两个来看看，有好的就换了她。"张思方道歉说，夫人扫地不敢当。饭后，花屋送了两盆盆景来，张思方教摆在廊檐下。次日绍介所带了几个下女来，夫人都不中意，每日仍是夫人扫房换水。张思方本觉得过意不去，因真野对他说不要紧，他也就不客气。

一日早起，方从洗脸的地方洗了脸回房，忽见一个十六七岁的女子，从房里走了出来。张思方吃了一惊，心想这女子是那里来的，怎的这般美？忽然想起真野的语，暗道：是了，她几时从静冈来了，我尚不知道，她无故到我房里做甚么呢？进房见桌上的花插得和往日不同，横斜披欹，很有趣致，知道必是这女子插过的了。少顷，夫人进来说道："小女节子，昨夜十二点钟同她祖母从静冈来了。以后先生的房子，教她来收拾。她最爱洁净的，可合得先生的脾气。只是她性情有些乖僻，又不会说话，先生须得包涵些。"张思方前日听真野说她的脾气怪得很，此刻又听得夫人这般说，不知道她到底是个甚脾气。夫人说她不会说话，真野也说她不会说话，等她来了，我倒要和她说说看。我想她总不好意思不答我的白。她若真不答白，我也往下说下去，无论如何，她不能一句也不答。只要她答了一句，我就好再和她说别的事了。张思方一个人心中痴想，夫人说的话，他也没听清楚。

夫人说了一会，看了看桌上的钟，已是七点钟了，隔着门向外面问道："怎的还不开面包来呢？"便有个极娇小的声音在门外答道："已开来了。妈妈，你来端罢！"夫人道："你自己端进来了。张先生不是外人，是太郎最好的朋友。"夫人的话说完，只听得门响。张思方因为心中痴想了一会，忽觉得难为情起来，莫说逗她说话，连看也不敢看她一眼。这时便是节子来逗他说话，只怕他也答不出话来。这也不知道是种甚么心理。张思方这时候，反怕夫人为他绍介见面，紧低着头，不敢仰视。夫人见他这般害羞，本有意绍介，也不便开口了。节子放下面包牛乳，仍退了出去。夫人将面包送至张思方面前，说了一句请用，也出去了。

张思方才敢举眼看那热烘烘的面包正在出气，拿起来吃了一片，喝了两口牛乳，心中悔道：我为甚么不抬头望望她？我一望她，夫人必为我绍介，岂不可以和她说话吗？我刚才进房的时候虽只望了她一眼，但是她迎面走来，她的身材面貌我都看得很清楚。我到日本这多年，像这样清雅的姑娘，我还没有见过。她脸上一点脂粉也没有，那好看纯是天然的肉色。并且她那面貌绝不像日本女子。就是身材态度，也都和中国女子一样。若是用中国衣服装扮起来，谁也不能说她是个日本人。"

一个人如痴如呆的又想了一会，桌上的钟当当的敲了八下，他才惊醒。他因为庆应义塾招生的时期没有到，便在正则英文学校数理化科报了名，每日八点钟要去上课。因为节子发痴，将时间都忘记了，既惊醒过来，连忙包起书包，拿着帽子，茶也不及喝就走。到门口打开靴柜，不见了自己的靴子。才要开口叫下女，夫人已走了来道："请你等等，就刷好了。"张思方连说不要紧，只见下女提着靴子出来。张思方看刷得和漆了一般，连靴底一点泥也没有，心中异常欢喜。穿在脚上，一步一步的仔细着走。在校里虽上了四点钟的课，却没有用得一点钟的心。坐电车回来，途中还嫌电车慢了，恨不得不停车，不许别人上下，一径开到方好。

到得家中，真野来了。张思方道："你午后没有课吗？"真野点头道："小林牛（小林丑三郎性暴，日人呼为小林牛，亦取丑牛之意）缺勤。他那么样胖，不知他有甚么病，时常会推病缺席。"张思方笑道："你说胖子没病吗？我看胖子的病，比瘦子还多呢。凡人太胖了都不好，热天怕热，冷天怕冷，多走点路便喘气不了。"真野道："怪道你不多吃东西，是怕胖。你这样体格，任你吃多少是不会胖的。"张思方笑道："我平时不多吃东西，我食量只这们大，教我吃下那儿去？"真野道："我姑母说你今早只吃一片面包，牛乳也没有多喝。你食量这们小吗？我姑母怕你不欢喜吃面包，教我问你，若是欢喜吃饭，以后早晨也开饭给你吃。现在天气冷了，横竖煮一顿饭吃一天，也不多劳甚么神。"张思方道："说那里话，我历来只吃两顿饭。在国内的时候，早晨也是吃面包。"真野道："那就是了。"二人吃了午饭，谈了几句闲话，真野独自回家。

真野去后，夫人拿着一张像，向张思方道："这是小女的相片，请先生题几个字在上面。"张思方看那相片上的美人，和早晨所见一般袅娜。凝神注目的出了会神，只见那一双秋水也似的瞳人，望着自己盈盈欲笑。张思方此时迷离恍惚的，心中不知做甚么想。夫人以为他思索题的字句，便不做声。等了十来分钟，张思方忽抬头见夫人在侧，登时红了脸，连忙将相片放在桌上，让夫人坐。夫人道："这像从静冈照来的，不及东京的好，请你随便题几个字罢！"张思方才记起要他题字的事来，敛了敛神，提起笔写了首七言绝句在上面道：

淡红浓艳破瓜时，恰占蓬壶第一枝。

愿得护花铃十万，东风珍重好扶持。

写好了，翻覆看了几遍，心中大悔，不该这般唐突。只是已经写坏了，没有法子更改，望着夫人道："写得不好，夫人不要给人家看了笑话。"夫人接了看道："你讲给我听，写的是甚么意思？"张思方照着解了一遍，夫人喜笑道："好极了！你这相片待我拿去配个夹子，免得弄坏了不好看。"张思方问道："配甚么样式的好？"夫人道："外面买的不好，不如教小女用丝线编一个。色气花样，随你心里欢喜那样便用那样。"张思方喜道："色气花样都不要紧，只是劳动小姐怎么敢当！"夫人将张思方的相片拿了去。夜间山口河夫回家，特意到张思方房里，谢张思方替节子题像，还说了许多的话，也不去记它。

次日，张思方上课回来，见房中的桌椅都移动了位置，倒像换了间房似的，心中甚是诧异。再看搬家来收着没有悬挂的团体照像及单独照的相片，四壁都挂满了，几上的花瓶用一个五色丝线编的花饼垫着，门框、窗房磨刷得一些儿尘垢也没有。心想：怪道真野说她的脾气怪，这样看来，她的脾气真怪。桌椅安着好好的，搬动做甚么？等她送饭来，我定要问问她。她到房里几次，还没有和我说过话，我也没机会和她说，今日可寻着机会了。主意已定，换了衣服，盘膝坐在蒲团上，拿着本日的新闻翻看。但是眼睛虽在报上转，心思却仍是一起一伏的，计算问节子的话。

不一刻，节子果然端着饭菜来了。张思方忍无可忍的，喉咙里转了一声，又咽住了，这声音再也发不出来。倒是节子看了张思方的情形，知道是想说话，便不和前两次那样放了就走。张思方心胆稍壮，才开口道："桌椅是小姐移动的么？"节子望着张思方点点头。张思方笑道："你移动做甚么？"节子道："这样不好些吗？"张思方点头道："好些。你一个人移这桌椅不吃力吗？"节子道："妈妈帮着移动的。你那相片夹子，编红的好么？"张思方道："已经编好了没有？"节子道："有一个编了多久，此刻已变了色。"张思方笑道："你去拿给我看看。"节子道："且等你用了饭，再拿来你看。"张思方便拿起筷子吃饭。见盘内有一碟生鱼，张思方道："我不吃生鱼。"节子道："你尝着试试，比别的菜都好。"张思方笑着摇头。节子提着茶壶到厨房泡茶去了。

张思方草草吃了饭，自己端着碗盏送到厨房里。见没有人，茶壶里已泡好了茶，随手提了回房。节子捧着一个红漆盒子进来，笑道："你到了厨房里吗？这茶是谁送来的？"张思方道："是我自己提的。你手中捧着甚么？"节子走近张思方坐下，打开漆盒，拿出一个淡红丝线编的像夹，放在张思方面前道："这个色气太嫩了，用不到两三个月，便不好看。你只看这花样好么？"张思方看了一看道："好，就是这梅花式罢。"节子复翻出许多丝线来，一种一种配给张思方看。张思方知道她欢喜红的，便说红色的好看。节子果然说好。

自此，张思方和节子日亲一日。张思方每日上课，节子听得午炮响，便不住的到大门口张望。迎着了，即一同进房。节子平日不多说话，惟在张思方房里，即笑说个不了。她最会烹调，凡日本所有的菜，没一样不弄给张思方吃。张思方不吃生鱼，她偏要天天买生鱼，别的菜一点也没有，逼着张思方吃。直到张思方吃了，说好，她才罢了。张思方房里的桌椅以及陈设的器具，过几天，她必换一个位置。问她为甚么要移动，她说一间房的陈设，只要拣大的移动两样，便换了一种气象，彷彿又到一个新地方似的。经年屡月的这样摆着，有甚么趣味?

山口河夫夫妇一生只这一个女儿，凭是甚么事，都随着她的性格做去，不忍拂她。她却十分孝顺，绝不胡作非为，轻易不肯出外逛逛。每年到东京来一次，住多久，都得随她高兴。便是至亲密友家里，接她走动走动，她不高兴起来，那怕隔着几十里路，也只坐坐就回了。她家的亲戚本家都知道她这种脾气，多不敢轻易讲接她，她也不理会这些事。一个人坐一间房里，两三个月不出房门，也不知道闷气。亲戚中，她惟待真野很好，偏偏真野年纪虽只二十多岁，思想却是古怪。他说女子没有知识，不能树立，如爬虫一般，因此抱独身主义，和女子不甚亲近。还是节子和别的女子不同，他才肯周旋一二。还有个姓藤本的，是节子的姨表兄，在仙台第三高等学校读书。年纪也不过二十来岁，生得甚是清秀，每年暑假到东京来，必来山口家看姨母。他非常爱节子，节子待他却很平常。藤本口若悬河，最是会说，每每能说得节子发笑。他本有向节子求婚的心思，因为探听他姨母的口气，说要等到了二十岁，才给她议婚，他便不好开口。

节子心目中，实在没有藤本。节子此时的脑筋里面，惟有张思方的影子。所以张思方下课回迟了，她心中便不自在。张思方每下午出去，她必拉着问去那里，甚么时候回来。若是过了时不回来，她便教车夫拉着车子去接。张思方本来生得得人意儿，就是夫人、山口河夫也都极欢喜他，和自己的儿子一般看待。

光阴易过，张思方搬到山口家是十一月初旬，此时十二月半，已住个多月了，天气陡然冷了起来。因隔神田太远，夫人教他横竖放年假只有几日了，不必去上课，就在家里也可用功。张思方体魄本来弱，嫩皮肤禁不得日本的北风，刮得脸上如刀割一般，便依着夫人的话在家里用功。真野放了假，每日来闲谈消遣。节子素不知避忌，她欢喜这个人，一刻也舍不得离开。近来的活计，都是在张思方房里做。真野来了，她仍是一样。真野见了他二人亲密的情形，心中疑惑有甚么苟且，不由得有些厌恶起来，不肯多来看张思方了。张思方以为他也因天气寒冷，懒得出来。及残年已过，真野来贺年，也只略坐坐就走了，张思方才疑心他有甚么原因，问节子也不知道。两人几年的交情，竟是这样糊糊涂涂的断了往来。张思方因真野有了意见，连庆应义塾也不进了，预备改早稻田大学的理工科。其实张思方和节子全是精神上的恋爱，真野粗心错怪了。真野若不是这般疑心，张思方有一个畏友时常往来，或者还可维系他点心思。张思方已近二十岁的人，虽平日不与恶俗人往来，然男女之欲，是个不期然而然的东西。况又每日和一个绝世佳人坐在一房，那有不稍涉邪念之理？便是节子平日虽守礼谨严，乃半由于生性不喜风华，半由于没有她欢喜的男子。不是她十七岁的女子尚不谙风情。两人都正在邪念初萌，形迹未露的时候。有一个好朋友作一句当头棒喝，便万事冰销了。

　　新年既过，张思方二人的感情更是浓厚起来。一晚，北风甚紧，张思方已脱衣睡了，忘记将电灯扭熄。想爬起来，又怕冷，便睡在被里，想等有人走过时，叫他进房来扭。不一刻，果有脚步声响，渐走到自己房门口来。张思方听得出是节子的脚音，便装睡不做声。节子打开门笑道："你已睡了吗？"张思方不做声，节子更笑道："刚才还听见你开门响，不信你就睡着了。"说着走近身来，刚弯腰看张思方的脸，不提防张思方一双手突然伸出来，一把将节子的颈抱了。节子立不住，往前一栽，双膝跪在被上。张思方乘势接了个吻，节子连忙撑开笑道："你这样欺人家不提防，算得甚么！"张思方央求道："好妹妹，和我睡睡。"节子向张思方脸上呸了一口道："你说甚么？不要太……"张思方笑道："不要太甚么？"节子立起身来，拍了拍衣服，掠了掠鬓发，回头望着张思方道："我也要去睡了。"说着往外就走。张思方也恐怕山口河夫及夫人知道，不敢行强，便说道："你去请将电灯扭熄，我怕冷，不起来了。"节子笑道："烧着一炉这大的火在房里，还怕冷吗？"说着伸手去扭电灯，身材矮了，差几寸扭不到手。拖出一张帆布椅垫脚，身子立上去，帆布不受力，晃了几晃，几乎跌下来。张思方捏着把汗，连叫仔细。节子故意闪几下，引得张思方笑。张思方道："不要真跌了。天冷，时候也不早了，快扭熄了去睡罢。"节子一手拿住电灯盖，一手扭着机捩，喳的一声扭熄了。

　　张思方见灯熄了，半晌没听见下来的声音，问道："扭熄了，为甚么不下来哩？"只听得喳的一声，灯又燃了，节子嘻嘻的望着张思方笑。张思方道："又扭燃做甚么？"节子复扭熄，张思方道："好生下来，仔细闪了腰。"才说完，灯又燃了，如是一扭燃，一扭熄，嗤嗤的笑个不了。张思方眼睛都闪花了，连连叫道："还不快下来，定要跌一交好些吗？"节子才住了手笑道："我一点力都没有了，懒得再和你闹，睡去。"随即下了椅子，关好门去了。

此后两人见面，更不像从前了。背着人，便你抠我我揪你的，有时还搂作一团。渐渐的要将那纯洁无瑕的爱情玷污起来了。山口河夫在家的日子少，夫人虽常在家里，只因爱护两人的心思太重了，不忍过于拂他们的意。并且这种事情，早不防闲，到了这时候，纵要防闲，也防闲不及了。再过了几日，他两人居然合办了那人生应办而不应办的事。一对小儿女，只解欢娱不解愁。每晚过了十二点钟，老夫妇睡着了，节子便悄悄的披衣起来，摸到张思方房里，交颈叠股的睡觉。如此已非一日，夫人何尝不知道？只是也没得法子禁止。后来连山口河夫也知道了。节子更放了胆，除却停眠整宿，俨然是一对小夫妇。

一日，节子到神田吴服店里去，见了一个中国女学生，打扮得非常齐整。她归家便要张思方去买中国裁料，做中国衣服穿。张思方听了，高兴到极处，和夫人说明日去横滨买衣服。夫人望着节子笑道："你也太小孩子脾气了，见了心爱的，不论贵贱，只晓得要。张先生也糊涂，换一种衣服，你知道要买多少附属品？于今二月间，天气又冷，换衣服这们容易吗？"张思方心想不错，像今日这样天气，还得穿皮的才好。皮子差了穿不出去，好的一件至少也得几十块钱，再加里衣裙子、裤子，得一百多块钱才够。此刻手中所有的，不过二十来块钱。虽同乡杨寅伯那里可以借钱，只是也没有多少。写信要家里汇钱来，一时间无论如何来不及。起初听了节子的话，一时高兴，也不暇计算计算，及听夫人这般说，没了主意。

节子见张思方不做声，悄悄拉了他一把，走到张思方房内。张思方跟了出来，节子低声说道："你听了妈妈的话，便不去了吗？"张思方连忙道："我去，我明日一定去！只是没有尺寸，恐不能合身。"节子寻思道："中国女子的衣服，定要合着人的身子做才能穿吗？我日本女人的花服长短大小都不十分要紧。"张思方道："中国女人的衣服，和西洋服差不多，错一寸，穿在身上便不好看。"节子扯着张思方的手道："我明日和你同去，穿着合身就买好么？我这里有钱。"张思方点头道："妈妈不许你去，你怎么样哩？"节子摇头道："她不许我去，我也要去。"张思方道："你有多少钱？"节子笑道："我有两个钻石戒指，大的五百块钱，小的三百五十块钱。你莫对妈讲，明日拿去卖了。"张思方道："卖一个小的够了，只是教我拿到甚么地方去卖哩？"节子也踌躇起来。停了一会，还是张思方有见识，笑道："有法子了。"节子忙问有甚么法子。张思方道："送到当铺里去当了不好吗？有了钱还可赎出来。"节子道："好！此刻去拿，妈一定知道，等夜间她睡着了，我拿出来给你。你去当了，回来不用对妈说去买衣服，只说同到甚么地方去逛逛。"张思方点头道："理会得。"

　　当晚，节子果然瞒着夫人，将两个戒指都拿了出来，交给张思方。张思方教她将大的留着。次早吃了面包，即揣着戒指，坐电车到神田来。心想从来没有进过当铺，不知道当铺里是甚么样的规矩，恐怕弄错了不好。他有个同乡姓杨，名赞，字寅伯，为人很是正直，自费到日本多年。此刻在中央大学上课，住在表神保町的玉津馆，平日与张思方交情尚好。张思方因想不如会了他同去当，便在神保町下车，到玉津馆来。

　　不知后事如何，且俟下章再写。

第二十八章

花事阑珊嫣愁姹怨
燕梁岑寂蝶忌蜂猜

话说张思方到玉津馆会杨寅伯，刚好杨寅伯夹着书包下楼，将去上课。见了张思方，笑道："你今日没课吗？"张思方摇头道："不是没课，有人托我当一件东西，我因不知道当店里的手续，特来问你。"杨寅伯笑道："当店里没有甚么手续，你带图章来没有？到对面小阪当店去当就是。"张思方道："没有图章不行吗？"杨寅伯道："我这里有图章，你拿去用也使得。"说着，从表链上解下一颗小图章来，递给张思方道："他若问你地方，你写玉津馆就是。"张思方点头答应。杨寅伯笑道："没有时间，不让你坐了，改日来谈罢。"说着自去上课。

张思方握着图章到小阪当店，当了两百块钱，匆匆的回到家中。节子已倚着大门盼望。见张思方回了，忙迎上前笑道："当了钱没有？"张思方将当票拿出来给节子道："当了两百块钱。这票子不要丢了，没有它，再也取不出来了。"节子接了看道："这东西留着不好。妈见了，就知道我当了戒指。横竖还有个大的，那小的我本不欢喜，便不取出来也罢了，没得留着坏事。"说着，嗤的一声撕了。张思方跳着脚道："可惜，可惜！放在我房里，妈怎得看见？何必平白的吃一百五十块钱的亏咧。"节子也悔不该撕破，只是已没有法子，他们又不知道去报失票。节子将那撕破了纸屑揉成一团，往草地上一撂。张思方忙拾起道："撂在这里不好。"随手塞在阴沟里面。节子道："你想和妈怎样说法？"张思方沉吟道："你说怎样说才好？"节子道："我想不如说明的好，买回来横竖要看见的。"张思方点头道是。二人遂同进房，仍是张思方和夫人说。夫人知道阻拦不住，便说道："随你们两个小孩子闹去，只是得早些回来。"

二人听了，欢天喜地的各自收拾毕，立刻坐电车到新桥，由新桥搭火车到横滨。在山下町日本所谓唐人街一带寻遍了，也没寻着一个皮货店。节子着起急来了，问张思方怎么好。张思方道："有法设。到日本皮货店去买皮子，教裁缝缝起来加上一个面子，也是一样的。别的东西都容易取办。"节子道："我只要有衣穿，你说怎么好就怎么好。"张思方带节子走进一家日本人开的皮货店内，貂皮、银鼠拿了几种出来，都贵了不能买。只灰鼠脊还便宜，七块钱一方尺，花七十块钱买了十方尺。复到绸布店里买了些衣服裁料，量了尺寸，就托绸布店请裁缝赶着几天内做好，送到东京来。当下交了钱，写了桧町的番地，仍乘火车回东京。

过了几日，绸布店送了衣服来。从此，节子出外即穿中国衣。天生丽质，任怎生装束，都是好看。张全和周正勋在神保町停车场见过的，就是她和张思方两人从上野看樱花回来，在神保町换车。张思方手中拿的书包，乃是新在神田书店里买的书籍，并不是上课。

此时一则放了樱花假，二则张思方已深陷在温柔乡里，每日除调脂弄粉外，便和节子同看日本小说。这日在上野看樱花，节子见游观的人肩磨踵接，心中忽然不耐烦起来，也没有多看，便拉着张思方回家。回到家里，仍是闷闷不乐。张思方慌了，问她甚么原故不乐。节子叹了口气道："有甚么原故！我且问你，去看花是甚么原故？"张思方笑道："你这也不懂得吗？因为它好看，所以人人都去看它。"节子问道："人人都去看它，与它有甚么好处？"张思方更笑道："有甚么好处？不过人人都有爱惜它心思。去看看它，喜欢它好看，或者在它底下喝喝酒，做做诗，徘徊不忍去，这不就是它的好处吗？"节子复问道："与它的好处也只得这样吗？我倒不信人人真能爱惜它。若真是爱惜它，何以一阵风来将它吹到地下，枝上只剩了几片绿叶的时候，也没见这些人去吊念吊念它咧！我想世界的人没有真爱情，真爱情是不以妍媸隆替变易的！"

张思方听节子这番话，心中很是诧异：何以无原无故的会发出这一派议论来呢？莫不是今日我说错了甚么话，她疑我爱她的心思不真吗？翻来覆去将今日所讲的话想了几遍，实在没有说错甚么，忽然领悟道：是了，近来她欢喜看小说，这一派话都是中了小说的毒。正想用话打断她，节子复接着说道："它在枝头的时候，人都百般的趋奉它。一落到地下，甚么车夫下女，都在它身上踹过来踹过去。那些趋奉它的人见了，彷彿没有这一回事似的。你说爱惜它的人，应这们样的吗？我的意思，以为与其后日去任意践踏它，倒不如今日不趋奉它的好。所以我今日懒得多看。"张思方笑道："不看也罢了。人挨人挤的，本也没甚么味。人家多爱热闹，我一到了热闹场中头都昏了。在家中几多清爽。你就不拉我回，我也不想再看了。并且我今日的脚，不知道为甚么有些麻木，走路很觉得吃力。我从前在日本害过一次脚气病，闹得我很苦。"说着用手在脚背上抓了两下道，"不好，彷彿蒙着一层布似的，感觉迟得很呢。"节子忙近前看道："肿了么？快到医院里去诊察是不是脚气病，若是脚气病，须赶急诊才好妥，一转了慢性，便很难好。这病我也害过，不知道病了多久，转过多少地方才好。"张思方点头道："且再过几日看怎样。大惊小怪的，若不是脚气，连妈都要笑话我们小孩子呢。"节子道："妈笑话有何要紧！你是个明白人，也讳疾忌医吗？"张思方便答应去看。

次日，张思方到顺天堂诊察，果然是脚气，当即配了药。在日本害脚气病的，照例不许吃饭，只能吃面包、小豆。因为日本的米水气太重，并且难于消化。张思方因为医生说自己的病不重，只要吃药不间断，不必禁饭，便照常吃饭。只是害脚气病的人，固不宜吃饭，然尤不宜近房事。医生虽也向张思方说过，那知道教他禁饭倒容易，这事那里禁得来？幸在少年，还挣扎得住，若是上了年纪的人，只怕早已没命了。一对可怜虫那知道甚么厉害？仍是暗去明来的勉强支持的。到六月初间，张恩方实在敷衍不来了，奄奄一息的睡在床上，水米都不能入口。

节子、夫人以及山口河夫都慌了，送到专治脚气病的医院去诊。这医院在饭田桥，名阪口前医院。夫人和节子同送了进去，医生一见吃惊道："这病为甚么不早诊治？到这时候，就住院也难诊了。"节子听医生这般说，便哭了起来，夫人也凄然下泪。幸张思方昏迷不觉，不然又添了一层证候。医生忙止住节子道："我不是说这病没有救法，不过我这医院里治不好罢了。"夫人悲声说道："先生这医院专诊脚气病尚不能诊，别家不更是不行吗？"医生道："不是这般说法。这病诊是容易诊的，只是得离开东京。脚气病能旅行，不服药也会好。但是他现在不仅脚气病，他这身体羸弱得很，元气亏损到了极处。得先事补养，能坐得住了，再去旅行。不旅行是诊不好的。"夫人和节子听了，才略略放心。

张思方在阪口前病院住了半个月，到底年轻的人容易恢复，居然能扶着壁行走。夫人、节子每日在医院里守着，夜间十一点多才归家。山口河夫一二日也来探看一次。

张思方既能行动，医生便教他到热海去旅行。这热海虽名热海，其实不热。不特不热，并且冬温夏凉，风景绝佳。热海的温泉是日本有名的。其它三面环山，东南临海，居民数百户。明治时代建了一所离宫在那里，便有许多华贵之家，各在那里建筑别墅。只二三十年间，便高屋连比。隔热海本町不一里，便是热海花园。那花园里面，怪石清泉，任是极俗的人见了，也能消他几分鄙吝之气。忧郁的人见了，不待说是立时烦襟涤净。热海花园之东，不到三里路，便是伊豆山温泉。那温泉含明矾硫黄质极多，浴身甚是有益。日人称热海有八胜：一、梅园春晓（热海花园梅花甚多，或称为梅园）；二、来宫杜鹃（杜鹃花以来宫为最盛）；三、温泉寺古松（日本三松之一）；四、横础晚凉（濒海有石坛曰横础，宜纳凉）；五、初岛渔火；六、锦浦秋月；七、鱼见崎归帆；八、和田山暮雪。这八处胜景，皆是令游人流连忘返。

阪口前医生教张思方到热海去旅行，虽是因热海气候、景物相宜，却还有层原故。因热海有个嘘气馆，嘘气馆内设有医局，医生多是老成有经验的。这馆何以名叫嘘气馆咧？因为明治十七年岩仓右大臣说蒸气最能疗病，遂建筑这馆，用机器吸收蒸气，闭在一间不透风的房内。有病的人在里面坐几十分钟，出一身大汗，觉得爽快些儿，和土耳其的浴法差不多。浴好了，再到医局里诊视。几十年来，颇诊好了几个人。阪口前医生教张思方到热海，就是想用嘘气治疗之法。

张思方遂退了院，归家准备去热海。节子因张思方一个人带病登程，甚不放心，想同到热海去。夫人和山口河夫商量，山口河夫道："这事倒不可随便。他到底是中国人，将来不知道怎样。我虽明知张思方不错，无奈在日本的留学生名誉太不好了，十有九对于日本女子存在欺骗的心思。便是张明较著的娶作妻小，也常有一声不响偷跑回国去了的。同回到中国，几个月因家庭不和，又离了婚的更不知有多少。常听中国人说，中国人的家庭关系和日本人不同，起居饮食也不如日本便当。节子的性情又乖僻，中国人向来由父母主婚，张思方又没得他父母许可，将来能否带回中国尚不可知。纵带回中国去，也说不定不生别的障碍。我见他二人情形，久思量到这一层。恐怕弄得大家都知道了，不得好结果，教人笑话。于今再教她同到热海去，不是明明的告诉人，说我的女儿已有了人家吗？少年人性情不定，倘一旦张思方有些不愿意，我们有甚么把握？我的意思，热海是万不能同去的。"

　　夫人听了，心中虽觉得愇然，只是说不出个可去的理由来，呆呆的望着山口河夫道："教张家小孩子一个人去，你我怎能放心呢？"山口河夫踌躇道："坐火车倒没有甚么不放心。不过要换两回车，病人有些吃力。太郎一向不曾来，想是有事到别处去了，不然教他同去也好，暑假中左右没事。"夫人道："太郎并没往别处去，只是不知道甚么原故不来。且着人去请他来商量，看是怎样？"山口河夫点头，夫人即叫车夫去了。不一刻，真野来了，先到张思方房里问了问病证，见节子坐在一旁，便不肯坐，抽身来见山口河夫。夫人对他说了请他来的意思，真野道："脚气病本宜转地调养，如你老人家因他一个人去不放心，我送他去便了。只是我今年毕业，此刻须收集论文材料，不敢十分耽搁。只能送到热海，将他安顿好了，便要回来。"山口河夫喜道："只要你送到那里，有医生照顾，便没你的事了。他这病不能在东京久延，你计算何时可以动身？愈早愈好。"真野道："横竖两三天工夫，随时都可。"夫人道："等我去问他，看他还有甚么要预备的事没有。"说着，起身到张思方房里来。

　　张思方正躺在一张短榻上和节子谈话。见夫人走来，节子随手拿了个蒲团笑道："妈妈，你坐了听他说笑话。"夫人坐下来笑道："甚么笑话，等他的病好了再说罢。你真是个小孩子，他病了，你不教他好生将养，还扭着他说笑话。我方才打发人请了太郎来，商议送他到热海去。太郎已经答应了。"节子道："我们三个人同去吗？"张思方道："三个人同去更好了。"夫人扯了节子一把道："你不用去。"节子忙道："为甚么不用去？"夫人道："你总是胡闹。他去养病，又有太郎同去，你去干甚么？"节子没有话说，低头半响道："我不信定要干甚么才到热海去，到那里避暑的人也多呢。"张思方想说多一个人同去，多一个人照顾的话，刚到喉咙里就咽住了，说不出来。夫人道："现在并不很热，这房子又很阴凉，避甚么暑？横竖张先生的病，到热海十多天就要好的，见面不很容易吗？张先生你说是不是？"张思方只得点头道是。

　　夫人道："张先生，太郎已预备着动身，你说甚么时分走好？"张思方望着节子沉吟道："夫人说甚么时分走好，就甚么时分走。"夫人笑道："依我的意思，你不走的好。依你的病，早走的好。"张思方坐了起来道："此刻三点钟，赶四点半钟的车还来得及。既真野君预备好了，就走罢。我也没有甚么要预备的事了。"节子听了，立刻掩着面哭起来。夫人道："张先生不必这般急，明日走不好吗？"张思方摇头道："明日也得走，何必争此一日。"说着立起身来，振起精神，走到桌子面前。猛觉得一阵头昏，身子晃了一晃，忙用手扶住桌角，低着头息了会神。夫人已走到跟前，用手扶着张思方的臂膊。张思方抖开夫人的手道："没事没事。我自己走快了一步，又躺久了，有些眼花，此刻已好了。夫人放心罢，我只带几本书去，别的东西都寄在这里。请夫人去和真野君说，承他的情送我，请他就同走罢。"

夫人这时候倒不知怎么才好。张思方一边检书，一边催夫人去和真野说。节子扯住夫人的衣角哭道："无论如何今天不能走！"夫人道："我说要早走，也不是这般急法，张先生想是误会了我的意思。"张思方道："并没有误会。我自己知道我的病非赶紧转地方不可，夫人倒不可误会了我的意思。"夫人望着节子道："张先生既不是误会，今日就走也使得。又不是回国，要一年半载才能来，有甚么难分难舍的？快不要和小孩一样。时间不多了，你帮着收拾收拾罢，我去叫太郎预备。"说着走了。

张思方冷笑了一声。节子站起来扯住张思方的手道："你不要听妈的话，迟几天去不要紧。"张思方立不住，顺手的一张螺旋椅，就过来坐下，捏住节子的手，勉强笑道："你不必着急，我去不到半个月必然回来。到那里一定了地方，即写信给你，你也写信给我。并不是听妈的话要去，实在我的病不能再延了。"节子道："你到那里写信来太迟了，打个电报来好么？"张思方点头道："使得，你在家里若是闷气，就到芝公园、日比谷公园去散步。只是不要穿中国衣服，防人家欺负你。我房里的东西，你替我收好，你安心住着，我赶快回来就是。"

说时脚步响，真野随着夫人来了。张思方松了手，节子转身出去。真野笑道："此刻就动身吗？"张思方抬了抬身道："承你的好意，送我到热海去。我想这病多在东京一天，多延一天，不如早去调养的好。"真野点头道："你在这里将要带着去的行李检好，我归家去说声就来。"回头望着夫人说道："请你老人家包点牛乳油，火车上吃面包用得着的。"夫人答应了，真野匆匆出门而去。夫人帮张思方用手提包盛了单夹衣服，复卷好了毛毯、气枕，叫下女拿了盒牛乳油，纳在提包里面。嘱咐张思方仔细揭了盒盖，防淌出油来污了衣服。山口河夫也走来帮着将桌上的几本解愁破闷的小说，用手巾裹了，叫车夫都搬到外面。张思方懒懒的换了衣服，复躺在椅上喘气。真野跑来道："快四点钟了，要赶四点半钟的车得动身了。"张思方立起身来道："走吗！"夫人见张思方立脚不稳，走过来扶着。真野也近身来扶，二人挟着张思方走。张思方糊糊涂涂的走到门口，上了车，举眼不见节子出来，心中如刀割一般，忍不住眼泪如雨一般滴下，踩脚叫车夫道："走吗！"车夫拉着车要走，夫人攀住说道："张先生到了热海，多写信来，自己保重些儿。"张思方只点点头，叫车夫快走。夫人、山口河夫直送到大门外面，不见两乘车的影子才回身。见节子伏在席上呜呜的咽不过气来，夫人忙抚着她的背叫："好孩子不要哭了，不到几日就要回的。"节子那里肯信，晚饭也不吃，直哭到十点多钟，睡着了才住。

且将这边按下。再说张思方同真野风驰电掣的到了新桥火车站，恰好四点二十五分。真野买了两张往国府津的火车票，将行李给红帽儿（火车站搬运行李者戴红帽）拿了，自己扶住张思方上车。接了行李，头等车坐的人少，真野将毡包打开，取出气枕来，坐着吹满了气，教张思方躺着。张思方便躺下一言不发，如失了魂的人一般。猛然汽笛一声，张思方吓了一跳。坐起来，睁开眼四面一望，见真野坐在自己背后吃烟。瞅了几眼，也不做声，叹口气，仍旧躺下。真野挨着张思方的耳朵问道："就要开车了，吃面包么？"张思方摇头，真野知道他有点赌气的意思，伸手在窗眼里买了几块面包。转瞬车已开了。

张思方意马心猿的和火车一般驰骋了点多钟久，心中忽明白过来道：我不过到热海去养病，又不是生离死别。不上一日的路程，想回来就回来，着急些甚么，不是自讨苦吃吗？我看她也是痴极了，连出都不能出来送我，不是一个人躲着哭去了，是做甚么？我到热海，定了旅馆，不要忘了打电报给她。只要病略好了些，便要回东京去看看她，或者写信给她，教她瞒着夫人到热海来，这都容易。心中颠颠倒倒的胡想，天色渐渐黑起来，睡眼模糊的，见节子笑嘻嘻的立在面前。张思方知道是将入梦，目不转睛的看她怎样。只见她面色渐渐改变，双眉紧锁，咬着嘴唇，一步一步的往后退。电灯一亮，没有了。张思方惊出一身冷汗，不敢再睡。坐起来，见真野捧着本英文书，手中拿一枝铅笔，在电光之下旋看旋写。张思方推了他一下道："几点钟了？"真野抬头见张思方坐着，便笑道："你不睡吗？六点钟了，你再睡一觉就换小田原的电车了。今晚在小田原歇了，明早再乘往热海的火车。"张思方道："我不睡了，你买了《夕刊新闻》没有？"真野道："买了。"随手由书包内抽了出来，递给张思方。张思方翻来覆去看了一会，腹中饥了。真野将面包、牛乳油拿出来，张思方吃了两片。

火车已到了，真野忙着收拾，仍叫红帽儿拿了行李，自己扶着张思方下车。换电车，一点多钟到了小田原。这小田原为旧大九保氏城邑，德川时代为东海道五十三驿中最大最要之驿站。其地沿海，设有海水浴场。此刻六月杪七月初，早已开场。张思方二人因到迟了，张思方又病着，不能入浴，便在一家名"片野屋"的旅店里住了。

此时张思方虽说明白了不久便得和节子会面，心中却仍是一刻也丢不开。一夜不曾好睡，迷离恍惚的到东方既白，又沉沉的睡去了。真野起来唤醒他，梳洗毕，用了早点，乘人力车至火车站。搭十点五十分钟的车，午后二点多钟便到了。真野从容不迫的等旅馆里接客的来了，将行李点给他。这旅馆名气象万千楼，因有温泉浴场，日人都称它温泉房。房屋甚是轩敞。张思方等行李搬到了，即拿出纸笔来，写了一个电报，教下女即去打给节子。真野送张思方到噏气馆附设的医局内诊视，配了药回来。脚气病本来奇怪，无论如何厉害，只要能搬到空气新鲜的地方，不吃饭，不多走路，便是不服药，也好得很快。张思方离东京才一日，便觉得轻松了许多。虽说是心理上的关系，其实也是这般病证，才能如此。

第二日早起，真野即乘火车回了东京。张思方一个人更是寂寞无聊，又不能出外散步，心想：节子此时必接了电报，不知她心中怎生想念我。她这两晚必是和我一样，睡不安稳。复又想道，她倒还有极爱她的父母在面前安慰她，可以闲谈破闷，又没有病，可以到清净地方散步。我是病在天涯，父母尚不知道，孤独独的一个人躺在这旅馆里。莫说亲爱的人不能见面，便是只知道姓名的人，也没一个在跟前。真野本来算是我好朋友，近来也不知道怎么，会格外生分起来。一路来虽承他照顾，然将往日的情形比较起来，终觉有些隔膜似的。并且住一晚就跑了，虽是因试验在即，却也不应这般急遽。看起来，都是我生相孤独罢了。

不知后事如何，且俟下章再写。

第二十九章

续前欢旧梁重绕燕
寒凤约佳偶竟分鸾

    话说张思方一个人病在气象万千楼，自伤孤独。因想起昨日在火车中的梦境，不觉毛发悚然。心中虽以为妖梦无凭，不关甚么吉凶，然因此一梦，却添了许多不自在。坐起来，想写信给节子。捻着笔，觉得千言万语，不知从那一句写起才好。翻着眼睛望那窗外的落日疏林，又触动了思亲之念，仍旧躺下，口中念道："桂树满空山，秋思漫漫。玉关人老不生还。休道此楼难望远，轻倚危栏，流水自潺湲。重见应难，谁将尺素报平安？惟愿夕阳无限好，长照红颜。"[1]念了几遍，更凄然不乐。复坐起来，拿笔写了一首七律道：

    秋叶凄清秋草黄，萧条孤馆对斜阳。

    乡关万里空回首，人世多情即断肠。

    有限光阴俱渺渺，无边幽梦总茫茫。

    惟应一念捐除尽，顶礼牟尼一瓣香。

写完了，反复念了几遍，胸中豁然开朗，丝毫念头也不起了。叫下女买了些日本有名的寿带香来，点着，将窗户关上。一点风没有，那香烟因没有风来荡动它，便一缕一缕的从火星上发出来，凌空直上，足有四尺多高。火力不继，才慢慢的散开来，袅作一团。有时化作两股直烟，到顶上复结作一块。总总变化无穷，捉摸不定，张思方一双眼睛，跟着轻烟上下，觉得十分有趣。须臾两眼看花了，闭目养神，昏然思睡。一枕游仙，病苦都忘了。

---

[1] 该词系民国诗人黄节（1873～1935）所作的《卖花声》。

次日早起，下女递进一封信来。张思方知道是节子写来的，连忙开看，上面写的是日本文，不肖生特将它译了出来，以备情书之一格：

　　我神圣不可侵犯之张君鉴：此际为君离我之第二日午候十二时也。母睡正酣，我乃不能成寐。我之不能成寐，不自今日始也，昨夜已不能成寐。然幸不能成寐，得闻电报夫叩门之声。君电得直入我手。

　　我父久废书，笔砚皆不完整，倾囊发笥觅之，始得秃管于故书堆中。我素不善书，前在静冈小学校时，同学中惟我书最劣，比常恨焉。以右手不若人，左或不然也，试之乃益拙于右手。始知我之不善书乃出于天性，虽欲强为之，不能也。同学中笑我书者，尝举是意以解之。此时之笔更秃不中书。知君必笑我，已辍不欲写，然非写无以达意，勉强写之，君若笑我，则后当不复写矣。我母谓君十余日必归，我意君一人必不在彼流连如许，君意果何如也？来电不着一事，岂效鄙夫惜费哉？

　　今晚藤本表兄自山口县至，邀我过其家，我已谢绝之。彼于我有他望，幸君早归以既畴昔之愿，俾我父母得有辞以谢之。君作书较我为易，在彼一日，宜以一书与我，我亦以一书为报也。

　　我为此书费二小时，心眼俱倦。平生与人通音问，此第一次也。即以此为报，明夜容继续为之。

　　　　　　　　　　　　　　　　　　节子拜启

张思方看了这书，委实有些放心不下。心想：藤本是日本人，又与她家至戚。我曾听真野说过他之为人，既年少美丰采，复有口辩。家中无兄弟，又有产业。我虽没有见过他，料不至十分恶劣。我一个中国人，虽是节子爱我，但她终身大事，她父母岂能由她自己做主？夫人待我不错，只是这都靠不住的。且看节子信中的口气，明明说出不能自主的意思。心中想着，复将信看了两遍，笑道：我自己疑心生暗鬼的胡想，她虽是这般写，不过望我早回去的意思，那有这样的神速，便定了婚？唉，我想回东京的心思，在火车上就恨不得转回去，还待写信来催吗？等我写封回信给她，教她放心便了。立刻写了封回信，无非是些悱恻缠绵的话，教节子安心再等几日，病势略能自由行动，即回东京来。自此各人每日一封信，你来我往，也不怕邮便夫厌烦。

张思方在热海整整的住了二十日，上下楼梯已不吃力，只是还不能到外面散步。一日发了节子的信去，过了三日尚不见有回信来。忙打了个电报去问。又过了两日仍不见回信。张思方心中慌了，连夜力疾回东京。入门只见夫人出来，不见节子。张思方开口便问节子那去了。夫人道："前月她祖母一个人回静冈去，五日前忽打电报来，说患病沉重，教节子回静冈去。她接了电报即动身去了，说一个礼拜仍回东京来。"张思方听了，口中不言，心想：这话有蹊跷。她祖母病势沉重，夫人为甚么不回去？并且她既回静冈去，那得不写个信给我？必然出了别的变故。闷闷不乐的回到自己房内，兀自想不出这个道理来。夫人进房清理行李，张思方躺在短榻上，只作没看见。如痴如呆的饭也不吃，有时还放声哭出来，竟似害了神经病的。夫人慌了手脚，一面安慰他说，就打电报叫节子来，一面叫车夫去请医生。医生来看了，下了一剂安眠药，张思方果然睡着了。

次早，睡梦中觉得有人推他一下，醒过来即闻得一种香气。张开眼睛一看，只见一个明眸皓齿的绝世丽姝，坐在一旁，望着自己嫣然而笑。揉了揉眼睛再看，不是别人，就是他心目中朝夕眷恋不忘的节子小姐。当时这一喜非同小可，一蹶劣即坐了起来。节子已用手搂过张思方的头，就额角上接了个吻，两个都望着笑。节子问道："你的病好了吗？"张思方点点头，仍望着节子笑。节子不好意思，低着头推张思方道，"还不去洗脸？十点钟了。"张思方点头道："你到静冈去，为甚么就回了？祖母的病也好了吗？"节子也只点点头不做声。张思方凝了会神，复问道，"你接了昨晚的电报赶回来的吗？"节子摇头道："你起来洗脸。煮好了小豆子，吃了再说话。昨晚没吃饭，只管挨着饿说话怎的？"正说着，夫人进来，笑道："张先生好了么？快去洗脸吃点心，节子不要扭着他说话了。久病才好的人，不宜多说话伤了中气。"张思方只得起来洗脸。夫人、节子陪着用了早点。节子仍旧坐在张思方房里，和张思方说笑。张思方心中总觉得有些不妥。节子笑着说："你写信来，不是说医生说你的病还须调养半个月才能回东京来吗？我因为你一时不得回，祖母打电报来，我才肯回静冈去。祖母时常害病的，我知道没有甚么大要紧。不过我左右在东京闷得慌，回去看看，也可散散闷。到了静冈，果然祖母是不相干的老病，因怕你一时急于回东京来，所以又连忙赶回。来去匆匆，连信也来不及写。你来的信及电报，妈都原封转寄静冈，我又动了身，没有收着。今早回来，妈对我说，我才知道。这般看起来，我写信催你回，你不回，不写信给你，倒连夜的赶回了。"张思方听了，才恍然大悟，自己错疑了人，心中一点芥蒂也没有了，仍如从前一般的不拘形迹，过起安乐日子来。

无如造物忌盈，好梦易醒。一日，张思方因与节子寻欢逾量，十点多钟才起来。走到洗脸的所在去洗脸，见节子的房门关着，听得里面有女人的笑声。张思方向门缝里张望，只见节子背着门坐了，蒙着素巾，穿着花衣，分明是一身新嫁娘装束。张思方也不暇看房里还有些甚么人，脸也懒得去洗，几步跑回房，躺在席子上，忍不住泪如泉涌。心中也不知道是气是恨，只觉得胸前一阵难过。房中的器物旋转不已，转了一会，满屋的金星乱迸，一刹时都没有了，用尽目力也不见一物。起先还觉得黑洞洞的，后来猛听得天灵盖中霹雳一声，便昏厥过去。

在黑暗地狱中不知经过了几许时日，回醒过来，张眼一看，只见身旁站了几个穿白衣的人，恍惚知道是看护妇。心想为甚么来了这多的看护妇？再看房中的陈设，知道是医院。看护妇见张思方的眼睛能活动了，忙着请医生上前。张思方一眼看见了夫人，触动了心事，胸中一痛，又昏了过去。医生急施手术，张思方忽一声哭了出来。夫人近身抚着张思方的胸道："好孩子，不用气了。"张思方见夫人近身，猛然一把抓住恨道："都是你不好，我只问你！"夫人吃了一惊，医生忙分开张思方的手，教夫人且到外面去坐，夫人叹息而去。张思方瞪着夫人去了，咬牙切齿的恨了几声，合着眼睡了。夫人进来看过几次，张思方听得她和看护妇悄悄的说话，教看护妇仔细招呼，退院的时候另外酬谢。张思方听了，更是气忿，想翻过身来发话，奈四肢如中了迷药一般，丝毫动弹不得。鼻子里哼了一声，夫人即连步退了出去。

第二日，真野同山口河夫来看。张思方只翻着两眼望了一望，也不做声。二人也没有甚么话可以安慰，床沿上坐了一会，问了问看护妇昨夜的情形，便轻轻的出去了。张思方在医院里住了半个月，夫人没一日不在病室外面打听病状。张思方心中虽然感激，究竟不敌那恨她的心。又过了几天，病已全好了。

张思方思量退院需钱，家中虽尚有二十来块钱，只是没有带在身边，并且也不够使。本月的官费没人去领，叫看护妇拿纸笔来，写了封信给杨寅伯，教杨寅伯代领了官费，并借几十块钱来。次日，杨寅伯来了，问知入医院的原因，张思方一丝不瞒的说了。杨寅伯也觉得这事情诧异，将钱给了张思方，问他：退了院，可是仍住原处？张思方摇头道："我死也不到她家去了。今日且到你馆子里去住一夜，明日就托你代我将行李、书籍搬出来，再定行止。"杨寅伯道："这般不妥。山口家待你并无差错，况且这事的底细毫不知道，安知人家不是有不得已之苦衷，逼而为此呢？不是我寻你的短处，你这种急法也有些鲁莽。你和节子固是两心相爱，只是并没有婚约，又有这些苟且之事，教人家父母怎能任你们闹去？你浑浑噩噩的，也不向夫人提起求婚的话，他们不怕你糊糊涂涂住一年二年，一言不合，或因别的事故搬往别处去吗？她明媒正娶的嫁出去，何等体面？又不是甚么下等人家，可以任意草率。像她家这般待你，就要算是很难得的。你病了，夫人这般关切，病好了，也可不去谢谢人家吗？以后不到她家住倒不要紧，检行李是得亲自去的。"张思方道："你所说的我都知道，不过我怕到她家里去了难过。不然，去一趟有甚么要紧。"杨寅伯道："我和你同去。如夫人定留你住，且再住一两个月亦无不可。"张思方笑道："那就太不值价了，人家下了逐客令，还兀自不走。请你同去搬行李就是。"

杨寅伯点头，教看护妇去算账来。看护妇去了不一会，会计进来说道："尊账已由山口夫人算过了。"张思方无语。杨寅伯点头道："那就是了。"回头向张思方道，"赏看护妇几块钱罢了。"张思方问会计道："山口夫人算过了多少钱？"会计道："住了二十二日，院金五十五元，手术费十八元，共七十三元。看护妇二人，每日二元四角，共五十二元八角。共计一百二十五元八角。山口夫人给了一百三十元。"张思方叹了口气，自恨拿不出一百三十块钱来还夫人。杨寅伯请会计去叫两乘东洋车来。会计道："山口夫人已准备一乘在门口，只叫一乘够了。"说着自去叫车。杨寅伯望着张思方笑道："看你怎么好意思不到她家去？唉，这也不知道是福分，是冤孽。"张思方叹道："这福分没有也罢了。我只一条性命，以后想也没有第二个节子教我上当，我也再不敢是这般痴心了。"杨寅伯大笑道："你知道这般设想，为甚么怕到她家去了难过呢？只怕是看得破，忍不过罢？聪明人时常会做解脱语，最是靠不住。我们走罢！"二人遂同出来。看护妇、医生都送到大门口，看着二人上了车。看护妇递了两瓶药给张思方，带回家去吃。张思方接了，点头道谢。

　　车夫拉着车飞跑，张思方见是山口家的车夫，心中不因不由的不自在起来。坐在车上，思量到山口家持何种态度。顷刻之间到了，夫人、山口河夫都迎了出来。杨寅伯下车见了礼，夫人上前扶张思方下车。张思方心中又是感激，又是悲痛，两眼又流下泪来。夫人、山口河夫也是凄然不乐。惟杨寅伯没有变态度。四人同进房，张思方见房中陈设和往日一般，几案上一些微尘也没有。只少了节子平日在这房里坐的一个蒲团，做编织物的一个盛针的红漆盒。张思方用手巾揩着眼泪，躺在常坐的一张短榻上，望着壁上悬的那些相片出神。杨寅伯重与夫人、山口河夫见了礼，宣暄了几句，各不提起节子的事。杨寅伯对张思方道："我看你此刻不必就搬，且住几天看情形再说，太急了难为情。"张思方也觉得不能就走，遂点点头。杨寅伯便告辞起身，夫人留他不住。张思方知道他把功课看得重，不留他再坐，起身同送他出来。杨寅伯嘱咐张思方道："你心里得想开点，不要整日愁眉苦脸的，教夫人见了难过。以后不必再提节子的事了。"张思方道："我心中不知怎的，绝不愿在这里，并且极怕人家提节子的事。就是有人将这事的底细说给我听，我也不会听它。"杨寅伯点头道："不听也罢了。你安心住着，我有工夫便来看你。"说着，向三人行了个礼去了。张思方站在门口，望着杨寅伯走过了生垣，还是站着不动。山口河夫自收拾进店去，夫人催张思方回房。

　　张思方回到房里，那几个月曾不敢进房的下女，正收拾茶碗。张思方分外生气，挥手教她快出去。夫人恐怕张思方提节子的事，借着这机会端着茶碗出去。张思方勉强振刷精神，坐着看书。争奈满纸都是写了节子的事似的，那能够须臾忘怀呢？夫人亲自开上饭来同吃，只得奉行故事，胡乱吃了两口，席间都是一言不发。张思方心想：我再住这里，莫说我自己不便，便是夫人也不自如，我何必在这里大家活受罪呢？还是搬了的干净。只是这话终觉有些难出口。蹰蹰了一会，想道，有了，我何不去看定一家旅馆，委婉的写封信给夫人，并送上这几个月的房钱伙食费，请夫人将房里的东西交给来人带回？凡事当面难说，背后写信是很容易的。

　　主意已定，从皮箱里拿出二十多块钱来揣着，托故说是去看朋友，坐电车到本乡，看定了有町本乡馆的一间房子。这本乡馆完全住的中国人，日本人不过偶然有一两个乡里绅士，不知道本乡馆的习惯，只见耸着三层楼的高大洋房，排场阔绰，以为必是大旅馆，住几天挣架子。但是这旅馆虽完全住中国人，却与别家专住中国人的旅馆不同。房屋洁净，照顾周到，能和住日本人的旅馆一样。不然张思方那样脾气的人，如何得中意？

张思方定了房间，便不回去了，教账房拿出纸笔来，写了封信，说要搬出来的理由。封了六十块钱在里面，教账房送去，取行李来。自己便坐在看定的房间里等，直到晚间才将行李取来。夫人亲手回了封信，六十块钱退回了。张思方见夫人不受，只索罢休。自此张思方便在本乡住下，不待说是一切不如山口家如意。住了十来天，才渐渐的惯了，每日仍去正则英文学校上课，不特不与山口家通音问，连真野也不通音问了。

旧小说中说得好，有话即长，无话即短，不觉又到了次年四月。这日正是礼拜，杨寅伯来邀张思方去看樱花。张思方问到甚么地方去看，杨寅伯道："荒川的樱花最好。一条长堤足有十多里，两边都是樱树，一路走去，风景确是不恶。樱树稀少的所在，便有些做小生意的人。或是摆个摊盘，或是搭个茅架，点缀其间，更是有趣。我去年去看了一回，因只一个人，少了许多兴致，所以今年特来邀你同去。"张思方道："荒川我没去过，怎么个去法？火车去吗？"杨寅伯摇头道："没有多远。从两国桥坐小火轮，不过点多钟便到了。"张思方遂换的衣服，同乘车到两国桥。

这日天气晴明，男女老少从两国桥搭船去荒川看樱花的，盈千累万，小火轮装载不了，拖一只很大的民船在后面。杨寅伯、张思方遂上民船坐着。这民船上坐的中国留学生不少，其中有一个二十五六岁的清俊少年，同一个三十来岁的伟男子，见了张思方，彷佛发现了甚么珍奇物品似的，交头接耳的议论。张思方却不在意，杨寅伯早看见了那少年于张思方下船的时候，连做手势给那伟男子看。伟男子见了，便凑着少年的耳根说话。杨寅伯十分诧异，留心看他二人的举动。不一刻船开了，都无言语，各一心盼到。船到了，大家上岸。杨寅伯引着张思方向前走，悄悄的问道："你见了那两个中国人没有？他们见了你，很像纳罕似的。"张思方点头道："见着了。那少年，我彷佛在那里见过一面，只是想不起来。"杨寅伯道："你留神看他二人，现尚跟在后面指手画脚的说话呢。"张思方回头，恰好与那少年打个照面。张思方连忙掉转脸，低声问杨寅伯道："他们举动很奇怪，一双眼睛和侦探似的。那老的更觉得凶狠。"杨寅伯笑道："便是侦探也没要紧，且看他们怎样。我们还是看我们的樱花。"于是二人携着手，一步一步向长堤上走去。

那夹岸的樱花开得正好。游人虽多，因堤长路宽，却不拥挤。许多乡里人三五成群，背着酒坛，穿着一身花衣，画得一副脸青红紫绿，无色不备，故意装出几分醉态，在堤上趄趄趔趔的，偏往来倒过去。遇着年轻生得好的女人，便涎皮涎脸的跟着胡说。胆大脸皮厚的，见了女人便撸起衣，做要撒尿的样势，引得那些女人笑个不了。警察见了，也背过脸去笑。还有些偏僻地方不时髦的艺妓，终日不见一个人叫她的局，在家中闷得慌，也纠合着东家姨西家妹，三个一群，五个一党，都是浓妆艳抹，拖着长裙，擎着花伞，分花拂柳的。惹得一般平日无钱叫艺妓的穷生，跟在背后馋涎欲滴。这些事皆足娱心悦目。来的人都是想看这些把戏，大家凑凑热闹，不过借着樱花做引子。其实在堤上走的人，那一个抬了头呢？

杨寅伯二人到这时候，也随人俯仰的逛了一会。偶一回头，见那二人还兀自跟在后面。杨寅伯捏了张思方一把道：“你看咯，他们又跟来了。我们且避他一避，看是怎样。”张思方点头道好。杨寅伯见前面有个酒楼，挂着一块布幌子，上书斗大的“大正亭”三字，便说：“我们去吃点料理再出来。”说着，同向大正亭走来。走到亭前，张思方忍不住，再回头一看，只见二人各点点头，好像都理会得似的。张思方心中本来没事，见了二人这光景，就像做了甚么亏心事一般，禁不住那方寸之间，突突的跳动，一刹时脸都改变了颜色。杨寅伯不知道张思方甚么原故如此惧怕，心中也怕出甚么变故，拉了张思方，一脚便跨进大正亭，口中安慰他道：“你惊慌些甚么？莫说我们平白无故不怕人家侦探，便是干了甚么不尴尬的事，既安心干了，也得安心受法律上的裁判，惊慌些甚么？”张思方定了定神，笑道：“你知道我的，我可是干甚么不尴尬事的人？”杨寅伯点头道：“不知那两个东西见了甚么鬼。据我想他们一定是认错了人，不知道将你我当作那个。我们且吃了料理再出来，他们若还是跟着我们走，等我去问他们，看是为着甚么。”张思方道：“你就去问问他们好么？”杨寅伯道：“此刻去问他们做甚么？他们又没有跟进来，我们上楼去罢。你看招呼客人的下女，都在那里忙着接客呢。”张思方举眼看几个穿红着绿的下女，果然都揭着帘子，高叫请进。张思方走近帘子，见了柜台里面坐的一个少女，吓得倒退了几步。

不知那少女是谁，且俟下章再写。

第三十章

薄幸青衫尤云滞雨
美人黄土碎玉飞花

话说张思方见了柜台里面坐的一个少女，吓得倒退了几步。杨寅伯连忙扶住道："怎么，怎么？"张思方摇头道："不要进去了。"杨寅伯惊道："你看见了甚么？"张思方道："节子坐在里面。"杨寅伯笑道："你看错了，她如何得坐在这里面？"张思方道："一点不错，难道还不认得吗？"杨寅伯道："就是她，也没有甚么要紧，正好就此打听她嫁后的经过。你同我上去，我自有办法。"

张思方终是趑趄不肯向前，杨寅伯拉了他上楼。张思方低着头，不敢左右顾。杨寅伯曾在山口家见过节子，向柜台里面一望，并没有人。上了楼，就有下女送蒲团过来。杨寅伯见楼上没有别人，乃问下女道："刚才坐在柜台里面的女子是谁呢？"下女笑吟吟的答道："先生问她吗？她的模样儿真好。我们这里七八个下女，也没有一个比得她上。只是脾气不好，不肯和客人斟酒。"杨寅伯笑道："我问你，她叫甚么名字，几时来这里的？"下女道："我们都叫她菊子，才来了一个礼拜。听说是绍介所绍介到这里来的。"杨寅伯点头道："你去叫下面拣好吃的菜弄几样，开两瓶啤酒来。"下女答应着下去，先捧着杯啤酒上来。

杨寅伯替张思方斟了一杯酒，自己拿着杯子叫下女斟了，慢慢的饮了一口，问下女道："菊子既不肯和客人斟酒，在这里干甚么？"下女道："她会烹调，本是在厨房里弄菜的。"杨寅伯道："现在正在厨房里弄菜吗？"下女道："我刚才没到厨房里去，大约是在那里弄菜。"杨寅伯道："你下去看看。见了她，你就说楼上有个人要会她，有话说。"下女踌躇道："她决不肯上楼来的。这几日来喝酒的客人，也不知叫过她多少次，昨日也是两个中国人在这里喝酒，说从前见过她，叫她上楼说句话，她不肯上来。两个中国人动了气，后来逼得她哭了出来，终是不肯上楼。"杨寅伯沉吟道："昨日两个甚么样的中国人？"下女道："两个都是二十多岁。一个生得很清秀，一个穿了身新洋服，有神经病似的，见了女人就呆了。"杨寅伯以为是外面跟来的两人，听下女这般说，心想：不对！一个生得清秀不错，这一个精明强干的样子现在外面，怎的会见着女人就呆了？且不必管他是谁，我且干我事。乃对下女道："你不必管她肯上楼不肯上楼，试去说说看。"下女不敢违拗，下楼去了。一会跑上来道："我下去还没开口，已在里面房里哭起来了。"杨寅伯站起来道："我自己下去叫她。"张思方一把拉住道："你叫她上来，教我置身何地？"杨寅伯用手抚着张思方的肩膀道："你如何这样呆！你只坐着不要开口，我叫她上来自有说法。"说着分开张思方的手，教下女引着，走到柜台里面一间房内。

节子见有人进房，拭了泪，低着头想跑。杨寅伯低声呼着节子的名字，行了个礼。节子望了一眼，止不住眼泪如连珠一般落在席子上，滴滴有声。答了一礼，倚着壁揩泪。杨寅伯见她往日的那种矜贵态度，依然尚在，只是衣服寻常，朱颜憔悴，不觉心中代她委屈。从容说道："不图今日得于此处遇着小姐。张君现在楼上，特托我来请小姐上去坐坐。"节子半晌答道："我已知道他来了。只是见了面，彼此没有好处，不见也罢了。请先生将他的住址留下，我有要说的话，写信给他便了。他对于我，料是没有甚么话说的。"杨寅伯道："既近在咫尺，有话何妨当面说？写信必有许多说不尽的。他朝夕想念你，想对你说的话必是不少，你决不可以为我们有揶揄你的心。我们都不是这种轻薄人。"节子泣道："先生的话，我很感激，只是我的事不是一时间能说完的。我的事不说明，也无颜见张君的面。"杨寅伯见节子这般说，不便强她所难，沉吟一会道："既是如此，你明日到我玉津馆来好么？"节子点头道好。

杨寅伯恐张思方等得心焦，即辞了节子上楼。见张思方伏在桌上，下女坐在一旁发怔。杨寅伯笑呼张思方道："你又在这里发甚么痴，教下女见了笑话。"原来张思方想起节子往日的风流，无端落魄到这步田地，心中伤感不可言。杨寅伯下楼去后，他便伏着桌子上流泪，心中打算节子上楼，他也不抬头去望。见杨寅伯一个人上来，便立起身道："我们去罢，菜也不必吃了。"杨寅伯笑道："急怎的，我还有话说。"一边说，一边捺张思方坐，自己也就坐，擎着杯教下女斟酒。须臾，搬了菜上来，杨寅伯劝张思方吃。张思方如芒刺在背，那里吃得下。杨寅伯也不多劝，自己吃了个饱。给了账，拉张思方下楼。张思方想开口，忽又咽住。杨寅伯知道想问节子的事，便说道："出来说给你听。"

二人走到外面，见堤上的游人，仍是如出洞的蚂蚁一般。杨寅伯留心看那两个中国人，已不知去向了。杨寅伯笑道："他们多半是等得不耐烦跑了。"张思方只低着头走，不作理会。杨寅伯仍牵着他的手走，安慰他道："你不用焦急，节子约了明日到我家来。"杨寅伯说到这里，忽跺脚道："坏了！"张思方翻着眼睛望了杨寅伯。杨寅伯道："你在这里等，我忘了一件要紧的事。"说着，匆匆的跑去了。张思方心中纳闷，抄着手在堤上踱来踱去。不一刻，杨寅伯笑嘻嘻的走来道："好笑。那两个跟着我们走的人，也进大正亭去了。见我跑了转去，都有些难为情似的，掉过脸上楼去了。"张思方道："你忘了甚么事？"杨寅伯道："方才匆卒之间，只约她明日到玉津馆来，并没说给她地址。偌大一个东京，教她到那里去找玉津馆？所以折回去告诉她。"张思方道："为甚么不写给她？口说一会儿又忘记了。"杨寅伯笑道："放心，那有这们善忘的人？你明日早起就到我家来，恐她来得早。"张思方道："我来了，她不更难为情吗？"杨寅伯道："不要紧。我看她言词爽利得很，便是见了你，也不过多消一副眼泪罢了。"张思方虽然点头答应杨寅伯，心中总觉见面不好说话。

二人各自无言，一步步将长堤走尽。游人都渐就归路，游兴都好像因张思方心中不乐减了一般。其实是各人都闹倦了。穿红戴绿的艺妓，更已闹得粉融香汗，湿透春衫。就是一把花伞，也无力擎举，收了起来，倒拖着一步一顿的走。张思方都无心观看，跟着杨寅伯走到千住町，坐电车回本乡馆。杨寅伯自回玉津馆去了。

张思方这一晚思量往事，如梦如幻。更想到去热海时火车中的梦影，不觉瞿然惊道：凡事果真有前定吗？虽说梦由心造，本无凭准，但是那时我何曾有别的念头，不过觉得热烘烘的，一旦拆开，难以为怀，坐在车中不快活；一半也因我自己的病太重，何以就会造出那种梦来哩？并且我在气象万千楼念的那首《卖花声》，后半阕不完全道着我后来的事？那首词又不是我作的，不过因它应景得好，无意中念了出来，我至今尚不知道那词是谁的。如此看来，凡事都有预兆，不过粗心人都忽略过去。张思方思量到这里，便预想明日见面时的情景，径想到天明，想不出见面后的好景象来。胡乱合了合眼，即起身梳洗，用了早点，匆匆到玉津馆。

　　杨寅伯住的是楼上近街一间六叠席子的房，此时他已俯着栏杆，看来往的行人。见张思方来了，便打了个招呼。张思方上楼，也不进房，同倚着栏杆说话。才谈下几句，只见节子云鬟不整的，坐着乘东洋车径投玉津馆来了。杨寅伯悄悄向张思方道："你见她眼睛肿得和桃子一般没有？"张思方不做声，推杨寅伯迎上去。杨寅伯跑到楼口，见节子正和下女问杨先生。杨寅伯便高声说请楼上来。节子就在底下，向杨寅伯鞠躬行了个礼，从容上楼。杨寅伯侧着身子引道。节子进房，一眼见了张思方，登时面色惨变，一步一步往后退。杨寅伯连忙笑说道："终究是要见面的，躲避怎么？"节子才住了脚。杨寅伯让她进房。节子低头咬着嘴唇思量了一会，忽然换了副面孔，似笑非笑的问杨寅伯道："杨先生，我今日到这里来，本极无礼。不过我所历的坎坷，不向先生说出来，没人知道，切不可疑我有想收覆水的心思。"杨寅伯道："小姐且进房里坐着再说。"

　　节子便进房，向张思方行了个礼，从容坐下，说道："我实不料今日尚得见张先生。也罢，能直接向张先生说说，也好明我心迹。"杨寅伯送了杯茶到节子面前，节子端起来喝了一口，放下茶杯，刚待说，眼泪如雨一般下来，用手巾揩了，说道："两位先生，知道我何以有今日？我去年虽对张先生不住，只是这半年来的艰苦，也足报答张先生待我之恩了。张先生，你去年去热海之后，我写信给你，不是说我表兄藤本由山口县来了吗？那时我催你早回，就是防他向我父母求婚。我父母久有意将我许给他，知道他一说必肯。后来他果背着我，向我父母说了。他便待我分外亲切，时时寻着中国人的短处对我说：'世界上惟有中国人最无天良，最靠不住。'我父亲也帮着说。我一时认不定，竟信了他的话，疑你不能做终身之靠。后来接我到他家去住了几日，你写信打电报来，我都没有接到。那日清早，我妈教车夫来接我，才知道你回了。我妈教我瞒着你，我所以对你撒谎。我平生撒谎就是那一次。

　　"我归家之后，表兄急于要我过门，我父亲也是如此。我妈惟恐你知道，生出别的变故，教我始终瞒着。我那时的心思，已待你不如从前，以为你是个靠不住的，一心只想到表兄家去，不过敷衍着你，使你不看出破绽。及到了表兄家，听说你为我急昏了，人事不知的抬进了病院，我才天良发现，翻悔上了表兄的当，恨表兄入骨。表兄见我如此，接我父母来劝我。我恨极，推我父母出去。我父母怒我无礼，誓不理我。表兄见我父母不理，便压制我，不许我悲哭，我不依，即拳脚交下。我终不甘心，到他家没有一个月，我便留了一封信在桌上，逃了出来。托人绍介到一个子爵家，做了几个月下女。又被表兄访着了，教我回去。我说情愿立刻就死，必不再回藤本家。表兄又要我父母来说，我也是一般的回绝。我父亲愤不过，见子爵说不要用我，我便辞了出来。我妈苦劝我回家，我想我生成命苦，回家也无颜面，仍托人绍介做下女。一礼拜前才到大正亭，不料尚能见你。

"我是这般活着，也没有旁的希望，不过表示我良心上终不肯负你。今日既见了你说明了，我便了了这桩心事，以后的日月，就容易过了。张先生，你还记得去年这时候，在上野看樱花的事么？我那时也不知怎的，无原无故说出那些不吉祥的话来，那晓得都应了今日的事。于今回想起来，便是做梦也没有这般快法。我今日想后日的事，必也是如此。人生有甚么滋味？我此刻除了刚才所说的这桩心事，脑筋中已是一点渣滓没有，便是你的影子，也渐渐忘了。你说我还有甚么贪恋？"

节子说到这里，复喝了口茶。张思方从节子进房至今，眼泪没有干，后来更如痴如呆的，耳目都失了作用。坐在那里，和泥塑木雕的一般。杨寅伯虽素旷达，听到伤心之处，也不禁鼻子一酸，泪珠如离弦之箭，夺眶而出。听节子说完了，乃叹道："小姐这般用心，连我都替张君感激。我想问小姐一句不愿意的话，不知小姐许我么？"节子道："先生有话只管说。"杨寅伯道："不知小姐与藤本家已履行过离婚的手续没有？"节子微笑道："先生的好意，我已知道了。这手续不是我应履行的，所以不会履行。坐久了，扰了先生。话已说完了，就此告辞。"说着就席上叩了个头，起身就走。杨寅伯正待挽留，张思方忽然跳了起来道："你就是这样走吗？"节子回头道："不这样走，怎走？"说完，掉转身径下楼去了。

张思方掩面痛哭回房。杨寅伯追下楼来送，见她已上了车，拿着条白手巾揩眼泪。杨寅伯望着她走了，上楼劝张思方不必悲痛，劝了点多钟才止了哭。午饭也不吃，恹恹的，也懒得回本乡馆，就在杨寅伯家歇了。夜间，将节子待他的好处，一件一件的算给杨寅伯听。杨寅伯细想节子今日说的话，竟是要寻死的意思，越想越像，恐怕说出来，张思方更加着急，便不提起。

　　次日早起，杨寅伯下楼洗脸，恰好送新闻的来了。杨寅伯卷开看了看题目，见三面记事内载着"江户川内之艳体尸"几个头号字，登时吓了一跳。往下看去，上面虽没有调查出姓名来，只是载出来的衣服、年龄、身段容貌，都和节子一丝不错，并且是昨日午后三点多发现出来的，时间尤其吻合。知道是节子无疑了，心想：这消息决不可使张思方知道，好在他是不喜看新闻的，在不高兴的时候，尤不得去拿新闻看。他又没多少朋友，并且知道他的事的人很少。瞒了他，免得又生出意外的事来。杨寅伯定了主意，便将新闻纳在洗脸架底下，洗了脸上楼，心中也很为节子伤感。后来张思方无意遇了真野，才知节子死了。张思方从此求学之心灰个干净，不久即辞官费回国去了。

　　再说张思方同杨寅伯去荒川的时候，跟着走的那两个人到底是谁呢？肯留心的看官们，大约已经知道，那生得清俊的便是张全。杨寅伯说他精明强干的，便是胡庄。张全自那日罗呆子在他家闹了一回醋海风潮之后，不几日便因下女的事，和朱继霖闹意见，张全一个人搬了出来。因嫌神田太远，便在目白一家中国人开的馆子住下。这馆子叫新权馆，住的都是同文学校的学生，只是这一些学生有点特别的地方。

　　看官，你道这一些学生是些甚么人？便是前集第十六章书中张裕川对胡庄说的那四十多个丰沛子弟。一个个都是三十来岁的彪形大汉。同文学校见他们都是官费，便体恤他们在中国没有读过书，到日本来无学校可进，遂百计图谋的想出一个法良意美的主意来，专为他们设一班，名字就叫作甚么特别陆军班。一般的也有教习，也要上课，不过是初等小学的功课罢了。他们在中国整行列队惯了的，到日本也拆不开，一窝蜂的聚在一个新权馆内，朝朝剥蒜，夜夜吃葱。张全因一时没有地方住才搬到这馆子里来，心中未尝不知道不可与同居。住了几日，恰逢着放樱花假，那些丘八先生都饮酒高会，闹得满馆子天翻地覆。

　　张全在家坐不住，跑到神田来，想顺便寻了房子。寻了一会，没有合意的，便到胡庄家来。此时罗福也来了，正在那里邀胡庄去看樱花。胡庄懒得去。罗福见张全来了，便吵着要张全同去。张全笑道："我知道你是因为穿了一套新洋服，想卖弄卖弄。"罗福见道着他的心病，那灰黑面皮之内，忽然泛出红潮来。张全知道他有些难为情，便对胡庄道："小姜他们都出去了吗？"胡庄道："老刘被黄文汉邀往飞鸟山去了。老张吃了早饭便出去，不知往甚么地方。小姜昨晚没回家，此刻睡了。"张全笑了一笑。罗福拖住张全的手道："不要闲谈了，去看樱花是正经。"张全道："我来神田本没有甚么事，便去看樱花也使得，只是你说到那去看好呢？"罗福道："听说荒川堤很热闹，我们就到荒川去罢！"张全点头道："你带了钱没有？"罗福道："去荒川要多少钱？你不要瞎敲我的竹杠。"张全笑道："巴巴的跑到荒川去，难道连料理都不吃一顿？荒川每逢樱花开的时候，有的是酒菜饭馆。走饿了，不进去吃？带便当（即饭盒）去不成。"罗福道："吃饭的钱自然有，不过想闹阔就使不得。"张全笑道："你拿出钱来给我看看，我才肯去。我是一块钱也没有。"罗福道："你也是七十块钱，怎么使得这们快？我是做了洋服，交了一个月的房饭钱，尚余了十来块。"张全道："我的钱自有我的用法，难道装穷吗？你舍不得钱，不去看也罢了。"罗福忙道："去，去。"

于是二人遂由两国桥乘小火轮到荒川，随人脚跟，四处游观了一会。忽见高高的悬着一面布幌，大书"大正亭御料理"几个字。张全即拉着罗福进去，进门便见了节子。张全不觉怔了一怔，停了步，目不转睛的望着她进去了，才同罗福上楼。下女上来，张全便问节子的来历，下女说不知道。张全以为不过是普通下女罢了，教下女叫上来陪酒，下女不肯去叫。罗福见这下女容貌比芳子强了几倍，心中也不希望节子那样的，便涎着脸向下女笑，用那可解不可解的日本话，和下女调情。张全一把将罗福拖开，对下女道："你为甚么不去叫她上来？"下女见张全生气似的，不敢回话，下楼和节子如此这般说了。节子忍气道："你只说我病了。"下女仍上楼，照节子的话说给张全。张全冷笑了一声道："要拿身分、摆架子，不必到这荒川来做热闹生意。不上来罢了，呆子，我们到别家去吃罢！"罗福见这下女对她眉来眼去，不肯就走。张全那里动了甚么真气，见罗福不肯走，也就坐下点了几样菜。两不相下的狼吞虎咽起来，硬吃了罗福二元八角。

张全回到胡庄家，将事情说给胡庄听。胡庄骂张全道："你这东西真没有天良！你记得在初音馆的时候怎样对我说？她一沦落了，你便如此蹂躏她吗？她不上楼陪酒，正是她根基稳固的地方，你应格外怜悯她才是。你今晚不用回目白去，明日同我去看看她，可以帮助她的地方，尽力帮助她一点，也是一桩快事。"张全道："爱情是随时变迁的东西。我初次遇她的时候，心中真把她当天人看待。第二次同呆子在四谷遇着，见她容颜憔悴，那爱她的心便淡了许多。到今日，我心中不过以为她是下女中生得好的罢了。你明日要去看，便同去一趟也使得。"

次日，胡庄吃了早饭，果同张全去荒川。拖船上忽然遇了张思方。袁子才[1]说得不错，潘安、卫玠，虽暗中摸索，也能认得。张全一见，即指给胡庄看，悄悄的说，初次遇着的便是此人。胡庄点头道："想必是去会那女子的，我们且跟着他走。"二人径跟到大正亭，见他们进去了，才躲在一边。等他们出来之后，便进去想打听消息。不料杨寅伯复转身进来，心虚的人容易露出马脚，所以忙掉转脸上楼。此时节子正在伤心的时候，一个人伏在房里哭得无可奈何。胡庄想在下女跟前引出节子的历史来，奈下女也不清楚，只索罢了，各自归家。

不知后事如何，且俟下章再写。

---

[1] 袁子才（1716～1797）：即袁枚，清代诗人、散文家。著有《小仓山文集》、《随园诗话》等。

第三十一章

诗等驴鸣佟谈风雅
心期燕婉乃遇戚施

话说张全回到新权馆，已七点多钟。吃了晚饭，正想到外面去散步，刚走到门口，只见一个四十来岁的人，穿着同文中学校的制服，望着他点首。张全一看，认得是同馆住的河南人，便也点头答意。那人趋近前道："看那旅客一览表，知道先生是姓张。小弟久想过来奉看，因春假试验，忙碌得很，所以没得闲。昨日想过来领教，先生又出去了。先生此刻还是要外出吗？"张全忙陪笑道："失敬得很！我出外原没有事，不过想去散散步。"说着回身引那人到自己房内，让了坐，问那人姓名。那人道："小弟姓王，名贵和。是取那书上'天下之事和为贵'的意思。小弟平日喜欢作诗。中国的诗，就是杜甫作得好，所以又号学杜。"张全忍住笑恭维道："久仰得很，改日再领教足下的佳作。"王贵和连忙起身道："正要将拙作呈教，我此刻便去拿来，请先生斧削斧削。"说着，已莲步姗姗的跑出去了。张全心想：这人必是个诗疯子，不然也没这般热心，且看他作的诗何如。

一会王贵和捧着两本寸来厚的书来了，双手递给张全道："这两本都是在日本作的，所以名《东征纪诗》。"张全点点头让他坐。翻开那《东征纪诗》一看，见上面写着牛眼睛大的字，开宗明义第一章，便是《无题》两首道：

> 天赐良缘逢浴家，玉似肌肤貌似花。
> 问余虽不通莺语，口唱足蹈亦可嘉。
>
> 罄竹难书倾国貌，英雄夜夜不禁情。
> 天上美人余不爱，佳人快快发慈心。

张全忍不住笑道："足下的诗真有杜甫之气，佩服极了！"王贵和喜道："特来领教。不通的地方，诚恐不免，请不必客气，斧削斧削罢！请看以下，还有好一点儿的没有？"张全再看下去，《感怀》一首道：

昨夜驱蚊二更天，身痒心焦极可怜。

帐中若有同床妻，驱除何得用蚊烟。

张全只得笑着说道："了不得，了不得，留在这里慢慢领教罢。"王贵和道："下面还有一首《感怀》，请先生看是何如。"说着起身将诗夺过来，翻过几页递给张全，上面写道：

昨夜寤寐脸朝东，梦见腰妹在怀中。

醒来想想一尝梦，气得我涕泗滂沱。

张全实在不能再忍，扑的一声，喷得一诗本的唾沫。恐怕王贵和难为情，忙敛住笑容掩饰道："我昨晚受了风，喉咙里发痒，时时会呛出来。"一边说，一边用手巾揩那书上的唾沫，随即将书覆了，推在一边道，"足下于诗一道颇有研究，可惜我不会。足下来日本几年了，便有这们厚两本诗稿？"王贵和道："去年七月才来的。因为学诗与我性情相近，每日总得几首。几个月积下来，便不觉得多了。"张全不好拿甚么话和他说，只谈谈天气。王贵和见张全有倦意，便起身告辞。张全不敢挽留，送到房门口，问了他房间的番号，说改日奉看。王贵和去了，张全也不回房，随着脚走到第一民兴馆，去会他的同乡周正勋。

这周正勋也是同文学校的学生，年纪二十三岁。在同文学校成绩很好，只是性情也和张全差不多，最喜修饰，遇着女人便如苍蝇见血，一丝也不肯放松。与张全先后到日本。他胆大心细，更兼脸皮厚，日本良好女子被他弄上了手的，也不知有多少。好嫖的人，日本话多半说得好。他仗着日本话的势，在外面吊膀子，无所不至。他从前住在神田，每早晨由水道桥坐高架线电车到目白上课。那高架线的电车，上午从七点钟起至九点钟止，下午从三点钟起至五点钟止。有一种女子专用车，不许男子坐的。日本的电车，本来不分男女的，为甚么有女子专用车哩？因为这条路上的女学堂太多，上下课来往乘车的女学生，常是攒三聚五的。男学堂也不少。从前没有女子专用车的时候，两下混作一块，不是女学生失了汗巾，便是男学生不见了墨水壶。挤拥的时候，有些轻薄的男学生，便暗地里摸摸这女学生的屁股，捏捏那女学生的手腕，时常会闹得不是满车的笑声，便是满车的骂声。实在闹得不成体统了，才设这女子专用车。然有许多女学生却另有一种心理，情愿和男学生做一块儿坐。好在那女子专用车有限，愿和男子坐的没人禁止。因是虽有女子专用车，而周正勋来往，仍得有女学生同载。

一日，遇着一个年约二十岁的女学生，生得面如秋日芙蓉，身如春风杨柳，挟着一花缎书包，在饭田町上车。周正勋见了，便结实钉了几眼。那女学生因没有坐位，站在车当中，用手攀住皮带。周正勋正想讨好，连忙起身让她坐。那女学生用眼瞟了周正勋两下，微笑点头坐了。周正勋见有了些意思，便不敢怠慢，使出全副精神，不住的用眼睛去瞟。那女学生煞是作怪，也不住的用眼睛瞟周正勋，两个人在电车上眉来眼去。凑巧周正勋到新宿换车，那女学生也换车，各人心中都以为有意赶着吊。周正勋等车的时候，便走过去向那女学生脱帽行礼。那女学生却只微微点头，不大作理会。周正勋轻轻问她在那学堂，那女学生还没答白，车已到了。大家争着上车，话头便打断了。从新宿到目白只有三个停车场，刹那间就到。周正勋心想：这一带没有甚么女学堂，只有一个女子大学在高田丰川町。哦，是了，她从饭田町上车，若走早稻田那边去，比这边还得多走路。我拼着牺牲几点钟的课，不怕不将她吊上。她那眉梢眼角俱见风情，年纪又是二十来岁了，岂有个不吊上之理？并且看她的举动，不像个小家子，下手尤其容易。

且慢，周正勋这理想怎么讲？难道大家女子比小家女子喜吊膀子些吗？这却有个很大的道理在内。大凡小家女子，多缘穷苦劳其心形，人欲因之淡薄。即有些不成人的女儿，知道在偷人养汉中求快乐，她住的小门小户，出入自便，来往的男子不待说是下等人居多。下等人遇着下等人，有甚么规矩，只三言两语就成了功，家中又不十分管束。这方便之门一开，女人偷男人，到底比较的容易，真是取之左右逢其源，何必在外面旁求俊义？真知道好色的，能有几个？所以吊小家女子，容易而实不容易。大家女子，和小家女子一般的人欲，或且更甚。家中多一层束缚，自己存一层身分，来往的人又多是顾面子的，那欲火有日长无日消。若有个身分略相当的人去引动她，真如干柴就烈火，那得不燃？所以吊大家女子，不容易而实容易。

周正勋这种理想，也是由经验得来。他既主意打定，下车便紧跟着那女学生走。那晓得才走出车站，只见一乘东洋车停在那里。那女学生走到车旁，回头看了看周正勋，从容上车，车夫拉着就走。周正勋慌了，提起脚就追。幸转弯是上阪的路，平行得慢。周正勋恐怕到了平地追不上，赶紧几步，审上阪，只一条大路，知道是必走的，头也不回，向前追赶。差不多跑到高田老松町，那车才慢慢赶上。周正勋恐怕车中人不知道他的热心，车近了身，故意高声咳嗽。那女学生果然从车棚上琉璃孔内向外张望。车行迅速，转瞬已抢了先。幸路不曲折，东洋车不容易逃形。看看到了女子大学门口，停了车，那女学生下来，站在地下和车夫说话。周正勋赶过去听，已说完了，只听得"十二时"三个字。

周正勋见已进去了，车夫也拖着车转回原路。空洞洞一个大学门口，几树垂杨，无可留恋。心想：她对车夫说十二时，必是教车夫十二时来接，我且赶回去上几点钟课，十二点钟在车站上等，定等个着。连忙赶回学堂，幸好只逾了几分钟。十二点钟未到，便收拾书包，跑到火车站坐着等。十二点半钟，果然来了。周正勋暗自得意思想不差。那女学生进了车站，周正勋起身迎着行礼，那女学生掉过脸去。周正勋见左右没人，自言自语道："真冤屈死人，腿也跑酸了，课也耽搁了，眼也望穿了，只落得个掉头不理我。早知道这般不讨好，我也不让坐位子。"那女学生听了这可怜的声调，不禁回过脸儿来嗔道："谁教你跟着跑？我又没要求你让位。"周正勋忙陪笑道："我因为爱你，所以让你坐，怎么待你要求哩？我既爱你，你难道一点儿不爱我吗？"女学生又掉过脸去。周正勋无奈，只得打算破工夫跟她几日。

一时车到了，同上了电车。周正勋挨近那女学生坐着，那女学生并不避让。周正勋利用着电车走的声音，掩住了隔座人的耳鼓，低声问道："你家不是住牛込吗？"周正勋这话本是无意说出来的，恰好说中了。那女学生以为知道自己的住处，必是见过面的人，便换了副笑脸点点头。周正勋见她点头，遂接着问道，"同去你家里坐坐使得么？"那女学生打量了周正勋一会，似笑非笑，鼻孔里哼了一声。周正勋不知就里，车停了，不能再说，跟着在饭田町下车。心中却也有些怕不妥当，只是仗着自己平日机警，纵出了事，不怕没有解脱方法，仍大着胆跟了走。径走过神乐坂，到了表町。

周正勋曾在这一带住过，知道大户人家甚多。心想这女子上课，有东洋车接送，必是个贵家小姐。要是吊上了，不特不用使钱，说不定还有好处。心中一高兴，利令智昏的，胆更大了，走过去牵女子的衣道："你家里若不能去，你就送了书包再出来，我在门外等你。"那女学生见周正勋动手，吓了一跳，登时将袖子一拂，故意笑道："你等么？很好，你可不要走了。"说着几步跨进一所有铁栏杆的门，一直进去了。周正勋知道这一次走了眼色，这膀子是吊不成功的。垂头丧气的站在那门口，想使个甚么方法报复她。偶然抬头一看，只见门口挂着个尺来长的磁牌子，上书着"子爵鸟居正一"。不觉吃了一惊，暗道："不好，我吊的方法错了。这种人家的女儿，岂是这般可以到手的吗？快走，出了别的乱子，才真是做三十年老娘，孩儿倒绷。"

周正勋正待要走，铁栏杆里面忽然跳出两个男子来，拖住周正勋的书包叱道："你站在这门口做甚么？"周正勋虽则心虚，到底胆力不弱，见已被人拖住，只得翻过脸来，也叱道："你管我做甚么！你这门口又没贴禁止行人的字样，为甚么不许我在这里？"两个男子道："这门口不是通行的路径，你在这里做甚么？"周正勋道："不是通行的路径，我为甚么走到这里来哩？我只问你，我在这里，于法律上违反了甚么？你说！你说不出，我们同到警察署去，看你为甚么无故侵犯人家自由。"说着，松了手中的书，捋着袖子，做出要拖他们到警察署去的样势。这两人本是子爵家的用人，有甚么见识？见周正勋一硬，早就软了。日本又不像中国，可以借势欺人，而警察对于学生，尤其优待。这两人恐怕事情弄坏了，坏了家主的名誉，接了书包，倒没了主意。周正勋口中虽说得硬，其实何尝肯闹到警察署去？乘胜骂了几句，抢过书包，挺着胸膛，大踏步走回原路，走了几丈远，才听得两人各念一声骂中国人的专门名词（チヤンゴロ）（日语字典无此字，其义不可知，惟用之骂中国人）。周正勋只作没听见。

第二日上课，有意等这女学生，并未等着。过了几日，同文学校不知因甚么事，校长某子爵出来演说。演完了下坛的时候，忽然说道："鄙人还有句话，是专对于中国学生说的。然不是对一般中国学生说，是对一个人说。这一个人是谁哩？鄙人也不知道。诸君听了我这句话，必然好笑，说我人都不知道，有甚么话说？其实不然，鄙人要说的话，是关于这个人道德的事，与本学校丝毫没有关系。与本学校既没有关系，于鄙人是不待说不生关系的了，然则鄙人何必说哩？只因为与中国留学界有关系，鄙人既待中国政府施教育，纠正错误之责，是不能不负的。鄙人昨日接了一封信，信面上由鸟居子爵家来的。信中写的事，鄙人为这人名誉起见，也不当众宣布。这人的名字信中也没有写，鄙人也不必查问。只是这人听了鄙人这话，自己干的事，自己是知道的，以后将此等行为改了罢。这不是留学生应干的事。"校长才说完，满座的人都你望着我，我望着你。

周正勋听了怒不可遏，不假思索的立起声来道："请问校长，来信没有写出姓名，校长知道这人姓名不知道？"校长见周正勋怒容满面的立起身来，打量了几眼，答道："鄙人并无知道这人姓名之必要，你为甚么起身质问？"周正勋道："校长固无知道之必要，同校的留学生，却有知道的必要。一个人破坏了大众的名誉，恐怕不好。"校长道："这人的姓名你知道吗？你就说了出来，使大家知道也好。"周正勋道："我知道是知道有一桩事，但不知与信中说的相合不相合。且等我说出来，给校长查对查对。这人住在神田，每早到本校来上课。前两日在电车上，遇着一个二十来岁的女学生。两下都眉目传情。后来那女学生约这人到她家去，这人同走到牛込表町一家挂子爵鸟居正一的牌子门首。那女学生教这人站在门口等，说进去送了书包就出来。这人在门口等了一会，不见出来，正待进去质问她，铁栏杆里面忽跳出两个男子来，说这人不该站在她家门口。这人辩了几句，就走了。不知写信的，是不是这般一回事？"

满座的学生，听了周正勋的话，都扑嗤的笑起来。校长大不快乐，皱着眉头问道："这人又是谁哩？"周正勋道："不对不必说了，对呢，这人便是我！请问校长，来信要求将这人如何处置？"校长踌躇道："周正勋，你不是将近毕业了吗？你平日的成绩很好，勉力考个最优等罢，以后不要在外面这样。他信中要求我查出这人，除了他的学籍。认真讲起来，学生而有这样的行为，除他的学籍也不为过。姑念你是本校的优良学生，恕了你这一次，以后改过就是。"周正勋不服道："我不承认校长改过的话，这事我并不自以为过。校长既认定有这种行为即当开除学籍，请校长执行就是。"说完出位就走。校长用手招回道："三年的成绩弃之可惜，你定要去，你就去罢。"周正勋点点头，折转身走出来。

坐车径到表町。走进门房里，抽出张名片道："有特别要事，要会你家爵爷。"门房看了名片，望了周正勋几眼说道："请你将事由写出来。"周正勋道："你只说有要事便了。"门房不肯动身，周正勋大怒，收回片子自己往里面走。门房拦住道："请你到客厅里坐着，我就去回。"周正勋停了步，仍将名片递给他。门房引周正勋到一间西洋式的客厅里坐着，自去通报去了。不一刻出来说道："刚到华族会馆去了。"周正勋哼了声道："那么，会会你家小姐也使得。"门房听了，站在一旁发怔。周正勋挥手道，"你去向你家小姐说，同文学校一个中国学生来会她。"

门房不知就里，只得进去如言通报。此时子爵并没有出去，只因存着身分，不肯轻见百姓，并不问事由。今见门房回出要见小姐这不伦不类的话来，又说是同文学校的中国学生，知道是那话儿来了，实在吃了一吓。虽料定那信必发生了效力，实不料他敢公然上门请见，一时那有回答的主意？旁边一个姓林木的清客说道："且等我出去，看他怎么说法。他若说得无礼。将他推出门去就是。"子爵忙摇手道："这事不可鲁莽。随他说甚么，你只将他敷衍出去就罢了。于今的留学生，因为中国革了命，气象变了些儿，他们的气焰盛得很。闹警察署的事，倒见过几次呢。仔细想来，这事我本来也太过了，你出去，不可委屈他。"

林木答应了，整了整衣服，大摇大摆的到客厅里来。周正勋起身问了姓名。林木问道："鸟居家里与足下素无往来，不知今日有甚么贵干？"周正勋道："你家爵爷、小姐都不在家里吗？我今日并不是拜访，因有桩事，关系爵爷与小姐的名誉，所以来找他们说话。他们既不在家里，我明日再来罢。"说完，提起帽子就走。林木连忙阻住道："有事不妨对我说，代足下转达就是。"周正勋仍转身就坐道："既这样，便请你代我说了罢。你家小姐亲自约我来这里，你家爵爷为甚么写信教同文学校开除我的学籍？我在同文学校，只差几个月就要毕业了。这中学文凭是我将来求学、考高等、进大学的基本。他无缘无故将我的学籍除了，使我将来一生不能达求学的目的，恐怕不能如此罢休。他回了，你和他说我立刻提起诉讼，请他小姐出庭对质。我还有她约我来的确实证据。如诉讼结果我负了，情愿一生废学，我也没有别的话说。"

林木听了周正勋的话，疑心小姐说的话不实在，或者与这人有甚么勾染，因事情翻了脸，故意约了来给他苦吃。小姐平日的行为并不十分正当，这人又生得不错，她为甚么忽然这般决绝起来？这事倒不可大意，闹出来关系太大。便对周正勋笑道："我家主人回了，替先生说知就是。但是这事，只怕是校长先生误会了。我家主人写信的时候，我也在旁边见着，信中并没有开除学籍的要求。不过说有个贵学堂中国学生，于路上对小姐无礼就是了。既是校长先生误会，将先生的名籍除了，我家主人知道，也必心里不安。先生且坐坐，我进去看主人回了没有。"说着起身进去了。一会儿跑出来笑道："刚从华族会馆赴宴回来，已吃得烂醉，竟不能出来陪先生，命我向先生道歉。我已将先生的话一字不遗的说了，我主人大为不安，说确是校长误会了，当立刻写信去，要求将先生的学籍复起来。请先生将住址留下，复了籍，好写信通知。"周正勋心想：也算占上风了，便说道："我来无非为这学籍，只要你家爵爷能要求复起来，我便没有话说。"说时用铅笔写了住址给林木，告辞回家。

不到三日，林木果然写信来，学籍已复了。周正勋依旧进同文上课。只是心中总丢那女学生不下，一意的想图报复她。每日上下课，都留心在电车上探望，半个月一回都没有遇着。心想：不如搬到目白停车场旁边住着，总有遇着她的时候。于是遂定了民兴馆一间房子，搬了过来。这民兴馆也是中国人开的，差不多是同文学校的寄宿舍，不过没有寄宿舍的章程罢了。周正勋搬来才几日，这日吃了晚饭，下女报张全来了，周正勋忙迎了出来。

不知张全来说的甚么，且俟下章再写。

第三十二章

谈丛容与绮语任溯洄
武库优游剑术争同异

话说张全被王贵和鬼混了一顿，随脚走到民兴馆来会周正勋。周正勋迎了出来，彼此同乡，时常见面，各不客套。张全笑问道："老周，你还记得去年这时候，在神保町等车，看见的那一对小男女么？"周正勋寻思道："不错，我近来才渐渐的将那一对影子忘了。此刻被你提起，我又如在目前。你忽然说起他们，必是知道他们的历史了。"张全笑着摇头道："他们历史不知道，他们的所在倒知道了。"张全接着将两次到荒川的事说给周正勋听。周正勋听了，沉吟半晌道："怪道那时彷彿听得她说日本话，这女儿也怪可怜的。"两个人研究太息了一会。

周正勋忽然想出一件事来，笑道："我今日在三崎馆见了一桩奇事。一个湖南人姓郑的，不知道叫甚么名字。他搬到三崎馆才住了几日，不知是那里跑来一个淫卖妇，到三崎馆找人，上楼的时候被姓郑的看见了。姓郑的与这淫卖妇曾有一度之缘，因为争论住夜的钱，两下伤了和气，淫卖妇恨姓郑的入骨。这次见了面，便不理姓郑的。姓郑的打招呼，她只作没听见。姓郑的气不过，见她在一个中国学生房里不出来，知道她会在这里住夜。到十点钟的时候，见那房里的灯已经熄了，姓郑的便悄悄的去报警察。事有凑巧，姓郑的偏将那房子的番号记错了一个字。老张，你说那隔壁房里住的是个甚么人？事真好笑，隔壁住是一个日本人，新从京都帝国大学毕了业，和他新结婚的夫人到东京来旅行。这晚恰好那学士有事出外，十点多钟还没有回来，只剩了新娘子一个人坐在房里。偏偏又遇了一个鲁莽警察，听了姓郑的一篇话，便风发火急的来拿淫卖妇。

"日本人素怕警察，馆主人见得来势凶猛，那敢动问？不知自己馆里出了甚么事，缩着头不敢出来。这警察对于三崎馆的住客，久存了个厌恶的心思。甚么原故呢？因为每夜在三崎馆一带巡走，有一夜三四点钟的时候，三崎馆的三层楼上一位中国先生睡梦中起来撒尿，一时小便急得很，来不及下楼，便跑到一间空房里，将对街上的窗门开了，扯开裤子便撒。刚巧这警察从底下走过，听得楼上窗门响，停了步抬起头来看，那一泡尿不偏不倚的淋了一脸。警察哎哟一声，离开了尿的注射线，用袖子揩了揩脸，怒气填膺的捶开门，直跑到三层楼上。那位中国先生撒完尿，听得底下有哎哟的声音，接着又听得警察的佩刀响，知道不妙，已匆匆忙忙的关了窗门，逃回自己房里，拥着被，装鼾睡了。警察见是一间空房子，捞不着人，怒气无处发泄，一片声叫馆主去查。你说那个肯出来承认？白闹了一会，恨恨的去了。他从此见了三崎馆的人，彷彿个个都是他的仇敌，巴不得三崎馆出事，好消他的积怨。听得姓郑的说有淫卖妇在馆里歇宿，心中如获至宝。问明了姓郑的那淫卖妇歇的番号，也不要人引路，连窜带跳的到那姓郑的告诉他的房里一看，只有一个女子。那警察以为男子下楼去了，不分皂白的跑过去，拖了那女子的手就走，口中骂道：'你这混帐东西！专门在神田卖淫，今日被我拿住了，有甚么话说？请你到警署去坐几天再说。'那女子吓的战战兢兢，一句话也分辩不出，被警察横拖直拽的到警察署去了。"

张全大笑道："拖了去怎么样哩？"周正勋笑道："警察刚将她拖了去，那学士回来了。听了这个消息，气得暴跳，拿了一张甚么侯爵的证婚书并婚约，跑到警察署。警察署长正疑心这女子不像淫卖妇，在那里盘问根底。学士走过去，将证婚书、婚约放在警察署长面前道：'请你不必问她，我说给你听罢。我和她结婚，是这人证婚的。'说着将证婚书向署长脸上一照，接着说道，'我和她结婚才一个月，不知道她是个淫卖妇。你既知道她的底蕴，将她拿了来，我很感激你。我清白身世，不能讨淫卖妇做女人。就请你做证明人，我即刻提出离婚书来。'署长见了证婚书，听了学士的话，吓得汗流浃背，连忙鞠躬让坐，一迭连声的嚷道：'了不得，了不得！有这样糊涂东西，也不问个清白，在外面乱拿人。'随掉转脸向外面说道，'你们还不快备马车，送夫人回去！'

"下面的巡警也吓慌了，听得署长叫备马车，一片声答已备好了。其实马车还在马车行里，不过要备也容易，只须打个电话就来了。署长对下面发作了几句，复掉过脸来，向学士及学士夫人陪罪道：'万分对两位不住，求两位原宥这个。那糊涂巡士，我立刻撤他的差。'学士冷笑道：'署长是这样办法，倒很容易。照这样办法，怕不可以拿住内阁总理当贼吗？被警察拿过的女人我决不要，婚是退定了的，也不怕你不做证明人。'说完，气冲冲的要走。你说那署长怎敢放他走？登时纠合了许多巡士，围着这学士夫妇陪罪。有一个聪明的巡士，四处去打听这学士平日往来的朋友。一刻工夫，居然被他请了一个来，说了几句调解的话，学士才依了。署长备马车亲自送到三崎馆，这事情才算完了。那要撤差的巡士，怀着一肚皮的怒气，跑到三崎馆来找姓郑的，却又不知道姓名，楼上楼下各房里都找遍了，那有姓郑的影子呢？这件事出来，三崎馆整整闹了一晚。我昨晚因在那里住夜，所以知道得这般详细。"

张全笑道："事真有趣！那真淫卖妇到那里去了？"周正勋道："她听了这风声，早跑得无影无踪了。"张全道："那警察也真倒霉，姓郑的便不逃走，那警察也没有方法摆布他，不过骂姓郑的几句罢了。"周正勋点头道："是吗，日本警察教他吃点苦也好。"二人接着又谈了会别的事，张全自回新权馆。

周正勋的事，后文尚有交待。于今且说那三崎馆姓郑的，便是南周北黄的嫖学弟子郑绍畋。这人言不惊人，貌不动众，所行所为一无可取。然而，在《留东外史》中，要算他是个紧要人物，半年来投闲置散的不曾理他，在下心中很有些过不去。且说他去年和周撰在牛込租了一所房子，窝娼聚赌，拖人下水的事也不知干过了多少。松子介绍了一个淫卖妇给他，这淫卖妇姓大宫，名字叫作幸枝。在郑绍畋眼中看来，说她有几分姿色，心中十分满足，便今日替她买这样，明日替她买那样。辛勤算计人家的几个冤枉钱，不上一月工夫，都使罄了。幸借着神田大火，和周撰商量，假冒作大方馆的住客，每人领了七十块钱。一时手中又宽裕起来，引了许多人来聚赌。赌后与周撰分钱不匀，吵了一会，两下便有些不睦。

周撰生成了个厌故喜新的性格，见幸枝并不十分刺眼，便有心抽点头儿。郑绍畋起初以为周撰有松子监督着，不至有意外之虞。那晓得周撰和松子立了特约，双方皆得自由行动，非当面遇着，不能起而干涉。一日，幸枝和郑绍畋拌嘴，骂郑绍畋和疲癃、残疾一般，并说出周撰如何的好处，其意不过想使郑绍畋呕气。郑绍畋听得，便生了疑心。郑绍畋于此中颇有阅历，不费几日侦察的工夫，便得了十分证据。

　　看官，你道郑绍畋用甚么方法侦察出来的？原来郑绍畋知道周撰的性格，越想偷这女人，越装出那目不邪视的样子。已经偷到了手，更是当着人笑话都不说一句。近来见他的态度全是如此，所以知道两人已经有了关系。说不尽心中的气恼，捕风捉影的捏造些话出来告诉松子，想播弄松子吃醋。松子听了，心中未尝不有点酸意，奈已有约在先，闹不出口。沉思了一会，倒得了主意，笑吟吟的对郑绍畋道：“男子汉变了心，教我有甚么法子？譬如幸枝，你待她也不算不好，她居然会干出这样事来，你不是也没有法子吗？我劝你也不必吃醋，谁也不是谁的正式夫妇，便乱混一顿也没有甚么要紧。”郑绍畋见松子开口，已知道她的用意。既听她说得这般放任，心想却之不恭，并且负了盛意。斯时恰好周撰不在家，便传了他的衣钵。

　　这事情没有便罢，有了决不止一次。周撰为人何等机警，那有看不出来的？周撰和幸枝鬼混，郑绍畋尚不觉十分难受。郑绍畋与松子勾搭了，周撰真气得半晌开口不得。他们两人的特别条约，虽订了各持开放主义，然对于郑绍畋是应该不发生效力的。况郑绍畋明持报复主义，怎能忍受？周撰思量了一会，除解散贷家外没有别的方法。立刻借着事和郑绍畋说要搬家。郑绍畋也知道他是为这事，自己却甚愿意。他为甚么愿意呢？他因为幸枝有了外遇，对自己完全是一派巧语花言，恐怕后来还要上她的当，想借此退了她。他们原没有长远的条约，想离开就离开。不过没有事作，回头不好启口。听说要搬家，他正得了主意，连忙答应甚好。各人清理账目，周撰多用了郑绍畋七十多块钱，约了个半年归还的期，两人都搬了出来。郑绍畋退了幸枝，打算在三崎馆住几日再找贷间。不料才住了两天，无意中秀子来了。前集书中不是说郑绍畋花了五块钱，与秀子有一度之缘吗？后来和周撰同住，他的便毒平复了。幸枝还没绍介到手，腰间有了几个钱，一时嫖兴又发。虽因秀子害了一身的病，然在日本嫖淫卖妇，那里去找没有病的？心中又仗着有前次五块钱大出手的资格，那舍得不去回头摆摆架子？一个人跑到竹早町去重寻旧梦，秀子不待说是备极欢迎。

　　郑绍畋去的时候，正是午后七点多钟，秀子姊妹还没吃晚饭，拿住郑绍畋当瘟生，扭着他到日本料理店去叫料理来。郑绍畋待说不肯，面子上实在有些下不去，忍住痛由她敲了五角钱的竹杠，她们姊妹还嫌少了。这一晚，秀子看出郑绍畋的鄙吝相来，虽一同睡了，懒得取乐。拿了一本小说，将电灯放下，垂在枕头旁边。任郑绍畋如何动作，她捧着一本小说和没事人一样。郑绍畋忿极了，将她骂一顿、说一顿，无可奈何的才睡了。次日早起，郑绍畋拿出五角钱来，往席子上一撂，脸也不洗，拿着帽子就走。秀子听得钱响，睁开眼睛一看，冷笑了一声，爬起来拖住郑绍畋的裤脚道："五角钱拿出来干甚么？"郑绍畋将脚一抽道："昨晚五角，今早五角，一块钱还嫌少吗？你快把眼睛睁开些，看看我是不是个瘟生，岂能由你随心所欲的敲竹杠！你去打听打听，我姓郑的可是个初出茅庐的人？仔细你们的巢穴，不要恼发了我的性子，将来翻悔不及！"秀子见郑绍畋说出恐吓的话来，又气又怕。她姐姐在隔壁房里睡着，听得郑绍畋高声大叫，吓得披着衣跑出来，向郑绍畋陪不是，郑绍畋才耸了耸肩膊走了。秀子既受了郑绍畋这回气，无处发泄，逢着中国留学生，便绘出郑绍畋的图形来痛骂。郑绍畋并不知道她这般的怨恨，见她仍旧收拾得和美人一般的到三崎馆来，不觉向她打招呼。秀子正恨不得生吃郑绍畋的肉，那里肯瞧睬？所以会弄出这样的笑话来。

郑绍畋报了警察之后，恐警察拿着秀子走出来，当面碰了不好，故意绕着路缓缓的回来。听说警察拿错了人，秀子从厨房里逃了，料到事情免不了连累，连夜一溜烟坐着电车到代代木黄文汉家里来。黄文汉已睡了，听了郑绍畋的声音，问道："老郑，你这时候跑来干甚么？"郑绍畋进房，笑着将事情说了。黄文汉笑道："走开一步也好，免得和那倒霉警察闹唇舌。只是这早晚没地方租铺盖，好在已是五月的天气了，就在我这里分床被睡在席子上罢。"郑绍畋答应着，解了衣服，就在一旁躺下。黄文汉笑道："今日《朝日新闻》上还载了桩笑话，你留神没有？"郑绍畋道："甚么笑话？我看新闻的时候很少。"黄文汉一边伸手到书架下抽本日的新闻，一边说道："这条记事很怪，须调查调查才好。"说着已将新闻抽出来，打开来指给郑绍畋看。郑绍畋接过来，借着电光，见上面用头号字标题道：前大臣の息が强奸し诉ら事。[1]旁边注一行小字：但し支那前农相。[2]郑绍畋沉思道："谁呢？"黄文汉道："我也不知道是谁。你往下看。"郑绍

---

[1] 参考译文：前大臣之子强奸案。
[2] 参考译文：乃支那前农相。

畋看下面写道：

　　　　十二日午前一時頃神田區仲猿樂町五番地元支那農商部總
　　長の息王家祥（二二）は十一日同區表神保町一番地雇人口入
　　業都屋の周旋で雇入れたる荏原郡馬込八百九十八番地榎本ハ
　　ナ（十八）の寝室に侵入し強姦したりはてハナより西神署へ
　　訴へ出てしかば王は召喚され目下雙方取調中学りと[1]

　　郑绍畋看了笑道："这事情真奇怪！人口雇人所绍介来的下女，为甚
么会弄出强奸案子来？"黄文汉道："强奸不待说是假的，别地方绍介来的
下女，或还有一二个不容易到手的，表神保町一番地都屋，谁不知道它是
专拉下女皮条的？其中必有别的原故。"郑绍畋道："农商总长那里有姓王
的？"黄文汉道："中国的姓，日本素来弄不清楚，只要彷彿像甚么就说姓
甚么。调查出这人的籍贯来，就知道了。你将报叠起来，我问你，你和老
周解散了贷家，老周到那去了？"郑绍畋道："他的神通大得很，居然要入
连队呢。搬出来的时候，他装一个钱没有的样子，要和松子借衣服去当。
松子背地里对我说不愿意，怕当了没得钱去赎，死了可惜。"黄文汉问道：
"松子有值钱的衣服吗？"郑绍畋道："衣服是有一两件值钱的，只是当起
来，不过值五六十块罢了。"黄文汉微笑点头道："这衣服只怕有些难保。
老周那东西，不打这人的主意罢了，他一存了这个心，只怕松子不服服贴
贴的双手捧出来，送到当店里去。"郑绍畋点头道："那东西驾御淫卖妇的
本事真大，我看他对松子的情形，纯是得着牢笼手腕，绝没有一点真心。
这样下去，将来松子必不得好结果的。"黄文汉大笑道："你还在这里做梦
呢！淫卖妇能得老周的好结果，还算是老周吗？莫说是老周，就是你这样
瘟生，也没有多大的便宜给淫卖妇讨。"郑绍畋扑嗤笑了出来道："我此刻
在东京真不算瘟生了。他们新来的人，都赶着我叫东京通呢。"黄文汉也
笑了，当晚各自安歇。

　　次早起来，郑绍畋听得院子里冬冬的脚响。推开门看，见黄文汉同住

----

　　[1]参考译文：十二日午前一时顷，神田区仲猿乐町五番地前支那农商部总长之子王
家祥（二十二岁），侵入荏原郡马込八百九十八番地榎本花子（十八岁，十一日由同区表
神保町一番地人口雇佣所介绍给王家祥）屋内，并强奸之。花子向西神署报案，王已受传
讯。目前双方仍在接受调查之中。

的郭子兰在草地上练把式。郑绍畋高兴，趿着拖鞋跑过去。郭子兰见了，住了手点点头。郑绍畋笑问道："你每早起来练吗？"郭子兰笑道："每早能起来练就好了，偶一为之罢了。"二人说话时，黄文汉已洗了脸出来，拖着草鞋，反抄着手，走到院子里，向郭子兰笑道："住在早稻田的一个姓吉川的剑师，前日邀我去射箭。我约了他今天十点钟，你同去么？"郭子兰道："到那去射？"黄文汉道："大久保新开了一家，射十五间远。馆主见尾人农射得很好。"郭子兰道："他是那一流？"黄文汉道："日置流。"郭子兰道："日本射法流仪太多，闹不清楚，其实没有甚么道理。拈弓搭箭，手法微有不同，又是一个流派。"黄文汉道："大凡一样技艺习的一多，就不因不由的分出派别来。其实不过形式上罢了，精神上那有甚么区别？都是些见识小的人，故意标新取异的立门户。我到射箭场较射，最不欢喜和他们讲流派。一时高兴起来，中国的射法，我也参着使用。他们便惊奇道怪的，议论个不了，这都是他们不知道这射箭的道理。日本射手所以为秘密不肯教人的，就是调息吐字的诀。以外的法子都能一望而知。"郭子兰道："法子有甚么不容易？依着法子做成功就难了。"黄文汉点头道："那是自然。一分钟的知识百年做不到，做到是功夫，知道不是功夫。'忠孝节义'四个字解说起来不过三言两语，几千年来做成功的几个？"郑绍畋笑道："面包冷了，去吃了再说罢！"

三人遂同进房，吃了面包。黄文汉问郑绍畋："去看射箭不去看？"郑绍畋道："我想找一个贷间，三崎馆不好住了。"黄文汉点头道："你不知道射箭，不去也罢了。老郭，我和你早点去罢。"郭子兰道："你带弓箭去么？"黄文汉道："走路才能带去。从代代木跑到早稻田，又从早稻田跑到大久保，一天的工夫就跑完了。见尾弓场的弓箭还不坏，可以使得。"郭子兰点头，换了件绒单和服，披一件罗夹外衣。黄文汉道："到见尾弓场去，穿和服须系裙子。我前回不知道，穿件寡和服跑去。见他们都系着裙子，整整齐齐的，一丝不苟，真弄得我进不能进，退不能退。"郭子兰皱眉道："甚么弓场，这般的规矩？"黄文汉笑道："不要怪人家规矩，只怪我们自己不规矩罢了。射以观礼，本要整齐严肃才是。"郭子兰系好了裙子，黄文汉也换了衣服，各人提了射箭用的皮手套，带着郑绍畋一同出来。分道扬镳的，郑绍畋自去找贷间。

黄、郭二人坐电车到目白，走到早稻田。黄文汉引着郭子兰到一家门首道："到了。"郭子兰见门外挂着一块剑术教授的牌子，下面写着几个小字，被风雨剥蚀得模糊，认不清楚，仔细看去是"吉川龟次"四个字。郭子兰问道："这人多大年纪了？"黄文汉道："三十多岁。"郭子兰诧异道，"他一二十岁便出来当剑术教师吗？"黄文汉笑道："你见他招牌这样古老，便以为他当了几十年教师吗？这你就错了，他前年才出来当教师。这招牌是故意做作出来的。"黄文汉说着话推开门，郭子兰跟着进去。见门内一个草坪，纵横足有十来丈。草坪尽处便有许多的小树，围着一所房子。郭子兰不禁失声道好。二人走到房子跟前，只见一个三十多岁的男子，留着满嘴黑须，迎着黄文汉，笑容满面的让进。黄文汉用手指着郭子兰绍介道："这位郭君是我最好的朋友。湖南人，自费在大森体育学校，现在已经毕了业。柔术曾得过三段的文凭。"回头向郭子兰道，"这便是吉川教师。"两下互行了礼，进房坐着。

郭子兰见房中陈设古朴得很，一张小黑漆几上搁着一个剑架，剑架上横着三把老剑。壁上挂着一件击剑穿的衣服，前面的竹衬都着红了。郭子兰暗笑：这剑师不知从何处找了这一套古行头，挂在壁上恐吓人！忽听得吉川说道："郭君在体育学校，想必学过剑术？"郭子兰见他问这话，知道他的意思，便答道："惭愧得很，只有剑术不曾学。"吉川偏着头沉吟道："体育学校不习剑术也行吗？"黄文汉代答道："郭君的剑术，在中国习了多年，所以不曾再学。"吉川连连点头道："中国、日本都是一样，本可不再学了。"郭子兰道："样却不一样。不过知道中国的，日本的就不用学了。"吉川道："不一样吗？我往年教过一个中国人，在中国也习过几年的剑术，我看他和我日本的差不多。"郭子兰笑道："那人恐怕学错了。中国没有和日本一样的剑术。"吉川不乐道："恐怕是郭君弄错了。中国的地方这们大，习剑的人又多，郭君那里得一一知道，安知便没有和日本一样的？"郭子兰见吉川发起急来，便忍不住笑道："中国的剑术家数诚多，我能知道几种？不过我有最充分的理由，可断定不和日本一样。"吉川翻着一双白眼睛，望着郭子兰。黄文汉只知道郭子兰的剑术不错，因自己不知道剑术，不解郭子兰有甚么最充分的理由，也翻着一双白眼望着他。

不知郭子兰说出甚理由来，且俟下章再写。

第三十三章

游侠儿一拳破敌
射雕手片语传经

话说郭子兰见吉川、黄文汉都望着自己，不觉笑道："中国剑术与日本剑术不同的理由，说出来甚是好笑。其不同乃是从根本上解决，不特运用的方法不同。日本所谓剑，乃中国之刀。剑两面有刃，刀一面有刃。吉川君，日本有两刃的剑没有？"吉川点头道："有。但是日本不叫作剑，叫作匕首，每把尺来长。"郭子兰笑道："错了，匕首是匕首。中国的剑，一般的二尺多长，间有三尺四尺的，那是看各人的力量说话。既是两面有刃，使法自然不同。你日本的剑术完全是陆军用的，所以纯用对劈，有上盘没有下盘；能对习，不能独习。运用的方法也极为简单，练得久的还略有把握；若只两三年的程度，遇了中国的剑术家，只须一顿乱劈，便眼花缭乱了。中国的剑术五花八门，纵横如意，那变化之神奇实在是世界各国所没有的。不过中国人近年来以为武器发达到了极点，学了这剑术无用。不知道这剑术，在平时可发舒筋骨，锻炼身体，战时亦可补武器之不及。即如你日本辽阳之战，不是得力于柔术、剑术很多吗？"吉川道："中国的剑术既这般奇妙，何以世界上都知道有日本剑术，而我日本反没听说有中国剑术的名词哩？恐怕未必如你说得这般神妙！"说完摇摇头，望着郭子兰嗤嗤的笑。

郭子兰见黄文汉听了这话，有些装形作色，恐怕他发作，从容笑道："你自不听见，不能怪中国的剑术不好。"黄文汉抢着说道："不是这般说法。日本人学了人家的东西，素来是忘本的。吉川君，你于今使的剑术是日本剑术吗？"吉川道："不是日本的，难道是中国的？"黄文汉笑道："我说你日本人忘本，你还不服！你们现在使的剑术是西洋来的？"吉川生气道："日本的也好，西洋的也好，总拉不到你中国去。中国的虽好，用不着也是枉然。许多人嘴里说得天花乱坠，一对阵便慌了手脚。我这里中国人来学的也不少，说起来，人人都像很有研究似的。只要他把衣服一穿上，搭上手，吼一声，劈进去，他便将照应的手法都忘记了。手慌脚乱的败下来不打紧，还累得一身大汗，喘个不了。这也不特你中国人学剑术的是这样，便是日本人初学的，也一般的手不应心。"

黄文汉见吉川任意鄙薄中国人，禁不住心头火直冒上来，连连扬手道："吉川君，不用再说了。我始终不信日本这样剑术有用。我于这一道绝对没有研究，然我敢一双空手和你较量。你不信，就请试试。"吉川笑道："空手吗？笑话，笑话！一些儿不谨慎，我还犯了伤害罪呢。"黄文汉道："放心，你若怕伤害了我，有个安全的法子，你用竹剑就是。我身上随便甚么所在，只要轻轻的着了一下，便算是我输了。请郭君在一旁作证。"郭子兰望了黄文汉一眼，点点头道："吉川君只管放心，包不妨事便了。"吉川听了，偏着头寻思道：空手也能和剑术家斗吗？我倒不信。我手中有一把剑，无论如何，也不会输到那里去。又不是初临敌的人，心中不慌，觑定他近身，就是一剑，怕不把他的头劈肿起来？答应他便了。想完，便望着郭子兰道："你能保着不妨事吗？"郭子兰点头道："你放心砍就是，砍坏了有我包诊。"

吉川高兴，起身披挂起来，问黄文汉换衣服不换。黄文汉摇头道："我就是这样，只略动两手，便分了高下，何必换衣服！"说着，也立起身来，问在甚么地方比较。郭子兰笑道："这样宽广的草场，怕没地方比较？只是你须留神点儿，我不知道他的工夫怎样。"黄文汉笑道："甚么工夫，我见过他多次，有几斤死力罢了。你看我打他个落花流水。"吉川披挂停当，提着一把竹剑，耸肩挺脊，一步一步的走下草场。黄文汉、郭子兰跟着出来。吉川右手持着剑把，用剑尖指着黄文汉，左手离剑把两寸来远。日本击剑的规矩，两手没有合并，敌人不能动手。这规矩黄文汉是知道的，便向吉川道："我不知道日本的剑术，若动手犯了条例，你得喊明。"吉川道："条例是多着，不过对于徒手的不适用。你随便来罢！"说着两手已并了拢来，踩着丁八步，一步一步向黄文汉逼来。

黄文汉故意用手做格剑的样势，吉川剑一举，正待劈头砍下，黄文汉身腰一伏，一梭步已踏进吉川的裆，劈胸一掌。日本剑术家从不讲究下部功夫的，那里挡得住一下？连退步都来不及，一屁股就坐在草地上。幸而胸前有竹甲护住，不曾透伤，然而已跌得发昏章第二。黄文汉连忙扯了起来，说了几声失敬。吉川满面羞惭的，连说不妨事。黄文汉替他解甲，问他受了伤没有。黄文汉这种问法，在中国很像揶揄人家，有自鸣得意的意思。日本不然，无论柔术、剑术、相扑，得了胜的人都得这般慰问，才显亲切；败了的人方不记仇恨。吉川跌下的时候，本不好意思，有黄文汉这般一问，他倒没事了，对黄文汉笑道："中国的拳术，我没见过，所以不知道招架。并且见你空着手，光着头，我心中总怕砍下来，你没东西挡，伤了皮肉。手法略松了些儿，你就乘虚打进来了，并不是使剑还打你空手不过。你若同样的使剑，那么我打过了多少剑师，从没弱似过人。"

郭子兰见黄文汉打得这般痛快，实在有些技痒，不过不好赶跛脚老虎打。听他还是这般吹牛皮，那里忍得住，便用中国话对黄文汉说道："你教他和我比剑，我输了，便拜他为师。"黄文汉因吉川是日本人，侮弄他一会子，乐得开心，登时接着吉川的话说道："不错，我还见你胜过了多少次。你的剑术有几手特别的地方，是一般剑术家做不到的。郭君很想和你演几手，不知你的意思何如？"

正说话时，从外面进来了几个日本人，吉川如见了救命恩人，对黄文汉笑道："不凑巧来了，下次再请过来演罢！"黄文汉见来的三个日本人，都提着射箭的手套，知道也是邀吉川去较射的。走近身来，一个二十来岁雄赳赳的青年，望着吉川笑道："你和谁击剑吗？"吉川点头替大家介绍。那青年姓今井，是大成中学的学生。他生性喜欢打球击剑，凡关于体育上的事，他无不临场，所以身体十分强壮。见吉川穿着击剑的衣服，手中提着竹剑，他偏要问吉川和谁比试。吉川不好意思，勉强笑道："没有和谁比试。"因指着黄文汉道，"这位是中国的拳斗家，很有本领，像你这样的人，十个也打他不过。"今井一边听吉川说话，一边打量黄文汉，心中有些不信似的，问黄文汉道："你知道日本的柔术么？"

黄文汉本不曾学日本柔术，但是和郭子兰同住了几个月，耳濡目染的懂了许多，知道日本柔术不和中国拳术一样。中国拳术，有十几岁小孩就练得可观的；日本的柔术，非到二三十岁，不能有两三段的功夫。是甚么原故呢？说起来，却是日本柔术的好处。因为提倡柔术的嘉纳冶五郎，是个文学士出身。提倡这柔术的意思，原不求单独胜人，但求它普及，使国民都有尚武的精神。他见中国人知道几手拳脚的，多半好逞凶，一言不合，就两下打起来，决斗伤生的事也不知出过了多少。所以他提倡柔术，绝不用那些伤人的手法。并将交手时的规矩、礼节定得很严，阶级也分得很清楚。任这人如何肯用功，不到红白选胜的时候，连打翻了五个同级的，不能升级。因有这时间经过之必要，所以非到二三十岁不能有两三段的功夫。黄文汉见今井不过二十来岁，知道他的功夫有限，并仗着郭子兰得了讲道馆的三段文凭（讲道馆系嘉纳冶五郎所办，专习柔术。每年暑假，学者恒至千余人），自己便打输了，有郭子兰出来报仇。因连连点头道："大概都知道，不过不精罢了。你上了几段？"今井本来才上初段，因嫌初段的阶级太小，说出来不响亮，随便说已得了四段的文凭。黄文汉笑道："了不得，要算是很强的了。"

吉川因今井抵死盘诘和谁比剑，无意中犯了忌讳，心中大不舒服，恨不得借黄文汉的手，毒打他一顿，怂恿黄文汉道："今井君最喜和人比较的，你何不同他试试？"黄文汉笑道："他已得了四段文凭，我比初段还差得远，那里是他的对手？不要弄出笑话来难为情。"吉川笑道："不必过谦，大家闹着玩玩，胜负原没甚么关系。"说着回头对今井道："我那柜里有两套柔术衣服，你们同去换了来比比。"黄文汉道："就要比也不必换衣服。"今井道："不换衣服，不大便利，还是换了的好。"黄文汉道："我懒得换。"今井见黄文汉不换，只得一个人去换了，赤着双脚，跑到草场上来。搓搓手，一连用背心在草地上跌了几下，这是练柔术的独习法。郭子兰见了，向黄文汉道："仔细些儿，这小鬼很用过苦功的。"黄文汉笑道："只要他不限我的条件，怕甚么？"同来的两个日本人，拖了吉川悄悄在一边说话。今井跑过去问道："你们鬼鬼祟祟说些甚么？"三人都笑着不说了。

吉川道："动手罢，还要去射箭呢。"今井又跑了回来，对黄文汉道："你不换衣，怎么好打？这洋服不一会儿就扭坏了吗？"黄文汉笑道："谁始终扭着打？你过来，我先给你扭住。"今井近前搭上手，往左右摆了两步，正待踏进裆将黄文汉掀倒，不提防黄文汉肩腰一侧，身子往下一顿，连头带肩撞入今井怀中。今井见黄文汉使的不是柔道手法，连忙将身子退了一步。黄文汉见他没有跌倒，那敢放松，趁他退步没稳，换了个连打的手法，两条臂膊穿梭似的逼过去。今井连退了几步，一双眼睛如鹞子一般，寻黄文汉的破绽。黄文汉取的攻势，周身骨节都是没动的，最容易露出破绽。郭子兰见了，替黄文汉着急。喝彩声中，叫黄文汉仔细下部。黄文汉明白了，立刻将身一缩，变了个坐马，等今井进攻。今井的工夫虽不佳，却甚有经验，只想引动黄文汉的马，好寻瑕蹈隙，在黄文汉左右乱跳。黄文汉忍不住笑道："好汉难打跑教师，下次再来罢！这样跑法，我实在无力取胜。"说着站起来。今井见黄文汉奚落他，又听得吉川在旁边拍着手笑，气得红了脸，要和黄文汉复斗。黄文汉指着郭子兰道："你和他斗罢。你四段，他三段，比较起来差不多。"郭子兰摇头道："还斗甚么，射箭去罢。"今井不依道："我巴巴的换了衣服，为甚么一次也不斗完，便叫我脱掉？随是谁来都不管，总得斗斗。"

吉川便怂恿郭子兰动手。世界上人的心理都是一样，没有不欢喜看人家决斗的。这样没关系的决斗，尤其可借着消遣。因人人都有这心理，所以那同来的两个日本人，也大家帮着来劝郭子兰。郭子兰不能推托，也换套柔术衣服。为甚么黄文汉并不知道柔术，可以不换衣服，郭子兰的柔术到了三段，倒要换衣服呢？有个原故。因为黄文汉不能用柔术和今井斗，穿洋服不妨事。郭子兰不仗中国拳术讨巧，不换衣服，恐怕撕破了失体面。

郭子兰换好了衣服，来到草场上，和今井对行了礼。两人照着柔术的斗法，各扭住各人的衣，游动了几步。郭子兰的气劲最足，在国内久练把式，身子非常灵活。又是和初段的人比，不待说是所行无事，任今井揉擦掀摆了一会，他只是不动。今井起先听黄文汉说他是三段，心中有些不肯信，到这时候才知道黄文汉不是吹牛皮。掀摆了一会，掀摆不动，见郭子兰并不回手，便扭住郭子兰的衣，自己将身子用力往后一跌，想将郭子兰拖下身来，再用脚底将郭子兰的小腹一抵，使郭子兰跌个筋斗。这种手法，在柔术里面是一种极横蛮极粗浅的手法。郭子兰如何得上当？只手一紧，早将今井提住躺不下去。郭子兰故意扭着他久斗，将他放翻了又提起来，只是不松手。今井年少气盛，又当着大众吹牛皮说是四段，连跌了几交，羞得无地缝可入，恨不得请出有马纯臣来（有马纯臣，有名四段），立刻将郭子兰翻倒。又恨不得乘郭子兰不提防，一把按在地下，随自己侮弄着泄忿，然而都做不到。

还是郭子兰因闹得时间太久了，松松手来摩挲慰劳。今井累得满头是汗，喘不过气来，坐在草场上歇息了二十来分钟，才一步一跌的进房换衣服。郭子兰、吉川的衣服早换好了，催着他同去射箭。他那里能走得动，连摇头道不去。吉川也不强他，等他换好了衣服，六人一同出来。今井独自提着手套回去，不提。

黄文汉道："十二点多钟了，我们且去牛乳店吃点面包。"四人都同声道好，就在大学对门一家牛乳店里坐下来。黄文汉叫了五份面包、牛乳，各人吃了，郭子兰回了四角五分钱的账，五人步行到大久保。吉川近来时常在见尾弓场射箭，黄文汉同吉川射过两次，同来的两个日本人与郭子兰是初次。进了弓场，郭子兰看房屋都是新造的，箭道异常轩敞。箭道两边新栽着四排桧树，夹成两条来往拾箭的道儿。箭厅上一个白须老头儿，正在那里弯弓引满的调鼻息。黄文汉指给郭子兰道："那就是馆主见尾入农。你看他的姿势何等闲雅！"郭子兰点头称叹。五人走近箭厅，馆主从容发了手中的箭，"朋登"一声，各人回头看，正中在靶子中间，不约而同的齐叫了声好。

馆主收了弓，与大众见礼。吉川给郭子兰及两个日本人绍介了，馆主一一说了几句仰慕的话，大家就坐。不一会，一个六十来岁的老太婆端着一盘茶出来，吉川慌忙起身说道："不敢当，怎好劳动老太太！"黄文汉等都起身行礼，馆主也连忙起身笑道："请坐，请坐，不必客气。寒舍没有用人，炊爨之事都是拙荆主持。只是她于今也老了，有些婆娑。"大家接了茶归座。吉川喝了一口茶，便起身说道："我们五人，连见尾先生六人，拈阄分曹射好么？"各人不待说都道好。见尾即从桌上笔筒内选出六根签来，分送给各人抽了。

郭子兰见签当上刻着一个花字，看黄文汉的是一个月字，吉川的也是月字，见尾是花字。那两个日本人，一花一月。郭子兰笑道："不必射，我这曹一定胜。"吉川道："怎么讲？"郭子兰指着见尾道："老将在这里，怕不胜吗？"吉川笑道："不必老将在你那曹，你那曹就胜。一次射四箭，老将便全中了，若你们二人一箭不中，不仍是平均不及半数吗？"见尾捻须笑道："我是个老不成用的，那是你们的对手？你们都在壮年，眼明手稳，又能耐久。还有一层弄你们不过，我历来习射不求中的，成了一种习惯，拿起弓就觉得不中不要紧，只要姿势一丝不错。"吉川道："姿势一丝不错，那有不中的呢？"见尾摇头道："不然，中的别是一问题。中的有偶然，姿势没有偶然。你射箭多年了，还不觉得吗？"吉川道："我以为这一箭射中了，姿势便没有错，几年来都是这样。"见尾笑道："是这般习射的很多，还有许多这样的名手呢。"

见尾说着话，用杌子垫着脚，从天棚上取出几把弓下来。去了花套，一一抵住壁上好了弦，望着黄文汉等，笑吟吟的道："我这里没有好弓，请各位将就着用罢。"黄文汉起身谢了，各人袒出左膀，量自己的力量分弓。惟郭子兰都嫌太轻，拣了把最重的才六分半（弓之轻重在厚薄，六分半约中国六力）。见尾道："郭君自己的弓几分？"郭子兰笑道："我喜略硬的，平日所用七分三厘。"见尾道："太重了。日本全国射七分弓的不过三人，然皆射得不好。射箭不必求增长气力，越软弓能射远箭，越是真力量。一枝箭原没多重，只要力不旁漏，顺着势子吐出去，那有射不到靶的？弓硬了，纵有力量能和开软弓一样，一般的箭怎能受得住？若再加以势力旁漏，便永远没有走直道的日子了，不是弄巧反拙吗？"郭子兰听了，思量平日射箭的成绩，才恍然大悟。那佩服见尾的心思，立时增到十二分，连忙谢了教。

见尾进房拿出五个箭筒来，各人打开取了四枝。见尾对吉川道："请你拿三个五寸靶去安好。"吉川答应着，从壁上挑了三个靶子来，跑去安放了。见尾拿了他他自己用的弓道："我们花字曹先射。"说着取出四枝白翎箭，横摆在地上，先在第一行跪下。郭子兰接着跪在第二行，也将箭依式摆了。那日本人跪在郭子兰后面，都用左手伸直，拿着弓竖在腰下。黄文汉等凝神息气望着。见尾慢条斯理的取了枝箭在手，立了起来，轻轻扣好，高高举起，顺过头，望着靶，缓缓的拽开。拽满了，停了两三分钟，那箭才直奔靶子中心去了。郭子兰目不转睛的望着，惊叹不已。见尾射完，复跪下。郭子兰取了箭起来，学着见尾的姿势，拽满弓也想停几分钟再发箭，那里停得住呢？不到一分钟，左手已晃动起来，急想对准便发，已是来不及，箭脱弦打了个翻身，斜插在第三个靶子上。日本射箭的礼节，中了别人的靶，不特笑话，还算是失礼。郭子兰连忙谢过，说不尽心中惭愧！幸后面的日本人射法不高，那箭滴溜溜的跑到桧树上去了。

三人各射了四箭，见尾四箭都着了，郭子兰中了两箭，日本人一箭没中。大家起来让吉川等射。吉川等也一般的射了。吉川中了三箭，黄文汉也中了三箭，日本人中了两箭，平均月字胜一箭。

郭子兰去拾了箭回来。这次拾箭，照例须见尾拾。第一行拾了，退到第末行，第二行的进到第一行，这样的周而复始。见尾本在第一行，郭子兰因为很敬仰他，又见他年纪老，所以抢先拾了。见尾甚是高兴，要郭子兰入会，每礼拜二、礼拜五会射一次。郭子兰欣然答应，黄文汉也愿入，二人纳了会金。看那名册上都是些名士，文学博士，法学博士，陆军少将、中将都有。黄文汉问道："若会射时入会的都来了，这箭厅小了怎样？"见尾笑道："全来是很难得的。若来了三十人以上，便到野外去射。好在市外宽敞地方多，觅射场容易。"

大家又谈了会射法，已是四点多钟了，都辞了见尾出来。吉川和那两个日本人步行往早稻田去。黄、郭二人坐电车回代代木，在电车中遇了黄文汉的同乡姓苏的。黄文汉打了个招呼，姓苏的过来问黄文汉道："听说明日午后二时有几个人发起开大会，定了神田教育会的房子做会场，你知道了没有？"黄文汉摇头道："不知道。为着甚么事？"姓苏的道："还不是为着宋教仁的案子。"黄文汉道："我明日横竖有事要去神田，顺便也去看看，你来么？"姓苏的道："隔我家没几步路，铃响我都听见，为甚么不来？你要来，先到我家来，我在家里等你。"黄文汉点头答应。大久保到代代木只三个停车场，顷刻就到了。黄、郭二人和姓苏的分手下车，无事归家。

次日吃了午饭，黄文汉便到神田姓苏的家里来。这姓苏的名仲武，年纪二十二岁，到日本来了四年，在高等商业学校上课。他本是个世家子弟，家中放着许多万的不动产，就只他一个人，并无兄弟。领了一名官费，家中一年还得寄多少钱给他。少年人有了钱，又在外国，自然有使的方法。只是苏仲武却有层好处，赌是绝对不来的，嫖也得嫖中等以上的女人。至于好穿好吃，这是世家子的常性，不能责备的。他未到日本的时候，在上海中国公学读书，英文虽平常，英语却说得很好。高等商业学校，英语是主要的学科。他在里面并不十分用功，即能及第。所以他虽在高等商业学校，能和这些不进学堂的一样优游自在。黄文汉因他年纪小，恐他在外面嫖，没有经验，上人家的当，时常带着他走些新鲜门路儿。苏仲武也乐得有个识途老马，使钱是不要紧的，真是两贤相得益彰，情场胜事一月总有几次。

这日，黄文汉因开会到他家来，他已约好了在家中坐等，见面都不胜之喜。苏仲武道："开会还早得很，我们坐着听得那边催开会的掌声响，过去不迟。"黄文汉坐下点头道："这种会也是应发起的，不然，袁世凯还以为留学生都是死人。不过开过了几次，也开不出个甚么道理来，徒然好了几个发爱国热的志士，趁着这机会，演几篇慷慨激昂的说，出出风头。"苏仲武笑道："那些事都不用管它，我们不过去看看热闹。前几日来了个女英雄，你知道么？"黄文汉笑道："谁呢？"苏仲武道："这位女英雄的名字，说出来你要站稳些，提防吓倒了。"黄文汉不待他说完，拍手笑道："不用说，我已知道了，不是由顶顶有名的女学士吴芝瑛特电保出来的那位胡女士吗？"苏仲武笑着点头道："你怎么知道？"黄文汉打着哈哈道："我只道又来了甚么女英雄，原来就是她。我早知道了，并知道她住在四谷一个甚么教育会里。"苏仲武道："那我却不知道，今日说不定会来。"黄文汉道："定来。这样女英雄，遇了这种大会，有不到的吗？连这种大会都不到，还当得成甚么女英雄！今日她不仅到会，一定还得演说。她那一副娇滴滴的嗓子，一双水汪汪的眼睛，一身新簇簇的西服，不在这时候卖弄卖弄，更待何时？"苏仲武道："今日有她上台演说，甚么东西都占便宜。只有一样东西吃亏，你猜是甚么？"黄文汉道："猜不着，你说是甚么？"

不知苏仲武说出甚么来，且俟下章再写。

第三十四章

李锦鸡当场出丑
罗呆子泼醋遭擒

话说苏仲武见黄文汉猜不着，笑道："你一个这样聪明的人，连这东西都猜不出来？她上台演说，不是只有手掌吃亏吗？"黄文汉点头笑道："不错，今日定得拍肿几个手掌。"二人说笑时，已远远的闻得一阵掌声。苏仲武道："是时候了，我们去罢。"

黄文汉起身，拉了苏仲武一同出来，转个弯便到了。门口站着一大堆的人，在那里换草履。苏、黄二人穿的靴子不必更换，一直上楼。坐位都满了，两边门口还挤了多少人，只是演台上还没人演说。黄文汉仗着手力，两膀往人丛中一分，登时得了一条小路，苏仲武跟在后面挤了进去。黄文汉举目四处一望，早看见了胡女士，粉团儿一般的坐在一群女国民中间，学着西洋女孩儿的打扮：头发散披在后面；白雪一般的胸膛连乳盘都露出来，只两峰鸡头肉藏在衣襟里，非有微风将衣襟揭开，决不能看出她软温润滑的模样；两枝藕臂伸出来，又白又胖；一手挽着个夹金丝小提包，一手握着把插翎小折扇；脚穿一双高底尖头的白皮靴，水红色露花丝袜直系到腿上；裙边至膝而止，四角如半收的蝙蝠伞，下半截两条小腿，都整整齐齐的露出来。坐在那里左顾右盼，媚态横生。黄文汉见了，暗自叹道：怪道许多大国民都欢喜拥护她，原来天生这种尤物！看她年纪至多不过十六七岁，怎的就知道仗着自己的姿首，侮弄一般政客？再看满座的人，没一个不是眼睁睁的望着她出神。

黄文汉的性格，看官自然知道，他岂有个见了有姿首的女子不打主意的？只是他是个聪明人，知道这胡女士的护法太多，都是些近水楼台，而且眼明手快。不独急切不能下手，便是用水磨功夫，恐怕也闹这些人不过。一有了畏难的心思，便不去兜揽。见满座的人都忘了形似的不记得催着开会，忍不住拍了几巴掌。这几巴掌提醒了众人，一时都拍了起来。

掌声过去，主席的出来报告开会理由。说自宋案发生，留学界已两次开会讨论，都没有结果，今日特开全体大会研究对于此案的办法。到会诸君有甚么意见，请大家发表出来。报告完了，便有个学生跳上去，高声大气的骂了一顿袁贼。满座鼓掌，那学生得意扬扬的下来。又跳上去一个学生，慷慨激昂的痛演了一会宋教仁手创共和的伟业，满座鼓掌，那学生也点头下来。接连上去了几个，所演的说都差不多。黄文汉听了好笑，正想抽身先走，猛听得那边掌声如雷的响起来。回头一看，原来胡女士立起身来，花枝招展的往演台上走。黄文汉身不由己的站住不走了。胡女士走上演台，便有许多人恨掌声拍得不响亮，直跳起来，用靴子、草履在楼板上蹬得震天价响。老成的见了，恐不雅相，叱了几声，才叱退了。

胡女士上台，先对大众现了个皆大欢喜的慈悲佛像，然后拿着那双惑阳城迷下蔡的眼睛，满座打了个照面。可煞作怪，她那眼睛一望，分明是个流动的，心中并没有注定那个。满座人的心里，便人人以为胡女士这一望是有意垂青。其中认定最确的，除与胡女士有交情的不计外，有两个人，一个是李锦鸡，一个是罗呆子。罗呆子虽然认定了胡女士是垂青于他，只是一时间想不出勾搭的方法来，只如痴如呆的望着胡女士在台上用着黄莺儿的嗓子说道："蕴玉（胡女士之名）虎口余生，得与今日的大会，和诸位兄弟姊妹见面，真不胜幸慰！只是见面之初，容不着蕴玉欢喜，偏有这恼人的宋案横亘在心中。唉，我国有了现在这样的万恶政府，我辈本没有心中快乐的时候。今日这会在蕴玉的私心，本不想到的。甚么原故呢？因为宋教仁乃是我女界的仇敌。他抵死破坏女子参政，我女界同胞都恨不得生食其肉。不过他这样死法，实在于共和前途露出了一层险象。蕴玉为共和计，不能不强抑私愤，出来大家讨论，恐亦诸位兄弟姊妹所乐许的。"

罗呆子听了，浑身上下骨软筋酥起来，不住的摇头晃脑，一口口的涎强咽下去。李锦鸡听了，心中打主意如何引动她的心。忽然暗喜：有了！我的容貌装饰都不至使她讨厌，资格也不错，曾吃过新闻记者的饭，知道我的人不少。等她演完了，我上去发一番特别的议论，引她注了意，再慢慢的下手，岂不是好？主意已定，恰好胡女士讨论完了，掌声又大作起来。李锦鸡乘着这掌声跳了出去，三步两脚就跨上了演台。

看官，你说李锦鸡登台为何这样性急？并没人抢着上去，他就从容点儿也不妨事。可怜他那种苦心除了在下，恐怕没有人知道。他因为知道自己平日演说从不很受人欢迎，上台的时候，掌声总是连三断五的不得劲儿，今日若不乘着胡女士的下台掌声上去，不怕露出马脚来吗？李锦鸡既上了台，行礼的时候，满脸堆下笑来，连溜了胡女士几眼。胡女士也有意无意之间，秋波转了两下。李锦鸡如饮了醇酒，迷迷糊糊的说道："兄弟这几年来，因报务劳心，脑筋大受损伤。近来时常会上午干的事，到下午就忘得没有影儿了。便是做甚么文章，不到两三千字即说得没了伦次。月前在医院里诊视。据医生说差不多要成神经病了。"说到这里，又拿眼睛瞟瞟胡女士。胡女士正用着她那双媚眼看李锦鸡，两下射了个正着。李锦鸡心中一冲，更糊里糊涂说道："我是个有神经病的人，自然说有神经病的话。"李锦鸡说了两句，正待又瞟两眼，猛听得下面叱了一声，接二连三的满座都叱了起来。有几个人立起身来骂道："不要脸的李锦鸡，还不给我滚下去！""打！打！"一片声闹得秩序大乱。

李锦鸡见风势不佳，腰一弯，溜下了台，匆匆逃出会场。垂头丧气的回到东乡馆，恨不得将那叱他的人剁作肉酱。心中又气又愧，没法摆布。忽门开处，馆主拿了封挂号信进来说道："赵先生回国去了，来了挂号信怎么办？"李锦鸡接在手中，看是他同乡赵明庵的，底下注明了是家信。心想：老赵前月走的时候，原说他家中写信说汇钱来，不知怎的等了十多天还不汇来。后来等不及，要去赶北京的试验，借着钱走了。这信中必是汇票，我正没钱使，且用了再说。便对馆主道："不相干。赵先生走的时候，托了我替他收信的，你放在我这里就是。"馆主只知道李锦鸡和赵明庵是同乡，那知道李锦鸡平日的行径？见是这般说，将信就留在李锦鸡手中去了。李锦鸡拆开一看，果然有张二百块钱的汇票在里面。李锦鸡喜出望外，连忙跑出来，刻了个赵明庵三字的木图章。当日天色已晚，邮政局不能取款，仍回到馆中。吃了晚饭坐不住，又跑到神田来，在东明馆徘徊了一会。遇不着一个好女子，觉得无聊，走到锦辉馆来看活动写真。

锦辉馆每晚六点钟开场，此时已演了一点多钟了。买了一张特等票，下女引他到楼上。李锦鸡到酒楼戏馆，一双眼睛素来是偷鸡贼一般，不住的左一溜右一溜。他一进门，早看见特等的下一层，坐着一个十六七岁日本的女子，衣服穿得甚是时款。锦辉馆的特等头等本有两种，一种是坐椅的，在上一层；一种是坐蒲团的，在下一层。李锦鸡穿着洋服，照例是坐上一层的便利。只是他既发见下层有女子，那里肯到上层去呢？便招呼下女拿蒲团。锦辉馆的下女都是不三不四的女子，怎么不知道李锦鸡的用意？连忙提了个蒲团，铺在那女子的座位旁边。那女子回头看了李锦鸡一眼，仍掉转脸看活动写真。那女子回头的时候，李锦鸡那有不留意的？见她生得瓜子脸儿，樱桃口儿，弯弯的两道眉儿，盈盈的一双眼儿，竟是个美人胎子。心中这一喜，比得了赵明庵的二百块冤枉钱还要加几倍。用脚将蒲团故意踢开了些，盘着脚坐下去。右脚的膝盖恰好挨着那女子的大腿。李锦鸡不敢性急，恐惊得她跑了，慢慢的拿出一枝雪茄烟来，擦上洋火，吸了几口。看女子目不转睛的望着电影，便轻轻将膝盖搁在她腿上。那女子往右边略移了一移，仍望着电影。李锦鸡见她不肯回转脸来，又不多移动，便将膝盖微微的在她大腿上揩了两下。接着将右手搁在自己膝盖上，左手拿着雪茄烟吸，脸也正面望着电影。将右手靠近大腿，试弹了一下，不动，便靠紧些儿。那女子瞟了李锦鸡一眼，低着头微笑了一笑，李锦鸡便捏了一下。那女子怕酸，用手来格。日本女子的衣袖最大，放下来将李锦鸡的手罩住了。李锦鸡的手本不敢多动，怕上层的人看见。既被袖子罩住了，更放了胆，倒乘势将那女子的纤纤玉手握住。那女子轻轻摔了两下摔不脱，就由李锦鸡握着。

李锦鸡抚弄了一会，复捏了一把起身，跑到休憩室内。休憩室有个圆窗，从窗口可以看见座客。李锦鸡便俯在窗口上，探出头来，望着那女子。那女子已见了锦鸡，也起身走到休憩室来。李锦鸡接了，握住手，借着电光端详了一会，果然不错，和初见的时候不走眼色。拉着同坐在一张睡椅上，问她名字叫甚么。那女子埋着头只是笑。李锦鸡偎着她的脸道："你住那里？我今晚同到你家去。"那女子将李锦鸡推开，悄声说道："仔细有人进来。"李锦鸡笑道："便有人进来，要甚么紧，谁知道你我是今日才会面呢？"那女子问道："你住在那里？"李锦鸡道："我住的地方不好，明日就要搬家。活动写真不必看了，我们吃料理去好么？"那女子笑望着李锦鸡不做声，李锦鸡道："你坐坐，我去拿了帽子来。"那女子点点头，李锦鸡跑到座上拿了草帽，带着女子下楼出来。锦辉馆的下女一个个都嘻嘻的笑，李锦鸡只作没看见。

走到外面，李锦鸡道："我们到浅草去好吗？"女子道："太远了，迟了没电车，不得回来。"李锦鸡笑道："正要没电车不得回来才好，怕浅草没地方睡吗？"两人说着话走到电车路上，坐电车到东明馆，换车往浅草。车中问那女子的姓名，她姓佐藤，名春子，住在小石川东五轩町。她家里有个母亲，有个小兄弟。她父亲不知是谁，大约也没有一定，然而家中实在没有，就说她家中只有三个人也使得。这三个平日的生涯也不落寞。她母会弹萨摩琵琶，门口挂一块教授的牌子，每礼拜担任了甚么女子音乐学校几点钟，一个月有十来块钱的入款。家中教授，有时一月也得捞几块钱。这春子今年十七岁，在学堂里混了几年，别的学问不知道怎么样，虚荣心却进步到了十分。若就她家中的财产说起来，她穿几件布衣服，吃两碗白米饭，不至有冻馁之忧。只是她穿的吃的使用的，都与她的生活不相称，也不知她钱从何来。她手中从没有恐慌的时候，一个月至少也有二十日不在戏馆里，便在活动写真馆里。她母亲因为她会赚钱，也不忍拘束她。她今晚遇了李锦鸡，坐电车不到二十分钟，便到了浅草。二人携手下车，同进一料理店内。拣了间僻静的房，叫了几样酒菜，饮起合欢杯来。合欢之后，李锦鸡道："我明日搬到北神保町上野馆住，你明晚到那里来找我。"春子答应了，锦鸡拿了五块钱给她。春子也不客气，爽直不过的收了。李锦鸡会了账，二人同出来，已是十一点多钟了。春子自去归家。

李锦鸡回到东乡馆，心喜今日虽在会场上呕了气，今晚的事还差强人意。并且明日可得二百块横来钱使，心中尤为舒服。便计算这二百块钱将怎生使法。算来算去，最好是等春子来了，和她商量同住，得朝夕取乐，料她没有甚么不愿意的。尽一百块钱，做几套漂亮衣服，一百块钱留着零用。每月再有三十六块的官费，无论如何两个人不会穷苦。他这样一想，心中更是快乐。一宿无话。

次早起来，匆匆用了早点，揣着汇票，拿着图章，跑到邮政局，领了二百块钱。径到上野馆，定了二层楼上的一间六叠席的房，打算直回东乡馆搬家。心中忽然吃惊道：我真喜糊涂了。东乡馆不是还欠了百零块钱的伙食账吗？还清账剩几十块钱，一使又完了，闹得出甚么花样来呢？忽转念道，我又没多少行李在那里，何必和他算账？暗地搬几件要紧的东西出来就是，他到那里去找我的影子？李锦鸡心中计算已定，跑回去清了清行李，除铺盖外，没有值钱的东西。随便提了几样，人不知鬼不觉的溜了出来，到上野馆重新置办。

夜间，春子果然来拜访，见李锦鸡房里都是簇新的东西，异常欣喜，便有和李锦鸡好相识的心思。李锦鸡昨晚已有此意，两人不费浪酒闲茶，便一弄成合。当时两人公议了合同，李锦鸡每月给春子十五块钱，春子每月三十日，夜夜来上野馆侍寝。算起来一夜五角钱。要是月大三十一日计算，每夜才得四角八分几厘，也要算是很便宜的了。就从搬上野馆的那日起，不间风雨，每夜必来，有时也连住几夜不回去。

李锦鸡有了春子，把想胡女士的心思渐渐淡了。只有罗福，自李锦鸡逃出会场后，他以为少了个劲敌，甚是高兴。会场经李锦鸡一闹，乱了秩序，也没研究出甚么结果来。主席的出来胡乱说了几句不相干的话，匆匆闭会。胡女士不等到闭会，就起身走了。胡女士一走，满座的脚声都响起来，一个个争先恐后的往胡女士这边挤来。罗福见机得早，见胡女士有动身的意思，他即挨到胡女士跟前，紧紧的贴住。任后面怎样挤法，他立定脚根，尽死不肯放松一步。人推人挤的挨到外面，这条街因不是电车道，来往的人不多，从会场出来的人，一个个都认得清楚。罗福一心不乱的跟着胡女士走，不提防张全、胡庄在后面看得分明，张全笑道："这呆子又想吃天鹅肉了。"胡庄笑道："我们跟着他走，看他怎生下手。"张全点点头，两人蹑脚蹑手的跟在后面。

苏仲武见了胡女士那种妖淫之态，不禁动了火，也想跟着跑。黄文汉拉住道："日本少了女人吗？何必和人家去争？况且未必争得到手。就争得到手，也是不能久长的。你看她那种样子，岂是你一个人能独享的？不起这个念头也罢了。"苏仲武才把这团欲火按捺下去，邀黄文汉到家中吃晚饭。黄文汉道："我还有点事情，要去会个朋友，不到你家去了。"说着，向苏仲武点头分手，大踏步走到神保町。见胡女士正上电车，一群留学生跟着上去。黄文汉等他们一个个上完了，也跳上去，车开了。此时四点多钟，学生下课，工人下工，电车正是拥挤的时候。黄文汉就站在车门口，见胡女士的左右前后都是留学生。胡庄身材高大，站在那里乘着车浪，和胡女士乱碰。黄文汉分外看得清楚，不由得一点酸心入脾透脑，缓缓的推开这个，扒开那个，也挨到胡女士跟前。胡庄已看见了，望着黄文汉点头微笑，黄文汉也点点头。两人不暇说活，各施展平生本领，明目张胆的吊起膀子来。罗福被人家挤得远远的，再也挤不开来，只气得磨拳擦掌的，恨不得将跟的一班人都打死。

幸喜胡女士在九段阪换车，跟的人只下来了一半。罗福想趁当儿进身，被张全拖了他一把，悄悄的向他说道："你这呆子，也太没眼色了，怎么向大虫口里讨肉吃呢？"罗福摇摇头，不作理会。张全好笑，拉着他要走。罗福忍气不过，劈胸向张全一拳打去。张全本是文弱书生，中了这一拳，倒退了几步，几乎跌倒，气得举起手中的自由杖，没头没脑的向罗福扑来。罗福躲闪不及，肩上早着了一下，那里肯依，叫了声哎哟，握着拳头冲过去，两个就在停车场打起来。胡庄起初尚不在意，见两人竟扭打起来，连忙撇下胡女士，一手将罗福拉开。罗福见是胡庄，更怒不可遏，提起脚向胡庄乱踢。胡庄也生了气，避开脚，踏进去，一巴掌打得罗福眼睛发昏。罗福暴跳起来骂道："你打老子！老子和你到公使馆去。你在电车上吊膀子，还要打人。"一边骂一边跳过来，扭住胡庄的衣，死也不放。张全上前分解，罗福癫了似的，喷了张全一脸的唾沫。

三人闹时，看热闹的已围了一大堆人，惊动了警察，分开众人，向前查问。知道是中国人，还略存点客气，只叱责几句，勒令各人回去。胡庄知道是自己无礼，不敢分辩，并且在马路上打架，任你强横，到警察署也没有便宜占。罗福那顾这些，见了警察那种凶恶样子，将他拉胡庄的手分开了，忿无所泄，对着警察畜牲、马鹿的骂个不了。警察岂能忍受，一手拉了罗福就走，回过头向胡庄喝道："你也同来。"说着四面望了一望道，"还有一个呢？"胡庄知道张全已逃跑了，也不畏惧，跟着警察走，心中算计到警察署如何对答。罗福虽被警察拉着，仍是骂不绝口。罗福的日本话本来说得不好，心中一着急，更说不出，只晓得拣日本骂人最恶毒的话，不管人能受不能受，一句句高声大叫的骂出来。

街上往来的人都觉得诧异，有停了脚看的，有跟着背后打听的，警察被罗福骂急了，不暇思索的就是一个嘴巴。罗福先受胡庄的嘴巴，还不觉得十分伤心；警察这个嘴巴，打得他连五脏六腑都痛了，跳了两跳，一头向警察怀里撞过去，抱住警察的腰，和警察拼命。警察不提防被罗福抱住了，撑了几下，撑不脱，看的人又围上来了。胡庄正得了题目，在警察肩上拍了下道："你为甚么不打呢？你日本警章上，警察对于外国人，本有打的权利，便打死了也不妨事。"看的人听了，都哄着笑起来。

不知警察如何回答，且俟下章再写。

第三十五章

争先一着便遇垂青
抗辨数言不能答白

话说罗福见胡庄也来帮着骂警察，胆更大了，抱住警察的腰，不住的用头向他胸前撞去。警察被胡庄一嘲笑，罗福一撞，旁观的人一哄，急红了脸，扭住罗福背上的衣，用尽平生气力往上一提。警察的意思，想将罗福提起，放在地下，好脱身出来，施展他日本警察的威风。不料罗福的夏衣单薄，用力过猛，喳的一声，撕了半尺长的一条破口。胡庄忙分开罗福的手，对他使眼色。罗福已理会得似的，松了手仍是乱骂。

胡庄一把拖住警察的手道："去，到你署里去问问你的长官，为甚么教你这样无知的警察出来打人，撕人家的衣服！"说着拉了就走，警察装出极整暇的样子，冷笑道："要你来拖我吗？我还怕你们偷着跑呢。分明三个人，逃了一个，若再逃跑，教我去那里逮捕？"说着摔开胡庄的手，来抓罗福，罗福骂着向前跑。旁观的人都大笑，说这人一定有神经病。胡庄心中也觉这呆子好笑。警察见罗福只管骂着向前跑，想赶上去抓着他，堵住他的口。胡庄见警察追罗福，恐罗福吃亏，也跟在后面追。罗福并不跑往别处，径向警察署这条路跑。不多一会，气吁吁的跑到了，直撞进去，用不中不日的话喊道："警察打伤了人咧！"才喊了两声，即有几个警察走过来质问。罗福指手画脚的，脱出洋服下来给警察看。

追罗福的警察和胡庄已跑进来了。那警察对署里警察说道："这东西无礼极了。他在路上和人打架，我上前劝解，他还扭住我的衣，要和我拼命。"说时警察长出来了，罗福提着衣，往警察长脸上一拂道："你看，你看！你不照原价赔偿，我若依了你，也不算人。"警察长不觉吓了一跳，那警察上前述了事由。警察长望了胡庄一眼，点点头向胡庄道："你懂日本话么？"胡庄没答应，罗福抢着说道："我懂得。我问你，你日本警察有打人的权利吗？"警察长道："谁打了你？和人家打架，为甚么说是警察打你？"罗福提起衣又是一拂道："你瞎了，这不是警察撕了吗？"警察长叱道："警察署不得无礼！你自家打架撕破了，怎么乱赖人？"胡庄不待罗福开口，接住问道："你见他和谁打架撕了？分明是警察去打他，撕破了他的衣，这外面的人都可以作见证的。你去问问。"罗福跳起来指着那警察道："你打了我，撕了我的衣，还不承认吗？"那警察道："衣服是我撕破的，只是你扭着我，不肯放手，我不扯开你，由你抱住吗？"罗福道："你不打我，我抱住你做甚么？我当留学生的人，岂是你们警察可以侮辱得的？我于今也不和你说话。"掉转脸向警察长道："他已承认了，你怎么样？"胡庄见罗福说话很不弱，暗暗吃惊：这呆子今日何以忽然这般厉害，这般胆大，平日倒小觑了他。

看官，不是罗呆子真有这般胆大，这般厉害。凡人只怕伤心，任是甚么懦弱人，一遇了伤心的事，没有不激变的。罗呆子一片至诚心，吊胡女士的膀子。无端被人打断，心中也不知抱了多少委屈，怎当得警察再来干涉，又当众侮辱？他忍气不过，一横了心，便不顾死活，跑到警署胡闹。警长见了他这种模样，又因为是中国人，懒得多管，便挥手说道："不用闹了，安分点，回去罢。街上不是你们打架的，这里不是你们撒野的。撕破了衣服自去修整，警察署不能和你办赔偿。"警长判断了几句，折身进去了。罗福想赶上拉住，被几个警察拦住。罗福仍大骂起来，警察都嘻嘻的笑。胡庄知道这事再无便宜可讨了，便拉了罗福出来。罗福还一步一回头的望着署里骂，骂向胡庄家去了。

再说黄文汉乘着他们打架的时候，同胡女士换电车。上车便见郑绍畋坐在里面，只得点头招呼，郑绍畋忙让坐。黄文汉微微用嘴向胡女士一努，使了个眼色。郑绍畋会意，便不拉黄文汉坐。黄文汉慢腾腾挨近胡女士坐了，一股艳香熏得黄文汉骨醉筋酥。夏季衣衫单薄，胡女士肌肤丰腻，贴着更如软玉温香。黄文汉心旌摇摇，亏得有把持功夫，不曾在电车中弄出笑话。胡女士到底是个女英雄，爱才心切，见黄文汉躯干雄伟，知道是一副好身手，大动怜爱之心。在饭田桥换车的时候，故意在黄文汉面前停了一停，才走过去，上了往赤阪见附的车。车中刚剩了一个人的坐位，胡女士便站着，用纤纤玉手牵住皮带。黄文汉立在后面，不提防开电车的时候司机人滑了手，电车突然往前一冲，车中的人，都几乎跌倒。黄文汉练过把势的人，脚跟稳固，胡女士往后一跌，恰恰撞在黄文汉怀里。黄文汉便也装出要跌的样子，一把搂住，两手正触着两乳，乘势揉了一下，松手说道："前面有个坐位，坐下安全些。"胡女士回头向黄文汉笑着道谢。

黄文汉最会揣摩人家的心理，知道车中的人，必不知他两人来历，见胡女士回头笑谢，便不客气，大模大样的揽着胡女士的手到空位上坐下。胡女士交际场中惯了的，最能一见如故，即侧着身体，让黄文汉挤着坐。黄文汉连忙用手操在胡女士背后，侧着身坐了。胡女士不便问得姓名，说话又恐怕车中有中国人听出来，只得不做声。黄文汉在日本久了，分得出日本人和中国人的举动，见车中没有中国人，便说道："女士今日的说，实在演得透澈。到会的几千人，有多少厚着脸称志士、称雄辩家的，那一个及得女士？这真教人不能不佩服。我平日也喜欢上台发议论，国内每一问题发生，我没有不出来研究的。留学界没有人，都胡乱的恭维我，我当时也很自负。今日遇了女士，真是小巫见大巫了。女士请看我的手，不是差不多拍肿了吗？我平时听人家演说，到吃紧的地方，也有拍掌的时候。不然就是欢迎甚么人上台，随意拍几下。这叫作应酬掌，不吃力的。惟听女士演说，不知道怎的，我那掌一下下都用尽平生气力的拍，也忘了肉痛，只恨它不响。这种掌声，是由心坎里发出来的。我因为佩服女士到了极点，想时常亲近女士，听女士的言论。奈不知道女士的住处，所以散会就跟着女士。今日打听明白了，打算明日专诚拜谒。倘承女士不弃，许我时常来领教，必能受益不浅。"

胡女士点头笑道："蕴玉年轻，没有阅历，先生能时常赐教，自是感激。只是我于今住在朋友家中，有些不便。不久就要搬出来，等我搬好了地方，请先生过来。"黄文汉笑道："女士已看定了地方没有？"胡女士道："我到东京没有几日，虽想搬过来，只是还没定妥搬到那里。"黄文汉道："我在东京足足住了十年，东京十五区，每区都曾住过。那区空气好，那区房子好，了如指掌。女士想一人住，还是想和人同住，要甚么样的房子，我胸中都有，凡事都愿效劳。女士家中既不好去得，可否将住址开给我，替女士将房子定好，写信请女士搬过来？"胡女士踌躇了一会道："看房子容易，不必劳动先生。先生家住那里，有暇当来奉看。"

黄文汉喜不自胜，随手抽出张名片，用铅笔写了住址。恐怕胡女士难找，在旁边画了个细图，纳在胡女士手里。胡女士略望了一望，打开手提包，夹在一叠名片中间。黄文汉道："女士的住处，能否赐教？"胡女士道："番地我实在记不清楚，四谷下电车不远，一所门口有栏杆的房子便是。先生可同去认了番地。"黄文汉吃惊道："四谷下车吗？我们贪着说话，错过多远了。"胡女士也惊说："怎么好？我又不知道路径。"黄文汉道："不要紧，我送女士到家便了。此刻时间已不早，将近七点钟了，赤阪有家日之出西洋料理店，还清净得好，请女士随便去用些点心，再归家不迟。"

原来胡女士有种脾气，人家请她吃喝，她绝不推辞，并十分高兴。听了黄文汉的话，即点头笑道："真好笑！坐电车过了头会不知道。若不是先生说破，还不知开往那里才住呢。"黄文汉笑道："要算是我的福分，得和女士多亲近一时半刻。"胡女士斜睨了黄文汉一眼，笑道："仔细点儿，不要又忘了下车。"黄文汉掉转头从窗口向外一望，连忙牵了胡的手起身道："几乎又要错过。"胡女士立起身来，轻轻叫黄文汉松手。二人下了电车，并肩从容的走。黄文汉道："我嫌代代木太荒僻了，想搬到神田来住，女士赞成么？"胡女士笑道："有何不赞成？"黄文汉道："我明日就择定房子，写信给女士，请女士光降。"胡女士道好。

二人正说着话走，忽然一个男子迎上前来，向胡女士打招呼。胡女士忙笑着伸手给那男子握。黄文汉看那男子年纪约三十来岁，两颧高耸，翘着一嘴胡子，一身西洋服穿得甚是漂亮，握着胡女士的手，望了黄文汉一眼，问胡女士道："有紧要事去吗？"胡女士摇头道："这位黄先生请我吃晚饭，没要紧事。"男子道："晚饭不去吃行么？我有要紧的话和你说，正想到你家找你。"胡女士沉吟了会，点点头，向黄文汉笑道："委实对先生不住，不能陪先生去。望先生搬好了家，赐个信给我。"黄文汉慌道："尊居的番地，我不知道怎好？"胡女士问男子道："张家的番地你知道么？"男子笑道："我只晓得走，谁记得番地？"黄文汉道："有了。我暂且不搬，你归家问清楚了，写信给我。"胡女士连连道好。男子握着胡女士的手还没放，见话说完了，拉着就走。胡女士回头笑了一笑，跟着去了。

黄文汉眼睁睁的望着一块肉在嘴边上擦过，不得进口，心中恨得个没奈何，狠狠地跺了下脚。想折身回去，觉得腹中饥饿起来，自己笑道："难道我一个人便不能进料理店吗？"黄文汉一人走进日之出酒馆，坐下来，不提防椅子往后一退，坐了个空，一屁股跌在地板上。急回头一看，只见郑绍畋站在后面拍手大笑。黄文汉爬起来，拍着灰骂道："躲在人家背后捣甚么鬼，不跌伤人吗？"郑绍畋笑道："跌得你伤？原知道你有功夫的人不怕跌，才拖你的椅子呢。"黄文汉道："你这鬼头几时跟了来的，怎的在电车上不曾见你？"郑绍畋笑道："你那时的眼睛，还能看见人吗？只怕连你自己都认不清楚了。"黄文汉也不觉笑道："休得胡说。我露了甚么难看的样子出来？说话的声音又小，夹着电车的声音，谁也不会听见。"郑绍畋道："电车声音只能掩住人家的耳，不能掩住人家的眼。你搂住胡蕴玉，人家也不看见吗？并且两个都那样侧身坐着，你的手还抱住她的腰。你说这样子不难看，要甚么样子才难看？"黄文汉想了一想，也有些惭愧似的，拖郑绍畋坐了，点了几样菜，二人慢慢吃喝起来。

黄文汉问郑绍畋搬了家没有。郑绍畋道："搬是搬了，只是不好，就是光明馆。"黄文汉道："光明馆不是有臭虫吗？人家暑天都搬了出来，你为甚么五六月间搬进去？"郑绍畋道："臭虫是有些，不过还不妨事。我图它房子便宜，可以欠账。"黄文汉道："那馆子还住了多少人？"郑绍畋道："没几个人了，还有个女学生住在那里呢，模样儿并不错。"黄文汉道："谁呢？"郑绍畋笑道："你的贵本家，不知道吗？她现在穷得要死，你有钱帮助她几个也好。"黄文汉道："女学生为甚么会穷哩？没有穷的理由。"郑绍畋道："我也是这样说。她模样儿不错，又不是冰清玉洁的身子，实在是穷得没有理由。我昨晚搬进去的时候，见她穷得可怜，到十二点钟，我拿五块钱送进去，说愿意帮助她，她已收了。我知道她的性格，人家调戏她不妨事的，挑逗了她几句。不料她公然装起正经人来，将五块钱钞票望我撂，不要我帮助，我也就罢了。那晓得她还不肯罢休，今早起来，她门口贴了一张字纸，写道：'我虽穷苦，何至卖笑博缠头？昨晚竟有人持金五元，来云愿以此助旅费，旋任意戏谑，面斥始退。呜呼！轻人轻己，留学生人格何在？望以后自重，勿招侮辱。'下面写黄慧莼三个字，你看好笑不好笑？"

黄文汉道："字写得何如？"郑绍畋道："字不好，但是很写得圆熟。写这张字的人我认识。"黄文汉道："不是她自己写的吗？"郑绍畋笑道："她能写字，也不会穷到这般。她的历史，我都知道，等我说给你听。她是我同乡姓金的女人。光复的那年，姓金的在那湖北当甚么奋勇队的队长。解散的时候，很弄了几个钱，便娶了这位黄夫人，同到日本来。他家中本有女人，在日本住不了几个月，不知为着甚么事回国去了。一去便不复来，听说连音信都没有。这位黄夫人又不安分，与同住的一个湖南人姓夏的有了苟且，去年四五月间还出了一回大丑，被人家拿着了。后来不知她怎样的生活，直住到于今。今早她门口贴的那张字，我认得笔迹，就是那姓夏的写的。这样看来，她和那姓夏的还没有脱离关系。只要拼着工夫打听打听，不须几日就明白了。"黄文汉道："我今晚和你去看看何如？"郑绍畋道："去看不要紧，只是你得想法子替我出出气。"黄文汉道："有甚么气出？"郑绍畋道："不然。这气我始终是要出的。"

　　二人说着话吃完了菜，会了账同出来，坐电车到光明馆。郑绍畋引着黄文汉上楼，进了一间六叠席的房。郑绍畋小声说道："隔壁房间就是她住的。"黄文汉道："等我到她门缝里去张张，看是个怎样的人物。"郑绍畋道："那张字就贴在她门上，你去看看。"黄文汉悄悄的走到隔壁门口，向缝里去张望。房中并没人，陈设十分萧条，知道是出去了。看了看门上的字，果和郑绍畋念的一字不错。随即回房问郑绍畋道："已出去了。她房中怎的一些儿陈设没有？"郑绍畋道："穷到这样，那有甚么陈设。"黄文汉道："身上穿的衣服怎样？"郑绍畋道："衣服倒不十分恶劣，想是因中国衣服不能当，所以还有衣穿。"

　　二人正说话时，听得拖鞋的声音从房门口走过，接着隔壁房门响。郑绍畋用日本话说道："回了。"黄文汉也用日本话问道："她不懂日本话吗？"郑绍畋道："我昨晚听她叫下女，一个一个字的，还斗不拢来。我们说话她那里懂！"黄文汉笑道："来了一两年，怎的几句普通日本话都不能说？"郑绍畋道："她没上课，又不和日本人交涉，教她到那里去练习日本话？"忽听得隔壁掌声响，郑绍畋道："你听她和下女说话，就知道她日本话的程度了。"掌声响了一会，不见下女答应。拍拍拍又响起来，下面仍没有声息。便听得门响，自己出来叫道："开水开水，拿来给我。"黄文汉扑嗤一声笑了出来，外面即不叫了。又过了一会，下女才慢腾腾的扑到她门口，有神没气的问道："叫开水开水的是你吗？"里面带气的声音答道："马鹿，不来开水！"黄文汉、郑绍畋都吃吃的笑。听得下女推门进房，随即退了出来，带气的"砰訇"一声将门关了，自言自语道："那里是女学生，分明是淫卖妇。半夜三更的拉汉子进房，还当人众不知道，装模作样的吆三喝四。自己也不想想，比我们当下女的人格还低。这般驱使人，也不害羞！"

这下女欺黄女士不懂日本话，所以敢立在她门口发牢骚。不料黄文汉一句句都入了耳，忍不住生气，拔地跳了起来，推开门见下女还靠着栏杆，对准房门的数说。黄文汉向她唬了声道："你说谁不是女学生，是淫卖妇，半夜三更拉汉子进房？"下女翻着双白眼，望了黄文汉一望，随指着房门道："我说这房里的人，一些儿不错。"黄文汉正色道："中国女学生不是可由你任意污蔑的。你说她的事，有证据没有？"下女冷笑道："怕没有证据？奸都拿过。"黄文汉道："还有甚么证据？"下女道："每晚十二点多钟，那姓夏的就来，两三点钟才出去。我在门缝里见他们两人，脱得赤条条的搂住睡。看见的还不止我一个人，同事的下女都看见。"黄文汉道："你去将那看见过的下女叫来，我有办法。"下女即俯着栏杆叫了几声，下面答应了，一阵脚声跑上楼来了。

黄文汉见来的两个都有三十来岁，笑着问甚么事。黄文汉道："你两个曾见隔壁甚么事？"两个笑作一堆道："甚么事都见过。"那个下女道："是吗，我还敢说假！"黄文汉问话的时候，前后房里出来几个人，都走拢来听。黄文汉一一点头打招呼。其中有一个姓任的，湖南湘阴人，对黄文汉道："老兄看这事情当怎生办法？下女的话，我听过了几次，实在是听不入耳。"黄文汉笑道："足下有同乡的关系，为甚么不好办？只怕下女的话不确。如果实有其事，这还了得！开同乡会驱逐回国就是。这种败类留在日本，莫玷污了我中国的女界。"姓任的点头道："老兄的话不错。只是这样事关系全国留学生的体面，同乡不同乡都是一样。"那几个留学生便附和道："这种女子，定要逐起她跑。连下女都骂起淫卖妇来，留学界的面子都丢尽了。"黄文汉道："据兄弟的愚见，专听下女一面之词，恐怕靠不住。须教下女与她当面对质，看她怎生说法。如下女确有证据，她不能抵赖，事情揭穿了，看她还有甚么颜面在这里住。"

大家听了，都赞成。姓任的挂先锋印，带领三个下女，将黄女士的房门推开。他们在外面议论的话，黄女士早听得清楚，正急得恨无地缝可入。见一群男女走进来，吓得面无人色。姓任的随意行了个礼，开口说道："黄女士不懂日本话，下女说的话听不出，倒干净。只苦了我们懂日本话的，实在难堪。恐怕是下女任意污蔑黄女士，我们代黄女士出来质问她，问她要证据。不料她们说得确切不移，并说可以对质，使我们更难为情。现在同馆子的人，都说这事非彻底澄清不可。因我与黄女士有同乡的关系，推我出来，盘问黄女士的实在情形。人证也来了，等我教下女当众说，我译给黄女士听，不实之处，尽好辩驳。"

姓任的说着，用日语问下女道："你将你刚才说的话再说一遍。"下女正待说，黄女士止住道："不用说，诸君的意思我知道了，不过想我搬出去，几日内我搬出去就是。只是诸君也未免干涉得无礼。我虽有些不合礼法的行为，也是出于无奈，应该为我原谅。诸君平心想想自己，可能处处不落良心上的褒贬？关于个人道德的事，原不与外人相干，法律上也没有旁人可干涉之条。任先生率众进来，所说的理由不算十分充分。刚才不知是谁在外面说，这种女子不驱逐回国，莫玷污了我中国的女界，这话更说得太过。中国的女界，却不是由我们女子自己玷污的，你们男子甚么荡检逾闲的事情不做？即如隔壁的那位先生，昨晚还在我跟前做出许多丑态，门口的那张字不就是为他写的吗？你们男子的人格我都知道，当着人正经罢了。请你们出去，我搬家就是。我不是因为欠了馆账，早已搬了。"说完，掉转身背着众人坐了，鼓着嘴一言不发。

不知众人怎生回答，且俟下章再写。

第三十六章

上野馆拒奸捉贼
同乡会演说诛心

　　话说黄文汉等见黄女士回出这番话来，一个个如泥塑木雕，开口不得。黄文汉自悔鲁莽，不该倡议对质。郑绍畋本躲在后面，早一溜烟回房去了。余人见风色不顺，一个个往门外退。黄文汉本想发挥几句，奈大势瓦解，独立难支，只得也跟着大众，如潮涌一般的退了出来。下女不知黄女士说了些甚么，扭着姓任的盘问，姓任的模糊答道："她没说甚么，也答应几日内搬去。"下女都笑着去了。黄文汉缓步回到郑绍畋房内。郑绍畋伸着舌头，将脑袋晃了几晃，低着喉咙说道："好厉害，几乎不能出她的门。"黄文汉摇头笑道："我和人办交涉以来，这是第一次失败。我们自己有短处给人拿着了，任你有苏、张之舌，也说她不过。"黄文汉说着话，拿了帽子道："我要走了。"郑绍畋送了出来，笑道："你的好事成了，须给我信，请我吃喜酒呢。"黄文汉点头去了。

　　过了两日，黄女士托夏瞎子四处借钱，将馆账还清。夏瞎子替她在上野馆看了间房子，黄女士便搬进上野馆来。谁知尤物所在，处处风波。才进上野馆，又出了个大乱子。

　　看官你道为着甚么？原来上野馆住了个云南人，姓何，名列仙，借着留学的头衔，骗了一名官费，在日本住了两年，终日研究吊膀子的学问。上野馆是个下流所归的地方，雇的下女都有几分妖态。何列仙就贪着这点，住在上野馆不肯出来。这日见黄女士进来，柳弱花柔的，和下女又是一种风味。他便起了淫心，在黄女士门口踱来踱去，时而咳咳嗽，时而跺跺脚，想引黄女士注意。好个黄女士，生成一双媚眼，一副笑靥，无意中向何列仙笑了一笑。何列仙更是喜从天降，连忙堆出笑脸，近前问话。黄女士因忙着清理什物，懒得多说，便对何列仙道："请等我将房子收拾好了，夜间过来坐。"何列仙听了这话，满心满意的以为黄女士答应了他，约他夜间来叙情话，当时兴高采烈的连点头说"知道，知道！"退到自己房里，越想越得意，到浴堂洗了澡，涂了满身的香水，准备云雨会巫峡。七八点钟的时候，跑到黄女士房里去看，黄女士不知道甚么时分出去了。他悬心吊胆的惟恐黄女士不回来，不住的跑到门外探望。

　　直到十点多钟，见黄女士跟着一个二十多岁的近视眼回来了。何列仙不敢上前招呼，退立在黑暗地方，让两人喁喁细语的过去。等他们关好了房门，悄悄的走到房门口，向门缝里去张。见二人促膝坐着，相视而笑。何列仙便舍不得走开，目不转睛的窥看，馋涎欲滴。见两人相视笑了一会，近视眼忽然将黄女士搂在怀里，伸手满身乱摸。黄女士偏着头，用手抱了近视眼的头，两个浪作一团。近视眼向黄女士耳边说了一句话。黄女士指着门外，咬着近视眼的耳根，不知说些甚么。何列仙以为被她看见了，吓了一跳。只见近视眼摇摇头，竟唱起《西厢记》来："我将你钮扣儿松，我将你裙带儿解。"露出黄女士雪练也似的一身白肉来，在那电光之下，见了更是销魂。何列仙眼睁睁看他两个虫儿般蠢动，不觉抽了口冷气，仍是望着他们整理衣服。掠鬓的掠鬓，揩汗的揩汗，一会都料理清楚了。黄女士手按电铃，何列仙知道是因欲火灼干了口，叫下女泡茶喝。自己也顿觉得口渴起来，跑回房喝了一壶冷茶，才得欲火消了下去。心想：这女子如此淫荡，若弄上了手，倒是件美满的事。看她那情人体魄并不壮实，未必能如她的意。今晚等她睡着了，我悄悄的过去，将她的爱情夺了过来，岂不是好？热天里衣衫单薄，尤易入港，料想她决无拒绝之理。主意已定，躺在席上，看桌上的钟一秒一秒的行走。

　　看看过了十二点钟，满馆的人都睡静，何列仙蹑脚潜踪的摸到黄女士房门口，轻轻推开门，黑洞洞的。何列仙摸着电灯的机揿，一扭，有了光。见黄女士仰面朝天的睡着，只用被角盖住胸口，青丝垂于枕畔，白臂撩于床沿。眼闭口闭的，睡得正好。何列仙回身将门关好，膝行到黄女士跟前，用手在黄女士身上抚摸了一会，禁不住欲火如焚。正想动手，黄女士惊醒了，一蹶劣爬了起来问道："你跑来做甚么？"何列仙忙抱住求欢。黄女士道："还不快出去，我就嚷了！"何列仙哀求道："女士何必如此决绝！我实在爱女士爱到极点。"黄女士用力将何列仙一推，怒道："真不走吗？定要我喊起来，丢你的脸吗？"何列仙见她声色俱厉，只得站起来开门。黄女士道:"轻些,隔壁有人。"

何列仙回到自己房内,垂头丧气的坐了一会,忽然自己骂着自己道:我怎的这样蠢,中国女人又不和日本女人一样,照例是推三阻四的不肯直爽答应人。她既不肯喊出来,便是允了,我何不行强将她放倒?初次见面的人,就想她全不客气,那有这样好事?我出来的时候,她叫我轻些,隔壁有人。她若不是愿意,怎的这般说?哦,我知道了,她肯是千肯万肯了,只因没扭熄电灯,初相识的人有些不好意思。我再过去,将电灯扭熄,搂住她,即将舌头塞在她口里,使她喊不出来,事情就容易办了。自己点头道:不错!复摸了出来。见黄女士房中电灯已熄了,如前推开门,用手在地下爬到黄女士跟前,轻轻揭开被,钻进去紧紧搂住。黄女士哎哟一声,大叫有贼。何列仙忙说:"是我。"黄女士道:"你是谁?"接着就听得隔壁房里应声喊道:"有贼来了,有贼来了!"这两声将上下左右前后的住客都叫醒了,只听得各处门响脚响,大家忙着问贼在那里。何列仙吓得扒起来就跑,出门刚碰了隔壁的客人出来,认作是贼,一把没有抓住,跟在背后追。何列仙的裤子是虚扎的,没有系上带子,跑急了,裤子褪了下来,缠住了脚,跑不动。刚到自己的房门口,已被追的拿住了。何列仙忙作揖求情道:"我不是贼,求你不要声张。"那人道:"你不是贼,半夜到人家房里干甚么?"何列仙想拉那人进房,求他遮盖。猛听得一阵脚声跑近前来,喊道:"贼在这里吗?"那人笑道:"一个偷人的贼,已拿着了。"即有许多人围了拢来。何列仙羞得摔开那人的手,逃进房去穿裤子,那人仍跟了进来。电光之下,无处逃形,一刹时看把戏的人都挤满了。

黄女士也起来穿好了衣服,走到外面。就有许多人围着她问讯,她一一对人说了出来。有几个问是谁拿的,黄女士道是隔壁房里的。几个人都到何列仙房里,问拿何列仙的那人道:"老李,是你拿着的吗?"老李便是李锦鸡,这晚他正和春子睡得甜蜜蜜的,听得隔壁叫有贼,他便应了两声跑出来,恰好将赤条条的何列仙拿着了。当时同馆的人,一个个尽兴奚落了何列仙一顿,各散归房。次日绝早,何列仙即搬跑了。

夏瞎子听了这个消息,三步作两步的跑来看黄女士。黄女士将详细情形对她说了一番。只气得夏瞎子两只近视眼发直,连说:"岂有此理,这东西,非惩治他不可!"黄女士道:"惩治是自然要惩治他,只是你出头有些不便。我有个本家就住在隔壁几家富士馆内,为人甚是仗义,又是克强嫡亲出服的兄弟，我去请他过来商量，看他有甚么办法。"夏瞎子道："他认识你吗？"黄女士道："我和他同宗，怎的不认识？当小孩子的时候，便和他时常同顽耍。"夏瞎子点头道："不是人家都叫他黄老三的吗？"黄女士道："不错。"夏瞎子道："我知道，他是个老留学生，去和他商量商量也好。"黄女士便换了衣服，到富士馆来。

　　黄老三刚起来，黄女士装出哭声，诉了昨夜之事。黄老三捻着几根胡子，微微笑道："你们幼年妇女，单独住在这种龌龊馆子里，自然是有些意外的风波，忍耐点儿就过去了，何必闹得天翻地覆，揭出来给人家看笑话？"黄女士道："叔叔，你老人家不知道，自你老人家偕女婿回国去后，也不知受了人家多少凌辱。常言道：女子无夫身无主。这一年多，苦也受尽了。于今更闹得不像样，居然想强奸起你老人家的侄女来！你老人家何等体面的人，我是何等人家的小姐，这种气如何受得？无论如何，总求你老人家替我想法出出气。"黄老三皱着眉道："这事情教我有甚么法想？"随即沉吟了一会，问道："强奸你的是个甚么样的人？你知道他的姓名么？"黄女士道："知道他的姓名也罢了，连人都没看真。"黄老三点了点头，起身穿衣服道："你且回去，我吃了点心过你那边来，打听他的来历。"黄女士叮咛道："定来呢！"黄老三道："说了来，自然来。"黄女士笑道："你老人家说话素来随便的，没得我在家里等，你老人又不来咧。"黄老三点头挥手道："你去，一定来。"

　　黄女士辞了出来，夏瞎子还站在上野馆门口打听。黄女士对他说了黄老三的话，夏瞎子道："凑巧今日湖南同乡会开会，我带你去将这事对大众报告，求同乡会写封公信到公使馆，请公使除那东西的名，你说好么？"黄女士道："只怕同乡会不肯写信。"夏瞎子道："那有不肯写的？同乡会会长、职员都是我的朋友，容易说话的。"黄女士道："只要你说去好，就去也可以。今日甚么时分开会？"夏瞎子道："午后二时，在大松俱乐部。我此刻就去会两个朋友，谈谈这事。"说着去了。

　　黄女士进馆，在房里还没坐得一分钟，黄老三来了。叫账房来，问了何列仙的姓名、籍贯。亲到李锦鸡房里，问了昨夜提贼的情形。又邀了昨夜在场的人到黄女士房里。黄老三写了封信给公使，要求满馆子的人写了封公函，证明确有是事，两封信都从邮政局去了。黄老三办好了事，也不就坐，便辞了众人出来。

这两封信不久即发生了效力，何列仙的官费被裁。没有钱，便不能研究嫖学，仅得了一张修业文凭回国去了。从此上野馆少了一个嫖客，淫卖妇少了一个主顾，中国政府每月省了三十六块冤枉钱。这都是黄女士一声喊的结果，只是这都是闲话。

再说黄女士自黄老三去后，即走到外面盼望夏瞎子来谈心。煞是作怪，他们两人真有磁石作用似的。黄女士刚走到门口，夏瞎子恰迎了上来。两人各笑了一笑，同进房说黄老三的办事才好。夏瞎子就在上野馆吃了午饭，等到两点钟，两个鹣鹣比翼的到大松俱乐部来。此时到会的已有了百多人，十有九都得了这消息，正在三个一群，五个一党的议论这事，忽见黄女士公然带着夏瞎子到会，不约而同的哄笑起来。黄女士面子上终觉有些惭愧，一个人坐在演台角上，不敢和夏瞎子联袂接席。夏瞎子偏不知趣，拼命的挨近她坐着，恼动了许多同乡的，起了个驱逐他们回国的心。开会的时候，便有位职员出来演说留学生的道德及同乡会对于留学生的责任，暗暗的指着他们两人对症下药。黄女士从来会说，到了这时候，也只能低着头红着脸，连气都不敢大声吐。想起昨晚的事，更是羞惭满面，不待散会，即悄悄的同夏瞎子走了。黄老三在会场上听得风声不好，恐怕同乡会认真驱逐起来，体面上过不去，归家筹了几十块钱，要黄女士回国。黄女士不能违拗，终于与夏瞎子欷歔惜别。两人都痛骂何列仙不置。

当时有好事的，作了一首诗赠黄女士，还作得好。诗道：

从来好事说多磨，醋海探源是爱河。

无碍无遮大欢喜，逢人莫漫更投梭。

黄女士动身之后，上野馆略为清净了几日。李锦鸡和春子又闹起花样来。原来李锦鸡前日在上野公园，无意遇了胡蕴玉女士，李锦鸡此心不死，施出他平日吊膀子的看家本领来。胡女士真能做到无碍无遮大欢喜，李锦鸡便跟着诉了一回倾慕之怀，向胡女士讨了住址，回家写了封万言情书，寄给胡女士。因怕胡女士走来见了春子吃醋，想将春子退了。春子那知道李锦鸡的苦衷，撒娇撒痴的不肯去。后来见李锦鸡认真不要她，她便敲李锦鸡的竹杠，要李锦鸡做衣裳。李锦鸡不肯，春子哭着闹个不休，说李锦鸡骗她。李锦鸡无奈，只得花了十几块钱，做套衣服给她，还补足了一个月的夜度费，才两下脱开。李锦鸡的万言情书寄去，以为必是一道灵符，胡女士非来看他不可。谁知这封信偏被一个不作美的人见了，立刻变成了个梦幻泡影。

　　这人是谁呢？说起来看官们必然惊讶，便是阻拦苏仲武的黄文汉。黄文汉自光明馆出来之后，回到代代木。郭子兰问开会的情形，黄文汉说了个大概，吊膀子的话便不提起，只商量要搬家。郭子兰为人忠厚，明知道黄文汉举动诡谲，他只作不理会，要搬家就搬家，也不寻问理由。次日，胡女士果然写了封信来，说几日内就搬到三崎町甲子馆来，和一个国会议员同住。黄文汉大喜，连忙到三崎町一带寻房子。苦于没中意的，远了又嫌不方便。甲子馆对面有个玉名馆，还勉强能住，即定一间大房间。一时也不顾郭子兰搬往何处，匆匆将贷家解散。郭子兰在牛込寻了个贷间，黄文汉便搬进玉名馆来。

　　黄文汉搬家的这一天，恰好是胡女士乔迁之日。彼此在街上遇着，胡女士已得了黄文汉告她搬玉名馆的信，彼此见面都喜孜孜的。只因街上立谈不便，又各忙着要检行李，才分了手。夜间胡女士来访黄文汉，黄文汉接到房里，随便说了几句客套话，都不肯久拘形迹。胡女士年纪虽小，男女交际上却十分老成。她平日往来的朋友，都是身体雄伟的，黄文汉练过拳脚的人更是不同。这晚直到十二点多钟，胡女士还不舍回去。黄文汉也还有些不尽兴似的，留她住夜。胡女士当女英雄的人，本来不受人拘束，可到处自由的，就住下来。两贤相得益彰，从此便如胶似漆，胡女士每夜宿在黄文汉家里。

　　一夜，胡女士问黄文汉道："有个福建人姓李的，你认识他么？"黄文汉道："不是那日在教育会演说被叱的吗？"胡女士点头道："就是他，为人怎么样？"黄文汉笑道："他是有名的嫖客，叫李锦鸡，最是无聊。你不用看他旁的，只看他那天上台演说，若是稍有学问的人，怎的那般胡扯？稍有人望的，也不得满座都叱他。"胡女士笑道："原来是这般的一个人。他今日写了封信给我，你看么？"黄文汉笑道："甚么信？我看。"胡女士从手提包里拿出来给黄文汉，笑道："我看他这封信还没写通。"黄文汉见一叠信纸，足有半寸厚。看了几页，总是些仰慕恭维的话，懒得看下去，一把撕了，笑道："这狗屁不通的东西，全不知道要脸。怎么这样的笔墨，居然敢连篇累幅的写信给你？写给无知识的女子倒还可想。"胡女士点头笑道："可惜撕烂了，不然倒有个办法，绝他的妄想。"黄文汉忙问："怎样？"胡女士道："将原信寄给他，一个字也不复，他接了，必将念头打断。"黄文汉喜道："这法大妙。撕烂了不要紧，理好加封寄去就是。"说着，就桌上将信纸一片一片的理伸，加了个封套，当晚即由邮局寄还。

李锦鸡接了，气得目瞪口呆。并不知道是黄文汉作梗，以为是胡女士变了心，自悔不该将春子退了，弄得两头失靠。闷在肚里气了几日，手中还有几十块钱，仍想包一个日本女子泄泄胸中的怨气。四处物色了一晌，没有称意的。嫖了几晚艺妓，钱又嫖完了，色的念头也只得打断。一日，在上野馆门口，见了一个女学生走过。年纪在二十内外，容貌颇不恶劣，衣服更是整齐。李锦鸡有些技痒，也不问她是谁家之女，谁人之妻，便跟上去吊起膀子来。那女学生一直往前走，睬也不睬。李锦鸡吊膀子的经验最足，失败的回数绝少。虽是日本女子容易上手，他的忍耐性也算是独一无二的。他想吊这女子，任如何的被叱，他总是和颜悦色的，一点儿性气没有。并且胆力绝大，脸皮绝厚，手腕绝快。有这三种，所以绝少失败。就是胡女士，若不是这些人有意与他为难、黄文汉从中作梗，怕不已到了手吗？

闲话少叙。单说他跟着那女学生走了一会，见女学生不作理会，便走拢去低声问道："贵学校在那里？"那女学生回过头来，正待质问他：一面不识的人，无故问了做甚？好个李锦鸡，聪明盖世，见女学生回过脸来，带着几分怒气，即连忙笑道："果然是你！我说我的眼睛不会这样不停当，上课去吗？"那女学生怔了一怔，望着李锦鸡不好开口。李锦鸡接着说道："想不起我来吗？我姓李，前月不是在美术展览会会过的吗？"女学生寻思道："先生错了，我并不曾到美术展览会去。"李锦鸡跺脚笑道："那里会错！你的模样我也不记得吗？虽只见过一次，已深深的印入我的脑筋，一生也不会将你的影子忘掉。你何必装不认识来拒绝我哩！你要知道，我并不是妄攀相识。"日本女子的性格，最喜人恭维她生得好，一见面即永远不会忘记。李锦鸡投其所好说去，女学生果然不好意思再说不认识，也堆下笑来道："对李先生不住，我要去上课了。"说着，对李锦鸡行了个礼就走。李锦鸡慌忙答礼，缓缓的跟在背后走。跟到猿乐町，见她进了高等女子英佛和学校，喜道：这学校里女子没有中等以下人家的。用心吊上了，比春子要强十倍。说不得须破几日工夫。

不知李锦鸡怎生吊法，且俟下章再写。

第三十七章

旅馆主无端被骗
女学生有意掉包

话说李锦鸡在英佛和女学校门口徘徊了一会，心想：不知她甚么时候下课，如何能在外面立等？不如回上野馆。她上课既由上野馆，下课必也得走那里经过，我立在上野馆门口等她便了。李锦鸡回到上野馆，只见他的好友王立人已押着行李向上野馆来。两人见面打了招呼，李锦鸡即帮他搬运行李。

这王立人自去年和刘越石抢春宫之后，数月来嫖赌逍遥，无所不至。前次黄文汉给郑绍畋看的那张新闻，便是他发表的成绩。他学名叫作王家祥，年龄二十三岁，生得身材短小，眉目却还端正。只是眉目虽生得端正，嫖品却极是下等，专喜和下女、烂污淫卖鬼混。神田一带的淫卖妇，他见面没有不搭上相好的。神田几家人口雇入所，没一家不是极老的资格。表神保町一番地的都屋，他更是往来得亲密。都屋有个女儿，年才十七，生得淫冶非常，名字本叫秋子。只是人家却不叫她秋子，因她大而无外，无所不容，赠她一个绰号叫"汤泼梨"。汤泼梨是日本大碗的名词，汉字就是个井字。人家又说赠她这绰号有两个意思：一个是说她偷的人多，一个是形容她下体如汤泼梨之大。著书的人，却不知道那一个实在，大约两个都有些意思。

这汤泼梨生长人口雇入所，见多识广，媒人媒己，在神田几乎垄断神女生涯。王立人本是她的老主顾，因为王立人厌旧喜新，要求她物色新鲜人物。汤泼梨这种女人本无所谓吃醋，并且日本人具有一种特性，无论甚么人，只要有钱给他，便是他自己的女人姊妹，都可绍介给人家睡的。莫说汤泼梨是靠此营生的，肯吃这样无价值的醋吗？一连绍介了几个给王立人，王立人都睡一晚说不称意。汤泼梨贪王立人有的是钱，特意将她的亲戚榎木花子找来。这榎木花子年纪虽比汤泼梨大一岁，看去却只像十五六岁的小女孩，容貌比汤泼梨更是妖艳，在马込乡村地方，没有人赛得她过。汤泼梨写信找了她来，教训了几夜，引给王立人看。王立人果然欢喜，同住了几夜，两心契合，便订了做夫妇的口头契约。王立人为她租了猿乐町五番地的房子，居然立起室家来。汤泼梨从中得了许多的绍介费。

王立人对花子说，他父亲做农商总长，在国内如何有势力，如何有钱，想使花子听了欢喜，好一心一意的跟她。谁知花子受了汤泼梨的教唆，要趁此多捞几个钱，无日不吵着王立人要做衣服，买首饰。王立人既吹了这大的牛皮，不能不装出有钱的样子，只得罗雀掘鼠的供给她。奈花子的欲心太大，以为王立人手中至少也有一千八百，几件丝不丝棉不棉的衣服，几套金不金银不银的首饰，那里在意？仍是撒刁放泼的和王立人闹。王立人实在没有力量，只得哄着她说，已打电报赶钱去了，不久就有钱到。安静了几日，见没有消息，又吵起来。王立人找了汤泼梨，求她缓颊。汤泼梨教训了花子一顿，从此便不吵了。只是每日在街上游走，夜间直到十一二点钟才回。王立人问她终日在外面跑些甚么，她说在家中闷得慌，去外面开开心。王立人也禁止她不住，只要她每夜归家，便算她没有外遇。

一日，王立人有个朋友从中国来，写信要王立人到横滨去接。王立人一早就去了，留花子看家。到下午回来，见大门由里面锁着。王立人知道有变，用力捶了几下门，里面答应了，花子开门出来。王立人见她形迹可疑，忙跨进去满屋搜索了一会。见后门大开着，水果、糖食摊了一席子，不由得大怒，回身抓住花子就是几巴掌。花子大叫了一声，头发都散了，也扭住王立人乱抓乱撞。声息闹大了，遇了游街的警察，跑进来查问。花子撒了王立人，向警察哭诉道："我在他家做下女，他调戏我，我不肯，他就按住我强奸。他是中国农商总长的儿子，我得和他起诉。"警察问道："你是那个人口雇入所绍介的？"花子说了，警察抽出日记本写了几个字。王立人向前申辩，警察似理不理的略点了点头，教同到警察署去。王立人便和花子同到警察署。不一刻汤泼梨也来了，也说是绍介花子到王立人家当下女。王立人又辩论了一会，只是没有证据，争花子、汤泼梨不过。幸警察长察言观色，已看出了几分，两造都申叱了一顿，叫都滚出去。

　　王立人回家，望着花子将新办的衣服首饰捆载而去，只气得捶胸顿足。一个人冷清清的住了几夜，又想念起花子从前的好处来。他知道花子的住址，便写了封绝妙无比的日文信给她，信道：

　　　　拜启嗚呼御前八十分ノ親切ガ有リマ六カラ死ノ迄デモ忘レ
　　マセン而ン御前ノ恶メ處ガ自分デノシヨジシツラルデセラカ
　　若シ自分デシヨシテルメララベ私ハカタリ前デセヰカーカ一
　　花子誠二六マメイケンレド私八决シビ御前ノ事ガ忘レルメ事
　　ト出来マセンデ六第一八御前注意シデリパメヅト メデ居テ御
　　身體ガ切ニシモ下廿人

　　　　恋レフ　　榎木八十樣

　　　　　　　　　　　　　王家祥ヨリ[1]

　　这信发去不到两日，花子公然又来了。好个王立人，不记前事，复为夫妇如初。一日，王立人家中果然汇了百多块钱来，王立人从邮政局领回，放在钱包里。第二日起来，不翼而飞的去了八十块。王立人明知道是花子偷了，只是花子死也不肯承认。不得不自认晦气，翻悔不该写信找她来。即日将房子退了，硬撵了花子出去。花子并不留恋，悠悠然去了。王立人便搬到上野馆来，从此与李锦鸡打成一片，嫖赌上出了许多新鲜花样，待我一一写来。

　　这日，李锦鸡帮着王立人收拾行李已毕，午饭也不吃，站在门口盼望。直等到四点钟，那女学生才夹着书包，从容向上野馆这条路走来。李锦鸡忙挣开笑脸，迎上去一躬到地，笑道："小姐上课回了，可能到我家去坐坐？"随用手指着上野馆的门道，"就在这里。"女学生猛然见了，吓得倒退了一步。望了李锦鸡一望，见就是上午的那人，知道是不怀好意。但是日本女人遇了这种不怀好意的人，本不十分畏惧，不过须看来人的面

---

　　[1]因王立人不学无术，此信颇多语病，文理不通。大意如下：拜启：嗚呼！您对我的关怀，我至死不忘。而您的不妥之处，望能自己改正。若有困难，不能自己处理，我定当尽心竭力帮助您。啊！花子，我实在对不起您，对您也真的难以忘怀。望您好好工作，并一定要保重身体。
　　致亲爱的榎木花子小姐

　　　　　　　　　　　　　王家祥　　呈上

子如何。李锦鸡天然爱好，一切修饰都迎合日本女人的心理，早医了女学生的九分不快，不忍说出个不字。只是也不便开口便允，低着头做出寻思的样子。李锦鸡见有允意，那敢怠慢，接连说了几个"请"，自己侧着身子要引道。女学生一想，就进去看看也不要紧，休得辜负了人家的盛意，便点了点头，硬着头皮，进了上野馆。

李锦鸡一面脱靴子，一面招呼厨子办几样顶好的中国菜。厨子自是诺诺连声的笑应。李锦鸡接了女学生的书包，引到自己房里。李锦鸡住的是间六叠席的房，虽不甚新，也不甚旧。房中的陈设却都是崭新的，书案上供着一大瓶的鲜花，鲜花上面供着一张西洋裸体美人的油画，神采和活的一样。书案旁摆一张沙发椅。席上几个白缩缅蒲团，李锦鸡随手拿了一个，让女学生坐。女学生也有些不好意思似的，低垂粉颈的坐下来，手拈裙带，不做一声。李锦鸡殷勤递了烟茶，正待问她的姓名，忽门响，下女引着一个五十多岁的日本人进来。李锦鸡不见这日本人，还有几分魂魄和女学生说话；一见了这日本人，三魂七魄都吓掉了，登时面如土色，真和泥塑的一般。日本人行礼，也不知道作理会，瞪着一双白眼。李锦鸡恨不得立时破壁飞去。

看官，你道这日本人是谁？原来就是东乡馆的主人。他自李锦鸡逃后，四处探访了几日，没有消息，也就自认晦气的罢了。将李锦鸡不成材的行李收叠起来，搁在一间不能住客的房内，李锦鸡的住房仍租给人住。倏倏忽忽的过了半月，忽然邮便夫执着邮便局的一张纸条，要将赵明庵的那封挂号信收回去。说本人有信通知邮便总局，谓赵明庵久经归国，回条上的收件人是东乡馆，请向东乡馆将原件取回，转寄福建去，所以来取这封信。馆主人吃了一惊，直向邮便夫说，这信已交给赵明庵的同乡李某收了，李某现在不知去向。邮便夫将馆主的话，回复邮便局。邮局查存根，款已有赵明庵的图章领了，打了个电报向福建去问。回电赵明庵归国时，并未托人收受信件，图章确系伪造。邮局只得仍找东乡馆。馆主自知说不过去，不能不担任赔偿。只是一个做小生意的人，如何亏赔得起？拼命的四处探听李锦鸡的下落，这日居然被他探着了。进门见房里有客，存着些客气，不做声。

女学生见有人进来，即告辞起身。李锦鸡迷迷糊糊的，也不知道留，也不知道送，略略抬了抬身，便由她去了。心中只计算如何遣发这债主。

神思稍定，听得馆主开口说道："李先生搬到这里，倒很好。多久就想来奉看，因为不知道先生的住址，所以耽搁到于今。"李锦鸡听了，格外难过，老着脸笑道："很对你不住！前月我因有点急事，到大连去了，昨日才回来。同着两个朋友，他们定要住上野馆，又不懂日本话，强扭着我陪他一两日。本打算明后日回你那馆子来，恰好你今日来了。这房间并不是我的，你看这些陈设不都是新的吗？方才来的女客，便是我朋友想纳个日本姜，约了今日来看，刚遇着我朋友有事出去了。我前月走的时候，不给你信，也有个理由，并非想逃你的债。你看我平日挥霍，大约也知道我不是逃债的人。只因去大连，是为我民党的秘密紧急事，一则说出来防人知道，二则那时手中的盘缠不多。告诉你要走，不算清账，恐你挽留，误了我的事，所以瞒着你走。你素知我系民党要人，举动是与常人不同的。你于今且回去，我明日定到你馆里来，我还是要到你那里住的。我们老宾主，有话都好商量。"

馆主人听了李锦鸡一篇鬼话，到底摸不着头脑，有几分认作真的，连连点头道："原来有这些原故，先生能再到小店去住，自是感激。只是赵先生的那封挂号信，邮便夫来了几次，问我追赔那汇来的钱。先生可怜我做买卖的人，如何受累得起？望先生出来担认一声。"李锦鸡听了，又加上了一层慌急，思索了一会，忽抬头向馆主道："那信是赵先生托我收领的，如何邮局能问你追赔哩？赵先生动身的时候，将他的图章交给我，托我替他取款，背了脸就不承认吗？这还了得！这事不与你相干，我去邮局办交涉便了。你放心回去，包管邮局不再找你了。此刻时间不早，邮局办事的放了假，明日我办好了交涉，便到你馆里来。"说完，气忿忿的骂道，"赵明庵那东西，这般教我丢人，还了得，决不饶他！我和他同乡，又是亲戚，他的钱我又没拿着使一个，也替他还了账，如何又追问起来？"李锦鸡一个人叨叨的骂个不了，馆主也摸不着头脑，见说得这般认真，便将心放下。李锦鸡骂时，下女来问菜已弄好了，就开上来么？李锦鸡借着收科，叫快开来，添一个客饭，打五角正宗酒来。馆主忙装出告辞的样子，李锦鸡拉住笑道："你我还客气些甚么？已招呼他们厨房弄了几样中国菜，随便喝口酒。你又是欢喜喝酒的。"馆主听说，也笑着仍坐下来，谢了几句。

李锦鸡偶一回头，见女学生的花布书包还摆在桌上，心中大喜，忙起身收在柜里。下女开上饭来，陪着馆主饮了几杯酒。吃完饭，哄着他去了。从柜里拿出书包来，打开一看，是几本法文、算学教科书。看书面上写着"有马藤子"四个字。李锦鸡寻思道：神保院对门有所洋房子，门口挂着"法学士有马通辩护士事务所"，说不定是他家的，我等着就是。她明日上课，必来这里取书包，怕她不送上门给我取乐吗？心中一时高兴起来，将书包裹好，仍纳在柜里。思量明日如何打点东乡馆。

忽听得王立人在门外喊道："老李，今晚是元日，我们看夜市去么？"李锦鸡道："去没要紧，只是没有多味。"王立人推门进来，笑道："同去看各人的运气何如？谁吊上了，谁带回来睡觉。"李锦鸡笑道："谁也吊得上，要看甚么运气！"王立人摇头道："谁去吊淫卖妇？人家的女儿也未必一吊便着。"李锦鸡笑道："你说谁家的女儿吊不着？只你吊不着罢了。你吊的手段原来不高。"王立人道："我的手段为何不高？"李锦鸡道："也不知道怎的，你总得露出些缩脚缩手不大方的样子。想是和下等淫卖妇混久了，染了些下作气，高尚女人见了一定不欢迎的。"王立人笑道："那有这话！我们就同去试试何妨。"

李锦鸡点头，也不戴帽子，同走了出来。一路说着话，走到三崎町。但见两边的路摊接连摆着，形形色色的小买卖无般不有。街上往来的人，从高处望去，只见人头如波浪一般簇簇的涌动，少男幼女也不知有多少。借着这时间做媒介，李锦鸡、王立人入了人群。既特为此事而来，自免不得各自留神物色。两个人四只眼睛便如拿空饿鹰左顾右盼，略可上眼的，不是在她手上捏一把，便在她屁股上抓一下。被抓被捏的女人，一个个都眉花眼笑，也有回捏一把，回抓一下的。各自都以为没别人知道。其实到这里来的，遇了女子，谁不留留神？只各自瞒着自己罢了。

李锦鸡挤来挤去，始终遇不着一个可观的。幸他是被动，原没有出来吊膀子的心，可以稍自宽解。正挤得没多兴味，忽闻得一股异香，人缝开处，一个西装美女挤过来。李锦鸡不看犹可，看了真是十五只吊桶打水，七上八下。来的不是别人，正是胡女士。李锦鸡此心不死，想挤过去。见胡女士背后又挤出一人，一把握了胡女士的手。李锦鸡认得是黄文汉，忙缩了脚不敢过去。黄文汉身材高大，胡女士本来矮小，并肩走起来，更显得一长一短，黄文汉弯着腰才能和胡女士说话。李锦鸡见二人情形很亲密，赌气往人缝里钻。钻到一个拍卖摊旁边，见围的人多停了步，睁开眼睛四处一溜，早见一个十七八岁的女子背后，站了一个王立人，正用手插在那女子袖里摸索。那女子只做没理会，咬着嘴唇看拍卖人高声大喊。王立人诚心诚意的，和使催眠术一般。李锦鸡看看好笑，心想：王立人毕竟是个下等吊法，这女子分明是个烂淫卖，也值这般不避嫌疑的去吊。左右的人都望着他，他也不知道。等我去吓他一吓，看他怎样。心中想着，轻轻挨了拢去，探着那女子的手，用力揪了一下，忙退到后面。那女子忍痛不过，以为是王立人揪的，哎哟一声，翻转身来，朝着王立人啐了一口，骂道："马鹿，怎的无礼！"

王立人吓得缩手不迭，登时红了脸。左右的人都哄笑起来。有些轻薄的日本人，知道王立人是中国人，便叱的叱，骂马鹿的骂马鹿。王立人那里再立得住脚呢，头一低，钻开了几个人，正想一路钻回馆去，忽被一人拖住。回头看是李锦鸡，他还不知道是李锦鸡给他苦吃，以为李锦鸡没有看见，勉强笑道："我们回去罢，今晚一个好的都没有。"李锦鸡笑道："没有好的吗？你自己不会寻也罢了，方才不知道是谁吊膀子出了笑话，大家都哄着骂起来了，你见了么？"王立人摇头道："不曾见。"李锦鸡拍着王立人的肩笑道："不用装糊涂罢，我都看得清清白白。我说你不行，你定要试试，何如呢？"王立人道："那女子真奇怪，我摸得她好好的，她还只管就着给我摸。我又没揪着她，为甚么忽然喊起哎哟来，真吓得我恨无地缝可入。我们回去罢，没有兴致再吊了。"

李锦鸡早觉没有兴致，便同挤了出来。回到上野馆，下女迎着说道："刚才有个姓有马的女子来会李先生，说明早再来。"李锦鸡笑着点头。一个与李锦鸡有过关系的下女，含着些微醋意，似笑非笑的道："李先生自然有女子来会，但不知是谁家的小姐？要不是下女方好，下女才无味呢。"李锦鸡笑着搂住那下女道："不要胡说，来会我的女子，就要有关系吗？"下女鼻子里哼了一声，挣开李锦鸡的手跑了。

李锦鸡回房，王立人跟了进来，问来会的女子是谁。李锦鸡说给他听了，王立人觉得诧异得很，问李锦鸡何以这般容易。李锦鸡笑道："要是你早被她骂了。吊膀子的事情，有甚么不容易？你没看过《西厢》吗？金圣叹说得好：天下最容易的事，无过于幽期密约。因为这种事只要两个人，我肯了，事已成了一半。事情坐实成了一半，还怕不容易成功吗？吊日本女子，连她的那一半，都可以替她成了。为甚么呢？世界上女子没有不想男人的。中国女子因数千年来的积习，无形中有一种限制，女子将偷人的事看得极重，不肯轻易失身。而家庭制度不同，和男子接洽的少，男子纵想吊她，因有些无理由的阻格，得灰了许多心。女子也是如此，纵有想偷男子的心，得排除种种障碍，所以成功只有一半。日本女子有甚么要紧？只要男子生得不丑，她总是用得着的。虽大家的女儿，借着学堂，出入终是容易。出了大门，便是自由之身。欢喜谁，便跟谁。生得好的男子个个都有十成把握。你的容貌并不算丑，服饰也还去得，就是那种嫖淫卖妇的样，都摆在脸上，使人望而生畏。你以后须大方点儿，方才的那种吊法实在不敢恭维，你也不想想，甚么好人家女子这样不要脸，肯当着人由你侮弄？悄悄的捏手示意，使她知道便罢了，决不可露出下作样子来，使旁边的人看见。日本女人虽将这事看得轻易，然公然为猥亵之行为，也知道是犯法的。因为夜市上吊膀子的人多，人家都看惯了，不肯开口便叱，然而都有吃醋的样子。你一时迷了不理会，那女子又是个下贱东西，由着你明目张胆的抚弄。你看后来多少人骂？要不早走，只怕还要吃亏呢！"

王立人点点头，问李锦鸡要书包看。李锦鸡拿了出来，二人翻阅了一会。王立人羡慕不已，问李锦鸡明日藤子来了当怎么样。李锦鸡笑道："我自有妙法，此刻不必说给你听，以后使你知道便了。"

不知李锦鸡有何妙法，且俟下章再写。

第三十八章

水月镜花楼台泻影
招蜂惹蝶旅邸斟情

　　话说李锦鸡和王立人谈笑了一会，各自安歇。次日，李锦鸡尚未起床，即有下女进来说道："外面有个女学生来会，说要请李先生出去说句话。"李锦鸡大喜，连忙说快去请进来。下女去了，李锦鸡起来，拿了洗面具，想赶着去洗脸。下女已回来说道："她说不进来了，请你将昨天遗下的书包给她，等着要去上课。"李锦鸡道："等我下去请她。"说着跐了拖鞋跑到下面。藤子见了李锦鸡，有些羞答答的行了个礼。李锦鸡连说请进去坐坐。藤子笑着说道："现正忙着暑假试验，下次来坐罢，请将昨日遗下的书包给我。"李锦鸡复请了几句，见藤子抵死不肯进来，当着人不便伸手去拉，两个对立了一会。藤子催着要书包，李锦鸡无奈，只得教她等着，自己跑上楼去，从柜里将书包拿出来。忽然心生一计，打开书包，将一个手写本留下，夹了一张自己的名片在教科书里面，照原式包好提下来，交给藤子笑道："请打开看看，有遗失没有？失了尽管来这里寻找。"藤子笑着点头收了，并不开看，弯弯腰走了。

　　李锦鸡知道她必再来，仍是得意，回房盥漱，用了早点，往邮局办交涉。写了张领钱的证，邮局自去回复赵明庵，以后交涉，自由赵明庵与李锦鸡直接，不与邮局及东乡馆相干。李锦鸡办完交涉，回到东乡馆，与馆主言明，伙食账限三个月内陆续交还。馆主只要邮局的交涉妥了，伙食账倒容易商量。李锦鸡的难关已过，归家一心一意的等藤子来接书。等了几日，竟没有影响。李锦鸡无法，仍立在上野馆门口等候。谁知各学堂已放了暑假，藤子不上课了。李锦鸡在神保院徘徊了几日，并不见藤子出来，怨恨东乡馆主不置。这段姻缘，不知何日是了，暂且将它搁住。

　　于今且说苏仲武，因高等商业学校放了暑假，久有意想去日光避暑。

打点了盘缠，带了随身行李，由上野火车站坐奥羽线火车到宇都宫。换了日光线火车，五点多钟便到了。苏仲武虽没到过日光，因通语言，却没有甚么障碍，拣了个极大的旅馆住下。这旅馆名小西屋，两层楼，有数十间房子，甚是精洁。旅馆中下女见苏仲武容仪韶秀，举止温文，不像日本学生粗鲁。衣裳固是阔绰，行李虽少，却是富家子旅行模样，因此招呼甚是周到。苏仲武因到馆日已向西，便想休息一夜，明早再去各处游览。当时脱了衣服，换件浴衣，往浴堂洗澡。洗完了回房，喝了口清茶，吃着雪茄烟，觉得神清气爽，绝不像在东京时的烦闷。坐了一会，抄着手踱出来，在廊檐下闲走了几步。见天井里一个大金鱼池，池中养着许多的鱼，池旁摆了几盆花。苏仲武换了双草履，走下天井，踱到池边。看那几尾鱼在水藻中穿梭也似的游泳。心想：这鱼必因白昼太阳过烈，逼得它躲在水底不敢出来。此刻天已快阴了，水上有了凉意，它快活起来，所以成群结队的在藻里左穿右插。

苏仲武正在凝思，忽见池里露出个美人的脸来，不觉吃了一惊。仔细看去，几尾鱼穿得水波荡漾，美人的面影也闪个不定。再看美人面旁竖着一根圆柱。苏仲武心中疑惑，更彷彿现出楼阁的影子来，美人还在那里理鬓呢。苏仲武忙走过美人那方去看，楼阁、美人都不看见了，却有许多的白云在水中驰走。苏仲武凝神想道：我着了魔吗？怎清清白白的露出这些幻境来？再走到原立的地方一看，楼阁、美人可不是依然宛在？苏仲武一脚跨在池边，蹲下来定睛看去。一个不留神，将池边的土踏崩了一块，塌下水去，水花四溅，楼阁、美人又不住的荡动，弄得苏仲武眼花撩乱。偶一抬头思索，水中的美人分明立在楼上，白云也分明在半空驰走，那是甚么幻境，竟是千真万确的眼前之景。苏仲武恍然大悟。看那美人年纪约十六七，明眸皓齿，柳弱花柔，禁不住心中突突的跳个不了。立起身来仰面去看，美人并不理会，将脸倚着圆柱，凝想甚么入了神似的。

苏仲武目不暇瞬的看呆了，不觉得站了几多时间。下女叫他吃晚饭，才点头，觉得颈痛。苏仲武那有心吃饭，胡乱用了点，又跑到天井里来看。只有那根倚美人的圆柱，还竖在那里顶着房檐，美人早不知何处去了。苏仲武怅惘了一会，心想：美人必是这馆里的住客，大约也是来避暑的。这样美人，不论她有知识没有，娶了她做女人，任是甚么英雄豪杰、大学问家，也不能说辱没。我苏仲武长了二十二岁，并不曾见过这般的美

女。虽到日本来，也曾尝试过几个，那一个能称我的心愿？黄文汉人人知
道他是老东京，偷香窃玉的本事，没人敢说不佩服？他引荐给我的，都算
是很有美名的，那里比得上这个十分之一？那些所谓美的，不过具美人之
一体，有些动人的地方罢了。间有一两个稍完全的，又是妖冶之态都摆在
面上，没一点儿幽闲贞静的样子。矜贵的更是没有，只能使人见了动淫
心，怜爱的心一点也不会发生，何能如这女子使人之意也消？等我慢慢的
打听她住在那房里，寻机会和她亲近亲近。若是有希望，我情愿为她破
家。想念时，天色已晚。此时正是七月初间，一弯新月早到天河，微风振
衣，萧萧有凉意。缓步从容走到门外，月色溶溶，日光山如浸在水里。苏
仲武想乘着月色去游，因恐不识途径，只在就近树木密茂的地方蹀了一
会。一心想再遇那女子，复走回馆。只在天井里来回的走，却怪那女子并
不再出来。到九点多钟，苏仲武有些疲倦起来，回房安息。

　　次早六点钟即起来，走到洗脸的地方，恰好那女子也正在洗脸。苏仲
武喜极了，倒不敢过去同洗，生恐吓走了她似的。停了停步，复鼓起勇
气，硬走过去。那女子转脸望了苏仲武一眼，仍低着头洗脸。苏仲武被她
这一望，虽觉是分外之荣，只是倒弄得手足无措。刹时间好像自己通身
都是龊龊之气，很不配和这样美人同立着洗脸似的。放开自来水，只管低
着头洗，望也不敢望她一望。二人都还没洗完，又来了一个四十多岁的妇
人。女子望着妇人说道："妈，到这里来洗。"苏仲武听那声音，直柔脆得
和吹箫一般。看那妇人，年纪虽有四十多岁，却还是个半老佳人，面皮甚
是丰腻，相貌和女子有些相似，只身材略为高大。知道是母女，不敢再
看，恐她疑心。匆匆忙忙的洗了，回房梳头，用了早点。思量今日去游日
光山，看华严瀑，或者能分我一点想念之心。但是只要她不搬走，总有机
会和她亲近。换了衣服，戴了草帽，乘着早凉，慢慢的向日光山走去。

　　苏仲武知道德川氏祠是最有名的祠宇，便先投这里来。走到阳明门，
这阳明门便是德川氏祠的正门，屋瓦都用铜铸成，楹柱屋梁雕刻的人物花
草，生动欲活。门式中间一层楼，左右有回廊，四角檐牙悬着铜铃。此时
火红的朝日照在上面，和屋上的铜瓦灿然相射。天花板上画了两条龙，在
那里吞云吐雾，是日本的画龙名手狩野守信的手笔。

　　苏仲武正看得入神，木屐声响，回头见来了两个日本人，都像是很阔
的绅士。听得他们一边走一边笑着说道："这门本是阳明门，本地的人却

都叫它日暮门，是甚么道理？"一个说道："你这都不懂得吗？这是说这门建筑得好，游观的人到了这里，就舍不得走开，必看到日暮，不看见了，才肯回去，所以叫作日暮门。"二人说笑着，已走到苏仲武跟前，打量了苏仲武两眼。苏仲武正愁一个人不知道这山上诸名胜的历史，瞎游一顿，没多意味。见二人打量自己，便连忙脱下帽子，点头行礼，二人也慌忙答礼。苏仲武笑道："我初次来日光，很有意探讨这日光的名胜。方才日暮门的出处，不是二位，我还不知道呢。二位想也是来游山的，愿同行领教领教。请问二位贵姓？"二人对望着笑了一笑，点点头道："听足下说话，想是中国人。我们也是来游山的。我姓上野，他姓松本。足下贵姓？"苏仲武说了。上野问道："苏君来日本很有几年么？这日光是我日本第一名胜之处，万不可不来游游。我曾来过多次，尽可以做足下的向导。"苏仲武点头谢了。

同进了阳明门。走不到几十步，上野指着前面一座中国牌坊式的门道："这门叫唐门。我日本从前凡中国式的东西，都加个唐字。这门都是中国的材料做的，又是中国的样式，所以叫唐门。"苏仲武看那门比阳明门要矮十分之二，屋上排列些铜铸的异兽，外面的柱雕着两条龙，一升一降，很有生气。大约也是狩野守信画了刻的，刻工精致到了极处。内面柱上，也是雕着两条盘龙，两边狮子楣上雕着许多古代衣冠的像。上野指指点点道："这是巢父的像。这是许由的像。这是尧舜禹汤的像。这是竹林七贤的像。"松本不待上野说完，拦住笑道："你又不认识巢父、许由，为甚么硬说是他们的像？"上野笑道："巢父、许由那有甚么像留在今日？没说那时没有写真术，便有也留不到今日，不过想象而为之罢了。"松本笑道："你这话才糊涂。各人的想象不同，古人的像，不由各人心理而异吗？你只说是个木偶罢了，分别他们的姓名、籍贯做甚么？免得苏君听了笑话。他是中国人，中国的历史他是知道的，那本历史说过有他们的肖像留在人间？"上野不服道："你不要管我！前人姑妄作之，我便姑妄述之，有何不可？历史上的事原不足信，只是当闲话说说，也未尝不可。你定要凿穿来讲，又有甚么趣味哩！"松本不做声了，三人都无言语。

瞻仰了一会，上野走前，到三代庙。这庙在日光二荒山神社之南，又名大献院。上野对苏仲武说道："这庙是德川时代建筑的。庆安年间，德川家康公死了，遗命要葬这里，因此建了这庙。你看这仁王门，不都是朱漆吗？"苏仲武点头，看那左右设的偶像庄严非常。上野问松本道："你道这偶像是谁？"松本笑道："我知道你又要任意捏造了。"上野笑道："胡说，这也可以捏造的吗？你自己没学问罢了，怎的尽说人家捏造？这左边的是罗廷金刚，右边的是密迹金刚，后面的是二王像。你去问地方的耆硕，没有不知道的。"松本笑道："你是个理学博士，怎的倒成了个博物学者？"上野笑了一笑，引着苏仲武走过二天门。迎面一道石级，足高十来丈，三人一步步登上去。苏仲武留心数着，有七十二级。行时苏仲武心想：上野是个理学博士，怪道举动这般文雅；松本想是个有些身分的人物，听他和上野辩论的话，很像是个有知识的。今日游山，得了这样的两位伴侣，倒不辜负。

　　三人在大猷院游观了一会，都有些疲意，各拿出手帕铺在地上，坐着休息。上野道："日光山中名胜，除这两庙外，有中禅寺湖、雾降瀑、里见瀑、华严瀑、慈观瀑、德川家康的墓塔。瀑布中惟有华严瀑最壮观，由中禅寺湖水鞶辖直下，高七十五丈，关东第一条大瀑布。瀑布之下断崖千尺，亘古以来人迹不到。去看瀑布的都得攀萝扪葛，一步步爬上去，我们穿木屐的去不得。雾降瀑有两层，上层名一之瀑，下层名二之瀑，高三十多丈，宽只有三丈。只慈观瀑最宽，有九丈，里见瀑也只有八丈。这些胜处我都去过十来次。中禅寺湖边有旅馆，我前年在茑屋（旅馆名）住了个多月。苏君，你住在甚么旅馆？"苏仲武道："小西屋。"上野道："我住在会津屋，隔小西屋不远，你若图在中禅寺湖荡舟，还是住在湖旁边的好。中禅寺湖与箱根的芦芦湖不相上下，我日本谓之东西二胜。你既到了这里，可慢慢的领略一日两日工夫，也游观不尽。此刻已将午了，我要归家午餐了。"说着起身，松本也立起来，和苏仲武点点头，走下石级去了。

　　苏仲武本是一人来游，原有很高的兴致。自遇了二人，游兴愈烈。二人虽去，应该还存着原来的兴致。作怪得很，二人一走，苏仲武游兴一点没有了。立着四处望了一会，不知往那去的好。此时一轮红日当空，地上热气烘烘的，不耐久立。思量不如归去的好，现在那女子不知道怎么样，回去或可遇点机会。归心既决，便由旧路走来。心中计算女子的事，也无暇流览景物。回到小西屋，叫下女来问："楼上有空房没有？"下女应道："有一间八叠的，不过当西晒。"苏仲武道："不妨事。你将我的行李搬过去。"问明了房号，自己先上楼来，周围看了一看，见八叠房对面房间门外放着一双拖鞋，是早间洗脸时低着头见那女子所穿的，知道住在这房间里。见外面没人，便从门缝里张了一张。见那女子斜躺在席上，手中拿着一张新闻在那里看。苏仲武不敢久窥，轻轻退到自己房里。下女搬好了行李，即开上午餐来。苏仲武想问对面住的女子姓甚么，恐怕下女见笑，停了嘴不问。然而心中总是放不下去，忽然得了一计，问下女道："这馆子里住了多少客？"下女道："共有二十多位。"苏仲武道："有名册拿来给我看看，可有熟人住在这里。"下女答应着去了。苏仲武才吃了几口饭，已将名册送来。苏仲武记得对面是二十五号，即放了筷子，接过来翻看。二十五号的格子内写着加藤春子，下面还写着"梅子"两个略小的字。春子旁边注四十三岁，梅子旁边注十六岁。苏仲武记在心里，故意随便翻了一翻，交给下女道："没有熟人，你拿去罢。"下女捧着去了。

苏仲武吃了午饭，躺在席上冥想：她母女住在一房，有话如何好说？须设法将她吊到僻处地方才能说话。这事情急切不能成功，得从容和她调眼色，有了几分光，再写字给她，看她如何。可惜在东京时不曾带几个匹头来，暗地送她。我手上的戒指是我母亲给我的，送她有些不便。但是只要有心对我，肯受我的，便送了她也没要紧。想时，太阳已渐渐的由窗子里钻了进来，房中热腾腾的。躺着出了些汗，坐起来揩干，走出房外，顿觉得凉爽。就靠着栏杆立着，看太阳正照着对面的门，映得那房间里都是红的。心想：这样的日光，隔着窗纸照在她脸上，就是朝霞，料也没有那般鲜艳。可惜我无福，不能消受！更想到她昨日倚柱凝神的情景，尤欲销魂。低头看池中的鱼，又都浮上水面，和昨日一般在水藻里穿插。

正在凝想的时候，猛听得对面门响。急抬头，见梅子从斜阳光中现出来，云鬓不整的，更妩媚有致。只恨阳光射注她的眼帘，致她不能抬头望自己，低着头走向楼下去了。苏仲武料她是往厕屋里去，心想：去厕屋必从洗脸的地方经过，我何不借着洗脸，到那里去等她出来？连忙进房拿了条手巾，跑到洗脸的所在，面向女厕屋的门站着。不一会，开门出来了，见苏仲武望着她，羞红了脸，低着头走了几步。偶抬头看苏仲武，恰好苏仲武的眼光并没旁射，钉子一般射在她面上。梅子急忙将脸转过去。苏仲武因她转脸过去，得看见她笑靥微窝，知道她低鬟忍俊，真是心喜欲狂，故意轻轻咳了声嗽。梅子复望了一望，微笑着低头走过去了。

日本女人喜笑，中国女人喜哭，本成了世界上的公论。梅子的笑，本不必是有意于苏仲武。只是苏仲武因她这一笑，便如已得她的认可状似的，凭空生出许多理想上的幸福来，下手的胆也放大了。只调了两日的眼色，二人居然通起语言来。彼此略询家世，梅子是爱知县人，同住的是她母亲，家中颇有财产。她母亲因她父亲在外面置了外室，不时归家，和她父亲吵了几次嘴，赌气带了她到日光来，想借着日光名胜，开开怀抱。梅子天真未凿，也不管苏仲武是外人，家中细事，一点一滴都说出来。苏仲武以为她很爱自己，所以无隐不白。用言语去挑拨她，她又不解。然也知道怕她母亲看见，叮咛嘱咐的，不许苏仲武见她母亲的面。苏仲武知她有些憨气，想拉到自己房里来强污她，她却和知道的一般，抵死也不肯进房。弄得苏仲武无法，便冒昧和她提出约婚的话。梅子连忙摇头道："不用说，我母亲必不许可。我母只我一个女儿，岂肯将我嫁到外国去？"苏仲武道："只要你愿意，你母亲也许是容易说话的。"梅子道："我虽有些愿意，只是我母亲不容易说话。你不知她老人家的脾气，和人大是不同，最不好商量的。"苏仲武道："这事她或者容易说话也未可知。"梅子道："没有的话。我不要你和她见面，就是为她的脾气不好。她最不欢喜模样儿好的男子，她说模样儿好的男子，爱情总是不能专一，倾家荡产，抛子撇妻，都是因模样儿生的好原故。你的模样儿，她见面必不欢喜。"

苏仲武知道她母亲这种理想，必是因她父亲生得好，在外面游荡的日子多，这议论是有为而发的，对他人必不尽然。因将这意思说给梅子听，梅子道："不是，不是，她确是不欢喜模样儿好的。生田竹大郎面貌生得好，向我求婚，我父亲已要允了，她硬说不愿意，毕竟没有成功。"梅子说完了，觉得有些后悔，不该逞口将事说出来，急得红了一阵脸。苏仲武也觉得梅子痴憨得有趣，想娶她的心思益发坚了。只是据她这样说法，不知将如何下手才好。独自思量了一会，实在一筹莫展。忽然想道：我何不回东京一趟，和黄文汉商量，看他有甚么妙法？他最惯和人办这样事的，时常对我吹牛皮，说无论甚么女子只要安心去吊她，没有不成功的。横竖我守在这里也没有方法，再过几日或者他们回爱知县去了，更无处着手。

主意已定，即乘便和梅子说知暂返东京，梅子也似不解留恋。苏仲武即束装坐火车到东京。归家放下行李，即去玉名馆访黄文汉商量办法。

著书的写到这里，却要效小说家的故智，赶紧要的关头将笔搁住，引看官的眼光，到第三集书上。

第三十九章

上酒馆倾盖言欢
掼匹头千金买笑

话说苏仲武从日光赶回东京，到家中撂下行李，便跑到玉名馆来找黄文汉。不料黄文汉这日正和胡女士到飞鸟山去游玩去了，没有回来。苏仲武便如热锅上蚂蚁一般，坐也不好，走也不好。在玉名馆门口徘徊了一会，被赤炭一般的太阳晒得慌了，心想：何必急在一时，并且他未必便有这通天的本领。他若和我一样，没得法设，岂不更加失望？如果他真有手腕，就迟一两日，大约也没有甚么关系。苏仲武这般一想，心中就安静了许多。当下留了张字条给玉名馆的下女，教她交与黄文汉，自己却到小日向台町，会他一个朋友。他这个朋友，姓陈名志林，广东三水人，年纪在三十岁左右，公费送他到了日本八年，每年在明治大学上课。听说他家中很有些财产，所以能和湖南的张孝友相识。第八章书中，不是说过他和欧阳成、王甫察、张孝友一班人同嫖万龙的吗？于今张孝友已经毕业回国去了。有的说他一归国，便得了某省高等审判的推事，有时问起案来，好不威武，自觉得比他那不长进的哥子，终年候补不得差事的强多了。真是文凭有用，何愁朝里无人？这是他在中国的事，与本书无关，且不多说。于今权借这当儿，补说他在东京时的一段冤枉事故，给看官们听听，使看官知道天字第一号的冤桶寿头，除了他，没得第二个。

去年九月，他和一班朋友嫖了个天昏地暗。直到十月半间，钱不应手，嫖兴才渐渐减退。他们这种人，没有钱便如失了魂魄，终日垂头丧气的，在家中闷吃闷睡。接连写了几封信向家中催款，要家中寄五百块钱来。他家中在巴陵、长沙开了几处钱店，往年生意甚是兴旺。只因为几年来他兄弟两个比赛着支用，把本钱都支空了，渐渐的有些呼应不灵。张孝友去了几次信，不见回话，也料定家中必是一时无钱。独自闷闷的打了一会主意，忽然跳起来笑道："有了，有了！要想救济一时，除了这条路，再无别法。"立刻走到自动电话的所在，打了个电话给万崎洋服店，教他立刻带见本（样本）来做冬服。不一刻，洋服店来了。这万崎洋服店，开在神田南神保町，资本尚称雄厚。张孝友几年来在他家做衣服，以及绍介朋友做衣服，尽在二千元以上。万崎自开张以来，也没有遇过这样主顾，所以听得是张孝友要做衣服，登时上下忙个不了。拣齐了最时新的见本，派了个漂亮的店伙，跨上脚踏车向张孝友家来。张孝友做了两套冬服、两件外套，燕尾服、大礼服各做了一套，共计价值四百多元，言明十二月清账。洋服店欠账本是寻常之事，况又是有一无二、信用最好的主顾，钱期久暂，有甚么话说？店伙诺诺连声的，驮着见本去了。过了两日，将初缝合了身体，赶快缝制。不到十日工夫，都已成功，齐送到张孝友家来。

张孝友一一试了新，做一箱装了。店伙去后，叫了乘东洋车，自己坐在上面，将洋服箱子放在脚下，直到一家当店门首下车。车夫把箱子搬进去，居然当了一百五十元。张孝友得了这宗款子，便如初出笼的雀儿，欢喜得连跳带窜的去找他朋友开心。不料找了几处，都找不着，只得一个人到日比谷公园的松本楼去调下女。刚走到公园门口，便遇见一个四十多岁的日本绅士，带着一个三十来岁的女人、一个十六七岁的姑娘，均打扮得花团锦簇的，也向公园里面走去。张孝友留神看那姑娘，身材容貌都有几分动人之处。估量她们的身分，虽不像是很高贵的人家，然也不在中人以下。心想：这样端好的女子，虽不及万龙、京子一般艺妓的浓艳，却另有一种风味，是她们万赶不上的。我在日本嫖艺妓总算嫖够了，也不觉有甚么大味儿。若得一个好人家的女儿，招我做女婿，倒是件风流趣事。太好了！不敢妄想，像这样的女子，这样的身分，也算相称。

张孝友一面想，一面跟着他们往里走。四处游行了一会，他们三人见张孝友相貌魁梧，衣服华丽，只管跟在后面闲走，倒像结伴同游似的，各人心中皆以为奇怪，不住回头看张孝友的举动。张孝友原不敢冒昧，因他们回头的次数太多了，便捏着把汗，点头打那绅士的招呼。那绅士也笑着点头，停了步，想和张孝友说话。张孝友便笑道："今日天气很好，游兴想必甚佳。我一个人正苦寂寞，难得与先生等同道，请教先生贵姓？"那人笑答道："我姓浅田。先生是中国人么？幸会之至！"张孝友见浅田说话很客气，登时从怀中取出一张名片，双手递给浅田，随着向那三十多岁的女人行礼。浅田便笑嘻嘻的绍介道:"这是我的内人,这是小女。"张孝友又和那姑娘行了个礼,那姑娘从容答礼,不露一点羞涩惊慌的样儿。张孝友笑问她的名字,她还没有答应,浅田已代答道:"她名波子。"张孝友点头笑问浅田道:"我是个异国人,难得有今日的巧遇,想冒昧奉屈到松本楼喝杯水酒,不知可能赏光?"日本人十九好吃,听说有人请,没有不眉飞色舞的。浅田虽是有身分的人,性情却和普通日本人差不多,见张孝友如此说,便望望她的女人,望望波子,故意谦让了几句。张孝友那里肯依,当下四人一同走进松本楼。

这松本楼是一家有名的西洋料理店,用了些很整齐的下女。欢喜摆架子的留学生,多时常跑到这里来,吃几样菜,寻下女开心。张孝友不待说是来过多次的了。他每次来吃一顿,赏下女的钱必在五元以上。有一回他喝醉了酒,伸着脚教下女替他刷皮靴。两个下女走拢来,一个抱一只脚的替他刷了,他一时高兴,登时每人赏了两块钱。自此松本楼下女见了他,便如见了财神一般。这日带着浅田夫妇并浅田波子走进去,下女们一见,都欢声高叫:"张先生请进!"便有两个下女走近前,替张孝友接帽子、脱外套、提手杖,殷勤周到,无所不至。浅田见下女招待自己没有这般趋奉,心中很觉得诧异。浅田女人及波子也不知张孝友是甚么来历,都暗暗的纳罕。

下女忙乱了一会。张孝友逊浅田三人入座,开酒点菜,无非是拣极贵的下手。一刹时杯盘狼藉,把浅田三人弄得茫乎不知其所以然。张孝友尽了挥霍之兴,才问浅田的住址、职业。原来浅田是个医学士,在涩谷开了个医院,家就住在涩谷,靠医院不远。家中财产也还过得去。膝下没有儿子,就只这波子女儿,今年十六岁了。日本男女结婚得迟,十六七岁女子,十九没有婆家。这波子虽不能说生得如花似玉,容貌尽算是很整齐的,所以能使张孝友意惹情牵。当下大家饮食了一会。张孝友另买了几块钱的西洋果饼送给波子。浅田谢了又谢,问了张孝友的住址。下女送上账单来,张孝友故意当着浅田三人,将一叠钞票拿出来,翻过来覆过去,才抽出几张清了账,赏了五块钱给下女。下女久知张孝友的性质,惟一的喜人逢迎,便约齐了伴伙,联翩而来,叩头谢赏。张孝友见了心花怒发。浅田见了,咋舌摇头。浅田女人及波子见了,心痒难搔。真是广钱通神,张孝友这日的浪费不过二三十元,便闹得各人心里都有了张孝友的影子。四人出了松本楼，又往各处游行了一会，才叮咛后会而别。

张孝友得意归家，料定浅田明日必来回看。若是她的女人并波子同来，须得预备些礼物送她才好。好个张孝友，有计算！归途中便进了一家吴服店，买了几十块钱的衣料，放在家中等候。次日，不出所料，浅田果然来了，只是没将他女儿带来。张孝友大失所望，但是仍不敢轻慢浅田。彼此客气了几句，因时间已过了十点钟，便邀浅田去会芳楼吃中国料理。浅田一边推让，一边起身。张孝友问道："贵医院有电话没有？"浅田问："要电话做甚么？"张孝友笑道："虽没有甚么可吃的东西，但是中国菜尊夫人及小姐想必没有吃过，所以我想打个电话，将她二位请来，大家热闹热闹，尊意以为何如？"浅田道："既承先生厚意，教她们来叨扰便了。"说时同走入电话室。浅田捏着机说话，张孝友便立在一旁听他如何说。浅田将请吃酒的话说了，复"啊啊"的应了几声，接着说道："有紧要的事没有？你请他有话就在电话里说了罢。"复又"啊"了几声说道，"既是这样，你就请他同到南神保町会芳楼来罢，我在那厢等你。"说完挂上电话，笑问张孝友道："我有个老友，姓松下，是一个有名的画师，他有事定要会我，在我家中等了许久，我已邀他同到会芳楼来。先生好客，他又不俗，必不至要先生讨厌。"张孝友大笑道："说那里话来！只怕他不肯赏脸。"二人说着话，出了电话室，向南神保町走来。

张孝友住在小川町，隔南神保町本没有多远，闲谈着走，更觉得容易走到。张孝友进门即招呼账房赶急办一桌上等酒席。账房素知道张孝友是喜欢闹阔，不问银钱多少的，当即连声答应。张孝友径引浅田到第三层楼上。下女们见是张孝友，那欢迎的情形，也和松本楼下女差不多。浅田见了张孝友的行为，复看了他家中的陈设，心想：他说是到日本来游历的，看他的举动，本也不像个留学生，但不知他在中国是个甚么人物。年纪还像轻的很，料他必是一位大员的大少爷，才有这般豪气。像他这样的花钱交结朋友，怕一年不花掉几万吗？往日曾听人说中国人慷慨疏财的多，照他看起来，真是不错。浅田心中这般想，张孝友递烟给他吸，他起身接烟，见张孝友那魁梧的身体，堂皇的气概，实在是日本男子中少有的。他心中更以为得交这样的朋友，荣幸非常。日本人本来小气，既存了个钦敬之心，五脏七孔及周身骨节，都不由的呈出一种媚态来。胁肩谄笑的和张孝友乱谈了一阵，下女已将杯箸摆好，堆了满桌的菜碟，都是浅田平生不经见的。

张孝友见波子还没有来，心中着急，恐怕她们在电话里听不清这地方的名目，又疑心她们客气不肯来，教浅田再打电话去问。浅田道："不必再问了，就会来的。"正说时，下女果然引了个五十来岁的老头儿进来，浅田女人及波子跟在后面。张孝友连忙起身，浅田也立起身来绍介道："这是画伯松下先生。"接着掉转脸向松下道，"这位是中国的大员，到日本来游历的。"彼此对行了礼，张孝友递了张名片。浅田女人带着波子进来，谢了昨日的扰。张孝友谦让了几句，大家就坐。张孝友看表已到了十二点钟，便招呼上酒，请大家入座。他们都是没吃过中国菜的人，吃吃这样，尝尝那样，都以为稀世之宝。张孝友见了，倒有趣得很。足吃了两点钟，才得散席。张孝友邀四人再到家中去坐，浅田说："叨扰过分了，迟日再来奉看的好。"张孝友不便勉强，只问了松下的住址，四人各告辞起身。张孝友送了出来，叫账房记了账。

一个人归到家中。见昨日买的一捆衣料，依然搁在那架子上。心中自恨这情意不曾达到，打开来翻看了一会，嫌花样不好，颜色也不鲜艳，心中又欢喜幸而不曾送给她。这样的裁料送人，岂不笑话？越看越觉不好，胡乱包裹起来，往架子底下一撂。他今日因高兴，多喝了几杯酒。身体太胖的人喝多了酒，多是气喘，他便推开窗户，对着天嘘气。偶然低头一望，见隔壁人家一个二十多岁的女子，也还生得齐整，手中拿着绒绳，正在那里做活。猛听得楼上窗户响，抬头一望，正与张孝友打个照面。不知那女子心中触发了件甚么事，忽然笑了一笑。张孝友误认作有意调情，一时高兴起来，便将那衣料拿出来，一匹一匹的掼下去。

那女子得了这飞来之物，仰天祷谢不尽，张孝友更乐得手舞足蹈。正要将手上的金表也脱下来孝敬，合当他退财有限，恰好他一个同乡来了。见他发了狂似的，问他为着甚么，他指手划脚的说得天花乱坠。同乡的一把扯住他的手道："你怎么痴到这步田地！且问你知道她姓甚么，她是甚么人家的女子？你平白的掼东西到她家去，怕不怕她家里人说话？你便将东西掼尽了，于你有甚么益处？"张孝友夺开手道："为甚么没有益处？她既对我有情，望着我笑，尽算是我知己。士为知己者死，一个手表算得甚么？不知道姓名有何要紧，怕打听不出来吗？"说着仍拿着表要掼。同乡的乘他不提防，一把夺在手中道："你定要断送了这东西才放心，送给我去罢！"张孝友跺脚道："为甚么要送给你？"同乡的将表往席子上一摆道："你要掼，你去掼。你这种蠢东西，不要和我往来了罢。"说完，掉转身气冲冲的要走。张孝友才觉得有些过意不去，连忙拉住道："不要动气，我不过闹着玩玩罢了，谁肯拿着百多块钱的东西去白送给人呢？"同乡的听了，才回身就坐。张孝友将表拾起来，关上窗户，那女子已不见了。张孝友将昨今两日的事，对他同乡的说。同乡的笑道："你真想做日本人的女婿吗？你家中现放着妻子，想顽要，嫖嫖罢了，何必闹这些花样？"张孝友笑道："事情还说不定成功，就是成功，也没有甚么要紧。将来回国的时候，高兴便带回去，不高兴，不过送她几个钱罢了，乐得过一响新鲜生活。"同乡的道："你打算怎生开口？"张孝友道："昨日才见面，今日有甚么打算，慢慢的来罢。此刻家中的钱还没汇来，钱来了自有道理。"同乡的与他原没甚亲热，说说便走了。

　　第二日，张孝友便照松下写给他的地名，坐了乘马车，前去拜访。不料松下的家中极为贫寒，住了几间破烂不堪的房子，在一个小小的巷子里面。莫说马车不得进去，便是两个人想并排着走，也是摩肩擦背的。张孝友无法，跳下马车，钻进巷子，挨户的看门牌。直到最末尾一家，番号对了，推开门叫了几声（御免），不见人答应，以为必是全家都出去了。正待转身，里面忽走出个人来，一看正是松下，披着一件黄色柳条花的棉寝衣，用白巾扎着脑袋，白巾里面插着几枝五彩毛笔，手中执着一块配颜色的画板。一见是张孝友，登时慌了手脚似的，将画板往席上一搁，连连的鞠躬说："请进。"张孝友看房中的席子，实在脏得不成话，待不上去，觉难为情，只得将一双宝贵眼睛半开半闭的，脱了靴子，胡乱踹上去。松下让到自己的画室里面，因张孝友穿的是洋服，便端了张椅子给张孝友坐。

　　张孝友重新行了个礼就坐，松下跌坐在席上相陪。张孝友看那房中的陈设，除几个白木架子，撑着几张没画成的画外，就是些涂了青红黄白绿的破纸，散在一屋。张孝友看了这种情形，把来访的热心冷了一个干净，想寻两句客气话来说说，无奈死也寻不出。还是松下说了些感谢昨日吃酒的话。不一会，松下的老婆送了盘茶出来，张孝友认作下女，睬也不睬。看那茶，浑浊得和黄河的水一样，不敢去喝它。松下见张孝友不开口，也没多说话。彼此对坐了一会，张孝友起身告辞，松下欲留无计，只得送出来。只见门口聚了一大堆的穷家小儿，在那里交头接耳的说话。

看官道是甚么原故？原来日本的生活程度太低，坐东洋车的都很稀少，马车、汽车是更不待说了。松下又住在这贫民窟内，那小巷子附近，几曾停过马车？所以住在巷里的小儿忽然见了这东西，很觉得奇怪，都聚在松下的门口来凑热闹。张孝友陡然得意起来，回头笑向松下道："先生今日得闲么？"松下忙问："怎么？"张孝友道："我想去看看浅田先生，个人很苦寂寞，要邀先生同去。"松下道："奉陪就是。"说着，进去换了衣服，同出来。那些小儿都吓得东藏西躲，却又一个个探出头来张望。张孝友故意挺胸竖脊的大踏步走出小巷。让松下进了马车，自己才跨上去，招呼马夫，一鞭冲向涩谷去。张孝友在车中回头看那些小儿，都聚在巷口指手划脚。马车迅速，顷刻即不见了。张孝友想利用松下作伐，在车中专一夸张自己的身世，说得松下口角流涎。复细细的盘问波子的性情举动，隐隐约约露出些求婚的意思来。松下心中明白，也微微表示赞成之意。

须臾之间，马车已到涩谷。松下指示马夫途径，径抵浅田门首。下车见房屋结构虽不宏敞，倒很是精致。松下将门栏上的电铃按了一按，只见一个年轻的下女推门出来，对松下、张孝友行了个礼。松下点了点头，让张孝友先行。张孝友跨进门，见里面是一座半西洋式的房屋，楼上的窗户向外开着，波子正探着身子在那里张看。张孝友一抬头，她便退进去了。松下抢先一步，引张孝友到一座玻璃门口，下女已侧着身将门推开。二人走到一间客厅内，下女折身进去。一会工夫，浅田女人出来，彼此见面，自有一番客套，不必记它。张孝友见波子不出来，心中不甚高兴，问："浅田往那里去了？"浅田女人说："在隔壁医院里，已着人叫去了，立刻就来。"说话时，浅田已来了，大笑说道："难得，难得！寒门何幸，得贵客降临。"随望着松下笑道："松下君怎来得这般巧？"张孝友笑道："我因想到尊处来奉候，特去邀他来的。"浅田向他女人道："波子怎的不出来？"张孝友道："我正心想为何不见小姐。"浅田女人道："一会儿就出来的。"浅田回头见下女立在门口，便道："去要小姐来。家中有甚么好些儿的果子，都拿出来敬客罢。"浅田女人起身道："我自去拿来。"说着带着下女去了。张孝友看那房子，还有八成新式，便问浅田道："这房子是自己盖造的吗？"浅田点头道："市外的地皮材料都比市内便宜，所以能这般盖造。若在市内，这样的房子就很值钱了。"

三人闲谈了十来分钟，忽有极细碎的脚步声响，向客厅内走来。响声渐近，即有一阵香风钻入张孝友的鼻孔，他立时和吃醉了的人一样，竖不起脊梁，两眼迷迷的望着门口。只见波子收拾得比初见时庞儿越整，张孝友不觉精神陡长，立起身来行礼。波子答礼时，也说了几句道谢的话，更说得张孝友浑身不得劲儿。幸得浅田女人和下女跟着端了些果盘上来，浅田请团坐吃茶，才混了过去。席间无所不谈，张孝友引着波子也说了多少的话，定要请他们去帝国剧场看戏。

　　女子的虚荣心甚，那有不高兴的？张孝友便将马车打发，换了乘汽车，五人一同乘着，先到一家日本料理店胡乱用了午膳，已是午后两点钟了。这一星期，帝国剧场的戏是午后两点钟开幕，刚刚赶到。张孝友有心闹阔的人，不待说是坐特等。所贵乎特等者，以其看得真，听得切。然而张孝友不然，他一则没有听日本戏的程度，二则他在这时候，那里还有心思去看戏？只不住的买这样买那样给他们吃，直到闭幕，也没有休息。张孝友先到外面，见接客的汽车已来了，回身上楼向浅田说道："时间尚早，载送先生回府。"浅田觉得有些过意不去，连连的辞谢。张孝友抵死不肯，松下便先自步行归家去了。

　　张孝友送浅田等至涩谷，想就在涩谷嫖一晚艺妓。涩谷虽不是个繁华的地方，艺妓却聚居得不少。据老嫖客的调查，说大正三年，涩谷的待合室有三十七家之多。艺妓是不待说更多了。张孝友也常在这里玩过，并颇为有点名气。三十七家待合室，大约也没有不知道张胖子的。浅田因已过了十二点钟，张孝友又陪送到了自己门口，实不好意思任他一个人回去。又怕张孝友不肯在人家住夜，在车中踌躇一会道："张先生曾在人家住过夜没有？"张孝友知道是有留宿的意思，哈哈笑道："我生性喜游历的人，那能说不曾在人家住夜？"浅田道："如张先生不嫌舍下龌龊，现在已过了十二点钟，凉风又甚，不要回去了罢？"张孝友喜道："尔我一见如故，还拘甚么形迹？只是吵扰府上，心中终觉有些不安。汽车行得快，不过两分钟便到了，下次再奉扰罢。"浅田女人帮着留着："张先生这般客气，我们早就不该领张先生的情了。"浅田笑道："是吗！"张孝友本有想来这里住夜，好多亲热亲热，因不能不稍存客气，所以虚让一句，见浅田女人这般说，便笑道："过拂尊意，也是不妥。也好，便吵扰一夜罢。"说着，大家下车，张孝友打发了车钱。波子按了按铃，下女出来迎接，遂一同进门。

　　不知后事如何，且俟下章再写。

第四十章

一千银币做七日新郎
两朵荷花享三生艳福

话说浅田引张孝友到家，并不向客厅里走，直带到楼上自己的书室内，让张孝友坐。张孝友脱着外套，看那书室三面都安着玻璃柜，只当窗一张小圆几；玻璃柜中，一半是书，一半是化学试验的仪器及玻璃药瓶；圆几周围，铺着四个很厚的蒲团；窗角上，放着一个紫檀雕花的四方小木架；架上一个五彩磁瓶，插着一大丛金钱菊。张孝友脱下外套，四面寻不出个挂衣的钉子。浅田连忙接着，挂向隔壁房中去了。

波子换了家常衣服，双手托了盘茶进来。张孝友陪笑说道："劳动小姐，如何敢当！这早晚，小姐也应去安息了。今日看戏坐得太久，回来的时候又受了些风。"波子瞧了张孝友一眼，低头笑道："多谢先生关心，我那是这般贵重的身体！"张孝友还想用几句话引她，浅田已和她女人来了。浅田提着一件棉寝衣给张孝友换。张孝友先将洋服的上衣脱了，把寝衣披上，背过身卸下裤子，系好了寝衣，跌坐下来，和浅田说话。波子将洋服叠好，下女搬了铺盖进来。波子帮着铺好了，带下女出去。浅田女人道了安置，也退了出去。只浅田还坐着和张孝友细道家常，张孝友自然是竭力夸张自己的身世。

浅田问了问中国的情形，说想到中国去开医院。张孝友极端赞成道："若到中国去开医院，是再好没有的事了。我不久就要归国的，将来筹备一切，定当竭效绵薄。官商各界相识的人多，只在新闻上吹嘘几句，效力就很宏大的了。"张孝友一番话，说得浅田乐不可支，登时编起到中国开医院的预算案来。张孝友帮着计算，算来算去，浅田踌躇的是资本不充分。张孝友一口担承说："太多了恐一时凑办不及，若是几千块钱，随时要用，随时可通融的，先生只赶紧筹备就是。今年底或来年，便可实行。"浅田听了这话，真是喜得无可不可。当时二人贪着说话，不觉已过了两点钟。浅田女人打发下女来催着安歇，浅田只得请张孝友睡。直待张孝友安歇好了，才退了出去。将和张孝友商议的话，对她女人说了，她女人更是说不尽的欢乐。次早即告知了波子，大家商量如何款待张孝友。日本人待客，从来是秀才人情纸半张。浅田这次待张孝友，却开千古未有之例，居然在西餐馆里叫了西菜。

张孝友饭后叫下女唤了乘马车，辞别浅田归家，心想手中的钱已所剩无几，家中的款子又不汇来，于今正在需款甚殷的时候，无钱怎生是好？枯坐了一会，又被他想出个好法子来。提起笔，拟了个病重的电报，要家中从速电汇一千块钱来，好料理一切归国调养。这电报打去，只苦了他痴心的父母，真急的坐卧不安，连夜张罗了一千块钱，电汇到日本。张孝友得了钱，那里管是哄骗父母得来的，立刻在天赏堂买孝敬波子之物。那天赏堂的性质，就和上海的亨达利差不多。在有钱的人眼中看了，尽是可人意的东西，便是上万的钱进去，它店中也不觉空了甚么。张孝友跑到里面，东张张，西望望，随意买了几样，钱就去了四百多块。只一根镶牙手杖，便花了八十余元。张孝友提在手中，觉得非常称手，得意洋洋的到浅田家来。将品物呈上，浅田家都大吃一吓。张孝友还像礼轻了，送不出手似的，说了许多惭愧的话。浅田家只得援却之不恭之例，一并收下，只是一家人都不解张孝友的用意。

过了几日，张孝友送了几十块钱的礼物给松下，托松下出来做媒。松下收受了这般重礼，那有不极力撮合之理？浅田家久欣羡张孝友的豪富，不待松下说完，已连声应允了。松下回信，张孝友因欲急于到手，便向松下说道："中国有电来催我年内归国，不能在日本久耽搁。此刻已是十一月初了，须得赶急结婚才好，并且还有桩事得要求许可。我现在是做客的时候，一身之外，仆从俱无。若于未结婚以前组织家庭，非特无谓，亦且惮烦。我的意思，想就借她家的房屋结婚。结婚一礼拜后便去西京蜜月旅行。横竖只一个礼拜，劳神费力的租一所房子，还要收拾，住不了几日，没得讨人厌。"松下道："那是很容易商议的问题，她家没有不许可的。"

日本人订婚，手续本极简单，不到两日工夫，应有的手续俱已备办完了。十一月初十日行结婚式，张孝友将当了的新洋服赎出来，通知各处的朋友及同乡的，要求于初十日，大家来涩谷帮场面凑趣。有文学好的，便要求做祝词，好在行结婚式的时候宣读。张孝友忙到初九日，将应用的什物及衣服都搬往浅田家。托了几个朋友，先去浅田家帮着料理。扎松门，设礼堂，以及种种设备，都由张孝友出钱使用。初十日早起，松下即同张孝友坐汽车到了涩谷。浅田家的亲戚朋友已来了几个，都穿着礼服，随浅田迎出来，军乐队奏乐相随。张孝友先到客厅里休息片刻。用过早点，道贺的朋友都来了，赶午前八点钟行结婚式。来宾拥张孝友至礼堂，即有几个年轻女眷，扶着波子从礼堂里面出来。张孝友见波子粉颈低垂，轻纱障面，长袖无言，湘裙不动，本是日本新嫁娘的装束，而兼有些西洋风味。一时得意之状，也无可形容。

松下引张孝友面礼坛站着，女眷推波子上前，和张孝友并立。张孝友看礼坛上，十字交叉的悬着一面五色旗，一面旭日旗。旗下两个花圈，一个大磁瓶，插着岁寒三友，安放在礼坛中间。有个五十多岁的日本人，穿着礼服，从容步上礼坛，吩咐止乐，脱帽行了礼，拿出张祝词来，高声宣读。宣读完了后，行了个礼下坛。张孝友的朋友，也有几个预备了祝词的，都一个个的上坛宣读了。军乐复作，新人新妇面坛三鞠躬，复对面各三鞠躬，同立于礼坛东首，向浅田夫妇行礼，向松下行礼。然后来宾致贺。礼数周毕，一同拥入洞房。来宾大家谈笑，并无别样手续，婚礼算是完了。已到十二点钟，张孝友早预备了酒席，来宾都开怀畅饮，直闹到上灯时分，才渐渐散去。

张孝友虽曾作过新郎，但是这番却另有一般滋味。云中雾里，过了两日，却又渐渐愁烦起来。是个甚么道理呢？原来她哄骗父母得来的一千块钱，已为这婚事用光了，手中所剩的，不过几十块钱。几十块钱在他手中，那够几点钟的挥霍？并且一个礼拜后，要去西京蜜月旅行，更是需钱使用。他平日往来的朋友，都是些张开口向着他的，无可通融。从来留学生穷苦的多，也无从告贷。想再打电报去家中催款，实在无词可措。他平时没钱，尚不自在，现正在要充阔大少的时候，没了钱，怎得不更加着急？终日心绪如焚的想方设法，又不肯露出焦急的样子，给浅田家笑话。看看到了第六日，还是一筹莫展。想仍将洋服及值钱的器用当一二百块钱来使，无如都是些面子上的东西，当了不雅相。并且放在浅田家，无缘无故的搬出来，不好借口。浅田家那知道他心中的烦闷？只一心一意兴高采烈的收拾她们一对新婚夫妇，去西京蜜月旅行。张孝友见了，急得恨无地缝可入，也不敢望再享这新鲜生活了。如醉如痴的坐了乘东洋车出来，对浅田家说是去会朋友，跑到小川町原住的地方，将铺盖行囊卷好，搬到一家小旅馆里住下，无面目再去浅田家。放在浅田家的东西，一点也没有拿出来，连镶牙手杖、白金眼镜，都丢在那里。在张孝友的意思，想年内有了钱，再和猪八戒一样，回到高家庄做女婿。谁知道他家中近年来因他们兄弟花用太大，几乎破产，开的几处钱铺都挨次倒闭。地方的人说，他家几处钱铺完全是两个小提包提掉了。甚么道理呢？他们兄弟出门，都有这脾气：手中少不得个小提包，银钱票子都塞在小提包里面，好顺手挥霍。所以地方的人有这番评论。

闲话少说。再说张孝友出了浅田家，也无法顾她家中及波子盼望，硬下心住在一家小旅馆里，愁眉不展的过了几日。忽然觉得在日本受这种苦，不如回去的好。好在日本大学毕业的文凭早已到手，回去不愁不得好事。主意已定，便一溜烟的跑回中国去了。浅田家的波子无端的失了个丈夫，不知是守是嫁，至今没有下落，也算是极天下之奇事了。

广东陈志林和张孝友是花月场中的老友。张孝友结婚的时候，他也曾去道贺。他因为在明治大学学商科，和张孝友不同，不能请人代考毕业，所以迟延到现在，还是第二年级的学生。这也是他命运迍邅，从前没有进得可以代考毕业的学校，所以永远无毕业之期。这日，他因天气太热，正在家中吃冰浸荷兰水。忽见苏仲武跑来，即连忙让坐，请同吃荷兰水。苏仲武脱了衣服，用手巾揩着汗，扇着扇子笑道："你倒安享得很！我今日才真是奔波劳苦了。"陈志林笑道："你不是说今年暑假，要到日光去避暑的吗？一晌不见你的影儿，以为你已经去了。"苏仲武道："怎么没去？刚从日光回的，所以说奔波劳苦呢。"陈志林道："你去避暑，为何暑假未过便回了？"苏仲武正待将大概的情形说给他听，忽然进来了个二十多岁的男子，穿着白纱和服，青罗外衣（日名羽织），腰间系一条淡青缩缅（日本裁料，略似中国绉绸）的腰带，一根极粗的金表链缠在上面，脚上穿着白缎袜子，手中提一顶巴拿马式的草帽。一眼望去，俨然一个日本的少年绅士。苏仲武便将话头打断。来人进门，点了点头，将草帽挂在壁上。陈志林笑道："老王，你近来玩得快活，也不邀邀我，真实行单嫖双赌的主义吗？"来人望了苏仲武一眼，笑了一笑，不做声。苏仲武便向他点头，请教姓名。陈志林代答道："他是江西王甫察君，现充江西经理员。元年以前在高等工业学校，革命的时候归国去的。他令兄是参议院的议员，筹了几千块钱，给他出西洋留学。他因在上海等船，多住了个多月，将几千块钱使完了，不能动身，所以来充经理员。"

苏仲武听了，知道是一位志同道合之士，愈加钦敬。王甫察也问了问苏仲武的姓名、学校，苏仲武说了。陈志林笑问苏仲武道："你到日光怎么回的？刚才老王来，打断了话头。"苏仲武略略的笑说了几句，王甫察拍手笑道："这倒是桩很有趣味的事，苏君你预备怎么？"苏仲武道："我正愁无法摆布，王君如有方法，甚愿领教。"王甫察笑道："男女偷情之事，越是亲近，越容易设法。足下既有和她细谈衷曲的资格，还怕不容易成功，要跑到东京来问计？只怕足下问好了计再去，已是人去楼空了。并且这种事，只要两情相洽，本就没有问题了，岂有容第三人从中调和的余地？不能见面说话的，求人做引线，那又当别论。"苏仲武听了，觉得不错，登时后悔不迭，半晌说道："说不定我这一走倒误了事，这却怎么处呢？"陈志林大笑道："天下多美妇人，不打她的主意也罢了，着急怎的！"苏仲武垂头纳闷，不做一声。

王甫察向陈志林道："我昨日在中涩谷请酒，叫了几个艺妓，有一个姿色甚好，年纪也轻，应酬更是周到，我看她将来必定要享点声名。"陈志林道："叫甚么名字？"王甫察笑道："她的名字，说起来真是奇怪，不知怎的，她会取个男人的名字。你说她叫甚么？她叫梅太郎！"陈志林笑着点头道："真也奇怪！你和她已有了交情么？"王甫察摇摇头，望着苏仲武道："足下如此纳闷，倒不如仍赶回日光去的好。"苏仲武心想也只得如此，便穿了衣服，告辞出来，出门仍向玉名馆来找黄文汉。

此时日已衔山，黄文汉刚同胡女士从飞鸟山回来。见了苏仲武的字条，心中很觉得诧异，暗道：他说有要紧的事，特从日光赶回，和我商议，甚么事这般要紧？正在猜疑，苏仲武已来了。黄文汉见苏仲武颓丧情形，甚是惊讶，忙问出了甚么变故。苏仲武道："没出甚么变故，不过有件事情，非得你和我设法不可。你素日夸张你吊膀子的手腕，若能成全了我这件事，我真感激不浅。黄文汉笑了声道："倒把我吓了一跳。为吊膀子的事，也值得如此惊慌失措的？吊成功固好，便吊不成功，你又受了甚么损失，这般认真做甚么？你且将你吊不成功的事由说给我听，能设法，我和你设法便了。"苏仲武便将一切情形说了个详细。

　　黄文汉点头思索了一会，问苏仲武道："你看那梅子的意思，和你真切不真切？她母亲可认识你？"苏仲武道："梅子对我的意思，自然是真切，不然我也不为她来找你了。不过我看她还像不懂人事似的。要说她真不懂人事，我拉她到房里来玩笑，她又不肯，一般的也怕她母亲知道。她母亲只就在洗面的时候，见过我一次。那时她好像不曾留神。以后因梅子教我避她，我见了她母亲便背过身去，料她母亲必是不认识我的。"黄文汉道："事情没甚么难办，不过须费些手续。你不可性急，多预备些钱使用，成功包在我身上。"苏仲武喜道："我为她破产都愿意，只是你将来费些甚么手续，可能先说给我听，使我好放心？"黄文汉摇头道："成了功，你自然知道，不成功说也无用。你今晚可就写封信给她。信中不用说别的话，只说你回东京来，得了两枝好荷花，因记念着她，特托人送来，请她收了就是。"苏仲武听了发怔道："这信有甚么效力？并且托甚么人送去哩？"黄文汉道："你照我的话写就是。你既求我设法，我的举动，你不必诧异，我自有道理。"

　　苏仲武心中终是不解，但素知黄文汉平日做事诡秘，并且喜欢故意装出些神出鬼没的模样，使人不可捉摸。且依他说的做去，不依他，也无别法。便说道："信去以后当怎么样？"黄文汉道："你拿几十块钱给我，我便做你的送花使者。以后的事，你都不必管，你专意等好消息罢了。"苏仲武半信半疑的，拿出五十块钱来给黄文汉。黄文汉收了，从怀中抽出个日记本来，将苏仲武说的地名、番地及房间的番号，记了个详细，仍揣好了，向苏仲武道："你就在这里写封信发了罢，我还要去借样东西，好一同出去。"苏仲武点头答应，当下写了封信，一同出了玉名馆。苏仲武自去买邮票发信。

　　黄文汉步行到水道桥，跳上往巢鸭的电车，去会他一个日本朋友。他这朋友姓佐佐木，不知在那家人寿保险公司当一个调查员，久与黄文汉相识。黄文汉乘电车到他家，和他借了个调查员的徽章。佐佐木知道黄文汉的行径，不会弄出事来给人家为难，所以肯将这重要东西借给他。黄文汉拿了徽章，到花店里买了两枝荷花朵儿。归家收拾了行李，到甲子馆对胡女士说了要到日光去的话。胡女士英雌襟抱，情人留去素不关心。不过黄文汉是她得意的人，近来又亲热过度，未免有些难舍。这都不在话下。

　　次日，黄文汉即搭火车向日光进发。到日光，径投苏仲武住的旅馆来。下女来接行李，黄文汉问道："楼上有空房没有？"下女回头向里问道："十七号房间不是空了吗？"里面即有下女答应的声音。黄文汉听了，知道是二十五号的对面，就是苏仲武住的，当时喜不自胜。跟着下女，装出日本人的模样，轻脚轻手，耸肩缩脑的上楼。留神看这旅馆的形式，和苏仲武说的一丝不错。进了十七号房，下女将行李放好，拿了纸笔来，请黄文汉写姓名、籍贯。黄文汉捏造了个日本人名字，叫中村助藏，籍贯便写群马县。因为他有几个朋友在群马县学蚕桑，他去过几次，知道那里的情形。职业便冒认了人寿保险公司的调查员。下女去后，到浴堂洗了个澡，已是黄昏时候。披着旅馆里的浴服，靸了双草履，故意在廊檐下踱来踱去。

忽见二十五号房门开了，一个小女子从里面出来。黄文汉看她穿一件水白细花的纱服，长裙曳地，衣内衬着淡红色的腰围（日名腰卷），一片青丝散垂肩后，彷彿灵湘妃子，依稀洛水神人。心想：苏仲武眼光不错，怪不得为她颠倒，但不知我黄文汉福分如何，可能借这机会，与她亲近亲近？一时心中不干不净的胡想。那女子随手将房门带关，轻步出了廊檐，下楼去了。黄文汉忙回身到自己房里，拿出那两枝荷花来，匆匆下楼。那女子正立在洗面的地方，放开自来水管洗手帕。黄文汉擎着荷花，从容走着，故意咳了声嗽。那女子抬头，见了黄文汉手中的荷花，吃惊似的，即停了手不洗，不住的用那双俊眼偷看黄文汉。

黄文汉知道苏仲武的信，她已经收到了，便走近前笑说道："我的朋友苏君，托我送两枝荷花给梅子君，请梅子君收了罢！"梅子呆呆的望着黄文汉，不敢接。黄文汉接着说道："苏君昨日的信，梅子君见了没有？"梅子点头道："见了。我正怪他巴巴的从东京托人送荷花来干甚么，这里又不是没有荷花。并且我也不欢喜这个。"黄文汉笑道："这是他不能忘你的意思。并且也还有话，托我来和你说，你且收了罢。"梅子接了，放在洗面架上，看也没看，仍低头洗手帕，也不管黄文汉有甚么话说。她这种冷淡样子，倒把黄文汉弄得开口不得了。踌躇了一会，恐怕有人来了，更不好说，只得笑问道："梅子君，不愿意听苏君的话吗？"梅子又抬头望了黄文汉一望，有意无意的说道："你说么。"黄文汉道："苏君有要求和你结婚的意思，知道么？"梅子道："为甚么不知道？"黄文汉道："你许可么？"梅子摇头道："不许可，不许可。"黄文汉道："苏君很爱你，说你也很爱他，为甚么不许可？你果是爱他么？"梅子点头道："也有些爱他。"黄文汉忍不住笑道："既爱他，为甚么不许可哩？"梅子望了黄文汉半晌，着急似的道："我为甚么不许可？我妈不许可呢！"黄文汉道："你已和妈说过了吗？"梅子道："没有。"黄文汉道："怎的知道会不许可哩？"梅子笑道："原来你不知道，我妈只我一个女儿，那里会肯嫁给外国人？不说也罢了。"黄文汉道："妈不愿意嫁给外国人，你自己也不愿意嫁给苏君吗？"梅子翻着眼睛出神道："我愿意也无效。"黄文汉道："假若你愿意，有效怎么样哩？"梅子一面低头洗手帕，一面答道："不用说罢，只我愿意，怎会有效！"

黄文汉正待再往下说，有人来了，只得搭讪着走开。见梅子洗完了手帕，即行上楼，两枝荷花仍放在洗面架上，没有拿去。黄文汉心想：这梅子真奇怪，怎这般冷冰冰的？要说她不会用情，老苏如何得为她那么颠倒？若说她对老苏有情，像这般冷淡，也实在无礼，倒真教我为难了。一个人默默回房。用了晚膳，轻轻的走到二十五号房门口去张望。只见梅子倚着手杌子，斜躺着弄团扇。还有个四十多岁的妇人，手中拿着几根薰蚊子的线香在那儿点。黄文汉知道是梅子的母亲。听了一会，不见她们说话，仍轻轻的回到房中，思量如何办法。

不知后事如何，且俟下章再写。

第四十一章

惹草黏花胡蕴玉接客
张冠李戴黄文汉补锅

话说黄文汉回到自己房中思量：梅子既是这般冷淡，事情万难过急，且等机会和她开二次谈判，看是怎样。只怕要费我一晌的水磨工夫，方能有望。独自思量了一会，因白日坐了几点钟的火车，觉得有些劳顿，便当窗趁着凉风，一觉睡了。

黄文汉曾在日光游览过几次的。次日起来，天气又热，便懒得出去。用了早点，着意的穿好衣服，装出个日本绅士的模样，将借来的徽章带上，下楼找着旅馆的主人闲谈。旅馆主人以为黄文汉真是人寿保险公司的调查员，便谈论保寿险的好处。黄文汉的一张嘴无所不能，信口开河的说了许多道理，并要求旅馆主人绍介几个阔客来保寿险。旅馆主人道："我这里的客，都是来游览的，住一两日就走了，无从知道他阔与不阔。只有二十五号房里的两位女客，在这里住了个多月，钱是像很有钱，只不知她保险不保。"黄文汉喜道："好极了，就请你替我绍介会面罢。"旅馆主人点头，问下女道："二十五号的客出去了么？"下女答应："在家。"旅馆主人便和黄文汉上楼，同走到二十五号房门口。旅馆主人用指轻轻在门上弹了两下，里面应了一声："请进。"门即开了。黄文汉见开门的就是梅子，恐怕她露出惊异的情形来，给她母亲知道，当时深悔自己孟浪，不该不先与她言明，此时追悔无及，只得跟着旅馆主人走进去。幸梅子只望了两眼，不作理会似的，才略略放心。

加藤春子正伏在小几上写信，见二人进来，连忙起身。旅馆主人笑道："这位中村先生是人寿保险公司的调查员，昨日才从东京来的，特要我绍介来这里奉看。"黄文汉便对加藤春子行了个礼。加藤春子慌忙答礼，亲送了个蒲团请黄文汉坐，旅馆主人即退了出去。黄文汉坐了，胡诌了会自己的来历，无非是些欣动妇人女子的话。接着发挥保寿险的益处，说东京某子爵的夫人，某贵族的小姐，都是由他绍介，保了多少银子的寿险；在东京的华族、贵族，他没有不熟识的。加藤春子本是个乡村的妇人，有甚么见识？家中虽说有钱，不过是一个乡村里的富家罢了。大凡乡村里的人，平日不多在都会里居住，她们都别有种不可解的心理，彷佛觉得都会里的狗都比乡村里的人贵气些，其他更不必说了。日本的阶级制度最严，便是生长东京的人，若听说某人和华族、贵族有来往，便敬礼得如天神一般。加藤春子见黄文汉说得直和华族、贵族是亲兄弟一般，岂有不愈加敬佩之理？当下虽没谈出甚么结果来，只是在春子的眼中，已认定黄文汉是东京有势力的绅士。从此见了面，黄文汉必寻出些显亲热的话来说。有时加藤春子也到黄文汉房中来坐，但黄文汉绝不提起梅子的话。梅子也知道是为苏仲武来和自己撮合的，背地里和黄文汉说过几次，教黄文汉不要冒昧露出话来，使她母亲疑心。黄文汉问她："敢同逃往东京去么？"梅子吓了一跳，连连摇手说："万不可如此！"黄文汉便不再说。

　　一日，黄文汉和春子谈到大正博览会开会的话，春子说开会的时候一定要到东京去看。黄文汉笑道："这样的博览会，岂有不去看之理？我动身的前几日，和朋友去上野公园散步，看那些房子，还有些没建造得成功，只不忍池旁边的第一会场，连电灯都装好了。不必说里面还要陈设物品，就是那所房子，以及房子表面的装饰，就够人游观的了。现在差开会的期还有个多月，九州、北海道以及路远的人，便来了不少。我的职务本是调查员，甚么地方我不能去？留神看那些中等的旅馆里面，都挤得满满的，谈笑起来，一个个都是等看博览会。更可笑几家大旅馆里的房间，都早早的有他的亲戚朋友定了一半。留下的这一半，那里还有空着？一般做投机事业的人，赶这时机，新开了许多的旅馆，就在上野公园附近。那就太草率得不堪了，只怕不能等到开会，便都要倒塌下来。然而以我的猜度，就是那种旅馆，到开会的时候，也必住满无疑。"春子道："甚么原故？"黄文汉笑道："这有两个原故：第一，这次大正博览会比明治四十年的博览会规模要弘大许多，看的人自然比较的多；第二，国家的文明越进步，人民想增长知识的心思也跟着进步，是个确切不移的道理。"春子道："既是这般说，我将来去看的时候，没有地方住怎好？"黄文汉故意惊道："没有亲戚住在东京吗？"春子踌躇道："亲戚虽有，是不能去住的。"黄文汉问道:"一行有几人同去?"春子道:"没有别人,就是我和小女两个。"
黄文汉道:"两个很容易,要不嫌伺候不周到,寒舍就可住得。即不然,
与我熟识的旅馆最多,我横竖几日内就要回东京的,看你要住何等旅馆,
我先替你说声就是。不是我说句夸口的话,是我绍介去的客,他们无论如
何不敢怠慢。旅馆中五方杂处,又在这时候,更是混乱不堪。你们两个女
子,东京情形想必也不十分熟悉,若没有靠得住的人照应,东京是有名的
万恶之渊薮,只怕一旦吃了亏,还对人说不出口。你常去东京的么?是不
是我说得过甚?"春子道:"我往年虽去过两次,都是我家老爷同走。只是
也时常听人说,东京人最是狡猾会欺人的。就是先生不说,我也很忧虑,
到了东京没个人招待,一切都不便当。难得先生又热心,又亲切,东京的
情形又熟,一定求先生照应照应罢。"黄文汉点头道:"你放心,我将我家
里的番地写给你,你动身的时候,先打个电报给我,我到火车站来接,万
无一失的。到东京之后,说我家中可以住,就住我家中也方便,不能住,
我有熟旅馆,不怕他们不腾出房间来。"春子听了,异常欢喜。黄文汉写
了苏仲武的番地给春子,心想:此事的第一步,已办得如愿相偿,只看第二
步与事情结果何如了。久住在这里有何好处,不如且回东京去,使老苏放
心。当下清了馆账,收拾行李,辞别春子,坐火车回东京来。

苏仲武自黄文汉动身后,每日里盼望消息。过了三日,便跑到玉名馆
来,打听黄文汉回了没有,每日一次的,足足的跑了一个礼拜。这日才遇
着黄文汉回了,忙问:"有了甚么样的成绩?"黄文汉眉头一皱,摇了摇头
道:"难得很。不是我不肯为你出力,实在她的来头太硬了。"苏仲武听了
这话,登时如掉在冷水里面,头一低,叹了口冷气,说不出话来。黄文汉
拿蒲团让他坐了,从怀中抽出个钱夹包来,清理了一会,拿出张旅馆里
的账单,并剩下的十几块钱,放在苏仲武面前道:"此次算我无用,白使
了你几十块钱,一点儿效验没有。"苏仲武抬头,用那失意的眼光望着黄
文汉,半晌道:"谁说你白使了钱?谁和你算账?你拿出这些东西来做甚
么?你也得将那不行的原由说出来,或是全无希望,或是还有几希之望。
你先不是说了,成功都包在你身上的吗?怎的说一点儿效验也没有呢?害
得我眼都望穿了。自你去了三日,我那日不到这里来一趟,难道结果就是
'难得很'一句话吗?"

黄文汉只望着苏仲武,由他数说,见他说完了,险些儿要掉下泪来,

不由得心中好笑：在日本吊膀子，竟用得着这种痴法！黄文汉原有意使苏仲武着急，仍故意坐在一旁唉声叹气。苏仲武偏着头思索了一会，忽然望着黄文汉，冷笑了一声道："老虎口里去讨肉吃，我本也太糊涂了！"说着提起帽子要走。黄文汉一把拉住，啐了一口道："你疑心我抽了头吗？这才真是狗咬吕洞宾，不识好人呢！不用忙，我说给你听便了。我刚才说的话，是故意哄你玩的。事情是已成了功，不过须稍俟时日。我岂是个徒说大话的人？没有几分把握，我就肯去？去了没几分把握，就好意思回来见你吗？"苏仲武将帽子一撂，握了黄文汉的手道："你何苦是这样作弄我！你快说，事情到底有了甚么样的程度？"

黄文汉拉着他坐，将到日光前后的情形说了个详尽。苏仲武苦着脸道："她们若是不来，将怎么样哩？"黄文汉摇头笑道："那有不来之理！"苏仲武道："她们就来，也作兴不打电报给你。"黄文汉大笑道："何必这样畏首畏尾的？我说有把握，就有把握，你放心就是。化子手里不会走了蛇。"苏仲武道："她就来了，见了面，又没加一层甚么资格，不仍是和在日光的时候，见见面罢了，有怎么个成功的方法？"黄文汉道："事在人为。见了面，你只任凭我摆布，自有你安全到手之日。不过你须预备几百块钱，存在这里，以待临时使用。"苏仲武道："钱是现成的，存了五百块钱在田中银行，要用的时候去取便了。"说罢散了。此时苏仲武将信将疑的，只得按捺性子等候电报。黄文汉自去将徽章送还原主。

时光易过，暑假之期已尽，博览会已开场了。苏仲武果然接了个电报，欢天喜地的捧着来找黄文汉。黄文汉笑道："何如呢？你赶快拿二百块钱给我。她电报上说九月初一日午后三点钟准到东京，今日是八月二十七，只有四天工夫了，须得从速安排，方能妥帖。"苏仲武道："你将如何安排？"黄文汉不乐道："和你这种初出世的人干事，总是啰啰唆唆的不得爽利！我教你拿二百块钱出来，难道没有用途，白骗了你的吗？我早说了，须任凭我摆布。"苏仲武不待黄文汉说完，忙陪笑说道："不是这般讲。你知道我是个急色儿，原谅我点罢！我此刻就去拿钱来，由你去使就是。你我同乡，又是数年的老友，说话彼此不要多心。"黄文汉笑挥手道："多你甚么心，你就去拿钱罢。"苏仲武归家拿了田中银行的存款折子，跑到银行里，将五百块钱都取了出来，交了二百元给黄文汉。黄文汉道："初一以前，我没工夫来会你。初一日下午，你在家中等我同去便了。"

说着，匆匆的怀着二百块钱，同苏仲武出来，叮咛苏仲武初一日不可出外，即点点头，自去安排去了。

苏仲武站在玉名馆门首，纳闷了一会，正待归家，只见胡女士同着个三十来岁穿洋服的男子，从甲子馆走了出来。男子自转角走向电车道上去了，胡女士回头望了那人几眼，一步一步的直向玉名馆来。苏仲武看那男子，好像很面熟似的，只因一时心中有事，记不起来。胡女士已慢慢的走近身，径进了玉名馆。苏仲武不觉诧异，心想：这馆子中国人住得很少，我正怪老黄为甚么无端的搬到这馆子里来。她也跑到这里，会那个呢？想仔细听她问下女要会谁，那晓得她并不开口，竟脱了皮鞋往楼上走。只见一个下女跑来拦住道："黄先生刚出去了。"下女说话时，眼睛望着外面，见了苏仲武，即用手指道，"刚同那位先生出去的，只怕还没去多远。你去问那位先生，便知道到那儿去了。"胡女士只翻着眼睛望了下女，苏仲武知道她不懂日本话，即回身走进去，笑脸相承的问胡女士道："女士可是要会黄文汉？"胡女士用那柔情似水的眼光，连瞟了苏仲武几下，也笑嘻嘻的答道："先生可知道黄君到那去了？"

苏仲武初次在教育会遇见胡女士，本就起了不良之心，只因黄文汉几句冷话，将一团高兴打退了。后来几个月不曾见面，又有了加藤梅子几个字横亘在脑筋中，所以没再起念头。今日见她来会黄文汉，已料想是被黄文汉吊上了，暗道：怪不得黄文汉那时阻拦我，原来是为他自己。我何不趁这时机也吊她一吊，出出胸中的恶气。吊到了手，乐得快活快活，便吊不到手，我也不费了甚么，好在是顺便的事。主意已定，便从衣袋中摸出张名片来，双手递给胡女士道："久慕女士的荣誉，常恨不得会谈。黄君和我是同乡，时常对我说女士之为人，更使我想慕不置。"胡女士喜孜孜的接了名片，连道不敢当，便不问黄文汉的去处了。穿了皮鞋，笑问苏仲武道："先生也是住馆子吗？"苏仲武道："我嫌馆子嘈杂，一个人又犯不着住贷家，就在南神保町住了个贷间，房子倒还清洁。女士刚从甲子馆出来，甲子馆有女士的朋友住着吗？"胡女士笑道："我就住在甲子馆，闲时尽可请过来谈话。"苏仲武笑道："我闲的时候多，若蒙女士不讨厌，甚么时候教我来陪着消遣，我就甚么时候过来便了。"

前集书中说过，胡女士是最喜人恭维的，听了苏仲武的话，甚是高兴，登时斜睨了苏仲武一眼，微笑答道："你夜间十点钟以后来罢。十点钟以前，来访的客太多了。"苏仲武忙点头道是。二人同走出玉名馆，胡女士要往饭田町去，只得分手。苏仲武向神保町走了几步，复回头追上胡女士，殷勤说道："十点钟以后，不教我白跑么？"胡女士嗔道："便白跑十趟，算得甚么？你们男子横竖吃了跑腿的饭。"说着，点头笑了一笑，掉臂摇身的走了。苏仲武受了胡女士一顿奚落，痴立了一会，回想起刚才对谈的滋味，真算是三生有幸！不由得欢欣鼓舞的跑回家中，更衣洗澡，静待良时。十点钟已过，便跑到甲子馆来。

这晚，胡女士知道苏仲武要来，十点钟以前，早将来访的客撵了出去。见苏仲武进来，连忙起身握手。苏仲武见胡女士只穿一件水红色纱的西洋浴服，下面赤着双足，被那白日一般的电光照着，连两条大腿都看得分明。头上青丝撩乱，散披在两枝白藕般的臂膊上面。那种惺忪意态，苏仲武不觉魂销，握了胡女士的手，不忍释放。只因是初次拜访，不敢鲁莽，勉强丢了手，就一张靠椅上坐着，心中兀自怦怦的跳个不了。初尝这种滋味的人，自然是有受宠若惊的模样。胡女士拿了枝雪茄烟，送到苏仲武面前，擦上洋火。苏仲武正在发痴的时候，被洋火的响声一吓，醒了过来，连忙起身，就胡女士手中吸燃了烟。胡女士弃了手中烧不尽的火柴，推了苏仲武一把，笑道："你发甚么呆，这样失魂丧魄似的，想心事吗？"苏仲武忙敛神答道："没有，没有。刚才来的时候，因欲急于见面，走急了，有些倦意，想坐息一刻儿，并没有甚么心事。"说到这里，接着向胡女士笑了一笑道，"我的心事，就是想到这里来，既到了这里，还有甚么心事？"胡女士用指在苏仲武面上差了一下道："也亏你说得出！"说着，挨坐在一旁，跷起一只腿，搁在苏仲武腿上，扯着苏仲武的手，正要说话，忽然想起桩事来，立起身，拍手叫下女。

下女来了，胡女士对苏仲武道："你为甚么不替我说？"苏仲武跳起来急道："你又不说，我知道你教我说甚么？"胡女士嗔道："蠢东西，你这也不知道！你对她说：会我的人来了，只回我不在家，不要让他们进房来。"苏仲武听了，心想：这话我怎好对下女说？望着胡女士不肯开口。胡女士啐道："你真无用！好好，不说也罢了。"说着，赌气掉转身坐在椅上，自言自语。苏仲武见她生气了，只得厚着脸皮向下女说了，下女掩口胡卢而去。胡女士才回嗔作喜，拉苏仲武同坐。苏仲武就坐，笑道："你为甚么不见客？可能令我真个销魂？"胡女士笑道："我令你真个销魂吗？

我却不是给男子做玩物的。你要说自问能给我真个销魂，我倒可承认。只许你们男子糟蹋女子，我们女子便不能及时行乐？男女平权的话，恐怕不是这般讲法。"苏仲武虽没学问，只是男女平权的话，他却不甚赞成。见胡女士这般说，不由得现出些反对的脸色。

胡女士见他脸色不对，赶着问道："你们男子不应该给我们女子做玩物吗？你们男子从来是生成的一身贱骨，待他稍为宽一点儿，他便放纵起来，不听人调度了。"苏仲武不服道："你说我们男子应给女子做玩物，不错，我也不和你争。只是吉原新宿那猪圈似的房子里面，一群一群关着的，何以都是男子的玩物，却没有关着一个女子的玩物呢？"胡女士听了大怒道："你放甚么屁！你敢当着我欺我们女子吗？你们坐在那猪圈里面去，看我们女子来不来嫖你！你从那一点看出我们女子比你们男子贱些来？"苏仲武见胡女士动了真气，吓得慌了手脚，赶忙陪礼道："我本是一句笑话，虽说得过于荒谬，只是确系无心之失。你若因我一句话便动起真气来，我就更该死了。"说着，连连作揖不止。胡女士忍不住笑道："我说你们男子是生成的一身贱骨，何如呢？可不是一身贱骨！定要我发作发作，才得服帖。"苏仲武也笑道："怪道许多男子平时都说是反对男女平权，及至与那些讲男女平权的女子往来亲密了，便改变了宗旨。原来他们也有不得已的苦衷。"胡女士摇着头笑道："那是自然呢。我们女子的同化力，若不比你们男子强些，还了得？那真不知要将我们女子欺压到甚么地步。"苏仲武道："我却不承认是女子的同化力。"胡女士正色道："不是同化力，是甚么力？"苏仲武胁肩笑道："只怕是种特别的魔力罢了。"胡女士伸手指着苏仲武笑道："你这不通的人，说话真可笑！魔力还有甚么特别的？魔者，不可思议之谓。这不可思议之力，就说是同化力，又有甚么不可？"

苏仲武本来不甚通，平日又震惊胡女士的名声，到这时候那里还敢说半个不字？更死心塌地的佩服胡女士不已。这晚不待说是小心伏侍胡女士过了一夜。黄文汉的靴腰算是被苏仲武割了。俗话割靴腰，又叫作补锅。后来和黄文汉往来的人，知道了这桩事，同时又有郑绍畋请客的一桩事。那些人都觉得奇怪，以为黄文汉是嫖场老手，居然补锅；郑绍畋是有名的鄙吝鬼，也居然请客。好事的人因捏了四句笑话道："去年怪事少，今年怪事多。郑绍畋请客，黄文汉补锅。"郑绍畋请客的事，后文自有交待。

　　苏仲武做了胡女士一夜的玩物，次日绝早，胡女士逼着苏仲武起来。教他暂且回去，以后要来了，还是白天里来好，夜间十点钟以后却不敢劳驾了。苏仲武问是何故，胡女士冷笑了声道："你也不自己想想，你可能算是个男子？倒害得我……"说到这里，掉过脸朝里面叹了口气道，"我要睡，懒得和你多说了。你去罢，不要在这里气死了人。"苏仲武扫了一鼻子的灰，垂头丧气的穿好了衣服，伏在胡女士的枕头旁，低声下气的唤了几声。胡女士只作没听见，睬也不睬。苏仲武没法，只得提着帽子要走。胡女士忽然掉过脸来，笑问苏仲武道："你真个就走吗？"苏仲武连忙转身笑道："我那里敢就走？你要撵我出去，教我怎么好迟延。"胡女士就枕上点点头道："也好，你去去再来。我十一点钟起来，你十二点钟来，陪我去看一样东西。你可不要忘了。"苏仲武问道："陪你看甚么东西？"胡女士圆睁杏眼骂道："你管我去看甚么东西，叫你陪我去，陪我去就是了，问长问短怎的！"苏仲武不敢开口。胡女士道："你去罢！"

　　苏仲武转身向外走，才推开门，胡女士复从被中喊道："来，来！"苏仲武仍转身走近床前，胡女士闭目半晌不做声，好一会才问道："你此刻往那去？"苏仲武道："我去洗脸用早点。"胡女士道："你十二点钟来么？"苏仲武道："怎么不来？"胡女士道："你没有事吗？"苏仲武道："有事也没法。"胡女士道："这话怎么讲？"苏仲武笑道："你叫我奉陪，我敢推有事吗？"胡女士劈面呸了一口道："不要是这样假惺惺，没事就没事。"苏仲武连点头道是。胡女士笑道："你来的时候，若有客在这里，你万不可和此刻一样，你呀我的乱叫。大家客气点，称个先生，好听多了。"苏仲武笑道："理会得，先生的名誉自是要紧。"胡女士伸出手来，揪了苏仲武一把，笑道："小鬼头，我看你这东西一定是个候补小老爷出身，不然，从那里学来的这种卑鄙样子。"苏仲武也回手揪了胡女士一把，笑道："没有小生这种卑鄙，怎显得出先生的清高来。不要吵醒了先生的瞌睡，我去了，十二点钟再来替先生请安。"说着，伸手给胡女士。胡女士也伸出手来，苏仲武就她手背上接了两吻，笑嘻嘻的走了。

　　不知后事如何，且俟下章再写。

第四十二章

经理员丸和馆召妓
登徒子上野驿迎亲

话说苏仲武走出甲子馆，刚六点钟，路上行人稀少，急忙忙跑到家中。因一晚不曾安睡，觉得有些头昏眼花的，脸也懒得洗，铺好床，呼呼的睡了一觉。在睡梦中也和胡女士调情，正在美满的时候，忽听得房门呀的一声开了，黄文汉气冲冲走了进来，一手将苏仲武的臂膊拿住。

苏仲武吓醒了，觉果有一人拿住他的臂膊，急得睁眼一看，乃是陈志林。后面还立着一人，认得是王甫察。忙定了定神，叫二人请坐。一面起床，一面笑道："你们怎这般早？"陈志林笑道："你睡得忘记了时刻，倒说别人早。你知道是甚么时候了？"苏仲武诧异道："甚么时候了？"王甫察笑道："响午炮一会儿了。"苏仲武猛然记起早晨的事来，心中慌急，手中收拾铺盖，便张皇失措的。陈志林不知就里，也不作理会，自己起身拿烟分了枝给王甫察，擦上洋火，各人呼呼的吸着。陈志林笑道："老苏，你快去洗脸，老王特邀我同来，要约你到涩谷一家新开的日本料理店去吃酒。那家料理店是他旧日的居停主人开的，叫丸和馆，今日新开张，定要老王去凑热闹。老王今日预备了一百块钱做局钱，想将涩谷的艺妓都叫来赏鉴赏鉴。他既有这种豪举，我们万不可不同去一乐。"

苏仲武心中正因为失了胡女士的约，急得无可奈何，想赶急洗了脸跑去谢罪，那有心情听他们说话。还因王甫察是新交的朋友，不能不存些客气，才没提起脚便走。洗了脸，勉强陪着坐谈。王甫察问他："用了早点去，还是就去？"苏仲武一面起身，一面笑答道："我今日实在不能奉陪。有个朋友昨日约了我今日十二点钟去会，委实不能不去。"陈志林跳起来道："不相干的约，便失一次，又有甚么要紧？并且你的约是十二点钟，此刻已是一点多钟了，就去也不中用。"苏仲武摇头道："不然，一点多钟也得去，这约是无论如何不能失的。"王甫察笑道："约十二点钟，到一点多钟才去，已算失约。倘你那位朋友因你到了时间不去，他又往别处去了，你不仍是白跑吗？我看已经过去的事不必研究，涩谷是不可不去的。我虽是初次和你论交，但时常听老陈谈及你的性格，知道你不是个喜欢讲客气的人，所以才敢来邀你。去，去，不用犹疑了。"陈志林也在一旁极力主张就去，不容苏仲武不肯，硬拉着上了往涩谷的电车，风驰电掣的开往涩谷去了。

苏仲武在车中想起胡女士之约，五内如焚的，说话都没了伦次。陈志林、王甫察一心只想到了丸和馆，如何寻欢觅乐，也不理会苏仲武的心事。二十分钟之间，电车已抵涩谷。三人下车，步行了一会才到。苏仲武看那丸和馆，房屋虽是新造的，规模并不甚大。门栏内新栽的一株松树，高才及檐，却苍苍的显出一种古拙样子。松树下用磨光的乳石砌成一个三四尺大小的围子，围子里面绕着松树栽的几根筱竹之外，便是些杜鹃。三人进门，一个下女迎出来。这下女认识王甫察，一见面即表示出她欢迎的诚意，高声叫道："王先生来了！"下女欢呼之声才出，便有个三十多岁的妇人跑出来迎接。王甫察道了声恭喜，那妇人笑吟吟的道："我说王先生今日一定会赏脸，来替我做面子的，可笑时子她偏说不会来。她说王先生这一晌忙得很，今日也是甚么梅太郎，明日也是甚么梅太郎，决没闲工夫来这里。刚才听说王先生果然来了，她才欢喜得甚么似的，去收拾去了，等一会就来奉陪。"

妇人说着话，让三人脱了靴子，引着上楼。王甫察笑向苏仲武道："这地方虽比京桥、日本桥、神乐坂那些所在冷静，然确实研究起嫖的滋味来，比那几处都好。那些地方总是热烘烘的，嘈杂个不了。分明一个清醒人，只要进去几点钟，不由的脑筋就昏了。若是住了一夜，次早出来，更觉得天地异色。那种地方流连久了，不愁你不神魂颠倒。"苏仲武此时心中，将胡女士之约渐渐忘了。见楼上一间八叠席的房，当门竖着一扇竹帘屏风，房中间安着一张黑漆方几，房角上叠放着十来个龙须草的蒲团，此外别无陈设。妇人将蒲团分送三人坐了，下女端上茶来。妇人打开窗户，卷起帘子，只听得楼梯声响，便有极娇小的声音，笑呼王先生道："难得，难得！你居然能记得我家今天的日子。"苏仲武、陈志林听了，都愕然用眼光聚在竖屏风的所在。

笑声未歇，已见一个十七八岁的女儿，打扮得娇娇滴滴的，手中拿着一方白丝巾，露出玉粳也似的一口白牙，咬住一边巾角，一边挽在手中，前行行、后退退的走出来，笑迷迷的各人瞟了一眼，伏身拜了下去。王甫察连忙回礼，笑道："才几天不看见你，便出落得这般妖娆了。人家说时至气化[1]，你家今日开张，想必定要发财，连你都转了些气象。你若当艺妓，生意决不会恶劣。"妇人正卷着帘子，插嘴笑道："小妮子那有这般福气。"王甫察笑道："为甚么没有？只我绍介几个朋友来，生意便立刻兴旺了。"妇人卷好了帘子，用脚踢着女儿笑道："时子，你还不学乖觉些，赶急谢王先生的厚意，过一会儿，他又忘记了。"时子真个笑嘻嘻的磕了个头。王甫察大笑着，向苏仲武道："你看她们打成伙儿来笼络我，教我有甚么法子？她将来若当了艺妓，你照应她一点儿罢。"苏仲武笑道："那是自然。她做预约的艺妓，我定做预约的客人便了。"时子望了苏仲武几眼，啮着巾角不做声。王甫察见他大有不胜荣幸之概，望着妇人笑道："只我这一位朋友，就足够你家招待的了。"

妇人见苏仲武的衣服穿得时髦，相貌又很齐整，这样的年轻阔客，在日本人中那里去寻找？连忙答道："王先生的朋友，还有甚么话说，只怕不肯赏光罢了。得罪得很，请教两位先生贵姓？"王甫察说了。陈志林笑道："老王，你只管闲谈怎的？你将老苏从被窝里拖了来，至今水米不曾入口，难为你请人家来挨饿？"王甫察被陈志林提醒了，连连向苏仲武谢罪，吩咐妇人，先拿了几样点心来给苏仲武吃，才大家点菜叫艺妓。酒菜上来，已是四点钟。时子捧着酒瓶，三人就坐。时子先替苏仲武斟了，才斟给陈志林。陈志林笑道："预约客人的资格到底不同。我这个没买预约券的，连杯酒都得落后。这也只怪得老王不肯为我吹嘘，不然，她怎便看出我不如老苏来。"时子听了，望着苏仲武掩口而笑。王甫察正待说话，只见屏风后转出几个粉白黛绿的艺妓来，一个个朝席上行了礼，围着王甫察坐了。涩谷的艺妓大都认识王甫察，所以不待问，都知道是王甫察叫的。王甫察一一应酬了几句，每人赐了杯酒。

接连一阵脚步响，屏风后又转出十几个艺妓来。时子忽然呵吓一声

---

[1]气化：此处指阴阳之气的变化，以喻世事变迁。

笑道："王先生，快起身迎接，梅太郎来了。"王甫察真个起身与梅太郎握手。苏仲武看那梅太郎，果然生得姣小玲珑，十分可爱。王甫察拉着同坐了，笑向苏仲武、陈志林道："两位看我的赏鉴不差么？"苏仲武看房中坐满了的艺妓，大的小的，胖的瘦的，足有二十多人，实没有一个高似梅太郎的，便恭维王甫察有眼力。王甫察异常高兴，举起酒杯，劝陈志林、苏仲武的酒。叫来的艺妓太多了，一房挤得满满的，找不着主人献殷勤，都各自谈笑起来。也有独自调着三弦，想唱一支曲子，显显能为的；也有故意高声赞扬王甫察，想惹王甫察注意的；也有捏着纸团儿，远远的抛击王甫察的。一室之中，争妍斗巧，各不相让。王甫察都只作不闻不见，握着梅太郎的手，细细的说个不了。苏仲武坐在一旁，羡慕不已。陈志林欢呼畅饮，一房人乱嘈嘈的，直闹到夜间九点多钟才散。

苏仲武问王甫察的住处，王甫察道："我新搬在小石川大谷馆住。老陈知道我那里的番地，你高兴邀老陈来闲谈就是。"苏仲武道："贵省的经理员，没有经理处吗？"王甫察道："经理的事，我已交卸了。我本打算月内归国一趟，因为敝省取消了独立，凡与这次革命有关系的人，多半要亡命到日本来。前日接了家兄的信，说已到了上海，还同了几个朋友，不久就要动身到此地来。所以我将经理的事交卸之后，便搬到大谷馆，等家兄来了再说。"苏仲武惊异道："我一向不看报，也没多和人往来，国内的事都茫然不晓。怎的竟闹得这步田地了？"陈志林笑道："你这话倒像避秦人说的，真不知人间何世了。"苏仲武觉得有些惭愧，便不做声。谢了王甫察，告辞出来。这晚王甫察和陈志林，就在丸和馆嫖艺妓。

苏仲武一个人走到停车场，上了电车，心想：今日负了胡女士的约，以后怎好和她见面？她一张嘴又会说，又不饶人，没有差错，她还要寻出些破绽来说，况我明明的错了，能逃得过她的责备吗？待不再和她见面罢，又实在舍不得她待我的情义。没得法，趁今晚硬着头皮去领罪便了。电车到了神保町，苏仲武跳了下来，望三畸町走。走不多远，瞥眼见胡女士正和一个二十多岁的男子对面走来。苏仲武看那男子，衣服虽不十分阔绰，气概却甚是轩昂，倒很像个军人样子。胡女士和她并排着走，情形异常亲热。苏仲武见了不觉心中冒火，恨不得将那男子一拳打死。嗔着眼立在一旁，想等胡女士走近身的时候，给她一个脸色。那晓得胡女士和那男子只顾一边走着一边说笑，眼睛并不向侧边一望，径挨身走过去了。苏仲武更气得一佛出世，咬牙切齿的跟在后面窥探。见他二人走进一家中国料理店里去了，苏仲武懒得跟进去，赌气归家睡去了。

次日早起用了点心，便跑到甲子馆来。一则谢罪，二则想质问胡女士，昨晚同走的是甚么人，何以这般亲热？苏仲武自以为理直气壮的，到了甲子馆，问了问："胡先生在家么？"即脱了靴子，想往里走。下女跑出来拦住道："胡先生还没起来，不要进去。"苏仲武仗着自己与胡女士有关系，对下女笑道："没起来，要甚么紧，我又不是外人。"下女见阻拦不住，只得罢了。苏仲武跑到胡女士房门口，听得里面有笑声，吓得倒退了一步，忍不住，故意咳了声嗽。不见胡女士出来，里面仍是说笑不止。苏仲武立脚不住，掉转身往外就走，下女跟在后面，嘻嘻的笑。

苏仲武叹了口冷气，穿了靴子，跑到玉名馆来找黄文汉。下女说黄文汉昨日搬了，苏仲武这一惊不小，忙问搬往那里去了。下女说："不知道。他并没留地名在这里。"苏仲武恨道：我和他同乡，又是几年的老交情，他也骗起我来了吗？二百块钱事小，只是未免欺人过甚！唉，这也只怪我自己不小心，他本多久就说要归国，短了盘缠。他这种人平日无所不为，甚么事他干不出！他不是骗了我的钱，逃回国去了，是到那里去了？搬家岂有不告诉我地名之理？前日要钱时的情形本就不对，我自己不小心，上了当，还有甚么话说？他此刻已不知走了多远的路了。

苏仲武一个人恨了一会，忽转念道：黄文汉平日虽然无聊，却不曾见他干过甚么拐骗的事。他的朋友多，又是公费，便短少的盘缠，那里不好设法，怎的便骗起我二百块钱来？以后不见人了吗？他不是个糊涂人，未必肯这般害自己。且到他处去打听打听他的下落，看是怎样。想着，便去访了几个同乡，都说没有遇着。苏仲武无法，只得归家，心中断定黄文汉是逃跑了，懊悔无及。一个人在家中，闷闷不乐的过了一日。次日也懒得出外打听，灰心到了极处。忽自己宽慰自己道：他既骗了钱，鸿飞冥冥的去了，我尽在这里着急怎的？我便短二三百块钱，也是有限。此刻又不靠这钱使用。不过梅子的事成了画饼，心中有些不甘。然事已无可奈何，非她负我，也还是我负她。想必是我和她二人，姻缘簿上没有名字，所以用尽心力，还不能如愿。前日王甫察叫的那梅太郎，尚不讨人厌。我与其一个人在家中纳闷，何不去丸和馆，将她叫来开开心？

计算已定，挨到下午四点钟，坐电车又到了涩谷。跨进丸和馆，便见时子喜孜孜的出来迎接。苏仲武上楼，那妇人已跟了上来，打着哈哈道："我的卦又占灵了。我说时子既这般想念苏先生，苏先生必也有一点儿记挂着这里。昨日没来，今日是定要来的。今日先生果然来了，不是我的卦又占灵了吗？"妇人一边说着，一边送蒲团给苏仲武坐。时子已捧了杯茶上来，殷勤送到苏仲武面前，笑着低头小声说道："苏先生为甚么昨日不来？我在门口望了几次呢。今早我妈说你定要来的，所以我早在门口张望。恰好望得你来了。"妇人在旁笑道："苏先生那是你望得来的，他自己记挂着你罢了。他若不记挂着你，那怕你整日整夜的立在门口盼望，他又没约你，怎知道你会望他呢？"苏仲武心中虽明知道她们是信口开河的笼络客人，只是也乐得有人当面恭维，凑凑自己的兴，当下也笑答道："我昨日本就想来的，因来了几个朋友，说话耽搁了，才迟到今日。有这样的好地方、好人物，我心中恨不得整日守在这里。我看那梅太郎确是生得不错，今日想将她叫来，再细细的看看。"

时子听了，面上登时现出不快的样子。妇人笑道："你不怕王先生知道了吃醋吗？"苏仲武道："一个相好的艺妓，也值得吃醋？她又没包住梅太郎。梅太郎那一日不应客人几十个局？那一日没有客人陪着她睡？这醋从那儿吃起哩？"妇人道："虽是这般说，朋友到底和旁人不同。他知道了，还要怪我呢。"时子连忙点头道："是吗，王先生的脾气不好，和梅子又亲热到极处，将来知道了，只怕连我都要怪上呢。"苏仲武笑道："你们都说的是那里的话！他便要吃醋，也只能怪我，与你们开料理店的有甚么关系？真是烧窑的不怪，怪起卖炭的来了吗？你们不用这般过虑，快去叫来。王先生要吃醋，你们只说我强着要叫的便了。"妇人听了，望着时子。时子望着苏仲武，半晌叹道："原来也是为梅太郎来的。"

苏仲武见了时子那种可怜的样子，心中有些不忍，又想：倘若王甫察果真吃起醋来，也是不好。我和他是初交，他待我又不错，不可因这些事破了情面。况且我原没有嫖艺妓的心，不过偶然寻开心跑到这里来，何必为我一夜的快乐，弄得大家不高兴？时子虽然不美，爱我的心思算是很真切。敷衍她一会，散散闷也罢了。便笑着向妇人道："你们既这样的怕得罪了王先生，我又何必过拂你们的意？便不叫来也罢了。我因为前日在王先生跟前，不便细看，想叫来细玩细玩，看到底和王先生说的差不差，并没有想嫖她的心思。其实我并不是为她来的。"因望着时子笑道，"王先生要我照顾你，你又待我亲切，我为何平白的又去照顾别人哩？"妇人笑得拍手道："苏先生这话才不错呢。时子因为你答应照顾她，欢喜得甚么似的。你若要去照顾别人，可不要把她气死了吗？"苏仲武笑道："慢着，你这话说太早了。王先生不是说等时子当了艺妓的时候，才要我照顾的吗？此刻并没当艺妓，叫我照顾甚么？"时子笑道："我和艺妓那一些儿不同？艺妓不过会唱、会弹三弦，我此刻唱也学会了，三弦也学会了，那一点不如艺妓？"苏仲武道："虽是如此，心理上总觉得有些分别似的。这也不必说了，且去热酒，弄几样菜来。"

妇人答应着，向隔壁房里拿了张菜单来。苏仲武问时子欢喜吃甚么，时子笑道："你吃菜，问我欢喜做甚么？"苏仲武道："大家吃，须得大家欢喜才好。"时子不肯说。苏仲武道："日本料理，我也不知道那样好吃，随便拣好的弄几样来罢了。"妇人笑着点头道："知道，知道，拣好的弄来便了。"说着下楼去了。时子陪着苏仲武扯东拉西的胡说，无非想引动苏仲武的爱情。男女之间，另有一种不可思议的结合力。苏仲武起初原不爱时子，因时子甜言蜜语的说得快刀都割不断，不由得也发生了一点儿临时的爱情。开上酒菜，两个便共桌而食。吃得高兴，连妇人也拉作一块儿吃。直吃到十点多钟，苏仲武便实行照顾了时子一夜。

次日早起，已到十一点钟。吃了早饭，清了账，已是一点钟了。慢条斯理的归到家中，只见门口停着一乘马车，心想：房主人那里忽然跑出坐马车的客来？心中想着，走到自己的房里，只见黄文汉正伏在桌上，提着笔写字。听得脚步声响，回过头来，见了苏仲武，拔地跳起来恨道："你这东西，到那里收魂去了？人家为你的事忙个不了，你倒逍遥自在的和没事人一样！临别的时候嘱咐你几次，教你今日不要出去。你没能力做事罢了，难道教你坐在家里等候也做不到吗？替你这种人做事，倒没得把人气死了！"苏仲武见黄文汉并没有逃跑，心中很自愧错疑了他，由他恣骂了一顿，只是笑着陪不是。黄文汉跺脚道："谁希罕你陪不是，还不快换衣服同去，你知道此刻是甚么时候了？"苏仲武低头看着自己道："我身上的衣服不行吗？"黄文汉道："你有衣服，拣好的换了就是，不要啰啰唆唆的耽搁事！"苏仲武不敢再说别话，匆匆忙忙的翻箱倒箧，拿了一套极漂亮的洋服。黄文汉帮着穿好了，教他多带钱在身上，自己拿出表来看，嚷道："快走，快走，只怕她们已经到了。"说着拉了苏仲武出来，跳上马车，扬着手叫快走。马夫知道是往上野停车场，举起鞭子，扬了几下，那马扬头鼓鬣的奔向上野去了。

转瞬之间，到了停车场。黄文汉问车站上的人："由奥羽线来的火车到了没有？"车站上的人道："一刻儿就到了。"黄文汉才放了心，同苏仲武坐在待合室等候。坐了一会，忽然向苏仲武道："一桩最要紧的事，几乎忘记嘱咐你。我在日光的时候，假作日本人，名字叫中村助藏。你以后当着她们母女，叫我中村先生便了，切记万不可和我说中国话，露出马脚来。她若问你甚么话，你只随便拣不关紧要的答答，我自替你代说。你有不明白的事情，背后问我便了，不可当着她们现出疑难的样子。"苏仲武点头道："理会得，你放心就是。"黄文汉道："理会自是容易，不过要处处留心。你这种老实人，恐怕难得做到。好在她是个乡村里的妇人，骗她是要比较的容易点儿。"苏仲武不知道黄文汉葫芦里卖的甚么药，因黄文汉的脾气不好，又不敢问，只得点头唯唯的答应。

听得汽笛一声，二人走出待合室，向月台上去望。只见远远的一条火车，如长蛇一般蜿蜒而至。一大群接客的都拥在出口的地方，一个个伸着颈望着火车。瞬息之间，汽笛又叫了几声，火车渐渐近了车站，慢慢的停了。坐火车的人和蚂蚁出洞的一般走了出来。黄文汉教苏仲武留心看一二等车里出来的人。一二等车在后面，隔月台远了，看不大清楚。黄文汉忽然见春子母女从三等车里走了出来，一个赤帽儿驮着几件行李，跟在后面走。黄文汉扯了苏仲武一把道："有了，是坐三等车来的。"苏仲武也看见了。黄文汉用两膀往人群中一插，轻轻的向两边分开，挤了上去，苏仲武紧紧的跟着。黄文汉见春子母女过了出口，交了票，只管低着头走，便扬着帽子，唤了几声，春子抬头看见了，登时如小儿见了亲人一般。

不知后事如何，且俟下章再写。

第四十三章

贪便宜村妇入彀
探消息英雌发标

话说加藤春子母女见了黄文汉，真如小孩见了保姆一般，登时笑逐颜开的鞠躬行礼。黄文汉排开大众，领着苏仲武上前还了个礼，替苏仲武绍介道："这位苏先生，是我一个至好的朋友。他是中国人，来我们日本多年了。我因为仰慕他的学问人品，喜常和他一块儿行走。这次博览会，夫人多远的来看，也得多一个伴儿，热闹热闹，所以特替夫人绍介。"加藤春子听了，即转身向苏仲武行礼。

梅子灼灼的翻着双眼睛，望了苏仲武。黄文汉恐她说出甚么来，忙侧着身子，一边引路，一边说道："我预备了马车在前面，且请暂到舍下休息一会儿。"说着，回头招呼赤帽儿，驼了行李，跟着出了停车场。马夫将行李放好，四人一同坐上，马夫鞭着马向前奔走。黄文汉向春子说道："舍间的房屋虽不宽敞，然有两间空着的房间。我的意思，与其去住那贤愚混杂的旅馆，不如委屈些儿，就在舍下住一晌的便当。"春子听了，笑着沉吟道："在府上骚扰，怎么使得？"随掉转脸向梅子说道，"你说是么？劳中村先生这样的关照，我心里早觉得不安。若再到他府上去住，不更过意不去吗？"黄文汉笑道："快不要这般说，同是在东京做客的人，有甚么彼此可分？我的家在群马，这里也是寄寓。像夫人这般客气起来，我招待的就更为难了。"

日本人的脾气，和中国人不同。中国人遇有人款待他十分殷渥的，心中必存着些感激的念头，稍稍自好的人，必不肯多受人的好处。日本普通一般人的脾气，却是不同。你没有好处给他，他不和你多来往，恐怕你沾光了他的去。所以日本家庭，亲戚朋友往来的极少。近年来，几家富贵人家略略学了些西洋文化，一年之中，也开一两次园游会、茶话会，买点儿糖食果品，给人家尝尝。在他们日本人看起来，就算是极疏财仗义的了。你若多给他点好处，他心中虽也是一般的感激，却是再而三、三而四的还要来叨扰。所以寻遍了日本全国，也寻不出个稍稍自好的人来。这话怎么讲呢？日本人受人家的好处，你越是不和他计较，他越以为得了便宜，从不肯十分推让。这种脾气，或者就是他日本立国的根本，也未可知。然这都与本书不关紧要，不必多说。

且说春子心中巴不得住在黄文汉家里，一则免得旅居寂寞；二则东京人地生疏，难得有黄文汉这般的一个向导，朝夕相近；三则旅馆里费用到底得多使耗些。有这三般好处，安得不算便宜！当下听了黄文汉的话，想再推辞两句，苦想不出妥当的话来，便仍望着梅子笑道："这样叨扰中村先生，你说使得么？"梅子道："他定要教我们去，有甚么使不得？"春子笑向黄文汉道："中村先生，你看她说话，还全是和小孩子一样。若给旁人听了，真要笑话呢。"黄文汉笑道："小姐说的一些儿不错，怎么笑话？必要和夫人一般的客气才好吗？"苏仲武见黄文汉和春子的情形甚为亲热，暗自佩服黄文汉有手腕，只不知他还设了个甚么圈套，要她们去住。

马车如飞也似的，不一刻到了青山一丁目，在一家有铁栏杆的门口停了车。黄文汉立起身来道："到了。"说着，让春子母女下车。苏仲武跳下来，看那铁栏杆侧边石柱上，嵌着一块六寸长的铜牌子，上面分明刻着"中村助藏"四个字，心中吃了一惊道：难道他真请出个中村助藏来了吗？这房子势派不小，住的人是谁？为何肯借给人设骗局？真教人索解不得。苏仲武一个人心中纳闷，只见黄文汉叫马夫驮了行李，向春子母女道："这就是舍下，请进罢。"

春子二人进了门，黄文汉向里面喊道："客来了，还不出来迎接怎的？"一声才出，只听得里面有如小鸟一般的声音答道："来了。"随着格门开去，一个二十多岁的日本女子迎了出来。黄文汉笑向春子道："这便是敝内圆子，笨拙得很。我平日不敢使她见客，怕她见笑大方。"春子见圆子装扮得玉天仙一样，举止也很有大家风范，那敢怠慢，连忙见礼。梅子也见了礼，一同进屋。有个十七八岁的下女，也收拾得十分整齐清洁，拦着门叩头，高声叫："请进！"黄文汉对下女道："快将夫人、小姐的行李接进来，好生收在客房里，不要乱翻动了，将来夫人不好清理。"下女诺诺连声的应着"是"，自去料理。

圆子引春子母女到客厅，宾主复对行了礼。圆子双手捧了个淡青缩缅绣花蒲团，送给春子坐。春子谢了又谢，才跪下半边，复捧了一个送给梅子，梅子便不客气，老老实实的坐了，不住的用眼瞅苏仲武，好像有甚么话要和苏仲武说似的。苏仲武不敢招揽，对她使眼色，教她不要说话。梅子赌气掉过脸，望着壁上挂的风景照片，黄文汉暗地好笑。圆子折身出去，端了盘茶进来。黄文汉看壁上的钟已五点四十分了，叫圆子到面前说道："去教她们招呼厨房，晚餐不用弄，打个电话到精养轩，叫他赶快送几份西餐来便了。"黄文汉知道春子母女必不会点菜，不肯使她们着急，随便说了几样极普通的菜。圆子一一点头答应着去了。黄文汉便和春子谈起话来，所说无非是博览会开场如何热闹，兼着苏仲武为人如何高尚，学问如何精进。苏仲武自己也夹在里面吹述了些历史。春子听了，自然是满心的恭敬，恨不得立刻表示出亲热苏仲武的态度来。

不一会，西菜来了。下女搬出张黑漆条几来，放在客厅中间，将西菜一份一份的摆上，放好了汤匙刀叉。黄文汉起身笑道："仓卒不成个款待，请随便用些儿罢！"春子母女也立起身来。圆子进来，将黄文汉的蒲团安在主席，春子的安在右手第一位，梅子的左手第一位，苏仲武的安在黄文汉对面，自己便在梅子下手立着。黄文汉请大家入席，圆子斟上酒，大家饮宴起来。

上了几套菜，黄文汉问春子道："梅子小姐曾进过甚么学校？想必已从中学校毕业了？"春子叹了口气道："从中学校毕了业倒好了，在爱知县小学校还没毕业。只是这也只怪得我，她父亲没一日不说，女孩儿不能不使她进学堂。如今的时代，女子没有知识，莫想得个好人家。我那时也是一时之气，说我的女儿偏不想对好人家。好人家的男子，那有个一心一意守着自己女人的？倒不如嫁一个做小生意的人，还落得个心无二用。她父亲赌气不说了，我也就因循下来。"黄文汉故意惊诧道："夫人不用见怪，我的意思，夫人这般用心，实在差误了！现在二十世纪的女子，莫说无知识不能对好人家，便对了好人家，自己不知道要强还好，若是个要强的性格儿，应酬言动一点儿不能出众，自己也要急坏了。并且如今的男子，只要是个中等之家，那有不从大学毕业的？大凡人的心理都差不多，世界上没有有知识的女子罢了，既尽多有知识的女子，那个还肯落人的褒贬，去娶那毫无知识的哩？女子容貌恶劣的，便嫁个下等人没甚么可惜，像梅子小姐又生得这般齐整，若将来嫁一个不相当的人，岂不冤屈死了吗？夫人因一时之气，误了小姐终身大事，真不能说夫人错了念头。只是这话不应该我说，因为夫人没把我当外人，料想夫人不会多心见怪，才敢妄参末议。"春子道："承先生的好意，肯这般亲切的说，我心里正不知道如何的感激，怎说多心见怪的话？她今年已是十六岁了，小学还不曾毕业，东京恐怕没有合她的年龄程度的学校。"黄文汉笑道："那怕没有！只要夫人知道小姐的光阴虚度了可惜，肯送她进学堂时，随小姐的意，要进甚么学校，我都能设法。不是我在夫人前夸口，东京的男女学校的校长，我不认识的也就有限了。程度虽有点不合，没甚要紧，别的科学都容易，只英文要紧点儿，赶快发奋读一个月，大约也差不多了。"春子道："好可是好，只是东京太没有可靠的亲眷，我又不能长住在东京，女孩儿家，着她一个人在此地，有些放心不下似的。"黄文汉不做声。

　　说着话，菜已上完，大家散坐。圆子帮着下女将条几并杯盘收了出去，各人吸烟用茶。黄文汉不再谈梅子入学之事，只闲谈了些不关紧的话，便对圆子道："你小心陪着夫人、小姐，我且同苏先生出外访个朋友。若夫人疲了要睡，你便铺好床，请夫人安息便了。"圆子笑道："你出外，早些儿回来。夫人、小姐我自伺候，你放心便了。"黄文汉点点头，和苏仲武起身。春子向苏仲武道："苏先生今晚不来了吗？"苏仲武不及答应，黄文汉代答道："苏先生府上隔此地太远，今晚还须去访个朋友，恐怕不能再来了。明早请他早点来，同陪夫人去看博览会。他虽是中国人，我和他却是知己。东京的中国人多，和我相识的也不少，我就只和他说得来。"黄文汉说时，叹了口气，接着说道，"像他这样的学问、人品、性情，据我看来，世界上大约也没有和他说不来的人。即如今日大半日工夫，夫人听他说了几句话？他从来只是如此，不轻言漫语的。更有一层使人敬重，他二十三岁的人，家中又是个大资本家，他从不肯和人三瓦两舍的胡走。这样少年老成的人，尤是不可多得。"春子也点头道："真是难得。"苏仲武对春子行了个礼，说："明早再来奉看。"又对梅子行了个礼，同黄文汉出了客厅。圆子送了出来，黄文汉附着她的耳说了几句，携着苏仲武的手，从容向青山一丁目的停车场走去。

　　途中，苏仲武向黄文汉道："你的手法，我实在佩服极了。只是你这空中楼阁，三四天工夫，怎的便结构得来哩？"黄文汉笑道："只要有钱，在东京这样灵便的地方，甚么东西不能咄嗟立办？"苏仲武笑道："一切应用之物都可说容易，有钱买来就是。只是你那位临时太太，那里来得这般凑巧？看她的言谈举止，都不像个小家女儿，并且礼数很周到，倒像个贵家出来的小姐。"黄文汉笑道："不是贵家小姐，怎能使人家相信我是个有根底的人？"苏仲武道："平时怎没听你说和甚么贵家小姐有染？"黄文汉道："无缘无故的，和你说些甚么？"苏仲武道："既是贵家小姐，她何能和你糊里糊涂的做起老婆来哩？这事情真教我做梦也想不到。"黄文汉道："难怪你想不到，事情本也太离奇了。"

二人说着话，已到了停车场。恰好往九段、两国的电车到了，不暇再说，都跳上电车。苏仲武问道："你想到那儿去？可能去我家么？"黄文汉点头道："自然到你家去坐。我今晚本没事，不必出来，不过太和她们亲近了，太显得我是一个闲人似的不好；并且春子刚才说，东京没有可靠的亲眷，不知道她的意思是想托我呀，还是信我不过。我疑她是信我不过，所以不答白。我们出来了，好等圆子和她们亲热亲热。她们说合了式，便没难题目了。"

苏仲武听着说话，偶然抬头见对面车角里坐着一人，彷彿面熟，推了黄文汉一下，用嘴努着他看道："你看那是个中国人么？好像在那里见过似的。"黄文汉一见，喜笑道："你真没有记忆力！不是前回在高架电车上，我和他遇了你的吗？他就是会拳术的郭子兰。"黄文汉说着，起身走至郭子兰面前。郭子兰也见了黄文汉，忙让位与黄文汉同坐。黄文汉笑道："我一向无事忙，不曾到你家里来。你的生活状况有甚么变更没有？"郭子兰道："我前回仓卒之间搬的那个贷间，房子太小，又太旧了，不好住。日前在早稻田大学后面寻了个贷间，房子虽不见得十分好，只是宽敞多了，练把式的场所也有。"随即用铅笔写了个番地给黄文汉。黄文汉看了点头道："你那里隔吉川剑师家不远，这两日见了他吗？"郭子兰道："就在他紧隔壁，我家的生垣和他家的生垣相接，今早他还在我家里坐了许久。你何时来我处玩玩？"黄文汉道："你去看过了博览会没有？"郭子兰点头道："已看过两次了，都是人家拉着我去的，一点儿意味也没有。"黄文汉道："我还没去看。明日有两个日本的朋友邀我同去。明日看过博览会，后日便到你家来。"说时，电车到了九段。郭子兰起身道："我要在此换车。"说着，自下车去了。

黄文汉招手教苏仲武来，坐了郭子兰的位子。苏仲武问道："你的计划，至今我还不十分明白。圆子便和她们亲热了，当怎么样哩？她们看了博览会，又不能在此地久留。她若一旦谢了你，带着梅子离了东京，我们不是只能翻着双眼睛，望了她们走吧？"黄文汉笑道："事情已做到瓮里捉鳖了，你怎的还有这失望的想头？她若逃得我手掌心过，她就不来了。我如今只须再费几日工夫，包管她走的时候，完完全全的留下个梅子给你便了。"不多时，电车到了神保町，同下车走向苏仲武家来。

才走至门口，正待进门，忽听得背后有人连声呼"黄さんは"（黄先生之意）。黄文汉回头一看，不是别人，正是胡蕴玉女士。身穿一套藕合色西洋衣服，头戴一顶花边草帽，手中擎着一把鲜花，轻蹴芳尘的走了拢来。苏、黄二人心中各吃一惊。胡女士走至跟前，端详了苏仲武几眼，笑道："你这人才好笑！那日约你十二点钟来，你自己答应了，为甚么直到此刻，不见你的踪影？'与朋友交，言而有信'，这句书你都没读过吗？"苏仲武被胡女士当着黄文汉这一诘问，直吓得心慌意乱，两脸飞红，那里回答得出呢。黄文汉看了苏仲武一眼，笑问胡女士道："你那天十二点钟约他来干甚么？"胡女士笑道："不相干，就是前日我想约他去看博览会。他不来，我就和别人去了，不过问着他玩玩。怎的这几日连你也不见了？我跑到玉名馆几次，先几回说你出去了，后来说你搬往别处去了。我问搬到甚么地方，她又说不晓得。你这鬼鬼祟祟的干些甚么？须不要被我寻出你的根子来，不体面呢！告诉你罢，怎的搬家也不通知我一声儿，相隔太远了吗？邮片也应写一个给我才是。"黄文汉连忙笑道："我罪该万死！只是搬的地方，有万不能告人的苦衷，以后你自然知道。这门口站着说话不好，就请到老苏家中去坐坐。"胡女士点头答应，遂一同进门，到苏仲武房中来。

胡女士将手中的花往桌上一撂，顺手拖出把摇动椅来，将身子往上一躺，两脚抵着席子，前仰后合的摇动起来。伸手向苏仲武道："拿烟给我吸。"苏仲武诚惶诚恐的打开柜拿烟，黄文汉已从怀中拿出两枝雪茄来，胡女士便喊苏仲武道："不用你的了，量你这样笨蛋，也不会买好烟吸。"说着接了黄文汉的烟，望着苏仲武道，"笨蛋，笨蛋！难道你洋火也不会擦一根么？"苏仲武连忙擦上洋火，给胡女士吸。胡女士吸燃了，用手招着黄文汉道："你来，你来，我有话和你说。"黄文汉从苏仲武手中接了洋火，一边擦着吸烟，一边挨近胡女士身前，俯着身问道："胡先生有何见教？"胡女士忍笑不住，扑嗤一声道："你这东西，总是这样鄙腔鄙调的讨人厌！我问你，这几日到那儿去了？你不用瞒我，你直说给我听，甚么事我都没要紧。你想瞒着我么？将来被我察觉了，只怕你有一会儿不得清净。"黄文汉用手拍着腿笑道："胡先生，你看错人了，我黄文汉上不欺天，下不欺地，中不欺人，自落娘胎，不曾做过欺人之事，不曾存过怕人之心。我搬家不通知你，自有个不通知你的理由。你无问我的权利，我无告你的义务。"

胡女士跳起身来道："胡说！权利、义务的界限，是谁划给你的？你不承认我有问你的权利，我偏认定你有告我的义务！要瞒人的事，自然有不能告人的理由，不能告人的苦衷。只是这理由，你不说，人家怎生知道？不知道你的理由，何能原谅你的苦衷？我眼睛没看错人，我看你倒认错我了。你以为我有甚么不干净的心思，和你不清净吗？哈哈，那你就错了。老实告诉你，莫说我和你的交情只得如此，便和你有几年的交情……"说到这里，鼻孔里哼了一声，脑袋晃了两晃道，"也够不上我有不干净的心。口头上的两句英雄话儿，谁不会说，谁不曾听过？你所说的这一派话，若在我二三年前听了还好，不过暗自好笑罢了。如今我实在替你肉麻得很！你若知道瞒人，知道怕人，倒是个有出息的人了！"说着，气忿忿的拿了鲜花就走。黄文汉拦住笑道："胡先生的度量，原来如此吗？"胡女士睁着杏眼，望了黄文汉，半晌道："你说我的度量小么？我才没将你们这些男子放在眼里呢！我不高兴坐了，你拦住我干甚么？"苏仲武也帮着留道："老黄说话不小心，得罪了你，我一句话没说，你对我也不高兴吗？难得你到我家来，我还没尽一点东道之谊。"胡女士劈面啐了苏仲武一口道："你不开口倒好，你不自己思量思量，你有甚么口可以开得？"说至此，又忍不住笑了。

黄文汉强按着她坐下，笑道："我这几日的事情，便说给你听，也没甚么使不得。"用手指着苏仲武道，"就是他这个呆子，暑假中，他跑到日光去旅行，在旅馆里面遇了他五百年的风流孽障。因为有了阻力，一时间不得遂心，巴巴的从日光奔回来，求我设法。我前次到日光去，不就是为他的事吗？好容易和那边说得有了感情，答应我来东京看博览的时候，到我家居住。你说我住在玉名馆，如何能设这些圈套？没奈何，只得重新租下一所房子，置办家俱。只是我又没得个女人，人家见我一个单身汉子，怎好便住下来哩？没法只得将我几月前姘识的一个女人找了来，权当作夫人用用。

"我那临时夫人，近来虽也做些秘密卖淫的生活，只是她的身分却很是高贵。她的父亲是个大佐，姓中壁，日俄战争的时候阵亡了。她又没有兄弟，母亲是死过多年了，只落得她一个孤女。不知怎的，被早稻田大学的一个学生引诱她破了身子。她与那大学生山盟海誓的订了终身之约，不料那大学生是个浮浪子弟，家中又有钱，终日里眠花宿柳，得新忘旧，早将他的终身之约丢在脑背后去了。一个月常二十五日不见面的，丢得她清清冷冷。打熬不住，便也拣她心爱的人，相与了几个。起先她手中有钱，又生性挥霍，时常会拿着钱倒贴她心爱的人。不到几个月贴光了，渐渐自家的衣食都支持不来，只得略略的取偿些。那大学生起先还一个月之中来看她一两次，后来知道她有了外心，率性赌气不来了。她既衣食无亏，又过惯了这朝张暮李的日月，也再不愿见那大学生了。

"我当初不知道她的历史，费了许多气力才将她吊上。她本来聪明，见我为人直爽，便将她平生的事迹，一字不瞒的说给我听。我问她如今可有想嫁人的心思，你看她回得妙不妙？她说她如今这种生活过惯了，自觉得十分满足，无嫁人之必要。并且说她这种人物，必得是这般才不委屈。我问她怎么讲，她反笑我思想不高尚。她说：'美'这个字是天下人公好的，若落在一个人手里，这个美字便无所表现，不过和寻常人一样，穿衣吃饭而已。她说妓女决不可从良，妓女一从了良，便和死了一般。凡美人应享受男子膜拜裙下的幸福，都葬在那结婚的礼堂上了。你看她的思想高妙不高妙？"

不知胡女士回出甚么话来，且俟下章再写。

第四十四章

胡蕴玉大吃广昌和
黄文汉导游博览会

话说胡女士听黄文汉说中壁圆子的性情历史，不住的点头叹息说："这女子的思想不可及！我也时常是这般说，能颠倒男子，是我们女子得意之事。若到了没有颠倒男子的能力的时候，则唯有一死，免在世上受男子们的奚落。我素来持这个主义，不料这女子也有这种思想。等你们的事完了，我倒想见见她，看她的容貌，可能与她的知识相称？"

黄文汉笑道："你要见她，怕不容易吗？只是你不大懂日本话，对谈不来，没有甚么趣味。"胡女士道："见见面罢了，何必对谈些甚么！"说完，扬着脸向苏仲武道："你的东道之谊怎么尽法？只嘴唇摆筵席，我就不感你的情。有吃的，快拿出来孝敬，我还有事去。"苏仲武笑道："你还有甚么事去？"胡女士道："你问怎的？你只说，你有吃的孝敬我没有？"说着，拿了花在手，用那白玉凝霞的脸去亲花朵。偶抬头，见对面壁间挂镜里现出她自己的倩影来，彷佛看去，就是西洋的一幅美人图画也没这般生动。自己望着自己，高兴非常，忽然想就这样子去照一个像，便向苏仲武道："我也不要吃你的东道了，你陪我到工藤照像馆去照个像罢。"苏仲武喜道："好极了，我们便去吧。老黄，你去么？"黄文汉摇头道："我还有事，不能奉陪，你两个去照罢。"胡女士也不作理会，握着那把鲜花，立起身来，对着镜子里面，时嗔时喜，时笑时颦，顾影弄姿了一大会。

黄文汉不耐烦多等，提着帽子先走了。苏仲武忙叫："老黄，为甚么就走，等一会儿同走不好吗？"黄文汉没答应，胡女士向苏仲武道："他走他的，教他同走做甚，你不认识去工藤的路吗？"黄文汉在门外分明听得，只做没听见，拔起脚便走，心中好笑苏仲武必然上当，也不再往别处，自乘电车回青山一丁目去了，不在话下。

　　且说苏仲武见黄文汉已走，走过来向胡女士陪笑道："那日失约，实在非出自本心。因为那晚在你家睡少了，跑归家纳头便睡，直到十二点钟。有两个朋友来，才将我唤醒，强要拿着我去喝酒，因此不曾践约。"胡女士连连摇手说道："罢了，罢了，谁还有工夫来研究你的罪状？去罢，太晚了怕照像馆关门。"苏仲武也对镜子理了理顶上的发，戴了帽子，笑道："我这样子，配得上和你同照么？"胡女士点头道："配得很，配得很，走罢！"苏仲武道："你放心，决不会太晚，这里出去，转个弯便到了。"随用手指着壁上的钟道，"你看，还不到八点半钟。"胡女士也不答白，擎着鲜花，向外便走。苏仲武跟在后面，同出了大门。胡女士回头向苏仲武道："你跟在后面，难道叫我引路吗？"苏仲武连忙抢向前，引着胡女士，只一刻到了工藤照像馆。

　　这工藤照像馆夜间照像，是用那极强的电光，比别家用镁的仔细些。二人进去，便有人出来招待，引到楼上一间客厅里坐定。客厅的桌上放了许多的样本，招待人一张一张翻给二人看。苏仲武看了几张二人半身的，又看了几张二人全身的，点给胡女士看了，都说不好。胡女士随便取了张六寸的向苏仲武道："你只对他说，照这大么的便了。"苏仲武见是一张团体照片，当时不敢违拗，只得对招待人说了。胡女士自去化妆室整理衣服、头脑，苏仲武也跟进去收拾了一会。外面写真师已将电光及照相机配置停当，请二人出来照像。

　　苏仲武同胡女士走到大厅上，胡女士手中执着那把鲜花，在照像机的对面立定，苏仲武走拢去，问道："我们同立着照吗？"胡女士翻着白眼，望了苏仲武一望道："我平生没和人照过像，还是各自单独照的好。"说着，挥手叫苏仲武立远些。苏仲武错愕了半晌，开口不得，只得点点头立在一边，让胡女士先照了，自己也照了一张。招待的拿了纸笔来，问姓名、住址。胡女士教苏仲武替她写了，并说道："你和他说，我这一张要洗两打。"苏仲武说了。胡女士道："你问他要放定钱不要，要定钱，你且替我给了，明日算还给你。"苏仲武连忙道："我这里有，给了就是，说甚么算还！"随要招待的照两打计算，须钱若干，一并给了，掣了收条，交与胡女士。

　　胡女士拉了苏仲武的手笑道："我没和你同照像，你切不要见怪。我一则平生不曾和人照过像，二则此次亡命来日本的太多，十九与我相识。你又年轻，立作一块儿照了，倒像一对小夫妻，恐怕人家见了笑话。你是个聪明人，万不可疑心我是嫌避你。"苏仲武听了，一想有理：我真错疑了她！登时依旧心花怒发，刚才一肚皮的不高兴，早化为乌有了。欢天喜地的携手出了工藤照像馆。胡女士脱手道："我有些饿了，到那家馆里去吃点菜好么？"苏仲武笑道："我也正想去吃，为甚么不好？我们到广昌和去罢。"胡女士踌躇了一会，点头道："也好。"

如是二人走到广昌和，广昌和的老板正坐在柜台里面算账，一眼看见胡女士，连忙堆下笑来，起身迎接。苏仲武一见，吃了一惊，暗自寻思道：那日我在玉名馆门口看见的，不就是他吗？怪道好生面善。回头看胡女士，并不睬那老板，只用手推着苏仲武同上楼，直到第三层坐定。转眼那老板也跟了进来，弯腰折背笑嘻嘻的向胡女士行礼。胡女士只作没有看见，问苏仲武道："你想吃甚么菜？你说罢。"苏仲武一时心中想不出吃甚么菜好，呆呆的望着那老板。只见那老板拿着胡女士的那把鲜花，只顾偎着他那副似漆如油的脸，不住的乱嗅，摇头晃脑的说："好香，好香！"不由得忿火中烧，想叱他下去。胡女士早已忍不住，一手将花夺过来，举起向那油头上就是一下，骂道："下作东西！乱嗅些甚么，还不给我拿纸笔来开菜单子！"那老板诺诺连声的出去，须臾将纸笔并菜单拿了进来，送到苏仲武面前，自己却立在一边，不住的用眼睛来瞟胡女士。

苏仲武心中明白，恨不得立刻将那老板撵出去，胡乱向菜单上开了几样菜，往那老板面前一摆道："拿去，快给我弄来！"那老板伸出油手接了，懒洋洋的出去。苏仲武自言自语道："可恶的东西，也敢在这里涎皮涎脸的死讨人厌！"胡女士道："这东西从来是这般的，不睬他罢了。下等人，和他计较些甚么！"苏仲武道："不是这般说，也得有个体统。他连自己的身分都忘掉了。下次他再如此，我却不能容他了。"胡女士笑道："你说的不错，我本也很讨厌他。"苏仲武闷闷不乐的，下女送上菜来，只略略的吃一些儿便不吃了。胡女士年纪身材虽小，食量倒很宽宏，当下吃了个酒足饭饱。苏仲武喝教算账，胡女士拦住道："不用给钱，我叫他记账就是。"苏仲武道："那如何使得？"胡女士道："你不用管，我自有道理。"苏仲武只得罢了。

二人洗了脸，同下楼来。胡女士走近柜台，那老板已立起身，笑道：

"有新蒸的荷叶酥还好，先生带些回去吃么？"胡女士点点头，去玻璃柜中探望。见里面摆的薰鱼、火腿之类，用手点给那老板道："你拣好的给我包几样，和荷叶酥一并着人送到我家里去。"那老板喜孜孜的，跳出柜台道："先生要甚么，指给我看，我就叫人送去。"胡女士拣心爱的糖食菜蔬，指了几样，懒得久看，只向那老板说了句："给我赶快送来。"便和苏仲武摇摇摆摆的走了出来。苏仲武道："你再到我家去么？"胡女士道："再去干甚么？我今日看博览会，盘旋着走了一日，也没得休息，我要回去了。"随看了看手上的表道："十一点半钟了，你自回去罢。"说着，仍拿了她那把打油头的鲜花，一边嗅着，一边走了。苏仲武心中大不自在，一步一步走归家中，歇宿一夜。

次日早起，梳洗已毕，用了早点，又换了套衣服，匆匆忙忙乘电车，向青山一丁目来。走进门，见院子里面已有两乘棚马车停着，连忙到昨日坐的客厅中一看，一个人也没有。咳了两声嗽，一个下女走出来，望了一望，认得是来过的，说了声："请坐。"便折身进去了。一会儿复出来道，"请到里面去坐。"苏仲武即跟了进去。只见里面一个小小的院落，收拾得非常齐整。绕着院落一条走廊，走廊两边摆了些盆景。走廊尽处，一连三间房屋，房门都紧紧的闭着。下女引到中间一间房子门口，蹲下身去，轻轻将门推开。苏仲武见里面鸦雀无声的，各人正在那里早膳。黄文汉连忙放下碗筷，叫下女送蒲团、泡茶。圆子、春子、梅子一时都将碗筷放下。苏仲武对大家行了礼，黄文汉故意客气了两句，问已用了早膳没有。苏仲武说已用过了。黄文汉让苏仲武坐了，便仍请她们吃饭，圆子等都向苏仲武告罪。一刹时都用完了，下女收杯盘，圆子也帮着搬运。苏仲武看这房间，虽只八叠，因为房中有两个床间，足有十叠席房间大小。房中并没别样陈设，只壁间挂了几方风景画，床间里面摆了一瓶鲜花，一个小木书架，架上放了几册日本书。

黄文汉背着书架坐了，春子和梅子对坐在黄文汉左右。黄文汉说道："今日天气正好，我们不可多耽搁，好在会场里面多盘桓一会。"春子向梅子道："不错，我们就去收拾罢。"说时，只见圆子出来，走近梅子身边，附耳低言的说了几句。梅子笑着摇头道："那怎么使得？穿人家的衣服，怪难为情的。"圆子笑着，在梅子膊上轻轻的捏了一把道："你我有甚么难为情？我横竖用不着。"说着，拉了梅子起来，往隔壁房间里去了，春子也起身跟着进去。黄文汉便同苏仲武走出房，在回廊下将昨晚的成绩说给苏仲武听。

昨晚黄文汉归家，已过了十一点钟，圆子正陪着春子母女在房中谈话。圆子自述身世，说曾在女子高等师范学校毕业，兼述该学校的学科如何完备，同学的如何亲热，教员都是些有名的学士、博士。黄文汉接着说，自己和那校长很有交情，里面的教员，如某某等，他都认识。还有那麴町的三轮田高等女学校，那校长也和他认识。他绍介进去的学生，委实不少。即如某某的女，因为他绍介她在三轮田高等女学校毕了业，正在那行毕业式的时候，某男爵见了她的容貌，又看了她毕业的成绩，心中欢喜，便请了她去当家庭教师。"后来不到一年，男爵的夫人死了。男爵便求我作伐，今年三月某日行了结婚式，此刻居然是一位男爵夫人了。前几日我还在她家坐，呼奴使婢的，好不堂皇。唉，这都是进学堂的好处！她家里父亲兄弟都是做生意的人，夫人说，若不是在学堂里的成绩优良，举止闲雅，那能有这等遭际？说起来也奇怪，学问这东西真是不可思议。那怕你这人生得漂亮到了极处，一没有学问，四肢百骸都会显出一种俗气来。有学问的人一见了，便知道这人是没读书的。若是大庭广众之中，都是些有学问的人在那里，一个没学问的人杂坐里面，不是粗野得看不上眼，便现出那踟蹰不安、手足无所措的样子，也令人不耐。这都在人家眼里看出来，自己并不觉得。一个人没有向上的心思便罢，有一分向上的心思，便得求一分学问。现在西欧的习尚，渐渐的到我们日本来，交际社会中也少不了女子。好人家的夫人、奶奶，一月总免不了有一两次园游会、茶话会，还有种贵族妇人的慈善会，更是夫人小姐出风头的地方。你若容貌生得恶劣，举止又不大方，便教你当场出丑。"

春子听了，惊异道："甚么慈善会，这等厉害？"黄文汉道："原来夫人不知。这种慈善会便是贵族、华族行乐的所在。将办法说出来，却是好笑。他们贵族、华族想做慈善事业，或因甚么地方被了天灾，他们想设法赈济，而一时集资不易，便有这慈善会的办法。先择一个宽广地点，设立许多铺面，如扇子店、首饰店、烟纸店、咖啡店、酒店，都办些货物在里面。到开会的时候，便请各贵家的夫人、小姐来做掌柜。各贵家子弟以及一般有些声望的绅士和一般大少爷，都先期弄了入场券进会场来，借着买杂物和各掌柜的夫人、小姐周旋。那货物的价值，比外面的要高一倍。只因入场的都是些富贵公子，只要得与各贵家小姐周旋，也不顾价值的低昂。开会之后，所赚的钱便将去做慈善事业。夫人你看，这办法好笑不好笑？"春子道："然则容貌生得丑的，那货物是一定不销了。"黄文汉笑道："那是自然，所以我说当场出丑。不过有学问的人，容貌虽然不能出众，却能言谈风雅，举动幽闲，也一般的能惹人敬爱。所以有容貌又兼有学问更好。若天生的相貌不扬，就只有多求点学问，也可补容貌之不及。像梅子小姐这般的人品，又有学问，在东京这样地方，真是辇毂之下，那怕不得一个王侯快婿！"

春子道："学校我也知道是要进，不过我只这一个女儿，实在有些舍不得教她离开我。并且我不知道这学校里的章程，教员的人品，同学的身世，我也不敢教她进去。这事情不是当耍的，稍不留心坏了事的委实不少。"黄文汉连连点头道："不错，不错，我也是这般主张。调查最是要紧。东京女学校规则不谨严的不少，引人入胜的事情又太多，果是不能当耍。但是女子高等师范学校，圆子曾在那里毕业。那学校里的规则十分严整，校长、教员、同学的，没一个不是有身分的。并且每学期要开一次生徒家属恳亲会，学生的父母、姊妹都得到学校里去，和校长、教员谈论家常琐事及家庭教育，这是学校里极妥善的办法。女子进了这个学校，是万无一失的。"春子道："这学校的好处，我已听尊夫人说过了。只是我想去参观一回，不知先生可能绍介？"黄文汉大笑道："有何不能！我绍介去参观的，他们还要特别的招待，只用我先打个电话，或写封信去，招呼他们一声便了。"说话时，不觉已到了一点钟，便安歇了。

黄文汉在回廊下将这情形说给苏仲武听，苏仲武问道："你真能绍介她们去参观吗？"黄文汉笑道："你这人才蠢呢！世界上有不愿意人去参观的学校吗？你说是由爱知县特来参观的，将原由说出来，求他招待，岂有不殷勤招待之理？学校里能知道我们是个骗局吗？"苏仲武道："你对她说和校长有交情，将来见面不相识怎处？"黄文汉道："这更容易。参观学校，不一定见得着校长，便见着了，只要我称她是校长，不去请教她的姓名，就不要紧了。我有名片进去，难道她还问我吗？校长下田歌子，我认识她的面貌。这些地方，春子决不会留心的，混混就过去了，那里会使春子看出我的破绽来？我已教圆子用心联络梅子，须和梅子装得十分要好，使春子看了，好放心将梅子寄顿在我这里。梅子穿来的衣服不很漂亮，圆子特将她自己新做的衣服借给她穿，这也就是联络她的意思。博览会场里面有家中国料理店，规模还不错。看到十二点钟的时候，你就邀进去吃料理。凡人一有了感情，说话就容易了。你日本话又不是不能说，何妨扯东拉西的，和春子多亲近亲近。"苏仲武道："我何尝不想多说，只因你干的闷葫芦，我没揭破，恐怕说错了误事。"黄文汉点头道："我是说以后，昨日自然是不能多开口。"

正说着，只见圆子推出门来，笑着向黄文汉招手道："我等已收拾停当，就此去罢。"苏仲武和黄文汉回头看圆子，打扮得花枝招展，比昨日更加妩媚。苏仲武附着黄文汉的耳，低声笑道："兀的这庞儿，也要人消受！"黄文汉点头笑道："做夫人便也做得过。"二人走回房，黄文汉叫圆子拿衣来换。圆子在隔壁房中答应了，走过来到第三间房里捧了个衣盒出来，放在席子上，笑向黄文汉道："你自己换罢，我还有事去呢。"黄文汉自己将衣盒打开，拿出一套新单和服来，背转身换了。

圆子同春子母女出来。苏仲武看梅子穿一件白地撒花秋罗衫子，系一条金线攒花的腰带，带结高举至肩上。一脑青丝松松的垂在后面，用丝条打了几个花结，顶心上堆着一个大花丝球，颤巍巍的，只在头上晃摇不定。轻匀粉脸，淡点朱唇，眉画远山之黛，眼萦秋水之波。黄文汉笑向春子道："今日梅子小姐进会场，我想满会场的人必没一个不说是一颗明星来了。"春子笑道："她那里能享受这种荣幸？会场里人不笑话她是乡里来的，就是福分了。她从来是痴憨不过的。初见她的人，若不知道她的性格，必说她是白痴。其实我听她父亲说，她读书却异常聪颖。"苏仲武从旁点头道："那有生得这般清秀的人，读书会不聪颖的。不待说，一见面便能知道小姐是个聪明绝顶的人。"春子谢道："苏先生过誉了。"圆子笑道："苏先生的话不错，我一见梅子君的面，不知道怎的，心坎里面不由的便生出种爱情来。恨我自己命苦，我母亲不曾替我生个这样的妹妹，朝夕伴着我，使我多保全我自己一点天真。我爱梅子君的心思，不说没人和我一样，敢说并没人知道。别人爱她，必是爱她的容貌，或是爱她的聪明。我爱她却真正爱她这点痴憨的性格。夫人你不知道，痴憨是女子极可宝贵的东西。女子有了这种性格，便是天仙化人。我若有个这样的妹妹，依我的性格，一世也不许她嫁人，只跟着我过日子，她便想吃我身上的肉，只要她不嫌酸，我也甘心情愿的割给她吃。"春子道："谢夫人的厚爱，不要折了小孩子的福。"黄文汉笑道："我们不能再耽搁了，马车上也好说话，我们走罢！"说着，让圆子引着春子母女先走，自己和苏仲武跟在后面，同走到院子里。

两个马车夫都坐在车上打盹。下女上前唤醒了，圆子陪春子母女坐了一乘，苏、黄二人坐了一乘，出得门，飞也似的奔向上野公园来。才到广小路，便远远望见那会场的大门高耸云表，左右出进的人如蜂拥一般。不移时，到了会场门口。黄文汉先同苏仲武下车，买了入场券，圆子已搀着春子下车。

梅子下车的时候，刚好一个二十多岁人驾着一乘自转车，直撞过来，惊得那马跳了几下，车子也跟着颠簸了几下，险些儿将梅子擦下车来。圆子见了，连忙回身来扶，梅子已笑嘻嘻的跳了下来。看那少年，绕着马车打个盘旋，只慢慢的在地下转。梅子见了，心中好笑，拉了圆子的手，跟着春子走。猛听得背后呜呜的叫了两声，疑是汽车来了，吓得连忙让路，却不见汽车走过。回头一看，那有甚么汽车，原来就那乘自转车，故意叫捏着气泡，呜呜的吓人。梅子低声笑向圆子道："这个人才讨厌，多宽的路不走，偏要在我们背后呜呜的叫人让路。"圆子捏了梅子的手一道："不要睬他。他本是一种下等动物，由他叫叫罢。"梅子回头看他，还只在背后，一脚懒似一脚的慢转，一双眼睛和贼似的不住的向梅子脸上乱溜。梅子看了，又忍笑不住，向圆子道："这个人真讨厌！我又不认识他，只顾瞧我做甚么？"圆子道："瞧瞧有甚要紧，不睬他好了。爱好的心，就是下等动物，也和人一样。"说着，也低头吃吃的笑。黄文汉和苏仲武买好了入场券，就立在会场门口等。三人到了，便一同进会场游览。

不知游览了些甚么，且俟下章再写。

第四十五章

吊膀子莽少年被拘
坐电车娇小姐生病

话说黄文汉等进得会场，只见迎面一座圆台，上有数十道喷水。那喷水中间一道，足有四五丈高，真是飞珠吐玉，映着日光，远远地便望着如一团银雾。绕圆台过去，便是座音乐亭子。上面许多人，正在那里调丝品竹，清音嘹亮，和着喷水的声音，格外有一种天趣。音乐亭周围装设了许多靠椅，以便游人坐憩。黄文汉等因急于游览各处的陈设物品，没闲心坐在这里清听，只立着略听了一听，即引春子等走进第一个陈列场。

看了一会，正要从后面穿出第二陈列场，刚走到房檐下，迎面来了一个少年，穿着一身青色洋服，却不是学校里的纽扣；头上歪戴着一顶鸟打帽，左顾右晃的从第二会场走出来。打量了黄文汉几眼，复看了看苏仲武，从二人中间挤了过去，恰好和梅子撞个满怀。梅子哎哟一声，倒退了数步。圆子连忙扶住，回头正待开口骂那少年，黄文汉已掉转身躯，一把将那少年拿住。那少年挣扎了几下骂道："拿住我做甚么？"黄文汉使劲在那少年臂上捏了下道："请问老兄的眼睛瞎了吗？为何青天白日的这等乱撞？"春子也气不过，骂道："这失礼的奴才，实在可恶！"那少年被黄文汉只一捏，痛澈心肝，禁不住鼻子一酸，两眼流出泪来，跳了几跳要骂。圆子向黄文汉说道："这奴才刚在会场外面，驾着一乘自转车横冲直撞。梅子君正在下车的时候，把马惊得乱跳，险些儿将梅子君撷下马车来。他此刻又故意的胡撞，不是扶得快，几乎被他冲跌了。快叫警察来，将他拿了去。"

黄文汉听了，怒不可遏，拉了那少年要走。奈看热闹的人围了一大堆，急忙不得出去。正待分开众人，一个巡场的警察见了，立将众人驱散，向黄文汉寻问原由。黄文汉松了手，拿出张中村助藏的名片来，递与那警察道："这东西无礼得很！我们进会场的时候，他驾着一乘自转车横撞过来，惊得马乱跳，险些儿将我这女眷从马车中擤下来。方才他又从人丛中来撞我这女眷。若非扶持得快，已跌了，显然是有意轻薄。请你给我将他带去，治他的侮辱罪。"那少年想辩，圆子向警察说道："这人实是无礼极了，我们进会场的时候，他就驾着自转车，只顾在我们背后呜呜的将汽笛捏着叫，我们赶着让路，他却又缓缓的不肯前进，如此闹了几次。我们进了会场，只道他已去了，那知道他还在这里。"警察听了黄文汉和圆子的话，以为中村助藏必是个不知名的贵族，又看了那少年鬼头鬼脑的样子，立刻施出那警察平日拿贼的手腕来，将那少年横拖直拽的出会场去了。可怜那少年，不曾得着一些甜头，就进了监狱，这也是吊膀子的报应。

闲话少说。当下黄文汉等见警察已将少年带去，即进第二陈列场来游览。苏仲武心内异常高兴，恭维黄文汉了得，春子也向黄文汉道谢。黄文汉笑道："东京这样无赖少年尽多，年轻女子稍有不慎，立时上他们的当。他们成群结党，一般的也有头领，专一在热闹地方勾引良家子女。刚才那东西，看他的装束行动，还不像这条路的人，只是一个无赖子罢了。若遇了这条路的人，他们的本事就更大了，那里肯这般的给错处使人拿着？"数人一边说话，一边观览陈列品。博览会所陈设的东西，无非是各县的土产，及各工匠人所制的巧妙器物，千珍万宝，琳琅杂错。著书的虽也曾去看过几次，只是不好从那一样写起。总之运到博览会来赛会的，没有不成材的东西便了。

黄文汉等在第一会场各陈列场内盘桓了一会，看了美人岛。春子、梅子见了井底美人和火里美人，心中诧异得很。黄文汉一知半解的学问，知道是电光和反射镜的作用，忙剖解给她们听。春子听了，连说神妙。看完了美人岛，即由电梯转到第二会场。这第二会场在不忍池旁边。梅子看了空中电车，定要去坐。春子连说危险，梅子说好耍子，母女争持起来。黄文汉笑道："危险是一些儿危险也没有，去坐坐也好。"苏仲武道："此刻已将近一点钟了，我们且去吃点东西何如？"黄文汉点头笑道："是了，是了，我贪着游览，连饥渴都忘了。夫人、小姐想必都已饿得慌了。"苏仲武笑向春子道："我想请夫人和小姐吃中国菜，不知可能吃得来？"黄文汉笑着插嘴道："那有吃不来的？等到吃不来的时候，再换西菜也来得及。"

春子谦让了一会，一行人已到了中华第一楼酒馆内。苏仲武拣了个清净的坐位，让大家坐定，跑到掌柜的所在，叫了几样时鲜的菜。回身入席，下女已将杯箸摆好，须臾酒菜齐上。日本人吃中国菜，没有吃不来的。凡说吃不来的，都是装假，都是些没有知识的人，以为他是个日本人，是世界上一等国的国民，中国这样弱国的菜，他若说吃得来，须失了他的身分；若是西菜，那怕极不能入口，他情愿吃了不受用，再背着人去吐出来，抵死也不肯说吃不来西菜。日本现在的一般少年人物，都是这般的一个心理。看官们只知道弱国的人民难做，那知道一样的油盐酱醋、鸡鹅鱼鸭，一到了弱国的人手里，都是不讨好的。幸当日春子等不曾染得这种习气，都实心实意的说是好吃。

不移时，酒菜都已吃饱，苏仲武会了账，一行人同出来。梅子又向春子说要去乘空中电车，苏仲武连忙说道："此刻刚吃了饭，不宜向高处吹风。我们且去矿山模型里面游走一会，并将各陈列场都看好了，再乘空中电车。由那头下车出会场去，不免得又要打一个来回吗？"梅子听了，虽也点头道好，只是心中终以为是大家哄着她，不许她去坐，低着头，跟在后面走，一声不响。圆子多方引着她说笑，草草的将矿山模型看了。梅子见了泥塑的小矿工人物及洋铁做的小火车铁道，心中才略略高兴些儿，问黄文汉这人物、火车，可肯出卖。黄文汉笑道："这不是卖品。"梅子道："不是卖品，却为何都摆在这上面？你刚才不是说，摆在上面的，都是卖品吗？"黄文汉想了一想，大笑道："小姐你错了。批了价格的便是卖品，但是就买了，此刻也不能拿去，须等到散会的时候。"梅子又低头纳闷。

一行人从模型里面出来，黄文汉等原想将各处的陈列场顺路都看看。无如梅子走到空中电车卖票的所在，拉住圆子不肯走，从怀中掏了半晌，掏出个小红缎绣金花的钱夹包来，交给圆子道："姐姐替我去买票。我自和姐姐两个人去坐，不与他们相干。姐姐你看，上面坐的人多少，一来一往的，多好耍子，那里有甚么危险！"黄文汉等见了梅子的形色举动，起先觉得诧异，后来知道她是误会了大家的意思，不觉都大笑起来。苏仲武也不说话，抢着买了票，一同到了上电车的所在。梅子这才欢喜不尽的紧握了圆子的手，低低的说道："我们两个人一块儿坐。"圆子道："太高了，到上面只怕我也有些胆怯。我平时在三层楼的栏杆上面，我都不敢低头望地下，如今这们高，又是摇摇动动的，没得将我吓坏了。我只坐在这里等，你们去一趟就回来好么？"春子也在旁边说道："是吗，这样危险的去处，也要去玩，万一出了事，可是当耍的？你要去，你一个人去，我和圆子夫人只在这里坐地。"梅子听了这话，如冷水浇背，登时懊丧万分，几乎要流下泪来。

　　圆子说害怕不去，原是看梅子高兴过了，故意这般说说，逗着她玩，看她怎生央求同去，使大家好笑。不提防春子认以为真，正言厉色的责起梅子来。当时见了梅子这般可怜的样子，心中好生难过，连忙笑向春子道："我是哄着妹妹玩的，我真怕吗？莫说这空中电车万没有危险，便有危险我也不怕。我从小儿在学堂里，就在天桥上乱跳乱跑，也没跌过。打秋千、走浪桥，也不知弄过了多少。妹妹从小儿想必也是很淘气的，所以欢喜干这些危险的生活。"圆子说到这里，接着叹了口气道，"也要是二十世纪的国民，才有这种活泼精神。夫人老辈子，自然是有些害怕的。"正说着，电车来了，等坐车的人都出来，圆子握了梅子的手笑道："妹妹怎的这般信人哄？莫说这个毫无危险，便是明知道是一条死路，既妹妹想向那条路上走，我也不忍不同去，使妹妹一个独死。来，来，我们上去罢！"梅子喜得撒娇道："姐姐也是这样骗我，我不来了！"圆子笑道："好妹妹，不用呕气，我是惯骗小孩子的，你以后不上我的当便了。"说着话，上了电车。

　　不一会开车，只觉得步步腾空起来，车身渐渐有些摇晃。梅子从窗孔里向不忍池一望，只见池中的荷叶和钱一般的大小，低低叫了声哎呀，即缩回头，紧紧握住圆子的手，面上变了颜色。圆子连忙附着她的耳说："不要怕，这个寻常得很。上面有东西系住的，决无掉下来之理。坐飞机的人在几千米上飞走，上下八方都没可靠的东西，他们也要坐呢，这个有甚么可怕！"梅子听说，心中略放宽了些。电车又行了一会，大家身上都觉得寒冷起来，梅子更甚。因为她图好看，不肯多穿衣服，露出笨相，只穿圆子的一件单衫。里面衬的衣自然也是单薄。九月天气，又在午后三四点钟的时候。她体气本来不算强壮，兼受了刚才的吓，身上微微的出了些汗，那禁得高处的冷空气四面袭来，登时打了几个寒噤，三十六个牙齿差不多要捉对儿厮打了。圆子见了，连忙将自己的外衣（羽织）脱下来教她穿。她那里肯穿呢，只咬紧牙关说："不冷。"圆子道："妹妹你只管穿，我并不怕冷。我若是怕冷，也不脱给你穿了。你不可嫌不好看，冷坏了身子，真不是当耍的。"春子拦住圆子，自己将外衣脱下来，向梅子道："教你不要来，你偏要使小孩子脾气。如今又害怕，又害冷，看你是何苦。你一个人不打紧，还连累着旁人。你还不快将我这件外衣穿了，免得受了凉，回去又要害病！圆子夫人，你快将自己的衣穿上，实在冷得很，你的身体也不是很强壮的。"梅子望了她母亲笑了一笑，掉转身去问圆子道："我不解你们为甚么都这般怕冷。你们既这般怕冷，还能将衣服脱给别人吗？我自己要来受这苦，我自作自受，犯不着连累别人。我自己病了受罪，我心里安。别人因我病了受罪，我心里不安。妈妈、姐姐，你们各人将各人的衣服快些穿好，免得我受了罪，还要受埋怨。"说着，簌簌的流下泪来。春子心中不忍，战战兢兢的拿着衣，定要梅子穿。

圆子也很觉着可怜，说了许多的软话，劝她不要生气。回头向春子道："夫人的衣颜色、尺寸都太不合，妹妹十分爱好的人，如何肯穿？我的虽则不漂亮，倒还敷衍得过去。夫人、妹妹，你们不知道我的心，我为我这样的妹妹，莫说受一会儿冻，便是教我为她死，我也甘心。好妹妹，决不可辜负我这一点痴心，听我穿了罢！"梅子半晌抬头道："姐姐罢了，我一些儿也不冷。姐姐不忍我受冻，我便没有人心，忍姐姐受冻吗？我就冻死了，也不肯穿这外衣。"黄文汉、苏仲武都想劝她穿，见她说得这般决绝，不好再劝了。圆子、春子无法，只得各自将外衣穿上。好在空中电车的距离很近，不多一会已到了。圆子再握梅子的手，冷得和冰铁一般。

下得车来，圆子问黄文汉道："你来的时候，招呼马车夫在那里等候？"黄文汉道："就在前面。"圆子道："妹妹的寒受得很重，须得赶快家去加衣服。此刻不宜多走路了，你去将马车唤来，越快越好。"黄文汉点点头，看梅子低头倚着圆子的肩膊，连朱唇都冷白了，身子还不住的打颤。苏仲武见了，忍不住向前飞走，去找马车。黄文汉跟在后面跑，苏仲武回头向黄文汉道："你去唤马车，我到药店里买点药来。"黄文汉问他买甚么药，苏仲武没听真，已走得远了。黄文汉只得由他去，急急的寻着了马车，自己跳上去坐了，教马夫飞奔来接春子等。圆子扶梅子上了车，春子愁眉苦脸的，偎着梅子坐了。黄文汉教快走，那马夫加上一鞭子，两匹马驾着两乘马车，鼓鬣扬鬃，泼风也似的向前跑。跑不多远，苏仲武迎面奔来，黄文汉连叫停车。苏仲武且不上来，先叫住了梅子的车，将药递给圆子，教她且拿几粒出来给梅子噙着。圆子一看原来是一包仁丹。知道噙着也没甚么害处，即将包裹拆开，拈了五粒放在梅子口中。春子谢了苏仲武几声，苏仲武将车门关好，回到黄文汉马车上。

马车开行迅速，没几分钟，便到了青山一丁目。圆子和春子二人夹着梅子下车。黄、苏二人走近前来看，只见梅子的脸红得如朝霞一般，连耳根都红了。黄文汉心中着急，暗道：这可坏了，若是病倒下来，怎生是好？当下开发了车钱，一同进屋。下女已迎着出来，一行人径到早晨吃饭的那间房里坐定。圆子叫下女铺好床，替梅子摘了顶上的花球，扶着到隔壁房间里，解衣宽带，教梅子安歇。梅子早已挣持不住，纳倒头喘息不已。圆子拿被卧替她盖上，梅子放悲声哀告道："好姐姐，我头痛得很，我妈赌气不理我了，姐姐不要出去，只伴着我坐好么？"圆子听了，又可怜她，又忍笑不住："这真小孩子样，妈和你赌甚么气？"正说时，春子已进房来了，圆子指着笑道："这不是妈来了吗？"春子走近床前，用手抚摸梅子的额角，烧得如火炭一般，不由得心中焦急。只听得黄文汉隔房门呼着圆子说道："你替她多加上一床被卧，使她好生睡一觉，只要出些儿汗就好了。"又听得苏仲武在隔壁房里说道："不要紧，等我去请个医生来，服一剂药便没事了。"

苏仲武说了，真个跑到顺天堂分院，请了个医生来。那医生见了苏仲武的慌急情形，只道是患了甚么急症，匆匆的提了个皮包，三步作一步的，奔到黄文汉家里。圆子接着进去，诊了脉息，笑道："这病不关紧要，今晚好生睡一夜，明早就好了。"当下打开皮包，配了一瓶药，交给圆子。圆子看那药瓶上写着服用的时刻、分量，便不再问。春子悄悄问圆子："这医生出诊要多少钱？"圆子摇头道："我不知道，由他们外面去开发便了。"黄文汉等医生收了皮包，请到八叠席房来，送了烟茶，开发了四块钱，医生自提着皮包去了。

梅子服了药，沉沉地睡着。春子走过这边来，道谢黄文汉和苏仲武。黄文汉笑道："略为受了些凉，医生说明早就好，料是不妨事的，夫人宽心便了。今晚我写封信去女子高等师范学校，约初五日去参观学校，夫人的意思以为何如？"春子道："好可是好，只怕梅子到初五日病还没脱体，不能出外，岂不失信吗？"黄文汉摇头笑道："没有的事。今日初二，医生说明早就好，那有初五还不脱体之理？"春子想了想，也说得是，即点头道："那么就请先生写罢。"黄文汉答应了，拍手叫下女弄饭。

苏仲武不肯吃饭，先走了。黄文汉送到外面，向苏仲武耳边说道："你明日来，我若不在家，只顾在我家坐，和春子多周旋。圆子自会招待你。"苏仲武问道："你明日到那去？"黄文汉道："不相干。就是昨日在电车上遇见的郭子兰，约了我明日到他家去，我得去坐坐。并且春子以为我是个有职务的人，成日的在家中坐着，也不成个道理。日本人没有成日坐在家中不干事的。"苏仲武道："你的钱使完了么？再使得着多少，你说就是。"黄文汉道："钱还有得使，要的时候，和你说好了。"苏仲武点头去了。黄文汉回房，问知梅子睡得正好，便到自己的卧室内，拿出纸笔，写了封信去女子高等师范。信中无非是久仰贵校的荣誉，平日因相隔太远，不能前来参观。此次以观光博览会之便，拟于初五日午前八时，带女宾数人，到贵校参观，以广见识，届时务乞招待的话。晚餐以后，即将信发了。

当晚梅子服了医生之药，安眠了几点钟，热虽退许多，只是周身骨节更痛得厉害，转侧都不能自如。圆子见梅子病势未退，便不肯睡。春子三次五次催她安息，圆子只说不妨。梅子心中十分过意不去，假装睡着了。圆子还是坐着，陪春子闲谈。春子熬不住要睡了，圆子伏侍春子睡了，直到四点多钟，才过自己房中和黄文汉安歇。

黄文汉早已睡着了，圆子脱衣服进被，惊醒了黄文汉。黄文汉问了问梅子的情形，很恭维了圆子一顿。又和圆子说了明日约苏仲武来的话，教圆子和苏仲武不妨装出些亲热的情形，使春子看了，不疑心是新交的朋友。圆子答道："理会得。我明日且试探春子的口气，看她想将梅子嫁个甚么样的人家。"黄文汉道："探她的口气不妨事，但是只能无意中闲谈一两句，万不宜多说。我看春子也还精明，性格又不随和。她一有了疑心，这事便不好办了。你想探了她的口气怎么办？"圆子道："若是她的口气松动，我们便正当和她们作伐。"黄文汉笑道："这是万万办不到的事。她一生只这个女儿，便是老苏肯做她的养婿，还怕她嫌外国人。况且老苏家中也只他一个，并无兄弟，家中现放着数十万财产，岂能到日本人家做养婿。这事情明说是万无希望的，等到生米已煮成了熟饭的时候，那时说明出来，就不由她不肯了。若有第二个方法，我也不绕着道儿走这条路了。"圆子思索了一会儿道："只可惜梅子太憨了，还不大懂人事。若是懂人事的，事情也容易办点儿。如今没法，还是依你的计划办下去，我于闲话中探听探听，妨是不妨事的。"黄文汉就枕上点点头。听得壁上的钟当当敲了五下，二人遂停止谈判，携手入黑甜乡去了。

　　胡乱睡了一觉，天已大亮。黄文汉先起来，梳洗完毕，用了早点，换了衣服。从门缝里看春子母女，还睡着没醒，也不惊动她们，只叫下女到跟前嘱咐道："若是昨天来的那位苏先生来了，你请他进来坐便了，我有事去了就回。"下女连声答应知道。黄文汉出了家门，坐电车由饭田桥换车，到了江户川终点，下车步行往早稻田进发。

　　走到早稻田大学背后，隔郭子兰家不远，只见一块荒地上，围着一堆的人在那里看甚么似的。黄文汉停步张望了一会，只见围着看的人都拍手大笑，有口中大呼"跌得好"的。黄文汉知道不是练柔术的，便是练相扑的，在那里斗着玩耍，其中必无好手，懒得去看。提起脚走了几步，心想：郭子兰就住在这里，他生性欢喜看人决斗，说不定他也在人丛中观看，我何不顺便去看看他在这里面没有？心中这般想着，便折转身来，走到人丛中，四处张望。奈看的人多了，一时看不出郭子兰在不在里面。只见土堆中间，两个水牛也似的汉子，都脱得赤条条的，正在那里你扭住我的腰带，我揪住你的膀膊，死命相扑。黄文汉略望了望，仍用眼睛四面的寻郭子兰，寻了一会没有，料是不曾来，转身分开众人要走，忽觉背后有人拍了一下，一个日本人的声音说道："黄先生那里去？"黄文汉急回头看时，原来是吉川龟次，连忙脱帽行礼。

　　不知吉川说出些甚么来，且俟下章再写。

第四十六章

仗机变连胜大力士
讲交情巧骗老夫人

话说吉川龟次见了黄文汉，心中十分高兴，一把拉住道："黄先生，你为甚么不多看一会去？今天几个相扑的人都很有名头，你是欢喜练把式的，也可借此增长点见识。"黄文汉听了增长点见识的话，心中大怒。忽一想，明白吉川的意思，知道他是不忘那日被自己空手打败之仇，想借此奚落一番，出出他心中的恶气。因想他们的行径大都如此，犯不着和他动真气，便摇摇头，装出一种鄙夷不屑的样子说道："他们这种蠢斗，望了都刺眼。我不是为寻郭君，便请我也不屑光顾他们一眼。"

吉川听了，直气得两眼发红道："你能说他们是蠢斗吗？他们都是上十年的资格，还不如你？你既瞧他们不起，敢去飞入么？"（外人参加竞争团体，谓之飞入。）黄文汉冷笑道："有何不敢！不过我没工夫和他们闹罢了。"吉川不依道："你既说敢去飞入，有本领的不要走，我就去说。等你飞入便了，徒然当着大众任意的侮慢，是不行的。"吉川说话的时候，声音越说越高，看相扑的人，都不看相扑了，一个个钻头伸颈的听吉川说话。吉川更故意说道："你中国人也想来欺凌我日本人，可不是笑话了！不要走，我去说好了，看你有甚么本事敢飞入。"黄文汉知道他是想故意的挑拨众怒，自己仗着少年气盛，也不惧怯，登时挥手道："你去说，我飞入就是。不过也得有个限制，我没闲工夫，只能三人拨。"（连对敌三人之谓。）吉川也不答白，两手分开众人，连攒带挤的去了。黄文汉暗自好笑，心中只可惜郭子兰不在跟前，不能使他见着快心。

只见吉川攒到一个赤条条的大汉面前，指手画脚的说了一会。那大汉登时怒形于色，竖眉瞋眼的望了黄文汉几望，握着拳头，恨不得一下即将黄文汉打死的神气。黄文汉只作没看见，越装出和颜悦色的样子，等待对敌。吉川对那大汉说完了，仍攒到黄文汉跟前，将黄文汉的手拉了一把，得意洋洋的说道："你来，你来，他们已许你去飞入。"黄文汉笑着，将手一摔道："他们要求我飞入，我便飞入，我并不要求他们飞入，他们为甚么许我飞入？你这话才太说得无礼了。你既这般说，我偏不飞入。"吉川见黄文汉如此说法，一时回不出话来，半晌道："你若害怕，就不飞入，也只能由你。"黄文汉点头冷笑道："我便害怕，也不算甚么，少陪了。"说着掉转身便走。吉川的意思，是想用害怕的话，激起黄文汉飞入，不料黄文汉已知道他的用意，不肯坠他的圈套，竟掉转身走了。吉川果然急得没法，只得翻着眼睛，望着黄文汉大摇大摆的往前走。也是黄文汉合当有难，偏那赤条条的大汉不依，登时叫出几个人来留黄文汉飞入。黄文汉见几个相扑的跑拢来围着自己，都说定要请飞入，便说道："你们既要求我飞入，我飞入便了。"说了，复回身走入人丛，看的人都慌忙让路。

黄文汉走到那一群大汉面前，一一点头见了礼。那些大汉教黄文汉脱衣服，黄文汉将衣服脱了，上身穿了件薄纱卫生小褂，下身系了条短纱裤。那些大汉道："你不系条带就行吗？"黄文汉只得将系和服的带系在腰里。那些大汉中，推出一个来，和黄文汉斗。黄文汉同大汉走到土堆上，也照相扑的样式，和大汉对蹲起来。蹲了一会，大汉往黄文汉便扑。黄文汉见来势凶猛，知道不能抵抗，就地一滚，让过一边。大汉扑个空，脚还没立牢，黄文汉早跳起身，在大汉膀膊上只一推，大汉跟跟跄跄的跌下土堆去了。大汉群中复出来一个，与黄文汉对敌。如刚才一般，又对蹲了一会。黄文汉见大汉将要动手了，即将步法一变，一脚踏入大汉空裆，连肩带头撞将进去。大汉立着骑马式，禁不起这般猛撞，倒退了几步。黄文汉安敢放松，趁势进步当胸一掌，大汉又骨碌碌的滚下土堆去了。

吉川在旁见了，万分着急，张皇失措的，扯了一个最大的大汉，唧唧哝哝说了一会。那大汉望着黄文汉的腰带，黄文汉不知道他们是甚么意思。只见那大汉对着自己招手，黄文汉即走下土堆。大汉说道："你腰上系的这条带不好，须得换一条，我才和你斗。"黄文汉低头一看，原来自己的腰带太长了，在腰上缠了几围，握手不很得力，便抬头对大汉道："我只这一条腰带，把甚么来换？"大汉道："我这里有，你换上罢。"说着，回头叫拿条带来。早有个大汉从自己腰间解下，递给黄文汉。黄文汉接了，心中想道：这条带子系上身，若被他拿住了，休想得脱身。我何不使个诡计，戏弄他们一番。主意已定，暗暗将丹田的气往上一提，紧紧的系了那条带。

那最大的大汉喝了两口冷水，一手撮了把盐，往土堆中一洒。黄文汉知道相扑的有这规矩，也不管他是甚么用意。那大汉走到土堆中间，两手抱着他自己的右腿，往土堆上用力一踩，踩稳了，复抱住左腿，也是一样。黄文汉走近前一看，足踏进土两寸来深。黄文汉也故意照样的踩了两下，却仍是虚浮在上面的，看的人都嗤嗤的笑起来。黄文汉也不理会，撑着一对拳头，与大汉对蹲了一会。那大汉忽然不蹲了，立起身又去喝了两口冷水，又洒了一把盐，来到原处，如前一般的踩起来。黄文汉只目不转睛的望着大汉的肩膊。大汉蹲了片刻，突然向黄文汉扑来，两手来抢黄文汉的腰带。黄文汉使气将肚子一鼓，那腰带直陷入腰眼里去了，大汉的手指又粗，一下那里抢得着？黄文汉见他抢不着，一侧身滚入大汉左胁之下，只一扫腿，大汉连仰了几下。黄文汉再进，大汉已跳出了圈子，只得仍退到土堆中间。大汉复跳上来说道："你的带太系紧了，须系松一点儿，方能和你再斗。"黄文汉笑着点头道："我就系松一点儿，看你能奈得我何。"说着，将带解了下来，重新松松的系了。

大汉看了欢喜，只与黄文汉略蹲下了一蹲，即直抢黄文汉的腰带。黄文汉躲闪不及，一把被他抢着了。大汉如获至宝，仗着两膝有几百斤实力，想将黄文汉一把提起，当着大众侮辱一顿。黄文汉身材虽也算壮实，只是和相扑的比较起来，便天地悬殊了。看的人都知道只要拿住了腰带，是没有逃法的，当下掌声如雷。大汉更加鼓勇，两手用尽平生之力，往上一提。不料黄文汉狡猾到了极处，只将带子虚系在腰里，并未打结，趁大汉往上提的时候，用力往前一窜，大汉胸脯上早着了一头锋。大汉不提防腰带是虚系的，用力过猛，那带离了腰，又被头锋一撞，两手握着带仰天一交。不是抽脚得快，早跌下土堆去了。大汉大怒，将带往土堆上一掷，那些大汉及看的人都鼓噪起来，说中国人无礼，太狡猾。

吉川跳上土堆，拾了腰带道："黄君，你自己说，你用这样的狡猾手段和人决斗，算得甚么！"黄文汉道："怎的是狡猾手段？你们自己本事不济，如何怪得人？前两个斗输了，说是腰带不好，教我换一条，我便依你们的换一条。打输了，说我的腰带系得太紧，我又依你们，松松的

系了。自己不中用，又打输了，难道又要怪我太系松了吗？我不信你们
日本人打架，就只在这腰带上分胜负。倘若这敌人没系腰带，你们要和
他决斗时，便怎么样哩？也罢，我就让你们一步，腰带在你手中，你替
我系上，松紧由你便了。再打输了，可不能怪我！"吉川听了黄文汉的
话，心中也觉有些惭愧，手中拿着那条带子，不知怎么才好。那大汉早
从土堆下走上来，接了带子，对黄文汉道："我替你系好么？"黄文汉摊
开两手道："随便谁来系，都没要紧。"大汉真个走近黄文汉身边，不松
不紧的系了。

　　吉川退下土堆，二人又对蹲起来。黄文汉这次却不像前几番了，见
大汉将要动手，即将步法一换，身子往下一缩，使了个黑狗钻裆的架
式，早钻到大汉裆下。大汉忙弯腰用手来拖黄文汉的腿，黄文汉肩腰一
伸，将大汉掀一个倒栽葱。黄文汉气愤不过，跳起来，对准大汉的尾脊
骨就是一脚。大汉已胸脯贴地，扒不起来，又受了这一脚，鼻孔在土堆
上擦了一下，擦出血来。看的人都大怒，说黄文汉不应该用脚，算是非
法伤人。其中更有人说，要将黄文汉拖到警察署去。黄文汉站在土堆中，
大声说道："不是我不敢同你们到警察署去，不过我并没用脚踢伤他。我
因立脚不稳，在他尾节骨上略略的挨了一下。若是我真个用脚，他受我一
下，早昏过去了。你们不信，我且试验一下给你们大家看看，便知道我脚
的厉害了。"看的人听了，又见大汉已爬了起来，都不做声了，只叫黄文
汉试验。黄文汉拿了衣服，看荒地上竖着一杆灯柱，足有斗桶粗细，便走
到灯柱跟前，用尽平生之力，只一脚，只见树皮塌了一块下来，灯柱还晃
了几晃。黄文汉拾着树皮在手，扬给众人看道："你们大家说，人身的肉
有这灯柱坚固没有？灯柱还给我踢了这们一块下来，若是踢在人身上，不
昏了过去吗？"看的人都伸着舌头，没得话说。

　　黄文汉匆匆将衣服披上，系了腰带，离了人丛，头也不回的找到郭子
兰家。郭子兰接了，惊道："老黄，你为甚么满头是汗？"黄文汉往席上便
倒，摇着头道："今天真苦了我！我这只脚多半是废了。你快给我脱了袜
子，疼痛得很。"郭子兰不知就里，见黄文汉的右脚肿了，连忙将袜子后
面的扣子解了，那里脱得出呢？黄文汉道："你用剪子将袜底剪开，就下
来了。"郭子兰拿了把剪子剪了一会，才剪了下来。那脚越肿越大，顷刻
之间连大腿都肿了，痛得黄文汉只是叫苦。郭子兰问是甚么原故，黄文汉

痛得不能多说，只说是和人打架踢伤了。郭子兰心中好生诧异，看那脚背都紫得和猪肝一样，忙调了些自己常备的跌打药，替他敷上。直到下午三点多钟，才略略减了些痛苦，将打架的始末，说给郭子兰听了。

郭子兰平日虽不以黄文汉好勇斗狠为然，这些地方，却很欢喜黄文汉能处处替中国人争面子，不顾自己的死活。极力的称赞了几句，并不住的替他换药。黄文汉脚上虽受了大创，精神上觉得异常愉快。郭子兰午餐的时候，他因脚正痛得厉害，不能同吃。此刻痛苦稍减，腹中大饥起来，教郭子兰买了一升酒，办了些下酒菜，坐起身来和郭子兰痛饮。谈论了些拳脚，直饮到七点多钟，胡乱吃了些饭。郭子兰用绷带替黄文汉将脚裹好，扶着试了几步，还勉强能走，黄文汉笑道："只要能走，便不妨事。"当下唤了乘人力车，辞了郭子兰，回青山一丁目来。

进门劈头遇着昨日的医生，正提着皮包从里面走出来。黄文汉迎着问病势如何，医生脱帽行了个礼，说道："小姐的病是肺膜炎，须得用心调治。先生尊足怎样？"黄文汉摇头道："我这不相干。"说着，点了点头，医生去了，自己一颠一跛的跳到里面。廊檐下即听得梅子咳嗽的声音，心中正自有些着急，只见苏仲武推开房门，伸出头来望。黄文汉问道："小姐的病没好些么？"苏仲武苦着脸答道："怎说好些，更加厉害了。今日医生来过了两次。"黄文汉一边跛进房，一边叹道："这便怎好，我今日飞来之祸，将一只脚也弄伤了。"春子、圆子、苏仲武见了，都大吃一惊，就电灯下，围拢来看，寻问原故。黄文汉坐下来，将脚伸给她们看道："因为跳电车，失了手，跌下来，拗了气。"梅子从被里伸出头来，向黄文汉问道："你痛么？"黄文汉道："虽则有些儿痛，倒不觉着怎么。小姐的贵恙，昨日服了药，怎的倒厉害些？今日吃了些甚么药没有？"梅子道："又吃了几回药了。"黄文汉问圆子道："没吃饭吗？"圆子道："只略吃了些儿。因咳嗽得很，不曾多吃。"

黄文汉点点头，看梅子的脸色，赤霞也似的通红，说话时鼻塞声重，心想：分明是害伤风，没大要紧，怎说是甚么肺膜炎？若是用中国的医法，只须一剂表药，出出汗就好了。不过梅子的身体不是那么壮实，不妥当的医生不敢给她乱治便了。一时心中也想不出个妥当医生来，便没作计较处。当时教梅子仍旧蒙被安息，自己和苏仲武谈了几句闲话，复故意感谢了苏仲武照顾之力。脚痛撑持不住，想教圆子扶着自己回房歇息，见圆子不在房中，只得请苏仲武来扶。

苏仲武掖着黄文汉的肩膊，黄文汉笑向春子道："我常恨我没有兄弟，有起事来，没得个贴心的人帮助。我一向热肠待人，在东京交际社会中，认识的人至少也是一千以上。细细算去，却没有一个可和我共艰苦的。苏先生是外国人，我待他自问实无一些儿好处，他偏和我亲手足一样。夫人你看，即此可见东京人的天性薄弱。"这时，圆子正从对面房中走了过来，听了黄文汉的话，接着笑道："你这话若三日以前说出来，我心中一定不自在。你没有兄弟，我也没有姊妹，你一向热肠待人，难道我偏是冷肠待人吗？你能得外来的兄弟，我也应得个外来的姊妹才是。你这话不是有意形容我是个不得人缘的孤鬼吗？在今日说出来，我却很得意，梅子君的性情容貌，天生是我的妹妹，这也是天可怜我孤零了二十年，特遣她来安慰我的。我想世界上再也没有个忍心人，将我的妹妹夺了去。"说时眼眶儿都红了。

黄文汉见了，哈哈大笑道："谁忍心将你妹妹夺了去，无端的伤心甚么？"梅子忽从被里伸出手来，拖圆子的衣道："姐姐不要过去，只坐在这里陪我好么？"春子也拉圆子坐下道："夫人这般实心待小女，连我都感激不尽。"黄文汉立久了，脚痛和针戳一般，便向春子陪笑道："我脚痛，不能陪夫人久坐了。"春子忙起身道："请便，请便。"苏仲武扶着黄文汉，走到门口，忽听得梅子连唤了几声"中村先生"。黄文汉停步回头，只见梅子握了圆子的手，连连的推道："你说，你说！"圆子摇头笑道："不说！没要紧，你放心便了。"梅子只是不依似的。黄文汉笑问怎么，圆子笑道："没怎的，你去睡好了，被卧已铺好在那里。"黄文汉兀自不肯走，笑问梅子道："小姐你说罢，到底甚么事？"圆子道："可恶！寻根觅蒂的，你说有甚么事？妹妹教我今晚伴她一夜，这也值得请教你么？我昨夜就有这心，不过怕我妹妹厌烦。既妹妹不嫌我，我以后每夜只伴着她睡。"说着掉过脸，将身伏在梅子枕边说道："妹妹，你说好么？"春子说道："这如何使得？小孩子太不懂得事体，先生伤了脚，你也没看见？将夫人留在这里伴你，先生半夜要东要西，或是要起来，没个人在身边，怎得方便？"梅子听了，便推开圆子道："姐姐你去，我不留你了。"圆子不肯道："没要紧，若是他要人照顾时，现放着个外国的兄弟在这里，怕他不贴心吗？"黄文汉笑道："我道甚么大事，原来是睡觉的问题，那值得这般计议。有苏先生在此，那怕没人照顾？"

　　笑着同苏仲武到自己房间里。只见被褥已经铺好，苏仲武便替黄文汉脱了衣，扶着睡下。坐在枕头旁边，低低的问道："现放着一个病人，你又伤了脚，初五日怎生好去参观学校？"黄文汉沉吟道："事真出人意外，初五日参观学校的事，是不待说，眼见得去不成了。但事已如此，只得且将病将息好了再说。你可借着照顾我的病，在这里和她们多亲近亲近。日本女子的性格和中国的女子不同，你和她亲近，她便一刻也舍不得离你，你一和她不甚亲热，她的心便换了方向了。"苏仲武着急道："她母亲日夜守着不离身，教我怎生亲热得来？我此刻是巴不得立刻和她做一块。"黄文汉道："这事情只在圆子身上。圆子和她睡几夜，不怕不将她教坏，你等着便了。"

　　黄文汉的话不错，梅子同圆子睡了几夜，禁不得圆子多方的引诱，果然春心发动起来。起初还按捺得住，到第四夜九月初六，病体也完全好了，实不能再忍，半夜里便偷着和苏仲武在八叠席房里演了一回双星会的故事。春子只在睡里梦里，那知道她的女儿今日被人欺负了。男女偷情的事，有了便不只一次，一夕一渡鹊桥来，不觉已是七次。

　　黄文汉的脚也好了，便和春子商量道："前回约了女子高等师范学校去参观，因为我与小姐都无端的害起病来，不曾践约。此刻病都好了，本也应出外散散闷，何不借此到各女学校去参观一会，也可增长一些儿见识。"春子道："先生说好便好。不过我母女在府上吵扰久了，并且家中也有些不放心的事。前几日我就想说，要动身回去的。因为先生的脚痛还没全好，承贤夫妇这般待我母女，难道我母女不是人心，先生的病也不顾，要走就走了？所以迟到今日，见先生的脚已经好了，本打算明日即带着小女回爱知县的。小女进学堂的事，蒙先生累次指教，我也知道是很要紧，踌躇不能决的，就是没得个安顿的所在可以寄居。不然，我早就决心了。"黄文汉道："夫人、小姐都不容易来东京，既来了，宽住几日有甚么要紧？回爱知县的话，请暂时搁起，且再住一个月，再说不迟。我便不懂交际，肯放夫人走，圆子才和小姐亲热了几日，只怕她未必肯放夫人走。夫人不记得那晚的情形吗？她自那日为始，也没一时一刻离开过小姐，连待我都冷淡得不成话了。夫人也忍心这般热烘烘的，夺了她的妹妹去吗？至于小姐进学堂，夫人愁没个安顿的所在可以寄居，也虑得是。不过我敢说句不自外的话，我家中虽穷，也不少了住小姐的这间房子。我虽有职务，不能多在小姐身上用心，圆子是个没任职务的人，感情又好，还怕有不尽心的地方吗？"春子叹道："能寄居在府上，还说甚么不放心？不过我母女和先生夫妇非亲非故，平白的扰了这种厚情，心中已是不安。若再将小女寄顿在府上，又不是一月两月的事，怎生使得？"黄文汉大笑道："夫人的话虽是客气，不过太把我夫妇作市侩看待了。人与人相接，都是个感情。感情不相融洽的，便是十年二十年也似乎不关甚么痛痒。感情融洽的，只一两面，便成知己，便成生死至交。我和夫人、小姐还在日光会过几面，圆子和小姐不是初见面就和亲手足一样吗？这其间，有种不可思议的吸引力在里面。这种吸引力与吸引力相遇的事，是人生不可多得的。夫人平生接见的人想也不少，像这般的，经历过几次？"夫人摇头道："像贤夫妇这般待人的，实在不曾见过，所以才于心不安。若是平平常常，也就没甚么不安了。"黄文汉道："不是这般说。不安的话，是存着客气的念头在心里，才觉得如此。若是自待如一家人一样，这不安的念头从那里发生起来哩？自夫人、小姐到我家来，我从没作客看待。便是圆子，我时常嘱咐她，教她随便些儿，不要太拘谨了，使夫人、小姐觉着是在这里做客，反为不好。所以夫人初来的时候，我即说了，这里不是我的家，我的家还在群马县，我在东京也是做客。既同是在这里做客，还用得着甚么客气哩？夫人不是有意自外吗？"

　　春子听了黄文汉这番话，不知如何回答，且俟下章再写。

第四十七章

上门卖盐专心打杠子
乱伦蔑理奇论破天荒

话说春子听了黄文汉这番话，心中略略活动了些，答应参观了学校之后，若是中意，又和梅子的程度相当的，即回爱知县和她丈夫商量，再送梅子来，寄居黄文汉家上学。黄文汉虽疑心春子这话是有意推诿，只是不能再追进一层去说，暗中也很佩服春子老成，不容易上当。但是有心算计无心的，那怕你再老成些，只要你肯上路，怎能跳得出去？

二人正坐在房中谈话，忽听梅子在回廊上一边吃吃的笑，一边向屋里跑来。圆子跟在后追，笑着喊道："小丫头，你不好生还给我，随你跑到那里去，我是不饶你的。"黄文汉连忙推开门，只见梅子双手捧着个草编的蟋蟀笼，翩若惊鸿的逃进房来，将草笼只管往春子手中塞，口里气喘气急的说道："妈妈，你快些替我收了，这里面有两个，不要让姐姐来抢了。"说时，圆子追了进来，梅子跳起来挡住道："你来抢，只要你得过去。"圆子笑向春子道："妈看可有这个道理？我编两个蟋蟀笼，分了个给她。掏了半日，掏了两个蟋蟀，也分了个给她。她还不足，哄着我说，放在一个笼内，好看它们打架。我信以为真，由她放作一块儿。谁知她捧着笼子就跑，说要我都送给她。妈看可有这个道理！"黄文汉笑道："亏你好意思，也不知道害羞。"圆子啐了黄文汉一口道："甚么叫害羞，我害羞甚么？你才不害羞哩！"

春子笑嘻嘻的看那蟋蟀笼，编得和雀笼一般模样，五寸来大小，中间一对油葫芦（俗名三尾子。日人不善养蟋蟀，以油葫芦伟岸，谓是佳种），伏在草柱子上面。春子笑着举向圆子道："你看，一对都在里面，你拿去罢。"梅子翻身过来，一把夺了道："我不！"春子笑道："姐姐放些儿让罢。"圆子笑道："妈既偏心护着妹妹，教我放让，我不能不听妈的话。妹妹你听见么？不是妈说，我再也不会饶你。"梅子道："你不饶，我也没要紧。你看，已经走了一个，只一个在里面了。"圆子连忙走过来看时，真个只有一个在里面。原来梅子从她母亲手中夺过来的时候，捏重了些儿，将草柱子捏断了一根，那只油葫芦便钻出来跑了。圆子道："跑也跑得不远，房中席子上，没处藏躲，我们只慢慢的寻，包管寻着。"说着，和梅子两个人弯腰曲背的搬蒲团、掇几子寻找。

黄文汉走过自己房里，如前的写了三封信，一封给本乡弓町的女子美术学校，一封给青山女学校，一封给三轮田高等女学校，都约了明日九月十五日去参观。

苏仲武因黄文汉的脚已全愈，不便在这里歇宿，家中住了一夜，很觉得有些生辣辣的。次日早起，正想用了早点，即到黄文汉家来。脸还没洗完，不作美的胡女士来了，只得让她进房中坐地。自己梳洗已毕，进房问胡女士为何这般早。胡女士笑道："我今日有桩急事，不得开交，特来找你设法。我有几个同志的朋友，新从内地亡命到这里来，因为动身仓卒，不独没带得盘缠，连随身行李都没有，都是拖一件蓝竹布大褂就走。跑到这里，又不懂得日本话。幸而知道我的住址，昨晚十点钟的时候，一个一乘东洋车，拥到甲子馆。见客单上有我的名字，也不知道问问下女，连鞋子连靴子往席子上跑。下女们不知道是那里来的这一群野牛，都吓得慌慌失措的，挡住这个，拦住那个。他们见下女不许进去，倒急得在席子上暴跳，下女不住的在他们脚上乱指，他们还兀自不省得。幸有个同馆住的中国人见了，和他们说明白，教他们脱了靴鞋，引到我房中来。我正和一个也是新来的亡命客在房中细谈国内的事，他们排山倒海一般的撞进来，连我们都惊呆了。细看，知道都是往日有交情的，才放了心。昨晚他们便都在我那里住了。我那里又没空房间，安他们不下，我只得到我那新来的朋友家中借宿，让房子给他们睡。我此刻还没回馆子里去，不知道他们怎样。他们到东京来，别无他处可以投奔，住在我那里，怎生是了？我想每人给他几块钱，教他们到长崎，找熊克武去。不凑巧前日由国内寄来的几百块钱，昨日都将它买了这个钻石戒指。"说时，将手伸给苏仲武看。苏仲武道："你这是新买的吗？"胡女士摇头道："原是一个朋友的，他没有钱使，变卖给我。因此手中的钱都完了，要和你借几十块钱。再过几天，我的钱到了，便还你。"

苏仲武寻思道：这东西专想敲我的竹杠，她借了去，不是肉包子打狗吗？正在踌躇未答，胡女士连连问道："怎么样？几十块钱也值得如此迟疑不决，难道还疑我无端的来敲你的竹杠吗？老实和你说，不是我心中有你，你便送钱给我，看我使你一文么？你不肯只管说。"苏仲武满心想说不肯，只是说不出。胡女士立起身来道："你肯就拿出来，他们在我家中等我，不回去，说不定又要闹出笑话来。"苏仲武道："我手中没有钱，再等几天如何？"胡女士听了，立刻将脸放下来道："你真没钱吗？你这种鄙吝鬼欺谁呢？"说着，顺手从抽屉里拿出苏仲武的钱夹包来，往席子上抖出一叠钞票，将钱夹包往苏仲武脸上一掷道，"这不是钱是甚么？谁曾骗了你的钱没还你？"

苏仲武见她知道里面有钱似的，一伸手就拿着了，心中又是诧异，又是惭愧，又是忿恨，登时红了脸，说不出甚么来。胡女士一边弯腰拾钞票，一边说道："你还能没钱，教我再等几天么？对你不住，我需用得急，不能再等你了。若能再等几天，我何必和你借？我自己的钱还愁使不了。我此刻回去，打发他们走了，再到这里来，和你有话说。你却不要出去，又误我的约，你要知道我不是好惹的。我既欢喜你，与你拉交情，没受你甚么好处，待你也不算薄，你就不应求老黄，又替你另生枝节。只是我也懒得管这些，你只对我小心点儿，我一句话，便可使你前功尽弃。"说话时，已将钞票拾起，像自己的一般，数了十张五元的，捏在手中，剩下的递给苏仲武道，"我只需用五十元，多的仍还你罢。"苏仲武待说不肯，钞票已在她手里，说也是枉然，终不成向她手中去抢。并且也真有些怕她一句话，果弄得前功尽弃。没奈何，只得勉强笑道："你真厉害，晚上弄你不过，白天也弄你不过。"胡女士瞅了苏仲武一眼，用指在脸上羞他道："亏你好意思，还拿着来说！我也没神思和你多说话了，且回去遣散了那群野牛，再来和你算账。"说着，揣了钞票，伸手给苏仲武握。苏仲武就手上接了个吻，送到门口。

胡女士一面穿靴子，一面叮咛苏仲武道："我回头就来。你若不在家中等，害得我白跑时，你却要仔细仔细。"苏仲武一肚皮的委屈，待欲说有事去不能等，又要惹得她发作一顿，自己又没口辩。可和她争论得来，末后白受她的糟蹋，只得耐住性子，说道："你要来，就要快些来。"胡女士眼睛一翻道："怎么讲，来迟了难等吗？你想想那日，我怎样等你的？"

苏仲武陪笑道："不是怕难等，来得早，可多谈一会儿，不好些吗？"胡女士也笑道："怕甚么，日子过得完的吗？日里谈不了有夜里，夜里谈不了有明日。"说着，点点头去了。

　　苏仲武回到房中，兀自闷闷不乐。胡乱吃了些面包，饮了些牛乳，拿了本日的新闻，躺在摇椅上翻阅，心中却想着梅子的滋味，并计算如何写信归家，若在日本行结婚式，将如何的张设。一个人空中楼阁的，登时脑筋中起了个美满姻缘的稿子。正想到将来一对玉人双双渡海归国，父母见了，当如何的得意，忽然远远的听得皮靴响，渐响渐近，即起身从窗缝里去看。只见胡女士手中捧着一包四方的东西，开门进来了。苏仲武回身躲在门背后，等胡女士踏进门，冷不防拦腰一把抱住，想吓她一跳。到底胡女士是个英雌，有些胆量，不慌不忙的笑了声道："你想吓我么？莫说在清天白日之中，便是黑夜里没人的所在，我也不会怎样。人家的腰子动不得，说动了酸软，我的腰子一点也不觉着，松手罢。相片取出来了，你看照得何如？"苏仲武松手问道："我没知道你去取，我的一并托你取来就好了。"胡女士就桌上打开来，一套三张，共是九套。苏仲武抽了张出来，看了道："好是照得好，只是终不及本身可人意。这不言不笑的，不过如此罢了。"

　　苏仲武这话，自以为是很恭维胡女士的，谁知胡女士的性格和旁人不同，最是欢喜人家说她照的像比人好看。她因为照得像没有颜色，好看便是真好看。若照的像一好看，还是仗脂粉讨巧，或是举动言谈讨巧，不能算美人。苏仲武那里知道她有想做美人的心思？胡乱用了当面恭维之法。胡女士登时不高兴，从苏仲武手中将相片夺了过来，一边用纸包好，一边说道："不过如此，不要看，你就看我的人罢。"苏仲武并不理会自己的话说错了，只道胡女士是惯试娇嗔的。望着她包好了，捧在手中要走道："像就是我，像既不过如此，我还有甚么可人意？不要在这里刺你的眼罢。"苏仲武见她真生了气，才领悟过来，连忙陪笑，拦住去路道："我故意是这般说的。我凭心本要说相片比人好看，只因为相片不会说话，不怕得罪了它，以为说人比相片好，你必然欢喜，那晓得你不替自己高兴，却替相片打抱不平。好，你坐，你坐，我口里虽说错了，心里幸还没错。"胡女士才回嗔作喜，掉过身来，将相片往桌上一撂，冷笑道："油嘴滑舌，谁能知道你的心错也没错。"苏仲武将摇椅拖出来，纳胡女士坐了，说道："我的胡先生，你不知道我的心，更有谁知道我的心？"说时，乘势就坐在胡女士身上，两个亲热起来。

胡女士执着苏仲武的手问道："你这钻石戒指，比我的好像要大一些儿，多少钱买的？"苏仲武道："这戒指不是我买的，不知道多少钱。"胡女士道："我和你对换了，做个纪念好么？"苏仲武心中好笑：这东西，怎这般贪而无厌，只当人是呆子！但苏仲武生成是个温和的性格，虽十分讨厌胡女士这种举动，口中却不肯说出决绝的话来，仍是轻言细语的道："好可是好，我也想交换一样物件，做个纪念，不过这戒指是我父亲的。我初次到日本来，动身的时候，我父亲从手中脱下来，替我带上，教我好生守着，恐一旦有甚么意外，可以救急的。几年来，都平平安安，没发生甚么意外之事，所以不曾动它。这是我父亲之物，若将来与你换作纪念，似乎有些不妥。你说是么？"胡女士大笑道："你这人真迂腐极了！你父亲的戒指不能与我换作纪念，然则我这戒指，昨天还是我朋友的，也应该不能与你换作纪念了？大凡身外的东西，任是甚么，都不能指定说是谁的，在谁手里，便谁可以做主。戒指上面又没刻着你父亲的名字，有甚么要紧？"苏仲武摇头道："朋友的本没甚么要紧，父亲的却是不能一样。只想想我父亲给我的意思，便不忍将它换掉。"

胡女士拍手大笑道："蠢才，蠢才！你以为这就算是一点孝心吗？你才糊涂！你父亲的钱，你为甚么拿着乱使？一个戒指算得甚么，你父亲又不是给你做纪念的，有了意外之事，你一般的也要将它救急，便与我换作纪念，有甚么不忍心哩？"苏仲武道："话虽是这般说，戒指离我这只手，我心中总觉的不忍，并好像就是不孝似的。"胡女士道："你出洋这多年，怎的脑筋还这般腐败！忠孝的话，是老学究当口头禅，说得好听的。二十世纪的新人物，说出来还怕人笑话，莫说存这个心。你可知道，中国弄到这们样弱，国民这们没生计，就是几千年来家庭关系太重的原故。父母有能为的，儿子便靠着父母，一点儿也不肯立志向上。儿子有能为的，父母便靠着儿子，一点事也不做，只坐在家中吃喝，谓之养老。这样的家庭，人家偏恭维他，说是父慈子孝。甚至老兄做了官，或是干了好差事，弄得钱家来，老弟便不自谋生活，当弟大人。若老弟做了官，老兄也是一样，人家偏又恭维他，说是兄友弟恭。社会之中因有这种积习，硬多添出一大半吃闲饭、穿闲衣的人来。几千年如此，中国安得不弱！国民安得不没有生计！西洋各国，那里有这种笑话？就是日本，也没有这种事。你留学学些甚么？还在这里讲忠孝，不是呆子吗？"

苏仲武的性格，本不肯和人说很反对的话，不过他却有点孝心，说他别的都没要紧，至说他不应该孝父母，他心中委实有些冒火，立起身来说道："你没有父母的吗？你不要父母罢了，何能教我也不要父母！"胡女士冷笑道："便教你不要父母，也没犯甚么法律。自己成人之后，父母这东西……本是个可有可无的。"苏仲武掩耳摇头道："越说越不成话了。你若不高兴在我这久坐，你就自便罢，实不敢再听你骂父母了。"胡女士唾了一口道："天生成你这种亡国奴！我如此面命耳提，仍是这样顽梗不化。若是平常你对我这般嘴脸，我早走了，今日因学理上的争执，我倒不和你一般见识。你耐着性子想想，西洋人不是人吗？就是你，大约也不能说西洋人的文明不及中国人，西洋人的道德不如中国人。何以西洋人不讲这孝字，没听说有甚么于心不忍？日本是中国传来的文化，本知道这孝字的意义，只是都不讲孝道，也没听说有甚么于心不忍。他们难道不是人吗？只有中国的老学究，说甚么无父无君，便是禽兽。说这话的人，是个男子，只怕儿子轻待了自己，便将母字不提。他的意思，儿子是要发达了，做了官，才够得上说，只要儿子肯供养自己，便不是禽兽了。几千年相传下来，一个个都怕老了谋不着衣食，都利用着这句话，从小时候就灌入儿子的耳里。后来灌来灌去的，都灌得忘了本来，说是甚么父子天性。其实那有这种甚么天性？太古之民，不知道有父，取姓都从女字，如姬姓、姜姓，都是由母出来的。那时候的父子天性，到那里去了哩？说这话的人，又怕这话没有势力，行不得久远，无端的又拖出君字来，想借着皇帝的力量，来压迫这些人是这们做。那些做皇帝的，正虑一个人独享快活，这些人不服他，便也利用这句话，使人人不敢轻视他。久而久之，这些人也忘了本来，都以皇帝本是应该敬重的。我且问你：现在中国变成了民国，将皇帝废了，若依那无父无君便是禽兽的话，我们不都变了禽兽吗？这些话，都是一般自作聪明的人拿来哄人的。你哄我，我哄你，就是知道的，也不肯揭穿，所以把中国弄到这步田地。我们是要负改良中国责任的人，起首尚要将家庭顽固打破，岂可仍是如此执迷不悟！还有一桩积习，说起来，你必又要气恼。"

苏仲武虽掩着两耳，不过形势上是这般做作，想使胡女士不说下去的意思，其实句句听在耳里，心中虽仍是大不以为然，只是也还觉得有些道理似的。也听得有桩积习，说起来又要气恼的话，心想：我倒要听听，看她还有些甚么屁放。便松了手问道："还有桩甚么积习，你且说出来看？"胡女士道："我口都说干了，你且泡碗茶来，我喝了再指教你。我看你这人，表面很像个聪秀的样子，其实也是和普通人一样，只晓得穿衣吃饭，没一些儿高尚的思想。"苏仲武冷笑了笑，拍手叫下女泡了壶茶来。斟了杯给胡女士，自己也喝了一杯，向胡女士道："你这种荒谬的议论，我本不愿意听你的。不过横竖你闲着嘴，我空着耳，你姑妄言之，我姑妄听之罢了。你且将你要说给我听的话，说出来看。"

胡女士道："我且先问你一句话，看你怎生回答：兄妹结婚你赞成么？"苏仲武听了，吓了一跳，问道："你说甚么？"胡女士道："兄妹结婚，你不赞成吗？你赞成，我便没得话说；你要不赞成，你且先说出个理由来，等我来批驳指导你。"苏仲武躃脚摇头道："该死，该死！这个还有讨论的余地吗？你为甚么专一说这些荒谬绝伦的话？你要问我不赞成的理由，我也不知道，你只去问几千年前制礼的圣人罢，大约必有个理由在里面。所以才能几千年来，也没人驳得它翻。"胡女士笑道："你这才真所谓盲从，正和此刻的党人一样，自己并不知道自己的党纲，与他党的党纲相符合不相符合。只要他不是同党，见了面便和仇人一样。若问他到底怎么这样的深恶痛绝，他自也说不出个理由来。只晓得自己的党魁与他党的党魁，为争权利有了些意见，我们同党应该同好恶，别的理由一点儿也没有。稍为聪明的党人，知道按捺着性子想想，也有哑然失笑的时候。习惯是第二天性，我也知道我的主张与普通人一般的心理大是反对。只是我看得真，认得定，我的主张是能冲破几千年来网罗的。你不要做出那深恶痛绝的样子来，你没有理由，我且将理由说给你听。兄妹不能成婚，就只有血统的关系，并无丝毫别的缘故。何以叫作血统的关系呢？因为同这血统，恐怕生育不蕃殖，所以说男女同姓，其生不蕃。然而是谁试验过多少次，得了个生育不蕃的结果哩？这却是没有的事。不过见植物接枝之后，便能多结果子，由这一点悟到人身上，以为换一个血统，应该也和植物一样，多生出几个子来。所以同姓不结婚，就是这个道理。并不是同姓结了婚，便犯了甚么大逆不道的罪。几千年来积习相沿，成了一种无形的制裁。倒是和人家说杀人放火以为扰乱治安的事，人家不特不惊讶，反都欢喜打听，说这些极平常的事，没一个不大惊小怪的。这都是自己没有脑筋，以古人的脑筋为脑筋。凡是古人传下来的规矩礼法，总是好的，一些儿也不敢用自己的判断力去判断判断。中国之不进化，就是一般国民头脑太旧的原故。我本也不必定要主张兄妹结婚的这句话，只因为国民的思想太旧了，不能不择国民心理中最反对的，提出来开导，换一换他们的脑海。就是不要父母，也是为增长国民的新思潮，使国民都有那一往无前之概，冲破家庭网罗，冲破社会网罗，冲破国家网罗，冲破世界网罗，冲破几千年来的历史网罗。人人有了这种强悍不挠的精神，甚么旧道德都不能羁绊他，怕不能做出一番震古铄今的事业来吗？"说时，扬着脖子，得意洋洋的，问苏仲武领会了没有。

苏仲武道："领会是领会了，不过我生性太蠢，诚如你所说的，只知道穿衣吃饭。这种高尚思想，虽有你来提醒，我只是做不到，你去教导别人罢！你的知交宽广，被你教会了的，和老妹结婚，与父母脱离关系的，大约也不少。你一个少年女豪杰，去劝化少年男子不要父母，是很容易的事，看得见成功的。世界上没有无父母的人，你这学说到处可以提倡。不过姊妹是不能人人都有的，即如我便是单独一个人。你这兄妹结婚的学说，对于我就不能发生效力。只怕没法，须得牺牲你自己，来做我的妹妹。"胡女士大笑道："没姊妹的人多，安得我百千万亿个化身，去做人家的妹妹！闲话少说，我和你交换戒指做纪念。你到底怎么样？"

不知苏仲武回出甚么话来，且俟下章再写。

第四十八章

上酒楼勾引王甫察
打报馆追论唐群英

话说苏仲武见胡女士落叶归根的，仍是想交换戒指，心中大是不乐，当下有意无意的答道："我没有怎么样，不过交换戒指的事，恐怕有些不妥。我曾听说，西洋人约婚才交换戒指。我和你既非约婚，无端交换戒指……"胡女士不待苏仲武说完，即抢着说道："罢了，罢了，你的习惯性又来了。西洋人约婚，交换戒指是不错，然只能说有因约婚而交换戒指的。即进一步，也只能说约婚无不交换戒指的。绝对的不能说，交换戒指便是约婚，不是约婚，即不能交换戒指。你这人脑筋太不明晰。我因欢喜你为人还诚实得好，才想和你留个纪念，谁希罕你的戒指吗？不交换罢了。"说时，低头看了看手上的表道，"十一点半钟了。你那日说做东道，没做成，倒破费了我。今日的东道只怕要让你做。"苏仲武只要胡女士不缠着要交换戒指，甚么事都可以答应，当下连连点头道："那是自然。到我家里来了，难道好教你做东吗？你说到那家馆子去吃好哩？"胡女士道："就近到中华第一楼去也好。"

苏仲武换了衣服，替胡女士捧了相片，同走到南神保町的中华第一楼酒馆内。拣了间避眼的房间，刚刚坐定，胡女士见门帘缝里，一个少年男子穿着一身极时式的先生洋服，反抄着手，在那里张看自己。胡女士忽然心动，也不住的用眼睛瞟少年。苏仲武拿着菜单，叫胡女士点菜，胡女士因心中记挂着那少年，教苏仲武随便点几样便了。苏仲武不知就里，只顾让胡女士点。胡女士气不过，接了菜单，一下撕作两半张，倒把苏仲武吓了一跳。怔了半晌，见胡女士只低着头想甚么似的，以为她必是有心事，便不再说，提起笔，依自己心爱的开了几样。回头拍手叫下女，不提防恰与那少年打个照面，彼此相见，各吃一惊。

　　少年不是别人，便是醉心梅太郎的王甫察。他因为将江西经理员交卸之后，独住在小石川的大谷馆内。这大谷馆主人有个女儿，名唤安子，芳年一十六岁，生得腰比杨柳还柔，面比桃花更艳。加以性情和顺，言语轻灵，馆主人实指望在她身上发一注儿横财。她那小小旅馆开在一个极僻静的所在，房间又很是破败，照理本不应有客来居住。只因为有这安子做招牌，住的人却很是不少。起先有几个日本人发见了这个所在，盘据在里面。后来被一两个留学生看见了，也搬进来想吃天鹅肉。留学生中一传十、十传百，传不到几个月工夫，便满满的挤了一大谷馆的中国人。馆主人因为中国人场面阔绰，每月多开一两元花账都不在意，绝不像日本人的锱铢计较，心中不由的分出高下来，待日本人便不似从前的周到。每逢日本人拍手叫下女，故意不使下女答应，必等日本人叫到四五次，才教下女有神没气的答应一声，还要故意挨延半响，安子是绝对不许日本人见面的。日本人讨不着甜头，又受了这种待遇，一个个安身不牢，都搬往别处去了。馆主人高兴，从此便专做中国留学生的生意。

　　王甫察初交卸了经理员，手中除几百元薪水之外，还有连吞带吃的学费，总共有一千数百元之谱。大谷馆二三十个房间，就只一间八叠席的，王甫察便在这间房里住下。他本是个好嫖的人，说得一口好日本话，大谷馆的住客，自然没一个赶得上他的资格。但是他资格虽好，安子却不容易到手。甚么原故呢？只因为馆主人将安子作个奇货，不许一个人上手，便人人都以为有希望。若是谁先有了交情，这些人必吃醋的吃醋，赌气的赌气，都跑了。因此任凭你王甫察再有资格，不过略得安子心中偏向点儿。想要真个销魂，这均势之局不破，也一般的做不到。

　　这日因他哥子从上海亡命来了，还同了江西的几个亡命客，一块儿在中华第一楼吃酒。王甫察净手上楼，看见了胡女士的后影，却不曾见苏仲武，不知道是那里来的女国民，收拾得这般鲜艳，便跟在背后，去门帘缝里张望。王甫察的容貌虽不及苏仲武姣好，却也生得圆头方脸，有几分雄壮之气。更兼衣服称身，任是谁望去，也不能不说是个好男儿。所以胡女士见面，便心中动了一动，不由得暗暗喝彩。王甫察见是苏仲武，虽吃了一惊，但是心中甚喜有了进身之阶，连忙揭开门帘，跨进房来，与苏仲武握手。回过身来，和胡女士请教。胡女士早已立起身，伸手给王甫察握，又拿了张名片给王甫察。王甫察看了笑道："原来是胡先生，我今日有幸了。"随从怀中抽出张有江西经理官衔的名片来，恭恭敬敬放在胡女士面前道："甫察久闻先生的大名，时自恨没有缘法，不能见面，谁知道今日无意中见了面。若不是甫察彷彿听得这房里有熟人说话的声音，前来窥探，却不又失之交臂了！"

胡女士乐不可支的收了名片，让王甫察坐，即望着苏仲武道："你点了甚么菜，给我看。"苏仲武将方才开的菜单递给胡女士。胡女士略望了望，往桌上一撂道："甚么东西，那是人点的，谁吃！还不叫下女拿菜单来，再点过！"王甫察慌忙说道："我已吃饱了，只二位自己吃，用不着多点了。"胡女士笑道："说那里话！便胡乱喝杯酒，也得几样菜来下。"说时，下女已来了。苏仲武叫她另拿了纸菜单来，胡女士起身夺在手里，问王甫察道："你欢喜甚么菜？淮杞白鸽好么？"王甫察笑道："先生欢喜甚么便点甚么，我实在是已吃饱了，陪先生喝一杯酒使得。"胡女士定要王甫察点，王甫察没法，只得依着胡女士的，拿着铅笔写了"淮杞白鸽"。胡女士还要王甫察点，王甫察再三不肯，胡女士只索罢了。低着头自己写了几样，连纸笔和菜单往苏仲武面前一掷，笑了笑道："你拣你想吃的，自己去写罢。"苏仲武接着也写了几样。胡女士向王甫察道："这里没好酒怎了？"苏仲武道："你要喝甚么酒，教账房去买就是。"胡女士想了一想道："你去教她去买瓶三星斧头牌的白兰地罢。"苏仲武点点头，匆匆拿着开的菜单，下楼去了。

王甫察正和胡女士谈话，她哥子同几个亡命客算了账要走，等王甫察不见，只道是醉在那里了。问下女，才知道是在这房里，都跑过来看。内中有两个亡命客在国内认识胡女士的，王甫察的哥子虽没和胡女士见过面，但是胡女士的大名，久已入在脑筋里。相见之下，自然都有一番应酬手续，少不得握手、点头。胡女士让大家就坐，他们本都吃饱了要走的，因难却胡女士殷勤招待的盛意，只得都坐下来。苏仲武因图僻静，拣了这个小房间，平常坐五六个人，都觉挤拥。王甫察一行就有八个，加上胡女士，九个人水泄不通的围着桌子坐了。苏仲武交待了账房上楼来，进房一看，吓了一跳，只道走错了房间，想回身，已听得胡女士的声音说话，挨身进去。胡女士只顾和座上的人高谈时局，痛骂袁世凯，座上的人也正听得人迷，没一个理会苏仲武。

苏仲武呆呆的立了一会，气忿不过，想拿起帽子回去。才从壁上将帽子取在手里，却被胡女士看见了，连忙住了口问道："你往那去？"苏仲武道："去会个朋友。"胡女士笑道："急甚么，和我吃了饭同走不好吗？这房间太小了，坐不下，教下女换一个房间罢。"说着起身，让大家到大房间里来。苏仲武因为自己说了做东道，不便定说要走，只得跟着大家到大房间里，就大圆桌团团坐下。下女安下杯箸，开出白兰地酒。当亡命客的人，十九负着些豪气，以新人物自命，不肯扭扭捏捏的装出斯文样子，酒菜但吃得下的，没有十分推让。胡女士有名的豪饮，今日又高兴，真是酒逢知己千杯少。当下劝你一杯，敬他一杯。白兰地酒力量虽大，只因为它价值很贵，人人都喝得不舍离口，不觉都有了些醉意。胡女士有了酒，便渐渐的使出她平日那灌夫骂座的雌威来。先从黄克强逃出南京骂起，越骂越人多，后来简直骂这次革命没一个好人，连座上她知道的几个亡命客，都被她搜出劣迹来，骂得狗血淋头。这些人一团高兴来亲热胡女士，不料都扑了一鼻子的灰，一个个乘胡女士不在意，都走了。

王甫察也待要走，胡女士悄悄捏了她一把，王甫察会意，仍坐着不动。胡女士醉态朦胧的，教苏仲武去会账。这个东道主，做了苏仲武三十多块。会了账，问胡女士道："你醉了，叫乘人力车，送你家去好么？"胡女士怒道："谁醉了！你看见我醉了吗？我家去不家去，有我的自由，用不着你干涉。"回头向王甫察道，"你陪我到一个所在去顽顽。"说了，催王甫察就走，也不顾苏仲武。王甫察匆忙向苏仲武谢了扰，跟着胡女士去了。苏仲武只气得目瞪口呆，懊恨了一会，忽转念：我何必自寻苦恼？她这种烂淫妇，我本对她没甚情分，我现放着如花似玉的美人在这里，我不去恋爱，偏怕得罪了她，要和她来周旋？她历来是今日爱上姓张的，便和姓张的睡，明日爱上了姓李的，又和姓李的睡，怎值得我来吃她的醋？我尽在这里发呆做甚么，已有十几个钟头不见我那梅子的面了，何不到她那里去看看。心中想着，脚便往楼下走。才走了几步，只见下女在后面喊道："先生，你忘记了东西。"苏仲武回头看时，乃是胡女士的一包相片。想不替她拿，又觉得不好，没奈何，只得从下女手中接了。回到家中，撂在柜子里面，仍匆匆出来。

到青山一丁目，黄文汉正在家中陪春子闲话。梅子和圆子还在院子中寻蟋蟀。见苏仲武走回廊经过，梅子跑过来，悄悄的问道："明日去学校里参观，你同去么？"苏仲武道："你去不去？"梅子偏着头寻思了一会道：

"我去。"苏仲武道:"你去,我为甚么不去?"梅子还想说话,圆子在院子中摇手,用嘴努着房子里面。梅子横着眼睛,握着小拳头,向房子里伸了两伸,复跑到圆子跟前去了。

苏仲武便走进房来,黄文汉递蒲团让坐,将约了明日去参观学校的话,说给苏仲武听了。春子问苏仲武:"高兴同去么?"苏仲武道:"夫人教我同去,当得奉陪。"黄文汉道:"我们明日去得早,苏君若去,今夜在这里歇宿才好,免得明早来不及。"苏仲武只望有此一句,当下也故意踌躇了一会,才答应了。三人说了些闲话,已是上灯时分,梅子帮着圆子弄好了饭菜,和下女一同搬出来,大家吃了。黄文汉同苏仲武到自己房里,苏仲武将胡女士今日如此这般的话,说给黄文汉听。黄文汉点头笑道:"我真个忘记了,不曾问你,和她到底怎么上手的?"苏仲武见问,心中倒有些惭愧,不敢说是八月廿七日吊上的,说是黄文汉到日光去了几日之后,在歌舞伎座看戏吊上的。

黄文汉也不追问,但笑道:"你这人,教你上上当也好。那日从教育会出来,我就教你不要去打她的主意。你闻她的名,也不想想她是个甚么女子,十几岁的小女孩,冲到南,撞到北,到处还要出出风头。若讲她的学问,可说得一物不知,连一张邮片也写不大清楚,全凭着一副脑筋比常人稍为灵敏点儿。她家中又没有三庄田、四栋屋,她这种挥霍的用度,你说她不敲你这种人的竹杠,她吃甚么,用甚么?她见钱便要,全不论亲疏远近。她几次想敲我的竹杠,没有敲着,倒被我教训了她一顿,她却很感激我。她敲了人家的竹杠,并不瞒人。

"她对我说桩事,也不知是真是假。她说她从监狱里出来之后,因为是吴芝瑛电保的,就住在吴芝瑛家中。她平日听吴芝瑛的书名很大,便买了把折扇,请吴芝瑛写。吴芝瑛当时接了,放在一边,说等高兴的时候,替她用心写好,她也不理会。过了两日,她正外面会客回来,打吴芝瑛卧房窗下经过,听得吴芝瑛和她丈夫在里面说话,她便从窗缝里去看。只见吴芝瑛的丈夫正提着笔,俯在案上,凝神静气的在那里写折扇。她认得那把折扇就是自己买的,心想:我教吴芝瑛写,为甚么拿给她丈夫写?且看她怎生对我说。当下也不做声,悄悄的退到外面。迟延了一会,约莫扇子已写完了,故意放重了脚步走进去。

"只见吴芝瑛笑吟吟的捧着折扇迎出来说道:'幸不辱命,扇子已写好了，只是差不多费了我一个钟头的精神，比我写金刚经还要吃力。你看时下的书家可能摹拟得出？'她接在手中一看，居然落的是吴芝瑛的款，且字体笔意，和平日所见落吴芝瑛款的一样，忍不住笑道：'写是写得好，只是我想请你写，并不想请你家先生写。这里虽然落的是你的款，在旁人见了，一般的可宝贵，我却心理上总有些不然。我请你写扇子是做个纪念的意思，字体工拙却不计较。你何时高兴，再请你亲笔替我写一把，这把还放在你这里，我也用它不着。'吴芝瑛见自己的玄虚被她识破，羞得恨无地缝可入，当下胡乱敷衍了两句，仍收了扇子退回自己房中去了。自此吴芝瑛对她，更格外的尊敬。她说她走的时候，吴芝瑛还送了她五百块钱，殷勤求她不要和别人说。"

苏仲武道："我看这话不足信。吴芝瑛享这大的声名，岂无一些儿实学？并且写一把扇子算得甚么，何必也要丈夫捉刀？说那些文章不是她自己做的，倒有些相信。"

黄文汉笑道："做文章可请人捉刀，写字自然也可请人捉刀。虚荣心重的女子甚么事不求人替她撑面子？即如母大虫唐群英，连字都认不了几个，她偏会办报，偏会做论说。彷彿记得她有一篇上参议院的书，论女子参政，连宋教仁都奈她不何。你不知道，现在有些人物专喜欢替女子做屏风后的英雄。这也是须眉倒运，只得在脂粉队里称雄，想落得讨些便宜。殊不知这种女子绝没有多大的便宜给人家讨。用得着你的时候，随你教她做甚么，她都情愿，随你甚么要求她都承认。及至用不着你了，她两眼一翻，睬也不睬你。

"当时唐群英报馆里有个书呆子，名字唤作甚么郑师道，起初与唐群英文字上结了些姻缘，后来肉体上也有了些结合。那书呆子那知道这种办法，是她们当女国民的一种外交手段，只道是与自己有了纯粹的爱情。恰好那书呆子年纪虽有了三十来岁，家中却无妻小，唐群英又是个寡妇，更是资格相当，便诚心诚意的向唐群英提出结婚的要求来。唐群英吃了一惊，心想：若和人结了婚，便得受人拘束，行动不得自由，自己一生的幸福都属人家了。这结婚的事万万行不得。只是难得书呆子有这种痴情，肯为我竭忠效死，若是一口回绝他，他纵不寻死觅活的和我闹个不休，想再和从前一样，教他写甚么他便写甚么，只怕是不能够的了。我何苦无端的又失了个外助？不如暂时答应他，到不用他的时候，再托故回绝了他就是。到那时，便不必顾他的死活了。

"好个唐群英，有智数，当下敷衍得书呆子死心塌地，并私下订了一纸没有证人的婚约。过了一会，书呆子便要结婚，唐群英左右支吾，书呆子却误会了唐群英的意，以为唐群英是不好意思宣布，便瞒着唐群英在《长沙日报》上，登了一条郑师道和唐群英某日举行结婚式的广告。这广告一出，直弄得唐群英叫苦连天，连忙质问郑师道：'为甚么登广告不要求我的同意？我还没和你结婚，你便如此专制，将来结婚之后还了得！我决不和你这种人结婚了！'那书呆子还认为唐群英是故意撒娇，不许大权旁落。不料唐群英动了真怒，不管三七二十一，带了一群女打手，威风凛凛，杀气腾腾，直杀奔长沙日报馆来。进门即将长沙日报馆的招牌取了。打入排字房，排字的工人都慌了手脚，不敢抵敌。母大虫督率这般小英雌，从架上将铅字一盘盘扳下来，哗哗的一阵雨，洒了一地。举起三寸来长的天然足，将字盘都踏得粉碎。四周一看，打完了，翻身打到会客室。一个个举起椅子做天魔舞，不到几秒钟工夫，乒乒乓乓，将一间会客室又打得落花流水。只是母大虫虽然凶勇，无奈上了年纪的人，到底精力不继。接连捣了两处，实在有些气喘气促，不能动弹，便理了理鬓云，揩了揩汗雨，教小英雌抬了长沙日报馆的招牌，齐打得胜鼓，高唱凯旋歌，一窝蜂回去了。可怜那报馆的经理文木鸡见了这种伤心惨目的情形，只急得捶胸顿足，跑到都督府求都督做主。那都督也只好拿出些自己不心痛的钱，赔偿报馆损失，将就将就的了事。你看她们女国民的威风大不大，手段高不高？"

苏仲武笑道："这真算是旷古未有之奇闻了。后来那书呆子怎样？"黄文汉笑道："谁知道他！不是因唐群英这一闹，鬼也不知道有甚么郑师道。这胡女士也是唐群英一流人物，资格还比唐群英好。第一年纪轻，人物去得；第二言谈好，容易动人。若讲到牢笼男子的功夫，连我多久就佩服她。不知她十几岁小女孩子，怎的便学得这般精到。我看就是上海的名妓，只怕也不能像她这般件件能干。人家都说她是天生的尤物，真是不错。你知道她自十四岁到如今，相好的有了多少？"苏仲武道："这谁好意思问她？她又怎么肯说？"黄文汉笑道："你自己不问她罢了，她有甚么不肯说！"苏仲武道："你问过她吗？"黄文汉道："甚么话不曾问过！她还一一的品评、比较给我听。我问她是谁破的身子，她说十四岁上在北京，被一个照像馆里的写真师破了。"苏仲武笑道："怪道她至今欢喜照相。"说得黄文汉也笑了。苏仲武道："你听她品评、比较得怎样？"黄文汉摇头道："这些事，何必说它！无非是形容尽致罢了。"苏仲武便不再问。又谈了会别的话，黄文汉忽然想出一事来，叫下女说道："你去打个电话到马车行，教明早七点钟套一乘棚车、一乘轿车到这里来。"下女答应着去了。

圆子过来铺床，给苏仲武、黄文汉安歇。黄文汉用手指着对面房里，问圆子道："已睡了吗？"圆子摇摇头，向苏仲武低声笑道："夜间天气冷，仔细着了凉。你们不识忧，不识愁，倒害得我睡在那里，担惊受怕。"说时向着黄文汉道，"你和苏先生是朋友，说不得须替他受些辛苦。我不知贪图着甚么，起初原不过一时高兴，闹这个玩意儿耍子，一味虚情假意的哄骗着她们，此刻倒弄得我和她们真有感情了。细想起来，这种办法实在于心有些不忍。此时已是生米煮成了熟饭，我看不必再瞒哄她们了，直截了当的，我和你出来做媒罢。你我都不是不能说话的，又放着有对她们这番的情意，据我看不会十分决裂。"黄文汉点头道："就直说，我料也没甚么大钉子可碰。不过仍得你去先探探春子的口气。若口气松动，须得换一种办法，使她知道梅子与老苏的感情。"圆子道："这很容易。梅子完全是个小孩子，她并不十分知道甚么避忌。只要我不拦阻她，苏先生又故意引逗她一下，便教她当着她母亲说情话，她也是做得到的。"黄文汉道："且等明日去参观了学校再说。此后事情，不待思索，是很容易办了。"说毕，挥手教圆子过去。圆子出门，忽然哎呀的叫了一声，黄文汉和苏仲武都吓了一跳。

不知圆子遇着甚么，且俟下章再写。

第四十九章

看学堂媒翁成大功
借旅馆浪子寻好梦

话说黄文汉、苏仲武听得圆子忽然哎呀了一声，都吓了一跳。连忙起身，只听得梅子在八叠席房里格格的笑。原来梅子见八叠席房里电灯是扭熄的，知道圆子必打这房中经过，故意躲在黑暗地方。等圆子走近身边，猛然跑出来，恐吓圆子，果然将圆子吓得一惊。梅子高兴，所以在那里格格的笑。圆子用手护住酥胸，笑着喘气道："妹妹，你也太顽皮了！三不知从黑影里钻出来，几乎把我吓倒了。"黄文汉将电灯扭燃，春子已从对面房中出来。梅子跑拢去，指着圆子笑道："妈，你看姐姐，平日说胆大，只我一吓，便吓得这样。"春子笑道："蠢东西！胆大是这们的吗？这黑暗地方随是谁也得吓一跳。"圆子本不会吓得这样，因怕是春子在这里窃听，把事机弄破了，不好收场，所以吓得芳心乱跳。当下定了定神，呵着手，向梅子肋底下去咯吱，梅子笑得伏着身，向春子背后只躲。闹了一会，各自安歇了。夜来幽会之事，不必细说。

次日清早起来，大家用了早点，马车已停在门外等候。梅子等妆饰停当，分乘了马车，先到涩谷，参观了青山女学校。春子没进过学校的人，虽说去学校里参观，不过随人看看形式，也不知道考察甚么成绩、功课，走马看花，迅速无比，没一会工夫，将教室、寄宿舍、标本室都游览了一周。黄文汉向那校长讨了一份章程，一行人同出来。到本乡弓町女子美术学校，也一般的参观了，讨了章程。已是午餐时分，就在附近的一家西洋料理店内，五个人胡乱用了些午膳。

春子向黄文汉道："我们此刻可回去了么？"黄文汉道："还有麴町区的三轮田高等女学校，不曾去参观。"春子沉吟道："我的意思，不去也罢了。我横竖不懂得甚么，先生说好，大约是不会差的。"黄文汉知道她是没多见识的人，见了那些校长、教习们，举动有些拘束难受，便道："麴町不去也没要紧。女学校的规模都差不多，不过在主要功课上分别罢了。若就梅子君的程度、性格论起来，我看以美术学校为好。归家我将章程念给夫人听，便知道了。"圆子点头向梅子道："美术学校是很好，妹妹，你没见那客厅及教室里面的字画吗？那上面都写明了是几年级学生写的、几年级学生绘的。妹妹若是去学美术，是再好没有的了，自己就是个无上美术的标本。你没见那学校里的教员、学生对于妹妹的情形吗？那个不表示一种欢迎的样子？"梅子笑道："有一个小姑娘，大约也是学生，见我一个人走在后面，她便跑拢来，拉着我的手，叫我姐姐，问我在那个学校里读书，住在甚么地方。我说因想进美术学校，所以来参观。她便喜笑道：'我是一年级，你来正好和我同班。'我因你们走过那边去了，怕落了后，没和她多说就走了，也没问她姓甚么，住在那里。我若不去那学校里，只怕不能再和她见面了。我又不认识她，不知她怎的会这般的来亲热我。"圆子笑道："像妹妹这样的人不亲热，去亲热谁呢？你若进去了，我保管一学校的人没有不和你亲近的。"黄文汉笑道："既不去参观学校，我们且回去再说。料理店终非说话之所。"于是五人出了料理店，回青山一丁目来。

黄文汉将两学校的章程细讲给春子听了。春子道："学校自然都是很好，不过此刻又不是招生的时候，进去的手续只怕有些繁难。"黄文汉摇头笑道："这都在我身上。"春子道："既先生肯这般出力，我还有甚么话说？请先生替我办妥就是。先生说美术学校好，就进美术学校罢。我只明日便带她回爱知县去，和她父亲商量商量。事情虽不由她父亲做主，但是也得使他知道。半月之内，我一定再送她到东京来。"黄文汉点头道好。梅子忽然苦着脸向春子道："妈一个人回去罢，我就在这里等你，不回去了。"圆子连忙握着梅子的手道："好妹妹，我正待向妈说，你不必同回去，免得只管跑冤枉路，你就先说了。"春子只沉吟着不做声。过了一会，向梅子使了个眼色，起身到隔壁房里。梅子鼓着小嘴跟了过去。

不一刻，只见梅子垂头丧气的一步一步挨出来，近圆子身旁坐下。春子也出来就坐。圆子拖着梅子的手问道："妈对你说些甚么，这般委屈？快说给我听。"梅子只低着头，用肩膊来挨圆子，一声不做。圆子道："好妹妹，你受了甚么委屈，只顾说。"梅子被问得急了，扑簌簌的掉下眼泪来。圆子慌了，忙向春子道："妈说了她甚么，她这般委屈？"春子叹了口气道："不相干的话。我因为她忒小孩子气，不知道一点儿人情世故。说她一说，有甚么委屈的。"圆子复问梅子道："妈到底说了些甚么？"梅子道："妈定教我同回爱知县去。"圆子听了，也低着头叹气，一会儿撒豆子一般的滚了许多眼泪。梅子见了，更哽咽起来。圆子长叹了一声道："若是我的亲妹妹，我也可以做一半主。我此刻纵再爱妹妹些，妈不替我做主，有甚么法使？"说着，也抽咽的哭起来。梅子脱开圆子的手，一把抱住圆子哭道："姐姐不要哭，我死也不同妈回去，我在这里陪着姐姐。"圆子道："妹妹，你好糊涂！妈教你回去，由你做得主的吗？我们不用哭了，你同妈回去，妈许不许你来，还不可知。你我的姊妹缘分，只怕就要尽了。我们不赶着快乐快乐，以后有的是苦日子过。我住在东京散闷的地方多，还没甚要紧，只可怜妹妹独自跑到乡村里去，不要委屈死了吗？"几句话，说得梅子放声大哭起来。黄文汉从旁听了，鼻子也一阵阵的只酸。幸苏仲武到家没坐一刻，便走了，若是见了这情形，也不知要替梅子伤心到甚么地步。春子望着二人哭，半晌不开口。

黄文汉道："你们何必如此伤感？夫人不是说了，半月之内，一定再来东京的吗？只半个月仍得聚首，只管难分难舍的哭着怎的？"春子叹道："你们姊妹既有这般情分，不同回去也罢了，我并没别的心思。说起来也好笑，我不过因此次从日光旅行到东京来，衣服行李都没有多带。她既要进学堂，转眼冬季到了，衣服也得归家赶备几件。并且我没打算在东京多住，盘缠带得很少，她进学堂的学费、旅费，要到家中去拿。还有她父亲，虽也时常说要送女儿读书，然送到东京来，一年的用费不少，不先事和他商量，总觉有些不妥似的。既是她们姊妹感情好，不愿分舍，就是我一个人回去也使得。半月之内，我将事情办妥，再来东京一趟便了。"黄文汉笑道："说要先事归家商量，似乎也还要紧。只是夫人一个人回去，也是一样。梅子君即跟着回去，也不能发生甚么效力。至于衣服盘缠的话，更不成问题了。女学生的衣服只要整齐，并不图华美。美术学校的制服夫人是见过的，做一套两套，也费不了几个钱。学费更是有限的事。她们姊妹感情既这般融洽，夫人就给她旅费，她也必不肯到他处去住。在我家中住着，用得着甚么旅费？夫人所忧虑的事，在我看来，似都不必挂怀。夫人如定要客气，归府之后，由邮局付几十块钱来便了。夫人随时可来东京居住，也不必半月之内。"春子道："我只因为无端的在府上吵扰了一响，一切用度都是先生破钞，若再教梅子在府上寄宿，她小孩子不懂得事故罢了，我心中如何得安呢？"梅子、圆子此刻早止了啼哭，见春子如此说，圆子便道："妈放心就是。妹妹的用费，我愿将我历年的私蓄给她使。妈记得还我，我要；不记得还我，我也情愿。"黄文汉和春子都笑了。当下复议了会进学校的事。

次日，黄文汉即说去美术学校报名。又过了一日，春子独自归爱知县去了。同住了半个多月，感情又厚，自然都有些恋恋不舍，梅子更是流泪不止。春子去后，黄文汉即和苏仲武商量，将房子退了，另租了一所小房子，仍同圆子居住。梅子便和苏仲武比翼双栖起来，进学校的事，早丢到脑背后去了。每日更两个人游公园、逛闹市，有时黄文汉和圆子也来陪着玩耍。

过了几日，春子由爱知县寄了一百块钱来，邮局便转到黄文汉家里，黄文汉交给梅子。拆开信看，信上说了许多道谢、委托黄文汉的话。并说放寒假的时候，梅子的父亲必来东京，一则叩谢厚待梅子之意，一则接梅子归家度岁。信中并附了一张梅子父亲加藤勇的名片。黄文汉笑向苏仲武道："你丈人不久就要来了，看你如何会亲。"苏仲武道："我实不知要如何处置才好。你是个目无难事的人，事情还得请你替我结穴。"黄文汉笑道："且到那时再说。你们这样的朝朝暮暮，还不乐够了吗？此时写封信去，告诉她搬了家是正经。梅子君，你也得写信回去，说已在美术学校上课便了。"梅子点头答应。黄文汉就苏仲武家写了封信，并梅子的信，一同发了。数日春子又回了信。两方书问不断，不必细说。

流光如矢，苏仲武和梅子的清宵好梦，已做了四十多日。此时正是十月二十八日，一早起来，梳洗才毕，正和梅子将用早点，只见王甫察走了进来。苏仲武倒吓了一跳，连忙让坐，问用了早点不曾。王甫察并不就坐，望了梅子几眼，拉着苏仲武到外面问："房中坐的女子是甚么人？"苏仲武略说了几句。王甫察笑道："可贺，可贺，真可谓有志竟成。七月间在老陈家听你说这事，后来遇见你，不见你有甚么动静，只道是已经罢了。你眼力真不错，令我不能不佩服。"苏仲武谦逊了会，仍让王甫察进房中坐。王甫察道："我还有急事去，特来找你借一件物事。午后两点钟即送还你。"苏仲武道："你要甚么？只要我有的，拿去用就是。"王甫察道:"我近来和一个日本的财产家合资做生意,今日签字。我虽说和他合资,其实我并没多钱,不过暂时担任一句。他信得过我,我就一文不拿出来,分红仍是一样。只是今日去签字的时候,排场不能不阔绰些儿,免他疑心。我的衣服还可去得,但身边没一件表面上值钱的东西,终觉不好。想借你的钻石戒指光耀几点钟。午后二时,一定原璧奉赵。"苏仲武听说要借他的钻石戒指,心中本不愿意。只因为和王甫察的交情尚浅,面子上不能说不肯。又见只有几点钟,料想他不会骗了去,便脱了下来道:"拿去用用没要紧,不过这戒指是我父亲给我的,不可丢了。"王甫察点头接着,套在指上,匆匆作辞去了。苏仲武回房,自和梅用用早点不提。

再说王甫察无端来向苏仲武借戒指做甚么?我知道看官们的心理必以为胡女士欢喜苏仲武的这戒指,不得到手,特教王甫察来设计骗取的。其实不然,待我慢慢将王甫察的生活状况说出来,看官们自然知道。

王甫察本来是个浪子,从小儿就淘气万分。他父亲三回五次将他驱逐出来,都是由他哥子求情,收了回去。替他娶了亲,生了个女儿。他终不能在家中安分,他哥子便为他钻了一名公费,在前清光绪三十三年八月,到日本东京来留学。大凡当浪子的人,其聪明脑力,较普通一般人必为活泼。如肯悉心读书,长进也必容易。光绪三十二三年之间,留学生虽也贤愚不等,然各人还存着是到日本留学的心,不敢十分偷懒,怕大家笑话。所以王甫察虽是生来的浪子性格,也不能不按捺着性子,跟着大家每日上课。聪明人只要不缺课,便不自习,试验起来,也不一定落第。那时考高等比此刻容易,王甫察在宏文中学校敷衍毕了业,没几个月,便考取了浅草的高等工业学校。这高等工业是官立的学校,功课比较宏文自是百般的认真。

王甫察静极思动,那耐烦去理会功课?上了课回来,将书包一摞,便寻欢觅乐去了。到第二日早起,望望功课表,将昨日的书包打开,换过两本教科书,勉强又到学校里去坐几点钟。有时通宵作乐的玩倦了,次日打不起精神,便懒得去。如此日积月累,到期考试验的时候,想将这一期的功课搬出来练习练习,无奈课本也有弄掉了的,口授的抄本,因时常缺课,也没抄得完全,又不曾借着同学的抄本誊写。科学这东西是不教难会的,一本教科书中间,一连有几个疑问不得解决,便不能理会下去。到不能理会的地方,初时还肯用脑筋思索思索,及至思索几回无效,脑筋也昏了，神思也倦了。又见了这一大叠的课本，先自存了个害怕的心思，心想：横竖记了这样忘了那样，徒自吃苦，倒不如索性不理。到那时去碰机会，问题容易的，随便答它几个，答得出是运气，答不出也只得由它落第。谁知运气真坏，出的问题十九是答不出的。心中只得恨那些出题目的教员，专会赶人家痛脚打。其实他并没有不痛的脚。考了几场，都是如此，不待说发出榜来，是落了第。预科落第本很笑话，但王甫察因落了第，功课都得重新学过，有许多自恃以为理会得的，不必上课。上课的时间既少，和新班学生不甚见面，倒也不觉得笑话。那晓得官立学校的功课不是真理会得的，终不能侥幸。

王甫察虽零零星星的补习了一年，仍是不能及第，赌气懒得再学。恰好国内闹革命风潮，他乘机归国，充当志士。后来革命成功，他哥子当选为众议院的议员，顺便做了一次卖票的生意，提出五千块钱来，给王甫察去西洋留学。王甫察拿了这五千块钱，因为他会说日本话，跑到上海来，在虹口的丰阳馆居住，等待开往欧洲的船只。在丰阳馆住着无聊，手中有钱，少不得征歌买舞。那时上海也有三十来个日本艺妓，淫卖妇、酌妇还不计其数。他一时玩得痛快，稍不留神，便将出西洋的事忘记了。因循下来，两个多月，五千块钱花得不存一个，还欠了一百多元的馆账。正在无可奈何的时候，恰好江西经理员的缺出了。便托人钻了这条路数，由江西教育司付了一万元的留学费给他，教他带到东京颁发，他才得脱身到日本。这番历史，前回书中已略略的提过，现在是入他的正传，不能不重说一说。他当经理员时候的事实，已择其大者尤者，细细说过。于今且自九月十四那日，在中华第一楼遇了胡女士说起。

那日，王甫察和胡女士喝酒，都喝得有八分醉意，携手同出了中华第一楼，一边说话，信着步走。到东明馆门首，进去游行了一会，胡女士忍不住问道："你住的地方能去么？"王甫察心想：若说能去，去了馆主女儿必然疑心，生出醋意来，更难到手，还是说不能去的好。便故意踌躇道："有何去不得之理？不过我哥子还有许多新来的朋友，都住在那里。你我说话举动，很不便当。如你馆子里可去，同去你馆子里便了。"胡女士也踌躇道："我那里也是人多。我到家只要一点钟，便坐了一屋的，夜间尤觉挤拥。我初来的时候，我若房中有客，还可教下女回来宾说不在家。后来亡命的来多了，十七八是不懂日本话的。他们都不管三七二十一，只要知道是我的房间，不待通报的直撞了进来，下女也拦阻不住。于今下女见惯了，也懒得拦阻，任他们自来自去，教我也没有法子。待向他们发作几句罢，又都是些老朋友，有交情的，碍着面子说不出口，只得由他们去闹。我横竖一天在外面找朋友玩耍，不到十二点以后也不归家。今早我还花了几十块钱，打发一班人到长崎去了。我那里也不好去，要去须在十二点钟以后。此刻还不到五点钟，跑回去，恰好会到一班赶晚饭的客。我住在那地方，一个月的客饭总在一百个以上，你看可怕不可怕！"

王甫察道："我那里不便去，你那里也去不得，难道我们就闲走一会算了吗？"胡女士笑道："我可没有法设，就闲走一会也好。不过我此刻很想找个地方歇歇，因喝多了口酒，浑身有些软洋洋的，不得劲儿。"说话时，已走出了东明馆，向九段坂走去。王甫察道："此刻找地方歇歇都不容易，除非到靖国神社去坐坐。等到六点半钟，去看活动写真。"胡女士摇头道："活动写真我最是懒得看，晃得眼睛花花的，一点趣味也没有。我不去看。"王甫察道："去看戏好么？"胡女士更摇头道："不看，不看！我一句日本话也不懂得，花钱费精神去听牛叫，没得倒霉了。"王甫察道："然则把甚么事来消遣这几点钟哩？"胡女士瞅了王甫察一眼道："你定要设法消遣这几点钟做甚？"王甫察道："你不是说了，要十二点钟以后才得回去吗？我想同去你家中坐坐，所以想设法消遣这几点钟。"说时，已进了靖国神社。

胡女士正待要答话，只见前面两个警察拥着三个中国人，劈面走来。胡女士看那三个人，都穿着中国衣服，甚是齐整，年龄都在三十以内，面目各带了几分凶气，不像个留学生。一边走，一边用中国话骂道："狗入的小鬼！你们敢这般的欺辱我中国人，我中国人那一些亏负了你？甲午那一回，我们打了一个败仗，还赔了你们的钱。你们为甚么将掳来的军器都摆在这甚么游就馆里来，出我们的丑呢？亏你们不要脸，还天天讲中日亲善，分明设这个所在，故意的羞辱我们！我三个都是当军人的人，决不受你们的骗，恨不得一把火将这游就馆烧了！这打毁一点儿算得甚么？拿我们去，我们去就是，便是你们的天皇，我们也不怕。恼了老子们的性子，连皇宫都要捣毁你们的。"警察不懂得中国话，只笑嘻嘻的推着走。胡女士知道这又是三个亡命客，只不知游就馆是个甚么所在，问王甫察听清他们的话没有。王甫察笑道："怎么没听清？这倒是个很好的笑话。"胡女士道："游就馆是个甚么所在？"王甫察道："游就馆就在这里面，内中陈设许多战利品。这三位热心爱国志士必是在里面游览，见了那木板上题的字，忍气不过，将陈设的东西捣毁了，被警察拿着去问罪。"胡女士拍手笑道："打得好，打得好！不愧为中华民国的革命党。我倒想打听他们的姓名，替他们表扬表扬，使一般死气奄奄的中国人听了，也长一些儿精神。"王甫察道："你这话不错。我看不必打听，明日报纸上一定有的。"胡女士道："我们既到这里来了，何不也到游就馆去看看，看他们捣毁了些甚么？"正甫察道："使得。"

　　两个人走到游就馆门首，只见大门紧闭，惟有门外的几尊克鲁伯旧炮，还横七竖八的在那里丢中国人的脸。胡女士轻举金莲，踢了两下，不动分毫，忿忿的唾了两口，叹了一声，问王甫察道："你就定要等到十二点钟以后到我家去吗？"王甫察道："我随时可去。因你说须十二点钟以后，我才说等到十二点钟。"胡女士着急道："糊涂蛋，糊涂蛋！我今晚不家去了，看你怎样！"王甫察道："你不家去那去？"胡女士道："我随意到甚么旅馆去住一夜。"王甫察道："我甚么怎样，同去便了。"胡女士生嗔道："难道也要等到十二点钟以后？"王甫察笑道："那何必十二点钟以后？我们就去也使得。"胡女士哼了声道："却也来！我肚中差不多饥了，且吃些点心再去。"王甫察连忙道好。二人匆匆出了靖国神社，就近到源顺中国料理店，吃了些酒菜，径投一家旅馆里来。

　　不知后事如何，且俟下章再写。

第五十章

<h2 style="text-align:center">王甫察演说苦卖淫
曹亮吉错认好朋友</h2>

话说王甫察和胡女士到一家旅馆里面，拣了间房子，铺床睡觉。此时还只七点多钟，一对急色儿都不能久耐，睡了一觉。王甫察心中记挂着他馆子里的意中人，不想在外面久耽搁。胡女士也自有其心事，不能整夜的陪着王甫察。两个睡至十二点钟，仍旧起来，殷勤订了后约。王甫察给了旅馆账，出来分手，各自归家。

王甫察的哥子叫王无晦，此时正同着几个同来的朋友在大谷馆叉麻雀，馆主女儿也在一旁凑趣。王甫察见了这情形，心中早有几分不快。进房之后，馆主女儿并不起身招待，更怒不可遏，乘着几分宿醉，指桑骂槐的发作了几句。王无晦自觉有些对兄弟不住，刚好圈数也完了，便不接续打下去。但是麻雀虽没接续打下去，大家仍将馆主女儿调弄了一会，才各去安歇。自此王甫察便和王无晦及新来的几个亡命客有了意见，心中惟恐他们手中有钱，先得了便宜去。计算自己还有几百块钱，说不得要和他们拼着使。

王无晦初来的时候，看馆主女儿生得娇美可爱，本有染指之心，因见王甫察没有丝毫让步之意，便将这条心打消了。只有同来的一个江西省议员，名字叫作谢慕安。他年纪虽在三十以外，风情却和十几岁少年差不多，最是梳得一头好西洋发，穿得一身好西洋服，留得一嘴好凯撒须，他便以为容貌出众。他前清时在日本速成法政学校毕过业，也很研究过一会嫖学。因累次与王甫察谈嫖意见不合，三回五次受王甫察的鄙薄。他这次为亡命而来，生死早置之度外。明知王甫察在大谷馆的资格很老，自己不是对手，却因为不服王甫察的手腕真高似自己，偏要借着馆主女儿，显显自己的能为给王甫察看。王甫察也明知其意，两个人各显神通，昏天黑地的闹了半个月，都使了几百块钱，还毫无成绩。王甫察才恍然大悟，知道馆主是有意拿着女儿骗钱的，越花钱的越不得到手。心中悔恨几百块钱使得冤枉，便改变方针，终日在外面嫖艺妓。和这艺妓睡一夜，此日必将这艺妓带到大谷馆来，百般的款待。送艺妓出门的时候，必向艺妓说道："我今晚几点钟，在那一家待合室叫你，你得快些来，不要教我久等。"艺妓自然是殷勤答应。这般做了两三次，也不和馆主女儿说话。馆主人果然慌了，教她女儿暗地和王甫察说，借着看戏，到旅馆里去私会。王甫察点头得意，心想：你也有上我手的日子！只要与我有了关系，便不怕你飞上天去。当晚王甫察和馆主女儿便在神田一家旅馆内生了关系。

大凡男女一有了关系，举动自较常人不同，稍肯留心的人，没个看不出的。谢慕安费尽心力，虽没得甚么好处，但见王甫察也和自己一样，白使钱，白巴结，心中却也高兴。开锁放猢狲，大家弄不成。自王甫察与馆主女儿生了关系之后，见馆主女儿和王甫察如胶似漆，寸步不离。这种情形，自己全不曾经过，知道是自己失败了，羞忿的了不得。恰好王无晦接了神户来的一封信，又来了几个同志在神户居住，教王无晦去神户会面。谢慕安便借这机会，同离了这恋爱战争场。王甫察既将谢慕安气走，心中无限欢欣，尽情与馆主女儿作乐。只恨手中的钱有限，早用了个干净。不得已，将金表、金表链当着使用。

一日，接了梅太郎一封信，责问他为何几日不去。不料这信被馆主女儿见了，登时醋意横生，将信撕得粉碎，婊子长、婊子短的咒了一会，咒得王甫察鼻孔里冒出火来，也不答话，换了衣服就走。馆主女儿拖住，问往那里去。王甫察冷笑道："你还没有干涉我行动的资格，放手罢！"馆主女儿那里肯放。王甫察知她决不肯放走，便坐下来笑道："你咒他，我便偏要到他那里去！你又不知他是个甚么样的人，怎便糊里糊涂的咒起他来！"馆主女儿道："照这信上的口气，她不是个婊子吗？"王甫察大笑道："怪道你婊子长、婊子短的乱骂，原来你不特将他的人格认错了，连男女你都没分出来。你试再将撕碎了的信斗起来，看看信上的名字是叫甚么？"馆主女儿听了，心中果有些疑惑，立刻将撕碎了的信拾起来，就桌上慢慢的斗拢一看，道："这口气不是婊子是甚么？"王甫察道："你不用忙，看了他的名字再说。"馆主女儿看了"梅太郎"三字，心想：从没听说有女子叫太郎的，便问道："既是个男人，为何自己称妾？信中又都是些想念你的话哩？并且这字迹，也完全不像男子写的。"王甫察笑道："你们女孩儿有多大的见识？我们男子中，朋友要好，写信都故意是这般开玩笑，使这人的妻子吃醋，禁住这人不许出去。他们打听着了，好大家开胃。字迹也故意写就这个样子，任你如何聪明，也要被他们骗了。"馆主女儿信以为实，笑道："到底还做得不完全，何不连名字都用女的呢？"王甫察笑道："你说做得不完全，我说才真做得周到。若全不留些后路给这人走，倘这人的妻子醋劲大，不因一封开玩笑的信，弄出乱子来吗？"馆主女儿嗤了一声道："原来是你一班不长进的朋友干的。"说着将信揉作一团，往房角上一撂。王甫察笑道："你明白了，可许我出去么？"馆主女儿点头道："你去了快回呢。"王甫察一边起身，一边答应。出了大谷馆，直奔涩谷来。

此时正是午后五点钟，王甫察进了一家待合室。这待合室是王甫察常来叫艺妓的，很有点资格。老鸨欢迎上楼，王甫察即教她将梅太郎叫来，点了些酒菜。不一刻梅太郎来了，二人感情浓厚，小别甚似长离，都说不尽几日相思之苦。梅太郎照例抱着三弦要唱，王甫察连忙止住道："你我的交情，何必定要经过这番手续？你虽是当艺妓，我心中总把你做千金小姐看待，从不敢有丝毫轻视之心。你忍心将我做嫖客看待吗？"梅太郎连忙将三弦放下，叩了个头道："你待我的情分，到死我也不会忘记。但是我命薄，做了公共人的娱乐品，无论何时，不敢自忘其身分，与人以不愉快之感。若人人能像你这样的心待艺妓，做艺妓倒是幸事了。世人都说艺妓、女郎是没有情的，这话全然错了。女郎我虽不曾当过，据我的理想，女郎的爱情，必较我们艺妓更真切。因为她处的境遇比我们艺妓更苦。想得个知痛痒的人的心思，必然比我们更切。一生不遇着知己罢了，一遇了知己，岂肯失之交臂？"

王甫察点头叹息道："说得不错。记得有一次，我同了两个朋友到横滨去接一个新来的朋友。因当日船不曾入港，我们闲着无聊，大家商议到六番去嫖一夜女郎。我挑的一个，名叫月子，容貌很有几分可取，年纪在二十左右。见了我们，那种欢迎的情形，谁也形容不出。我想：她们价钱又取得公道，人物也还去得，房屋不待说是整齐洁净的，那怕没人去嫖，何必对我们表示这无上欢迎之意呢？后来我和月子细谈起来，才知道欢迎我们的原故。原来六番不接本国人的，专接外国人。这接处国人的苦处，就不堪言了。你说外国中等以上的人在横滨侨住的，有几个没有家室？便没有家室，横滨有多少的艺妓，怕不够他取乐，有谁肯跑到这个所在来？来的都是些中等以下的工役及外国轮船停泊新到的水手、火夫之类，以外就是中国料理店的厨子，及各种店铺里做杂役的中国人。我所说以上各种人中间，有那一种是好的？月子说：'中国的厨子及杂役人等，虽龌龊得不可近，然尚是黄色人种，面目没得十分可憎的。并且来的人，十九能说几句日本话，举动虽然粗恶，不过是个下等人的样子罢了。惟有西洋人，身上并看不出甚么脏来，不知怎的，一种天然的膻气，触着鼻子就叫人恶心。这种膻气没个西洋人没有。还有那通身的汗毛，一根根都是极粗极壮，又欢喜教人脱得赤条条的睡，刺得人一身生痛的。那一双五齿钉耙的手最是好在人浑身乱摸。他摸一下，便教人打一个寒噤。有些下作不堪的，还欢喜举着那刺猬一般脸，上上下下嗅个不了，那才真是苦得比受甚么刑罚还更厉害。更有一层，这西洋人不欢喜吃酒还罢了，若是欢喜吃酒的，那种醉态及酒腥味，没睡的时候已教人难受，一上了床，更是暴乱的了不得，他那顾人家的死活。偏生西洋人百个之中，就有九十九个欢喜吃酒。有时已经吃得烂醉如泥的撞进来，大呼见客。我们见了，都推推挤挤的，没个肯向前。西洋人胡乱看上了谁，便是谁去受这晚的罪。那容易得你们东京留学生来这里住一夜。一年之间，每人难遇一两次，安得不极力的欢迎？'"

梅太郎听了，吐舌摇头道："这种苦处，我做梦也想不到。唉，同一样的皮肉生涯，自己也会分出这些等第，真是伤心！我这样的生活，便自觉得以为太苦。即如这几日不曾见你的面，我心中不知怎么，好像掉了甚么似的，整日的不舒服。任是姊妹们和我调笑，我说话都没有层次。要说我是想你，我心中又不信便想你到这样。现在见了面，也不觉得怎样。可见我是个绝不能受委屈的。若是将我放在那样的女郎屋里，只怕早已委屈死了。"王甫察道："那是自然。你这样娇贵的身体，莫说身历其境，便是看了，也要伤心死。"梅太郎长叹一声道："也只你才知道我的身体不好，每次见面，必存个怜惜我的心思，在他人那个肯替我想想？我初见客的时候，很觉得伤心，背地里也不知哭过了多少。后来知道皆因自己命苦，既无端的做了这公共的娱乐品，自己且不必怜惜自己，何必还望人家怜惜？并且人家就肯怜惜我，也不过是各人的心地罢了，于我到底有甚么好处？

就是这人肯为我倾家荡产，也不过说起来他为我受了苦，他自己也以为是为我受了苦。其实他受苦是真的，我享受是丝毫也不比旁人享受。"王甫察道："你这话怎么讲？难道人家肯为你倾家荡产，你却不得有些毫享受吗？照你这样说起来，人家倒不在你跟前用情好了。"梅太郎道："不是这般说法。人家在我跟前用情，我何尝不享受？不过我总以为人家的情用错了。若真对我用情，肯为我倾家荡产，何不将我的身子赎出来？但是这话也只是心中这般想，口中这般说说罢了。有那个肯在我跟前用情，为我倾家荡产？就是有，也得我愿意嫁，才能替我赎。所以我说丝毫不比旁人享受。"

王甫察道："我冒昧问你句话，你不要动气。倘若有人想替你赎身，须多少身价？"梅太郎笑道："这有甚么动气？莫说是你问，就是不相干的人问我，我都欢喜。我此刻不要多少身价，因为声名没有做开，一千块钱也差不多够了。"王甫察点头道："我有句话存在心里，久已想对你说，因为时机没有到，恐说了出来不行，反自觉得难为情。此刻既听你说了这番话，我心中似乎有了几成把握。"梅太郎笑道："你有话，快说出来罢，有甚么难为情的？"王甫察道："我久有意替你赎身，因不知你愿意不愿意。这是你我终身大事，不可儿戏的，所以一向不曾开口。我今年虽则二十七岁，因为十九岁即出来奔走革命，性命都置之度外，那有工夫议及亲事？及革命成了功，我又因选择得严，不容易得个相当的人物。拖延下来，至今尚没有娶得妻室。几月前，我见你面的时候，便存了这个心，时常自己揣度，不知何日才有对你申明这心思的资格。今日资格虽还没有到，却难得趁这机会，将我的心事说出来，不知你的意思何如？"

梅太郎光着一双眼睛，望着王甫察说完了，低头半响，忽然流出泪来。王甫察连忙握住她的手问道："为何忽然又伤起心来？你有心事只顾说就是。只要我力量做得到的，无不竭力去做，无端伤感怎的？"梅太郎用手帕拭了啼痕道："我也是好人家的女儿，怎肯甘心久干这种生涯？你肯可怜我，将我提拔出来，我还说甚么愿意不愿意？不过我的身分，在三年前，任做谁的妻我都不抱愧。三年以来，逢人卖笑，自觉得已无身分可言了。你是个有身分的人，虽承你爱我，肯将我赎出来做妻室，我却自愧身分相差太远。若能取我做妾，我于心倒很以为安。你贵国人嫁娶素早，难得你二十七岁尚未娶妻，巴巴的挑选了我这个没身分的人，没得惹人家笑话。若是做妾，身分是不关紧要的。"王甫察正色道："你这话说错了。我从来讲破除社会阶级主义，说甚么身分！若认真在人格上论贵贱，我说艺妓的身分，比王侯家千金小姐还要高些。艺妓虽然今日迎这个，明日送那个，然迎送的都是中等社会以上的人。没得像王侯家千金小姐，一时欲火上来，偷好人不着，就是车夫小子，也随便拿着应急，那才真是下贱呢。至于说怕惹人家笑话，那更错了。我们做事，只要自己认为不错，无识无知的人笑话，理他怎的？并且我将你带回中国去，你头上又没写着艺妓的字样，谁便知道你是艺妓？纳妾的事，我平生最是反对，时常骂人不讲人道主义，岂肯自己也做出这种事来！"

梅太郎听了，又感激得流涕，叩头说道："你既这般待我，我死心塌地的伏侍你一生就是。"王甫察点头道："一千块钱虽有限，不过我此刻手中尚没有这多，须写信教家中汇来，往返不过一月，便能到手，你耐心等着便了。"梅太郎此时心中欢喜得不可名状，陪王甫察睡了一夜。次日，死也不许王甫察走。王甫察带她同去看了一回博览会，回头又在这家待合室歇了。第二日，王甫察说道："恐怕有朋友因事来找我，今日万不能不回去。并且寄家去的信，也得回去写。"梅太郎道："你今晚答应来，我便许你回去。不是我争此一晚，因为你不叫我，怕又有别人来叫，我不能不去。去了白受人糟蹋，何苦呢？我不是你的妻子没要紧，横竖是个公共娱乐品，我自己也不必爱惜自己。此身既有所属，再去受人糟蹋，真不值得。你可怜我，不教我再受委屈罢！"王甫察踌躇了一会道："我今晚一定来便了。"

王甫察别了梅太郎归家，馆主女儿见了，扭住问道："你两夜不回来，那里去了？分明是那个烂婊子写信给你，教你去，你却捏出那一派鬼话来哄我。你于今一连在外面歇了两夜，害得我两夜连眼皮都不曾合。你不是到烂婊子那里去了，是到那里去了？你快说！"王甫察故意惊诧道："你胡说些甚么！我前日出去，恰好我一个同乡的死了。我帮着料理丧事，忙了两日两夜，今早才装殓清楚。同乡会公推我今日下午将灵柩运往横滨中国会馆停寄，我推辞不脱，只得答应下来。不是记挂着你，此刻连回家都没有工夫了。你真是胡说，我做梦也没梦见甚么婊子。"馆主女儿拿定王甫察是嫖去了，一腔忿气的，要扭着王甫察大闹一会。不料王甫察说出这番话来，又找不出嫖的证据，闹不起劲来，便渐渐的放松了手。王甫察搂住温存了一会，也就罢了。

谁知世事皆若前定。王甫察本是信口开河的，捏出死了同乡的话来哄骗馆主女儿，脑筋中却丝毫也没这个影子。煞是作怪，倒像有鬼神预为之兆似的，眼前就有这样的一桩事发生，和王甫察所捏造的话，一般无二。看官们不必诧异，非是我小子脑筋腐败，世界上实在有这些不可思议的巧事。待小子说了出来，看官们自然相信。

闲话少说。当下王甫察极力温存了馆主女儿一会，仗着驯狮调象的手腕，登时浪静风平。恰又是午餐时候，一对野鸳鸯共桌而食。馆主女儿说道："于今是十月半间了，天气渐渐寒冷起来，我去年做的衣服，都旧得毁了颜色，穿出去全不光彩。我想去买的裁料来，做两件新的。你欢喜甚么裁料，甚么色气，照你的意思，替我买来好么？"王甫察道："我此刻手中存钱不多，前日当表换表链，得了一百二十多块钱，都为装殓同乡的垫着用了。再过几天，等各处赙仪来了的时候，同你出去买。你穿衣服，自然要你心中欢喜，我看了何能为凭？"

二人正说着话，只见一个十七八岁的少年推门进来，身上穿着成城学校的制服，进门脱帽与王甫察行礼。王甫察连忙放下碗筷，随手递了个蒲团，问道："吃了饭没有？今日不是礼拜，怎的也出来了？"来人就坐道："饭已吃了，因为我叔叔肺病发恶，到日本来就医，昨夜抵东京的，暂住在三崎町的田中旅馆。我今早得了信，请假到田中旅馆看他。他教我来请先生去。"王甫察惊道："你叔叔的肺病又发了吗？治肺病只有杏云堂医院还有点研究，等我同去看看，便知道到第几期了。你坐坐，我吃了饭就同去。你兄弟没出来么？"来人道："叔叔跟前没人，他在那里照顾。"王甫察点头，匆匆吃完了午膳，即同来人出了大谷馆。馆主女儿只道王甫察真是要运灵柩往横滨，不好意思阻挡，望着王甫察去了，自收拾杯盘食具，不提。

却说患肺病的这人，姓曹，名亮吉，和王甫察同乡共井。小时曾同村学读书，今年三十岁。家中虽不大富，日月却很过得。他哥子曹先生早死了，留下两个孤儿，大的今年十八岁，叫曹耀乾，小的今年十六岁，叫曹耀坤，都聪明诚实。曹亮吉自费送他二人到日本成城学校肄业。自己因身体太弱，不能用心，就在家中经理家计。今年肺病忽比往年发得厉害，中国医生诊了无效，就有人劝他到日本来医治。他便带了六七百块钱到日本来，在田中旅馆居住。他没到过日本，难得王甫察是个同乡，又是老同学，故急急的将王甫察找来。见了面，真是他乡遇故知，自然是非常亲热。王甫察见了曹亮吉那种枯瘠样子，心中早有些害怕，不暇多谈款曲，即叫了两乘人力车，同坐着到骏河台杏云堂医院来。曹耀乾兄弟仍归成城学校。

二人到了医院，王甫察办了特别交涉，请佐佐木院长诊视。院长知道是特从中国来求诊的，自是特别的看承。诊察了一会，问曹亮吉懂日本话不懂，王甫察说不懂。院长便问王甫察道："贵友的病症已到极危险的时候，恐怕难治。于今我且用最后的治法，治几日看是怎样，但非住院不可。"王甫察听了，心中甚是焦虑。不敢译给曹亮吉听，只说医生说不妨事。院长招呼开了一间特等医室，挑了两个上等的看护妇，伏侍曹亮吉睡了。曹亮吉向王甫察道："我此次到日本来诊病，一切都全仗老弟照应。望老弟念同乡同学之情，牺牲一两个月功课，朝夕伴着我。耀乾兄弟终是小孩子，凡事靠不着的。我又不懂话，只望着人家和聋子哑子一样，说不出病症来，医生也不好着手。我行李在田中旅馆，托老弟替我去取来。箱子里有五百块钱正金银行的汇票，还有百多块钱的日本钞票，都请老弟收着。应如何使用，老弟是知道，也不必对我说，尽着使用便了。我此刻如入了茫茫大海的帆船，老弟便是我的舵师了。"说着，扑簌簌的流下泪来。

不知后事如何，且俟下章再写。

第五十一章

欺死友大发横财
媚娼妇捐充冤桶

话说曹亮吉说到伤心之处，不觉流下泪来。王甫察正待用语言安慰他，医生已进房看视。见了曹亮吉脸上的泪痕，连忙向王甫察道："不可与他多说话，引他悲苦。"王甫察便教曹亮吉安睡，自己退了出来，到田中旅馆取了行李，仍回杏云堂，已是上灯时分了。心中记挂着梅太郎，不能失约，恰好手中的钱已完了，便开了曹亮吉的箱子，将一百几十块钱日钞并五百块钱的汇票拿出来，都揣在身上。和曹亮吉说了去看个朋友，又招呼了看护妇用心伏侍，出了杏云堂，乘电车，刹时间便到了涩谷，就在昨日的待合室内，将梅太郎叫来。

二人见面，说不尽无限欢娱。王甫察拿了五百元的汇票，给梅太郎看道："我手中所存的，不过五六百元。方才我已写信家去，教家中再汇一千元来，大约来月初间即能寄到。预计你我两人，尽在年内，都能称心如愿的过快活日月。"梅太郎接着汇票，看了又看，喜笑道："但愿钱早到一日，我即早离一日苦海！"当下二人又计议了一会赎身的手续，及赎身后行结婚式的礼节，结婚后到甚么所在去蜜月旅行，将来如何过度，都在计议之中。得意事言之忘倦，直谈到两点多钟才睡。

次日醒来，不觉已过十点钟。王甫察吃了一惊，连忙起来，揩了把脸，早点也来不及用就走。梅太郎尚睡在被中，伸出头来问道："你怎的这般急？"王甫察道："我约朋友十点钟有紧要事去，此刻已过了时间，不能再耽搁了。"梅太郎道："今晚来么？"王甫察道："能来就来。若今晚不能来，明晚一定来便了。"说着匆匆出了待合室，径到杏云堂。入得病室，只见曹耀乾兄弟都立在曹亮吉床边，和曹亮吉说话。王甫察心中不禁也有些惭愧。曹亮吉见了王甫察，问道："你昨晚那去了？我一个人睡在这里，真是凄楚。他们的话我又不懂得，直到今早四点钟，才矇眬睡了一觉，梦境又非常不好。"王甫察道："你安心静养便了。有病的人，又在外国，心境自然是觉着凄楚的。你是聪明人，甚么梦境不好，理它怎的？我在这里过夜，本没甚么不可。不过横竖不能引着你说话，替你解闷。医院里的手续都弄妥了，每日按定时间诊察，有看护妇调药灌药，都用不着我当翻译。我住在这里，徒然多花钱，没有益处。"曹亮吉道："虽然不能和我多说话，有一个亲人在跟前，我心中到底安顿些。昨夜医生诊脉，用笔和我说了多少话。他说的病症名目，我从没听人说过，也回答不出。我想医生诊病，望、闻、问、切，四者缺一不可。他问我的话，我既回答不出，他没法，必用药来试病。我这种病证还能错用一服药吗？因此昨夜配来的药，我抵死也不肯吃，想等你回来，问清楚了再服，等了你一晚不回来，直到刚才耀乾兄弟来了，医生对他们说，教我只管服，我才服了。我到日本来诊病，原不怕多花钱，还是请你住在这里罢。你就不和我说话，在我跟前坐坐也是好的。"曹耀乾兄弟又帮着要求王甫察在医院里住。王甫察无奈，只得答应同住。即在病室隔壁，定了个房间。这晚便按捺住心思，在杏云堂住了一夜。

　　次早，到洗面的所在去洗面，见一个十五六岁的小看护妇，手中拿着药瓶，迎面走了过来。王甫察见她杏脸桃腮，穿着雪白的看护妇服，越显得粉妆玉琢，不禁心中一动，忽然起了个染指的念头。望着她去远了，才去洗面，心中便计算如何的去勾引她。计算了一会，自己点头道："有了。"洗了面，仍立在刚才遇看护妇的地方。等不到十分钟，果见那看护妇提着一瓶药来了。王甫察越看越爱，便迎上去笑道："我有句话，想问姐姐（日本女子普通称呼），姐姐不怕耽搁时间么？"那看护妇也点头笑道："先生有话，只管问我就是。"王甫察偏着头，想了一想道："可笑我这个没记忆力的人，一见了姐姐的面，把想问的话又忘记了。且问姐姐叫甚么名字？"看护妇忍俊不禁的道："像先生这样没记忆力的人，真也可笑。快想想要问的话，看可想得起来？我叫久保田荣子。"王甫察连连点头道："是了，是了，我想起来了。荣子君，我想问你，是不是派定了房间的？"荣子摇头道："没派一定的房间。"王甫察道："好极了，我房中两个看护妇，有一个做事太粗率，正要和医生说换一个。因怕拣不出好的来，想到看护妇会去请。难得你没派定房间，等一歇我就对医生说，将你拨过来好么？"荣子望着王甫察道："先生害了甚么病，要请两个看护妇？言语举动不是好生生的一个人吗？"王甫察笑道："我害的是相思病，你不要笑话。"荣子道："先生害花柳病吗？"王甫察诧异道："你怎说我害花柳病？"荣子笑道："我以为先生不便说害花柳病，故意绕着弯说是相思病。"王甫察摇头笑道："不是，我实在不害病。因我有个朋友害病，我住在这里照应他。"荣子道："不是特从中国来诊肺病的那人吗？"王甫察道："你怎么知道？"荣子道："听我的朋友说，那人的肺病甚是厉害，只怕不能久活了。"王甫察道："你朋友是谁？她怎么知道的？"荣子道："就是伏侍那人的看护妇，叫河田仲子，她说给我听的。先生就是要更换她么？"王甫察道："两个人那个是河田仲子，我还不知道。你将她容貌说出来，我就知道了。"荣子道："高高的鼻子，大大的眼睛，胖胖的身材，镶了两粒金牙齿的，便是她。"王甫察道："我要换的不是她，是那个又高又瘦的，我也不知道她的名字。"荣子道："她做事怎么粗率？"王甫察正待捏故来说，只见一个人从对面房门里探出头来唤荣子。荣子不及听王甫察回话，匆匆提着药走了。

王甫察回房，见那镶金牙齿的看护妇正拿着体温器，纳在曹亮吉胁下。从床头拿起体温表，看了一看，回头向王甫察道："昨夜十二点钟，体温四十度，此刻退到三十九度了。"说时皱着眉，只管摇头。王甫察走近床，看曹亮吉张着口，闭着眼睡了，笑问看护妇道："你不是姓河田叫仲子吗？"河田仲子点头道："先生怎知道我的姓名？"王甫察道："久保田荣子向我说，你是她的朋友，我因此知道。"仲子道："你和她也是朋友吗？"王甫察点头道："病人说不欢喜那又高又瘦的看护妇，教我换一个，你去对医生说，就换荣子进来。"仲子不知就理，便向医生说了，登时换了荣子进来。

王甫察的温存性格，最能得女子的欢心，终日寸步不离的，更容易到手，第二日便和荣子有了关系。留学生进医院，嫖看护妇是极普通事。医生不特不禁止，并希望留学生与看护妇有割不断的爱情，好在医院里久住。在前清时，官费生进医院，只要有诊断书，由医生开了账，去公使馆领医药费，分文也不短少。后来因有许多官费生懒得上课，随意说出几样病和医院里打商量，教他写诊断书，报告公使馆，在医院中一住几月。饮食男女是跟着走的，既非真病，在医院里不能不吃饭，便不能不睡女人。

睡女人，则看护妇不待说是取之左右逢其源了。若是青山医院，还专一挑选些年轻貌美的看护妇放在里面，以便留学生奸宿。这种事情一传播出去，孔夫子说得好："吾未见好德如好色者也。"官费生不病的都病了，纷纷的投青山医院来。这年的医药费，陡增数倍。政府担负不起，便将医药费一项裁了，假病风潮才息。

不肖生写到这里，想起桩事来，写给看官们见了，也可见我国民道德之高。当青山医院留学生生病极盛时代，有一个姓冯的官费生，在第一高等学校肄业。一时因手中没钱使，异想天开的跑到青山医院，和那院长打秘密商量，假造了一纸诊断书，并二百多块钱的医药账，在公使馆骗了钱，和院长平分。当时姓冯的同乡知道这事，都不答应，要揭发出来。姓冯的百方要求，始得没事。留学生而不知廉耻道德，固是可怪。堂堂一个大医院的院长，竟为百多块钱干出这等营生，真要算是骇人听闻之事了。

闲话少说。再说王甫察和荣子既有了关系，便安身住。欺曹亮吉不懂日本话，在病室中无所不谈。夜间则在隔壁房间里，交颈叠股的睡，心中倒也快乐。曹亮吉在医院中住了五日，病势不独丝毫未退，更一日加重一日。佐佐木院长也甚为着急，对王甫察说："曹君的病，早已没有希望，只怕就在二三日内，有些难保。赶快退院去预备后事罢！"王甫察心中贪恋着荣子，惟恐退了院，不得与荣子亲近。虽听院长这般说，心中却以为未必就死。便是就要死，退院出来，抬到甚么地方去？装殓死尸本是个讨厌的事，在医院中有看护妇帮忙，地方也宽敞点儿，还不甚要紧。若在旅馆里，如何使得？心中这般一想，便不听院长之言，仍旧与荣子朝夕取乐。曹耀乾兄弟隔日来院看一次。王甫察怕曹亮吉对耀乾兄弟说有几百块钱在他手中的话，便对耀乾兄弟说："曹亮吉近来厌烦，最怕听人脚步声，说话的声音更是不能听。你们来，只在我房中坐着，我告诉你们他的病状便了。"耀乾兄弟那有这些鬼蜮见识？信以为真，每次只在王甫察房中坐坐便走了。王甫察也不对他们说要死的话。

院长对王甫察说过退院的话的第三日早晨七点钟，耀乾兄弟来了，径走到王甫察房里。此时王甫察正和荣子在被中调笑，差不多要打算起来，见耀乾兄弟在外叩门，王甫察觉得讨厌，在被中喊道："你们回去罢，你叔叔的病，昨夜好了许多，刚才和我说话很清楚。我昨夜因陪伴他，睡迟了，此刻懒得起床。再不养息养息，我也要病了。"耀乾兄弟听得，以为他叔叔的病真好了些，便不叩门，高高兴兴的回去了。

王甫察和荣子又调笑了一会，慢条斯理的爬起来。走到曹亮吉房中轻轻喊了两声，不见答应，近床前一看，才吓了一跳，不知在甚么时候早去了世。用手去摸，已是冰冷铁硬，不可救药了。王甫察急得躲脚道："早知他要死，我也不将那仲子遣发走了。"原来几日前，仲子有些不服荣子独霸住王甫察的意思，借事和荣子闹了几回，王甫察便将仲子开发了。这也是曹亮吉命里没人送终，才得王甫察有此失着。王甫察既发见了曹亮吉已死的现象，只得放出悲声，叫医生来看视。王甫察说是刚才断气的。医生验曹亮吉的体温，断定在昨夜十二时前去世。诘问王甫察并荣子如何不报，院长也来向王甫察责备了几句。王甫察只得俯首认罪，当即打个电话到成城学校，教曹耀乾兄弟快来。

耀乾兄弟回学校还没一分钟，接了电话，连忙赶来，抱着曹亮吉的尸痛哭不已。王甫察摇手止住他们的哭声道："你们久哭也无益，大家计议后事罢。你们可将你叔叔的行李打开，看有多少钱，拿出来尽着使用，不够再向同乡的去筹借。我因要避嫌疑，你叔叔虽病在垂危，我并没经理他的财政，也不知他带了多少钱来。只听得他说这次带来的钱不多，我也没问他实带了多少。你们且去打开行李看看，我替你们出力可以。银钱的事，我是决不经手的。"

耀乾兄弟揩着泪眼，将衣箱打开一看，见有几张钞票摆在上面。拿起一数，整整的六十元，以外一文也没有了。耀乾兄弟虽不知曹亮吉果带多少钱来，然特意来日本诊病，家中又是富有，决没有仅带几十元来之理。箱底箱角及被包里面，都搜索了一会，实在没有分文。以为有汇票在曹亮吉身上，探手将曹亮吉的衣服揭开，通身摸索了一会，只摸出个日记本子来；沿途用度细账，分文不移的都写在上面。十月初五日的下面写着："午前十点钟，往黄浦滩正金银行，汇日钞五百元。"耀乾兄弟即拿给王甫察看。王甫察看了，皱着眉道："这事情就离奇了，既是汇了五百元，那汇票应是随身带着。他行李又不多，到底收藏在那里，怎的会搜不着？你们倒要用心查查。只有我在这里伏侍你叔叔的病，瓜田李下，不能不避嫌疑。"说时躲脚叹气道，我早不肯住在这里的，你们叔叔偏要死拉着我同他做伴。那日他说的话，你们也在一旁听得的。我那时若定不肯来伴他，人家必议论我无情。于今我的情义也尽了，可笑你叔叔，活的时候一句也不提到钱的话，好像就怕我沾染他似的。其实他看错了人，难道我手中的钱还不够使，要来沾染他这种鄙吝人的？我看他乡里人样，有两个钱东塞西藏，生怕有人看见了打他的主意。那五百元的汇票，也不知他塞在甚么地方去了，只是我也懒得管他。我念同乡同学之情，陪伴他受了这一晌的苦，尽算对得住他了。后事你们去找同乡好事的来办罢，我一个人犯不着都揽在身上。我现放着许多事干不了，又不是闲着没事的人。"说着气忿忿的，走到隔壁房间去了。

曹耀乾跟过去哭道："我叔叔的后事，不劳先生出来料理，教我们兄弟到甚么地方去请谁来料理？我叔叔不和先生谈钱的话，是我叔叔糊涂。先生只可怜我叔叔死在外国，没个人照料，我们兄弟又不懂得世故，眼见得我叔叔的尸骨不得还家乡。"王甫察只当没听见，穿好了衣服，提起脚往外走了。曹耀乾伤心到极处，昏厥过去。好一会才醒来，教曹耀坤伴着尸首，自己出外哭求同乡。幸得几个稍有天良的人出来，凑钱买了棺木，将曹亮吉草草装殓，运往横滨中国会馆寄顿，后来由耀乾兄弟搬回中国安葬。明知道五百块钱的汇票是王甫察吞没了，只因没有确实证据，耀乾兄弟也懒得追究。王甫察便实实在在的享受了。

只是这种冤枉钱，到得王甫察手里，经得甚么用？曹亮吉未死之时，这款子他早已领得，买东买西，报效荣子去了二百有零，手中所剩不过四百块钱。这早发见曹亮吉已死，便暗地塞了六十块钱在曹亮吉衣箱内。拿了三百多块钱走出杏云堂，心中计算这钱当如何使法。走神田一家钟表店门首经过，停住脚在玻璃外面向里一望，只见一个猫儿眼的戒指在盒子里光彩夺目。寻思道：这戒指倒好，何不买去送给梅太郎，说是和她订婚之物，使她格外高兴？想罢，即跨进店门，招呼店伙将那戒指拿出来，不禁暗暗喝彩，果是个宝光最足的猫儿眼。看那纸牌上的价格，是一百八十元，心中觉得太贵。转念一想：我这钱横竖来得容易，便贵一点儿也没要紧。见上面有不减价的字样，更懒得争多论少，即从怀中拿出一捆十元一张的钞票来，数了一十八张给店伙。取了收条，兴致勃勃的想径往涩谷。因时候太早，还不到十一点钟，只得仍取道回大谷馆。忽然想起：馆主女儿对我情分也不薄，安可不买点儿东西给她？前几日她要我替她买衣料，我那时虽是假意与她敷衍，只是已答应下来了，犯不着惜这几个钱，失妇人女子的信。且回去教她同出来买罢。一面想着，归到家中。

坐定了好一回，馆主女儿才来，现出一种憔悴可怜的样子，望着王甫察道："你怎的也记得回来？我只道你已借着运灵柩归国去了。这多日子，连信也不给我一个。像这样子，倒不如死了的干净。"王甫察连忙接着温存道："不写信给你是我的罪过，只是不是有意的，你得替我原谅。这几日，实在丝毫都没有空。今日不是我扯谎，他们还不放我回呢。我在那里那一刻不念及你？因为你前回说要做冬服，此刻天气渐渐的冷了，你的衣服再不能缓。我不得不暂向朋友处借点钱替你做，等家中汇款到了，再还人家。"馆主女儿听说替她做衣服，登时现出笑容道："衣服倒没要紧，我几日不见你的面，心中就像失了一件东西搜寻不着似的，一刻也难过。只要你回了就好，做衣服是小事。你一个人坐坐，我去弄样菜给你吃。"王甫察道："好，你快去弄菜，我们吃了，好同去买物。"

馆主女儿起身去了，不一刻和下女搬进饭菜来。盘中一尾很大的鲷鱼，在日本就算是顶贵重的菜了。馆主女儿笑问道："你喝酒么？"王甫察点头道："喝些儿也使得。"馆主女儿即教下女烫酒来。二人传杯递盏，真是酒落欢肠，只喝得馆主女儿桃腮呈艳彩，杏眼转情波。王甫察也有了几分醉意。下女收拾杯盘，王甫察教馆主女儿去梳头洗脸换衣服，须臾装饰已毕。馆主女儿人材本不恶劣，又加上几分醉态，装扮起来，若没得那一些儿小家淫冶气象，倒是一个好女子。王甫察"左挹浮邱袖，右拍洪崖肩"[1]，心中得意非常。二人携手并肩，笑语而出，到三越吴服店，拣馆主女儿心爱的裁料及首饰腰带，买了八九十块钱。王甫察写了大谷馆的番地给店伙，教派人将买的物件送回去，自己带着馆主女儿，到日比谷公园散步。

也是王甫察合当退财，偏在公园中遇了同他哥子亡命的三个朋友也在那里散步。这三个人，前在大谷馆住了几日，因王无晦往神户去了，他们便在大塚租了一所房子，自由居住。三人的嗜好，最重要的都是赌博。此时亡命来的人不少，他乡遇合，容易投机。每日嫖赌逍遥，将一座三神山化作桃源乐境，倒也无忧无虑。这日三人在日比谷公园谈牌经，正谈

---

[1] 出自东晋诗人、学者郭璞（276～324）《游仙诗》第三首，该诗描写与仙人为友和仙人的生活情态。

得瘾发，想胡乱去拉一个同志到大塚叉他几圈，恰好无意中遇了王甫察。馆主女儿，他们都是认识的。中有一个安徽人，姓朱，名字叫作锦涛的，在江西当过军官，为人最是率性。见了王甫察，便一把拉住道："小王，你来得好！我们正想找一个脚，难得这般凑巧，我们就此去罢。"王甫察不知就里，忙问怎么。中有一个姓韩的说道："我们想叉麻雀，正愁差一个脚，你不来不怪，来了是要受戒，就去罢。"王甫察看了看馆主女儿道："我将她送回去了，再来好么？"朱锦涛摇头道："不行，不行，她又不是不认识我们的，同去为何使不得？她若定不肯同去，由她一个人回去好了，怕她不认识路吗？"

王甫察无奈，只得向馆主女儿说，问她同去不同去。馆主女儿因店伙送衣料等物回去了，急想归家细看，那有闲心去看人打牌？并且中国的麻雀牌，日本人又不懂得，更看着不生趣味，便摇头说不去。朱锦涛望着她道："你不去，你就回去罢，我们是要走了。"王甫察握着馆主女儿的手，一同出了公园门，回头向朱锦涛道："我忘记了，往大塚不是同这一道电车吗？教她先下车便了。"朱锦涛点头道："不错。"如是五人同上了大塚的车。到大谷馆附近的停车场，王甫察招呼馆主女儿下车去了。

不一刻，到了朱锦涛家，不敢耽搁，扯出桌子，拿出麻雀，四人对叉起来。王甫察手兴奇否，叉到九点钟，幺二的麻雀，足足输了两底。从杏云堂出来，怀中的三百多块钱，到此时不过十二个钟头，已花得一文不剩。还在朱锦涛手中拿了几角钱，坐人力车送戒指到涩谷来。

不知后事如何，且俟下章再写。

第五十二章

掉枪花凭空借债
还钻戒惹起捻酸

话说王甫察将戒指送给梅太郎，与梅太郎流连了一夜。次日早起，待合室的老鸨拿着一张账单上来，笑向王甫察道："承王先生的情，屡次照顾我家。虽到了月底，本不敢向王先生开口，只因我家近来受了些亏累，实在没法，求王先生不要生气。这里酒菜费、贷间费及一切杂项，都开得详细，请王先生过目，并前月的共一百二十五元。"

王甫察听得，心中吃了一惊，当下不敢露出没钱的样子，斜着眼睛望了一望，将脸一扬问道："今日便是月底了吗？"老鸨道："今日廿七。因为本月底需钱使，所以早两日开来。不然，就存在王先生手里，不和存在银行里一样吗？"王甫察点头道："我知道了，月底送来就是。"老鸨叩头去了。王甫察登时添了一桩心事，不禁有些懊悔昨日的三百多块钱，不应该这般瞎花了。于今只得这两日了，身边一文也没有，教我去那里筹措？待不还她罢，梅太郎面子上都不好看。我是更不好再来赊账了。心中焦急了一会，便没心思和梅太郎说笑了。辞了梅太郎，回到大谷馆。

馆主女儿欢天喜地的跑来问："昨晚怎的不回？害得我等了半夜。"王甫察道："因打牌打得太晚，就在朱先生家歇了。我此刻疲倦得很，你替我把床铺好，睡一觉再说。"馆主女儿真个从柜里拿出被来，铺在席子上面。王甫察脱了衣服，进被中睡了，心中计算如何弄钱。馆主女儿拿出昨日买的东西来，笑嘻嘻的说道："三越吴服店的东西到底比别家的不同。你只看这颜色多漂亮，穿在身上随便是谁见了，也知道是三越吴服店买的。这条带子也好。去年有人送我一根，价钱比这个贵了几块，东西还比这个差远了。等我去拿给你比比就知道了。"说着，丢了手中的腰带要走。王甫察止住道："不必去拿，我知道这个好些便了。你们这些女人家，横竖不能真识货，一个个都迷信三越吴服店、天赏堂。是这两家出来的东西，就上死了当也甘心。他不是拿着本钱做生意吗？为甚么会比人家便宜这们多？说比人家贵些，倒有道理。一来场面扯得太大，耗费过多；二来房价利息太重，都不能不从货物上盘算下来。你们知道甚么，依我，昨日本不到三越去的，随便那一家也比他家实在。"馆主女儿听了，将一团高兴扫得干净。坐下来，自翻着裁料细看，果不觉得有特别的好处，自言自语的说这样说那样。

王甫察心中烦闷，也不睬她。到十二点钟，起来胡乱用了些午餐，纳倒头又睡。夜间到各处会了几个朋友，想借些钱来还账。奈王甫察平日的荒唐声名，人家都有些害怕，不待他开口说完，人家早向他诉尽了穷苦。没奈何，只得仍回大谷馆。一夜无欢的和馆主女儿挨到天明，还是一筹不展。下女送进新闻来，王甫察从被中伸出手接了，打开来解闷。刚刚开一幅，只见一张广告纸掉了下来。这种夹在新闻中附送的广告，在日本各大新闻，十天就有九天有几张夹在里面。看报的人见惯了，拾着来看的人很少。这张广告掉下来，王甫察也没注意，将新闻看了个大概，撂在一边。想拾起这张广告来也撂了，拾在手中，见是汉文的广告，觉得有些儿诧异。看了下去，乃是一张旅馆里招客的广告。

这旅馆，便是王寿珊跳楼的龙涛馆，于今改作胜田馆，从来全是住中国人的。近来因馆主言语不慎，得罪了住客，住客便大起风潮，同时都搬了出去。于是胜田馆三层楼几十间房子，一时都空了下来。住中国人惯了的旅馆，忽然想改住日本人，日本人决不肯来。一则因住中国人的旅馆，房间、席子都必十分龃龉，日本人稍爱洁净的，便安身不下；二则伺候中国人惯了的下女，将一切待客的礼法都忘记了，日本人犯不着受这种轻慢。有此两个原因，所以胜田馆自中国人同盟罢工之后，个多月没人来过问。馆主又自有其不能歇业之苦衷，只得寻思一计，找了常来赌钱的李锦鸡，做一张汉文广告：只要有人去住，愿先送两块钱的车费，房饭价也较先从廉。并要求李锦鸡出名绍介。李锦鸡敲了馆主几十块钱，毅然拿出他的鼎鼎大名来，做了一篇绍介书，刊登广告。

王甫察看了广告，翻开眼睛望着楼板思量了一会，忽然狂喜起来，将广告一撂，揭开被卧跳了起来，将馆主女儿惊得发慌，忙问怎的。王甫察笑道："不怎的，你想睡只管睡，我有事，去去就来。"说着披了寝衣，匆匆到外面洗了脸，催着下女开早点。馆主女儿已起来，卷起被卧。王甫察从箱子里面拿出一套极时款的秋洋服来穿上，慌忙用了早点，披了外套，戴了帽子，来到苏仲武家，和苏仲武借了那个钻石戒指，套在指上。走到胜田馆，问下女道："你主人在家没有？"下女道在家，回头向里面喊了一声。只见一个五十来岁的人从账房里走出来，打量了王甫察两眼。见王甫察衣服华丽，最夺目的就是那钻石戒指，专一会在穷人眼里放出豪光来，闪耀得馆主人心中不定，连忙跪下来，问有甚么贵干。

王甫察昂头天外的说道："你这里有空房没有？"馆主人喜道："有！一层、二层、三层，都有空着的。"王甫察道："共有多少空着的？能容多少客？"馆主人笑道："不瞒先生说，三层楼数十间房，都是空着的。"王甫察故意惊诧道："怪事！神田的旅馆怎的会完全空着的？"馆主人道："这其中有个原故。因为敝馆从前住的都是中国留学生。他们到底是外国人，总是存着心，说敝馆款待得不周到，都使性子搬走了。其实我做生意的人，只要是主顾，都是一律的看承，谁敢因国界上来分厚薄？"王甫察知道馆主误认自己作日本人，便笑道："原来如此。我也是个中国人，既空着的房子多，可引我上去看看。"说着脱了靴子。馆主见是中国人，更加欢喜，当下弯腰屈膝的，引着王甫察上上下下都看了一遍。回身请到账房里坐地，下女忙着送烟送茶。

王甫察向馆主道："我姓王，才因亡命到日本来的。有几位同志在大森办了个体育学堂，专一造就陆军人材。校长是我同乡，这个人说起来你大约也会在新闻上见过，他的名字叫作李烈钧。"馆主连连点头道："晓得，晓得，他也是我士官学校毕业的学生，我时常听人说过。"王甫察接着道："我就在那学校里当生徒监。因学校才开办，一时在大森找不着相当的寄宿舍，学生都散住着。我一个人难于管理，想暂时找一家可以收容得七八十人的大旅馆，将学生都搬作一块儿居住。等明年开正，寄宿舍建筑完了，再迁进去。你这里有数十间房子，足容纳得下，倒是很相安的事。不过我是作寄宿舍的办法，一切规章都得照寄宿舍一样，早晚起床、睡觉以及每日三餐，都有一定的时刻，不知你可愿意遵守？"

馆主人听了，且不答话，只叫下女快去买顶好的点心来。王甫察拦住道："不用客气。快些说妥了，我还有事去。"馆主人道："承先生这般照顾我，我做小生意的人，甚么规章不能遵守？只请先生吩咐罢了。如有一些儿违了规章，先生只管严行科罚。"王甫察点头道："看你很像个诚实人，违背规章的事大约也不会有。只要你能遵守规章，就在本月底，教他们一定搬来就是。不过我有一层困难，你先得替我解决。我将学生搬来，须得二百块钱的用费，你可先替我筹二百块钱。这二百块钱，只一个月便还你。若你有不相信的心思，我可教一般实店家作保。"馆主人听了，低头踌躇了一会道："敝馆曾出了一种广告，若有客肯来照顾敝馆，每位奉保车费二元。先生说有七八十位，照敝馆的广告，也应奉送一百五六十元。既承先生这般照顾，便送先生二百元，也不为过。不过敝馆说奉送车费二元，并不是硬拿出二元来，是在月底结账的时候减去二元。这种办法，敝馆不拿现钱出来，所以能做得到，实没有预备钱在这里，要求先生原谅。"王甫察道："你的广告，我并没看见。送车费的话，莫说我不知道，便知道，你送了来，我也不会要。你们做小生意的人，一个月能赚多少，那有这多的虚头？我说的与你说的，性质完全不对。我是有最近的还期，最确实的保人。你办得到，我就将学生搬来，办不到，我只得搬往他处。你自己去想清楚。"

馆主人又踌躇了一会道："先生这二百块钱，何时要用？"王甫察道："至迟到明日九点钟。明日九点钟有了钱，后日便可将学生搬进这里来。你若预计明日九点钟办不到，这话就不必说了。"馆主人道："先生尊寓在甚么地方？"王甫察道："我学生时代在日本，就住在小石川大谷馆。多年的老宾主，感情很好。这回来，就住在那里。"馆主人道："我此刻实在没有把握，不知道明日九点钟能否办到。我总竭力向外面去借，在明日九点钟以前借到了，便送到尊寓来。若过了九点钟不来，必是借不到手，那就没有法设了。"王甫察也故意思索了一会道："你去借，看能借得多少，九点钟以前来回我的信也使得。我只要能勉强搬来，我就搬来，也免得管理上生多少障碍。只是钱少了，搬不动也是枉然。话就是这样说了，明日九点钟再见罢。"说着起身。馆主人拿着纸笔向王甫察道："请先生将尊寓的番地留下。"

王甫察提起笔，就馆主人手中写了。出来穿了靴子，微微向馆主人点了点头，径归大谷馆来。叫了大谷馆的主人到房中，对他说道："我家中汇款，还没寄到，一时手中没有钱使。方才向一家商店里借了二百块钱，约明日九点钟送来，请你替我做保。你可能做？"大谷馆的主人几个月来见王甫察用钱如洒沙土，只在她女儿身上就有数百元之多，久以为王甫察是个大富豪。二百块钱的保，有甚么不能做？不待思索的即一口答应了。王甫察安心等候。

次日八点多钟，王甫察还和馆主女儿睡着没起来，下女进来报道："胜田馆的主人要见王先生，现在外面等候。"王甫察从容起来，唤醒了馆主女儿，收拾铺盖，命下女教胜田馆主人进来。王甫察的房间本陈设得精美，馆主人见了，更缩脚缩手的不敢放肆。王甫察见馆主人额角上流汗，心中好笑他拉客的心思太急，恐怕过了九点钟的时刻，十月底天气，也会跑出汗来，可见他奔波得苦了。当下递了个蒲团，让他坐下。自己和馆主女儿出外面洗脸，招呼了下女送烟茶进去。洗了脸进来，馆主人重新见了礼，从怀中掏了半响，掏出个手巾包来，就席子上打开，吐出一大捆的钞票。自己数了好一会，送到王甫察面前道："昨日一日一夜，今日一早晨，四处凑拢来，得了二百块钱，请先生点点数。"

王甫察看那钞票，十元一张的只得一张，五元一张的也只得三张，剩下的一百七十五元都是一元一张，心中好笑。也不知他在甚么小买卖摊上凑来的，随便点了一点，即撂在一边道："我写张证书给你，保证人就是这馆子里的主人，好么？"胜田馆主人连忙道："还有甚么不好。照道理，本不应该教先生写证书才是。不过这二百块钱，不是我自己的，从四处借得来，不能不指望着钱还人家。只得委屈先生，写张证书。到来月底，倘我有力量能还，我一定将证书退给先生。"王甫察笑道："何必如此客气！我也不是爱这些小利的人。"说着拿纸笔，写了张证书，教大谷馆主人填了保证人名字，都盖了图章，交胜田馆主人收了。胜田馆主人道："敝馆的房间已打扫清洁了，先生立刻搬去都使得。"王甫察道："我先教他们搬来。我此刻就得去大森办交涉。"胜田馆主人谢着去了。

王甫察用了早点，跑到巢鸭町寻了个贷间。回到大谷馆，叫了馆主及馆主女儿都到房中，说道："我因同乡李烈钧近来在大森办了一个体育学堂，定要请我去当生徒监。我辞了几次，辞不掉，碍于同乡的情面，不能不去帮忙。明日星期一，他学校开课，我只得于今日搬进去。请你将我账算来，我在此清检行李。"望着馆主女儿道："你帮着收拾收拾。"馆主人及馆主女儿听了这话，登时如掉在冷水里面，半响没得回话。王甫察叹道："真是没法的事。我住在这里，几多闲散，几多舒服，岂愿意无端的搬到

那冷静所在去？好在办事的人都是我的同志，一切事都可委托，我便每日
到这里来一次，也使得。"馆主人答道："但愿先生如此才好。"说着叹气唉
声的算账去了。馆主女儿掩着面，伏在席子上哭起来。王甫察胡乱安慰了
几句，便收拾行李。馆主女儿哭了一会，禁不得王甫察苦劝，住了啼哭，
帮着王甫察将被包打好。桌上几上的零星什物，王甫察已收拾得干净。馆
主人送进账单来，王甫察照数给了，复赏了几块钱给下女。叫了一乘货
车，拖着行李，又极力安慰馆主女儿一会，押着行李，到巢鸭町的新贷间
来。整理了两三个钟头，连午餐都没工夫吃。

　　整理清楚了，心想苏仲武的戒指不能不送去。跑到附近一家日本料理
店，随便用了些午膳，便乘车到苏仲武家来。才走到神保町马场照相馆对
面，只见胡女士迎面走来，手中捧着一个四方的包儿。见了王甫察，远远
地笑道："到那儿去？一向不见，我倒很想念你。"王甫察笑道："你从那里
来？手中拿着甚么？"胡女士已走近前，将包裹给王甫察看，道："还是前
月照的相。那回和你在中华第一楼喝醉了，就遗失在中华第一楼。我只道
丢了，也懒得去找寻。方才遇了苏仲武，他说我还有相片在她那里。我一
时听了，还想不起来。你看好笑不好笑？"王甫察笑着将相片接了过来，
就手中打开看了会，殷勤讨了两张。胡女士道："你不要拿着胡乱送人。
我的相片不是给人家做玩品的。"王甫察点头道："那是自然。你近来的生
活怎样？做甚么消遣？"

　　胡女士忽然一眼望见王甫察手上的钻戒，且不答话，拿了王甫察的
手，看了又看道："你这戒指是新买的吗？"王甫察心想：若说是借来的，
太不体面，只得点头含糊答应。胡女士追寻道："你何时在那家买的，多
少钱？"王甫察随意说道："买得老苏的，四百块钱。"胡女士道："是真
吗？"王甫察不知胡女士和苏仲武为这戒指闹过一番口舌，正色道："不是
真，难道骗你么？"胡女士忽然改变了脸色，忿忿的道："你此刻打算到那
去？"王甫察道："你有甚么事？问了做甚么？"胡女士道："我要找老苏有
话说，你得和我同去。"王甫察见了这情形，知道这戒指必与胡女士有关
系。小人心理，惟恐天下不乱，横竖与自己不相干，乐得看热闹，便道：
"我正要去老苏家，你才从他家来，又去干甚么？"胡女士掉转身就走道：
"你管我呢！"王甫察跟在后面，猜想：这戒指必是胡女士的，高兴的时候
送给了苏仲武。此刻见苏仲武又卖给我，忍不住心中忿怒，所以要找他说

话。又想，这戒指我七月在陈志林家，初次和苏仲武见面的时候，就见他带在手上，难道那时便送了他吗？

王甫察胡思乱想，早跟着胡女士到了苏仲武门首。此时苏仲武正在对梅子陪不是。因为胡女士到苏仲武家拿相片，胡女士的淫冶态度，在梅子眼中见了，实在容纳不下。胡女士的脾气可是作怪，只和她一男一女坐在房中，她倒不见得十分作态，一有了第三个人，她的欲火就更按捺不住了，骚言荡语，也描写不尽。又见梅子生得腼腆，未开言先就有些羞怯。胡女士飞扬跋扈的性格，虽没甚么醋意，然她素来是拿着人当玩物的，故意的也要搂着苏仲武开开心。梅子见了，羞得恨无地缝可入。她又操着可解不可解的日本话，打趣梅子几句，只急得苏仲武双手作揖，请她出去。胡女士去了，梅子哭得和泪人一般。苏仲武慌了手脚，使尽了陪礼之法，才止住了梅子的悲声。

猛然听得门响，回头见胡女士又来了，吓得不知怎样才好。接着王甫察跟进来，苏仲武只得让坐。胡女士开口说道："老苏，我只道你是个老实人，那晓得你还是个极刁狡的东西！你不是前天对我说，你那钻石戒指是你父亲给你的，我要和你换了做纪念，你死也不肯的吗？为甚么又四百块钱卖给老王？你敢欺我拿不出四百块钱，不能买你的吗？啊，我知道了，你看我拿着戒指和你换，你怕吃了亏，又不好意思和我讨价，所以捏出那些慎重的原故来。你这人才刁狡，我岂是讨这些便宜的人！"苏仲武听了这番发作的话，茫乎不知其所以然，翻着眼睛问王甫察道："到底是怎么一回事？我几时四百块钱卖了钻石戒指给你？"王甫察才听出胡女士动气的原因来，不禁大笑道："没事，没事！你们都不用着急了，只怪我不好，信口开河的说话，惹出你们这场笑话来。"说时，将戒指脱了下来，递给苏仲武道："我来还戒指给你，在马场照像馆对面遇了她。她问我这戒指是买的么，我因懒得说原故，糊涂答应她是买的。以为不关紧要的事，她必不会追问。谁知她定要问我在那里买的，多少钱，我就随便答应，说是买了你的，四百块钱。她听了，定要拉着我到你家来。我本意是来你家的，不料有这一段故事在里面。"

苏仲武将戒指看了一看，套在指上，实在忍气不过。望着胡女士冷笑道："你也未免仗着性子太欺人了。我的戒指，我自有主权，卖人也好，送人也好，用不着你干涉。我不换给你，有我的自由。你据何种资格能强制执行？"胡女士不待话毕，指着苏仲武的脸骂道："你这绝无天良的东西，会对我回出这种话来，真是梦想不到！我想你就是禽兽，也应该知道我待你的好处。你只想想你初次见我的时候，我何等热诚待你！你第二日背了眼，就忘记我了，害得我在家中等你。后来总是我来看你，待你那一些儿薄了？你竟敢和癫狗一样，闭着眼睛将我乱咬。你的戒指不肯换给我，我又没强抢了你的去，何时行了强制执行的手段？你不换给我要卖给旁人，自然有你的自由，我并不能对你提起诉讼。只是你质问我的资格，任是谁人，大约也不能说我没有。只来质问你一声，仗着我甚么性子，欺了你甚么？你这畜牲不如的东西，没得骂脏了我的嘴！等我下次气醒了，再来教训你罢。"说完，望着王甫察道："同我走，这地方莫卑污了我的人格！"

王甫察本想多坐坐，好和梅子问答一两句话，伴着苏仲武享点艳福。见胡女士这般决绝的样子，不敢拗执，恐又惹得她发作，便诺诺连声的替胡女士捧了相片，辞别了苏仲武，跟着胡女士出来。苏仲武只求胡女士去了干净，一言不发的送到门口。等二人跨出门限，即拍的一声把门闩了。回身进来，将原因细说给梅子听。好在梅子并非吃醋，只因胡女士当面羞辱得难堪，气得痛哭。苏仲武说明白了，也就没事。苏仲武拉她到黄文汉家里，和圆子顽笑了一会回来，照常过度。

不知后事如何，且俟下章再写。

第五十三章

骂父亲浪子发奇谈
闹脾气军人乱闯祸

话说王甫察同胡女士出了苏仲武的门，各人心中都无目的。信步走至神保町，胡女士道："你去那里？"王甫察道："我今日新搬了家，还有些什物没清理齐整，想归家去。"胡女士道："你搬在甚么所在，我可能去拜府？"王甫察笑道："我正苦新居寂寞，只要你肯赐步，还问甚么可能不可能？不过我那所在偏僻点儿，没有热闹可看。"胡女士笑道："我欢喜看热闹吗？今日同你去坐坐，认识了路，我下次好来。"王甫察点头道："欢迎之至！"二人说着话，上了巢鸭的电车。

不一时到了巢鸭町，下车携手又走了一会，王甫察指着前面一栋新房子道："你看那楼上的窗户开着的，便是我的房子。"胡女士笑道："这地方风景倒不恶，房子也好，只是主人太俗了。"王甫察笑道："何以见得太俗？"胡女士道："你这种人能清心寡欲的在这房中久坐吗？我看不过做一个睡觉的地方罢了。辜负此间风景，便是俗人。"王甫察摇头笑道："你这话完全将我看错了。你以为我是个好游荡的人么？你看我每日出去不出去？我因为图清静，才到这里来寻房子，岂有辜负风景之理！"说时已到新房门首。王甫察推开门，让胡女士进去，脱了靴子。将相片递给她，自己关好了门，脱靴子同上楼。房主人泡了茶上来，王甫察拿了些钱给他，教他去买菜。自己将胡女士的相片嵌在一个镜架里面，放在桌上，略略打扫了会房子，和胡女士坐着清谈起来。

谈到戒指的事，王甫察笑道："可笑老苏，他父亲给他的一个戒指，也舍不得和人家更换，以为这就是尽孝。我不懂怎么现在的人，还有蠢到这样的！若是他母亲给他的，他舍不得和人家更换，倒还有一些儿道理可说。父亲有甚么要紧！父亲这东西，对我感情好，和朋友一样，亲热亲热没要紧。若对我感情不好，简直可以不认他，他有甚么架子可以拿得！他图开心，害得母亲受苦。生下儿子来，他又诸事不管，推干就湿都是母亲。他有时高兴起来，还要拉着母亲求乐。这种事，我就时常干的。我和我老婆睡了，还嫌我女儿碍事。你看我女儿大了，她何必孝我？并且还有个道理可以证明父亲万不可孝：大凡家庭压制，使人不能享自由的幸福，就是这父亲坏事。我小时候，这种苦也不知受过多少。我每次受痛苦，受到极处，恨不得一刀将他攮死。只自恨那时年纪小，没有气力，做不到。后来年纪大了，讨了老婆，他又不敢欺我了。我于今讲起来，心中还有些不服。"

胡女士虽辟家庭主义，然她没有甚么私心。不过她自以为是一种新颖的学说，说起来容易使人注意。她并不是受了家庭的痛苦，发出那些议论来，泄自己的愤。此刻听了王甫察的话，实在是闻所未闻，心中也未免有些吃惊。独自思索了一会，也觉有点道理似的，便道："人类相处，完全是个感情。既没了感情，便是母子也必不能相容。所以说父子之间不责善，责善则离，离则不祥莫大焉。你父亲自己不好，先和你有了恶感，你不认他，自是当然报复之道。父子天性的话，完全是哄人的。你看古今来，有几个打不退、骂不退的孝子？这些人都是嘴上说得好听罢了，外面做得给人家看，博个好名声罢了。实有几个是真心孝顺的？我虽没年纪，看的人也不少。像老苏这样肯做面子的，都没见过第二个。我常说古人造字真造得好，'善'字煞尾，是个'口'字，可见人口里都是善的。'恶'字煞尾，是个'心'字，可见人心里都是恶的。人的脸，像个苦字。两道眉毛，便是草头；一双眼睛，便是一横；鼻子是一直，底下一把口。所以人类苦境多，乐境少。自己不会寻乐，谓之自作孽。人家若妨碍我的行乐，定要将他做仇敌看待。因为世界上乐事本少，知道去寻的更少。我幸聪明比人家高，知道自己寻乐。人家又要来妨害我，不是我的仇敌是甚么？"

王甫察听了，拍手笑道："妙论，妙论！我那老贼就是妨害我行乐，我怎能不将他做仇敌看待！我只当他死了。他的信来，我原封退回去，有时还在信面上，批'不阅'两个字，出出心中的恶气。"胡女士笑道："你是这般对待你父亲，你父亲还写信给你吗？"王甫察笑道："他有甚么不写信给我！他见我当经理员，每月有几百块钱的进款，想我付点钱回去，写信来巴结我。你说我肯理他么？我受苦也受够了。"

二人谈得高兴，不觉天色已晚。房主人送上晚餐来，王甫察道："日本料理你能吃么？"胡女士道："吃有甚么不能吃？只是没味罢了。"王甫察道："我还是第一次在这里吃饭，不知房主人弄的菜何如。看这样子好像不错，等我吃着试试。"说着用筷子夹了些放在口内，咀嚼了几下道："不能吃，不能吃！我在日本多年的都不能吃，你是不待说吃不下去。"胡女士也夹了些尝尝，将筷子一撂道："果然不能吃，怎么好呢？"王甫察道："没法，我们还是上中国料理馆去。横竖吃了晚饭，也得到各处去逛逛。"胡女士喜道："很好，我们不要耽搁了。我的相片就丢在你这里，捧着它在手里讨厌。"王甫察点头道好，二人遂下楼。王甫察向房主人道："我们上馆子去用饭，你将房中的饭菜收了罢。"房主人自去收拾，不提。

二人步行到巢鸭町停车场，坐电车又到了神田。在源顺吃了些酒菜。这日因是礼拜，吃酒的人多。源顺只有三间房子，中间一间稍宽大一点儿，摆了三张桌子，用两扇屏风间着。王甫察和胡女士对坐在第二张桌子。第一、第三张桌子都团团的坐满了，搳拳猜枚，闹得十分高兴。王甫察喝了两杯酒，想和胡女士絮谈，被两边的声音塞了耳鼓。心中气忿不过，将坐位移近胡女士，并肩坐在屏风底下说话。胡女士也有了几分酒意，全不顾旁人看着不雅，和王甫察交头接耳的说个不了。

第三张桌上的人本是在那里大家吃酒，一见了这种情形，都丢了酒不吃，吃起醋来。中有几个认得是胡女士的，更是酸气勃勃，只是都不好做何摆布。当下恼了一位好汉，端了一盘吃不完的海参，高高举起，从屏风上连盘直倒了下去。却装喝醉了，身子也往屏风上一扑。这盘海参淋得胡女士满头满脸，一声哎呀没叫出，哗喳喳，屏风往背上直塌了下来。将身子往侧边一让，那经得屏风来势凶猛，直如泰山压顶一般。胡女士坐不牢，一个倒栽葱倒在屏风之下。那人也不顾压得胡女士骨痛，也四脚朝天的仰跌在屏风上面，口中还含含糊糊的，不知骂些甚么。王甫察幸起身得快，不曾压在下面。登时满座的人都大哄起来。

胡女士在屏风底下大骂王八羔子。王甫察气得只是跺脚，也不知道去扶。还是第三桌的人慢慢的将那人扶起道："教你不要多喝，你偏不听。喝醉了，又是这般胡闹，若将别人压伤了，看你怎好！"那人起去，胡女士觉得身上轻了，一翻身将屏风揭开，揩了揩脸上的油，跑过来，跳起脚骂道："这还了得！留学界竟有这种野蛮的败类，甚么喝醉了酒，分明是有意糟蹋人！老王，你替我去叫警察来，将这一群畜生都带了去！"胡女士这句话没说完，有几个人抢到胡女士面前，举起手要打道："你骂谁是畜牲？谁怕你到警察署去？"胡女士连忙退了一步，气得两眼发直道："你们这些无礼的东西，都是畜牲！"王甫察见风头不好，怕胡女士再吃眼前亏，连忙止住道："这些东西，和他们计较些甚么！遇了鬼，自认晦气罢。"胡女士也明知不是这些人的对手，就闹到警察署去，他们说是喝醉了酒，也没有法子。鸟兽不可与同群，只怪自己不好，赶快离了这是非场罢。闹久了，弄得大众皆知，更没有趣味。王甫察叫下女打水来，胡女士胡乱洗了洗头脸。一身很时式的西洋衣，已是断送得无可挽回了。不敢再耽搁，惹人笑话，匆匆的和王甫察回甲子馆换衣服去了。暂且按下。

　　且说这位泼醋的好汉是谁哩？说起来，他的来头实在不小。他姓刘，名文豹，湖南人，是一个亡命的军官。他兄弟刘雄业，彷彿曾在湖南当过甚么司的司长。第二次革命的时候，很好像是一个中心人物。及至取消独立的时候，湖南的军人政客，凡与革命有关系的，都向"谭三婆婆"（谭组安之绰号）要几个钱，往日本跑。刘雄业及刘文豹也伸着手向谭三婆婆要。谭三婆婆照例每人五千的给了，又拿了两万块钱给刘雄业道："这两万块钱，你带到东京去，接济接济穷苦的党人。"刘雄业拿了这两万块钱插在腰包里面，以为人不知，鬼不觉，和他哥子刘文豹各带了大小太太，飞奔日本东京来。古人说得好，富润屋，德润身。刘雄业兄弟有了这几万块钱，尽算有个富人的模样。两房眷属到东京之后，租了四谷区的一所极雄壮的房子，住了下来。刘雄业曾在日本留过学，日本的富家情形也略略听人说过。到这时候，便实行依式摆起架子来。

　　刘文豹本是个不安分的农夫，只因为刘雄业当了司长，想拔宅飞升，便小小的替他哥子谋了个军官位置。这次亡命到日本来，实是刘文豹平生最得意之事。他也不知道甚么叫法律，每日只和同乡的一班小亡命客，三瓦两舍的胡钻乱撞。一日，他同几个人走到上野公园，说是要去看动物园。在上野胡找了一会，也不知动物园在甚么所在。正没作理会处，忽然刘文豹狂喜起来叫道："有了，有了，你们看这红漆牌上的金字，分明写着'两大师'的字样，不是说这里面有两个大狮子吗？既有两个大狮子，自然是动物园了，我们进去就是。"同游的几个人见了，都点头道："不错，今番被你找着了。只是这动物园也建造得奇怪，怎的和中国的庙宇一样，恐是错了罢？"刘文豹摇头道："不错，不错！你们不认识字不知道，这牌上分明写着'两大师'，不是动物园是甚么？等我走头，你们跟着来就是，包你动物园在这里面。啊呀，你们看，好多的鸽子在那屋上飞，不是动物园吗？"说着抢先往前走，脑袋拨浪鼓似的，只管两边望，口中不住的喝彩道，"好个幽僻所在！做这里面的禽兽，也很值得。你看这一条石路，不像湖南的都督府吗？"同游的道："我看这房屋很像湖南的万寿宫。"又一个道："我看有些像北门外的多福寺。"刘文豹道："不管它像甚么，我们只要看动物。"

说时，数人已走近那像庙宇的台阶。刘文豹三步两跳的跑了上去，却被一个穿警察衣的人挡住去路，口中说了几句话。刘文豹一行人都不懂日本话，一个个翻着眼睛望了。那穿警察衣的人将刘文豹往台阶下推，刘文豹不服，喊道："我是亡命客刘文豹，特来看动物园的，为何不许我进去？"那人也不解刘文豹说些甚么，只管一手推着刘文豹，一手挥这几个同游的下去。同游中有个聪明些儿的人，想了一想，对刘文豹说道："我彷佛听人说，这动物园要买入场券，这东西一定是向我们要券。我们没给他，所以不许我们进去。"刘文豹点头道："是了。"随即从身边摸出一块钱的钞票来，递给那人道："买五张入场券，少了钱，我再找你。"那人望了望刘文豹手中的钞票，忍不住笑起来，仍往台阶下推。刘文豹被推急了，跳起来，大骂道，"我说了，钱少了再找，你还只管推些甚么！入场券必有一定的价目，你难道还想勒索我，敲我的竹杠吗？"那人也动了怒，拿出个警笛来要吹。

刘文豹一行人才知道有些不妙，恐怕真是错了，一个个往台阶下跑。跑了一会，刘文豹住了脚说道："那东西真可恶，硬挡住不许我们进去。日本小鬼最欢喜欺中国人，我们不懂话，他更好欺。我们且去找些会日本话的来，和他办交涉。他若还是这样，有意的欺我们中国人时，等我多带几个人来，打将进去，看他可有能为阻挡得住！"刘文豹怒气填膺的说，同游的也都越想越恨，回头对着那像庙宇的所在，指手跺脚的乱骂了一顿。

归到家中，对他兄弟刘雄业如此这般的说了。刘雄业拍手大笑道：

"哥哥你错了！那有那样庄严的动物园？那是德川家康的祠堂，叫作东照宫。日本人尊敬他得很，不许闲人进去的。"刘文豹道："德川家康的祠堂，外面竖着一块'两大师'的牌子做甚么呢？"刘雄业笑道："那牌子不是东照宫的，是东睿山宽永寺的榊牌。并不是说有两个大狮子，你认字也不认清楚，这'师'字那是狮子的'狮'字？"刘文豹听了，才恍然大悟，将一肚皮图报复的气消了。

这日十月廿九日，刘文豹请了同乡的几个小亡命客在源顺吃酒，偏偏遇了胡女士与王甫察。他是个天不怕地不怕的无赖，甚么野蛮事干不出？当下弄得胡女士一团糟走了，一干人都非常得意。重整杯盘，大家又开怀畅饮，议论胡女士的事。忽听得第一张桌上吃酒的人大闹起来。一个人拍着桌子说道："你们都讲胡蕴玉不好，我偏不服！你们只知道责备人家，全不想想自己。你们说胡蕴玉不好，说来说去，只是说她喜欢偷人，欢喜出风头，捏造着一些有影无形的话，有意来糟蹋她。你们凭良心想想，她欢喜偷人，是关她一个人私德上的事，与社会国家毫无关系。你们不赞成她，不给她偷就是了。你们都是些有点身分的党人，请你们各人扪心自问：在座的人，谁是平生不二色的？男子狂嫖阔赌，没人过问。一到女子身上，便打齐伙攻击起来。中国的习惯虽是男子权重，只许州官放火，不许百姓点灯的，然只能对于那一种不能自立的女子。她终身靠着丈夫养活，不敢失丈夫的欢心，男子才敢拿出那专制的架子，将女人拘束得和囚犯一样。不然，有甚么理由说女人有服从男子、世守不渝的义务？胡蕴玉的知识足能自立，又不曾正式和人结婚，她要畅遂她自己的欲望，和爱嫖的男子一样，法律上的自由，谁能说她不好？至欢喜出风头，更是寻常之事。现在的人谁不爱出风头？几多令人肉麻的事，都是鼎鼎大名的政客干出来，图出风头的，也没见你们骂他。我说句刺你们心的话：你们自问，谁没有想出风头的心思？能力薄弱的，不知道怎么出法罢了。三代以下，惟恐人不好名。出风头，就是好名一念，有甚么可批评的？大家戴着鬼脸子哄哄罢了，都是打浑水捉鱼，说甚么张三腿长，李四手短？并且鸣锣聚众的来攻击一个胡蕴玉，也就自视太小了。我并不认识胡蕴玉，只听她演过数次说。很亏她十几岁女孩，能这般口齿伶俐，任是甚么议论，都能自圆其说。中国像她这样的女子也就不可多得，大家扶持她些才是，何必都是这般捕风捉影的糟蹋她！"

说到这里，便有一个质问的声音道："胡君的话不错。不过说我们是捕风捉影的话，那就是胡君爱护胡蕴玉的心太重了。我们耳闻的，不能说靠得住；亲目所见的，难道也是捕风捉影吗？我们与胡蕴玉有甚么仇隙，定要故意的来糟蹋她？公是公非，自不能磨灭。胡君曾听谁人说过胡蕴玉一个好字？世人都不说她好，只足下一人，任是如何爱护她，只怕于她也不能发生甚效力。"

只听那人厉声答道："你这话错了！我且问你亲目所见的，胡蕴玉若与你没有私情，她的不法行为必不能使你亲目得见。若因她与男子同起同坐，即指定她与这男子有苟且，恐法律上也不能这般武断。难道胡蕴玉和男子调情，或和男子同睡，被你撞见了吗？你亲目所见的是些甚么？我于今不特不替胡蕴玉辩护这些事之有无，姑认定都是真的，于胡蕴玉也无大损。我倒替我们男子抱愧，年纪轻、生得齐整的人，都被她嫖了去。我说这话实未免轻薄，然我们男子都是自家轻薄自家，赶着胡蕴玉拍马屁。她一个年轻女子又没有拘束，何能把持得住，乃至失身。我们男子又不知道给自家留体面，悠悠之口，只管将她破坏，以发挥我中国人的骂人特性。我平日对于骂胡蕴玉的人都不置可否，因为她自己先不尊重她自己的人格，我无话可和她说。刚才亲见胡蕴玉受辱，你们又鸣锣聚众的攻击她，我看了不过意，才说出这番话来。你们莫只顾偏着心议论她。即以刚才的事而论，难道也能说是胡蕴玉亏理？她和她朋友坐一块儿说话，与旁人有甚么关系，必要给她这样一个下不去？她吃了亏，连发作都不许她发作，还一个个汹汹拳拳的举着巨灵掌要打她。这般一个柳弱花柔的女子，偏也忍心施出这种恶劣手段来对付！幸而胡蕴玉解事，自己顾全体面，不到警察署去。若是鲁莽些儿的，竟闹到警察署去了，中国人丢脸且在其次，酗酒行凶的人，任你如何会说，胡蕴玉总是个女子，衅不自她起，只怕几天牢狱之灾也免不掉。即不然，无端的受日本警察一顿训饬，于自己面上又有何好看！胡蕴玉走了很好，多一事不如少一事。若再闹下去，说不定我会挺身出来，做这事的证人，证明那班人是有意侮辱女子。我看他们有便宜占！"

刘文豹等听到这里，各人打了个寒噤，缩着头开口不得。刘文豹心想：看这说话的，是个甚么样的人？悄悄的离了座位，走到第一道屏风背后张望。只见一个身躯伟大的男子，踞坐在上面，侃侃而谈。看那男子的年龄约莫二十五六，两道剑眉斜飞入鬓，一双鱼眼黑白分明。远远望去，很有些威凛不可犯的样子。听他口音，彷彿带些四川声调。刘文豹连忙缩脚，退到自己座上，催着大家快吃，算了账，一窝蜂走了。

这边桌上发议论的，不是别人，就是四川的胡庄。他自那日因吊胡女士，与罗福闹了警察署之后，此心总是不死，只恨彼此无缘，见面的时候太少，不得如愿。今年八月间，和张裕川闹了点意见，将贷家解散了，独自一个搬到牛込区林馆居住。那西洋料理店请来的下女，被张裕川正式讨了做妾，带回中国去了。他今日也是请了一桌的亡命客吃酒。这些亡命客，十有九是知道胡蕴玉的。大家想装正人，借着刚才的事，都发出些男女授受不亲的正论来，你哄着我，我哄着你，不料却犯了胡庄的忌讳，惹出他这一篇议论来。幸大家倒没疑胡庄有私心，都平心静气的，以为胡庄的话还不甚错。又都知道胡庄素日直爽的脾气，所以都存些避让的心思，由胡庄一个人尽情发挥了一会，词锋渐敛，得以尽欢而散。

不知后事如何，且俟下章再写。

第五十四章

店主妇赶走英雌
浪荡子又欺良友

　　话说王甫察跟胡女士回到甲子馆，胡女士换了衣服，重匀粉脸，再点朱唇。心中虽也呕气，却喜她素来旷达，又明知已吃了亏，气也无益，只得按兵勒马，徐图报复。后来毕竟被她侦知了刘雄业兄弟吞款情事，暗中挑拨了几句是非，弄得湖南党人大闹大松俱乐部，刘雄业兄弟在东京立脚不牢。此是后话，暂时不能详写。

　　且说当晚胡女士改装停当，向王甫察道："我们出去罢。再过一会，找我的又来了，不得开交。"王甫察道："你想我们去那里好？"胡女士踌躇道："我也没好地方去。我的意思，还是买些酒菜，带到你家去吃，你说好么？"王甫察连忙道："好，我们就去买罢。"胡女士道："不必我们亲去。我写个字，教下女到广昌和拿便了，自己提着讨厌。"王甫察道："只怕下女不认识菜，买些不成材的东西回来，不能吃。"胡女士笑道："你放心，有我的字去，广昌和天大的胆，也不敢发不成材的货来。"王甫察道："你是他老主顾吗？"胡女士点点头，在桌上拿笔，问王甫察爱吃甚么。王甫察道："甚么都好，只要便于携带的。"胡女士道："便于携带的，无非是薰腊之类，只可惜他家没好酒。"王甫察道："春日馆有顶好的牛庄高粱，教下女顺便去打一斤，岂不好吗？"胡女士笑道："也好。你常去春日馆吃牛庄高粱吗？"王甫察点头问："怎么？"胡女士笑道："你还装甚么样，倒来问我？"王甫察正色道："你这话怎么讲？我委实不知道。"胡女士一边写，一边笑道："不知道罢了。我也不必追问你，你也不必追问我。"王甫察道："我知道你的意思了。你以为我因春日馆有个下女还生得不讨人厌，时常去吊她的膀子么？你真错了，下女是个甚么东西？便再生得美些，人格太差远了，我怎肯去拿正眼瞧她？你如果是这个意思，就太瞧我不起了。"

胡女士写着字摇头道："不是，不是，你误会了。只是你说起春日馆的下女来，我又记出一桩好笑的事来了。前日康少将请酒，挑选有好下女的馆子。挑选了几日，神田中国料理馆大小二十来家，就只春日馆的当选。吃酒的时候，那所谓生得好的下女满座斟酒，时用眼睛望望这个，瞟瞟那个。宾主都欢然畅饮，异常高兴。谁知乐极悲来，座中有个姓杨的，混名叫作小暴徒，被那下女几眼望昏了，拼命喝了几盅酒，醉得糊里糊涂的，搂住那下女，无处不摸。那下女倒好，眯缝着两眼一言不发，任小暴徒乱摸乱索。只气坏了一个混名叫作天尊的姓柳的，离了座嚷道：'小暴徒，你一个人独乐，不怕天尊吗？'一面嚷着，一面拖了那下女的手，与小暴徒对扯。扯得那下女格格的笑得转不过气来。满座的人都跳起来，拍手大笑。小暴徒不及天尊力大，看看扯不过，想用脚抵住桌脚，助一助气力。谁知春日馆的桌子毫不坚牢，只一抵，便哗喇喇一声响，杯盘碗碟都一齐翻了下来。小暴徒吓得手一松，仰面一交也跌倒在地。我当时见他们太闹得不像样，悄悄的走了。后来不知道怎生结局。打破了碗盏，想必是要赔的。"

王甫察大笑道："笑话，笑话！碗盏自然是要赔的。"胡女士道："那下女，我本想问她的名字，因她只顾和他们闹去了，没工夫和我说话，不曾问得。"王甫察道："是不是镶金牙齿的那个？"胡女士连连点头道是。王甫察道："她名字叫作安子。你想问了做甚么？"胡女士笑道："我又不想吊她的膀子，问了做甚么？不过因你说她和你的人格太差远了，我不相信你就这样的讲人格，特意用话探听你，果不出我所料。你既说她的人格和你太差远了，你又怎么屑去问她的名字？真不打自招了。可笑你们男子都是美恶兼着贵贱讲的。"说时，接着叹了口气道，"这种理解，也不是你这种头脑浑浊、势利熏心的人所能领会得来的，留以俟诸异日的知己罢！"

王甫察也不往下问，只看着她写完了，即拍手叫下女来，拿了几角钱，教下女到广昌和买了薰腊之后，到南神保町春日馆买牛庄高粱。下女去后，二人又闲谈了一会。下女回来，王甫察提了酒瓶、薰腊，同胡女士归到家中，已是十点多钟了。王甫察打开薰腊包看，果是很好。于是二人坐着，开怀畅饮，直饮到十二点钟，方才尽兴，收拾安歇。

自此胡女士有兴即到王甫察家来。王甫察因怕遇见胜田馆主人，不敢多在神田方面行走。有时胡女士定要拉着出去顽耍，王甫察必坐马车或是汽车。在胡女士见了，以为王甫察是显阔。其实王甫察是怕步行，遇见了债主不好脱身。王甫察骗胜田馆二百块钱，除开销大谷的房饭账及租房搬家费外，仅剩了一百五十来块钱。本想拿去还待合室的，因二十九日晚与胡女士缠了一夜，次日又被胡女士强拉着坐马车到各处游行，胡女士买了些零星物品，这一日，花掉了五十多块钱。待合室的账还不成了，连梅太郎也不敢见面。不到十来日工夫，胡女士连借带用的，将王甫察手中的钱弄了个干净。王甫察恐怕胡女士见笑，暗地将在上海嫖时所做的中国衣服两箱搬到维新料理店去押。这两箱衣服新做的时候总在一千元以上，抵押起来，才不值钱，仅押了一百块钱，还不知费了多少唇舌。一百块钱到手，胆又大了，但仍不敢到那待合室去。

一日，胡女士来说，有急事需钱使，要王甫察替她设六十块钱的法。王甫察不便推托，只得拿六十块钱给她，问她有甚么急事。胡女士笑道："事后你自然知道。此刻和你说了，反使你心中不干净。"王甫察见胡女士这般说，更要追问原由。胡女士抵死不肯说，被王甫察问急了，动气说道："料我不至骗你这六十块钱！你安得以六十块钱的债权资格侵犯我的自由、监督我的用途？你再要问，钱现在这里，你收回去罢！"王甫察倒吓慌了，连忙陪笑说道："不要误会我的意思。好，好，我不问你罢，你拿去用就是。"胡女士道："你若不放心，我也不希罕你的。"王甫察大笑道："说那里话！莫说六十块钱，便是六百块钱，你要拿去也不值甚么。我岂是这种鄙吝小人吗？"胡女士道："只要你放心就是了。此刻家中有人等着我，不能和你闲谈了。相片你拿给我带去罢！"王甫察连忙拿给她，胡女士接了，匆匆而去。

王甫察指望她干完了事，必然照常的来歇宿。这晚等到一点多钟，不见她来，才一个人安歇。次日坐等了一日，夜间也候至十二点钟，仍不见胡女士的影子。心中想念得不了，糊里糊涂睡了一觉。第二日一早起来，胡乱用了些早点，即奔到甲子馆来。下女说她昨日上午已经搬往别处去了。王甫察冷了半截，问下女道："她留下新搬的地名没有？"下女摇头道："没有。广昌和料理店的老板替她清理了行李，两个人一块儿走了。只彷佛听她对车夫说，到小石川表町似的。"王甫察道："他们临行的时候也没对你说甚么？"下女道："没说甚么。"王甫察寻思道：怎么广昌和的老板会来替她清行李，不是笑话？一定下女看错了。便问下女道："你怎知道是广昌和的老板，看错了罢？"下女笑道："那会看错？他时常到这里来的，我也时常到那料理馆里去买东西。笑话也不知说过了多少，那会看错！"王甫察听了，心中甚是诧异，正待再问几句，只见甲子馆的女主人在里面放开破锣也似的嗓子，呼着下女道："你这东西不开饭上楼去，在外面东扯西拉的说些甚？有来会客的，客在家就请进；客不在家，你回绝了，还得做你的事。我这里那有你闲谈的工夫！"

下女听得女主人发怒，也不顾王甫察还想问话，掉转身便往里跑。只听得女主人高声问下女道："会谁的？你说了些甚？"下女说了几句，女主人哈哈大笑："偏是这种烂淫卖妇，找她的还络绎不绝。她今天若再不搬，我一定将她的行李掼出去。"王甫察听了，吃了一惊，暗道：胡蕴玉这样有知识的女子，难道会弄出甚么不堪的事来，给她们鄙弃吗？我倒要问个清楚才得安心。便呼着女主人道："请你出来，我有句话要问问。"女主人停了半晌，才有声没气的答道："先生不是要问那姓胡的女子吗？她已经被我撵走了。"王甫察道："你开旅馆，怎么能撵客走？"女主人鼻孔里笑了两声道："我开旅馆，是正当营业，不能住淫卖妇。她自到这里，一两日换一个男子同睡，半夜三更呼茶唤水的。我早就回了她，教她搬往别处去住，她只当耳边风。房钱、伙食费，我都情愿不要了，只要她滚出去，我乐得耳根清静！"

王甫察一句话也没得说，拔步往外就走。归到家中后悔不迭。闷坐到黄昏时候，实在无聊已极，跑到日本桥滨町，嫖了一晚艺妓。这艺妓叫作京子，在日本桥还薄薄有点微名。王甫察甚是得意，次日复去嫖了一夜。手中的钱又早用光了。打开箱子寻衣去当，奈都是些洋服，当不起价，春夏冬六套仅当了廿五块钱。王甫察心中计算：长此抵当度日，如何是了？不如写信去神户，教哥哥寄几百块钱来。只是他前几日来信，说要到大连去，不知此刻已动身没有，且写封信去看看。当下写了封信发了。心中又忘不了京子，拿了二十五块钱，仍到滨町来追欢取乐。过了几日，得了王无晦同住的朋友寄来一封信，说王无晦已往大连去了。他们也是穷得一钱没有，七个人住一间八叠席的房，共有三床被卧，互相拥抱的睡觉，身上都还穿着夹衣。每日弄得着钱，大家才得一饱；弄不着钱的时候，只得挨饿。王无晦动身的时候，也只有到大连的盘缠。

　　王甫察得了这个消息，心中大是着慌。他平日为人，同乡的都不说他一个好字。只有个姓吴名嘉召的，在宏文学院读书的时候，和王甫察同班。这吴嘉召是个自费生，为人道德、学问、文章，在江西留学生中间，都没人和他比并得上。王甫察那时读书虽不发奋，然也不十分偷懒，更兼生性聪明，功课自不落人之后。吴嘉召对于王甫察便抱了一种很希望他学问成功的好感，往来甚是亲密。王甫察考取高工的时候，他便考取了仙台第三高等学校，补了官费。和王甫察见面的时候虽少，而勖勉王甫察的函札一月总有一两封。后来听得王甫察所行所为都不合法，高工预科又落了第，吴嘉召特意跑到东京，苦劝了几日几夜。奈王甫察只是面从心违，吴嘉召去后，故态复作。吴嘉召听了，只得叹口气道："朋友数，斯疏矣！我既三回五次劝他不听，只得由他去罢。"自此便不常通信。年暑假见面的时候，王甫察惟恐他说出逆耳之言，先自装出那饰非拒谏的样子来，使吴嘉召不好开口。不知吴嘉召却早存了个既入迷途说也无益的心思，因此王甫察愈趋愈下。

　　此次来充经理员，吴嘉召已从第三高等学校毕了业，到东京来进帝国大学了。王甫察一向花天酒地，不特无工夫去访他，并且怕他见面又说讨人嫌的话。不过心中知道：吴嘉召之为人，虽是自己有意和他疏远，他心中必没有甚么芥蒂。这种忠厚人，只要对他说几句软话，他必然还肯替我帮忙。他自己的力量虽然有限，江西的同乡却都信仰他。他肯出来，必能解决我的困难问题。只是要我一时改变态度，和他低首下心去说，面子上总觉有些难为情似的。一个人以心问心，踌躇一会，实在没法，便决定主意，装出懊丧不堪的样子，去会吴嘉召。

　　此时吴嘉召住在本乡一家小旅馆内，见王甫察垂头丧气的挨了进来，吓了一跳，连忙起身让坐。王甫察坐下，吴嘉召含笑说道："久不相见，近来生活怎样？听说已从大谷馆搬了出来，怎一向都没处打听你的消息？神龙见首不见尾，你的行动真令人不测！我久有心想找你问句话，只因同乡的都不知道你的下落，只索罢了。我和你既是同乡，又是同学，感情素来很好。关于个人道德上的事，你是个聪明绝顶的人，无须我哓哓多说。同乡的谈到你身上，也不过笑话笑话罢了。至你对于曹亮吉的事，是良心上的问题，外面说起来太不像样。我虽有意替你解说，无奈错得太不近人理了。便欲解说，显见得我是私心。我不解你怎的会荒谬到这步田地！"

　　王甫察听吴嘉召说到曹亮吉的事，早流下泪来。此时揩了泪，长叹一声道："我近来所行所为，到今日才知道是曲尽其谬，周行其非，不是一言两语所能忏悔。并且我从来做事不存后悔的心，只思补救之法。事已过了，后悔是无用的。对于老曹的事，固是良心上的问题，然老曹和我同乡同学，他患的病本是不治之症，并没因我加他的症候。他所受损失不过几百块钱。在他家中富厚的人，几百块钱也算不得甚么。这事虽然干错了，心中却没甚么放不下。只骗胜田馆一事，今日想起来，实在非人类所应有。我今早已折节立誓：从今不作谎语！同乡中惟你可说话，我和盘托出，说给你听罢。但愿你听了，与我以严重的教训，使我受教训的时候，心中得片刻之安。"吴嘉召愕然问道："骗了胜田馆甚么？快说出来看！"王甫察便从头至尾，一字不瞒的说给吴嘉召听。

　　吴嘉召听了，吓得望着王甫察，半晌没得话说。王甫察道："我此时的心理，惟愿此身立化为禽兽，任人宰割，方可消灭以前种种罪孽。若讲补救的方法，则惟有剃度入山，才得六根清净。我生来天理不敌人欲，每次天理战败，心中未尝不自知恐惧。争奈恐惧一念，随起随灭，渐至于无，无法无天的事遂于此时着手做下。直到昨晚，一夜辗转不寐。今日起来，万念俱寂了。此时的方寸灵台，自信澈底澄清，方敢来见你。若有丝毫渣滓，也不肯跨进这边门了。从前我不多和你亲近，就是我的人欲，恐敌不过你的天理，驱使我逃走所致。此时见了你，便如小儿得了保姆，一刻也舍不得离开。"

　　吴嘉召素喜讲性理之学，王甫察这番议论，正投其所好，当下拍着手喜笑道："古人说得好：'以前种种，譬如昨日死；以后种种，譬如今日生。'你能翻然改悔，并见得这般透澈，终不失为有根底的好汉。起念是病，不续是药。任是甚么罪过，只一个念头便打消了。以前的事都不必再讲。你既能澈底澄清，人同此心，心同此理，还有甚么？待我来讲，只商量以后的办法便了。你说你现在打算怎样？我无不惟力是视的帮助你。"王甫察道："我一切想头都没有，只愿剃度，过半生寂寞生涯。"吴嘉召摇头笑道："非有志者所为也，赶快打消这念。"王甫察道："不能剃度，就惟有速离日本这苦海，换一种新鲜空气。就是做苦工，自食其力，我都情愿。舍此以外，除死则无办法了。"吴嘉召道："好，我帮助你离开日本就是。你得多少钱，才能动身？"王甫察道："至少须一百元，到上海再定行止。"吴嘉召道："我的经济能力你是知道的，一时要我拿一百元出来，万做不到。且等我替你设法，三四日之内料想必能办到。你这几日就住在这里罢。筹了钱，再去搬行李动身。我上课去了，你就在家中看书，不要往外面去跑，遇了债主难为情。"王甫察诺诺连声的答应。

吴嘉召写了几封信，给四个朋友，每人借二十块钱，自己也拿出二十块，第三日都送来了。吴嘉召交给王甫察，教王甫察将那行李搬来。吴嘉召办了几样莱，给王甫察饯行，亲送到中央停车场。王甫察买了往长崎的车票，坐在待合室（火车站待车室亦名待合室）等车。因来得太早，须等一点多钟才有车。吴嘉召把光阴看得最重，轻易不肯牺牲一分钟。见王甫察的事情都办妥了，不必定要看着上车，便对王甫察说了几句珍重的话，作别归家去了。

王甫察送出了车站，望着他走远了，心中好笑：吴嘉召老实人，果然落了我的圈套！我跑到上海去干甚么？及时行乐，我才看得破。久不见我那梅太郎了，且去和她聚乐一宵再说。手中还有七十多元，不愁没有钱使。主意已定，将行李交给运送店运到长崎。自己坐了乘东洋车，恐怕遇见吴嘉召，教车夫将前面的车檐搭上，缩身坐在里面，径向涩谷奔来。

一会到了，下车开发了车钱，找了一家很小的待合室，平日不曾去过的。老鸨见王甫察穿着半旧的学生衣服，疑是个初学嫖的，有意无意迎接上楼，照例问王甫察有无相识的艺妓。王甫察笑道："听说这涩谷有个叫梅太郎的艺妓，生得不错，我想将她叫来看看，不知你可能办到？"老鸨忍不住笑道："梅太郎是此间有名的，只怕她太忙了，不得来。"王甫察道："你去问问，能来也未可知。"老鸨笑着去了。一会儿转来笑道："我说怕她太忙，果然已有了客，不能来了。请换一个罢。"王甫察故意踌躇说道："我脑筋里只有个梅太郎，那有一个可换？"老鸨道："容貌和梅太郎差不多的，叫一个来好么？"王甫察摇头问道："梅太郎果真就有了客吗？此刻还不到十点钟。"老鸨道："确是已有了客。"王甫察道："你替我再去一趟好？"老鸨笑道："她已有了客，还去做甚么？"王甫察道："你试再去看看，我自有道理。"说着从怀中抽出个日记本，撕了一页下来，用铅笔写了句"早ク来イ"的日本话在上面，画了个林字的花押。这林字花押，是王甫察和梅太郎私约了通信的暗号。老鸨看了，并不懂得，只是摇头。王甫察挥手，教她拿着快去。老鸨只得执着纸条儿，一步懒似一步的去了。

王甫察坐着等候，不一刻，只听得梅太郎和老鸨一边上楼，一边笑着道："我只道是谁，原来是他。你早说我早来了。"王甫察连忙起身，迎到楼口。梅太郎一把握了王甫察的手，紧紧的捏着，张开口只是笑得合不拢来。半晌忽然流下泪来道："想得我好苦呀！"一句话说完，早哽咽得不能成声了，王甫察也陪着流泪。携手进房，王甫察捺梅太郎坐下，自己挨身坐着，拭泪笑道："你此刻不必悲伤。你我悲伤的事有在后面，此时且快乐快乐，再叙苦事。"老鸨见了二人的情形，站在一旁痴了似的，不知怎样才好。王甫察教她赶快办酒菜来，老鸨才退了出去。

梅太郎问王甫察道："差不多一个月不见你来，是甚么道理？今日为甚么忽然跑到这里来叫我？"王甫察长叹一声道："不如意事常八九。这一个月来我所受的痛苦，一时也说不尽，即说了出来也是徒然使你伤感。一言以蔽之，不遂心罢了。我前月不是说已写信家去，教家中汇一千块钱来吗？那时我手中还有六百多块钱，你是知道的。那晓得我家中因我哥子革命的关系，被江西都督李纯抄了家，我哥子也逃到日本来了。父母都寄居在亲戚家中。所有财产二百多万，一文也充了公。莫说要一千块钱，便是一百块钱也凑不出。而我手中的六百多块钱，除买了个戒指给你，剩下的都是我哥子来用了。我一个钱也没有，连酒菜账都还不起，教我有甚么脸来见你！此刻听说有将财产发还的消息，我哥子有革命的关系，不能回国办这交涉，我只得去走一趟。本定了今日动身，因实在舍你不得，瞒着哥子来看一遭儿。你看我的车票都买了。"说着从袋中拿出车票给梅太郎看。

不知梅太郎如何说法，且待第四集书出版，再和诸君相见。

第五十五章

真留别哄哭梅太郎
假会亲骗嫖多贺子

　　话说梅太郎从王甫察手中看了看车票，低头半晌无言，只一滴一滴的眼泪和种豆一般落了下来。王甫察用汗巾替她揩了，正待用软语安慰她，忽听得楼梯声响，回头见老鸨同着一个小下女，端了酒菜上来。王甫察连忙移坐位，腾出地方来摆台子。一面笑向梅太郎道："不要悲伤，我们且饮酒行乐，莫辜负好时光。你我欢聚的日子有在后面。只要永远保持你我的心不变，又没有人从中阻碍，怕不得遂心如意吗？你此刻纵急坏了，也是无益。"老鸨放好了酒菜，也帮着夹七夹八的来劝解梅太郎。梅太郎才慢慢的收了眼泪，换出笑容来，陪王甫察饮酒。老鸨和小下女自下楼去。

　　二人破涕为笑，虽勉强行乐，然各人心中都存着不快之感，到底鼓不起兴来。王甫察胡乱用了些酒菜，梅太郎点滴不曾入口，老鸨收了杯盘，梅太郎低声问王甫察道："你刚才给我看的，不是张三等车票吗？"王甫察点头道："是。"梅太郎翻着眼睛，望了王甫察道："难道你连路费都不充足吗？"王甫察微微点头笑着，接着叹了口气道："岂但不充足，我此刻身边只剩了八块多钱。从长崎到上海的船票，还没有买。"梅太郎道："船票要多少钱？"王甫察道："三等七块多钱。我若不来见你，也可敷衍到上海。只是我不来会你一面，将情形说给你听，如何能安心到上海去？"梅太郎道："你到长崎不就没有钱了吗？"王甫察点头道："且到长崎再设法。"梅太郎摇头道："那如何使得！既家中有这般大事，岂可耽搁？可惜我手中也没有多钱。"说时，从腰带里面抽出个小小的绣花钱夹包来，打开看了看道："我的钱，横竖是你送给我的。这里面不过二十多块钱，连包送给你罢，我回去只说掉了就是。"王甫察心中高兴，连忙伸手接了，也不开看，即纳在衣袋内。二人又谈了一会，便收拾安歇。

　　次早起来，王甫察背着梅太郎，拿出自己的钱夹包来，将梅太郎给她的钱放在里面，加了三十块钱的钞票进去。将剩下的钱，都纳在梅太郎的钱夹包内。和梅太郎吃了早饭，心想：时常听得梅太郎说，她有个姐姐在品川当艺妓，名字叫作多贺子，容貌生得和梅太郎差不多。我久想去看看，因太远了，懒得特意跑去。于今何不趁这时机，到品川玩一夜，再至长崎？主意已定，也不和梅太郎说，会了账，与梅太郎叮咛握手而别。梅太郎送到门口，等王甫察穿靴子。王甫察将靴子穿好，拿出自己的钱夹包来，递给梅太郎道："我这钱夹包，送给你做个纪念罢。我此刻没有钱，横竖也用它不着。"梅太郎接着，即用汗巾包了，揣入怀中。

　　王甫察出来，得意非常的走到停车场，乘车向品川进发。因为天色尚早，不是饮酒叫妓的时候，王甫察一个人，就在品川徘徊了一日。直到夜间七点钟，才走到一家名叫竹屋的待合室。王甫察动身的时候，因怕吴嘉诏说话，穿了身半旧的学生服。这种服色在嫖场中实是罕见，他也知道不甚相宜。只是行李已由停车场运往长崎去了，一时间没得更换。仗着不在品川做资格，不过想见见多贺子，故也不甚计及衣服。

　　当时，王甫察推开竹屋的门进去，一个五十多岁的虔婆迎了出来，就电灯光下，将王甫察浑身上下打量了一会，懒洋洋的叫了声："请进。"王甫察略点了点头，弯腰脱了靴子，跨进房去。欲待上楼，老鸨连忙拦住说道："就请在底下坐坐。"王甫察心中暗笑：她们这班东西，只看见衣服，不看见人，我今日倒得在这里施展施展，使她吃了一惊才好。心中一边想着，一边跟着老鸨进了一间四叠半席的房。举眼看那房中黑魆魆的，只安了盏五枝烛的电光，吊在半空中打瞌睡。席子上除几个漆布蒲团而外，一无所有。门上挂一块"清风明月"的横额，也不知是谁人写的。书法恶劣倒在其次，只清字少了一点，变成了个"清"字，月字就写成个"冃"字。不觉暗暗点头道："真所谓物必有偶。有了这样的一块匾额，若没有这样的一间房来配它，也不合色。"

　　只见老鸨抢进房，拿了一个蒲团，往席上一摺，似笑非笑的问道："先生有熟识的艺妓没有？请说了，我好去叫来。"王甫察摇头笑道："我初从此地经过，那有熟识的？随意叫几个来玩玩罢了。我本是个过客，因旅居寂寞，到你这里来开心。难得你这房子雅致，与别的所在不同。我倒想多叫几个来，歌舞一回。"老鸨听了，又将王甫察浑身上下打量了一会，立刻换了副笑容，点点头道："承先生如此照顾，好极了。且等我去楼上看看，房间空出来没有。这房间太小，容不下多人。"王甫察故意吃惊道："楼上还有房间吗？我只道就是这一间呢。"老鸨也不答话，折身上楼去了。不一刻下来，向王甫察招手。王甫察跟着上楼，进了一间八叠席的房。看那房中陈设，虽不算富丽，比底下自然强多了。老鸨送蒲团给王甫察坐。王甫察从衣袋中拿出烟来，老鸨见了，连忙擦火柴。王甫察就老鸨手中吸燃了烟，挥手说道："你且不拘老少，胡乱替我叫几个来，吃一会酒再说。"老鸨嘻嘻的笑着去了。

不一会，只听得楼下一阵笑声，接着咚咚的楼梯响。王甫察向楼口一望，只见粉白黛绿，长长短短的，蜂拥一般上来，足有十来个，争着向王甫察行礼。王甫察从头看去，没一个中意的。一一问了名字，幸喜无多贺子在内。略略与各艺妓接谈了几句，老鸨搬上酒菜来。王甫察叫添了十来份杯箸，请大家坐着吃喝。这些艺妓那里肯呢，都扭扭捏捏的，你推我，我推你，不肯上前。王甫察让了几遍，也就罢了。独自饮了几杯，听唱了几支曲子，心中想起梅太郎来，忽然不乐。拍手唤老鸨进来，就她耳边说道："你去替我将多贺子叫来。"老鸨听了，怔了一怔道："多贺子恐怕没有工夫。"接着改口问道，"先生旧日与多贺子有交情吗？"王甫察听了，登时沉下脸来道："你还没去，怎知道她没有工夫？我要你去叫，你去叫来就是，管我有交情没有！"

老鸨见王甫察生气，不敢再说，只呆呆的望着王甫察，也不走开。过了一会笑道："我真该死，先生来了许久，我还没请教先生的姓名。请先生说了，我好去叫她。"王甫察道："你只说从东京来的中国人，姓王就是了。"老鸨听说是中国人，更是诧异。她平日听人说起东京的中国留学生，无不攒眉皱眼的说"惹不得"。今日见王甫察穿得这般平常，举动又是这般散漫，多贺子本是品川有一无二的艺妓，她接一个客，必得几番审慎。并且她有一定的待合室，别家去叫，十有八九是推故不来的。若是有些名望的嫖客，或是日本的绅士，衣服穿得阔绰，容貌生得齐整，还有几希之望。王甫察是这般的资格，又是最不讨好的中国人，在老鸨的心理，以为这钉子碰定了。但是王甫察既生起气来，说不得也要去撞撞木钟。当下向王甫察告了罪，鼓着嘴去了。

王甫察虽逼着老鸨去了，心中也恐怕多贺子不来，自己面子上下不

去。低头寻思了一会，喜道："有了。她若不肯来，只须写个字去，说梅
太郎叫我来，和她有话说。好在我身边有梅太郎的小照，又有她送我的钱
夹包，不愁她不相信。不过她既知道我与梅太郎有了关系，必不肯接我。
但是只要她来，顾全我的面子就罢了。"王甫察一个人低头乱想，那十来
个艺妓，都坐在那里交头接耳的议论。王甫察听得一个艺妓细声说道：
"这个人言语举动，都和日本人一样，怎的会是个中国人？只怕他是故
意说着当玩的。"即听得一个艺妓也细声答道："不是，不是，一定是中国
人。"旁边又有一个悄悄的问道："你怎知道一定是中国人？"这个笑答道：
"这很容易知道，若是日本人要叫多贺子，有交情的，必然到关三家去。
没有交情的，就在各家大料理店，决不会跑到这里来。并且穿这种衣服的
日本人，也想不到叫多贺子。只有中国人，多是不思量自己的资格，只知
道要拣最有名的去叫，情愿出钱不讨好。我从前在日本桥的时候，听人说
的实在不少。"她们说话的声音，自以为细到极处，其实王甫察字字听得
清楚，心中气愤得委实忍耐不住。欲待发作几句，转念觉得无味，只装着
没听见，举起酒瓶来满满斟了一杯酒，一口气喝了下去。艺妓们见王甫察
豪饮，都停了嘴不说话，望着王甫察。

　　王甫察接连喝了几杯闷酒，不见老鸨回来，心中大不自在。若在平
日，虽有梅太郎在座，也必和别的艺妓调笑几句，不冷落她们，使人难
过。今日见这些艺妓都彷佛存着瞧他不起的心思，又被她们冷讽热嘲了
半响，恨不得她们都立刻滚出去，免得老鸨回来的时候，多贺子不来，又
受她们的讥刺。只是王甫察心中虽是这般想，却说不出叫她们都走。又默
坐了一会，只听得楼梯响，老鸨气喘气急的奔上楼来，倒把王甫察唬了一
跳，连忙问："怎么？"各艺妓也都出了神。老鸨奔到王甫察面前，跪下去
笑问道："王先生可是与梅太郎有交情的？"王甫察点头问："怎么？"老鸨
拍手笑道："她就来，请先生等一刻儿。"王甫察道："你怎知道我与梅太
郎有交情？"老鸨打着哈哈道："我那里会知道？我刚才到多贺子家里，说
东京来的一个姓王的中国人，要叫姑娘。多贺子听了，低头想了一会问我
道：'那姓王的多大年纪了？是甚么样的一个人？'我都说给她听了。她又
问先生的举动言语，我也都说了。她点头道：'一定是我妹妹梅太郎的恋
人。我妹妹时常写信给我，说她那恋人姓王的，性格如何温和，言语如何
文雅，举动如何大方，容貌如何齐整。两下里已订了嫁娶之约。我久想见

见那个人,几次回到东京,都是来急去忙,不曾会面。他既来此地叫我,必定有事故。你快去对他说,请他坐坐,我换好衣服就来。'她是这般对我说,我所以拼命的跑回来告诉先生。"

王甫察听了,心中大喜过望,本有了几分酒意,听得高兴,又喝了几杯。不一时,下面门响,老鸨连忙起身道:"来了。"说着又奔下楼去了。那十来个艺妓都面面相觑,王甫察也起身走到楼梯口。只见老鸨在下面,咬着一个妙龄艺妓的耳根说话,那艺妓似理不理的向楼梯上走来。王甫察笑着问道:"来的可是多贺子姑娘?"多贺子笑应了一声,已上了楼。王甫察侧身引着进房,就电光下见多贺子的态度丰采,比梅太郎还要动人几分。虽听说她年纪有了二十二岁,望去却才如十五六岁的光景,止不住心中只管乱跳。多贺子进房,照例行了个礼,举眼见房中坐着一大堆的艺妓,心中有些不快,望着王甫察笑了一笑,说道:"王先生从东京来到这个小地方,只怕很难得尽兴。"说时,又回头望望这些艺妓。

王甫察知道她带着讥讽的意思,心想:若说出我的名字来,她必定不肯招待我,不如骗她一骗,和她睡一晚再说。主意已定,连忙笑答道:"我那是有意尽兴?只因为舍弟在东京,与令妹梅太郎感情甚好。他两个人私下订了婚约,舍弟求我去筹钱,替令妹赎身。我时常对令妹说笑话道:'筹钱不打紧,但是你两人结婚之后,拿甚么来报酬我哩?我也是个没有娶妻的人,只怕也要成全我一对才好。'当时令妹笑道:'你意中又没有人,教我们如何成全呢?'我说:'没有人,难道你就不能和我绍介吗?'令妹道:'要绍介我倒有,只不晓得你福分如何。'我就问她是谁,她便将姑娘说了出来。我笑道:'岂有此理,你竟敢拿着令姊做人情。绍介我拜见拜见,是很感激的。若说是报酬我,那就是天大的胆子,也不敢当。'今日到这里来,本是特意访的姑娘。因为与姑娘无一面之识,又存着一团恭敬之心,所以不敢直叫。估量着像品川这样的小地方,艺妓必然不多,拣有名的叫十几个来,以为必有姑娘在内。这也是我该死,没想到姑娘的身分比寻常的应该不同些。及至问她们的名字,才知道姑娘不在内。没法只得教老鸨来请。还望姑娘恕我唐突之罪。"说罢,拿酒杯在清水盥里洗了,递给多贺子,就她手中斟了一杯酒。

多贺子轻启樱唇,略呷了些儿,便在清水盥里将酒杯洗了,回敬一杯给王甫察,低头坐着,一言不发。那些艺妓听了王甫察一番话,一个个面子上都觉没有光彩，一窝蜂起身告辞走了。王甫察巴不得她们快走，连假意都不留一留，望着多贺子笑道："我明日就得动身回中国去筹钱。因为家中的财产，为革命的关系被政府抄没了。现在有发还的希望，不得不赶急回去办理。预计一个月内必能料理清楚，再来办舍弟和令妹结婚的事。"多贺子听了王甫察的一篇鬼话，那里疑惑他是捣鬼？又见王甫察这般殷勤周致，容貌虽不算是美男子，在日本男子中比较起来，自然算是很漂亮的了。

　　大凡一个人有几分长处，那希望人家尊敬他的心思，必比平常人较切。即古今来所谓感恩知己，就是得了个和自己知识相等、或高似自己的人尊敬他，知道他的长处，所以他心中就感激，谓之知己。一成了知己，便是赴汤蹈火也是不辞的。多贺子今日虽是初次遇王甫察，只是听王甫察的一番话，便很觉得在自己身上用心不错，非寻常拿着自己开心的嫖客可比。那径寸芳心不知不觉的就有终身之想。当下听王甫察说完了话，苦不得言语回答，只不住的用眼望着王甫察出神。王甫察老在风月场中混的人，已十有八九看出了多贺子的心事，便着实在多贺子身上用起情来。他们所谓用情，无非是灌迷汤，拍马屁，不消一两个小时的工夫，早把多贺子灌拍得无可不可。王甫察这晚，便享尽了人间艳福。

　　次早起来穿衣的时候，不提防衣袋里的梅太郎小照忽然掉了出来。连忙弯腰来拾，早被多贺子拾在手里，看了一看，往房角上一摔，登时朱颜改变，战兢兢的望着王甫察冷笑道："你、你、你分明是骗我，我姊妹两个都上了你的当！"王甫察见相片被多贺子拾了，心中早有些惊慌。但是他作恶惯了的人，无论如何外面总看不出他惊慌失措的样子来。当下见多贺子将相片拾了，说出气忿的话来，连忙故意吃惊道："你为甚么无端的见了令妹的相片会生起气来？我实在不懂你的用意。"多贺子鼻子哼了一声道："你还装甚么样？你分明就是我妹妹梅太郎的恋人，怎么假作他的哥哥又来骗我？我姊妹两个不都上了你的当吗？"王甫察故意打了个哈哈道："你何以见得我就是梅太郎的恋人？"说时，接连叹口气道，"我说这话都是罪过。"多贺子道："你不是他的恋人，为甚么有她的相片在身上？"王甫察听了，用手指着多贺子的脸笑道："可笑你们年轻女子真没有见识。你知道我是到那儿去？我不是说了今日就要动身回国去的吗？"多贺子点头道："是呀，她的相片与你回国有甚么关系？难道伯爷子要弟媳妇的相片做纪念？"王甫察忍不住笑道："你说话岂有此理！你不用着急，我说给你听罢。我们兄弟虽说是自由身体，父母不加拘束，但是有父母在上，到底不能不禀明一声。凭空回去说，纵说得天花乱坠，父母是不放心的。所以特从令妹手里要了这张相片，教我带回去，好和父母说。像你这样的气忿，不思量来去，不冤屈死人吗？令妹给我的纪念，不瞒你说倒有一样，只是也有个做纪念的道理在里面。"说着，从袋中将那绣花钱夹包拿了出来，递给多贺子看。

多贺子已坐了起来接着，王甫察替她披好了衣。多贺子一边伸手穿衣，一边执着钱包问道："有甚么做纪念的道理在里面？且说出来我听。"王甫察笑道："你是个聪明人，做纪念的道理岂有不知道的？从来也没听人说拿钱包做纪念的，无非是教我回国不要忘记筹钱的意思。"多贺子听了，似乎近理，微微点头道："那就是了，我错疑了你，却不可怪我。"王甫察连忙陪笑道："岂有怪你之理？事本涉可疑，幸你是聪明绝顶的人，容易明白。若遇了糊涂的，那才真是教我有口难分呢。但是糊涂人我也用不着和他分辩，由他去错疑一会子罢了，谁还用工夫去理他呢。"多贺子笑道："事情真是可疑，你能说得明白罢了。即不然，雪里不能埋尸，终有明白的一日。只须我去东京一趟，怕不得个水落石出！"王甫察也点头道是。

多贺子说着话起床，二人盥漱已毕，用了早餐，还说了许多缠绵不断的话。老鸨送账单上来，一夜工夫，花了四十多元。吴嘉召的一百块钱，至此一文不剩。真是无钱没事。别了多贺子，坐着三等火车，安心乐意的到长崎，找他哥子的朋友贵州人林巨章去。幸在火车上遇了熟人，不然连买便当的钱都没有。

不知后事如何，且俟下章再写。

第五十六章

现身说法爱情无真
紾臂夺食骗术有效

话说王无晦的朋友林巨章是士官学校的学生，本是老同盟会的人。民国元年在贵州当了几个月的旅长，癸丑年却从四川逃了出来。这人文章经济，都有可观，年龄在四十左右，生得高颧鹰目，英气逼人。因见东京的亡命客太多，鱼龙混杂，而一般生活艰难的，都眼睁睁的望着他，说他有钱，他便恐怕缠扰不休的讨厌，因此带了他的姨太太及两位同志，在长崎一个僻静所在居住。这两位同志，一位叫周克珂，一位叫张修龄。周克珂是他的秘书，张修龄是他的参谋。这位姨太太，是新从上海花了五千块钱买来的。听说这位姨太太在上海长三堂子里颇有点名望，名字好像就叫作陆凤娇。林巨章讨她的时候，还有段足令人解颐的故事。虽发生在上海，与本书无甚关系，然写了出来，使看书的人见了，亦足见上海乐籍中大有人在，林巨章艳福不浅也。

林巨章同周、张二人初从四川逃到上海来的时候，本打算就在上海多住几时，等袁世凯自毙。那时从湖南、江西独立各省逃来的亡命客，人数颇为不少。和林巨章凑拢在一起的，都是些志同道合之人。凡英雄不得意的时候，就有些逸出常轨的事情做出来。在上海这种文明极乐之场，手头宽绰，又有些同志聚作一块，自然是你请我约的，在堂子里借酒浇愁。林巨章初遇陆凤娇，即倾倒得无所不至。陆凤娇本是官家小姐，戊戌、己亥年，随着她父母在直隶候补。庚子年义和团事变，全家被戮，只陆凤娇不知躲在甚么所在，免了这场惨祸。后来被人拐到天津，卖入窑子里，她还能不忘根本，时常读书，很能认识几个字，又说得来官话，不像专说苏州话的长三，使外乡人纳闷。

林巨章是一句苏白不懂的人，故对于陆凤娇更是特别的看待。陆凤娇也知道林巨章是个有气魄的男子，特别的逢迎。不消一个月工夫，弄得林巨章有天没日头，一刻也不能离陆凤娇左右。报效的钱也实在不少。张修龄见太闹得不把钱当钱使，恐怕一年半载的弄下去，财源一竭，在上海存不得身，内地又不能去，不好下场，邀同周克珂劝了林巨章几次。奈林巨章正和陆凤娇在火热一般的时候，二人的话只作了耳边风。二人设法，便商量着教林巨章将陆凤娇讨了来。林巨章却甚愿意，教张修龄去和陆凤娇的妈议身价。陆凤娇的妈知道林巨章和女儿情热，手中又拿得出，硬抹煞良心，要一万五千块钱。张修龄吓了一跳，议减了许久，还要一万元，丝毫不能再少。

张修龄知道她要在陆凤娇身上发一笔大财，和她说是没有成的希望，回了林巨章的信，教林巨章和陆凤娇商议。林巨章真个要陆凤娇和她妈说，她妈还是咬定了要一万元。陆凤娇和她妈哭着吵闹，也是无效。林巨章气忿不过，问陆凤娇道：“你到底是真有意嫁我不是？你不要委屈，只管直说出来。”陆凤娇望着林巨章，发愣道：“有你不嫁，待去嫁谁？”林巨章喜道：“只要你真有意嫁我，不问你妈要多少。你妈仗着你不是她亲生的女儿，只要她有钱得，就终身将你困在火坑里，她也不心痛。这种没有天良的东西不坑她一下子，她真把我当冤大头了。你说是不是？”陆凤娇道：“你打算怎样坑她？”林巨章道：“你既非我不嫁，要坑她不很容易么？你不动声色的将细软的东西收拾收拾，悄悄的同往日本一走就完了，她到那里去喊冤！”陆凤娇听了吃惊道：“这事只怕干不得。”林巨章道：“为甚么干不得？难道她是这般把持你嫁人，不许你跳出火坑，你还对她有母女之情吗？你既和她还有母女之情，那要嫁我的心，就不算真的了。”陆凤娇摇头道：“不是，不是。她养了我一场，平日待我也不薄。要说完全无母女之情，那是欺你的话。她把持我嫁人，我也知道恨她。不过我所说只怕干不得的话，不是为她，我只怕一走，你这拐逃的名声当不起。事情关系太大，不是当耍的。”林巨章笑道：“怕甚么！要拐逃就拐逃。老实讲给你听罢，我是个当亡命客的军官，当打仗的时候，奸淫掳掠的事那一天不干几件？便拐逃一个妓女，算得甚么！”

陆凤娇听了，打了个寒噤，望着林巨章半晌道：“我见你的举动情形，早猜到八九成你是这样的一个人。但是我也不是怕事的，所以特别和你要好。我的性格，你大约不大知道，越是你这样不拘细行的男子，我越欢喜。我时常说，宁跟英雄做妾，不跟庸夫做妻。不过越是欢喜之中，越夹着几成恐惧在里面。"林巨章听了陆凤娇的话，自顶至踵，通体快活非常。忽听到"越是欢喜之中，越夹着几成恐惧在里面"的话，不觉插嘴问道："你这话怎么讲？"陆凤娇笑道："这有怎么讲？就只怕你这样的行为惯了，爱情不得专注。"林巨章笑道："那有的事！我的爱情最是专一。你不看上海多少的长三，我自遇你之后，任是如何漂亮的，我拿眼睛角瞧过她一下子没有？这样待你，还说怕我不专注，真算是不怕委屈死人了。我若有甚么破绽给你指出来了，说怕我爱情不专注，我也甘心。"陆凤娇摇头笑道："你这话太说得粗浅了，看人不是这般看法。你于今是不错，算是有一无二的爱我，和我寸步也不能离开。只是你要晓得，这算不得真正的爱情，一点也靠不住的。"

林巨章诧异道："你这话就奇了，这样还算不得爱情，要怎么才算得是爱情？你这爱情的解说，我就不懂得了。"陆凤娇道："你虽是个读书人，然而在军队里弄了这们久，天天和一班杀人放火的莽汉做一块，脑筋自然一日一日的简单了。那里有工夫去细细研究这爱情是怎么个讲法？这也难怪你不懂得。"林巨章笑道："你的话虽说得聪明可听，但是凭空硬派我对你不是真爱情，丝毫拿不出证据来，随你说得如何好，我到底有些不服。"陆凤娇道："要我拿出证据来很容易，只是你不要赖，我就说给你听。"林巨章道："我是个男儿，做了事那有赖的，况且还是对你。我的爱你之诚，是从心坎中出来的，难道还怕你寻出假的证据来，要和你抵赖？你只管说就是。"

陆凤娇道："我的证据是从人类性质上研究出来的，所说的不仅你一个，你听着，心中明白就是了。我说凡是有飞扬跋扈之性的人，脑筋必是比寻常人活泼，欢喜感情用事。你说是不是？"林巨章想了一想道："有些儿像，但是也未必尽然。"陆凤娇道："不必要尽然，只要大多数是这般就得了。赋有这种性质的人，不必男子，女子也是一样。你只看荡检逾闲的事，那一件是莽男蠢妇干出来的？既是欢喜感情用事，没有一些儿外来拘束，无所顾忌，自然是触处生情，不到厌倦的时候不止。这算一时的感触，能力最大，能使人颠倒一切。即如现在的你我，就是这样的一个标本，怎能算得是真爱情！幸而你遇见的是我，我遇着的是你，你我心中便觉得我之外无我，你之外无你。殊不知这是毫不足恃的感触。你只自己问问自己，假若你遇的不是我，而性情人品和我差不多，或比我更好，你也是这般爱她不爱？我敢替你自己答应，一定也是这们样爱，或且更加一层。如此说来，可见得你爱的不是我，我爱的不是你。各人爱的有各人的目的，这目的一失，你我的爱情都化为乌有了。怎能算得是真爱情？"

林巨章大笑道："你越说越把我说糊涂了。我也要问你，外来的拘束是甚么东西？依你说，要怎么才算得是真爱情？"陆凤娇道："外来的拘束很容易明白。就高尚的说，就是礼义廉耻。普遍的说法，便是有法律上一定的限制。礼义廉耻是没有一定的标准，只可自己防范身心。法律上的限制，也是对于你和第三人施用爱情的时候才有效，而对于我是无效的。我这话说出来，你一定又不懂。"林巨章点头道："果然不懂。"陆凤娇道："我所谓法律的限制，不是限制你我的爱情，不向第三个人施用吗？"林巨章道："是呀。"陆凤娇道："你我爱情向第三人施用，固有法律限制。倘若你我都愿牺牲你我的爱情，不向第三人施用，只是你我也不交换，法律还有效力没有哩？"林巨章想了想道："法律对于没有爱情的夫妇有甚么法子？自然是没有效力。"陆凤娇笑道："是吗，所以我说是对于你和第三人施用爱情的时候才有效，对手我是无效的。"林巨章道："依你这般说法，世界上简直没有真爱情了，未免持论过苛了一点罢！"陆凤娇摇头道："一些儿也不苛，真爱情是有很多的。真爱情，不过是不能在富贵人跟前去寻，更不能到堂子里来寻。"林巨章道："然则你我永没有发生真爱情的一日吗？"陆凤娇点头道："若是这样的维持现状过下去，便过一百年，我也不承认是真爱情。必得你我都有一桩事，深印入各人的脑筋里面，将现在的这种浮在面上的爱情都打消。另在那一桩事上，生出一种入木三分的情来，那才保得住是永古不磨的爱情。"

林巨章思索了半晌，恍然大悟道："不错，不错！我此刻才知道这真正爱情之足贵重了。我问你：你必待我有了这种爱情之后才能跟我吗？"陆凤娇道："那却不然。我今年二十三岁的人了，得你这样的人还有甚么不满意？刚才所说的，不过就我七八年来在风尘中经验所得的说给你听，本意在不愿你因我做那损害名誉的事。你说拐逃不要紧，我看是要紧极了。往内地走，弄出事来，还是在自己家里丢丑。到日本去，弄出事来，不真是丑到外国去了吗？"林巨章此时心中很佩服陆凤娇是个极有知识的女子，要讨她的心，更加了一层。听了这话，皱着眉头说道："你妈硬

咬定要一万元，我拿不出这们多，不走却怎么办哩？你还可以去求求情
么？"陆凤娇摇头道："她只知道要钱，任如何求情是无效的。我倒得了个
两全的法子，不知你可能照办？"林巨章喜笑道："只要能行，没有不照办
的。"陆凤娇道："你去打听几时有开往日本的船，将船票买好。我只拣紧
要的首饰带几样，悄悄的和你上船去。上船之后，方教你的朋友张先生或
周先生于差不多开船的时候，拿五千块钱来，和我妈说。她没法，一定要
应允的。到那时候，她若再不允，那就不能怪我了。"林巨章道："万一她
竟不应允，你便怎么样？"陆凤娇摇头道："决无不允之理。如竟不允，就
教她到船上来和我说话，我自有方法对付她。"林巨章听了，喜出望外，
嘻嘻的笑道："你真要算是女诸葛了。即此一事，便可深深的印入我脑子
里面，使永古不得磨灭。我此刻就去打听，今日可有往日本的船。"

　　林巨章出来，和周、张二人说了，二人也自欣喜。那日果有"山城
丸"开往日本。"山城丸"和"近江丸"一样，没有二等舱，遂买了四张
头等舱票。周、张运行李上船，林巨章回陆凤娇家来。陆凤娇自去收拾细
软，做一包给林巨章拿了，叫了乘汽车，说出去兜圈子，人不知鬼不觉的
上了轮船。等到夜间十二点钟以后，周、张二人携了五千块钱的钞票来到
陆家，将事情始末给陆凤娇的妈说了。陆凤娇的妈起初听了，大闹着说不
依，定要闹到轮船上去，将陆凤娇拉回来。后来被周、张二人劝的劝、恐
吓的恐吓，也就没事了。当下收了钱，写了字。周、张又赏了娘姨、相帮
些钱。手续办妥了，陆凤娇的妈同送到轮船上来，和陆凤娇对哭了一会。
到要起锚了，才泪眼婆娑的回去。

　　四人到了日本，在东京住了一会。一般小亡命客望了他们眼红，每日
必有几个人向他们需索，林巨章就赌气搬到长崎来住。他本来和王无晦是
朋友，王甫察也是素来认识。这日王甫察来到他家，周、张二人都出外看
朋友去了，只有林巨章夫妇在家里。见面自有几句客气话，不用叙它。林
巨章向王甫察道："令兄前几日有信来，说大连的党人也困苦得很。小鬼
受了袁政府的运动，对于党人的举动异常注意，行动很不自由。将来只怕
都在大连站不住，要退回来。令兄的经济非常困难，要我寄些儿钱去。我
也正在手中拮据的时候，那里腾得出钱来寄到大连去？昨日才从谈平老那
边抵死的扯了二百块钱来，打算寄六十块钱给令兄。今日因是礼拜不能
寄，你来了很好，明日就请你去邮便局走一趟。"说时叹了口气道，"真是

没法。同在患难之中，不能不彼此相顾。其实我也是手长袖短，扯曳不来，还要求令兄能原谅我才好。若也照那班不识好歹的人一样，骂我鄙吝，那就真不值得了。"王甫察笑道："说那里话来！家兄和足下相交不止一日，不是不识心性的。莫说足下还寄六十块钱去，便是一个不寄去，家兄也决不会因借贷不遂，便不问原由，即骂人鄙吝。如果真因借贷不遂，即和足下生意见，由他骂去也就罢了。这种人又何必交往，是朋友，必不肯因银钱小故即生嫌隙。生嫌隙，便不是朋友了，得罪了也没要紧。"

林巨章听王甫察说话，很像懂事的人，心中倒很欢喜。二人又谈了会别的话，周克珂回来了。王甫察曾在东京见过的，彼此握手道契阔。林巨章问周克珂道："你们二人同出去的，修龄怎不见回来？"周克珂笑道："他要同吉野去吃日本料理，我懒得去吃，就回来了。日本料理有甚么吃头，没得糟蹋钱。"林巨章道："修龄就和吉野两个人去的吗？"周克珂点头道："修龄近来和吉野很说得来，时常低声细气的唧唧呱呱，不知说些甚么。我又不大懂日本话，和他们混作一块，没趣极了。"林巨章笑道："你不懂日本话，自然没趣。吉野本是个浪人，最会逢迎亡命客的。"王甫察问道："这吉野不就是在江西替荫青当参谋的吉野光雄吗？"林巨章道："不错。你认识他么？"王甫察笑道："我怎么不认识他！他曾到大谷馆几次，还和我很好。这人聪明极了，最能体贴人家的意思。他有个兄弟叫吉野归田，在长崎当侦探长，也是个很随和的人。"林巨章道："呵，是了。他们是亲兄弟吗？我前回从上海去东京，在此地搭火车。已经坐在车上，差不多要开了，忽然来了个三十多岁穿和服的男子，恭恭敬敬递了张名片给我，说是受了政府的命令，来保护我的。当时还把我吓了一跳，以为是受了袁政府的运动，来与我为难的。我便装作不懂日本话的，没有睬他。他盘问了一会，问不出头绪，火车要开行，他便下去了。我记得那名片上，就是吉野归田四个字。至今我心里还是疑惑，以为必是受了袁政府的运动。你一说我才明白了，他是受了日政府的命令，倒是一片好意来的。"王甫察笑道："也不是好意，也不是恶意。他的职务是当侦探。那时亡命客络绎不绝的到日本来，日本政府非常注意。他的职务所在，不能不在轮船、火车上拣那行迹可疑的盘问盘问。但是日本侦探的本事，也就有限得很。"

正说时，只见张修龄喝得酩酊大醉的回来。见了王甫察，连忙伸出手来，给王甫察握，哈哈笑道："今日喝酒喝得痛快极了！你何时到这里来的？你晓得么，你的令兄差不多要给日本人驱逐出大连了。"王甫察见他东一句西一句的乱说，不好答白。张修龄也不再说了，松了手，趔趔趄趄的往隔壁房里走。林巨章教周克珂扶进房去睡。王甫察听了个睡字，才记起自己的行李还在火车站，没有搬来。便向林巨章借了几块钱，到火车站将行李搬回，与周、张二人一房居住。

次日，林巨章拿了六十块钱的日钞，写了封信，交给王甫察送到邮政局里去。王甫察接了出来，一边走一边想道：六十块钱付给我哥哥，济甚么事？他还怕到旁处筹不出几十块钱来，要巴巴的从这里寄去？放在我手里，倒可敷衍几日。我到这里来，身边一个钱也没有，零零碎碎的向人开口，也很不便当。昨日和老林要借五块钱，他就迟迟延延的只拿出三块钱来，说家中除三块钱外，只剩了几张十元的钞票，教我用了再说。话虽是委婉可听，那不愿意的情形却都露出来了。难道十元的钞票就不能给我换了去用的吗？他们有钱的人都是这样，我也不怪他。这六十块钱我且拿着用了，写封信给我哥子，将老林的信也做一块儿寄去。哥子回信，必不会说穿。对老林说，只说钞票是套在信里寄去的就是了。好在大连也是用这种钞票。主意想定，顺便买了信纸、信封，走到长崎医学校，找他同乡的朋友朱安澜。

朱安澜本来是自费到日本学医，王甫察当经理的时候，才补了一名官费。在长崎医学校，差不多要毕业了。年纪三十左右，倒是个热心向学之士。王甫察走到学校里，刚遇着上课的时候，朱安澜在讲堂上听讲，不能通报。王甫察就在应接室坐了，向门房借了笔墨，写了封信，和林巨章的信一并封了。猛听得叮当叮当铃子响，门房执着王甫察的名片进去了。不一会朱安澜出来，略谈了谈别后的情景。叮当叮当铃子又响，王甫察道："你去上课，我走了。"朱安澜道："你住在甚么地方？后日礼拜三下午，我好来候看。"王甫察说了，辞了出来，到邮政局将信挂号寄去。

回到家中，不待林巨章问，他便说是将钞票套在信里面寄去的，两边都可免兑换的手续。林巨章踌躇道："不妥，不妥，倘若查出来了，白丢了几十块钱，还得受罚。这手续是万不能免的。"王甫察笑道："放心，决不会查出来。这种事我干过多次，并且见旁人也干过几次，曾不见有一失败。只要将信挂号，不至遗失就得了。去年我的同乡朱安澜在这里的医学堂读书，本是自费，他家住在抚州，托人在省城付二百块钱给他。那受托的人不知道汇兑的方法，就买了二百元日钞，用油纸包了，当作小包，由邮政局里寄了来，也没失事。朱安澜接了，还吓得吐舌头。邮政局对于这些地方不甚关心的。你看，不出几日，家兄必有信来，说平安收到了的。"说着，将挂号的凭单拿了出来。林巨章接着看了看，交给周克珂收着，说道："虽则如此，我总觉不很放心。都正在困难的时候，小心谨慎的，还怕有意外的事发生。这样大意，坏了事，问谁去要赔偿？克珂，你再替我写封信去问问，教他接到了，赶快回信。"说时，叹气唉声的道，"少年人做事，总难得老成。"王甫察心中好笑，也不和林巨章分辩。

周克珂自去写信。只见下女拿着一张名片进来，林巨章接着看了，点头教请进，回头喊张修龄道："客来了，你出来陪陪，说我身体不快就是了。"张修龄从隔壁房中走出来，林巨章给名片他看。张修龄笑道："原来是她又来了。她若开口，该怎么样发付她呢？"林巨章望了王甫察一眼，踌躇道："随你去办就是。"说时听得外面脚步声响，林巨章即折身进去了。不知来者何人，且俟下章再写。

第五十七章

藏皮靴俏下女报仇
吃急酒如夫人斗气

话说林巨章说话时，听得脚步声响，即折身进去了。王甫察不知来的是谁，恐怕他们说话不便，正想起身进里面回避，来人已推门进来。王甫察一看，才大吃一惊，来的不是别人，就是拿男子当玩物的胡蕴玉女士。即连忙起身打招呼。

胡女士一眼见王甫察也在这里，登时吓得退了一步，脸色都变了。忙敛了敛神，复走向前与张修龄行礼。回头问王甫察道："你是何时到这里来的，怎没听人说过？"王甫察笑道："我昨日才来的。你到这里很久了吗？"胡女士点点头，即问张修龄道："巨翁既在家里，怎的不见出来？"张修龄道："他今天身子不快，还睡着没有起来。先生若有事就请对兄弟说了，巨翁起来的时候，代先生转达，也是一样。"胡女士笑道："没旁的事。请先生替我对他说声，我前日和他说的事，他原说昨日送来的，怎的还不送来？我就在二三日内要回东京去了，请他今晚或明日，无论如何得送到我那里去，我靠着它的使用。"张修龄点头道："先生放心，代先生达到就是了。"胡女士谢了声，问王甫察住在那里。王甫察道："我暂住在这里。"胡女士道："你此刻有事没有？若没事就同我到外面去逛逛。"王甫察喜道："很好。"胡女士起身，辞了张修龄，同王甫察出来。走到门口，复叮咛张修龄一会，才与张修龄握手而别。

王甫察道："你打算到那里去逛？"胡女士看了看手上的表道："差不多十二点钟了，我们且到四海楼去吃点料理再说。"王甫察道："我们坐人力车去罢。"胡女士本来最爱坐人力车的，在东京的时候，时常坐着人力车到人家去，教人家开车钱。和她来往的人都知道她有这种毛病，虽不愿意，却是都有说不出的苦。

闲话少说。当下王甫察叫了两乘人力车，飞奔到四海楼。王甫察开发了车钱，一同上楼。见那间日本式的房子空着，便卸了木屐进去。胡女士也将皮靴脱在外面，跨进房。王甫察即向她努嘴，教她把门关好。胡女士真个推关门，与王甫察行那极亲密的西洋礼。过了一会，忽听得外面有人敲门，吓得二人一齐连忙松手，整理衣服。王甫察问道：谁呀？"问两句，不见人答应。王甫察推开门看，只见一个下女一手托着茶盘，一手握着菜单、铅笔，站在门口出神。王甫察让她进房，仍旧将门关上。下女见房中的蒲团都两个一叠的并排摆着，胡女士头上的花摆在一边，头发都松松的乱了，独自站在房角上，在那里理鬓，脸上红一块白一块的，颜色不定，西洋式的裙子也揉得皱作一团。不觉心中也突突的跳，脸上如火一般的热。将茶盘、菜单放在桌上，低着头用眼睛偷看王甫察。

王甫察看这下女，年纪约十八九岁，容貌虽不甚美，皮肤却是很嫩，一双眼睛更含着十分荡意，一看很能动人，便喊胡女士看，并做手势想引诱她。胡女士正被这下女吓得没有遂意，见王甫察要引诱她，心中甚喜，好借此出出气，便点头走近王甫察身边，挨身坐下，用粉脸靠在王甫察肩上，教王甫察拿菜单看着同点菜。王甫察伸脚挨着下女的大腿，左手执着菜单，右手只在胡女士脸上抚摩，两人都装出十分淫态。下女的腿靠着王甫察的脚，觉得一股热气，直冲得浑身无力，芳心摇摇，把持不定，不住的用腿往王甫察脚上擦，口中有声没气的说道："先生快些点菜，时候不早了。"胡女士悄悄的向王甫察耳边笑道："是时候了。"王甫察摇摇头，将脚伸进了些，用脚尖去探下女的巢穴。下女连忙用手紧紧的将脚握住，往桌子底下一推，拔地立起身来，推开门往外就跑。

二人都吃了一吓。胡女士埋怨着王甫察道："教你动手，你不动手，直弄得她忍耐不住赌气跑了，看你有甚么意思！"王甫察摇摇头笑道："不行的，你莫把日本女人看得太容易了。有第三个人在旁边看着，她也肯吗？就是最下贱的淫卖妇，在青天白日之下，她也还有许多做作。若是当着人干，除非是和她常做一块儿卖的，然而也要是下贱极了的才行。她当下女的，自然有下女的身分，非淫卖妇可比。有我两人的活春意给她看了，使她心里难过一阵可以。想当着你和她实行，是万万做不到的。她若一嚷起来，外面吃酒的人听了，才真是笑话呢。"胡女士道："我不信她日本女人有这般贞节！刚才你没见她那种抓搔不着的样子，莫说是当着我一个女人，我想既那么样动了心，只怕就在大庭广众之中，也有些按捺不住。"王甫察抱过她的脸来，亲着笑道："然则你若遇了这种时候，是一定不跑的了。"胡女士在王甫察脸上咬了一口道："谁敢当着我是这们无礼！点菜罢，吃了好出去玩。"

王甫察松手将胡女士放了，拿起铅笔来，问胡女士吃甚么。胡女士笑道："你这东西真该死！连我欢喜吃的菜都忘记了。"王甫察偏着头想了一会，笑道："呵，想出两样来了。生炒鲜贝、白鸽松，是你最欢喜吃的了。你还吃甚么不吃？"胡女士道："够了。看你想吃甚么，你自己去点。"王甫察提起铅笔一阵写了，拍手叫下女。拍了一会，不见人来。起身走到门口拍了几下，才有个中国的堂倌走了来。

王甫察将菜单给了他，回身关门问胡女士道："我还没问你，怎的在甲子馆住得好好的，忽然一声不做的就搬走了，也不给我个信儿？"胡女士笑道："再不要说起我那回搬家的事！上了人家一个很大的当，还不能和人说。罢了，你也不必问，我也懒得说。总而言之，算我瞎了眼，认错了人，有些儿对你不住就是了。"王甫察寻思道："你这样说，我真不明白了。何妨对我说说，到底算怎么回事？"胡女士摇头不做声。王甫察只管追问，胡女士急道："你定要问了做甚么？想我说给你听是不行的，你有本领打听着了，你去打听。"王甫察见她发急，便不再追问。后来才仿佛听人说是广昌和的小东家在胡女士身上用钱太多了，亏了本不能支持，被伙计们责备得翻悔起来，将胡女士骗到神户，把胡女士的金镯、钻戒一件一件都偷到手，一溜烟走了。胡女士弄得人财两空，跑回东京找广昌和。谁知广昌和已经倒闭几天了，只气得搔耳抓腮，不得计较。因想到林巨章手中还阔，和自己的交情也还过得去，便跑到长崎来，住在万岁町的上野屋，找着林巨章谈判了几次。林巨章因为怕陆凤娇疑心，不敢十分招揽。今日不提防遇了王甫察，抵死的盘问，触发了她的心事，异常难过。当下酒菜上来，不似平日那般放量尽吃。王甫察不知就里，只管逗着她说笑。一顿饭吃完，胡女士的心事也渐渐忘了。

王甫察会了账，同起身出房。胡女士一看，靴子没有了。王甫察惊异道："谁跑到这来偷靴子？并且女子的靴子，男子偷了也没用，必是那下女不服气偷去了。怪道刚才拍手不肯来呢。"胡女士发急道："你还不快叫她来，问她要。她若不肯拿出来，便问这里的老板要赔。"王甫察点点头，拍了几下手，一个三十多岁的下女走了来问："做甚么？"王甫察道："一双靴子脱在这里，怎的不见了？"下女听了发怔道："我不曾见。先生的靴子放在甚么地方？"王甫察怒道："你说放在甚么所在，人在这房里，自然靴子脱在房门口。你说放在甚么所在？"下女东张西望了一会，自言自语道："人坐在房里，靴子脱在房门口，会不见了？这里送饭送菜的没有乱人，除在这里吃料理的，没旁人进来。"王甫察大声道："我不管你有旁人进来没旁人进来，在你馆子里失了靴子，你馆子里应该负责任。又不是贵重东西，应该交明账房存贮。你不配和我说话，快去唤你的主人来！"下女没法，鼓着嘴去了。

大厅上有几个吃料理的中国人，听见失了靴子，都放了筷子，走过来看新闻。胡女士只急得在席子上乱转。一会儿账房走上来，王甫察怒不可遏的说道："你当账房做甚么事的？脱在房门口的靴子居然被人偷了去，你都不管。"那账房听了也怒道："我当账房是管账的，谁替客人管靴子！"王甫察气得发抖道："这还了得！你这东西，不送你到警察署去，大约你也不知道甚么叫法律！"账房冷笑道："警察署又不是你的，要去便去就是，谁还没见过警察？凡说话总得有个情理。我当账房坐在账房里，怎知道你的靴子会失，着人来替你看守？这料理店不断的有人来吃喝，吃喝了就走，谁也不知道谁是甚么人。这替客人管理靴子的责任，请教你怎么个负法？又不是进门就脱靴子，换了对牌，有专人管理！"胡女士在房中听账房说话尖利，恐怕受他的奚落不值得，便也在房中冷笑道："照你这样说来，我的靴子简直是应该失的了。你这馆子里是这般的招待客人，客人还敢上门吗？一双靴子本值不得甚么，也不见得便教你赔，不过你图出脱的心思太狠了。说出话来，给人难堪，恐怕于你自己营业上不见得有甚么利益。"

大厅上吃料理的客人听了胡女士的话，也都表同情，说账房说话太轻慢客人。正在你一言我一语的时候，忽听得后面一个下女喊道："不要争论，靴子在这里了！"一些人都回头望着下女，只见那下女用手指着王甫察立的房门上道："你们看，那横额里面露出来的黑东西，不是只女靴底子吗？"众人抬头一看，都道"不错！"账房即走拢去，伸手在上面拖了只下来，交给王甫察。再伸手去摸，却没有了。即端了张椅子垫脚立上去，见横额里空的，一无所有，不禁笑着骂道："不晓得是那个短命鬼，这样和人开玩笑！还有一只，教我去那里寻找？"账房一边说着，一边跳下椅来。大家都嘻嘻的笑着，帮着弯里角里寻找，当作一桩很开心的事干。

王甫察拿着一只靴子，皱着眉不做声。胡女士在王甫察腰眼上捏了一把，骂道："都是你这色鬼，青天白日的教我把房门关上，才弄出这种笑话来，给人家开心！"王甫察叹了口气，高声骂道："甚么混帐忘八羔子和老子开玩笑！再不拿出来，老子可要臭骂了。"骂了几句，也没人答白。胡女士道："骂得出来的吗？你去找找，必塞在甚么地方去了。但是据我想，还在楼上，没拿下去。"王甫察只得将手中的靴子放下，厅上看了会没有，寻到解小便的地方，分明一只女靴子，浸在尿坑里。王甫察弯腰捏着鼻子提了起来，又是好气，又是好笑。叫下女拿去洗刷干净，自己回房告知胡女士。气得胡女士又将王甫察骂了一顿，王甫察只得诺诺连声的认罪。不一刻，下女将靴子洗刷好了送来，王甫察接着嗅了嗅，还有些臊气。不敢说出来，怕胡女士又骂，连说很干净了。胡女士也不计较，急急忙忙穿了下楼，王甫察跟着后面走。楼下的人一个个都带着揶揄的样子望着。胡女士只顾前走，连正眼也不瞧他们一眼。王甫察跟着走了几丈远，胡女士才回头说道："唤两乘人力车坐着去罢。"王甫察真个唤了两乘人力车，坐着往万岁町上野屋来。

坐不到两点钟，只见下女引着张修龄进来，胡女士忙起身让坐。王甫察虚心，觉得有些惭愧。见张修龄从怀中抽出封很厚的信来，递给胡女士道："巨翁说千万对先生不住，奉上五十金，略备茶点。"王甫察不待张修龄说完，拿起帽子对胡女士告辞。张修龄停了话问道："小王就走吗？"王甫察应了个"是"，即走了出来。打各处游行了一会，回到家中已是上灯时分。走到客房门口，听得里面有林巨章的声音，和人说日本话。王甫察不知是谁，不敢进去。走到周克珂房里，见周克珂躺在席上看书。王甫察问客厅里的日本人是谁，周克珂道："就是吉野那没路鬼，跑来找老张去玩。老张没回来，他就坐在这里等。我是没这精神陪他。"王甫察故意问道："老张到那里去了？"周克珂道："老林托他送钱给胡蕴玉，去了好一会，大约差不多要回了。你不是和胡蕴玉同出去的吗？"王甫察点头道："我在胡蕴玉那里遇了老张，我出来又看几处朋友，以为老张回了。"周克珂仍看书不答白。

王甫察心想：何不去会会吉野，也多个人谈谈。想着，即走进客厅。

吉野见王甫察来了，登时现出极欢迎的样子，与王甫察握手，两人都说了许多客气话。吉野定要替王甫察接风，林巨章笑道："我这做主人的倒将接风的这件事忘记了。客在我家里，让你先接风似乎不妥。还是我教内人弄几样菜，我们大家乐一乐。馆子里你知道我是不去的，那些地方人杂得很，万一遇着了一两个同志，又要缠扰个不休。"说着起身进房里去，交待陆凤娇弄菜去了。

王甫察便和吉野闲谈起来。他们二人本来同玩过的，甚么话都说得来。王甫察问吉野道："长崎的情形，你算是很熟悉的了。有一个中日合璧生出来的女儿，叫柳藤子，听说生得很是不错，你知道不知道？"吉野拍着桌子笑道："柳藤子连你都知道了吗？是谁对你说的？这事情危险，你注了意，就有几分不妙。"王甫察笑道："这话怎么讲？日本的好女子多着，只要我知道了，就危险，那也不知危险过了多少。你既知道详悉，请说给我听，是个甚么样的模样，甚么样的性格，甚么样的家庭，甚么样的身分，我都是必要打听的。"吉野笑着，连连的摇头道："不成功，不成功，我劝你不必打听。"

王甫察笑道："你知道我打听了做甚么？甚么事不成功，不成功？"吉野笑道："我知道，你问柳藤子还有别事吗？不是要她的主意做甚么？我说给你听罢，你这念头打错了。我常听我兄弟说，长崎第一个有把持的女人就要算柳藤子。她年纪有二十岁，终日和男子们做一块吃酒唱歌，曾没有半个坏字给人家讲。想引诱她的男子也不知有多少，中国人、日本人都有，随你使尽了方法，没一个得了她半点好处。有一桩事说起来好笑，一个日本的商人，年纪和柳藤子不相上下，容貌也还生得不错。住的地方又就在柳藤子的后面。这商人每日和柳藤子相见，心中爱极了柳藤子，调了个多月的情，柳藤子就彷彿没有看见。请吃酒，柳藤子便去吃酒；请看戏，便去看戏，一些儿也不露出避嫌的样子来。别人见柳藤子和这商人深更半夜的还在街上闲走，多以为他们必有了关系。后来这商人的好友问他，和柳藤子有没有关系？这商人叹道：'我要闻了闻柳藤子的气，死也甘心！我使尽了方法想她动心，她只当没听见、没看见。弄得没法，暗地花了许多钱，买了些极厉害的春药，请她一个人吃酒，放在酒里面给她吃了。她不过脸上红一红，没有一点效验。过了几日，她才和我说，那日的酒吃得不爽快，以后再不要吃酒了。要说她和我不亲热，实在是像很亲热的。'这商人的好友听了，出来对这些打柳藤子的主意的人说。这些人各人想起柳藤子待自己的情形，知道是枉费心机，才一个一个的将野心收起。你说你这念头打错了没有？"

王甫察听了，低头思索了一会，忽然抬头向吉野道："她既有这般的操守，我自然也是不中用。但是谋事在人，成事在天，有希望无希望，你都不必管。你只说你能绍介我见她一面不能？"吉野笑道："要见她很容易，她时常在绮南楼，我们只去吃几次料理，包你见得着。"王甫察道："不是这般见法，我以为你能绍介我说话，只见一面有甚么好处！"吉野笑道："只要在绮南楼遇了她，我自能和你绍介。她又不像旁的女人，怕见生客的。她若不是大方，也不显她的操守了。"王甫察听了，只管偏着头出神。忽听得林巨章在隔壁房里喊道："你们来吃饭罢，菜都弄好了。"吉野起身道："怪呢，张先生为甚么还不回来？我们吃了饭，同到外面逛去。"

王甫察似理会不理会的起身，同吉野到食堂里。只见下女正在那里拿碗盛饭，林巨章和周克珂都站在那里，桌上摆了几大碗的菜。林巨章问王甫察吃酒不吃。王甫察问吉野，吉野说少吃点也好，林巨章教下女去打酒。陆凤娇在厨房里答道："这里有酒，不用去打。"周克珂即走到厨房里，提着一瓶酒，笑嘻嘻的走出来。大家就坐，饮酒吃菜。王甫察见林巨章旁边空着个位子，摆了杯酒，知道是陆凤娇一块儿同吃。但吃过几杯酒，还不见她出来，便问林巨章道："嫂子不来一块儿同吃吗？"林巨章点头，向厨房里喊道："菜够了，还吃不完，出来同吃吃算了罢。"周克珂即起身一边向厨房里走，一边笑说道："弄这多菜，吃不完也是白糟蹋了。我来做个催菜使者罢！"周克珂进厨房，不到喝一杯酒的时候，便两手兢兢业业的捧着一大盆的鲤鱼出来，陆凤娇也跟在后面。吉野、王甫察都起身道谢。陆凤娇笑着对二人鞠了一躬，便坐在林巨章肩下。

周克珂放好了菜，拿着瓶子替陆凤娇斟酒。林巨章回头对陆凤娇说："酒要少吃些。你总不记得医生的话，说你的身体不宜喝酒。我今日本打算不用酒的。"说时望望吉野，叹了口气。吉野不懂中国话，没作理会。倒是陆凤娇替吉野不平，端起周克珂斟的那杯酒，一饮而尽，伸手再教周克珂斟，一手用汗巾揩着嘴说道："谁也不是小孩子，喝口酒也有这些话说，好意思还要怪到旁人身上去？我要做甚么，谁也阻挡我不住。真没得背时了，无端的跑到这里来。终日关在鸟笼里一样，一点开心的事也没有，连一杯酒都想割掉我的。要我受这种罪，也太没来由了！"说着，又喝了一杯。

陆凤娇当着外人说出这些话来，把个林巨章急得甚么似的，只得勉强笑道："你的小孩子脾气又来了。你定要喝，你喝就是，我是怕你喝多了有些气喘。"陆凤娇真个又喝了口，冷笑道："我在你跟前自然是小孩子，你差不多生得几个我这样的女儿出来了。"林巨章勉强打了个哈哈，端起碗吃饭。周克珂望了陆凤娇一眼，陆凤娇才住了嘴，再伸杯子给周克珂斟酒。周克珂拿着瓶给王甫察、吉野斟了，在自己杯里也满满的斟了一杯，只不替陆凤娇斟。陆凤娇一把将周克珂手中的瓶夺了过来，鼻子里哼声道："不怕丑，干你甚事！"王甫察看了这情形，心中非常诧异，忙对吉野使了个眼色，不吃酒了，大家吃饭。林巨章不待终席，即起身到客厅里坐去了。

不知后事若何，且俟下章再写。

第五十八章

陆凤娇一气林巨章
王甫察初会柳藤子

话说王甫察见林巨章气得饭都没吃完，便一个人跑到客厅里坐去了，心中非常诧异，暗想：陆凤娇这样如花似玉的美人，配给林巨章，也难怪她不愿意。看周克珂的情形，好像已经和陆凤娇有了一手儿。周克珂虽不算甚么漂亮人物，然比起林巨章来，自然是强多了，年龄又正在二十多岁，倒是一对相当的配偶。只可笑林巨章平日自命非凡，得了个陆凤娇，更得意得甚么似的，常对着人拿陆凤娇比红拂[1]。这一来可糟了。

王甫察一边想着，一边吃饭，只见周克珂对陆凤娇说道："嫂子的酒，我看也可不喝了。巨翁白天里也没多吃饭，此刻若再不强着他多吃点儿，只怕身体上要吃亏。嫂子何不去拉他来，趁着热饭热菜，教他勉强吃点。"陆凤娇扬着脸笑了声道："他说我是小孩子，他须不是小孩子，难道还不知道饥饱，吃饭也要人来劝，和他别气吗？我生成了这种脾气，不惯将就人的。你要拉他来，你去拉罢。"王甫察听了陆凤娇的话，留神看周克珂怎样。只见周克珂对陆凤娇使了个眼色，脚底下还好像推了陆凤娇一下。陆凤娇登时叹了口气，接着变过脸来，笑了一声道："真要和我别气吗？说不得受点委屈，将就你一回。我巴巴的弄了这一桌的菜，你一点也没吃着，岂不可惜！"说着起身走进客厅，笑道，"你听见么，饭也不吃，躺在这里做甚么？来，来，不要和我一般的小孩脾气，给王先生和吉野看了笑话。"林巨章道："你虽说的是玩话，但是说得太过了点儿，使我没地

[1] 红拂：相传原名张出尘，是隋末权相杨素的侍妓，貌美。后遇隋末唐初的名将李靖，一见倾心，以身相许，与其私奔。

方站。我也知道你在上海住惯了的，住在这里是很受了些委屈。不过是没法的事，非我忍心故意要在这里，使你受罪。我心中正时时刻刻的难过，你若不原谅我一点儿，我更加不了。"陆凤娇笑道："谁爱听你三回五次的说这些拉拉扯扯的话？算了罢，同我吃饭去。天气冷，饭菜都要冷了。"林巨章道："我见了你不高兴的样子，心中一难过，便甚么东西也吃不下去。你若高兴吃，我就陪你去吃。若仍是要喝酒，我实在不忍心看着你把身子糟蹋。"陆凤娇笑道："酒已经吃完了，谁还吃甚么酒！"

林巨章听了，才欢欢喜喜的携着陆凤娇的手到食堂来。跨进食堂门，陆凤娇即将林巨章的手摔开，一同归座。林巨章叫下女换两碗热饭上来，陆凤娇道："我不要换，就是冷的好。"林巨章又着急道："有好好的热饭为甚么不吃？定要吃这冷的，岂不是故意和自己身子作斗！"陆凤娇也不答话，端起冷饭，就往口里扒。林巨章翻着眼睛望了一会，长叹了一声，复起身走向客厅里去了。

王甫察、吉野的饭都已吃完，也走到客厅里来坐。只见林巨章躺在一张沙发上，苦着脸一言不发。王甫察、吉野都不便开口说话。下女送上茶来，二人相对无言的喝茶。半晌，林巨章轻轻的开口道："小王，你看她这种小孩脾气，令人灰心不令人灰心？"王甫察只点点头，不好答白。林巨章又叹了声道："怪是也怪她不得。我素性莽撞，不细心待她的地方是有的。她娇生惯养大的，效红拂私奔，跟我跑到这里来。我不能体贴入微的待她，她受不来委屈，自然是要和自己身体作斗。不过她们女人家想不开，这种想法实在是想错了。我待她可以过得去，不必是这样，若真有过不去，不值得是这样。"王甫察只望着林巨章说，不知要如何答应才好。

林巨章自怨自艾的说了会，仍是不放心陆凤娇吃冷饭，站起来往食堂里走。谁知陆凤娇和周克珂已吃完了，到了厨房里说话，下女在食堂里收碗。林巨章问道："你就只吃碗冷饭，不吃了吗？"陆凤娇出来笑道："你一碗都不吃，我吃那么多干甚么？好笑！一个四五十岁的人，只闹着玩玩也会动气，真怕是老糊涂了。"林巨章也笑道："老是没有老糊涂，却被你晴一阵雨一阵的闹糊涂了。"王甫察在客厅里听了，暗自寻思道：林巨章并不是不精明的人，周克珂和陆凤娇这样的形迹可疑，怎一点也看不出？若说看出了，公然能容忍下去，那就不是人情应有的事了。但天下事都是旁观者清，当局者迷，每每的因相信太过了，闹出极不见信的事来。

　　吉野见林巨章夫妻不闹了，便向王甫察道："我们到外面玩去。"王甫察忙点头道好。二人走了出来，在街上边说边走的，闲逛了一会。王甫察问吉野道："柳藤子的家住在甚么地方，你知道么？"吉野道："知是知道，但是我和她家没往来，不便进去。她家在江户町，柳复兴杂货店便是。"王甫察笑道："我们左右是闲逛，何妨逛到她家门口去看看，借着买一两样货物，或者可见一面也未可知。"吉野笑着点头道："也好，看你的机会罢！"于是二人取道向江户町走来。不一会，吉野便指着前面一家店门说道："你看那檐口悬着四方招牌的，就是柳复兴。"

　　王甫察一看，只见一间小小的门面，陈设和内地的小杂货店差不多。估计它的资本约莫也有两三千块钱。王甫察进去，见里面只有个四十多岁的妇人，抱着个两三岁的小孩坐在那里。王甫察和吉野在货架上看了会货，用得着的很少，只得拣好些儿的牙粉、香皂买几样。那妇人见有人买货，即将小孩放下，走到货架子跟前，照王甫察手指的取出来。王甫察接过来看，忽听得柜房里面咕咚一声，好像是那小孩跌了个跟斗。一看果然不错，那小孩跌得哭哑了，转不过气来。妇人慌了，忙跑进去抱起来，不住的呵拍，好一会那小儿才哭出声来。吉野道："我们的货物不用买了罢。"王甫察正待将香皂放了出来，猛然见柜房里来了个二十来岁的女子，从妇人手中将孩子接了。同时吉野也看见了，便在王甫察衣角上拉了一下。王甫察知道就是柳藤子了。留神看她的容貌，并不觉得甚么美不可状，若比起梅太郎、多贺子来，还差得很远，不过态度高雅些儿。妇人仍走了过来，问王甫察货物要不要。王甫察连忙说要，从怀中拿出钱来，照价给来。

　　再看柳藤子，已抱着小孩进去了，只得拿了香皂，同吉野走出来。吉野笑道："凑巧得很，若不是小儿跌一交，今晚一定是白跑。你看清楚了没有？"王甫察笑道："怎么没看清楚？也不过是这们个人物罢了，那有甚么惊人的地方！"吉野笑道："你还看不上吗？你不要故意的装眼睛高，虽没甚么惊人的地方，你可看出她甚么破绽来没有？她一点也没修饰，有这个样子也就很不容易了。你不信，明日再看她装饰出来是甚么模样。她的美完全是天然的，越见得她次数多，越觉得她好看。你没见她笑起来，就是几十岁的老头子，也可笑得他五心不做主。"王甫察大笑道："柳藤子又没托你替她做媒，为甚么这样的给她夸张？只怕是刚才她望你笑了一笑，笑得你五心不做主了。"吉野摇头笑道:"刚才她若看见我也好了,必然打招呼请我们进去坐。她头都不抬的抱着她小兄弟进去了。我想咳声嗽,引她回头望望我,好和她说两句话,趁机会就给你绍介了,可省多少事。无奈那小孩只管放开喉咙啼哭,我咳了两声,她并没听见。"王甫察笑道:"你何时咳了两声,怎的连我也没听见?"吉野道:"拉你衣角的时候,不是咳了两声吗?你看出了神,五官都失了作用,怎得听见我咳嗽!"

王甫察道:"我们明日还是到绮南楼去,你说一定见得着么?"吉野道:"她在绮南楼的日子多,十有八九是见得着的。她的母亲和绮南楼的老板奶奶是姊妹。那老板奶奶有个女儿叫雪子,年纪比藤子大,大约有二十七八岁了,容貌也还过得去。听说从前当了几年艺妓,后来嫁了个做古董商的中国人。这古董商在中国的日子多,每年来长崎两次。雪子因过不惯中国的生活,不愿意随着丈夫走,就住在娘家。古董商来的时候,也是在绮南楼住。藤子和雪子的感情很好,每日都是做一块儿玩耍。"王甫察笑道:"藤子既每日和一个当艺妓的姨表姊妹同做一块,又是二十岁的人了,真亏她能把持得住,没被雪子教坏。"吉野道:"越是当艺妓的见得惯,越有把握。你说没被雪子教坏,我说她是这般有操守,只怕还是雪子的功劳。"王甫察点头道:"不错,你这话很有道理。但是我们只管说着话往前走,走向那儿去?"吉野从腰间摸出个表来,看了看道:"十点半钟,不早了,我们且回去歇息了,明日再到绮南楼去。"王甫察道:"上午去吗?"吉野想了想道:"午后一两点钟去好么?"王甫察笑道:"我有甚么不好,你说要甚么时候去,便甚么时候去。"吉野便点点头分手道:"我来邀你,你等着就是。"说完摇头掉臂的走了。

王甫察回到林巨章家中,周克珂已蒙着被卧睡了,张修龄还没有回。林巨章在里面说话,好像没睡,但不便进去。一个人坐了一会,只得铺好床,解衣安歇。在被卧里,空中楼阁、万象毕陈的想了许久,兀自睡不着。听得打十二点钟,忽见张修龄轻脚轻手的走进来。王甫察正苦寂寞,见了张修龄,心中甚喜,从被卧里探出头来问道:"怎的这时分才回来?"张修龄道:"看活动写真来。"王甫察道:"你一个人去的吗?"张修龄道:"特意请胡女士去看,一个人那高兴去?你今日为甚么见我去就跑了?"王甫察道:"不相干。我约了两点钟去会朋友,你不去,我也是要跑的。你和胡女士是旧相识吗?"张修龄摇头道:"这回来才见过几次。不过早就闻她的名，知道她的常识很充足，名不虚传，到底有些不可及处。男子伟人之中，有她那种知识谈吐的，只怕也有限。不过她有层脾气不好，就是手中太好挥霍，简直不把钱当钱使。这也是她年纪太轻，阅历不足的原故。除了这一层，就是玩心重，还有些小儿脾气似的。小王，你大约结识她很久了。"

王甫察听了，心中好笑，暗想：且不揭破她，我上了当，须得给他也上上看。便道："认识的日子却不少，只是平日她的事忙，我又没正经要和她商量的事，因此会面的时候很少。间常在开会的时候遇着，她总是演了说就走。见面不过点点头，交谈却是难得机会，今日倒聚谈了两点多钟。我说胡女士的不可及处，就是能有精神，对一种人有一种的招待。只要不是她心中厌弃的，决不至无端的使人有不愉快之感。"张修龄听了，用手拍着大腿道："着呀！小王看得一点不错。"王甫察道："你说她好挥霍，也是对的。不过她这样的一个女子，开男女革命的先河，就供给她些挥霍，也是应该的。"张修龄又拍着大腿道："是呀。"

张修龄这声是，不留神喊得太高了，把周克珂闹得忍不住，翻身爬了起来，坐着笑道："你们不要是给胡蕴玉迷失了本性，在这里发狂呢。半夜三更的也不睡觉，'着呀'、'是呀'的吵得不安宁。"王甫察和张修龄见周克珂猛然爬了起来，都吓了一跳。张修龄委实觉着也有些不好意思，讪讪问道："你早醒了吗？为甚么装死不做声？"周克珂笑道："小王回来的时候，我正要睡着，被小王开柜子、打铺盖，一阵闹醒了，我也懒得说话。只是一直等到你回来，仍不曾睡着，便听你们发迷了。我以为你们说说就罢了，本不打算答白的，谁知你们越说越高兴，实在忍耐不过，不得不喊破你一声。你们这样迷信胡蕴玉，待我说桩事给你们听，你们便知道她的身分了。她去年住在四谷的时候，一日忽然由邮政局递来一封信，封面上是写由大连发的。胡蕴玉拿着信且不拆看，抬着头翻着眼想了一会，兀自想不出这寄信的人来。"

王甫察插口问道："不知道寄信的人，拆开一看自然知道了，为甚么要抬着头翻着眼，只管瞎想哩？可见得这话是捏造的，毫无根据。"周克珂笑道："你那里知道，那封信缄封得实在有些奇怪。信封里面好像放一包甚么似的。那时胡蕴玉疑心是危险物，所以不敢拆看。巴巴的约了好几个朋友来，小心谨慎的开拆。不看犹可，这一看可要把胡蕴玉羞死了，气死了。你说信里是包甚么东西？原来是一张稀薄的洋纸，上面重三叠四的浆糊印迹。仔细一看，那印迹上还有一颗一颗的。闻了一闻，微微的有点腥气，却原来是干了的精虫。上面还写几句情致缠绵的话，说'卧别之后，相念良殷，于飞不遂，非法出精，伏希吾爱，鉴我鄙忱'。当时对着大众，发见了这种千古未有之奇信，胡蕴玉羞得恨无地缝可入。来的这几位朋友欲笑不敢，不笑不能，都一个一个的掩着鼻子走了。胡蕴玉第二日就搬了家。你们说胡蕴玉是个甚么身分的人了！"张、王二人听了，虽也忍不住笑，只是还有些将信将疑，然当晚便没兴致再谈胡女士了。一宿无话。

次日吃了午饭，朱安澜来会王甫察。谈了点多钟，吉野也来了，便一同出外，到绮南楼来。进门并不见藤子。王甫察心中惟恐遇不着，到楼上坐定，问吉野道："她平日来这里，是坐在甚么地方？"吉野道："这没一定，也时常会上楼来找熟人谈话，且等我问问她来了没有。"王甫察道："你打算去问谁？"吉野道："问下女就知道了。"朱安澜不知就里，问王甫察是怎么一回事。王甫察并不隐瞒，一五一十对他说了。吉野见下女送茶上来，便笑着问道："此刻藤子君来了没有？"下女道："刚来不久，在下面和我家小姐谈话。"吉野欢喜，抽出张自己的名片来，给下女道："你拿了去对藤子君说，我要请她上楼来说句话。"下女接了名片，答应着去了。

不一刻，只见一个幽闲淡雅的女子从从容容的走了上来，见了吉野，远远的行了个礼，含笑说道："吉野先生，许久不见了，一向身体可好？"吉野连忙起身答礼，口中谦逊了几句，也问了藤子的好。藤子走近前，看了王甫察、朱安澜一看，笑问吉野道："这两位是谁？好像从来不曾见过。"王甫察忙拿了张名片出来，放在藤子面前，恭恭敬敬的行了个礼，说道："久仰女士的清名，常恨没缘法奉访。前和吉野君谈到女士，吉野君说和女士有数面之雅，并愿替小生绍介，千万乞恕唐突。"随用手指着朱安澜道，"这位是小生的同乡。"王甫察说了，要朱安澜拿名片出来。朱安澜笑道："我的名片还没去印，下次印好了，再专诚奉谒罢！"王甫察心中大不高兴，以为唐突了美人。藤子却不介意，笑吟吟的问朱安澜道："先生贵姓？"朱安澜起身说了。吉野让藤子坐，藤子笑道："刚吃了饭不久，实不能奉陪，三位随意请用罢！王先生尊寓在那里，请写给我，改日好来奉看。"王甫察一想，林巨章那里是不妥的，将来事还没做，倒弄得大众皆知了。只是除了他那里，没有地方。踌躇了一会，便笑道："我此时住在朋友家里，实不敢屈驾，不久就要搬房子，等搬妥了，再写信告知女士。不知女士的通信地点，是甚么地方妥当？"藤子道："先生有信，就请寄这里罢。"藤子说了，掉转身向吉野道，"承先生的情，给我绍介朋友，非常感激！闲时请常到这里来坐谈。我还有点事去，不能奉陪三位了。"说完，对三人各鞠了一躬，缓步下楼去了。

　　王甫察眼睁睁望着藤子下去，半晌说不出话来。只慢慢的吐着舌，摇摇头道："了不得，了不得！真算得是玉精神、花模样。我今日若不是亲自遇着她，真不信世界上有这种人物。怪不得她瞧一般人不起，癞蛤蟆想吃天鹅肉。好笑，好笑！"朱安澜见王甫察自言自语，癫了似的，心中好笑：这老不长进的东西，见了个稍微可看点的女子，便如失了魂魄一般，也不知他是甚么意思。难道你是这样一失魂丧魄，那美人便欢喜你吗？怎的我和吉野见的也是这个女子，一点也不觉着怎么。不过在女子中，算得个有些大方气的罢了。他就简直视为世界上有一无二的人物，岂不好笑！只见吉野说道："我们也刚吃了饭来，只随便吃些点心罢了。"王甫察点头道："随你叫他们弄几样吃吃就是了。醉翁之意原不在酒。只是虽然见了面，事情还是很费踌躇。吉野君，你无论如何得帮我的忙，看是怎样下手的妥当。"吉野笑道："别的事，不才或可效劳。只这事，早就敢告不敏的了。不才的力量，到今日绍介，到了极点，想再进一寸也是不能了。好在你是个老行家，这些事用不着帮手。若在你手上还没有希望，别人更是不待说了。"

　　王甫察听了，平日虽也自信手段不弱，只是此刻对于藤子，确是一筹莫展。在未见面的时候，对于自己理想中的藤子，倒像还容易下手。一个人紧锁双眉的，将事情前前后后都重新推测一遍。

　　不知曾推出个甚么道理来，且俟下章再写。

第五十九章

假面目贞女上当
巧语言乖人说媒

话说王甫察一个人苦苦的思索了一会，似乎有了些头绪。随便用了些点心，问吉野道："我想住在林家有许多不方便，不如寻一个清净的贷间住下，事情好着手些。"吉野笑道："你要寻贷间，我却知道有一处地方很好。前几月我有个朋友曾住在那里，没住好久，就因事往别处去了。那里楼上一间八叠席的房，每月房租五块，连电灯、伙食每月十二元。"王甫察喜道："好极了，就请你介绍，免得我去寻找。"吉野点头道："房子在大浦，从这里去不远。"王甫察道："就请你和我同去看看。"说话时清了点心钱，同吉野到大浦町。朱安澜自回医学校去了。

王甫察和吉野看了房子，果然很好。当下交了定钱，回到林家搬行李。林巨章只问搬向甚么地方，并无挽留之意。王甫察也不在意，谢了扰出来，押着行囊，到大浦居住。

从此，王甫察又换了种生活。一连去绮南楼几次，渐渐与藤子厮熟了。王甫察仪表本来过得去，媚内的手段更是从悉心研究得来，不到一个月工夫，藤子居然和他有了些感情。王甫察知道她是不肯轻易和人家生关系的，便也绝不露出狭邪的样子来，只一味和藤子讲精神恋爱。饶你藤子有多聪明，雪子有多老练，都把王甫察看作一个有志行的男子，时常两姨表姊妹自己将中国酒菜或点心带到王甫察家来同吃。王甫察知道藤子最是信雪子的话，在雪子面前更是规行矩步，言不乱发。

那时，他哥子已经回信给林巨章，说六十块钱已收到了，信中还托林巨章照应王甫察。林巨章见王甫察搬后，并不常来，借钱的话更不曾开过口，虽是由王无晦的情面，心中却也很欢喜王甫察，以为比那些无赖的小亡命客见路即钻的人品强得多。特意教张修龄时常来探问王甫察的情况，十块五块的零零碎碎的送来。王甫察得了钱，无非拣藤子、雪子用得着的买了孝敬。好在藤子、雪子都不在银钱上着眼，就是几角一块钱的东西，都觉的王甫察是由一片至诚孝敬来的，比值一千八百的还好。王甫察见水磨工夫已经成熟，估量在此时开口求婚，必不至碰钉子。

一日，藤子一个人来到王甫察家，王甫察便委婉将求婚的意思说了。藤子因平日常听王甫察说家中没有妻室，久有几成属意。今日听了求婚的话，不觉面上红了起来，半晌不好意思回答。王甫察等了一会，催她答复，藤子道："这是我终身的事，待我思量一日，还要问我母亲，看她许可不许可，明日再来答复你。"王甫察忙点头道："不错，这是应该仔细思量的。也不必明日，我静候你的答复便了。"藤子听了这话，登时又加增了一层爱王甫察的心思，只是面上总有些羞怯怯的。不好久坐，辞了出来，到绮南楼和雪子商议。

雪子道："我早知道他是有意要和你求婚的，这事在你自己斟酌。王君人是不错的，只不知他家中确有妻室没有。"藤子道："他说他十四岁便出来奔走革命，十多年不过回家两次，家中妻室，倒像确实没有。"雪子点头道："王君为人小心谨慎，又很诚实，我料他也决不至说谎话。不过可虑的就只怕他爱情不专一。"藤子吃惊似的问道："何以见得怕他爱情不专一？只怕是你看错了罢？"雪子笑道："并没看出他爱情不专一的证据来，我是一句猜想的话，你何必发急，便替他护短哩？"藤子道："我那是替他护短？这事情不是当耍的。他若果真爱情不专一，便不答应他罢了。今日爱这个、明日爱那个的男子，嫁他做甚么？你是这样说，怎能怪我发急？横竖不关着你的痛痒，你自然是不发急的。"雪子知道藤子的性格，最怕听人家说她亲人的坏处。她自己时常拿着亲人的坏处给人家说可以，人家听了她的，切不要帮着她说，越是反对她厉害，她越是高兴，越是感激。若不知道她的性格，跟着她说她亲人的坏话，她便立刻不高兴，有时还要给说的人下不去。雪子见藤子发急，那敢再说？忙拿着王甫察的好处来打岔，藤子才没得话说了。

过了一会，藤子道："父母是不管事的，母亲面前须得你替我去说。好在是见过几次的，大约没有甚不愿意。"雪子道："你我说不错，她老人家有甚不愿意？"藤子道："那么请你去问了我母亲，顺便就去回他个信，不要害得他久等。"雪子点头笑道："便多等等，有甚么要紧？你我同去问不好吗？"藤子不悦道："你教我怎么好意思？好姐姐，你去问问就是了。你只对我妈说，我……"说到这里，红了脸，不说下去。雪子笑道："说你怎么？呵，我知道了，必是要我说你已经愿意，是不是？"藤子红了眼睛道："姐姐，你再要拿我开心，我就真急了。我此时心中不知道如何难过，你还和我开玩笑。你也太没有良心了！"雪子笑道："不用着急，你放心就是，我会说话的，难道不替你出力吗？"藤子喜道："好姐姐，你就去么？我看请你就去的好，我在那里等你。"

雪子恐怕藤子着急，登时答应。换了衣服，藤子送了出来，雪子道："妹妹家去坐着等信，我回来得很快的。"藤子点点头，望着雪子走了几丈远，忽然想出件事来，连忙追上去，叫："姐姐慢些走，我有话说。"雪子听了，停了脚问道："甚么话？"藤子走到跟前，望着雪子要说，忽觉得有些难出口似的，低着头只管不说。雪子道："妹妹有话只顾说，姊姊跟前还有说不出的话吗？"藤子又忍了半晌，实在忍不住，才说道："姐姐对我妈说时，千万不要提那爱情不专一的话，不答应人家可以，冤枉人家要不得。"雪子忍住笑答应："晓得，你放心就是了。"说着，挥手教藤子家去坐着等信，自己向今町走来。一边走，一边心中好笑：情魔的能力真大！事情十有八九成功，我犯不着不赞成，两边不讨好。藤子既这般情急，我此去若不说妥，她必怪我没有尽力。她平日虽是精明，此时却没工夫细想。她只知道我姨娘往日最肯听我的话，今日若不听，必说是我说得不好。我这遭关系倒很是重大，不得不思量个进言的方法。

雪子心中想着，不觉已到了今町柳家杂货店门首。藤子的母亲正坐在铺房里，见了雪子，忙起身笑道："你打那里走人家回吗？"雪子行礼笑答道："特来看姨妈的。"说着，进了柜房。坐下闲话了几句，雪子开口笑道："我今日来看姨娘，要和姨娘讨妹妹的一杯喜酒吃，不知姨娘可肯给脸？"藤子母亲道："你想说的是谁？你的眼力必是不错的。"雪子笑道："我知道甚么，那能说眼力不错？我想说的人，我是固然说好，就是姨娘和妹妹，都说过好的。要不错，也是姨娘和妹妹的眼力不错。我不过赞成，想讨杯喜酒吃吃罢了。"藤子母亲听了寻思道："是谁，我曾说过不错来？你说给我听听。"雪子笑道："你老人家还没留神吗？近来妹妹不是时常和江西人王甫察君做一块儿耍吗？也来看过你老人家几次，前回不是还送了匹中国缎子来给你老人家做腰带的？"藤子母亲道："哦，是他呀！他怎么讲，想和藤子结婚吗？"雪子道："他久有这层意思，只因为不知道你老人家和妹妹怎样，一向不敢提起。近来见妹妹待他很好，他才托我来求你老人家。"藤子母亲道："你妹妹怎样？"雪子笑道："这事是要你老人家做主。"藤子母亲笑道："你说我能做你妹妹的主么？她终身的事情先要她愿意。我和姓王的不过见了几面，他既久有向你妹妹求婚的意思，见我必然处处谨慎，不露出破绽来给我看见。我看了不错，是不能作数的。你妹妹感情用事，说好也不见得的确。还是你看了，说怎样便是怎样。"

雪子笑道："你老人家是知道我不肯轻赞成人的。妹妹终身的事，我怎能不处处留心？王君为人，凡和王君认识的，都说很好。但是婚姻之事也有一定的缘分，合当为夫妇，无论如何也离不开。缘分不当为夫妇，无论如何也合不拢。据我看妹妹的情形，好像已和王君有不可解的情分。我想：妹妹平日的操守，很足令人佩服，从没见她和人亲近像和王君一样。这一定不是人力做得到的，你老人家说是怎样？"藤子母亲道："你这样说来，他们二人已是有夫妻的情分了。你也由你妹妹这样胡闹吗？"雪子听了吃惊道："妹妹胡闹了甚么？"藤子母亲道："你不是说你妹妹已和姓王的有了关系吗？"雪子道："我何时说妹妹和王君有了关系？我不过见他们感情浓洽，比常人不同，以为有前缘注定，不是人力做得到的，何尝说已有了关系？"

藤子母亲低头想了一会道："你的话不错。姻缘有一定的，既你妹妹愿意，你又说好，我还能说甚不愿意吗？不过也得和你姨夫商量，看他如何说。他虽素日不甚管这些事，但不能不教他去调查那姓王的根本来历。并且这桩事须得问他，聘金要多少，是不能由我做主的。藤子虽已成人，嫁奁还是一些儿不曾办好，这须瞒你不得。近年生意不好，你姨夫支持门面都支持不来，那有闲钱去办嫁妆？你妹妹平日又只知道到外面玩耍，这些事一点也不关心。一旦成起喜事来，你我这样的人家，总不能光着脊梁到人家去。现在的衣料又贵，随便缝两件就是几十几百。还有房中的器具，头上的首饰，都不能不办。没法，只得从聘金上着想。且等你姨夫回来，和他商议商议，看他要取多少。"雪子点头应是。因怕藤子等得不耐烦，即兴辞出来，回到绮南楼。

藤子用那失望的眼光，望着雪子道："不行么？"雪子笑道："那有不行的！不过还有待商量的地方。"藤子道："还有甚么要商量？"雪子将刚才问答的话说了一遍。藤子低头闷闷不乐。雪子安慰了一会道："你此刻就将这话去和王君说说，使他好放心。"藤子道："这话教我怎么去说？难道我好意思教他赶紧预备钱吗？你又不是不去他家的，你和我去说给他听。他筹得多钱固好，便是筹不出钱来，也不着急，我总等着他就是了，两三年我都不问。你这样一讲，他就放心了。"雪子道："这样也使得。但是你自己去和他说，觉得恳切些。我并不是偷懒，这话从我口里说出来，更显得生分了。你说是不是？"藤子想了想道："也好。我既决心是这们办，就去说说何妨。"当日天色已晚，就在绮南楼吃了晚饭，一个人向大浦来。

王甫察正一个人坐在家中纳闷，见藤子一个人进来，欢喜万分，连忙起身将自己坐热了的蒲团给藤子坐，自己另拿一个坐了。看藤子的神情，露出十分失意的样子来，疑惑她不能应允求婚的话。或是和她母亲商量，被她母亲拒绝了。便开口问道："你在这里出去的时候，不是说了明日来的吗？怎的今晚就来了？想必是出了甚么意外。"藤子摇头道："没有甚么意外。你对我说的话，我都思量过了，也没有和你不同意的地方。不过我妈妈有一层意思，说出来，很觉有些难为情。待不说罢，于事情上又有阻碍。我妈因为没和我置办得嫁奁，想从你跟前取点聘金。但是这话是我妈妈一个人的意思，我父亲还不知道。将来要多少，尚不可知。我看没法，只得先事预备一点。"王甫察听了，心中虽不免有些惊慌，但不肯露出来给藤子看见，故意笑道："好极了，这事情容易。妈妈还有别的意思没有？索性说出来，我无不遵命办理。莫说聘金是应备的，便不应备，妈妈既有意思要怎样，我也只得怎样。只看妈妈的意思要多少，先示个数目，我写信家去，教家里人寄来就是。"藤子听了心中甚喜，脸上失意的神情也就退了。

王甫察到处钟情的人，终日和这样一个如花似玉的美人做一块，那有不动心之理？只因为知道藤子的脾气不好，若不拿实了她心里许可，弄翻了不好收拾，所以勉强按捺住欲火，诚惶诚恐的牢笼藤子的心。今日见藤子已经许嫁了，料想决不会不肯，便不客气，换了副面目和藤子调起情来。看藤子的神气，也不招揽，也不动气，任王甫察如何调弄，她只是温顺和平的样子，低头坐着，一言不发。王甫察情急了，渐渐挨近身来，想搂住求欢。藤子忽然立起身来道："你我的事尚没有定，你怎么便忘起形来了？"王甫察被这一说，将欲火吓退了一半，涎着脸问道："你我的事为甚么还没有定？难道还怕有意外的人出来阻扰吗？"藤子道："我父母要向你取聘金，你还不知何时能筹办得到手，怎说没有阻碍？"王甫察笑道："你放心，不过几百块钱罢了，有甚么不得到手的。就是一刻不得到手，但是你心里是许了我的。你心里既许了我，就是到海枯石烂，也是我的人。便早一些儿生关系，也只有增长你我爱情的，有甚么要紧？"藤子道："话是不错，我也是这般想。你就是两三年筹钱不出，我总在这里守着身子等你。不过没有正式行结婚式，苟且之事终是使不得。倘若你有事到国内去了，两三年不回来，将来正式结婚的时候，谁信我为你守节？"

王甫察听了大笑道："痴人痴话，真令人忍俊不禁！你怕我两三年不回来，正式结婚的时候，无以取信于我。你要知道，我即和你正式结婚之后，也说不定有三年五载不见面的事。我若不信你，你又当怎样哩？这正式结婚不正式结婚，是形式上的问题，不是精神上的问题。你是个聪明人，还不明白吗？如你信你自己不过，要借着正式结婚的话来搪塞我，我却不能勉强。不然，你就固执得没有道理。"藤子道："你这话怎么讲？我怎的是自己信自己不过，借正式结婚的话来搪塞？你倒得说给我听。"王甫察道："你不是自己信自己不过，恐怕一旦失身于我，将来翻悔起来，没有救药，你怎的不肯和我生关系？我刚才不是说了，你既决心嫁我，便是海枯石烂也是我的人，是甚么禽兽敢疑心到你不为我守节？并且这守节的话，也无所谓为我为谁，这是关于你自身的人格。你不认识我以前，这节是为谁守的呢？你说为我破节，倒还有些意思。你心目中没有我，尚且能守，岂有和我生了关系之后，倒不能守的道理？你这话推诿得不成理由。"

藤子低头想了会，觉得羞惭得了不得，拿了领襟，一边往颈上围绕，一边拔足往门外就走。王甫察一把拉住道："你为甚么就是这样走？未免太不给我的脸了。依不依由你，只是也得说个清楚。"藤子被拉不过，停步回头道："依不依如何能由我？你一张嘴说得天花乱坠，教我把甚么话回你？我若不依你罢，你又说我是自己信自己不过。待依了你罢，是这般苟且，我实在有些不愿意。不如走了干净。"王甫察抱着她坐下，安慰道："你既有些不愿意，我怎忍心勉强你？不过我的意思，男女的爱情，没有到这一点，总像有一层隔膜似的。我想将这一层隔膜去掉，不能不是这样。非是我贪淫，无端的将我心爱的人蹂躏。你既为这事受委屈，那我又何必是这样，你放心就是。你不可怜我，表示与我亲密的意思，我以后决不敢冒昧。我今晚真是该死！你照照镜子看，连脸色都变了。我又不是强盗，何必惊慌到这步田地？"

说时，从桌上拿了个四方手镜，给藤子照。藤子看了一看，用手将王甫察的手推开，叹了口气，不由得一阵悲酸，扑簌簌的掉下泪来。王甫察慌了，忙从藤子怀中抽出一条粉红丝巾，替她揩拭，温存问道："为甚么忽然伤心起来？你这一哭不打紧，教我心里怎么得过！"说着，不住的跺脚道，"我真该死！总求你原谅我是个男子，不能细心体贴你的用心，才有此失着，以后决不敢了。"藤子接过丝巾，自己揩了一揩眼睛，长叹了声道："但愿你不久能将聘金筹得，早完了这层手续。不然，像这样长久厮混下去，只怕任是谁人，也不能保守。人非木石，你待我的深情，岂不知感！形势上的拘束，只能拘束一时。我又何尝忍心使你精神上受这般痛苦？罢罢，横竖我的身体是你的。不过我虽长了二十年，此身终是清清白白，你若薄幸，也只由得你，凭我自己的命运去罢。"

不知王甫察干出甚么事来，且俟下章再写。

第六十章

验守贞血荡子开心
开纪念会侨客寻乐

  话说王甫察见藤子这般说法，心想：我的目的，只要能够上手，就算达了。她此刻已是明明的说允了，还不下手更待何时？当下指天誓日的说了些决不薄幸的话，铺好床，拉着藤子共寝。可怜柳藤子二十年的清白，便轻轻被王甫察点污了。

  事完之后，藤子止不住伏枕痛哭起来。王甫察百般的安慰，才慢慢的收了泪，叹道："我从今以后对人说不起嘴了。你要知道，我一个女子能和男子交际，就只仗着操守清白，人家才不敢轻视。我一失脚，便一钱不值了。我是个要强的，你是这样逼着我，既有了这事，教我以后怎么见人？"王甫察道："你不对人说，人家怎得知道？难道和我有了这事，面上便带了幌子？"藤子摇头道："不是这样说，定要人家知道，我才不好见人，那我又成了甚么人了？我于今被你一刻工夫，觉得通身骨头骨节都脏透了。就是跳在大海里面，一生也洗不清白。你若可怜我，不变心，使我不受父母责备，不遭世人唾弃，便教我立刻化成灰来报答你，我都愿意。我就怕你应了我姐姐的一句话。我死在你手里不要紧，人家还要骂我不认识人。"王甫察惊问道："姐姐说我甚么来？"藤子道："不相干。她也不过是一句猜度之辞，并没说你别的。"王甫察追问道："她猜度我甚么？你说给我听。猜错了不要紧，若没猜错，我就改了。"藤子道："问它做甚么？我知道你没有就是了。"王甫察不依道："她到底说我甚么，说给我听，使我好放心。"藤子笑道："你放心就是，没说你甚么。你定要我说，我便说给你听也使得。她不过说怕你的爱情不专一。"

  王甫察暗自吃惊道：雪子果是不错！我这样的处处留神，她还疑我爱情不专一。怪道别的男子她看不上眼了。但不知道从甚么地方看出来的？

便故意笑了声道："爱情专一不专一，连我自己都不知道。不知她是从那里看出来的，她和你说没有？"藤子摇头道："她没说，我也没问她。"王甫察道："你为甚么不问她？"藤子气道："人家说你的坏话，我问她做甚么？难道问出你不好的证据来，好开心吗？我的脾气是这样，无论是谁，不能当着我说我欢喜的人的坏话。就是千真万确的，我也不愿意听。不过既有了这句话到我脑筋里面，不能不怕你果然做出爱情不专一的事来。但是我生死是你的人了。你们男子，又是建功立业的时代，东西南北，行止没有一定，难道还能为一个女人留恋在这里，不去干正经事？我也知道我的命苦，不过既有今日，使我享幸福受困苦的权衡，都操在你手里，我也没有甚么可以牢笼你的心的地方。不过只求你念我对你没有错处，不要见了别人，便将我丢了。那我就为你死了，也都值得。"王甫察道："你难道真听了姐姐的话，不信用我吗？专拿些这样防我变心的话来说。"藤子忙道："不是，不是，我决没有丝毫不信用你的心。你此后是我终身倚赖的人，何能有丝毫不信用你？不过我自己一时失算，不待经过正式手续，便和你有了关系，怕你存个轻视我的心思，我一世抬不起头来。于今是这样，自今日为始，你设法去筹钱来，等到行结婚式的时候，我才和你见面。你若是随随便便的不以为意，那就莫想见得着我了。此刻已将近十二点钟，我要回去了。"说着揭开被卧起来。王甫察留她再睡一回，藤子那里肯顾，披了衣立起来。

王甫察见她的水红腰卷上，有许多点数猩红的血印，良心上不觉打了个寒噤，也连忙爬起身来。见白布垫被上也有几块，恐怕藤子不留心，被人家看见，将腰卷上的指给藤子看。藤子看了，背过身去。一会儿，又泪流满面系好了衣。王甫察替她揩了眼泪，围了领襟，斟了杯热茶给她喝。藤子就王甫察手中呷了一口，摇摇头道："不喝了。"王甫察将剩下的喝了。藤子又一边拭泪，一边说道："我的事，你是必放在心上。不到行结婚礼的时候，我是万不能见你的。"王甫察道："那又何必这样拘执？我虽竭力筹钱，然等到行结婚式，大约至少也得一个月。这一个月的清苦，教我怎生忍受！我在这里又没有几个朋友可以闲谈的，你和我有了这事，反和我生疏不来往了，倒不如不和你生关系的好多着。我也不知道你以后不到我这里来，是甚么意思。若说怕我再和你缠扰罢，我敢发誓以后绝对的不再扰你。若还不肯信，就请每日和雪子姐姐同来看我一遭。"藤子摇头道："我不是这个意思。你若苦寂寞，我教姐姐每日来陪你几点钟就是。要我再来是万万不行的。"说着，伸手握了王甫察的手，紧紧的搓了几下，咬着嘴唇，一双俊眼望着王甫察的脸。半晌将手一松，现出种极决绝的样子说道："我走了，当心点儿。你若不上紧，你我永远无见面的日子了！"

王甫察虽则无情，到了此时，也觉五内如油煎一般。眼望着藤子一步一步往外走，自己跟在后面，如失了魂魄，径走到门口。藤子回身搂过王甫察的颈，亲了个嘴，脸偎脸的偎了一会。藤子脱开手，一言不发的走了。王甫察追上去送，藤子挥手道："你不要送，外面冷得很。刚从热被卧里出来，又没穿好衣，仔细冻了。快进去，我明日教姐姐来。"王甫察不肯转身，想再送几步。藤子急得跺脚道："你再不回去，我真急了！这多送两步，算得甚么呢？"

王甫察打转身回到自己房里，见了垫被上的血印，心中疑惑：怎么二十岁的女子，在日本还有没开过的？况且她日日和男子做一块，这事情真奇怪。莫是她身上来了，或是拿别的血来骗我的？拿电灯照了一会，也看不出是真是假，仍旧脱衣睡下。想了想道，有了！现放着个医生在这里，何不教他化验化验。若是真的，那我的存心就有些对她不住了。

当晚已过，次日上午找了朱安澜来，验了那血，确是女子一生有一无二的守贞血。王甫察心中也很一阵难过。但是已经将人家好好的闺女破坏了，自己家中又有妻室，一时也无挽救之法。

午后，雪子来了，教王甫察尽力筹钱，柳家只取二百块钱的聘金，这事情很好办。王甫察不敢露出破绽来，满口答应不久即可筹得。其实教他到那里去筹？

雪子去后，王甫察走到林巨章家里，和林巨章说要弄盘缠回上海去。林巨章问有甚么事？王甫察道："我又没有亡命的关系，久住在这里，既不留学，有甚么趣味？不如回中国去，或者于生计上还有点希望。"林巨章听了道："不错。你打算几时动身，要多少钱？"王甫察道："钱要不着多少，七八十块钱就很够了。若坐三等舱，只将这里的账了清，就是五十块钱也差不多了。有了钱，随时可走。"林巨章皱了会眉头道："若是三十块钱能走，就在我这里拿三十块钱去。"王甫察道："有三十块，所差的就容易设法了。请你就拿给我，好去打听明日有没有船开往上海。"林巨章进去，一刻儿拿出三十块钱来，交给王甫察。王甫察收了钱，别了林巨章，问周克珂、张修龄二人到那里去了，林巨章道："张修龄到东京去了。周克珂出外买东西，没有回来。"王甫察道："若是明日有船，恐怕来不及到这里辞行了，将来再会罢。"林巨章点了点头。

王甫察出来，到邮船会社问了，明日午后四点钟，有山城丸开往上海。即买了张特别三等的票，揣着到绮南楼来。找着雪子，到僻静地方说道："柳家虽只要两百块钱的聘金，但是结婚的一切用度，不可草草，至少也得二三百元，才能敷用。五六百块虽不算巨款，然一时间坐在这里，教我实在没有法说。我已决计回中国去筹办，请你即刻去和藤子说一声，看她能否再来见我一面。我此刻回去收拾行李。她若定不肯来，也就罢了，免得她见了，又要伤心。"说罢，将船票拿给雪子看。雪子看了，踌躇好半晌，问道："你这一去，打算几时来哩？"王甫察道："迟早虽不能一定，只是我总尽我的力量，能早来一日是一日。"雪子道："你自己估量着，年内有没有来的希望？"王甫察道："今日是十一月十七了，年内恐怕赶不及。开年不到二月，一定能来的。"雪子道："那就是了，我替你说到就是。她今晚到你家来不到你家来，却不能一定。因为她的脾气不好，我也不好劝她。只是你去了，得时时写信来，不要使她盼望。"王甫察点头答应。

雪子向今町去，王甫察回大浦来。将行李收拾，装好了箱，搁在一边。看表已是十点钟了，打开被想睡。料藤子已是不来了，拿出信纸来，写封信留给藤子。才写了一半，藤子来了。两个眼眶儿通红的，进房即坐着，低头掩面哭起来。王甫察连忙安慰她说："开年一准来，若年内筹到钱，就是年底也要赶来的。你安心等着，我决不负你。"藤子痛哭了好一会，拭泪说道："我不伤心别的，我只伤心金钱的魔力太大。你我好好的爱情，就只因为钱，不能不活生生的拆开。你这种人日夜在我跟前，我不怕你变心。一旦离了我，知道你保守得住保守不住？男子变了心，还有甚么话说？我的苦处，我的心事，都向你说尽了，任凭你的良心罢。我明日也不来送你的行。"说着，从怀中取出张小照来，递给王甫察道，"但愿你到中国去，永远不忘记有我这薄命人在长崎茹苦含辛的等你，我就感你天地高厚之恩了。我一个弱女子有甚么能力？平日和男子厮混，也不过想拣一个称心如意的人，做终身之靠。不料遇了你，情不自禁，不等待手续完备，草草即生关系，完全与我平日的行为相反。我自己也不知道是种甚么心理，大约也是命里应该如此，才能这样容容易易的将自己千磨百劫保守得来的身体，凭你葬送。女子可贵的就是一个贞守，我既不贞，还有甚么可贵？但我这不贞的说话，是对于我自己，不是对于你。你心中大约也明白，我于今并不要求你如何爱我，只求你不忘记我，赶紧来这里完了这结婚的手续，免得贻笑一干人。"

王甫察接了相片，呆呆的听藤子诉说，一时良心发现，不觉陪着痛哭起来。藤子拿自己的丝巾，替王甫察揩了眼泪，自己也止了悲声，望着王甫察笑道："你此刻心中觉着怎么样？你也不必悲伤，身体要紧。只要你我各信得住心，不怕千山万水，总有团圆的一日。"王甫察也勉强笑道："我心中原不觉怎，只要你知道保重你自己的身体，我就放心走了。我也留张小照放在这里，你朝夕见着，就如见了我一般。"说着，起身从箱里拿出张小照来，提笔写了几个字在上面，交给藤子。藤子接了就要走，王甫察留住她，想再行乐。藤子却不过，只得又随王甫察侮弄了一会，才整衣理鬓出来。王甫察送至门口，问道："你明日不来了吗？"藤子道："不来了，你保重些就是了。"王甫察站在门口，望着她去远了，才回身进来，将刚才的信撕了，解衣安睡。一宿无话。

次日，清了房饭钱，把行李运到船上后，上岸到绮南楼辞行。雪子免不得又要叮咛几句快来的话，王甫察都诺诺连声的答应了。回到船上，打开了铺盖，因昨晚劳动了，又有心事，不曾睡好，放倒头便睡。刚睡得迷迷糊糊的时候，猛觉得有人推他。睁开眼一看，原来就是藤子，一双眼睛肿得和胡桃一般的。王甫察吃一惊，连忙爬起来揉了眼睛，望着藤子："你不是说了不来的吗，又跑来做甚么？没得伤心了。"藤子笑道："我怕你不记得带水果，特买的水果来，好在船上吃。你这铺位光线还好，不过当着天窗，睡觉的时候，仔细着了凉。刚才你睡了，就没盖东西。出门的人怎好如此大意！"王甫察此时心中实在是感激藤子到了万分，转觉惭愧得一句话也说不出，只晓得望着藤子笑笑，点点头，如呆子一般。同船的人也都望着藤子出神。

猛然当当的点声，锣声响亮，王甫察道："要开船了，你下去罢！"藤子答应着，对王甫察深深行了一礼。王甫察送她上了小火轮，只听得汽笛一声，小火轮向岸上开去。藤子拿着粉红丝巾，对王甫察扬了几下，即背过身去拭泪。拭了几下，又回过头来。渐渐的小火轮转了身，看不见了，王甫察还站在船边上望着。小火轮抵岸，山城丸也开了。

王甫察这一去，也不知道甚么时候再回长崎来和藤子行结婚式。以不肖生所闻，至今两年了，只知道王甫察在广东做那一县的县知事，并不曾听说他再到过长崎。想这薄命的柳藤子，必然还在长崎死守。何以知道她不会另嫁别人哩？这却有个道理在内。原来柳藤子从小时跟着她父亲，受了些中国教育，颇知道些三贞九烈的道理，见过她的人没一个不是这般说。将来或者就死在王甫察手上，也不可知。去年从长崎来的朋友还有见着她的，说她容颜憔悴得很，不及从前百分之一的精神了。有知道这事的朋友，去问雪子，雪子说起就哭，说："倘若王甫察再一年两年不来，只怕我这妹妹性命有些难保。她时常咳嗽吐痰，痰里面总带着血，她又不肯去医院里诊视。从前还天天在外面寻开心，和人耍笑。自从王甫察去后，就是我这里也不常来了。除非是王甫察来了信，她才有点笑容。不然，终日是闷闷的坐在房里。这样的日子，便是个铁汉，也要磨死。何况是那样娇生惯养的女子，能够拖得到三年五载吗？我用话去劝她，口说干了，也是无用。有时劝急了，她便大哭起来。我姨娘、姨夫都急得没有法子。"知道这事的朋友便问雪子道："既是这样，为甚么不打电报去叫王甫察来呢？"雪子却道："王甫察若有一定的地方，还到今日？早就打电报去了。他来的信，今日在上海，过几日又到了广东。再过几日，又是江西，总是没一定的所在。信中的话，并写得缠绵不过，绝不像个无情的人。"

知道这事的友朋也没有法子帮助藤子，惟有长叹几声，跑来说给不肖生听。不肖生听了，一副无情之泪，也不知从那里来的，扑簌簌掉个不了。恨不得立刻变作黄衫客，将这薄幸的王甫察捉到长崎去。但是也只得一腔虚忿，王甫察还是在广东做他的县知事，柳藤子还是在长崎受她的孤苦。只害得我不肖生在这里歔欷太息，一滴眼泪和一点墨，来写这种千古伤心的事，给千古伤心的人看。

但是写到这里，不肖生这枝笔，悬在半空中，不知要往谁人头上落下去才好。盘旋了一会，却得了个很好下笔的所在。

时候不迟不早，正是王甫察动身的那几日，日本的学校都差不多要放年假了。今年的年假与这《留东外史》里面的人物最有关系的，诸君知道是谁？诸君试覆卷想一想。不是苏仲武的梅子和年假很有关系吗？她母亲来信，原说年假的时候到东京来接梅子，于今是差不多要放年假了。难道黄文汉替苏仲武负下了这千斤责任，到了这时候，毫无准备吗？诸君不必性急，自然按着层次写来，不致有丝毫脱漏，使诸君看了不满意。

这日正是十月初九日，黄文汉和圆子早起接了一张通告，一看是湖南同乡会发起开双十节纪念会了。黄文汉心中好笑：留学界中只有湖南人欢喜闹这些玩意，不知道有甚么益处。共和早已没有了，还躲在这里开甚么共和纪念会，没得给日本人笑话。听说今晚在中国青年会开预备会，有章名士[1]到会演说，我倒要去听听。看他这位学者到了这时候，还发些甚议论。想罢，用了早点，问圆子高兴同去看梅子不？圆子道："二三日不见她了，同去看看也好。"二人遂换了衣服，同走向苏仲武家来。

刚走到水道桥，只见郑绍畋穿着一身铭仙的夹和服，套了件铭仙的外褂，系着一条柳条的裙子，摇摇摆摆的迎面走来。黄文汉许久不见他了，看他的脸色，比从前更黯淡了许多。郑绍畋低头走着，想甚么似的。黄文汉故意走上去，和他撞个满怀。郑绍畋不提防，吓了一跳。正待开口来骂，抬头见是黄文汉，忙住了口，笑着行礼。一眼看见黄文汉后面的圆子，忙问黄文汉是谁。黄文汉略说了几句，郑绍畋也行了个礼。黄文汉道："好一向不曾见你，听说你和周撰散了伙，还闹了些不堪的风潮，到底是怎么样一回事？外面说得很不中听，我说你在这里，也不可太胡闹了。"郑绍畋听了，长叹了一声。

不知说出甚么话来，且俟下章再写。

---

[1] 章名士：指章炳麟(1869～1936)，字枚叔，号太炎，清末民初革命家、思想家、朴学大师。

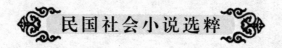

民国社会小说选粹

留东外史（中）

不肖生◎著

河北出版传媒集团

花山文艺出版社

第六十一章

作儿女语一对可怜虫
论国民性许多无耻物

话说郑绍畋对黄文汉长叹了一声道："我别后的事，说来很长。总之周卜先对我不住就是了。当初我和他两个人同住贷家的时候，原说了家用各担任一半，牌赌上抽的头钱，看是谁邀成的局，谁得十分之六。那晓得他后来只管教我每天出去拉人，和上海野鸡拉客一般，腿都跑痛。拉成了局，头钱抽下来，十有九在他手里。我问他要，他不是说借着用用，便说月底做一起算账。我想和他吵也是不好，不吵吗，实在受气不过。后来越弄越不成话了，他松子荐给我的幸枝，也和他苟且起来。我忍不住，便和他散了伙。差我四十多块钱，一个也不算给我。没法，只得把平日常来玩耍的人，请了几个到维新料理店，弄了几样菜，教这些人评理。周卜先也来了。你说他乖觉不乖觉，他来吃了个酒醉饭饱，正待和他开始谈判，他借着小便，下楼一溜烟走了，倒花了我四五块钱。你看这事情可气不可气！"黄文汉笑道："后来你会着他没有？"郑绍畋道："会着他倒好了。他吃了我的酒菜，不到几天就回中国去了，直到前几日才来。我去会他几次，也都没有会着。"黄文汉道："还去会他做甚么？他还有钱给你吗？你此刻到那里去？"郑绍畋道："我到本乡去看个朋友。"黄文汉点点头道："改日再见。"说完，携着圆子，慢慢的走到苏仲武家来。

此时苏仲武刚起来，坐在窗前看梅子匀脸。见黄文汉和圆子进来，忙推了梅子一下道："你看，你看，姐姐来了。"梅子笑道："别哄我，姐姐那得这们早？"圆子已在门口听得，笑答道："还早吗？"梅子听真是圆子来了，才立起身来笑道："他惯这们哄我，我只道又是哄我的。我不肯上他的当，就不信他。"圆子笑道："你这个人本来惯哄人的，不信他也罢了。他前日一个人到我那里，说了一句话，我有些放心不下，所以特来看看你。"说罢，已脱了木屐，同进房来。苏仲武迎着黄文汉笑道："你今日来得正好。明日是双十节，我正想邀几个朋友来，弄点酒菜，高兴一会子。"梅子先送了个蒲团给黄文汉，再将自己坐的给圆子坐。圆子也不谦让，便坐了。梅子忙着递烟茶。

黄文汉笑问苏仲武道："你想就在这里庆祝双十节吗？我劝你不要劳神罢。住贷间又没用下女，请些客来闹酒，不是自讨苦吃？"苏仲武道："只要大家高兴，便劳·劳神，也没要紧。"黄文汉沉吟了一会道："你若想闹酒，倒有一处地方好去。这人你也认识的。"苏仲武问道："是谁？住在那里？"黄文汉道："闹酒在市外好些，市内若闹狠了，旁人干涉得讨厌。我说的是刘越石家里，他住在代代木，一连三家都是熟人，胡庄近来也住在那里。不如今日去通知他们一声，大家斗份子。今晚就教他们预备，三家合做一块，要闹就大闹它一回。你说好么？"苏仲武喜道："还有甚么不好！我们此刻就去通知罢。"黄文汉笑道："你真是个小孩子样，何用如此着忙，事情包在我身上就是。"

苏、黄二人说中国话。此时的梅子，早知道黄文汉是中国人了。圆子不知二人说些甚么，向黄文汉笑道："你们议论我们些甚么？"苏仲武笑道："她说嫂子昨晚……"没说完，梅子掉过脸来笑道："姐姐不要听他。"苏仲武笑道："你们不听罢了，她实在是说嫂子的话。"圆子笑道："我倒没话给她说，我妹妹却将你的笑话对我说得不少了，亏你好意思！"苏仲武瞪了梅子一眼道："我有甚么不好意思！说出来大家听听不要紧。"圆子见苏仲武有些发急的样子，梅子的脸色也不甚好看，忙笑道："你且将她说我的话说给我听了，我再告诉你。大家一句玩话，你也要认真吗？那就更好笑了。"梅子冷笑了声道："你们说玩话不要紧，不与我相干，我犯不着挨瞪。真是笑话，我又没开口，瞪我怎的！"苏仲武见梅子着急，翻悔自己鲁莽不迭，陪笑说道："我瞪你不为别的，我怕你真说给嫂子听，可不要给嫂子笑话。"梅子红了脸道："便说给她听了，你该怎么样，你干涉不了许多。"苏仲武不敢再说。黄文汉笑向苏仲武道："你无端要向她们挑战，及至兵临城下，你又肉袒牵羊以迎。算了罢，她们姊妹素来是无所不谈，我真没有资格干涉。况且你自己也时常拿着话到我那里来说。你前日不是还说甚么身上两个月没有来，恐怕是坐了喜的话吗？说得你嫂子不放心，昨日就要拉着来看。因来了两个客就耽搁了，今日才一早来。"梅子听了，急得杏脸通红，立起身来，也不管有人在房里，按着苏仲武，只管用那粉团一般的拳头来打。苏仲武连陪不是，黄文汉坐在一旁，只笑着说："打得好！"

圆子见梅子气得变了色，知她身体不好，怕急出毛病来，忙起身将梅子拉开，笑着劝道："苏先生真不懂事，只管是这般瞎说，幸好都不是外人。你我亲姊妹、亲兄弟一样，这次看我的面子，可以饶恕他，下次我却不管了。"苏仲武道："是吗，我又没和旁人说，都是自家人，有甚么要紧？我因为不放心，才去和他们说，恐怕是别的病证，不诊不得了。难道我拿着你的事去给人家开心？老黄有意挑拨，想给我苦吃，你何必信他，将自己气到这样！"梅子也不理苏仲武，坐在圆子身边低着头，也像有些懊悔。黄文汉笑道："你还说我挑拨，你自己说，是谁先有意挑拨的？"苏仲武连连摇手道："不用说了，横竖我孤掌难鸣，不是你二人的敌手。若再说下去，可真要同室操戈了。"黄文汉便笑着不做声。圆子劝梅子不要受气，梅子也渐渐想开了，知道不能怪苏仲武，将气平了许多。

圆子悄悄问梅子道："你身上本是两个月没来了吗？这不是当要的。"梅子又红了脸，低着头不作声。圆子复问道，"你从来也是这们的吗？"梅子半晌摇了摇头。圆子道，"你近来想甚么吃不想？"圆子的话虽然说得小，但是在一间房里，苏仲武又没做声，所以听得清楚，见梅子不好意思说，便代答道："她近来欢喜吃酸的。"梅子睄了苏仲武一眼，黄文汉忍不住笑起来，笑得梅子更加不好意思，将脸藏在圆子肩后。圆子笑道："事也奇怪，三个月前妹妹初见我的时候，天真烂漫的，也不知道甚么叫害羞。这完全是苏先生教坏了，动不动就红起脸来。既坐了喜，再过几月就要出世的，看你躲到那里去！"梅子在圆子肩后说道："到那时候，我死了，教我出丑呢，莫想！"圆子吃了一惊道："你这是甚么话？女子有生育就要死吗？"黄文汉听了梅子的话，心中也自吃惊。见圆子盘问梅子，恐怕问急了，梅子是个小孩子，倘若她想到自己与老苏是胡乱碰上的，生出儿子来没有名义这一层，又要生出变端来，便对圆子使了个眼色。圆子会意，用别的话岔开了话头。

黄文汉问苏仲武道："你今晚到青年会去么？"苏仲武道："且看那时高兴不高兴。你去吗？"黄文汉道："想去听听名士的演说，顺便去找两个朋友。他们是一定要到会的。"苏仲武道："你不要忘记了明日的宴会。你说了负责任的，到那时没得吃喝，我只晓得问你就是了。"黄文汉笑道："那是自然。今晚在会场上便可将人都约好。你放心，有得你吃喝就是了。不过明日既去吃喝，双十节的纪念会恐怕不能到了。"苏仲武道："那会不到也罢了，我们在家里也是一般的庆祝。"黄文汉便问圆子道："我要去看朋友，你就在这里玩一会再回去。"圆子正和梅子两个在那里咬着耳根说话，黄文汉说了两遍，圆子才作理会，点头答应了一句，又去说话。黄文汉便起身出来。他们往来亲密惯了的，不拘形迹，苏仲武只送到房门口就住了。

黄文汉出了苏仲武的家，因想起郭子兰在体育学校毕了业，柔术暑中稽古（暑假练习之意），又得了四段的文凭。只因家计艰难，日内就要归国谋生活，不能不趁此时和他多聚一聚。就在神保町坐了往江户川的电车，由江户川步行到早稻田大学校后面。只见郭子兰正同一个二十六七岁的男子并肩闲谈着走来。黄文汉看那男子，仪表很好，举步稳重，倒像个练过把式的人。郭子兰已看见了黄文汉，彼此点头打招呼。郭子兰指着那男子介绍给黄文汉道："这位是直隶人，姓蔡，名焕文，是李富东老师的高足，功夫纯熟得了不得。"回头也给蔡焕文绍介了，彼此自有一套久闻久仰的话说。黄文汉问郭子兰道："你有事到那儿去吗？"郭子兰摇头道："不是，我送蔡君，贪着说话，便走到这里来了。我们就此转去罢！"蔡焕文对二人行了礼，说了句"后会"，大踏步走了。

黄文汉便同郭子兰向吉原剑师家门首走来。黄文汉问："蔡焕文到日本来干甚么的？"郭子兰道："他本在日本留学，一向在中央大学上课，只怕差不多要毕业了。听说我要回国，特来看看我。他在天津发起了一个武德会，李富东在那里当会长。他的意思想请我到天津去，设法将武德会的势力扩充。我问了问内幕的情形，去了恐怕不能相容，我没答应他。"黄文汉道："怎的知道怕不能相容？"郭子兰道："我打听那会里的会员，有知识的太少了，都只晓得走几路拳，踢几路潭腿。就是李富东，也不过一个掼交厂的健者，别的知识一点也没有。没有知识的打手，门户的习气一定很深。我这混合派的功夫，在他们自然是瞧不起，我又何必去哩。"说时，已进了郭子兰的家。黄文汉点头道："既是这样，不去也罢了。北方习拳脚的还多，就不提倡也不至失了传授，南方实在非人提倡不可。你回湖南去，提倡起来，收效必然很快。只恨我素性不欢喜干正经事，不能帮你。我若高兴提倡，保管十年之内，南七省的少年个个有几手神出鬼没的本领。"郭子兰惊异道："你用甚么法子提倡，能有这般神速？"黄文汉笑道："因势利导，有甚么不容易！于今的青年想学两手的多，只因拳师的知识太差。教授法固然不好，所教的拳脚又不能一律，少年人这山望见那山高，个个见异思迁，尽学尽换，一辈子还是一两年的程度。所以学的不愿意学，教的就改业了。我们要提倡，下手就要谋中国拳术统一，使学者不生门户之见，斗殴伤生的事就可免了。这统一中国的拳术，在表面看起来，是一桩很难的事。其实并不甚难，只要一个有力者，将各省有大名的几个教师请来，把拳术与中国的关系，与世界的关系，先说给他们听，然后将派别多了的害处说出来。他们多是不会写字的，每人派一个书记给他们，教他们各抒己见，绘图著出书来。由我们一一的审定，将其中有违背生理的或过于狠毒的手法去了，由简而繁的分出初级小学、中学、高等师范大学各等第来，由教育部颁行各省。我们再在北京、上海各处办几个拳术学堂，专一造就人才，供各省聘请。如此十年，怕不风行全国吗？岂但南七省！"

郭子兰听了笑道："好大计划！幸你不欢喜干正经事。倘若你欢喜干正经事，眼见得你跑出去就碰钉子。各省最有名的教师是这般容易请来的吗？便请来了，是这般容易给你著书的吗？你太把那些有名的教师看容易了。你在日本住久了，完全忘了中国的国民性。这样的去因势利导，你不给人家打死，就早万幸了。想风行全国，可谓是理想的梦话。不过你这样信口开河，能说出个条理来，无论事实上行与不行，总算是有资格提倡中国拳术的人了。"黄文汉笑道："这种资格不要也罢了。我为人凡事都不肯多研究，知道一些儿就罢了。我学这样的时候，未尝不想造成绝技。及至见了那样好耍，又渐渐将爱这样的心，移到那样上面去了。近来更不成话，甚么都不爱了。觉得知道些儿，不过如此，造到绝顶，也不过如此，横竖与身心性命没有关系。"郭子兰笑道："与你身心性命有关系的，女人之外，只怕就是饮酒唱歌了。"黄文汉笑着不做声，一会儿口中念道："设想英雄垂暮日，温柔不住住何乡？"[1]念得郭子兰也笑了。

---

[1] 出自清代诗人龚自珍（龚定盦）《己亥杂诗》第二七六首。

黄文汉道:"明日开国庆纪念会去不去?"郭子兰道:"去看看也好,你不待说是要去的。"黄文汉道:"你何以见得我定要去?"郭子兰笑道:"你平日最欢喜到会的,这样大会岂有不到之理!"黄文汉摇头道:"不然,我于今别有所见。我觉得这种会,到了很无味。共和早亡了,还躲在这里庆祝甚么?你看国内不是一点儿声息也没有吗?"郭子兰道:"话却不能是这样说。袁世凯是这样专横,国内的人在他势力之下不敢吐气,难道我们在外国也都默许他吗?这种会是表示我们国民反对袁政府的意思,关系非常重大。你素来明白事理的人,为甚么连轻重都不知道了?"黄文汉笑了笑道:"各人所见不同,不能相强。"

郭子兰道:"你一个人不去,原没甚么关系。不过你说所见不同,到底是甚么道理?你我至交,何妨说说?"黄文汉道:"说是原没甚么不可,不过若对外人说,又要招人忌我。你知道明日的会是些甚么人发起的?想出风头的亡命客占了一大半。这些亡命先生,我起初对于他们还表相当的敬意。近来听他们干了几桩事,实在把我的一片热心都冷透了。就是贵同乡刘雄业兄弟,因为瞒了两万块钱的公款,这些小亡命客闹得还成话吗?三回五次的开会,到刘雄业家里去闹,直闹得警察出来干涉,几乎用起武来。后来逼着刘雄业将金表、金链,连水晶图章都拿出来抵,打了手票,请人担保,还是不依。直到逼着他兄弟二人走了,才算了事。这多的小亡命客,就是两万块都拿出来,每一个人能分得多少?何必是这样不顾体面,弄得日本人笑话?刘雄业兄弟不待说不是人类,便是那些闹的小亡命客,据我看来,隔人类也还隔得远。这回的会,又是那些小亡命客闹的。说不定明日会场上,又要弄出甚么笑话来。"郭子兰道:"你说的不错,但是明日的会好像是黎谋五先生主席。他是个有道德学问的人,或者不至闹出笑话。"

黄文汉点头道:"黎谋五先生我也知道是不错。但是他一个人便再好些,压得住甚么!想出风头的人多,演说的时候只图动听,也不顾忌讳。若太说剧烈了,说不定还要被日本警察干涉。若是弄到日本警察有勒令闭会的举动出来,那就更无味了,所以我决计不去。我要庆祝,约几个最好的朋友,到市外朋友家里斗份子,买些酒菜,痛饮一回,快活多了,你说怎样?"郭子兰喜道:"这种办法也很好!既是斗份子,我也可来一个么?"黄文汉笑道:"你我至交,还有甚可不可?只怕你不来。地点我心中已预定了，是最妥当不过的。从你这里去，走路也没多远。代代木停车场左边，不是有一块房子没起成工的坪吗？站在那坪里，便看见上手一连有几座房子，都是没有楼的。那房子的门口有一家挂了个'适庐'的木牌子，那家就是敝同乡刘越石住的。他也是个亡命客，但是很听我的话。我教他不到会，他一定不去的。那几家就只他的房子最大，有一间十二叠席子的房，足可以容得下二十人。我们有二十人同吃喝，怕不快乐吗？我今晚去找他，教他预备。"郭子兰道："房子容得下二十人，只是吃喝的碗盏怎么够哩？"黄文汉笑道："莫说二十人，便再多几个也够用。他们一连三家都是熟人，横竖是斗份子，等我去将他们搅作一块来。有三家的器具，怕不够吗？只要大碗够用，酒杯、饭碗是容易设法的。把茶杯凑拢来，不是现成的吗？"

　　郭子兰听了高兴，问份子一个要多少。黄文汉道："每人一块钱，大约也差不多了。不过我今晚还想到青年会听演说，又要去老刘那里弄菜。我拼着一夜不睡，总要办得齐齐整整就是。"郭子兰笑道："你做事从不落人家褒贬的。明日的宴会，一定是热闹的。我几点钟去哩？"黄文汉道："好在明日是礼拜六，要闹就闹整的。从下午一点钟起，闹到五六点钟，都闹倦了就散。"郭子兰从怀中拿出钱包来，抽出张一元的钞票给黄文汉道："我的份子，就交给你罢！"黄文汉收了，笑道："你的份子不交，却没要紧，别人是无论如何要先交后吃的。他们这些人，只要东西进了口，嘴巴一抹，那里还管份子呢。是这般贴黑，真不犯着。事先问他们要罢，事情太小，又不好意思。"说话时，已是十二点钟了。房主人开上饭菜，郭子兰教添了个客饭。黄文汉就在郭子兰家午膳。

　　不知黄文汉饭后如何，且俟下章再写。

第六十二章

私受胎朋友担惊
硬吊膀淫人入瓮

话说黄文汉在郭子兰家用完了午饭，没闲谈几句，即告辞出来。因惦记着圆子不知还在苏仲武家没有，仍回到苏仲武家。进门见他们三人正在午膳。梅子问黄文汉道："你吃过了饭没有？若是没有吃，这里菜还很多，就同吃罢。"圆子也笑着让地位给黄文权坐。黄文汉摇手道："我已在朋友家用过了，你们吃你们的，不要客气。"苏仲武道："你从那里来？"黄文汉一边就坐吸烟，随意答道："看了几处朋友。我问你，明日赴会，梅子她们同去不去？"苏仲武沉吟了一会道："你说去的好，不去的好？"黄文汉道："我说去也好，大家凑凑热闹。"苏仲武道："不晓得明日到的，都是些甚么样的人。只怕遇见了轻薄子，又喝上几杯酒，任意的瞎说。她的性格你是知道的，动不动就恼了，那时反教我左右为难。若都是像你的，甚么地方我也敢带着去。"黄文汉道："是这般说，不去也好。只是你将她一个人撂在家里，她不寂寞吗？"

苏仲武登时觉得有些为难起来。胡乱吃完了饭，将明日庆祝双十节的意思，说给梅子听，问梅子愿意同去不愿。梅子听了，掉转脸向圆子道："姐姐去么？"圆子道："我并不知道有这回事，也是刚才听得说，不知道能去不能去。"黄文汉道："有甚么不能去？原来是我和老苏发起的，人也是由我去约。你们若肯去很好，大家热闹些儿。若懒得去，也就罢了。"梅子道："为甚么懒得去，热闹一会子不好吗？我正因为天天坐在这间房子里闷得慌，只要姐姐去，我总得同去。"苏仲武笑道："同去是再好没有了，但是我有句话，得先和你说明，免得那时候又来怪我。明日的宴会来人一定很多，至少也有二十来个。若是其中有吃醉了酒，口里胡说，或对你有甚么失敬的举动，你都得忍耐。"梅子笑道："他吃醉了酒，有甚么要紧。"说时拖着圆子的袖子道，"好姐姐，我和你坐做一块，有吃醉酒的人来了，你就替我挡住，说我是可怜的，胆子小，受不得惊吓。"说得圆子三人都笑起来了。黄文汉见梅子、圆子都愿去，更加高兴，当下约定了明日十二点钟，苏仲武带梅子到黄文汉家，一同去代代木。

黄文汉便和圆子同回家。圆子问黄文汉道："这事情怎处？梅子果真是坐了喜，这不是冤孽吗？"黄文汉道："事情却没甚难处。不过梅子还是个小孩，甚么也不懂得，只怕她因受胎急出了毛病，才真不好办。于今还只有两三个月，她不觉着累赘不要紧。若到七八个月的时候，她怕她父母看见，或弄出别的花样来，这倒不可不防备。这事情本来干得危险，当初只顾一时成功，利害都不曾十分计算。到于今正所谓骑上老虎了，不得不硬着头皮做去。最好是写封信去爱知县，托故将加藤春子请来，把事情硬说给她听。她只一个女儿，已经和人家有了胎，她难道还有别的做作？这事情早揭明一日，早放心一日。若是不坐喜，等到年假还不要紧。今日你没听得梅子的话，她那小小的心肠，已是拼着一死了。"圆子从旁赞成道："把她母亲请来很好，我也愿意早些揭破，你就写信罢。只是如何措词才好呢？"黄文汉道："措词容易，只说美术学校开秋季家庭恳亲会，必须她到。他们乡里人知道甚么？信去即来的。只是还有二层，我们不可不做点底子，把自己的脚跟立住。当初原说是进美术学校的，后来去的信也是说已进去了。于今她母亲跑来，形式上不能一点不顾。明日没工夫，后日须去美术学校报个名，补缴前两个月的学费，领它一份讲义家来，拣现成的制服买两件放在这里，可掩饰掩饰她母亲的耳目。开起谈判来，也好措词一点儿。这些事都在后日一日可以办好。"

圆子道："还是使梅子知道不使梅子知道？"黄文汉踌躇道："使她知道了，恐怕不妥。她横竖不懂得甚么，以为雪里面可以埋尸的。你不对她说，她绝不想到后来的事，安安乐乐的过她的快活日子。一说给她听，她就立时惊慌起来，好像甚么祸事都到了目前似的。就是老苏也差不多，他们同住了将近三个月，何尝想过将来怎生结局？只晓得昏天黑地的嬉笑。我既替老苏负了完全责任，应办的事，我们办了就是。"圆子点头道："你就把信写好发去罢。由爱知县来东京一趟，也真不容易。我看还是说梅子病了的好。"黄文汉摇头道："不妥。春子夫妻感情不好，只要有信去教她来，她借着信一定要来的，何必使她在路上着急。"黄文汉说着，即拿纸笔写好了信。夜间去青年会听演说，顺便在路上投了邮。这封信一去，可惹出一桩骇人听闻的风波来了。后文自有交待。

于今且说黄文汉发信之后，已是七点钟光景。走到青年会门首，只见门外松枝牌楼里面嵌着五彩电灯，照耀得如同白昼。当中两面五色旗，被风吹得在空中飘荡。到会的人络绎不绝的往门里面挤。黄文汉停住脚，想找熟人。一会儿见王立人穿了一身极漂亮的洋服，同一个安徽人涂道三慢慢说着话，向青年会的石级上走来。黄文汉电光下看王立人的脸上破了几处，好像着了刀伤。王立人和涂道三上了石级，抬头看见黄文汉，连忙脱帽子行礼。黄文汉本来和他们这班人都认识，当下答了礼，问道："王君，你脸上怎样，不是刀伤了吗？"王立人道："再不要提起我这脸上的伤痕。我心想说给你听，请你替我出出这口气。事情的原由很长，等散了会，我邀你到馥兴园料理店去吃点小菜，好说给你听。你素来是个仗义的人，你若不帮我的忙，我这亏就吃定了，没有本捞。"黄文汉点头道："等散会太迟了，我还有事去。此刻我和你同进会场去，你站定一个地方，我找着了几个朋友，便来约你好么？"王立人道："好极了。"于是三人同进会场。

此时会场上的人已挤得满满的了。黄文汉就教王立人站在演台角上。王立人因会场里的人都是朝演台望着，觉得自己伤痕满面的难看，要黄文汉换一个地方。黄文汉道："你看，那里不是满满的？挤在人丛中去了，你又生得矮小，教我等歇到那里去找你？"王立人没法，只得低着头站在演台角上，给人家看了去胡猜乱估。黄文汉将王立人安顿好了，自己向人丛中挤去。胡庄、刘越石都被他找着了，悄悄的说了明日在刘越石家开宴会的意思。胡、刘二人都甚赞成。黄文汉即教他们顺便多邀几个人，并约了散会之后，自己去代代木帮着弄菜。胡、刘不待说异常高兴，都懒得听演说，分头去找各人相好的朋友去了。

胡庄转过身，劈面便碰了罗福。罗福拉了胡庄跺脚道："我只来迟了一步，就没位子坐了，站在这里挤得一身生痛。你看见那里有空位子没有？"胡庄忍住笑道："空位子那边多着，你自己不去坐怪谁呢？"罗福听了，真个抬起头向那边望了一周道："那里有空位子？"胡庄才笑道："你这呆子，到这时候那里还有空位子？你就站在这里听听罢。明日我们斗份子吃料理，你来一份么？"罗福道："多少钱一份？便宜我就来。"胡庄道：

"大约是一块钱一份。就在我那隔壁刘家里吃，明日午后一点钟起，到五点钟止。你要来就拿一块钱给我。"罗福道："一块钱一份似乎太贵了点。但也是有限的事。不过我此刻没有钱，请你替我暂且垫了，等我领了公费就还你。"胡庄道："你既没钱，不来也罢了，我那有钱替你垫！"说着又往前挤。罗福拉住道："你这个人真狠，垫一垫要甚么紧？我这里有是有块钱，只是给你了，明日去你那里的电车钱都没有。也罢，明日再向旁处设法去。"说时，从洋服袋里摸了一会，摸出一张一元的钞票来，交给胡庄收了。胡庄自去找人，不提。

再说黄文汉见胡、刘二人都分头找人去了，用不着自己再挤，遂站着听演说。此时的章名士早上了台，在那里演说国民道德。话是说得好，无如陈理过高，听的人都渐渐的打起盹来。黄文汉因想打听王立人受伤的事，也懒得久听，复挤到演台角上。王立人还在那里，靠着壁低头站了。黄文汉挤近跟前，拉了他一下。王立人见黄文汉来了，忙笑着问道："我们出去罢？"黄文汉点点头，回身往外挤，王立人紧跟在后面。好容易挤出了会场，各自理了理衣服，吁了口气，同向馥兴园料理店走来，于路无话。馥兴园隔青年会很近，转瞬即到了。王立人拣了个僻静的座位，二人坐下。王立人要黄文汉点菜，黄文汉道："刚吃了晚饭不久，怎么吃得下去？随便教他们拿一两样点心来吃吃罢。你且将你受伤的原由说给我听，如有法设，自然替你设法。我今晚还要去代代木，请你快说罢。"

王立人拍手叫下女拿点心来，开口说道："李锦鸡那东西，你是认识的，他住在上野馆。前几个月，有一个浙江人姓张的，带着一个二十来岁的女子到上野馆来，说也是来亡命的。那女子生得很有几分姿色，李锦鸡见了，就想打主意。只因有她丈夫同住，不好下手。谁知不到几日，那姓张的接了上海一个电报，一个人回上海去了，将这女子就丢在上野馆。那姓张的有个朋友，也姓李，在青年会。姓张的动身的时候，托了那姓李的照顾她妻子。姓李的便每日来上野馆一次，或是上午，或是下午不定。李锦鸡见姓张的已走，以为得了好机会，便设法去吊那女子的膀子。那时我也搬到了上野馆，是我不该和他抢着吊。两个都没有吊着，却被青年会姓李的知道了。这晚，李锦鸡想乘着馆子里的人都睡尽了，摸到那女子房里去强奸。恰好我那晚一点钟还没睡，在廊檐下看见个黑影子一晃，到那女子房门口去了，我便也摸到那里。只见一个人脱得精光的，正要推女子的房门，我知道是李锦鸡，恐怕他先得了手，便高高的咳了声嗽。李锦鸡不提防，吓得手一软，挨得房门一响，房里忽然一个男子推门出来，李锦鸡吓得就跑。那男子随后便追，口中还喊道：'狗入的杂种，我一手枪打死你这东西！'亏李锦鸡跑得快，躲入下女房里去了，那男子没有寻着。这一闹，满馆子的人都起来了。那男子就是姓李的，手中还拿着一把手枪，对满馆子的人如此这般说了。这些人也都知道是李锦鸡，幸好没人疑到我身上。第二日，李锦鸡就搬走了。从此便与我有了仇恨，我却没有防备他。他搬出去之后，时常和小金他们做一块赌钱，教我也去凑脚，我去赌了几场还好。前晚李锦鸡输多了，忽然发起输气来，拿起个洋铁烟盘，狠狠的在我头脸上一连砸了几下。等我收好了钱，去回手打他，他已溜出门走了。我就是这样受伤的。你看这事可气不可气？"

黄文汉道："是那个小金？不是这些伟人、大家起哄欢迎的那个小金吗？"王立人连连点头道："就是他。你帮我想想，这仇当怎生报法？"黄文汉道："这仇除打还原外，没有法子。你估量着打得他过，抓住他照样痛打他一顿，这仇就报了。"王立人道："打我是打他不过。我想请客和他论理，你说使得么？"黄文汉道："也没甚么使不得。"王立人道："我于今只要面子上下得去，也就罢了。"黄文汉道："你想怎么好，便怎么去办。这事情容易得很，用不着我帮忙。我还有要紧的事到代代木去，不能陪你了。"说着，站起身来，别了王立人走了。

王立人回上野馆，对李锦鸡的朋友说，要去告警察署，又要去公使馆喊冤。李锦鸡的朋友说给李锦鸡听了。李锦鸡听说要到公使馆去喊冤，心中有些害怕，即托那朋友来讲和，出了几块钱养伤费。王立人也不在乎这几块钱，便买了几块钱的酒菜，给那日同场赌钱的人吃了，说是李锦鸡陪礼的。这些人吃了，叫一声多谢，都走了。王立人脸上的伤痕，还是自己拿钱出来诊。仇虽算是这样报了，只是王立人心中有些不能完全消释的地方。那时不肖生已开始著《留东外史》了。王立人便写了一大篇李锦鸡的劣迹，送给不肖生，教不肖生照着他的，写个详尽，好出出他胸中的恶气。那时他脸上的伤痕还是一缕一缕的没完全治好。其实李锦鸡的事，不肖生早已听人家说了个详细，怎好听他一面之词，将好好的一部《留东外史》作人家报仇雪愤的机关呢？

闲话少说。于今再说黄文汉从馥兴园出来，心中想起小金，实在好笑。原来小金是山东人，外面谣传他的家里有百十万财产。他到东京来，便有一班穷极了的亡命客想打他的生意。那时就有个短命鬼，想借此开开亡命客的玩笑，特意的造起谣言来，说小金这次带了二十万块钱来，其意是在接济亡命客。现在已有几处的伟人要欢迎他，想捞他几个。他却谨慎得很，一处也还没有捞着。大约他的意思，是要亡命客中一个最有信用的人出来，和他接头，他才肯拿出来。这一班亡命客听了，好不眼热，便去找那一位民国大伟人，要借重大伟人的名义，与小金接头。大伟人是无可不可的，加之一班亡命客又说得个天花乱坠，无非是有了二十万，替国家做点事业的话，大伟人便允许了。

于是一班亡命客便拿大伟人的名义，去请小金到松本楼吃酒。又推选了一位做大伟人的代表，其余都做了陪客。那小金接了这个消息，心中莫名其妙。既是大伟人专请，不能不去。只是赴这种庄严的筵席，岂可没有几件好衣服？但是好衣服自己是一件也没有，便跑到前回在春日馆请酒的康少将家里，借了一套漂亮些儿的衣服。虽不甚合身，也还将就得过去。穿好了衣服一想，走路去如何使得，至少也得一乘人力车。但是去赴宴，人力车不能送到就去，必得教他等。日本人的人力车又贵，一顿酒席也不知要吃多长时间，等这们久，想必要两块钱的车钱。摸自己身上一文也没有，只得又向康少将要两块钱。康少将为人最是爱看把戏的，知道这一回事，必定要闹个笑话，且帮助小金去了，再看下文，便拿了两块钱给他。小金唤了乘人力车，对他说了，教他送到松本楼，就在松本楼等席散再拉回。车夫领会了。

小金得意洋洋的坐着到松本楼来，一班人欢迎进去，代表述了大伟人仰慕的意思。小金本来聪明，应酬话也还能说，当下谦虚了一会。大家入席，饮酒吃菜起来。席间代表略示了些民党经济困难的意思，小金都是不即不离的含糊答应。代表也是莫名其妙。席散之后，小金随便道了声扰，坐着人力车走了。一班人见一顿饭没有头绪，大家商议一回，也没办法。等几日，不见小金的动静，一班人心中有些疑惑，以为非大伟人亲自出马，不得成功。便又去撺掇大伟人亲身去拜会小金。大伟人推却不过，只得去拜会。见面之后，知道情形不对，只略谈了几句，即起身回来。可笑一班人忙了一会子，偏偏的扑了一场空。黄文汉想着，如何不好笑！

从馥兴园出来，不远就是水道桥高架线的停车场。黄文汉买了票，在停车场里面等车。不一会胡庄来了，黄文汉迎上去问道："老刘你没见他吗？"胡庄走进停车场答道："老刘到料理店买明日的菜去了。"黄文汉点头道："你我去买两只鸡。今晚只一晚，旁的明日都来得及。"胡庄应"是"。电车来了，二人上电车，到代代木下车。就在下车的所在有一家鸡店，二人进去拣了两只极肥的，花三块钱买了，教鸡店主人送到适庐。黄文汉脱了衣服，自己动手杀了。胡庄帮着拔毛挦水。两只鸡才弄干净，刘越石回来了。黄文汉见他手提了两大包，还有两大瓶五加皮酒。黄文汉将纸包都打开看了，一一搬到厨房里来。胡庄已将鸡用瓦斯火炖上，直炖到十二点多钟，才将两只鸡炖烂了。大家收拾安歇。

　　不知次日如何胜会，且俟下章再写。

第六十三章

写名片呆子出风头
争体面乖人办交涉

话说黄文汉和胡庄、刘越石三人弄了一夜的菜，到十二点钟才安息。次日上午，黄文汉又帮着弄了一会。因为昨日约好了苏仲武和梅子到他家取齐，十一点钟的时分，便仍回到家中。对圆子说了昨晚在人家弄菜，不能回家的原故，教圆子更换衣服，收拾停当了，等梅子一到就走。圆子答应着，正在装束，苏仲武和梅子已经来了。

黄文汉看梅子今日的装束，身上穿一件苏仲武新做给她的彩线绣花淡青缩缅夹衫，腰系一条鹅黄底银线攒花缎带；蓬松松的短发覆在额头上，望去就好像没有梳理，其实是井然有条的，并不散乱；脑后的头发仍是和往常一样，散拖在后面，只拦腰打了一个发束，发束上缀一朵蝴蝶也似的大红丝花；头上围一条赤金链，左胸前悬一朵茶碗大小的金黄鲜菊。黄文汉见梅子装束的十分入时，不觉暗暗喝彩，心中羡慕苏仲武艳福，迎着笑道：“呵呀，梅子君今日的装束，真个是鲜艳动人了。老苏福分不浅哉！”梅子笑着进房，问姐姐怎么不见。圆子在里面答道：“妹妹请到这里来，我正在换衣呢。苏先生就请在外面坐，不要进来罢。”苏仲武在外面笑答道：“嫂子放心，从容的换罢，小叔子决不敢乘人之危。”说得黄文汉也笑了。二人谈了几句昨夜的事，圆子已妆饰妥贴，四人遂同到代代木来。

到时正是午后一点钟，来的客已有十来个了，罗福、郭子兰都已早到。来客黄文汉都认识，苏仲武有不认识的，黄文汉给绍介了。一个个见梅子这种风度，都有些举止失措起来。就中惟有罗福，更是搔耳扒腮的坐又不安，立又不稳，不知怎么才好。黄文汉早看见了他那种搔扒不着的神情，故意特指着他，和梅子绍介道：“这位罗先生，为人很是有趣。”接着问罗福道，“你带了名片没有？”罗福见黄文汉特意和他绍介梅子，止不住

心中跳个不了。黄文汉问他要名片，他并没有听见。黄文汉问了几句，才
理会得，连忙用手在这口袋里去摸。摸不着，又去那口袋里摸，匆匆忙忙
几个口袋都摸了，实在是没带名片，急得一副脸通红，不住的说道："糟
了，糟了！刚刚今天不曾带名片，等我去写一张来。"说着起身，往左右
望了一望，一把拉了他一个同乡程中奇，就往隔壁房里走。程中奇笑道：
"你拉我做甚么？"罗福悄悄的说道："我的字写得太劣，请你替我写个名
片。这里有纸笔，你是这们样写罢！"程中奇拿了纸笔在手，问道："怎么
样写？"罗福念道："云南公费生罗福。"程中奇怔了一怔道："怎么名片是
这样写？"罗福正色道："自然是这样写。你莫管，照我说的写就是了。"程
中奇知道他是呆出了名的，便不和他争论，照样写了。罗福看了又看，点
点头道："还写得好。只不会写字，是我平生的恨事。"口中一边说，一边
走过这房里来。

黄文汉正掉过脸和张全在那里说笑，罗福也没听得，走到梅子跟前，
想将纸条儿交给梅子。梅子并没看见，只顾和圆子细声的说话。罗福不敢
莽撞，弯着腰站在房中间，手擎着纸条儿，等梅子回过脸来。房中的客
都知黄文汉是有意作弄罗福，一个个都掩着口笑。还是圆子见了，过意
不去，暗推了梅子一下。梅子不知道做甚么，翻着眼睛，望了圆子，圆子
努嘴道："罗先生送名刺给你，接了罢！"梅子才望罗福笑了一笑，伸手接
了，看了看，用那纤纤小指，点数着纸上的字，对圆子道："怎么有七个
字的姓名？姐姐看，莫是写错了罢？"圆子看了笑道："那里是七个字的姓
名，上面五个字，不知道怎么讲，第六个字是个罗字，大约就是罗先生的
姓了。底下这个福字，一定是名字。"黄文汉听了，忍不住先笑着掉过身
来看。只见苏仲武笑容满面的，正拿着纸条，笑得那手只管打颤。黄文汉
接过来看了，一些儿不笑。张全也要看，黄文汉已递还梅子，梅子做四
折叠起来，压在自己坐的蒲团下。罗福心想：这样一个美人，原来不认识
字。这圆子虽认识字，只是太不通，连"云南公费生"五个字，都不知道
怎么讲，这却可惜我一片心思了。

不言罗呆子一个人在那里出神，且说胡庄和刘越石在厨房里已将酒菜
都盛贮停当，教下女到客厅里摆了台面。黄文汉和张全都进厨房，大家七
手八脚的搬运酒菜，须臾搬完。主客共十七位，做三桌分开坐了。罗福硬
和梅子做一桌。三家人家的三个下女，便分做三处伺候斟酒。大家先开怀

畅饮了几杯，渐渐的撮对猜起拳来。胡庄酒至半酣，立起身来说道："我们今天大家做一块儿饮酒作乐，题目便是庆祝双十节。我想在座诸君大约也没有人反对，说这题目错了。不过在兄弟看来，诸君贵国的那甚么国庆纪念，实在是无可庆祝的了，这个题目很有些不妥。兄弟心中倒有个很妥当的题目，不如提议出来，请诸君通过，改换了罢！兄弟常听人说，替死人做寿，谓之做阴寿。我们于今替死共和庆祝，就说是做国庆纪念的阴寿不好么？"大家听了，都大笑拍掌，一时掌声如雷。胡庄等掌声过去，复接着说道，"诸君既通过了这做阴寿的题目，兄弟却要借着这做阴寿的筵席，来庆祝两个生人。"说话时，两只眼睛飞到圆子、梅子二人身上，大家不待胡庄说完，都吼起来喊赞成。

胡庄笑着摇手道："兄弟的话还没说完，诸君赞成的到底是甚么，兄弟倒不懂得了。"罗福嘴快，抢着说道："老胡你不用说完，我们都知道了。赞成庆祝她们两个！"说时，用手指着圆子、梅子。梅子不知道罗福说甚么，只见他伸着手，往自己一指，吓得低着头红了脸，只管推圆子。其实圆子也不懂得，悄悄的教梅子不要怕。罗福说完，得意洋洋的叫下女斟酒来敬梅子。胡庄喝住道："呆子且慢着，我的话没说完，你偏要假称懂得。"罗福虽然倔强，但他心中有些畏惧胡庄，便被胡庄喝住了。胡庄笑着说道，"兄弟说借筵席庆祝两个生人，诸君的意思，都以为不待说，是庆祝两位夫人了。兄弟的意思却不然，两位夫人都是天生丽质，莫说受我们的庆祝是应该的，便是教世界上的人都来这里，由兄弟提议庆祝，料定必没人说不愿意。但是兄弟为人素不欢喜干现成的事，兄弟以为在座中最可庆祝的，无如享受这两位夫人的爱情的人。"大家听了，又都望着黄文汉、苏仲武二人欢呼拍手。

正在拍得高兴的时候，黄文汉忽然跳起身来摇手道："诸君且住，听听看，隔壁有人骂起来了。"大家吃了一惊，都屏声息气静听。果听得隔一座房子有一家人家，正在楼上开着窗子，朝着这里高声大喊："豚尾奴不要闹，再闹我就要喊警察了！"黄文汉听了，只气得打抖，三步作两步的窜到外面，也高声答骂道："甚么禽兽，敢干涉你老子！你这禽兽不去叫警察，就是万人造出来的。你有本事敢到这里来，和老子说话！"胡庄也气不过，跑到外面帮着乱骂。那日本人不中用，竟被他二人骂得不敢出头了，二人才笑嘻嘻的进来。

黄文汉大声说道："我们只管闹，闹出乱子来有我一个人担当。看他是甚么警察，敢进这屋子来！"说时望着程中奇道，"你带胡琴来没有？我们索性唱起戏来，一不做，二不休，给点厉害他们看。"胡庄道："唱戏不要紧，不过我们也得有点分际。众怒难犯，过闹狠了也不好。"黄文汉笑道："足下姓胡，真要算是胡说。又不杀人放火，甚么叫作闹狠了不好？你们放心，有我黄文汉在这里，谁也不敢来放句无理的屁。你们刚才没听得那小鬼骂的话？就是这样善罢甘休，不敢开口了，以后我们住在这里，还敢高声说句话吗？打得一拳开，免得百拳来。故意的也要闹得个天翻地覆，使他们好来干涉。不然，刚才的气就呕成了功，没有地方出了。"大家听了，虽都知道黄文汉的外交手腕是最靠得住的，但是不知道他这气将怎生出法，因都知道胡庄也是个能干的，看他也笑着点头，已赞成黄文汉的办法，大家便又高兴起来。

程中奇的戏本来唱得好，又会拉胡琴。他今日知道人多，必然有人要唱戏，已随身带了胡琴来。见众人已决议再闹，都有些少年好事的性格，便也喜不自胜的拉起胡琴来。座中很有些人能唱戏，胡庄拿了口小皮箱，用火筷子敲着做鼓板，倒也铿锵可听。罗福、张全、黄文汉、程中奇、胡庄是不待说，各人要唱几句；就是与本书无关系，不便将他姓名写出来的人，遇了这种场合，也都要伸着脖子喊几句。旋唱旋吃喝的闹下去，直闹到六点多钟。酒菜都完了，黄文汉的兴致还没有尽，重新提议，每人再加五角钱的份子，投票公举了两个人，去买办酒菜，唱、闹仍是不停。左右邻近的老少男女，都不知道今日这家中国人干甚么，也有找着下女打听的，也有攀着窗户看的。黄文汉见有人来看，兴头更高了，停了中国戏不唱，高唱起日本歌来。才唱了几声，外面看的人更多了。幸窗户朝着空地，看的人虽多，不至将道路拥塞。黄文汉有意卖弄精神，警察听了，多忘了形，跟着一大堆的人向窗户只挤。

日本的警察到底有威信，看的人起初见后面拥挤得很，谁肯放松一步？后来回头一看是个警察，都吓得将头一缩，向两边让出条路来。警察趁着当儿，挺了挺胸，大踏步走近窗户，探头向里面望了一望。黄文汉正唱得不住口，警察便偏着头，不住的用靴底在沙地上踏板。圆子靠着黄文汉坐了，忽抬头见窗眼里露出半顶警察的帽子来，只吓得芳心乱跳，悄悄的说给梅子听："警察来了。"梅子望着发怔道："警察来做甚么？我们这里人多，怕他吗？"圆子知她不懂事，等黄文汉唱完一支之后，暗暗的指给黄文汉看。黄文汉醉眼矇眬的，疑圆子看错了，起身走近窗户来看。房中十多人也有看见的，也有没看见的，见黄文汉起身，只道窗户外又有甚么变故，也都起身向窗户扑来。警察正听得出神，见忽住了口，再抬起头来向里探望，只闻得一股酒气，冲鼻子透脑筋而来。黑压压一群人的眼睛，都张开如铜铃一般，望着他乱瞬。知道来势不好，便装出严冷的面孔，回身驱散众人，一步一步的拖着佩刀走了。

　　黄文汉忍不住笑起来。房中的人都觉得意，又拍手大笑了一会。买办酒菜的已回来了。大家奔入厨房，洗的洗，切的切，在锅里转一转，半生半熟的，只要出了锅，便抢着端出来，各捞各的，杯筷碗碟碰得一片声响。只急得在厨房里的人都高声大叫"慢些吃"。梅子、圆子见了，笑着走到隔壁房间去，怕他们借酒发疯。闹了好一会，厨房里工夫才完了。大家重整旗鼓，又猜拳的猜拳，唱戏的唱戏，继续闹到九点多钟，实在都闹得马仰人翻了。

　　正要收科，黄文汉忽听得下女在厨房里好像和外来的日本人说话。连忙起身，轻轻走到厨房里一听，只听得下女说道："我家主人正在宴客，此刻的酒，都有十成醉意了，先生要会他，请明日来罢。"外面的日本人答道："你才无礼极了！我要见你的主人，你去通报就是，你何能代你主人拒见宾客？我姓久井，是个法学博士，同来的这位是帝国大学的学生。你快出去通报你家主人，非见不可！"黄文汉听得，暗暗点头，果然有开谈判的人来了。即抽身回房，叫胡庄的下女去将胡庄家的客厅收拾，送烟茶过去。厨房里的下女回来人不掉，只得进来，想告知刘越石。黄文汉不待她开口，便挥手道："你去对来宾是这样说：我家主人很抱歉，因自己的房间不清洁，不敢请二位进来，特借了隔壁的客厅，请二位过去坐坐，我家主人就出来领教。"下女应着是去了。

　　黄文汉整理衣服，教刘越石拿张名片出来，往身上揣了，向众人道："你们只管唱戏吃酒，我去会会他们就来。"说着，从后门走过去了。众人都捏着一把汗。胡庄心中虽较众人有把握，然因来的有个是法学博士，总不免有些怕错了不当耍，便对众人说道："诸君喝酒的只管喝酒，唱戏的只管唱戏，我去替老黄帮着办交涉，诸君却万不可也跟往那边去。交涉办完了，自然一字不遗的说给诸君听。若诸君等不及要听，都跑到那边去，在我那客厅前后鬼鬼祟祟的说笑。那时诸君自以为说话的声音很小，我和老黄在里面听了，怕小鬼笑话，必觉得诸君的声音如打雷一般。到那时心中一急，甚么充分的理由也说不出来了。偷听是万万使不得的！"众人都答应"晓得"。胡庄也理了理衣服，从后门过去了。

再说黄文汉到胡家，问下女，说二人已在客厅里坐了。黄文汉从身边拿出几角钱，叫下女赶急去买几样日本的好点心来。胡庄用的这下女，很费了些精神请来的。十三四岁的时候在甚么子爵家里当小间使，因为子爵很欢喜她，子爵夫人便不愿意，借事叫她母亲领回家。今年十九岁，从子爵家出来，四五年都是在富贵人家当子供守（带小孩子）。胡庄是吊膀子吊着了，劳神费力挖了来，在上林馆住了几日，不妥当，才搬到代代木。表面上是下女，其实就是姘头。这下女因在富贵人家住惯了，很知道些礼节，说话更是与普通下女不同。因胡庄的举动与日本的绅士相近，房间又清洁富丽，所以她还住得来。若是平常的留学生，她也看不上眼。

闲话少说。黄文汉交了钱给下女，故意挺着肚子，仰着面孔，慢慢的摇进客厅，据着主位，宾主对行了礼。黄文汉拿出刘越石名片来，递到二人面前，先笑了一笑，开口说道："承二位枉驾，到一百十七号，想会那房里的主人。那房里的主人抱歉得很，今日因高兴，略饮了几杯酒，有些醉意，恐开罪珍客，不敢冒昧出见，特用他自己的名片，托我出来向二位道歉，并领教二位的来意。这房里的主人和那房里的主人都是至好，所以借房间欢迎。"二人先进门见下女接待礼数周到，看客厅里陈设堂皇，知道此中有人，已存了个不敢轻视的心思。见黄文汉出来，举步起坐，都很像日本的武士道，说话又伶牙俐齿，声音更非常沉着，将叫门时的勇气早夺了八九。看了看刘越石的名片，连忙各人从各人袋中摸出张名片来，递给黄文汉。黄文汉接了看，那五十多岁穿和服的名片上，印着"法学博士久井玄三郎"的字样；那三十来岁穿帝国大学制服的名片上，印着"斋藤虎之助"五个字。黄文汉看了，放在一旁，也从怀中拿出自己两张名片来，一人分送了一张。

久井开口说道："贵友刘先生在此地住了几个月，我住在咫尺，平日不来亲近，已觉失礼。今日来又在夜间九十点钟的时候，尤为不敬，还要求黄先生代为恕罪。"黄文汉见久井说话很客气，便极力的谦逊了几句。久井接着指了指斋藤说道，"斋藤君是我的舍亲，家住在和歌山，到东京来读书，很是不容易。帝国大学的功课，先生大约是听人说过的，比别的大学大是不同，一切都认真得很。在外面不肯用功的，必不得进去。在里面读书的，稍不用功，就得落第。落第这句话，在敝国人听了，很是不体面的一桩事。爱面子的人家，若听说子弟在学校里落了第，父兄有气得将这落第的子弟驱逐出去，不许他归家的。而一般顾面子的子弟，有因害病耽搁了课，或是脑筋不足做不好功课，不得已落了第的，恐怕亲友笑话，每每有急得自杀的。敝国虽是成了这样的一种习惯，实在也是因父兄送子弟读书不容易，国家盼望造就人才的心思迫切，两方面逼起子弟向学。即如斋藤君，他家住在和歌山，拿着父母的钱到东京来读书，岂是容易！兢兢业业的进了帝国大学，斋藤君在和歌山的名誉，就算很好了。谁人不知道他再过一两年出来，是稳稳当当的一个学士？但是人家都是这般期望，他自己也得想想，这帝国大学的学士可是这般容易到手的？想这学士的学位到手，必得用一番苦功。既要用功，第一是要个清净所在，使耳目所接触的没有分心的东西，然后用功才用得进去。斋藤君因为要图清净，才特意寄居在舍下，情愿每日上课多跑几里路。斋藤君这一番苦心，黄先生想必也是赞成的。"说到这里，仰天打了个哈哈。

　　不知黄文汉怎生回答，且俟下章再写。

第六十四章

逞雄辩压倒法学士
觐慈颜乔装女学生

话说黄文汉听了久井的话，实在有些不耐烦。只因久井的谈锋不弱，恐怕一时气涌上来，答错了话，给他拿着短处，占不了上风，只得勉强按捺。细细的听他说完了，忽然仰天打了个哈哈，登时无名火直冒上来，也照样打了个哈哈道："先生的话说得最多，理由最充分，我更听得最明白。但不知先生夤夜枉顾，特来说这一长篇理由最充分的话，是个甚么意思？斋藤先生有志向学是极好的事，也是我们少年应分的事。无论是拿着父母的钱与旁人的钱，去几百里与几千里，都与有志求学无关系。少年求学是时间问题，不是道理、金钱的问题；是个人自立的问题，不是为父兄、国家的问题。总之，人类应有知识，去求知识是自动，不是他动。先生的话，我极佩服；先生的理想，我却不敢赞成。但是先生与斋藤先生来的意思，决不是来和我辩论学说，一定还有再高尚的教训，敢请二位明白指示。"

久井听了黄文汉这几句大刀阔斧的辩论，就好像刚才自己说的理由一句也不能成立似的，暗想：这姓黄的好厉害！那里不懂我们的来意，分明是想拿情面压住我们，使我们说不出来。我们既来了，岂有不和他谈判清楚就走的？听说中国人是生得贱的，给脸不要脸，和他硬干，他倒服服贴贴了。想了一想，正待开口，房门开处，下女双手捧着一匣点心进来。黄文汉亲自斟了两杯茶送到二人跟前，二人连忙行礼接了。下女退出去，顺手推关了门。久井喝了口茶，笑向黄文汉道："先生驳我的话，驳得很好。但是我今日向先生说的话，先生无驳理之必要。先生能原谅我来说话的意思就好了。"黄文汉见他踌躇不好出口，心想：我硬不揭穿他，看他怎样！便也笑道："先生的来意，我只认作亲善，我代刘君感谢二位的厚意。

说话的意思，我实在不曾领会，还要求先生原谅。”

久井听了，变了色，将茶杯往席上一搁，冷冷的笑了一笑说道："既先生真不懂得，我就只好直说了。实在是因为刘先生家里今日闹得太过分了些儿，斋藤君简直不能做功课。帝国大学的年终试验最是要紧，若是落第下来，便是我刚才说的，于斋藤君身上就有种种大不利益的事发现。今日下午三点钟的时候，斋藤君因刘先生这边闹得无法，打开窗户要求了一会。刘先生这边正闹得高兴，没人理会，急得说了几句稍微剧烈的话。不料刘先生这边忽然出来两位朋友，将斋藤君痛骂了一会。斋藤君平日最爱和平，又怕闹狠了，更分了做功课的心，忍气没有回话。我在会社里办事，须夜间九点钟才得归家。归家来见斋藤君如此这般的说，听刘先生这边还是闹得天翻地覆。情逼无奈，才敢登门请教。我想刘先生这边何必有意与斋藤君为难？况且各位先生都是大远的到敝国来留学，也不容易，这非闹不可的理由，恐怕没有。”

黄文汉听久井说完，从容笑道："二位枉顾，原来如此。我若早知道斋藤君是住在法学博士家里，今日三点钟的时候，我早到府上来了。我只听了斋藤君骂我们的话，以为必是个下等社会的人，才这般不讲理，开口便骂人，所以只回了两句，也就罢了。不是先生自己说出来，我始终不疑斋藤君会有那们恶口。但是已过的事，也不必说了。不过今晚虽蒙先生枉顾，先生的好意却不能发生效力。先生若是好意的要求，则进门一番话，不必带着教训的语调。若是恶意的干涉，须得究明我们饮酒作乐的原由，与有否妨害治安的行动。斋藤君尚在学生时代，不知外事，不足责备。先生学位是法学博士，又在会社里办事，新闻纸大约是不能不看的。今日是敝国甚么日子，先生难道一无所闻吗？今日十月十日，是敝国的国庆纪念日。敝国脱离数千年的专制政府，新建共和，国庆纪念的这一日是应该竭欢庆祝的。虽在他人的国内，只要没有妨害治安的行动，旁人安得加以无礼的干涉！”

久井、斋藤听了，都大吃一惊。久井勉强说道："贵国的国庆纪念，我也知道。但纪念是贵国的，与敝国的学生斋藤君没有关系。因贵国在敝国的居留民庆祝国庆纪念，而必使敝国的学生不能用功，还说不曾有妨害治安的行动，先生虽然雄辩，这理由恐怕说不过去。”黄文汉望着久井笑道："先生在那个会社，办的甚么事？今日下午斋藤君在帝国大学上了甚么课？敝国的国庆纪念日是敝国的，与贵国学生无关系，这句话精神完足，颠扑不破。只是世界上公共的礼拜日，先生恐怕不能说与斋藤君没有关系。今日礼拜六，各学堂下午都没有课，便是各会社，下午也就停止办公。先生如有意要干涉我们，先生自己不能不站稳地步。今日下午不上课、不办公，是为甚么？斋藤君一人要用功，旁人不能干涉。旁人于规定的游戏时间行乐，岂有旁人说话的余地！"久井不待黄文汉说完，一张脸早就急得通红，斋藤也急得手足无所措。久井向黄文汉行礼道："我来奉访，并不敢存干涉的意思。也是斋藤君用功情切，不暇思索，冒昧的跑来，求先生原谅。以后我当常来领教。"说完，对斋藤使了个眼色，行礼作辞。黄文汉还礼，留他们再坐。二人那里肯留，匆匆忙忙走了。

黄文汉略送了几步，转身回来，只见胡庄从里面房中跳出来，一把拉了黄文汉的手，大笑道："不错，不错！真不怪人人恭维你有外交家的本领，连我都佩服你了。"黄文汉笑着谦让道："这算得甚么，来人原不厉害。这小小的事也办不了，你我还能在这里立得住脚？小鬼惯会欺人，程咬金的三板斧，躲过他便没事了。见惯了的，只当他们做把戏，闹着开心。我们今日虽是早安排痛闹，但不是小鬼一骂，我们闹到五六点钟也该散了。因为要争这口气，都弄得精疲力竭。他们在那边只怕要急坏了，我们赶快过去。"胡庄道："我早就来了，因见你交涉正办得得手，所以不曾进来。我们过去罢。"说毕，叫下女收拾茶点。叫了两声，不见答应，便跑到前门，将门锁好，同黄文汉走后门，仍过这边来。

三个下女在厨房里一见黄文汉，都跳起来喊："黄先生万岁！"黄文汉笑了一笑，走到客厅里。一房人都寂静无声，见黄文汉笑嘻嘻的进来，才大家一齐抢着问交涉如何办的。黄文汉笑道："我已说得舌敝唇焦了，老胡听得清楚，教老胡说罢。"胡庄将众人望了一望，笑道："罗呆子到那里去了，怎的不见？"张全笑道："他听得有个法学博士来了，说这事情不妙，说不定大家都要弄到警察署去，教我和他先走，免得吃亏。我说不怕，他一定不放心要走，就由他走了。"胡庄笑了一笑，便将黄文汉办交涉的情形，一丝不漏的说给大众听。大众不待说对黄文汉有番恭维。黄文汉见时候不早了，提议说道："我们散了罢，今日总算是尽兴了。"大众都赞成，登时散会，各自归家。

次日，黄文汉到美术学校替梅子报了名，补缴两个月的学费，领了讲义及听讲券。在衣店寻了会美术学校的制服，寻不着，便买了些裁料，归家来教圆子赶着缝制。好在和服缝制容易，一日一夜便做成了两套。买了条裙子，以及进美术学校应用的什物都买了。开了篇细账，将计划说给苏仲武听。苏仲武听了，惊得没有主意，沉吟了半晌道："我看索性再迟一会，等到年假的时候，他们自己来了，再委婉的请你和他们说。此刻巴巴的请起她来，怎么好？"黄文汉道："再迟更不好办，梅子此时已有两个月的胎，迟到年底，是四个月了。她身材瘦小的人，四个月的肚子如何隐藏得住？她的性格又古怪，不肯听话。你前日没听她说，她母亲一知道，她就要自杀？日本人不像中国人，她们把自杀看得很不要紧的。她既有这句话，决不是说着玩的。不早些将她的心安下来，万一出了乱子，我成全你们的，不倒害了你们吗？"苏仲武道："不错，她近来时常对我说，怕她母亲知道了，给她下不去。到那时除非死了，若教她出丑是不行的。我以为女子素来是这般的，动不动就是死，其实那里肯舍得死，因此不甚在意。你想的主意必不错。不过她母亲来了，我和她怪难为情的，怎好？"黄文汉笑道："红娘说得好：'羞时休做。'你此刻也不要说给她听，她母亲来的时候，必住在我家里。到那时再告诉她，教她改装束，只说是在美术学校上课回来。以后白天到你家里来，推说上课，夜间到我家去歇。等我交涉办妥之后，结婚迟早，再商量着定就是了。"苏仲武连连的点头答应。黄文汉的细账八十余元，苏仲武拿出一百块钱来给了黄文汉。黄文汉收了归家。

　　有话即长，无话即短。十月十七日下午，春子果然来了。见黄文汉住的房子比从前小了许多，一点富贵气象也没有，心中很是诧异。黄文汉和圆子迎了出来，都表示一种极亲热样子。黄文汉开口笑道："我两人本打算到停车场来迎接，因为不见夫人有信来，不知道何时可到。夫人为甚么不早写封信来？找我这地方只怕很找了一会。"春子笑答道："怎好又惊动贤夫妇？小女为何不见出来？"黄文汉和圆子一边让春子进内房里坐，一边答道："梅小姐上课去了，就要回的。今日是礼拜六，本应早回的。因为美术学校开展览会，梅小姐在里面招待，大约要五点钟以后才得回来。"春子点点头，谢了黄文汉和圆子二人照顾之劳，拿出许多爱知县的土产来，送给黄文汉和圆子。苏仲武也有一份。黄文汉谢了，都教下女收藏起来。圆子帮着下女搬好了礼物，教下女拿了衣裙，临时做了个书包，送到苏仲武家去。

苏仲武接了，心中跳个不住。梅子问送了甚么东西来，打开一看，不觉怔了，道："这样的衣裙，拿来做甚么？"苏仲武慢慢的说道："母亲来了，黄先生教你装个美术学校的学生去见。以后你只能白天里到这里来，夜间是要在那边歇宿的了。"梅子听得她母亲来了，如闻了个晴天霹雳，登时腿都软了，往席上一蹲，低了头出神。下女见没得话说，就作辞走了。苏仲武心中也很着急，怕春子看出破绽来。只是春子已经来了，免不得是要见面的，只得极力的安慰梅子道："你放心去，有黄先生和圆子姐姐在那里，决不会使你受委屈的。我有个最好的计策告诉你，倘若母亲看出来了，盘问你的时候，你只学此刻这样，低着头不做一声就是。"梅子瞅了苏仲武一眼，举起小拳头在苏仲武臂膊上打了一下道："都是你害了我，还拿着我开心！我不做声，我妈就不问了吗？只是我妈在爱知县好好的，无缘无故跑到东京来做甚么？我又没写信去叫她来，她来又没写信告诉我，不是来得讨厌吗？"苏仲武跺了跺脚道："不是来得讨厌做甚么，我听了这信，几乎要急死了！"梅子道："你几时就听了信？"苏仲武道："老黄故意将母亲叫来的，不然母亲怎得就来？"梅子道："黄先生又没癫，将我妈叫来做甚么，不是奇怪吗？你不要哄我。黄先生特意教我妈一个人回爱知县去的，我又没得罪他，他决不会故意将我妈叫来。"

苏仲武听了梅子这番小孩子话，也忍笑不住，细细的把黄文汉的意思说给梅子听了，教她改换装束。梅子摇头道："不换也罢了，我妈跟前不要紧的。"苏仲武诧异道："为甚么不改换不要紧？"梅子瞅着苏仲武出神道："妈跟前不换衣服，有甚么要紧？"苏仲武着急道："我和你说的话，没听清楚吗？既要装美术学校的学生，怎的不换衣服不要紧？"梅子想了一想，叹了口气道："你们做的事都是麻烦的，定要换，便换了也使得。"说着，拿起衣服抖开一看，笑道，"这乌鸦一般的衣服，教我怎么好意思穿了在街上走？"苏仲武道："没法，是这样的制服，只得穿它，好在穿的人不少。一个人的心理真变更得快。我往日见了穿美术学校制服的女学生，觉得个个标致得很。就是相貌生得丑陋些儿的，也因为她有美术思想，不觉得讨厌。自遇了你之后，见了那些学生，一个个都有些不如法起来，那管她们有甚么美术思想？就是现在看了这衣，把你身上的衣比起来，实在是有些难看。"梅子听苏仲武这般说，拿了那件美术学校的制服，只管翻来覆去的看，不想更换。苏仲武又催了一会，才将身上的衣服脱下，露出里面粉红绣花的衬衣来，胸前两朵软温润滑的乳头肉，饱饱满满的将衬衣撑起，两只筑脂刻玉的小臂膊，映着衬衣的娇艳颜色，更显得没一些儿瑕垢。苏仲武留神看梅子浑身上下，自顶至踵，没一处看了不动心，忍不住搂抱着温存抚摸了一会。梅子怕冷，才替她将制服穿上，系了裙子。

梅子自己低着头看了一会，笑问苏仲武道："你看像个女学生么？"苏仲武摇头道："不像。"梅子收了笑容，连连问道："为甚么不像？说给我听。"苏仲武笑道："你自己说如何得像，那里有这样的女学生！"梅子道："你这话怎么讲？我不懂。"苏仲武道："这也不懂得！像你如何有工夫去上课的？世界上只有我一个人知道美人可爱吗？能够天天去上课的，纵美都有限。我心中常是这般想：除非幼稚园、初等小学校，有极可爱的女小孩子，一到了中学，就靠不住了。像你这样的，有情人或有丈夫的，不待说是一来舍不得，二来不放心教她每日来回的跑。就是没有情人或丈夫，她父母亲属也必不敢放她出来。所以女学生里面绝对没有了不得的。莫说是像你这样绝色的女子，就是略微生得整齐的少年男子，在中国福建省都不敢轻易出来。"梅子笑道："男子出来怕甚么？"苏仲武心想说出来不雅相，不说罢了，便笑道："怕是不怕甚么，不过太生好了，走出来给人家女子看见，恐怕人家女子害相思病。"梅子听得，啐了苏仲武一口道："甚么女子见着生得好的男子，就害相思病？只说中国福建省的女子是这般下贱罢了。"苏仲武只嘻嘻的望着梅子笑。梅子道："不是吗？"苏仲武连忙点头道："一些儿也不错。母亲在黄家等，快去见见罢！"

梅子赌气将身子一扭，往外就走。苏仲武叫道："且慢着。既装女学生，书包总得带一个。"梅子转身道："书包在那里？"苏仲武提了给她道："也没打开看，不知里面是几本甚么书？"梅子接了蹲下来，笑道："等我开了看看是些甚么，姐姐或者包了些吃的给我也未可知。要是有吃的，我们同吃了再去。"苏仲武笑着答应。打开一看，那有甚可吃的，就是美术学校几本没开页的讲义，和几枝削好了的五色铅笔，两本写生簿。梅子往旁边一摆道："这些东西送来做甚么！我妈又不认识字，把你桌上的书包几本去都使得。"苏仲武将铅笔、书本聚起来包好道："表面上不能不是这样做。好妹妹，你提了去罢，今晚若能回，你还是回来同睡。"梅子点了点头，接着书包往外走。苏仲武在后面跟着嘱咐道，"母亲问你话，你要留神一点，不可和平日一样，想说甚么便说甚么。"梅子走到门口，苏仲武还跟在后面，不住的叮咛、嘱咐。梅子听了，着急起来道："我理会得，你不要麻烦罢！"苏仲武见梅子发急，才不说了。

梅子别了苏仲武，到黄文汉家来。刚走到黄家门首，只见送衣的下女迎面走来，见了梅子笑道："我家太太久等太太不来，甚是着急，教我来催。"梅子点头，低声问下女道："你听我妈说甚么没有？"下女摇头道："他们说话，我不在跟前，甚么也没听得。只听得老太太说苏先生。"梅子忙问道："说苏先生甚么？"下女道："没听清说苏先生甚么。我家老爷教我收拾老太太从爱知县带来的东西的时候，彷佛听得说苏先生几个字。"梅子听了，心中更有些着慌，想再问问下女，有甚么可疑的地方，下女只顾催着进去。

梅子无法，只得教下女先进去，自己定了定神，提着书包，极力装出没事的模样，推门走了进去。跨进房门，即见春子正坐着和黄文汉说话，不禁哎哟了一声，将书包往房角上一撂，几步跑到春子跟前，一把将春子的颈搂住，口中叫道："我的妈呀，你甚么时候来的，也不写封信给我！"黄文汉听了这一句话，心中老大吃了一惊。

不知春子母女会面后如何，且俟下章再写。

第六十五章

看娇女千里走阿娑 [1]
念终身一夜愁侵骨

话说春子等了几点钟，不见梅子回来。她平生只有这一个女儿，爱如掌上明珠，不曾一日离开左右。今回忽两三月不见，心中正惦记得了不得。从爱知县动身的时候，时时刻刻以为到东京即能见面，谁知等了几点钟，还不见回来。口里虽和黄文汉说话，一个心早在美术学校里乱转，寻找她的爱女。忽然见了梅子回来的情形，不由得心中一阵酸痛，也顾不得黄文汉在旁边坐着，两手把梅子搂住，用脸在梅子遍身亲了一会，眼泪不住的一点一点迸出来。梅子更是伤心呜咽，母女二人相对悲啼了好久。黄文汉劝慰了几句，春子才拭了眼泪，抚摸着梅子问长问短。

黄文汉在旁捏着把汗，生怕梅子再提不写信告诉她的话，露出马脚来。幸喜春子都是问了些泛泛不关紧要的话，梅子还答得自然，才把心放下了些儿。此时圆子在厨房，已帮着下女将饭菜弄好，搬出来共食。晚饭后，黄文汉请春子去帝国剧场看戏，春子推让许久，黄文汉执意要请春子答应去，教梅子也同去，梅子只得应允。春子换了衣服，梅子忽然皱着眉头，说心里作恶，不想去看。黄文汉道："梅子君不想去，就不去也罢了，和你圆子姐姐在家中玩玩也好。"春子没得话说，便和黄文汉二人去帝国剧场看戏。

梅子那里是心里作恶，不过有几个钟头没见苏仲武了，想趁这时候去看看。黄文汉和春子走后，便急忙忙的到苏仲武家来。苏仲武正一个人在家中搔爬不着的，如热锅上蚂蚁，见梅子神气如常的来了，异常快活。

---

[1] 阿娑：我国古代对母亲的称谓。

二人绸缪缱绻，直到十一点钟的时分，梅子忽然向苏仲武道："我刚才合眼，并没睡着，彷佛梦到一家鱼店里，买了一对活鲤鱼，都有尺来长，用串子穿着还跳个不了。这梦不知道怎么讲？"苏仲武猜想了一会道："梦原不足为凭的。但照这意思看来，一对活鲤鱼，恐怕是不久就有好消息来了。相传鲤鱼能传书，尺来长，就作尺书解，也解得过去。总之我看这梦不恶就是了。"梅子见苏仲武解得有理，没得话说。因怕春子看戏回来，便重新穿好衣裙，辞别苏仲武，回黄文汉家来。

到家已十二点钟，圆子接着笑道："便一日也不能放过，真要算是如胶似漆的了！"梅子红了脸道："姐姐为甚么也打趣起我来了？我妈来这里的情形，他不知道，一个人白在家里着急，怎能不去说给他听？姐姐不应该是这般打趣我。"说时眼眶一红，泪珠如雨点一般落下来。圆子看了，好生不忍，心中懊悔说话太孟浪，连忙握了梅子的手，陪笑道："是我该死，一时说话不留神，使妹妹心中难过。我此刻的心更加难过，妹妹原恕我这一次罢！我说这话，也有个意思在内。因为母亲今日才来，还没有提到这事和她说，不可使她先看出甚么破绽来。母亲心性灵敏，若被她看出甚么来了，先向我们诘问，我们没有站得地步，有话都难说了，事情不糟了吗？妹妹刚才装病的时候，我便觉得不妥。虽母亲不见得就疑到这样，但是肯留心的见了，也就有些可疑。你平日又不是不欢喜玩耍的，最亲爱的母亲几个月不见，心里便真有些作恶，算不了甚么病，也得勉强同去。若真是作恶得厉害，你素来娇养惯了的，你病了，岂肯让母亲独自去看戏？并且母亲也决不会去。还有一层令人可疑的，你已经安排同去，临行时装出病来，只说心里有些作恶，并没说如何难过，也没说要买点甚么药吃吃。在有心的看了，就彷佛你是明说出来，我这作恶，也不难过，也不要用药，只要母亲不在这里，便好了似的。我的妹妹，你说是不是？下午我教下女送东西给你，要你就来。下女回了几点钟，左等你也不来，右等你也不来。母亲在客房里着急，我就在厨房里着急。我想将来安排做长久夫妻，何必争此一刻？妹妹，你知道这关系多大！我着起急来，还可以借着进厨房弄食物。黄先生又要陪着母亲说话，又要替你担心，四面八方都得顾到，他一个人身上的干系最重。他时常和我说，他一生就是好多事，不知受了多少冤枉烦恼。"

梅子听了，更伏身痛哭起来。圆子连忙止住道："此时万不能哭。母亲就要回了，看见了算是甚么呢？"梅子真个拭干了眼泪，偏着头思索甚么似的。思索了一会，忽然向圆子磕了一个头，抽咽说道："姐姐夫妇待我的好处，我死也不敢忘记。我没年纪，不懂事，担待我点。将来我们两个人倘得一丝好处，决不忘报答的。"圆子吃惊道："妹妹说这话，我不敢当。"圆子说到这里，眼眶儿也红了，接着道，"我岂是忍心教我妹妹在我眼前低头的？你误会了我的用意，也不必说了，我们说些别的话，散散心罢。泪眼婆娑的，母亲见了怎讲？"说着，自己用汗巾揩了揩眼，替梅子也揩了。跑到厨房里，烧了两杯茶，端进房来，二人相对无言的共喝。

一杯茶没喝完，春子和黄文汉回来了。圆子迎上去，向春子笑道："我今晚极想陪妈妈去看戏，偏巧妹妹又生起病来，害得我戏没看成，还要我伺候她，直到十一点才好些。我正在这里埋怨她，为甚么迟不病早不病，偏在有戏看的时候会病起来？妈说妹妹怎生回我？她说我病我的，又没拖着你在家陪我，谁教你不去看戏的？妈你老人家听，我这样做好不讨好，值得么？"春子笑着进房道："教我也难评判。帮着她说你吧，你又可以说我溺爱不明；帮着你说她吧，我实在说不出个道理来。确是你热心太过，披蓑衣救父，惹火上身。你不是这般待她，她如何敢在你跟前撒野？你说我这话公道不公道？我还怕你这样热心，越热越会热出不好的来。"说得黄文汉也大笑起来。

圆子听春子的话中有刺似的，只笑了笑，也不回答。梅子刚听了圆子一大篇的话，此刻见了她母亲，心中很有些愧悔。年轻没经验的人，于此等时候，何能镇静得如没事人一样？当时仍是低着头，苦着脸，并不起身问春子看戏如何。春子只道她真是恶心，问圆子弄了甚么给她吃没有。圆子说道："她此刻已好多了，快收拾去睡。好生睡一觉，明早起来包管没事。"说着，便拉梅子到隔壁六叠席房里，替她铺好了被卧，教她睡。梅子拖住圆子不放，咬着圆子的耳根说道："我不知道怎么，此刻心中跳个不了，胸口真个痛了起来。好姐姐，你陪着我睡睡罢！我今晚和妈睡，我怕得很。我往日看了我妈的脸，不觉得怎么，此刻看了，不知道怎的那样怕人。"圆子急得轻轻的跺脚道："你快不要是这样。这不是分明喊出来，教她知道吗？你还是装病，安心睡罢！出了乱子，有我和黄先生两个在这里。"才说完，春子进来了。圆子只作没看见，接着说道："你越是病了，越是现出个完全的小孩子来。妈今天才到，你偏就病了。你看教妈将来怎好放心！好妹妹，你安心睡罢，不要开口做声了。"

圆子一边说，一边扶着梅子睡下，盖好了被。回头见春子站在旁边，笑嘻嘻的望着，圆子忙道："妹妹的病，我包管明早就好了。"春子谢道："承夫人的厚爱，这般看承她，真是难得。心里作恶，只怕是受了点寒。小孩子玩心太重，欢喜在外面跑，今晚总是又出去跑了罢？"圆子听了，虽然吃惊，只是不敢露慌的样子，摇摇头道："寒是受了寒，但不是因在外面跑受的。妹妹每日除上课而外，并不出去。就是礼拜日，也要高兴，我同去她才去。东京的路她又不熟，并没有人家可走，同学照例往来的很少。今晚她若能出外，岂有不陪妈去看戏的？"春子笑道："跑是我也知道她没地方跑。她今晚去洗澡没有？"圆子见春子的话问得跷蹊，不敢思索，更生她的疑心，仍摇摇头道："并没去洗澡。妈以为一定是出外受的风寒吗？"春子道："我是这般想，又见她换了袜子，因想她不出去，不会换袜子。"好个圆子，心头真灵活！听了春子的话，故意格格的笑了几声道："妈你老人家那里晓得，方才你老人家和她看戏去了，妹妹伏在席子上不舒服，我就拿了活计，坐在旁边做。妹妹忽然起来，说想吐。一边说，一边往厨房里走，不提防一脚踏了个茶盘，将茶壶茶碗都覆在脚上，一只袜子打了个透湿。妹妹哎哟一声，倒把我吓了一跳，因此才把湿袜子换了。此刻外面廊檐底下，不是还挂了双袜子在那里吗？"春子听了，才点头道："这就是了。"

梅子在被卧里面听得说换袜子，只吓得浑身乱抖，心中一急，胸口更痛起来。后来虽听得圆子敷衍过去了，只是心想：这事终是不了。我家那们大的产业，又没有兄弟，多久就定议要招女婿，如何肯将我嫁给外国人？我既和他好了这们多日子，于今又受了胎，一旦教我离开他，以后的日月长得很，怎生过法？他们将我母亲骗来，要和我母亲硬说，这岂是做得到的事？总而言之，是我不好，错信了姐姐的话，把持不住，弄到今日受这般苦。更可怜他为我辛辛苦苦的，那们大热天，不在日光避暑，跑到东京来找着黄先生想方设计的，也不知花了多少钱，跑了多少路。和我同住这们久，也不知挨我多少骂，受我多少委屈。我身上的事，那一件不是他亲手做的？我的衣服，那早晚不是他和我脱、和我穿的？我要吃甚么，他就立刻买来了。那一桩事不如我的意？教我不嫁他，如何舍得？梅子一个人在被卧里只管是这般想，想到伤心之处，禁不住痛哭起来。怕春子听见，又不敢出声，只将一口气咽在喉管里，慢慢的抽。春子另一床睡着，以为梅子睡着了，便不喊她说话。

圆子安置梅子睡了，又替春子铺好了床，说了几句客气话，让春子睡了。回自己房来，见黄文汉正一个人坐在火钵旁边，一手执着旱烟管往嘴边吸，一手拿着本日的新闻纸在那里看，神气也似乎有些不乐。走近前，也在火钵旁边坐着。黄文汉见圆子坐下，便放了新闻纸问道："她们都睡了吗？"圆子点了点头道："你和她去看戏的时候，看她的神情怎样？"黄文汉道："那却看不出甚么来。我看比前番还好像更加亲热些儿。你觉得怎样？"圆子摇头道："不然。我看她很像已有了点疑心。"黄文汉笑道："你自己以为可疑，便觉得人家无意也是有意。她自己女儿平日的行为，她岂不知道？任是谁看梅子，也不会疑心有苟且事在她身上。你我的圈套，不待说她是不曾识破的。这种事，教她有了疑心还了得！"圆子将换袜子的事说给黄文汉道："她若没有疑心，怎的会这样盘问？"黄文汉笑道："这个虽也算是一种疑心，但不至疑到私情上去。或者她因为这条街上，今晚礼拜六有夜市，恐怕你们出去了。无意中见梅子又换了袜子，她不便说你，只单独的说她。见你说没去玩，便以为是洗澡。总而言之，决不是私情上的疑心就是了。但是我既写信教她来，特意在揭穿这件事，她就疑心也没要紧。明日得和她开始谈判了。"当晚二人也都安歇。

次早起来，梅子盥漱已毕，仍是闷闷的站在廊檐下，望着院子里几个小盆景出神。春子忽然走近前来，看了看梅子的脸色，惊道："你做甚么，面上这样青一块白一块的？"梅子见问，望着她母亲没得回答。春子慌了，一把抱住问道："我的儿，你做甚么？"梅子忽然放声大哭起来。黄文汉、圆子正在厨房里，听得哭声，都跑出来问是怎的？梅子哭了一会，猛然哇的一声，呕出两口鲜血来。春子吓得战战兢兢的，向黄文汉道："这是怎么讲？这是怎么讲？我好端端的人寄在先生这里，怎的会弄到这样？"黄文汉也急得跺脚道："我难道有意将小姐弄到这样？病苦何人能免？于今惟有赶急诊治的。"圆子连忙拖了一张睡椅，扶梅子躺下，叫下女倒了杯温水，给梅子漱口。黄文汉到就近的一家医院天生堂请个医生，诊视了，说："不要紧，以后好生将养就是。"当下留了两瓶药水，医生去了。

春子用脸就着梅子的额问道："孩子，你此刻觉得怎样？"梅子叹了口气，摇摇头道："心里慌急得很。"春子听了，掉过脸揩眼泪，圆子也躲在躺椅背后哭。黄文汉见梅子的脸如金纸一般，张开那发声如乳莺的樱桃小口出气。胸口的衣襟被肺叶震动得在那里一开一合。活生生的一个绝世佳人，不到两天工夫，便成了这种一个可怕的模样，心中也非常伤感。不过男子的眼眶较女子要深许多，眼泪不容易出来，不然，也就泪流满面了。春子揩了眼泪，又挨着脸问她，心里想吃甚么不想。梅子摇头道："我想没甚么可吃的，不吃也罢了。刚才医生留下的药，拿给我吃。我心里太慌得难过了。"圆子在背后听得，即拿药瓶照格子倒在一个茶杯里，给梅子喝了，觉得心神略定了些儿。圆子拿了张绒毯盖在梅子身上，教她睡一觉。梅子点了点头，慢慢的伸出手来，握了圆子的手，眼睛左右望了一望。见她母亲、黄文汉、下女都在跟前，又叹了口气，将圆子的手放了。圆子教下女将面包、牛乳端来，三人都无心多吃。春子要梅子喝口牛乳，梅子喝了一口，嫌口里发酸，不喝了。

忽听得外面有人叫门，黄文汉听声音，知道是苏仲武。梅子早听出来了，拼命的想挣起来坐着，圆子连忙止住她，在她手腕上轻轻捏了一下，教她不要露出形迹来。黄文汉起身迎出来，果是苏仲武来了。黄文汉对他使了个眼色，引到自己房里，将刚才的情形说给他听。苏仲武听了，痴呆了半晌，问黄文汉道："这事情怎么办？我原先对你说了，将她母亲请来不妥，你还说不然。于今弄到这样，看你有甚么法子！"黄文汉听了，气得说话不出。过了一会，才冷笑了一声道："我也不知是为着甚么，你们两头图快乐，我真犯不着两头受埋怨。她母亲埋怨我还有道理，你也埋怨起我来，就真是笑话了。"苏仲武已翻悔自己说话太鲁莽了，心想若得罪了他，事情更没有希望了，只得作揖陪礼道："我一时心中急狠了，不留神错怪了你，还得求你原谅。你到底比我年纪长几岁，又是多年的老朋友，优容我些儿罢。我此刻要去看看她，使得么？"

黄文汉好事本来出于天性，更不欢喜和人计较这些小处。他是个要强的人，只要人肯在他跟前低头，就是多年的仇恨，也立时冰消瓦解了。当下见苏仲武要去看梅子，即忙摇手止住道："使不得，使不得！你坐坐回去罢。我相机会，可说的时候才说。于今一冒昧，便送了她的性命。"苏仲武哭丧着脸道："我不去看看她，心中如何能过得去？她昨夜回这里来，我一个人在家里整整的坐到这时候，还不曾合眼。她平安还好，既是病到这样，我也是个人，就忍心连看也不去看看？"黄文汉道："不是说你不应该去看。你不想想，她见了你，着急不着急？她于今还能着急吗？到了这种时候，不是忍心不忍心的说法，你听我的不会错。我并不能久陪你了，你去罢，迟一会，我或者到你家里来。"苏仲武那里舍得走，泪眼汪汪的望了黄文汉道："你有事只管去干你的，我就坐在这里好么？"黄文汉道："使是没有甚么使不得，不过你守在这里没有意思，并且也有些不方便，你还是回家的好。感情好不好，凭各人的心就是，那在这一刻工夫？"苏仲武被黄文汉说得无法，只得一步懒似一步的挨出门去了。

　　黄文汉转身回房，春子坐在一旁流泪。圆子站在梅子旁边，用手扶着梅子的臂膊。黄文汉进房，问此刻比服药的时候何如。梅子听见黄文汉进房，勉强回过头来看，见只黄文汉一个人，便问道："刚才不是他来了吗？"黄文汉吓了一跳，勉强答道："是苏先生来了。"梅子道："苏先生就去了么？"梅子说话的声音本低，黄文汉便装作没听见。圆子又在梅子臂膊上捏了一下。只见梅子用牙齿将下嘴唇咬住，闭了眼睛，紧紧的将双眉锁作一块，就好像有很大的痛苦，极力忍受似的，一会儿磨的牙齿喳喳的响。圆子见了这种情形，心里如刀割一般，又没有话劝解。梅子足磨了一分钟的牙，猛然将绒毯一揭，两手握着一对小拳头，不住的在她自己胸口里揉擦。春子走近身问道："我的儿呀，你心中如何这般难过？我真不料到东京，会看你这样惨状！"

　　春子的话没说完，梅子忽将脖子一伸，一腔鲜血直呛出来，绒毯上、席子上，斑斑点点都是鲜血。梅子一连呛了两口，连鼻孔里都喷了出来。圆子见了害怕，扶着梅子的臂膊，只管发抖。春子急得没法，捶胸顿足的痛哭起来。

　　不知梅子死活如何，且俟下章再写。

第六十六章

娇小姐医院养病
勇少年酒楼买枪

话说春子见梅子呕了那们多血,忍不住捶胸顿足的痛哭。圆子拿毛巾先将梅子脸上的血揩了,再拿了个痰盂给梅子漱口。梅子体质本来娇弱,一连吐了两阵血,头晕了抬不起来,心里却较从前清爽,也不觉得身上有甚么痛苦。圆子将温水送到梅子嘴唇边,梅子喝了一口,漱几下,想抬起头来吐,觉得头有千百斤重,一用力便昏眩起来。圆子连忙止住她,不教她动,自己用口向梅子口中去接,教梅子只管吐。梅子那里肯呢,圆子只得拿了几条干手巾,覆在梅子嘴上,梅子才向手巾上吐了。一连漱了几口,都是如此吐法。

黄文汉劝了许多话,止了春子的悲哭。梅子开口说道:"妈呀,你老人家不用悲痛了。我因为怕你老人家悲痛,才急得是这样。你老人家再要哭,我却再没有血可吐了。我于今心里一些儿也不急了,你老人家算白养了我一场罢。这样不孝的女儿,死了也罢咧。"春子见梅子说话,神气比不病的时候还要清朗,心中却很欢喜。只是听梅子所说的话,其中很有原故,心里早明白了几分,望了黄文汉和圆子一眼,长叹了一声道:"好孩子,你好生将养就是。你要晓得,我和你父亲一生就只你这一点骨血。万一有个天长地短,我是不待说没命,就是你父亲只怕也要伤心死了。我原不想将你一个人撂在东京,也是你年纪轻,没有见识,才会闹出这些花头来。只是此刻也不必说它,且等你养好了病再说罢。我想你于今住在这里是不相宜了,找个医院住着罢。"

黄文汉点头答道:"夫人说的不错,还是进医院的妥当。也不必去找医院,顺天堂最好,此刻就去罢。"春子点了点头,黄文汉教下女去唤了四乘东洋车来。圆子和春子二人搀着梅子,梅子道:"身上的衣有血印,穿在身上不好看，姐姐拿一件我换换罢。"圆子道："且到医院里去换，此刻不宜多动。并且天气很凉，再受了寒不好。"梅子不依道："一定要换了我才去，这样斑斑点点的，穿在身上怕人。我的头也乱松松的了，姐姐也要和我梳理梳理才好。"春子说："孩子，你那里这样固执！病人是个病人的样子，况且你这病不比寻常，坐在东洋车里面，把车檐挂上，又没人看见，有甚么难看？"梅子道："不要再使我心里不舒服，快给我换了。我要穿那件缩缅绣花的夹衫去。"春子没法，只得向圆子道："就请夫人拿给她换了罢！"圆子口里答应，心想：那件缩缅绣花的衣还在苏仲武家里，她那里是要换衣，分明是要给个信苏仲武，使他知道自己进了病院的意思。她既这般着想，就叫下女去一趟罢。便仍将梅子放下躺着，将下女唤到厨房说道："你快坐东洋车去苏先生家里，教苏先生将梅子小姐的衣包交你带来，说梅子小姐就要去顺天堂病院。"下女答应着，坐着东洋车如飞的去了。

此时，苏仲武刚从黄文汉家回到家中，正对着梅子的相片在那里发呆。见下女脚步紧急的奔了进来，只道是梅子死了，含着一泡眼泪问道："你来做甚么事？"下女道："我家太太教我来拿衣服，梅子小姐要进顺天堂病院诊病。"苏仲武道："病势怎样了？进病院要换甚么衣服？天冷，又着了凉怎了？衣服你拿去，对你家太太说，衣服万不可换。我就到顺天堂来。"说着，开柜将衣包打开，看了一看，仍旧包着，交给下女。下女坐着来的车，一刹时奔到家里。圆子取出了那件绣花夹衫来，梅子看了一看，望着圆子想说话，圆子忙将脸凑拢去。梅子忍了一会，又不说了。圆子道："我看这衣此刻不换也罢了，到病院里再换也不迟。"春子也说实在不必换。梅子便道："都说不必换，不换也使得。"圆子暗想：梅子那里会憨，她居然晓得是这般用心！圆子将衣给下女叠好，放在衣包里，和春子搀起梅子来，慢慢移到门口，上了车，将车檐挂上。黄文汉随便换了一身衣服，四人各坐了乘车，下女将衣包递给圆子，一行人直奔顺天堂来。

黄文汉先下车，进去办交涉。因难得上楼，就定了地下的房子。教两个看护妇出来，帮着搀扶梅子进了病室。这病室内有两个床，先将梅子安放了，即有医生来诊视。黄文汉挑了两个老练的看护妇。春子向黄文汉道："我就住在这里，请你替我去说定个价钱。"黄文汉点头道："那容易，你老人家自然是要住在这里的。"医生诊视过了，看护妇写了体温表，配药给梅子吃了。梅子仰天睡了，闭着眼不做声。春子问她好了些没有，她只将头略点了下。圆子坐在梅子的床沿上，握了梅子的手。黄文汉坐在窗子跟前，脸朝着窗户，看窗外园子里的树木的叶子都黄了。地下的草，也枯的枯了，黄的黄了，青的却是很少。几只长尾鹊在那半枯半黄的树里面飞着打架。黄文汉此时心中没有一些儿主宰，恨不得立刻逃到没有人的地方，这事情如何结果，都不闻不问。

正想着，忽听得外面皮靴声响，越走越近。走到这房的门口，停了一停，门开了。黄文汉回头一看，只见苏仲武神色颓丧的跨了进来，向春子深深鞠躬，行了个礼。春子见是苏仲武，知道梅子必是由他手里破坏的，不由得心中一阵难过，略略的起身答了一礼。黄文汉和圆子的意思，写信教春子来，原是想将这事揭穿。但是见梅子无端的吐起血来，又恐怕揭穿了，春子或忍耐不住，再数说梅子几句，梅子的病不要更加沉重吗？因此想索性等梅子的病好了，再来向春子谢罪，将事情始末和春子说。不料苏仲武竟不避嫌疑的，哭丧着脸跑到病院来。黄文汉二人拿着他真有些难处。幸喜梅子闭着眼，不曾看见苏仲武。

苏仲武走到梅子床前，圆子只管向他摇手。苏仲武点了点头，望着梅子那副淡金也似的颜面，自己按捺不住，心中一股酸气直往上冲。冲到鼻孔里，鼻涕出来，冲到眼睛里，眼泪出来。一刹时，弄得苏仲武满脸是酸心里发出来的酸水。那股酸气冲了两处，又要从口里冲出来。才一到口里，苏仲武便发出种酸声。圆子见了着急，连忙指着梅子，对苏仲武用力摇手，苏仲武才极力将酸声忍住。但是他虽已忍住，然只能忍住那没有发出来的，已经发出来的，是纵有力量也收不回了。这一点酸声早惊醒了梅子，梅子知道是苏仲武，睁眼一看，见苏仲武两眼红肿得很厉害，知道是为自己伤心，哭过了分。梅子本来心酸，到这时那里还有力去禁止眼泪？圆子见了，又向苏仲武挥手道："苏先生，你暂且家去罢，妹妹已到了这步地位，实在不能再使她伤心了。"苏仲武心想也是，点点头，用手巾掩着面孔挨出去。才挨两步，只听得梅子说道："你回去吗？"苏仲武回头望着，应了个"是"。圆子又向他挥手。梅子道："回去好生保养，我这里有人看护，不要紧，你一个人……"苏仲武不等梅子说完，已不忍心再听下去，三步两步跑出去了。梅子见苏仲武已去，话也不说了，仍合着眼仰天睡觉。

　　春子见了这种情形，心里愤恨到了极处，只是不忍说出甚么来，怕梅子加病。明知道是黄文汉和圆子弄鬼，幸不知道黄文汉是个中国人，以为总不失为日本的绅士。心想：自己女儿已经入了人家的圈套，闹起来无非丢自己的脸，只求梅子的病快好，能坐着不吃力了，便带她回爱知县去，就没事了。不过梅子这小东西心性仄得很，看她和苏家里那东西痴情得很，简直不知道避忌了。将来回爱知县去，还要赶快招个女婿进来才好，不然也是要出毛病的。她父亲久说要替她择婿，也是我不好，有意和她父亲反对，才弄出这样不争气的事来。于今是没法了，只得先写封信家去，教他赶急寻个年貌相当的，完了这宗心事，好歹由他的命就是了。教我将她嫁给外国人，带着天涯海角的走了，我就要死也不一定能见面。我只一个女儿，这是做不到的。

　　春子主意打定，这晚即写了信回爱知县去。梅子的父亲自然到处留心，找寻快婿。梅子在爱知县，美慧有名的，家中又豪富，要招个女婿，不待说是咄嗟可办。但是这都是题外之文，不必说它。

　　再说当日黄文汉见苏仲武去后，梅子仍合眼睡着。春子也默无一言，圆子更是没话说。心想：梅子的病，不是几日工夫得好的，我终日陪着她也不像话，此刻又不便对春子说甚么。且等梅子好了，再看春子的意思怎样。事情就不说，春子大约也知道了八九成，以后更不用设法讳饰了。她虽明说怪上了我和圆子两个，但是有从前的一点情分碍住了，我们总不和她翻脸，料想她也说不出甚么来。且教圆子陪伴她们几日，我坐在这里没有意思。想罢，轻轻向圆子说："日间就在这里陪伴，夜间此处没地方睡，就归家去。"圆子答应了。黄文汉走出病院，到苏仲武家来探望苏仲武。

　　苏仲武从病院里回来，觉得头目昏眩，坐不安稳。铺好床，将梅子的相片放在枕头旁边，拥被睡下，望着像片流泪。黄文汉见苏仲武如此，心中也说不出的凄惨。勉强安慰了几句，也坐立不牢，辞了出来。觉肚中有些饥饿，顺便走进一家日本料理店，想胡乱吃几样菜，再去看郭子兰何时动身归国。进了料理店，即有个下女出来，对黄文汉行了个礼，引黄文汉上楼，一面问黄文汉还有他客没有。黄文汉道："就是我一个。"下女便引到一间三叠席的房间里坐下。黄文汉说了几样菜，下女应着去了。

　　黄文汉听隔壁房里，有个初学日本话的中国人，在那里和日本人商议甚么似的。日本人说话的声音很小，中国人说话似乎吃力得很，半晌说一句，还得错几个字。黄文汉听了几句，心中甚是惊异，忙轻轻的走到间门跟前，偏着耳向门缝去听。只听得那日本人说道："明治二十八年式的，附带二百颗子弹，每杆二十七块，但是数目须在千杆以上才行。机关枪新式的没有，只有旧式的。小保宁式手枪，先生既用得着一千杆，就依先生的，每杆三十块也使得。"中国人答道："就是这们样定了罢。至迟再等一个礼拜，汇款到了，先交你一半。余下的等货运到目的地了，取货的时候交齐。但是我还有一桩事，要请你帮忙。我今晚有个朋友动身回国，要弄一杆手枪防身。今日下午你另卖一杆给我好么？这是交涉以外的事，就交现钱给你。"

日本人过了一会才答道："使也使得，不过我担危险些儿。先生什么时候要？也是小保宁式的吗？"中国人道："午后四点钟，你送到平原家里来，我在平原家等你。"日本人笑了一声道："在日本的法律，无论甚么人买手枪，须向警察署陈明理由。得了警察署的许可状，我们才能卖枪给他。先生既照顾我这大的生意，自然又当别论。只是保人是不能少的，并且还得先生盖印，我才敢卖。不然责任太重了，恐怕担当不起。"中国人连连说道："不打紧，不打紧！要保人有保人，要盖印就盖印，你四点钟一定拿到平原家来就是。但是不能误事，这回小事就失了信用，以后交涉便不好办了。你拿勃郎林来，勃郎林的效力比保宁式要足一点儿。"日本人道："勃郎林的价钱要贵一点。"中国人道："贵些也没要紧，横竖只有一杆。你拿来，多给你几块钱就是。"说到这里，二人都住了嘴，只听得筷子碰着碗的响声。

黄文汉就门缝里看那中国人，年约二十五六，穿着一身学生洋服，高绑着两脚杆，像是穿长桶靴，作骑马装的。一种短小精悍的样子，一望就知道是一个勇锐少年。黄文汉仔细认真了面貌，预备后来在别处遇了，好结识结识他。一会儿下女送菜进来，黄文汉即返回原位。吃完了菜，自去找郭子兰，暂且按下。

于今且另换一副精神，写一件英雄事业。不肖生换一换脑筋，诸君也新一新眼界。事情未必果真，做小说的不能不自认为确凿，是非真伪，看官们自拿脑筋去判断，与做书的无干。做书的信口开河，有时完全是空中楼阁。若是要拿了书中的话做证据，做书的人是不负责任的。

闲话少说。且说那英雄事业是谁做出来的呢？原来就是黄文汉看见的那少年。那少年延陵世胄，三楚门楣，别号大銮，年龄已二十六岁。小时候读书不甚聪颖，行事却机警异常，两膀很有些气力。虽不曾练过拳脚，仗着身体灵活，平常三四个人也近他不得。赛跑更是他的特长，在国内学校里读书的时候，运动会赛起跑来，他总在第一第二。每只脚上绑了一块铅板，每块足在四五斤重。为人遇事精细，从表面看去，却像个粗鲁人。宣统元二年，他就到了日本，在同文学院上了两个学期的课。不耐烦等毕业，就跳了出来。辛亥年革命，他欢喜得连饭都不想吃，跟着一群留学生闹公使馆，闹了些钱跑回上海，入了学生军。后来又到湖北学生军里面，跟着打了一仗。战事告终，他没得事做，又跑到日本要求学。那时在日本的自费生都补了官费。只他懒得去钻门路，没有给他补上。混到癸丑年，听说国内又革命，他又欢喜得甚么似的，连夜筹了川资，直到南京投效。一仗都没有打成，便大家跑了。他闷闷不乐的只得到上海等着，看那里再有举动没有。听得南京又独立了，湖南姓贺的在那里当总司令。他想：姓贺的这个人，平常在军界里面没听人说过，只在报纸上彷佛见过几次他做的文章。他是个读书人，如何当得总司令？只怕这消息不的确，不然就是和那报纸上姓贺的同名同姓，也未可知。这独立的局面，恐怕也有些靠不住。索性再等等，看是怎样。等不到好久，听说姓贺的也就支持不来了。他才仔细打听，谁知一点不错，就是那个在报纸上做文章的姓贺的，九死一生的在南京当了一晌总司令。

大銮眼见得事无可为，心中纳闷，头也不回又往日本跑。他这次到日本来，较前很增长了些阅历。知道革命的事业不是这般容易做的，便安排下心肠，在大森研究体育学，外面的事一些也不闻问。他有个最知己的朋友姓许，是一个国会议员。他因为姓许的年龄较他大了十五六岁，学问也好，不敢称兄道弟，平日都是叫许先生。这许先生为人正直不过，在革命党中又是老前辈。袁世凯收买议员的时候，不敢和他议身价，悄悄的送了两本银行里领款的折子给他，教他随意领着用。他见一本是交通银行的，一本是中国银行的，他笑了一笑道："老袁，你除了这种手段，想也没有别的本领了。我父母留给我的干净身体，纵不受国民付托之重，我也不忍心给你污了去。"当日即将银折送回袁世凯。袁世凯见了，只气得说话不出。许先生也不管，回到家中，心想：同事的十九都失身被老袁诱奸了，"共和"两个字是有名无实了。见机而作，不俟终日，我何不早走一脚，也免得同事的嫉刻我。许先生一个人想妥了，便请了个假，一溜烟跑到天津，从天津到上海。在上海住了好些日子，会了东南亡命的几个朋友，一路到东京来，图清净就住在大塚。大銮时常到许先生家里来。许先生很知道大銮能干，心性纯洁，有事很肯和大銮商议，在东京住了些时。

袁世凯知道在日本的亡命客不少，心中很忧虑留着这些祸根在这里，终不是好事。中国这们样大，那里防备得了？他们那些亡命之徒坐在日本，横竖没事，终日打主意捣乱，岂是久安长治之道？只是他们已经逃到外国去了，又不能设法捕拿，如此怎生是好？好个袁世凯，真是足智多谋，想了一会，居然被他想出一个又毒又狠的计策来。诸君道他是甚么计策？他这计策，就是专从我们国民的劣根性上着想出来的。我们国民的劣根性是甚么？就是要钱、想做官。说起来伤心，亡命客是袁世凯的敌人，袁世凯是亡命客的仇人，在表面看起来，两方面都没有说话的余地。袁世凯纵有钱、有官，如何能送得到亡命客家里来？亡命客纵十二分要钱、想做官，又如何好意思去向仇人伸手？这不是一件毫无情理的事吗？唉，殊不知中国的事，真不可以常识去猜度。任是甚庄严的所在，只跳在黑幕里一看，才知道千奇百怪，应有尽有，真不愧为地大物博之中华民国。

且等不肖生慢慢的在下章写出来，诸君自然知道了。

第六十七章

穷变节盼黄金续命
愤填膺借浊酒浇愁

话说袁世凯因民党人物亡命到日本的不少，恐怕留下这种祸根，将来乘时窃发，为害不胜防止，便想了一个釜底抽薪之计。他知道亡命客的内容，腰缠富足的，恐怕人家需索，都杜门不出，穷苦的亡命客莫想见得着他们的影子。穷逼得无奈，一个个怨天恨地，翻悔不该跟着他们闹，闹得于今衣食无着，有家难归身。袁世凯便利用这当儿，打发一个三等走狗，携带巨款到东京来，收买这些穷苦亡命客。这三等走狗是谁呢？说起来大大有名，乃是《水浒传》上蒋门神的灰孙子。生长在四川地方，平日很欢喜哼两句皮黄，行止举动又是个小丑样儿，旁人便拿他比作上海戏馆里唱开口跳的杨四立。他却也居之不疑，自称为小四立。久而久之，便去了小字，加上他的姓，于是鼎鼎大名的蒋四立就现了世了。此次奉了袁皇帝的圣旨，来收买亡命客。可怜这些穷苦小子，一个个正饿得眼睛发花，得了这消息，那里还能顾得名节？惟恐蒋四立不要，发誓愿写证书，都争先恐后。蒋四立起先一个人办理，后来人多了，一天忙着接见，便请了他一个同乡姓陈的来帮办，生意非常发达。有几个湖南的志士本是躲在上海的，因听说东京有这们一回事，就连夜跑到东京来，求着蒋四立要投降。此时蒋四立因为美不胜收，遂改定章程，限了几项资格。跑来的志士资格不合，没有考得上，气忿得逢人便发牢骚，说立刻就要回去运动革命。这话传到蒋四立跟前去了，笑得蒋四立眼睛都没了缝。

光阴易过。蒋四立正在收买上紧的时候，北京的筹安会发生。蒋四立也想在东京设立一个筹安分会，和一般投降的志士商议，志士都甚赞成。便定了双十节的那日，在日比谷松本楼开成立会。何以偏偏的定了双十节的那一日呢？却有个道理。因为他这会，只好在袁世凯势力范围之下明目张胆的闹，在日本终觉有些害怕。双十节这日，民党的人十九要去赴纪念会，好事点儿的学生也必去凑热闹。大家都去忙纪念会去了，便没有人来干涉他的筹安会了。人不知鬼不觉的，偷着将筹安会成立了，岂不好吗？所以特定了这日。

这日，吴大銮到过了纪念会，同许先生回到大塚。许先生喜笑道："今日的盛会，在东京留学界，近年来是没有的，足见人心不忘共和。这种会最足表示我们国民的倾向。今日日本人很注意的。我前几日提议发起这会的时候，黎谋五先生对我说，就怕到的人不多，现出种冷静样子来，给外国人看了，或因此改变对我国的方针，那就关系我共和的存亡了。我当时心中也有些拿不稳。直待到会的来了一千以上，我才把这个心放下。"吴大銮点头道："有先生和黎谋五先生出来主持，我就知道到会的一定不少。不过我对于今日的会仍是悲观，不晓得先生的意思怎样？"许先生道："你以为悲观的在那一点？会中自然也有可以作悲观的。"

大銮道："先生演说之后，接着登台的不是曾参谋吗？他说为人只要不怕死，什么事都容易成功。如果国民大家不怕死，袁世凯的严刑峻法也奈不何。这道理自然不错，但是曾参谋自己最怕死。逃亡到日本来的时候，在湖北被侦探误认他作康少将，把他拿了。他吓得泪流满面，一点人色都没有。他那位太太更是哭得死去活来。后来把他放出来了，在长江轮船上，躲在火舱里还怕不妥，换了火夫的衣服，只管钻在煤堆里面，不住的拿着煤往脸上擦。同逃的邹东瀛、曾广度虽也躲在火舱里，然都站在风筒底下吹风，并没有更换衣服。见他狼狈得不堪，教他不要擦煤灰了，他连气都不敢出，只连连的摇手，要邹、曾二人不要说话，怕有人听见。他这怕死也就未免怕得太厉害了。但是这犹在人情之中。还有一次，他和他太太住在小石川台町的时候，夜间安安稳稳的睡了。忽从梦中惊醒了，听得警钟响，一数是四下，即吓得爬起来。推醒他太太，衣也不及穿整齐，一手提着个紧要皮包，一手拖着他太太，不问东西南北，往外就跑。最好笑的他太太的脚小了，跑不动，他便将他太太寄放在警察署里，他自己提着皮包，发了狂似的找了一个旅馆，回到警察署，接他太太到旅馆里住了一夜。次日出来打听自己的家烧了没有，那晓得还隔了一里多路。他受了这一次吓，从此不敢睡里面房间，恐怕有起急事来，逃避的时候难得开门。每夜带着他太太睡在大门口的三叠席子房内，紧要的东西，都做一个小皮包装了。睡的时候放在身边，至今还是这样的。他这怕死，就怕得不近人情了。他这样怕死的人偏要上台演说，教人家不怕死，这不是好笑的问题，是人格上的问题。他是个有声望的人，人人对他都应表相当敬意的。他的言行都是这样，怎教人不悲观！"

许先生望了大銮一眼，长叹了一声道："这些事偏偏给你知道，有得议论人家，何苦说人家做什么？大庭广众之中，难道教他演说人非怕死不可吗？演说的话，自然都是说得冠冕堂皇的。今日这多人演说，谁不说得好听？若人人能照着说的做事，也不弄到在这里亡命了。各人尽各人的心做事，何苦说人家做甚么！"大銮知道许先生为人，不欢喜说人家的坏话，便也不说了。

许先生道："我今日在会场上，彷佛听得有人说蒋四立想在东京设立筹安分会，不晓得这话的确不的确，这倒不可不注意。"大銮说道："这是意中事，有甚么不的确？我早就说了，这畜牲在这里越弄越胆大，简直眼睛里没有人了。我屡次和先生说，先生总说不必计较，被他收买的人，就不收买了去也没有用。这话是不错，但是这些不成材的东西既顶着民党头衔，外人那里知道他们本是些浑蛋。并且卧榻之旁，也不能由他人鼾睡。先生不计较，我却不能再忍了。"说时气忿忿的，连眼睛都红了。许先生见了也自欢喜，笑问道："你打算怎么样？"大銮道："除请他回娘家去，还有怎样？"许先生低头不做声。大銮兴辞出来，许先生送到大门口，握了大銮的手叮咛道："不要隋珠弹雀。仔细思量一回，再来见我罢！"

大銮点头答应了，慢慢的向停车场走来，心想：许先生是个谨小慎微的人，这类事情和他商量是不中用的。今日他不阻拦，就算是很赞成的了。大约他心中也恨那畜牲到了极处，若在几月以前和他商议这事，他必然有一大套扫兴的话说。好在这事用不着和人商议，我既高兴干，去干了再说。他就赞成，也得我亲自去做。他反对，我也不能因他取消我的决心。不过我没有器械，徒手是奈这畜牲不何的。手枪这东西，又不便向人去借。莫说人家十九不肯，就肯了，事情没有做，早就有人知道了。这畜牲的走狗多，只要有一个外人晓得，这事情便不妙了。找人家借是万万不行的。幸好身边还有几十块钱，设法去买一杆使罢。又想，这事要找日本人才行。有一个姓平原的日本人，本来是当浪人的，与我有点交情。只要找着了他，必有办法。又记忆了一会平原的住址，记起来了，是早稻田鹤卷町，一个卖文房具的楼上，此刻何不就去访访他？

大銮一边走，一边打定了主意。坐电车到早稻田来，已是掌灯时分了。到鹤卷町找着了文房具店，偏巧平原早几日就搬到别处去了，店主人并没有问平原搬的地方。大銮扫兴归家，心想平原必不会无故离开东京，他的地方，在民党有些名望的人跟前去打听，必然打听得着。次日调查了一日，居然调查着了。果没有离开东京，搬到麻布区一个贷间里居住。

大銮会着了他，寒暄几句之后，大銮悄悄的说道："我此刻承办一批枪械，因我自己不甚在行，特来找你替我帮忙。你看在那家定购靠得住一点儿？"平原听了喜问道："一批打算办多少？"大銮道："明治二十八年式的、明治三十年式的，一样至少得八百杆，多则一千杆。小保宁式的手枪一千杆，新式机关枪十架。包运到九江起岸。"平原凑着大銮的耳根笑说道："是不是李[1]要办的？"大銮点点头道："并要需用得紧急，你看在那一家办好？"平原道："有最妥当的所在，我今日就去和他谈谈。可办就在他家办，若嫌价钱高了，换一家也容易的。"大銮道："很好。不过需用得紧急，不能多耽搁日子。你就去问了，甚么时候来给我回信？"平原道："今夜若不能来，明日上午准来你家回信是了。"大銮答应着，二人同出来，平原自去办交涉去了。

大銮心想：蒋四立的家中，我还没有去过，不可不趁白天里去探看明白。蒋四立住在四谷，遂向四谷走来。在蒋四立家的前后左右都踏看了一会，心想：这地方很不稳便，出进的巷子又长又仄，巷口就站着一个警察。里面枪响，警察只要堵住巷口，便是插翅也飞不出去。和这牲畜同归于尽，虽没甚么不可，然而真应了许先生的一句话，隋珠弹雀，是有些不值得。不知道这屋子有后门没有？若是有后门，从后门进去，或者还妥当些儿。正待转过后面去查看，忽然见隔壁人家楼上贴着一张贷间的条子，喜道：有了！在隔壁楼上看后面，必看得清楚。何不借着看贷间，或者还可以看看这畜牲家里的形式。想着，便去隔壁家敲门。

---

[1] 指李烈钧（1882～1946），江西九江人，国民党早期党员。1913年7月曾在江西湖口成立讨袁军总司令部，就任总司令。次月失败后，亡命日本。1927年后，出任江西省政府主席、南京国民政府常委兼军事委员会常委。九一八事变后，主张言论自由，改良政治，一致抗日。后病逝于重庆。

　　一个五十多岁的老婆子出来，将大銮浑身上下打量了几眼。大銮心中吃惊，好像这老婆子已知道自己是来探路似的。老婆子道："看房子的吗？"大銮点头，脱靴子进去。老婆子引着上楼，大銮见楼上一间六叠席的房，倒很精致。大銮无心细看，推开窗子，看见蒋四立家的院落，一个年轻的下女正在院子里扫地。大銮探首去看，廊檐下放着一张藤榻，蒋四立正翘着几根老鼠胡子，躺在上面，目不转睛的望着下女扫地。下女扫完了上廊檐，蒋四立伸手去拉下女的手，下女举手在蒋四立头上敲了一下，笑着将身子一扭走了。蒋四立从藤榻上跳起来，追了进去。大銮见了，冒上火来，咬牙恨道："你这畜牲，死在目前尚不知道，还在这里找下女开心！"随手推关了窗户，到楼后去看后门。见后门外重重叠叠的，有好多户数人家，没有路可通大路。心中恨道：看不出你这畜牲早就防备了，怕人家害你，特意找了这样的一个死地方住着。以为人家便奈你不何吗？我偏不信，定要给点狠你看！回头问老婆子道："后门不通的吗？"老婆子道："先生是中国人么？"大銮点头道："中国人便怎么？"老婆子道："中国人不住，我这里只租日本人。"大銮道："你不租中国人，为甚么又引我进来看？"老婆子道："先生没说话，看面孔很像个日本人。先生一开口，我就知道不是日本人了。"大銮本无意租房子，日本的贷间本多有不租给中国人的，当时也不在意，辞了出来。

　　夜间平原没来。次日，平原同着一个四十多岁的商人来了。拿出名片给大銮，叫寺尾秀三郎，在神保町开猎枪店的，名片上载着详悉，连电话号码都有，用不着平原绍介。大銮照说给平原的话略向寺尾说了一遍。寺尾道："平原先生已向我说了。我也是个赞成贵国民党的人，凡事无不尽力的。不过明治三十年式的枪一刻工夫不能承办许多。二十八年式的就要两千杆也有。手枪是容易的，新式机关枪看能办得十架就好，恐怕一时间也办不到。因为近来供给俄国，输出的太多了。"大銮故意踌躇了一会，三人共议了价目，大銮仍请寺尾竭力去办，约了第二日回信。平原说明日有事不得来，大銮道："横竖交易还没有成，等到签字的时候再请你来，做个保证人便了。承你帮了忙，自然不敢忘记，多少总要报答的。"平原谦逊了几句，同寺尾去了。第二日上午十点钟，寺尾来回信，大銮便请他到日本料理店去吃料理。在料理店谈话，不料都被黄文汉听见了。

　　这晚，寺尾揣了杆勃郎林的手枪，带了一百子弹，到平原家里来。此时平原正在家中，大銮也早来了。寺尾拿出手枪来，大銮细细看了又看，丝毫没有破绽。寺尾从怀中抽出一张纸，向大銮说道："请先生填写，盖颗印就是。保证人看先生找谁，也要请盖印。这形式上的手续不能不经过，我做小生意的人担当不起。还是因先生照顾小店，承办这批枪械，知道先生不是无聊的人，才不必经警察署认可。不然，就是有保证人，也不敢随意卖给人家的。"大銮点头道："承情得很，保证人就请平原君罢！"平原笑道："我这保证人是靠不住的。"寺尾笑道："这不过是一种手续罢了，谁还信不过大銮先生。"大銮拿了那张纸，填了姓名、住址以及年龄、籍贯，盖了颗假图章，欺日本人不认识篆字。平原也写了姓名，盖了印。大銮拿出四十五块钱来，点交了寺尾。大銮收了手枪、子弹，说道："枪械就是那们样定了，总在一星期以内，我的汇款一到，就来请你。"寺尾连声应是，又说了一些感情奉托的话，寺尾去了。大銮归家安歇。

次早，叫馆主人算账搬家，将行李寄在朋友家里，说有要事，就要动身回中国去。他朋友知道他素来是来去无牵挂的，只替他收管行李，也不根究他回中国有甚么事。大銮寄好了行李，揣着手枪，带了两排子弹。这日是阴历的九月九日，重阳照例多雨，到了下午一点钟，就沥沥淅淅的落起来。大銮装束好了，披了件青呢斗篷，乘车到大塚来看许先生。

许先生正在家中教他女公子的书。见大銮喜气洋洋的进来，停了书不教，要女公子泡茶出来，女公子起身进去了。许先生问道："今日落雨，你为甚么也出来了？"大銮笑道："先生忘记了吗？今日是重阳，怎能糊涂抛却？"许先生也笑道："你不说，我真要被阳历蒙混过去了。你既有这般雅兴，等我去教内人弄点酒菜出来，大家谈笑谈笑也好。黎谋五先生住在这里不远，也去将他请来，岂不更好。"大銮道："好可是好，只是他老人家年事过高，天又下雨，怎好去请？"许先生笑道："你见他须发都白了，以为他怕天雨懒得动吗？他的精神不见得就比你差了多少。他和人议论起文字来，整日整夜的不歇气，也不见他有一些倦容。他更是欢喜多有几个人宴会，只要同座的精神来得及，曾没见他提议要休息。你没见他随到甚么地方，几时随意靠着那里，随意睡在那里过？他总是正襟危坐，手足不乱动。他这种功夫，不是假充得出来的。你不信，我写个字去，将他请来，你学着他的样子，装一会儿看看。"大銮道："黎谋五先生的文章道德自然是不可及，只是这些地方我却没有留心。先生说的那有差错！"许先生提起笔写了几行字，拍手叫下女。下女在里面答应，端了盘茶进来。许先生将字给下女，教送到黎老先生家去。下女曾去过几次，接了字条，打着伞冒雨去了。

　　不到一杯茶时，黎谋五穿着皮靴，擎着雨伞，大踏步走来了。下女掳着衣边，露出脚踝，跟在背后走得喘气。许先生迎了出去，接了伞收起来。黎谋五笑道："阳历真煞风景，好好的重阳节，几乎被它瞒过了。你不写字来，我还在家中怨天不该下雨。我那房子又有些漏，并且一下雨，更黑暗得白日里都要点电灯才能看书。见了你的字，就不能怪天了。"许先生大笑道："我不料一张字倒为老天缓颊！重阳无雨，便不成秋了。我今日也原不记得是重阳，大銮有雅兴，不负佳节，特来这里消遣，我才知道。"说话时，黎谋五已脱于皮靴，二人进房，大銮向黎谋五行了礼，坐下笑谈起来。许先生的夫人也出来向黎谋五请安。这夫人姓陈，在高等女子师范学校毕业的，很有些国家思想、世界知识，容貌也很端庄。大銮将她做师母看待。陈夫人见大銮诚笃，也看待和自己亲侄儿一般。当日陈夫人亲自动手，办了几样菜，带着女公子五人共桌而食。

　　大銮一连轰饮了几杯，嫌酒少了，自己跑到厨房里，教下女再去买一升来。许先生听见了，心中有些疑惑：大銮平日酒量虽不小，只是并不欢喜饮酒，曾没见他醉过。今日忽然如此想酒喝，必然有原故。否则他脑筋中必又受了甚么刺激，拼着大醉一场好睡觉。当时也不阻拦。大銮教下女去了，回到桌上，举起酒瓶又往自己杯里斟，斟满了才斟给黎谋五。陈夫人心细，也觉得大銮今日的举动有异寻常。黎谋五因与大銮相见的时候少，以为少年人的举动是这样豪放的，不足为怪。许先生再留神看大銮的眼睛，露出凶光，虽是和颜悦色的谈笑，总觉得有种杀气，令人不寒而栗。许先生忽然想起双十节那日的话来，心中早明白了。因黎谋五不是外人，便向大銮道："今夜你就在我家歇了罢。雨下得紧，不回去也罢了。"大銮笑道："此刻还不到六点钟，那里就计及住夜的事？且到那时候再看。夜间十点钟的时候，我约了一个朋友，到一处地方，有几句要紧的话说，就是落枪子也要去。说完话之后，或者来先生这里歇宿也未可知。我那朋友约我明日回上海去，我只踌躇没有盘缠，先生可能替我设法？"大銮说这句话时，忽然声音低了，眼中流下泪来。

　　不知大銮因何流泪，且俟下章再写。

第六十八章

哭金钱以恕道论人
偷衣服仗胆量脱险

话说大銮说到能否设法的一句话，忽然流下泪来。许先生和黎谋五见了，都吃了一惊，连问怎么讲。大銮从袋中摸出手巾来，揩了眼泪，长叹一声道："我因为明日想回上海去，恐怕没有盘缠走不动，所以不禁心中悲痛起来。"许先生道："没有盘缠，大家设法就是。这点小事也悲痛甚么？你平日很豪爽的人，怎的忽然婆婆妈妈起来？我看你今日的举动大异寻常，或是在那里受了甚么刺激，不妨说出来，大家商议商议。"

大銮摇头道："今日并没受甚么刺激，不过因我怕明日没有钱，就联想到我们穷苦同志中，有一大半就是因没有钱失了节操。平心论起来，他们那些人在国内有差事的时候，能拼着命不要，和袁世凯反抗。既亡命到了日本，心中岂有不恨袁世凯入骨的？纵说不恨，也决不会忽然和袁世凯表同情，这我是敢断言的。无奈他们逃亡的时候，身边既没有多带钱，到了日本，又没处设法。而一般没天良的首领，都腰缠数万贯，娇妻美妾的拥抱着，进一次三越吴服店，动辄就是买一千八百的。若是穷苦同志想问他借几块钱开伙食账，他便硬说没有，休想他放松半点。穷苦同志受逼得没法，想归国去，又是通电缉拿的，跳进国门，即枉送了性命。活活的教人饿死，世界上恐怕没有这种人。到这样山穷水尽的时候，何能责人家不该投降！但是这种苦衷，平日以忠厚待人的，才能替他们原谅。现在的人，拿着嘴巴说人家的本事都是好的，'饿死事小，失节事大'的话，谁不会说？但是自己到了饥寒交迫的关头，不见得不比以前被他说的人更卑污得厉害。总而言之，说来说去，都是为少了几个钱，做出许多败名辱节的事来。我想起他们失脚的人，安能不伤感！托人绍介，劳神费力的钻到蒋四立那里，发誓填愿书，打手模，种种丧失人格的手续都得经过，一个月能得几个钱？好好的汉子忍心去做这样丢脸的事，就为的是一个穷字。最伤心的就是袁世凯那老贼，专一用这种卑劣手段对付国人，把国民道德破坏得一点根株没有。试看他手下，那有一个好人？这样政府做国民的模范，不是一时之患，乃是万世之患！我是决计不在东京住了。此后尽我的能力，能将袁世凯手下的一般狐群狗党斩除一个，中国即少了一个制造恶人的模型。若自己没有能力不中用，死在敌人手里，也就罢了。我时常拿着汤卿谋'存时时可死之心，行步步求生之路'的那两句话当座右铭。就从今日起，实实在在的做去。明天是一准回国的了，许先生能替我设法，我非常感激。我明早定来先生这里拿盘缠就是了。"

黎谋五听了大銮的话，又见大銮英气勃勃，连连点头叹息说道："许先生恐怕没有多钱，看能筹得多少，若短得不多，我手上这戒指可以换十七八块钱，凑起来到上海是够的。"许先生料定大銮今晚必去刺蒋四立。要阻拦，知道是无效的；不阻拦罢，日本的警察厉害，十有九逃不脱。拿着大銮这样的一个少年英雄，去和蒋四立拼死活，实在可惜！这话得和黎谋五商量，看他有甚么主意。想罢，起身向黎谋五道："和你老人家有句话说，请到这边来。"说着走到外面廊檐下。

那雨更下大了，只见下女提着酒壶，擎着纸伞，冒雨跑了回来。大銮接着也不烫热，替陈夫人斟了一杯，便自斟自饮起来。许先生引黎谋五到廊檐下说道："你老人家今日看大銮怎么样？"黎谋五道："没有旁的怎样，不过觉得他好像心中有放不下的事似的。"许先生点头道："对呀，我也觉得他是这样。他从前屡次对我说起蒋四立，愤愤不平的定要下手。我知道他的性格不好，怕他闹出乱子来，关系太大，总劝他，教他不必计较。他也就听我的话，相安下来了。双十节的那一日，我在会场上，有人告诉我说，蒋四立今日在松本楼开筹安分会成立会。我回来对他只泛泛的提起，并没有说真切，他便气得眼睛发红，说要送蒋四立回娘家去。我看他已是决了心的样子，没有十分阻拦他。他自那日去后，直至今日才到我这里来。平常是间不得两日，定要来看我的。今日来了，又是这种情形。他从不闹酒喝的，有长辈在跟前，他尤不肯多喝。今日忽然是这样轰饮起来，又说明日要回上海去。他的事我最知道，他也从不瞒我的，岂有要到上海去不和我商议的道理？平日随便一点小事，就是做一件衣服，都得来问问我。今日偏不肯说明，这不是奇怪吗？"黎谋五听了笑道："不用猜了，一定是要去干那件事。也好，死生有命的，难得有这样的一个少年英雄出来，为我们亡命客争脸，死了都值得。蒋四立本不足轻重，他做的事足轻重。东京为民党人物聚会之所，任这东西在这里横行，目空一切，日本人都瞧我们不起。我久想弄死他，因为我自己没这能力，又没有千金来募勇士，不肯说这空话打草惊蛇。既大銮有这般勇气，这还了得，万不可说出冷话来，馁了他的气。等我去说穿他，敬他几杯酒，壮他的行色。"许先生听了，也连连点头道："不错！"

黎谋五转身回房，见大銮正逗着许先生的女公子在那里玩笑。女公子扭着大銮要去买人形。大銮见黎、许二人进来，便止了嘻戏，抱女公子坐着。黎、许二人入座，黎谋五开口向大銮笑道："我和许先生之为人，你必然也有些知道。你今夜想干的事，我二人已猜着八九成了。这事我二人早就应干的，只因为许先生是个赢弱的文人，我更老无缚鸡之力，才一任那东西在这里肆无忌惮。你能立此意志，我二人心中不但欢喜，而且很感激你能替我们亡命客争脸。使国内国外的人士听了，也知道我们民党中还有人。附逆的自然害怕，就是袁世凯听了，也未必不胆寒。这事关系重大极了，你何必在我们跟前秘密，不大家商量一个妥善的方法去做？许先生是你最亲密的人，难道还疑心到老朽吗？"

大銮听了，神色自若的笑道："不是我有意的秘密，实因这事无商量之必要，说出来，徒然使两位老先生担忧，于事情毫无补益。既老先生关心到这里，我也没有甚么不可说。我此刻都准备停当了，只等十点钟以后，人家都睡尽了，就去下手。那畜牲的住宅附近道路，我都探得很熟。只那巷口有个警察的岗棚，出来有些碍手。可惜没有第二条路可以出进。"许先生问道："你用甚么东西去刺他？这东西靠得住么？"大銮点点头道："新买来的手枪，很靠得住的。"黎谋五要看，大銮从洋服下衣袋里拿出来，起身关好了门，退了子弹，递给黎谋五。黎谋五看了给许先生，许先生随手交还大銮道："你快些收起罢，若被下女看见了不妥。"大銮接了，仍旧将子弹装上。许先生的女公子不知道是甚么，只觉得好玩，跳起来问大銮要，陈夫人叱了几声才罢。

大銮重复入席。黎谋五斟了一大杯酒，送给大銮道："老朽代表民党奉敬一杯，以壮行色。"大銮连忙起身接了，一饮而尽。又斟了一杯道，"这杯是老朽预祝你成功的酒。"大銮也谢着喝了。许先生见大銮的酒实在喝得不少了，恐怕他醉了不辨路径，便笑说道："我本也要敬两杯，惟恐喝多了误事，不是当玩的。这两杯酒，留到明早庆祝成功的时候痛饮罢！"大銮也谢了。陈夫人叫下女来，撤了酒，换饭来，都胡乱用了一点。陈夫人自帮着下女收拾碗盏。

大銮和黎、许二人坐着闲话，所议论的，无非是蒋四立的丑史。外面的雨一阵大似一阵的下。大銮笑道："这畜牲今日合该命尽了，雨越下得大越好。此刻大约已有十点钟了。"黎谋五掏出表来看道："刚刚十点钟。"大銮起身，披了斗篷笑道："我去去就来，大约不要一个钟头。万一出了事，我进了监狱，二位万不可来探望我。"黎谋五连忙插口道："那有这等事！不要一个钟头，定要回的，我就坐在这里等你。"大銮笑了一笑，也不答话，辞了众人，套上长筒靴，冲着暴雨走去了。走了好远，黎、许二人还在房中听得靴子声响。二人相对太息了一会，都默默无言，只悬心吊胆的，希望刚才那种靴子声响回来。

一点钟容易过去，看看到了十二点钟，雨仍是下得紧急，那有一些儿靴子声响呢？只急得两个人搓手跌脚，蹉叹不已。许先生与大銮情厚，想起：他那样英勇少年，若为一个蒋四立送了性命，岂不可惜！这一去两个钟头还不回来，不是出事是甚？我知道日本警察是最厉害的，在世界上第一有名。又是在这更深人静的时候，街上没有行人，只要把警笛一吹，四面站岗的警察包围拢来，往那里去躲？要是人多，还可以钻入人丛里，几转几弯，警察便迷了方向。偏偏的今晚又下大雨，到这时候，街上必然一个人也没有，这事一定糟了。又听得黎谋五在旁唉声叹气，和着外面的雨声，更觉得凄惨，把不住眼泪只迸出来。又过了一点钟，仍没有影响。黎谋五捶着席子道："坏了，坏了，决无生还之望。"许先生只是低着头垂泪，陈夫人也在一旁着急。惟有那小女公子一些儿也不晓得，玩倦了，早教她妈铺好床，给她睡觉。她此时已是深入睡乡了。还有个不知着急的，就是那天不管地不管的下女，只晓得每日吃三顿饭，每月拿三块钱，到此时也是睡得人事不知了。可怜这三个醒着的，只急得比热锅上蚂蚁还要难受。这三个醒着的在这里难受，还有一个大銮在那边醒着的，此时更是难受呢。

再说大銮十点钟的时候，从许先生家出来，一心只往前进，并不觉着雨大。上了电车，见坐车的人很少，心想：这真是天假其便。若是街上的人多，跑起来都碍手碍脚，说不定还有多事的帮着警察来拿我。这大雨一下，街上没有行人，只三四个警察拢来，且打死他再说。车行不一会，到了春日町。跳下来换了三田的车，在水道桥再换了四谷的车，都没多人乘坐。一刹时到了。大銮看电柱上的挂钟，才到十点二十分。一边向蒋四立住宅走去，一边打主意如何骗蒋四立出来。脱靴子进去是不妥的。听说猿乐町有个姓周的，和蒋四立最好，也是民党中的激烈分子，在蒋四立手下投降的。投降之后，在蒋四立跟前很会先意承志，同孝顺他亲老子一般。所以深得蒋四立的欢心，蒋四立倚为左右手，凡事都要和姓周的商议了再做。我何不托辞，就说是他打发我来，有机密事报告的？他一时必不疑心有诈。只要见了面，还怕他逃了吗？

旋想旋走的，大銮脚步快，已到了那条小巷子口上。警察被大雨淋得不敢站在街上，躲在岗棚里面。大銮走过身，偷看那警察，年纪在三十左右，板着脸据在里面，自以为威风了不得似的。大銮恐怕被他认真了面孔，不敢抬头，一直入了巷口。咬了咬牙，右手探入下衣袋里，拨开了枪上的保险机，抽出来擎在手中。左手一边敲门，口中一边高声喊着"御免"。喊了两句，里面一个少年男子的声音，用日本话问道："是谁呀？"大銮说中国话答道："是我，猿乐町周先生特教我来会蒋先生，有句话说。"少年男子推门出来，大銮从栅栏门缝里一看不认识，仍低了头。少年男子抽开了栅栏门的小铁闩，大銮一手推开了，跨一脚进去，笑吟吟的问道："蒋先生就纳福了吗？"

正说时，楼梯声响，少年男子道："还没睡，下来的就是。"即听得蒋四立的声音问道："从那儿来的？这们晚，又下雨，有甚么紧急事？"蒋四立说着话，向大门走来。大銮道："周先生教我有秘密话报告。"蒋四立向大銮望了一望，知道有异似的，停了脚步。正要仔细定睛看大銮，大銮恐被他识破，将斗篷一撩，对着蒋四立的胸窝一枪打去。轰然一声响，只吓得那少年男子往席上一扑，口中喊起妈来。蒋四立着了一枪，气忿得伸手来攫大銮，大銮巴不得他近身，对着他腰下又是一枪。蒋四立又着了这一枪，实在撑持不住，仰面往席上便倒。

大銮回头望了一望，不敢久停，拔步往外就走。远远的见一个警察堵住巷口站着，大銮只作没看见，握着枪在斗篷里面，大踏步往巷口走去。警察听得枪声，第一响没听出方向。此时的雨略小了些儿，第二响便知道在巷子里面，忙拔出刀来。正想进巷子拿凶手，见大盍冲了出来。听脚步声音非常沉重，料道是一个辣手，不敢当锋，几步退出巷口，擎刀预备斯杀。大盍抽出枪来，到巷口一个箭步，早审到街心，立住脚，望了望警察。警察见大盍如此勇捷，手中又明明的擎着一枝手枪，只吼了一句，却不敢近身。大盍那敢停步，折转身就走。街上一个行人也没有，警察见大盍走得快，一个人又不敢近身，忙拿出警笛来吹。

大盍正跑时，听得后面警笛叫，前面即有两个警察飞奔前来。大盍回头一看，后面的那警察已追上来，隔自己不过两三丈远近，忙折转身，往右边一条小巷子钻进去。仗着会跑，穿过小巷子，乃是一条斜坡路。坡下的警察也听得枪响，听得警笛，正要跑上坡来。大盍听得刀靴声，不敢往下走，一连几个箭步，往坡上审去。抬头一看，真是要叫一声苦，不知高低，原来一座墙挡住了去路。大盍才知道这坡叫乃木坡，墙里面是乃木邸，就是乃木希典的住宅。心想：没法，只有爬过墙去，再设法逃避。连忙将枪纳入袋中，拼命往墙上一撑，两手攀住墙顶，将身一纵，跳过墙去了。落地后觉得两手掌痛如刀割，肉里面还嵌着甚屑子似的，当时也不暇顾。听得墙外面来了几个警察，一个说道："怪呀，没有第二条路走，怎的会不见了？可恶这雨又大了起来，简直听不出脚声。难道爬过墙那边去了吗？"一个答道："恐怕没有这们厉害。这墙上插着玻璃片，除非飞了过去罢咧。"又一个道："看上面有血没有？"即见有手电的光，在墙上晃了几下，一个道："血是看不出，但是有血也被雨洗了。这样大的雨，玻璃上还存得血住吗？不问他在里面没有，我们分途去拿。把两个由大门进乃木邸去，在园内细心搜索。"说完，即听得一阵刀靴声响着去了。

大盍才知道自己手中嵌了玻璃屑，怪道痛不可忍。因听得要进园搜索，左右一望，没有地方可躲，想偷开门进屋内去，躲在偏僻房里，警察必不关心。便走到一所房子门口，轻轻推了下门，关得很紧，知道不是一时撬得开的。隐隐听得刀靴声渐次近了，大盍心中也有些着急起来了。低头一看，廊檐的阶基板离地有一尺来高，料想可以藏身，也顾不得里面污秽，蹲下身往里面就爬。这一所房子不小，底下故也很宽。大盍恐怕警察用电灯照着，深深的伏在里面，气也不高声的出。用耳朵贴在地上，听得约有四五个警察在园中走来走去的搜索，却喜没人搜到阶基底下来。警察搜索了一会，见毫无踪影，一个个都口中说着"怪事，怪事"的去了。

　　大銮恐怕他们复身回来搜，在里面伏了两点多种。外面一点儿声息也没有了，才慢慢的爬出来，先关了手枪的保险机，纳在衣袋里。乃木邸园中有个小池，大銮走到池旁，洗了手上的泥血，玻璃屑嵌在肉里的，不得出来，也只由它在里面作痛。一件斗篷在房底下滚得和泥做的一般，心想怎生好披着出去，便脱下来，放在池子里面洗了个干净，仍旧披在身上。这日的天也真奇怪，雨落发了兴，落一个不了。大銮站在乃木园中不独没地方可避，并坐的地方都没有，雨洗得如落汤鸡一般，通身透湿，没一根干纱。深秋的天气，又是夜间一二点钟，冷气侵入骨髓。两掌浸了生水，比受伤时更痛加十倍。一个人越想越凄凉，站在草地上抖个不住。心想：今晚是不能出去了。莫说出了这样大事，就是平常夜间一二点还在街上走，警察也要注意。若是衣服褛襤一点，更要盘问不休。就是明日早晨，要脱这险也很不容易。我来的时候一些儿也不知道害怕，怎的事情成了功，倒胆怯起来了，这时候能胆怯吗？一现出惊慌样子，在日本的警察、侦探眼里见了，便再也逃不过去。我横竖是拼死来的，还怕甚么？

　　大銮如此一想，胆真壮了几倍。心想：我这衣服都湿透了，此刻的雨还不住，明早驮着这身湿衣出去，人家见了，岂不生疑？必得设法进乃木家，偷一身和服换了，出外才不危险。我生平光明正大，不曾做过这勾当。今晚没法，只得委屈我自己一次，看是如何。

　　不知大銮偷衣服如何偷法，且俟下章再写。

第六十九章

真刺客潜身浅草町
好警察乱拿嫌疑犯

话说大銮因通身衣服都湿透了，想撬开乃木邸的门进去，偷一身衣服换了，明早才好逃走。好在日本的门不比中国的坚牢，在身上摸出把裁纸刀来，轻轻的撬了一会，居然撬开了一扇。脱了长靴，卸下斗篷，蹑脚蹑手的摸到里面。

几间房子都空洞洞的，休说没有衣服，连陈设都不多。摸到第四间，才听得打鼾的声音。慢慢的推开门，移脚进去，猛觉得一件软东西挡住去路。一摸知道是挂的衣服，取了下来，摸了摸领袖，是一套男子的和服，连外套都有。在席子上摸了腰带、袜子，退出来，转到大门口。在靴柜里拿了一双高木屐，一把纸伞，脱了身上的洋服，将和服换上，揣了手枪，身上才觉得和暖一点儿，手掌也不十分痛了。坐等到天明，幸得房里的人都睡得和死人一样。大銮的洋服、斗篷、长靴都不要了，聚作一团，塞入阶基底下。偷开了大门，撑着雨伞，装出小鬼的脚步，拖着双高木屐往停车场走。

街上已有行人，送新闻、送牛乳的，都忙着飞跑。雨仍是落个不住，只比昨夜小了些儿。街上虽也有警察，但是都不注意大銮。大銮走到停车场，买了一张新闻纸，揭开一看，就看见了"蒋四立被刺"几个头号字。急看下面的小字，说蒋四立两伤都中要害，现已移入顺天堂分院调治，只怕有生命关系。刺客系一青年，年龄约二十五六，身长五尺一寸，穿洋服，披着青绒斗篷。大銮吃惊道：他们如何看得这般清楚？我身长确是五尺一寸。这也奇了，幸我换了和服，不然也休想逃脱。又买了几种新闻纸看，都是大同小异，也有说蒋四立已毙命的。大銮见了这种记载，心中非常快乐，匆匆忙忙的揣了新闻，坐电车到大塚来。

许先生和黎谋五、陈夫人此时还没有睡觉，一个个心中都好似火烧油烫。一见大銮进来，都喜得说话不出。许先生跳起来，伸手给大銮握，一张口笑得合不拢来。大銮笑道："我的手受了点儿伤，先生轻点捏。"许先生看大銮的手掌，纵横几道血痕，如刀划开了一般。黎谋五、陈夫人都起身来看，问是怎的。大銮教大家坐下好说，四人都坐下来。大銮抽出新闻纸，一人递了一张，笑道："这新闻纸上的记载，几乎比我自己还要明白。昨晚十一点钟出的事，今早新闻上就都有了。日人消息灵活，真不能不教人佩服。"三人看了新闻，都欢喜得望着大銮笑。

大銮将逃避时的情形说了一遍，三人听说墙上有玻璃刺手，警察到乃木园来搜索，都苦着脸，皱着眉，捏着一把汗。及听到撬门偷衣服，又都笑起来。大銮道："我这衣服不能再穿了，恐怕有人认识。并且这裁料花样，是四十多岁的商人穿的，穿在我身上也不合。我今日就得去买衣服。我昨日原想做完了事，今日即回上海去。看新闻上载得这般详细，彷彿警察已认识了我似的。且仍在东京住几日，等风潮略为平息了，再动身不迟。在东京出了这大的事件，日本人拿不到刺客，他警察的威信扫地了。三位看：一个礼拜之内，东京必搜索得鸡犬不宁。湖南、四川两省的留学生、亡命客，必有许多要受连累的。"许先生问道："你何以见得就只湖南、四川两省的留学生、亡命客受连累哩？"大銮道："新闻上不是载了，和蒋四立同住姓陈的说，刺客是湖南、四川的口音吗？"黎谋五道："口音中国人才听得出来。日本人听中国人说话，那里分得出口音？"许先生道："几日之内，警察搜检中国人是意中事。你小心一点儿，那东西不要带在身上。就拿去了，没有确实的证据，也问不出罪来。你今日在这里坐着，我去筹钱来给你做衣服，一面看有妥当的地方安顿你么。"大銮点头道："只要有钱，我不愁没好地方安顿。东京人山人海，我的面孔又像日本人，侦探也不容易注意到我身上。手枪是不能离身的，警察不看稳了，不敢下手拿我。既看稳了，便没手枪，也免不了。只看我一对手掌，就是铁证。我有手枪在身边，他三四个警察来，我可以随意打发他。要死里逃生，顾不得闯祸的大小。先生替我筹钱，倒是一件要紧的事。我此刻还得去看个朋友，下午再来这里拿钱。"

许先生问道："你此刻还要去看甚么朋友？我看没要紧，不出去跑也罢了。定要出了乱子，悔就迟了。"大銮道："我刚才想起来，很要紧的，不去不行。我买手枪的时候，原有一百子弹。因用不着许多，只带了两排在身上，还有八十六颗在朋友家。不去藏起来，倘被搜检着了，事情一定破裂。"许先生道："你为甚么将这样东西寄在朋友家里？"大銮道："我放在箱子里锁了，并没对他说。若对他说了，他见了报，也会秘密收藏起来。"许先生道："既是这们，你去去就来，不要在外面久耽搁。"大銮答应"知道"，洗了脸，用针将掌中的玻璃屑忍痛挑了出来，许先生有刀创药，敷了些儿。黎谋五放心归家，许先生去筹钱。大銮乘车到朋友家来。

　　他这朋友姓陈，也是个亡命客，在东京穷得如大水洗了一般，却不肯投降。借了他同乡会的房子住着，教几个小学生糊口。为人知道大处，年龄和大銮差不多，二人交情很是亲密。昨日大銮将行李寄顿在他那里，他知道大銮行止是没一定的，也不在意。今日早起，学生还没有来，正拿着报看。见了蒋四立被刺的消息，心中非常痛快。猜想刺客是谁，一猜就猜到大銮身上。见报上所载的年龄、服饰，与大銮一点不差。又见大銮昨日寄行李的举动，更断定了是大銮。

　　这位陈学究正在高兴，外面有人叩门。陈学究跑出来看，是一个日本人，穿着一套先生衣服，手上拿着雨衣，看他的形式，很像个日本的绅士。陈学究不懂日本话，只晓得问"你是谁"，便尽肚子里的学问，说了一句"你是谁"的日本话。那人拿出一张名片来，双手递给陈学究。陈学究一看，是每日新闻社的记者，便点了点头。又搜索枯肠，看再有说得上口的日本话没有。搜索了一会，居然又搜出一句"你做甚么"的日本话来，伶牙俐齿的说了。记者好像懂了，笑嘻嘻对陈学究说了十七八句。陈学究苦着脸摇头，不晓得记者说些甚么。记者知道陈学究不懂日本话，试说了一句英语。陈学究倒懂得，便也用英语笑说道："先生懂英语又不早说！我才到贵国来，不懂日本话。先生见访，有何贵干？"记者见陈学究的英语说得很熟，吃了一惊，暗道：看他不出，这种穷样子，居然会说我同盟国的话，这倒反为难我了。我的英国话只能在西洋料理店对下女发挥几句。认真办起交涉来，实在自觉有些词不达意。又是我找起他说的，这怎么办？正在急得一副脸通红，进退为难的时候，却来了一个救星。这救星是谁呢？原来是一个佩刀着长靴的警察。那警察走近跟前，将记者上下望了一望，问了两句日本话。记者说了几句，警察挥手教记者去。记者如奉了将军令，对陈学究用半瓶醋的英国话说道："我现想到先生这里打听一桩事。这警察说今日警长有命令，关于刺客的事，取缔记载，改日再来奉看罢。"警察见记者说英国话，更不许多讲，推了那记者一把，正颜厉色的又说了几句日本话。记者也作色辩了几句，气冲冲的走了。

陈学究见了，心中好不自在，想关门进房，警察止住，对陈学究随意行了个举手礼。陈学究点点头，也不问他懂英国话不懂英国话，用英国话问道："你来有甚么事？"日本警察照例懂得几句，不过发音不对，不能多说。听陈学究问他，他却懂得这话的意思，只是要用英国话回答出自己的来意来，肚里存的英国字有限，斗起来，要表示这番来意，差的字数太多。低着头想了一会，斗来斗去，硬说不上口。他这一急，比那记者还要厉害，又羞又忿，赌气一句话也不说，拖着刀走了。陈学究看了，笑得肚子痛，暗道：怪道人说小鬼怕英国话，我还不肯信，以为英国话有甚么可怕，不懂得也不算甚么。今日看来，原来是真的，这也不知道是种甚么心理。那记者说刺客事取缔记载，这是一句甚么话？他说到我这里来打听一桩事，不待说是想打听刺客的下落了。但是他径跑到我这里来，难道他已知道是大銮刺的吗？他来不一刻，警察也来了，一定是已知道是大銮无疑。只是大銮此刻跑到那里去了？若被他们拿着，那就坏了。日本警察、侦探有名的厉害，昨晚出的事，今早就能打听到我这里来，手腕之灵活就可想了。

陈学究心中正在替大銮设想，大銮已走了进来。陈学究吓了一跳，连忙问道："你如何不走，还在神田跑甚么？"大銮见陈学究惊慌，这般说法，也吃了一惊，暗想他怎么就知道了？故意问道："你说甚么？我寄顿了行李，自然要走。只是盘缠还没到手，一两日内怕还走不动。神田为甚么跑不得？你这种惊慌样子令人诧异，你害神经病吗？"陈学究见大銮神色自若，心中又疑惑不是大銮刺的，略安心了些，笑着低声说道："我今早看报，疑心蒋四立是你刺的。因为平日也听你骂过他，昨日又寄行李。这报上所载刺客年龄、身段、服饰，都与你一般无二，我所以疑心。刚才又有个新闻记者来这里打听，话还没说完，一个警察又来了。看他们的情形，已明知道是你刺的，并知道你与我有交情似的。我正在这里替你担心，你就来了。原来不是你刺的，这又是谁呢？"大銮道："新闻记者和警察来调查不相干，他们因这里是同乡会，到这里来问问，并不是指名要调查那个。事情是我做的，特来说给你一声，不用替我害怕。这里人多眼杂，我不宜久在这里。我皮箱里有两盒子弹，你赶急拿出来藏了，日内恐有人来搜检，我不能自己去拿，在这里耽搁久了不好。"说着，拿钥匙递给陈学究，转身作辞出来。陈学究跟在后面问道："你去那里？把地方说给我听，等我好来看你。"大銮摇头道："我的地方，此刻连我自己都不晓得，你何必来看我？你放心就是了。"陈学究道："然则你住定了，写个信给我好么？我不来看看你，怎么放心得下？"大銮笑道："如果出了花样，报上还有不登载的吗？不出花样，自然可以放心。不要唠叨了，赶急去藏起那东西来。"说完，大踏步走了。陈学究把大銮的话一想，也有道理，回身将皮箱打开，取出两盒子弹来。箱中还有一瓶擦枪的油，假子弹三个，都拿出来，做一包裹了，自己爬到阶基底下，用手掘了一个坑，埋了起来。这三样东西就永远的埋在这里，不知发见在甚么时候了。陈学究埋了出来，仍将皮箱锁好。学生来了，照常上课。

大銮自陈学究家出来，见外面风声很紧，身上又穿了乃木家的衣服，恐怕有人识破，不敢往别处走，径坐电车回大塚来。在电车上装出日本人的样式，不敢多望人。到许先生处坐不一刻，许先生回来了，见大銮在家中坐着，才放心笑说道："外面稽查严密得很。孙先生家里今日天亮，就有许多警察到那里查抄，孙先生大发其气，警察查不到甚么，陪罪走了。我去的时候，孙先生还怒不可遏，说要和警察署起诉。我也没和他说，捏故借了两百块钱。出门遇了老朱，他真聪明，一把拿住我，说你的人干得好事，牵连到根本上来了。我忙止住他，要他莫乱说，他才悄悄的问我，到底是谁干的？我起先以为他已经知道了，谁知他一些儿也不知道，有意冒诈我的。因他不是外人，我就说给他听了。他高兴得甚么似的，立刻从身边取出一叠钞票来说：'我刚才从邮便局里领了两百块钱来，既有这种青年，你带去替我送给他去用罢！若没有妥当地方藏身，我有法设，你和他夜间到我那里来就是。'我见他这般热心，不好不收他的，就将二百块钱带回了。衣服还是我替你去买罢，你坐在家中不要动，安稳些。"大銮道："不要紧，我自己去买，合身一点。"许先生道："你自己定要去，我就同你去。"大銮道："不必，不必，我头上又没挂着刺客的招牌，怕甚么！地方也不必要老朱设法，我自会去寻妥当所在。我寻的地方，就连先生也不用知道。我有了四百块钱，任是甚么警察、侦探，我也逃得过去。"

许先生见大銮这般说，知道他素来精干，用不着替他多操心，即拿出四百块钱的钞票来，交给大銮。大銮揣入怀中，将乃木家的一把雨伞塞入阶基底下，对许先生道："我此去不待风潮平息，不再到这里来了。先生也不必担心去打听我的地方。万一不慎出了事，先生却万不可来监狱里看我。我去了。"许先生听到"我去了"三字，禁不住心酸，流下泪来，也没有话说，望着大銮一步一步走了。

大銮到白木吴服店做了百几十块钱的和服，重新办了几件完全日本式的行李，在浅草租了个贷间，冒充起日本人来。白天在家里读书，夜间出来看看影戏，游游公园，不和人多说话，谁也不知道他是个中国人。警察、侦探做梦也没注意到这里来。只苦了年龄身段与大銮彷彿的，几日之内，警察署拿了几十个拘留着，轻轻的加一个嫌疑犯的名字。许先生、陈学究都在其内。日本侦探果然有些道理，不知怎么，居然被他探实了，是大銮做的。各报上都将大銮的相片登出来，陈学究、许先生在监狱里急得甚么似的，生怕大銮被警察拿着。

黄文汉见了报上的相片，想起十五日在日本料理店遇的那青年来，暗道：那人确是不错，亏他能逃得脱。只可惜枪法差了点儿，两枪都偏了一寸，蒋四立还不至送命。打死了才更快人意。许先生我也认识，他进了警察署，他的夫人必然着急得很。何不去安慰安慰她，或者可借着打听吴君的消息。"想罢，也披了一件青呢斗篷，到大塚许家来。才走到许家门首，一眼望见树林中有个人，在那探头探脑。黄文汉看那人的形容，早知道是日本的暗探，只作没有看见，推门进去。

下女揉着眼睛出来，黄文汉一见下女的眼睛都哭肿了，不觉吃了一惊，只道又出了甚么事，连忙问道："你哭甚么？"下女掩着面行了个礼，不做声。黄文汉道："你家太太在家里没有？"下女道："刚从警察署回来。"黄文汉脱了靴子进房，陈夫人出来。黄文汉不曾见过，拿了张名片出来，递给陈夫人说道："我和许先生多年要好，在早稻田同过一年学，后来也时常见面，不过没见过夫人。今日看报，才知道许先生也被牵连，到警察署去了。"陈夫人看了名片，听了黄文汉的话，勉强笑道："先生的大名，时常听我家先生说过，仰望得很。日本警察真是无礼极了，捕风捉影的逢人便拿，不知成个甚么体统。为刺一个蒋四立，会闹得这样天翻地覆。此刻警察署拘留着几十个，都说是嫌疑犯，连亲人进去看看都不许。我家里的下女昨晚都拿了去，盘问了一夜，今早才放出来。下女吓得甚么似的，说怕新闻纸上将她的名字登出来，她的名誉坏了，将来对不了好人家。昨夜哭了一夜，今早回来，哭到此刻，还是伤心不肯住声。先生看这不是笑话！你警察署拿刺客就是了，无原无故拿这些不相干的人做甚么？我家先生，先生是知道的，难道他还去刺蒋四立？他自搬到大塚来，原是图清净，甚么事他也不管。每天就在家里教小女读书，那有心思想到蒋四立身上去？我因为他昨日去的时候穿少了衣服，今日我去送衣服被卧给他，警察都不许我见面。甚么文明国，这样蹂躏人权！它若拿不出证据来，我非和它起诉不可。"

黄文汉见陈夫人说话很有斤两，暗想：许先生为人不错，应该有这样的一位夫人。便答道："日本警察的章程，对于非常的时候，本可以随意查抄人家，随意拿人。他们将这事做非常的事办，自然是这样，不足为怪。听说公使馆里也派出了二十个侦探，并且每日还帮助警察署多少钱，添派暗探。虽不知道这消息的确不确，总之日本警察署对于这次事件，侦查是不遗余力。听说那刺客的相片洗了八千多张，日本全国都有侦探踩缉，轮船火车上更是布置得周密。那刺客已出了日本国境便好，若是还没有出去，一时间就万不宜动。"黄文汉这话，是知道陈夫人决不肯承认认识刺客，故意是这样说，好等刺客知道警察署缉拿得紧，不急图逃脱，致罗法网的意思。陈夫人听了，心中也自着急，只因不深知黄文汉，不肯露出踌躇的样子来。

黄文汉见陈夫人不做声，也晓得是信自己不过，不便再说下去，即辞了出来。走到停车场上电车，一回头，见刚才树林里探头探脑的那暗探也上了车，正咬着卖票的耳根说话。卖票的即打量黄文汉几眼，黄文汉已明白了，暗道：好！你侦探起我来了。我不作弄你一会，你也不知道我的厉害！

不知黄文汉怎生作弄那暗探，且俟下章再写。

第七十章

傻侦探急功冤跑路
勇少年避难走横滨

　　话说黄文汉见暗探跟上了电车，和卖票的人在那里咬耳根说话，心想：你钉我的梢，我不捉弄你一会，你也不知道我的厉害！心中打定了主意。卖票的人到跟前，黄文汉拿出一块钱来，买了一本二十回的回数券，也不对卖票的说出目的地。车行到春日町，黄文汉跳下来，偷眼看那暗探也在人丛中挤了下来。恰好有往三田的车来了，黄文汉且不上去，等到车已开行了，黄文汉穿的是皮靴，行走便利，追着电车飞跑，跑了几丈远，一手扯住车柱飞身上去了。回头看暗探，拖着一双木屐，的达的达拼命的追来。黄文汉看他跑得张开口，面皮变色，和服本来大，跑的时候被风鼓着，更和一个气泡似的，笑得肚子痛。

　　车到壹歧坂停了，暗探见车停了，更跑得急。才赶上，几乎车又开了。暗探上车，气喘气促的，死盯了黄文汉一眼，黄文汉只作没看见。车行一个停车场，到了水道桥，黄文汉又跳下来。暗探才擦干了额头上的汗，气还没有吐匀，只得也跟着下车。黄文汉换了往赤阪见附的车，暗探见黄文汉上车，生怕车开了，把上下车的人左右分开，拼命往车上挤。黄文汉见他已挤上来了，便走到运转手旁边站着。车在饭田町停的时候，并不下车，车已开了，却飞身跳下来。跳下车就跑回饭田町停车场，有开往本乡的电车走过，又飞身上去。掉转脸看那暗探正从人丛中挤出来，那只脑袋瓜皮拨浪鼓似的，只管两旁摇动，一双小眼睛圆鼓鼓的四下里寻看。一眼见黄文汉已跳上了开行的电车，捏了捏拳头，咬牙切齿的又追。拖着双木屐如何能与电车竞走？追了十几丈，实在太差远了，便放松了脚步，想不追了。

　　黄文汉却不肯放手，见暗探不追来，便撕了一张回数券给运转手，自己下车。暗探看得明白，鼓了鼓勇，又追上来。黄文汉只顾往前走，走到饭田町四丁目，举眼见横街上一根竹竿高挑着一块白布，上写一个斗大的"弓"字，心中暗喜道：原来此地还有一个射箭场，且进去射几箭，看这小鬼怎样。便头也不回进了射箭场。一个四十多岁的女人迎着。黄文汉卸下斗篷，女人接了挂在壁上，送了杯茶给黄文汉。黄文汉一面喝茶，一面笑向女人道："我住在早稻田大塚那方面的日子多，这边不常来，竟不知道这里还有个这们大的射场。这里射多少间？"女人笑道："我这里初学的人多，只有十二间。弓也没有重的，六分算头号了。"黄文汉点点头，放下茶杯，上了把六分的弓，戴了手套。偷眼向玻璃窗外望，不见有人，暗想：他没跟来吗？再仔细向各处望了一会，只见转拐的地方，有一片和服的衣角露出来，被风吹得颤动。那衣角的花样，黄文汉一见就知道是那暗探的，心想：他既跟定了，日本人最有忍耐性，必不会走的。安心调弓理箭，慢慢的射起来。

女人见黄文汉射得很好，从里面拿出一副好弓箭来，说道："这副弓箭是个中国人寄存在这里的。这中国人常来这里射箭。前几日来说要回国去一趟，教我把弓箭收起来。先生的射法很好，用这副弓箭一定还要合手。"黄文汉听了，即将手中的弓放下，接了女人的。退了弓套，看那弓有六分半厚，朱漆擦得透亮。弓头上两个金字，黄文汉见了，大吃一惊。那金字明明写着"大銮"，心想：那有这们巧？看那箭也枝枝有大銮的名字，便问女人道："这中国人姓甚么？"女人指着壁上的名单道："那第三个便是他的姓名。"黄文汉看了，一些儿不错，就是警察署印八千照片通电缉拿的刺客。黄文汉原只想和那暗探开开玩笑，若拿着这副弓箭射，他跑进来看见了，有了这样确实的证据，他可立时动手逮捕自己到警察署去，真假虽不难水落石出，只是犯不着吃这眼前亏。想罢，仍将弓箭包好，递给女人道："这副弓箭虽好，既是人家寄存在这里的，不可动它。我随意射着玩玩，不拘甚么弓箭都使得。"女人不知黄文汉的意思，连说："不要紧，这人已回国去了，只管使用不妨事。"黄文汉摇摇头，也不答话，拿起刚才用的弓箭射了几枝。心中因见了大銮的名字，有些不自在，十箭都没有射着。射箭不比打靶，打靶只要瞄得准，手不颤，没有不中的。射箭只要心略浮了些，或是气略粗了些，便一世也射不中。

黄文汉见连射了几箭不着，知道是心理的关系，纵多射也是不中的，遂停了手。又向玻璃窗外望，可怜那衣角还兀自在那拐角上颤动。黄文汉拿了两角钱给女人，披了斗篷，出了射场，一直往拐角上走去。暗探听得靴子响，退了几步。黄文汉走向电车道，这回暗探更跟得紧。黄文汉坐电车到骏河台，由骏河台换车，倒回御茶之水桥，在顺天堂病院前下车。暗探紧紧跟着，不放松一步。黄文汉进顺天堂，暗探也跟到门口。

　　黄文汉走进梅子的病室，春子睡着了。圆子握着梅子的手，斜倚在床沿上和梅子说话，苏仲武坐在窗下苦着脸看《红楼梦》。黄文汉问梅子今日怎样，圆子答道："昨夜咳嗽了一夜，到四点多钟才合眼。今早又吐了几口鲜血，迷迷糊糊的睡到此刻，才清醒了些儿。刚才喝了几口牛乳。"黄文汉看梅子的脸色，如白纸一般，连嘴唇都没有血色。从床头取出体温表看，今早比昨日又高了一度，已到三十八度了。黄文汉走近窗前问苏仲武来了多久，苏仲武放下《红楼梦》道："我吃了午饭才来。"说话时看了看手上的表道，"已有四个多钟头了，要归家吃晚饭去。"黄文汉道："我们同出去上馆子，外面还有个人等我。"苏仲武问道："谁在外面等你？"黄文汉笑道："他的姓名我却不甚清楚，你不用管，横竖有人在外面等我就是了。"

　　苏仲武不知黄文汉葫芦里卖甚么药，起身到梅子跟前温存了一会，说去吃点料理就来。梅子说外面冷得紧，外套要穿在身上，不可着了凉，病了没人照顾。苏仲武应着是，就将搭在梅子床上的一件秋外套拿了下来。圆子接在手里，双手提了领襟，苏仲武背过身去，两手往袖筒里一插，圆子将领襟往上提，比齐了里面洋服的领，苏仲武抖了抖袖子。圆子拿帽子递给苏仲武手里，苏仲武戴了，拿了《红楼梦》。梅子问道："你说去吃了料理就来，书带去干甚么？就放在这里不好吗？"苏仲武真个就放在梅子床上。黄文汉问圆子道："你今晚能早些回来么？"圆子还没答应，梅子说道："你有要紧的事，她就早些回。若没有要紧的事，再陪我睡睡也好。"黄文汉点头笑道："事是没紧要的事。既小姐说了，莫说再陪一夜，便是十夜也没话说。"梅子笑道："一百夜怎么讲？"黄文汉笑道："小姐决不至住到一百夜。"梅子道："难讲，医生说我这病，今年不见得能恢复原状。"黄文汉道："小姐放心就是了，她横竖没事，只怕挤着小姐不好睡。"苏仲武怕梅子说多了话伤神，催着黄文汉走。

　　二人出了顺天堂，黄文汉左右一看，不见了那暗探。苏仲武问道：

"等你的人到那里去了？"黄文汉道："不见了，想是等得不耐烦，独自走了。我们到那家料理店去好呢？"苏仲武道："我们去吃西菜好么？"黄文汉一面说好，一面留心看四周电柱背后有没有暗探的影子。看了一会都没有，也就罢了。二人携手下了顺天堂门前的石级，黄文汉眼快，早看见那暗探蹲在石级旁边。黄文汉在苏仲武手上捏了一下，悄悄说："不要做声！"苏仲武不知为甚么，只跟着黄文汉走。那暗探见黄文汉二人出来，忙起身跟在后面。黄文汉知道他不懂中国话，一边走，一边将侦探如何钉他的梢，他如何捉弄侦探，都说给苏仲武听了。苏仲武只笑得跌脚。黄文汉道："我们索性走远些，到上野精养轩去吃料理，还可以侮弄他玩玩。"苏仲武小孩脾气，只要可以开心，有甚么不好？当下二人坐电车往上野，又故意绕着道换了十来次车。五点多钟从顺天堂动身，直到八点钟才转到上野。黄文汉越换得次数多，侦探越疑心得很。

二人到了精养轩门首，黄文汉回头望着侦探笑。侦探不好意思似的，反掉转脸望别处。黄文汉对他招手，侦探没法，硬着胆子上来。黄文汉笑道："足下辛苦了，请进去同喝杯酒罢！"侦探红了脸，勉强说道："先生贵姓是吴么？"黄文汉笑道："差不多，请进去喝酒好说话。"侦探见黄文汉和平得很，又说和姓吴差不多，进去一定有些道理，便客气了几句，脱了木屐。黄文汉和苏仲武穿靴子，不用脱，三人上楼。有一个洋服穿得很整齐的下男在楼口迎接，引到一间西式小厅里。黄文汉卸下斗篷，脱下帽子，下男都接着悬挂在外面。苏仲武也脱了外套。黄文汉坐了主位，让侦探坐第一位，苏仲武第二位。教下男拿雪茄烟来，敬了侦探一支。下男擦上洋火，侦探吸了一会，那支雪茄烟作怪，和浸湿了一般，死也吸不燃。黄文汉见他没有咬去烟尾，不通气如何吸得燃？下男拿着洋火出神，又不敢说。苏仲武忍不住要笑，黄文汉忙踏了他一脚，苏仲武才用手巾掩住嘴。黄文汉另拿了一支，用指甲将烟尾去掉，对侦探道："这支好吸点，请吸这支罢。"侦探红着脸，连忙从黄文汉手中换了。下男又擦上洋火，一吸就燃了。苏、黄二人各吸了一支。黄文汉教侦探点菜，侦探恐怕又出笑话，老实向黄文汉说道："我实在不曾吃过西洋料理。"黄文汉见他这般老实得可怜，倒不忍心侮弄他了，自己和苏仲武都点了，替侦探也点了几样。问他能喝酒么？侦探连连摇头，说不能喝，黄文汉也不勉强。下男拿着菜单去了。

黄文汉笑问侦探道："足下今日钉我的梢，是甚么用意？我实在不懂得。"侦探正吸了口烟，忙吐了，叹口气道："先生从许家里出来，岂有不知我钉梢的用意？我们为这事实在是受尽了辛苦。不瞒先生说，我已把先生认作是干这事的，衣服身段都符合，只年龄略差了些。若不是这一点不符，我已冒昧动手了。"黄文汉听了，笑指着苏仲武道："足下看他年龄何如？若不差就请足下动手罢！"侦探望了苏仲武一眼，摇着头笑道："身段又差远了！"黄文汉道："足下见过那人吗？"侦探道："不曾见过。"黄文汉大笑道："然则何以知道身段差远了？"侦探道："有相片在我身上。面貌也不很像。"黄文汉道："然则我的面貌就很像了？足下何不拿出相片来和我对一对。"暗探也不客气，真个从怀中摸出一张相片来，就电灯下看看黄文汉，看看相片，自觉着不大对。黄文汉接了相片，苏仲武也凑拢来看。这相片只得半身，面貌甚是清楚，不像新闻纸上登载的那样模糊。黄文汉看大銮眉长入鬓，两眼有神，比在日本料理店遇的时候还觉有英气，不由得生一种敬爱之心。再看相片两旁，载着几行小字，是大銮的姓名、籍贯，行刺时的衣服、装束，以及身段尺寸、年龄大小，曾在那个学校毕业，都写得详细。

黄文汉心想：大銮做这样事，必没多人知道。怎的事情才出几日，日本警察居然拿得定，敢是这样宣布出来？并且知道大銮的身世这般详细，其中必有奸细在警察署告密。且等我骗骗这东西，看他受骗不受骗。便将像片退还暗探，笑说道："足下看这相片像不像我？"暗探笑道："当初隔远了，认不真，只道是的。仔细一看，也没有像意。"说时用手指点着相片道："我们为这奴才，苦真吃得不少，已有几个通晚不曾合眼了。也不知这东西于今躲在那里。"黄文汉皱着眉叹道："也是可恶！这种事在自己国内做不要紧，跑到人家国里扰乱人家的治安秩序，本不应该。不过我所虑的，你们弄错了人。我曾听说这姓吴的几个月前就回国去了，他如何得来这里刺姓蒋的？一定凶手又是一人，你们的眼光都聚在这姓吴的身上，真凶手倒得逍遥法外了。这是不能不虑的。"暗探摇头道："不会错，刺客一定是他。"黄文汉道："那你们警探的手腕，要算灵敏极了。出事不到几日，就查得这般确实，并已有十分证据似的，通电缉拿起来。倘若这人确是早回国去了，真凶手果然又是一人，这事怎么办？"暗探道："要我自己去查，那里会查得出来？中国留学生又多，更加上许多亡命客，十有八九都是二十多岁。面孔虽各人不同，但是在我们日本人看起来，彷彿看去都像差不多似的，口音更是不会听。当时又没有拿着甚么，谁也没看清刺客的脸，教我们当侦探的从那里下手？并且还有一层困难，亡命客十九不懂日本话，就以为他形迹可疑，拿到警察署去。我们说话他不懂，他们说话我不懂。两方面用笔来问答，这可以问得出刺客的口供来吗？完全是要靠人家报告的。报告的说这人确是刺客，有几桩证据。又拿这相片给和姓蒋的同住的那人看了，说不错，是这样一副面孔。我们还调查了一日，才认为确实，宣布出来。"

黄文汉正待再问，下男送酒菜来了。三人旋吃旋说话，黄文汉故意踌躇道："这报告的人靠得住吗？安见得不是私仇陷害哩？"侦探道："报告的人最靠得住。报告人的朋友和刺客是好朋友，刺客的好朋友因高兴，和报告人谈到这事，将刺客姓名说出来了。不料报告人和蒋四立要好得很，蒋四立靠他帮忙的。蒋四立进了病院，报告人时常去看他。蒋四立恨刺客入骨，求报告人替他报仇雪恨。报告人得了刺客朋友的消息，即说给蒋四立听。蒋四立逼着报告人来报告警察。警察到刺客朋友家里一搜，就搜出这相片来了。刺客的朋友也被拘留在警察署，他还想抵赖，不肯承认他说了这话。那报告人也奇怪，又向警察署说情，说刺客是一个人做的事，与旁人无干，这朋友是事后才知道的。既有交情，自不能承认出首，也是人情。只要缉拿真凶，这朋友不相干，可以放了。警察署又将刺客的朋友放了出来，于今是一意缉拿这姓吴的。"黄文汉问道："然则将姓许的拘留做甚么哩？"侦探道："也是报告的说，姓许的有主谋的嫌疑。因为刺客是姓许的朋友，又是部下。"黄文汉道："报告的人姓甚么？是个甚么样的人哩？"侦探道："姓甚么我却弄不清楚。只知道他是住在神田猿乐町，年纪三十来岁，长条身子，尖瘦脸儿，身上带了孝，日本话说得不大好，只是很像欢喜说话的样子。"

黄文汉听了，想了一会，想不起来，也就罢了。笑向侦探道："你姓甚么？"侦探道："我姓村田，先生贵姓？"黄文汉道："我姓黄。"村田道："先生既是姓黄，又说和姓吴差不多，这话怎么讲？"黄文汉拿铅笔在菜单上写了个黄字道："这字日本话的发音，不和姓吴差不多吗？"村田大笑道："原来先生有意捉弄我。何苦是这样害得我瞎跑！"黄文汉笑道："你自己要跟着我跑，我又没请你来，怪得我吗？我不看你跑得可怜，请你进来吃点东西，只怕你此刻还站在外面吹风。"村田长叹一声道："服了，这种职务没有法子！这几日我们同业的那一个休息过？这案子倘若不能破获，我们面子上都不好看，先生若能帮帮我们的忙，我们真要感激死了。"黄文汉道："这忙教我如何帮法？我也不瞒你说，我此刻倒很想帮那刺客的忙，只可惜找他不着。"村田听了，知道说不进，便不做声。三人吃完了酒菜，黄文汉会了账，一同出来。村田道了谢，仍回大塚守候去了。苏、黄二人仍回顺大堂看视梅子。

再说大銮在浅草住了几日，虽没遇甚么意外的危险，只是见东京的风声紧得很，又怕遇见熟人，心想：不如去找老朱，他在横滨一个中国学校里教书，躲在他那里，必没人注意。等我写封信去通知他一声，我明日就动身到横滨去罢。当下写了封信发了。次日清检了行李，叫了乘人力车，拉到运送店。自己去办了交涉，运到横滨。在热闹所在混了一会，直到夜间六点钟才去中央停车场，买了张二等火车票，坐在里面，手中拿一本日本杂志翻阅。就有几个形似侦探的人，在大銮面前走来走去，很像注意大銮的样子。不知大銮如何脱险，在日本这样以警察自治的国家，想容容易易的跑出来，必得一番妙计。

欲知妙计云何，且俟下章再写。

第七十一章

叙历史燕尔新婚
扮船员浩然归国

话说大銮坐在京滨火车的二等车中，装出个日本人的态度，手中拿一本日本杂志翻阅。车还没开，有几个形似侦探的人在大銮跟前走来走去，很像注意大銮似的。大銮只管低着头，将帽子齐眉戴着。这次火车的二等室中，连大銮只有四个人。侦探逛了几次，汽笛一声，都跳下车去了。侦探虽去，大銮却仍不敢抬头望人。车开行之后，大銮杂志也不看了，合眼低头的打盹。

挨过一点多钟，已抵横滨车站。大銮下车，刚走出站门，猛不防一人在肩上拍了一下。大銮大吃一吓，回头看时，不是别人，正是老朱。因接了大銮的信，不放心，特来火车站等候。见面之下，彼此会意，都不开口。老朱引路，大銮紧随在后面，直向学校里走来。这学校的地方很是僻静，站岗的警察也是稀少，径到了学校里面，幸没撞着注意的人。老朱引到自己的卧室内，关上房门，将窗帘放下。

大銮看这房间，陈设华丽到了极处。面窗一张四尺宽的铜床，床上铺着似雪如银的垫毯，垫毯上叠了两床五光十色的薄锦被，上面还堆着两张黄白驼绒毯；两个蓝缎子编金的鸭绒四方枕头靠被卧竖着，雪白的电光照在上面，耀得人眼花；房中一张圆桌，围着圆桌四张很低很小的躺椅，虽都是西洋式，却是拿天蓝贡缎就椅子的形式，用金线编了团龙的花样蒙成的，倒非常别致，非常雅观。其余的陈设，都是经了一番意匠，不是随意买来摆在房里的。大銮见了，心想：老朱为人本极漂亮，只看他穿的衣服，就知他是个无处不用美术脑筋的人。法国本是专讲虚华的国，他在法国七八年，也难怪他是这样奢侈。他原籍是江苏，江苏人的性质又是喜欢在表面上用功的。他能不滑头滑脑，还肯实心做点事，就算是很难得的了。大銮一面想，一面就躺椅上坐下来。

老朱放好窗帘，按了一按写字台上的呼人铃，只见一个十六七岁的俊俏后生推门进来，抢上几步，垂手站在老朱跟前。老朱指着大銮道："这位先生在我这里住几日，你不要去外面和人说我房里有客。"后生应了声是。老朱又道："我夜间不在这里住，白天出外，照例将房门锁上。你每日去公馆里接三次饭，悄悄的从窗眼里递进来。切记留心，不要使人看见。若有人问你甚么，万不可露出房里有人的形迹来。这先生在横滨是不能给人知道的，你明白了吗？"后生连连应道："明白了。"老朱道："明白了就出去。"

大銮见老朱是这样，反觉不放心。老朱已看出大銮的意思，移近身坐下笑道："你在这里只管安心，我这房平日同事的都不大进来。因为我好洁净，同事的都说在我房里坐了，很觉得拘束。这听差的很靠得住，是我同乡的人。他父母都在我家中服役多年，他名叫小连子，异常聪明。在日本伺候我不过两年，日本话很说得有个样子。你且在这里住几日，等我设法送你回上海去。此刻外面稽查得非常严密，不可尝试。我近来横竖没在这里住，只白天里上课，休息的时候就在这里坐坐，出去即将门反锁着。一向都是这样，同事的都知道。你住在里面，外面仍照常锁着，便住到明年底，只要不嫌闷，也没人知道。"

大銮道："你不住在这里，一向都是住在甚么所在？刚才你对小连子说，每日去公馆里取三次饭，你另租了公馆居住吗？"老朱点头叹道："我行年二十八岁，十四岁就出西洋，居伦敦两年，巴黎七年，日本三年，上海两年。只日本略为朴质点儿，余三处都是极尽繁华的所在。然我在那三处那们多年，未尝近过女色。不是我矫情不和女人厮混，实是没有遇着我理想的女子。也不是说伦敦、巴黎、上海还没有好女子足中我的理想，无奈遇得着的都有缺点，完全无缺的遇不着。即偶然遇了一两个与我理想相符合的人，不是已与人家结了婚，便是与人家有了约。不然，就在遇着时候，或是她有事故，或是我有事故，不能久聚做一块儿说说身世。一别之后，想再见就比登天还难。我的一片心简直没有地方安放。我时常着急，已经二十八岁了，一瞬眼就是三十岁，韶华不再，是这般等闲抛却了，岂不可惜！幸好前月有个周女士从英国伦敦大学毕了业回来，我有个在伦敦的朋友写了封信给我，替周女士绍介。周女士到横滨就来见我，我一看她的身材容貌，就彷佛很熟似的，以为在甚么地方会过。然而问起来，我在伦敦的时候，她还在家中读书。我到巴黎的第三年，她才到伦敦，并不曾见过面。我觉着很奇怪，后来才知道有个原故。原来她的身材容貌，和我理想的一点儿不差，所以见面好像很熟。你看每日在脑海里轮回的人，见面那得不熟？说起来奇怪，我的脑海中是她这般个人物，谁知她脑海中，不谋而合的，也是我这样的一个人物。我朋友知道我之为人，又知道她的性格，特写信绍介，就含了个作合的意思。有志者事竟成，我和她两人都算遂了心愿。她到横滨，本要租房居住，我便替她备办了一切。本月初一日，我和她行了结婚式。我因为在逃亡的时候，大家心事不好，不便宴客，所以对亲友都不曾宣布。等将来能归国的时候，再正式邀请亲友，庆祝一回。"

大銮听了笑道："恭喜，恭喜！只可惜我今日在亡命中亡命，不能到府上瞻仰嫂夫人，真是憾事。我也是个无家室的人，听了你这事，羡慕得很。但不知我到二十八岁的时候，有你这种福分没有？"老朱笑道："那怕没有？你不能到我家里去没要紧，你想看她，我有她的相片在身上，你看了就是一样。"说着，解开洋服的纽扣，从里面袋中抽出一张相片来。自己先看了一会，才笑嘻嘻的递给大銮。大銮看相片中人果是不错，纤长长的身子，圆削削的肩膀，细弯弯的眉毛，媚盈盈的眼睛。穿一套伦敦时式装的衣服，真有"裙拖六幅湘江水，髻挽巫山一段云"的神致。大銮极口称赞了几句。老朱高兴，笑得眼睛没了缝，说相片只能传形，不能传神，颜色更照不出。美人的丰韵在神，动人在色，相片神色都不能托出，比起人来还得差几分。并且举动谈吐，都是相片上显不出的，比起人来也要减色不少。大銮见老朱发女人迷，心中好笑，然口里不能不跟着他说。老朱那里顾大銮暗笑，说来说去，说忘了形，几乎将周女士和他枕席之私，都要说给大銮听。

大銮从来不知道在女人身上用功，虽也嫖过几次，只是都不问姓名，春风一度，各自东西的。不独没尝过老朱这种滋味，并没听人说过这一类的事。今晚听老朱只管絮絮叨叨的述他自己闺房中的艳史，平生闻所未闻，以为只老朱一个人的性格是这样，不知世界上发女人迷的，都是如此。听久了，觉得厌烦起来，又怕外面有人经过，听得里面说话的声音，跑来窥探，便截住老朱的话头道："我想喝杯茶，你叫小连子去泡一壶来罢。"老朱才笑起来道："哦，我真糊涂了。你来了这一会，还没泡茶给你喝。不必叫小连子泡，房里有电炉，快得很，只两三分钟水就开了。蒸汽水也有，我炖给你喝罢。"大銮喜笑道："房中有电炉好极了，我一个人在房里，好弄东西吃。"

老朱起身，从白木架上取下一瓶蒸汽水来，倾一半在一个小铜壶里面，放在电炉上，扭开了机捩，壶里登时叫起来。老朱又从白木架上取了茶杯茶叶，放在圆桌上。大銮看那两个茶杯，像最好的九谷烧磁。拿起来一看，却不是日本磁。底下一颗篆书圆印，认不出几个甚么字来。磁底花色，都要高九谷烧几倍，便问老朱道："这一对茶杯是那里买的，花了多少钱？"老朱道："钱花得不多，货却是真好。上前年在北京，恰好遇着拍卖清宫里的物事，我见这一对茶杯还好，只花了六十两银子，它就到了我的手。你仔细就电灯去看，两个里面都有九条龙，在五彩花底下，比磁的本色略淡些儿。鳞爪须眉，越看越精细、越明白，和活的一样。"大銮真个起身，拿到电灯跟前来看，果如老朱所说，九条龙都张牙舞爪的栩栩欲活。大銮笑道："我看你只怕也和袁世凯一样，发了皇帝瘾。"老朱道："怎么讲？"大銮道："你不想过皇帝瘾，为甚么到处是龙？"老朱笑道："我也正不信要皇帝才配得上龙，偏要绣几条龙在椅子上，看坐了有甚么不安稳。不然，好端端的西式椅子，用中国缎子绣龙做甚么？"

说话时水已开了，老朱倾了些茶叶在茶杯里面，泡了两杯茶，拿了一罐饼干出来，二人共吃了一会，已是十点钟了。老朱道："你安心在这房里住着，我自有方法送你回上海去。我明日来看你，你自安歇罢。"大銮谢了老朱的厚意。老朱出房，将房门反锁了，自去和周女士鸳鸯交颈不提。大銮收拾了茶杯饼干，扭熄电灯睡觉。

次日，小连子从窗眼里送饭进来。大銮拿出一张运送店的凭单，教小连子去取了行李，送到朱公馆去存寄。从此大銮坐监狱似的坐了一个礼拜，心中闷苦到极处。白天里老朱虽进房看他几次，因外面人多，不敢谈话。又听得老朱说，警察、侦探彷彿已得了风声，很注意这学校里出入的人。昨日小连子看见一个警察，拖着这学校里的一个小学生，在操场里盘问说："你这学校里，来了个甚么样甚么样的人，你看见没有？"小学生回他没看见，警察便哄那小学生道："你若看见了，来告诉我，我买把顶好的小洋枪给你。"那小学生答应了，跑去和旁的小学生说，要大家留心去寻。若不是外面有了风声，警察如何得这般盘问？大銮起先还疑心是小连子故意说着吓人的，过了两日，警察居然进来搜查起来。

警察进学校门的时候，小连子看见情形不对，忙悄悄的给了大銮一个信。大銮心想：将我关在这房里，逃也不能逃，躲也没处躲，送信给我做甚么？只怪我自己蠢了，不该投到这绝地来。没有别法，幸手枪还在身边，他们不开门进来则已，进门就打死他几个，看势头不能逃再自杀，也没甚么不值得。教我落警察的手，由他们来揶揄奚落，盘问口供，这是不行的。大銮心中正在筹算，只听得一片刀靴声响，渐响渐近起来，吓得一个心几乎跳到口里来了。忙拿蒸汽水喝了一口，把心一横，一手从怀中拔出手枪来，拨开了保险机。听刀靴声响到房门口来了，一人问道："这房门如何锁着？"一人答道："这房本来是朱老师住的，因他近来另租了公馆，不在这边住夜，所以锁着。要看可叫他听差的来，开了看就是。"这人说了，改口用中国话叫"小连子！"即听得小连子声音答应，问："做甚么？"一面应一面已跑到房门口，叫的人道："你拿房门钥匙来，开门给他们看。"小连子道："门锁了看甚么？钥匙不在我身上，从来是老爷亲自带着走的。"这人用日本话翻给警察听。警察问小连子道："你老爷此刻在那里？"小连子用日本话答道："我老爷和太太新结婚，每日上一两点钟课，便携手四处游览去了。或是海岸上，或是公园里，都没一定。我老爷这房里贵重物品很多，钥匙如何肯放我身上？你们要看里面的陈设，从外面窗缝里看得清清楚楚。"警察听了，说道："就从窗缝里看看也使得。"说完，一阵刀靴声，向外面转来。大銮听得明白，连忙弯腰钻到铜床底下。众警察在窗外窥看了一会，一个个都赞叹房里的陈设精美，并没一个看出甚么破绽来。一阵刀靴声又响着去了。

大銮爬了出来，关了手枪的保险机，仍揣在身上。心中很喜小连子聪明，能不动声色的对答警察。过了一会，小连子开了房门进来，向大銮笑说道："先生可以放心了。'满达哥'已到，明日出口，先生今晚可以上船了。"大銮道："'满达哥'甚么船？"小连子道："'满达哥'是走欧洲的船。我老爷有个最好的朋友叫林小槎，也是个革命党，在那船上当大班。茶房水手都是广东人，十个之中，就有八九个是林小槎先生的部下。从来搬运危险物品及秘密书信，都是那只船包办。我家老爷久望它来，今日才进口。此刻我家老爷正和林先生商量了，教我来说给先生听，请先生放心。"大銮道："船上稽查得很严密，须得想个法子，避侦探警察的眼睛才好。"小连子道："老爷和林先生正是商议这个去了。"大銮夸奖了小连子几句，从身边拿出十块钱的钞票来，赏了他。小连子打千谢赏，退了出去。

大銮倒吃了惊，心想：老朱是个老西洋留学生，可算得一个完全的新人物，为甚么他听差的会打起千来？就是老朱自己的官派也学得很足，这真不可解。幸他还不曾在内地久住，若是在北京住几年，做几年官，那官派还了得？怪道志士一入官场拿起架子来，比老官僚还要加甚儿倍。在他们自己以为是存身分，我却以为不过自招出贫儿暴富的供状来。老朱这样漂亮人尚且不免，其他又何足怪？杨度[1]从前在日本的时候，开会演起说来何等激昂慷慨！孙毓筠[2]充当志士的时候，何等自命不凡！于今竟跑到袁世凯脚下，俯伏称臣起来。杨度还可说他历来是君宪主义，今日算他贯彻他的主张，其无耻不要脸还有所借口。孙毓筠弄到这步田地，就要掩饰，也不能自圆其说。这样看来，世界上还有靠得住的人吗？蒋四立的伤都不在要害，还可侥幸延他几年狗命。只是照现在的人心看起来，蒋四立就死了也不值甚么。袁世凯底下像他这样的人，岂少也乎哉？不过在日本替革命党争争面子，却害得我在这里悬心吊胆。索性被警察识破了，纠众来拿我，我一顿打死他几个，再一枪自杀了倒是痛快！于今陷在这里，进不得进，退不得退，不是活受罪吗？满达哥船虽然到了，能骗得过去骗不过去，还是个问题。最难过的就是这种死不死活不活的日子，我从来不曾是这样一个心虚怯怯的。辛亥年在汉阳打仗的时候，枪林弹雨之中，我独来独往，但觉得好耍。过了几年自以为有进步，怎么倒退了步？

[1] 杨度（1875年~1931年）：原名杨承瓒，字皙子，湖南湘潭人。先后参与了清末民初的公车上书、变法维新、洪宪帝制、张勋复辟等活动，政治立场多变，颇具争议。1928年后，开始与进步人士交往，1929年秋秘密加入中国共产党，1930年加入中国自由大同盟。1931年9月因病在上海逝世。

[2] 孙毓筠（1869年~1924年）：字少候，安徽寿县人。1906年在日本加入中国同盟会，同年去南京策动起义，失败被捕，判刑五年。辛亥革命后获释。先后任江浙联军总部副秘书长、安徽都督等职。1912年8月，出席国民党成立大会，并被推举为参议之一。此后思想渐趋保守。1915年与杨度等人发起"筹安会"，拥护袁世凯称帝。帝制失败后被通缉，1918年获特赦。

大鋆一个人在房里，一阵悔，一阵恨，一阵灰心，说不尽的难过。倒在床上睡了一觉。到七点多钟，曚昽中听得开得房门响。惊醒起来，扭燃了电灯。房门开处，只见几个高等巡官进来。大鋆伸手摸出手枪来，忽见老朱也跟了进来。老朱看见大鋆掏手枪，连连摇头道："这几位都是同志，不要误认了。"进房的几人都举手向大鋆行礼，大鋆还礼，收了手枪。老朱随手关好了门，让众人就坐。来的和老朱共是五人，都坐下。老朱向大鋆道："这四位都是同志，在满达哥船上办事的。他们身上的衣服是船上的制服。因为蒋案发生以后，轮船、火车上稽查十分精细，只要是三十以内的人，个个都拿出像片来对。稍有些可疑的，就拘留起来，定要问个明白才放。任你如何也难瞒哄过去。刚才和我这位姓林的朋友商量，他想了个安全的法子，把船上的制服给你穿了，一同上船去。到船上就藏起来，必不会发觉。他们四人上岸的时候，警察、侦探虽也很注意，但是只要上去也是四个人，就没事了。任他警察、侦探利害，对于船上的办事人，穿了制服，决不会疑心。"大鋆听了，忙起身谢那姓林的。林小槎谦逊道："听朱君说起足下，我私心钦仰异常。莫说是同志，便是路人也应替足下出力才是。于今是万不宜久在这里耽搁，请就换了衣服同走罢！"说完，望着同来一个年老些儿的说道，"请你脱衣服给吴先生穿罢！你穿吴先生的衣服上船，一些儿也不关事。你年纪四十多岁了，还怕警察、侦探盘问你吗？"那人笑着起身，将上下衣都脱下。大鋆也将和服脱了。

林小槎见了大鋆的手枪，说道："足下此去用不着这东西了，就丢在这里！"大鋆道："带在身边没要紧，利器不可以假人，到中国去也是用得着的。我们回到中国还能离开这种生活吗？"说着嘻嘻的笑。林小槎见大鋆定要带手枪，不便多说。大鋆换了制服，幸长短大小都差不多，对穿衣镜照了一照，真个换了个样子。从那人手中接了帽子，齐眉戴着，拿手枪插入下衣的袋内，望去并不现形。那人将皮靴脱下来，大鋆也穿了，正合脚。那人穿了大鋆的和服。老朱说道："你们四人去罢，我二人等一会上船来。"林小槎道好，携了大鋆的手，开门大踏步，四人同出了学校，径上满达哥船去了。　等了二十来分钟，老朱才同那年老些儿的人到船上来。林小槎已将大鋆藏在摺废物的舱底下，上面用箱子罐子堆着。警察、侦探做梦也没想到大鋆是这般个走法。大鋆从此就与日本长辞了，要想再到这里来，也不知在何年何月。

不知后事如何，且俟下章再写。

第七十二章

钞旧词聊充诀绝吟
买文凭自是谋生术

话说梅子在顺天堂养病，有春子、苏仲武、圆子、黄文汉一般人朝夕在她跟前服侍，她自己也安心调养，病体一日好似一日。

光阴容易过，这日已是十二月初八日。早起春子接了她丈夫的回信，说她姨侄生田竹太郎久有求婚的意思，前回已有成议，因不得春子许可，事情便搁起来。于今生田竹太郎求婚的心还是很切。他自接了春子的信，即与生田竹太郎旧事重提。生田竹太郎异常欣喜，已于十一月廿五日送了定礼过来。结婚之期，大约当订在明年二三月。春子看了这信，心中舒服了一半。估量梅子的病年内必能全好，正好就此将嫁妆办好带回去。当下写回信，教梅子的父亲汇钱来。

梅子见春子接了家信并不给她看，想她母亲从来不是这样的，心中正自有些纳闷。此时黄文汉、苏仲武都还没来，圆子在旁见了，已看出梅子的心事，便留神看春子将来信放在甚么所在。春子写好了回信，即将来信放在一个手提包里，这手提包原没有锁。也是合当有事，春子写好信偏要亲自送到邮局去挂号。梅子也早注意那手提包，春子一出门，梅子即教圆子偷出信来。梅子抽出来一看，才看了几句，只急得两手乱颤。圆子知道不好，一手夺了过来。梅子的脚在被卧里蹬了两下，哭道："姐姐害死我了！"只说了这一句，便咬着牙闭着眼，只管在枕头上摇头。

圆子胡乱将信看了一看，仍纳在手提包内，见梅子这般情形，也急得只有哭的工夫。想起"姐姐害死我了"这句话，自己问良心：假若不是我同她睡几夜，多方的引诱她，她一个天真未凿的闺女，如何知道会偷情？于今将她破坏了，和老苏混得如胶似漆，且受了胎，现在弄到这步田地，我一点法也不能替她设了。眼见她以后要受无穷的苦，我问心如何过得去？可怜她小孩子一样，以为我和黄文汉总有办法替她做主，从不肯露出一点抱怨的意思来。今日说出这句话，实在是知道我们靠不住了。我们活生生的将她害得这样，如何对得她住？圆子一个人坐在梅子床边，越想越觉伤心，竟比梅子还哭得厉害。

正都在十分悲苦的时候，黄文汉和苏仲武来了。见了二人的情形，又见春子不在房里，都大惊问故。圆子住了啼哭，将爱知县来信的意思说给二人听。黄文汉早知道事情没有挽回的希望，就是当初替苏仲武设策，也只要到手就算成功。若要做正式夫妻，两边都有许多困难问题很难解决。不过黄文汉是个好事要强的人，可见苏仲武和梅子那般情热，恐怕梅子因受胎情急，生出变故来，所以写信骗春子来东京，好相机说法。不料春子一到，梅子便呕血，在病院里虽每日见面，却没有提这事的机会。正在有些着急，当下听了圆子的话，心想梅子既有了人家，这话更不好说了，倒不如不开口，还免得破面子。便问苏仲武道："婚姻是有一定的，勉强不来。我们尽人事以听天命就是了，你也不必着急。"苏仲武进门听了圆子的话，又见梅子泪流满面，心中伤感到极处，眼睛里倒没泪流出来，只呆呆的坐着，翻着白眼望着楼板出神。黄文汉对他说些甚么，也没听见。黄文汉又安慰梅子，教她放宽心。梅子也是合着眼，没有听见似的。

一会儿春子回来了，黄文汉起身笑问："去那里来？"春子一边解围襟，一边笑道："送封信到邮便局。外面冷得很，只怕要下雪了。"说时，回头见梅子脸上变了色，青一块白一块的，上面还盖着许多泪痕，忙近身偎着梅子的脸问道："我的孩儿，你为甚么又哭起来？你也要体恤我一点儿。我做主把你一个人丢在东京读书，并没得你父亲的同意。你父亲本不放心，因为我说了负完全责任，他才没话说。我这回到东京，看了你的情形，就知道已是对你父亲不住，我从此说不起嘴。只是事已如此，我自己错了，翻悔也来不及。你年纪小，上了人家的当，也不能怪你。我只想敷衍你的病好了，同回爱知县去，离了这万恶的东京，就完了事。犯不着说出甚么来，大家下不去。你不知我多在这里住一日，多伤心一日，还要无原无故的又伤心痛哭起来，不是太不体恤我了吗？我的孩儿，你平日最孝，怎么几个月会变到这样？"梅子听了，更痛哭起来。

黄文汉和圆子在旁边，比挨打还难受。圆子忍不住流了几滴泪，忙用手巾揩了，低身就梅子枕边说道："妹妹不用哭了，我罪该万死，害了妹妹。承母亲天高地厚之恩，丝毫不加责备，我岂全无人心，不知自愧，还敢日夜守着这里，使母亲见了不快活？只因为妹妹的病一半是我作成的，我不忍心将妹妹撂下来，害得母亲一个人照顾，更加凄惨。实指望妹妹的病快好，我情愿受母亲极残酷的处分。我的身世，妹妹是知道的。父母是早死了，兄弟也没有。世界上的人虽多，和我亲切有关系的，除妹妹外还有几个？我虽是害了妹妹，我的心就死也是向着妹妹的。妹妹近来的病状已是好了七八成，再静养几日，便可完全脱体。凡事都有前定，我往日的事也曾对妹妹说过，当日我受的痛苦也不轻似妹妹。事过境迁，于今是忘得一点影子也没有了。妹妹放宽心些，还是自己的身体要紧。"

　　苏仲武坐在窗下，听圆子劝梅子的话，竟是要梅子不必痴情的意思。再看梅子听了圆子的话，果然住了啼哭，心想：老黄和圆子都做消极的打算，这事还有甚么希望？梅子虽然情重，只是她年纪太轻，性情是活动的，禁不住几句冷话，她的心就变了。他们一般人都在眼前，我又不便和她亲热，使她增加恋爱。事情简直是毫无希望了，我不如走开些，何必坐在这里受罪？想罢，恨恨的提起帽子就往外走。梅子问去那里，苏仲武没听真，只道是圆子问她，懒得答应，一直出顺天堂，回家去了。这里梅子见苏仲武不答话，气冲冲的走了，疑心他知道绝了希望，情死去了，忙要求黄文汉道："请先生快跟着他去，看他去做甚么。他若是情死，我和他同去。"黄文汉摇头道："未必是去情死。我去看看。"说着也起身出房。梅子止住说道："你见了他，教他来。"

　　黄文汉点头答应，离了顺天堂。估量苏仲武此时心绪不好，必不会去看朋友，且到他家中去看看。走到苏仲武家里，苏仲武正一个人坐在房中，搬出梅子平日用的针线箱及一切零星器具，一件一件的细看。见黄文汉进来，抬头问道："你来做甚么？"黄文汉笑道："我做甚么？梅子怕你去情死，要我来看看你。我料定你回了家。"苏仲武低头无语。黄文汉就坐，拿起梅子编织的表袋、钱囊来看。苏仲武忽然长叹道："我若不是因家庭的关系太大，真愿意情死！是这样活着，有甚么趣味？自从她母亲来到于今，我没一夜不是要挨到四五点钟才能朦胧睡着。一合眼就胡梦颠倒的，不是梦见梅子坐着船走了，便是梦见梅子骑着马在前面走，我在后面追，死也追不上。昨夜更梦得奇怪，梦见我自己一连吐了几口血，醒来还觉得胸口痛。"

　　黄文汉道："胡梦不相干。事情既弄到这样，任是谁人也没有完全妥善的办法。你的初心也原没有做正式夫妻的想。就是这样罢手，已是很享了一节艳福，没有甚么不值得了，那里说得上情死？死是这们样容易的吗？"苏仲武不服道："她这样待我，我弄得她受这样的苦，还说不上情死，那世界上就没有情死的事了！我仔细想来，我既决心要情死，我自己的身子都不要了，还管甚么身外的家庭。梅子真是我的知己，知道怕我情死。"说时，又叹了声道，"她既怕我情死，我不死倒对她不住了。我死了，她一定也不能活。我和她两个人死到阴间，必能如愿成为夫妇，没有人来妨碍，倒是死了的快活！"

　　黄文汉见苏仲武入了魔似的，知道痴情的人情死是做得到的，恐怕真弄出花样来，连忙说道："老苏，快不要是这样胡思乱想！你知道你家里几房共看着你一个人么？你父母把你当宝贝似的，你在外面嫖已是不孝，在嫖字里面还要生出生死的关系来，父母都不顾了，还算得是人吗？你再要是这样胡思乱想，我立刻打个电报到你家里，教你父亲来。这死是随意玩得的吗？我从病院里出来的时候，梅子教我邀你到病院里去，我们就去罢，快不要糊涂了。"苏仲武摇头道："我不去了。请你去对她说，我已想开了，我也不想她了，教她也莫想我。她好了，她回爱知县去。我或者在一二日内回湖北去，也未可知。"黄文汉听得，怔了一怔道："你真个这们决绝吗？"苏仲武道："不是这们决绝，有甚么法子？我横竖就整日整夜坐在她跟前，也是不能说一句体己话，何苦两个人都望着白心痛？我既决心出来，便决心不再见她了。你去对她说，她必不得怪我。"黄文汉一想也不错，两边不见面，看渐渐的都可以忘掉一些，当下便点头应是。

　　苏仲武低头想了一会，忽然向黄文汉道："我想赠点东西给她做纪念，你说送甚么好？"黄文汉道："何必送甚么纪念？徒然使她伤心，一点益处也没有。"苏仲武摇头道："不然，我有使她不伤心的东西送，就请你替我带去。"说着，起身从柜里拿出几张冷金古信笺来，磨了墨，提起笔写道：

　　　兰桨浪花平，隔岸青山锁。

　　　你自归家我自归，休道如何过。

　　　我断却思量，你莫思量我。

将你从前与我心，付与他人可。[1]

写完落了款，盖了个小方印，拿吸墨纸印干，用信封封好,交与黄文汉道："她放在这里的东西很多，都可以做纪念。我这词虽是古人的，却恰合我今日的事，所以借用着送她。不过古人是赠妓的，移赠她似乎唐突点儿。但是各人有各人的存心，没有甚么要紧，你说是么？"黄文汉接了揣入怀里，叹气道："情天就是苦海。你若早知今日是这般受苦，当日也不在三伏炎天里为她奔走了。"苏仲武连连摇手道："这还有甚么说得，请你就去罢。她在那里，不见你回去不放心。"黄文汉笑道："你说断不思量，如何又怕她不放心？春蚕自缚，到死方休。这也罢了，只苦了我和圆子跟着受这多苦，不知为了甚么，连我们自己都想不出个理由来。你看，不作美的天竟下起雪来了。"苏仲武抬头看窗外，果然飘鹅毛似的落起雪来。黄文汉向苏仲武借了把伞，撑着去了。

那雪越下越大，黄文汉走到顺天堂，伞上的雪已积了半寸多厚，身上也着了许多。在病院门口抖了一会，才抖干净。走到病室跟前，伸手去推房门。推了两下推不开，便轻轻敲了两下。圆子苦着脸开门出来，对黄文汉摇手，教不要进去。黄文汉忙问："怎么？"圆子跺脚道："真要苦死我了！你刚出去，她母亲说她不该要你找老苏来，说了她几句，她气急了，也不做声。咬了会牙，忽然皱着眉说肚子痛，一阵紧似一阵。看护妇将院长请来，诊脉说动了胎气，只怕要小产。她母亲听了这话，气得发昏。不到一分钟，一阵血下来，果然小产了。还血昏了几次。院长说她身体本来虚弱，又是久病之后，小产是很危险的。幸此刻略安稳了些。她母亲也上了床，一句话也不说，只管咬牙切齿的，恨声不绝。你若进去，她气头上，只怕有不中听的话说出来。院长还在房里，听了不好。我因为怕你冒昧跑进来，转不过脸，特意靠着门站了。你快去和老苏商量罢，若万一不中用了，这事情怎么办。"

黄文汉着急说："事情真糟透了！和他商量甚么，他从来是一筹莫展的，这时候他更不得主意。万一梅子不中用了，我们有甚么办法？只看她母亲要如何办就是了。梅子虽是我们设圈套引诱的，好在春子并没有识破

---

[1] 该词为南宋谢希孟（约1156～？）所作《卜算子》。

我们的历史，梅子是万不肯说给她母亲听的。她摸不着我们的根底，纵怪我们，也不过言语上发挥几句罢咧，起诉的事是不会有的。我此刻不进去也好，你去好生张罗，受点委屈，也是没法的事。骑上了老虎背，想下地是不能的。我夜间再来看。"圆子道："你此刻家去吗？教下女送两件衣服来，夜间下雪冷得很。"黄文汉答应了。圆子复问道："你刚才看见老苏没有，他此刻怎么样？"黄文汉道："他果是要情死，被我一顿说好了。"圆子点点头，回身进病室去了。

　　黄文汉出来，先到家里拿几件棉衣服包了，教下女送给圆子。自己就坐在家中看屋，搬出火炉来生了炭火，炖了壶雪水，泡一杯浓茶，一边品茗，一边思量这事情如何结果。忽听得推门的声音，料下女没回来得这般快，起身走出来看，原来是刘越石，黄文汉笑道："下这样大的雪，你为甚么也跑出来了？"刘越石笑道："我昨夜不曾回代代木去，知道下雪你必在家里，所以顺便来看看你。"说话时已脱了靴子，同黄文汉进房，脱了外套，挨着火炉坐下。黄文汉道："正炖了好雪水，泡了好浓茶，你喝一杯挡一挡寒气罢。"刘越石笑着谢了道："我昨夜同江西一个姓吴的在新宿嫖了一夜，倒很好。"黄文汉道："嫖女郎吗？"刘越石点头道："虽是女郎，却和艺妓差不多。"黄文汉笑道："女郎就是女郎，如何会和艺妓差不多？"刘越石道："因昨晚天气冷，嫖的人少，就只接我一个，并没有第二个来扯她去，连摆看都免了。从十一点钟起径陪睡到今早八点钟，不是和艺妓差不多吗？"黄文汉笑道："这回你算得着了便宜。那姓吴的也和你一样吗？"刘越石道："他也还好，接是接了两个，只是那个人睡一回就走了，姓吴的还是落了一个整夜。"黄文汉笑了一笑，端起茶来喝。

　　刘越石也喝了口茶，向黄文汉笑道："我说桩好笑的事给你听。我问你一个人你可知道？汤咏春这名字你见过没有？"黄文汉道："不是广东的国会议员么？"刘越石连连点头道："不错。你知道他吗？"黄文汉道："他是很会出风头的议员，报上时常有他的名字，怎么不知道？你问他做甚么？"刘越石道："汤咏春你知道，我还问你一个余作霖你知道么？"黄文汉道："也是广东的国会议员，你问了做甚么？"刘越石笑道："他们是国会议员，还是民党里的健全分子，你知道吗？"黄文汉笑道："民党里没人，要当他们是健全分子，也是塘里无鱼虾也贵之意，这何足怪？这可算是一桩好笑的事吗？"刘越石道："这不算好笑，等我说给你听了，你自然要笑的。我昨日下午到姓吴的家里，才坐一刻，邮便夫送了封挂号信来。姓吴的高兴的了不得，以为到了钱。接了信一看，信面上盖了个上海新中华报的图章，图章底下，写了个余字。拆开来看，你道是甚么？里面是十块钱的汇票，还夹着几张听讲券。姓吴的也不替他秘密，拿给我看。原来是余作霖托姓吴的，替汤咏春在日本大学缴学费，并托他请人代过试验领讲义。你看这事好笑不好笑？汤咏春做梦也没到过日本，他将来居然也可称日本大学的学士！"

黄文汉听了沉吟道："只怕是你看错了罢！汤咏春、余作霖的为人我虽不深知，只是他已当了国会议员，并且还有点声望，要这张假文凭干甚么？这是寒士靠着混饭吃的，才设法骗一张到手，哄哄外行。汤咏春就弄十张也没用，一定是你看错了。"刘越石摇头道："一些儿也不错。我当初见了，也是你这般想。并且我还和姓吴的说，汤咏春是反对袁世凯的，难道他因解散了国会，想弄张文凭，去受袁世凯的高等文官试验吗？姓吴的也说：'不知道他是甚么用意。因余作霖与我相好，托我替他办，我不能推辞，好在手续不烦难。'我问信面上为何盖着《新中华报》的图章？姓吴的说，余作霖现在同几个有点面子的议员组织一个机关报，专骂袁世凯，名字就叫作《新中华报》，双十节那日开张的。"

黄文汉笑道："这就真有点笑话，不过我们还是少所见多所怪。若是和这班伟人先生终日做一块，看穿了他们的底蕴，也就没甚么可笑的了。日本私立大学的文凭本是一钱不值，蒋四立都买了一张，你看还值得甚么？"刘越石问道："蒋四立于今不知怎样了？近来报上也没登载他的伤怎样。"黄文汉道："听说已好了六七成。这狗骨头贱得很，两枪都没打死。"刘越石道："这刺客真了得，竟被他走脱了。听说警察署拿的嫌疑犯都放了。"黄文汉点头道："警察又拿不出证据，自然释放。这案子是永远无破获的日子了。"

二人又闲谈了一会，下女回了。黄文汉留刘越石吃了午餐，同出来。刘越石自归代代木，黄文汉到苏仲武家来。

不知后事如何，且俟第五集分解与诸君听。

第七十三章

谈故事乌龟化龙
惨离情病鸾别凤

话说黄文汉走到苏仲武家里，苏仲武迎着问道："你交字给她，她看了说些甚么？"黄文汉且不答话，将外套脱了，从怀中抽出那个信封来，往苏仲武面前一掷道："还有她来看你的字？她去见阎王只隔一层纸了！"苏仲武大惊失色道："她的病又厉害了吗？"黄文汉道："只差死了。我也没进房去看，圆子不教我进去。说她从我们出来之后，受了她母亲几句话，急得她一阵肚子痛，登时小产了。此刻还在那里发血昏，院长说非常危险。她母亲一气一个死，现在也躺在床上，咬牙切齿的，也不知她恨那个？"苏仲武连连跌脚道："那一定是恨我了。但是我也不怕她恨，我去看看，她要打她要骂，都由她。可怜她和我如胶似漆的几十天，于今被我害得她这样。就是她母亲架着把刀在那里，我也得去看看。"说着眼眶儿又红了。黄文汉道："去是自然要去，就是我也不能因春子恨就不去。不过此刻去，有院长在房里，听了不像样。我们再等一会同去就是。"

苏仲武点头道："她若万一有差错，我也决不一个人活在世上。"黄文汉道："呆子！你不必这般着急。她小产了倒是她的幸事。带着肚子回到爱知县去，算是甚么？死生有命，不该死的，决不会是这样死。就是死了，莫说她还不是你正式妻室，便是你正式妻室，也只听说丈夫死了，老婆殉节，从没有听说老婆死了，丈夫殉义的。你把这'死'字看得太容易了。你父母养你，送你到日本来读书，是教你这们死的吗？"苏仲武叹道："我也知道是这般想，但是计利害太清楚了。照你说来，人生除了病死，就没有可死的事了？我此刻的心理觉得死了快活。与其活着受罪，不如死了干净。她若果真死了，我就不自杀，你看我可能活得长久？我自从和她做一块儿住，我的性情举动，完全变了一个人。时常想起我平生所遇的女子，实在也不少，没一个能牵我的心的。我和她们混的时候，不过觉着有这们回事罢了。惟有她，一见面就牢牢的钉在心上似的，一时也丢不掉。直到于今，没时没刻我这心不是在她影子里颠倒。同住的时候，我就是有事，要出外访个朋友，总是上午挨下午，下午推夜间，夜间更不愿意出外。第二日实在不能再挨，才匆匆忙忙的跑一趟，在人家喝一杯茶的时候都很少。我从来并不欢喜说话，和女人更是没得话说。只和她，不知是那里来的话，那们多，夜间直说到两三点钟。一边说，一边朦胧着答不上话来才罢。我也时常对她说，我们太亲密了，恐怕不祥，世界上没有这般圆满的事。她说，她并不觉着十分亲密，她还有亲密的心事，没有用尽似的。她是这样说，我登时也觉得待她的心还不十分满足。忽然生出一种极奇怪的心理来，极希望她待我不好，我每天还是这样待她，以表示我对她的心思。后来愈想愈奇，希望她瞎了一只眼睛，或烂掉一只鼻子，人人见了害怕，我还是这样待她，以表示我爱她是真心，不是贪她的颜色。那晓得还不到两个月，这些事都成了我伤心的陈迹！你看我以后触物伤情，这凄凉的日月如何过法？我于今二十多岁的人，以后的光阴长得很，有了这种影子在脑筋里面，以后还有鼓得起兴的日子吗？"

黄文汉听了，也觉凄然，叹息说道："你精神上受的痛苦，不待说是受得很深。但是此刻正在锋头上，还不能为准。你年内回家去一趟，享享家人团聚之乐，每日和亲戚故旧来往，也可扯淡许多心事。明年二三月再来日本，包管你一点影子也没有了。"苏仲武只管摇头道："这影子我毕生也不能忘掉。我于今设想将来，就是有个玉天仙来和我要好，我有了梅子的影子在脑筋里，我也不得动心。"黄文汉道："果能是这样，倒是你不可及处，我老黄是做不到。我为人生来只有见面情的，在一块的时候，混得如火一般热，都能做得到。分手后，我脑子里就一点感觉也没有了。只要不再见面，我总能不再想念她，一见面就坏了。圆子对我实不错，她也知道我的性格，不肯和我离开。"苏仲武道："你将来带她回中国去么？"黄文汉道："到那时再说。我暑假的时候就打算回去的，因结识了她，你又要我替你办梅子的事，就耽搁下来了。此刻回去，横竖没有可干的事，说不定还要受'乱党'两个字的嫌疑。在这里有一名公费供养着，一年再贴补几个进去，也就足够敷衍的了。圆子也十分可怜，她父亲在日，谁能说她不是官家小姐？及至遇人不淑，不得已牺牲她千金之体，来营皮肉生涯。

遇了我，她欢喜得如危舟遇岸。我若丢了她，她便是举目无亲，不能不重理旧业，就也是一桩惨事了。若带她回中国去罢，我的家境，你是知道的，那一点祖遗的田地，有父母、妻室、儿女，不能不靠它供养。想抽一点出来供给我，是不行的。我归国不可一日无事，于今是这样的政府，我犯着在他们这班忘八龟子手下去讨饭吃吗？前日郭子兰毕业归国，我还很替他踌躇。他若是公费，我无论如何也要留住他，等等时机。"

苏仲武道："你将来万不可丢圆子，带回去是你一个很好的内助。模样固是不错，就是门第也不辱没你。"黄文汉笑道："和我讲甚么门第？我又不是忘八龟子出身，和人讲甚么门第？我的怪脾气，越是圆子这样营皮肉生涯出身，我越看得她重。"苏仲武笑道："你这话却未免矫枉过正了。"黄文汉摇头道："不然，越是这样营皮肉生涯出身的人，阅历得人多，她只要真心嫁这个人，决不会给绿帽子你戴。像中国于今这班做官的人家小姐，旧式家庭的，还知道略顾些面子，姘姘马夫小子罢了。新式家庭的，简直可以毫无忌惮，和野男人在大庭广众之中握手、接吻，说是行西洋的礼节。自家男人翻着眼睛看了，哑子吃黄连，说不出的苦。即如杨议长的女儿，近来那一夜不穿着西洋装，打扮得娇滴滴的，在锦辉馆帝国剧场吊膀子？吊上了就到旅馆里去睡，一点也不客气。"苏仲武道："她家里就没人说话吗？"黄文汉笑道："她家里谁有说话的资格？四十岁以内的，谁不曾上过旅馆？杨小姐在北京的时候，和杨议长的姨太太在中央公园吊膀子，被杨议长的令弟杨督军看见了，如此长短的对议长说。议长听了，登时气冲牛斗，亲自出马到中央公园拿奸。拿了回来，将姨太太痛打了一顿，拘禁起来。小姐不服打，议长更怒不可遏，说这种贱东西，要她做甚么？立刻驱逐出来，不许再回家。杨小姐就趁此在外面追欢取乐。还是她令叔杨监军看不过意，设法收了回来。这都是我湖北的出色人物。正应了湖北一句俗话：'乌龟化龙，不得脱壳。'杨议长也就是这壳脱不掉。你去讲门第呢，杨家的门第还不算高吗？还有广东蔡次长的妹子，生得如花似玉，嫁得四川姓毛的。她嫌丈夫不中用，不许丈夫进房。每日装饰得玉天仙一般，在上海逗得那些青年子弟颠颠倒倒。她一出来，和狗婆子走草一样，后面总跟着一大堆油头滑脑的东西。她便择肥而噬，也是一点忌惮也没有。她家的门第还不高吗？于今中国的官僚，像杨、蔡两家的，一百家之中，敢说一句，有九十八家是不干不净的。这两家必是正太太上了年纪，没有小姐，没有姨太太。不过其中有掩饰得周密的，外人不知道罢了。你想想，他们男子做官，尽干的是冤枉事，弄的是冤枉钱，不拿姨太太、小姐来报答这些人，还有天理吗？"说得苏仲武大笑起来。黄文汉笑道："我只说说做官人家的姨太太、小姐，就扯淡了你许多心事，难怪那些人专一寻做官人家的姨太太、小姐开心。你将来归国去了，少不得做官的帽子又要染绿几顶。"

苏仲武听了，又触动了心事，低头半晌，说道："我们此刻可去病院了，你看四点多钟了。"黄文汉看壁上的钟，果是四点一刻，即起身推开窗子一看，不禁叫了声："哎呀！雪下尺来深了。"窗户一开，苏仲武觉得寒冷，起身看了看雪，正手掌般大一块一块的下。连忙教黄文汉推关窗户，换了洋服，从箱子里拿出貂皮外套来披上。又罩上雨衣，戴了暖帽，加上围襟。在箱子里寻皮手套，寻了一气寻不着。黄文汉等得不耐烦了，说道："那里就会冷死了？你们阔人真麻烦，我不带手套，也还是热烘烘的手。"苏仲武知道黄文汉的脾气，欢喜说牢骚话，便关了箱子："不寻了，不寻了，就光着手去罢！"黄文汉转身就往外走，套上靴子，站在门外等。苏仲武穿了靴子出来，二人冒雪向顺天堂来。

走到病室门口，黄文汉轻轻在门上敲了一下。看护妇开门出来，黄文汉悄悄的问："病人怎样了？"看护妇点点头道："此刻宁贴了许多，大约不妨事了。"黄文汉举着拇指头对看护妇轻轻的道："这个人睡着没有！"看护妇笑着摇头。苏仲武急于要见梅子，在背后推黄文汉进去。黄文汉进房就闻得一种血腥气，只见春子坐在梅子床边，梅子仰面睡在床上，面如白纸一般，比吐血的时候还难看。圆子靠着梅子的床柱坐了，低头想甚么似的。见黄文汉同苏仲武进来，忙起身接外套，示意教二人不要高声惊醒梅子。黄、苏二人就春子的床边坐下。春子望了二人一眼，掉过脸去不做声，面上表现一种极不欢迎的样子。

苏仲武忍不住，轻轻走到梅子床边，低头看梅子一脑青丝乱堆在枕上，脸上也蓬蓬的覆了几根，眼眶消瘦得陷落下去，合不拢来。虽然睡着，那眼皮仍张开一线，看见瞳人在里面动，一望就知道是有痛苦，睡不安稳的样子。嘴唇枯白得和脸色一样，不是还有一丝气息，谁也要说是已经去世的人了。苏仲武心酸难禁，眼泪扑簌簌的掉下来，十分想放声痛哭一场。又怕惊动了她，反为不好，揩了泪极力的忍住。可煞作怪，梅子合上眼，半日不曾开，苏仲武只在旁边站了一分多钟，梅子好像知道似的，慢慢的将眼睛睁开，转过脸朝苏仲武望着，将头摇了一摇，含着一泡眼泪，发出极微细的声音说道："你好生保重罢，我是不能再和你好了。我常用的东西，在你那里不少，你都留着做纪念罢！这房里脏得很，不要在这里久坐，回去罢，以后也不必来了。我大约也挨不了几日，我实在舍不得就是这样死。生成了是这样的，没有法子。"

　　梅子说时，自己也把不住流泪。圆子、春子、苏仲武更是呜咽得转不过气来。连黄文汉、看护妇都流泪不止。苏仲武强止住啼哭，说道："你只管安心调养，院长已说了不妨事。你万一有个不好，我的罪更重了。我一条命为你死了，不算甚么，母亲后半世没了你，如何过活？你的病完全是急出来的。你只想想你这身子，关系多大？"梅子道："我都知道了，你去罢！"说时，尽力从被卧里伸出手来，给苏仲武握。苏仲武忙道："我的手冷，莫侵了你不好。"梅子不依，苏仲武只得呵了呵，握了梅子的手。梅子紧紧捏了一把，抽咽起来。春子急得在旁边跌脚。梅子将手一松道："你去罢！"说完，将手缩入被卧里，掉过脸，仍仰面合眼睡着。

　　苏仲武此时如失了魂魄，站在床边不知道转动。圆子低声向黄文汉道："你还是送他回去，以后不必来看也好，她这病是不能再加症候了。"黄文汉点头。圆子拿外套替黄文汉披上。看护妇拿外套给苏仲武披，推了几下，苏仲武的魂灵才入壳，也不做声。披上外套，拿起围襟，泪眼婆娑的开了房门就往外走。黄文汉跟出来，追上去替他揩了眼泪。问他："还是家去，还是上馆子去吃点东西？"苏仲武也不答话，径往家中走。黄文汉跟在后面，也觉很伤感。

　　苏仲武走到家中，将衣服脱下来，也不折叠，一件件往房角上撂。从柜里扯出铺盖来，胡乱铺了，纳倒头睡着，掩面痛哭起来。黄文汉知道劝慰无效，一时心中也没话可劝，连外套坐在铺旁，望着他哭。苏仲武越哭越伤心，哭一会又停住嘴，拖着黄文汉说梅子如何好，如何好，说到伤心之处又哭。黄文汉心想：我在这里，他有人诉说，自然越说越伤心。我不在这里，他一个人哭一会，必然哭倦起来，或者会睡着。我此刻正肚子饿了，且去吃点东西，再来看他，岂不甚好？想罢，也劝了苏仲武几句，说去吃点东西再来，苏仲武也不挽留。

　　黄文汉去了，苏仲武又哭了一会，果然哭倦了，蒙眬睡去。彷彿梅子乱发蓬松的从外面走来，望着他笑。梦中的苏仲武倒忘记梅子病了。问她："为甚么头也不梳，这样乱蓬蓬的就在外面走？"梅子笑答道："你还问我，我也不知道为甚么。"苏仲武在梦中正自疑讶，梅子忽然不见了。彷佛又到了日光，在那旅馆池子里看见梅子，靠着廊檐柱子站着，在那里掠鬓。苏仲武想走拢去，一提脚便踏入池子里面，扑冬一声，全身跌下去了。急得喊了声哎哟，惊醒转来。看外套、洋服撂了一房，一个冷侵侵的电灯发出白光来，连房子都像浸在水里。揉了揉眼睛，叹道："这样凄凉的景况，我如何过得来？她的病，医生虽说不妨事，我看那情形是万无生理。纵然如天之福，留得一条性命，她已经有了人家，也不是我的人了。并且她和我那样的情分，也不见得肯嫁旁人，十九要忧伤死了。总之，她不嫁旁人就是死。两个消息，我听了都不能堪。我想我以后没有她，决没再有她这样的人来嫁我，填补我这缺恨，我还有甚么幸福在后面可以希望吗？倒不如趁这时候死了。她得了我的死信，就不死也要急死，我和她两人在阴世，还怕不得见面吗？这世不能做夫妇，来世是一定可以团圆的。"

苏仲武这般一想，果是死的好。但是当如何个死法？跳火车罢，觉得太惨。用刀自杀罢，又怕手软，杀不死反要进医院医伤。服砒霜罢，药店里没有医生的证书，必不肯卖。想来想去，要死容易，寻死的法子实在没有。坐起来又想了一想，喜道："有了，我记得前回新闻上载了段故事，说一个日本人因伤寒服安知必林散，服得太多，中毒死了。这样看来，安知必林散里面必含有毒质，我何不买些来？若怕毒性发得不快，再喝上几杯酒，一定不要一点钟就完了事。"想罢，心中异常高兴。跳起来连忙穿衣服，披外套，戴暖帽，围领襟，出房穿靴子。

此时外面的雪已住了。电光、雪光照耀得如银世界一般，煞是好看。苏仲武要寻死的人，也无心玩景，三步作两步的跑到猿乐町一家药店里，买了十包安知必林散。又到春日馆料理店内买了一瓶牛庄高粱酒，提回家中。将安知必林散一包一包打开，和做一块儿，足足有一酒杯。拿起来想往口里倒，一想：我既要情死，何能不留一封绝命书，使人家知道我是为甚么事自杀的呢？并且家中父母俱全，受了一场养育之恩，也不能不将我自杀的原由说出来，使两个老人家知道我这死，是出于万不得已，不是那些不孝子孙轻生，不顾父母的可比。

　　苏仲武想着不错，便仍将安知必林散放在桌上，坐下来，揭开墨盒盖，拿了几张信纸，吮了笔。正要写，忽又想：绝命书就用这样普通墨写了，不觉哀痛，必得用血书才好。我横竖要死了，留着这些血在这里有甚么用？等我咬破指头，取半杯把血出来，再写不迟。这笔也不能用。遂又起身寻了一枝新笔，拿了一个小茶杯来盛血。从容坐下来，想右手咬痛了不好写字，咬左手罢。将左手就电灯下，反复看了一看，点点头道："小指头，小指头，我还没有自杀，请你先与我脱离关系，借你一点血来表明我的心迹。"说着，将小指头往口里一送，闭着眼睛，用力一咬。

　　不知咬下来怎样，且俟下章再写。

第七十四章

咬指头苏仲武自杀
厚脸皮周正勋报仇

　　话说苏仲武决心自杀，想咬下小指头来写血书。紧闭双眼，将小指头往口里一送，下死劲一口咬下去。只痛得哎呀一声，连忙缩手，以为小指头必咬到口里了。一看那曾咬断，只深深的印了两道齿痕，倒痛得那小指头只管乱动。呆呆的看了一会，打算再咬它一下，看是如何？又将小指头送到口里去。那小指头可是作怪，受了一次痛苦，知道进去不妙，抵死也不肯再挨牙齿一下。那牙齿也像和小指头打了商量似的，抵死也不肯咬下来。两下相持了一会，还是苏仲武自己见机，暗暗想道：既它们两下都与我作难，这血书多管是写不成了。他心中这般一想，那小指头便乘势退了下来。苏仲武见它受了创，倒痛心不过，用右手替它揉了一会。

　　举眼看见那包安知必林散，电光照得和白雪一般，一星星的发出光来，闪烁不定，心想：这发光的东西，难道就是毒质吗？我从来不曾吃过这东西，不知可难下口，且尝一点看。便用舌尖舔了一点，登时觉得便是毒药入了口一般，蹙紧双眉。呷了呷口，略略有点咸味，连忙向火炉里吐了一口涎，摇摇头道：这不是自杀的东西！里面纵有毒质，必也含得不多，吃得不死不活倒是不好。报上死的那人一定是有病，服多了安知必林散，药不对证，算是中毒死的。我于今一点病也没有，服了这些下去，再加上几杯酒，死是靠不住，毛病是免不了要弄出来的。我于今出了毛病，才更是苦恼。她在医院里病着，老黄和圆子得去照应。倘若我也病下来，不教他们两人顾此失彼吗？天又下雪，路上往来都不容易。并且他们二人若是知道我这病的来由，不特要笑话我，一定还要埋怨我。为我的事已经害得他们两人劳神费力，圆子更是从她进医院以来，一个多月没有好生睡一觉。我再弄出毛病来连累他们，于心实在也有些过不去。算了罢！且将这自杀的事放缓一步。我命不该死，就自杀也是枉然；若是该死的，今晚的小指头就咬下来了。一个小指头都咬不下，还说甚么自杀？索性把这安知必林散倾了，免得老黄来看了疑心。老黄白天里对我说的话也不错，我家中几房共我一个，还不曾娶妻生子，又放着几十万财产。我一死不打紧，眼见得父母也都活不成。父母养育我一场，没有享我一点好处，还是这样的使他两老人家着急，如何要得？幸而没将小指头咬下来，有工夫给我后悔。若刚才一下竟咬了下来，必然一鼓作气，悲悲切切的把绝命书写好，一口将这安知必林散吃下去，再咕噜咕噜喝几杯酒，往被卧里一钻。大约是起初一阵难过，接连一阵腹痛，侥天之幸，从此大病一场。说不定三年五载精神还不得复原，而小指头已经是破了相。若不幸真像报纸上载的那人一样，那我就真做成一个万世罪人了。看起来凡事都不可鲁莽。罢，罢！这东西留在这里不祥，你的颜色和雪差不多，请你和雪做一块儿去罢！遂起身拿了那包安知必林散，推开窗户往后面园里一倾。一阵冷风从窗隙里钻了进来，吹得苏仲武打了一个寒噤。连忙将窗户关好，回身倒了一杯牛庄高粱酒，靠火炉坐着，闷闷的喝。喝得有些醉意，解衣睡觉。

且将这边放下，再说黄文汉离了苏仲武的家，想到中华第一楼去吃点酒菜。才走到中华第一楼门口，见迎面来了一乘马车，也在中华第一楼门口停了。黄文汉心想：这样雪天，他们富贵人为何不在家中安享，要坐马车跑到这里来吃东西？且等他们下车，看是几个甚么样的人。只见马夫跳下来，将车门开了，一个二十多岁的俊俏后生，穿着一件獭皮领袖的外套，先跳下车来，站在车门旁边。接连一个二十来岁的日本装女子举步下车，那俊俏男子连忙用手搀住。那女子也就大方，用手扶住男子的肩膊，从容下来。看那女子，衣服穿得十分漂亮，手上带一个钻戒。看她的态度，很像一个大家的闺女，通身看不出粗野的破绽来。容貌虽不十分美丽，却也很过得去。黄文汉倒很诧异，暗想：中国留学生能在日本娶这种女子，也算是很难得的了。那女子下车之后，又下来一个二十多岁男子，穿一身和服，披一件青呢斗篷。黄文汉一看不是别人，正是张全，更吃了一惊。连忙走过去打招呼，张全也走过来握手。黄文汉问张全道："这两位是谁？"张全笑道："你也是来这里吃料理的吗？我们一块儿去吃，好慢慢的和你说话。"说时，用嘴对那俊俏男子努了努道："他是我的同乡，姓周名正勋。"周正勋见黄文汉仪表很好，不知道是甚么人。听见张全和他绍介，连忙脱下帽子，向黄文汉点头。黄文汉也脱帽答礼。张全笑道："这门口不好说话，并且冷得紧，我们快上楼去罢！"说着，四人一同上楼。张全拣了个僻静的座位，周正勋邀黄文汉共吃。

黄文汉因想打听那女子的来历，便不虚让，同进房，望那女子行了个礼。那女子看了黄文汉一看，连忙还礼。黄文汉笑问周正勋道："这位可是尊夫人？"周正勋笑了一笑道："就算是这么回事罢，夫人不夫人的话，却是没有定。"黄文汉听了笑道："然则教我怎么称呼哩？"张全道："她名字叫荣子，你就称她荣子小姐罢。"黄文汉便点头用日本话笑向荣子道："今日无意中得拜见荣子小姐，实在荣幸得很！"荣子抬了抬身，谦逊道："先生言重了，不敢当。还没有请教先生贵姓？"黄文汉拿出名片来，送到荣子面前。周正勋也走过来看，笑道："原来就是黄文汉先生！时常听见张君说，仰慕得很。今日无意中遇了，我才真是不胜荣幸之至呢！"

三人都客套了几句。四人围着桌子坐了下来，黄文汉道："荣子小姐吃得来中国料理吗？"荣子笑道："吃惯了也很能吃。初吃的时候是觉着有些不合口的地方。于今吃了多次，比日本料理实是强多了，倒时常想吃。"黄文汉见荣子说话别有一种神情，揣摩不出她是种甚么人家的女子。若说是大家的小姐罢，周正勋一个中学生，怎能和她往来？并且这样下雪的天气，也难得她肯出来和人上馆子。小家女子又实在没有这种风味。难道也和圆子一样，式微之后吗？当下也不便盘问，独自一个人纳闷。周正勋送纸笔到黄文汉跟前，教黄文汉点菜。黄文汉忙起身让荣子点，荣子笑道："我只知道吃，菜名目却一个也不知道。黄先生不用客气，随意点几样，我都能吃的。"张全也笑说道："老黄你只管点罢，她点菜是不会的。"黄文汉便点了几样，周正勋、张全都点了，交下女拿去。须臾酒菜上来，四人都开怀畅饮。所谈的都是些不相干的话，也不去记它。吃喝已毕，周正勋会了账。黄文汉向他道扰，悄悄拉着张全到外面，问荣子的来历。张全道："这人的来历很长，一时间也说不完，几时有工夫仔细说给你听罢。"黄文汉便不做声，与周正勋、荣子作辞，归家不提。周正勋扶荣子上马车，张全也跟着上去。马车行到牛込表町，在一家有铁栏杆的门首停了。荣子下车，与周正勋握手，叮咛后会，折身进铁栏杆门里去了。

著书的人写到这里，看书的人大约没有不知道这荣子，就是鸟居正一子爵的小姐了。只是周正勋不是为这小姐曾闹过很大风潮的吗？为甚么到于今又合拢起来了呢？这其间有许多的原故。周正勋也算是入了活地狱，下了死工夫，才能够有今日的成绩。慢慢地写了出来，也是一桩风流趣事，并且是《留东外史》中不可遗漏的一桩事。

前回第三十一章书中，不是说周正勋复了同文学院的学籍之后，因不服这小姐的气，特意搬到目白停车场旁边的民兴馆住着，好专意图报复这小姐的吗？周正勋自那日和张全谈过了郑绍畋的事，后来按着上下课的时间，在停车场又探望了半个月，尚不曾见这小姐的影子。心想：难道她便因这事废学吗？日本的绅士人家把这学堂看得很要紧，不是万不得已，没有中途辍学的。又想了一想，忽然喜笑道：是了，她住在表町，到高田丰川町上课，走早稻田去，也远不了多少路。她一定是要避我，特意绕那边去了。我学校里功课横竖没要紧，便缺几日课，要赶上也很容易。拼着牺牲几日，非打听个水落石出，也不甘心。计算已定，第二日起了个绝早。六点多钟就用了早点，带了个便当，胡乱包了几本书。他本来欢喜修饰，今日更加意整理了一会，提着书包，匆匆向高田丰川町走来。

到了日本女子大学校门口，看表才到七点钟，门口冷清清的，不见一个女学生来。知道时间太早，慢慢的向老松町走去。料想她从早稻田来，在这里必然迎面遇着。果不出他所料，在老松町等不到三十分钟，只见远远的一乘人力车，飞也似的迎面来了。车棚放下，上面巍巍的坐着一个女学生。周正勋一望就认识，正是鸟居家的小姐。暗喜道：你这番被我等着了，看你逃到那里去！车行迅速，转眼就到了跟前。车上的那人掉转脸望那边，周正勋恐怕认错了不稳便，从车后几步转过那边，一看那里会错，连忙呼着鸟居小姐道："请停一停！我有话和小姐说！"连呼了两声，那小姐很像吃惊的样子。车夫听得有人喊停车，正要停住，那小姐在车上跺了两脚，教车夫快跑。车夫不知就里，真个比前更快，径跑向丰川町去了。周正勋赶了几步，如何赶得上？真气得翻着白眼，没有话说。痴立半晌，倒抽了一口冷气，暗道：这回被她走脱了，只怪我不中用！我见她的车子来了，为甚么要让过一边？若当街站了，不许车子过去，看她往那里走？也好，你害我不深，我恨你不切，你既这样嫌避我，我就拼性命也要和你缠缠看。你回家总也得打这里经过，我就在这里死等，量你也不会飞上天去。便在老松町找了一家牛乳店，进去买了杯牛乳，随意买了几样果子，当门坐着，拿起新闻纸慢慢翻看，不住的留神看街上。

才坐了两三分钟的光景，只见刚才那车夫拉着一乘空车走过。周正勋忽然心生一计，匆匆清了牛乳、果子账，提了书包出来，追上那车夫说道："你且慢走！我有话问你。"车夫即停步回头问道："你是甚么人，问我甚么？"周正勋道："看你穿的衣服，不是那鸟居小姐家里的包车，她时常叫你的车坐吗？"车夫道："不错，我包了接送的。"周正勋道："那小姐今日要你甚么时候去接她？"车夫摇头道："这话不能告诉你。"周正勋道："你告诉我不要紧，我拿一块钱给你，包你没有事就是了。"车夫听说有一块钱，便说道："你问了做甚么？"周正勋拿出一块钱来，送给车夫道："你告诉我便了，不必问我做甚么。"车夫接了钱笑道："她教我十点钟就来接，只是先生不可说是我说的。"周正勋点头问道："你平常十点钟的时候来接过她没有？"车夫摇头道："没有。平常是午后三点钟，有时十二点钟。"周正勋道："那就是了。我还有点事要求你，我再给你一块钱，你可肯依我？"车夫喜笑道："先生有甚么事？"周正勋道："那小姐不是教你十点钟来接她吗？我给你一块钱，十点钟不要来，你能依我么？"车夫踌躇道："她若责问我，我如何回答哩？"周正勋笑道："你这人才蠢！她责问你的时候，你只说病了就是，有甚要紧！"车夫听了，一想不错，就是这样罢。周正勋又拿了一块钱给他，车夫笑逐颜开的收着，拉着空车去了。

周正勋非常得意，也不回民兴馆，就在牛乳店胡乱看了两点钟的新闻。将近到十点钟，即跑到学堂门首，靠着墙根等候。一会儿隐隐的听得学堂里面铃声响，知道是下课了。探首望学堂的大门内，只见那小姐从里面出来了，左右望了望，不见车子，正要折身进去，周正勋拔地跳了出来，拦住去路，对她行了个礼道："好容易朝夕等候了小姐一个多月，今日才等着。小姐何必这样表示拒绝？我爱小姐原非恶意，小姐怎忍心除掉我的学籍，致我名誉上大受损失？小姐自己问心，我当日有甚么对小姐不住的地方？我虽受了小姐的苦，我心中终不相信像小姐这样慈善相貌的人会存心害我，所以这条心终是不死。就是到小姐府上来，也无非想见小姐一面。若小姐果能回心可怜我，开除学籍是件极平常的事，决不敢抱怨小姐。无奈到府上见小姐不着，后来无日不在目白停车场等候小姐。直等到今日，才悟到小姐必是改了路，走早稻田这边来的，因此来这里等候。不料小姐误会了我的用意，以为我必不存好心，惟恐趋避不及，几乎把我急死。只是我仍不信小姐就嫌我到这地步，拼死也要见小姐一面，问个清楚。只要小姐说一句：我这人是个无赖子，决不可近，我便死心塌地，不敢再转小姐的念头了。我也是个男子，说一句算一句数，就请小姐吩咐罢！"周正勋一口气说了这一大段，那小姐就想不听，也不能不听。听他说完了，大抵人心都是肉做的，那有不软之理？况且周正勋本来生得漂亮，兼之修饰得齐整，她自己又不是素来有三贞九烈之性的，到此时那能说得出周正勋是个无赖子的话？当下低头一会，忽然望着周正勋笑道："先生定要问我这话做甚么？我又不曾和先生多见面，怎敢乱说！"

周正勋见她笑了，越发装出可怜的样子说道："小姐这样聪明的人，岂有见了人分不出善恶之理？今日幸遇着了小姐，非得小姐吩咐一句不可！小姐的一句话，在他人看了或者有不遵从的，在我这迷信小姐的人听了，一定奉为金科玉律。不过小姐此刻的一句话，关系我非常之重大，希望小姐不随意说出，我到底是个无赖子不是？是个不可接近的人不是？我朝夕在停车场等候小姐，可等到一个多月，除礼拜而外每日风雨无阻。这样痴心迷信小姐的人，小姐说可能多见？"那小姐笑道："先生是这样，我那里知道？若得了一些儿风信，我也过意不去。我一个人平常得很，先生何必是这样看待我，我却如何敢当！且问先生的意思想怎样？"周正勋道："小姐不说，我如何敢说我的意思？"那小姐笑道："好！我就说了，先生不是无赖子，是个可以接近的人。"周正勋这才喜笑道："多谢小姐！我的意思只要得小姐这句话就满足了。小姐既以我为可接近，我要求和小姐做个朋友，量小姐不会拒绝我。敢请问小姐叫甚么名字？"那小姐笑着从腰带里面拿出一个小小的编花名片夹子来，抽了一张递给周正勋。周正勋如获至宝的双手接着，看上面印着"鸟居荣子"四个三号字。旁边两行小字，是她住宅的番地及电话的番号，看了连忙收入袋内。荣子道："先生没带名片来吗？"周正勋接受荣子名片的时候，本想拿出自己的名片来和她交换，忽一想不好，从我一方面太亲热了，她是个子爵的小姐，身分本有得她拿的，太把我看得没身分了也不值得。见荣子问起名片，才故意陪笑说道："该死！我倒忘了。"说着也拿了张名片出来，递给荣子。荣子看了，指着"周"字问道："这字是姓么，怎么读法？"周正勋道："中国人的姓用日本话读，都是用音读，没有用训读的。"遂将"周正勋"三字念给荣子听。荣子听了笑道："中国人的姓名发音怎的这般简单？我倒从没听过。"

不知周正勋说出甚么来，且俟下章再写。

第七十五章

滥情人回心思结局
可怜儿含悲归故乡

　　话说周正勋见荣子说话毫没有羞涩的样子，面上并表示一种很愿意和他要好的神情，心中这一高兴，直从娘胎出世不曾有过第一次。当下便笑说道："小姐从不认识敝国人，自然听了这样简单发音好笑，其实听惯了也是一样。"荣子点点头，将名片纳入袖中，左右望了一望道："奇怪呀！怎的还不见车夫来接？"周正勋连忙陪笑道："既承小姐的恩典，不把我当作无赖子，说可以接近，我今日遇见小姐实不容易，小姐何必急于回府？我此刻住的地方虽说不清雅，不便屈尊，但是这地方是特为小姐才搬到这里来的。小姐若肯降临，我真感激不浅。"

　　荣子听了，低头寻思了一会，斜睨了周正勋一眼笑道："你住在甚么地方？"周正勋道："此去没有多远。小姐若肯去，只走一会儿就到了。"荣子用手向目白停车场这方面指了一指道："是这头吗？"周正勋连连应是。荣子便一边举步向目白停车场这头走，一边笑向周正勋道："我看你这人也太呆了，和我毫无亲故，又不曾经人绍介有点交情，凭空是这样痴心做甚么？你这样人我才见过。"周正勋紧跟在后面笑回道："不是我这样痴心，如何得小姐垂青枉顾？我的痴心只要小姐知道了，便一点儿也不委屈。"二人并肩笑谈着走，没几分钟工夫，便到了民兴馆。

　　这民兴馆的房屋本来很旧，又住了多年的中国留学生，那里还像个旅馆呢？楼上楼下几十间客房，没一间里面的壁上不是横七竖八的画了多少字在上面，席子也都烧得黄一块黑一块，还有些泼了许多油汤菜水在上面的。总而言之，污秽不堪罢了。荣子跟着周正勋走进民兴馆，低头一看，简直无可伸足之处。暗想：这人身上如此清洁，怎的会住在这样的一个馆子里面？这那里是下宿屋，分明是一个动物园！周正勋回头见荣子皱着眉头，知道她是怕脏的意思，忙低声陪笑说道："这般不清洁的旅馆，本不应屈尊降临。但是我若不为小姐，也决不住这里。今日既见了小姐的面，下午我就搬家。特意领小姐来看看，不过使小姐见了，知道我这番苦心就是了。"周正勋一边说，一边引着进自己的房。

周正勋自己的房，却收拾得纤尘不染，陈设也很精致。荣子见了，不住点头笑道："这房才像是你住的。只是这房虽好，出入的路不好，还是不相宜。"周正勋拿蒲团让荣子坐了。听架上的钟，当当打十一下，周正勋忙着叫下女，交待厨房里好生弄几样中国菜。民兴馆房屋虽不好，厨子却很能弄菜，本是从中国料理店出来的。周正勋交待已毕，笑向荣子道："小姐想必没有吃过中国菜。"荣子笑着点头。二人对坐着，慢慢密谈起来。吊膀子的学问，周正勋本来有些研究，这日更是聚精会神的巴结。不到几点钟，那同文学院开除学籍之仇竟被他报了。至于这仇实系如何报法，一一写出来太嫌繁琐，也没有这些闲笔墨去写它。午后荣子辞了周正勋，得意归家。周正勋真个寻一个贷间搬了，从此一星期幽会两三次。

再说张全住的新权馆虽也和民兴馆差不多，只因东条文子住在柏木，彼此容易相见，所以在新权馆能长住下来。他和周正勋是同乡，又素来志同道合，往来甚是密切。周正勋和荣子的事，张全早就知道。后来张全和荣子认识了，也时常在一块儿玩耍。

光阴荏苒，这日是十二月十七，周正勋生日，先一日就约了荣子和张全同往各处游览。不料这日下起雪来，便唤了乘马车，三人坐着往上野公园赏了回雪，到中华第一楼晚餐，却遇了黄文汉。周、张二人送荣子归来，各自归家，以后并无问题发生。张全和文子，周正勋和荣子都无结果，一言表过不提。

且说黄文汉次日早点后，见雪仍是纷纷的下个不已，便懒得出门，就在家中烤火，教下女去顺天堂探望梅子的病势。一会儿回来说道："梅子小姐昨晚安睡了半夜，今早喝了半盅牛乳，此刻正和她老太太说话。我家太太躺在她家老太太床上睡着了。我没惊醒她，只问了问看护妇是这般说，我就回来了。"黄文汉点点头，下女退出去。黄文汉心想："圆子这次很替我出了力，她平日虽是讲多夫主义，只是未尝不是因她的原夫靠不住，为境遇所逼。她是个聪明人，恐怕落人褒贬，所以先提出个多夫主义来。使人家听了，以为她的主义如是，就有些出轨范的举动，人家也不会十二分疵议她。自从和我相处以来，并没听她再说过不嫁人的话，可见她以前的甚么惟美主义，都是一时客气之谈。我丢她固然不妥，就是这样糊糊涂涂下去，她心里必也是不安，我也似乎对她不住。娶她归国去罢，一时能力又做不到。这事还得和老苏商量，他有帮助我的能力。他昨日问我的话，或者已有这意思。此刻的雪下小了些，我何不去看看他，顺便再探他的口气。想罢，起身更换了衣服，穿了长筒靴，披了斗篷，踏雪到苏仲武家来。

苏仲武因昨夜自杀不遂，满腔悲愤之气，在被卧里翻来覆去，一夜不曾睡好，此刻还睡着没起来。黄文汉进房见黑洞洞的，窗户的板门还紧紧的关着。喊了两声"老苏"，苏仲武从被卧里答应。黄文汉开了窗户，见桌上酒瓶茶碗、纸墨笔砚横七竖八的堆着，衣服也东丢一件，西撂一件，房中乱糟糟，一点秩序也没有，苏仲武在被卧里拳作一团，不禁叹道："你是个极爱精致的人，事一不遂心，便也随便到这样！"苏仲武一边坐起来揉眼睛，一边答道："我那里还有精神收拾东西？这种日月我简直不能往下再过！"说着披衣起来。

黄文汉卸下斗篷，替苏仲武卷了被卧。苏仲武问道："你今日去看过她没有？"黄文汉说："看过了。"就将下女的话说给苏仲武听。苏仲武也叹道："横竖不是我的人了，我问她做甚么？"黄文汉笑道："你既知道是这般想，为甚么又说这日月难过？你从前不是一个人过惯了的吗？"苏仲武道："你问我，连我自己也不知道是种甚么心理。此刻又觉着明白，一时糊涂起来，恨不得立刻就化成灰。"黄文汉道："我早说过了，谋事在人，成事在天。你和梅子应该没有夫妻的缘分，才得是这样七差八错的。我写信骗春子来，原要和她直截了当开谈判的。谁知她到的第二日，梅子就害起病来。害病不已，继之以吐血，吐血不已，继之以小产。你说我还有开口的余地吗？事情已到了这个样子，纵有回天之力，也是枉然。于今是只求梅子不死，我们可轻一层干系，不然只怕还有唇舌在后面。怕虽不怕她，但是良心上总有些过不去。"

苏仲武道："我此刻的心理倒很愿意她死，死了倒可以全她的节。那生田竹太郎从前和她本议过婚的，她父亲本待许可，因她母亲和她父亲别气，有意为难，说要等她到二十岁才嫁，因此将这门亲事搁起来。听她自己的口气，生田竹太郎还生得很美，她自己没有不愿意嫁她的心思。她的病若好了，回爱知县去，一定不到几个月就要过门。过门之后，不待说，她脑子里连我的影子都没有了。"黄文汉道："她平日和你说过生田竹太郎的事吗？"苏仲武道："这话很久了。还是在日光小西屋旅馆的时候，和我说她母亲的性格，无意中说出来的。说了之后，登时一副脸通红。我当时并不介意，昨晚将我和她前前后后的事想起来，才恍然大悟。凡事都有前定，是一点儿不错的。"黄文汉道："你且去洗了脸，吃点东西，我们再来说话。"

苏仲武拿着沐具洗脸去了。房主人送了火种进来，生了火炉，黄文汉起身让他扫了房子。苏仲武已洗了脸进来，一面吃早点，一面和黄文汉闲谈。黄文汉说起娶圆子的话，苏仲武非常赞成，并承诺借一千块钱给黄文汉，为将来归国用度。黄文汉自是感谢不尽。

过了几日，黄文汉和苏仲武都不曾去顺天堂，梅子的病竟好了十之五六。不过因元气亏损狠了，一时难于脱体。圆子日夜在旁照拂，真是衣不解带，差不多两个月下来，也弄得容颜憔悴，大不如前了。春子虽很不满意圆子，不该引坏了她女儿，但是见圆子这样贴心伺候，心中也实在感激，细细盘问梅子和苏仲武的情形。圆子知道梅子已与生田竹太郎有了成议，夸张苏仲武和梅子的情好也无用，便不肯直说。又过了两日，这日是十二月二十五了。梅子的父亲加藤勇因要过年了，春子母女还不曾回家，想是梅子病势沉重，自己放心不下，赶到东京来看。

圆子看加藤勇年龄虽在四十开外，容颜却只能看到三十来岁，和春子实是一对相当的夫妇。春子和圆子绍介了，加藤勇问了问梅子的病，见已能起坐了，也就放了心。回头向圆子问："中村先生如何不见？"圆子此时心中惟恐春子写信回家的时候，将这些事都告诉了加藤勇。见加藤勇来了，心中未免有些着慌。听他问中村先生，正不好怎生回答，春子已抢着答道："中村先生每日在这里看病，今日已经来过了。他们两夫妇为这小丫头的病，都差不多也拖病了。"加藤勇听了，连忙笑着对圆子鞠躬道谢。圆子回礼不迭，心想：春子为人的脾气真怪，怎的到这时候还帮着我和他说话？这真教我想不到。只见加藤勇说道："今日二十五，只几天就要过年了。梅子的病既能起坐不吃力了，就可以勉强回爱知县去调养。我因怕你们路上没人照应，特地来接。明后日就动身回去罢。家中也还有些事情要料理，不能再迟了。"春子道："我一个人正在这里着急，你来了还有甚么话说，决定明日动身就是。小丫头的病横竖不是一时得完全好的，回去好好的调养便了。"加藤勇点头道："中村先生府上在那里？我得亲去请安道谢。"春子道："他有事，不在家的日子多，去也会不着。着人去通知他一声便了。"加藤勇笑道："这如何使得？萍水相逢，承他是这般看待，我的礼数太简单了怎对得住？"圆子陪笑道："老伯不用是这般客气，承伯母看得我们起，尽力是应该的。只有伺候不周到的地方，还要求老伯、老伯母及妹妹原谅。我也有多日不曾回家了，正想归家望望。他若在家里，教他就来替老伯请安。便不在家，也可着下女去找的。"加藤勇连连谦逊道："夫人是这般称呼，委实不敢当，以后请改了罢！"圆子也客气了几句，教看护妇去唤乘人力车，自己换了衣服，辞了加藤勇出来，乘车奔到家中。

黄文汉正接了他一个朋友由云南打来的电报，靠火炉坐着，在那里翻译。见圆子回来，放下电报问："今天怎回来了？"圆子见黄文汉手中拿了张电报，忙问："是谁打来的？"黄文汉道："是我一个朋友从云南打来的。还没翻译得出来，不知道为甚么事。因为是官电，不要他自己出钱的，铺张了一大段的空文章。等我翻出来，看是为甚么事。"说着又拿起电报翻译。一会儿译完了，笑向圆子道，"打电报给我这个朋友姓周，在云南都督府里面当参谋，打电报来叫我去帮忙。电报里面述云南独立后的情形很好，没有别的事。"圆子道："你朋友既打电报给你，你是一定要去的了？"黄文汉道："这却不一定，且过一会再看。梅子的病怎样？"圆子道："她父亲来了。"圆子接着将今日病院里的情形，并加藤勇和春子的谈话，一一述给黄文汉听。黄文汉点头笑道："要强的人是这样的。春子若派我们的不是，就先得在她丈夫跟前认错。她和她丈夫素来不十分和睦的，如何肯给错处把她丈夫拿着，使她丈夫好埋怨她？并且春子平日很娇惯梅子，不受加藤勇管束。于今出了这种花样，说出来更是自己打自己的嘴。只要敷衍得过去，便敷衍过去了事。春子何等聪明的人，岂肯攀下石头来压自己的脚？我倒得立刻去看他，今晚还得饯行才好。"圆子听了黄文汉的话，方知道春子的用意，暗暗佩服春子，更佩服黄文汉有见识。

当下黄文汉收了电报纸，教圆子拿了套新冬服出来更换了。圆子问："要买东西送他们么？"黄文汉想了想，摇头道："可以不必，我们和他们以后决不会再有来往。他们客客气气走了就完事，何必送甚么东西？送少了拿不出手，多送犯不着，嘴头上说一句就够了。老苏不必说给他听，等他们动身之后，再告诉他不迟。他若知道了，必抵死要去送行。旁的不打紧，梅子的性情痴得可怕，倘若在火车站又闹出甚么花样来，岂不教春子为难吗？"圆子连连点头道是。黄文汉遂同圆子仍到顺天堂来。和加藤勇见面之下，少不得二人都有些客气话说。

梅子见黄文汉和圆子来了，不见苏仲武同来，悄悄的拉圆子到床前问："怎的不见他同来？"圆子哄她道："他说此刻不便来。明日到火车站来送行，好背着人和你说话。"梅子便不做声了。黄文汉说要请加藤勇去精养轩晚餐，加藤力辞不肯去，春子也在旁边说了许多道谢不敢当的话。黄文汉见他们决意不肯去，也就不勉强。当下随意谈了一会，黄文汉告辞归家。这晚加藤去旅馆里歇宿，圆子和梅子谈到更深才息。次日，加藤来付清了医药费，圆子帮着收拾行李。黄文汉也将春子来时寄存他家的行李搬了来。梅子一早起来，梳洗完毕，略略用了些早点。一行人乘人力车到火车站，搭九点五十分钟的火车。

梅子到火车站，东张西望的找苏仲武。此时苏仲武还在家中做梦，火车站上那里去找苏仲武的影子？梅子张望了一会，又悄悄的问圆子："怎的不见他来？"圆子仍哄着她道："你放心上去坐着，一会儿就来了。"他们到车站时，已是九点四十分钟了。十分钟的光景有何难过，只大家说了几句客气话，那汽笛就呜呜的叫起来。梅子看苏仲武还不来，望着圆子流泪，想要问，又当着父母不敢开口。圆子天性本来很厚，和梅子又相处了这们久，一旦是这样的分手，以后还不知何年何日可以重见，如何不伤感？不过恐怕现出伤感的样子来，使梅子看了更加着急，特意装出和平常一样，笑逐颜开的谈话。见梅子忽然泪流不止，自己也忍不住落下泪来。幸开车的时刻已到，机声轧轧，笛韵呜呜，一转眼间，那火车如离弦之箭，载着梅子去了。圆子和黄文汉站着望那火车去得远远的，连烟都看不见了，才叹息回家。

梅子回到爱知县，过了年，将养了几个月，病已全好了。第二年四月间，和生田竹太郎结了婚，夫妻甚是相得。此是题外之文，与本书无涉，不过说出来，以见爱情是个靠不住的东西。为这东西颠倒，决没有好处。看官们若自以为是多情种子，不以在下的话为然，就请各位自己看自己所遇。将来的结果何如，便知在下这句"爱情是个靠不住的东西"的话，不是随意说出来的。

闲话少说。当日黄文汉和圆子回到家中，二人很太息了梅子一会。黄文汉问圆子："同去看苏仲武不？"圆子笑道："去看看他也好，看他听了梅子已去的话，怎生说法。"黄文汉笑道："我看他没有甚么说法。他二人离开已经两个月了，也淡了许多了。你看梅子今日的情形，就可推测他没甚么话说。若在两个月前，只怕梅子死也不肯一个人上车回去。今日也不过流一两点泪罢了！"圆子道："梅子也实在是没有法设。昨夜和我说得哭了几次，她说到死也不会忘记苏仲武待她的好处，并托我好生安慰老苏，教老苏不要着急，她到爱知县就写信来。"黄文汉点头道："梅子的心是干净不过的，谁也知道。不过性情没定的人，一见了生田竹太郎的面，只怕连写信的工夫都没有了。她既去了，我们且不必管她。差不多十一点钟了，吃了午餐，再去看老苏不迟。"圆子答应了，入厨房帮着下女弄饭。夫妻二人午餐已毕，便到苏仲武家来。

不知会着苏仲武如何说法，且俟下章再写。

第七十六章

吴监督演说发奇谈
杨长子雅游预定约

话说黄文汉和圆子行到苏仲武家门首，见门外已有一双皮靴在那里。圆子道："他家有客，我们不要进去罢。"黄文汉笑道："他的客我差不多都认识，进去不妨事。"黄文汉旋说旋推开大门跨进去，呼着老苏道："你房里有客么？"即听得苏仲武在里面答道："请进来坐！客也不是外人，杨长子是你认识的。"黄文汉脱了木屐，让圆子也脱下草履，一同进里面来。苏仲武迎到房门口，见圆子也跟了来，吃了一吓，暗想：她伺候梅子的病，怎得出来？莫是梅子的病已经好了？他二人同来必有原故。

黄文汉和圆子早看见苏仲武踌躇的样子，只是都不作理会。进房见一个穿商船学校制服的学生靠窗坐着，笑嘻嘻的望了黄文汉二人。黄文汉认得他是个湖南人，姓杨，名玉。因为他生得身长六尺有零，都叫他做杨长子。为人甚是和蔼，说得一口好日本话。到日本也有了十来年，都是老留学生，所以和黄文汉彼此认识。当下见了礼，苏仲武替圆子介绍了，也对行了礼。黄文汉笑问杨长子道："杨样（样者，先生之意，日本人普通称呼皆着样字于姓或名之下），贵学校不是已经毕了业吗？"杨长子点头道："上半年就毕了业，远洋练习了几个月，昨日才回来。"黄文汉道："远洋练习之后还有功课没有？"杨长子道："远洋练习之后，商船学生的资格算完备了。"黄文汉道："然则你就要回中国去了？"杨长子笑道："此刻回中国去干甚么？中国的海军许外省人插足进去吗？除福建人而外，就只广东、浙江两省人勉强可以在里面混碗饭吃，外省人只有当水兵的资格。"黄文汉道："袁世凯做总统，刘冠雄当海军总长，你们这一派人自然是用不着。"杨长子连连摇头道："不相干，不相干！任是谁人做总统，谁人当海军总长，也用不着我们。我们也犯不着和他们去抢饭吃。黄样，你不知道福建人在海军里面的势力，真要算是根深蒂固。福建人的性格最顾同乡，比广东、浙江人还要厉害。"黄文汉笑道："顾同乡的心，就是贵省也不弱！"杨长子道："不然，黄样你看错了。我湖南人爱湖南，完全是爱顾桑梓的意思，绝没有为本省人争位置、争地盘的事。福建人则不然。假使袁世凯因为筹备做皇帝的原故，不得不拿福建一省送与某国人做交换的条件，只要袁世凯预先下一道上谕，说凡福建人的位置、地盘一点也不受损失，我看福建人决没有出来反对的。就有几个关怀桑梓的想出来说几句话，只要袁世凯对他吼一声，他就要吓得屁滚尿流的缩入马尾江去了。黄样你和福建人接近得少，不知道世界上最没有用的东西就是福建人。福建人无论男女、老少、贵贱，一个个都是胆小如鼠，鄙吝便鄙吝到极处。要说他是舍不得钱罢，嫖、赌、吸鸦片烟他又舍得。你将来回国的时候，无意中去调查调查，海军里面的福建人有几个不吸鸦片烟？我和他们往来，看了真伤心。一个个都吸得鸠形鹊面，骨瘦如柴。一声命令下来，要开往别处，他们就慌了，赶不及打烟泡、配药丸，预备挡瘾。他们知道海军是个甚么东西？第二舰队楚豫船上的副船主和我认识，我故意问他：'中国的海军总吨数有多少？'他一时慌了手脚，想了半日，想不起来。吞吞吐吐的答道：'这个我倒没有调查，大抵尽有好多千吨。'你看这句'尽有好多千吨'的话是人说的吗？"说得黄文汉大笑起来，连苏仲武也笑了。

杨长子接着说道："好在中国于今也用不着海军，就由这些浑蛋去闹也没要紧。只是将来若想将海军整理，不将福建人的根株铲尽，也莫想有整理的日子！今日已经说到这上面来了，索性再说桩笑话给你们听听。这件事，我今日说起来好笑，当日实在是连哭都哭不了。今年三月里，我那一班学生毕业，在学校里行毕业式。那日天皇、海军大臣都来了，来宾大小官员足有几百。行过毕业式，天皇及海军大臣先走了，校长便出来演说。无非说了些希望我们这班学生远洋练习后归国，都做一番事业，并希望我们都抱定一个中日亲善的主义，以维持东亚和平，方不负我们苦心来求学、他们热心教育的意思。这都是他们日本人当校长对中国学生应有的话，堂堂皇皇的说了。校长说了之后，我们中国的海陆军学生监督当然出来致谢。这位监督吴先生，知道轮到他头上来了，便摇摇摆摆的走了上来。你说他穿了身甚么衣服？"黄文汉道："这样大典，自然是穿大礼服呢。"杨子长笑道："他若是穿大礼服，我倒不问你了。他穿一件银灰散花摹本棉袍，一件天青团花摹本棉马褂，足登粉底朝靴，头戴瓜皮小帽。"

　　黄文汉不等他说完，用手拍着腿子说道："该死，该死！他如何是这样打扮？"杨长子笑道："这样打扮没要紧，横竖日本人不大懂得中国的服制，就说这样是礼服也使得。还有该死的在后面，你听罢。他一上台，原定了的一个翻译，就是我这班的同学，知道他演说必要丢丑，临时装肚痛辞职，没法另找别人。偏偏我这班里面能用日本话演说的，除了他，就只我还可以勉强敷衍。他既辞了职，一个个都望着我。我如何敢上去丢这个丑！这位监督先生见没有翻译，就想告退。我实在急得没有法子，只得硬着头皮上去。可怜我这一次翻译，敢说是人生未有之苦被我尝着了。我一出席走上去，这位监督先生便走到演坛中间，端端正正站了，伸起右手往头上将瓜皮小帽一把抓了下来，放在演坛上，鞠躬行了个礼。学生中就有要笑的，我连连使眼色，他们才没笑出来。行礼之后便悠悠的叹了声气。他这声气叹了不打紧，日本的来宾、中国的学生、本校的教职员，上下差不多一千人，一个个都听了这叹声发怔。直急得我在上面恨不得立刻死了，不在这里受罪，登时翻悔不该平日好和人说日本话，今日来自讨这般苦吃。"黄文汉笑道："他叹气之后，演说些甚么？"杨长子笑道："他叹气之后，咳了两声嗽，说道：'好啊，你们今日要毕业了啊！只是你们虽然毕了业，于我却没有甚么好处。何以哩？你们要去远洋练习，一个月还是得问我要几十块钱，我算是个替你们管钱的人，所以说没有甚么好处。不过我今日因你们毕业，有句话要奉劝你们。银钱这东西呀，是个不容易到手的东西。你们看此刻的中国多穷！向外国借钱要呕多少气？有抵押品，他们还要挑精选肥。幸好借款成立，已签了字，交起款来又要七折八扣九五兑。吃种种的亏，受种种的盘剥，才能够到手。这钱是中国政府里借的呀，他们交款自然也交到中国政府呀！我们在日本，不仍是没有钱用吗？这又要从银行里汇兑过来，又要吃许多汇水的亏，你们才有钱使。你们看银钱这东西可是个容易到手的东西？银钱既这般难到手，使用起来就应该如何珍重才是。而银钱到你们手里，便如泥沙一般，一个月七八十块钱，还只听说不够。所以我要奉劝你们一句话，你们要挥霍，我也不管，只是劝你们在归国以后自己赚了钱，再去挥霍。此刻的钱谨慎点使用罢！莫只管向我催逼。我的话就是这样。'说完，抓起瓜皮帽往头上一套，弯了弯腰下台去了。黄样，你看这种演说教我翻译，不是要我的命吗！"

黄文汉笑道:"你照样翻了出来吗?"杨长子笑道:"这种演说若照样翻了出来,连中国人祖宗三代的脸都丢尽了。他说一句,我改一句。我又毫没有预备,没一点钟工夫,我急得身上的汗,透湿了几层里衣。我一下来,就有个日本人,姓关原的,他曾在中国多年,很懂得中国话。走过来拍着我的肩笑道:'今日很亏了足下!'我起初没留神,不知关原来了,见面又听他是这般说,更丑得我没地方站。"黄文汉问道:"这海陆军监督,不是前年为吸鸦片烟被日本警察拿着了的吗?"杨长子连连点头道:"就是他!此刻已经撤任回国去了。"黄文汉笑了一笑,问杨长子:"不回国,还是在日本留学吗?"杨长子道:"且过了今年再看。来正或去云南也未可知。"黄文汉道:"我昨日正接了云南的电报,说独立后局面很好,我正打算去。你要去,我们一块儿同去可好?"杨长子道:"使得!到那时再看。中国的政局是一日百变,拿不准的。我今日到这里来,想邀苏君去江东梅园看梅花。若三位有兴致,同去不好吗?"黄文汉道:"此刻江东梅园的梅花还没到盛开的时候,只怕没有大味儿,并且今日时候也不早了。"杨长子道:"我原不是约今日,是预约来正初二三,做新年的消遣。"黄文汉道:"好极了!我们一定去。今日约好,到时在甚么所在取齐?"苏仲武道:"还是在这里取齐罢,日期就一定初二日午前八时。下雪不要紧,若是大雨就顺延下去。"杨长子和黄文汉都应了是。杨长子先告辞去了。

苏仲武巴不得杨长子走了,好问黄文汉的话,所以并不挽留。黄文汉也同送到门口。苏仲武回房问道:"怎的你们两位今日一同来了?她已退了院么?"黄文汉道:"她不特退了院,此刻已走了几百里路了。"苏仲武惊道:"她已走了吗?哄我的罢?她的病那好得这般快!"黄文汉笑道:"谁哄你!她几日不见你的面,病就一日一日的好起来。昨日她父亲来接,今日坐九点五十分钟的火车走了。我和她送到火车站,回家吃了午饭,就到你这里来。"苏仲武听了,眼眶儿一红道:"她临行时,你们怎的也不给我个信?"黄文汉道:"这样无可奈何的时候给信你怎的?她父亲又在旁边,何必再使她们母女为难?你就知道了,去送送行,也不过多糟蹋几点眼泪,于事情是有害无利。不给信你就是这个原因。"苏仲武长叹一声道:"她说了些甚么没有?"黄文汉向圆子道:"昨晚梅子对你说了甚么,你说给他听罢!"苏仲武翻着眼睛望了圆子道:"请你巨细不遗的说给我听,这是她最后的话,一句一句都可以做后来的纪念。"圆子笑了笑说道:"她教

我对你说，她的心思原是不能离开你的，无奈她母亲不肯体恤她，不能由
她做主。她说这话早就和你说过，要她母亲肯将她嫁给外国人是万分做不
到的事。就是为你死了，她母亲的心固执得很，想她回头是不行的。没法
只得负你，教你以后只当她死了，不要惦记她。她希望你归国娶一房好妻
室，比她强十倍的，小心伺候你。她虽在爱知县另嫁了人，也是这般朝夕
替你做祷告。她的话就是这样，我并没有遗漏。哦，她还说了到爱知县写
信给你。"苏仲武听圆子说完，起先还觉着伤感，后来一想：她的心竟是已
向着那边去了，这些不关痛痒的话，说了做甚么？她难道不知相思之苦，
不是言语可以慰藉得了的吗？我就得着她一封信，也不过多添我几点钟的
烦恼。

　　苏仲武是这般一想，只觉得心中异常愤懑，当下也没有话回出来。
默坐了一会，忽问黄文汉："去云南可是已经决定？"黄文汉听了，望了
圆子一望说道："朋友打电报来，招我去的意思是殷勤，只是我当如何去
法，实在委决不下。圆子的心思固然是想嫁我。我也因她待我不错，不忍
使她再去营那皮肉生涯，两下都有不可离开的心思。只是我的境遇是不
能由我做主的。虽承你的情，答应助我一千块钱，也要你回国以后才能给
我。我到云南去，一个人的路费就得二百元，还不算富裕。若带她同去，
手中要有五百块钱才敢动身。姑无论一时没有这宗巨款，就有这们多钱，
于今云南的局面，是没有定的，全靠大家拼死拼活的去干。这是一种革命
事业，人家都是单人独马，我一个人带着家眷，又是个日本人，难免不招
物议。我虽是个素来不管人家议论的人，但是那是不打算做事的时候的心
理。既打算做事，名誉是最要紧的。我从来是疏脱不过的性质，十分知道
我的人罢了，不十分知道我的人，没有不说我这人过于放荡，不堪任事
的。我一旦出去干事，恐惧修省的，还怕有人说我的坏话。再带着一房日
本家眷去革命，无论知与不知的人，都有话说了，还有紧要的事给我干
吗？人家那里知道我这日本家眷，是我一个顶好的助手哩！我一个人去，
将她丢在日本罢，不是我舍不得她，也不是她舍不得我。我和你自家兄弟
一样，说给你不要紧。年轻的女人离开了丈夫，总有些不妥。她们日本女
人把和男人睡觉这桩事本看得不算甚么，她又是嬉戏惯了的。我不打算娶
她做女人罢了，既打算娶她做女人，这件事却是不能由她自由的。"

　　苏仲武道："她和你感情好，又是司空见惯的人，你就不在跟前，我

想她决不会有不好的事干出来，这一层你倒可以放心。"黄文汉摇头道：
"不然！感情那里靠得住？我在这里，她和我自然感情好。我不在这里，
她又可以和旁人感情好的。我当面问过她，她说不敢说欺我的话，自己
实在没有把握。她说这种事是一时的动机，不能预计的，任是谁人也没有
把握。"苏仲武望了圆子一眼，忍不住笑道："然则你去了，她硬非偷人不
可？她自己都信自己不过，难道教你终日守着她吗？她这话是怕你离开
她，特意是这般说了恐吓你的。"黄文汉笑着摇头道："不是！我和她并没
说过嫁娶的话。我走了，她自然跟旁人，何必说这话来恐吓我？她对我从
不说假话。这种话，在旁的女人决不肯说。她说这话，未必就有这种心，
不过她照着她自己的性质是这样罢了。只是她就不说，我也不便将她一
个人丢在日本。这事情所以很难处。"苏仲武也低头踌躇，没有好办法。
黄文汉和圆子坐了一会，告辞归家晚膳。

此时各学校都放了寒假，大家忙着过年。中国的袁世凯定了期，明年
正月初一日做皇帝，改了国号为中华帝国，改了年号为洪宪元年。在日本
的留学生和亡命客都愤慨得了不得，没有甚么兴致来闹元旦。元旦已过，
第二日便是杨长子和苏仲武、黄文汉约了去江东梅园看梅的日子。虽也一
般的没有多大的兴致，但是已经约好了，都存着不肯爽约的心思。所以不
前不后的，三人都在八点钟左右到了苏仲武家。可喜这日天气晴朗，圆子
装饰得非常齐整。杨长子虽在日本多年，也看不出她是曾当过淫卖妇的。

黄文汉问杨长子道："你不是说去江东梅园看梅花吗？"杨长子点头道：
"是呀！"黄文汉道："江东梅园在南葛饰郡，舟车都不便，须得走许多的
路。并且听说那里都是白梅花，不大好看。依我的意思不如去看蒲田的梅
林。那里红梅花多，都是很多年的老树。来去也很容易，坐京滨电车到蒲
田下车，走不到半里路就是梅林了。不知道你和老苏的意思怎样？"苏仲
武道："我是极赞成去蒲田的，因为我不想多走路。"杨长子道："既你们
都愿去蒲田，就去蒲田也使得。黄样的奥样想必也是不愿多走路的。"苏
仲武遂更换衣服，四人一同出来，坐电车到品川，乘坐京滨电车往蒲田发
进。几分钟的时间便到了蒲田。黄文汉当先引路，途中已有许多往梅林的
游客。男女老少都是穿戴得新簇簇的，一个个春风满面，活现出一种太平
景象来。黄文汉看了，悬想自己国内今日的景况，不由得心中羡慕不已。

不知他们游梅林，有甚可纪之事，且俟下章再写。

第七十七章

睹物思人苏仲武作诗
逢场作戏杨长子吊膀

话说黄文汉等跟着三五游人，慢慢的向梅林走去，不一会便见一片很大的生垣，包围着一块数十亩大的地。里面高高矮矮的茅亭，望去宛如一个小小的村落。绕生垣尽是数百十年的老梅树，也有已开放的梅花，也有未开放的梅萼。杨长子笑向黄文汉道："想必就是梅林了！"黄文汉点头道："我却也没有来过，大约蒲田没有两个这般的所在。"

二人说话时，已行到园门口，看那门楣上挂着"挹爽园"三个字的木牌。门外设了个卖门票的小桌子，坐着一个十五六岁的小女子，打扮得艳丽非常，手中拿着门票，与游人交易。杨长子笑道："这里用个小女孩卖门票，相宜得很。若换一个男子，或是一个老婆子，便不能引起游人的兴致了。"黄文汉道："最是日本人会揣摩人家的心理，任是甚么游戏场、商场，都是选了这一类的小女子当招待，以引来人的兴致。'卖淫国'的名目就是从这里来的。不然，日本女人卖淫，何尝与他国特别！"

杨长子笑嘻嘻的向那女子买票。那女子见杨长子比旁人特别的高，衣服固是穿得齐整，容貌又生得漂亮，望着自己笑逐颜开的，不由得也望着杨长子笑靥微开，秋波送盼。杨长子拿出一块钱的钞票来，要买四张票。那女子抽开桌子的抽屉，看了一看笑道："没有这多钱找。票只要五分钱一张，先生没有两角钱的小角子吗？"苏仲武在旁看了，正想拿钱出来，黄文汉对他使眼色，苏仲武便缩了手。杨长子对小女子道："我身边再没有零碎钱了。你不信，我拿钱包给你看。"说着从洋服袋里，拿出一个鳄鱼皮的钱夹包来，打开拿出一叠钞票，用指头撑开钱包，送给小女子看。小女子也忘了形，真个伸起脖子来看。杨长子故意抖得钱夹包里面当啷当啷的响。小女子笑道："里面响的不是小角子吗？"杨长子笑着掏了出来，送到小女子眼前道："这也是小角子，只是颜色不对。"小女子一看，乃是几个金镑。这小女子平生看这样东西看得最少，伸手拿一个在手里，翻来覆去的看了几遍，仍纳入杨长子手中，望着那一块钱的钞票出神。黄文汉从旁笑道："你真个没得找吗？"小女子翻着眼睛望了黄文汉道："我这里面只有五角钱，还要差三角钱，请你们在这里等等，我进去拿三角钱就来好吗？"杨长子笑道："你且拿四张票给我，出园的时候，你再找钱给我。"黄文汉道："好极了，我们就进去罢！"小女子一想也有理，便收了那一元的钞票，撕了四张门票给杨长子，四人才一同走入园门。

苏仲武向杨长子道："那小女子生得并不出色，你为甚么那样赏识她？"杨长子笑道："我何尝赏识她？不过我们到这里来原是寻开心的。像这样乡僻所在，有这样的女子，就要算是很难得的了。我是个心无所属的人，所谓见似人者而喜耳！"黄文汉问杨长子道："你的亲事定妥了没有？"杨长子摇头道："那有相当的？近来说合的实在不少，并不是我的选择太苛，要想在女留学生中择配，但是女留学生中，像我这种旧式脑筋，合式的正少。我同乡姓贺的有首词填得最好，恰合我的情境。我念给你听：'人人都道相思苦。侬不相思，也没相思侣。苦到孤怀无定所，看来还是相思愈。天若怜侬天应许，侬愿相思，可有相思女？倘得相思恩赐与，相思到死无他语。'"黄文汉笑道："这词真好，意思新颖极了。这枝笔也灵活到极处，一句一转，倒是个绝顶聪明人做的。"杨长子笑道："我于今正是想害相思，没处害起。"黄文汉道："也是你的眼界太高，不是果真没有对手。"

四人旋说旋游览。就中惟有苏仲武，听了相思词，也看了满园的梅树，触发了他的相思病，不住的唉声叹气。时而抬头望望树头的梅花，时而低头想想他爱知县的梅子，真是说不尽梅子酸心柳皱眉！黄文汉和圆子知道苏仲武触物伤怀，想用言词来安慰他。苦于说出来的话，都是些隔靴搔痒的，不得劲儿。杨长子道："有花不可以无酒。我虽不善饮，也不可不喝几杯应应景。"说时用手指着前面的茅亭道："那便是卖酒的所在，我们且去喝几杯罢。"苏仲武听了拍手道："我正想痛饮。"

四人遂绕到茅亭。见茅亭里面并无桌椅，就是几张短榻。一个榻上铺着两个蒲团，一个小火钵。当垆坐着一个女子，年龄也只十五六岁，涂脂傅粉，活装出一个美人的模样来。苏仲武望了一眼，掉脸转来叹了一声。

黄文汉笑问："怎么？"苏仲武道："要是我那个人同来了，她们这些夜叉真要羞死！你看她那双眼睛眶子，用黄线绣了边似的，也一溜一溜的望人哩！"黄文汉看了那女子一看，笑道："曾经沧海难为水，我看也不觉得怎么奇丑。那眼眶黄不相干，粉没有打得匀，显出本色来，是那们黄色。若教会化妆的替她妆扮起来，也还过得去。"杨长子大笑道："老黄你这话太挖苦了。充子之说，世界上没有丑女人了。"黄文汉笑了一笑。

　　四人分榻坐下，苏仲武和杨长子共一榻。黄文汉向下女道："你们这里有甚么下酒的东西没有？拣好的弄几样菜。"下女说："有鸡，有鸽肉。"黄文汉教每样烧两盘来，打了一升正宗酒，四人笑谈着喝起来。下女于两榻之间来回斟酒。杨长子喝了几杯，已有醉意，笑向苏仲武道："值此佳节，有花有酒，安可无诗？我已有了一首，念给你听，你也得做一首陪陪我。老黄素不喜此道，不必勉强他。"黄文汉隔座听了，起身走过这边来，笑道："你有了甚么诗？我本素不喜此道，你就是素喜此道的，若念出来不好，可不要怪我这不喜此道的笑话！"杨长子笑道："你是这样说，我倒不敢念出来了。"苏仲武道："你只顾念，不要管他，他横竖不懂得。三拳两脚，我们就弄他不过，若是五言八韵，他无论如何得让我们一着。"杨长子笑着念道：

　　　　辜负空山是此花，年年琴剑指天涯。

　　　　岂怜海外无家苦，特着红妆慰岁华。

黄文汉听了笑道："你这诗到底是咏人，还是咏物？不好，不好！"苏仲武笑道："你那里知道？他这诗做得很好，他学龚定盦有功夫的！"杨长子笑着摇头道："我学甚么龚定盦？龚定盦的诗岂是我这种浅学之士所能摩拟？我常说龚定盦能化腐朽为神奇。他的脑筋如一个大锅炉，将十三经、二十四史放在里面，锻炼出来。为诗为文，随心所欲，无不如意。那里像近年来的诗家，读了几部诗集子，专一揣摩风气，胡乱凑几句不关痛痒的话，便说是诗，像樊樊山、易实甫他们一样。我比他们的诗，是一碗飘汤肉。看去也像有一碗，细嚼起来实在经不了几口，就完了事。这都是少读书、气太薄的原故！"苏仲武点头道："我也嫌他们的东西太小巧。不过我的意思，论诗、论文，都关着国家的气数，以为非人力所能勉强。"杨长子道："风尚所趋，实有关系，不然也没有初唐、盛唐、中唐、晚唐之辨了。但是我们肚子里有多少诗料？何必认真来论诗？人家论过了的，我们用不着再论。没有论过的，我们也论不出来。算了罢，你也诌几句，来应应景。我们不是作诗，只当是唱山歌罢了。"黄文汉笑道："你这话很对。若说是作诗，就是我这与诗素昧生平的，也不承认你这个就是诗。"苏仲武笑道："他作诗原不要你承认，你过那边去喝你的酒，等我思索思索，也诌几句出来，看是如何？"黄文汉笑着走到自己榻上，和圆子对饮去了。

　　苏仲武皱了会眉，忽然流下泪来，杨长子正端着酒要喝，见了苏仲武落泪，连忙放下酒杯问道："你作诗怎的做起哭出来了？做不出没要紧，何必急得流泪！"苏仲武用手巾揩了眼泪，摇头叹了口气，说道："伤心人别有怀抱！我已有了四句，也不知道是咏人咏物，念给你听罢。"说完，念道：

　　　人见梅花笑，我见梅花哭。

　　　空有岁寒心，却共春零落。

杨长子听了拍案道："好诗，好诗！虽出了韵，不要紧。我贺你一杯酒，不要伤感了。"黄文汉又从隔座听了，跑了过来，要苏仲武念给他听。苏仲武又念了一遍，黄文汉点头笑道："唱山歌本不妨出韵。后面两句倒应景，不是你做不出。我也要贺你一杯！"于是三人各喝了一杯酒。苏仲武不住的将那"空有岁寒心，却共春零落"两句诗，慢吟低唱。杨长子不知就里，举起酒笑向苏仲武道："何必作无病之呻？你说要痛饮，我们便大家痛饮一回罢！"苏仲武道："好！"遂你一杯我一杯。下女忙着斟酒，一阵儿一升酒饮完了。苏仲武叫再拿一升来。黄文汉怕他醉了不好，暗暗的教下女只再加两合。两合酒饮完，黄文汉即抢着回了账。杨长子不依道："我邀你们来看梅花，教你来回账，如何使得！"拿出钱来，定要退回黄文汉。黄文汉那里肯收？杨长子无法，只得罢了。

　　四人出了茅亭，苏仲武已是八分醉意，杨长子更是酩酊得很。二人一高一矮，挽着手偏偏倒倒的往前走。黄文汉和圆子二人在后面看了发笑。苏仲武忽指着一株绿萼梅，问杨长子道："你看这株梅花多好！等我上去摘一枝下来，带回去供养。我今天做了首吊梅花的诗，带这枝回去，还得祭奠她一番，完我这一点心事。"杨长子道："赞成，赞成！你看那一枝好，我摘给你就是。用不着爬上去，撕烂了衣，或是跌一交，太不雅相。"苏仲武抬头看了一会，用手指着向北的一枝道："你看这枝的花多密！枝干也穿插得好，就是这枝罢。你如何摘得下来？借个梯子来就好。"杨长子道："他们如何肯借梯子给我们摘他的花？他们靠着这一园花营生的。我们摘了他的，他们看见了，少不得还要罗唣。"

说时，黄文汉二人已踱近身边笑道："你们想摘花带回去吗？他们如何得肯？不要给人家说话罢！"苏仲武道："他们要说话，我给钱和他买就是了。老杨，你替我摘下来再说！断者不可续，已经摘下来了，难道还教我们接上去不成？"杨长子乘着酒兴笑道："不错！你看我摘下来你看。"说着脱下帽子，交给苏仲武拿了，举起手杖，伸到向北的那枝梅花梗下，勾住了，用劲往下一拖。只听得喳咧一声，那枝梅花已倒垂下来，只有一点树皮，还连着那枝干不断。杨长子收下手杖，伸手踮脚，拈了那枝花，往旁边只轻轻一扯，便扯了下来。苏仲武跌脚道："可惜掉了几朵！"黄文汉接在手中看道："它好好的在树上，何必摘了下来？它这花还没开足，摘下来，一会儿就枯了。"

苏仲武喜孜孜的抢在手中，翻来覆去的赏玩道："拿回去好生用水养了，越是这样没开足的，可以经久。"杨长子接了帽子，往头上歪戴着，仍挽了苏仲武的手，旋说旋往外面走。黄文汉在后面问道："我们就此归东京去吗？"杨长子回头道："梅花已经看完了，还有甚么可流连的？"黄文汉点头道："也好！十二点钟了，归东京去午餐也使得。"

四人走出挹爽园，那卖门票的女子见苏仲武手中的花，连忙离了坐位，拦住说道："梅花不能拿去！你为甚么摘下来？"说着伸手来夺。苏仲武举得高高的笑道："我出钱和你买。已经摘下来了，还你也无用！"那女子不依道："没有这道理，里面挂了牌子的，写得明明白白不能摘。你摘下来，就买也不行，你还我罢！"杨长子笑道："这摘下来的，还你做甚么？里面的牌子挂在甚么地方，我们怎的没有看见？"那女子道："进园门没有多远，不是有块四方木牌竖在那里吗？谁教你们不看！"杨长子大笑道："木牌子又不知道说话，它不喊我们看，我们是来看梅花的，谁去看它？若像你样生得这般比花还好，我们才肯不看花来看你，一块木牌有甚好看？我们如何肯丢了花不看，巴巴的低头去看它呢！你说是么？这完全怪不得我们。假若我们进门的时候你就和我说了，我们也决不会摘它。"

那女子见杨长子恭维她比花还好，登时笑起来。瞟了杨长子一眼道："你们做了没道理的事，还要拿话来打趣我。"杨长子拍着腿子笑道："我那里敢打趣你？你确是比花还生得好。你就不记得我们进门的时候向你买门票，舍不得走开吗？"那女子笑道："你们那是舍不得走开？没有小角子，等我找钱罢了。"杨长子道："我那里是没有小角子？你看我这袋里，不是有小角子吗？"说时从袋中掏出几个小角子来，给那女子看道："这不是小角子吗？是我因为看你比看花还好，特意借着要你找钱，好多看你一会的。你不信问他们就知道。"黄文汉笑道："你的模样实在比花还好。我们那个身边没有小角子，定要拿出钞票给你找？"那女子笑着低头不好意思。杨长子伸手摸着她的脸道："你不用找钱了，那八角钱就送给你罢！你送了我这枝梅花，我下次来看花，还在东京带许多化妆品给你。"那女子喜道："八角钱买一枝梅花太多了，再找六角钱给你罢！"杨长子摇手道："不用找！八角钱买枝梅花本也太贵，但是从你手里买，我还觉得很便宜，所以说下次带化妆品给你。"

那女子望着杨长子笑道："你住在东京吗？在那一区，甚么番地？我到东京的时候来看你。"杨长子笑道："你何时到东京来？此刻新年，东京正热闹。我住在小石川区，地名写给你。你来了一定来我家玩耍，我家里有很多从西洋带来的玩物，都可以送给你。你叫甚么名字，说给我听，我好时时想念你。"那女子笑着红了脸，半晌说道："我姓西山，叫玖子。你的地名写给我，你的姓名也要写给我，我才好来会你。"杨长子高兴，从洋服袋中抽出日记本来，用自来水笔就日记本上，先写了"西山玖子"几个字。再看了看园门上书的地名、番地，也记在日记本上，才将自己的姓名、住址另写了一页，撕了下来递给玖子，笑道："你莫不来，害得我在东京盼望！"玖子接了看着笑道："我到东京的时候一定来看你。你欢喜梅花，等我去再摘两枝给你，你就在这里等一会儿。"说着收了杨长子的姓名、住址，跑向园里去了。

黄文汉笑向杨长子道："你于今可有了相思侣了！"杨长子道："聊以解嘲，那里是相思侣！"黄文汉大笑道："聊以解馋罢！这种无邪气的女子倒很有趣味，你看她不村不俏的，别有一般风度。"杨长子道："我不久就要归国去了，再好些也是枉然。不过我看她还伶俐得好，不像东京那些放荡女子，一团俗气。只是她不见得便去东京，就去东京，也不见得便来找我。不过为想得这枝梅花，瞎恭维她几句，使她高兴。不料她便问起我的姓名、住址来。日本女人的性质，恭维她生得美，总是高兴的。果然这顶高帽子卖出去了，她戴上还觉得很合式。"说得苏仲武、黄文汉都笑了。

　　只见玖子一手擎着几枝梅花出来，也有大的，也有小的，也有已开的，也有未开的，也有红的，也有绿的。四人见了，都欢喜争着来接。玖子笑着摇头道："你们不要争，由我来分派给你们。"说时望着苏仲武道："你手上有那们一枝大的，没有再分给你了！"苏仲武不依道："我的是我的！你分给我的，自然有你分给我的好处。你要是这般说，我这枝就不要了，我们四人同来的，有甚厚薄？"玖子道："等我先分给他们三人，剩下的给你就是了。"苏仲武还待说，玖子已将右手两枝大的送给杨长子道："你是个长子，给你两枝大的！"杨长子笑着接了，掉过身擎着赏玩去了。玖子将左手分下来，取了一枝绿萼的给圆子，圆子也笑着接了。玖子看自己手中只剩了一枝，便从上面摘下一个小枝儿来，将大的送给黄文汉，举着那小枝儿笑向苏仲武道："你这人矮小，这小枝儿送给你很配！"苏仲武打着哈哈，对玖子鞠了一躬道："我从来爱花不嫌小，像你这般小的我正爱！"玖子瞅了苏仲武一眼道："你真油嘴！依我的性子，不给你才好！"苏仲武又鞠了一躬道："你不要使性子，我下次来，又带化妆品送你就是了。"玖子笑得红着脸，将梅花递给苏仲武。四人都向玖子道了谢，走向蒲田车站来。上了电车，四人说说笑笑，瞬息又到了东京。

　　不知后事如何，且俟下章再写。

第七十八章

欠债还钱朱正章失望
挟妓饮酒平十郎开荤

话说黄文汉等从蒲田看了梅花，一行人回东京来。杨长子住在小石川茗荷谷町一个日本人家里。这日本人家姓高冈，本来是个陆军大尉，辽阳之战被俄国人打死了。高冈一生无儿无女，就剩下一个四十来岁的老婆。幸高冈在日还有些存积，除了茗荷谷町这所房子而外，还有千来块钱，留在这老婆手中放高利贷。这老婆名叫安子，生性贪酷异常。因为做留学生的高利贷生意，与白银町的塚本平十郎熟识。于今塚本平十郎因同朱正章父子到江苏讨朱甫全的账，上了一个很大的当回来，不敢再和留学生交易了。安子不曾上过当，仍是利令智昏的不肯放手。塚本上的这很大的当，是谁教他上的哩？说出来也好教借高利贷的同志长一点见识。

那年塚本同朱正章父子带着蕙儿跑到江苏无锡县，打听朱甫全并没往别省去。朱钟先教塚本写了封信，打发一个人送到朱甫全家里。信上不待说是写得雷厉风行，若三日之内不交出钱来，便教无锡县拿人，好像无锡县的县知事是他家里的子孙一样。朱甫全接了这封信，当时也不免有些动气。过了会一想：这事情和他拗不过。中国的官府素来是怕外国人的，又有朱正章父子在里面，到无锡县叫几个差，是不费吹灰之力。我家中这样人家，有差狗子来了，喧传出去，岂不教人笑话！且设法还了这钱，再来作弄他一下子。他一个日本小鬼到中国来了，还怕想不出害他的法子吗？当下主意打定，即和他妻子商量。

他妻子手中本有不少的私蓄。因朱甫全在日本，有了钱便贪玩不肯回来，所以不汇给朱甫全用。朱甫全既在家里，及听说是日本人要教无锡县出来讨债，自然吓得她要多少便拿多少出来。朱甫全硬敲了他妻子五百块钱的竹杠，带在身边，来见塚本。不待塚本开口，先道了无穷的歉。对朱正章父子也说了许多不安的话，要求塚本酌量减轻些息钱。塚本心想：
"就告到无锡县，代我追讨，也只能讨得头钱，利息是没有的。来往的川
资，虽字据上写得明白，归债务者担负，然不过纸上的一句话。这人连头
钱都还不起，那里还能担负债权者的川资？只要肯一手拿出来，不要我劳
神，息钱就减轻一点也是有限的事。"便对朱甫全说道："这息钱是没有减
轻的道理，我不向你要求旅费就很对得住了。"朱甫全笑道："旅费我本应
该奉送，并且你到敝处来了，我也得尽一点东道之谊。好在你既来了，也
不必急于回国，以后同玩耍的日子还多。我们先将这数目了结，再谈快乐
的事。我在中国不像在日本，不特在本地略有微名，就是在上海，知道我
的人也不少。你回日本去的时候，我可送你到上海，尽兴快活几天。我此
刻原不是吝惜这几个钱利息，不过算起来，利多头少，拿出来觉着心里有
些不快活！"塚本点头道："是这般罢。你的头钱二百元，借去两个月之后
你就归国。我曾照两个月计算，头利共二百四十元，已在朱老先生名下扣
除出来。于今既要承你的美意招待，我若一点儿也不肯放松，未免伤了以
后的情面。此刻就将这二百四十元按照八分算息，到今日为止。只是我实
仍得息上起息，不然我就太吃亏了。"朱甫全听了，懒得多争，便依塚本
的，共算出三百二十多块钱来。朱甫全如数给了，收回了字据。

塚本按照二分算息，还给朱正章。朱正章待不依，朱钟解说了几句，
朱正章也就罢了。朱正章一肚皮的愤气，想借着塚本的势力来敲朱甫全的
竹杠，至此都烟消火灭，只得又翻转脸来，和朱甫全讲族谊，诉说："这
次到日本，受了许多的亏累。而江户川馆的伙食账，因为朱钟担保，非还
了钱不许我父女搬出来。我实在没法，只得行李押在那里，说向你拿了钱
再去取回。你这钱得算给我。你兄弟是为你的事请假回国的，你的事既
了，不久就要到日本去，好教他将这钱带去，将行李取出来。"朱甫全明
知道朱正章是谎语，只是因要借着他做帮手来害塚本，不便揭破他，诺诺
连声的答应："这钱是应该还的，九弟（朱钟行九）动身的时候，我一定
筹了送给他。"朱正章心中也有些怕靠不住，不过怕逼紧了，朱甫全翻过
脸来。塚本的事情已了，揞他不住，只得用和平手段套住朱甫全。

朱甫全本来和朱钟说得来，这次见面之下仍是很好。朱甫全便和他商
量作弄塚本的法子。朱钟笑道："要作弄他，无非是引诱他嫖，赌是引诱
他不来的。日本人不懂中国的赌法，并且他这小鬼很谨慎，就是肯赌，也

输不了他几块钱。只要买通一个婊子，将他灌醉了，糊里糊涂的送个病给他，包管他这一辈子不得好。"朱甫全道："怎样送个病给他？"朱钟道："教嫖客害病的法子，稍有些儿阅历的婊子都知道。我们只花几个钱，容易得很！她们婊子对这样一个四五十岁的日本小鬼有甚么感情？教她怎么样做，她便怎么样做。"

朱甫全道："若塚本不肯嫖怎样哩？"朱钟笑着摇头道："这小鬼最好色。他同我在游船上，就只管问中国妓女的价钱，并问接不接外国人。到上海的时候，我带他到青莲阁泡了壶茶。他看了那些拉客的野鸡，喜笑得眼睛没了缝，连骨头都软了似的。看中了一个十六七岁的，便硬要拉着我同他去住夜。我说上海的野鸡都有梅毒，危险得很，他才不敢纠缠了。我带到幺二堂子里，他也看中了一个年轻的，说要住夜。我真是怕他染了病不好，对他说：'这里也和野鸡差不多。'他还不服道：'难道上海的婊子都是摆看的吗？这个也有病，那个也有病，照你这样说，简直没人敢在上海嫖了！'我说：'要嫖还是长三堂子。虽不能说都没病，但是来往的都是中等社会以上的人，比较起来到底安全些。'他听了，便要到长三堂子里去嫖。我对他冷笑了声道：'你带了多少钱，够得上在上海嫖长三？'他问我：'要多少钱睡一晚？'我说：'用千把块钱，有没有睡的资格，还是个问题。'他伸了半晌的舌头问道：'去看看要多少钱？'我说：'去看看，一个钱都不要。'他觉得很诧异，问：'怎的野鸡幺二，去看一回倒要一块钱？'我说：'就是这不要看钱的贵重。'他听说可以白看，便生拉活扯的要我带他去看。我将他引到几家应酬好的堂子里逛了一会，他羡慕得不得，说在这地方死了都甘心。假若他有钱，只要那婊子对他丢几个眼风，真个一千八百也花得下去。"朱甫全喜道："他既是这样一个东西，合当他有苦吃。怪道他听我说陪他去上海快活，他眉花眼笑的，浑身不得劲儿。原来他是个色鬼！我们就去找一个年轻的婊子，做成一个当，引他来上。"朱钟点头笑道："他喜欢年轻的。只要有六分姿色，就包管他见面即舍不得离开！"当下二人出来。

这无锡城里的婊子，十有八九认识朱钟、朱甫全。朱钟虽不及朱甫全有阔大少的名目，但是人物去得，在一个小小的无锡县城里面，自然有些资格。不知在那一家堂子里，选中了一个又风骚、又伶俐的小婊子，将这计划和她商议好了。朱甫全拿出几十块钱来，就定了今晚在她家摆酒，酒席务要丰盛。朱甫全和朱钟回到塚本的住处，朱甫全说欢迎他，替他接风。塚本那里知道是个很大的当？欢天喜地的谢了又谢。朱甫全又去请了些陪客，一个个都说明了这圈套，陪客都乐得看笑话。不到六点钟，都穿戴得衣冠楚楚，齐集那一家堂子里，替朱甫全挣架子。

六点多钟的时候，朱钟引着塚本来了。塚本今晚也将和服换了，穿了套很时行的先生洋服。几根花白头发梳得放亮，面皮也刮得溜光。上嘴唇的胡须用油胶住，扭着那须尾朝上，学威廉第二的样式。提了根乌木手杖，满脸都是笑容。朱甫全迎着，一一替陪宾绍介了。小婊子拿着水烟筒，来替塚本装水烟。塚本笑嘻嘻的望了那小婊子。他不曾吸过水烟，但是心想：不吸，小婊子必得走向别人跟前去。便望着朱甫全笑道："这种烟听说很好，我吸两口试试看，吸错了可不要笑话。"朱甫全忙笑答道："说那里的话！不会错的，请多用几口罢。"塚本真个低着头吸。不提防用力过猛，吸了一口的烟水，又臭又辣，连忙往痰盂里吐了。小婊子并不笑，赶着端了杯茶，给他漱口。塚本漱了口，望着水烟筒发怔。对小婊子做手势，教小婊子吸给他看。小婊子笑着吸了一筒，也不问塚本懂中国话不懂中国话，向塚本说道："你轻一点儿吸就没事了。"塚本偏着耳朵听，只管摇头。朱钟译给他听了，才连连点头道："哦，哦！理会得了。"小婊子又装上一口，塚本轻轻的吸了，两个鼻孔里出烟，笑道："我可学会了。"朱甫全道："这本很容易。这种烟据化学家研究，比纸烟、雪茄都好。不过你吸纸烟惯了的，吸这烟要多吸几筒，才得过瘾。"

塚本正想多吸，好多与小婊子亲近，巴不得朱甫全是这般说。当下便说道："不错！这烟的味儿是好，只是微嫌淡了些，必得多吸才能过瘾。"说话时，小婊子又装好了一筒。塚本吸了，见小婊子站着，恐她站得脚酸，起身拿了一张小方凳子，在凳子上用手拍了两下，教她坐装。小婊子笑着摇头，塚本按着她坐下。朱甫全、朱钟和陪宾都笑起来。塚本很得意，一连吸了十多口，喉咙里差不多要吸出火来了，烟斗也烧烫了。小婊子教老妈子换了一支。塚本喝了几口茶，重新又吸。陪宾都忍不住，背过脸去笑，小婊子也几番几乎笑出来，塚本才自觉得太吸多了。伸手摸了摸小婊子的脸，教她去上给别人吸。小婊子转过身去上给陪宾吸，陪宾接了烟筒笑道："你去休息休息罢，我们自己会吸。"小婊子又拿了一盘西瓜子，走到塚本跟前。塚本撮了一把在手里，放在茶几上。小婊子向这些陪客——敬过了瓜子，回头见塚本双手捉着一粒瓜子穿针似的，促在眼面前，剥来剥去的不得一点仁出来。便走近塚本身边，贴着塚本站了，一粒一粒的瓜子仁剥了送到塚本口里。喜得塚本手舞足蹈，恨不得连那送瓜子的手，都咬下肚里去。此时又是八月间天气，都是单衣薄裳。那小婊子偏要紧紧的贴住塚本，借着拿瓜子、送瓜子，暗暗地在塚本身上挨擦。弄得塚本骨软筋酥，不知如何是好。

　　过一会儿摆上酒席，自然推塚本首座。坐定后，各陪客都发了局票。小婊子满座斟了酒，坐在朱甫全背后，不住的飞眼来瞟塚本。酒过数巡，各人叫的局都来了，只有塚本背后是空着的，塚本问朱钟道："我怎的没一个姑娘坐在后面？"朱钟笑道："你又不在此地玩，那有姑娘到你后面来坐？我们各人有各人相好的，吃起酒来，给个信，她们就来陪，也得给钱的。"塚本道："假若我要在此地玩，先叫一个来陪我，也可以行么？"朱钟道："有甚不行？你既想玩玩，我就替你去叫个来。"塚本踌躇道："我看不必另叫，就是她也使得。"说着，对那小婊子努努嘴。朱钟笑着摇头道："只怕我那老哥有些吃醋。"朱甫全插嘴用日本话问道："你讲甚么，怕我吃醋？"朱钟将塚本的意思说了。塚本起身笑着对朱甫全鞠躬道："对是很对你不住，实在是因她待我太恳切，我不照顾她，过意不去。你让我一会子罢！"朱甫全打着哈哈道："这是极好的事，我非常赞成。我老实说给你听罢，我家中妻子拘束得紧，轻易不肯放我出来过夜。我虽有意照顾她，无奈没有机会，正想找个朋友，替我照顾照顾。你来好极了，今晚且转一个局，明晚再做花头。"说了对小婊子道："你快过去陪这位东洋老爷，明晚一定要来替你做花头的。"小婊子听了，笑吟吟的起身，塚本握了她的手归座。老妈了送凳子过来，塚本摇手不要，拉着小婊子坐在自己腿上，端酒给小婊子喝。小婊子受了朱甫全委托的，甚么淫荡样子装不出来？从塚本手中喝了一口酒，套着塚本的口，吐给他吸。塚本伸着脖子接了，又举起酒杯给小婊子喝。小婊子喝一口，灌塚本一口。灌到极高兴的时候，要求塚本明晚替她做花头。朱钟译给塚本听了，塚本说："今晚接着下去就做。"大家都拍手赞成。

　　陪宾叫来的局，起初见了小婊子的情形，很觉得可怪。各人对各人的相好说了原委，她们才明白，一个个开弦子唱起戏来。塚本教小婊子也唱，小婊子胡乱唱了两支，草草的将这桌酒席终结。塚本托朱钟将来客都留住。鸨母欢喜寿头上了门，高烧一对红烛，换过红台面。朱钟将堂子里的规矩临时编造出来，说给塚本听。无非教塚本掏出几个冤枉钱来孝敬。塚本此时色迷心窍，只顾搂住小婊子亲嘴揉乳，一切花费都承认。朱钟知道他手边的钱不多，言明酒席之外，再拿一百块钱下脚住夜。塚本此时未尝不心痛，不过已说出照顾的话来了，架子不能不挣到底。并且听见朱钟说，只第一晚就有许多的花费，以后住夜一钱不要。"我多住几夜，平均起来，仍是占了便宜。"他心中是这般计算，所以虽要他一百多块钱，他也一口承认。交易既经说妥，重复入席饮燕起来。

这一次，大家都捧着寿头高兴，无不欢呼畅饮。塚本心中明白，恐怕醉狠了，误了好时光，不敢多饮。小婊子那里肯，仍用那肉酒杯和塚本斗回合。陪宾又都要贺塚本的酒，塚本的酒量本好，陪宾每人贺了三杯，他还支持得住。小婊子惟恐他不醉，拼命的在他身上揉擦。朱甫全见塚本的酒量太大，一时不得他醉，心生一计，悄悄的和陪宾叫来的局说："教她们上去，各人也要贺三杯。"其实此时塚本已有九成醉意了。见这些婊子都来贺他的酒，心想：这是很难得的事，何能不饮！便也一个领了三杯。叫来的局有十多个，试问塚本有多大的酒量，焉能不醉？贺酒还没有喝完，肚里的酒只管往上涌。塚本恐它从口里喷出来，给陪宾看了笑话，极力的忍住。用手扶住桌子，低着头，压住气往下咽。小婊子以为他不肯喝贺酒，连连摇了他几下，教他快喝。这几下摇可摇坏了，塚本的气一松，一口没咽住，一股酒和菜，直从喉咙眼里如喷泉一般的冲了出来。一个婊子正举着酒，对着塚本站了，要塚本喝，不提防这东西冲出来，不偏不倚的喷了满身一脸。婊子哎呀一声，将手中的酒杯往地下一摔，掉转身跑到房角上连喊晦气。塚本一连喷了几口，几个老妈子过来扶着。朱甫全赶着向那婊子道歉，那婊子洗了脸，借了套衣服换着去了。塚本醉得头昏目眩，老妈子替他揩了脸，扶到床上睡了。

陪宾见寿头已经醉了，没得戏看了，都随着各人叫的局走了。只有朱甫全、朱钟二人没走，看塚本醉得和烂泥一般，叫拿了几条冷毛巾，覆在塚本面上。替他将洋服的领结解了，扶起来脱下衬衣，脱下裤子，仍将他睡下。见他里面小卫生裤裆上湿了一大块。朱甫全指给朱钟看了笑道："你看这色鬼，这东西一定是在那坐在她身上灌酒的时候，情急了流出来的。"朱钟笑着点头，对小婊子道："我们去了，你陪他睡。这冷手巾覆在他头上，不要两个钟头，他一定要醒来的。他醒了，你好生引他开心。不要忘记了我们白天里和你说的话。日本鬼是我们的仇人，能害他一个便报了一个人的仇。"小婊子笑道："两位少爷放心，我自理会得。包管他不知不觉的带个养身病回日本去。"

老鸨子问朱甫全道："他的钱没有交出来，不怕他明天翻脸不认数吗？"朱甫全望着朱钟，问："看可以放心么？"朱钟沉思道："照想他决不敢翻脸。不过小鬼的事是个靠不住的，他万一在那小婊子做鬼的时候，他察觉了，竟翻起脸来，教我们拿着他也没有法子。"他对朱甫全道："这事我也没有把握。不过我和他往来得久，看他还不是这样无聊的人。"朱甫全道："有防备他的法子了。看他这衣袋里有多少钱，明日我们早些来接他。他还没起来，我们就替他拿着开了，他有甚么话说？"朱钟道："不错，这也使得。"轻轻去到床前，将塚本的衣提起来，抽出钱夹包打开一看，点数还有一百四十块钱的钞票。朱钟仍旧包好笑道："够了，够了。"交给老鸨子道："你收起来，我们明日一早就来。"说完，又看了看塚本，携着朱甫全的手，嘻嘻哈哈的回家安歇去了。

不知后事如何，且俟下章再写。

第七十九章

平十郎带病回乡
杨长子坐怀不乱

话说朱钟、朱甫全次日早起，复来堂子里。塚本已起来，穿好了衣服，坐在那里。一个老妈子站在旁边，小婊子还睡着没有起来。塚本一见二人进房，连忙起身说着："我的钱包不见了。"朱钟笑道："恭喜你了！钱包在这里，我教人替你收好它。"塚本听了才放心，让二朱坐了，也坐下说道："昨晚很对两位不住，酒太喝多了。"

朱钟挥手教老妈拿钱包来。老妈去拿了钱包，还开了一个账单，递给朱钟。这账单也是朱钟昨夜教开的。朱钟接在手中，看上面写着："酒席杂费洋共二十八元，外下脚一百元，共一百二十八元。"走过来念给塚本听。塚本没有话说，接了朱钟的钱如数给了。相帮老妈子一班人都进来谢赏。小婊子也起来，只披了一件淡红纱衫，里面露出淡青抹胸来。云发不整，睡态惺忪。塚本还只管望着，笑嘻嘻的不舍。朱钟教老妈子开早点，大家用了，辞别出来。小婊子送到门口，塚本还与她拉手。二朱引塚本走不多远，各人都说有事，与塚本分手。塚本只得自归住处。

二朱折身走进堂子里，问昨晚的情形。小婊子笑道："包管到上海，就要病得不能走路。"朱甫全笑道："你怎样害他的？这法子我倒不懂得。"小婊子笑道："我把他的龟头上弄破了皮，他怎得不害病？"朱甫全道："弄破了皮的事也常有的，何以见得定要害病哩？"小婊子道："无意中弄破了不要紧。我是有意用指甲在簟子上磨热了，乘他不备，弄破了他的。他还不知道，拼命的和我缠了一夜。他越是这样，越要病得厉害。你看罢！"二朱心中高兴，仍作没事人一样，去看塚本。塚本说："今晚再要去堂子里歇。"朱甫全道："今晚去歇就便宜多了，随你的意拿几十块钱给姑娘就是了，旁的开销一点也不要。"塚本惊道："今晚还得拿钱给姑娘吗？"朱甫全点头道："这是随意的，没一定的规矩。三十、五十、一千、八百，只要你拿得出手，她们不会争多论少的。她们当姑娘的全靠这第二晚得几个钱。昨晚的钱任你花多少，分到她是一文没有的。若是客人爱了这姑娘，就是这第二晚要紧。做衣服、买首饰，都得于第二晚送去，替姑娘做面子。一般善嫖的嫖客都是第二晚用钱最多，才能讨姑娘的欢心。不过你横竖不在这里多玩，不必做这种资格。要去只略略点缀下子，也就罢了。"塚本问朱钟道："你不是说过，只要头晚开销了，第二晚就一文不费，以后都是不花钱的吗？"朱钟笑道："我那里是这般说？你没有听清楚，我说开销是说下脚。像你昨晚的那一百块钱就算开销，以后随你住多久，这种开销就不要了。若照你听错了的话说起来，她们开堂子吃甚么、穿甚么？接了一个客，不就永远莫想做第二个客的生意了吗？"塚本听了，一想也不错，沉吟了一会问道："第二晚拿钱给姑娘，至少得多少？"朱甫全笑道："没听说很少的，我看至少也得十块钱。"塚本摇头吐舌道："太贵，太贵！我若再住一夜，回国的川资都怕不够。"二朱也不说甚么。

过了一日，塚本的龟头果然红肿起来。一看见破了皮，知道不好，邀朱钟同回日本。朱钟因想在朱甫全身上打几个钱主意，不肯同走。塚本只得一个人回到上海，行走甚不便当。到日本医院里诊了几次，也不见效。恐怕少了路费，困在上海不得回国，便不待病好，死挣到船上。在船上这几天几夜，直痛得他呼天抢地。下面流脓滴血的，奇臭难闻，说不尽心中恼恨。回想起那一夜的情形，心中已明白是二朱有意害他。但是无凭无据，说不出的苦。到日本进医院住了大半年，才慢慢的好起来，然而龟头已是烂掉了。他从此恨中国人入骨，不敢再和中国人做交易。

高冈安子虽也知道塚本是因为放高利贷，才吃这种苦。但是她仗着自己是个女人，不怕有人捉弄，仍旧是贪而无厌的，放这大一分的利息。杨长子是公费生，住在她家里，原不是想借高利贷使用。只因为高冈这所房子盖造得很好，里面庭园台榭布置得如法，是个胸有邱壑的人画的图样盖造的。房金虽较别家贵点儿，杨长子是个爱精致的人，一个月有几十块钱的公费，也不计较这一点。初二日看了梅花回来，将西山玖子送给他的两枝梅花，用净瓶供养了。

过了几日，玖子果然到东京来找他。杨长子迎了进房，殷勤款待。问她："到东京住在甚么所在？"玖子说："有个亲戚，住在深川。"杨长子那日在蒲田，不过偶尔高兴，逗着玖子玩笑，并非真有意想吊膀子。玖子太忠厚了，认作有意的，特意到东京来找，何尝有甚么亲戚住在深川？当日杨长子也不在意，以为她是有住在深川的亲戚。玖子来的时候，已是午后四点钟光景。杨长子陪着闲谈了一会，教安子备了晚餐，和玖子同吃了，请玖子同去文明馆看活动写真。

　　杨长子买了特座的票，见特座里面，先有个穿中国衣服的女子坐在那里。杨长子看那女子的年龄，差不多三十岁，态度却甚妖娆，衣服虽甚整齐，却不华美；望去不像女学生，也不像是人家的太太；梳着东洋头，比平日所见女留学生梳的不同。女留学生的头发，都是往后面梳惯了的，一旦梳作东洋头，手法又不高妙，总是不及日本女人的自然。这女子梳的却和日本女人一样，并且还要是日本女人善于装饰的，才能梳得这般一丝不乱。杨长子带着玖子靠近那女子坐下，再留神看她的举动神情，竟看不出是个甚么人来。那女子见杨长子注意她，也频频的拿眼睛来瞟杨长子。玖子只一心看活动写真，也不理会。杨长子心想："这女子的来历一定有些奇怪。中国女人的眉毛多是淡的，这女人的眉毛很浓，和日本女人的眉毛一样。我从没钉过女人的梢，今晚我拼着迟睡一点钟，看她住在那里。"中国女人一个人来看活动写真的事也很少，像她这样年纪，应该有丈夫跟着。杨长子越看越觉可疑，他也生成了好事的性质。十一点半钟已过，活动写真就要演完了，那女子立起身来。杨长子问玖子道："你看完了一个人回深川去，明日再请到我家里来玩，我有事须早走一步。"玖子听了想说话，杨长子已提起脚，跟着那女子走了。

　　那女子下楼出了文明馆，就在神乐坂上电车，在饭田町换了去本乡的车。杨长子怕她看破，站在车后面不进去。从玻璃上看那女子拿了张日本的晚报在手中看，很像懂得日本文似的。车上的人也都有些注意。车行到神保町，那女子从容将报折起来，握在左手中，起身用右手牵住电车里的皮带，慢慢的从前面跳下了电车。杨长子远远的跟着，见她折回身，向北神保町走，进了一个小巷子。杨长子忙紧走几步，听得巷子里面有关门的铃声响。杨长子轻轻走进巷内，只有两家人家，一家已经关了板门，一家门上的铃子还在里面摇动。杨长子知道是这一家了，看门上并没有挂姓甚么的牌子。听了一会，也不见有人说话。杨长子舍不得就走，站在门外，看还有人出进没有。站了二十来分钟，见里面的电光已熄了，才唤了一声气，退出巷口，乘车归家，收拾安歇。

　　刚要朦胧睡去，忽听得有人敲得后门响。杨长子惊醒起来，偏着耳听了一会，一些儿不错，是敲得自己的后门响。心想：这早晚还有谁来会我？我刚才回来的时候外面北风刮得紧，有甚么事半夜三更的来找我，不怕冷？莫是强盗想赚开我的门，想进来抢东西？这倒不可不防备。不管他是谁，不开门就是了。杨长子计算不错，仍钻入被卧里面，听得后面仍是轻轻的只管敲。杨长子心想：是强盗无疑！来会我的人何必是这样轻轻的敲？我得预备抵抗才好。一边想着，一边用眼在房中寻找，看有没有可以当作兵器的东西。一眼看见了那根勾梅花的手杖，心喜：这尽可以当兵器使。再细听后面敲门的，还细细的在那里喊"杨先生"呢。杨长子吃惊道："这不是个女子的声音吗？难道我钉梢的女子，她倒来钉我的梢吗？没有这般道理！等我披起衣挑拢去听听，看是怎样？"坐了起来，将寝衣披好，提了那根手杖在手里，轻轻走到后门口，一听乃是玖子的声音。连忙将后门开了，一看果是玖子。杨长子问道："你怎的这时候来了？"玖子道："我亲戚家里睡了，喊不开门，没法只得倒回先生这里来。"杨长子看后园一庭霜月，冷风吹来侵人肌骨，刚从热被卧里出来，只冻得打抖。连忙让玖子进房，将后门关上。看玖子的脸被霜风吹得通红，映着电光，和朝霞相似。

　　玖子解下围襟，杨长子放了手杖，拿蒲团给她坐了，说道："我这里没多的铺盖，如何好睡？天气又冷。"玖子笑道："先生只管睡，我靠这火炉坐一晚，明早就走了。此刻没有电车，回蒲田去也不行。"杨长子道："于今夜间长得很，坐一夜如何使得？我去叫房主人起来，你去陪她睡一觉。"玖子连连摇手道："先生万不要去叫她，叫起她，我就走了。"杨长子道："然则教我怎样哩？"玖子道："先生只顾睡。我坐在这里，决不吵得先生不安就是了。"杨长子将炉里的火拨了一拨，加了几块煤在上面，自己坐入被卧里，拿出纸烟来吸。玖子伸着手划火，划热了便捧着脸。杨长子知道她是被冷风吹狠了。两人都无言语，对坐了一会。火炉里的火烧发了，一室都暖烘烘的。杨长子伸手搁在火炉上，玖子的手慢慢的移近跟前，将杨长子的手握了。杨长子由她去握，只不作理会。玖子握了一会，用两手捧着搓揉起来。杨长子心中也有些摇摇不定，想缩回手，恐怕玖子难为情。玖子搓揉了一会，捧着去亲他的脸。杨长子看她的脸，和炉里的火一般颜色，两眼低垂望着席子，好像要合拢来，极力睁开似的。杨长子心想：这们大的小女孩子，怎的就有这般淫态？我若和她有了关系，还脱得开吗？她索性是淫卖妇倒不要紧。又是人家的女儿，将来于我的名誉大有关系。还是将安子叫起来，教她带了去睡的妥当。便脱开玖子的手，揭开被卧。玖子问："做甚么？"杨长子道："你是这样坐一夜，我心里终是不安。房主人为人很好，你和她睡一晚，不大家都安然吗？"玖子不悦道："先生定要叫她起来，我就走了。我又没妨害先生，先生有甚么不安？"杨长子见她是这般说，只得罢了。仍旧将被卧盖上说道："你既决意要坐一夜，我对不住要先睡了。"玖子道："先生睡罢！我半夜来惊动先生，实因是没有法子。先生若陪我坐一夜，我心里也是不安。"杨长子真个钻入被卧里睡了。玖子靠火炉打盹。两人都昏昏睡去。

玖子一觉睡醒，觉得浑身如浸在冷水中，看炉中的火已息了，冷得忍耐不住。也不问杨长子肯不肯，匆匆脱得精光，钻入杨长子被里。杨长子惊醒了，想推她出来，知道外面冷得紧，心中有些不忍。便对她说道："你既是和我同睡了，明早天亮，你就得从后门出去，万不可给房主人看见了，我的名誉要紧。"玖子只要杨长子肯容留，自然答应天亮就走。杨长子恐怕睡着了，忘记醒，二人都不睡着，容易就天亮了。杨长子催玖子起来，穿了衣服，围了领襟，从后门出去。杨长子起来关门，玖子向他笑道："我今晚再来！"杨长子不做声，轻轻将后门关了，仍旧睡下，思量如何处置玖子。思量一会，又睡着了。

直到九点多钟，高冈安子喊他起来，他才得醒。起来用了早点，一个同乡亡命客姓陈的来访他。杨长子一见面，心中喜道："玖子有地方安置了！老陈不是久有意要包一个日本女人的吗？规规矩矩替他两人做媒，倒很相匹配。便笑问姓陈的道："你说要包日本女人，已经看中了没有？"姓陈的道："我日本话又不大行，又没人替我帮忙，到那里去找合式的？你忽然问我这话，你难道替我看了，那里有吗？"杨长子道："有是有一个很好的，和你正堪匹配。只是还没有和她谈过，不知她一月要多少钱？"姓陈的喜道："人在那里，可以教我看看么？"杨长子道："自然给你看！两厢情愿，才能说合。你明日上午十点钟的时候，到这里来。我今日就写信去，请她明日十点钟来。"姓陈的便细细的问这女子的年龄、身段、容貌、来历。杨长子都一一锦上添花的说了。姓陈的欣喜非常，逼着就要杨长子写信。杨长子道："她的地名我记不清楚，等一会问一个人就知道了。你明日十点钟来就是了！"姓陈的笑逐颜开的，答应着去了。

这晚十二点钟以后，玖子仍从后门进来，却不靠着火炉打盹了。杨长子和她说了绍介姓陈的话。媒人口吻，自然也将姓陈的说得锦上添花。玖子起先不肯允诺，后来杨长子将自己万不能和她往来的原由说出来。并说："你和姓陈的同住，我还可以时和你见面。你若不依我的，从今晚以后，你再来，我就不开门了！"玖子本是个父母俱无的女子，平日靠着舅母度日。她舅母与挹爽园的园主是姊妹，雇了玖子在那里卖门票的。她舅母也年老了，玖子身上的事没有多心思关切，因此玖子择人而事的心很急；听了杨长子的话，心中也没有甚么大不愿意。当下约了，次早仍是从后门出去，十点钟的时候，再从前门进来。一夜无话。

第二日九点多钟，姓陈的先来了，进门便问杨长子写信去没有。杨长子说："已约好了。"二人闲谈了一刻工夫，玖子果从前门来了。杨长子双方绍介，姓陈的虽不及杨长子漂亮，容貌却也还过得去。二人见面之下，姓陈的就首先表示愿意。杨长子将玖子引到旁边笑道："我的话不错么？年龄又只二十多岁，衣服又穿得阔气，手边又有钱。你跟了他，很有点快活日子过。我教他先拿几十块钱给你做衣服，以后每月再给你十来块钱做零用，岂不是件很好的事吗？他租了现成的房子，在高田马场，你今日就同他去过活就是。"玖子道："我回家去一趟再来好么？我不去和我舅母说一声，她不放心。"杨长子点头道："使得。你回去几天来呢？"玖子道："明日午后就来。我还有换洗的衣服，都得带来。"杨长子答应了，回到房中和姓陈的说了。姓陈的道："且教她今晚到我家中住一夜，明日再回蒲田去拿衣服不好吗？她认识我的家了，免得又到这里来。"杨长子笑道："也好。"便将姓陈的意思说给玖子听，玖子也答应了。杨长子笑着向姓陈的讨喜酒吃，姓陈的并不推却，一口答应："是应该请的，还得多请几个客来陪陪你。"杨长子笑道："我们到那家料理店去呢？"姓陈的道："还是会芳楼罢。请你带她先去，我去邀几个客来。"杨长子换了衣服，姓陈的先走了。

杨长子带了玖子到会芳楼来。等了几十分钟，姓陈的邀了十来个客来了。杨长子指给玖子一一见礼。说起来好笑，这回喜酒，连不肖生也在座叨扰了。席间杨长子述起前晚所遇那奇怪女子的事，满座的人都不十分在意。惟有黄文汉听了，触动了他好奇之心，将那女子的住址、容貌、服色、年纪，问得详详细细，还用日记本记了。这种喜酒，大家都带着滑稽性质，一点儿不拘形迹，酒到杯干，菜来碗空，食不厌，饮不倦。从十二点钟吃起，直吃到四点多钟，才尽欢而罢。大家要送姓陈的和玖子进洞房，还亏了杨长子说："人太多了，在街上走招人耳目。"这些人才各自散了。姓陈的算了账，带着玖子回高田马场住宅去了。不在话下。

于今再说黄文汉听了那奇怪女子的事，心中总有些放不下。从会芳楼出来，乘着酒兴跑到北神保町，照着杨长子说的方向找去，竟被他找着了。巷内的情形，和杨长子说的一丝不错。心想：我只要见她一面，是个甚么样的女子，总要猜出她八九成来。我且站在这巷口等一会，看是怎样。

不知黄文汉等着没有，且俟下章再写。

第八十章

步芳尘权作跟班
闯桃源居然寄宿

话说黄文汉站在巷口等那女子出来，站了几分钟，自己思量，觉着好笑。暗道：她在不在家中尚不知道，如何知道她一定会出来？我站在这里等，岂不是呆子吗？我何不装个初来东京的乡里人，到她家去问路。一刻工夫，谅也没人识破。黄文汉心中是这般想，脚便向巷里走。见里面有所房子的门面，和杨长子说的一丝不错。正待过去喊门，忽听得里面推得纸门响。此时已是黄昏时候，黄文汉从明处望暗处，尤其望不清楚，只彷佛觉得有人在栅栏门里将要出外。黄文汉仔细定睛一看，正和杨长子所说的那女子一般无二。黄文汉心想：我站在这里，使她认清了我不妥。不如退出巷口，看她向那方走，再跟着她，细察她的举动。想罢，即退出巷口，远远的站着。

此时街上的电灯早燃了，只见一个中国装的女子从巷里出来，径向神田大街走去。黄文汉细察她的走路步法及身材态度，都有些像日本女人，便紧走几步跟了上去。那女子时走时停步，看沿街这些店家门口陈设的货物，又不像是要买甚么，无意中闲逛似的。黄文汉看她的举动，实有可疑。心想：怪道杨长子钉她的梢，就是我也分不出她是那类人来。

那女子缓缓的走到锦町，在新声馆门口，抬头望了会门栏上悬挂的活动影戏的油画，从身边掏出钱包来。黄文汉料道她是要买票入场，也掏出钱来，挨近身去。见她买的是特等票，便也买了张特等的。新声馆的特等座位不多，只能容得十来个人。黄文汉跟着那女子上楼，见特等里面已坐得没有多少隙地。下女拿了两个蒲团，见黄文汉和那女子同走，以为是同来的，殷勤向座客要求往两边分让出两个座位来，将蒲团放下，拿了两张影戏单，都纳在黄文汉手里。黄文汉便送了张给那女子。那女子看了黄文汉两眼，笑着接了，坐下来看影戏。

黄文汉见余下的地位很仄，便将外套脱下，拥着坐了。觉得粉香扑鼻，温软异常，眼睛虽也望着影戏，心中却摇摇不定。想道：不知这女子果是何等人，怎的行动只是一个人，又这般欢喜看影戏？看她的神情老练沉着，很像个老于风尘的。这人若在神田方面住了好久，像她这样欢喜看活动影戏，我是个每日在神田行走的人，何以从前一次都不曾遇着？她这装束举动都是很惹人注意的。只要是留学生，任是何人见了，必得停步望望她。她若在这里住得长久，我应该早得了消息。杨长子昨夜才遇着，我今日才知道，她必来神田不久。看她这天马行空的样子，若和她鬼鬼祟祟的吊膀子，她必然瞧我不起。况我并没和她吊膀子的心，不过听杨长子说她举动诡异，想研究她到底是个甚么样人。她既穿中国衣服，就是日本女人，必也能说几句中国话。我且当她作中国女人，用中国话和她谈谈，看她怎样？

黄文汉想停当了，便掉过脸望那女子，见她目不转睛的望着活动影戏，黄文汉没有开口攀谈的机会。黄文汉从袋中摸出雪茄来，擦上洋火，呼呼的吸烟。那女子见黄文汉并不抬头看影戏，也觉得奇异似的，不住的用眼来瞟黄文汉。黄文汉便乘着机会说道："头几幕滑稽剧，是哄小孩子玩的，看着没趣味。"说完望那女子笑了一笑。那女子听了，似乎懂得，也笑着点了点头，并不答话。黄文汉接着笑问道："女士来东京多久了？"黄文汉的话说得很从容。那女子伸着一个指头，笑答道："一个月。"黄文汉一听她这"一个月"三个字的发音，知道她确是日本女人，曾在中国北方居住过的。便改口用日本话说道："女士在中国想必住得很久，所以能懂中国话，中国衣服也穿得如此整齐。我将女士当作中国人，和女士说中国话，真冒昧得很！"那女子反笑着用中国话答道："我毕竟是中国人、是日本人，阁下此时想还没弄清楚。"

黄文汉听她发音勉强，疾徐高下都不甚自如，暗自好笑：她自以为中国话说得好，竟想欺我，或竟认我作日本人。我便假充个日本人去骗她。便望着那女子的脸笑道："女士居住中国的程度，或者不及我。我的中国话在中国人里面，若是不知道，少有听得出的。女士的中国话是不错，不过我一听就听出来了。"那女子笑道："阁下的中国话，我一听也听了出来！阁下贵姓？一向在中国甚么地方居住？"黄文汉身边时常揣着"中村助藏"的名片，此时遂拿了张出来，笑嘻嘻的递给那女子。那女子接着看了看，也从怀中掏出个片夹子来，抽了张送给黄文汉。黄文汉见上面只印着"柳花"两个字。知道日本也有姓柳的，这"花"字，必是在日本的时候叫花子，想教人将她认作中国人，故把"子"字去掉。"柳花"两字也很像个女人的名字，不过是妓女才肯取这样的名字，或者她竟是在北边当妓女亦未可知。

柳花见黄文汉望着名片出神，轻轻推了黄文汉一下，笑道："中村先生想甚么？你看正剧的影片已经映写起来了！"黄文汉才敛神收了名片。正要看影戏，觉得有人在背后扳他的肩窝。掉转脸来一看，乃是《万朝报》的记者，姓福田，名正平的。这福田的母亲叫福田英子，是个讲社会学的。明治三十八年，不知因甚么事，福田英子反对政府，制造了几个炸弹，谋刺一个大政客，机事不密，被政府逮捕了，在大阪监狱里关了几年。期满出来，住在东京。黄文汉也曾研究过社会学，又仰慕这福田英子是个女英雄，特意去拜访她。福田英子见黄文汉少年英锐之气显在外面，很夸奖他，说将来很可希望他做一番事业，教她儿子福田正平时常和黄文汉亲近。福田正平是明治大学的毕业生，在《万朝报》当编辑，很有点名誉。黄文汉见是他，连忙掉转身体与他握手，先问了福田英子的好。福田正平鞠躬道谢的道："家慈因久不见你了，很盼望你去谈谈。近来她老人家时常多病，想搬到乡下去调养，因此盼望你去谈谈。"黄文汉连连点头道："我早就应去请安。她老人家既盼望我去，我明日就去，你可能在家里等我？"福田正平道："等你也使得。"

福田正平说完，悄悄的问黄文汉道："这女子你刚才和她交换名片，你知道她是个怎样的人么？"黄文汉道："我因为不知道她是个怎样的人，才和她交换名片。你知道她的历史吗？"福田正平摇头道："我也是很想知道她的历史。"黄文汉二人说话声音虽很细，柳花却已彷彿听得是说她，回过脸来，和福田正平点头。福田正平也点了点头。黄文汉遂向柳花小声告知了福田正平的姓字、职务。福田正平本来是个雄武的少年，又是个新闻记者。日本人把新闻记者看得很重，当下柳花便表出很敬慕的神色来。福田正平向黄文汉道："这里不便说话，妨害旁人听辨士的讲演。我们不用看了罢。"黄文汉本来不大欢喜看活动影戏，便笑向柳花道："我二人的意思，想请女士出外面谈谈，不知女士可肯牺牲今夜没有演完的影戏？"柳花忙笑着答道："我看影戏，原是借着消遣，二位有意想和我谈话，好极了。"于是三人都起身，黄文汉披好了外套，一同出了新声馆。

黄文汉道："我们去那里好谈话哩？"福田正平道："我们到一家日本料理店去，随意吃点东西，有话也好在那里谈。"黄文汉说："也好。我们找一家清静的料理店，不嫌小，只要略为干净的就得咧。"柳花笑道："依我的意思，不如径到我家里去，不知二位的意思怎样？我家中别无他人，只有个六十多岁的老妈子。要吃酒菜，我家中也有现成的。"黄文汉二人听了，都异常高兴，同声笑答道："承女士不弃，我们那有不愿意之理！"柳花笑道："二位既愿意，等我上前引导。"黄文汉笑道："不烦女士引导，女士的尊居，我早知道了。"柳花诧异道："我和中村先生今日才见面，怎早就知道了我的住处，这不是奇事吗！"

黄文汉笑着不则声，柳花只顾向前走。福田正平拉了黄文汉，问道："她如何叫你中村先生？"黄文汉笑道："她把我当日本人，我就假充日本人给她看。"福田正平笑道："这才真是无独有偶。她分明是个日本人，要混充中国人，你分明是中国人，却要混充日本人。你们俩倒可配合起来成一对夫妇。"黄文汉忙止住福田道："低声些！她听了还说我们有意轻薄她。"福田正平笑道："她就听了，也决不会怪我们有意轻薄。她这种女子，是日本女子中具有特性的。我知道她们也有一种团体，宗旨却是很正大。不过政府对于她们，很注意的监视。我一望就认得出是那秘密团体里的人。"黄文汉惊道："你知道她们是种甚么秘密团体？宗旨既是正大，何以政府注意的监视？"福田正平道："她们这种秘密团体，家慈从前也曾在里面当过干事。后来因一点小事，与里面的团员意见冲突，退了出来。她们的宗旨是尽各个人本身的能力，与国家谋幸福。对于政府，却带几分仇视的心思。"黄文汉道："她们女子虽说尽各个人的能力，为国家谋幸福，只是她们的力量也有限得很，对政府何以必带几分仇视的心思？她们这团体的组织法，我就真不懂得了。"福田正平道："她们的力量却是不小。于今奉天、吉林以及南满洲，她们的团员都布满了。"黄文汉道："她们的团员在奉天、吉林、南满洲做甚？"福田正平道："做种种小生意的也有，当妓女的占多半数。"黄文汉笑道："这简直是秘密卖淫团了！"福田正平听了，登时红了脸，连连摇头道："不是，不是！"黄文汉一想：我这话太说得鲁莽了。她母亲在这团里当过干事，我如何能这般直说？当下心中翻悔不迭，不便再往下问了，都低着头，默然跟了柳花走。

不一时到了北神保町。柳花站在巷口，让黄文汉二人进去。黄文汉认得柳花的家，伸手去推栅栏门。推了两下，推不开，只撼得铃子当当的响。柳花抢近身笑道："里面有个铁闩，等我来抽了。"说着，将那纤纤玉手伸了进去，摸着铁闩抽了出来，随手推开了门。黄文汉二人都进去脱了靴子，里面老妈子迎了出来，三人同进房。

黄文汉见一间八叠席房里面，陈设都学着中国的样式。一张小铁床，上面铺了中国的被褥，甚是精洁，一张红木嵌玻璃的大衣橱，一个梳妆台，一张八仙桌，几把单靠椅，都是中国搬来的。柳花让黄文汉二人坐了，老妈子端出个白铜火盆来生火。黄文汉看那火盆也是中国的，便笑向柳花道："女士搬这些家具到日本来，只怕很费得不少的力。"柳花笑道："这些家具跟随我的日子不少了，搬到日本来却没费甚么力，在中国搬来搬去，倒劳神不少。这些东西都是在上海买的。在汉口住了半年，就搬到汉口。后来到营口，又搬到营口。在营口住不上一年，又搬到哈尔滨。哈尔滨住了一年多，又搬到旅顺。旅顺住了两年，又搬到大连。这回从大连搬到东京来，才住了不到一个月。不知几月一年之后，又将搬往甚么地方去。"黄文汉笑道："这们说来，搬运费倒比买价高了。"柳花道："可不是吗，我也是没法，又舍不得丢掉。"柳花说毕，折身进里面去了。

黄文汉笑向福田正平道："你所见不错，她果是这种秘密团体里的人，像她也就算是个老于风尘的了。你说也很想知道她的历史，何不问问她？"福田正平笑道："她刚才已说了个明白，还问她怎的？"黄文汉笑道："你想知道的，就是如此么？"福田正平道："她们除了这个，还有甚么历史？"黄文汉道："我不懂你刚才说，她们这秘密团体带了几分仇视政府的心思，是个甚么道理？你何不索性明白说给我听。"福田正平听了，望着黄文汉发怔道："你为甚么这也要问我，不是装糊涂吗？"黄文汉低头思索了一会，兀自想不出这仇视政府的道理来，呆呆的望了福田正平，要福田正平说。福田正平发急道："她们受政府监视，自然有些仇视政府的心思。你是个呆鸟，这也不懂得？"黄文汉才恍然大悟，连道："哦，哦！这须怪不得我，你说得太慎重，我听得太仔细。以为是个在野党的组织，这仇视政府的心思，必然有个很大的道理在里面。越想越深远，越想不出这道理来。你若直截了当的说，我也不白费这许多时的脑力了。怪道你说她决不会怪你轻薄，原来如此。"福田正平笑道："你此刻可明白了？"黄文汉点头笑道："明白了。"

二人说话时，柳花端着两个菜碟子出来，放在八仙桌上。拿椅子垫了脚上去，将电灯放下。黄文汉看两个菜碟内，一碟松花蛋，一碟火腿，忙起身笑道："更完全是中国式了，亏你连这些东西都带着回来。"柳花笑道："中村先生不要笑话。"福田正平在旁边打着哈哈道："你装中国人，费了多少本钱，还被人看出来了。他装日本人，一钱不费，你倒看他不出。"柳花望着黄文汉笑道："好吗，你竟是中国人！我说日本人说中国话如何说得那般如意。"黄文汉也打着哈哈道："你刚才还说被你听出来了。于今听得有人说破了，我的中国话就那般如意了。"柳花笑道："不是这般说。我说听出来了，是说听出你的日本话来了，你的日本话实在是说得好。无论是谁，也不能说不像日本人。"福田正平道："这话不错。黄君的日本话很难得找他的破绽。我们日本人说日本话，倒有许多错了语法的。乡里人更是十有七八他动、自动混个不清楚，黄君绝没有这些毛病。说那一类话，就纯粹是那一类话。语调变化一些儿也不会错，自然听不出是中国人来。"柳花点头笑着又进去了。须臾，老妈子也端菜出来。黄文汉看是一碟薰鱼、一碟板鸭。柳花接着提了壶酒、三副杯箸出来。安好了杯箸，斟了酒，请二人入座。柳花重新问了黄文汉的名字。三人传杯递盏，吃喝起来。

黄文汉心想：这地方，在东京倒是个有一无二的所在。将来知道的多了，生意一定发达的。就只怕被亡命客知道了，他们不懂日本话的人多，正难得像她这样的一个懂中国话的女子陪他们取乐。人人都争着来玩，一旦打起醋坛子来，被警察知道了，害得她又要搬往别处去，那就可惜了。幸好此刻在东京的亡命客很有限了，若是去年八九月间的时候，这地方只怕早就臣门如市的了。黄文汉胡想了一会，柳花只顾执着壶殷勤劝酒。黄文汉笑道："我们糊里糊涂跑到你家里来，便扰你的东，我们也应借着你的酒，转敬你一杯，才是作客之道。"柳花笑道："我自己会喝，不用客气，我已喝得不少了。"黄文汉看柳花的脸，果然红了，虽是有了点年纪，却仍很饶风致。一时高兴，定要敬她的酒。柳花无奈，只得陪黄文汉喝了一杯。福田正平也夺了酒壶来敬，柳花也只得陪喝。一刹时壶中的酒已罄，柳花叫老妈子再烫。黄文汉二人同声止住道："时候不早了，下次再来叨扰罢！"柳花笑道："已是十二点多钟了，两位都不必回去，我们再喝几杯，就在此地下榻罢。两位可睡我床上，我另打个铺就是了，也不费甚事，免得半夜里在街上跑。此刻已没了电车，外面又冷得紧。我这里以后还要请二位时常来，用不着客气。"

　　黄文汉听了，心中有些活动。望着福田正平，想福田正平答应。福田正平素来不大在外面歇宿的，并且这种地方，他是个顾全名誉的人，如何肯在这里住夜？见黄文汉望着他，没有想走的意思，便笑向柳花道："我是不能不回去的，黄君尽可在这里歇宿。我对不住，先走了。"说着，起身向黄文汉道，"你就不必走了，明日到我家里来，我在家中等你。"黄文汉也起身道："要走一同走，让你一个人回去，不是笑话吗？"福田正平道："不相干。我原是一个人来的，你何必和我客气？"

　　不知黄文汉这晚果在柳花家住了夜不曾，且俟下章再写。

泄秘密老黄洗澡
大决裂圆子撕衣

话说黄文汉本有意在柳花家里住夜，福田正平又在旁边撺掇。举眼看柳花，留宿的意思很切，却不过情面，也不暇计及和她爱情最浓厚的圆子，在家中留着半边被卧等他回去。当下送了福田正平出来，回身和柳花撤了杯盘，两个绮语温存。都是情场老手，这一夜说不尽的欢娱，只叹春宵苦短。次日早起，黄文汉就在柳花家用了早点，拿钱给柳花，柳花定不肯收受，只得赏了老妈子几块钱。叮咛后约，出来，计算归家换了衣服，再去看福田英子。

归到家中见了圆子，心中不由得有些惭愧。圆子问："昨夜在何处歇宿？"黄文汉随口答应了几句，圆子也没话说。黄文汉有种习惯，和女人睡了，第二日无论如何，必得洗澡换衣服。若是一个月不和女人睡，只要不是夏天，便一个月不洗澡、不换衣服。他这种习惯，圆子是知道的。黄文汉这日归到家中，即拿了衣服浴具，向浴堂里去。他自己并不以为意，圆子却已知道他昨晚必在外面与别的女人生了关系，登时气得朱颜改变，将手中的活计往席上一摞，禁不住两眼的眼泪，只顾进出来。一个人越想越觉得黄文汉近日对自己的情形变了，更是伤心，竟尔痛哭起来。等待黄文汉洗澡回来，圆子已哭得和泪人一样。黄文汉这才知道是因洗澡被她看出来了，极力装出镇静的样子问道："你为甚么事，好端端的这样痛哭些甚么？"圆子也不答话，仍是掩面哭泣。

黄文汉放了浴具，将换下来的衣服教下女拿去洗。这下女是圆子手上请来的，平日圆子待她又好，不待说是帮着圆子，怪黄文汉不该到外面去玩。不过她们当下人的心里虽是如此，口里却不敢说出甚么来，巴不得圆子扭着黄文汉大闹一顿，使黄文汉害怕，下次不敢再是这样了，她才开心。接了黄文汉换下来的衣服，故意慢慢的站在房中间，一件一件的抖开来看，下衣更是看得特别注意。黄文汉在旁边看了，急得跺脚骂道："还不给我快拿去洗！站在这里做甚么？"下女拿着下衣往鼻上嗅了嗅，只管皱着眉，用手掩着鼻子摇头。黄文汉跺脚骂下女的时候，圆子已抬头看下女手上的衣。见下女皱着眉只管摇头，连忙立起身来，夺了下衣，就亮地方翻出里子来。正待细细的寻破绽，黄文汉一把抢了，远远的一摆笑道："笑话，笑话！你们见我昨夜没有归家，便以为是嫖去了吗？那里有这们回事，才真是冤枉！我说了在朋友家中商议事情去了，因过了十二点钟，没有电车不能回来，就在朋友家里睡了一觉。你不肯信，要受这些冤枉气，何苦呢？"

圆子此时早住了痛哭，听黄文汉是这般说，冷笑了几声："事情明摆在这里，还要赖甚么？你从来不无原无故洗澡换衣服的，我同你住了这们久，难道还不知道？"黄文汉听了，甚悔自己不该大意。只得勉强打个哈哈道："你这回就猜错了，我今日洗澡换衣服是例外的。因为昨夜有两个习柔术的朋友拉着我和他们较量，累出了几身大汗，今日不能不洗澡换衣服。你这气不真是受得冤枉吗？"圆子连连摇手道："你不用骗我了。我都知道，你不在外面嫖了，为甚么下衣怕我看了？你近来对我的情形大不如前了，我难道一些儿也不理会？你自己摸摸良心，我那一些儿对你不住？自从进你家门起，每日担惊受怕，一个心都为你用碎了。我不为你，我认得甚么梅子、春子，那得有这几个月的苦吃？真是小心小意、衣不解带的伺候人家，都是为你，何尝安享过一时一刻？你想想，我何苦是这样？就图的是你一个人！我早晓得你是这般过河拆桥的人，我没处讨苦吃了，要巴巴为你是那样尽心竭力！"圆子旋诉又旋哭起来。

黄文汉想起圆子数月来受的辛苦，心中也有些替她委屈。料道事情瞒不过去，心中深恨下女不该当着圆子，拿了下衣摇头掩鼻，加圆子的疑心。回头见下女还站在房里，遂厉声叱她出去。下女弯腰拾了衣，鼓着嘴出去了。圆子呼着下女道："今天的衣服不准你洗！你敢洗了，我就请你滚蛋！"下女在外面应道："太太不嘱咐，我也不会洗。这种脏衣服也要我洗，真没得倒运了。"黄文汉忍不住笑骂道："你这鬼东西，我那衣服甚么地方脏了？你怕你太太的气受得不够，还故意无中生有的捏出这些话来。"圆子气道："她是故意的吗？你自己去拿了看看！"下女也在外面哼着鼻子道："还要说不脏？除非是哄瞎子罢了。"黄文汉自己也不曾留心，不知如何弄脏了，只得认错，向圆子陪不是。谁知这不是倒陪坏了，圆子更痛哭起来。下女又跑进房来说道："好呀！只一诈就自己招供了。"黄文汉才知道受了她们的骗，下衣上原没有甚么脏。

　　圆子既知道黄文汉实在是在外面嫖了一夜，登时哭得天昏地暗，日月无光。黄文汉没法，惟有作揖打拱，连陪不是，一边骂下女快滚出去。下女望着黄文汉挤鼻子、努眼睛，黄文汉只当没看见。圆子哭得头昏眼肿，跑到卧房内打开箱子，将黄文汉做给她的衣服都倒出来。随手拿了一件，用脚踏住一边袖子，手扯着衣领用力一撕，只听得"查"的一声，撕了一道尺多长的破口。提起来想再撕几块，黄文汉已跟了进来，一手夺了，笑道："你恨我，打我两下出出气好了，这衣又不曾得罪你，撕它做甚么？"圆子也不答话，弯腰又拿一件，来不及用脚踏，两手握了，往左右只扯。偏偏拿了一件夹衣，裁料又很牢实，圆子能有多大的力，那里撕动了分毫？只急得圆子一副脸通红。黄文汉又一把夺了，仍笑嘻嘻的道："你若真讨厌这衣，慢慢的处置它就是，何必急得这样？"圆子一眼看见了那梳头的镜台，举起来往席上就砸。梳子、篦子以及零零碎碎的整容器具，散了一房。幸是一块很厚的玻璃砖镜子，碰在那软席子上不曾打破。而那鱼鳔胶成的箱子，已打得四分五裂了。

　　下女听得响声，也跑进来看。黄文汉拿了下女出气骂道："都是你这东西挑拨出来的是非！还跑来看甚么？"下女不服道："怪得我吗？谁教你到外面去开心的？到这时候怪起我来了。"圆子砸了镜台，想再寻几样物事砸破了出气。顺手捞起把茶壶，举起要砸，下女忙喊道："太太不要砸破了，又要怪我挑拨是非！"圆子不听犹可，听了更加冒火，怕席子软了砸不破，向墙跟前用力砸去。一声响，砸作几块，里面的茶水茶叶溅了半房。黄文汉打着哈哈道："声音响得清脆可听。"回头笑向下女道，"你太太只要打破了东西，就可以出气，快帮着你太太打东西！只要得你太太气醒，连房子都毁了也不怪你。"圆子打了几样，手也有些软了，望着下女道："这些东西我也用它不着了，免得留在这里，又好去送那些野狐狸精！"

　　黄文汉知道女人的性格，吃醋的时候，越敷衍她越有兴似的。便向圆子说道："事情已做过了，错也认了，你的气也出了，就是这样收了科罢，我以后再不是这样就是了。你的意思无非怕我以后再是如此，特意是这般一闹，使我下次不敢。你不知我早已后悔了，归家的时候就很觉得对你不住。我自己已存心再不如此糊涂，你就一声不做，我也不会有第二次。你是个绝顶聪明人，有话好说，何苦这般受气？"圆子鼻孔里哼了声道："你这些话不必对我说，我再也不听你的话了。你有第二次没第二次，是你自己的事，不与我相干！像你这样过河拆桥的男子，我也不愁多少，谁耐烦再来问你！我原有我的生活，我的糊涂梦今日已经做醒了。你不要糊涂，以为我是特意闹着，防备你有第二次的。老实说给你听，就在今日和你一刀两断！承你买给我的东西，我也不敢领情，留在这里把你再送别人，我又不甘心，因此将它弄破。我平日常对你说：'爱情是个完整的东西，不能有一丝破绽。一有了破绽，就一钱不值了。'这样冷的天气，我又才从医院里出来，你竟忍心将我一个人丢在家里，到外面去嫖，对我还有甚么爱情可讲？我又和你不是正式夫妇，将来三年五载之后，一旦把我丢下来，到那时我已不成个人了。除了死在你手里，没有第二条路给我走，你说我值得么？于今这样可宝贵的青春，平白的在你这种靠不住的人跟前葬送，已料定没有好结果。"

黄文汉不料圆子竟因这事要拆姘头，才想起她平日无意中种种谈话，都寓了怕自己到外面去嫖的意思。不觉慌急起来，教下女将砸破了的东西收起，按着圆子在躺椅上坐下。自己也坐下来，从容陪笑说道："我一时没检点，胡为了这一次。以为你是个度量大的人，只要我自己相信对你的心不变，这些事没甚要紧的。实不料你就拿着我的错处，和我决裂起来。你的话虽不错，'爱情是个完整的东西，不能有一丝破绽'，但是不能说我昨晚在外面住了一夜，便将爱你的情分给了别人。你这样聪明的人，甚么事想不到？和人家初次生关系，那里就有甚么爱情？"圆子不等黄文汉说完，忙摇手道："不用说了，还对我用甚么骗术！和人家没有爱情，就睡得下来吗？你哄谁呢？初次生关系？我在医院里住着，你也不知在外面嫖过了多少。罢，罢！你的脾气我还不晓得，能一晚离开女人吗？你不将爱我的情分给别人，不错，是拿爱别人的情来分给我！我的福命薄，不敢享受！你以后完全去爱别人罢，不要分给我了。"黄文汉跌脚道："这才冤枉透了！"说时指着下女道："你问她，看你进医院去了，我在外面住过夜没有？"圆子冷笑道："我不在家里的时候你不在外面住夜，我在家里的时候你倒要在外面住夜。这样讲起来，明明是嫌避我了！我还睡在鼓里，只天天打点爱情在你身上用，怪道你以为我度量大，恐怕世界上没有这样大度量的女子！你相识的人多，去另妋一个罢，我委实再不能在这里伺候你了。"黄文汉拍着膝盖，摇头叹气道："这话从那里说起？人家男子在外面玩耍的也尽有，他家里女人未必都不知道，几曾听人说有因这等事就离开的？你慢慢的将气平下去想想，这逢场作戏的事，男子多是免不了的。只要待你情形不变，可以将就过去，便将就点儿。何苦定要刀刀见血来计较？"

圆子低头流泪，一边用手巾揩了，一边说道："人家女人度量大，你和人家女人去妋！我生成度量小，将就你做甚？我请你当乌龟来将就我，看你的度量何如？人家男子当乌龟的也不少，也从没听说有乌龟退了老婆的。你便将就点儿当个乌龟罢！"黄文汉禁不住扑嗤笑道："你若存心要我当乌龟，我自然是义不容辞。只要你肯把我当，我缩着头当就是了，并且一些儿也不算将就。事情已是错过了，你以观后效就是，何必定要认真！已过之事都不用说了，快点儿弄午餐吃。昨晚约了今日去深川看福田英子，本打算上午去的，害得福田正平在家中等。"圆子道："你不要扯谈，我已决心不再和你过活了。我生性如此，人家待我没一丝破绽，我也不忍心以丝毫错处待人。人家既待我有不好地方，我是决不肯上人家第二次当的。我平日不住的和你说，就是怕你不留神，使出你的老脾气来，今日爱这个，明日爱那个，弄得我和你没有好结果。我在医院里的时候，你们在家中干的事，我何尝不知道？不过我估量着不至损害我的爱情，便懒得说。谁知你越弄越不成话了，再过下去，怕没丢我的日子吗？犯不着坐在这里，等你给当我上。"

黄文汉见圆子说话十分决绝，全不像随意说着出气的，可真急了，紧紧的握了圆子的手道："你真忍心借着这点小事和我决裂吗？"圆子道："你有意和我决裂，怎能怪我借着这点小事和你决裂？"黄文汉道："我何尝有意要和你决裂？你说话要平心。我昨夜的事固是不应该，只是我的心你难道还信不过？我不是真爱你，我和老苏商量，求他帮助我做甚？去年我和你送了春子母女回去之后，同到老苏家里，我不是当着你对老苏说，承他帮助我一千块钱吗？从那日起，我能间几日不和你商议回国的事，难道我都是假的？几个月来，只偶然在外面住了一夜，纵有罪，也不至于要和我离开。我并说了，以后再不是这般了，何必过于认真！"圆子摇头道："男子在外面嫖的事，原没甚要紧，我也知道。不过我的身世，你是明白的，我平生受苦受在甚么地方？就受在男子变心上头。假若男子不变心，我原非贱种，何至变节？'惊弓之鸟怕曲木'，我于今已是对你一点爱情没有了。任你说得天花乱坠，我自己都收我自己的心不回来。我也不怪你，我是这种命，用生命去换，都换一个男子的心不转来，我还希望甚么！"

黄文汉听了这句话，不由得心酸，痛哭起来。下女到了这时候，才知事情闹大了，想用话来劝圆子。才走到圆子跟前，还没有开口，圆子已教她滚出去。下女吓得不敢开口了，退到房门口站着。黄文汉痛哭了一会，自己揩了眼泪向圆子道："你既说得这般决绝，我也是个男子，说不出哀求的话来。不过我此刻实在伤心到了极处，脑筋受了这大的激刺，也昏乱了。我二人几个月来的浓密爱情很不容易，这样糊里糊涂的拆开，实在有些不甘心。然而缘分定了，没有法子。只是我还有许多的话要和你说，此时却没有心绪，说出来也顾此失彼。你可能依我的要求，再在这间房里从容三天，等我脑筋恢复了原状，只要和你谈一个钟头。我这一个钟头的谈话，并不是要挽留你，你能许可么？"

圆子虽然寒心到了极处，决意和黄文汉拆开，但是见黄文汉如此痛哭，心中也有些软了。听说要求从容三天，便答道："既不是要强留我，便从容三天也使得。"黄文汉才转悲为喜道："岂敢强留你？我做事从来不勉强人，况对于我极心爱的人，忍心使你再受委屈吗？你既答应我从容三天，我此刻要休息休息，吃了午饭，仍是得去福田家。约了人家，不能失信。福田英子又是上了年纪的人，她不久就要去乡里静养，她儿子说很盼望我去。"圆子问："福田英子是何如人？"黄文汉道："福田英子你都没听见说过吗？这人不是寻常女人，很有点思想。她十年前，在日本很有点名气。"圆子摇头道："我不曾听人说过。"黄文汉遂将福田英子的历史略略述了一遍。圆子本来是个有飞扬跋扈性质的女子，听了福田英子的历史，自然佩服。

二人闲谈了一会，圆子的气也渐渐的平了。帮着下女弄好了饭菜，同黄文汉吃了午饭。黄文汉又温存了圆子一会，系了裙子。圆子拿出斗篷来给黄文汉披上，又替黄文汉围了领襟。黄文汉与她亲了个吻，出来坐电车，到了深川区。

　　黄文汉因久不来福田家，将福田家的番地忘记了，寻了好一会寻不着，问警察才问着了。到福田家已是午后三点钟了。福田正平在家中待了半日，不见黄文汉来，午后报馆里有事，已到《万朝报》馆里编辑去了。黄文汉见了福田英子，行礼问安已毕，只见福田英子背后，坐着一个十五六岁的女学生，穿着实践女学校的制服，望着黄文汉想行礼，又有些害羞的样子。黄文汉看她生得面如映日芙蓉，眼若紫波秋水，不觉怔了一怔。福田英子回头给那女学生绍介道："这位黄先生是中国人，在日本留学十多年了，为人很是义侠。"那女学生听了，即伏身向黄文汉行礼。吓得黄文汉翻身还礼不迭。二人行过了见面礼，黄文汉问福田英子道："这位想是你老人家的令戚？"

　　不知福田英子如何回答，且俟下章再写。

第八十二章

老福田演说社会学
黄文汉移情少女花

话说黄文汉问那女学生是否福田英子的亲戚，福田英子答道："她是我的姨侄女儿。她母亲是我的胞妹。她姓斋藤，名叫君子。她的父亲多年亡过了，她一个哥子在文部省（教育部）办事。她家中就只她母女两个，连下女都没用，炊灶都是她母亲亲自动手。"君子见福田英子说她的家事，羞得低着头，只管用手在下面扯福田英子的衣，教她不要说。福田英子不知道君子甚么用意，回过头问她："做甚么？"君子低声说道："我家里的小气样子，说给黄先生听了，怪难为情的，你老人家不要说了罢！"

福田英子听了，哈哈笑道："你家里甚么小气样子，说了难为情？我说的正是你家里的好样子！黄先生不是讲浮华的人，听了必是赞成的。我家中也不曾请下女，家中的事情那一样不是我和你嫂子做？你的妈当你父亲在日的时候，她也曾呼奴使婢，那时我就嫌她太不讲人道，不大和她往来。及至你父亲死了，你常来我家里，听了我的学说，见了我的举动，才知道同一样的人类，彼此都应该存个哀矜怜恤的心思。不得强分贵贱，仗着自己手上有钱有势去驱使人家，将人家当牛马。你要晓得，社会的阶级一不平等，就是肇乱的祸根子。你年纪小，不曾多读世界各国的历史。你将来读了，就会知道世界各国自立国以来到于今，没有不是经过几十次祸乱的。寻它那祸乱的根由，无一次不是因政府压迫国民太过，国民忍苦不堪，没法，群起来反抗政府。一次反抗不成，牺牲许多生命。政府得了胜利，更加压迫得厉害，便激起二次反抗。二次不成，便有三次。三次不成，便有四次。各人拼着流自己的血，非将那残暴政府推翻不可，终久必然是国民得了胜利才罢。但是，人类有一种劣根性，就是想不做事，专吃安乐茶饭。世界上最会吃安乐茶饭的，只有做官一途。每日只是伸着手问国民要钱，不拿钱来，便又用它的压迫手段了。所以第一个残暴政府推翻了，第二个残暴政府又出现了，又凌逼起国民来。国民自是不服，又得大闹起来。世界各国的历史都是如此。所以有知识、有眼光的豪杰，一眼看穿了这肇祸的根子，于是'共和国'的名词就产生于世界。这'共和'两个字是专一与专制作对的，就是不许政府有施行压迫手段的权力。"

福田英子说时，指着黄文汉道："像他们中国，就是想铲除这祸乱的根苗，所以改建共和国，于今已是四年了。共和国家决不能容专制人物。袁世凯做专制总统，你看他们国民如何反对的。于今又要打仗了！"君子听了，似懂非懂的问道："已经改了共和，为甚么还要打仗？袁世凯一个人专制，大家都不专制，他如何过得四年？"福田英子望着黄文汉笑道："所以我不肯呼奴使婢，就是大家不专制的表示。"黄文汉叹道："果能大家不专制，世界各国都无从发生兵戈的问题。"福田英子道："不能大家不专制，就是大家不能克制各个人的私欲。世界各国所推崇的英雄豪杰，他做的事业就是能扩张他的私欲。将一般人的私欲都吸收起来，越是能扩张得范围宽，越是吸收的人多，越是崇拜的人多。崇拜的人一多，他的私欲越扩张，专制性便越发达。我常说历史上推崇的英雄豪杰是私欲做成的。一国有了一个这样的英雄豪杰出世，他一天不死，世界便一天不得安宁。昔日的拿破仑，今日的威廉第二，都是吃人不吐骨的魔王。我也不知道世人都推崇他做甚么，人类的性质实在不可思议，从来是这般是非颠倒。"黄文汉笑道："是非并不颠倒，推崇他们的，都是为要扩张他自己的私欲，而力量不及，就是你老人家说的，被他们吸收去了。并不是推崇人家，实就是推崇自己。便是敝国弄成今日这样非驴非马的局面，就是各个人的私欲没有个范围，越扩张越想扩张，说起来徒乱人意。敝国几千年前的哲学家庄子早就说破了：'圣人不死，大盗不止。'像你老人家这样躬行实践，讲平民主义的，一国之内能得几个人？无怪人家钦仰。"

福田英子笑道："一有要人家钦仰的心思便坏了。人类相处本应如此，在我这学说里面，谓之'本人'，就是本来面目之人的意思。照着本来面目做去，没有讨好的心，没有成功的心，始终如一，到死的那一日为止。"黄文汉问道："'没有讨好的心'我知道。'没有成功的心'这话怎么讲？"福田英子道："'没有成功的心'这句话，很易懂，倒是'没有讨好的心'这句话，恐怕未必懂得。不是我说黄先生聪悟不及，黄先生不大研究我这种学说，只怕有认错了的所在。"黄文汉点头道："请你老人家明白说给我听。"福田英子道："'没有成功的心'，是因为本没有成功的日子。古来圣贤所做的事，都是人类应做的，并且他一生还不曾做到人类应做的事的十分之几。我们平心和古圣贤比较起来，还不知要差多少。所以永远没有成功的日子，自然不能有'成功的心'，这道理很容易知道。至于这'讨好的心'就难说了。造物生人，本各人赋了各人的本能，初无待于第二人或第三人的提携、保护。这人既与这世界生了关系，他自有其立足之地，自有其为人之格，不容有第二人与第三人来侵犯。若第二人或第三人无端的去侮蔑他，固是侵犯了他的立足之地，侵犯了他为人之格。就是无端的去保护他，去帮助他，也是侵犯了他的立足之地，侵犯他的为人之格。讲我这种学说的人，无端的侮蔑人家，是不会有的，就只怕矫枉过正，无端的去保护人家，帮助人家。这保护人家、帮助人家，其罪过与侮蔑人家相等。所以不可有讨好的心思。"

黄文汉道："然则你老人家何以说要哀矜怜恤人家哩？"福田英子道："我所讲的哀矜怜恤，就是不奴隶牛马同类，使人不得为人。人与物之比较，自是人为贵。人因物而不得为人，所失者重，所得者轻。人昧于轻重之分，甘为物而自趋于牛马奴隶之域，我们应该存哀矜怜恤他的心思，不再引诱他趋进不已，使他自己去改趋向，仍得复他的本人。我丝毫没有讨好的心思在内。"黄文汉问道："依你老人家这样说，譬如在严冬的时候，途中遇了一个裸体的乞丐，冻得他缩瑟不堪的向我乞钱，我应给钱他不应给钱他哩？"福田英子连摇头道："万没有给钱的道理。他自己不知道人格可贵重，而要享这无义务的权利。你一时姑息之爱，便永远丧失他回头趋向人道的决心。而你这一时的存心，已下了牛马同类的种子。牛马尚不享无义务之权利，你奈何以待非牛马者待同类？这一时姑息之心，就说是绝无人道，亦无不可。"黄文汉道："依你老人家的学说，是眼望人饿死冻死，也不能去救他一救。是人类相处，简直无丝毫相爱的心了。"福田英子笑道："黄先生，你弄错了！我这种学说不是要我一个人讲的，是要大家讲的。大家不忘记自己的本能，本来自有立足之地，无待于人家提携保护。望人家提携、保护是有意不自立，有意丧失他自己的人格。那他们要冻死、饿死，也是他有意要冻死、饿死的。便望了他断气，也只有叹息他这人丢了人类的路不走，走入畜牲道，以至弄到这样的结果罢了。若有一个人，在这人要冻死、饿死的时候，伸手去救他，世界上就又要多几个走畜牲道、望人提携保护的人。所以我说万没有给钱的道理。"黄文汉听了，不觉毛发悚然，也不再问了。

一时贪着说话，不觉已到六点钟。福田正平的女人开了饭出来，黄文汉起身告辞。福田英子留道："黄先生何妨就在这里胡乱用一点？不过我吃的是麦饭，只怕黄先生吃不来。"黄文汉平生只听人说过有麦饭的名词，不独没有吃过，并没有看过，倒想见识见识。加之有如花一般的君子在座，心想多和她晤对一刻是一刻的幸福。见福田英子这样说，便仍坐下来笑道："你老人家说那里话，没得折死我了！你老人家和君子小姐都吃得来，我那有吃不来的？"说时拿眼睛瞟着君子。君子坐在福田英子背后，听黄文汉说她吃得来麦饭，又拿眼睛瞧她，便望着黄文汉皱着眉摇头，以示吃不来之意。

黄文汉看福田正平女人送来的菜，一小碟萝卜之外，就只有几片紫菜，一方寸盐鱼。心想福田英子的俭德也就可风了。一会儿福田正平女人端了一桶饭出来，将三个食案分给三人，盛了三碗麦饭。福田英子向黄文汉说了句"对不住，没有供养"，便端起麦饭往口里扒。黄文汉看了这又黄又黑的麦饭，不知道是种甚么滋味，端起来略就鼻端闻了一闻，觉得一股生腥气刺鼻孔，一些儿饭的香味也没有。不敢露出吃不来的样子来，举起筷子只管往口里扒。这东西作怪的很，由黄文汉只管扒，喉咙里就像有东西堵住了似的，死也不肯下去，塞在口里，打得口舌生痛。黄文汉只得停了箸，慢慢的咀嚼，用唾沫润了半响，好容易吞了下去。偷眼看君子，正要筷子一粒一粒的夹了往口里送，还是蹙紧双蛾，不敢吞下去的样子。福田英子也不顾他们二人能吃不能吃，一刻工夫吃完了一碗，打开饭桶，又盛了半碗。喝了一口茶，又一阵吃完了。黄文汉深恐吃不来，给福田英子笑话，打仗似的一鼓作气，狠一狠心，居然被他将这一碗吃下去了。还不肯示弱，打开饭桶，又盛了一碗。君子见了，很觉着诧异，停了箸不夹，看黄文汉吃。黄文汉已经吃下去了一碗，第二碗便不似以前为难了，心中将它当作一样极贵重的补品吃。吃到后来，真被他吃出些滋味来了。

福田英子见君子不吃，笑道："你吃不来就罢了，你看黄先生多能吃！"君子道："我不是吃不来。今日午饭吃迟了，腹中还饱得很。"福田英子点头笑道："你是因腹中饱了不能吃，若在饥饿的时候，便是麦饭以下的食品，也得大吃。"君子真个将碗筷放下来。黄文汉吃了第二碗，实在不忍心再使自己的口舌受苦，便向福田英子道了扰，不吃了。觉得口中发酸，喝了几口茶，吸了支雪茄，才好了点儿。福田英子见黄文汉吃完了，即起身一手端一个食案，送到厨房里去了。

黄文汉趁这当儿笑向君子道："这麦饭无怪小姐吃不来，我都有些难吃。"君子笑道："先生吃不来，倒吃了两碗！"黄文汉道："主人的情分，不由我不忍苦硬吃。小姐常来这里的吗？"君子摇头道："一年至多不过两三次。因为我姨母就在这几日要搬往乡下去住，我妈身体不好，出外怕冷，教我来看看姨母。"黄文汉笑道："我今日幸福极了，恰好遇着小姐，难得，难得！她老人家乡下去了，想再看小姐只怕是不能够了。"君子望了黄文汉一望，正待答说，见福田英子从厨房里出来，连忙低了头不做声。福田英子弯腰拿了饭桶，端了君子面前的食案，笑道："好娇贵的口腹，饭菜都一些儿没有动。"君子登时红了脸。福田英子也不顾，端着仍送往厨房里去了。君子悄悄的望着黄文汉道："先生看我这姨母多讨人厌！我最怕我妈教我到这里来。"黄文汉问道："小姐住在甚么地方？"君子道："我家在音羽町。护国寺先生到过么？"黄文汉点头道："到过，隔音羽町没有多远。"君子道："护国寺里面很好玩，我每日下了课就到里面去玩。我还有几个女朋友，也住在护国寺的附近。"

黄文汉的一双眼睛是见不得生得整齐的女人，见了生得整齐的女人，不转几个念头，尽觉放心不下似的。今日见了君子，旧病复发，心中不住的计算，要如何才能与她通殷勤。不过他心中虽是这般计算，只因君子的态度太恬静，年龄又太幼稚，恐她不懂得吊膀子的事，以后又难得有见面的机会，心中甚是着急。后来听她说每日下课去护国寺玩，才将这心放下。然不敢因君子这句话，便认为有意与自己吊膀子。当时想用话探君子的口气，福田英子已出来，只得按捺住偷香窃玉之心，整顿全神与福田英子研究学说。二人又研究了一会，君子忽然起身告辞，福田英子也不挽留。黄文汉十分想和君子同走，奈自己心虚，惟恐福田英子见疑，眼望着君子走了好一会，还不敢兴辞。直和福田英子谈到九点钟，才别归家。

圆子接了，和平常一样，白天里的事彷佛忘了一般。黄文汉平日在外面见了齐整的女人，归家必对圆子说装束如何入时，容颜如何标致。圆子听了，心中也很高兴，次日必依黄文汉说的装束给黄文汉看，绝无一点妒嫉之心。黄文汉这日归来，仍将君子如何的情形，一一说给圆子听。只将自己吊膀子的念头，及君子所说的每日课后去护国寺的话，收起不说。圆子道："可惜不知道她的住处，若是知道倒好了。"黄文汉笑道："知道有甚么用？"圆子道："你欢喜她，若是知道她的住处，我便可设法替你撮合。"黄文汉大笑道："撮合了便怎么样？"圆子道："遂了你的心愿，还有怎么样？"黄文汉道："你替她撮合了，你怎么样？"圆子道："我还是我，高兴在这里便在这里。难道你有了她，真个就丢了我？她由我引荐给你，料她也不敢便将我撵掉。"黄文汉仰天打个哈哈道："好乖觉的圆子夫人！你信我不过，特意是这们说。以为我已经知道了她的住址，不肯说给你听，想用这法子，将她的住址骗出来。你放心罢，我这个心决不会去爱旁人。看了你，我还有甚么不满足的？"说着搂过圆子来亲热。

圆子正色道："我的心你猜错了。今日上午的时候，实在是信你不过。后来看你的情形，我甚么也没得说了。你一个男子能为我痛哭，若不是爱我，舍不得我走，你何必如此？只要你对我的心一丝不变，任凭你怎么样，我都使得。我不是个糊涂人，男子的心岂是被女人拴得住的？我纵然拴住了你的身，你的心不向我，对我木偶一样，我也有甚么趣味呢？我也知道东京比我美几倍、几十倍的女人不少，爱好的心是与生俱来的，任是谁也不能抑制。你见了旁的女人可爱，我定要抑住你，不许你向她施放爱情，久而久之，你必待我和仇人一样。你到了那时候，连你自己也不知道是个甚么心，就一时忽然觉得我可怜，想将这心收回来再爱我，你自己也做不到。这是个甚么道理哩？只因为是由渐而进的，这心已由根本上改变了，一时决收不回来。倒是我和你两人，或是因语言冲突，或是因意见不合，吵了一回嘴，甚至扭打了一会。不要紧，不过一两个钟头，我你的气一平，仍然和从前没吵嘴、没扭打的时候一样。你今日出去了的时候，我一个人想了半日，很想出些道理出来了。"

黄文汉笑道："你想出些甚么道理出来了？何妨说给我听听。"圆子道："定要我说给你听，也没甚么使不得。我想的道理，就是想要如何才能拴得你心住。想来想去，惟有顺着你的意思，不独不和你为难，并且处处帮助你。你爱上了甚么女人，我就和你设法，必将那女人弄到你手里，任凭你和她如何亲热。便当着我和她睡觉，我也只当没看见。如此只要几次，你的心自然会不忍再和旁人要好了。"黄文汉笑道："万一我不知道反省，便和那女人长久要起好来，你又怎么样？"圆子笑着摇头道："决不会有这种事。万一真有这种事也是没法。我便当初不帮你的忙，你也是一般的可以和旁的女人要好。那时我一些儿使你留恋我的心思也没有，要丢我更丢得快些。倒不如帮着你成功，你纵然不以我为意，你的那相手方，明知道因我才得成功，难道一丝也不感激我，还忍排挤我吗？要保全在你跟前的地位，除了这法，没有第二个法子。"黄文汉大笑道："你这法子是好！只是我除了你，没有可爱的人怎处？我平生经过的女人，或嫖或偷，总数在二百以上，从来不曾用过一丝爱情。和我有关系在五次以上的，算得出不上十个人。我的爱情很是宝贵，绝不肯轻易向女人施放。就是我家里女人，她也不曾一天享受我对你这样的爱情。我玩是欢喜在外面玩的，你放心，我爱你的心，自信没有羼杂一点不纯粹的念头在里面。只要你知道这个道理，不和我吃这些毫无价值的醋，便到天荒地老，我二人也没有离散的日子。时候不早了，我们睡罢！"圆子高高兴兴的铺了床，二人携手入春帏。

圆子在枕边问君子的容貌举动，十分详细。又问："曾谈了些甚么话，话中含着有相爱的意思没有？"黄文汉一边和圆子亲热，一边说道："她的年纪还轻，恐怕不懂得这事。"圆子就枕上摇头道："十五六岁了，你说她还怕不懂得这事？住在东京的女子，又在实践女学校上课，只怕已经开过好久了，那里会不懂得？你想想她比梅子何如？梅子尚且懂得，岂有她不懂得之理！放心，她早懂得了。"黄文汉道："她若是真懂得，对我就不为无意？"黄文汉说到这里，忽然停住了口不说。圆子笑着揉了黄文汉两下道："她怎么有意，说给我听。惟有这种小女孩子初开情窦的时候，和她心爱的男人说的话耐人寻味。你说出来，必有好笑的地方。"黄文汉想起君子说话时的情形，实在有些趣味，一时高兴忘了形，便将君子所说课后去护国寺的话，还加了些油盐酱醋在里面，说给圆子听，想引动圆子的心，好取乐。圆子听了，真个钻入黄文汉怀里，笑个不了。

不知后事如何，且俟下章再写。

第八十三章

深心人媚语骗口供
急色儿滥情露底里

话说圆子钻入黄文汉怀里，笑了一会，喘气不已，黄文汉抱住抚摸她。圆子才伸出头来，推开黄文汉的手，笑问道："她说每日课后去护国寺，你没问她每日几点钟下课吗？"黄文汉道："没问她。大约在下午三四点钟的时候。"圆子听了，忽然坐了起来，将衣披上。黄文汉问："做甚么？"圆子笑道："我有事就来。"说了推开门，往厕屋里去了。好一会才出来，望着黄文汉跌脚道："我这种身体真不了，只一着急，身上就来了。才来过没有二十天，就是上午着些儿急，此刻又来了，你看讨厌不讨厌？"黄文汉听了，一团的高兴，至此都冰销了，叹气说道："那有二十天？还只有一个多礼拜。"圆子笑着脱了衣，进被卧说道："偏是你记得清楚！"黄文汉道："世界上最讨厌的，没过于这个东西。好好睡罢！"圆子笑道："谁不说好好睡？你横竖有代替的，怕甚么？挨过今日一夜，明日下午就好了。不过她的年纪轻，你须不要急色，一回将她吓怕了。"说时长叹了一声道："我这样的身体，真巴不得你找旁人去开心。只有春子知道我的身体不好，还时时怜恤我。你是只知道口里说说，真正怜恤我的时候也少得很。"说着，掉过脸去睡了。黄文汉也没留神，以为她要睡了，便也安心睡觉。

第二日早醒来，见圆子已经起去了。圆子从来起床在黄文汉之先，也不在意。看圆子的枕头湿了半截，拿起一看，才知道她是昨夜哭了。连忙爬起来，心想：她不哭了一夜，那得有这多眼泪？难道她昨夜说的话，硬是因信我的心不过，特意骗我的吗？我当初原料到这一着，只是我也曾留神细看她说话的情形，都像是出于诚意。并且我并没有说出我要实行吊君子的膀子这一句来，她不应便伤心到这样。不过她本来是个好哭的人，时常无原无故的也要流几点眼泪。必是昨夜因身上又来了，想到她自己的身体不好，不得我真心怜恤，所以伤心。唉！教我怎样真心怜恤？你自己身体生成是这样，任是谁也没法，中将汤也不知吃过了多少。

黄文汉正坐在被中思量，圆子双手捧着一个檀木火炉进来，里面烘烘的生了一炉火。见黄文汉已坐起来，衣服也不曾披上，连忙将火炉放在床边，拿了寝衣替黄文汉披上，笑道："你为甚么起来衣也不披，一个人坐在这里发呆？"黄文汉见圆子仍和平常一样，便也笑着套上寝衣说道："你起来了多久，我怎的一些儿也不知道？你昨夜甚么事又哭了？"圆子笑道："你几时见我哭来？"黄文汉顺手拿了那圆枕头给圆子看。圆子一把夺了，打开放铺的橱，往里面一撂，笑道："不是的！快起来去洗脸，等我铺好床，要用早点了。"

黄文汉见圆子极力掩饰，也不追求。即起来系了腰带，出房洗了脸。刚同圆子用完了早点，苏仲武来了，对黄文汉说定了明日坐近江丸回中国去。黄文汉道："何必走这般匆卒？我只等云南的复电来，我也要走了。再等一会，同走不好吗？"苏仲武摇头道："你走还没有期。我在这里多住一天，多受一天的罪，不如早走的好。你已决计去云南吗？"黄文汉道："并没有决计去云南的心，不过我接了云南的电报，已回信去将我的情形说了。若没有可以供生活的位置，我就犯不着多远的跑去。如有相当的位置，我又何必久困在东京？看他如何回电。只是我近来又得了个消息，居觉生在山东弄得很好，我又想到山东去。我去山东比去云南相宜些。山东的事，免不了和小鬼有交涉，我自信和小鬼办交涉，比普通一般懂日本话的人要有把握些。居觉生为人又好，所以我又想到那里去。"苏仲武道："于今居觉生在山东已有了根据地没有？"黄文汉摇头道："根据地是还没有，不过像他那样做去，大小尽可得一块地方。"苏仲武道："你的方针还没有定，我不能等你，我决定明日走。"

黄文汉沉吟了一会道："你先走也使得。"接着笑了一笑道，"你既行期在即，我今日得和你饯行。你的意思，还是想多邀几个朋友闹一闹酒，还是不请旁人，就是我两个人去吃呢？"苏仲武笑道："都可不必。我近来的心绪，你还不知道吗？那有精神闹酒？你我的交情也讲不到饯行，闹这些虚文倒显得生疏了。你的行期大约在二三月，我一直回家，沿途绝不耽搁。担认了你的款子，到家即由邮局寄给你。"黄文汉当下谢了苏仲武，便也不再说饯行的话。

苏仲武要归家收束行李，黄文汉道："我帮你去收拾，我横竖坐在家中也没甚事。"便起身换衣服，将苏仲武明日归国的话，向圆子说了。圆子也向苏仲武说了许多惜别的话，约了明日同黄文汉送往横滨。苏仲武知道是辞不掉的，只说了两声"多谢"，便同黄文汉出来，回到家中。黄文汉帮着将行李一件一件的清理好了，已是午餐时候。黄文汉笑道："我们何不去源顺吃点料理？并不是替你饯行，你这一去，不知何时再来日本，也得和日本的中国料理辞一辞行。我们实在也和它亲近得不少了，要走的时候，连信都不给它一个，如何使得？"苏仲武笑道："你是这般说，我倒真有些舍不得日本的中国料理了。这一去想再吃它，恐怕没有日子了。我已赌了个咒，不得了梅子的死信，我决不再到日本来。"黄文汉笑道："她的年龄比你轻，等她死了，你只怕已是不能来日本了。"苏仲武道："我这咒就是从此不来日本的意思。"黄文汉叹道："那又何必！"苏仲武道："你替我想想，她不死，我能再来吗？触目皆是伤心的景物，那有一点生趣！"

黄文汉道："过一会子就好了，于今还在锋头上，自然有些觉着难过似的。这也是你的性情厚的原故，若是旁人早忘记了。她走的时候，不是对圆子说，一到爱知县就写信给你的吗？于今差不多一个月了，有半个字给你没有？"苏仲武道："那却不能怪她，其中有许多原因在内。一来她不曾多读书，写信不容易，并且她平生只怕还没和人通过信札；二来她动身的时候，病还不曾好，加之离开了我，不见得不添些症候，于今或者还卧床不起，也未可知。就是病略好了些，这样冷的天气，她就写成了一封信，她父母必不令她自己出来付邮。若是交给下女或是旁的人去送邮便局，世界上那有好人，肯替她瞒着她父母去送？她又是不知道笼络下人的，谁肯替她出力？她就有十分心思想写信给我，这信如何得到我跟前来？她的住址我知道，我本也想写信给她，也是因为怕信寄不到她跟前，白糟蹋我一片心，所以懒得写去。"黄文汉点头道："不写去也罢了。得到她跟前，不得到她跟前，都不妥当。她和你的事，春子还是瞒着她丈夫的。你的信假若在加藤勇手里，春子母女都有气呕。就是直接递到梅子手里，梅子必又伤心。万一事情弄破了，说不定又有花样出。"苏仲武连连点头道："是吗，这些地方，我都想到了，所以才不敢写信去。我从来不是痴情的人，都是这般难过，你想想她那样心无二用的人，教她如何能受？"苏仲武说话时，眼眶儿又红了。黄文汉连忙说道："罢，罢！不用悲伤了，我们吃料理去。"说着，拿外套给苏仲武披上，自己也披了，携了苏仲武的手同出来。

走到南神保町，见前面有几个留学生说笑着往前走。黄文汉指一个给苏仲武看道："你看那人的后影，不像四川的老胡吗？"苏仲武看了，点头道："不错！就是那日在代代木演说的。"黄文汉挈着苏仲武紧走几步，赶上前面的人，一看果是胡庄。还有他几个同乡的，黄文汉也有认识，也有不认识。彼此见面，都含笑点头。黄文汉问胡庄道："你们到那里去？"胡庄没回答，旁边一个二十多岁的四川人答道："老胡明日坐近江丸回国去，我们同乡的替他饯行，此刻到源顺料理店去。"黄文汉笑道："巧极了！"因用手指着苏仲武道，"他也是明日回国，我正要替他饯行，也是要到源顺去。老胡你要回国，怎的也不给我个信？我难道就不够你的朋友，不应该替你饯饯行吗？"胡庄笑道："我这回国是临时的计划，前两日连我自己都不曾得着信，昨夜才决定的，那来得及给信你！"黄文汉笑道："原来如此！好，好！我今日是看牛童子看牛，一条牛也是看，两条牛也是看。你们两个人的行，就一起饯了罢！"胡庄大笑道："你索性说两条牛的行一起饯好了。"说得大家都笑了。遂一同进了源顺店，上楼拣宽敞的地位围坐起来。

胡庄笑道："去年'双十节'，我正演说要庆祝你们两位，没来由被那小鬼闹得没有收科。今日两位的夫人为何不来？老黄的这一对，世界上还可寻找得出。像苏君的，真可算是一对璧人，再也寻不出第二对了。"苏仲武在路上见胡庄的时候，心中就想到梅子。此刻又听得这般说，更加难过，当下低了头不做声。黄文汉望了胡庄一眼，叹了声道："快不要提苏君的事了！他正为那位夫人伤心得了不得，要回国去。"胡庄诧异道："怎么讲？难道那位夫人不寿吗？"黄文汉摇头道："不是，事情的原由长得很，一时也说不完。我们点菜吃酒罢，没得使满座不欢。"胡庄见苏仲武垂头丧气的神情，知道必有极伤心的隐事，便不再问了。当下各人点了菜，饮燕起来。大家欢呼畅饮，苏仲武的心事也被闹退了许多。

直吃到三点多钟，黄文汉有了几成酒意，忽然想起课后去游护国寺的君子来。估量此刻必差不多要下课了，计算散了酒席，即去护国寺看看，便停了杯，教开饭。各人也都有了酒，吃过饭，算账照份数摊派。黄文汉给了钱，与胡庄握手说："明日送苏仲武到横滨时再见。"说了，先同苏仲武出来。苏仲武说要去买些物事带回中国去。黄文汉托故别了苏仲武，坐电车到江户川，急急的向护国寺走去。

从江户川往护国寺是一条直道，没几十分钟便走到了。黄文汉站在护国寺门口，四处望了一会，见行人稀少。看了看电柱上的挂钟，正是四点，心想：君子说课后来这里，此时应该来了。只是护国寺里面宽敞得很，教我到那里去找？且往树林中寻觅一会再说。她们玩耍必在幽僻的所在。想罢，走进了护国寺的大门。只见里面的参天古木，经了几次严霜，木叶都凋脱了，只剩了几根将枯未枯的桠枝，给那些乌鸦、喜鹊做栖息之所。四处寂无人声，只隐隐的听得有微风吹得铁马响。黄文汉搋起外套，穿林越树，踪迹美人。一双眼睛自是四处张望，时时低头静听，看那里有脚步声、笑语声没有。听了好一会，没一些儿影响，仍抬起头，且走且四处寻觅。忽然见远远树林中，有红裙一角，在那里飘忽不定。因天色将向黄昏，又被树林迷了望眼，看不清是否他意中要寻觅的人。一时心与口打商量：此时必没有旁的女学生在这树林中玩耍，快赶去，一定是了！脚不停步的走到露红裙的地方，却又不知去向了。天色看看向晚，各处搜索了一会，猛听得钟声响亮。举眼看护国寺的神堂里面，露出几盏灯光来，一个和尚在那里打晚钟。登时觉的暮色苍然四合，离身一丈远便认不清楚路径。知道今日是白费了两点钟工夫，没精打采的穿出树林。听得卖豆腐的吹着喇叭，沿街呜呜的叫。

黄文汉只顾低着头走，酒也醒了，一气跑到江户川停车场，刚好一乘电车开起走了。追了几步追不上，只得等第二乘。不一刻第二乘车到了，黄文汉跳上车坐了，心想：君子分明说每日课后去护国寺玩耍，难道她无故对我撒谎？她不是那种女人，决不会故意是这般说。并且她不知道我就会去找她。只怕是我来迟了，她已玩耍了一会，回去了。只是那树林中的一角红裙，我看得却很仔细，不是她又是谁呢？忽又想道，我错了！实践女学校的制服裙子那是红的？彷彿记得都是紫绛色的，或是蓝的，曾不见有穿红的。我昨日见她的裙是蓝的，这红裙一定不是她了。并且下了课，到外面玩耍，穿制服出来的也就很少。那穿红裙的必又是一个打护国寺经过，到甚么所在去了的。护国寺本可通行，去大塚板下町，拣近路都是走护国寺经过。我今日这几个钟头真跑得冤枉！我终不信君子会骗我。明日下午我还要来冤枉几点钟，看是怎样。若再遇不着，我才死心塌地了。电车开行迅速，在饭田町换车到水谙桥，走归家中。

　　圆子笑嘻嘻的迎着，接了外套暖帽，问："从那里喝了酒，这般酒气熏人？"黄文汉略略将饯行的话说了。圆子生了火炉给黄文汉烤，黄文汉问道："我出去了，你在家中不烤火吗？怎的重新生火炉？"圆子笑道："今日天气不很冷，你出去了，我坐在被里做活，懒得添炭，火就熄了。"圆子说着，去厨房里弄菜。黄文汉说不吃饭，圆子不依，说半夜里又要腹中饥饿，勉强要黄文汉吃了一碗。

　　吃完饭，二人围着火炉闲话。圆子忽然笑问黄文汉道："你是个聪明人，你说人是个甚么东西？"黄文汉笑道："人是个人，是个甚么东西，你这话才问得奇怪！"圆子道："一些儿不奇怪。我再问你，人的这一个字，是不是一件物事的代名词？"黄文汉点头道："自然是一件物事的代名词。"圆子道："禽兽这两个字，是不是也是一件物事的代名词？"黄文汉笑道："这何待问！"圆子道："你这话答得太简单了。我所问的，若是没有问的价值，你才可以是这般答复。我这问的，很是一个疑问，你不能是这样简单答复。"黄文汉笑道："你且说下去，到不能简单答复的时候，自然不简单答复。"圆子点头道："我再问你，若将禽兽两个字移到人身上，说人是禽兽，将人的这个字，移到禽兽身上，说禽兽是人，你说使得使不得？"黄文汉道："这有何使不得！不过当初命名的时候既有一定，数千年相沿下来，偶一移动，人家必然惊怪。若当初命名的时候，本说人是禽兽，则我们此刻都自以为禽兽，而以禽兽为人了。这也是很容易的答复，教我不能不简单。"圆子道："然则当初命名的时候，也有用意没有？还是随意拿了这个字，加到这件事物上，就说这物事叫甚么吗？"

　　不知黄文汉如何回答，且俟下章再写。

圆子将禽兽比人
罗福画乌龟戏友

  话说黄文汉见圆子问得稀奇，笑说道："你无原无故研究这些不相干的事做甚么？"圆子正色道："怎的是不相干的事？你快些答，我还有话问。"黄文汉笑道："命名的时候，自然有用意在里面。不过细讲起来，讲来讲去，讲到训诂之学去了。我们此刻没有研究训诂之必要，我只将大意答复你罢。先有人与禽兽及万物，而后有字。譬如我和你此刻生了个小孩子，替他取名字一样，随便叫他甚么，都可以的。只是取定了之后，不能一天一天的更换。若是今日叫这个，明日叫那个，人家将不知道这小孩子到底叫甚么名字。人和禽兽也是一样，既经叫定了我们是'人'，禽兽是'禽兽'，几千年来是这样，我们此刻就不能颠倒着叫。"

  圆子点头道："你的话我明白了。我再问你，当日命名的时候，既自己名自己为'人'，名四脚的为'兽'，两翅膀飞的为'禽'，这'人'与'禽兽'字义上，必含有贵贱的意思在里面。何以现在的人比禽兽倒不见得有甚么可贵重的所在？"黄文汉笑道："你何以见得？"圆子道："我想人与禽兽的分别，应该只在配偶上。禽兽有一定的配偶，便不知道生野心和别的禽兽去配。如猿猴、鸳鸯、鸿雁种种，多是一对一对配定了，便不更改。人却不然，比禽兽的智识到底高些，任你有如何相当的配偶，总是要随时更改的。"黄文汉知道圆子话里有因，不肯引着她多说，只点头略笑了一笑，说道："我们明日一早得去横滨送老苏的行，今晚早一些儿睡罢！"圆子正偏着头思量甚么，黄文汉说了两遍，才抬头望黄文汉叹了口气，也不说甚么，铺好床让黄文汉先睡。

  黄文汉解衣钻入被中，思量圆子的话，又见圆子坐在电灯底下替自己缝衣服，心中着实有些不忍背了她，再和旁人生关系。又见圆子的脸色很显着愁怨的样子，想催她快些同睡，好安慰她一会。催了几遍，圆子只是不肯便睡。黄文汉禁不住自己坐起来，夺了圆子手中的衣服。正要替她解带子，圆子用手推黄文汉道："天冷，你不披衣，仔细着了凉！你快进被卧里去，我就来。我想把这件衣赶起，明日好穿了去送行，就迟睡一刻值得甚么？"黄文汉笑道："你心里不高兴，低着头做活，恐怕忧郁出病来。我明日又不是没衣服穿，忙些甚么？"圆子复推黄文汉入被中笑道："虽是有衣服穿，新的到底比旧的好。我知道你有喜新厌故的脾气，所以想连夜赶给你穿。差不多就要成功了，请你再安心等一会子罢！"说着，复拿起黄文汉夺下来的衣服，低着头缝制。黄文汉见了没法，只是叹气。圆子一边缝衣，一边笑道："我做衣服的手脚很快，昨日才买来的裁料，今日若不是动手迟了些儿，早成功了。才拿起来做，天就黑了，没有电灯，一些儿也看不见，所以到这时还不曾成功。"

　　黄文汉何等聪明的人，听圆子句句话道着他的暗疾，那有不明白的。暗自寻思道：听她的说话，我今日在护国寺的事，她是已经知道了。黄文汉想了一会，忽然悟道：是了！我昨夜上了她的当，将君子去护国寺玩耍的话对她说了，她就实行起侦探手腕来。怪道看见一个穿红裙的一晃就不见了，不是她是谁呢？但是我平生做的事，素不大喜瞒人的，她便知道也没要紧，我索性明白和她说穿了，看她怎样？想罢，即望着圆子笑道："衣服不用做了，快来睡，我有话和你说。"圆子停了针，回过头来问道："有甚么话说，你说就是，又不是隔远了听不见，何必定要睡着说？"黄文汉笑道："我这话，不是坐着说的话，不要啰唣了，快来睡罢。"圆子听了，真个放了衣服，将针线及零星物件都清拾了，解衣就寝。黄文汉就枕边笑着说道："看不出那君子，小小的年纪倒会欺人。我今日上了她的当，白在护国寺跑了一会，那里有她的影子呢？"圆子笑道："你何时去护国寺的，不是同老苏去清行李的吗？"黄文汉听了，心中好笑，口中说道："我同老苏去清了行李，又在料理馆里吃了会料理，乘着一些儿酒兴，就跑到护国寺。谁知鬼都没遇着一个，以后我再也不肯上她的当了。我起先本想瞒你的，因想你这般待我，实不忍心瞒了你去干这些勾当。并且你不是瞎吃醋的人，明知道你不会怕我的爱情被旁人夺了去，我又何必不说给你听？"圆子点头问道："你和她没有约定一个地方的吗？"黄文汉道："那里约定地方？不过无意中一句话罢了。我也是被好奇心驱使，又有了一些酒意，不然我也懒得去白跑。"

圆子沉吟道："白跑一趟不算甚么，但是要使她知道你为她白跑了一趟才好。"黄文汉笑道："我又不安心吊她的膀子，教她知道做甚么？"圆子道："便安心吊她的膀子有何不可？她既说每日下了课去护国寺玩耍，你今日必是去迟了，明日早些去，决不会错过。"黄文汉在枕上摇摇头，叹口气道："我的事，都是一时高兴干出来的。莫说现放着个你在这里，千万用不着转旁人的念头。便没有你，我也是和浮萍一样，遇合随缘的，从不肯安排、等待的打人家的主意。若是今日遇着了，说不定即可和她生关系；既是不曾遇着，兴头已经没有了。便是她来找我，也不见得我就和她生关系。要我再去找她，她就是天仙化人，你看我去不！"圆子哈哈笑道："呵呀，你竟拿起身分来了！你何必再来装腔？你不要是这样藏头露尾的，爽直点儿，明日再去。只要知道她的住处，就容易设法了。我非特不吃醋，我的身体本来不好，在病院里又忧劳过度，更羸弱得不成话了，实配不住你这般壮实的身体。承你的情，念我一些儿好处，不肯丢我，我是和聋子的耳朵一样，只能替你做个配相罢了。男女之乐，我是无福消受了，巴不得有个人代我尽女人的义务。我的意思昨日就对你说了，你是个精明人，大约也不会疑心我有做作。你老实说给我听很好，我要不实心实意成全你们的，我不是人。"说完，扯着被卧角揩眼泪。

黄文汉见了，好生不忍，连忙慰问她道："说得好好的，又哭些甚么？"圆子笑道："我何曾哭来？不要说话了，睡罢，明早要去送行，下午还得到护国寺去。"黄文汉笑道："谁还去护国寺做甚么？你虽聪明，到底认错了我。凡事须自己觉着有趣味，才高兴去干。我此刻已不觉去护国寺有趣味了，便君子明约我去，我也不去。"圆子正色道："你是这样不行！她既有意于你，你又欢喜她，不去，显见得是因我了。你明日万不能不去。"黄文汉摇头道："我何尝真欢喜她？她也未必就有意于我，只管去怎的？"圆子冷笑道："你真不去吗？"黄文汉笑问道："我怎敢向你说假！"圆子道："你不去罢了，只是你不可怪我无情！"黄文汉惊道："你这话怎么讲？"圆子道："你明日若不去，我一定和你离开，我若不离开，就是禽兽养的。"黄文汉道："你这话不稀奇得很吗？"圆子抢着道："有甚么稀奇！没有我，你吊人家也好，不吊人家也好，不干我的事。既有我在里面，你和人家吊一会，又不吊了，不是我在中间作梗，也是我在中间作梗。我不希罕你，犯不着受人家怨谤。并且我早已存心，非找个替身不可。你不依我的，我立刻和你离开便了！"黄文汉知道她是愤激之词，只含含糊糊的敷衍了几句，便大家安歇了。

次日早起，都将昨夜的事忘了。用了早点，二人装束停当，同来苏仲武家。苏仲武正从运送店回来，黄文汉帮着打点随身带的行李。苏仲武向圆子笑道："不敢劳动嫂子送到横滨，就在这里请回家去罢。我又没多行李，有老黄同去够了，我们何必还要客气！"圆子笑答道："不是客气，我也想去横滨看看。"苏仲武便向黄文汉道："还是你和嫂子说声，教她不用去，多远的路，天气又冷，何苦去受海风吹。"黄文汉心想也是，她体气弱，素来多病，不去吹风也好。便对圆子道："苏先生既执意不教你远送，就是我一个人送去也罢了，你就此回家去罢，我送上船就回来。"圆子见黄文汉这般说，只道又是有意掉枪花，便笑着点头道："那我就不远送了。"当下向苏仲武行了礼，说了几句沿途珍重的话，即作辞去了。

黄文汉和苏仲武带了随身行李，坐人力车，到中央停车场来。恰好胡庄也在待合室等车，彼此见礼。胡庄送行的人很多，张全、罗福都在内。罗福见了苏仲武，连忙过来握手，问道："先生也是来送行的吗？尊夫人怎不见同来？"苏仲武口中含糊答应，心中惨然不乐。胡庄昨日见苏仲武的情形，又听了黄文汉的说话，知道苏仲武必有难言之隐，便暗暗的拉了罗福一把。黄文汉跑过来，扯了罗福的手问道："去年双十节你逃席之后，怎的全不见你的影子？"张全笑道："你自不去找他，只怪得你。他去年年底还大出风头，你没晓得吗？"黄文汉笑道："他出了甚么风头？"罗福用眼瞪着张全道："不要说！你若说了，看我可能饶你？"张全笑道："你不要我说，我倒偏要说说，看你能如何不饶我？"罗福脱开黄文汉的手，推着张全往待合室外面跑道："你不开口，老黄不会疑心你是哑子。"黄文汉笑着止住罗福道："我不听就是了，何用是这样讳莫如深呢！"张全笑着将身子一扭，脱离了罗福的手，又跳入待合室中间，正待要向黄文汉说，罗福看了看壁上的钟道："九点五十分钟，只差十分钟就要开车，我们上车去罢！"胡庄道："呆子忙甚么？还没摇铃，看你能上车去？"

黄文汉听得上车，才想起还没买票。便问张全道："你们买的票是几等？我好照样买了同坐，闹热些儿。"张全笑指罗福道："我们本都要买头等，他这鄙吝鬼死也不肯坐头等。说只有个把钟头，在三等车里坐一会就到了，何必花冤枉钱。我们因人多，挤在三等车里，恐怕没地位坐，左说右劝的，他才肯买张二等票。我们都买的是二等，你也买二等罢！"黄文汉笑着点头去了。一会儿拿了两张二等车票进来，交了一张给苏仲武。外面已摇得铃声响亮，待合室里等车的人都争着向外面跑。黄文汉和胡庄一干人跟着出来进月台，上火车，纷乱了好一会，才大家坐定。

罗福坐在绒垫子上，故意闪了几下，笑向张全道："多花几个钱到底不同点儿。三等车上那种木板凳，又硬又窄，坐得屁股生痛，那能及这个柔软得有趣？头等车一定比这个还要好几倍，怪道你们定要坐头等车，原来都想图这个舒服。"车中的人见了罗福这种神情，一个个偏过头捱着嘴发笑，张全也不睬他。罗福一个人得意了一会，见月台上站了许多送行的人，他便将窗子的玻璃放下，伸出头来看那些送行的人，自己却时时咳一两声嗽，想引人家注意他是坐在二等车里。无奈那些送行的人都各人望着各人临行的亲戚朋友，趁着须臾短景，叙述无限的离怀，那有闲心用眼光来瞧着他？任他如何高声咳嗽，那些人只当没有听见。

忽听得呼哨一声，火车的汽笛便接着呜呜的叫起来，火车也就跟着叫声轧轧的响起来了。罗福只见月台的檐柱慢慢往后退，越退越远，一刹时就不见了。罗福望不着人，只得退入车中坐了。到一个停车场，他必伸出头来咳几声嗽。惟有张全和他同住得久，知道他这种用意，暗暗地说给黄文汉听。黄文汉笑得肚皮痛，推了罗福几下。罗福回过头来问做甚么，黄文汉道："我明日在新闻上替你登一条广告好么？"罗福怔了一怔问道："甚么事登广告？"黄文汉道："你平生第一次坐二等车，不登条广告，岂不埋没了你这般豪举！"说得车中的人都笑起来了。罗福红了脸坐下来，搭讪着说道："我坐二等车，并不是第一次，从前也坐过多回。"黄文汉见他难为情，便不再说了。

一会儿车抵横滨，一伙人都乘人力车上了船。胡庄和苏仲武都是头等舱，安好了行李，复一同上岸来，到山下町同乐楼午餐。罗福知道是张全将他的心事对黄文汉说了，所以黄文汉说挖苦话，惹得大家嘲笑。心中恨张全不过，悄悄的拿了张纸，画了个乌龟，粘了些浆糊，偷贴在张全背上。张全那会知道，只顾和人说笑。大家围着桌子吃饭，也没有人留神。却被下女看见了，笑得打跌。吃饭的人觉得诧异，一个个望着下女，下女用手指给众人看。胡庄一把撕下来，张全见了，跳起来指着罗福道："一

定是这呆子捣鬼！好，好！你看我当着众人出你的丑不？"罗福赖道："你
怪我才怪得冤枉，我何时画了贴在你背上的？"张全道："你还要赖！刚
才只你一个人起了身，不是你，是忘八蛋！"罗福笑道："你才是忘八蛋！
背上驼着忘八蛋的幌子，还骂人是忘八蛋！"张全也不答话，向黄文汉笑
道："我将他去年年底出风头的事，说给你听。"罗福顿时失色，忙哀告
道："好人，你不要说。我下次再不敢和你开玩笑了，饶了我这一次罢！"
张全那肯睬他，举起杯酒，笑向满座的人道："诸君中恐怕不知道这事的
多，我说出来，给诸君下酒。且请诸君饮了这一杯，静听我说。"

　　黄文汉见张全说得这般慎重，料道必是桩很有趣味的笑话。大家听
了，也都是这般想，各人举起杯来，一饮而尽。只罗福急得搔耳扒腮，
不得计较，跑过张全这边来，攀着张全的肩膊，苦着脸说道："我已知道
你的厉害了，下次随你教我做甚么事，就是赴汤蹈火，也不辞避，只这事
说不得。"张全扭转身，推了罗福一下道："说不得，你须不要做！"罗福
道："我下次不做了就是。"张全忍不住笑道："甚么事，你下次不做了？"
罗福笑道："下次不再教你做乌龟了。"张全在罗福头上敲了一下，笑道：
"你们看这该死的囚徒，他倒会讨起便宜来了。快替我滚开些，我非说
不可。"罗福攀住张全，那里肯依呢。黄文汉笑向罗福道："呆子！你做的
事，只老张一个人知道吗？"罗福点头道："除他以外，知道的很少，有是
还有一两个人知道。"黄文汉笑道："既还有一两个人知道，那一两个人不
见得便替你守秘密。你就今日阻止了他，不说了，你终不能跟着他走。他
安心要说，怕没说的时候吗？"胡庄拍手笑道："对呀！呆子，不要紧，大
丈夫做事，有甚么不可告人的？你由他去说罢，你越不教他说，他越觉着
有趣似的非说不可，听的人也认真些。你若当作一桩极平常的事，他说着
也没味。"

　　满座的人谁不想听新闻？听了胡庄的话，都赞成道："老胡说的一些儿
也不错。呆子，你还到这里来坐着，大家听罢。你也莫当作你自己的笑
话，只当是听别人的笑话便了。"你一言我一语，说得罗福无言可说，只
得鼓着嘴，退回原位，自言自语道："你要说，你就去说罢，看你说了有
甚么好处！横竖又不丑了我一个人，也一般的拉着旁人在里面。"张全见
罗福如此，倒不忍心说出来，知道他是个量窄的人，恐怕大家听了，一嘲
笑他，他立脚不住赌气跑了，大家伤了感情没趣。想罢，便坐了下来，

笑道："你既是这般要求我，不要我说，我便饶了你这一次罢。只是你下次却不可再向我无礼了。"罗福起身向张全作揖道："你能是这样，我一辈子感激你不尽。"黄文汉不依道："我们闹了这们一大会，酒也饮了，你却向这呆子卖好。你还是说罢，他的事情横竖做过了，终久人家是要知道的。"胡庄及大众也争着要张全说，罗福急得向这个作个揖，向那个打个拱，引得大家都笑得不亦乐乎。

　　不知张全到底说出甚么来没有，且俟下章再写。

第八十五章

打英雌罗福怪吃醋
瞰良人圆子真变心

　　话说张全见大众都逼着要他说，只得说道："去年年底，刘艺舟的戏班子不是在南明俱乐部演戏吗？那个在本乡座做加秋霞的施山鸣，装扮起来身材容貌本还过得去，这呆子见了，便神魂颠倒的，说比小姜的《茶花女》还要好几倍。这也罢了，谁知这呆子口里只管向人说好，心中便起了个不良的念头。"罗福见张全这般说，急得双手掩着他自己的耳朵，只管摇头放声乱叫，想闹得大家听不清楚。张全见罗福如此，果住了口。大家又笑着催张全说，张全放高声音接着说道："他起了这不良之念头不打紧，却闹到一位女国民身上去了。这位女国民，你们大家都是知道的，就是在教育会演说，李锦鸡因而被叱的鼎鼎大名的胡女士。"

　　苏仲武听得，打了个寒噤，翻开眼睛望着张全。张全也不在意，仍往下说道："呆子转施山鸣的念头，却与胡女士有甚么相干呢？原来胡女士见施山鸣生得面似愁潘，腰如病沈，不觉与呆子一般的生了爱慕之心，也学呆子的样，只管在后台里面鬼混。凑巧那一夜也是演《茶花女》，施山鸣的西装不完全，并少了一顶合式的帽子。胡女士赶忙将自己身上的西服脱剥下来，给施山鸣穿了，帽子也给施山鸣戴了。施山鸣高高兴兴的向胡女士谢了又谢。呆子看在眼里，气在心里，恨不得立刻将胡女士拖出后台。也是胡女士合当有难，前台看戏的见施山鸣穿的是胡女士的衣服，有几个是胡女士的生死冤家，心中不服，寻至后台，与胡女士挑衅。胡女士不合与他们辩理，才辩了几句，呆子一肚皮的怨气，正没法可以发泄，郁成一股愤气，至此按捺不住，伸出他那五齿钉耙的手，在胡女士脸上就是一巴掌，打得胡女士直跳起来。呆子打得兴发，接连又是两个下去。胡女士只气得浑身打抖，又羞又忿，忍不住掩面痛哭起来。后台的人见这样一闹，也慌了手脚，呆子便乘势一溜烟走了。"

满座的人听张全说到这里，都望着罗福大笑起来。罗福放下手来，说道："好，好，快些吃完了饭，上船去罢。"黄文汉向张全道："这事我早就彷佛听得人说，外面晓得的人很多，呆子何所用其秘密？"张全望着罗福笑了一笑，还待说话，罗福抢着说道："就是这个秘密，再没有秘密的了。"说着拍手教下女开饭来。胡庄笑道："这事情谁也知道，何必要老张来说？一定还有好笑的在内。"张全摇头道："并没有甚么好笑的，以后就是呆子和施山鸣在黑幕里干的事，我也弄不大清楚。只晓得施山鸣他们住在三崎馆，穷得精光，呆子也陪伴他们，穷得换洗的衣服都没有。你们没见他现在还戴着一副黑眼镜圈儿，可不是便宜太占狠了！"罗福气得将筷子往桌上一搁，站起身一脚踢开椅子，往外就走，口中说道："老张也太不够朋友了！"满座人都大笑起身来拖他，张全也赶着陪不是，罗福拗不过众人情面，只得重复入席。大家都忍着笑吃饭。

须臾饮食都毕，由送行的人斗份子清了账。一行人送胡庄、苏仲武上船，各人说了几句沿途珍重的话。黄文汉与苏仲武洒泪握别，随着大众回东京来。在火车上，黄文汉问张全道："你刚才说胡女士，她此刻怎样了？你知她的下落么？"张全道："听说她此刻嫁了一个江西人，姓柳名萍的，同回国替袁世凯当侦探去了，不知他们内容到底怎样。"黄文汉望着罗福笑道："呆子，你要仔细些，她既嫁了个袁世凯的侦探，须提防她报你这三巴掌之仇，说你是乱党。"罗福鼻子里哼了声道："我怕她！我只在日本住，看她怎地奈何我！"一行人说笑着，火车已到中央停车场。

黄文汉别了众人，看电柱上的挂钟已到四点十分，心想：君子此刻必下了课，在护国寺玩耍。我何不再去走一遭，看是怎样？主意打定，便由小川町坐往江户川的电车。刚走至护国寺门首，早望见君子穿着淡红小袖散花棉袄，散披着头发，趿着一双橡皮底草履，和两个一般大小的女孩子，在护国寺内草坪里抛皮球玩耍。见了黄文汉，似乎有些害羞，丢了皮球，红着脸与黄文汉行礼。黄文汉连忙脱帽还礼，走近身去笑说道："小姐昨日不曾来此地玩耍？"君子笑道："谁说我不曾来？"黄文汉道："我昨日午后到这里看一个朋友，怎不曾看见小姐？这两位也是同学的吗？"君子点头，正待和黄文汉绍介，忽见大门口走进来一个女人。打扮得如鲜花一般艳丽，笑吟吟的望着自己点头，心中吃了一惊，暗道：这女人与我素不相识，如何会望着我点头？想是她认错了。君子心中这般想，眼睛不住的在那女人浑身上下打量。

黄文汉背大门立着，不曾看见，听得脚步响，又见君子似乎出了神，即掉转身来看。不看犹可，这一看，只恨他爷娘不曾替他生得两支翅膀，好冲天飞去，避了这女人的面；又恨这地不能裂一条缝，好立刻钻进去，藏了这个身子。黄文汉正在进退为难的时候，那女人已走近身边笑道："你送行如何回得这般早？这位想就是君子小姐了？"这几句话，只急得黄文汉一张脸通红，心想：既被她撞破了，没法，暂时只得硬着头皮，拼着夜间去向她陪罪。当时定了定神，勉强笑着向君子介绍道："这便是内人圆子。"君子听得，连忙深深的向圆子鞠躬行礼。圆子答礼笑道："小姐不要听黄君说谎，我和黄君只是朋友。屡承黄君的情，要和我约婚，我因自己的容貌、学问都一毫也匹配黄君不上，从不敢起这个念头。前日听得黄君说起小姐，我就羡慕得了不得。几番怂恿他，要他来看望小姐，不料昨日来迟了些儿，小姐独自玩了一会就回府去了。今日天幸遇着小姐，小姐却不可辜负了黄君这一片爱慕之诚。黄君为人最是多情，我只自恨命薄，不堪与他匹配。"

君子见圆子口若悬河，无端的说了这一大篇的话，有些摸不着头脑。那两个同玩的女孩子见天色已是晚餐时候了，都不辞而走的归家晚膳去了。君子见了，也待作辞归家。圆子如何肯放，一把拉住君子的袖子笑道："论年纪，小姐比我轻得多，我胆敢呼小姐一声妹妹，妹妹不笑我妄自尊大么？"说完，仰天格格的笑。君子此时不知要怎么才好，用那可怜的眼光望着黄文汉。黄文汉也正在叉手躬身，如聋似哑的时候，被君子这一望，望得他更加着急。喜得人急智生，当下笑向君子道："圆子君认小姐做妹妹，我也与有光荣。此后望小姐不必客气，多与圆子君亲近。我此刻还有点小事须去料理，圆子君可多陪小姐玩玩。"说着，点了点头，转身就走。圆子说道："你走那去？"黄文汉即停了步，回头见君子推着圆子说道："姐姐，由他去罢，我不愿意他在这里。"圆子笑道："他去了如何使得？妹妹，你不知道他很愿意在这里。"黄文汉笑道："我实在有点事要去干。好夫人，放我去罢！"说时已提步往外走了。

圆子见黄文汉已走，便向君子说道："他走了不要紧，我自陪妹妹去各处玩耍好么？"君子道："时候已不早了，我要回去，免得母亲盼望。

姐姐何不同去我家坐坐？"圆子喜道："好极了！只是我去妹妹家，妹妹对母亲将如何说？"君子沉吟道："姐姐说如何说好？"圆子笑道："只说是同学罢了。"君子点头道好。二人遂携手出了护国寺，旋走旋闲谈，不多一会，已走到一家门首。君子住了脚道："这便是我的家了。"圆子抬头见门柱首嵌着一块磁牌，上面有"斋藤"二字。君子推开了门，让圆子先进去。圆子跨进门栏，早见一个五十来岁的夫人穿着一身素服，推开里门出来。君子连忙抢上前向圆子说道："这便是我的母亲。"圆子就门栏里行了一礼。君子的母亲答了礼，笑问君子道："这位是你的同学吗？"君子点头道："她是圆子姐姐。刚才在护国寺遇着了，就邀来家里玩耍。"说着脱了草履，圆子也卸了木屐。

　　君子母亲引到客厅里，圆子重新行了礼，开口说道："我多久就应来看视伯母，替伯母请安。只因一来学校里功课忙，二来因我身体素来多病，又不识途径。今日若不是在护国寺遇着妹妹，又要错过了。"君子母亲见圆子称呼亲热，说话伶俐，举动大方，容貌端好，心中非常欢喜。当时谦让了几句，便向君子道："难得圆子姐姐到我家来，你好生陪着说话，我去弄点菜，就在这里吃了便饭去。"圆子连忙笑道："伯母不要费事，下次再来奉扰。我既知道了伯母的住址，好时常来玩的。"君子母亲笑道："时常来玩最好，我并不费事。吃了晚饭，再教你妹妹陪去看活动影戏。"君子也在旁挽留，圆子便不推辞了。君子母亲到厨房里，先烧了壶茶，送到客厅来。见已不在客厅里了，听得君子卧房里有两人说话的声音，便端着茶，也送到君子卧房里来。只见君子拿着自己编织的物件给圆子看，圆子看了赞不绝口。忽见君子母亲端了茶来，连忙趋前接了，笑道："我只知道妹妹读书聪颖，不知道她手工原来也精细得了不得。同学中像她这样完全的，也就少有了。"君子母亲张开嘴只是笑。君子催她母亲快去弄饭，她母亲真个去了。圆子遂和君子无所不谈。须臾饭菜都好，三人一同用了晚膳。

　　君子邀圆子去江户川馆看活动影戏。圆子辞了君子母亲出来，同到江户川馆。圆子抢着买了票，下女引进特等座位。此时影戏还没开演，看的人，楼上还不满一百，都稀疏疏的坐着。圆子举眼四处观望，只见头等座位里面有个穿洋服的少年，生得气秀神清，戴着一副茶晶金丝眼镜，越显得面如傅粉。看他年纪，至多不过二十四五。圆子见了，心中思量：

这男子一定是中国人，看他穿着中学生的制服，全没有些莽撞气，日本那有这样文秀的中学生？圆子在这边打量那中学生，那中学生便如得了无线电，也连连拿眼睛来瞟圆子。圆子见了好笑，恐怕那中学生看见，便回过脸去低了头。过一会再看那中学生，尚兀自目不转睛的钉住了圆子的脸，也微微的含笑。圆子见那中学生实在美得有几分可爱，不由得脸上不表现出来，却又有些怕君子见了疑心，只得也以一笑报答那中学生相慕之意，便回过脸来。恰好影戏开演，楼上的电光都熄了，二人的无线电报都不能通。

日本的影戏园，开场照例演的是滑稽片及喜剧片，都是很短的。不消几分钟，一张演完，圆子觉得身边有人挨着坐了。一看不是别人，正是那中学生。圆子也不作理会，只顾和君子闲话。接着电光又熄了，圆子偷看那中学生，眼睛虽也望着电影，一只手只管在下面，渐渐的伸进圆子腰间。圆子揣他的意思，却是想伸进来握自己的手，一个不留神，自己的手竟被他握住了，一时那里挣得脱呢？圆子的手既被那中学生握住，登时觉得那中学生的手温软得了不得，竟比一个好女子的手还要细腻，便也乐得开开心，倒紧紧的握了那中学生几下。那中学生脱出手来，在他自己左手上取下一个金戒指，又慢慢的摸着圆子的手，在中指上套了。圆子吃了一惊，连忙卸下来，纳还那中学生手中。那中学生紧握着拳头，死也不受。圆子便放在中学生手背上，中学生拿了，又来摸圆子的手，套上戒指，即将手缩回去。圆子又卸下来，想交还他，他已起身往化妆室走。圆子只得纳入怀中。看了好久的影戏，只不见那中学生转来，知道他是在化妆室等着说话。本想下去，心中总觉得有些不过意。一时以口问心的打了几遍商量，终是赞成去的占多数，便也起身待向化妆室走。

君子问道："姐姐去那里？"圆子怔了一怔答道："妹妹坐着，我有事，去就来。"君子小声说道："姐姐去便所么？我也同去。"圆子一时没有法子拦阻她，只得点点头，自向前走。刚至化妆室门口，只见那中学生在门帘缝里迎着，含笑点头。圆子使了个眼色，径推开便所的门。君子跟着进去，圆子向君子道："我要大解。妹妹小解了，自去看影戏，我就出来。"君子答应了，小解出来，因衣带松了，顺便走进化妆室去，想对镜整理衣服。低着头只顾走，那中学生隐身在门帘背后，猛然撞个满怀，二人都吃了一吓。君子抬头一看，认得是坐在圆子身边的，心中已有些明白。那中学生见君子容貌不在圆子之下，年龄还要轻几岁。人生爱好之心，那有限制？便趁着惊魂稍定之际，向君子陪话道："很对不住，不知小姐进来，不曾躲避，失礼得很！"君子望了中学生一眼，只笑了笑，便去对镜整装，也不答话。那中学生倒像是风月场中老手，也走近穿衣镜前，望着镜子，摸了摸领子，拍了拍衣服。君子就镜子里面，瞟了那中学生一眼。中学生便笑逐颜开的，回送了一个眼风。二人正在穿衣镜里眉来眼去，门帘一揭，只见圆子走了进来。君子到底有些害羞，连忙回过脸来说道："姐姐，我的衣带松了，重新系过才好了。"圆子笑道："松了自然须重新系过，我的也松了。"说着，也对着穿衣镜，解开腰带重新系过。那中学生见有二人在这里，知道不能下手，便慢慢的踱出去了。

　　圆子二人整理了衣带，重复入座看影戏。那中学生仍想来握圆子的手，此时圆子却不肯了。那中学生三回五次的摸索不得，又偷看圆子的脸色，大不似以前和易，竟似堆下了一层浓霜一般，吓得有些不敢下手了，只轻轻用背膊来挨擦了一会。见圆子不理，便暗暗的将座位移至君子背后，伸手由君子腰间来探君子的皓腕。君子虽然不是大家的闺女，却不曾见过在大庭广众之中是这般摸摸索索的。当下见中学生从腰间伸出手来，吓得芳心乱跳。又十分怕被圆子看见，只顾将身子往前面让。那中学生那管她逃避，君子让一寸，他便跟进一寸。让来让去，前面抵着栏杆了。圆子分明看清楚，只抬着头看影戏，装作全没看见。君子既逃避不脱，急得在那中学生手背上下死劲抓了一下。那中学生痛得缩手不迭，恨恨的瞟了君子一眼，自去捧着手抚摸。君子觉得非常得意，悄悄的说给圆子听。圆子听了，回头望着那中学生笑。中学生正用口向手背上吹，见圆子望着他笑，便举给圆子看。此时没有电光，也看不清楚受伤的轻重。圆子笑着对那中学生颠了颠头，自掉转脸去看影戏。不一会演完了，大家起身出了江户川馆。

　　圆子与君子约了后会，君子独自步行归家。圆子走到停车场上电车，只见那中学生已赶了上来，与圆子点头，举着手向圆子道："你看，你那朋友也未免太狠了！"圆子就电光一看，只见三道血痕，都有一寸多长，忍不住掩口而笑。那中学生挨近圆子身旁坐下，问道："你住在甚么所在？"圆子笑道："你住甚么所在？"中学生道："我从前本住上野馆，去年八月搬到仲猿乐町，住了一个贷间，二十五番地，门口挂了个木牌子，上面写着'五十岚'三个字。我那贷间异常精致。"圆子问道："你就姓五十岚吗？"中学生摇头道："我不姓五十岚。我那房主人姓五十岚。"圆子道："你姓甚么？你不是个中国人吗？"中学生点头道："我是中国人，不过我来日本很多年了，知道我的人很多，在留学生中间很有点名誉。你不信，你随便去问个中国人，就知道了。"圆子点头笑道："你且说你姓甚么？叫甚么名字？"

不知中学生说出甚么姓名来，且俟下章再写。

第八十六章

利用品暂借李铁民
反攻计气煞黄文汉

话说那中学生见圆子问他的姓名，连忙从袋中摸出一张三寸多长的名片来，恐怕圆子不认识汉字，用手指给圆子看道："我姓李名铁民，福建闽侯人。"圆子伸手接了，待纳入怀中，李铁民忽然止住道："且慢，等我将住址写在上面，你以后好来玩耍。"说着，从洋服口袋里抽出自来水笔，就圆子手中的名片上写了他的住址，交给圆子，问道："你今晚能到我家里去么？"圆子摇头道："今晚不行，明日午后定来奉看便了。"李铁民笑道："明日午后几点钟？我好在家中等你。"圆子道："时间不能一定，何时能抽身出来，即何时到你家来。"李铁民高高兴兴的应了。电车到饭田町，圆子即辞了李铁民下车。李铁民送至车口，复叮咛了几句。圆子只管点头应是，在饭田町换了电车归家。

黄文汉独自一个人坐在火炉边打盹，火炉里的火也将近要熄了，被卧已铺好在一边。黄文汉见圆子回来，抬起头揉了揉眼睛，笑着问道："你如何到这时候才回来？我一个人等得有些不耐烦了。"圆子一边解围襟，一边笑答道："等得不耐烦，不好不等的吗？"黄文汉起身添了炭，笑道："你没回来，我如何好不等。"圆子也不答话，拿寝衣换了，也来靠着火炉坐下。黄文汉见她板着面孔，只顾烤火，一声不做，不好意思问她今日的事。只得伸手借烤火，握了圆子的手，抚摸尽致。圆子烤了一会，脱开手立起身来，倒了口茶喝了，说道："我是要睡了，你高兴坐，你再坐坐罢。"黄文汉也起身笑道："我多久就要睡了，谁还耐烦坐？"圆子已解衣钻入被中，黄文汉一同睡下。半晌不见圆子开口，黄文汉委实有些忍耐不住，推了圆子一下，笑问道："你真和我斗气吗？我做错了事，你骂我也好，打我也好，我皱一皱眉的，也不算是我了。只是这样板着面孔一声儿不言语，我心中真难受。我就是要向你陪罪，你也要与我以陪罪的机会。你是这样，你到底要教我怎样？"圆子听了，翻转身来，望着黄文汉笑道："我何敢要教你怎样？我心里没有话可说，教我说甚么？"黄文汉道："没有话说，随便谈谈也是好的。你今晚在那里吃了晚饭？吃了晚饭，在甚么所在玩耍？到这时候才回来，未必就毫无可说。"

圆子笑道："你这人太不中用了。我恐怕她对你害羞，特来帮你撮合，谁知你是个银样蜡枪头，我一来你倒跑了。我前日早和你说了，我若不竭力成全你们的事，我不算人。我披肝沥胆的和你说话，你偏要鬼鬼祟祟的和我使巧计儿。我和你相处了这们久，你的性情举动如何瞒得过我？昨日老苏来这里辞行，我说送他去横滨，他当面并不曾推让。你同他出去一会，今日就变了卦。我岂不知你是有意避开我，好回头去护国寺？老实说给你听，我昨日已到了护国寺，并见你在那树林子里，掳着衣东张西望。我见你没找着君子，我也无从帮你的忙，所以悄悄出了护国寺，向停车场走。刚上了电车，只见你已从那边桥上来了。此时我转念一想，不如和你说明了，便好商量个和君子生关系的办法。正待叫你赶紧来同坐这乘电车，谁知你走得慢，没有赶到，电车就开行了。我还从窗眼里见你追了几步，却又不追了。"黄文汉抢着说道："我并不曾瞒你。我昨晚不是催着你睡了，一五一十都说给你听的吗？今晚你就不来，我回家也是要告诉你的。我何尝鬼鬼祟祟的使巧计儿！老苏不教你送去横滨，是因天气太冷，他体恤你身体不好，恐怕你受不住。本是一时的转念，我心中也是这般想，所以也不甚赞成你去白吹风。那有这多心思，想到护国寺去？你人是聪明，只是这事却完全误会了。"圆子道："老苏不教我送，或者是真意，只是我已不必研究是真是假了。你昨夜催我睡，告诉我的话，是出于你的本心吗？"黄文汉笑道："不是出于我的本心，难道是你逼着我说的吗？"圆子道："虽不是我逼着你说的，你自己问问心罢。到那时候，还要说欺人的话做甚？我不借着做衣露出话因来，你如何肯说给我听？你听了我的话，知道事情已经被我识破，瞒也是白瞒了，倒不如说出来，还可以见点儿情。你自己问问心，当时的心理是不是这样？"

黄文汉只得陪笑说道："我当时虽也有些这样的心理，不过我始终没有打算瞒你。我若是有心瞒你，前日从福田英子家里回来，便不对你说过见君子了。我不对你提起，我就一连在外面睡几夜，你也不会知道。

我自己信得我自己的心过，无论如何对你不会变心。以为你也一般的信得我过，随便甚么事不妨和你商量了再做。并且我对于这一类事都是偶然兴发干出来的，谁也不以吊膀子为职业。你若因君子的事便和我存心生分起来，那你就错用心了。我的性格，到了要紧的关头，斩头沥血都视为寻常之事。只是一点小事便要拘拘谨谨的，一些儿也得计较，我却干不来。"圆子点头笑道："我知道，不过依你的性格看来，要紧的关头很少，只怕平生都是干的不拘谨、不计较的事。"黄文汉听了，不觉变了色说道："你这话太轻蔑我了！我和你原是感情的结合，你钦我爱的，才得长久。若是因这一点小事便存个轻侮我的心，将来安得有好结果？"圆子嘻嘻的笑道："感情的结合当然没有好结果，何待将来？只今日我的感情已是不能与你结合了。"黄文汉沉吟半晌，问道："你怎样便不能与我结合了？"圆子道："我昨日不是和你说了吗？你不吊君子的膀子，我不和你离开便是禽兽。你今日和她说得好好的，我一来你便如遇见了鬼一般，头也不回的跑了。你不是安心将这离间的罪名加在我身上吗？你还怕她不知道我和你的关系，偏要左一句是你的内人，右一句是你的内人。你只当我是呆子！我于今纵想再和你结合，我发下来的誓也不肯。"黄文汉听了，只急的呼天。

圆子笑道："你不必是这样。你今日虽走了，我替你办得很有些成绩了，只消明日再去一趟，包你成功。你今日走了之后，我同到她家里，见了她母亲，假作是她的同学。她母亲对我十分亲热，留我在她家吃了晚饭。我背着她母亲，用言词去打动她。谁知她竟是老手，早结识了一个中国人，姓李，住在五十岚家。她同我吃了晚饭，帮我同到姓李的家中。那姓李的年纪比你轻得多，只看得出二十来岁。中国人生得好的真多。那姓李的又穿得漂亮，戴一个金丝茶晶眼镜，竟像一个绝美的女子。为人又十分和气，听说我是君子的同学，更是殷勤招待。我常听说中国人慷慨，和你要好以来，见的中国人不少，也不见得有十分慷慨的。今晚会见那姓李的，才知道中国人实在有最慷慨的。我和那姓李的初次见面，并没有说几句话，那姓李的便对我说道：'难得小姐肯到我家来走动，真是荣幸极了，不可不送点儿东西，给小姐做个纪念。只是我在贵国做客，身无长物，只有一个金指环，是我时常带在手上不离的，就送给小姐去做个纪念品罢。还要求小姐恕我唐突，不嫌轻薄，赏脸收了。'我听他是这般说，又见他真个从手上将指环脱下来，双手送到我眼前，我不觉吃了一惊，连忙推辞不受。那禁得他三回五次的要求，竟被他硬拿了我的手套在指上。我取下来交给君子，要君子替我还了他。君子也抵死不肯收受，我只得揣了回来。那姓李的又拿了一张名片，写了他的住址给我。"

黄文汉听了，只气得几乎昏了过去，极力的咬紧牙关忍耐。忍到后来，再也忍不住，一蹶劣爬了起来，问道："你拿指环、名片给我看！"圆子笑道："你忙些甚么？我自然拿给你看。你睡下来，坐起不披衣很冷。"黄文汉道："你快拿，你快拿！"圆子道："可笑你这人，听不得一句话，又没有人抢了去，忙些甚么？我拿给你看就是。"说着，从枕头底下拿出一张名片、一个指环出来。黄文汉一把夺了，就电光一看，气得一双手只管发抖。圆子从背后拉他的衣道："睡下来，冷得很，你看已冻得发抖了。"黄文汉将两件东西都仔细看了，往房角上一摞，长叹一声，纳倒头便睡。圆子见黄文汉摞了指环、名片，也一蹶劣爬了起来，一面拾起，一面说道："人家送我的纪念品，随意摞了人家的，于心何忍？"说着，仍钻进被卧，将两件东西复纳入枕头底下，也不言语的睡了。

黄文汉独自气愤了一会，忍不住问道："那姓李的如何个情形对你？"问了一句，圆子不做声。黄文汉推了她一下，圆子哼了一声，摇摇头道："有话明日说罢，我今晚被那姓李的缠疲了，想睡得很，明日还约了到他家中去。"说完，掉过脸去要睡。黄文汉冷笑道："你以为是这样，可以气苦我？你要晓得，我并不受气。若是旁人，我或者有些气。那姓李的，你知道他是个甚么人？你只见他生得不错，待你殷勤，便以为他是个好人么？我早就认识他，他是在东京有名的嫖客，混名叫李锦鸡。在东京住得久的留学生，没人不闻他的名。他去年住在上野馆，就因为和人吊膀子，给人撵跑了。不料君子竟上了他的当。你若欢喜他，去和他来往几回，你就知道了。你既决心要和我离开，离开就是，不必是这般给我下不去！"圆子也冷笑道："你自己久有意和我离开，用种种法子逼迫我，不许我安生。我何时决心要离开你？人家送我的东西，又不是我向人家讨来的，怎的是给你下不去？姓李的自然是欢喜嫖的，不欢喜嫖，也不和君子往来、不送指环给我了。男子欢喜嫖，原不算甚么，你难道是不欢喜嫖的？"

黄文汉摇首道："这都不必说了。我只问你，明日去李家不去？"圆子道："约了去，为甚么不去？我不像你样，口里说不去，背了人又去。一点小事都要鬼鬼祟祟的瞒人。"黄文汉道："一个人去，还是邀君子同去?"圆子道:"姓李的不曾要我邀君子,我只得一个人去。"黄文汉点头道:"那就是了。"圆子道:"你问了做甚么?"黄文汉叹道:"我和你的缘只怕就尽在今夜了。"圆子笑道:"怎见得缘便尽了?你以为我和姓李的往来,便和他有情,将爱你的情减了吗?你这也猜错了。我的情和你一样,界限分得很严。爱你是爱你的情,爱姓李的又有爱姓李的情。像你和姓柳的住了一夜,回家仍是如前一般的爱我。就是几次去护国寺找君子,也不见得对我便冷淡了。我是很相信你,所以极力成全你和君子的恋爱。我今晚受姓李的指环,答应明日到他家里去,也是和你一样,偶然兴发。你何以便信我不过,说你我的缘尽了?你若真是这般说,又是有心欺我了。"

黄文汉到此时无话可说,只有叹气。忽转念:圆子虽是曾经当过淫卖妇,只是她到底有些身分,不是轻易与人生关系的。我吊她的时候,不知费了多少气力才如了心愿。李锦鸡虽然生得不错,但是轻佻的样子显在外面,圆子不见得便看得上眼。就是一时和我赌气,她不能不顾她自己的身分,安有初次见面便生关系的?听她说话,显然露出已经有染的意思来。她说被姓李的缠疲了,不是明说出来了吗?且慢!她不是这样人,必是故意是这般说了气我的。黄文汉一个人越想,越想出是假的来,一时的气都消了。看圆子已睡得十分酣美,便不惊动她,轻轻的偎着她睡了。

次日早起,圆子向黄文汉道:"你今日下午去找君子,包管你成功。我已将你爱她的心思和盘托出的对她说了。她不待说完,便表示一种极欢迎的意思。不过她因为知道我和你的关系,到底摸不透我的心理,不敢公然答应。这种事中间人本只能做个引线,至如何上手,如何结合,是不容有第三个人知道的。即如昨晚到姓李的家里,本是和君子同去的。到了后来,姓李的也是用计将君子骗开了,才能和我说话。君子心中何尝不知道?不过她自己引狼入室,到这时候也没有法子了。但她心中必恨我到极处,必巴不得你去,好出她昨晚的恶气。我夺了她的恋人,她也夺我的恋人,自是天然报复之道。你我做事都须磊磊落落的,你今日去会了君子,如何个情形,回家时说给我听。我去会姓李的,回来也当巨细不遗的述给你听。你昨日说得好,我不是这样瞎吃醋的人,你也不是这样瞎吃醋的人,彼此都说明了倒好耍子。"黄文汉此时正端着一碗牛乳喝,见圆子轻轻巧巧的说出这一段话来,竟不像有意捏出来呕自己的,真气得目瞪口呆,不知如何回答才好。心中如火一般烧了一会,将牛乳杯往几上一搁,掉转脸来望了圆子半晌，说道："你说的话到底是真是假？"圆子笑道："我好意说给你听，你怎的忽然问起是真是假来了？我难道吃了饭没事干，要捏这些假话来说了开心吗？你这人才真糊涂！"黄文汉冷笑道："我倒不糊涂，我看你却真被那姓李的弄糊涂了。"圆子也冷笑道："不糊涂，不得去护国寺三回五次的瞎跑路。"黄文汉瞪了圆子一眼，恨了一声没得话说。圆子问道："瞪我怎的？看你这样子敢怕要把我吃了？"黄文汉倒抽了一口冷气道："你和我这们久的爱情，难道拿着我一时之错，真要给我下不去吗？你们女人的心真可怕，怎便变得这般快？"圆子嘻嘻的笑着摇着头道："我的心何尝有丝毫变更？我自问我的心和你的心一样，你的心是对我决不更改的。我的心也是任有多少男子和我缠扰，我只是和你爱我一样，自己相信得自己过的。"黄文汉用手拍着膝盖叹道："好，好！我佩服你了，你也不必再用心怄我了。我们从此以后，各人都把这条心收起，我决不再去护国寺，你也不用去会那姓李的了，我们仍旧干干净净的过日子。等老苏的一千块钱来了，同我回中国去。从此尔毋我诈，我毋尔虞，免得弄出笑话来，给人家看了不好。"圆子摇头道："事情不能是这样中止。姑无论我受了姓李的情，不能不去；就是君子，我昨日说得千妥万妥的，她今日在护国寺等你，你又何能失她的约？"黄文汉道："我又不曾约她，不去失了甚么约？"圆子正色道："你不曾约她，你昨日去做甚？我体贴你的意思，替你约了，你可以赖说不曾约她吗？"黄文汉道："你何尝约了她，教我今日去会？我看就是姓李的，你也不见得约了今日去。我晓得你是故意捏这些来怄我的。我刚才说了，各人都把这条心收起。"

圆子不待黄文汉说完，便笑着问道："各人都把这条心收起这句话，我还不曾懂得。你不去护国寺算是把你这条心收起了。请问你，我这条心将怎生个收法？你既说我是故意捏这些话来怄你的，又说我不见得约了姓李的今日去，那你的心是疑我所说是假的了？既是假的，又有甚么心要收起呢？"黄文汉笑道："我已领教你的本领了，何必是这样吹毛求疵的辩驳？"圆子鼻管里哼了声道："我有甚本领给你领教？你若疑心我是假的，不妨先送我到姓李的家里，再去护国寺，看我和姓李的是个甚么情形。总而言之，今日两处的约都不可失，你心里有甚么不自在，明日再和我计较便了。"黄文汉将放牛乳的几子往旁边一推，立起身来，抢到圆子面前。

不知后事如何，且俟下章再写。

第八十七章

忍气吞声老黄陪礼
欲擒故纵圆子放刁

话说圆子见黄文汉将搁牛乳的儿子往旁边一推，立起身来抢到自己跟前，倒吓了一跳，以为黄文汉忍气不过，抢拢来想用武，禁不住也连忙立起身来，倒退了几步。只见黄文汉向着自己深深作了一个揖，眼泪如落雨一般，硬着嗓子说道："我此刻已悔悟过来，知道几日来干的事，都是禽兽不如的，难怪你气得逸出范围和我斗气。我从今日起，若再对旁的女人起了半点邪念，任凭你处罚。便断了我这颗头，我做鬼也不敢怨你过分，不知你可肯容我改过？你也是个有决断的女子，说一句算一句，若能容我改过，只要你答应一句；不能容我改过，也只要你说一个'不'字。"

圆子看了黄文汉这种情形，又见他脸上变了色，不待他说完，心中早动了。只是圆子是个用心计的人，不肯一时容易说出心事来，勉强笑了笑道："你这改过的话，我还没有领会。你本没有过，教我如何答应你改不改？你自己又到那里去寻出过来改呢？你这话不是使我为难，竟是使你自己为难了。你若说吊膀子是你的过，那你一生都是过，连我也是你过中来的。吊膀子是你的生性使然，你自己曾对我说过，你见了少年生得好的女人，若不转转念头，你心中便像有甚么事放不下似的。你既生性是这样，怎能说是过？譬如这人生性欢喜吃酒，难道吃酒便是他的过吗？你这无端的认过，才教我不得明白哩。就说你这吊膀子是过，我也决不能教你改了。你不吊我的膀子，我不能和你生关系。我何能忘了本来，不许你再去吊膀子？世界上的女人听了，都要笑话我。说我吊上了你，便据为己有，不许人家来吊，我何苦受这和世界上女人争汉子的名声？"

黄文汉跺脚道："你这是甚么话！难道我生成是吊膀子的吗？有了你做女人，就不吊膀子的，也要逼着和人家去吊吊，以显你不和人家争汉子的贤德吗？不幸我几个月来神差鬼使的，有这几次的错处给你拿了，你气不过，便硬要逼着我再去吊膀子，好给你做口实。假若我没有这几次的错处，你难道凭空教我去和人家吊膀子，以显你的贤德吗？"圆子正色说道："显我甚么贤德？你生性是喜欢吊膀子的人，岂有不吊膀子之理？你若能不吊膀子，我也没有今日了。假使我和你是正式夫妻，不是从吊膀子来的，我也决不敢以这个心疑你。"黄文汉摇手道："你不用说了。杀人不过头点地，我低了头服下，只能做到这样了。你仗一时的口辨，纵辨得我没得话说，我心里不以为然，也不算是占了胜利。你的行动，我不能干涉，去找姓李的不去，只得由你，我是决不再去护国寺了。我若再为君子进了护国寺的门，你只当我是禽兽便了。"说着揩了眼泪，返回原位坐了。圆子也坐下说道："你既是这样说，我心中便没事了。姓李的我自写信去与他支吾。今日天气不好，好像要下雨的光景，又冷得很，我也懒得出去。"

当下，圆子真个假意背着黄文汉写了封信，并故意教下女在外面胡乱跑了一会，说送到邮局去了。黄文汉又是伤心，又是叹气，也无心查察是真是假。午后果然下起雨来，二人都不出外，只在家中向火。不过二人各有心事，虽都想这时候着意的亲热一会，无奈只是鼓不起兴来，也不知道是甚么原故。黄文汉总以为圆子心念姓李的，已不向着自己了。圆子也是一样，都不肯先拿出真心来，恐怕没有得交换，后悔不了。两个人你猜我忌的，连闲谈一句话都像下了戒严令似的，不敢随意出口。直相持到夜间，圆子仍拿了前夜不曾做完的衣来缝。黄文汉道："天气冷，烤烤火早些睡罢。又不等着穿，巴巴的缝它做甚么？"圆子道："睡也太早了，横竖坐着没事，缝了也是一桩事。我自己还有等着要穿的，不曾开剪。"黄文汉道："那何不先缝了你自己的，再来缝我的？"圆子道："做事须得有首尾。我从来不欢喜这样没做完，又换了做那样。你这衣也不多几针，就要完了。你拿本书坐在我身边看，一会子就完了。此刻还不到八点钟，便忙着睡怎的？"

黄文汉真个拿了本书，坐在圆子身边看。看了几页，心里便焦躁起来。放了书，拿了枝旱烟管儿，就火炉吸旱烟。一边吸，一边向着圆子叹道："我和你两人配为夫妇，不要人家说，就是我们各人问各人的心，无论如何苛求，也不能说不是一对相当的夫妇。你又没有上人，更没有兄弟，你的身子你自己有完全的主权，只要你愿意和谁要好，世界上没第二个人能妨碍你的自由。我虽有父母，但是也从不干涉我的行动，我的身子也有完全的主权。我的心思绝对的是和你要好。照事实上看起来，你我二人只怕不见面，见了面必是一对极圆满的、极恩爱的夫妻。谁知竟不然，十天倒有七八天要因一点儿小事便闹意见。这几日简直是整日的大闹起来。寻根觅蒂，虽都是我的不是，只是究竟是你不深知我的心的原故。我自和你同住以来，我的心便没将你做姘头看待。虽没经过正式结婚的手续，我只是将你做正式的妻室看待。我随便对谁说，都是说我的内人。我的朋友也没有不称呼'嫂子'的。你同我在外面应酬的回数也不少，人家曾轻视过你没有？有曾在你跟前说过一两句轻薄话没有？我若平日对他们说是姘头，恐怕他们对你没有这般规矩，肯称呼你做'嫂子'。我也晓得你原不希罕这几声没价值的'嫂子'，不过我的心对你不论当面背面，只是一样。但是你的心未免过仄，因为没经过正式手续，便时时将我做姘夫看待，动不动就讲离开。你看我口中曾说过'离开'这两个字没有？你口中随意说说，觉着不要紧，我听了心中比被刀割还要厉害。不是我不曾见过女人，有了你便以为希世之宝，不肯丢开。你要晓得，我和你同住，我的朋友无不知道，并人人都恭维我眼力不差，不枉在风月场中混了半世，得了这样一个内助，从此可以收心了。我也在人跟前时常无中生有的说出你许多好处来，好使人家听听赞美你，我就开心。若一旦忽然和你离开，人家知道是我的不是，你赌气不要我，倒也罢了。只怕人家误疑到你有甚么错处，给我拿着了，退了你，岂不是冤枉死了你？我心中如何过得去，我面子又如何下得来？并且你的事，我早已写信告知家中了。家中前次来信许可，那信不是还曾给你看过的吗？若将来回国没了你，教我怎生说法？家中不要说我别的，只要说一句'苟合的男女，到底靠不住'，你知道我是个要强的人，这种话如何能受？不受又有甚么法子？你不知，我此刻的心里并不必要你如何爱我，只要体贴我这心就罢了。"

圆子见黄文汉诚诚恳恳的说了这些话，心中如何不动？当下停了针，低头半晌，忽然抬起头来，望着黄文汉笑道："你此刻心里以为我待你怎么了？"黄文汉道："不敢说。我的心总希望你仍是如前一般的爱我。"圆子叹了口气摇摇头，仍缝衣服。黄文汉笑问道："你摇头做甚么？难道我有了这回错处，寒了你的心，便不能恢复以前的爱情吗？你知道我爱你的心还一点不曾减少么？"圆子放下衣服，低头伸手烤火，望着火炉出神。

好一会，忽然流下泪来。

黄文汉慌了，连忙拿出手巾，来替圆子揩泪。圆子已背过脸去揩了。黄文汉握着圆子的手，从容说道："你的心事我知道了。你也不必伤感，看我以后的举动罢了。"圆子揩了泪，回过脸来，望着黄文汉笑道："看你以后甚么举动？"黄文汉笑道："再不会有寒你心的举动便了。"圆子笑着点了点头，拿起衣服抖开来看一会，说道："这件衣服做了个多礼拜，还不曾成功，今晚再不做起，真不好意思了。"黄文汉笑道："个多礼拜耽搁了，便多一夜，有甚不好意思？"

圆子也不答话，拿起衣便缝。一会儿缝好了，立起身来，提着领抖了几下，笑向黄文汉道："你来试试看。"黄文汉坐着不动身，说道："此刻何必巴巴的脱了衣来试？明早起来穿上就是。"圆子笑道："你便懒到这样么？便脱了试试有甚么要紧？来，来，我替你脱。"黄文汉只得立起身来。圆子放了手中的衣服，替黄文汉解了腰带后，弯腰拿了衣。黄文汉将身上的衣卸下，掉过身用背对着圆子。圆子提了衣领，往黄文汉背上一披。黄文汉从两袖筒里伸出手来，复掉转身面向着圆子。圆子用手扯伸了两个袖子，提了提领襟，低身拿了腰带，凑近身在黄文汉腰间系了。问黄文汉："觉得称身么？"黄文汉低头看了一看，行动了几步，颠了颠头道："还好。你把脱下来的外衣拿来给我加上罢，不必再更换了。"

圆子弯腰将黄文汉刚才脱下来的衣服，就上面褪了件外衣下来，替黄文汉加了。把衣服折叠起来，纳在箱子里面。黄文汉添了炭，炖上开水，二人煮茗谈心。几日来的腌臜心事都冰消瓦释了。乘兴入帏，自有一番亲热。彼此安然无事的过了几日。

这日正是二月初八日，黄文汉接了苏仲武的到岸信。信中先说担认的一千块钱，几日内即由邮局寄来。后半写动身后，思慕梅子之苦，问黄文汉可曾得了梅子甚么消息。若是梅子有信来，千万转寄与他。黄文汉见了，自是叹息不已。一句一句的译给圆子听，圆子听了，低头没得话说。黄文汉笑道："好了，钱一到，我们就可以安排归国了。你说，还是在日本行了结婚式再归国，还是归国后再行结婚式？"圆子笑道："随你的意思，我是都没要紧。便不费这些手续，我心里也不见得不满足。"黄文汉摇头道："这手续是万不能免的。经过了这手续，心理上的作用很大。你口里虽是这般说，心里未尝不想立刻就行。"说完，望着圆子嘻嘻的笑。

圆子哼了一声，掉过脸去说道："你心里是这般想罢了，拿你的心来度我的心，那就差远了。我还不知道有这种福气没有，何时存过这个心？我和你初见面的时候，你问想嫁人不，我当时如何回答你的，你记得么？"黄文汉笑道："如何不记得？但是此一时彼一时。你今日若还是那种主张，那就坏了。你那忿极的时候，说出那一派话来，不过想是这般出出心中之气，岂能作为终身的主旨？我问你：不愿嫁人，终年是这样朝张暮李的，能过得上几年？一旦容颜衰落下来，到那里去找一个陪伴终身的人来？"圆子笑道："你此刻便自以为可以做我陪伴终身的人吗？"黄文汉笑道："我虽未必可以做你陪伴终身之人，但是已成了这般一个事势。你纵欲不将我做陪伴终身之人，也不行了。"说罢大笑。圆子变了色问道："你这话怎讲？我纵欲不将你做陪伴终身之人，也不行了吗？"黄文汉笑着点头。圆子道："我又没收你的定钱，不行的话，是甚么话？你有了一千块钱，难道就想仗钱的势，逼着我来做你的女人吗？哈哈，你想得太糊涂了！"

黄文汉见圆子忽然发出这一番激烈话来，真是出乎意外，不觉怔了一怔，抬起头，望着圆子出了会神，问道："你这一派话是从那里说起来的？好好生生的在这里商量这事，我并不曾说甚么无理的话，无端的说这一大篇的决裂话做甚么呢？我何时仗钱的势，要逼着你做我的女人？这不是笑话！莫说我不是仗势凌人的人，就算我是个这样的东西，但是对你也拿不出这些架势来。刚才那一句话是仗势欺你的话？你说来我听。"圆子道："你不是仗势欺我，为甚么说我不做你的女人不行，我生成是要做你的女人的吗？"黄文汉笑道："这句话也没要紧。我不过说已成了这般一个事势，我就妄攀了你，也妄攀了几个月了。无意的一句笑话，实在用不着这般动气。"圆子道："你说话这般武断，认起真来，便说是一句无意的笑话。你既说是好好生生的和我商量这事，为甚么又有无意的笑话说出来。我看你得了有一千块钱寄来的信，一时得意忘言了，怪我不该动了气么？"黄文汉笑道："你也太把我看得不值钱、没身分了，我便没有见过钱的吗？一千块钱何至就得意忘言起来？不过此刻的一千块钱，比平日的一万块钱还要得劲些。我若没有这钱，你我的事，真不知要到何时才得定妥。带你同回去罢，没有钱是行不动的。若将你一个人仍寄居在日本罢，我一归国，说不定三年五载不得回来，教你一个人在这里，如何过度？既有了这一千块钱，我们的事情就有结束了。说不得意是假的，得意而至于忘言，那你就形容得未免过甚。"说毕，又嘻嘻的笑。

圆子也不作理会，问黄文汉道："你今日出去么？"黄文汉想了一想道："我今日不出去。今日得写封信家去，老苏那里也得回信。你想去那里？"圆子道："我想去会个朋友，一会儿就回来。你不出去，我便回家得更快。"黄文汉点头道："你快回来，我等你同吃晚饭。你不回来，我便到十二点钟也挨着饿等你。"圆子笑道："你何必挨着饿等？我若今晚一夜不回来，你难道饿一夜不成？"黄文汉笑道："你若真一夜不回来，我自然饿一夜。"圆子大笑道："然则我几天不回来，你不要饿死么？你真没有我不能吃饭吗？我倒不相信你忽然对我这般亲热了。"黄文汉道："不是我对你忽然这般亲热，因你说回来得快，我便说等你。你若说有事，回来得迟，我也不是这般说了。"

圆子笑道："你是这样说，那我就老实对你说了罢，我今日实在要去看看那姓李的。并不是我有甚么心思恋爱着他，他对我一番的好意，不可完全辜负他。去看看他，略尽我的心意。你说是不是？"黄文汉冷笑一声道："人家是这样轻薄你，还说是好意不可辜负，我真不懂得要如何才算是恶意？"圆子问道："他怎的轻薄了我？我从来是这般个性格，爱我的都是好人，我都不可辜负。若依你这样说，你简直是轻薄我不少了。你不要只在你这一方面设想，也得替人家想想。人家一二十块钱的一个指环，我和他非亲非故的，他一见面便送给我，难道一些儿不应感激？"黄文汉连连摇手道："罢了，罢了，应感激得很！你去感激他，去报答他罢！"圆子笑道："感激是感激，报答却要我高兴。"黄文汉一边起身往隔壁房里走，一边哼着鼻子道："怕你不高兴，再送些东西给你，包管你就高兴了。"圆子只是哈哈的笑，也不回话，换了衣服，自出门去了。黄文汉气不过，也连忙换了衣服，匆匆的向仲猿乐町走来。

五十岚这个日本人家，从来专分租房子给中国人住，差不多和一家小旅馆相似。黄文汉也曾有朋友在那里住过，所以不待寻觅，直走到五十岚门首。并不曾看见圆子，心想：她如何走得这般快，已经进去了吗？我只站在这里等，看她出来可好意思？若还没有进去，看她见了我，如何好意思进去。想罢，复恨恨的自言自语道：这样胆大无耻的女人，平生不独没有见过，并没有听人说过。我上了你这回当好便好，若得我性起，我不结结实实的害你一回，也不算是我了。在日本弄你不过，只要你和我回到中国去，请你试试我的手腕看！黄文汉站在门口，越想越觉呕气。足站了四五十分钟，不见圆子来，知道是早进去了。心想：进去这久不出来，一定和那狗婆养的李锦鸡在那里起腻。我何苦定要她这种女人，将来还不知她要给多少气我呕？看起来，凡事都有前定。我从来对女人没有甚么情愫的，惟有和她，偏偏的脑筋中一时也丢不掉。黄文汉正在胡思乱想之际，猛听得门上铃声响，掉转脸一看，早吃了一惊。

　　不知出来是谁，且俟下章再写。

第八十八章

傻党人固穷受恶气
俏女士演说发娇音

　　话说黄文汉在五十岚门首独自立了四五十分钟，正在忿火中烧的时候，猛听得门铃声响，转脸一看，不觉吃了一惊。出来的不是别人，正是在江户川馆吊圆子膀子的李铁民。真是仇人见面，分外眼红！当下李铁民并不曾留心看到黄文汉。黄文汉疑心有圆子在后，连忙退了几步，背靠着人家的大门框站住，目不转睛的望了五十岚的门。只见李铁民跨出门栏，随手将门关了，昂头掉臂向西而去。

　　黄文汉走出来，在五十岚门口探望了一会，不见有圆子的踪影。心中揣道：怪呀，为何李锦鸡一个人出来？哦，是了，必是李锦鸡又想买甚么东西，孝敬圆子。圆子不肯与他同走，怕人撞见，只在他家中坐着，等候李锦鸡一个人去买了来。我且在这里再等一会，看他拿甚么东西回来，就知道了。黄文汉自以为料事不差，便仍立在门口等候。看看等到街上的电灯都亮了，卖豆腐的画角又呜呜的吹起来。黄文汉站得两腿发酸，腰和背都有些支持不来了。往来过路的行人见黄文汉如泥塑木雕的立在这家大门口，都有些诧异。也有在黄文汉浑身上下打量的，也有遥遥的立着观望的。黄文汉自觉有些难堪，心想：圆子莫非不在里面？李锦鸡如何肯教她这般久等？我真没处讨气呕了，只立在这里等她怎的？决心和她拆开罢了，有甚么使不得！想罢，提起脚就走。走了几步，忍不住再回头去望。眼便望见楼上临街的一个窗户，窗门敞开着，一个女人探出头来，望了一望，便缩进去了。当时天已黄昏，此处又是僻静所在，街上电光不甚透亮。黄文汉只彷佛见那女人的大小模样，竟是圆子一般。不觉跺脚叹道：怪不得她不肯出来，原来她在楼上早看见了我。不待说，李锦鸡必是早从后门进去了。也好，你定要给我下不去，我只得与你离开了。

　　黄文汉心灰气丧的走出仲猿乐町，打算穿三崎町，走水道桥归家。刚走到三崎町一个小巷子里面，只听得前面一家房子里有中国人吵嘴大骂的声音，听去还有中国女人的声音在内。黄文汉好事出自天性，又正在无心无主之时，便寻着声音走去。只见一家门首挤着许多人在门灯底下看热闹，吵嘴的声音就由那里面出来的。黄文汉三步两步的也攒入人丛之中。听那中国男女的声音都没有了，只听得一个很苍老的日本女人声音说道："你们都不要吵了，赶早搬出去罢，我也不希罕你们这几个房钱。我才见过甚么大家人家的太太和人争起汉子，吃起醋来，竟比那些当婊子的还不要脸！"黄文汉听了吃了一惊，再听里面还夹着有女人哭泣的声音。那日本女人说完了，外面看热闹的人都哄声笑起来。只听得中国女人问道："那老龟婆说些甚么？"即听得有看的中国男子照着日本女人的话说了一遍。这男子话才说完，便听得里面乒乒乓乓打得碗盏、筷子、桌子一片响。看热闹的人都用力往门里挤，黄文汉也挤进了一步。听得里面扭打起来的声音，日本女人用日本话骂，中国女人用中国话骂，两边都有些气喘气急的，擦的席子一片响，夹着一个中国男子左右劝和的声音。女人哭泣的声音一阵高似一阵，还像只管在那里跺脚。

　　黄文汉和那些看热闹的人正都听得出神，猛听得天崩地裂一声响亮，看热闹的人都随着这响声，倾金山倒玉柱一般，十多个人跌倒在地。黄文汉疑是房檐坍塌下来，连忙耸身往街心一跃，立住脚回头一看，原来是这一家的大门被看热闹的人只管用力往里面挤，竟挤破了。靠大门的几个人失了凭倚，便立脚不牢扑地倒了下去。后面的只管往前面挤，也跟着倒了几个。黄文汉到底是练过把势的人，轻易挤他不倒。那时外面这一阵喧嚷，却把里面扭打的人吓得不知所以，都松了手，跑到门口来看。跌下的人一个个爬起来，面上都有些讪讪的。黄文汉借电光看那出来的日本女人，年纪大约四十多岁，衣襟不整，头发蓬松，后面立着一个穿洋服、三十多岁的中国男子，光着头如和尚一般。黄文汉一看，心想：这人我在会场上见过多次，只不知道他姓甚么、叫甚么名字。

　　看热闹的人见里面有人出来，都爬起身想走。那中国男子正一肚皮没好气，望着看热闹的人用中国话骂道："狗婆养的，老子家夫妻合口，有甚么好看？把老子的大门都挤烂了。你们想走？慢着，没有这般容易！"一边骂着，一边抢出来，伸手想拿人。恰好遇了那在春日馆吃酒，和柳天尊对扯下女的杨小暴徒，见那中国男子开口便骂人家狗婆养的，又伸手要来拿人，如何忍耐得住？握着拳头，等那男子凑近身来，劈胸一拳打去。那男子不提防，着了一下，倒退了几步。幸得日本女人从后面扶着，没四脚朝天的跌倒。

　　杨小暴徒见打倒了那人，得意扬扬的，拥着大众向左右分跑。黄文汉素和小暴徒认识，便跟在他后面，轻轻的在他肩上拍了一下。小暴徒回过头来，见是黄文汉，连忙笑着点头，问黄文汉去那里。黄文汉道："我正要归家，无意中走这里经过，听得有人吵嘴，便立住脚听听。我听那男子说话，好像是贵同乡，我彷彿在会场上很见过他几次。他到底姓甚么，叫甚么名字？他夫妻吵嘴，为甚么夹着那日本女人在里面？"小暴徒笑道："你在东京见多识广，为何连他你都不认识？他不是有名的癞头鼋曾部长吗？"黄文汉连连点头笑道："是了，是了。他哥子曾大癞，我便认识，是参议院的议员。他们夫妻为甚么事吵嘴，你知道么？"小暴徒道："我为甚么不知道？我就住在这里，天天听得他们吵。"黄文汉笑道："究竟为甚么事？"小暴徒道："你到我家中去坐么？我的家就住在这里。"说着，用手指着左边一家小房子道："你看，就是癞头鼋的斜对面。在我楼上看他楼上，看得十分明白。"黄文汉点头道："到你家去坐坐也使得。只是我还要归家去有事，不能在你家久坐。"小暴徒道："坐坐，吃了晚饭去不迟。"黄文汉摇头道："下次来吃罢。"二人说着，已到了小暴徒门首。

　　小暴徒推开门，让黄文汉先进去。二人同脱了木屐上楼。黄文汉看小暴徒房中一无陈设，只一张破烂的方桌，上面搁了几本旧书，一张靠椅。上面蒙的花布也破了，露出竹绒来。席上几块蒲团，都不知从那一家旧货摊上买来的。心想：他们小亡命客的生活，也就穷苦得可怜了。小暴徒顺手拖出那张破椅子来，给黄文汉坐，黄文汉坐了。小暴徒跑到楼口拍了几下手掌，不见下面有人答应。小暴徒便用日本话喊道："下面没有人吗？"连喊了几声，只听得下面一个女人的声音，有声没气的答道："有人便怎么样？"小暴徒低声下气的说道："有人便请你送点开水上来。"黄文汉连忙阻拦道："不必客气，不喝茶，我只坐坐就要走。"小暴徒进房笑道："喝杯茶也是客气吗？我因为欠了这里三个月的房饭钱，待遇便怠慢得不成话了。我一时又不得钱还她，只得将就点儿。我这里还是好的，我有两个朋友就住在这里没多远，也是欠了三个月的房饭钱。他那房主人简直不肯开饭了，只许拿东西进去，不许拿东西出来。那怕一个小手巾包儿，他都要抢着看过，知道是不能当、不能卖的，才许拿出去。吓得连我那朋友的朋友都不敢拿东西到他家去，怕被他扣留。他又不讲理，硬说出来，怕别的朋友帮他运东西出去。你看受小鬼这般待遇，伤心不伤心？"黄文汉叹息问道："他不肯开饭，你那两个朋友吃甚么呢？"小暴徒道："那有一定的东西吃，遇着甚么便吃甚么，也时常跑到我这里来吃饭。我这房主人还好，虽不愿意，却也不说甚么，不过没有菜便了。他们那里还讲究有菜没菜，只要有一两碗饭塞住了肚子，这一天便算是造化了。但是我也不敢多留他们吃，恐怕我这房主人一时看穿了，连我的饭都不肯开，那不更糟了吗？所以有时他们来了，我拿两三个铜板给他们去买山芋吃。他们此刻是只要一天有一次山芋吃，便不说委屈了。"

黄文汉道："他们都是谁的部下，怎这般清苦？"小暴徒笑道："谁的部下？都和我一样，是许先生的学生。"黄文汉点头笑道："怪道这般穷，原来是许由的弟子！此刻许先生怎样了？"小暴徒道："甚么怎样了？从去年九月，因蒋四立的案子牵连，在警察署坐了两个多礼拜。后来释放出来，仍住在大塚，穷得一个大子也没有，直到于今还不是和我们一样，衣服也被我们当尽了。师母的一对金圈，一对金指环，因为去年筹办双十节纪念会，都换了充了用度。还差百多块钱，仍是许先生出据，和曾参谋借了，才填补了这个亏空。你看他那里还有钱？"黄文汉道："然则他一家人如何生活？"小暴徒道："起初有当的时候便当着吃。后来几件衣服，大家都分着当尽了，只得拣相好些儿的朋友处借。此刻是借也没处借了。恰好上海又有电报来，催他回上海去，并汇了些路费来，就安排在这几日动身。我今日上午还在他家里吃午饭。他说一到上海，便汇钱给我们，接我们回去。我们就苦，也苦不了许久了。"

黄文汉笑道："我到你家中来坐，原想听癞头鼋夫妻吵嘴的事，倒被你放一大篇的穷史，打断了话头。你且将他们夫妻吵嘴的原因说给我听听看。"小暴徒点头道："你看可恶不可恶？叫了这们久，还不见送开水上来。"说着又要向楼口跑去，黄文汉连忙起身拖住道："我又不口渴，只管呼茶唤水怎的？"小暴徒叹了口气道："人一没有了钱，比忘八龟子都不如。你要听癞头鼋夫妻吵嘴的事，我说给你听罢。我先问你，癞头鼋的女人你见过没有？"黄文汉摇头笑道："癞头鼋我原不认识，他女人我何曾见过!"小暴徒摇头道:"不然,她女人很出风头的。去年双十节在大手町开纪念会,派了她当女宾招待,她还上台演了说。那日只有她一个女人演说,你难道不曾看见吗?"黄文汉道:"那日我并不曾到会,如何看见?"小暴徒跌脚道:"可惜,可惜!你那日如何不到会,不听她那种爱情演说?"黄文汉笑道:"如何叫作爱情演说?"小暴徒大笑道:我至今想起来,还是骨软筋酥的。我且将她那日的演说述给你听听,你便知道她之为人了。不特知道她之为人,并可以因她这一段演说,想象她的风情绰约、体态轻盈,癫头鼋的艳福不浅。"黄文汉笑道:"时候不早了,我还有事去,你少说些闲话,快说她演了些甚么说?"

小暴徒笑嘻嘻的,将一张破烂方桌子拖到房中间,教黄文汉就椅子坐下,装作听演说的。小暴徒低头扯了扯衣服,扭扭捏捏的,斜着身子走到方桌面前,笑吟吟的,向房中四围飞了一眼,才偏着头鞠了一躬。黄文汉见了,忍不住笑起来,说道:"罢了,罢了!不要捣鬼,爽直说了罢!"小暴徒也不理,仍装出娇怯怯的样子,放开娇滴滴的声音说道:"今日我们在外国庆祝我们祖国的国庆纪念,在国宾一个人的意思,很以为是一件可伤的事。何以呢?因为中国人不能在中国庆祝国庆纪念,必借外国的地方才能庆祝,所以很以为是一件可伤的事。方才登台演说的诸位先生,所演的说,国宾都非常佩服。国宾虽是女流,素来没有学识,只是也想尽国宾一得之愚,贡献贡献。国宾生平所解得的就是一个字,一个甚么字呢?"小暴徒说到这里,又笑吟吟的向房中四围飞了一眼,接着放出极秀极嫩的声音说道,"就是一个'爱'字。爱甚么呢?爱中华民国。国宾学识浅陋,只能贡献这一个'爱'字,望诸位先生原谅原谅。"说完,又偏着头鞠了一躬,跳到黄文汉面前,哈哈笑道:"是之谓爱情演说,你说何如?我从去年到于今,是这般演过了几十次,此刻是丝丝入扣了。"黄文汉笑道:"她名字叫'国宾'么?姓甚么?"小暴徒道:"她姓康。你只想想她这演说的神情,她的性情举动,还有个猜度不出来的吗?"黄文汉点头道:"如何会和癫头鼋吵口呢?"

小暴徒道:"这也只怪得癫头鼋的不是。癫头鼋的那副尊容,那种学问,得配这般一个女人,也应该心满意足才是。谁知他偏不然,筷子在口里,眼睛望着锅里。凑巧他此刻住的这家人家,有个女儿,年纪十七八,生得有几分俊秀之气。癫头鼋因想打她的主意,才带着康国宾女士搬到这里来。不料癞头鼋的尊容太怪，头上有时和涂了鸡屎一般，不中那小姐的意。癞头鼋没法，借着国民党支部长的头衔，在总部里开了些报销，得了几百块冤枉钱，一五一十的，暗地里往那小姐手里送。那小姐钱得饱了，不能不与癞头鼋一些儿甜头，两个人鬼鬼祟祟的弄了好几日。那小姐的母亲自然是买通了的，只瞒了康女士一个人。

"听说有一次夜间两三点钟的时候，癞头鼋乘康女士睡着了，悄悄的爬到那小姐房里来。刚同睡了不久，康女士醒来，不见了丈夫，只道是小解去了，也不在意。因她自己也想小解，便起来披了衣服，到厕屋里去。一看并不见丈夫在里面，不由得起了疑心。康女士小解之后，轻轻的打那小姐房门口经过，竟被她听出声息来。当下康女士也不说甚么，只咳了声嗽，故意使癞头鼋听见。癞头鼋听了，吓慌了手脚，不敢留恋。只等康女士回房去了，即奔回房来。康女士正坐在被卧里气得柳眉倒竖，杏眼圆睁。癞头鼋只是连连作揖，求她饶恕。康女士也没别法处置，只唠唠叨叨的骂了一夜。

"癞头鼋因已被康女士撞破了，倒放大了胆，一个月硬要求康女士放她去和那小姐睡几夜，康女士居然应允。只是康女士也有个条件，癞头鼋和那小姐睡的这几夜，康女士不肯在家中睡，说看了呕气。这几夜无论康女士到谁家朋友处借宿，癞头鼋不能过问。癞头鼋只要康女士许放他和那小姐取乐，甚么条件都能依允。康女士见癞头鼋依允了她的要求，便不和癞头鼋吃醋了。每逢癞头鼋去和那小姐睡的时候，康女士便提着一个皮包，找她心爱的朋友，去贡献'爱'字去了。如此过不了多久，便有一个促狭鬼，见康女士的行为，便捏了四句话，用纸写了，贴在癞头鼋门首道：

　　曾家少妇心头痒，手提皮包满街撞。
　　四个蒲团就地躺，可怜夫婿当部长。

这四句话没贴好久，便被癞头鼋看见了，只气得他握着拳头，恨不得一拳将康女士打死。和康女士大闹了一会，从此硬禁住康女士，不许她出来。康女士如何肯服？每日只管找着癞头鼋吵骂。癞头鼋任她如何骂法，只是不许她出去。康女士没法，便也不许癞头鼋和那小姐取乐。癞头鼋正和那小姐山盟海誓的，要讨那小姐做妾，将来好带回中国去享福。两情方热的时候，如何拆得开？因此也找着康女士吵闹。今日不知又是为甚么事，吵得比往日更厉害，连那小姐都气得哭起来了。"

黄文汉听了，独自坐着出神，也不回答。小暴徒不知他心中有所感触，只顾接着说道："你只管听，他们将来一定还要闹出笑话来。"黄文汉道："还有甚么笑话闹出来？"小暴徒道："你看罢，那日本女人也很是厉害。癞头鼋于今被那小姐迷住了，倒和日本女人做一伙，有些欺康女士。"黄文汉道："怪道他将日本女人骂他老婆的话一句一句的译给他老婆听，原来是有意借着日本女人的话来呕他老婆的。事情已打听清楚，我要回去了。"小暴徒笑道："我本想留你用了晚膳去，无奈我这里太不成个款待了，没得倒吃坏你一顿饭。我今晚也不在家里吃晚饭，一同出去，我去找柳天尊去。柳天尊的排场还好。"黄文汉道："柳天尊是谁？"小暴徒摇头道："你怕不认识，也是我的同乡，名字叫柳梦菰，绰号天尊，也是在这里亡命的。"黄文汉一边起身，一边点头道："我不认识，就是罢。"

小暴徒推开窗户，向外面望了一望，回头叫黄文汉道："快来看，癞头鼋此刻又和康女士在那里起腻了！"黄文汉走近窗户，探头随着小暴徒手指的所在望去。只见对面楼上的窗户开着的，癞头鼋靠桌子坐着，搂住康女士坐在怀中，偎着脸在那里亲热。黄文汉唾了一口，拉了小暴徒一下道："走！这种狗男女，看他怎的。"小暴徒便仍将窗户关好，拿起帽子，随着黄文汉下楼，出门自去找柳梦菰去了。黄文汉径回家来。

不知后事如何，且俟下章再写。

第八十九章

看电影戏圆子失踪
读留别书老黄发极

话说黄文汉别了小暴徒，向家中走去。差不多到自家门首，只见自己家的下女双手捧着一个手巾包儿，匆匆忙忙的向归家这条路走。黄文汉赶上一步，呼着下女的名字问道："你买了甚么东西？"下女回头见是主人，忙停了步笑道："糖食、水果。"黄文汉道："太太归家了吗？"下女点头道："已归家很久了，还有一个客同来了。"下女一边说着，一边向前走。

黄文汉听得还有一个客同来了，心想：圆子这东西，胆量真不小！竟敢带着相好的到家中来款待。好！她既是这般给我下不去，我对她还用得着讲甚么情分？对待她这种人，倒不如索性用野蛮手段，不管她三七廿一，给她一顿饱打，撵她滚出去，出出我这口气，看她能将我怎样？再若和她敷衍，她得了上风，更不知道要如何欺我了。我一个素来要强的人，这样将就下去，也给人家笑话。黄文汉想得气忿填膺，挺着胸膛，几步跑到家中。听得里面房里有圆子浪笑之声，更止不住心头火发。一手将格门扯开，一手揸开五指，正待抢将入去。电光之下，照得分明，黄文汉怒睁双目一看，才大吃一惊，不由得不缩住了脚。

圆子已起身迎着笑道："你说了在家中等我，为何反教我等起你来？我等你没要紧，害得君子小姐也等得厌烦了。还不快过来陪不是！"黄文汉看君子今日穿戴得和花蝴蝶一般，浓装艳抹，鲜丽绝伦。黄文汉一腔怒气早已跑到无何有之乡去了。惊魂甫定，对此又不觉神移。君子听圆子这般说，也连忙起身向黄文汉行礼。圆子推了黄文汉一下笑道："还不给我快陪罪！"黄文汉才笑着答礼。回头笑问圆子道："君子小姐何时来的？"圆子笑着请君子坐下，拨了一拨炉中的火，递了一个蒲团给黄文汉，大家围着火炉坐下来。下女端出两盘点心，圆子亲手泡了茶，交待下女去弄晚饭。黄文汉此时心中一上一下，并不敢望君子一望，只低着头，拿出一枝雪茄烟来吸。圆子交待过下女，拈了两点糖食，送给君子道："妹妹腹中只怕有些饥了，暂且胡乱用点，充一充饥，一会儿晚饭就好了。"说时指着黄文汉，笑向君子道，"他完全是一个死人，教他在家中等我，我说了回家吃晚饭，他偏要跑出去。下女见我和他二人都不在家中，以为都在外面吃晚饭去了，便打算不弄饭，随意吃点冷饭图省事，所以到此刻厨房里还是冷冰冰的。"君子笑道："我留姐姐在我家吃了晚饭再出来，姐姐定要客气，于今又要劳神。"黄文汉笑问圆子道："晚饭一点菜没有怎好？"圆子瞅了黄文汉一眼，将脸往侧边一偏，哼了声道："我知道怎好？你平日来了一个客，便买东买西的，下女跑个不了，厨房里熬呀煮呀，闹得昏天黑地。那时候又没听说问我一声一点菜没有怎好。我今日来了一个客，你偏有得话说。我知道怎好？"黄文汉笑道："总是我的不是，请太太息怒，我自进厨房去便了。"圆子道："你少在这里胡闹，谁是你的太太？"黄文汉也不答话，笑嘻嘻的丢了手中的雪茄烟，起身向厨房里去了。

下女已将饭煮了，正在那里做菜。黄文汉见已买来的菜不少，便帮着下女弄，一面悄悄的问下女道："我出去了多久，太太才和这位小姐同来？"下女道："太太同这位小姐来家的时候，街上的电灯已经亮了。"黄文汉又问道："她们归家，你曾听见她们说些甚么？"下女摇头道："我没听得说甚么。"黄文汉道："那有一句话都不曾听得的，你瞒我做甚么？"下女笑道："真个不曾听得说甚么。"黄文汉道："太太也没问你甚么吗？"下女道："没问甚么，只问你出去了多久。"黄文汉道："你如何回答的？"下女道："我说太太出门，老爷就跟着追出去了。"黄文汉轻轻的骂了一声道："蠢东西，我几时是追太太出去了？你是这样瞎说！太太怎么说？"下女道："你不是追太太出去的吗？太太一走，你就跑不及似的，围襟都不拿，木屐还不曾穿好，就出门走了十几步。等我拿着围襟赶出来给你，你已跑得远了。喊了你两声，你只装作没听见。我便赌气懒得再赶，随你去吹风受冻，又不冻得我的肉痛。"黄文汉笑道："我何尝是装作没听见？委实是不曾听见你喊。好在今日外面并不甚冷。喂，太太听了你的话，说甚么没有？"下女道："没说甚么，只点头笑笑，便和那位小姐说话去了。"黄文汉道："和那位小姐说甚么话？"下女道："我又不在眼前，那听得说甚么话？"

黄文汉知道下女有些怕圆子，不敢说出甚么来，便不再问了。弄好了菜，洗了手脸，教下女将饭菜搬出来。君子起身向黄文汉谢道："教先生劳神，我吃了如何过意？"圆子笑道："有何不过意？他的客来了，我也曾弄过多次，没见他的客说不过意。妹妹是不轻易来我家的客，今日又是初次，以后何时能再来尚不可知。便教他再多弄几样菜，也没甚么不过意。"黄文汉笑道："小姐何必如此客气，太太也不必强分彼此。都是一样的朋友，便如兄弟姊妹一般，若像太太这样分出个你我来，便觉得生分了。"圆子望着黄文汉半晌，笑道："我真糊涂了，我因我没有亲姊妹，时常妄将人家的小姐做亲姊妹看待，并以为是我一个人的想头。你若不说，我真没有想到，果是与你显得生分了。"说罢，望了君子哈哈的笑。君子是外人，不知他们各人心中的事，圆子的话，她也不在意。下女用小几托出饭菜来，三人品字式坐下，鸦雀无声的吃起来。

须臾饭毕，圆子望着黄文汉笑道："你教我不强分彼此，我便依你的。于今晚饭是吃了，看你这不分彼此的将如何款待我的妹妹？"说完又望了君子笑道，"妹妹不要客气，看他要如何款待你，你只管承受便了。"君子笑道："这如何使得？我已经叨扰过分了。"圆子笑道："没有的话。他的情不容易扰的，只管承受便了。"黄文汉笑道："你这话就教我为难了。你的妹妹便是我的妹妹，硬派我来款待，本没要紧。但是晚饭已经吃过了，还要怎生款待，不是教我为难了吗？除非去看戏，不然便去看活动写真，你们两位的意思何如呢？"圆子点头含笑说道："我的妹妹便是你的妹妹。你邀妹妹去看戏也好，看活动写真也好，我的意思都使得。只看你的妹妹怎样。"黄文汉见圆子有点含酸之意，便自觉得脸上有些讪讪的，不好再往下说。君子止住圆子道："戏也不必去看，活动写真也不必去看，我们只在家中坐坐，闲谈便了。此刻已过了九点钟，戏已演过了一半，没头没脑的看了，也无甚趣味。活动写真也演得不少了，不如坐着闲谈一会，下次再来领情。"圆子听了不做声，望着黄文汉。黄文汉却误会了圆子的用意，以为圆子有意拿人情给他做，便向君子道："戏是演了一半，不大好看了。活动写真此刻正演长片，去看最好。太太既教我款待她的妹妹，我若不用心款待，又说我是有意轻慢了。"说着也哈哈的笑。

圆子便起身向君子说道："妹妹你不知道，你这位哥哥待你的意思很诚，你若不领他的情，他心上反不自在。迟也好，早也好，妹妹陪他去一趟罢。"君子笑道:"姐姐不去么?"圆子偏着头沉吟道:"我去不去都是一样,我的妹妹就是她的妹妹。"黄文汉不等圆子说完,即抢着笑说道:"说那里话来,倒教小姐陪我去一趟,岂不笑话!你不去,我如何能陪小姐去?"圆子笑道:"我说着玩的。我如何能不奉陪?去便去,不过我有一句话要先事说明。"君子问道:"姐姐有甚么话,请说出来。"圆子道:"我今晚十点半钟的时候,约了一个朋友在一处地方会面,到时不能不去。我只能陪你们看到十点半钟。妹妹看演完了,今晚能不回家去更好,就同你哥哥回这里来睡。若定要归家,就要你哥哥送也使得。"君子道:"姐姐既十点半钟有事去,今晚的活动写真我决计不要看了。"黄文汉对圆子道:"你十点半钟约了谁?在何处相会?"圆子望黄文汉笑道:"就是白天里对你说的那所在,约了今晚再去。你陪妹妹去看不是一样吗?"黄文汉道:"既是这样,不去看也罢了,小姐也不会肯和我一个人去看。"圆子道:"去时我原也一同去,不过演完之后须你送她一送,你又何必有意作难!"君子道:"我回家也不用黄先生送。若两位定要我去看,且同去看到十点半钟再说。"圆子道:"很好,就是这们罢,不要再议论,耽搁时间。"

君子遂起身。黄文汉叫下女拿了围襟来,三人一同出去家门,一边走一边商议到那一家活动写真馆去看。商议妥了,到锦辉馆。黄文汉买了门票,三人在特等席里坐下。约莫看到了十点多钟,黄文汉忽转脸一看,不见了圆子,便问君子道:"你见姐姐何时起身去了?"君子连忙回头看了一看道:"刚才还在这里和我说今晚的影片好看,怎的便不见了?或者是往厕屋里去了,不然就在化妆室。"说着,低头在席子上看了一看道:"她的围襟脱下来放在这里的,于今没看见了,莫不是她一个人先去会她的朋友去了?"黄文汉心中情知可是会李锦鸡去了,一时气得说不出话来。暗想:她时常说要找君子做替身,今晚将君子引诱得来,她悄悄的抽身跑了,不是明明的教我下手吗?只是她到底是个甚么意思,难道她真个变了心,已不愿意嫁我了吗?看她这两日,三回五次的有意给我下不去,明目张胆的喊出来要去偷人,不是有意想气得我丢她吗?但是你这又何必,我虽有些不是,不应该嫖了柳花一晚,嗣后又吊君子的膀子,但是这都是无意识的举动,毫无足计较的价值。难道你的心里,便以为我真是欢喜君子,定要吊这膀子吗?我今晚偏要给你看错。想罢,正欲和君子说今晚不用再看了,君子已开口说道:"姐姐既悄悄的去了,我也要回去,先生一个人在这里多看一会何如？"黄文汉点头道："小姐请便。我也就要回去了。"君子辞了黄文汉，无语低头的去了。

黄文汉虽仍坐在那里看，觉得异常无味。思前虑后想了许久，结果还是与圆子离开的好：她这种女人思想太高，猜忌心太重。将来带回中国去，稍有不如她的意，也没有法子钳制得她住。中国人娶日本女人回国，一言不合即要求赔款、离婚，上了当的不少。她今日既是这样对付我了，我何可再执迷不悟？我一向虽也时常做离开之想，只因她还不曾做到山穷水尽，到底和她有了几个月的感情，一时决心不下。今晚算是被她做绝了，我若再不能决心离她，也不算是人了！黄文汉性情本来是个斩钉截铁的，此时已是决意与圆子离开。可怜一段美满姻缘，竟是这样一转念，便没有团圆之望。看起来，少年恩爱夫妻无论遇着甚么关头，都须相见以诚，若一使性子、施手段，便没有好结果了。

闲话少说。再说当下黄文汉已决心与圆子离开，便也无心再看活动写真，立起身来，无精打采的出了锦辉馆，思量归家如何与圆子开始谈判。一路想到家中，实在想不出个不动声色的法子来。进房不见圆子，只见下女拥着火炉，坐在房中打盹。黄文汉想起圆子去会李锦鸡的话，不禁呕的心痛。解了围襟坐上来，推了下女一把。下女惊醒起来，望着黄文汉道："你没见太太吗？"黄文汉也不答话，双手据着火炉的边，目不转睛的望着炉火出神。下女见了这神情，知道黄文汉心中有事，便不敢开口。起身走到书桌面前，拿了封信，递给黄文汉道："太太给我的，教我交给你。"黄文汉且不伸手去接，就下女手中看那信，不曾封口，上面写着"旦那样御中"（老爷启之意）五个字。陡然吃了一吓，连忙接了，抽出来看，一张两尺来长的信纸，竟密密的写满了。原书是日本文，不肖生因她写得还好，特照着意思，一句一句的译了出来，书道：

　　拜启。贱妾猥以陋质，服承宠眷，凤夜兢兢，时虞失恋。乃不犹之命，坷坎方遥，分外殊恩，终难卒荷。竟以解后之遭，夺我经年之爱。嗟夫！失天之恨，伊郁谁言？迩来频蒙示意，惓顾之意已移。贱妾愚蒙，罔知所措。思惟避席，庶免弃捐。然恐觌面申怀，情丝未死。区区之心，终难自固。故不辞而行，裁书叙意。惟君哀矜愚幼，不为责言，则薄德之躬，虽死无恨！妾四龄失恃，孱弱微躯，赖父存活。未及十载，天又夺之。茕茕一身,遂乖教养,狂且乘间,白璧为玷。乱始弃终,含叹兴语。悲愤所激,背道而驰,淫乐是图,不知有耻。悠悠数载,忘暮忘朝。不分遇君,脱我苦海。私衷庆幸,何可言宣!因思妾妇之道,首在结心。适君为友求凤,遂供驱策,殚知竭诚,冀以集事。不图好梦易醒,逆境旋至。躬侍汤药,亦以君故。凡此微劳,不无足录。意君念之,可希白首。不谓君恢恢之度,境过若忘,遂使妾蒇蒇之躬,立锥无地。呜呼!命实如此,夫复谁尤!君于斯时,新欢方恰,亦知逆耳之言,适以逢怒。其觍然陈之者,以明妾子身而来,亦子身而去耳!李家龌龊儿,聊用诓君,冀回君意。妾纵陋劣,安便下耦斯人?不邀君察,亦命之怒,悲夫!从兹未尽之年,一任断蓬绝梗。来世三生有幸,终当结草衔环。书不悉心,伏维珍重。

失恋妾中壁圆子 泣启

黄文汉看了此书,不觉拔地跳了起来。倒把下女吓了一跳,忙问:"怎的?"黄文汉道:"太太这书甚么时候交给你的?"下女想了一想道:"大约十一点钟的光景。"黄文汉道:"交这书给你的时候,还说甚么没有?你知道么,你太太已经不要我了,这封信是和我诀别的。"下女愕然道:"她真个就是这样去了吗?她近来你一不在家里,便一个人坐在房里,只是呜呜的哭。我问太太无缘无故的,只管哭些甚么?她总不答白。后来我问得厌烦了,便摇摇头对我说道:'我告诉你,你却万不可说给你老爷听,你老爷近来已变了心,只管想在外面吊膀子。我和他决没有好结果了。我思量与其日后他爱上了别人,嫌厌起我来,将我丢了,那时我年纪也老了,容颜也衰了,嫁人不着,不如趁这时候和他离了,另觅一个相当的丈夫,过这下半世。只是我又有些舍不得你老爷。一来差不多一年感情,印入了脑海;二来想再嫁一个像你老爷这样的人,也不容易。我只想你老爷从此收心,不再去外面胡行。谁知你老爷如吃了迷药一般,任是我挖出心给他吃,也是白挖了。你想想我这身子,将来如何是了?我再忍耐几日,看你老爷有些转机没有。若是毫无转机,我就只得走了。'我当时听太太这般说,也想出些话来安慰了她一会,她只嘱咐我万不可和你说。这几日你不大出去,她一天要躲在厨房里或是厕屋里哭几次。我时常疑心你和她吵了嘴。看你们说话,又和平常一样。太太当着你,又一点伤心的样子没有。

我正不知道太太想些甚么，是这样天天伤心？"

　　黄文汉听了下女这些话，也不开口，望着下女脸上就是一巴掌。打得下女哎哟一声，跌倒在地。

　　不知后事如何，且俟下章再写。

第九十章

往事思量悔其何及
全书结束意余于言

话说黄文汉听了下女的话，气忿不过，望着下女脸上就是一巴掌。下女那里经得起这一下，登时身子一歪，跌倒在地。爬了几下爬起来，望着黄文汉发怔。黄文汉指着她跺脚骂道："那见你这种蠢东西！你太太既是这样对你说，你为何一个字也不向我提起？哦，上回你太太骂了你，你便记了恨，巴不得她走了，你好一个人在这里，你做梦！没了你太太，我认识你呢？"黄文汉一边骂着，一边哭了出来。下女也坐在席子上哭道："我又不晓得她要走，如何怪得我！"

黄文汉也不理她，捧着信，坐在电光底下哽咽着读。读到"不谓君恢恢之度，境过若忘，遂使妾藐藐之躬，立锥无地"这几句，竟放起声来痛哭了一会。停声向下女道："你来，我问你！"下女坐着不做声。黄文汉用手拍着膝盖，厉声喊道："你来，我有话问你！"下女鼓着嘴道："你问了又要打我。"黄文汉听了，气得跳起身来，跑到下女跟前。下女爬起来想跑，黄文汉一把拖住她的臂膊道："你跑到那里去？我要问你的话，你跑到那里去？"下女挣了几下挣不开，背过脸去说道："你再要打我，我真跑了。"黄文汉道："我不打你了。你只来坐着，我有话问你。"下女才跟着黄文汉走到火炉旁边。黄文汉坐下问道："太太这封信是在家里写了交给你的，还是写好了来家交给你的？"下女揩了揩眼泪答道："写好了来家交给我的。"黄文汉道："她来家坐好久没有？"下女摇摇头道："没有坐，只在房中各处看了一看。从壁上将她自己的照片取了下来。打开首饰箧子，拿了几样旧东西，捡了几件旧衣服，做一手巾包好，提着立在房中间叹了几口气，就走了。"黄文汉握拳敲着火炉道："你这个死东西！见了她这种情形，又交了封信给你，难道还不知道她是要走了吗？怎的也不留住她？

你这个死东西，未免太岂有此理了！"下女道："我怎么样没有留？教我如何留住？"黄文汉恨恨的望了下女两眼，说道："你不是她找得你来的吗？如何对她倒一点感情也没有，那有留她不住的？明知道我就要回来，只要留住她一刻，我回来了，她如何走得脱？她平日来往的地方，你也有些知道的。她一时也走不到那里去，你赶快到几处去找找看。找着了，务必拉着同回来。你就去，我只坐着等你。"下女苦着脸道："这早晚教我去那里找？"黄文汉怒道："不去找，难道便罢了不成？不要再耽搁了，快去，快去！"下女只得跑到她自己房里，拿了条围襟围着，一步一步的挨出去了。黄文汉赶着喊道："你烂了腿吗，怎的这样跑不动！你知道此刻是甚么时候了？"下女才趿着木屐，的达的达的跑了。

黄文汉唉声叹气回到火炉边，捧着那信，只管翻来覆去的看，心中说不尽的后悔。看了一会，起身打开圆子的衣箱看。见数月来新制给她的衣服一件也没有动，只将她自己带来的几件衣服拿出了。此时细想起圆子之为人来，觉得件件都好，事事都印入了脑海。一时心烦虑乱，在房中坐也不是，立也不是，只管围着火炉踱来踱去，也不知打了多少盘旋。看桌上的钟已将近三下了，见下女还不曾回来，便走到大门口，倚着门柱盼望。此时街上行人绝迹，海风一阵阵吹得门环乱响。

黄文汉思潮起伏，回想到去年三月里在早稻田和圆子初见面的情景：她那时住在一个赁间里面，费了多少手续，才能到她家里去了一次。因为我说她的行止举动很像个大家小姐，必然些儿来历，她忽然感激，说我也不像个浮薄子弟。我因她是个有身份的女子，不敢轻蔑她。暗地由她的女朋友经手，帮助过她几次，并嘱咐她女朋友不要说是我的钱。她后来心中疑惑，问她女朋友近来为何时时有钱帮助她。问了几次，她女朋友才说出来，说我很爱惜她，因为尊重她的人格起见，不敢当面送钱给她，并无别的意思。她即笑向她女朋友说道："没有别的意思，为何巴巴的要会我？你去对黄君说罢，不待他是这般帮助，我已感激他了。他若用钱来买我，我的身子可买，我的心是随他多少钱买不动的，他是这样倒错了。我于今本是只要有钱，并不择人。黄君是抱着一个嫖的目的来，不必是这般做作。若是要我的心向着他，便是这样做一辈子，也是白做了的。黄君人品才情，我虽会面不久，我心中已很合式。你去教他以后不用是这样了。"我听她女朋友述了这番话，心中更加爱慕她。只是还不肯露出轻薄相来，恐怕她瞧不起。

后来会面的次数多了，彼此亲热都不讲客气了，才在她家里和她生了关系。从那回以后，她便无事不对我说，引我为她的知己。不愿嫁人的话，也不对我说了。从前的那些女朋友，也来往得很稀疏了。自从同搬到青山一丁目以后，简直没引那些女朋友来过家中一次。可见她以前的那种生活，是出于不得已。自和我同住以来，虽也时常因一句话不对便口角起来，她却从没动过真气，说过一句寒我心的话。也从不曾向我开口，教我买过一样东西给她。到我家来的时候，还有人送了几十块钱给她，存在邮便局里。她一五一十的领来，陪梅子玩掉了，从没开口问我要一个钱。我的衣服件件是她替我缝制。夜间任如何睡得迟，早晨一天亮就起来了。打扫房子，擦洗地板，下女做的事十九都是她亲自动手。冬天里天冷，她总是做了一早的事，生好了火，将衣服烘热，才唤我起来。她便去打洗脸水，热牛乳，蒸面包，教下女来收拾铺盖。她的意思，是因为知道我和下女有关系，怕我一天不和下女亲热，心中不快活。趁这时候，好教我亲热亲热。她热了牛乳、面包，回房的时候，必放重脚步，故意慢慢的走，听得我说话，或是下女说话，才推门进来。若是房中没有声息，她必然借着别事，又走向厨房或是廊檐下去了。其实我何尝天天要和下女亲热！只她对我这一片心，我就毕生不能忘记。

有一天，下女因为仗我的势，又见圆子待她和气，不知说错了一句甚么话，她气不过，指着下女的脸骂了一顿。骂得下女哭起来，她的气还没有平，数数说说的骂个不了。我一时心中有些替下女抱屈，劝了她两句。她登时叹了口气，半晌不做声，后来竟呜呜的哭起来，我安慰了好一会才罢。自始至终，她不曾说破我和下女的事。就是上次因我在外面嫖了一晚的事，气极了，也只隐隐约约的说了几句，不曾露过一些儿醋意。她知道我和下女不过是肉体上的关系，精神上是一点也不会结合的，她落得做这人情。并且她的身体不好，一月倒有十五夜有病。不是头痛，便是腰痛，巴不得我不和她纠缠。她时常对我叹息，可惜五年前不曾遇着我，此刻已是衰败零落的时候，对我很有些自愧。若是有个替身，又不会夺了她的爱情，她情愿让我去生关系。她若不是时常对我这般说，我这一次如何得上她的当？看起来，世界上的女人没有不吃醋的。任她如何说得好，都是有意来哄着男子上当的。那怕这女人绝对没有好淫的意思，吃起醋来也是一样。这吃醋硬是女人的天性，不关于这女人贤良不贤良。越是聪明有知识的女人，越吃得厉害。她一有了吃醋的心思，男子便是她的仇人了。用种种的方法，都是妨碍男子与这女人的。

君子初次和我见面的时候，对我虽不见得有情，但是面上很表示出一种喜悦之意，故意说每日下课之后去护国寺玩耍，何尝不是明说要我到那里去会的意思？第二日去不曾遇着，第三日见面的时候，她也很表示出欢迎的样子。圆子一来，我不能不走。及今日见面，她的神气就大不相同了。吃了晚饭，在这里商议去看活动写真的时候，她见圆子说十点半钟以后要去别处会朋友，教我送她回家，她便现出不愿意的样子来，推说不去。后来在锦辉馆看得好好的，圆子一走，她便一刻也不肯留，急急忙忙的就走了。不是圆子暗地里和她说了甚么话，她何至嫌避我到这步田地！唉，你既已说得君子不肯和我要好了，你还跑些甚么？我难道真是个没有人心的人吗？我何尝不知道你的好处？我就是想吊君子的膀子，也不过是图肉体上的快乐，何曾有甚么情？你是个聪明绝顶的人，怎这一点也见不到？我和你虽不是正式的夫妻，但是形势上、感情上，都和正式夫妻不差甚么。难道一个外来的人能夺了我们夫妻的爱情去？我纵将来和君子要好到了极点，也不过一个月多来往几次罢了。她有母亲的，有身家的，无论如何和我要好，决没有来夺你位子的道理。你只要见到了这一点，又何必舍我而去呢？我若早知道你的性格是这般勇烈，便是天仙化人，我也不敢望她一望了。凡事都不能由人计算，我于今后悔也来不及了。

黄文汉一个人靠着门柱，是这样前前后后的想个不止。猛听得远远的木屐声响，仔细听去，听得出是女人的木屐声。此时街上久无行人，料定是下女回了。听得是一个人的声响，知道不曾遇见圆子。木屐越响越近，转眼就到了门首，一看果是下女。黄文汉忙举步开门，不提防立久了，一双脚麻木得失了知觉，不举步尚不觉着，一提脚才发起软来，往地下一跪，几乎跌倒。下女已自推开门进来，黄文汉连忙扶着门柱立起来，问道："简直没有影子吗？"下女一边拴好了门，一边脱木屐说道："我找了四五处，只有一处说太太今晚十点多钟的时候到那里，说要借纸笔写封信。拿了纸笔给她，她一个人关了房门，写了好一会，写完了并没有坐，就走了。我本想再找几家，因为太晚了，人家都睡了，天又冷，怕人家讨厌，我就回来了。"说着进房，见黄文汉扶着壁，一颠一颠的走，便问：

"怎么?"黄文汉摇头道:"不相干,立久了,两脚都麻了。"说完,颠进房中坐下,望着下女道:"此刻已四点多钟了,你且去睡一觉。明日一早起来,不要弄饭,就到外面去找。带点钱在身边,饿了就到馆子里去吃饭。平日和你太太好的朋友,你就托她也帮着找。找着了,我一定重重的谢她。就是你找着了,我也做一套很好的衣服给你。若找着了,她不肯回来时,你就拼死也要拉着她同回。你太太的性格是这样,你只要苦苦的哀求她,说得十分可怜,她心上就过不去,定肯同你回来的。你要记在心上,万不可遇了她又放她走了。我拼着半月的工夫,只要她没离开东京,没有个找不着的。你就去睡罢。"下女望着黄文汉道:"你不睡吗?"黄文汉道:"我如何不睡?我明日也要去找。"下女道:"你睡,我和你铺好了床再去睡。"说着,将围襟解下来摺在席子上,打开柜,抽出铺盖来,就房中铺好了,笑道:"火炉里的火熄了,也不添一点炭,从外面回来,吹得一副脸、一双手都和铁一样,你摸摸看,好冷!"说时伸脸和手给黄文汉摸,黄文汉只得胡乱摸了一下。下女笑道:"冷么?"黄文汉随意答道:"冷。"下女道:"你脱衣睡?"黄文汉点了点头。下女道:"四点多钟了,还不睡等甚么时候?"黄文汉点头道:"你去睡,我也就要睡了。"下女才笑着慢慢的拾起围襟,照着电光看了一看道:"你买给我这条围襟太不牢实了,还不曾围得两个月,你看这边子都花了。"说时又送给黄文汉看。黄文汉立起身来,胡乱看了一看道:"你去睡罢。不牢实,你明日找着了太太,再买条牢实的给你就是。"下女听了,提着围襟的一端用力一抖,掉转身冲到隔壁房里去了,随手将隔门用力一关。

黄文汉也不理会,解衣就寝。心中不知道有多少事,如何睡得着呢?下女又在隔壁房里咳嗽叹气,擦得席子响,拖得被卧响。黄文汉心中更加烦躁,看看到了六点钟,下女才没了声息,自己也渐渐的入了睡乡。刚睡了一觉,被一阵后门响惊醒转来。睁眼一看,窗缝里已透进阳光来,电灯光都变成了红的。听得有人敲得后门响,知道不是小菜店,便是油盐店来兜生意的,忙叫下女起来开门。连叫了几声叫不应,只得自己爬起来,披了衣,推开门走到厨房里,将后门开了,果是小菜店的店伙。见了黄文汉,连忙行礼问道:"先生家今日为何起得这们晏?我已来过三次了,此刻是第四次敲门。"黄文汉惊道:"此刻甚么时候了?"店伙道:"已差不多十二点钟了。"黄文汉笑道:"笑话,笑话!我们因为昨夜有事,睡迟了些儿，所以醒得这们晏。"店伙问要甚么菜，黄文汉随意说了几样，店伙去了。黄文汉回到下女房里，推了几下。下女哼了几声，才醒了。黄文汉道："还不快起来，十二点钟了。昨夜嘱咐你，教你早些起来去寻太太，直睡得这般死！"下女伸伸懒腰，坐了起来揉眼睛。黄文汉催着她："快洗脸就去，不要在家里吃饭，家里的事，你不要管。"下女见已是十二点钟，也有些心慌，匆匆忙忙的穿了衣，洗了洗脸。黄文汉拿了一块钱，给她坐电车，买饭吃。下女收着，急急的去了。

黄文汉打开了窗门，收了铺盖，盥漱已毕，一个人也懒得弄饭。换了衣服，恰好小菜店送了菜来。黄文汉便将后门关了，自己也出来锁了前门，往各处去寻找。直寻到下午七点钟，也不见一些影子，只得回家。下女早已回来，坐在隔壁人家等。见了黄文汉，即出来迎着说道："太太昨晚睡的地方，我已找着了。我去的时候已是一点多钟，她家说太太住了一夜，今早十点钟的时候就出去了。我便问她，知道去甚么地方么？她家说，太太说要去看房子，看好了房子就要搬家，不知道去那一带看。我便将太太的事情对她家说，托她再遇着太太，务必送她回来。我又将这里的地名、番地写给她家了。她家说：'既是闹脾气出来的，那很容易，她再来的时候，我一定教她回来。'"黄文汉连忙说道："她教她回来，她如何肯回来？你快些再去一趟。"下女摇手说道："我已说了，我家太太既决裂了出来，必不肯容易再回家的，务必扭着她同来。她家已答应了。"黄文汉道："你说了我重重的谢她没有？"下女道："我已说过了。"黄文汉摇头道："不妥，不妥！她家必不会扭着她同来。她家姓甚么，是做甚么事的，平日和你太太交情何如？"下女道："她家是教音乐的，姓持田。就只母女两个，和太太交情很好。"黄文汉道："住在甚么地方？"下女道："住在喜久井町。"黄文汉道："你吃了晚饭没有？"下女道："不曾吃。"黄文汉道："我也不曾吃晚饭。你就去叫两碗亲子井来（白饭和蛋共煮一大碗，名亲子井），我们同吃了，我再和你去持田家一趟，就坐在她家中等。你太太来了更好，即不来，我也好当面托托她母女。多几个人找，尽找得着的。"下女答应着，便不进屋，折过身跑去了。黄文汉这才拿出钥匙来，开了锁进房。一会儿，下女同着一个人送了两碗亲子井来。二人一同吃了，复锁了门，坐电车到喜久井町。

下女引黄文汉走到一家门首，下女先推开门进去。里面一个年老的声音问："是谁？"下女答道："我家太太再来你这里没有？"里面即走出一个女人来，黄文汉就电光看去，约莫有四十多岁的光景。出来看了看下女道："你怎么又来了，后面的那位是谁呢？"黄文汉即走进一步，脱了帽子行礼。下女指着黄文汉道："这就是我的老爷，姓黄。"那持田女人连忙回礼，笑答道："原来是黄先生，请进来坐！"下女又问道："我家太太没来么？"持田女人道："还是上午去的，不曾再来。黄先生请进来坐。"黄文汉卸了木屐上去，随着持田女人到里面房中，行礼坐下。下女跟着进来，坐下问道："小姐不在家么？"持田女人道："刚才同一个朋友去看夜市去了。"黄文汉先向持田女人客气了几句，才问道："内人昨夜在府上叨扰了！今早出去的时候，不知曾对夫人说去甚么地方没有？今晚不知可再来这里？"持田女人道："圆子君并不曾对我说去甚么地方。只听得向小女说要去寻一个贷间，寻着了，今日就搬家。昨夜来这里的时候已是十二点多钟了，我们母女都已睡了许久。她说看活动写真看晚了，天冷又没有了电车，就懒得回家。小女和她交情很好，她就同小女睡了，我也没起来。"说时用手指着下女道："今日听得她说，才知道是和先生合口出来的。这也没甚么要紧，少年夫妻合口本是极平常的事。先生只管放心，过一两夜气平了，她自然会回家的。她若再到这里来了，我劝她回家就是。"

黄文汉道："承夫人的情！不过内人的性子非常执拗，夫人劝她回家，她必不肯回的。可惜小姐不在家里，我想奉托小姐，若是遇了她，务要扭着她同回舍下来。我感小姐的恩，必不敢忘报。"持田女人笑道："先生太言重了。刚才这位姑娘已写了尊处的地名在这里。小女也曾知道，不必再要先生委托。小女遇了圆子君，必送她到府上来的。"黄文汉叩谢道："小姐和内人交情好，必然知道内人常来往的几家人家。若得小姐肯替我帮忙去寻找，我更感激了。"持田女人笑道："这也很容易。小女回来，我和她说，教她明日去找找就是。一定找得着的，先生放心就是。少年夫妻合口算不了一回事。"黄文汉见持田女人是这般说，心中略放宽了些。持田女人泡了茶，送给黄文汉喝。黄文汉一边喝茶，一边看房中陈设得还精洁，壁上挂了些琵琶、三弦之类。黄文汉和持田女人闲谈了许久，不见圆子来，也不见她女儿回来。不好意思再坐在她家等，只得又嘱托了几句，告辞起身，和下女归家。

次日不见持田家回信，只得又教下女再到各处去找。又找了一日，全无踪迹，持田家里也不曾去。持田的女儿，第三日也帮着找了一日。下女的双脚都走肿了，那里遇着圆子影儿呢？黄文汉只管整日的在房中唉声叹气。到了夜间，便一阵一阵的泪流不止。下女也心中着急，四处托人帮着找，整整的找了十日，都是毫无头绪。下女也渐渐的懒了，托的人更是不肯上紧。黄文汉到了此时，简直一筹莫展。

一日，是三月初五日，黄文汉接了苏仲武一封挂号信。拆开来看，里面一张一千元的正金银行的汇票。信中还殷殷勤勤，问圆子的身体近来好么，若是黄文汉带着回湖北，务必先写信给他，他好按期到码头上来迎接，到他家中去住一晌。他父母及他家里的人听他说圆子的好处，都想见一见。黄文汉看了这信，又流下泪来。当下回信，也不便说明这事，只说一千块钱已收到了，并不提起回国的话。

没过几日，山东潍县居觉生打了个电报给他，还电汇了路费来，请即日动身，去山东专办交涉。他心想：我在日本十多年，在女人跟前不曾失败过。今一旦弄到这样，我还有甚么心情在这里久住？山东我本有意要去，难得觉生打电报来招我，不如借此暂离了这苦海，在枪弹中去生活几时。圆子果然与我尘缘未断，一年半载之后，再有机会来日本找着她，何妨再做夫妇？若是缘分已经尽了，就死守在这里也是无益。我虽然爱她，但是我的前程不能因她耽搁。她若真是爱我，也不愿我因她误了正事。我且将她去后十几日的经过，一日一日的作为日记，详悉写了，并这封电报、老苏的这封信，我看持田家还靠得住，就放在她家里。圆子总有去她家的日子，使她见了，也知道我并非负她之人。她在这里空手出去，此刻的生活一定很艰难。留多了钱在这里，怕持田家起不好的心瞒了。我且留一百块钱在这里，她以后如想念我，我有通信的地名在这里，她尽可写信来，我再付钱给她。或着人来接她去山东，也可以的。黄文汉想了个十分妥善，一一的办好了。也没有心情到朋友家去辞行，即收拾行李，坐火车到长崎，由长崎乘博爱丸到上海，由上海到山东去了。

不肖生写到这里，第五集算是完了。《留东外史》到此，算是一个结束。只是不肖生脑筋中还贮着不少的好材料，如周撰骗娶陈蒿女士，陆公使买飞行机，中央经理员买株式券蚀本，诛汉奸会传单，留学生大闹公使馆，殷通译红叶馆和下女行结婚礼。尚有种种极趣味的事，都不曾写出来。只得留待后来，一有机缘，便再续写几本，与诸君解闷。

第九十一章

不肖生偷闲续史
周之冕对友号丧

　　第五集书，正写到黄文汉和圆子决裂了。圆子失踪之后，黄文汉同下女寻找了半月没有消息，便留了一百块钱，并这半月的日记在持田家，即匆匆的乘博爱丸返国，应居觉生之聘，往山东潍县去了。书就是那们中止。料想看《留东外史》的诸公，看到那里，没有个了断，心中必也有些沉闷。并且对圆子没有下落，必然觉得有些遗憾。但是诸公心目中只一个圆子没下落，在著者心目中更有无穷的恨事、趣事不曾写完，若就是那们中止，不接续下去，不更遗憾不堪吗？好在著者今日闲着无事，正好重理笔砚，一件一件的写了出来，给诸公破闷。

　　于今且说周撰自和郑绍畝因分肥不匀，加以双方吃醋，改散贷家之后，几集书中都不曾提他的事。虽在第六十章里面从郑绍畝口中略略的道了他一点儿踪迹，但不是他的正传，此刻却要借他开场。

　　话说周撰虽明知松子与郑绍畝的关系，散伙之后，却不肯与松子拆开，在深川区觅了个贷间，仍和松子居住。周撰并不是爱恋松子，不舍得拆离，只因为他们在要好的时候，周撰做给松子的衣服及零星妆饰品不少，就这般容易的拆离，觉得太便宜了松子，只得装糊涂，再和松子鬼混。松子那知道周撰的存心？见周撰说公费没有领下来，手中窘迫，便拿首饰去当了充家用，不到二三个月光景，当的当，卖的卖，已将首饰弄了个干净。又借着归国没有旅费，哄着松子将衣服也当了，周撰拿了钱，真个跑回湖南去了，骗得松子一个住在那深川区的贷间内死等。周撰跑回湖南，不知怎的运动，回到日本，居然进了连队。这连队不像学校，不能任意在外面歇宿，便瞒了松子，不与她见面。松子虽明知道周撰已来日本，进了连队，只是不敢去会，写了几次信去，也不得回信，只气得终日在那些平日和周撰往来的朋友家探听，打算遇见的时候即扭着不放，丢周撰的脸。这且放下。

　　且说康少将那日在春日馆请酒，和杨小暴徒争着拉下女的那个柳梦菇，他原来也是一个三等的亡命客。在他原籍做了一任县知事，狠捞了几个昧心钱，和大众亡命到日本来。奇闻笑话也不知闹过了多少。他的年龄在四十左右，生得六尺来身体，肥胖得和一座黑塔相似，满面络腮胡子，浓眉巨眼，远望去却很像有些威仪。所以人家都替他取个绰号，叫作"天尊"。他自己却非常得意，也时时自命为天尊。和他来往最亲密的，除周撰之外，与他同亡命的几个同乡，都和他十分要好。有一个住在仲猿乐町的周之冕，第四集书中吴大銮要去刺蒋四立，托名是替姓周的传话，便是这位先生。他和陈学究是好友，更是柳梦菇的八拜至交。柳梦菇到日本来，练习了两三个月日本话，普通应用的话都说到上口了，即在神田北神保町竹之汤澡堂子隔壁，寻了个贷间住下。这贷间的房主人就只母女两个。母亲五十来岁；女儿二十岁，名叫贞子，生得奇丑不堪，却终日涂脂抹粉，打扮得在远处望了，活是个美人样子。柳梦菇在寻房子的时候，见了这贞子，已是非常赏识。及搬了进去，禁不得贞子百般的殷勤招待，更顾不得天尊身分，便和贞子结起欢喜缘来。

　　这日，柳梦菇正在房中和贞子闲话，周之冕走了来。一进门，见了柳梦菇，即伏身跪了下去，磕了个头，吓得柳梦菇和贞子连忙立起身来，怔怔的望了周之冕，不知是何缘故。只见周之冕磕了头站起来，泪眼婆娑的哽咽着说道："我于今真成了天下的第一个罪人！"说着，更呜呜的哭了起来。柳梦菇忙抽出个蒲团来给周之冕坐，一边带着安慰的声音说道："老弟有甚么事，只管从容说出了，好大家设法，何必是这般悲伤？"周之冕双手捧着脸，仍是哭个不了。柳梦菇不知他哭的是为甚么，不好从那里劝慰，只得立在旁边望着他哭。周之冕哭了一脸的眼泪，才慢慢的收了悲声，放下手来叹道："我不料我母亲去世得这般快！我去年临行的时候，她老人家还健朗得很，送我到大门口。前月我兄弟来信说，她老人家气满的旧病复发了。我就日夜担忧，想回去亲侍汤药，可又是缉拿得紧的时候，又恐遭了罗网。那晓得她老人家就是这般去世了。我想起一场养育之恩，怎能教我不伤感！"说完，又捧了脸哭起来。柳梦菇这才知道他母亲死了，也连忙露出悲容，叹气说道："既是老伯母终了天年，为人子者不

能亲侍汤药，自是可伤感的，只是也不宜哀伤过度。老弟且坐下来，慢慢
的商议。"说着，自己就蒲团上坐了。周之冕那里肯坐蒲团，就在席子上
胡乱坐下。贞子在旁边呆呆的望了一会，也不便寻问原由，自下楼去了。

周之冕一边哭着，一边从怀中掏出一封他兄弟报丧的信来，给柳梦菇
看。柳梦菇看了，仍递还周之冕，说道："令弟所见不错，现正在追捕紧
急的时候，奔丧是不行的。"周之冕连连摇头道："我辈读圣贤书，所学何
事？母死岂可不奔丧？我决计就在今日坐火车往长崎，预算七日可以赶到
家中。这些朋友地方，我都不去辞行了，老兄见着他们的时候，请代我说
声罢。我此刻还得回去略略的清检几件随身的行李，不能在这里久耽搁
了。"说着，起身要走。柳梦菇忙留住不放，说道："这事情不可鲁莽，回
去白送了性命。你不是个不识大体的人，你若因奔丧送了性命，老伯母在
九泉之下也不瞑目。这尽孝也有个经权的界限。"

柳梦菇正说着，那住在湖南同乡会教书的陈学究来了。他原来和周之
冕也很有交情。周之冕见他进来，即爬起身，一个头磕了下去，又止不
住哀哀的哭泣。陈学究惊问柳梦菇，柳梦菇将原由说了，并说："周之冕
抵死也要奔丧，我正在这里劝他。"陈学究听了，连连道："使不得，使不
得！这一回去，不待到家，只怕就送了命。那才真是不孝呢，快把这念
头收起。"周之冕见柳梦菇和陈学究都是这般劝说，只得收了泪，垂头坐
着。陈学究道："老伯母既仙逝了，你我的交情不薄，应得在东京拣个地
方，开一个追悼会，也尽我们一点意思。"柳梦菇忙赞成道："我心中正也
如此打算，地方就是大松俱乐部好。近来留学生无论甚么会，都是借那里
做会场。前日曾大癞兄弟替他父亲开追悼会，也是在那里。"

陈学究道："那日的追悼会，老柳你去了吗？"柳梦菇道："我不曾，只
和人合伙送了一首挽联。"陈学究笑道："说起那日的挽联，真有许多笑
话。第一是何海鸣的那一首最妙，他就在哀启中集了四句话下来，写做挽
联。"说着，即念道：

先严树林公四月九日　党人俱乐部午后二时。

柳梦菇也笑道："这挽联真是新奇！"周之冕道："曾大癞的父亲，本来没
有甚么事迹可以在挽联上出色，曾大癞兄弟又是两个那们样卑污苟贱的
人，何海鸣素来是瞧人不起的，那有好话去挽他？特意是这般骂他们兄弟
的。"陈学究点头道："那是自然。只是何必将它悬挂起来自己丢脸？"周

之冕道："他们兄弟能认识几个字？知道是骂他的倒好了，也不得将它悬挂起来了。他们兄弟既不认识字，又见下款是'何海鸣拜挽'几个字，怎肯不挂出来，埋没这点有势力的交情呢！"说得柳梦菇、陈学究都笑了。

周之冕道："既承二位的情，替先母开追悼会，自是感激万分。只是开会之前，也得发一遍哀启，我此刻五内如焚，何能提笔？没法，只得请子兴（陈学究名叫子兴）的大笔。"陈学究道："这是我应效力的事。不过我久疏笔砚，你昆玉又都是文豪，恐怕弄出来见笑。"柳梦菇道："这不是客气的事。老陈，你便替他作一篇罢，你不要辜负他，刚才还对你叩了个头。"周之冕道："天尊，你真是生成的一把油嘴。我不是向你也叩了个头吗？照你这样说，也应得替我做一点事才好。"柳梦菇笑道："我自然得替你做事，我就去大松俱乐部租定会场，且商议个日子。今日十一月十二（此是民国四年）。"周之冕道："哀启连作带印刷，总得几日工夫，订本月二十日罢。"陈学究点头道："好！许先生定了本月十五回上海去，我还得去送行。追悼会的日子不能不订远点。"

当下三人商议妥了。陈学究向柳梦菇道："我特来约你合伙替许先生饯行，遇着老周，几乎将话头打断了。你明日有工夫没有？"柳梦菇道："我怎么没工夫？听凭何时都可以。"陈学究道："你那政法学校的课没去上了吗？"柳梦菇道："有时高兴也去听听。这几日因那翻译和一个下女在红叶馆结了婚，正在度蜜月的时候，没工夫去上课。请了一个代替的，是个浙江人，说话难懂得很，我便懒得去听。"陈学究道："我也听得说那翻译和一个下女要好得很，却不知道真个结起婚来，这事情也就希奇得很。那翻译我见过数次，年龄不过二十多岁，容貌又生得很漂亮，更是个世家子弟，怎的会爱上一个下女，认真结起婚来？"柳梦菇笑道："若是个生得好的下女，或是年轻的倒还罢了，偏偏那下女又是四十开外的年纪，容貌更是丑不可状，凡是知道他们这桩事的人，无一个不称奇道怪。最好笑是那翻译的朋友，见他要和那下女结婚，都觉诧异，跑去问他，你说那翻译怎么说？他说：'我和她结婚，我心中还觉得辱没了她似的。我得她同意之后，欢喜得如获至宝，幸得她的年纪比我大了十几岁，不然我简直匹配她不上。'老陈你看，这不是骇人听闻的事吗？"

周之冕见柳、陈二人谈这些话，他自觉是个罪人，不忍心多听，便告辞起身。陈学究也跟着起身道："我们同走，我还得去大塚邀许先生。"说着，向柳梦菇道："你去维新点菜，定明日午后四点钟，你顺便到青年会去约林胡子。"柳梦菇点头答应，一边起身送周、陈二人下楼。周、陈作别去了，柳梦菇也就向猿神保町的维新料理店走。

刚走过三崎町，只见劈面来了个人，摇头晃脑，非常得意的样子。柳梦菇一看，不是别人，也是同乡的一个小亡命客，姓谭名理蒿，在北伐第一军陈军长跟前当过三等副官的，久和柳梦菇认识。柳梦菇见他这高兴的样子，迎上去问道："老谭到那去，为何这等高兴？"谭理蒿见是柳梦菇，忙脱帽点头笑答道："我正想到你家去，却不料在这里遇着了你。我刚才走锦町经过，看见一个中国留学生样子的人，抓着一个西崽似的后生，在那里拳打脚踢，口中不住的骂道：'我多久就要打死你这杂种，一晌遇你不着，今日看你逃到那里去！'那后生也口中骂道：'我又不认识你，你这个东西怎么无缘无故的打人？你敢和我到警察署去，算你是好的！'一边骂着，一边也扭着那留学生似的人，只管用脑袋去撞。看热闹的人围了一大堆，站岗的警察见了，连忙走拢来解劝。那留学生似的人松了手，向警察用英国话申说。我不懂得他说了些甚么，那警察也似乎不大懂得英语，回头问那后生。那后生也是个中国人，日本话却说得很好，对那警察说道：'这人平空的跑来打我，请你将他拿到警察署去。'说着，用手指着那留学生似的人。警察看是中国人和中国人闹了，便有些懒得管，便道：'我也不管你们甚么事，只不许在街上扭打，扰乱治安。'说着，驱散众人，逼着教他二人分途走开。那留学生似的人那里肯依呢，回身复扭着那后生说道：'你这东西分明是个贼，屡次在我家里偷衣服。你身上这一包凸出来的是甚么？'说时用手去搜。那后生将身子往旁边一扭，脸上登时变了色，口中支吾道：'这，这是我刚买来的。'那留学生似的人怎肯放松？一伸手，就在那后生的怀里掏出一个粉红的小手巾包来。那包拿在手中，像是十分沉重。那后生见了连忙来夺。那留学生似的人一手将包举得高高的，一手招那警察，又说了几句英语。那警察抢到后生跟前，施出那平日捉贼的手段，拉着后生要走。那后生说道：'你不要拉，我自会到你署里去。'接着用中国话向那留学生似的人道：'好，好！一同到警察署去，和你弄个清楚倒爽快。'那留学生似的，已将小手巾包打开，我凑近身去看，原来是一对金手钏，一根金表链，还有些零星金首饰，大约有十多两重的金子。他看了看，即胡乱包了，口中骂道：'你于今赃明证实了，看你还赖到那里去？这种东西不重办还了得！'说着，也不待那警察开口，即跟着同到警察署里去了。我看了觉得很希奇，随着大众到神田警察署，想打听打听是怎么一回事。那警察署见看的人太多了，一阵驱赶，那些看热闹的人都四散的跑，我也不敢逗留，离了警察署。我想：这事离奇得很，只看着那后生揣着一包首饰，一定是一桩奸情的事。"

柳梦菇笑道："怪道你那高兴的样子，原来是看了这种新闻！你看那留学生似的人有多大年纪了，是怎生一个模样，说的是那省的口音？"谭理蒿道："口音是普通话，却听不出那省的来。年纪大约不到三十岁，生得很苗条的身子，穿着一身极漂亮的西服，一望去就知道是个很爱洁净的样子。他脸上有一个铜钱大的疤印，颈上还像生过几个痒子，英语说得非常圆熟。那后生虽穿着当西崽的衣服，容颜却甚是俊秀，年纪至多不过二十二三岁，唇红齿白的，很讨人爱。"柳梦菇道："可惜警察署不许人去看，不待说是一件极有趣味的奸情案。只是那后生真个与那留学生似的家里人有了苟且的事，弄到警察署去，也不能将那后生怎生处置，倒是那留学生似的人自己丢脸。你去我家，就是想将这事告诉我吗？"谭理蒿摇头道："不是。我听得雷小鬼说，你那房主人有个女儿，还生得不错，被你弄上了，我有些不信。你平日在人跟前装正经，怎的会有这种事？因见雷小鬼说得那们确凿，我倒要来问问你。若真有这事，你应该请我喝杯喜酒。"柳梦菇笑道："你信雷小鬼的，那有这等事？我那房主人有个女儿是不错，只是我平日和她笑话都不曾说过，那有这般容易便说弄上了手？雷小鬼素来是那们捕风捉影的。"谭理蒿道："你不必再装正经，雷小鬼说的不像捕风捉影的话。你不用赖，我只要到你家里，留神看看你二人的情形就知道了。"柳梦菇点头道："使得，只是我现在有事要去维新料理店，你且和我同走一趟，回头再到我家去。"谭理蒿道："去维新做甚么？"柳梦菇道："陈子兴和我合伙，明日午后四点钟替许先生饯行。我此刻去点菜，点了菜还得去青年会约林胡子。"谭理蒿道："你不提及我倒忘了，许先生回国，我也得替他饯行才好，就伙做你们一块儿罢。"柳梦菇道："我们饯行，不过尽一点儿意思罢了，你来一份也使得。"

二人说着，同走到维新料理店。正在账房里和掌柜的点好菜，说了明日的时刻，忽听得楼上有人打着哈哈，在那里说话。柳梦菇听了听说道："老谭你听，这打哈哈的声音，不是林胡子吗？"谭理蒿点头道："不错，准是他。等我上楼去看看。"说着，向楼上跑去。刚到楼口，望了一望，对柳梦菇招手道："正是林胡子在这里。"柳梦菇忙跟着上楼，笑说道："我说旁人没有这们大的嗓子，一定是林胡子了。"

这林胡子，名伯轩，也是个湖南人。听说他从前在四川当过管带，民国元年仍在四川，当了一次民军的团长，很能打仗。他为人很像爽直，生得虎头燕颌，眉长入鬓，须长过腹，腰圆背厚，气实声宏；虽不曾读过诗书，每次登坛演说起来，却甚喜引经据典。此次亡命到日本，因朋友绍介，住在神田的中国青年会内。近来他时常自恨不曾读书，便拜了周之冕的门，朝夕不辍的认真念书写字。古人说得好，有志者事竟成。他虽则是五十多岁的人了，只有半年多的工夫，书虽读得不多，字却被他很写得有个样子了。若和曹三爷写的虎字比较起来，林胡子就出色得多了。那时湖南的国民党，在东京设了个支部，原来的支部长，就是曾大癫的兄弟，绰号癫头鼋的。因他办了年多，钱就花了个不计数，党务却是废弛不堪。同乡的党人看了过意不去，将他撵了，生拉活扯的把许先生推了出来。许先生接手办不到一年，党务虽然发达，自己的腰包却掏出来贴了个精光。许先生几次苦辞，也不曾辞掉。爱许先生的都愿意他辞，爱国民党的却留住他不放。于今许先生因为上海有事，要回国去了，这林胡子倒想接手来当一届支部长。只是林胡子想当支部长，并不是和癫头鼋样，想借着党务捞钱。他因为虽是个湖南人，十多年都是在四川干事，对于湖南并没有甚么资格。民国以来，省界分得十分清楚，在外省很难得立足。林胡子想将来在湖南占点势力，不能不趁这机会，在日本多拉拢几个同乡。他今日正在维新料理店内，请了他同乡的几个大伟人，陈军长、曾参谋以及吴大銮口中说出来和曾参谋同亡命的邹东瀛、曾广度一般人都在座。

林胡子正吃得兴高采烈，见柳、谭二人进来，忙起身让坐。柳梦菇笑道："我在下面听了笑声，就知道是你。我们正要到你家里去，幸而有你这个大哈哈，免得我们白跑。"说着，和满座的人都点头打招呼。他们都是认识的，并且都是上司班辈。柳梦菇一想，不好当着他们专请林胡子，只得将林胡子拉到旁边，把饯行的话说了，并请林胡子代邀邹东瀛。原来这邹东瀛是一个国会议员，在湖南经手过一次国民捐。他在前清的时候，不过是个学校里的校监，黄克强倡议办国民捐，他便条陈了些筹饷的办法，黄克强便委他充筹饷局的局长。黄金入橐，那议员头衔，便轻易的到手了。他这次也是因亡命跑到日本来，也想做个国民党的首领，时常用温言暖语去牢笼这些穷苦党人。在孙中山跟前更是牛皮马屁，连吹带拍到十二成，孙中山很对他假以词色。柳梦菇因他是孙中山的红人，所以托林胡子单独代请他一个人。林胡子当时答应了。

　　柳梦菇即和谭理蒿拜别大众，出了维新料理店。谭理蒿边走边笑着向柳梦菇道："陈军长近来纳了宠，你知道吗？"柳梦菇道："彷佛听人说过，只不知容貌何如，是从那里讨来的？"谭理蒿笑道："容貌丑还在其次，据陈军长自己说，身上脏得很。你想陈军长是何等脏的人，连他都嫌脏，那位姨太太的脏就可想了。本来是人家的丫头，讨了来不到几日，还出了个很大的笑话，你不大和他往来，大约不曾听得说过。"

　　不知谭理蒿说出那姨太太甚么笑话来，且候下章再写。

第九十二章

舞狮子柳梦菇遮羞
戳牛皮谭理蒿多事

话说柳梦菇听得谭理蒿说陈军长讨姨太太闹出笑话来了，笑嘻嘻的催着谭理蒿说。谭理蒿道："那姨太太进门的第三日，陈军长夜间和她睡了一会，说姨太太身上有一种极不好闻的气味，便睡不着。已到了一两点的时候，陈军长翻来复去的总觉难过，只得爬了起来。在床上坐了一会，心想就是这般坐着，如何能坐到天亮？不如且上楼去看看书，等天明了，再设法将这姨太太退了。陈军长心中是这般想，便也不问那姨太太难受不难受，一个人跑上楼去看书。原来他那楼上，虽是作为书室，一切重要的物品都是放在那里面，室内很陈设得精致。陈军长那夜一个人上楼之后，将电灯扭燃，自己就书案旁边的螺旋椅上坐下，一手拿了一枝雪茄烟，一手擦着洋火，旋吸着烟，旋将两只脚向书案底下伸去。他不伸脚倒罢了，他这一伸出去，只觉有一件甚么软东西在底下碍脚似的，吓得连忙缩脚。正要低头向书案底下去望，心中明知道有怪，却是有些害怕，又不敢望，又不敢起身。正在犹疑的时候，那书案作怪，忽然动了起来。这一动，只吓得陈军长身不由己的，举手向书案上一巴掌，口中放连珠箭似的喊'强、强、强盗！'陈军长口中喊着，书案底下果钻出一个凶神恶煞一般的强盗来，手中拿着一枝手枪，正正的向陈军长的面孔瞄着。陈军长立起身向楼门口逃去，谁知吓慌了的人两腿都是软的。那强盗见陈军长向楼口跑，只道是堵住楼口要拿他，也忙朝着楼口抢来。陈军长的腿早就软了，见强盗猛朝自己扑来，哎呀一声没叫出，已骨渌渌滚西瓜一般的滚向楼下去了。幸喜是滚在席子上面，只将头皮碰破些儿，不曾跌断手足。他正跌在席子上发昏的时候，猛觉得有人在身上踩了两脚，踩得腰眼儿生痛，便哎呀、哎呀的狂叫。一时将姨太太及下女等人都惊起来，不知出了甚么岔事。见陈军长在席子上打滚，大家扶了起来，救了半晌才得清醒。教下女等帮着拿贼。大家跑出来看，那还有个贼的影子呢？只见大门开着，静悄悄的没一些儿声息。那姨太太见是因为自己不好，不能使陈军长安睡，才有这般岔事，心中十分过意不去。口中不敢说，面上现出很为难的样子，以为这一来，明日是退定了的。那知陈军长却另有种心理，说倒是这姨太太有福气，若不是她身上有气味，那夜安然睡着了，楼上的贵重物品必被那强盗搬运个干净。他从此倒很痛爱那姨太太起来。你看是不是一桩笑话！"

柳梦菇笑道："那贼从大门进来的吗？"谭理蒿道："不是。第二天才看出来是从茅坑里钻进来的。"柳梦菇笑道："原来臭气便是福气，难怪于今人家的姨太太，都是有些臭气的。"二人说说笑笑，不觉已归到家中。柳梦菇怕贞子露出马脚来，装出正经不过的面孔上楼。贞子上来泡茶，柳梦菇正颜厉色的，睬也不睬。贞子那里知道？挨到柳梦菇跟前，偏着头望了柳梦菇，笑问道："你刚才来的那个朋友做甚么事，跑上来就向你叩头，一会又痛哭起来，是甚么道理？"柳梦菇心中着急，想不理她，怕她当着谭理蒿又施出放刁的样子来更不好，只得有意无意的答道："他死了妈。你不要问，快去泡茶来罢，炉里的火也熄了。"贞子不知就里，撞了一鼻子的灰，气忿忿的提着茶壶下楼去了。谭理蒿哈哈笑道："你还要赖！你和她没有关系，她怎得对你是这样子？"柳梦菇正色道："确是没有。他们日本女人是这般讨人厌的，我平日都不大理她，你不信今晚在这里住夜，你看罢！"柳梦菇这话，无非是极力的掩饰，以为谭理蒿是决不会在这里住夜的。那晓得谭理蒿并不推辞，说道："我真有些不信，你留我住夜，我真个要在这里住一夜看。"柳梦菇见谭理蒿如此说，自己话已出口，悔不过来，只好连连说好。

此时天色已晚，柳梦菇叫添一客晚膳，只见送茶送饭都是房主女人，并不见贞子上来。柳梦菇心中虽甚愿意贞子此刻不走上来，免得现相，给谭理蒿看出破绽；只是贞子不明白自己的用意，恐怕她误会，寒了她的心。吃了晚饭之后，借着小便，想和贞子说明。走下楼去，见贞子噘着嘴坐在房角上，气忿不堪的样子。柳梦菇心中一急，正想走近身，悄悄的将话说明，又苦于自己的日本话不大顺口。刚胡诌了几句，还没有说清，忽听得楼梯声响，谭理蒿下来了。忙三步作两步的跑到小便的所在去，预备等谭理蒿上楼，再和贞子去说明。谁知谭理蒿下楼来，有意监督着似的，柳梦菇不上楼，他也不上楼，只在楼下来回的走。

柳梦菇没法，只得赌气上楼，向谭理蒿说道："我从来是一个人睡惯了的，和人同睡总睡不着。我这里铺盖又多，分作两处睡罢。"谭理蒿笑道："只要是在这一个房间里，没有甚么不可。"柳梦菇气道："你这东西真顽皮！不是一个房间，难道教我往别处另租一间房给你睡不成？不要啰唆了，大家铺被睡罢。"谭理蒿道："此刻还不到八点钟，就睡得着吗？"柳梦菇道："你睡不着，你就再多坐一会，我是要睡了。我素来是睡得这般早的，天气又冷，没有事只管坐着干甚么？"谭理蒿笑道："我坐着没事，你睡着倒有事？"柳梦菇也不答话，自己铺好了被，将谭理蒿睡的铺盖堆做一边，也懒得给他铺垫，脱了衣服，钻入被中，蒙头睡了。谭理蒿心中好笑，也不便多说，匆匆的铺好被，也解衣就寝。只是太早了，那里睡得着？明知柳梦菇半夜里必定偷摸着去和贞子睡，便故意辗转了一会，慢慢的打起呼来。柳梦菇是上床不到一分钟，即鼾声震地。

看看挨到十二点钟的时候，谭理蒿正朦胧的要睡着了，忽听得楼梯上有些儿声响，忙睁开眼一看，柳梦菇那边席子上已是空空的，连被都不见了。谭理蒿觉得诧异，心想：怎的连被都带着去睡？且等他上来的时候，我倒得问问他，看是个甚么道理。谭理蒿一个人在被中等了差不多一个时辰，只听柳梦菇轻脚轻手的上楼，谭理蒿忍不住猛然翻身起来，见柳梦菇正蒙着一铺棉被在头上，弯着腰进房。谭理蒿大笑问道："天尊，你这是干甚么？"柳梦菇见谭理蒿醒了，吓得慌了手脚，口中嗫嚅了两句，没有说清楚。亏他人急智生，登时顶着棉被，故意跳了几跳。柳梦菇知道是已经识破了，料再支吾不过去，只得将棉被往席子上一摆，止住谭理蒿道："不要高声，下面的人听了难为情。"说时，面上很带些惭愧的样子，复求着谭理蒿道，"这事情你万不可向旁人说，我的名誉要紧。"谭理蒿笑道："我决不向旁人说。人家问我今夜在那里睡，我只说一夜不曾睡，看柳天尊舞狮子去了。你这话正好比那扒灰的。有个人扒灰，刚到他儿媳妇的房里，不料他儿子回了，他吓得从儿媳妇房里跑出来。儿子见了有些疑心，连问到这房里来做甚，他也和你刚才一样，嗫嚅了一会说道：'我来抓点谷去喂猫呢。'"柳梦菇听了，也不觉发笑，借着事打岔说道："周之冕的妈死了，本月二十日在大松俱乐部开追悼会，你去不去？"谭理蒿低头想甚么似的不做声。柳梦菇问了几句，谭理蒿才抬头笑道："追悼会自是要去。我作了一首诗，送你做个纪念，你听罢：

　　　湖南杀党人，天尊幸不死。匿迹竹之汤，半夜舞狮子。

你看这首诗，不可以做今夜的纪念吗？"柳梦菇不高兴道："你何苦是这样的刻薄人？我也没有甚么事对你不住，你这几句屁放了出来，明日必是逢人便说，一定要弄得通国皆知。我的名誉固是要紧，就是人家的女儿，还没有婆家，有你这样替她一表扬，不是要糟透了吗？"说着，赌气往席子上一倒，闭着眼只管摇头。谭理蒿笑嘻嘻的说道："你真是呆子！日本女人，你还替她着虑坏了名誉，没有好婆家？她们若真个一坏了名誉便难嫁人，也不会打着伙偷汉子了。"柳梦菇叹道："虽是这般说，我心中总觉着不忍。"谭理蒿笑道："你不忍，下次不要再舞狮子罢。"说得柳梦菇扑嗤的笑了，重钻入被中说道："睡罢，天快要亮了。"谭理蒿也就睡下。

　　次日起来，用过早点，谭理蒿道："周之冕的妈死了，我也得去悼唁一回，他还是住在那仲猿乐町的浅谷方吗？"柳梦菇道："还是住在那里。他不回国，就是十年八载只怕也不会离开那地方。"谭理蒿笑道："不错，我久已听说他那地方和你这里一样，房主人也是两母女。"柳梦菇道："你那有不曾听说的事？不过她那女儿已是有婆家的。"谭理蒿道："我虽去过几次，却不曾见着她那女儿是个何等模样，我此刻且去看看，午后四点钟的时候，我到维新去就是了。"

　　说完辞了柳梦菇，走向仲猿乐町浅谷方来。走到浅谷方门口，只听得楼上有女人的笑声。谭理蒿心想：周之冕既死了妈，他的楼上如何有女人浪笑之声？心中这般一想，便不上前叫门，只立在那窗子底下静听。不一会那笑声又作，彷佛听去那笑的声音还很苍老，约莫是个五十多岁的女人。说话的声音太低，听不清楚。懒得久听，推开门，叫了声"御免"。里面出来了一个四十多岁的女人，谭理蒿认得是房主人，照例问了句："周先生在家么？"房主人的神色似乎有些慌张的模样，故意弯腰看了看靴子，说道："只怕刚才出去了，靴子不在里面。"谭理蒿笑道："我已听得他在楼上说话，一定不曾出去。"房主女人道："那么且等我上楼去看看，请你就在这里等一等。"说着回身进去，顺手将里面的纸门关了。谭理蒿暗想：他们鬼鬼祟祟的干些甚么？好一会工夫，房主女人才出来，点头说请进。谭理蒿脱了靴子进门，只见一个五十多岁的婆子低着头向厨房里走。谭理蒿见面，就认识是对门人口雇入所（即绍介所，上海之荐头行）

名叫都屋的老虔婆。谭理蒿因时常在那绍介所教这虔婆调淫卖妇,所以认得仔细。这虔婆最是善笑,素来是一开口就仰天打哈哈,刚才听了那笑声,更是丝毫不错。

谭理蒿旋想旋走上楼。周之冕见了就叩头,起来即捧着面呜呜的哭。谭理蒿道:"听说老伯母仙逝了,我一来悼唁,二来恐怕你哀毁过度,特来安慰你,没来由倒弄得你伤心起来,快不要悲哭了罢!"周之冕真个拭了眼泪,拿蒲团给谭理蒿坐。谭理蒿且不就坐,见房中设了一张香案,壁上悬着一个老婆子的像片,上面还题了些字。走近前看着,问道:"这就是老伯母的影吗?"只见上面是周之冕自己题的孟东野"慈母手中线,游子身上衣。临行密密缝,意恐迟迟归。谁言寸草心,报得三春晖"几句诗,案上供着香炉果品之类。周之冕也挨近香案,泪眼婆娑的说道:"我的不孝之罪真通于天了!母亲养育我一场,莫说亲侍汤药,连面都不能见。我想起去年出亡的时候,她老人家还亲送到大门口,叮咛嘱咐的教我好生保养,留心袁探。我从来出门,她老人家不曾是那样伤心落泪过,惟有去年特别的悲惨,倒好像预为之兆似的。于今追想起来,怎教人不伤感?我因他老人家的体气素来健朗,不过间常有些儿气满的病,只是时发时好,家人都不大注意,谁知竟是这毛病送了她老人家的命!"说时又捧着脸哭个不了。谭理蒿只得拿着些不关痛痒的话来劝慰。他眼中虽看了这种孝思不匮的样子,心中总是疑惑刚才那虔婆的笑声,及房主女人那种惊慌的态度,不想多听他那种言不由衷的诉说。只略坐了坐,即兴辞出来。周之冕也不留,也不送,俨然是个苦块昏迷的孝子。

谭理蒿出了浅谷方,抬头见着都屋人口雇入的牌子,陡然计上心来,暗想:我何不去打听打听?那虔婆我又是老相识,怕套不出她的真情话来?周之冕这种人专一做假,有名的牛皮大王,也得识破一回,戳穿他的牛皮才好。心中计算已定,走过去伸手推开了大门。恐怕扬声被周之冕听见,悄悄的问了声:"有人在家么?"只见那虔婆的女儿秋子,绰号叫汤泼梨的走出来。见是谭理蒿,忙笑嘻嘻的迎接。这汤泼梨与谭理蒿有一宿之缘,因汤泼梨休休有容之量,谭理蒿辛苦一夜,不着边际,这才另觅新知。汤泼梨误认谭理蒿此刻是来重寻旧梦,不觉笑逐颜开的问道:"谭先生怎一响不到这里来?害得我时常盼望,又不知道你的住处,没处寻找,只道你真个便将我忘了,难得你也还记得我!"谭理蒿笑道:"我怎的会将你忘记？只是我一晌忙得很，虽则想念你，却恨没有工夫。你母亲不在家中吗？"汤泼梨撒娇道："你问我母亲，一定又是想教她给你绍介人。不要紧，我也好和你绍介的，你只说要多大年纪，肥的瘦的，高的矮的，我一般的给你去叫。我母亲不在家，你就和我说了罢。"谭理蒿听了好笑，摇头说道："我有了你，还要绍介甚么人？我有要紧的话问你母亲，今晚准和你睡。"汤泼梨用膀膊挨着谭理蒿的肩头说道："我不信你今晚真肯和我睡？"谭理蒿道："真不哄你，你只说你母亲到那儿去了，何时才得回来。"汤泼梨听说真个和她睡，喜得狮子滚绣球似的，在谭理蒿身上只管揉擦。谭理蒿问道："对门周先生你认识么？"汤泼梨道："不是住在浅谷方的那东西吗？"谭理蒿道："你怎的骂他？"汤泼梨道："你快不要提他那东西了，提起来真令人可恶。"谭理蒿惊讶道："他甚么事得罪了你，你这样可恶他？"汤泼梨气得连连摇头不肯说。谭理蒿那里肯依，定逼着她要说："你若不说，我就走了。"

汤泼梨没法，只得说道："我和你说了，却不可再告诉别人。他前几日到我家来，扭着我妈要给他绍介个女人，年纪至多十八岁，要在学校里毕过业的，容貌要漂亮的，性格要温存的，要将来可以带回中国的，便多花几个钱也使得。我妈当时就将我说出来，他立刻要看，害得我连忙妆饰。见面略问了我几句，他说要到他家去住一两夜再定，如不合式，一夜算三块钱，两夜算五块钱。我当时说没有这个道理，凭你的眼睛看，能要就定下来，至少也得三月五月，不能要就作罢论。偏是我母亲贪图他这三块五块钱，逼着我说是这样办很好。我急得没有法子，又不能不去。谁知一到他家里，更是呕气。他家中放着一个与他有关系的，只因为已定了人家，不能和他久聚，劝他趁这时候寻一个相当的人，以便将来带回中国去。姓周的听了她的，寻了我去。那晓得那烂污淫卖又吃起醋来，当着我挖苦了无穷的话。我因为恐怕弄决裂了，归家又要受妈的埋怨，只得忍气吞声的由她形容挖苦。你看那姓周的有没有天良，要我和他睡了一夜，我又丝毫没有错处。第二日起来，也不说个理由，塞了三块钱给我，教我回家。过了一日，将我妈叫去，还说我许多不好的话，要我妈替他另找。我妈也可恶，不替我争气，也肯答应他。我实在气不过，死也不肯教妈替他找，几天也不去回他的信。他见没有消息，昨夜着人又来叫，我不放我妈去。今日一早他自己来了，我还是不肯放妈去。我妈百般的向我说，我家是做这绍介的生意，有生意上了门，不能往外推。我们认得的是钱，那值得认真和人家赌气？我妈说着，又跟那姓周的去了。在他家商议了一会，刚才妈回来说，已经替他寻了一个，暂是论月算，每月正项十六元，零用每日不得过五角，一切衣服首饰，那姓周的都不管。一月两月之后，双方都愿意继续，或竟作为长久夫妻，在他们自己情愿，不干我们的事。约定了教我妈今夜将绍介的人送去，我妈就是迎接那女子去了。"

谭理蒿道："他那家中的女子既是吃醋，他还是这样只管教人绍介做甚么，不怕又闹醋劲吗？"汤泼梨摇头道："他那个烂污淫卖，并不是认真吃醋，因为和我多久就有些意见，虽只在对门居住，平日见面都不打招呼的。"谭理蒿道："你和她从前有过往来的吗，怎的和她有了意见？"汤泼梨道："说起来我又气了。有一个姓焦的留学生，听说他的哥子做过都督，不知因甚么被人杀了。兄弟在这里留学，时常到我家来，和我有了许多次的关系。去年不知在那个活动影戏馆里，姓焦的和这烂污淫卖吊膀子吊上了，几个月不上我家来。我就有点疑心，姓焦的一定和别人要好去了。后来姓焦的居然搬到她家楼上住起来。我相隔这们近，那有不遇着的？那日我正在门口拉着那姓焦的说话，不提防那烂污淫卖跑出来，一把将姓焦的拉着便往门里拖，口中还不干不净的，骂人家和她争汉子。直把我气得发昏，对骂了一会，从此见面便不打招呼了。幸得皇天有眼睛，那姓焦的，她也霸占不了，没有住上一个月，听说那姓焦的搬走了，这姓周的才搬了进来。"谭理蒿笑道："原来为此，真怪不得你受气。我此刻还有事去，夜间再来和你睡。"汤泼梨不乐道："你去了怎得再来，哄我的罢了。"

谭理蒿见事情已打听清楚，那里是认真要和她睡？当下只是敷衍了几句，看表已是三点多钟，即走出来，向维新料理店去。心想：周之冕原来是这样人形兽行的！我见他为人能干，学问也还去得，很尊敬他，认他是我党中一员健将。他因为生活太艰难，同志中又没人能接济他，大家都觉得他很苦，倒是我们劝他从权暂投到蒋四立那里领一名公费，以便遂他求学之志。谁知他是这们一个人！根本上错误了，还有甚么事干不出来？前月蒋案发生，有许多人疑心吴大銮的举动是他报告的，我和柳天尊、陈学究都替他辩护，说他不是那样丧心病狂的人，他中国书还读得有些根底，决不至坏到那般田地。照今日的情形看来，人家所说的就毫无疑义了。

谭理蒿边想边走，不一时走到维新料理店来。后事如何，下回再说。

第九十三章

陈学究做东受哑气
秦小姐吃醋挥纤拳

　　话说谭理蒿到了维新料理店，柳梦菇、陈学究自是先到，林胡子也来了，正在那里坐等许先生、邹东瀛。谭理蒿素没涵养，当着林胡子一干人，一五一十的将今日所见所闻和盘托出，说了个详尽。他们听了都愕然半晌，陈学究更是踩脚叹气，说是上了当："大銮的事，我不向他说，他也打听不出，这也是我不小心之过，以为都是自家人。他虽则是在蒋四立那里走动，却是我们赞成他，有意教他投进去。一来可以领得一名公费，供他的生活；二则他为人精明强干，好便中探听筹安会的底里。怎知他是如此这般的一个人物！不待说，我等和许先生那十多日牢狱之灾，也是承他的情玉成我们的。怪道我出狱的那日，他到我家来看我，说话便不似寻常。当时我只道他见许先生不曾出狱，替许先生愁烦，于今追想起来，他那有这种好心！"

　　大家正议论着，许先生同邹东瀛来了。酒席上，谭理蒿又将这些事在许先生跟前述了一遍，以为许先生也是因周之冕的报告，受了那般牢狱之苦，必也有一番诋毁的议论。谁知他听了，却毫不在意的说道："只要大銮安全到了上海，管他是谁报告的都不相干。我并希望谭君以后不必将这等事再告旁人，这关系在人禽之界。谭君未曾目见，汤泼梨心有积怨，说出来的话未见得实在。"陈学究听了，心中有些不服道："汤泼梨虽是心有积怨，只是她并不知道老谭是有意探听，周之冕的新丧更不知道，决无平空捏造这些话来说的道理。惟其关系在人禽之界，更不能不使同党中人知道，免得再上他的当。我是已经上过他的当了，追悔不及。"

　　陈学究说话的时候，不曾留神邹东瀛的脸色。原来邹东瀛与周之冕的交情很好，当下听了陈学究的话，心中十分不悦，脸上便也露出那不高兴的神情来。只碍着今日的酒席是陈学究的东，不好认真替周之冕辩护，只冷笑了声，说道："谁是不欺屋漏的君子！大家都在这里亡命，犯不着同室操戈，给旁人笑话。我们且喝酒罢，不必尽管议论人家暧昧的事。"许先生连忙接着举杯向大众道："我与诸位相聚无多，怎不乘时痛饮一会。"柳梦菇、谭理蒿也都举杯相劝，将这话头打断。林胡子找着柳梦菇五魁四喜的猜起拳来。陈学究因邹东瀛庇护周之冕，说"谁是不欺屋漏的君子"，疑心他知道自己甚么阴私之事，有意来挖苦。当下一肚皮的不高兴，也是碍着是自己的东家，勉强按捺住性子，喝一阵闷酒，不欢而散。

邹东瀛出了维新料理店，柳梦菇问向那里去。邹东瀛道："我要去看胡八胖子。听说他近来看上了他对门住的一个江西人家的一个下女，费尽无穷之力挖了出来，花二十块钱一个月，包了做临时姨太太。不知到底生得怎样，去看看他，顺便还要闹他的酒喝。"柳梦菇笑道："有这种好事吗？我倒不曾听说，我也同去鉴赏鉴赏。他住在甚么地方，此去不远么？"邹东瀛道："他住在锦町，此去没多远。他和曾广度、黄老三三人共住一个贷家。曾广度的姨太太前月也从上海来了，只黄老三是单身一个。"柳梦菇道："曾广度的姨太太我见过多次，是上海一个最蹩脚的长三，名字叫凤梧楼，不知曾广度怎的赏识了她。"邹东瀛一边走着，一边笑答道："不是最蹩脚的，你说如何肯嫁给曾广度？曾广度是有名的印度小白脸，手中又是空空的，他讨凤梧楼的四百块钱身价，还是胡八胖子和陈军长大家凑送他的。"柳梦菇笑道："怪道他的姨太太那们和胡八胖子要好，原来有这一段历史。"邹东瀛也笑道："你不知道吗？那姨太太去年生一个小孩子，也有说像胡八胖子的，也有说像黄老三的，也有说像刘赓石的。据我看还是像胡八胖子的确切点。"

二人说笑着走，不觉已到了锦町胡八胖子的门首。柳梦菇抢向前叫门，只见里面纸门开处，走出一个妖精一般的下女来，望着邹、柳二人，笑容满面的叫请进。柳梦菇看这下女的年纪不过十五六岁，从顶至踵都是穿着得新簇簇的，心想：这一身新物事，必是胡八胖子孝敬的。邹东瀛曾在日本留过学，很说得来日本话，笑着便叫胡太太道："我是特来讨喜酒吃的，胡老八在家吗？"正说着，胡八胖子、曾广度都迎了出来。邹东瀛道："胡老八，你倒晓得快乐，怎的连喜酒也不给我喝一杯？"胡八胖子让邹、柳二人进了房，笑道："我这个够不上吃喜酒，我这家里倒有一个，应得闹他的喜酒吃，只是今日还早。"邹东瀛忙问是谁，胡八胖子问下女道："黄先生还没有回来吗？"下女摇摇头不做声。胡八胖子道："黄老三见老曾的姨太太也来了，我又弄了个人，他说一个人孤孤单单的难过，每日在人口绍介所，想觅一个相当的人，一晌不曾觅妥。他昨夜回来说，被他发见了一个甚么婚姻媒介所，今日用过早点，便打扮得齐齐整整的去了，不知怎的此刻还不曾回家。他的喜酒，想必是有得吃的。"柳梦菇道："这东京真是无奇不有，婚姻媒介居然设起专所来了。"曾广度道："这也是日本的滑头，做投机事业，特设了这个所在，专为中国留学生拉皮条。他那广告上是说得异常冠冕，说是贵家小姐、王孙公子，他都有能力绍介，世界上那有这等事？"邹东瀛问道："你在甚么地方见了那种广告？"曾广度道："我何尝看见，黄老三昨夜回来是这般说。"

正说时，只见下女笑嘻嘻的一边向外面跑，一边说道："听脚步声音，好像是黄先生回了。"大家听说，都举眼向门外望去，果是黄老三兴高采烈的走了进来，向邹、柳二人点头。柳梦菇不等得就坐，急忙问去媒介所怎样。

黄老三笑道："你怎知道我去媒介所？这种所在倒希奇得很，却有研究的价值。我说给你们听了，有工夫不妨也去见识见识。我昨日在神保町经过，无意中见那转角的地方，高高的挂了一块招牌。那招牌中间，写着'婚姻媒介所'五个斗大的字。两旁写着两行小字是：'无论闺阁名媛、王侯子弟都能媒介'。我见了就很诧异，怎的有这们个所在，又在神田方面全不曾听人说过？一时动了我好奇之念，便走进去探问。不凑巧，已过了午后六点钟，不办事了。今早八点多钟，我就到那里，那楼上楼下的房子都陈设得非常精美。一个四十多岁的男子穿着极时髦的洋服，招待我到楼上，客气了几句，问我的来意。我说是想觅一个相当的女子做妾。他问了问我的历史、生活，拿出一大盒的小照来说道：'这里面都是各人最近的小照，年龄自十五岁至二十岁的。'说着散开来，放在桌上，大约有百几十张。其中女学生装的居大半，西洋装的、贵家小姐装的都有，纸角上都编着号码，竟有六百多号。我随便翻看了一会，太多了，也看不大清楚，虽没有甚么绝色惊人的，丑陋不堪的却也少。那男子说道：'敝所媒介婚姻，最注重的是双方的身分及生活程度。先生不要见怪，先生是中国人，又是学生，贵家小姐是不容易作合的。这百多张小照，装束虽不一样，生活程度却都是同等的，与先生的身分、生活俱能相称。还有比这些高一等的与低一等的，如果要看，都可拿出来。'我心想：还有吗？怪道有六百多号。他说着，真个又捧出两个小篮子来，篮内都是装得满满的。他指给我看，所谓高等的，照片略大一点；低一等的，比最初拿出来的略小些，装束、模样都差不多。他又拿出三本寸多厚的簿来，里面都按着号次，将那些女子的姓名、籍贯、职业写载得明白。他说，从他那媒介所绍介结婚的，已有二十多人。他这所在，原设在本乡区的，一星期前才移到神田来。他并绝对的担保，是由他绍介的，决不曾卖过淫。我问他绍介的手续，他说在那一等里面选定了那张，依那小照的尺寸，也去照一张相片交给他。他便知会那女子，将我的历史、身分、生活都告诉了，复将小照给那女子看。得了同意，才绍介双方会面。会面之后，或是正式结婚，或是暂订几个月，都可由双方提出意旨，他绍介的手续便算完结了。双方都得送他的绍介费，绍介费定了十元、二十元、五十元三等。你们看他这种营业，不是闻所未闻的希奇营业吗？"

邹、柳诸人都听出了神，至此才问道："他那些小照是从那里来的咧？难道真个有那许多嫁不出去的女子，巴巴的照了相片，请他绍介吗？"黄老三道："我也曾是这般问过他，他说专设这媒介所，他在内务省存了案，在警察署领了证书，在新闻上登了许久的告白，才招徕这些女子，决不是哄骗人的。他那所里还设了电话，电话在东京是很不容易设的，非得有几千块钱，不能新设一个电话。因为电话的号数太多，电话局轻易不肯新装，所以东京凡是有电话的商店，信用都很好。"柳梦菇道："你是不待说，一定拖他给你绍介一个。"黄老三点头道："我今日还在工藤写真馆照了个像，明日取了送去，大约一星期之内有着落。"邹东瀛笑道："且看你绍介的怎样，如果不错，我也要去托他绍介一个。不过日本是个有名的卖淫国，要说绝对不曾卖过淫的，恐怕寻遍了日本也寻不出一个来。那来的六百多个？他这话说不哄骗人，只怕是哄骗他自己罢了。"

他们正在说笑，只见胡八胖子的下女，从门口引着一个十八九岁的妖艳女子进来，低头向房中行了一礼。下女笑嘻嘻的说道："这是我的朋友，特来探望我的。"说着引到厨房里去了。胡八胖子、曾广度诸人都不在意，惟柳梦菇一见，吃了一惊，说道："这女子不是周撰从前包了几个月的松子吗？"黄老三点头道："不错，我也像是见过的，只一时记不起来，且等我去问问看。"说着起身向厨房里走，柳梦菇也跟了去。仔细一看，丝毫不错，正是松子。黄老三问道："你还是在周先生那里吗？"松子道："周先生早就回国去了。近来听他的朋友说，他已经来了，并进了连队。我还不信，到处打听，都是这般说。我写了几封信去，也没有回信，不知到底是怎样？我找他并不为别事，只因为从前和他同住的时候，他将我的首饰都换掉了做家用。他动身回国，说没有路费，又将我的衣服完全当了，一文不剩的都拿了去，哄着我说不久就从中国多带钱来，加倍的还我。我于今找着了他，也不望他加倍的还我，只要他把衣服赎出来，照样买那些首饰给我。他若想和我脱离，也听凭他，我是不勉强他的。"柳梦菇道："他来东京两个多月了，和一个姓陈的女学生十分要好。那姓陈的女学生，因为连队的军纪很严，不便多出来，他便搬在四谷区住了，为图容易见面。你若想见他，只在那屋前屋后去等，包你遇得着。"松子忙问陈女士住的地名，柳梦菇道："地名我却不知道，你在连队的左近去等便了。"

　　柳梦菇正和松子说话，只见黄老三蹲在胡八胖子的下女旁边，小声小气的不知说些甚么。柳梦菇见了这种情形，暗想：胡八胖子容貌既生得丑陋，又不大会说日本话，下女必不会欢喜他。黄老三在日本多年，久在嫖字里面用工的。胡八胖子的靴腰，只怕要被他割了去。他心中是这般想着，便轻轻的在黄老三肩上拍了一下道："你不要欺负朋友。"黄老三立起身，望柳梦菇笑了笑道："不要瞎说。我问你，你刚才说和周撰要好那姓陈的女学生是谁？"柳梦菇道："鼎鼎大名的陈蒿，你不知道么？她同着她本家姐姐在一起住。她的姐姐本来和丈夫很要好的，因听了陈蒿时常有鄙薄男子的议论，便也看丈夫不来，不大肯和她丈夫同睡。"黄老三哈哈笑道："就是她，我怎的不知道！我并且还听她发过鄙薄男子的议论。她说当今够得上称为男子的，只有一个，就是袁世凯。女子除她自己而外，简直没有人。她平常的眼界既这们高，不知怎的倒看上了周撰？"胡八胖子悄悄的从背后伸出头来说道："因为看上了周撰，才见得陈女士的眼界真高咧！"柳、黄二人正在说话，猛不防的倒吓了一跳。黄老三更是心惊，面皮都吓红了，口中说道："鬼鬼祟祟的吓人家干甚么？"胡八胖子笑道："谁是鬼鬼祟祟的？你不鬼鬼祟祟的，怎怕我吓？"

　　黄老三心中惭愧，跑出来搭讪着向邹东瀛说道："上野美术馆的平泉书屋书画展览会，你去看过吗？"邹东瀛道："我还不曾听人说过，平泉书屋不是李平书吗？他如何在这里开甚么书画展览会？"黄老三道："就是李平书，因为袁世凯要拿他，也是亡命来到这里，将他家藏的书画都带了来。他这个展览会，虽对人说是因为被袁世凯抄了家，没有钱用，想将书画变卖来充用度，其实是想在日本炫耀炫耀。你是个欢喜研究书画的，不妨去那里看看。我虽不大懂得，分不出真伪，只是五光十色的耀睛夺目，也觉好看。"邹东瀛道："我明日来邀你同去好么？"黄老三道："我明日有事，你邀天尊同去罢。"胡八胖子跑出来向邹东瀛笑道："你真不达时务！他刚才说了，明日去取小照，那有工夫陪你去？"大家复说笑了一会，邹东瀛同柳梦菇辞了出来。柳梦菇记挂着房主女儿，别了邹东瀛，自回竹之汤去了。

邹东瀛坐电车归到大塚，他和一个四川人姓熊名义的同住。这熊义于四省独立的时候，在南京当了几十天的军需长兼执法长，轻轻的卷了几万没有来历的款子，亡命来日本。素与邹东瀛相识，合伙在大塚租了一所僻静房子，安分度日，不大和这些亡命客通往来。他年纪在三十左右，生得面似愁潘，腰如病沈。可是一层作怪，他容貌虽是俊秀非常，举动也温文尔雅，只胸中全无点墨，便是在堂子里面，一张叫局的条子也得请人代笔。他自己不是推说手痛，便躺着说懒得起来。人但见他堂堂一表，也没人疑他连自己的姓名都不会写的。他和邹东瀛住在大塚，虽不大和人往来，却喜在外面拈花惹草。他有个同乡的，姓秦，名东阳。父亲秦珍于民国元年在本籍做了一任财政司长，因托籍在国民党，此时在国内不能安生，带着全家都逃亡到日本来。秦珍今年六十八岁了，原配的妻室早已去世，在堂子里讨了两位姨太太。儿子秦东阳曾在英国亚伯定大学毕业，在外交部当过几年差。女儿秦三小姐也能知书识字，今年二十岁，还不曾字人。一家数口同到日本，熊义引他同在大塚居住。

这秦三小姐本来生得娇丽，又最善装饰，在国内的时候，常是勾引得一般轻狂荡子起哄。秦珍年老力衰，禁她不得，两位姨太太更是志同道合，巴不得小姐如此，好大家打浑水捉鱼。熊义一见三小姐的面，即思慕得了不得，特意引到自己附近的地方居住，以便下手。秦珍那里知道，自己又不曾到过日本，秦东阳虽来过几次，都是到英国去的时候打日本经过，不曾久住，也说不来日本话，一切都听凭熊义替他摆布。熊义趁着这等机会，小心翼翼的在秦三小姐跟前献殷勤。浪女荡夫，自然一拍就合，两人都是清天白日借着买东西，同去旅馆里苟合。双方情热，非止一次。秦东阳虽然知道，但他是受了西洋文化的人，最是主张这种自由恋爱。并且熊义有的是钱，在秦东阳跟前故意的挥霍，有时三百五百的送给秦东阳使用。秦东阳生性鄙吝，得了这些好处，更不好意思不竭力去成全他们的神圣恋爱。因此他们二人俨然夫妇，只瞒着秦珍一人。

　　一日，熊义在三越吴服店买了一打西洋丝巾，想送给三小姐。刚走到秦家门首，只见秦珍的二姨太正倚着门栏站着。见熊义手中提着纸盒，知道又是买了甚么来孝敬小姐的。二姨太也有心爱上了熊义，便立在门中间不让熊义进去，用那水银一般俊眼，望着熊义笑道："你手上提了甚么？给我看。"熊义原是惯家，见了这神情，如何不知道？也落得快活，便笑答道："特意买了几条手巾送你的。"二姨太鼻孔里哼了声道："不希罕！你会买手巾送我这背时的人？"熊义道："真是买了送你的，你拿去罢。"说着将手巾盒递给二姨太。二姨太接在手中，解开来看了看道："真是送我的吗？我就不客气，领你的情罢！"说时望着熊义笑，熊义也笑了笑推门进去。二姨太忽然将熊义的衣服扯了下道："这手巾我不要，你还是拿去孝敬小姐罢，我没得这福分消受。"熊义回头问道："你这话怎么讲，嫌手巾不好么？且将就点收了，下次再买好的送你。"二姨太摇头道："不是，不是。"说时举着大拇指道："这人见了，又要去胡子跟前嚼舌头，羊肉没讨得吃，倒惹了一身的臊。你拿去罢，不要弄得小姐也怪了你。"熊义见她定不肯要，心想：送了她，万一被三小姐知道，实是不妥。便也不勉强，仍接在手中道："等到有机缘的时候，再图报效罢。"

　　熊义别了二姨太，来到三小姐的房里，只见三小姐将头伏在桌子上，好像在那里打盹。熊义轻轻走到跟前，放下手巾，用手从后面去掩她的眼睛。才伸到脸上，不提防三小姐猛抬头翻转身来，劈胸就是一拳，打个正着，打得熊义倒退了几步，吓慌了手脚，不知怎么才好。三小姐气忿忿的立起身，举着粉团一般的拳头赶着熊义要打。熊义此时不知就里，又不敢跑，又不敢躲，只哀求道："我有甚么错处，小姐只管说，便要打几下也是容易的事。这样气忿忿的，不气坏了身体！"三小姐打了一下，听得这般说，冷笑了声道："不爱脸的贱骨头！你知道怕气坏了我身体，也不是这样了。"说着，复回身坐在椅子上吁气。熊义还是摸不着头脑，只道是不该从后面去吓了她。小心说道："我特从三越吴服店买了打丝巾送你，因见你在这里打盹，想逗着你开心，何必气得这样做甚么？"熊义一边说，一边将手巾拿了出来，放在三小姐面前。正待说这丝巾如何好，三小姐已伸手将丝巾夺过来，顺手拿了把剪刀，吱咯吱咯剪作几十百块，揉作一团往窗外一摆道："你不去送人家，拿到我这里来做甚么？"更掩面哭起来。熊义才知道，方才和二姨太说的话，不知怎的被她听见了，只急得千陪不是，万陪不是。赌咒发誓的，不知说了多少话，才劝住了啼哭。

三小姐道："我若早知道你是这样见一个爱一个，没有长性的人，我也不和你是这般迷恋了。你去爱别人罢，我也不希罕你这一窍不通的男子。"说完，躺在一张番布榻上，将身朝里面睡了。任熊义立在旁边，低声下气的陪尽了小心，只是不瞅不睬，急得熊义在席子上双膝下跪，足跪了点多钟。三小姐的气渐渐的平了，才转身过来问道："你以后见了那淫妇，还是等机缘再图报效，还是怎样？"熊义跪着答道："这不过说了哄着她玩的，三十多岁的丑鬼了，谁真个爱理她呢？"三小姐嗤道："你们这种男子，谁不是图哄着女人玩的？我也懒得问你，以后我若遇着你和那淫妇只要说了一句话，须不要怪我做得太厉害。还不起来，只管这般假惺惺的跪着做甚么？"熊义如得了恩赦一般爬了起来。脚跪麻了站不住，便挨近身坐在番布榻上，尽力的温存。

三小姐虽则不气了，只是心中总觉有些不快，从此对熊义便不大亲热。有时一个人出外，也不来邀熊义。有时熊义来约她，她还推病不去。日子长了，熊义就未免疑心起来，便注意要侦探小姐的行动。

不知探出个甚么情形，下章再写。

第九十四章

运机谋白丁报怨
打官司西崽放刁

却说三小姐自从和熊义口角之后，便一人时常出外。熊义知道她是个不能安分的女子，一个人出外，必又是相与了人，想起来实在气恼。一日，悄悄的钉在三小姐后面，看她到那里去、干甚么。径跟到巢鸭，见她走到一所很大的洋房子的生垣旁边，立住了脚。用眼在生垣里面探望了一会，复转到后门口，轻轻推了下后门，不见动静。抬头看了看天色，又低头看了看手上的表，回身往街上缓缓的走。走不多远，在一家牛乳店门首停了脚，又回头望着那所洋房子，露出很失意的神色，走进牛乳店去了。

熊义心想：她进牛乳店，必有一会儿耽搁，何不趁这时候去看那洋房子门口挂了甚么姓名的牌子。三步作两步的跑到那大门口，只见门栏上横钉着一块长方形的铜牌子，上面写着几个英国字。熊义不识英文，不知是几个甚么字。心中诧异：难道她相与了西洋人么？她又不懂得英语，这就奇了。外面既挂着英文牌子，一定是西洋人，日本人从不见有挂英国字的。熊义正立在那大门首猜疑，猛听得里面皮靴声响，忙闪在旁边，看出来的是甚么样的人。靴声渐响渐近，大门开了，乃是一个五十多岁魁梧奇伟的西洋人走了出来。熊义留神看那西洋人，满面络腮胡子，两眼碧绿，凹进去有寸多深，鼻梁高耸，架着一副茶色眼镜。一双毛手，左边提一个小皮包，右边拿着手杖，雄赳赳的大踏步往牛乳店那条街上走。熊义料定必是这丑东西，但如何配得上三小姐？真是贱淫妇，中国多少漂亮的男子不妍，偏要妍一个这们丑的西洋人，真是不可思议！心想得气不过，不由得两只脚便跟了那西洋人走，眼睁睁的望着他头也不回的，径走过了牛乳店，不见三小姐出来。这又奇怪，如何就是这般走了？自己便不敢走近牛乳店，恐怕被三小姐看见了，仍择了个好遮身的所在，躲了偷看。

　　不到一刻，忽见生垣里面探出一个少年男子的头来，熊义正待仔细定睛，那个头已收了进去，只彷佛觉得不像西洋人。再看牛乳店，三小姐已莲步轻移的走向洋房子这边来。刚近生垣，便听得咳了声嗽，放快了脚步，向后门口走。那后门忽然呀的一声开了，方才探出头来的那少年，喜孜孜的从后门跳出来，也不顾有人看见，一把扯了三小姐的手，即往嘴上去亲。三小姐向两边望了望，用手推那少年，那少年乘势拉了手，拖进后门去了。熊义跳了出来，跑近生垣，口中不住的骂岂有此理。赶到后门口去望，已不见一些儿踪影，说不出的心中气恼。见那少年的容貌并身上穿的白衣服，分明是一个中国人，在这里当西崽的。可怜的三小姐，你生长名门，知书识字，如何这般下贱，姘起这种世界上最无廉耻、最无人格的西崽来了？莫说辱没了你的家世，辱没了你的身体，连你的哥哥都被你辱没了。你哥哥是一个千真万真的文学博士，平日最喜和西洋人往来，你如果闹出笑话来，教你哥子怎么见人？熊义一个人呆呆的立在那后门口发呆。好一会，听得里面有笑声，忙走得远远的立着看。只见三小姐和那西崽手挽手的并肩笑语而出，面上都现出极得意的神色。二人只顾调情，只可怜熊义远远地看着那种亲热的情形，实在眼中冒火。二人正在起腻，彷佛听得那房里面有叫唤的声音，那西崽连忙搂过三小姐的脸，结结实实的亲了几下，撒手撒开了，一趔转身向里面跑。三小姐还像有话没说完似的，在那里咳嗽，向里面招手，也不见西崽出来。复又等了一会，大约是没有出来的希望了，才懒洋洋的回头向归路一步一步的走。

　　熊义心中十分想跑出去撞破了她，又知道三小姐的脾气不好，撞破了，怕她恼羞成怒，以后对于自己更没有希望。极力按捺住性子，转小路抄到巢鸭停车场。正在等电车，三小姐也来了。一眼看见熊义，似乎有些惭愧，走近身，问熊义从那里来。熊义临时胡诌着说道："我有个朋友，在国内同事的，也是因亡命客连带的关系到日本来。就住在巢鸭，许久不见了，特来看看他。可笑他那人，平日最喜和人讲身分，他本来也是个有身分的人，一到日本不知怎的，连他自己的本来面目都忘记了，居然和下女姘识起来。我原想在他家久坐的，因见他和那下女勾搭的情形实在看不上眼，懒得久坐就回来了。你看好生生的一个有人格的人，怎的一到了淫欲上面，便自己的身分都忘记了？"三小姐听了，知道是有意讽刺自己，倒神色自若的笑答道："你不读书不知道，雉鸣求其牡，兽之雄者为牡。

雉是禽类，禽尚且与兽交，人与人交，还讲甚么人格，不是一般父精母血生出来的皮肉身体吗？我看倒是你那妍下女的朋友还实得实落的，享受了那下女一心不乱的恋爱呢。"熊义见她反是这般说，知道自己没读书，说她不过，只得望着三小姐笑了笑说道："你说得不错。幸我不曾读书，不然只怕也要干出那禽兽的事来。"三小姐红了脸，低头不做声。须臾电车来了，彼此无言，上了电车，归到大塚，各自回家。

　　过了一夜，熊义越想越气。饭后秦东阳来了，熊义忍耐不住，将昨日所见，添枝带叶说给秦东阳听了。秦东阳也气得半晌开口不得。熊义道："这事情你若想顾全体面，不能不设法断绝他们的来往。日本新闻记者最是眼明手快，这类事被他们知道了，你家又顶着有钱的声名，说不定要来敲你一个大杠子。那时不给不得了，给了更呕气。"秦东阳最是鄙吝，听说有新闻记者将来要敲竹杠，又怕出钱，又怕丢面子，只急得搔耳扒腮，反来求熊义，要替他想个妥当的办法。熊义道："依我的主意，这事须得禀明胡子。三小姐对于胡子，还像有三分惧怯，以外是天不怕地不怕的了。"秦东阳摇头道："不中用。于今胡子也管不了她，她倒时常气得胡子说话不出。她怪胡子没替她寻得人家。"熊义道："既是胡子管她不得，就只好你自己出头，一面用好言劝她顾全名誉，你须担任替她赶快择婚结婚；一面教两个姨太太羁绊着她，不许她和西崽见面。我和大家帮着留心，若遇见她和西崽在一块的时候，我就送信给你，将那东西毒打一顿，硬赖他是贼，偷了你家的物件。不服，便拖他到警察署去。必得是这们大闹一回，三小姐才得收心。你想想我这主意对不对？"秦东阳道："劝她是不行的，她决不会承认有这些事。姨太太也羁绊她不住，只好赶紧替她择婚是正经。但一时从那里去觅相当的人？此地又不比国内，她的性格你难道不知？差不多的人，她若肯嫁，也不等到今日了。倒是你帮着留神，有机会将那忘八崽子痛打一顿，却再理会。"二人商议停当了，秦东阳自归家等候熊义的报告，好毒打西崽。熊义终日在门口探望三小姐出外，必由熊家门首经过，无论去那里，熊义总在后面钉着。三小姐也有些知道，只是仗着自己聪明，父亲钟爱，那晓得熊义和秦东阳商议了，有心下手自己的情人？因此明知道熊义钉在后面，她也不怕。

　　这日也是合当有事。熊义正同秦东阳到神田看一个朋友，从朋友家出来，想由神保町坐电车归家，打里神保町经过。熊义眼快，早看见了一家小西洋料理店临街的楼上，坐着一男一女，在里面吃喝。即指给秦东阳看道："朝着外面坐的那东西便是那忘八羔子。你看这个的背影子不是三小姐是谁呢？"秦东阳看了，气得就要进去，恨不得将那西崽一把抓出来，拳足交加的一顿打死。熊义忙拖住了，小声说道："不用忙。"说着，将秦东阳拉到一个小巷子里面，说道："他们两人做一块，打起来，人家看了，一男一女，必定知道是一桩奸情事，说开了不好听。不如设法将小姐调开，再去打那东西。"秦东阳道："如何调得她开呢？"熊义道："不难，等他们出来的时候，我自有法子，将小姐调开走了，你才出头去打。"

秦东阳点头答应。举眼去看那楼上，见三小姐已立起身，一个下女站在旁边，好像是吃完了会账。不一会，男的也起身，转眼都不见了，大约是下楼来了。果然是男的在后，女的在前，都被酒醉得面红耳赤的出来。只见那男子拿着一个手巾包，解开洋服胸前的钮扣，往里衣口袋里塞。秦东阳瞥眼见那手巾包是一条湖色的绉绸，认得是三小姐常用的汗巾，不由得心中又是一气，催着熊义赶急去调开三小姐。熊义飞跑到三小姐面前，做出惊慌失措的样子，向三小姐说道："小姐，你怎的还在这里？害得我那里不找到了。胡子中了风，已昏过去几次，痛哭流涕的要见小姐的面。哥哥在家里伏侍，不能出来，托我四处寻小姐。快回去罢，不要耽搁了。"说完，不由分说，一把拉了三小姐就走。三小姐虽则聪明，一时也想不到是假的，听说父亲中了风，心中未免也有些难过，糊里糊涂的被熊义拉着走。过了一条街，才定了定神，摔开熊义的手道："拉得我的手生痛，回去就是，何必是这般野蛮做甚么？"说着，立住了脚，回头望了几望，已转了弯，不见那西崽了，只得垂头丧气的跟着熊义走。

秦东阳见熊义已拉着妹子走了，跳出来如猛虎擒羊的，一手抓住了西崽，雨点一般的拳头，只向他没头没脑的打去。西崽不曾提防，如在梦中的被打了十几下，才掉转身来，扭住秦东阳问："甚么事打我？"秦东阳也不做声，只顾打，西崽被打急了，便也回打起来。街上看热闹的人围了一大堆，第一章书中的谭理菁也正在这时候挤在人丛中看。当时扭打的情形，已在谭理菁口中述了。

于今且说秦东阳将西崽扭到警察署，因秦东阳不会日本话，警察署特找了个能说英语的巡长，来问秦东阳的事由。秦东阳指着西崽说道："这东西我也不认识他，他时常在我住的房子左右探头探脑的，和贼一样。有时见我家中没人，便挨进来偷东西。我家中失了几次衣物，总抓他不着。今日又来我家中，偷了这样一大包金首饰，恰好在里神保町遇着了他，因此将他拿了来。请贵局长依法惩办。"说着，将一包金器递给巡长看。巡长问了秦东阳住的地名、番号，并姓名、历史，都在归档簿上写了。教秦东阳坐在一旁，回头也用英语来问西崽。西崽说了几句英语，忽改口说日本话道："我姓鲍名阿根，多年在英国人汤姆逊家里当差，从来不与这人认识。今日我主人差我来神田买食物，并不知他为甚么事，将我在街上绝无理由的扭打。至于这一包金器，原是我妻子的。我妻子的小名叫次珠，你去看那包金器的手巾角上，还绣了她的名字，怎说是偷得他的？我不特不曾到过他家里，并不知道他姓甚么，住在那里。"巡长将包金器的手巾角看了看，点头向秦东阳道："他说这金器是他妻子的，手巾角上还有他妻子的名字。你有甚么凭据说是你的？"秦东阳气得不知如何说，一时又找不出是自己的凭据来，见巡长是这般问，只急得两脸通红。

亏得人急智生，忽想起来那些首饰都是去年到日本来的时候，新从上海裘天宝打的，家中还有发票。心中这般一想，登时胆壮起来，向巡长说道："这金器是我的，凭据很充足。你且问他这金器是那家银楼买的，每样多少重，有没有那银楼的发票。手巾上的字，不能做凭据的。"巡长问道："你有银楼的发票么？"秦东阳道："我自然有的。你且去问他，看他知不知道。"巡长真用这话去问鲍阿根，鲍阿根不慌不忙的答道："这金器是我妻子自己在上海买的，发票也在我妻子手上。是那一家银楼，我却不曾向我妻子去问。好在我妻子现在日本，你不信，我可写封信去，接她来一问便知道了。"巡长喜道："你妻子既在这里更好了，你快说你妻子住在甚么地方，我这里派人去传来。"鲍阿根道："借纸笔给我，写封信去，教她带发票来。"巡长带鲍阿根到一张写字台跟前，抽出张纸来，教鲍阿根写。鲍阿根从身边摸了一会，摸出一封皱作一团的信来，铺在写字台上看了会，照着上面写的地名，在纸上写了。正待将原由写出，教三小姐不要避嫌，立刻带发票来承认一句，救自己的颜面，免得丢人。可怜鲍阿根是个当西崽的人，能读了多少书，写得来多少字？拿着笔将三小姐写信给他，信封上注的地名照样写了，低头思索心中的意思，这些字如何写法。

巡长见纸上写的地名，和刚才秦东阳说的一丝不错，不觉诧异问道："你妻子也是住在这地方，也姓秦吗？"鲍阿根点头道："我妻子不姓秦姓甚么？"巡长道："你写，我去问问他看。"说着，走到秦东阳跟前问道：
"这姓鲍的说他妻子也姓秦，所写的地名就是你家里，这事情怎么讲？你
家中有些甚么人？"秦东阳红了脸说道："他那有甚么妻子在我家中住着？
他这东西简直是平白的侮辱人！我家中有父亲，有两个姨母，一个妹子，
还不曾许人。这个无赖子屡次乘我外出，即来我家中调戏我妹子，并盗窃
我的物件，于今他还敢平白栽诬，说我妹子是他的妻子。你但想想，我仕
宦人家的小姐，如何肯招这们一个当西崽的做女婿？他这东西做贼，偷盗
人家的金首饰，竟敢公然侮辱人家，不重重的惩办他，还了得吗？"秦东
阳说得气冲牛斗。鲍阿根已将信写好，交给巡长。

巡长接在手中，看了问道："你这妻子已经结了婚的没有？"鲍阿根道：
"怎不曾结婚？已是同睡了个多月了。"巡长道："何时在甚么地方结婚
的，有证婚人没有，有婚约没有？这上面写的地名，还是你自己家里，
还是寄居在别人家里？你快说出来，我方能着人去传她。"鲍阿根被这一
问，问得不好回答了。半晌说道："结婚的地方在浅草富士屋旅馆内。婚
约就是这指环，还有一条手巾，便是包金器的，上面有她的名字。证婚
人没有。于今寄居在我岳父家内。"巡长道："你岳父家有几个甚么人？"
鲍阿根道："岳父之外，有两个姨岳母，一个舅子。"巡长道："你都见过没
有？"回说："不曾见过，我并不曾去过岳家。"巡长指着秦东阳道："你知
道他是甚么人？"鲍阿根摇头道："不认识。"巡长笑道："你既曾和你妻子
结了婚，同睡了个多月，如何岳家一次都不曾去，岳家的人都不认识，证
婚人也没有？你这人倒很滑稽。看你的身分，也不像是好人家的女婿。他
说你平白栽诬，只怕是实。你姑且将你和你妻子结婚的时日并情形说出
来。"鲍阿根道："结婚的情形，要我说不难。不过你要我说，无非是不相
信我，以为秦家小姐不是我的妻子。你也不用问，我也不用说，你只传那
小姐本人来，看她承不承认是我的妻子。她本人不承认，你尽管治我盗窃
并侮辱的罪；若是本人承认了，自由结婚，在法律上并没违犯甚么。"

巡长听了，已明白是一件奸情案。那小姐恋奸情热，必然背了父兄，
帮着情人说话。这种事若是在日本的绅士人家出了，警察及法官必帮着绅
士家，随便加奸夫一个罪名，不容置辩的收监起来。任你有多大的理由，
只须几句恐吓，便教你没得话说。于今是中国人出了这种事，他如何肯替
绅士方面顾体面？巴不得尽情审问出来，好大家开心。能禁止新闻家登

载，就算是留了无穷的情面了。当下巡长听了鲍阿根的话，也不和秦东阳商议，竟将这封信派了一个能干巡警，驾着自转车，风驰电掣的向大塚秦家来。

却说熊义骗秦三小姐上了电车，心想：一归到家中，见她父亲不曾中风，必有一番发作。他是被秦三小姐收服了的人，发作起来，是不怕委屈死人的。害怕不过，不敢同回秦家去，走到自家门首，借故撇了三小姐，归自己家去了。秦三小姐进门，见家中静悄悄的，没一些儿声息。走到父亲房里，两个姨太太陪着她父亲，好好的在那里说笑，才知道受了熊义的骗。气得不开口，跑回自己房内，恨了两声，将身子斜倚在番布榻上，慢慢的回想与鲍阿根幽会时的滋味。正在如糖如蜜的甜头上，只见二姨太神色惊慌的跑了进来。三小姐因那日抢熊义手巾的事，心恨二姨太，一晌不和二姨太说话。此刻见她这般神色进来，更是不快。正待问甚么事如此大惊小怪，二姨太已跺脚说道："不好了！不知甚么人，在警察署告了小姐，此刻派了警察来，要传小姐到案。"

三小姐猛听说，也吓得芳心乱跳，急敛了敛神叱道："放屁！我又不犯法，谁人在警察署告我，谁敢来传我？"二姨太道："老太爷对我这般说，教我来和小姐说。小姐不信，到客厅里去看看就知道了。"三小姐也不免有些吃惊，问道："哥哥到那去了，不在家吗？"二姨太道："少爷早起就出去，不曾回家。小姐快到客厅里去罢，老太爷在那里陪着警察，只急得发抖，战战兢兢的，连对我说话都说不清楚了。"三小姐本想起身到客厅里去，一看二姨太的脸儿，很含着得意的神气，便坐着不动。放下脸说道："我看老头子真老糊涂了，就是警察署来传你女儿，难道真个教你女儿去到案？你女儿又不曾在外面杀人放火，必得亲身到案，甚么大不了的事！若哥哥在家，到警察署去问问，看是谁告的甚么事。既哥哥不在家，就爹爹自己坐乘马车去，无论如何也轮不到我去警察署出乖露丑。你是这样去对爹爹说。"二姨太不服，还想说话，秦珍已扶着拐杖，大姨太挽住臂膊，老泪盈腮的，进房即发出颤巍巍的声音，叫着三小姐的名字次珠道："你害得我苦！你如何是这样胡闹，使我做不起人？那警察说的话，我也不懂，你只自己去看这封信。"说着，将鲍阿根的信递给秦次珠。秦次珠接了一看，又急又气，登时仰天往席子上便倒，昏厥过去。

不知性命如何，且听下回分解。

第九十五章

<h1 style="text-align:center">秦小姐爱狗结因缘
萧先生打牛办交涉</h1>

　　却说秦三小姐看了鲍阿根的信，又听得说是他哥哥做原告，不由得一阵伤心，昏厥过去。秦珍连连跺脚，一面撇了拐杖弯腰来抱，一面哭哭啼啼的，教两个姨太太快些炖姜汤来灌救。大家闹了好一会，将秦次珠救醒过来。她知道鲍阿根进了警察署，也不暇顾及廉耻，哭向秦珍道："爹爹不要着急，我去警察署说明白就是了。千错万错是我的不是，不能连累别人。"秦珍急道："我的儿，你如何可以去到警察署？你可怜我是个快死的人了，不要再给我气受，我自到警察署去。"说时向二姨太道，"你去看，下女请熊先生，怎的还不来？要他陪我同去。"二姨太去了好一会，回房说道："下女说，熊先生说家里来了客，等客去了就过来。"秦珍气骂道："甚么客这般紧要？下女糊涂蛋，你自己去教他快来。"接着叹了声气道，"平常没事的时候，终日守在这里，连饭都不肯回家去吃，也不见有甚么客。我家一有事，便这般装腔作势起来。"

　　秦次珠本坐在旁边嘤嘤的哭泣，听得她父亲如此说，想起熊义骗她回家的情形来，更是伤心，哭向秦珍道："爹爹不要去叫那没良心的奴才，就是他和哥哥作弄我，才是这样。我也顾不得丢人了，还是我自己去警察署。"秦珍恨道："都是你们这些孽障，害得我连日本都不能安居。你听，那警察在客厅里叫唤起来了。"话不曾说完，只见下女跑来向秦珍道："警察先生在那里发话，说躲了不见面是不行的。"秦珍听得，也不顾女儿，仍扶了拐杖，教大姨太搀着，到客厅里去了。

　　二姨太已将熊义拉了来。秦珍不知这事就是他熊义玉成的，还对熊义说是飞来的祸事。熊义向警察问他们在警察署的情形，警察详细说了一遍。熊义笑对秦珍道："那奴才的胆真不小，居然敢写信来，不重办他，还有法律吗？我陪老伯就去，硬指定他是贼。那金首饰的发票也带了去，看他有甚么法子辨白。"秦珍点头道："请你同去，我对警察自有话说。"当下唤了乘马车，同熊义坐着，警察自骑着自转车，在马车后跟着，往神田警察署。

此时秦东阳坐在警察署，又忿恨，又懊悔，惟恐妹子真个来承认是鲍阿根的妻子，自己面子下不来。看鲍阿根时，反神安气静的坐在那里，和那巡长说长道短。秦东阳不懂日本话，又听不出他们说些甚么，只觉得那巡长不住的对自己露出一种揶揄的神色。秦东阳正在如热锅上蚂蚁一般的时候，猛然见熊义扶着父亲进来，不见妹子在后面，只觉心中安帖了许多，忙起身接了。巡长也迎上来，见秦珍老态龙钟的样子，忙端了张椅子纳秦珍坐了。秦东阳对巡长绍介了，说道："这是我父亲，如那奴才是我家的女婿，当然应该认识。"说完，又向秦珍用中国话述了遍。秦珍摇头道："我的女儿还不曾成人，那来的女婿？这无赖子讹诈人。他在我家偷的金器，发票我也带来了，请你看罢！"即将发票交给巡长。熊义翻译了这些话，巡长接了发票，点了点头道："我知道了。"这时的巡长见了发票，对鲍阿根便不似从前那种嬉皮笑脸了，立时放下面孔，厉声问道："秦家的凭据是来了，你的怎样？秦家小姐并不曾成人，你只图抵赖，任意诬蔑人，你这奴才实在可恶！"

鲍阿根也不回答巡长，大摇大摆的走到秦珍面前，深深作了个揖道："小婿只不曾拜见过你老人家，令嫒实在是和小婿订了婚约，已经成亲个多月了。你老人家不信，这里还有令嫒亲笔写给小婿的信。"即将那信拿出，在秦珍眼前照了几照，嘻嘻的伸出手，笑道："这指环不也是约婚时令嫒对换给小婿的吗？刚才那巡长向小婿问结婚的情形并时日，小婿心想，说给他听，失了你老人家的体面，坏了令嫒的名誉。因此忍了又忍，不肯说，以为令嫒接了小婿的信，必然来替小婿承认。那包金器，令嫒今日才送给小婿，小婿只图没事，巴巴的将原因说给人家听了，没得笑话。你老人家若能代令嫒承认一句，大家没事，也不丢人，岂不好吗？"秦珍气得两眼发直，一迭连声的骂胡说、狗屁。熊义、秦东阳都跳起来，举拳要打，两旁的巡警和巡长围拢来劝解。

鲍阿根冷笑道："给脸不要脸，教我也没法。"接着向巡长道，"我将事情原委说给你听，任凭你拿法律来判断。那日是阴历的三月初三日，我主人因在中国多年，染上了中国的习惯，说那日是踏青节，带着夫人、公子去上野公园踏青。我也同去照顾公子并哈巴狗。正在公园中闲逛，无意遇着秦小姐。那小姐我并不认识，她见了我手中牵的两条哈巴狗，非常欢喜。此时恰好我主人、主母都不在跟前，秦三小姐便问这狗可是我的。我说：'你问了做甚么？'她说：'可能卖给我一条？'我说：'是我主人的，这小公子极是喜欢它，不能卖给你。'她问我住在那里，能借给她玩玩也好。她说着便向我手中来接皮带。我怕她牵去了不还我，我不肯放手。她在我背上捏了一下，笑道：'我又不牵着走，怎这般小气？'她牵着哈巴狗，蹲在草地上，一面逗着小公子笑，一面问我的姓名、住在那里，我告诉了她。她说很喜那哈巴狗，小公子她也很爱，看我家里能不能常来玩耍。我说，只要我主人不在家时，来我家玩耍没要紧。她问我主人何时不在家，我说，我主人是现在建筑中央停车场的工程师，每日十点钟到工程处去，午后三点多钟才得回来。我因说话的时候太久了，怕主人责备，接过皮带，抱着小公子就走了。

"第二日十点多钟的时候，我在花园里灌花，忽听得生垣外面有人呼我的名字。我从后门跑出来看，不料正是那小姐。我心里虽觉得奇怪，只好引她到我房中来坐。我说：'你坐坐，我去牵哈巴狗、抱小公子来给你玩。'她连连对我摇手，拉我同坐了，笑说道：'你只道我真个爱那哈巴狗吗？你才是个哈巴狗呢。'说着，嘻嘻的笑。我十四岁上伺候我这主人，十五岁到日本来，今年二十岁了，除我主母而外，并不曾和别的女人多说过一句话。忽然见她对我这般亲热，我不由得也很爱她，那日就同她到浅草富士屋旅馆内睡了一会，后来愈加亲热。她知道我没有妻室，说定要嫁我，和我交换了指环，我的胆也渐渐的大了。她来的时候，就在我房中同睡。她今日送我一包金首饰，说她家中有人知道了，正在设法妨碍她，着急以后不能每日欢聚，要我且收了这些金器，她慢慢的再将贵重物件偷盗出来，好和我同逃回中国去。我待不肯，又见她哭得可怜，只得收了金器。前几日因为天雨，差不多有一星期不曾会面，她还写了封信给我。上面写了她的住址，约定了时刻，教我到她家去，她在门外等我。信现在这里。我所说的，都是实在情形，没有丝毫捏造。"

巡长听了鲍阿根的话，用那严酷的面目，鼻孔里哼了声道："幸而事情败露得早，再迟几日，你这拐逃的罪案就成立了。"秦珍父子都不懂日本话，鲍阿根述的那篇话，一句也不知道。熊义听得明白，知道日本警察决不肯认真追究，逼迫狠了，恐怕还要说出不成听的话来；并且日本小鬼最怕西洋人，鲍阿根又在汤姆逊那里当差，更是不敢得罪他的。便和秦东阳商议道："依我听鲍阿根向巡长说的情形，我们难得占上风，只要金器既经证明不是他的了，任凭警察去办罢。"秦东阳在警察署坐了三四点钟，眼睁睁看着鲍阿根说话的情形，并警察揶揄的词色，早已如坐针毡。此时听了熊义的话，即点头道："总得想个收科的法子才好，不要太虎头蛇尾了，更惹人笑话。"熊义道："你是事主，有些话不便和巡长说，且等我去说说，看是怎样。"说着，拉了巡长向里面房间商量去了。好一会，巡长跟着熊义出来，将金器和发票交还秦珍道："这金器已经证明确是你家的，你等可先拿着回去。鲍阿根我自会处置他。"秦珍接了，道谢起身，秦东阳扶着，同熊义坐马车回大塚。

秦东阳悄悄问熊义怎生和巡长商量，熊义摇头吐舌道："险些儿被那奴才占了上风去！巡长横竖不关痛痒，说鲍阿根自是可恶，只是他有约婚的证据，又在西洋人那里当差，不能随便加以奸拐的罪名。若要认真办他，须得向法院里起诉，还得那小姐亲自到庭，不承认那些证据才行。况且男女的年龄相当，鲍阿根又只到过秦家一次，尚是那小姐亲笔写信招来的，诱奸的罪都怕不能成立。我听了，只得说于今并不求如何办他，但是我等的体面不能不顾，金器不能不收回。还对他说了许多感激图报的话，才答应还我们的金器，让我们出了署门之后，方放鲍阿根回去。这事千怪万怪，只怪得次珠太糊涂。"秦东阳恨道："还有甚么说得？完全是胡子娇养坏了。到了此刻，还咬着说他的女儿不曾成人，你看人家听了，好笑不好笑！"

二人说话的声音小，马车行走的声又混住了，秦珍年老耳聋，全不听得。须臾到了大塚，秦东阳邀熊义同归家，熊义推说有客，先下车回去。秦东阳到家后，将一切情形告知秦珍，秦珍才知道自己女儿已经成了人。深悔在上海的时候，不该带着女儿在堂子里吃酒叫局，胆子也弄大了，脸皮也弄厚了，才敢干出这等事来。想喊来教训一顿，又平常娇养得女儿性子不好，动不动就碰头砸脑痛哭起来。自己又年老，懒得淘气。恨了一会，还是不说她的干净，只吩咐秦东阳留心择婿，赶紧嫁出门完事。暂且放下。

再说熊义本是怕见秦次珠的面，故意推说有客。归到家里，凑巧真有个朋友来访他。这朋友姓萧名熙寿，保定府人，曾在南京和熊义同事，年龄三十多岁，生成一副铜筋铁骨。虽是自小读书，却终日喜使拳弄棒，等闲三五十人近他不得。民国元年，在南京留守府充当一名二等副官，与黄克强的镖师蒋焕棠最是投契，蒋焕棠极恭维他的拳棒了得。他见了日本打相扑的、练柔术的，他几次想飞入，显显自己的能为，只是不懂得日本话，没法去打。他今日走三崎座经过，见外面竖了几块广告牌子，写着"六国大竞技"五个大字，旁边注明英国、奥国、意国、葡国、美国力士团共十二人，来日本与柔术家大竞技，假三崎座的舞台打一星期。萧熙寿看了纳闷道：怎的没有个中国人在内？可惜蒋焕棠不曾来此。说不得我一个人也得去和他们较量较量。打胜了，替中华民国争点面子；就打输了，又不是政府派送来的，只丢了我一个人的脸。但是我不懂日本话，此事须得去和熊义商量，要他替我去办交涉。主意已定，即乘电车到大塚。

来至熊义家中，恰好熊义由警察署回来了。萧熙寿将来意说了，熊义笑问道："你自料确有把握么？"萧熙寿道："我并不曾见着他们的本领，怎能说确有把握？不过他们柔术的手法，虽和蒙古传来的掼交差不多，但改良的地方不少，十分阴毒，伤人的手好像没有。我就敌不过他们，大约还可保得不至受伤。"熊义道："你打算就在今晚去吗？"萧熙寿道："他那广告下面填的日子是十一月十四日，连今日才打了两天。我们今晚去，如打输了，也还有工夫去找能人复打。"熊义道："武术里面的事，我一些也不懂得。虽说得来几句日本话，一点规矩不晓，这交涉恐怕办不好。"萧熙寿道："有何办不好？只将我要和他们较量的意思说出，他们若是故意设这把戏骗看客钱的，必没有真实本领，不肯与我较量；若肯与我较量，我们是别国的人，不懂他们的规矩没要紧。我定要去，你知道我在此地没多朋友，你不替我办交涉，便去不成。"熊义被说得无法，也有心想去见识见识，便答应同去。萧熙寿就在熊家吃了晚饭。

此时正在十一月，天气寒冷，萧熙寿穿一件银灰色素缎面的灰鼠皮袍，青缎八团花的羊皮马褂。熊义觉得这种装束碍眼，教他换身洋服去，免得打输了的时候惹人注意。日本人轻薄，又素瞧中国人不起，见了这种服色更要在后面指笑。萧熙寿道："我正要惹人注意。穿洋服，他们不知道我是中国人，就打赢了也没趣味，不用换罢。并且你的洋服太小，与我的身体不合。我们就去罢。"熊义只得同他乘电车到三崎町的三崎座来。只见那门首拥着一大堆的人，在那里买门票。熊义往怀中摸出钱包来，想挤进人丛中去买票。萧熙寿拉住他道："我们是来和他较量的，买甚么门票！"熊义道："没有门票不能进去，他们那知道我们是来较量的。不如先进去看他们打一会，你自己斟酌可以上台，我再去办交涉，你说是么？"萧熙寿只得应是。熊义买了票，二人进场。即有招待的人过来，看了门票的等级，引到头等座位坐了。台上还没开幕，楼上楼下的看客已经挤得满满的，外面还络绎不绝的进来。只听得如雷一般的掌声，催促开幕。

　　不多一会，台上出来了一个五十多岁的人，向看客行了鞠躬礼，登时楼上楼下上万的人寂静无声。萧、熊抬头看那人，穿着大礼服，躯干雄伟，精神完足，项下一部漆也似黑的胡须，飘然过腹。放开那又响又亮的声音说道："五国的力士团，慕我柔术家的名，不惮远涉重洋，前来研究。尚武是我国的灵魂，柔术是尚武的神髓。这时候正是我柔术家逞精神，千载一时的机会。鄙人特召集江户健儿，一则酬答力士团远来的盛意，一则显我柔术家的身手。今日是开幕的第二日，诸君注意，替江户儿呐喊助威。"说完，笑逐颜开的复鞠一躬，转身步入内台去了。楼上楼下的掌声复拍得雷一般响。萧熙寿问熊义听说的甚么，熊义译给他听。

　　台上已开了幕。东边比排立着两个西洋人，西边立着两个日本人，台中竖一块黑板，用粉笔写着比武的二人名字。西洋人赤膊着，只系了一条短裤，两手带着皮手套；日本人穿着柔术家的制服。两个评判的，都是礼服，手上托着一个表，看了看时刻，各牵着本国力士的手，一步一步走到台中间。力士与力士握了握手，评判的与评判的也握了握手。两个评判的同声喊了句："好！"力士应声各退了两步。评判的复看了看手上的表，口中数着："一、二、三！"这"三"字才出口，那西洋力士即向日本力士猛扑过来。日本力士躲闪不及，握拳对西洋力士迎击上去。西洋力士将身躯一偏，来拳恰伸到胁下，只用力一夹，日本力士的手便抽不出来。西洋力士身躯偏左，日本力士也跟着向左边倒，偏右，也跟着向右边倒。日本力士急得面孔通红，满座的看客哄起来吼着笑。萧、熊二人看那西洋评判的笑容满面；日本评判的很现出不安的神情，想喊停止比较，看看表，时间未到。非本人声明服输，西洋力士决不肯放松的。萧熙寿着急，向熊义说道："那西洋人气力虽大，可惜太不灵便，是这般夹了敌人的手，只怕免不了终要上当。"话没说完，忽听得满座都狂叫起来。看台上时，日本力士的手早抽了出来，已将西洋力士按倒在地，两脚朝天，在那里一伸一缩。登时两个评判的互换了颜色，那叫好拍掌的声，震得人两耳都麻了。萧熙寿叹道："这种笨蛋，如何几千里巴巴的来比武，不要把人都气死了！你就去替我办交涉罢，像这般蛮牛也似的能耐，大约三五个人还可以对付得下。"

熊义答应着，回头找了个招待员，向他说了要飞入的意思，请他去里面问，看许可不许可。招待员问："共有几人要飞入，都是中国人么？"熊义道："只有一个。"指着萧熙寿给他看。招待员望着笑了笑，欣然跑向里面去了。不一会，跑回来笑向熊义道："已禀明了院长，甚是欢迎。请二位进去谈话。"熊义点头，同萧熙寿跟着招待员走入内台。只见里面乱糟糟的，挤了一房的赤膊大汉。招待员引到一间小房内，开幕时演说的那胡子近火炉坐着，两旁立着两个穿柔术制服的汉子，在那里说话。见招待员引着二人进房，忙起身迎接。

招待员指着胡子向萧、熊二人道："这是小杉院长。"小杉不待二人行礼，走过来握手，很表示亲热的样子，说道："得二位来飞入，我们力士团更增光了。"二人各拿出名片来，熊义谦逊说道："我这朋友平日醉心贵国的武士道，久有意瞻仰。难得今日这般盛会，一则专诚拜谒院长，一则见识见识，飞入的话却是不敢。"小杉请萧、熊二人坐了，陪坐着说道："兄弟也曾在贵国北五省游历多年，领教的地方不少。贵国的武技，兄弟是佩服极了。不过今日的会，虽也是一般的角技，是和贵国比武比较起来，却是有许多不同。贵国比武，不限时间，只论胜负；不限手法，只求克敌。我们这种角技，但由双方同意，限定了时刻，或十分钟，或二十分钟，在规定的时间以内无论败到甚么田地，只要自己不承认服输，评判的不能评判他输了，以满足规定的时间为止，看最后之胜利属谁，便算谁胜利了。手法也有一定的限制，受伤致命的地方不许打，伤人致命的手不许用。即在败退的时候，用一毒手可以转败为胜，评判的不但不能承认他胜利，按受伤的轻重，也要责罚他。因为我们这种角技，没有侥幸占胜利的，更没有斗殴伤生的。萧先生如肯赐教，也得依敝会的规定。"熊义将小杉的话，一一译给萧熙寿听。

不知萧熙寿听了如何回答，下章再说。

第九十六章

角柔术气坏萧先生
拾坠欢巧说秦小姐

却说萧熙寿听了熊义翻译的一段话，便问手法是怎生个限制。小杉向旁边两个穿柔术制服的商议了一会，答道："贵国的拳术手法太毒，比试起来，限制不能不从严。第一不能用腿，不能用头锋，不能用拳，不能用肘，不能用铁扇掌，不准击头，不准击腰，不准击腹，不准击下阴。萧先生能受这般限制，方敢领教。"

熊义照样说了，萧熙寿笑道："何不教我睡着不动，让他们来打，岂不更省事吗？"熊义道："他是不愿意你飞入，故意是这般限制，使你听了知难而退的。"萧熙寿想了想，笑道："他们的柔术，完全是打抱箍架[1]。也好，我就和他打抱箍架，也不怕他。你说我愿受他的限制便了。"熊义说了。小杉问几人拔，熊义不解，小杉解说出来。熊义向萧熙寿道："他问你能打几个人。我看好汉难敌三把手，他们人多，车轮战法总有力竭的时候，不要上他们的当。"萧熙寿道："你问问他，定要连打几人才行吗？我也有个限制，不论三人、四人都可，只是时刻不能限制，以跌地没有反抗力为输。若依不得我，就罢了。"熊义对小杉说，小杉踌躇了一会，复叫几个柔术家进房商议，都露出为难的意思。小杉变了色，不知说了几句甚么，才回过头来向熊义说："就依萧先生的不限时刻。只是手法及受击地位的限制，须得注意，不要犯了。"萧熙寿连说理会得。

小杉引萧熙寿到台口，向看客介绍，看客都鼓掌欢迎。萧熙寿虽则练武多年，平日在国内也和人比试过多次，但不曾正式上舞台比着给大众

---

[1]打抱箍架：旧时指儿童相抱赌力。

观看。今日是第一次经过，听了那楼上楼下拍掌欢呼之声，心中禁不住跟着一上一下的只跳，浑身都像不得劲似的，由不得脸也红了。小杉绍介之后，复引回房里来。心中着急道：我又不是不曾和人比试过，我自己找着来的，若没有把握，尽可不比。为甚么上台就那们不能自主起来？倘在对敌的时候是这样，还了得？一看桌上放着一瓶凉水，即起身拿起来，倒了一茶杯喝了，心神才安定了。小杉挑选了三个柔术家，都过来握手，说指教的时候手下留点情。萧熙寿也不懂得，胡乱谦虚了几句。外面已将"来宾中国人萧熙寿飞入三人拔"的牌子悬挂出去了，大家睁着眼等看中国人的身手。

小杉拿出一套柔术的制服，给萧熙寿更换，萧熙寿不肯。只将马褂皮袍卸下，露出贴身青湖绉小棉紧身，青湖绉扎脚棉裤。觉得脚上漆皮鞋不合式，脱下来，向日本人借了双穿木屐的开叉袜子套上，在地下踏了两步，很是合脚，紧了紧腰带，两袖高高挽起。小杉亲自同熊义当评判员。一行六人来至台上，让熊、萧二人在东边立着。小杉在自己三人中，指出一个，牵了手走至台心。熊义也牵了萧熙寿的手，照开幕时的样，互握了手。小杉呼着："一、二、三！"萧熙寿初次上台，心中有些不定，恐怕失利，听得"三"字出口，向后倒退了两步，立了个门户，等他打进来。日本鬼乖觉，也立一个架式，睁眼望着，只不进攻。萧熙寿变了个拔草寻蛇的式子，左手向日本人脸上一晃，日本人急举手招架，萧熙寿的手已收回来。看日本人的架式已动了，乘势踏进步，劈胸就是一掌，日本人让得快，只在胸前擦了一下。萧熙寿见他让过，正待追进，日本人将头一低，彷彿中国拳术中黑狗钻裆的架式，真快，一刹眼已抢到跟前。萧熙寿怕他近身，右脚退了半步，右手用独劈华山式的单掌，朝日本人颈上截击下去。日本人颈上着了这一下，禁不住身子向前一扑，双手着地，口里一叠连声的喊"犯规"。看客里面，也有许多跟着高声喊"犯规"、"犯规"的。一阵喊声，吓得萧熙寿不敢下手了。

日本人立起身，说是这们犯规，不能比了。小杉向熊义道："头部是限制了不能打的，怎的动手便击人头部？"熊义辩道："他实在是击在颈上，并非头部。颈上是不曾限制的。"小杉道："那是颈上？大家看见的，分明击在头上。只是不曾伤着那里，也就罢了。换一个再比试罢。"熊义对萧熙寿道："我亲眼见着，是击在颈上，他们人多，偏要咬定是犯了规。依我的意思，不必再比试了，彼众我寡，横竖占不了胜利的。"萧熙寿道："且换一个试试看，此刻说不比了，他们定要笑我无能。"熊义点头道："你小心一点就是，小鬼是最无信义的。"说着，仍退回评判席。

小杉又在立着的二人中指了一个。萧熙寿看这个的身躯，虽比刚才那个壮实些，却不及那个灵活。在握手的时候，就好像打怕了的人似的，一双眼睛和耗子眼一般圆鼓鼓的望着。评判的"三"字还没喊出，已摔开手，往旁边一躲。萧熙寿恐是诱敌，仍退了一步。心想此番索性和他扭打一会，看他如何借口。日本人见萧熙寿立着不进攻，只得步步防备着，举手向萧熙寿打来。萧熙寿等到切近，猛不防一把抱住日本人的腰，用劲往地下按。日本人也箍着萧熙寿，两个对挤对按。萧熙寿一下钩住了日本人的脚，将身子一偏，日本人已立不住，往地下一倒。只是双手紧紧的箍着萧熙寿不放，萧熙寿也同倒了下去。日本人在下，萧熙寿在上，在地上揉擦了好一会。日本人翻不上来，忽然高声喊："捏了我的下阴！"他这声才喊了出去，底下看客中，仍是许多跟着喊："不准捏下阴！""不准捏下阴！"萧熙寿虽不知喊些甚么，但估料着又是借口犯规了。

小杉同熊义走近身来察看，日本人躺在地上，还只管说捏伤了下阴，小杉即叫停止比试。萧熙寿跳了起来，日本人也爬起来，故意弯腰曲背的双手捧了下阴，苦着脸哼声不止。萧熙寿对熊义说道："我两手并没近他下部。"熊义即将此话对小杉声明，小杉故意看了看日本人的伤痕，说道："捏是捏了，幸喜不重。贵国的拳术本来多是伤人的手，萧先生又有意犯规，我们两国的感情素好，此是小事，不用说了。请进去坐罢，萧先生连敌二人，只怕也有些乏了，请去休息休息。"熊义是巴不得不比了。萧熙寿闷闷不乐的跟到里面，也不开口。穿好了衣，催着熊义走。小杉挽留不住，送出内台，拿了几张入场券送给熊义道："明晚仍请贵友来赐教，若尚有能人，愿意来的更是欢迎。"熊义收了入场券，随口答应了。

二人出了三崎座，萧熙寿道："小鬼实在可恶！我若早知如此，也不来了。不过他们用这种鬼蜮伎俩，我终不服气。可惜我不曾练得擒拿手，不会点穴，若在此地找着个会点穴的人，不知不觉的送他们几个残疾，才出了我这口气。"熊义道："快不要这们说罢，日本小鬼总不是好惹的。你没听得霍元甲大力士，死在小鬼手里的事吗？"萧熙寿吃惊道："霍大力士怎么是死在小鬼手里？我只听人说霍大力士是人家谋死的，是谁因甚么事谋死的，却不知道。你且说小鬼怎生将他谋死的？"熊义叹道："说起来话长得很，在路上也说不完，并且我还不知道十分详细。他有个最相契的朋友，现在此地，我明日给你绍介了，教他慢慢将霍大力士的事情说给你听。"萧熙寿喜道："霍大力士最相契的朋友，不待说工夫必是很好，结识了他，或者还可替我出这口气。姓甚么，叫甚么名字？"熊义道："他是直隶人，姓蔡，名焕文。我和他原没甚么交情，到日本之后，才从朋友处见过几次，因听他述过霍元甲的事。他住在早稻田的中国青年分会。"萧熙寿道："只要知道住处，便没交情也可去访他。好武艺的人多是闻名拜访，三言两语说得投机，即成生死至交的。况且都在外国，又是同乡。我明日到你家来，同去会他。"说完，二人分途归家。

次日，萧熙寿来至熊家，熊义已出外。问下女知道去处么？下女又不懂得。只得留张名片，用铅笔写了些责他失约的话，交给下女去了。

此时熊义被秦东阳拉去，正和秦珍商议秦次珠的婚事。秦次珠从昨日警察来过之后，一个人躺在床上，蒙头盖被，痛哭不止。晚饭也不吃，直哭了一夜，两眼肿得和酒杯样大。秦珍亲到床前，叫她起来吃饭，她只哭泣，似不曾听见。秦珍教两个姨太太来劝，倒被秦次珠骂得狗血淋头。秦珍没法，命秦东阳请了熊义来。在秦珍的意思，虽知道熊义家中尚有妻室，只是过门上十年了不曾生育，熊义久想再娶一房，自己女儿又曾和他有染。此刻那去择乘龙快婿？不如索性由自己主婚，将女儿嫁了他，料想二人没有不情愿的。同儿子商量了一会，秦东阳也只得说好。熊义来至秦珍房里，秦珍用话套了会熊义的口气，似乎愿意。即教熊义去劝秦次珠起来，不要急出了毛病。

熊义领命，径到秦次珠床边坐下。见她面朝里，蜷作一团睡着，熊义轻轻唤了两声，也不答应。熊义知她是醒着的，即说道："事情已到这样，急也无益。鲍阿根在警察署，当着大众宣布了你许多不中听的事，还说要拿你亲笔信，用珂罗版照了，并你的历史阴私之事写在上面，趁留学生开会的时候发给这些人看，把你的名誉破坏得将来不能嫁人。他又说早已知道你是个极烂污的女子，不过哄着你睡睡开心，岂肯娶这种女子做妻室？并且说他是当西崽的人，那能供给这种浮薄女子的生活？你看鲍阿根既存心如此，你何苦再为他急得这样。你是聪明人，不是太不值得吗？"

秦次珠知道鲍阿根是熊义出主意作弄的，心中恨熊义入骨。熊义进房的时候，装睡着只是不理。此刻听得这般说，忍不住翻转身来说道："你不用拿这些话来骗我，我相信他决不会如此说。"熊义抢着说道："你说我骗你也罢，你和他二人的事，你是不曾向我说过，他若不说，我必不知道。我且将他说的，你二人前后的事迹，照样说出来，你便再不能说是我骗你了。"接着，将鲍阿根昨日对巡长述的那段话，又添了许多枝叶说出来，气得秦次珠眼睛都直了一会儿，眼泪和种豆子一般，枕头透湿了半截。忽然将卧被一揭，坐了起来骂道："我真鬼迷了心，遇了这种没天良的东西！你死了，那世转劫出来，还得当西崽！"熊义道："不必气得再骂了，世界上那有好人去当西崽？你自己年轻没经验，上了当，幸发觉得早。不然，还有吃亏的事在后面呢！丢开了罢，也不要放在心上了。胡子见你不吃饭，他气得也不肯吃。"秦次珠道："谁教他不吃的，六七十岁的人了，还终日迷着两个狐狸精，那有工夫把心思想到女儿身上的事！"

熊义即将秦珍套问口气的话说了，秦次珠笑道："他若早知道是这样，那有这般气受？我问你，昨日那包金器拿回了没有？"熊义起身道："拿回了。你起来，我们同到胡子那里去坐坐，使他好放心。"秦次珠道："我此刻不知怎的，觉得有些不好意思见胡子的面。那二妖精，我更是不愿睬她。"接着唉了声道，"想起来我又恨，若不是二妖精缠着你这不成才的，不要脸被我撞着了，我又怎得一个人与那奴才相遇？我知道，你昨日与二妖精是心满意足的了。"熊义故作不知的问道："你说的是那来的话？我真不懂得。"秦次珠伸手在熊义脸上羞了羞道："你这样子只哄得老糊涂了的秦胡子，哄得我么？为甚么下女叫你，有客不能来；二妖精来，就没有客了？并且去了那们久，二妖精回来，那种得意神情，我两眼又不瞎了。"熊义也伸手在秦次珠脸上羞了一下道："休得如此瞎说！青天白日，又不是禽兽，难道有甚么事不成？"秦次珠冷笑道："青天白日，便是禽兽，我看你早就成了禽兽了。在我跟前，何必也这样撇清？"熊义尚待辨白，秦次珠连连摇头道："罢了，罢了，越说越令人生气，要到胡子房里去就走罢！"说着穿好了衣，蓬头散发的下床，同熊义来到秦珍房里。秦珍只轻轻训责了两句，倒安慰了一长篇的话。

熊义记挂着家里，恐怕萧熙寿来，向秦珍说了，告辞归家。见下女拿出萧熙寿的名片来，看了看，也没得话说，以为下午必然再来，就坐在家中等候，至晚间尚不见来。邹东瀛回了，说李平书在上野美术馆开书画展览会，从汉、魏、六朝以及于今名人的书画，共有三千多轴。日本许多王侯贵族在那里看了，羡慕得了不得，新闻纸上也极力恭维他收藏宏富。要邀熊义明日同去，宽宽眼界。熊义笑道："我于书画素无研究，白看了，也不知道好坏，并且我今日因有事失了朋友的约，明日必然再来，实没功夫陪你去。"接着将昨夜三崎座比试的话，说给邹东瀛听。

邹东瀛喜道："这倒好耍子，可惜我没去看。我生性欢喜武事，小时候也曾请师傅在家里操练过半年。后来因为爱嫖，将身体弄亏了，吃不了苦，便懒怠下来。一天不如一天的，到于今是一手也没有了。不过看人家练功夫，深浅也还看得出。在此地有一个好手，轻易不肯和人谈功夫，看去就和闺女一样，谁也看不出他有那们本领。我和他相交得久，知道他的历史，去问他，才肯略略的说些。若在旁人，便骂他几句，打他几下，也逼不出他半句谈功夫的话来。他是凤凰厅人，姓吴，名字叫寄盦，带着兄弟吴秉方在这里求学。他今年四十岁了，还是童子身。在他说是嫌女人脏，不肯娶妻。知道他历史的，说他练的是童子功，一破身便坏了功夫。"熊义道："练功夫又不是甚么丑事，何必这样讳莫如深做甚么？"

邹东瀛道："有功夫的人，不谈功夫的很多，但他这深讳不言，却另有个缘故。他兄弟曾对我说过，他那凤凰厅的人性强悍得很。吴寄盦当二十岁的时候，跟着乡里的教师练了几场拳。不知因甚么事，和教师有了点意见，他忽然觉得乡里教师一句书没读，心里不通，练的功夫必然是错的，也毋庸再去拜师，功夫只要苦练，没有不成功的。他从此一心专练，也没和人比试过，如此练了三四年。凤凰厅多山，山中的野兽极多，因此山下住的都是猎户。吴寄盦也有时上山打猎，但他的性子孤僻，不大和那些猎户说得来。平素猎户上山，有甚么器械，他又不曾看见。他就只带着一把二尺来长的单刀，那里猎得着鸟兽呢？

"一日他山下闲走，劈面遇着一个猎户，背着一杆鸟枪，肩着一枝丈多长酒杯粗细柏木杆的点钢尖矛。吴寄盦问道：'打猎去，还是猎了回来呢？'猎户道：'我在家中坐着，刚听得这山里有野鸡叫，才出来。'吴寄盦问他的姓名，他说叫何老大。吴寄盦道：'我同你上山去看看，使得么？'何老大道：'有何使不得？只是你没带兵器，倘若遇了野兽，受伤须不要怪我。'吴寄盦道：'我枪矛都没有，只有把单刀。我家就在这里，请你等等，我去拿来。'说着，跑回家拿了单刀。复到那山下，只见又来了个猎户，同何老大立着说话，也是背着枪，肩着矛，装束都一样。吴寄盦问何老大，知道是他兄弟何老二。三人同上山，寻觅野兽。打了两只野鸡，不见有野兽了。

　　"正待下山归家，何老二忽然指着对面山上喊道：'不好了，你们快看，那个金钱豹多大！呵呀呀，那畜牲看见我们了，朝这山上跑来了。'吴寄盦、何老大随手指的山头望去，只见离不了十多丈远，一只水牛般大的金钱豹，拖着一条四五尺长铁棍似的尾巴，朝这山上如箭离弦的梭了来，一刹眼就只差了五六丈。何老大吓慌了，来不及举步，左手抱枪，右手抱矛，放倒身躯，往山下就滚。凤凰厅都是高山峻岭，上下都难，他们猎户都练就了这种滚下山的本领，仓卒遇了猛兽，便仗一滚脱险。当时何老大滚了下去，何老二也待要滚。吴寄盦真急了，他那曾练过这种功夫，又阻止他们不听，只急得一手将何老二抱的矛夺了下来，丢了刀，双手持矛看豹子时，仅离身丈来远。

　　"豹子见吴寄盦挺矛立着，身上的花斑毛都竖起来，鼓起铜铃也似的眼睛，前爪在地下爬了两下，一耸身跃了丈多高，朝吴寄盦扑来。吴寄盦也不避让，挺矛朝豹子的白毛肚皮便刺。恰刺一个中，迎着豹子向前一窜的势，矛陷入腹中尺来深。豹子因用力过猛，窜过吴寄盦的头，从背后落下来，矛也跟着往背后一反。吴寄盦紧握着矛，翻身见豹子前脚跪了一只在地下，后脚撑起，矛杆太软，逼弯了，幸不曾断。吴寄盦恐逼断了矛杆，想抽出来再刺。只抽出五六寸，豹子禁不住痛苦，狂吼了一声，复一跃七八尺高；矛脱出来，鲜血随着如泉涌，洒了一地。说时迟，那时快，那豹子一跃之后，四脚刚刚着地，护着痛，正要再向吴寄盦扑时；谁知吴寄盦紧了一紧手中的矛，认定豹子的腰肋刺去。"

　　不知后事如何，且俟下章续写。

第九十七章

吴寄盦蛮乡打猎
章筱荣兽行开场

　　"吴寄盦紧了紧手中矛，赶上前，那豹子刚落地，便朝它肋下猛刺过去。这一下给刺穿了，矛尖透入土中几寸深。豹子睡在地下吼着喘气，那声音山谷都应了，四脚乱动了一会。吴寄盦死挺着矛，那敢放松半点呢。那豹子足足喘了半点钟久，声息才渐渐的微了，四脚也不动了。估料着不能再活，松了松劲，吐了口气，向山下喊何老大。喊了几声，听得下面答应。何老大、何老二都爬了上来，见豹子已经死了，欢喜得甚么似的。何老二过来接矛，说道：'你松手去歇歇，我替你挺着。'吴寄盦实有些力乏，即松了手。何老大在地下拾起那刀，笑嘻嘻的走到豹子跟前，一手抓了头皮，一手持刀，将头割了下来。凤凰厅猎户的习惯，打猎时遇着猛兽，谁先下手打的，谁独得那头，皮肉均分，多少仍是一样。但是得头的人，大家都得去道贺，送酒食给他，非常的光彩。

　　"何老大割下那头来，将刀还给吴寄盦。双手捧了头，对吴寄盦道：'请你同我兄弟，抬这身躯下山。'吴寄盦那时年轻，独自刺杀了这们大的豹子，心中非常得意，一时也没留神，即同何老二抬了豹子，跟着何老大下山。在路上遇着的人都跟了看，有认识何老大的，赶着道恭喜。问打豹子时的情形，说这水牛般大的东西，不是一把好手，那能制服得它下？何老大便也装出高兴的样子，指手舞脚的，说他如何一矛刺中了肚皮，再一矛结果了性命。

　　"吴寄盦听了不服，放下豹躯，辩道：'怎的是你刺杀的？你们兄弟两个见豹子来，就滚下山去了。我刺杀了，你们才上山，赶现成的割下头来，好不害羞，硬想夺我的豹子头去！'何老大冷笑道：'你这人才不害羞。你不去照照镜子，可是刺杀豹子的人物？并且你只带了把刀，这豹子分明是矛刺死的，你还想争我的功吗？诸位大家看，那枝矛上不是有许多的血迹？'看的人听了，见吴寄盫身体瘦小，又没穿猎服，不像能刺豹子的人，便都和着何老大说。有揶揄的，有冷嘲热笑的，有问何老二的，何老二自然说是哥哥杀的。吴寄盫急得将上山及遇豹子、刺豹子的情形说给大家听，那些人只是不信。没法，只得高声说道：'诸位必不相信，我有个最容易证明的法子。诸位刚才说的能刺这般大豹子的人，必是把好手，何老大又说我不像个刺豹子的人。我于今同何老大打，他既能刺豹子，必能打得我过。请诸位作证，谁打赢了，豹子是谁刺的，打死了不要偿命。'看的人听了说：'这法子公道！'何老大原没本领，听了这话，有些胆怯。只是大家赞成这办法，吴寄盫又逼着，不由他不依。

"吴寄盫已由豹躯上取下矛来。（用矛扛抬豹躯，故言从豹躯上取下。）挥手教看的人立远些，矛尖指着何老大道：'来，来，来！'何老大无奈，也挺矛说道：'且慢，我还有话说。'吴寄盫只道他真有话说，将矛头低了低说道：'甚么话？快说。'何老大乘吴寄盫说话的时候，挺矛朝前胸猛刺过来。吴寄盫吃了一惊，说时迟，那时快，矛尖离胸只有半寸远，让不及，架不及；赶忙往后一退，松手将自己的矛一丢，一起手将矛尖夺住，愤极了，用力一拖。何老大怎禁得吴寄盫猛力，身子往前一栽，恐怕跌地，松了矛。吴寄盫手法何等快捷，立刻将矛尖掉转，何老大脚还不曾立住，尖矛已到肋下。休说躲避，看尚没看清楚，矛尖已洞穿肋骨，身子往后便倒，矛跟着透过脊梁，插入地下。

"吴寄盫一手握住矛柄，一手指着大众说道：'诸位请看，我刚才刺杀这豹子，正是这种手法，诸位相信了么？'大家吐舌，说相信了。吴寄盫抽出矛来，指着何老二道：'你来，你来！'何老二吓得发抖，那里敢动呢。吴寄盫道：'我并不和你打，你只向诸位说明，你哥子是如何起意谋夺我的豹子头，便不干你的事。'何老二见哥子被吴寄盫刺死在地，哭向众人道：'豹子实不是我哥子刺杀的。当豹子来的时候，我哥子先滚下山，我也待往下滚。他将我手中的矛夺下来，至如何的刺法，我和我哥子在山下不曾看见，只听得豹子喘吼的声音。这种声音，我等听熟了，不是受了致命伤，不这般喘着吼的。我哥子即向我说道：豹子一定被姓吴的刺杀了，只是他又不是猎户，倒刺杀了豹子，我等反逃避下山，面子上须不好看。我们何不冒这功？好在刺豹子的矛是我们的，他只带了把刀，他要争着说是他刺死的，道理说不过去。当时是我不该赞成他，才弄出这事来。'众人听了，唾一口骂道：'争夺人家的功劳，较量的时候又想暗箭伤人，这是该死的，你自家去收尸安葬罢！豹子头是吴家的，我们大家送到吴家去。'众人说了之后，教吴寄盦捧了那头，也不顾何老大的尸首，与何老二哭泣，都高高兴兴的拥到吴寄盦家里贺喜。左近十多里路远近的人听说这事，络绎不绝的来吴家庆祝胜利。何老二便从此没人瞧得他来。你看那凤凰厅的风俗，强悍得厉害么？"

熊义听出了神，至此问道："后来他怎的会到这里来留学的哩？"邹东瀛道："他就是那年从黎谋五先生读书，渐渐的变化了气质。觉得少年时候干的事，野蛮得不近人理，深自隐讳，不肯向人道出半字。民国二年，湖南考送留学生，兄弟两个都考取了，才来这里留学，此刻住在胜田馆。"熊义道："若是我那朋友萧熙寿听了，一定要去拜访他。"邹东瀛道："拜访是拜访，只是想他出来同日本人比武，他必不肯的。"当晚二人复闲谈了一会，各自安歇了。

次早，熊义还睡着没起床，萧熙寿来了。从被中将熊义拉起，问昨天失约的缘故，熊义胡乱掩饰了几句。萧熙寿道："我昨日从你这里出去，因为我的信件都是由青年会转，顺便去看有信来了没有。一进青年会的大门，就听得里面有人像喊体操的声音，在那里一、二、三、四的数。许多人的脚，顿得地板乱响。我想体操的脚声没那们重，推门向里一看，只见十多人成行列队的，正在练拳。一个教师，凶眉恶眼，一脸的横肉，年纪有四十多岁了，一边口里数着，一边陪着学生练。看他的手脚，干净老辣得很，我便有心想结识他。见正在那里教，即找了个会里的职员，问个详细，才知道天津的武德会在此地设了个分会。问会长是谁，那晓得就是你说的甚么蔡焕文。那教师姓郝，叫甚么名字，那职员也不知道。"熊义笑道："你听了不更欢喜吗？去打小鬼，又多一个帮手。"萧熙寿也笑道："我自是欢喜。你快洗了脸，用早点，同去青年分会看蔡焕文。不要迟了，他出了门会不着，又得耽搁一日。你不知道，我那想去复打的心思切得厉害。"熊义洗了脸，进房道："我再说个人你听，你一定又要欢喜得甚么似的。"随将昨晚邹东瀛所述吴寄盦刺豹的事，复说了一遍。萧熙寿真个喜得跳起来，逼着熊义请邹东瀛过来，求他立刻绍介去会。邹东瀛道："吴寄盦不妨迟日去会，他横竖不肯去同日本人比武的，先会了蔡焕文，打过日本鬼再说。"萧熙寿心想也是不错，只得等熊义用过早点，同到早稻田青年分会来。

蔡焕文提着书包，正待去上课，熊义上前给萧熙寿绍介了，述了拜访之意。蔡焕文忙握手行礼，邀到楼上。萧熙寿看那房中，一无陈设，几个漆布蒲团之外，就只一张小几子塞在房角上，四壁挂满了刀剑棍棒，还有一张朱漆洒金花双线弹弓，一个织锦弹囊盛着一囊弹子，都悬在壁上。蔡焕文将房角上的几子拖出来，放在当中，四周安了几个蒲团，请萧、熊二人坐下，自己到隔壁房里，托出茶盘烟盒来。萧熙寿看了隔壁的房，又见这房中席子的边都磨花了，料定这房是他专练把势的。蔡焕文陪坐着，向萧熙寿客套了几句。

萧熙寿是个直爽人，开口即将三崎座比武的事说了出来，要求蔡焕文就今晚去复打。蔡焕文听了也是气不过，说道："日本小鬼最是不肯给便宜中国人占。足下既是得了这们个结果，莫说兄弟去不能占胜利，便是霍大力士来也是占不了胜利的。好在足下并没吃亏，依兄弟的愚见，犯不着再去和他们较量了。"萧熙寿道："可恶小鬼太作弄中国人，这口气不出，我心实不甘。我想足下必会擒拿手，和他们比试的时候，冷不防的赶要害处点他一下，不送了他的命，也要使他成个残废的人。"蔡焕文笑着摇头道："使不得。承足下见爱，不生气，他和我们并没深仇，他也是为要名誉使狡计儿，无非想足下不和他比；于足下的名誉又无损伤，无端送了人家性命，并且仍是不能增加名誉，心术上似乎有亏些。"萧熙寿听了，不觉肃然起敬道："好话，好话，正当极了！我心中因一时受气不过，逼得走了极端，恨不得将那些小鬼一个个都弄成残废，才觉开心。一日两夜全是这般存心，直到此刻方明白过来，竟是大错了。复打真犯不着。"

萧熙寿至此，便想问霍大力士的事。猛然听得窗外楼底下，砰然一声手枪响，三人都惊得站起来。接连听得响了两声。青年分会楼上住了四十多会员，听了这枪声，齐向楼下飞跑。一阵地板声，就像起了火逃命一般。萧熙寿道："甚么事，我们何不也出去看看？"熊义道："我们就此回去罢，蔡君把功课看得重的，不要在这里耽搁了他上课的时间。"蔡焕文因在毕业试验的时候，也实在怕误了功课不能毕业，巴不得二人快走，即提了书包，送二人出了青年会。也不打听枪声因何而起，向萧、熊说了两句道歉、再会的话，匆匆的去了。

萧、熊见青年会旁边一所小房子门口，拥着一群中国人，都颠起脚，伸着脖子，争向房里望。房里还有人在那里，拍桌打椅的大骂。萧熙寿笑道："你听声气，也是中国人，同去看看。在日本动手枪，这乱子只怕闹得不小。"熊义道："去看他做甚么？不要碰着了那手枪的飞弹，受了伤才没处伸冤呢。"萧熙寿嗤了声道："你的命就这们贵重？门口那些人不怕手枪，飞弹就偏偏打着了你？"说完，也不管熊义来不来，提起脚飞跑到那门口。他力大，挤开众人，就门缝朝里一望，也没看出甚么。只听得有女人哭泣的声音，一个男子也带着哭声说道："你这样欺负我，我也不在这里碍你的眼了，拿路费给我，就回国去。你记着就是，你拿手枪打我。"又一个男子的声音，略苍老一点，说道："你要回国去，你就走。我拿手枪打你，不错。你有本领，随便甚么时候你来报仇便了。"女人忽然停了哭声，说道："你们再要吵，不如拿手枪索性将我打死。你们不打，我就自己一头撞死。"带哭声的男子鼻孔里连哼了几声道："你这祸胎死了倒没事，你就撞死，我自愿偿命。有了你，我横竖是要遭手枪打死的。"女人即放出很决绝的声音说道："好，好，我死了，看你有得快活！"接连听得几个人的脚擦得席子乱响，气喘气急的，好像几个人打做一团。不一刻，女人放声大哭。

萧熙寿很觉得诧异，问看的人："可知道里面是谁，因甚么事这般大闹？"即有人答道："这屋里住了叔侄两个，并不见有家室。他们叔侄的感情很好，平日出外，总是二人同去同回。今日为甚么动手枪打起来，却不知道。"再听里面哭泣的声音渐渐小了。哗啦一声，推开了门，一个十五六岁的男子，穿着青洋服，披了件獭皮领袖的外套，手中拿一顶暖帽，低着头泪痕满面的，匆忙套上皮靴。众人忙让开了路，他头也不抬，径向鹤卷町那条路上走去了。登时房里鸦雀无声，看的人一哄都散了。萧熙寿看熊义还立在那里等，跑上前笑道："你不来听，真好笑话。刚才从那屋里出来的那少年男子，你看见么？"熊义点头道："看见了，一个好俏皮后生。他那文弱样子，也会打手枪么？"萧熙寿道："打手枪的怕不是他，他大约是侄子。还有个年老点的，是他的叔子。听他们吵嘴的口气，又夹着个女子的哭声，总离不了是一个醋字。"熊义旋走着说道："管他们醋也好，酱油也好，我们回去罢。"萧熙寿约了何时高兴，即来邀邹东瀛去拜访吴寄盦。二人分头归家去了。

　　且说那打手枪的是谁，因何这般大闹？说起来，也是留学界一桩绝大的新闻。闹遍了东瀛三岛，当日无人不知，无报不载，险些儿出了几条人命。这叔侄两个姓章，浙江人，叔名章筱荣，今年二十五岁。他父亲兄弟两个，都在英国甚么洋行里当买办，积了二三百万家产，并没分析，各人都娶了三房姨太太，全家在上海居住。章筱荣的伯父七十来岁了，两个儿子都在西洋留学；一个孙子，就是和章筱荣闹的，叫章器隽，今年十六岁了。叔侄二人在上海的时候，手中有钱，就有一班不成材的青年，引着他们无所不为，无人管束的，全没些儿忌惮。章器隽本来生得柳弱花柔，等闲千金小姐还赶不上他那般腼腆。不知被何人教唆坏了，叔侄两个，竟做出那非匹偶而相从的事来。

　　一日，章器隽的父亲从西洋来信，教儿子去日本留学。章筱荣一则丢不开侄儿的情义，一则终年在上海也有些厌烦了，便向他父亲说，要同章器隽去日本留学。他们有钱的人，听说儿子肯去求学，那里不许可的？随拿出钱来，叔侄两个双双渡海，便入了留学生的籍。初到日本的时候，在同乡的家里住了几个月，想在日本研究饮食男女的事，不能不学会日本话。年轻的人只须三五个月，普通应用的话便多说得来。章筱荣既将日本话学会，带着章器隽在本所租了一所半西式房子，用了两个日本年轻下女，也在明治大学报了名，缴了学费，领了讲义，只不去上课。讲义系日本文，更看不懂，便懒得理它。

　　章筱荣在上海的时候，长三幺二堂子里浪荡惯了的，到日本如何改得了这脾气？也跑到京桥神乐坂这些地方，嫖了几晚艺妓。章器隽作怪，居然和女人一样，也吃起醋来。章筱荣一夜不回，第二日章器隽必和他闹一次，也一般的撕衣服，打器皿，扭着章筱荣爪抓口咬。章筱荣只是低声下气的温存抚慰。但是无论章器隽如何打闹，章筱荣敷衍是敷衍，脾气却仍是不改的。到日本不上一年，已闹过无数次，闹得章筱荣渐渐不耐烦起来了，有时也将章器隽骂几句，甚至拿出叔子的架子来动手打几下。不知尊严是不能失的，失了便莫想收得回来。真是冤家聚了头，章筱荣越闹越横心，章器隽就越闹越凶狠。

　　事有凑巧，他有个同乡姓张的，由江西亡命到日本，带了个姨太太，名叫绣宝，本是在上海长三堂子里新娶的。娇艳不过，住在上野馆，惹得一般轻薄青年馋涎欲滴。住不到许多时，姓张的托人在袁世凯面前运动了特赦，接了朋友打来的电报，须去上海接洽。因带着家眷累赘，只道去一趟就要回的，便将绣宝留在上野馆，一个人回上海去了。张绣宝在上野馆和一个姓李的姘上了。看过《留东外史》第四集的看官，总还记得有一回李锦鸡在上野馆闹醋，险些要打手枪的事，那二十来岁的女子即是张绣宝。自李锦鸡那夜闹过之后，听凭那青年会姓李的独自将张绣宝霸占，没人敢问，也没人敢再吊张绣宝的膀子。只可怜张绣宝的丈夫，一个人回到上海。谁知那电报是假的，刚到几日，竟被侦探骗出租界，送到镇守使衙门，连口供都不问，就活生生枪毙了。这消息传到上野馆来，张绣宝因相从不久，没有感情，不独不哭，反杀千刀杀万刀的，骂她丈夫不该将她带到日本来。逢人便说姓张的不曾留下一点财产，于今甚么不问死了，丢得她无依无靠。

浙江同乡，有几个老成的人，见张绣宝如此年轻，一个人住在上野馆，又曾闹过乱子，但是她有丈夫在，别人不便去干涉她。此刻她丈夫既是死了，她总是浙江人，同乡的不能不顾全面子，就在替姓张的开追悼会的时候，提出善后的条件来。善后无非先要钱。留学界各省都有同乡会，同乡会成立的时候，都得积聚些会金，各省多寡不等。浙江留学生多，会金也很充足，在全盛时代，多至八千余元。当时出了张绣宝的问题，有说从会金里提出多少，交张绣宝做维持费的，有说规定一个数目，从会金提一半，大家再凑集一半的。许多人正在议论，忽然跳出个人来大声说道："一个月不过几十元钱，也值得这般议论？也不必从会金里提，也不必要大家凑集，由我一个人担负罢！"大家听了，都吃一惊。

不知说话的是谁，且俟下章再写。

第九十八章

浪子挥金买荡妇
花娘随意拣姘头

话说大家听了这般大话，争着看那人时，正是章筱荣。同乡会都知他是个有钱的人，但是从没听说他做过慷慨疏财的事。他初来东京的时候，同乡会因见他们叔侄是个大阔人，特意开会欢迎他们，要他多捐助点会金，预备将来或在北京，或在上海，设个浙江图书馆。他听了，皱了一会眉头，提起笔来，大出手，写了十块钱。同乡会的会长，冷笑了声道："我和你比财产，只算得个寒士，我还捐了一百元。请你在十字上添一撇罢，你这样的阔人捐一千块钱，办这于全国有益的图书馆，也不算多了，也不觉冤枉了。"章筱荣吓得吐舌，大家恭维的恭维，挖苦的挖苦，才改成五十元。倒是章器隽不待人费口舌，写了一百元。以后无论开甚么会，但是传单上载了"备金会"的字样，总不见他到会。这追悼会因有些设备，会金取得很重，他倒来了。张绣宝的生活维持问题，并没向他商议，他忽然如此慷慨，说出这般大话来，不由得到会的人不犯疑。

会长见他说得淋漓痛快，忙将手掌拍得乱响，众人也跟着拍了一阵。会长等掌声住了，说道："既是章君肯如此仗义，一人担负张绣宝的生活，我们的责任就没有了，真是难得。不过还有个问题，须得与章君大家研究。章君要知道，我等所提议张绣宝君的生活维持问题，是因为她年轻，远在异国，一旦把丈夫死了，没有依靠，恐怕为生活在此地弄出不尴尬的事来。一则对死去的张君不住，一则也失了我们浙江同乡的体面，因此才提议筹点钱给她。若能为张君守节，可维持她下半世的生活。不然，也有钱可以回国，随她自行适人，总以不久住日本，不弄出笑话为目的。上野馆是个藏垢纳污之所，尤不宜住。章君美意，担负她的生活，这一点是要请章君注意的。"章筱荣一口承认道："这是我应尽的义务。"到会的人都知道张绣宝不是安分的人，又都不肯结怨逼着她回国。在这里不维持她生活，一定要闹到实行卖淫，丢尽浙江人的脸，巴不得章筱荣出头，顶这烂斗笠。只要她不再住上野馆这众目昭彰的地方，虽明知章筱荣不怀好意，谁肯多管闲事，使名誉、金钱上都受损失？会长是逼于地位的关系，不能不正式作个问题，故意和章筱荣研究。他既一口承认是应尽的义务，会中尖刻的人，便要张绣宝向章筱荣道谢。张绣宝本不知甚么叫廉耻，真个就席上瞟了章筱荣一眼，磕头下去。大家又拍掌哄笑起来，会长连忙喊散会。从此张绣宝便由浙江同乡会开会交给章筱荣了。

散会之后，章筱荣同张绣宝到上野馆商议迁居。张绣宝水性杨花，见章筱荣年轻，又有的是钱，登时将那爱青年会姓李的情分，纤悉不遗的移注在章筱荣身上。章筱荣因怕章器隽不依，不敢移到家中同住，就在本所离家不远的地方另觅了所房子，带着张绣宝置办了些家具，清了上野馆的账，搬到新房子里来。也雇了两个下女，出入俨然夫妇，只夜间不敢整夜的歇宿。如此过了四五个月，章器隽虽疑心章筱荣有外遇，但每晚归来歇宿，闹不起劲来。

一日，章筱荣到张绣宝那里去，刚到门口，一个邮差送信来了。章筱荣接在手里一看，封面写着"张绣宝女士"，下写"青年会苹卿寄"。连忙开了封，抽出来才看了一句"来书具悉"，张绣宝已在房中听得门响，料道是章筱荣来了，跑出来迎接。一眼看见章筱荣手中拿着封信，脸上变了颜色，早已猜着是青年会李苹卿写来的。一时只急得芳心乱跳，不暇思索，伸手便去夺那信。章筱荣怎肯由她夺去？将身一偏，握得牢牢的，伸远了手看。张绣宝一下没有夺着，心里更急，见他伸远了手在那里看，也不顾地下踩脏了袜子，跳下去，一把将章筱荣抱住，挤在壁上，拼死去抢那信。章筱荣气力本小，被张绣宝挤在壁上动弹不得，只紧握了信举得高高的，一手去推张绣宝。口中骂道："无耻贱人，我难道待你错了，写信引野鬼上门！"张绣宝知道章筱荣最怕咯吱，在他胁下捏了两下，章筱荣的手果然缩了下来。张绣宝双手捉着那手，用力拨开手指，两个对撕，将信撕得稀烂。章筱荣喘着气跳起来骂。

张绣宝见已将信撕烂了，便大了胆，也开口骂道："我又没卖给你，我又没嫁给你，你能禁止我和朋友通信？好没来由！"一边骂，一边哭进房，反将桌上陈设的器物，朝席子上掼得一片声响。掼完了，攀倒桌椅，打得乒乒乓乓。章筱荣站在玄关里，气得手脚冰冷。本想跑回去，从此不理张绣宝，一转念又有些舍不得。听她哭啼啼的在房里打东西，把不住，急忙脱了靴子走进房，圆睁两眼望着。张绣宝见他进房，停了手，往后便倒，脚连伸几伸，一声妈没叫出，咽住了气，直挺挺的不动弹了。章筱荣看她的脸色时，如白纸一般没一些儿血色。怕闭住了气，不得转来，跑拢去弯腰去摸她的手，竟是冰冷的；摸胸口，只微微的有些动。倒吓慌了，忙叫两个下女，大家来救，自己用大拇指掐了张绣宝的人中。下女立在旁边望着，知道要怎么救呢？幸张绣宝被章筱荣掐得人中生痛，忍不住了，"哇"的一声哭了出来，章筱荣才放了心。

张绣宝一边哭，一边在席子上打滚，口中数说："我直如此命苦，在堂子里的时候，受尽了磨折；好容易嫁个人，飘洋过海到日本来，不曾舒服一天就分开了。一天一天的望他回来，眼都望穿了，望得一个死信。同乡的一番好意，要凑钱维持我，你偏要当着人夸海口，说担负维持我的生活。谁知你倒起了不良之心，将我软禁在这里，一步也不许我出外。于今是更凶狠了，连和朋友通个信也想禁绝我的。我又不犯了罪，你是这样的对待我，实在受不得。我去见同乡会的会长，将你和我的情形说给他听，请他评判评判，看可有这理由！"章筱荣见她是这们说，也真怕她去将实在情形告诉同乡会的会长听，反凑近身用好言去安慰她，张绣宝还做作了许久，才得平安无事。

又过了几时，这日，章筱荣托人在上海买了些衣服裁料，兴高采烈的，一手提了一大包，来送给张绣宝。进房不见了人，下女惊慌失措的，说是"今早天才明，来了一乘汽车，三个男子打门进来。太太还睡在床上，一个身躯矮小的男子，在床跟前和太太说了许久，太太只是摇头不起来。那矮子像很着急的样子，从怀中掏出一件东西，五寸多长，黑漆漆的，指着太太的胸口，太太吓得扯被卧盖了身体。我们不懂话，又见矮子是来过几次的，太太对我们说是她的兄弟，教我们不要告诉老爷。因此我们虽见那矮子的情形是像逼着太太，太太不叫我们拢去，我们就在这隔壁房里望着。那两个同来的男子打开了柜，将两口衣箱一个驮一口，送到汽车上。矮男子逼着太太起来，胡乱穿好了衣，提了那放在枕头边的小铁箱子，被矮男子推着出去了。我赶过去问：'太太上那里去？老爷只怕就要来家了。'太太流着眼泪说道：'我去去就回，老爷来了，你就说我出外买东西。'那矮男子不许太太多说，拖上了汽车，飞一般的去了。我们两人正在这里着急。"

章筱荣听了这话，急得只管顿脚，看柜里的箱子及稍值钱的衣物都搬跑了。他曾见过李苹卿是个极矮小的身体，知道一定是他；手中拿着黑漆漆五寸多长的东西，不是手枪是甚么？必是张绣宝不愿意跟他去，他说了许久，说不肯，只得拿出手枪来威逼她。可怜她一个弱女子，那有甚么抵抗力？但是驾着汽车，将她弄到甚么地方去了？一个人胡猜乱想了一会，忽然想起：那日的信来，虽然拖拖扯扯的没看清楚，彷佛见上面有'同归于尽'、'不要后悔'两句话。因她哭哭啼啼，急得闭了气，一时不好诘问她；气平了之后，她又发誓愿，表明心迹。是我大意了，不曾注意防范她。李苹卿这杂种实在可恶！若就是这般由他霸占，不设法抢了回来，我怎能甘心！此刻何不去青年会打听，总能探出些踪迹。想罢，交了一块钱给下女，教她："买菜做零用，小心门户，我每日仍到这里来一次。"将两包衣服裁料收入柜中，出来乘电车，来至神田青年会。从会员一览表内，寻了个同乡的会员，姓胡名璧的。抽出张名片来，交给门房去通报。见面之下，却是不曾会过的。

这胡璧虽是浙江人，十几岁就在英国留学，居西洋八九年，直至前月才回来，因此章筱荣不曾会过。寒暄几句之后，章筱荣即问他知道李苹卿的下落否。胡璧道："李苹卿是我们会里的干事。我昨日在总干事房里坐，见他向总干事请假，说有个亲眷，在横滨中国会馆病得厉害，有信来招他去看护。病好得快，三五日便回；若病得奄缠，或是死了，只怕还要运灵柩回籍，耽搁三五个月也不知道。总干事说杜威博士就要来日本了，会里欢迎他，须得人办事，不能请这们久的假，他点了点头就走。他走后，总干事心里有些不高兴，说这人终日在外干些不道德的事。有一次还在隔壁上野馆，因争风吃醋，要拿手枪打人。我们青年会是个扶持人类道德的机关，会中有这种人，真是不幸的事。我听了总干事的话，才知道他是个不讲道德的人。你要问他的下落，他是到横滨去了。"章筱荣问道："可能知他是一个人去，还是有人伴他同去的呢？"胡璧摇头道："我和他没交情，不是在总干事房中遇着他，还不知他要去横滨。谁问他是个人是有人伴着！"说话时的神色，似乎怪章筱荣不应该是这般问，旋说旋拿了本书在手中，说完了，即低头看书。章筱荣是想详详细细的打听了，好去一把将张绣宝夺回来，胡璧那里晓得？好像没头没脑的，一盆冷水浇了下来。章筱荣再也坐不住，神智昏乱的起身出来，胡璧只略抬了抬身，并不远送。

章筱荣走出青年会，站在那石级上打主意，想就到横滨去。忽记起：李苹卿有手枪，在上野馆为争风险些打死人。这一去遇着了，怎保得他不拿手枪打我？听下女说是三个人，则是他又添了两个帮手。我要找帮手倒容易，同乡中有穷得精光的自费生，多给他们几十块钱，不愁不帮我。只是手枪这东西，听说要警察署的住居证明书并许可状，方能向猎枪店里去买。这许可状如何问警察署要得着？我们又住在本所这人烟稠密的地方，不能说是防家。独自站在石级上想来想去，不搬到乡村僻静之处，必买不到手枪。我此刻何不往早稻田大学背后一带荒凉地方，去寻寻房子看。在那一带寻了房子立刻搬去，到警察署借口防家，料没不肯的。想罢，坐了乘人力车，拉到早稻田，开发了车钱。四处留意，看挂有贷家牌子没有。沿途看了几处，都不合式，径寻到青年分会旁边，才寻了一所小小的日本式房子，倒很精致。找着房主人，问了问租价，懒得争论，放了定钱，房主人将贷家牌子去了。

章筱荣看表已是午后两点钟。他自午前八点钟在家吃了点面包、牛乳出来，本打算在张绣宝家吃午饭的。因出了这乱子，直跑到这时候，才觉得腹中饥饿起来。恐料理店耽搁工夫，就在一家小牛乳店里吃了些面包、牛乳充饥。急急忙忙归到家中，教一个下女在家帮着收拾行李，一个下女去告知房主人，因有紧要事故发生，立刻便要搬家。房金仍是缴足一个月，并不短少，要他派人来看房子并没损坏，回头顺便唤两乘小车来搬运行李。下女不知就里，问因甚么事，如此急急的搬家？章筱荣急得跺脚道："你管我因甚么事！我教你去说，你照样去说了便是。"下女听了，不敢再问，报丧一般的跑着去了。章器隽道："又是甚么鬼来了，住得好好的房子，这个月还住不到几日，白丢了一个月的房钱，劳神费力的搬甚么？"章筱荣道："你快收拾东西罢，不用啰唆了。我难道不晓得白丢房钱？莫说一个月，便是一年也要丢了。我自有道理，你不用管，若再在这房里多住一天，连我的命都没有了！你小孩子那里知道？"章器隽见章筱荣说得这般慎重，又见他神色慌乱的样子，只道这房子要出甚么毛病，便不再说。留学生家中都没多少器皿的，一会儿拾夺好了。房主人来看过房屋，没得话说，即时搬向早稻田来。

次日到警察署，说了为防家要买手枪，请发给证明书许可状。警察照例派人调查家里的情形，见章筱荣家中像是有钱的，答应了。章筱荣拿了许可状，跑到猎枪店，买了杆勃郎林手枪带在身上。五十块钱一个，买了六个帮手。中有两个是湖南省宝庆人，一个叫谭先阎，一个叫刘应乾，都略懂一点拳脚，受大亡命客连带关系，跟随到日本。大亡命客却不肯出钱供养他，便专一帮着那些有钱的伟人跑腿，听零星差使，随事刮削几文度日。最希望的是大伟人与大伟人闹意见，好平空捏出谣言来，不是这个大伟人要与那个大伟人为难，便是那个大伟人想刺杀这个大伟人，于是两边大伟人都要请他们来家里保护。出外跟随，他们就见神见鬼的，今日说那房角上有几个形迹可疑的人，在那里探头探脑，怀中还像插着很重的东西，大约离不了手枪、炸弹，我们过去识破了，他才走开了；明日又造一封匿名信，由邮局投来，说多少恐吓的话。大伟人生命何等贵重，怎敢教他们离开一步？他们的生活全是这般过度。

谭先阎、刘应乾二人，一晌都靠着几手拳脚，在陈军长、康少将门下吃喝。刘艺舟的戏班子到东京演戏的时候，谭、刘二人跟着混了些钱。直到于今，几个月全没生意上门。打听得章筱荣要找帮手，出得起价，人上托人，保上托保，生怕不合式。章筱荣用人之际，岂有不合式的？当下中了选，颁发了五十元身价。那四个是章筱荣的同乡，身分和谭、刘一样，虽不会拳脚，身体却还壮实。发过身价，章筱荣将原由演说了，誓师一般的要他们同心协力："找着张绣宝，务必努力夺回。李苹卿如敢抵抗，便活活的将他打死，有我姓章的负责，不与你等帮忙的相干。"六人同声应了遵命。谭先阎道："此去既免不了有格斗的事，我等须随身带着应用的兵器，方不至临时受窘。"章筱荣听了踌躇道："手枪我只得一杆，还费了无穷的手续。在此地如何找得出随身应用的兵器呢？"谭先阎道："刀枪棍棒用不着，又要便于携带，又要不碍眼，我倒想出一种绝妙的兵器来了。"章筱荣欢喜，忙问是甚。谭先阎道："花三块钱，到'五十钱均一店'，去买六根簿记棒。只有尺来长，中间贯了铅，拿在手中和铁尺一样，非常称手。若在致命的地方给他一下，也够受的了。"大家听了都得意。章筱荣登时拿出三块钱来交给谭先阎，教他立刻去买。谭先阎飞也似的去了，须臾，汗流浃背的抱了六根簿记棒来。一人拿了一根，插在裤腰里，外面一点也看不出。

章筱荣领队，即时出发，乘火车到得横滨，在山下町日之出旅馆住下。次早章筱荣分派了各人分头探访。自己到中国会馆，问李苹卿没人知道。至黄昏时候，六人先后回来，都没访出下落。章筱荣急得心里如火焚，越是想到张绣宝和李苹卿同睡时情景，越是难过，整夜不曾合眼。连访了三天，绝没访出一点踪影，心想：胡璧所说，必是李苹卿随意捏出事由，骗着总干事好请假的，不如且回东京去。或者他还在东京，即不然，消息也灵通一点。遂领着六人，复回东京来。此次费了五六百元钱，用了不计数的心血，没一些儿效果，章筱荣自是气闷。谭先闿等六人也无精打采，只得都以担任探访自矢，一有消息，便来报告。章筱荣没法，只索由他们去了。既没了张绣宝，本所的房屋用不着，即时退了。开发下女，将器用一切，都搬入新家来。章器隽免不得寻根觅蒂，大吵小闹几场，章筱荣免不得极力温慰一番，也就没事。

时光易逝，转瞬过了月余。一日，忽邮差送了封信来，封套上贴了无数纸条，系转了数次的。一看，还是写了本所的地名，认得是张绣宝的字，心中喜得只管砰砰的乱跳。忽忙抽出信来看时，又忍不住泪如雨下。

不知张绣宝信上写些甚么，下文再宣布罢。

第九十九章

夺姘头恶少行劫
抄小货帮凶坐牢

　　却说张绣宝的来信，上面写着道："自那日绝早，被李苹卿统率两名凶汉逼迫上车，监囚犯一般的，由火车运到神户，在须磨町乡村地方一所小房子里面禁锢起来。初到时三人轮流看守，夜间李苹卿逼着和他同睡，我抵死不从，几次拿手枪要将我打死。我料你必然着急寻找，无一时一刻不想给你个信，奈监守得紧，莫说不能写，便写了，也决不由我寄。幸喜昨日雇了个下女来，我给了她一块钱，要她瞒着他们替我送到邮筒里。我这信是在厕屋里，借着大便，匆忙写的。至于别后的苦楚，也说不尽。你得了信，务必照封面上载的地名，前来设法救我。此刻凶汉去了一个，是山东的马贼。"

　　章筱荣看完收入怀中，揩干了眼泪，仍找了谭先闾、刘应乾来商议。谭先闾道："凶汉既去了一个，连李苹卿只得两人，我们去三人足对付得下，不必再找前回同去的人了。"章筱荣喜道："只要二位真对付得下，我也不图省钱，按着他们四人的钱，多送给二位。不过地方是知道了，但我们去，应如何个救法方才妥当？"刘应乾道："他们来抢张绣宝的时候是绝早，我们也照样在拂晓攻击，在睡里梦里的时候，猛不防劈门进去。我同老谭对付李苹卿两个，你自去夺张绣宝上车。我在神户住过，须磨町通神户市有条大路可行汽车，我们就今晚乘火车，明日午后七八点钟可到神户。在神户住一夜，后日不待天明，租一乘汽车，三四十分钟便到了。办完了事，回神户吃早饭。"章筱荣听了，喜得不住的夸赞。

　　三人就在中央停车场旁边一家小料理店内用了晚饭，乘七点四十五分钟的急行车，风驰电掣的，第二日午后六点钟早到神户。照着刘应乾说的，如法泡制，次早黎明，汽车到了须磨。章筱荣从怀中摸出那信套，用手电照着载的小地名及番号，对汽车夫说了。一会寻着了，在须磨寺的背后一个小山底下，路太仄狭，又太崎岖，汽车不能前进，只得远远的停着。交待汽车夫，将汽车掉了头，就在此等候，万不可离开，汽车夫自是点头答应。三人跳下车，章筱荣抽出手枪，拨开了停机钮。刘应乾在前，谭先闿在后，悄悄走到那房子门口。见番地一丝不错，刘应乾便要动手劈门。谭先闿忙止住了他，小声说道："不可鲁莽。万一错了，打到日本人家，不是当耍的。我们去喊他的后门，下女必疑是肉店或小菜店，问明了，再打进去，不怕他们跑了。"章筱荣连说有理。

三人转到后门，章筱荣学着日本下等人的口音，喊了两声"御早"。随着轻轻在门上敲了两下，即听得里面日本女人的声音答应，彷佛脚步响。将近响到后门，忽然楼上一个中国男子口音，用日本话厉声呼着"且慢"，足音登时停了。章筱荣已料定是李苹卿，一把无名火那里按捺得住？吼一声："不劈门进去，更待何时！"谭、刘二人应声，只三拳两脚，日本房屋门壁本不坚牢，谭、刘又有气力，早已把那门劈倒在一边。谭先闿耸身一跃，窜进了厨房，下女吓得跌倒在地，放声喊"强盗"。刘应乾将腰一弯，正待往里窜，"拍"的一声，一颗手枪弹猛然从房里楼梯中间斜穿了出来，正打刘应乾头上擦过，毡帽上穿一个洞，刘应乾惊得往旁边一闪。章筱荣因谭先闿已经进房，恐误伤了，不敢开枪。一手拉了刘应乾，喊声"杀进去"，也不顾手枪厉害，鼓起勇冲进厨房。只见谭先闿舞着簿记棒，正和一个人在房中决斗，不见李苹卿的影子。刘应乾窜上前，朝那人小腹上只一腿，踢个正着。那人双手捧住小腹，一屁股顿在席子上，高声告饶。谭先闿举着簿记棒，正要劈头就打，刘应乾连忙架住说："不干他事，他不过和我们一样，只要他不再为难了。"那人扬手道："正是不干我事，他们在楼上，我再不帮他了。"

二人也不答白，回头看章筱荣伏身楼梯旁边，擎手枪瞄着楼上。二人抬头望去，并没人影。谭先闿向章筱荣道："你将手枪给我，让我先上楼去，久了不妥。"说着，一手夺过手枪，三四步窜到楼口。李苹卿也擎着手枪，躲在那里，见谭先闿这等凶猛，逼近了身，也实在有些胆怯。凡是拿手枪打人，除非有深仇大恨，或是临阵对敌，才不胆怯，才不手软。李苹卿既是有些胆怯，手便觉得软了，不敢拨火，又怕谭先闿打他，爬起来，想把谭先闿推下楼，那来得及？谭先闿也是怕闹人命，虽则章筱荣说了负责的话，自己总脱不了干系，见李苹卿擎着手枪不放，便也停了手。李苹卿才爬起，只一掌过去，不禁打，又跌下去。一把抢下手枪，用脚踏着胸膛，略使劲按了下，即喊"饶命"。刘应乾、章筱荣一拥上来，章筱荣见李苹卿躺在地板上，闭目等死的样子，真是怒从心上起，恶向胆边生。指着骂道："你也有今日！我不将你打死，怎消我胸中恶气？"说时，从刘应乾手中接了簿记棒，在李苹卿身上才打了两下。张绣宝忽从房中跑了出来，一把抱住章筱荣那拿簿记棒的手膀，口里颤声说道："不要只管打他了，快走罢！一会儿警察闻得枪声，寻来查究，只怕都跑不了。"

张绣宝一句话提醒了章筱荣，一手扯住张绣宝，问衣箱、首饰盒放在那里，张绣宝指着房里。谭、刘丢开李苹卿，奔入房中，翻箱倒箧，凡是贵重之物，遇着了就拿向怀中揣。张绣宝拿着那小铁箱，交给章筱荣，章筱荣接了，教谭、刘二人各驼一口衣箱。谭先闿恐防李苹卿趁驼衣箱下楼的时候，爬起来暗算，想将他缚住。走出房一看，已不见了，急得连连跺脚道："不好了！我们失于计算，那矮鬼跑了。若是叫了警察来，我等劈门入室，现在我身上又揣着两杆手枪，说我等是强盗，纵有一百张口，也辩不干净。衣箱不要了罢，我等快走。"刘应乾道："汽车都不能坐，此地的路径我很熟悉，从速转到那边山下，乘兵明电车到兵库，再换神户的电车，或者可以脱身。"章筱荣不肯道："怎便怕到这样，他敢去喊警察，我难道不敢见警察吗？现放有绣宝在这里，一口咬定李苹卿拐逃，我是亲夫来找着了，他还敢拿手枪打我，世界上那有青天白日劈门入室这样大胆的强盗？你们只替我驼着衣箱，同坐汽车回去。警察来，我自有应付。"谭、刘真个一人驼着一口，一同下楼。那汉子同下女都跑得不知去向了。

章筱荣因不舍那两口衣箱，口里虽对谭、刘说得那般强硬，至此也真不免有些心慌。不敢停留，四人一口气跑下山，汽车尚停在那里等候，一拥上车，催着快开。行了十来里，幸不见有人追赶，平平安安，直到了火车站。才打八点钟，要到九点十五分钟方有开往横滨的车。大家又都觉得腹中有些饥饿了，商议将衣箱交给行李车，好去料理馆用早点。张绣宝从睡梦中惊起，不曾穿好衣服，因见时间还早，便开箱拿了套衣服出来，用手巾包了，想提到料理店更换。

正在这时候，两个穿和服的暗行警察，走到章筱荣跟前，行了个礼，问贵姓，搭火车到那去。章筱荣含糊答应几句，借着问刘应乾的话走开。

那两人又到张绣宝面前盘问，张绣宝虽也说得来几句日本话，只是此刻心虚胆怯，涨红了脸，说不出话来。两人便不再往下问了，只立在旁边看着。章筱荣将衣箱交明了行李车，收了号牌。四人走出车站，正要去料理馆，只见一乘汽车飞一般的向火车站驶来，车上坐着八个警察。再一看，李苹卿和那小腹受伤的凶汉，都挤在车当中，早已看见章筱荣等，用手指给警察看。车还不曾停妥，齐跳下了车，向两边包围拢来。章筱荣知道逃不脱，忙吩咐张绣宝抵死咬定李苹卿拐逃，不可松口。警察见章筱荣衣服齐整，指上钻石戒指放亮，容貌不见凶狠，不像个强盗的样子，便将下车时勇气收了许多。大踏步走过来问道："你等是从须磨来的么？"章筱荣点头道："我等是刚从须磨来。"警察指着李苹卿道："他二人来署告你等开枪行劫，你等不能走，同到署里去听候审讯。"章筱荣在车站上不便辩白，向谭、刘二人道："你二人到署只管实说，我决不连累你。"二人不想同去，李苹卿与那凶汉那里肯依？警察见人多，汽车坐不下，只两个警察监着上车，余人都步行回署。

汽车将一干人载到警察署，署长因案情重大，登时出来，教他们各写了年龄、籍贯及住在地点。先提张绣宝一个到里面小厅上，署长坐在当中交椅，翘起一嘴胡须，用手慢慢的摸着，令张绣宝就旁边小椅坐下。问道："李苹卿是你何人？"张绣宝摇头道："我并不认识他。我前夫张某在日和他是朋友，前夫去世后，他屡次调戏我，被我拒绝了。后来我嫁到现在的丈夫章筱荣家里，他又时常趁章筱荣出外的时候，来我家想行无礼。不料前月某日绝早，李苹卿亲率两名凶汉，驾一辆汽车，打开门用手枪威逼我上车，并抢了两口衣箱。三人一路监着，由火车到须磨住下。直到前日，我才偷着写了封信，寄给我现在的丈夫章筱荣，求他来救。章筱荣今早同着两个朋友，到须磨寻着禁锢我的所在，正待施救，李苹卿拿出手枪来，向他们击了两下。我当时在楼上，听得楼下有决斗的声音，至如何决斗，我不曾见，须问他们。"署长点点头问道："章筱荣开枪没有？"张绣宝道："我只听得李苹卿在楼梯上开枪，章筱荣开没开，我却没听得。"

署长教提章筱荣来。即有一个警察将章筱荣带到，在张绣宝对面小椅坐下。署长指着张绣宝问道："她是你甚么人？"章筱荣毫不思索的答道："是我新娶的妻室，被李苹卿拐逃的。"署长道："娶过门多久了？"章筱荣道："半年。"署长问："李苹卿如何拐逃的？"章筱荣将那日下女说的情形述了一遍，接着说不是接了张绣宝的信，至今还没有下落。署长复问了问决斗的情形，章筱荣都据实陈说。署长教拿出手枪来看，章筱荣说在谭先闿身上。即传谭先闿上厅，只略问了几句。署长亲手退了枪弹，问那一杆是章筱荣的。章筱荣随身带着许可状，拿出来对了那手枪的号码，指给署长看。署长数了数弹夹里面，满满的连枪膛内七颗弹，复将枪口凑近鼻端嗅了几嗅，没烟药气；就光线照了几照，也没烟屑，放在一边。拿起李苹卿的枪一看，弹夹内只有四颗，枪膛内一颗，枪口内有烟药气。知是开过的，便不去照，放下来，问谭先闿道："李苹卿的枪，怎的到你手里来了？"谭先闿道："我上楼的时候，他向我一枪，不曾打着，我已到他跟前，被我夺了。"署长问章筱荣道："李苹卿拐逃你的妻室，你既知道下落，如何不去警察署告诉，要自己拿着手枪去劫夺？万一伤了人命，你该怎么办，你逃得了么？"章筱荣道："我好好的妻室，李苹卿敢公然强夺，拐逃奸占一个多月，我既得了下落，一时情急，不暇思虑，我承认是鲁莽了些。要求署长办李苹卿奸拐的罪。"署长冷笑了声道："两方面都可谓色胆如天！且将李苹卿提来。"

旁边警察听了，忙带李苹卿到厅上。署长不待他就坐，厉声说道："你这奴才！奸拐章筱荣妻室，反告章筱荣抢夺；自己开枪打人，反告人开枪行劫，胆大妄为真到了极处。于今人证物证都有，你还有甚么可辨白？"李苹卿道："张绣宝人尽可夫，她自约我到神户居住，怎的谓之奸拐？这几日因小事和我反目，背着我写信给章筱荣，我不知道。章筱荣何尝是她丈夫？他等劈门入室，现有破坏了的后门及下女作证。我由梦中惊醒，开枪自卫，打的是强盗，并不是人。如章筱荣确是张绣宝的丈夫，我便是奸拐，章筱荣便有向我问罪的权利。既同是一样姘识的，警察署就只能问谁有扰乱治安的行动，按法律治谁的罪。"章筱荣辨道："你在本所拿手枪威逼张绣宝上车，并抢了衣箱逃走，你早已有了扰乱治安的行动。"李苹卿笑道："我是有扰乱治安的行动，谁教你放弃权利，不向警察署告诉？你们将我同住的朋友小腹踢伤了，房屋也捣毁了，我还不曾清理，不知抢劫了些甚么，请署长立刻派人同去勘验。"

署长向章筱荣道："张绣宝纵是你的妻室，被人奸拐了，你也不能是这般强夺回来。我警察署是维持治安的，谁破坏治安，即向谁问罪，没有丝毫偏袒的。我且派人去须磨勘验明白，再行判决，你等暂在署中等

候。"说时，用手按了按桌上铃子，从里面出来一个穿制服的巡长，走到
署长跟前举手行礼。署长吩咐了几句，那巡长转身对李苹卿道："和我同
去你家勘验。"李苹卿起身，用中国话向张绣宝、章筱荣揶揄道："说不得
委屈委屈，请你们去监牢里暂且安身。"几句话，只气得二人面红耳赤。
想回骂两句，已跟着巡长走出去了。即有警察过来，引着三人到一间土房
里面。只见刘应乾正在那房中叹气，警察回身将一扇栅栏门反锁了。

　　章筱荣看房中并没椅凳，只一块尺多宽、五尺多长的木板，用几块火
砖搁着，在那塞门汀地上，像是给人坐的。刘应乾埋怨章筱荣道："你怎
生说的，如何会坐到这所在来？这是监牢，你知道么？你图快活，我们拼
死替你帮忙，帮来帮去，帮到这监牢里来了，还不知要坐到何时才能出去
呢！"谭先闾见刘应乾是这般说的，也登时鼓着嘴，板着脸，做出不高兴
的样子。章筱荣明知二人是要借此多索酬报，只得安慰几句，并答应回东
京，每人酬谢一百元，二人才慢慢的露出些喜色来，说腹中饥饿难受。章
筱荣走到栅栏门口，朝外一看，只见一个警察立在外面，便轻轻唤了一
声，警察走过来。章筱荣从门缝里递了一张五元的钞票给他，请他派人
去，不拘甚么，买些点心来。警察接着看了看，点点头去了。须臾捧着一
盒糖果来，章筱荣从门上四方孔中接了，打开教谭、刘二人吃。刘应乾吃
着说道："这一点点，也好意思买人家五块钱，监牢里的东西真贵。"章筱
荣也不做声，也不去吃，只闷闷的望着张绣宝。张绣宝也泪眼婆娑的，望
着谭、刘二人饿鬼抢食一般的在那里抢着吃，也没得话说。

　　午后，巡长同李苹卿勘验回来了，向署长报告：后门确已劈破，房
中什物都被毁坏。李苹卿开了一单，损失的财物约莫也有千余元。署长
说道："他们只来了三人，并未走脱一个。你损失的财物若是确实，必还
在他三人身上，只提出来，在他们身上搜检一遍，就知道了。"李苹卿道：
"有两口衣箱，已被他们在火车站交给了行李车，运往东京去了。他们
身上未必还有多少。"署长道："那衣箱还押在火车站，已用电话通知了，
立刻送到署里来。"说完，命警察到监里提出四人来。张绣宝身上不曾搜
检。在谭先闾身上搜出金表一个，金表练一条，还有些钞票零钱。刘应乾
身上搜出金烟夹一个，金烟嘴一个，都是李苹卿失单上写明了的。署长
看了，不由得生气，问章筱荣身藏着些甚么，快拿出来。章筱荣道："我
身上甚么也没有，你们尽管搜检。"说着伸开两手。警察搜了一会，只搜

出一个鳄鱼皮钱夹包来，当着署长打开，将里面的东西都吐出来：一叠钞票之外，还有一封信，几张名片。警察送到署长面前，署长见有二百多元钞票，是失单上没有的；看那信上称"夫君"，下面写着"张绣宝"，便收起来，仍插入皮夹包内，交还章筱荣道："你不是抢劫，你同伴身上为何搜出赃来？"章筱荣道："他们或是见财起意。他本人现在，署长自去问他，我不能负责。"署长道："那两口衣箱内，没有李苹卿的衣物么？"章筱荣道："衣箱是我妻子张绣宝的，箱内的衣物完全是我新制，但是李苹卿抢来了一月有余，其中是否有李苹卿的衣服，我不能断定。"

署长即问警察，车站的衣箱送来了没有。警察到外面，不一会抬进两口衣箱来。张绣宝拿钥匙开了，衣服都翻出来，一件男人的也没有。署长教收了，问谭先阆道："你无端帮着人行凶，已是不安分极了，还敢打浑水捉鱼！现已赃明证实，料你也没言语可辨。你同刘应乾是一般罪案，各判三个月拘留。"刘应乾辩道："烟夹、烟嘴都是我自己的，凭一面之词，判决我的罪案，我是不服。"署长笑道："你的本领大，到此刻还敢说不服，你是不是要我在报上宣布你的罪状，给大家评判？你身上有金烟夹、金烟嘴，李苹卿从何知道，在失单上预先写得明明白白？你不见章筱荣身上的二百多元钞票么，我何以不说他是抢劫的呢？可见得你比谭先阆更不安分，偏要多判决你一个月，看你服不服！"刘应乾不敢再辨，气得流下泪来，指着章筱荣骂道："你说了负责任不连累我们的，于今反向我们身上推。好，好，我们总有出去的一日，到那时再和你说话。"章筱荣冷笑道："这却怪我不得。不埋怨你没廉耻连累了我，就是十分给你的脸了。"署长既判毕了谭、刘二人，呼着章筱荣道："论律你是首犯，因你不曾抢劫物事，罪在不告警署，判决拘留一星期，手枪、衣物都发还。李苹卿手枪无许可状，没收，不许再和张绣宝纠缠。"

章筱荣手中有钱，按缴了拘留一星期的科料金，登时没罪。只苦了谭、刘两个帮忙的，生拉活扯的，被警察送到监狱里去了。章筱荣缴了科料金，宣告无罪。收了手枪，仍唤了乘汽车，载着两口衣箱，同张绣宝复到火车站，已是午后七时了。李苹卿睁眼望着他们出署，不能开口。收还了谭、刘身上搜出来的金器，还受了署长几句训饬，丢了一杆手枪，垂头丧气归到须磨，自去修葺房屋，调养凶汉，相机复仇，暂且不表。

再说章筱荣带着张绣宝回到东京，因本所的房屋退了租，又不敢径归家居住。在旅馆中住了几日，章筱荣嫌一切都不方便。张绣宝道："我和你经过这一次患难，已彰明较著的是夫妇了。你既有家在此，为何不同回家去？是这般住在旅馆里，又多花钱，又不方便，并且人家看了，也不成个体统。莫不是你家里还有人，不敢给我见面，那你就害了我。我虽是生意里头的人，给人做小是宁死不从的。"章筱荣道："我那里有甚么人？若有人，到此刻还能瞒得过你么？"张绣宝道："没人，怎不家去哩？我们在初姘的时候，说是怕你侄儿知道，写信家去乱说，教家中不汇钱给你。于今是已成夫妇了，你也应写信家去报告，难道还怕你侄儿知道不成？"章筱荣只迟疑不敢决断。张绣宝急得哭起来，咬定了章筱荣家里有人。章筱荣逼得无法，将章器隽和自己的事说了道："本是年轻的时候，同他做一床睡，不过哄他是那们闹着玩耍。不知怎的，也会和女人一样，久而久之，非那们不可了。"张绣宝听了，吃惊问道："难道他也一般的吃醋吗？"章筱荣道："何止吃醋，醋劲并大得很呢！"

张绣宝放下脸说道："你这不成材、没廉耻的，全不顾一些儿体统！我看他这们大的醋劲，只怕也一般的能替你生儿育女、承宗接后呢。你既这样怕他，又在外面胡闹些甚，不是有心害我吗？"章筱荣道："只怪我平日惯了他，因和他闹起来，传出去不好听。我也明知不是长久之计。且等我今日一个人回去，索性和他说明，听不听由他，明日同搬回家去便了。"张绣宝不依道："我不信定要先事禀明。他一不是你妻室，二不是你长辈。我们明日回去，看他如何好意思开口和我闹醋！"章筱荣道："你只道我真个怕他么？你说要明日回去便明日回去。他不向我闹便罢，若向我闹时，我得给他个厉害，使他以后不敢再寻我吵。不过你初来我家，犯不着和他合口，凡事有我做主便了。可以做好的时候，你只管做好。"当下二人计议好了。

次日，清了旅馆账，唤了乘马车，连行李搬到青年分会旁边小屋里来。章器隽正在家中气闷，恨章筱荣出外多日不回。忽然，听得马车响到门口来了，忙跑出房来看。只见马车停了，章筱荣和一个年轻轻的俊俏女人，打扮得花枝招展的，手牵手走出马车来。可怜章器隽这一气，非同小可。

本章已毕，下章再说。

第一百章

小少爷吃醋挨手枪
同乡会决议驱败类

话说章器隽听说章筱荣回来，急忙跑出来一看，只见一辆马车停在门首，章筱荣先跳下车，接着，张绣宝一手扶了章筱荣的肩膊也跳下来。章筱荣给了车钱，招呼马夫将衣箱搬进房，握着张绣宝的手进门，和没事人一样。这一气，只气得章器隽一佛出世，呸了一声，掉转身往房里便走。章筱荣只做没看见，带张绣宝进房，呼着下女道："外面的衣箱行李快搬进来。仔细点儿，不要撞坏了。"

下女在厨房里答应，正待出来，章器隽止住道："你敢去搬，我就教你滚蛋！"下女听了，真不敢动。张绣宝向章筱荣冷笑了声道："来了，你没听得吗？"章筱荣仍不理会，大声呼下女道："你们在那里干甚么？叫不出来，鬼扯了你们的腿么？"章器隽不待下女答白，一边跑到厨房堵住下女，一边答道："我姓章的雇的下女不能给人家用。甚么卖淫的烂骚婊子，也跑到我家里来想呼奴使婢，我姓章的雇的下女，看谁敢叫唤给人家做事！"章筱荣道："你口里要干净点，谁是烂骚婊子？为人也不要太不知趣了。"张绣宝道："你们不要闹。若是为衣箱行李，我自己去搬来。"说着起身。章筱荣拦住道："你坐。我雇的人，不听我的指挥还了得！"又喊下女道，"你们真敢不听我的使唤吗？"下女在厨房里笑答道："少爷堵住了门，我们从那里出来呢？"

章筱荣即跑到厨房里，将章器隽拖开，两个下女都跑去搬衣箱去了。章器隽挣开手，跳起来骂道："你这个没有天良的东西！十几天在外面，嫖那骚婊子还嫖不够，公然将骚婊子带到家里来。今日进门就这般欺负我，我和你拼死了这条命也罢了！"猛不防一头向章筱荣撞来，将章筱荣撞得往后便倒，幸有墙壁挡住，震得满屋都动了。章筱荣被撞出三昧真火来了，一手从怀中抽出手枪，拨了颗弹进去。章器隽一见不好，往外边房里就跑，口中连连口喊："要拿手枪打人咧！"张绣宝正在外边房里看下女搬衣箱，听得这般喊，转身一看章筱荣擎手枪追出来，忙将身子遮了章器隽，死死的抱住章筱荣的右手。章筱荣连将枪机拨了三下，拍拍拍的响了三枪。好在枪口朝天，那三颗枪弹都从楼板穿出屋顶去了。张绣宝怕他再打，拼命夺下枪来。章筱荣怒气不息，见章器隽落了威，坐在房角落里痛哭，便拍桌大骂了一会。这时候，正是萧熙寿跟着青年会一群会员在门外窃听的时候。

章筱荣不该章器隽骂了张绣宝，弄得张绣宝也要拼死。三人扭作一团的，在席子上滚了一会。章器隽气得跑了出来，本打算回上海，不在日本留学了。在路上边走边想道：我无端跑回上海去，祖父必写信给我父亲，说我偷懒，不肯求学。父亲回信将我一骂，又得逼着我到这里来，那时更给他笑话。不回上海去罢，是这般闹了一番，他竟拿手枪打我。他有了婊子，就忘记我了，这口气，我如何忍受得住？有了，现放着一个浙江同乡会，那姓沈的会长很有些见识，不如找着他，将事情说给他听，请他出来开个临时会，我再去印刷局印几千张传单，到处去发，看他们能在日本长久做姘头！我此刻只求能替我出气，也顾不得他的甚么名誉了。想罢，即到同乡会事务所。

浙江同乡会那时的会长是沈铭鉴，为人老成，很讲道德，同乡的都还敬畏他。章筱荣同张绣宝数月来所出花样，早已有人在沈铭鉴跟前报告了。但是同乡会的章程，临时会议须得十人连名盖章请求，方能由会长召集开会。若在有特别事故发生的时候，会长虽也有单独召集开会的权利，不过这种结怨于人的事，做会长的谁肯单独出名召集？因此，虽早有人向他报告了，报告的人不请求开会，沈铭鉴便只做和没听得一样。这日，沈铭鉴正在事务所同几个朋友下围棋，见章器隽进来，停了手，看章器隽桃花一般的脸上，纵横都是泪痕，一双俊眼内更是水汪汪的，好像要流出来，大家都吃一惊。沈铭鉴忙起身让坐，因是不常来的客，免不了客气几句。章器隽竟是如丧考妣、苦块昏迷、语无伦次一般，胡乱答应了几句，开口便道："我叔叔讨了人，要求诸位同乡先生替我出口气。"沈铭鉴听了，愕然了半晌。看他的眼泪如连珠般往下落，只得说道："你有甚么委屈的事，尽管从容说出来，我等好替你设法，用不着流泪的。"

　　章器隽才十五六岁的人，在家中娇生惯养的，何尝受过今日这般恶气？心中越想越痛，那眼泪如何禁得住？见沈铭鉴问他，揩了泪说道："我叔叔来日本留学，平日全不上课，全不用功，只知道在外面胡嫖胡跑。有一个叫张绣宝的婊子，会长大约认识，我叔叔花无穷的钱，包了她在外面，另租了房屋。于今越弄越不成话了，今日竟公然将那婊子连行李都搬到家里来。我见他太闹得不顾声名了，劝了他几句，他不依也罢了，还拿手枪打我。亏我跑得快，三枪都没打着。我父亲就只我一个儿子，几千里路到日本来留学，若真被他打死了，会长你说不是冤枉吗？不是可怜吗？"沈铭鉴曾听人说过章筱荣叔侄的勾当，问道："你叔叔真拿手枪打你吗？真开了枪吗？"章器隽急得发誓，教沈铭鉴同去看，屋瓦都打破了。沈铭鉴复问道："你叔叔连打三枪，怎没有警察来查问？"章器隽道："我住在早稻田的大学背后，那一带荒僻得很，每天只有一两个警察在那里来往逡巡一两次，因此没人来查问。"

　　下棋的朋友听了，都觉得诧异，问沈铭鉴是怎的一回事。沈铭鉴道："他所说的不详细，猛然听去，觉得一点情理没有；这事情早有人来报告了，我因恐一开会宣布，章筱荣、张绣宝的名誉不待说是不好听，便是我等同乡的面子也不好看。"接着将章筱荣如何在同乡会担负张绣宝的生活，张绣宝如何被李苹卿拐逃，章筱荣如何买手枪、请帮手，去横滨寻找，说了一遍道："这是替章筱荣做帮手的，详详细细向我报告。那一次在横滨并不曾找着。隔了一个多月，不知怎的被他找着了，带归家中，叔侄又出了花样。依我的愚见，你们这样的阔人，在家中安享，何等的快乐，跑到日本来留甚么学？"章器隽道："我本不愿意在此了，只要会长替我出口气。"沈铭鉴见章器隽说话，完全是一个一点知识没有的小孩子，忍不住笑道："你真不愿意在此留学么？那倒好办。你此刻回家去罢，不要再和你叔叔吵了，我就开会，替你出气。"章器隽听了欢喜，想问传单如何做法，见沈铭鉴已朝棋盘坐着，手中拈了粒棋子在那里想棋，意不属客的样子，只得兴辞。沈铭鉴好像没听得，仍旧在那里澄心息虑的下棋。按下不表。

　　且说章器隽出了他同乡会事务所，他年轻无阅历，并不感觉沈铭鉴有瞧他不起的意思。归到家中，将自己房门紧紧的关了，也不管章筱荣和张绣宝的事。过了两日，不见同乡会开会的通知邮片来。他们叔侄，平日和同乡的往来虽然最疏，但是同乡会有甚么开会的事，总照例通知的。章器隽等通知邮片不来，忍耐不住，又跑到事务所。沈铭鉴正要出外，在门口遇着，章器隽迎上去问道："会长前日说就开会，怎的不见有通知邮片来？"沈铭鉴笑笑道："通知邮片已发过了，只怕他们书记忘了尊处的地名。"章器隽道："我那地名，事务所名册上不是有的吗？定了甚么时候，在甚么地方开会，请会长告我，我到会还有事情要报告。"沈铭鉴本已提脚要走，听说到会有事报告，住了脚道："你定要到会，就在今日午后两点钟，会场是江户川清风亭。"说着，头也不回的走了。

章器隽心想：同乡会开会，素来在大松俱乐部，怎的今日这会在甚么江户川清风亭？我那地名分明写在名册上，又说怕是书记忘了，莫不是哄我么？他是有年纪有身分的人，论情理决不会哄我。他既说在江户川清风亭，我就到清风亭去。只是传单我自己不会做，今日是来不及了，等开过了会，花几十块钱，请人替我做。此刻差不多一点钟了，就此到会去罢。想罢，乘了往江户川的电车。到终点下车，逢人便问"清风亭"，没个人知道。问了十多人，不觉发急起来，想回到事务所去问个明白，已将近两点钟了，事务所必已没人。一个人立在江户川河岸上，真如丧家之狗。立了一会，见前面有七八个人从饭田桥那边走来，旋走旋在那里说笑。章器隽眼快，认得几个同乡，曾在会场上见过的，料着必是到会的，走过去招呼。来人见是章器隽，都笑逐颜开的问道："章小少爷也是到会的吗？"

章器隽有种脾气，最欢喜人呼他章小少爷。他自己也时常称小少爷，因此同乡的是这般称呼他，他听惯了，故不觉得。随笑答道："我正要到会，找不着会场。"来人道："从这里转角便是，同走罢。"章器隽高兴，跟着走到一家石库门口。从旁边小门钻进去，只见里面第三层门上悬一块横匾，写着"清风亭"三字。心想：怪道没人知道，这匾悬在里面，教我如何找得着！走进会场，已到了四五十人坐在会场里，一点也不觉拥挤。心想这样百多床席子的大房间，我到日本还不曾见过。在人丛中寻了个蒲团坐了。到会的攒三聚五的议论，都觉得章器隽到会得希奇。可怜章器隽那里理会得！

不一会，又纷纷的来了百多人，沈铭鉴也到了。宣布开会，大家都静坐了。沈铭鉴出席说道："前日章器隽到事务所，泣诉章筱荣因与张绣宝通奸，搬来家中同住。章器隽劝谏不从，反拿手枪向章器隽连击三枪，幸逃走得快，不曾击死，要求同乡会替他出气。我等设立同乡会的宗旨，本有互相维持、互相劝诱之义，章筱荣假维持之美名，施奸占之实行，更有层出不穷的花样，屡次几酿人命。便是章器隽不要求出气，我等同乡会也应研究一个善后的办法。不然，将来弄出人命来，同乡的也难免拖累。这几日的谣言布满了东京全市，几于无人不谈张绣宝的事。今日我还接了一张传单，将章筱荣在神户劫夺张绣宝的事写得形容尽致，至今还陷了两个帮凶的，坐在神户警察署的监牢里。这传单上虽未署名，估料着必是李苹卿散布的。我已带来了，粘在这壁上，诸君看了，再商议善后的办法。"沈铭鉴说完，从怀中摸出一张传单来，用浆糊粘了四角，贴在演坛后面壁上，到会的都起身去看。章器隽看见连自己同章筱荣苟且的事，都写在上面，登时红了双颊，要伸手去撕下来。到会的如何肯依？你吪一句，他叱一句，吓得章器隽不敢动手。

传单上写了些甚么呢？说起来也是一桩恨事。这传单在当日是无处不有，及至不肖生起草《留东外史》，都被章筱荣用金钱收毁完了。不肖生打听得横滨中国会馆的壁上还贴了一张，不曾撕毁。不肖生专坐火车到横滨中国会馆一看，果然不错，完全无缺的粘在上面。兢兢业业的撕了下来，和那些调查所得的材料，做一包袱裹了。民国六年冬，走湖南岳州府经过，在新堤地方被一群北方兵士打上轮船，口中说要检查，手里就抢行李，上岸飞跑。那一个材料包裹，也就跟着被掳了去。后来一打听，才知道是专会写"虎"字的曹三老虎[1]部下一班如狼如虎的丘八干的事。传单既是那们失了，事隔多年，便再也找不出第二张来。不肖生心中，实在恨那些丘八不过！说出来，大约看官们也要怪那些虎狼丘八，将这种奇文奇事的材料抢了去。在他们一钱不值，不烧了便是撕了。使我们看小说的人，看到这里，不见这张传单，少了许多兴味哩！

闲话休烦。且说章器隽被人叱红了脸，又不敢争论，只得回归原位坐着。大家看完了传单，笑的笑，议论的议论，全会场登时鼎沸起来。沈铭

---

[1] 曹三龙虎：指曹锟（1862.12～1938.5），直隶天津人，字仲珊，北洋直系军阀首领。辛亥革命后，历任北洋军第三师师长、直隶督军、直鲁豫三省巡阅使等职，后为中华民国第五任大总统。晚年拒绝为日本侵略者做事，保持了民族气节。病逝后，重庆国民政府于1939年12月追赠其陆军一级上将军衔。

鉴见这情形，若在平时的会议，必要发言禁止喧闹了。此时却不做声，听凭大家议论了一会，才高声说道："诸君对于此事如有甚么意见，即请上台发表。"话才说毕，便有个冒失鬼跑上台说道："依兄弟的愚见，章筱荣叔侄，都是无人伦、没廉耻的败类。用同乡会章程，从严格的取缔，均应驱逐回籍，以肃学规。至张绣宝，其姘夫虽系我等同乡，但已死于袁贼之手。我等同乡决不能承认张绣宝为张某正式妻室，也认为同乡没有义务替她维持生活；并且她那种朝张暮李的行为，我同乡会也实无能力去约束她。这不成问题，不必研究。"到会的听了都鼓掌。这人说了下台，接着就有几个跳上台去，一般的痛骂。中有个正在骂得高兴，沈铭鉴立在主席位上，听了忍不住上台呼着那人说道："先生何不将那日同章筱荣去横滨寻找张绣宝的情形，报告诸位同乡的听听，也见得先生是亲目所击的，比凭空疵议人的不同。"那人听得，立时红了脸。座下掌声复起，急得那人真所谓不得下台。忽听得座中有人叱了一声，更立不住，头一低，溜下台去了。

沈铭鉴见没人再上来，遂说道："方才诸位所说，大旨略同，是一律主张将章筱荣叔侄二人全驱逐回籍。从多数表决，兄弟自应同一赞成。不过他叔侄均是自费，公使馆无名可除。查名册上，他们的学籍填了明治大学。这学校对于中国人素持开放主义，只要缴了学费及讲义费，从没有开除名字的。并且他们本是借学校敷衍家庭，即被开除了，也不见得便回国去。据兄弟看这驱逐的手续，尚待研究。"大家听了沈铭鉴的话，都觉有些为难起来。

正在寂静无声的时候，座中忽发出一种争论的声音。大家齐把视线集在发声之处一看，只见刚才不得下台的那人，怒容满面的与一个人口角，说道："你够得上叱我么，自己也不想想是干甚么的？"这人答道："你管我干甚么的，我只不老着脸去骂人！"沈铭鉴见越吵声音越大了，忙下来问吵的甚么，二人都不肯说。沈铭鉴知道叱人的，也是同章筱荣帮忙的，见已不做声了，仍上台研究。有主张用同乡会名义，直接通函章筱荣叔侄，教他们自爱，从速回国，不要在这里丢人的；有主张派人用同乡会名义，向警察署交涉，请警署勒令他们归国的；有主张具函公使馆，请公使馆执行驱逐手续的。沈铭鉴听了，觉得都不尽妥善。只得说道："我等只求尽了我同乡会的职责便算完事。兄弟以为第二个主张，未免有借外力干涉自己人的意思，万一他们警署付之不理，更为不妥。还是第一个主张与第三个主张同时并用为好。"

沈铭鉴才说到这里，章器隽已放声哭了出来。走到演台旁边，哽咽着说道："我到日本来留学，并没犯过法。我叔叔做错了事，又拿手枪打我，你们同乡会不替我出气也罢了，如何倒连我也要驱逐回国？我又没得罪过你们。那一次沈会长要我捐钱，我捐了一百元。我叔叔欺我，你们这些人也欺我，逼得我没有路走，我只有去投海了。"沈铭鉴及众人听了，又见那种可怜的情形，不觉都动了恻隐之心。沈铭鉴指着壁上的传单，向章器隽说道："我同乡会与你无仇无恨，如何会要驱逐你回国呢？你不见这传单上写出来的事吗？不是归过于我们同乡会没人过问吗？"章器隽哭辨道："这传单知是那个没天良的人发的！传单上说的话就能作数？我叔叔是应该驱逐，若要驱逐我，我就去投海。"当时座中也有主持公道的，说章器隽尚未成年，便是传单上所说确而有据，我们同乡会也无力可以禁制。只将章筱荣那祸胎驱逐了，即算尽了我同乡会的职责。沈铭鉴把这话付表决，赞成的多数，章器隽才不哭了。心中无限欢喜，自度亏得今日出来打听。散会归家，也不提起。

章筱荣数月来，为张绣宝花费太多，自己的钱用完了，通挪了章器隽的钱用。章器隽料道不久就要驱逐他走了，逼着他要钱。章筱荣只道章器隽仍是闹醋，赌气当了些衣服首饰，将钱还了。次日接着同乡会的信，措词尚还委婉，无非说近来外间喧传张绣宝的事，既有损足下个人道德，复有关浙江同乡会名誉，同人等为尽劝告之责，与其在外国醋海生波，受尽干涉，不如仍归上海，任足下逍遥自得，无拘无束。

这封信送到之后，不知章筱荣如何对付，且听下回分解。

第 一 百 零 一 章

沈铭鉴阴谋制恶少
章筱荣避地走长崎

话说章筱荣看了信，与张绣宝说道："好笑！同乡会写信来劝我回国。话是不错，但是我自己若想回国，随便甚么时候都可。我本也不留恋这日本，同乡会有甚么权力，能是这般写信来教我回国？我又不是官费，全是掏腰包在这里用，谁能干涉我？有甚么拘束？我偏不睬他，看他那同乡会有甚手段来奈何我！"张绣宝也看了看信道："我看这信，盖了同乡会的章，信内又称同人等，必不是一两个人随意写来的。一定开过了会议，议决了办法才写的。"章筱荣笑道："自然是开会议决了才写的。不过同乡会对于自费生，便议决了，有甚么力量？不要睬他。"说着，将信摺在一边，仍照常度日。

章器隽见他接了同乡会的信不做理会，心想：公使馆必要动作的。和他同住了呕气，他的钱又还了我，不如先搬出去。即日在牛込鹤卷町寻了个贷间。凡是自己的物件，全搬到新贷间来，也不同章筱荣说话。章筱荣、张绣宝二人心中，正自欢喜去了一个眼中之钉。四处打听了一会，知道同乡会那日开会的情形，并已写信到公使馆去了。张绣宝也有些害怕，说："我们住在这里，终日悬心吊胆，何必不回到上海，去过我们的快活日月？"章筱荣不依道："同乡会不是这般举动，我本不是来留学的，有了你，还有甚么不愿意回去？他们既是这样不给我的面子，我倒要在这里，看他们有些甚么本领。这日本莫说公使馆，袁世凯要有办法，那些亡命客也没地方立足了。我们只要不违反日本的法律，公使馆能拿我怎样？你尽管放心，充其量，不过在日本暂时出了浙江的籍。难道做了浙江省的人，便不要吃饭不成？"张绣宝见是这般说，也登时放大了胆。

又住了几日，全不见公使馆有一些儿动作，章筱荣更是兴头不过，特意跑到几个同乡的家里，趾高气扬的说道："我这几日坐在家中不敢出外，惟恐公使馆派人来驱逐我回国。我不在家中，又要加我的罪名，说我避匿不受驱逐。谁知等了几日，全不见一些儿影响，等得我焦躁起来了，特意到你们家来打听打听。你们那日是到了会的，到底是如何议决的？只怕是当书记的偷懒，不曾写信到公使馆去。不然，便是沈会长先生赏我的脸，不肯要我丢人，当众议决之后，背地里又嘱咐书记不用写。据我想，若不是这样，岂有堂堂的浙江同乡会，写信到公使馆要驱逐一个绝无抵抗力的自费生，公使馆有不竭力奉行的吗？若真是沈会长先生赏我的脸，我倒得去谢谢他，不可辜负了他这番美意。"

章筱荣这几句话不要紧，只气得那几个同乡的都咬牙切齿恨起来，不约而同的跑到事务所，争着向沈铭鉴说诉，均是一般口吻。沈铭鉴笑了笑说道："我早知道公使馆是办不到的。我等也只求经了这番手续，尽了我们同乡会的职责，执行不执行，与执行之后有无效果，本不在计算之中。哈哈，真应了人无害虎心，虎有伤人意的这句俗话，这倒有些使我为难起来了。"报告的几人说道："这畜牲既如此可恶，若不能实行驱逐他回国，我们这同乡会就可取消了。我们这几个人，立刻就可将事务所的牌子劈破，会长先生也就应了'近来学得乌龟法，得缩头时且缩头'的这句成语了。"沈铭鉴听了，大笑说道："依诸公的尊意，应怎么办才好？但有主张，我没有不执行的。"都低头思索了一会，实在想不出办法。沈铭鉴道："我却有个最下的办法，只是得我亲去神户走一遭。诸公不用性急，一星期之内，包管章筱荣在此立脚不牢便了。"

几人听了高兴，问："亲去神户干甚么？莫不是要神户警察署推翻前案，移文到东京警察署来提章筱荣么？"沈铭鉴摇头道："猜得也还近理，不过是办不到的事。我说给诸公听，诸公却要秘密，不要露了风，给他知道了，暗地移了地方，事情便不好办了。"几人都发了誓道："我们受了那畜牲的恶气，正恨他入骨，怎肯露出风声来给他躲避？"沈铭鉴点头说道："他有两个大仇人在神户警察署，只恨不能出监。出来了，决不和他甘休。"几人笑道："就是那日传单上写的谭先闿、刘应乾么？章筱荣应早知道防他们了。"沈铭鉴道："那能防得及？他二人一个定了三个月，一个定了四个月，章筱荣所以神安梦稳的，以为没人奈何得他。我到神户去，有途径可以运动二人出来。二人俱是凶暴之徒，利用的方法尽有。"沈铭鉴说过之后，立时动身，坐火车到神户。

原来神户的中国领事，是沈铭鉴的妻舅，叫方立山，广西柳州人，与沈铭鉴同事多年，交好得很。沈铭鉴这日到神户，会着方立山，将谭先阁、刘应乾二人的事说了。说是受好友之托，要将二人救取出来，求方立山设法。方立山道："这事不容易办。若在没有判决的时候，那署长姓中泽，与我还说得来，我去求他，不特可以减轻罪过，便要他立刻放出来，也做得到。于今已判决了这们久，供词判语都已详上去了，就是中泽署长自己想将他二人放出，限于成例，也做不到。"沈铭鉴在东京的时候，以为有领事的情面，要求释放两个不关紧要的人，没有办不到的事。此刻听得这般说，将来时的勇气冷了半截。用那失意的眼光，望着方立山半晌说道："无论如何，不能设法办到吗？"方立山摇头道："你的事，我岂有不尽力之理？无奈这类交涉，实在是不好办。你没听得涛贝勒保吴雨平的事吗？以那们大的情面，明治天皇、海陆军大臣、元老会都运动了，还不知费了许多周折，才释放出来。近年的交涉，更是难办了。一来是不许外人侵犯他的司法，二来现在和老袁作对，亡命到日本来的太多。他假意借口保护国事犯的美名，我们政府方面或是要求保释，或是要求引渡，他们慎重不过。你去回绝了你那朋友罢！我去说一句话，都与国体有关，实在做不到的事，料你那朋友也不至见怪。"沈铭鉴不便再说，闷闷不乐的坐着，想第二条驱逐章筱荣的门路。

正是无巧不成话，合当谭先阁、刘应乾二人的难星要退了。沈铭鉴正在闷极无聊的时候，忽见一个当差的进来，手中拿着一张名片，说警察署中泽署长来拜。方立山也不去看名片，笑向沈铭鉴道："他来了倒好说话。他必有甚么事来和我商量，谈话中有机会，我就跟他说，看他如何回答。只要他口气松动，就好设法了。"说着起身整理了衣服，教沈铭鉴随便坐坐，到外面客厅里去了。好一会进来，沈铭鉴见他面有喜色，忙问说过了没有。方立山点头笑道："说过了，还好办。他是为整理中国街的事来和我商量，我全担任了。问起谭、刘二人，他皱了一会眉头，摇头说，那两个人真凶恶得很，在监牢里极不安分。每日二人轮流着泼口大骂，夜间十二点钟以后，还在里面高声唱戏。别的犯人被他们吵得不耐烦了，看监的也听得气恼不堪了，向署长说诉，署长也没办法。提出来训饬了一顿，以为必安静了，那晓得更加闹得凶些，通夜不睡，打得监门一片响，饭桶、茶壶都打得粉碎。通署的人无一个不恨，中泽署长正为难不过。我和他商量，看如何方能保释。中泽署长踌躇了一会说道，保释是难的，可由领事馆备文来，随意说个事由，便可提到领事馆来，听凭领事馆处理。警察署将移文呈上去，销案便了。"沈铭鉴喜道："就请你教书记备文罢。照中泽说的情形，是巴不得立时释放了，乐得耳根清净，只是碍于成例罢了。"方立山登时教书记备了文，专人送去。

不到两点钟，已将谭、刘二人提到。谭、刘不知就里，以为是袁世凯同日本政府办了交涉，引渡革命党，倒有些害怕起来。到领事馆，便不敢像在警察署那样横吵直闹。沈铭鉴教当差的将二人带到客厅里，自己出来问了问劫张绣宝及进监的情形。谭、刘二人只道是方领事，兢兢业业的说了出来。沈铭鉴笑问道："你二人知道是如何到这里来的么？"二人答不知。沈铭鉴拿了张名片向二人道："我多久听人说，两位是有用之才。此次为章筱荣受尽委屈，一时触动了我不平之念，恰好舍亲方立翁在这里当领事，我特从东京来求他相救。也是二位灾星已满，正遇着中泽署长来拜，方能备文将二位移提过来。就在今晚同兄弟回东京去罢！"谭、刘二人心里虽有些疑惑，但是已到了这步地位，又见沈铭鉴谦揖的词气，暗想：若是老袁要求引渡，我们已到了领事馆，不怕我跑了，何必是这般优待做甚么？心里这般一想，即起身作了一揖道："承情相救，我二人生死感激！若有用我二人之处，无不惟力是视。"沈铭鉴起身还礼，谦让了几句。在领事馆用了晚膳，方立山用汽车送三人上火车，回东京来。

在火车中，沈铭鉴说起章筱荣，故意用话激动二人。二人本恨章筱荣不过，又被这一激，立时问计要如何对付。沈铭鉴心中暗喜，说道："这事也实在可恶。兄弟是无干之人尚且不平，二位身当其境的，如何能不着恼？对付的方法，怕不容易。明天到东京，就可去找他，要他赔偿名誉，赔偿损失。多的不说，每人至少得问他要五千块钱。他家现放着几百万财产，愁他拿不出吗？"二人听了，都摩拳擦掌的，准备和章筱荣拼命。

章筱荣那从知道？每日在几个同乡的家里形容挖苦，吹了一顿牛皮之后，仍在家中与张绣宝追欢取乐，全不将同乡会放在心目中。又知道谭、刘二人要三四个月才得出来，等到将近出来的时候，悄悄的带着张绣宝或是回上海，或是搬到长崎再住几日，到了那时候，人家就不能说是被同乡会驱逐走的了。

　　这日午后，章筱荣交待下女早些弄晚饭，打算吃了晚饭，带张绣宝去帝国剧场看新编的《佳秋霞》。正在共桌而食的时候，谭、刘二人猛然扯开门，跨了进来，也不扬声。见章筱荣、张绣宝正在晚膳，刘应乾开口说道："你们真快活！我二人为你险些连命都送了，坐在监牢里，你们理也不理，只当没有这回事，跑到这里来图舒服。好，我许你们快活得成。"说时，一脚踢翻了桌子，饭菜倾了一房，张绣宝身上也溅了许多残羹剩汁。谭先阁一把扭住章筱荣，举起拳头没头没脑的就打。口中骂道："老子打死你这杂种，拼着再坐几年牢。"刘应乾踢翻了桌子，伸手想扭过张绣宝来打。章筱荣双手抱头哀求道："二位有话好说，我姓章的无不从命。她是女子，又不干她的事，求你不要动手。"张绣宝见来势这般凶狠，恐怕吃眼前亏，也哀求道："二位的好处，我二人若不是时时念记，皇天在上，以后决讨不了好。实在是没有办法！"刘应乾冷笑道："没有办法，你们自己判决的罪案就有办法了？"谭先阁道："他们这种没天良的东西，巴不得我们关在监牢里，不能出来问他们索谢。老刘，你如何不动手打死了他们，亲自到警察署自首？"章筱荣身体淘虚了的人，虽是年轻轻的，那有一些气力？被打了几下，见哀求无效，双膝跪了下来，只求住手。刘应乾也止住谭先阁道："且和他开了谈判再说。若是不依从我们的，料他们也逃不到那里去。"谭先阁松了手说道："让你多活几分钟。好便好，惹得老子性起，三拳两脚怕不收了你两条狗命。"说着，气冲冲的顺手拖了张靠椅，挺腰竖脊的，双手握着拳头，撑住两边腰眼里，板着面孔坐了。刘应乾拦房门站着，也是怒不可当，威不可犯的样子。

　　两个下女听得大闹，跑出来见了这情形，吓得在隔壁房间里只管打抖。章筱荣慢慢从席子上立起身来，觉得腰背生痛，战兢兢的说道："我不是有意陷害二位，事出无奈，二位总得原谅原谅。在神户监牢里，应许了二位的话，我决不改口。便是二位不向我索取，等二位期满出来的时候，我早已预备了，也要奉送到二位府上来。我若是图抵赖，何不到东京就移了地方，使二位找不着？"谭先阁跳起来说道："你快些闭了你这鸟嘴，胡说狗屁！在监牢里应许的话，到今日亏你说得出口，谁的眼里没见过一百元钱！你是这样打算，我没得旁的话说。有两个条件，听凭你依与不依。"章筱荣连忙和颜悦色的问道："两个甚么条件？请说出来，尽好商量的。"谭先阁说道："你既还是在监牢里应许的那们打算，我就有两个条件：第一将你这没天良的活活打死，我情愿到警察署自首；第二将张绣宝仍送还李苹卿。你自己去夺得回夺不回我们不管。这两个条件之中，听凭你选择一个。"章筱荣笑脸相承的说道："你这不是有意使我为难的话吗？二位的意思想如何，但是我做得到的尽好商量。"刘应乾道："你也晓得甚么为难吗？你知道我们在监牢里吃没得吃，睡没得睡，受尽千般虐待，那为难不为难哩？是不是你害我们的哩？你纵不作理会，我们不能不自行打点，缴科料金赎罪出来。"

章筱荣忙答道："二位为我的事，看是缴了多少科料金，我如数奉还便了。"谭先阁道："自然是问你要。我们难道帮你出了力，还要赔钱？科料金有限的事，每人只缴了一千块。幸亏了朋友多，才凑了两千块钱。还有运动费每人花了千多。我想你也不好意思不出。只是这两件都是小处，我二人没有南庄田、北庄地，全凭着一点名誉在外面混差事。于今为你的事，在日本监牢里禁锢了一会，知道的，是为你，不与我们本身相干；不知道的，还不知要生出多少谣言，说我们在日本干了甚么不端的事，这种谣言说开了，力量最大。你看我们以后能谋得一件差事到手么？我们的用度又大，下半世的生活，不问你负责，教我们去问谁呢？"章筱荣惊得吐舌道："你的调太打高了，我力量如何做得到！"刘应乾道："做不到没要紧，刚才说的那两个条件仍是有效。你一个钱不花，岂不甚好？你若舍不得死，就行第二个罢！我们将张绣宝送到李苹卿那里，不愁李苹卿不重重的酬谢我。我们眼睛里只看得见钱，你快些决定，我没工夫和你久耽搁。"说着，将衣袖往臂膊上一挽。谭先阁也拔地立起身来，好像只等章筱荣一句话出口，便要动手一般。

章筱荣骄傲惯了的人，如何受得这接二连三的凌逼。只因知道二人是凶暴之徒，把两条人命不在他心上，自己又手无缚鸡之力，不能抵抗，手枪更不在身边，才肯尽情忍受。想将他们敷衍出去，连夜带张绣宝离了东京，听他们开出这们大的口，已是忿满胸膛。谁知才做一句商量的话，又要动手威逼起来，那里还按捺得住呢？口中和谭先阁支吾，走到衣柜跟前，伸手去摸手枪。谭先阁机警，早已察觉，等他拿在手中，正待掉转身来，只在那手腕上用两个指头一按，章筱荣吃惊，手略迟延一下，手枪已被谭先阁夺了。骂道："你瞎了眼！想拿这东西吓谁呢？"刘应乾道："好，好！我们见他哀求，只道是真意，忍住气和他商量。谁知他倒如此刁狡，暗算起我们来。没得话说了，就用他的东西，收了他的狗命罢！"
谭先阆将手枪抽了一下，贯了颗弹进去。张绣宝至此更急了，爬在席子上
叩头如捣蒜，口里不住的求饶。章筱荣又悔又恨，又羞又怕，也跪下去叩
头说道："我千该死万该死！你的话我都依了。"谭先阆用枪口对着章筱
荣太阳穴，说道："到这时依也迟了。"刘应乾道："只要是真依，立刻拿
出钱来，便饶了你。"章筱荣一面避开枪口，一面答道："我真依了。若有
翻悔，再打我不迟。"谭先阆道："也使得，我不怕你跑了。"说着，将手枪
停了保险机，揣入怀中。

张绣宝起身叫下女进房，收拾碗筷，扶起桌子，打扫干净，重行整
理饭来，请谭、刘二人吃饭。谭先阆有些犯疑，等章筱荣、张绣宝先吃
了，方敢入口，怕他们下毒。吃完了饭，谭先阆道："你既依了我的话，
趁早拿出钱来，我们好去归还朋友。为你的事，失了我朋友的信用，真不
值得。"章筱荣道："那里这们急？在日本留学的人，谁一时拿得上千的钱
出来？莫说我此刻手中本没了钱，就有钱，也在银行里。于今已是午后八
点多钟，如何能取得出？二位若不相信我没钱，前日还当了几票衣服首
饰。"说时向张绣宝道，"快去拿当票给二位看。"张绣宝从小铁箱内拿出当
票来。谭先阆瞧也不瞧，说道："谁管你甚么当票，相信你没有钱便罢了
不成？今晚不要你多的，拿六千块钱来，每人三千。以后的生活问题，你
一时拿不出，只要议定了数目，迟几日没要紧。"章筱荣道："手中实是没
钱。若在上海，再多点也拿得出。"张绣宝道："二位替我们想想，有钱如
何去当衣服？今晚就是逼死了我两个也不中用。"刘应乾道："真没钱我也
不逼你，我们借你这房间住几日。你们赶紧设法，或是打电话到上海，电
汇不过一两日，我们只等钱到手就走。"章筱荣要求减少，议了半夜，减
到四千块，一文也不能再减了。以后生活尚不曾议及。

章筱荣逼得无可如何，捏故打了个电报到家里。他父亲立时从三井银
行电汇了五千块钱来。谭、刘二人每人得了二千。人心那有满足的？见章
筱荣的钱这般容易敲诈，自然不肯即时罢手。并且受了沈铭鉴的吩咐，
不怕闹得凶狠，务必逼着他不敢再在东京屯留，便向章筱荣提出生活问
题来。每月每人要章筱荣供给一百元，一日不能回国，一日有效；一年不
能回国，一年有效。他这种要求，任章筱荣如何懦弱，如何有钱，也决不
能承任。但是仍不敢说他们的要求无理，一口回绝。明知道有了谭、刘二

人，时时来缠扰不休，长住下去还不知要花多少冤枉钱，受多少冤枉气，说不得怕人家疑他被同乡会驱逐，胡乱支退了谭、刘，带着张绣宝连夜避往长崎去了。

他为甚么不回上海，要在长崎居住，惹起后日许多风潮呢？却有个缘故。章筱荣虽是不曾娶妻，却已于数年前由他父亲做主，订了一位前清的官家小姐。章筱荣因听得那小姐容貌虽好，品行不大端方，奸了自己家中使唤的一个小子，还曾受过一次私胎。几次教媒人来催章家迎娶，章筱荣只是抵死不肯。他父亲劝骂过多次无效，又畏惧女家的势力，不敢提出退婚的话。动身到日本来的时候，媒人又曾来催，那时恋着章器隽，对媒人回说，等在日本留学毕业回国，即行迎娶。女家得了这信，自是日日盼望章筱荣回国，好完婚事。章筱荣心想：若是此刻带了张绣宝回上海，有许多为难之处。东京既不能住，不如在长崎再住几时。女家若知道在日本娶人，又等得不耐烦了，媒人必来责备。责备无效，必提退婚之议。自己在日本等退婚手续完了，再带张绣宝回国，重行婚礼。这是章筱荣一厢情愿的计划，因此到长崎，又赁屋居住起来。暂且放下，后文自有意外风波出现。

本回完毕，下章另写。

第一百零二章

纠人打降天尊起劲
为友屈膝孝子讲和

话说谭先阊、刘应乾得了这注大横财，好不称心如意。改正朔，易服色，三瓦两舍，闲游闲逛起来。

这日正是十一月二十日，谭先阊一早起床，柳梦菇跑来了。他们本是同乡，又同时亡命，因此时常过往。谭先阊说道："天尊今日怎来得这般早？"柳梦菇道："今日周之冕替他母亲在大松俱乐部开追悼会，特来请你和刘应乾同去保镖。"谭先阊笑道："你这是甚么话，开追悼会也要人保镖？"柳梦菇道："真是要请你们去保镖，只怕你们两个人还少了，难保得不吃亏呢。"谭先阊道："你这话我不懂，索性明白说出来罢。刘应乾昨夜到新宿嫖女郎去了，还得一会才得回来。"柳梦菇道："你没听得陈学究前日在曾参谋家里，和邹东瀛先生动手打架的事吗？"谭先阊道："那事喧传遍了，怎没听得说？不过不知道详细罢了。"

柳梦菇道："我此刻便是代邹东瀛先生纠合有几手功夫的人，趁着追悼会场中，好报仇泄恨。事情是这们的，前日曾参谋替许先生饯行，请了十多位陪客，黎谋五、陈军长、邹东瀛、陈学究、曾广度、胡八胖子都在内，我也在那里帮着料理。席已散了，大家都有了几分醉意。邹东瀛先生因谈到在湖南办国民捐的事，不知怎的触了陈学究的忌讳，又想起那日在维新料理店，为周之冕口角的事来。立时放下脸说道：'若不是你们这些贪私肥己的混蛋，想方设计的刮地皮，弄得天怒人怨，我们如何也得到这里来亡命！'邹东瀛先生听了这种无礼的话，自然大怒，也回骂了几句。谁知陈学究早准备了，冷不防，一连几耳刮子，都实打实落的打在邹东瀛先生脸上。等得立起身来回手，已被大家拦住。只气得邹东瀛先生跳起脚大骂，我当时在旁边也气得没奈何。许先生正和黎谋五在那里围棋，我顾不了扰乱棋子，弯腰拿了那五六寸厚的棋盘，举起来正要朝陈学究劈头就打，陈军长手快，一把夺了过去。可恶陈学究还装没事人，走到隔壁书房里拖一本古文，在那里高声朗诵起来。邹东瀛先生知有大家拦扯，一时必打陈学究不着，拉了我也不与曾参谋作辞，同跑了出来。回到大塚，要我出主意，誓复此仇。他老人家还想花钱请人，拿手枪去刺杀陈学究，亏我从旁劝解，才肯只要痛打一顿，当着人羞辱一番，便算是出了气。我说很容易，二十日是周之冕母亲追悼会的期，陈学究虽则与周之冕的交情不似从前了，但追悼会是不能不到的。趁着会场人多，我去花几个钱，请些懂拳脚的人来，不怕不打他个跪地求饶。邹东瀛先生说：'他知道我到会必不肯来，那时不是白花了钱，请了人没用处吗？'我说：'陈学究是个傲脾气，越知道你在场，越是要来的。他如何肯示弱呢？'邹先生问我请人要花多少钱，我说这事我曾替人办过。前次刘雄业兄弟因吞蚀了谭三婆婆交给他接济小亡命客的两万块钱，就是周之冕、雷小鬼、杨小暴徒他们，和他捣蛋。他兄弟怕起来，托人找了我去，要我替他请人保镖。我请来了十多个，说妥了不动手，是每人十块钱，动手加倍，受伤再给医药费，看伤的轻重说话；打伤了人家，有刘氏兄弟负责。于今有几个回国去了。请外省人，只怕要稍微贵一点，但是也有限。邹先生说：'多花钱不计较，只要手上真来得的。'我当时就想到你和刘应乾身上，奉承你们多赚几个。"说着，两眼在房里四处一望，现出惊讶的样子说道，"你此刻怎的倒阔了？衣服器皿都大不似前时破烂了。"谭先阖笑道："我岂是长久贫困的人？有本领的人自然时常有人孝敬。像你今日，就是来孝敬我的。"说得柳梦菇也笑了。

不一会，刘应乾回来。柳梦菇迎着笑问道："昨夜在新宿还得意么？"刘应乾答道："快不要提昨夜的事了。莫说不得意，倒弄得我掉了一夜冤枉眼泪。"谭先阖道："这就奇了！去寻开心，如何反掉起泪来？"刘应乾道："我何尝不是这般想？事到其间，也由不得我就心软鼻酸起来。那游廊左边第三家，我去过几次。有一个女郎叫百合子，年纪只得二十岁，身材容貌都过得去。我和她睡过几夜，她都不曾向我说过甚么。昨夜我到那里，见时间还早，便教她弄些酒菜来，二人同吃喝。我将番头叫了来，多给了几块钱，不许百合子再接他客。百合子听了，便非常喜悦。吃喝完了，百合子慢慢的叙述她的身世，述到伤心之处，她哭得抬不起头。我是素来心硬，也忍不住陪着流泪。我想替她赎身，讨了来将来带回国去，也是在日本亡命一场的纪念。她述的身世，我重述一遍给你们听好么？"柳梦菇道："我有事去，特意绝早起来，没工夫听你的。且让我把来意说给你听了，大家办完了今日的事。你既要替你相好的赎身，叙述身世的日子长得很。"接着，将请他去保镖的话说了。

刘应乾道："我于今不干这种营业了，就在日本三五年，也够有饭吃了，谁肯再拿性命去换这几个劳什子钱？他们有钱的人性命要紧，我不怪他，但是钱就应该看松点。要人家拿性命去换，他们仍是捏牢了一寸，不肯放一分，我们的性命就这般不值钱？天尊，你要知道，我此刻有饭吃了，我的性命也很看得重了。十来块钱，也想我去和人家拼命，没有那们呆了。"柳梦菇笑道："几天不见你，怎的都阔起来了？你们两个从那里捞了几个钱，不但衣服器皿更换了，连口气都变了。"刘应乾摇头晃脑笑答道："那里有的钱捞？也是拿性命换来的。"柳梦菇道："我今日并不是拿几十块钱，要来换你们的性命。你们不用推托，看我的薄面去坐一会罢！几十块钱送给两位吃点心。据我想：陈学究若不来，自是没有动手的事；便来了，他是个文弱书生，岂是二位的对手？没奈何，赏脸同去一趟。"

谭先阁笑道："怪不得那些大伟人将钱看得那们重，原来有了钱，就是多年的朋友，说话也要恭敬些。天尊平常对我们说话，有时还要这们那们的，免不了那做县知事时的口吻。今日就大不相同了。也有些像是在邹东瀛、曾参谋跟前说话的神气。"说得柳梦菇红了脸，刘应乾也哈哈笑起来。柳梦菇道："不要胡说。平常是你求我，自然这们那们的。于今是我求你，若仍是那般声口，不怕你们不依吗？闲话少说，书归正传。你们替我帮了这一次忙，以后再不来找你们了。我实在是不曾知道你们暴富了。"刘应乾笑道："不错，我们也差不多要请人来保镖了。你自己又没事要我们保镖，邹东瀛要请，你去要他亲来，我一文钱也不要，打了姓陈的就走，以后打出了祸来，却不要又来找我。我知道陈学究也不是好惹的。"柳梦菇道："你真要拿架子要他亲自来请么？"谭先阁道："他亲来，我也一文钱不要。"柳梦菇起身道："那就是了。我就要他来，这不是容易的事吗！"说着，出来乘电车到大塚，和邹东瀛商议去了。

再说那时不肖生正是征集《留东外史》材料的时候，凡是团体集会，只要有绍介，可列席旁听，无不参与其中。这次是周之冕私人的追悼会。

十八、九两日又鹅毛一般的雪片，下了两个整日整夜。十九夜有朋友来问不肖生，明日能到会么？不肖生说："若是雪小了便去。"那朋友笑道："下雪何妨？如肯去，自有人备车来迎接。"不肖生觉得诧异，暗想：难道是周之冕也发了甚么横财，预备了无数的车，去迎接那些来追悼的客么？问那朋友，又只笑着不做声，当夜也就没人去研究。第二日早，不肖生贪着被里余温，正矇眬着两眼不想起来。忽听得房门响，立时惊跑了瞌睡虫，以为是下女照例进房打扫，仍眯缝两眼，只做没听见。觉得声息不像是下女，睁眼一看，吓了一跳，连忙翻身起来，披衣谢罪不迭。来者不是别人，就是在春日馆宴客的康少将。

他寻常贵足不踏贱地，这回是初次到不肖生家来。见他轻轻坐在床边，不敢惊动的光景。不肖生是个平民，自然诚惶诚恐，当下谢了失迎之罪。康少将开口便说："我是特来请足下去到追悼会的。今日的会非得足下去，准出大乱子，说不定还有人要进警察署。因为关系我们的体面太大，怕足下见下雪不去，特亲自来邀。"不肖生笑道："某有何能德，见重如此？既有到会之必要，遵命到会便了。但追悼会何至有闹乱子的事？"康少将即将邹东瀛与陈学究为难的话说出来，并道："陈学究不服气，定要到会，看邹东瀛敢如何报复。我那里早有人来报告，说柳梦菇连日在各处替邹东瀛请打手，已请了十多人，准备在大松俱乐部大闹一场。我想都是几个同乡人，闹起来给外人看了不雅相，几次劝陈学究不去，无奈他抵死不肯。陈学究的太太新从中国来了，见劝丈夫不从，昨夜那们大的雪，急得跑到我那里来，哭着要我帮忙，瞒着陈学究，出头向邹东瀛调解。我立时托人去说，邹东瀛已被说得有些活动了，反是那可恶的柳梦菇不肯，说不报复此仇，以后便无脸见人。几句话，激得邹东瀛也翻了腔。调解的人回来这般一说，陈太太还在我家里，急得痛哭流涕，就好像陈学究已被邹东瀛打死了一般。我也没做摆布处，忽然想到足下练过些把势，平日又和那些练把势的人来往的多，和陈太太说了。她昨夜就要亲自来请，我说她和足下没得交情，只怕请不动，我明早自己去请。可笑陈太太那时坐也不是，立也不是，一片搔扒不着情景。说恐足下昨夜不在家中歇宿，今早我来扑个空，逼着要我请人来这里打听。她听得回信在家，才略收了忧戚之容，回湖南同乡会事务所去了。"

不肖生笑道："怪道昨夜有人来问我，今日去不去追悼会。要我到会是没甚么不可，不过柳梦菇既请了十多个打手，我一个人，俗话说得好，单丝不成线，不要反误了你们的事。"康少将道："不用客气。我那里也临时召集了十多人，只没一个为首的统率，乱糟糟的，决打不过他们。足下去做个为首的，指挥他们，他们的胆都要壮些。"不肖生笑问道："这不真成了临阵对敌的行动吗？"康少将也笑道："他们是这样来，我们自是这样对待。好在我这边的人，都是曾在军队里当过中下级军官的，很见过几次仗火，指挥起来还容易些。"不肖生听了，心里有些害怕。万一打出了人命，吃连累官司，怎犯得着？当下又碍了情面，不能说不去。正有些为难，康少将已看出来了，说道："尽管去，不妨事的。神田警察署已托人去说过了。开会的时候，教多派几名警察来监视，让他们先动手，罪便不在我等了。警察说，只要不在街上决斗，会场上相闹的事，就是各文明国也免不了。即是打死了人，没人控告，警察署也不追究。"不肖生不便推诿，只得答应了。康少将说下午着马车来接，不肖生道："快不要是这般骂人了，我那一日不在街上跑几点钟？忽然高贵起来，没得给人笑话。"

康少将去后，不肖生用过早点，冒雪出外调查了一会，知道柳梦菇已请齐了十多个打手，在源顺料理店集合，就便午膳。邹东瀛亲到谭、刘家中，说了无数拜托、仰仗的话，将谭、刘请到源顺店。邹东瀛把盏劝酒，也用了谭、刘的计划，买了十多根簿记棒，每人揣着一根。一面在源顺吃喝等候，一面派柳梦菇往来打听，看陈学究已否到会，是不是一个人，或也找了帮手。被柳梦菇探得有康少将出面，派了部下十多名军官，每人带了手枪，拥护陈学究到了会，同不肖生连一个蒲团坐了。柳梦菇如此这般一报，刘应乾拖了谭先闿一下，起身向邹东瀛道："不是我二人胆怯，听说有手枪害怕，实因为康少将是我二人的直接长官。既有他出面，我二人如何敢动手？你这里人不少，也够用的了。"邹东瀛欲待挽留，二人已点头道了声扰，拔步走了。柳梦菇也扯拉不住。

谭、刘二人一走，这十多人就好像捏了头的苍蝇。柳梦菇气忿不过，用激将法说道："偏是我们不中用，没有他两个，就不敢去？在这神田这样繁盛的地方，有吃雷的胆子也不敢在这里放手枪！你们不要害怕，巴不得他们放枪，只要一声枪响，立刻请他们到警察署去坐坐。越是有康少将出面，越有来头可找。你们都整顿起精神，出风头，显名誉，赚几十块钱图快活，就在这一回。谁敢争先下手的，酬劳的钱加倍，受了伤的，重伤三百块，轻伤一百块。邹先生预备了三千块现洋在此，谁有本领，谁拿了去。"柳梦菇这几句话一说，中了各人的心病，登时勇气倍加，齐声喊："情愿替邹先生效死！"邹东瀛略高兴了些，对柳梦菇道："我先去到会，你带着他们随后就来。我见你们上楼，我即抽身回家中准备些酒菜，等你们回来，好一同痛饮。"

柳梦菇躬身答应了。约莫邹东瀛去了十多分钟，即领着这一群打手，整齐队伍，出了源顺店，真是浩浩荡荡，杀奔大松俱乐部来。行至半途，只见谭理蒿迎面匆匆跑来，向柳梦菇摇手道："你们不要去了，已有人出来调解。邹先生教我来阻止。"柳梦菇跺脚道："如何会依他们调解，这不是奇事吗？要调解，昨夜就应该依许。昨夜不肯调解，今日见有康少将出面，派了几个军官来帮忙，就依他们调解，显见得是怕了他们，不敢报仇泄恨。他要调解，我偏不肯调解，定要去打他们一个落花流水！"那些打手听说邹东瀛答应了调解，估料着打不成了，也在后面鼓起劲来，握的握拳头，掳的掳衣袖，都说不打不甘心。

谭理蒿笑道："要打是现成的，我也是巴不得要打人。不过他们那边早已有了准备，找来的人又比我这边强得多，动起手来，白送得他们打一顿。这种报复的事本应秘密，打他一个冷不防。天尊得了这宗差使，在外面发号外一般，生怕人家不知道。他们既有了准备，你想还打得过么？邹先生亲眼见了那种情形，知道动手必吃亏无疑，才教我来阻止。周之冕出来担任调停，你们可到会场里去看看。"柳梦菇道："我是要去，如调停不得法，我决不依的。"说着，用手一挥道，"大家都去。调停不成，仍请你们打他娘！"那些打手立着不动，一个年老些的说道："他那边既准备了，我们去，他们若是一齐打起来，我们不上当吗？"众打手都齐声说不错。柳梦菇急道："特意请你们去打的，他们若一齐打起来，你们的手到那里去了，不能回手打他们的吗？"众打手听了虽觉有理，但终是不想动脚。谭理蒿笑道："还在路上就不想动脚，看到了会场，如何想动手？我说给你们好放心走罢，莫说有人出来调停，就是没人调停，只得这边不动手，他那边决无先行动手之理。他们又不是寻仇报复，怎的反怕起他们来？"说得众打手勇气又增加了，双脚如打鼓一般，跟着谭、柳二人，走向大松俱乐部而来。暂且按下。

且说邹东瀛走到大松俱乐部，刚上至楼梯口，猛听得楼上一阵掌声，好像欢迎他的样子。心中有毛病的人，至此不觉一惊。硬着头皮上楼，见那演坛上供着一个老婆婆像片，旁边拢了几个鲜花圈，案上香烛之外，设了几盘果品。周之冕麻衣草履，俯伏案旁。有几个来宾，正在案前鞠躬致敬。会场左侧，陈学究立在上首，两边立着一大堆的健壮军汉，都怒睁双眼，彷佛听得那掌声，是从那些军汉里面出来的。邹东瀛只好不做理会，走至案前，脱帽行礼。周之冕涕泪交颐的立起身来，向邹东瀛谢了悼唁之意。邹东瀛道："我今本应来帮忙照料，奈因种种逼迫，实在使我抽身不得。你是自己人，大约也明白我这几日的事情。"周之冕点点头，拉了邹东瀛到会场角上，悄悄的说道："他们那边布置得很周密。你若是已约好了人，赶快阻止，万不能动手。我听了这风声，急得甚么似的，又不能出来送信给你。都是自己几个人，何苦这样认真做甚么？"邹东瀛哼一声道："谁认他是自己人！教我就此善罢甘休，除杀了我这颗头。我约的人，此刻已出发了，阻止不及。"周之冕急道："你不要认我是说和事人的话，那些人的情形，你没看见吗？你再到窗口去看看街上的警察，平常有这们多么？说不得失礼，我只得出来做个调人。以后不依由你，今日两方的面子都得顾全。"

　　邹东瀛听得如此说，又见那些健壮军汉慢慢的散开了，守着出进要道以及各窗口，如警察站岗一般，挺胸竖脊的站着，都现出一种等待厮杀的神气。来宾有见机得早的，作辞走了。邹东瀛也料道柳梦菇所约的人不能作靠，周之冕又催促赶紧着人去阻止打手，便举眼向来宾中望去。只见谭理蒿立在那里，招手叫过来，对他说了周之冕愿任调人的大概，教他沿途迎上去阻止。

　　谭理蒿去后，周之冕到陈学究跟前说道："我几日守制不曾出外，不知二位竟因小事如此失和。当日若有我在座，本来都是好朋友，必不至这般决裂。今日承诸位看得起我，替先慈开追悼会，还要求两位索性赏我的脸，大家和解了。千怪万怪，只怪得那日我周之冕没到场，以致翻了脸，没人从中调解。我知道两位都是不肯服输的，等我来替两位一人陪一个不是，从此恢复原状，仍做好朋友。"说着，爬下去叩了个头。陈学究那来得及拦阻？周之冕立起来跑到邹东瀛跟前，也是一样叩下去。这两个头，叩得满会场的人，真成了吊者大悦了。

　　虽都说周之冕这陪不是陪得希奇，但邹东瀛便借此可收回成命。谭理蒿、柳梦菇统率了那班打手，到楼上见已由周之冕叩头了事，当时也无颜再向邹东瀛挑拨。等陈学究从容带着众军健走了，众打手才找着柳梦菇要钱。柳梦菇气忿忿的骂道："你们替人家出了甚么力？真是活现世！我不向你们索回昨出发给的每人五块钱，就是邹先生格外的恩典了，就是我柳天尊天大的人情了。"这是柳梦菇气急了，逞口而出的一句话。众打手如何忍受得，即时鼓噪起来，抽出簿记棒，来势汹汹的要打柳梦菇。亏得有十多个未散去的来宾和周之冕大家劝的劝，扯的扯，柳梦菇才免了这场横祸。毕竟闹得邹东瀛承认，每人再添五块钱，随时亲来大塚领取，方才肯散去。

邹东瀛这回真是退财呕气，说不出的苦。别了周之冕，垂头丧气归到大塚。柳梦菇跟在后面，又出了些主意，邹东瀛怕再上当，不肯听信。柳梦菇也就无精打采的去了。本章已毕。

第一百零三章

述轶事可泣可歌

访奇人难兄难弟

话说邹东瀛到家，熊义接着说道："我那姓萧的朋友来过了几次，要请你绍介去会吴寄盦。怎的一连几日这般忙碌？"邹东瀛道："有个朋友的母亲死了，在这里开追悼会。连日在那里替他布置一切，今日事情完了，以后随便那日皆可给你那位朋友绍介。"

熊义问道："平泉书屋的书画展览会曾去看过了没有？"邹东瀛道："看是去看了一次，确是耳闻不如目见，那里有外面传说的那般骇人听闻？据我看，十幅之中足有八九幅是假的，有些不容易指出假的证据。其中有一幅毛延寿的《衡山水帘图》，有顾恺之、僧怀素的跋，又是一幅绢地，你看能令人相信么？还有一本手卷，四十页连裱的，全是王羲之的手札，后面附了一张虞世南进呈唐太宗的表文；唐太宗、宋徽宗都有极长的题跋在上，开价又只三千三百块钱，这不是明说出来是假的吗？更有王摩诘的山水，曹霸将军的画马，吴道子的《长江万里图》。凡是历史上所有的书画家，不论情理，总有一两轴充数。我想李平书号称海内收藏家，何至这般没有常识？就是想骗小鬼几个钱，也不能是这样瞎混，自贬鉴别之名。并且日本南画会中尽有好手。我前日在那里就遇了一个姓秋田的，是南画会中的健将，也在看展览会。手中拿一本袖珍日记，一管铅笔，随看随记录在日记本上。见我是中国人，虽不便对我如何下贬语，但那不满意的神情已无形流露出来。我问了问那展览会的经理，售出去的书画极少，全是有清一代几位小名家的。你说若是日本人都是瞎子，也像中国的好古家，以耳代目，那毛延寿、王摩诘一类人的书画岂不都买去了吗？"熊义道："既是售出去的极少，他这一次展览会不要蚀本吗？"邹东瀛点头笑道："金钱上蚀本却是有限的事，但活生生一个中国享大名的收藏家，就葬在这一次展览会中，这蚀本便太大了。"当下二人复说笑了一会，各自安歇了。

次日饭后，萧熙寿来了。邹东瀛道了几次见访失迎之罪。萧熙寿笑道："我因为吴君是个特殊的人物，不敢造次去拜访他。若是普通的拳教师，只要知道住处，便是素未谋面的，没人绍介也无妨碍。青年会教拳的那个姓郝的教师，我昨日就去会了他。坐谈了两点多钟，功夫不能说他的不好，就是一点儿常识没有，习气太重，牛皮也太大。据他说霍元甲只是拳术界中三四等人物。因为上海没有好手，擂台又只设了一个月，远处有能耐的人多不看报，等待有人告诉他，擂台的期已是满了，所以没有对手。我问他中国的拳术没一个统一的比较，怎知道霍元甲是三四等人物？他说：'我推他为三四等人物，还是很恭维他的说法。若真有统一的比较，只怕够得上三四等的话还难说。'我听了，心中实在有些不服。问他何所见，能是这般武断的说法？他说：'我这话一点也不武断。霍元甲在天津曲店街开淮庆药栈的时候，我去拜访过多次。功夫和王子斌不相上下。'我问王子斌是谁，他说也是在北道上很有名气的，人家都称呼他大刀王五。我听了，连连点头问道：不是送安维峻出口的大侠王五吗？他说就是那个王五。那王五本不叫大刀王五的，他从前会使双钩，人称他为双钩王五。庚子以前，他在北京开会友镖局，因名气很大，投他那里保镖的很多，不到几年，被他赚了十多万的产业。他生性本来豪爽，又仗着一身的本领，专一好交结江湖上绿林中一班有能耐的朋友。他那会友镖局里面，时常是住得满满的。来时接风，去时饯行，动辄三百五百的送人路费。他有间练把势的房，房中悬一个砂袋，重三百斤。他向前向后，一般都能踢一丈多高。武艺略平常的人见了他这种腿法，谁还敢与他较量？在北京那种地方，横冲直撞几年，竟不曾遇着对手。由此双钩王五的名声更大，他自己也由不得就有些骄傲起来，以为真是没有对手。

"一日早起，王五正在把势房里练武。忽听得房门口有人叹气，忙停了手回头一看，认得是一月以前来拜访的客，自称甘肃人，姓董。来不几日就害病动弹不得，王五延医调治，亲手煎药给姓董的吃。足病了二十多日，才渐渐的好了。不知因何立在把势房门口叹气，王五走过去问。姓董的说道：'我久闻双钩王五的名，不辞跋涉几千里来拜访，为的是必有工夫值得一看，谁知不过如此。深悔此行白花了路费，白耽搁了时间，因此禁不住叹气。'王五平生不曾受人轻侮，当时听了这话，如何容纳得下？

便正色说道：‘不才本无工夫，并不曾发帖请你来，白耽搁了时间，不能怪我。至于白花了路费，便是三千五千，不才也还赔偿得起。不过你既是这般说法，我的钱不是容易得来的，倒得领教几手。’姓董的见王五如此说，更厉色说道：‘你说的甚么话？你不曾发帖请我来，是谁请我来的？你姓王行五，就叫王五便了，为甚么要叫双钩王五？你这双钩两字不是请人的帖吗？你赚了些昧心钱，只能收买得平常的人，想拿着三千五千来收买我么？你一点能耐没有，有能耐的人来指导你，不知道服罪，还要如此强辩！你说领教几手的话倒是不错，应该领教，才有长进。’

"姓董的这一篇话，气得王五说话不出，顺手从兵器架上取了把单刀在手，向姓董的说道：‘这兵器架上有的是兵器，任凭你使。来走两路罢！’姓董的立着不动，说道：‘你有名的会使双钩，还是使双钩罢。打胜了你的单刀，也不算我的能耐。’王五只要姓董的肯打，即换了双钩。姓董的在兵器架上看了一会道：‘这里没有可用的兵器。你教人去客厅里将那挂门帘的竹竿取来，方好较量。’王五道：‘你若是不想较量，说没能耐便了，不要这样拿人开心。竹竿岂是可使的兵器？’姓董的哈哈笑道：‘你若知道竹竿可当兵器使，也不敢目空一切了。快教人拿来罢，不要多说闲话了。’

"王五心中疑惑，只得命人取了竹竿来。姓董的接在手中，说道：‘你来罢。’王五道：‘你是客，请先。’姓董的道：‘这倒是尊贤的礼节。我告诉你听，你好用心招架，我用中平枪刺你。’说时，用竹竿轻轻向王五胸前刺去。王五左手钩往竹竿一迎，右手钩正待杀进，姓董的竹竿只弹了一下，已将左手钩逼住，手腕反了过来，钩尖朝上。姓董的拿着竹竿，连伸缩了几下，王五急得丢了左手钩，抽出手来。姓董的已跳过一边笑道：‘你说若是真枪，不送了你的命吗？’王五也不做声，弯腰拾了钩道：‘再试一回何如？’姓董的道：‘尽管再试。我说你听罢，中平枪乃枪中之王，莫说你招架不住，任是谁人也难招架。这回杀你下三路，仔细、仔细！’二人一交手，又是如前一样，逼反了左手钩。

"王五连说：‘罢了，罢了。你能和我走一趟拳么？’姓董的放下竹竿说道：‘你还想走拳吗？要走拳得依我一件事。’王五也放了双钩道：‘你说出来，甚么事我都能依。’姓董的笑道：‘你的门徒很多，教四个来，拿一床棉被，每人牢牢的捻住一角，预备接人，免得跌伤了。’王五怒道：'何至欺我到这样，你就打来罢！'姓董的只嘻嘻的笑道：'不依我是不打的。'王五没法，赌气教四个徒弟扯起棉被。心想：他若不能将我跌进被内，那时却由得我奚落！谁知交手不到三个回合，王五仗着三百斤的脚力，一腿踢去，姓董的不慌不忙的让开，伸掌往王五屁股上一托，王五便身不由己的仰天跌进了被。红了脸爬起来，也不说甚么，出手又打。王五一边打算：我的腿前后踢都是一样，这番须向后踢他，只要能将姓董的踢进被内，也就算复了三败之仇。那晓得向后一腿踢去，又中了姓董的计。姓董的伸掌在王五小腹上一托，扑地一跤，不偏不倚又跌在棉被当中。

"王五到此时，才心悦诚服了，就地叩了几个头，拜姓董的为师。姓董的也不谦让，说道：'深山大泽之中，本领比我高强十倍、百倍的甚多，尚且没有敢出来称道自己本领的，何况这种平常三四等的人物？你要拜我为师，以后须不使双钩方可。我传你一路大刀，向人就自称'大刀王五'。遇着对手的时候，你只说是甘肃董某的徒弟，自然得另眼相看。'王五后来才得名称其实。当日霍元甲在上海摆擂的时候，若是遇了那姓董的，不是和王五一样，也只算得平常三四等的人物吗？"

萧熙寿将这一段话述完，邹东瀛、熊义都如听人谈《西游》、《水浒》一般，非常高兴。邹东瀛道："大刀王五的名声，我时常听人说过。谭嗣同就义时候，口号的那首诗：'我自横刀向天笑，去留肝胆两昆仑。'这'两昆仑'就是指大刀王五和康有为。庚子年联军入京，德国人说王五是义和团的首领，拿着杀了，却没听人说有这们一回事。"萧熙寿道："事是不假的。那姓郝的说他和王五也是好朋友，王五亲说给他听的。"熊义说："那姓郝的是有意鄙薄霍元甲。既上海的擂台这们容易设，霍元甲死了几年，怎的不听说有第二个敢在上海摆擂？读书的惯瞧读书的不来，练武的也惯瞧练武的不来。读书的瞧读书的不来，不过凭一张空口讥评挖苦，只要说得过去，也有人相信，练武是要认真以性命相扑的。霍元甲若果是三四等人物，据蔡焕文说，他在天津、北京横行了二十多年，早就有一二等的人物将他打死了，那得有霍元甲来上海摆擂？"邹、萧二人都点头道是。

邹东瀛忽然想起一件事，便问熊义道："我前儿恍惚听得你说起，霍元甲是日本小鬼谋死的，到底是怎样的情形？"萧熙寿便道："这事我已听得郝教师说过了，待我述给你听。霍家拳是北道上有名的，只是霍元甲自幼身体单弱，他家的长辈不肯教给他拳脚，恐怕他学不好，坏了霍家的名头。霍元甲那时才十二三岁，便一个人偷着练。练了十四五年，家里并没人知道。后来到天津淮庆会馆开淮庆药栈。天津方面的教师，因为他是霍家的人，想要试试他的工夫，装作工人去搬药材，故意将八百多斤一捆的牛膝，趁霍元甲走过的时候，从头上抛下来。霍元甲随手接住，放在一旁，毫无所事的样子。教师仍是不服，到了晚上，搬了一个大碌碡，用棍子支起来，靠他的房门放着。次日清早，霍元甲开门，碌碡直向头上倒将来，随手一挡，碌碡变作两段，抛出二三丈远。教师这才佩服。可是窥探了年多，并没看见霍元甲练习，很以为奇。

　　"有一日，俄国来了一个大力士，在天津演剧。登报发传单的闹起来，说是世界上的大力士，俄国第一，英国第二，德国第三。霍元甲知道了，大不以为然，便要和世界第一大力士较量。那位大力士倒也见机，承认取消广告和传单上吹牛的话。后来庚子拳匪起事，寻仇乱杀，许多教民没路投奔。霍元甲看了不忍，都去邀到了药栈里躲避。大师兄[1]听了，大不答应，正在点派神兵要来剿洗。霍元甲拿了一把单刀，飞也似的抢到大师兄面前，只见白光闪了两下，大师兄的两只手已经斩下来了。从此拳匪再不敢到药栈旁边行凶，从此霍元甲名振一时。过了几年，英国又有个大力士到了上海。霍元甲听了，便到上海来，要和世界第二个大力士较量。那位大力士也有些胆怯，先叫人请霍元甲吃饭，用一个试力器，请霍元甲试一试。他随便一出手，是一万八千磅。那位大力士试一试，才得一万二千磅，吓得不敢交手，溜之大吉。霍元甲气愤不过，这才在上海张园摆一个月擂台，原意是专要打外国的大力士，毕竟不曾如愿。

　　"过了些时，霍元甲病了，并不是甚么大症候，有人劝他进日本青叶医院。他到院住了几日，病却好了些。这一天，恰有几个日本柔术家在医院旁边的院落里角技，霍元甲带着一个徒弟在那里看。那日本柔术家一定要和霍元甲试试手，霍元甲推说有病，教徒弟出手，一连打翻了三四个。有一个柔术家不服，跑过来就向霍元甲动手。霍元甲轻轻地在柔术家的肥

---

　　[1] 大师兄：义和团对自己头领的称呼。

膀子上一捻，连血带肉都从指缝里流出来，一班日本人看了都吓得面如土色。随即有一个柔术家对青叶医生叽叽咕咕说了半日。这一来，青叶医生恭维霍元甲，比恭维他祖宗还胜过几十倍。可是不到三天，霍元甲便无疾而终。青叶医生也就逃之夭夭，不知下落了。这便是霍大力士被日本小鬼害死的情形。"

说罢，三人都叹息了一会。萧熙寿看了看手上的表道："已是十点多钟了，我们就去会吴寄盦罢。"熊义笑道："你这拜访吴寄盦的心，比唐三藏去西天取经还要虔诚十倍。"邹东瀛也笑着起身回房，更换了衣服。萧熙寿邀熊义同去，熊义因定了今日和秦次珠订婚，推说有事。萧熙寿也不勉强，同邹东瀛乘电车到今川小路胜田馆来。

这胜田馆，便是王甫察骗二百元钱的所在。那时王甫察骗着钱到长崎去了，胜田馆主人等了几日，不见有学生搬来，慌了手脚。跑到大谷馆一问，说是前日搬出去了。馆主问搬往甚么地方，大谷馆不疑心王甫察欺骗，照着王甫察临行时嘱咐的话，说是他同乡李烈钧在大森办了个军事学校，请他当生徒监去了。胜田馆主见和王甫察说的相符，略放心点，自宽自慰的，还以为王甫察是事情没料理清楚，再迟几日，必然搬来。回去仍将房间洒扫得清洁，全家上下都睁着眼睛盼望。接连又是几日，那有一些影响呢？馆主人到此时，真是急得心伤肉痛了。又跑到大谷馆问王甫察的根底，担保的二百元钱要大谷馆负责。大谷馆说我不是担保人，是连带人，只能代你追讨，不能负偿还之责。胜田馆主吵起来不依，闹过几次。一月期满之后，每人认一半晦气，大谷馆赔出一百元钱来，在字据上注明了，无论何时找着了王甫察，两个旅馆共同讨取。胜田馆自受了这一次打击，更是急于拉客，又求李锦鸡出名，印了上万的绍介传单，在轮船、火车、码头及各交通地点布散。恰好吴寄盦兄弟同着一班新派送的湖南公费生，约有六七十人在上海约齐了，都在横滨上岸。其中多有写信通知在东京亲友的。被李锦鸡得了这消息，到胜田馆议妥了车费，每人三元。客进旅馆时交一半，一月后交清，不能在伙食内扣除。胜田馆只要有客进了门，不怕骗了去，也答应了。李锦鸡花了几角钱的车费，带了些绍介传单，径到横滨轮船码头等候。如中国上海、汉口码头上接客的一般，生拉活扯的，将吴寄盦等一班初到日本的人，接了四十多个到胜田馆。喜得胜田馆主眉飞色舞，送了李锦鸡六十多块钱。

　　吴寄盦兄弟就在胜田馆住下。每日兄弟二人，除到难波常雄家里学两点钟日语外，就只到公园散一回步，并不和这些同来的朋友去到处游览。吴寄盦脑筋极旧，约束他兄弟吴秉堃极严。这日吴寄盦正在房中温习日语，下女报说有客来。吴寄盦起身，邹东瀛已引着萧熙寿进房。彼此见了礼，邹东瀛介绍了，述了萧熙寿闻名向慕之意，吴寄盦谦让逊坐。萧熙寿见吴寄盦短小身材，漆黑面孔，一双小眼炯炯有光，穿着一套青布小白花点棉和服，却显得如生铁铸成。递烟茶的时候，留神看他的手指，尖瘦黑小，和鸡爪一般，连指甲全是乌的。只是虽这般黑瘦得可怕，立在跟前却有一种和蔼可亲的样子。

　　邹东瀛问道："令弟上课去了吗，如何不见？"吴寄盦摇头道："他住在隔壁房里，已上课回了。"说着，起身到门口叫了两声秉堃，不见答应，推门看了看没人，回身说道："一会就来的，多半是大便去了。"萧熙寿道："我听邹公道及足下生平，使我仰慕不置。我生性爱习武事，常恨不得良师益友，以致面壁十年，绝少进步。寻常拳师未必没一两手登峰造极之处，只是多不读书，不得理解，连他自己都说不出所以然来。我等即去和他研究，得益处的时候很少，并且多脱不了拳术家的恶习。工夫做得老的，还肯略演两手给人看；工夫平常的想藏拙，无不是推三阻四的。逼急了，他就说要对演才行。及至答应和他对演，他又要支吾，或是提出打死了不偿命的恐吓条件来。这种拳术家我遇得最多，不特讨不了他们的益处，每每还要弄得呕气下场。难得足下这种健儿身手，文士襟怀，深望随时指教，开我茅塞。"

　　吴寄盦望着萧熙寿说完了，也不答白，回过脸来向邹东瀛道："你对萧君说我些甚么，怎的萧君会向我说出这些话来？"邹东瀛笑道："萧君不是外人，学问道德都很好。你的历史，向他说有甚么要紧？我也知道你是不欢喜和人谈武事的，但萧君非寻常好勇斗狠的人，又是竭诚来请教，你苦练了这一身本领，先知觉后知，何妨指导一两个同好？不过择人而施罢了，定要葬技泉壤又何苦呢？"吴寄盦听了，面孔更黑起来，半晌才转了点笑容说道："替我吹牛皮，承情得很！但我还是做小孩的时候，练不上半年工夫便荒废了，直到于今。求萧君指教还怕不屑，快不要说甚么先知后知了。"说完又起身推门，看了看隔壁房里，见吴秉堃还不曾回房，即拍手叫下女来，问吴秉堃甚么时候出去了。下女道："我不曾留心，等

我去问坐在账房里人，看他们知道么。"下女去了一会来说道，"十点十分
钟下课回来，只有四五分钟久，就同着十五号房里的客出去了。二人都
没穿外套，没戴帽子，账房里的人以为是洗澡去了。"吴寄盦问此刻几点
钟了。下女道："刚打十二点，要开午饭了。"吴寄盦低声吩咐快添两个客
饭，教厨房加些酒菜。下女应着去了。吴寄盦回房，邹、萧二人听说要开
午饭，告辞起身。吴寄盦自不肯放，萧熙寿有心想结识吴寄盦，随即坐
下。闲谈了几句，开上饭来。

　　三人刚围坐喝酒，吴秉堃回了。向邹东瀛行了礼，问萧熙寿姓名，萧
熙寿起身答了。看吴秉堃十七八岁年纪，生得秀雅异常，衣服也甚华丽，
绝不像和吴寄盦是同胞兄弟。吴寄盦拉萧熙寿坐下说道："小孩子和他客
气怎的！"吴秉堃挨着吴寄盦坐下，吴寄盦放下脸说道："到甚么地方去了
两点钟，也不向我说说，你心目中还有兄长吗？今日不许你吃饭，这里
也不许坐。"随用手指着房角道："去那里立一小时再说。不当着客丢你的
脸，你也不会牢记。"吴秉堃听了，一声也不敢做，真个立起身走到房角
上，面壁站了。邹东瀛道："我替他求情，饶了这一次，以后不要忘记便
了。"萧熙寿道："我也不能不替他求情，所谓一人向隅，满座为之不欢。"
吴寄盦才说道："还不过来谢二位！"吴秉堃回身向二人鞠躬。吴寄盦道：
"尊客之前不叱狗，我本不应当着二位是这们的，不过他这小孩子放荡极
了，最喜一张嘴胡说乱道，一双脚胡行乱走，全没些儿忌惮。不是他在邹
兄跟前瞎说，萧兄今日何得如此误会，以为我会武艺。是这样肆无忌惮，
以后还不知要无中生有的弄出多少乱子来。这种小孩子还了得！还不给我
滚回房去，立在这里使我生气？"吴秉堃被骂得流泪，一步一步轻轻的回
隔壁房里去了。

　　邹、萧二人见此情形，吴寄盦虽仍是殷勤劝酒，总觉有些难为情。邹
东瀛更悔不该说给熊义听。吴秉堃说给他听的时候，原是叮咛嘱咐教他
不要再告别人的，今日害得吴秉堃受委屈，心中如何过得去？胡乱用了点
酒菜，借着小便到隔壁房里，想用话安慰一番。进门见吴秉堃坐在书案跟
前袒出左臂，右手拿着一条白布往左腕上缠绕。走近身一看，不觉大吃一
惊。见书案上、席子上洒满了鲜血，案上一把小裁纸刀，也是鲜血糊满
了。忙问："你这是干甚么？"

　　不知吴秉堃因何流血，且俟下章再写。

第一百零四章

明剪边半夜捣醋罐
活招牌连日迎冤桶

话说邹东瀛见吴秉堃鲜血淋漓，忙问干甚么。吴秉堃神色自若的让蒲团给邹东瀛坐。仍低头将手腕缠绕好了，揩干了各处血迹，才坐下从容说道："不留神刺伤了手腕，好在不关紧要。"邹东瀛道："失手如何刺伤到这样，必有缘故。我忘了你叮嘱的话，害你今日受委屈，很觉于心不安。"吴秉堃笑道："不用如此客气。家兄训责几句，如何说得委屈？"邹东瀛要看他手腕的伤痕，吴秉堃不肯。邹东瀛握着那手定要看，吴秉堃才说道："实在没甚么可看。我因累次忘记了家兄告诫的话，弄得家兄生气，不能不留个纪念，使以后痛定思痛，不要再是这们放肆。只在这手腕上戳了一刀，并不觉有甚么痛苦。"说时，将白布解开，贴肉几层，血都浸透了。

邹东瀛看着，身上打了几个寒噤。那伤痕正在脉路上裂开一条血口，足有寸多长，五分来宽，鲜血还不住的往外直冒。见书案上放着一瓶牙粉，连忙拿起来倾了些在那血口上，教他赶紧缠好，不要见生水。萧熙寿在隔壁房听得邹东瀛说话，也跑过来看。问了情形，暗暗纳罕：这种弟兄实在难得，凤凰厅的人性怪道人都说强毅的了不得！吴寄盦跟着过来看了看，沉下脸说道："读了这几年的书，难道'身体肤发，受之父母，不敢毁伤'这道理都不懂得吗？这上面敷的甚么药？"邹东瀛道："我一时急了，替他倾了些牙粉在上面。"吴寄盦摇头道："牙粉不是医刀伤的，我随身带有玉真散，敷上立刻就好。只是你下次若再是这般胡闹，我却不管了。"说着从裤腰里掏出一个小玻璃瓶，拔去瓶塞，教吴秉堃吹去伤痕上的牙粉。吴秉堃那用口吹呢，拿着白布，一阵将牙粉血迹都揩擦得干净。邹、萧二人在旁见了，禁不住肉麻。吴寄盦上了药，在吴秉堃手中接了白布，轻轻替他裹好，说道："那边饭菜还没冷，去吃点饭罢。以后留心一点便了。"邹、萧二人听他说话嗓音都硬了，那漆黑的眼眶也有些红了。邹东瀛忙一手拉了吴秉堃道："吃饭去罢！"于是四人一同回到吴寄盦房里。

下女正要收拾碗盏，吴秉堃摇手教她等着，坐下来，言笑如常的吃了几碗饭。吴寄盦也就高兴了，向萧熙寿说道："先生初次见临，我兄弟偏在这时候闹脾气，殊失待客之礼。奈我生性是这般狂戆，又实在是怕他小孩子家不知轻重，对人胡说乱道。我若真个有甚么本领倒也罢了，还是小时候练不上半年拳脚，说起来真要羞死人。因此才吩咐他，不许向人提及。先生是知道的，有本领的人谁不好名？巴不得有人吹嘘，岂有自己跟着隐瞒之理？"邹东瀛笑道："你还要在这里说客气话！你这有本领的人，我知道与平常有本领的不同。就是我今日给你绍介的这位朋友，也与平常的朋友不同，他研究武术很具了一番苦心。大凡练拳脚的人，最难得有国家思想。他这一次乘着六国大竞技的时候，出面与日本人角技，便是替中国国体上争面目。你是个最有学识的人，应该和他表同情，才不辜负他这一番苦心与专诚拜访你的诚意。"吴寄盦笑道："照你这般说起来，我竟是中国一个大拳术家了。承萧先生不弃，以后过从的日子多，有疑难之处，大家研究便了。"

萧熙寿见吴寄盦承认了，喜得登时立起身来，一躬到地，说道："我就在这里拜师了。"吴寄盦连忙还礼说："罪过，罪过！"二人复坐下谈论起来。谈到十分投机的时候，萧熙寿要与吴寄盦试力。吴寄盦含笑伸出那黑如漆、瘦如柴的手膀，听凭萧熙寿横摇直撼，那能动得分毫呢，萧熙寿拱手连说佩服。二人从此交往甚密。近年来，他二人在东三省哈尔滨一带，很做了些出头的事业。这是后来之事，题外之文，且不去叙它。

单说邹、萧二人，这日在吴寄盦家谈至更深，始分头归去。邹东瀛回到家里，见熊义已经睡了，便也安歇。次日早起，和熊义同用早点，见熊义愁眉苦脸，眼眶儿像哭肿了的一般，默默无言的喝了几口牛乳，即放下来不吃了。邹东瀛忍不住问道："你因甚么事不遂心，如此着急？"熊义长叹了一声，摇摇头说道："不如意事常八九，我那不遂心的事多得很，一言难尽。"邹东瀛道："平常从不见你是这样。"熊义一边起身，随口应了句"是"，低着头，懒洋洋的进房去了。

邹东瀛不便追问，草草用完早点，更换衣服，到胡八胖子家里来。他原想打听黄老三在婚姻媒介所找女子找着了没有。走到门口，只见大门上悬着一把锁。听了听里面，寂静静没有人声。心想：这才奇了，若是搬了家，门上不会悬着锁，这"散人家"三字的磁牌子应取了去。不是搬了，怎的一家子连下女都出去？一个人在门口徘徊了一会，只得提起脚，慢慢的走出巷口，打算去浅谷方看周之冕。才要举步，忽见曾广度携着他姨太太的手，从前面走来。邹东瀛欢喜，迎上去问道："你们家里干甚么？一家子都跑完了。你要迟回一步，我就白跑了，并且还要害得我几天纳闷，不知你们到底为着甚么。"曾广度笑道："你说为着甚么？同黄老三在一块儿干得出好事来么？"说着，邀邹东瀛复进巷子。

曾姨太拿出钥匙来，开了大门，让邹东瀛先脱皮靴上去，提起腿向曾广度一伸。邹东瀛不知做甚么，望着诧异。只见曾广度放下手杖，弯腰双手捧了他姨太太的脚，诚惶诚恐的解靴带。脱下了一只，曾姨太将这脚踏上席子，复将那脚一伸，曾广度又照样脱了。从衣袋中抽出一条汗巾来，扑去了靴子上的泥尘，齐齐整整的纳入靴箱内，才自己脱靴进房。邹东瀛看曾姨太身上，穿着一件竹青花缎青狐皮袄，系一条湖色哔叽西式裙，颈上围着两个整银针貂领，双手套着一个火狐，望去倒很有些风致。心想：人的衣服确是要紧。她在上海当姑娘的时候，整脚的了不得。夏天一件洋纱褂子，冬天一件绉绸棉袄，那时谁也说她是丑鬼，连一个条子都没人肯叫她。一遇了这印度小白脸拔识了，化妆起来，完全更换了一个人，就有人争着打她的主意了，刘广石、黄老三、胡八胖子都先后做了入幕之宾。于今到日本来，更出落得像个美人了。不知又要制出几顶头巾，给这印度小白脸戴？

邹东瀛立在房中胡思乱想，曾广度也没在意，坐下来笑道："下女也没有了，连茶都没一杯给你喝。"邹东瀛道："我不喝茶。你们毕竟为甚么是这样都跑空了？警察若是注意的，说不定还要疑这个人家出了甚么乱子呢。"曾姨太抢着笑答道："你道不是出了乱子吗？差不多要闹得家败人亡了呢。你昨夜又不来看把戏，那才真是好看。"邹东瀛笑道："是甚么把戏？黄老三说要讨人，讨了没有？"曾广度道："讨了倒没把戏看。就是因为没讨着，他熬不住了，和八胖子弄的那个人，终日在厨房里借着弄菜，鬼鬼祟祟的。他仗着日本话说得好，年纪又比八胖子轻，全不怕八胖子过不去。两个人同出外跑了两次。八胖子就有气，说了女的几句，以后禁止出去。就是我也说黄老三不是，不应这们欺负朋友。那女的也真不是个人，八胖子是那们说破了她，还是淫心不退。

"昨夜，我二人睡至两点钟的时候，忽听得楼下拍的一声，关得门响，把我二人同时惊醒。接着听得八胖子上楼，走到他自己房内，就开声骂起来。听他骂的话，知是那女的见八胖子睡着了，偷下楼和黄老三睡。八胖子醒来不见人，跑下楼一看，气得重重的把门一关，大约是想将他二人惊醒的意思。上楼一骂，以为女的必然上来认罪，也就罢了。八胖子的理想，常说只要不是正式夫妇，这些事是要开只眼闭只眼。谁知那女的见已被他撞破了，一来不好意思，二来也有些不愿意八胖子，索性搂住黄老三不肯动。黄老三不待说向她说了些壮胆的话，二人只做没听见。八胖子这才真气急了，捶门打户将我二人闹了起来，要我评判可有这道理？我没法，只得下楼。看他二人尚是搂作一团，蒙头盖着被，头上还加了一件外套，睡在那里。

"我一手把外套揭开，黄老三伸出头来望着我笑。我说：'你这种办法不对，莫说对八胖子不住，人家听了也太不像话。到这时候还不教她上楼去？'黄老三坐起来笑道：'这如何怪得我？她自己要来，来了就不肯去。我不过和她睡睡，别的事一点也没有。'说时，低头推了女的几下道，'你上楼去罢。再不去，他们又要怪我了。我羊肉没讨得吃，倒惹了一身膻。'女的才爬起来，披衣上楼。八胖子恨不得一口生吞了她，日本话又说不好，夹七夹八的乱骂了一顿。那女的不做声也没事了，偏偏她还不服，回口对骂起来。八胖子自然忍不住，在女的头上拍灰尘似的拍了两下。这乱子就更大了，女的一把扭了八胖子拼命。八胖子的身体看去有那们胖大，打起架来才是笨的了不得，一点力也没有。一经扭住，就躺在席子上，一双脚顿得楼板乱响。我们跑过去解劝，隔壁日本人家也开声干涉起来了，双方才收了威风。可笑他们打完了，爬起来，又对望着笑。我们一出来，他二人不仍是关上门同睡吗？今早黄老三还没起床，八胖子就带着女的出去了。女的一走，便没人弄饭。黄老三见厨房里没人，也穿衣走了。留下我两个，也只得上馆子去吃饭。刚从馆子回来，就遇了你，这样冷的天气，火也没有烤，热茶也没一杯喝，真闹得不像个人家了。"

邹东瀛笑道："黄老三本历来是这们玩世不恭的，不过这番就太苦了八胖子了。"曾姨太笑道："八胖子倒不见得甚么苦，黄老三是更不待说，就只苦了我两个无干之人。一早起来，冷冰冰的，莫说烤火，连洗脸的一盆热水都弄不着。你看不是倒霉吗？"邹东瀛道："他们既都是这们跑了，你这贷家不要解散吗？本来你这'散人家'的牌子就不吉利，是谁取的这个名字？"曾广度道："这也是黄老三那日才搬来的时候，说要取个名字，烧块磁牌子，悬在门口，使邮差容易认识。我问他取甚么名字好，他想了半天说：我们在国内受老袁种种束缚，不得自由，于今到此地来了，没人拘束，心里无挂无碍，和散人一般，就取名'散人家'罢。我当时也觉得不大吉利，但一时又想不出好名字来，便没说甚么。谁知他来住的时候，就存了个解散人家的心思。这个贷家只怕就是这般解散了。你说得好听，甚么玩世不恭，简直说是没廉耻罢了！"

曾广度说话的声音很大，话才说完，猛然房门口跳进一个人来，哈哈大笑说道："和下女睡一觉，就算是没廉耻吗？"邹、曾三人不提防，都吓了一跳，一看正是黄老三。曾广度立起来笑道："不是没廉耻是甚么？"曾姨太也笑道："不是没廉耻，是不要面孔。"邹东瀛问道："你何时回来的，我们怎的全没听得一些儿响动？"曾姨太不待黄老三说，抢着答道："他有甚么响动，素来欢喜是这样偷偷摸摸的！"黄老三连连点头道："不错，越是这样偷偷摸摸的，越有趣味。你们大约都是过来人，懂得这个道理。"说着向曾广度道，"你正在揭外套的时候，我就回了。听你们说我些甚么，毕竟是要骂我没廉耻。"邹东瀛道："不骂你没廉耻，只怕这时候还不得出来。"黄老三道："我再不出来，只怕更要骂得凶了。"曾广度道："你是这种行为，如何能免得人家骂呢？"黄老三拍手笑道："这种行为就是该骂的吗？你才真是少所见、多所怪呢！和下女睡一觉，就要解散贷家，人家听了，那才真是笑话呢。老邹，凭你说，一个包来的下女，也有够得上闹醋的资格么？只怪得八胖子太不漂亮。依我想，就是完全让我睡几夜，也算不了一回事。"

邹东瀛道："这个本来不算事，不用研究了。你且说托那甚么媒介所媒介女人的事怎么了，已有成说没有？"黄老三摇头叹气说道："再不要提起了，一天一次，害得我白跑。绍介的那里像个人，几回气得我说话不出。赌气不要他媒介了，他又死缠着不肯。我刚才从那里来，又看了一个。略好一点，因年纪太大，差不多三十几了，仍是不成功。"邹东瀛道："不是有许多小照，任凭你选择的吗？如何见了本人，倒不中意咧？"黄老三道：

"小照是不错，也不知他用甚么法子，把那些小照修改得都有几分动人之处。一与本人对看起来，好处不见得，坏处倒完全了。"曾广度道："我原说了是骗人的，你偏要去送冤枉钱，不是自讨晦气吗？"

黄老三道："这事不要提了。倒是周卜先那东西有些手腕，于今和那陈女士鹣鹣鲽鲽，往来亲密的了不得。无数的标致少年设尽方法，转陈女士的念头，全得不着一些儿好处，便宜都被周卜先一个人占尽了。"邹东瀛问道："那天松子不是在这里打听他吗？后来不知怎样了。"黄老三道："那却没人听说，不知怎样了。找他的不仅松子一个，这几日郑绍畈也到处打听他，看那神气，好像很要给周卜先过不去，不知他们为的甚么事。"邹东瀛道："他们有甚么好事？不是分赃不匀，便是争风吃醋。你这里太冷，我不坐了，顺便去看看劳三牛皮。"黄老三笑道："你去看他吗？要留神一点才好咧。"邹东瀛道："这话怎么讲？"黄老三只是笑，不做声。邹东瀛道："是这样半吞半吐的干甚么？你这样人真讨人厌！"黄老三道："我还没说，就讨你的厌；说出来，更要讨牛皮的厌了。不用我说甚么，你留神一点就是了。"邹东瀛道："你是这样藏头露尾的，教我怎样留神，这话不是说得稀奇吗？"

曾姨太在旁笑道："不用问他，我也是知道的，说给你听罢。前日雷小鬼到这里，一进门就连说晦气。我们问他甚么事晦气？他说：'倒霉倒在日本，当穷亡命客也就够受的了，今日偏又遇着极倒霉的事，看以后怎么得了。我从来不大去劳三牛皮家里，这几日因为听说他母亲死了，特意去吊唁一番。走到他家里，楼下一个人影子也没有，只得上楼。谁知他正搂着个年轻女子……'"曾姨太说到这里，笑着不说了。邹东瀛蹙着眉道："真有这种事吗？劳三又不疯了，平时没听人说过他胡来，此时正在制中，怎的倒如此绝无心肝了？那日谭理蒿、陈子兴说他，我还极力替他辩护。我是照情理推测，并没偏袒的心。如此说来，就不能不怀疑了。"黄老三道："你还只怀疑，不尽相信吗？"邹东瀛道："如何能令我完全相信？楼下即没有人，难道上楼就没一些儿声响。雷小鬼又不是有意轻轻的去窥探他，他既是和女人做这种事，便在平日也得加倍谨慎，何况在制中，安有轻易被人撞破之理？我凡事只论情理，因此不能使我十分相信。但雷小鬼和劳三并无嫌隙，料不至平空捏出这些话来糟蹋人，又不能使我不相信，所以才说出怀疑的话来。"曾姨太笑道："啊呀呀，偏有这多道理！你自己去看看，就明白了。"

　　邹东瀛笑着点头起身，别了曾、黄出来，向仲猿乐町行走，正打菊家商店经过。邹东瀛早知道那店主有个女儿，名叫鹤子。年龄才十六岁，玉精神，花模样，在神田方面没第二个比赛得过她。那店里卖的全是妇人妆饰之品，鹤子终日靠柜台坐着。一般年轻男子，不待说是时常借故去亲芳泽。就是年轻女子，不知何故，也偏偏欢喜去她家买物事。因此菊家商店门首，无时无刻不是男女杂沓，拥挤不堪。在神田方面也没第二家的生意能和菊家比赛。邹东瀛旋走着，掉过脸向店内望去，只见人丛中有一个中国人，好生面熟。即停了步，仔细一看，果是认识的，姓朱名湘藩，浙江人，现充中国公使馆二等参赞，曾经在早稻田大学专科毕业，今年三十五岁。浙江人多是皮肤嫩白，身体瘦小，望去却只像二十多岁的人。与邹东瀛相识了多年，也是慕鹤子的名，特意前来赏鉴，正立在鹤子跟前，买这样，看那样。被邹东瀛撞见了，挤过来打招呼，朱湘藩连忙敛容问好。

　　邹东瀛见他买了一大堆的化妆品，知他家眷并没来日本，必是有意买鹤子的欢心。鹤子见有人和朱湘藩说话，即转身去张罗别人的生意。朱湘藩掏出一叠钞票来，约莫数百多元，店主人过来收了。朱湘藩提着物事，同邹东瀛挤到街心，吐了口气，才彼此攀谈。朱湘藩并不隐瞒，说道："我久闻菊家商店的艳名，不来看看，心中总觉放不下。"邹东瀛笑问道："你此刻看了怎样？"朱湘藩道："好自是很好，不过趋奉她的人太多了，她目迷五色，泾渭不分。"邹东瀛道："听说她尚是处女，趋奉她的人虽多，但她都是淡淡的，不甚招惹。"朱湘藩点头道："你这话有些儿像。我在此立了一小时之久，她店内所陈设值钱之品，件件都买了些。直到后来，她见我买的钱多了，才起身和我张罗，说笑了几句。"邹东瀛道："她和你说笑了些甚么？"朱湘藩道："亏她见的人多，一望就知道我是中国人，笑问我有家眷在此么？我说没有。她说没有家眷，买这些化妆品做甚么？我一时不好对答，就说特买了送你的。她瞟我一眼，笑着摇头。一会儿你就了。"邹东瀛笑道："我真来得不凑巧，正要得着甜头的时候，被我冲散了。"朱湘藩笑道："说那里的话！第一遭就得着了甜头，没有这们容易的事。过天再来，看是怎样。"说着问邹东瀛去那里，即点头分手。邹东瀛自去看周之冕。

　　朱湘藩乘电车回至公使馆。这时是莫廷良代理公使，也是年轻貌美，最爱风流，和朱湘藩有些瓜葛，又几年来在公使馆同事。因此，虽则代理公使，却仍是和平常一样，笑谈取乐，不拘形迹。这日朱湘藩从菊家商店回来，莫廷良见他买了这多化妆品，就有些生疑。一看包裹纸上全是菊家商店的字样，便指着朱湘藩笑道："你这东西，全不顾有玷官箴，专一在外拈花惹草！须知这不是国内，弄出事来，是要伤国体的呢。"朱湘藩笑道："亏你还拿着亡清的话来说，于今是民国了，还有甚么官箴？官僚百姓都是一样。越是不在国内，越没人认识，那得弄出事来？你得大力替我设法，看这事应如何下手才好。"莫廷良摇头道："我不知头，不知尾，知道应怎么下手才好？"朱湘藩即将今日买物事的情形及鹤子对答的话，说给莫廷良听。莫廷良只是摇头说道："神田那地方，学生总是太多，虽不能说他们仇视使馆，对于使馆的人确是没有好感。若是被他们知道了，又有闹风潮的题目了。到那时你担负得下么？"朱湘藩想了想，笑道："怕他们怎的，难道被他们拿了奸去不成？他们若实在要胡闹，我自有方法对付。若你害怕，到那时只做不知便了。没见学生办过公使失察之罪！"说着，打了个哈哈。莫廷良也没话拦阻。

第二日，朱湘藩坐了乘马车，又来到菊家商店。这日因北风刮得甚大，街上行人稀少，菊家商店门首也没多人。就只几个惯出风头的留学生，也没闲钱买这些用不着的物事，不过装出要买东西的神气，在那里徘徊观望。好像多亲近鹤子一刻，有一刻的好处似的。举眼见一辆华丽马车停在商店门首，由车中跳出一个西装少年，从顶至踵，满身富贵之气，逼得这几个留学生登时自惭形秽起来，一个个抄着手，悄悄的溜跑了。朱湘藩见此情形，好不高兴，昂头天外的走到里面。日本人眼皮最浅，不是华族贵族，少有坐马车的。这菊家商店虽是买物事的人多，马车、汽车一年之中，却难得见着几次。朱湘藩昨日买了百多元物事，鹤子已经注意，今日相见，自然相识。但她自己最是喜抬高身分，无论人家如何在她跟前用钱，她总是不即不离的，初次见面，倒像容易下手；及至认真和她亲近，她又是似理会不理会。无数的商人学生，都是枉用心机，略得她优待一点的也没有。

鹤子的父亲叫高山雄尾，本是个当厨子的。后藤新平在台湾做民政长的时候，他跟去当买办。几年之间，很挣得一注家私，回国就开设菊家商店。这高山雄尾为人刁钻古怪，两眼只看得见钱。见亲生的这个女儿如此貌美，一般少年争先恐后的来亲近，他早已存了个择肥而噬的心。只因他自己跟了半世的官，眼眶看大了，不大瞧得来那些子民。常恨日本阶级制度太严，自己是个厨子出身，官宦人家又瞧他不起，眼见得女儿虽长得这般美貌，也不能嫁个声势人家。便想到留学生中，每多官家子弟，若嫁得一个势利俱全的中国人，强似嫁日本商人多了。高山雄尾打定了这个主意，和女儿商量，在中国人中留意选择。奈选了许久，不是容貌丑陋，便是装束平常，绝无一个中她父女大眼眶的意。惟有昨日的朱湘藩，容貌装束既好，手头又阔，只不知他在中国是否声势之家。朱湘藩走后，父女议论了一夜。高山雄尾说："恐怕这人不会再来。当时应该缠着他，多说些话，顺口打听他的身世就好了。"鹤子说："去了不到几日，必然又来的。"高山雄尾问怎生知道？鹤子说："他日本话说得很好，是有意缓缓的，无非想延长和我说话的时刻。不料来一个朋友，打断了话头。我因怕他对朋友不好意思，不待他拿钱，就走开了。无论他知道我的用意不知道我的用意，必然再来的。我看他那神情有几分把握。不过再来的时候，我不宜亲自张罗生意，父亲去好生招待，我只坐着不动。"高山雄尾听了高兴，连声夸赞女儿聪明。

　　此刻见来了一辆最新式的马车，马夫穿着使馆的制服，望去就和贵族的马夫一样。父女都注意看车中跳下来的人，正是心心念念望他再来的朱湘藩。高山雄尾心中一欢喜，不由得立起身来，满脸堆笑的迎接。

　　不知怎样的去勾引朱湘藩，暂且按下。待作者憩息一会，在第七集书中写出来给诸君看。

第一百零五章

斥金钱图娶一娇娘
写条件难坏两代表

上集书中，写到高山父女商量如何如何的勾引朱湘藩，恰巧朱湘藩找上门来，他父女这一喜，真个喜到尽头！

那时朱湘藩走进菊家商店，高山雄尾满脸堆笑的迎接出来，请入柜台里面就坐，鞠躬致敬问："需要些甚么？请示吩咐。"朱湘藩见鹤子背转脸坐着，不过来招待，心中有些不乐。说道："我需用的东西甚多，昨日在这里买了百多元去，尚不敷用。"随指着鹤子道，"昨日是她经手的。不用我吩咐，照昨日所买的样，检齐一份，给我包好便了。"高山雄尾连声应是，回头叫鹤子过来。鹤子半晌才起身，走到高山雄尾跟前。高山雄尾教向朱湘藩行礼，朱湘藩连忙站起。高山雄尾请问朱湘藩姓名，朱湘藩早预备了一张有许多花样的名片，至此递给高山雄尾。一看是早稻田大学理学士、三等嘉禾章、外交部顾问、国务院咨议、驻日公使馆二等参赞，底下才是"朱湘藩"三个大号字。这些花样一拿出来，把个高山雄尾喜得屁滚尿流。即向鹤子说道："昨日朱大人在这里买了些甚么？是你经手，总还记得。刚才朱大人吩咐，教你照昨日的样子，检齐一份包好，就去清检罢！"鹤子偏着头，想了一想说道："分两只怕有些记不大清楚，求朱大人再说一遍才好。"朱湘藩笑道："分两轻重都没要紧，你随便去包。看是多少钱计算清楚，那却不可弄错了，不能教你们做小生意的人吃亏。"高山雄尾又连连鞠躬应是。鹤子听了，自去包裹物事。

高山雄尾陪着朱湘藩闲谈。朱湘藩渐渐探问鹤子已否许了人家。高山雄尾叹口气道："这小孩子脾气不好，只是瞧没身份的男子不来，自己是个商人，嫁商人她又不愿。看她年纪虽是小小的，志愿却是很大。"朱湘藩笑道："她有这种姿首，自然有些自负。但不知她的志愿，大至何等程度？"高山雄尾道："说不得，她的志愿与她的身分不相应。她要从大学毕业的，要现任着职务的，要年龄相当的，要举动容貌堂皇的，还要有一万元以上的财产。大人请看，这小孩子的志愿大不大？她因是这般立志，所以尚不曾许人。"朱湘藩点头道："很好，很好！像她种人物，应得如此立志。我也是这样，非亲自所见，容颜秀丽，举止温柔的，宁肯一辈子不娶。至于身分，我却不讲。我中国现在改了民国，化除了阶级制度，无论甚么出身，都有被选为大总统的资格。"高山雄尾听朱湘藩的话针锋相对，心中无限的欢喜，拿出几盘西洋茶点来，陪朱湘藩喝茶。鹤子捧了些化妆品给朱湘藩过目。朱湘藩挥手教拿去包好就是，不要麻烦。鹤子真个拿去，做一大包用绳系好，教店伙送交马夫。自己开了一纸清单，用托盘承了，双手向朱湘藩呈上。朱湘藩接了，看着清单上的字说道："好娟秀的字！清单本用不着，但这字不可不好生保存。"说时，照着清单上的数目，点钞票放在托盘内，教鹤子同坐喝茶。鹤子笑了笑，就在高山雄尾身边坐下。

朱湘藩见外面买物事的，接二连三来多了，都望着里面，很像注意自己，还彷彿有几个学生在内。不便留恋，口里作辞说："打扰了！"却望着鹤子，仍不舍起身。高山雄尾是个鬼灵精，如何不懂得朱湘藩的用意？便笑着说道："店面嘈杂得很，大人下次来，小店里面尚有余房，打扫清洁了，可以久坐。"朱湘藩听了，方点头起身，对鹤子示意，教不要送。高山雄尾侧着身体送出店门，望着上了马车，扬鞭走了，才转身装璜内室去了。从此朱湘藩每日必来，也不坐马车，来了即钻进内室。若高山雄尾不在店内，就是鹤子一个人陪着。

年关的时候，高山雄尾见着朱湘藩即愁眉不展，鹤子也是没有精采。朱湘藩问："为甚么事这样着急？"高山雄尾迟疑不说。问了几次，鹤子才露出些意思来，说她父亲："在大阪开了一家支店，因场面太大了，新开张的时节花费过多。这年关要差一万块钱的开销，已筹了五千元，尚差五千元。年关银根太紧，又为日无多了，因此着急。父亲恐怕你知道，几番叮嘱我不要露出来，你偏要寻根觅蒂的，就是为这事。"朱湘藩笑道："我只道甚么大不了的事，几千块钱算得甚么？若在我中国，一时教我拿几万块钱也不稀奇。于今在此地，虽没那们容易，但也用不着焦急。你去向父亲说，我明日带五千元来就是。"鹤子笑道："当真吗？"朱湘藩拍着腿道："你去说罢，我怎肯骗你？"鹤子道："是这们，我父亲就不着急了。"

可怜朱湘藩充阔老应许这宗款子，他手中那有多钱？每月二三百元薪水仅够花费，外交部、国务院的兼差都是挂名的，谁也领不着薪水。但是既经爱面子答应了，只好回使馆和会计课长商议，瞒着莫廷良，在学费存款内提了两千。仗着和莫廷良有些瓜葛，偷了他五千元不知甚么工厂的株式券，在田中银行押了三千。凑足了这个数目，送给高山雄尾，连收条都没讨得一纸。鹤子就在这夜与朱湘藩生了关系。议妥过了新年即行迎娶。不料被一般转鹤子念头的留学生知道了，心头冒火，眼内生烟。他们正久苦找不着大闹的题目，一闻在学费存款内提了两千块钱，立时有了把柄，约齐了几十名公费生，到公使馆质问莫廷良，为何学费拖拖欠欠不按时发给？莫廷良并不知道这事，只好推说政府汇款未到，已拍电去催了。学生说，既政府汇款未到，如何能提几千元，替使馆的职员还嫖账？莫廷良听了愕然，问是那来的话。学生将朱湘藩嫖鹤子的话，说了一遍道："外间无人不知，无人不说。你做公使的，只怕不能装糊涂推说不晓。"

莫廷良听得朱湘藩果然弄出事来，气得脸都红了，向学生说道："外间无根据的谣传，诸君奈何相信？本使接任以来，学费并无存款。会计课长每到月终，总是向各银行借垫，何尝有一文存款供人提取？诸君暂请退出，候本使再拍电向政府催促，赶年关前发给就是。"那几个迷恋鹤子的学生如何肯依呢？定要朱湘藩出来当面对质。莫廷良生气道："这是无理要求，本使不能承认。学费非朱参赞职务，你们为的是学费，朱参赞无出面之必要。"学生也生气说："莫廷良偏护朱湘藩，今日非有朱湘藩见面，我等决不退出使馆。"莫廷良怒道："你等真是目无法纪！再是这般无理取闹，本使决不答应。"莫廷良这几句话，激恼了一个少年，挺身出来说道："朱湘藩身任使馆参赞，全不顾些国体，在稠人广众之中，公然为猥亵之行为。公使不应如此漫不加察，复通挪学生等的学费，以致学生等因欠学费、旅费，受学校旅馆不逊的词色，实逼处此，才来质问。不料公使全是一套偏袒朱参赞的话，竟指学生等所质问的为全无根据，学生等才要求朱参赞当面对质，怎的倒说学生等是无理取闹？学生等今日倒要领教公使，将如何不答应？"说着教大家都坐了下来。几十个学生，都争着拉椅子就坐。莫廷良睹此情形，怒得咬牙切齿，说话不出。鼻孔里哼了一声，板着脸冲进里面去了。

一会出来了一个矮子，向这些学生点头，自道姓名为林鲲祥，在使馆当三等书记。这些学生见林鲲祥说话和气，略消了些怒气。林鲲祥向刚才挺身出来说话的少年拱手，请问姓名。少年答道："我姓周名正勋，今年三月考取了第一高等。我来并不为学费，专为朱湘藩坐着使馆公事马车在菊家商店奸宿，使外国人见了笑话，特来请公使惩办。公使今日若无明确答复，就是立刻发学费，我等也不答应！"林鲲祥素来是开口便笑的，说道："诸君有事要求，最好议妥了，推一个代表，同兄弟去见公使。这位莫公使极好说话，准有圆满的答复。"众学生齐声说道："这话不错。我们就把要求的条件议出来，再推代表。"于是你一言，我一语，议出四个条件来：第一，莫公使不该骂学生无理取闹，又朱湘藩的事失于觉察，须向学生谢过；第二，朱湘藩撤差，须悬牌示惩；第三，学费须即日发给；第四，和朱湘藩通同作弊的会计课长，须示薄惩，以儆效尤。这四个条件议妥，给林鲲祥看，林鲲祥笑着不做声。

众学生要推周正勋做代表，周正勋摇头道："这代表我不能做，诸君另举别人罢！"众学生道："公推的不能辞卸。"周正勋道："我既同来了，不是不肯做代表，有个至当不移的理由在内。当代表的，不待说希望所要求的条件有效。这次若是我当代表，所要求的四条，必没一条能发生效力。是何道理呢？因莫公使刚才是为我几句话气得冲进里面去了。公使此刻心中，必然恨我不过。一见我的面，气就来了，决无商量条件的余地。诸君不信，请问林书记先生，莫公使派他出来的时候，是不是曾教他注意我？"林鲲祥听得，吃了一惊，望着周正勋笑。众学生道："既来了，那怕公使注意？并且凡是当代表的去质问，无论是谁，他见了都得生气。不要推托，多举一人同去就是。"

周正勋无法，催促再推出一个人来。众学生你望我，我望你，半晌推不出。忽从人丛中钻出个漂亮后生来，当众在胸脯上拍了两拍道："我去！这种事激于义愤，不由我不出来。"众学生看这人年纪不过二十多岁，穿着一身极时式的西服，头发刷得透亮，光可鉴人，脸上用美颜水擦得雪白，鼻梁上架着金丝眼镜，左手拿一顶暖帽，挺腰竖脊，大有奋不顾身的气概。有认识这人的，只管冷笑。周正勋不曾见过，忙请问姓名，这人拿出名片。周正勋一看，是《东亚日报》记者李铁民。周正勋怔了一怔，想道：这李铁民不就是有名的李锦鸡吗？近来是出了一种甚么《东亚日报》，是日本的浪人和中国几个亡命客办的，怪道那日报的内容那般腐败，原来是他在那里当记者。有了他，我今日这代表更糟了。正想又捏故推托，李锦鸡那容他说话，一手拉了周正勋就走，说道："有我这新闻记者的资格，要求的条件，无效也教他有效。不然，我明日就在新闻上宣布他的罪状。"周正勋道："这就全仗足下。今日北风大，我害伤风，有些头痛，受推举了没法，陪足下去一遭。"李锦鸡也不理会，向林鲲祥说道："请你去先容一声。这里有张名片，也烦你带去。"林鲲祥点头道好，接了名片，要周正勋也拿出名片来。周正勋道："我当学生的人，何处用得着名片？还没去印，有他这一张就够了。"林鲲祥望着周正勋笑了一笑，也不说甚。引二人走到楼梯跟前，教二人等着，自拿了名片上楼去了。一会下楼说道："公使说，很对不起二位代表。因身体不快，已服药睡了，改日再请二位来谈话。"

周正勋听了，正待转身，李铁民拉住不走道："岂有此理！我二人受众人公举，不见不能回去。刚才还在此骂我们，甚么急病这般迅速！"林鲲祥陪笑说道："公使实是身体不快。以后二位若查出是兄弟说了谎话，听凭二位如何责备兄弟。"李铁民道："公使既不愿见面，我们也不能勉强，我们且把要求的四个条件写出来，请公使立刻批复，我们若不得明确的答复，今夜只怕要借使馆下榻。"林鲲祥笑道："能得诸位在此下榻，兄弟是极欢迎的。只愁天气太冷，卧具不良，冻坏了诸位。兄弟房里有纸笔，就请二位去把条件写出来。"

二人跟着林鲲祥，到里面一间书室。林鲲祥拿出纸笔，周正勋让李铁民写，李铁民并不谦让，提起笔吮饱了墨，偏着头思索了半晌。忽然将笔一掷，说道："这种丧失国体的事，我越想越气，脑筋都气糊涂了。平常作文章千言立就，此刻脑筋一昏乱，连字都忘了。我念给你写罢！"说着起身，拉周正勋坐。周正勋只得坐下，提笔等李铁民念。李铁民那有得念，和林鲲祥坐在一边闲谈去了。这才把个周正勋急得无可如何，深悔自己不该出头说话，以致众人注意，推他做代表，来受这说不出口的苦。笔虽提在手中，实不知这条件应如何写法，缓缓的也将笔放了下来。听李铁民正对林鲲祥说《东亚日报》宗旨如何纯正，内容如何丰富，销路如何宽广，老袁如何注意，完全是他一个人编辑的。手舞足蹈，说得天花乱坠。末后问林鲲祥有甚么著作，好替他在报上传播，林鲲祥含笑道谢。

　　李锦鸡见周正勋也放下笔，坐在那里静听，问条件写好了吗？周正勋道："我等你念，你不念，教我如何写？"李锦鸡立起身来，叹道："我的神经又错乱了，你自己随便写罢，不必等我念。好在不要做文章，直截了当把四个条件写出来就是。若将要在报上宣布的时候，我再做不迟。"周正勋听了暗自好笑：你自己又无能力，又要面子，我才不落你的套！也立起身笑道："还是你来随便写的好，我如何及得你当新闻记者的那般敏捷妥当？"李锦鸡被周正勋这一逼，只逼得恨无地缝可入了，搔耳抓腮的想脱身之计。忽然哈哈笑道："现放着一个书记先生在这里，怎么不请他写？"说着，拉了林鲲祥，纳他坐下。拿笔塞在他的手里，说道："四个条件你都知道，请你替我写罢。"林鲲祥笑道："这如何使得？我的字迹公使一望就知道。"李锦鸡道："这有何难？你起草，我来誊正。我的小楷字很用了工夫的，一会儿就誊好了。"林鲲祥摇头笑道："先生不要给我为难罢，我是一个三等书记，受不起打击。我的笔墨，公使也是看得出的。依我的愚见，这条件只管从容。先生回报馆，多邀集几个能文的，大家斟酌妥善，再拿那用过工夫的小楷字誊好，或是从邮局里送来，或仍是二位亲来，公使馆也不会搬往别处，何必急在这一时？"李锦鸡点头道："这倒是个办法，我们就回去罢。"周正勋羞得一副脸通红，低头向外就走，李锦鸡、林鲲祥都跟了出来。

　　众学生都坐在客厅里，盼望代表回信，一见周正勋垂头丧气的出来，齐起身问交涉结果怎样。周正勋也不开口。李锦鸡在后面，向众学生挥手道："我们暂时都回去，等我回报馆编好了条件，再来代表诸君和公使办交涉。今日本太仓卒，条件没有做好，如何好着手办交涉？这事有我一个人负责，诸君但请放心，不得胜利的结果决不甘休。"众学生问刚才交涉到甚么程度，李锦鸡道："诸君暂不必问，我既完全负了代表责任，索性等办到得了十分圆满结果的时节，再报告给诸君听，才好卸脱我代表的职责。走，走，走，大家回去罢，我报馆里编辑的事忙得厉害，对不住，我要先走了。"说着，伸手给林鲲祥握道："先生大著请汇齐了，迟日来拜读。"林鲲祥不住的点头道好。李锦鸡也不顾众学生，别了林鲲祥，扬长走了。众学生一看周正勋也不见了，只得围住林鲲祥，问交涉如何办的。林鲲祥道："二位代表说没做好条件，不好着手，此刻回报馆编条件去了。诸位既公推了他二位当代表，一意等他二位的报告便了。"众学生听了，也无话可说，只得悄悄收兵，齐出了公使馆。一场掀天揭地的风波，就被林鲲祥一阵笑散了。留学生因此替林鲲祥取了个绰号，谓之"笑面虎"。

这场风波虽然暂时平息，莫公使仍是气朱湘藩不过。后来查出不见了五千元株式券，问朱湘藩，承认拿去抵押了，更忿恨不过。正要不顾交谊，呈明外交部撤朱湘藩的差使，政府已派海子舆公使来接任。莫廷良自己立脚不住，也就忍气不肯再做恶人。这也是朱湘藩官星照命，嫖运亨通，才遇了这种机会。

这海子舆和朱湘藩同在早稻田大学毕业，平生最是迷信日本。相传他在早稻田大学的时候，功课平常，若和日本人受同等试验，万无毕业的希望。他就花钱运动，拜那大学校长大隈伯爵为义父，才敷衍试验，得了张毕业文凭。袁世凯因想求日本赞助他做皇帝，这驻日公使，必须拣选与日本当道感情最好的。此时大隈伯爵正任内阁，海子舆与他有父子之情，袁世凯料定派他去，交涉必容易办些，因此派了他来接任。他带着家眷来日本，朱湘藩早得了消息，最先上船迎接。

海子舆的妻室，也是个日本绅士人家的女儿。老留学生有知道底细的，说海子舆为这老婆很用了一番心血，真所谓"入活地狱，下死工夫"，才得为夫妇。海子舆当日在早稻田大学读书的时候，年龄才二十五六岁，本来生得仪表堂皇，日本话又说得透熟如流。年轻的人在日本这种卖淫国内，怎免得了嫖的这一个字？凡是好嫖的人，遇着生得整齐的女子，没有不转转念头的。海子舆每日去早稻田大学上课，常遇着一个女学生，十七八岁芳龄，腰肢婀娜，体态轻盈。海子舆趋步芳尘，已非一日，那女子见海子舆翩翩年少，亦时于有意无意之中，流波送盼。海子舆认为有交谈的机会，及到跟前，想申诉倾慕之意，那女子又如天仙化人，目无俗子。如此三番五次，急得海子舆生出一条妙计来。

这日上课，租了一乘脚踏车乘着，那女子正低头行走的时候，猛不防劈面撞将过去。有意撞人，那来得及避让？只撞得仰面朝天，跌倒在地。海子舆装出吓慌了手脚的样子，忙滚下车来，双膝跪在地上，先认了罪。才叫了一辆人力车，殷勤将那女子抱上了车，亲送入就近的医院，求医生施应急手术。自己在旁边抚摸、安慰、谢罪、压惊，无微不至。问了女子的姓名住址，原来是青木秋吉的女儿，叫青木歌子，住在小石川台町。青木秋吉当过代议士的，家中势派不小。没有儿子，就只两个女儿。歌子是他的大女儿，在女子家政学校肄业，次女年纪还小。歌子最得父母钟爱。日本婚嫁最迟，十八岁还没有字人。海子舆把她撞进医院，即问她家中有没有电话，歌子说有，随告诉了番号。海子舆亲打了个紧急电话，吓得青木秋吉夫妇带着次女，都坐车飞奔前来。海子舆又叩头谢了罪，才申述事由。青木夫妇见歌子两腿及前胸受伤很重，不由得望着海子舆生气。海子舆总是诺诺连声的说自己该死，无论受如何处置，都甘心领受。又打电话到学校里请了假，在医院里衣不解带的伏侍，比看护妇还要周到十倍。倒弄得青木夫妇及歌子都有些过意不去。说伤痕不要紧了，不必再是这般看护。海子舆那里肯呢？直伺候到伤痕完全好了，已是一月有余。医药费数百元，海子舆不待青木算账，先拿出钱来清了。退院之后，又买了许多衣料、首饰送去。

歌子心中早是感激，就是青木夫妇也很觉海子舆这样的人难得。往来渐渐亲密，歌子与海子舆就私下订了白头之约。青木夫妇却不甚愿意，一来海子舆是外国人，女儿嫁了他，不容易见面；二来海子舆门第不高，在中国是个普通百姓。夫妇两个劝歌子不要错了念头，歌子说："我当日被脚踏车撞倒的时候，昏迷不省人事，是他将我抱入车中。到医院后，他又在我浑身都抚摸遍了。我若另嫁别人，如何使得？他虽是外国人，但于今拜了大隈伯爵为义子，也差不多算得个日本人了。若说他是平民，那更容易，有他这种人物，又有大隈伯爵的声援，那怕在中国弄不到一官半职？他对我说了，他是个有志行的男子，不等到做了官，不来结婚。"青木秋吉道："他在中国做了官，到这里来结婚之后，不仍是要回中国去吗？他若能到日本来做官，我就将你许配他。"歌子知道她父亲是有意出这难题目，无非要破坏这婚事。中国人那得到日本来做官？但是父亲说的，不能反抗，只得将这话说给海子舆听，以为海子舆听了这话，必很为难。谁知他全不在意的笑道："到日本来做官不容易吗？毕业后，不出五年，包管到日本来做官。"也是天从人愿，海子舆一毕业归国，就在外交部当差。真个不上五年，便夤缘了驻日公使馆的一等参赞，不应了他到日本来做官的话吗？他一到日本，就拜青木，首先结了婚，再理自己的职务。当时传为美谈，说是"有情人成了眷属"。这次放了他的公使，带着歌子，更是兴头的了不得。

　　朱湘藩料定海子舆必不反对自己的行为，迎接到署之后，即将鹤子的事告诉了。海子舆喜道："此时正在谋中日亲善的时候，这却是个好机会。你也索性出了日本籍，我替你主婚，正式娶到家来，将来好歹都得着奥援。"朱湘藩问道："怎么好歹都得着奥援？"海子舆笑道："你如何连这个都不懂得？好，便是中国不亡的，我们走着这条路，对日本的外交，总少不了我们；歹，便是中国亡了，我们有了这条后路，生命财产是稳如泰山的。并且若是中国将要亡的时候，日本政府对于中国的计划，大约也少不了我们做导火线。现在的中国，已到了这种无可挽回的地步，你我自家兄弟不用客气，难道不应该求一个自全之计吗？"朱湘藩点头道："国家兴亡，归于气数。你我少数人的力量，正如蜻蜓撼石柱，那里撼得动？自己个人切身的利害，那是不容不早为计及的。中国亡了，我们不能跟着自杀，活在世上一天，是要一天供给的。生命财产，怎的不要预先打算打算？"海子舆道："我这次奉使到这里来，第一件是借款，不论大小，要立了，多少有点好处；第二件是要求承认帝制，办妥了好处更大；第三件是收买党人。你是我的旧友，帮办了这三件事，你的根基就稳固了。"朱湘藩自是答应，鞠躬尽瘁，死而后已，替老袁当个三等走狗。

　　一日，海子舆忽接了袁世凯一道万急密电上谕，笑对朱湘藩道："恭喜你，赚钱的生意上门了！"朱湘藩忙问甚么生意。

　　不知海子舆说出甚么来，且俟下章再写。

第一百零六章

<h1 style="text-align:center">中涩谷亡命客开会
精养轩留学生示威</h1>

话说朱湘藩听说有赚钱的生意上门，忙问甚么生意。海子舆道："今上来了道电谕，说已派了飞行将校冯润林到这里来，教我赶急和日政府交涉，购买筑都式飞机十架，即日随冯润林装运归国。这事我委你办理，不是赚钱的生意上了门吗？"朱湘藩听了，大喜谢委。海子舆这日拿了那道电谕，去拜他义父大隈内阁，述了袁皇帝旨意。大隈自是肯帮助干儿子做事，就只虑参谋部不给通过，示意海子舆宴请参谋部长、海陆军大臣。要他们通过了，才无滞碍。海子舆即订了正月初八日，在筑地精养轩，借着新年例宴，运动通过这案。

海子舆自奉电谕之后，虽然每日奔走日本当道，却是十分秘密。使馆人员除朱湘藩外没人知道，为的是怕亡命客得了风声，又生出许多意外波折。谁知那不作美的日本新闻纸，只解得有闻必录，全不知替人隐瞒，竟将事情始末尽情披露出来。等得海子舆见了新闻，求日政府禁止登载时，已是全国皆知了。

就中得了这消息，最着忙的，就是云南、四川两省的亡命客与一般有些国家思想的学生。因为云南已经倡议，四川更是战争激烈的时节。这十架飞机一到，战事上，民军必受很大的打击。扬汤止沸，不如釜底抽薪。此时激动了一个伟人，便是第一集《留东外史》中，黄文汉陪着去迎接孙大总统的伏焱。他一向住在东京，韬光养晦，不问外事。数月前住在长崎的林巨章，见东京的小亡命客，归国的归国去倡革命去了，不归国的多被收买了，料没人再寻他缠扰，带着陆凤娇和张修龄、周克珂到东京来。他和伏焱是老同志，合伙在市外中涩谷租了一所房子。这房子也是日本民党中健将姓山本的别墅，又宽敞又华丽，俨然像个王侯的邸宅。若在去年亡命客最多的时代，林巨章决不敢租这们大的房子居住，于今是听凭他们挥霍，也没人过问的了。

闲话少说。且说这日伏焱在朋友处，得了这买飞机的消息，即和林巨章商议，要设法釜底抽薪。林巨章疑心这消息不确实，恐枉费工夫。不到两日，各新闻上都传遍了，林巨章就在自己家内，邀集了些民党要人磋商办法。有主张用民党要人名义，通函参陆部，陈述利害，求参陆部不通过这案的；有主张警告海子舆，教他不办这交涉的。张修龄在旁笑道："两个办法都做不到。这是一种秘密交涉，参陆部如何肯承认有这一回事？海子舆要知道怕警告，在这时候也不巴结来做公使了。我倒有两个办法，千妥万妥，就只愁没有去实行的人。"林巨章问："甚么办法？实行的人，现放着这多同志，那怕没有？"张修龄道："海子舆订了初八日在筑地精养轩宴参陆部，我们派几个头脑浑浊的糊涂蛋，到那宴客的隔壁房间去喝酒，装出烂醉的样子，寻事闯乱他的筵席，拼着进警察署。几个喝醉了的糊涂蛋就到警察署，也问不出甚么罪名来。参陆部被这一闹，脑筋里又都有去年九月初九日蒋四立被刺的那桩事，必定心怀疑惧，不肯终席就走。他们一散，飞机案便没那们容易通过了。"大家听了，都拍手道好。

林巨章道："去闹事的人，不必要同志，只要是中国人都行。我们大家物色，总有肯去的。"座中忽然钻出一人，放开如雷一般的嗓音说道："这事情交给兄弟去办。兄弟新理部务，尚无建白，这点小事应得担承。如有差误，自甘军令。"大家听得，都怔了一怔。争着看时，却是一个魁梧奇伟的大络腮胡子，都认得他是新委任的湖南国民党支部长，有名的大喉咙林胡子。他自许先生动身之后，便接任了支部长。他与四川关系最深，又是个有心做事的人，因此一口担任。大家知他系一个爽直军人，也没人笑他。林巨章道："这一个办法，有林部长担任了。你说第二个办法罢。"张修龄道："第二个办法就更难了。须派人打听冯润林几时在上海动身，坐甚么船，在半路上迎着。或是手枪，或是炸弹，收了他的性命，以后料没人再敢来承办这差使了。"林巨章摇头道："这个办法做不到，谈何容易，到那处找这个人？"大家听了，也都不做声。

林胡子见大家都摇头晃脑，不肯答白，气得连胡子都竖起来，说道："我也不敢说一定办得到。凡事只怕没有办法，既有了办法，总得竭力去干，办得到办不到是不能预定的。这第二个办法，我也担任了罢！只是办不到的时候，我不能受责成就是了。"大家鼓掌，恭维林胡子有气魄。周克珂立起身说道："两个办法都要林部长一个人承办，我等袖手旁观，一些也不帮助，莫说人家笑话，我们自己问心也觉不安。打听冯润林动身的事，我承办了罢。打听明白了，就给林部长送信。派人去干的时候，我就不管了。"大家说好。林巨章也觉得意，自己两个部下，一个能出主意，一个能担任实行。林胡子对周克珂道："事不宜迟，我二人就分途去办罢。我预备了人，专候你的消息便了。"周克珂点头答应，大家散会。

单说林胡子归到青年会，当晚召集部下，演说了今日会议情形，用了些激励的话。当下有杨小暴徒同一个姓安的，叫安志超，答应去精养轩闯祸。林胡子每人给了十块钱，并说如闹进了警察署，每人再给二十元慰劳金。二人欢天喜地的收了钱，准备去大闹。林胡子心想：去行刺的人，胆量自是要大，身手也得十分勇健的，才有脱险的希望。自己部下，想不出这个人来。谭先闿、刘应乾虽也算是部下的人，但他二人此刻都有了钱，自己又初任部长，没有感情，没有威信，怕他二人不服调度。只是已当众承诺下来了，不能不派人去干。说不得亲自去求他二人，看他如何说法。主意打定，次日一早，就来到谭、刘二人家里。

此时刘应乾已替百合子赎了身，娶到家中，俨然夫妇了。新年天气寒冷，林胡子来的时节，还拥百合子睡着，没有起床。谭先闿正靠着热烘烘的火炉，在那里看报。见林胡子进来，才从容放下报纸问："如何这般早？外面风大得很，也不怕冷吗？"一面说着，一面叫下女拿蒲团给林胡子坐，自己也不起身。林胡子坐下来笑道："这话全不像是你说的，彷佛是个富家翁的口气。"谭先闿大笑道："你真小觑了我。平常忘八兔子有了钱，也要算是富家翁。我于今有了钱，不求人了，难道只许有钱的忘八兔子摆格，我就不能搭架子吗？"林胡子道："你有了这几个钱，便心满意足的搭起架子来，那就完了。我因为不小觑你，才说这话不像你说的。你要知道，我们支部里，像你和老刘这般健全的分子，没有第三个。于今老刘钻在温柔乡里，有天没日头了，你又是这般器小易盈，我真是没有福德。许先生当部长的时候，一个个全是生气勃勃的，无论甚么为难的事，说干就干。我一接任，连你们这种健全分子都持消极主义了。我不为我个人着急，也不为湖南国民党支部着急，我真为中华民国的前途着急。偌大一个民国，就听凭袁世凯一个人横行霸道，眼见得中华民国的灵魂都没有了。

我们顶着民党的头衔，是这样看水流舟的，眼睁睁望着中华民国断送在袁贼一个人手里，千秋万世，也要骂我们全没一些人气！"

谭先闿着急道："你好好的，哭些甚么？我不搭架子就是了，我去叫老刘起来。本也太不成体统了，夜间一两点钟还不睡，白天就躺到十一二点钟不起来，倒像是前清的吸鸦片烟的官僚了。"说时跑到刘应乾房门口，提起拳头，在格门上擂鼓也似的擂了一阵。刘应乾在房里答应，高声问："甚么事？"谭先闿道："吃晚饭了，还不起来！"刘应乾好像打了个呵欠，唧唧哝哝说道："我才睡着，就把我闹醒，你要吃晚饭去吃罢！"声音随说随小，至此又像睡着了。谭先闿又是一阵大擂，林胡子止住道："他昨夜既没睡，让他睡罢。"谭先闿不依道："非得将他们闹起来不可。是这样一条瞌睡虫，当甚么亡命客！你起来不起来？若再挺着，我就对不住，要打进房来了！"半晌，刘应乾才答道："你生得贱，这样好睡不睡，要爬起来受冻。我就起来，看你有甚么事！"接着就听得小声和百合子说话。谭先闿见他答应就起来，才不擂门了。回身坐下，笑向林胡子道："我们当革命党的人，第一不能有家室，第二不能有钱。有了这两件，就莫想他再谈革命了。"林胡子摇头道："也看这人的志行怎样。爱财好色的人，如何称得起真正的革命党？像你和老刘并不是爱财好色，是当穷苦亡命客的时候激刺受多了，一肚皮的牢骚无处发泄，有意是这样出出胸中的恶气。若真是爱财好色的人，我也不这们大清早起，冒着北风来看你们了。"

林胡子的嗓音大，刘应乾在隔壁房里听得清楚。坐起来，披了衣，将门一推，跑过来笑道："倒是你这胡子知道我两个。像他们那些伟人，用得我们着的时候，恨不得叫我们做老子；一用不着了，翻起一双白眼，那认得人哪，真把我两个的五脏六腑都气烂了。天有眼睛，我们也弄了几个钱，我们也晓得搭起架子来，给他们看看。"林胡子笑道："你不要只顾说话，穿好了衣再说。是这样散开披了，不要着了凉。"刘应乾笑道："那就这般贵气了？去年正月，那些大伟人穿着貂皮外套，我和老谭都是一件夹衣，他们连穿了不要的棉衣也不肯送我们一件。见面还要拿着'同志'、'自家兄弟'这些好听的话，来刺我们的耳朵。唉，我们想起来，真是够受的了。"林胡子道："还想它做甚么？大丈夫以身许国，尽自己的力量干事就是了。人家待遇的厚薄，计较怎的？他们那种人，难道送了件自己不要的棉衣给你们，就承认他是同志，是自家兄弟吗？这些话此刻都不必谈了，我十几岁就当兵，到于今，差不多在军队里混了三十年了，脑筋简单不过，一心一意，只知道要驱逐袁贼。没当支部长的时候，尽我一个人的力量；现在当了支部长，就要群策群力了。近日新闻纸宣传袁贼派姓冯的来买飞机，我想飞机一去，民军不要受大打击吗？急得想不出防止他的法子，特来找你两个，看有甚么主意，使他买不成，或买了运不回去。"

刘应乾道："新闻我也看得。海子舆是日本人干儿子，甚么交涉办不了，我们有法子能防止他吗？"谭先闾冷笑了声道："怎的没有法子防止？只要……"刚说到此，刘应乾对他使眼色，就停住不说了。林胡子笑道："你们挤眉弄眼的干甚么？有法子何妨说出来，难道你们有了这几个钱，真不再谈革命了吗？快乐只管快乐，正事仍是要做的。你们要念及我这们大清早起，冒着北风到这里来，为的不是我一个人。我何尝不知道和你们一样，在家中安享？我此刻所有财产，也够我一辈子使用了。既顶着民党的头衔，遇了这种关头，那容不做理会？"谭先闾道："我是随口乱说的，并不真有甚么法子。你若有法子，我倒愿意去做。"林胡子问道："我有法子，你真愿意去做吗？"谭先闾笑道："你且将法子说出来，可以做的，准去做。"林胡子叹道："人一有了钱，就自然会滑头滑脑了。你从前那是这样没气魄的人？"谭先闾正色道："你说罢，不是我吹牛皮，讲革命，没有我干不来的事。上刀山，跳火坑，我都去。"林胡子笑道："你此刻说得好，只怕老刘对你一使眼色，你又要变卦了。"谭先闾立起身道："老刘又不和我共喉管出气，他不做只由他，我要做只由我。"刘应乾道："要做大家去做。且把法子说出来，让我也思索思索。"

林胡子才把昨日会议的情形，说了一遍道："这事除你两个，没人敢做，也没人做得到。昨日同场会议的四五十人，谁肯承诺？"刘应乾笑道："好胡子，只顾你要面子，就不要顾我们的性命了。"谭先闾道："快不要这们说，那里是胡子一个人的面子？你就思索罢，看干得干不得。"刘应乾道："我是一句笑话，有意急胡子的。这事何用思索，我们预备应用的家伙，等候那姓周的报告就是了。"林胡子高兴道："家伙我那里现成的。姓周的一来信，我就拿到这里来。危险物放在你们这里不妥当，青年会借着西洋人的面子，任凭多少都没妨碍。只要手枪，还是炸弹也要？"刘应乾道："两种都要。炸弹响声大，能将旁人惊跑，白烟浓厚，又能迷住警察的眼。手枪带在身边，是图脱险用的。若一炸弹没有做了，也可用手枪补他两下。"

林胡子笑道："你们两个带着四件武器，只要每人给他一下，还怕他跑到那里去？"刘应乾摇头道："你这话是外行，两个人决不能同在一处做的。或是一个人观风，一个人动手，或是分途等候，谁遇着的谁动手。若两个同在一处，便危险得很。第一，是怕浓烟迷住了，自己误打了自己的人。因为放炸弹的，只等弹一出手，身躯就要赶急往下躺；爆发的时节，自己才不至受伤。同在一处的人，那来得及躺这们快？放弹的身躯一躺下，顺手就要掏出手枪来，凡是离自己切近的，不问他是谁，都得赶要害处给他两下，才有脱险的希望。还有一层，除非是荆轲、聂政，做这种事才不慌乱。平常人那怕有吃雷的胆量，一到那时候，不由得一颗心总是砰砰的跳；被炸弹炸的躺下了，放炸弹的也躺下了，你说这个心慌意乱的同伴，在这个烟雾腾天的里面，如何认得出是敌人，是自家人？若胡乱将他手中的家伙也放了出去，不糟透了吗？并且一遇了能干的警察，即不受误伤，也难免不同时破案。同做一处是万万不行的。"林胡子连连点头道："你这话是有经验、有阅历的。我同党中有你们这种人，真是增光不少。我们就是这般议决了罢！"二人同声应是。林胡子作辞起身，谭先阎留吃了早饭去，林胡子笑道："我六点钟就用了早饭，此刻十点钟，要回去午餐了。我看你二位，以后不要再是这们俾昼作夜，白糟蹋了有用的身子罢。"二人都笑着，送林胡子出来。

林胡子去后，刘应乾埋怨谭先阎道："你这人真太老实！林胡子和我们有甚么感情，拼性命替他做面子？若是许先生当部长，我不待他开口，争也要争着去。"谭先阎道："我们自己情愿去做，你怎的定要说是替林胡子做面子？你这话，我决不承认。"刘应乾笑道："你对我还要说这些客气话，林胡子不来殷勤劝驾，你去不去？"谭先阎道："那是不错。我问你，林胡子若是要做一个不关紧要的人，或是要报私仇，你我去不去？只怕不先议了价钱，不看大哥的面子，就是八个人来抬，也抬不去呢！"刘应乾还待争论，百合子叫他去洗面，说要开饭了，才打断了话头。

再说杨小暴徒和安志超，领了二十块钱，商议如何去精养轩寻衅。安志超说："我二人竟拿名片去会海子舆，问他为甚么要替袁贼买飞机，去打我们民党。再质问日本参陆部长，如何要助桀为虐。你说行不行？"杨小暴徒说："不行，他们必不肯承认的。我们只作不知道他是公使，多喝些酒，寻事和海子舆带的小使口角，两句话不对头，就打起来，扭着他，横竖要他的主人出来陪不是。或者径扭到海子舆跟前，得了神经病一般，总以越闹得凶越好。碗盏桌椅只管拿起来，打个七八零落，怕海子舆不赔偿吗？"安志超连说："再妙不过。"

海子舆请客，是订了初八日午后两点钟。这日十一点多钟，杨、安两个就来至精养轩。见门外静悄悄的，不说汽车马车，连人力车都没停着一辆，知道还早。杨小暴徒问账房："有最大的客厅空着没有？"账房在杨小暴徒身上打量了两眼，问："几点钟要用？"小暴徒说："午后两点钟。"账房摇摇头说："午后两点钟，莫说大客厅，小房间也没空着的。"小暴徒问："都被人定去了吗？"账房道："先生不信，请上楼去看看。"小暴徒说："好。"教安志超在底下等着，随账房到楼上。只见各房间都坐着七八个，十多个不等。但望去全是中国学生，也有团坐在一桌吃点心的，也有散坐了闲谈的。惟中间一连两个大客厅空着，一个人也没有。小暴徒道："这两间不是空着吗？"账房笑道："这两间订去几天了。现在新年，那有空着的？"小暴徒道："那几间房里的客又不吃喝，坐在那里闲谈，怎不教他腾了出来，好卖给别人呢？"账房道："如何是闲谈？客还没到齐，已经点好了菜，闲谈着等客齐了才吃喝。"小暴徒道："我已到这里来了，就没有大客厅，小房间你也得设法腾一间给我。"账房踌躇了会，问道："共有几位客？"小暴徒道："有大客厅，便有十多位客；没大客厅，就是两个人，将就吃点罢。"账房道："楼底下还有个小房间，楼上是没法设。"小暴徒只得下楼，和安志超说。安志超道："这样不凑巧，怎么办呢？楼底下你说行么？"小暴徒道："没法，只好相机行事。"

二人随账房到一间小房子里面。这房子是预备给寒村小鬼，身上揣着几角钱，也要充阔老来这里摆格。账房就把他们塞在这里面，下男下女都不大肯来理会的。小暴徒见房中黑暗得差不多要伸手不见掌了，不由得气往上冲，拖住账房道："你把我们带到这房里，你说这般黑漆似的，教我如何瞧得见吃喝？赶快换给我一间罢，我吃喝了不给钱行么？"账房道："有房间可换，也不带先生到这里来了。瞧不见吃喝，有办法，等我把电灯扭燃便了。"小暴徒尚待不依，安志超轻轻拉了他一下。账房真个把电灯扭燃了，小暴徒笑道："活见鬼！清天白日开电灯吃饭。"账房去了。安志超道："倒是这间黑房子好，我们只有两个人，吃不了许多钱。此刻又为时尚早，占了他一间大房子，太久了，说不定要催我们走，那时才不好办呢。"小暴徒点头道："且叫下女弄点酒菜来，慢慢的吃喝。两个人轮流去外面打听，海子舆一来了，我就过去故意撞跌他一交，先给他个下马威。"安志超举起两手，拍了会巴掌，不见下女来。小暴徒笑道："你这个乡里人不得了，这们大的西洋料理店，叫下女没有电铃，要拍巴掌吗？"说着，拿眼四处一望，找着了电铃。按了两下，彷彿听得有人答应，即回身坐下。等了半晌，那有个人来？小暴徒又去，按着不放，才见个下女跑来，问做甚么。小暴徒道："你问我做甚么，我倒问你这里是做甚么的？"下女见他神色不对，转了点笑容说："要酒莱么？"安志超点点头道："只怕是这们一回事。"随说了些酒菜，下女应着去了。

小暴徒指着壁上的钟道："一点多钟了，你先去门口看看。"安志超起身出来，见门外停着一辆马车，一辆汽车，门口正拥着一群衣冠楚楚的人。精养轩的账房、下男，都排班在那里鞠躬迎接。安志超认得是海子舆带着翻译、参赞来了，打算糊里糊涂撞将过去，抓住海子舆，口里乱骂卖国贼，拳头脚尖一齐上，打个半死。

不知海子舆性命如何，且待下文分解。

第一百零七章

小暴徒目逐锦鸡飞
老丑鬼心惊娇凤闹

却说安志超一见海子舆，蓦地眼红。正待抢上前去打他，却是没有喝得两杯酒，胆子壮不起来，有些鼓不起劲。忙转身叫小暴徒，等得小暴徒出来时，海子舆已上楼去了。急得小暴徒跺脚，埋怨安志超不中用，定好了的计划都不能实行。安志超道："没要紧。参陆部还没来，我们快喝上几杯酒，再寻他去闹便了。"二人回房，一迭连声催酒菜。新年客多，又正在大家上席的时候，厨房里连正席都忙不过来，黑房子里的客，自然不在他们心上。催了几次催不下，急得小暴徒暴跳，高声大骂下女，逼着要下女叫账房来。下女道："楼上的客正在闹事，账房到楼上去了。"

小暴徒仔细一听，果听得楼上人声嘈杂。撇了下女，拉了安志超就走道："好机会来了，闹上楼去！"二人跑到楼梯口，即听得上面一片声喊打，小暴徒听是中国人，也不问情由和要打的是谁，一面连窜带跳上楼，一面也高声喊打。到楼上一看，那些房里的中国学生，约莫有七八十个，都挤在方才空着的那间大客厅里，挤得满满的，你一句，我一句，在里面争辩，挤不进去的，就立在外面喊打。小暴徒料定是学生结了团体，来寻海子舆开谈判的，跟着喊打，用力分开众人，往里面挤。只听得众学生齐喊："不要放走了海子舆！"想窜到跟前，将海子舆扭打一会，挤进里面一看，那里有海子舆的影子？几个年龄稍大的学生，围着一个衣冠华丽的人，在那里谈判。一问才知道是朱湘藩，见他向着大众，只是陪笑作揖。忽然从人丛中钻出一个人，劈胸对朱湘藩一掌推去，口中骂道："看你以后还敢一个人霸占菊家商店么？还敢坐着公使馆的马车吓我么？我实在恨极了，你们大家来打死他！"小暴徒看这人有些呆头呆脑的样子，骂出话来，大家都笑，由他怎么喊叫，并没一人帮着他动手。正待上前，也将朱湘藩毒打一顿，猛听得外面有人吹哨子，众学生跟着哨声，如潮水一般往两旁分让。几个佩刀的警察，大踏步撞将进来，怒容满面的，连拖带扯，教众学生都立在外面廊檐底下。学生有不服的，警察就动手来拿，众学生又哄闹起来。朱湘藩高声说道："公使已回使署去了。诸君有话，请到使署去说。此间是外人管辖的地方，太放肆了是要上当的。我这话，是为顾全中国人大家的面子，诸君不要误会。"朱湘藩这几句话，倒听入了众学生的耳，都不说甚么，回身往外就走。

原来此时海子舆并没逃出精养轩。上楼的时候，见无数房间里全挤满了学生，一个个都横眉怒目，知道是来寻事的。但一时不便退回去，教翻译知照了账房，一有事先安顿地方给海子舆藏躲，再打电话给警察署，派警察来排解。海子舆因怕激出变动，不敢教警察拿人。朱湘藩见警察要动手了，所以说出这番话来，一则免得激出变动，二则将众学生骗出去了，警察才好保护海子舆从侧门逃走。众学生进客厅的时候，即不曾见着海子舆，以为真个早已逃走，也就闹不起劲了。为首的即是李锦鸡，立在廊檐下对众学生说道："我等找本国的公使开谈判，又不扰乱日本的治安，日本警察如何能动手拿人？出发的时节我就演说过了，只能和海子舆辩理，不许用野蛮手段。刚才是那个动手打朱湘藩的，我们须处罚他。"只见那人伸出头来说："谁不知道我是云南老留学生罗福？你李锦鸡不消说得，去年在菊家商店被我出了你的丑，你就记恨，想借这事来报复我。朱湘藩不是你的干老子，我打他干你甚么事？"李锦鸡气得骂罗福是只癫狗，罗福又待出来揪扭，众学生连忙扯散。再看朱湘藩和那几个警察，已不知何时从甚么地方走了。一个下男拿了几张账单过来，问众学生要钱。

小暴徒和安志超见使馆的人都走尽了，参陆部也不见有人来，料已不成宴会了，也没吃着酒菜，用不着会账，即下楼出了精养轩，回青年会，将这情形报告林胡子。林胡子道："第一个办法，算是我国人心不死，得了这样圆满结果。就是第二个办法，不知怎的，那姓周的还没有信来。若没探听得着，让他安然到日本，进了公使馆，那就不好办了。"小暴徒道："我们何必定要靠他探信，不好自己派人去打听的吗？"林胡子摇头道："此刻派人打听已是迟了，难道于今他还在上海不曾动身？我就去看姓周的，看他怎生回复我。"说着，即动身到中涩谷来。

却说周克珂那日会议承诺探听冯润林的消息，散会后，悄悄的和陆

凤娇说。谁知陆凤娇不听便罢，一听了，就生气说道："你们男子生成了
贱骨头，这样冷天坐在家中烤火还冻得只抖，人家买飞机也好，买甚么
也好，与你甚么相干？偏要你去打听。我不准你去，你敢去！我要知道今
天是为这事开会，早就不答应了。只晓得嘴里说，怕穷亡命客知道住处，
来缠绕不休，如何又要一群一群的招到家里来？自己是这样招摇，还怕他
们那些穷小子不来敲竹杠吗？你说出来不怕吓煞人，动不动就拿手枪、炸
弹去害人家性命。袁世凯派来的人，你连面都没见过，有甚么仇恨，要去
打杀他？莫说你，就是老丑鬼要去，没有我，就由他，有了我嘎，只怕不
能由他随心所欲的胡闹！他一条猪命狗命值不了甚么，教我这下半世怎样
过？我自己没有生男育女，他又没有三万五万丢给我，我就听凭他干危险
事吗？"周克珂道："我已当众承诺了人家，此时翻悔不去，这面子以后怎
好见人？我又不动手去刺人，只打听打听消息，不要费几日工夫，有甚么
危险？只求你放松这一次，顾了我的面子，往后我再不是这样了。"陆凤
娇双眉一竖，双眼一瞪，在周克珂脸上下死劲啐了一口道："谁教你当着
人充豪杰？这回顾了你面子，下回你又不记事了。莫想，莫想！再提这
事，我就真恼了。"周克珂吓得不敢开口。

　　陆凤娇又道："前日是谁来说，蒋四立想来拜老丑鬼？"周克珂道：
"就是章四爷那个背时鬼。他当了一辈子的革命党，同戊戌六君子共事
的，到于今五十岁了，会一旦失节，到袁世凯脚下去称臣。第二次革命他
在南京，黄克强走了，他就同何海鸣硬支持了个多月，同党的人都很恭维
他。亡命到这里来，又不是没钱生活，因终日和刘艺舟、何海鸣这班人
在一块，便连自己几十年的根基都忘记了。他自己一失节，即想拖人下
水。巨老在这种关头倒有把握，一任他说得手舞足蹈，总是拈着胡子笑
笑，也不反对，也不赞成。"陆凤娇道："章四爷也是走蒋四立的门道投诚
的吗？"周克珂摇头道："蒋四立那里够得上招降他？去年年底，章四爷被
刘、何二人煽动了，露出了些投降的意思。刘艺舟和蒋四立闲谈的时候，
谈到章四爷，就将这意思说了。蒋四立是吃山管山，吃水管水，得了这
信，连夜到公使馆，跟海子舆商量。海子舆才接任不久，正要招降几个声
望大的，好希望多记录几次。一个密电打到北京，不几日，得了个'深堪
嘉奖'的回电。如是，章将军就变了降将军了。"陆凤娇道："投诚也得些
钱没有？"周克珂道："听说在公使馆议降的时候，海子舆送了一千块钱给

他，说是去北京的路费。"陆凤娇道："要到北京去吗？"周克珂道："岂特到北京去，还有官做呢。袁世凯回电，聘他为总统府顾问，封他为将军府将军。他前日在这里说，每月薪水有三千元呢。得意极了，才到这里来，想将巨老也拖下水去，你看可笑不可笑？"陆凤娇道："这有甚么可笑？定要和你们一样，坐在这里，没一点出息才好吗？我看袁世凯不寿终正寝，你们是这样一辈子也休想出头。"周克珂惊讶了半晌，说道："嫂子，你如何说出这种话来了？幸是对我说，若巨老听了，怕不急得哭起来。"陆凤娇道："甚么事要急得哭起来，我的话说错了吗？人家都到北京做官去了，看你三个人去革命！章四爷有朋友，才想到我们身上，肯来做个引路的人。要是不顾朋友的，还得悄悄的到北京去，怕我们夺了他的宠呢。你同老丑鬼一般的狗咬吕洞宾，颠倒不识好人。我今晚劝老丑鬼，把那条和袁世凯拼命的心收起，你也要帮着劝他。你要知道，我实在不愿意住在这里了。并且一听说你们要干危险的事，气就来了。你想安然到北京做官，钱也有，势也有，何等威武！要住在这里，又怕侦探来行刺，又怕同志的来敲竹杠，连稍微热闹的地方都不敢去逛一逛，不是活受罪么？"

周克珂听了，心中绝不谓然。但是和林巨章一般，久已慑服于陆凤娇淫威之下，不敢稍持异议，当下陪笑说道："这事关系巨老一生名节。嫂子说的虽是不错，只怕……"话没说完，林巨章从外面进来。陆凤娇不做理会，连连问周克珂道："只怕甚么？你不要跟着他是这们只怕、只怕的，怕甚么？"林巨章笑问："怎的？"陆凤娇道："你坐下来，有话和你说。"林巨章见陆凤娇像要正式开谈判的样子，吓了一跳，悬心吊胆的坐下来，拿枝烟擦上洋火，慢慢的吸着，好遮掩惊惧的神色。陆凤娇问道："你打算在日本住到几时？"林巨章忙答道："近来通缉的令，好像松了些。到上海去住在租界上，只要秘密一点，大约还不妨事。"陆凤娇冷笑道："在租界上住到几时呢？万一人家知道了，怎样呢？"林巨章道："老袁要倒，快了。本定了今年元旦日登基的，四国的警告一来，吓得他不敢了。此刻云南、四川是稳固了，南几省响应的声浪一日高似一日，这皇帝他做得成吗？"陆凤娇睟周克珂一样的，睟了口道："你还在这里做梦！云南、四川稳固，南几省响应，你不是在四川反对袁世凯，被逐出来的吗？你不是说过，那时南几省都要响应了吗？怎的会都跑到这里来呢？"林巨章道："此一时，彼一时，不能一概而论。"

　　陆凤娇道:"你心里要明白一点,不要吃了迷魂药似的。像孙文、黄兴是已成了革命党的大头脑,就肯去投诚,袁世凯也信他们不过,没法,只得死也要说革命。次一等的,有几个不到北京做官去了? 除是卷得款子多的,够一辈子生活,落得吹牛皮,骂人家不该投诚。你卷来了多少款子,够你一辈子生活么? 也跟着人打肿脸称胖子。章四爷一番好意,来引你朝活路上走,你还存个瞧不起他的心,连饭都不留他吃。偏要把那些没出息的同志,一群一群的招到家里来,商议去害人家性命。你是这般举动颠倒,我真不愿意再跟着你过日子了!"说完鼓着嘴,竟是怒不可遏。林巨章长叹一声道:"你不愿意过这日子,我又何尝愿意过这日子? 但是大局已成了这个样子,一时如何挽得过来? 不待你说,我早已在这里踌躇,手中的钱已有限了,我党再有半年不恢复实力,就支撑不住了。"陆凤娇哼了一声道:"却又来! 我只道你有用不尽的铜山金穴。我看定要等到支撑不住了,再来设法,那时你去低头求人家,怕的是一钱不值了。"林巨章点头道:"我已明白,你不用再说了。等我思量一夜,明日再做计较。"说着,紧促双眉,立起来,低着头,抄着手,缓步踱到客厅里去了。

　　陆凤娇忽然赶着喊:"转来!"林巨章回头问:"干甚么?"陆凤娇道:"这几日我不许你出外,不许你见客,就是伏先生也不许见。你行么?"林巨章不即回答,仍低头踱来踱去。陆凤娇连问了几声,又要生气了,林巨章才唉声叹气说道:"有脸见客倒好了,不用你嘱咐。"陆凤娇一听这话,又气得双眉倒竖,一手扯住林巨章道:"怎么谓之有脸见客无脸见客? 倒说得明白给我听。"林巨章急得跺脚道:"夫妻说话,也要是这们认真做甚么? 我此刻心里烦得很,原谅我一点罢!"陆凤娇把手一摔,一折身躺在靠椅上,双手往面上一掩,就嘤嘤哭起来。林巨章依得心头的气,本待不理,只是如何敢使陆凤娇气上加气,转念一想:男子汉的气度,天然应比女子大些,在自己妻子跟前服输陪不是,不算甚么。气坏了妻子的身体,那罪就大了。

　　林巨章心头因有这一个转念,两只脚作怪,不待使令的,便走到陆凤娇跟前,低头轻轻推了两下道:"一句话又气得这们伤心做甚么? 我求你原谅,纵求错了,你不原谅也就没事。你一哭起来,我心里就比刀割还要厉害。"陆凤娇将身躯往旁边一扭,朝林巨章脸上一呸道:"甚么事要对我跺脚,你这老丑鬼! 我不为你好,那怕你就死在日本,与我鸟相干?"

林巨章道："谁不知道你是为我好？我因见投诚的事，和你们女子嫁人一般，嫁了这人，不论享福受罪，一辈子都不能更改的。我多年在民党里干事，于今忽然去袁世凯跟前投诚，便是一个再醮妇。"陆凤娇一面摇手，一面掩住双耳道："不要在这里放屁了！我当婊子的人，不懂得甚么叫守节。你要守节，就讨错人了。"林巨章想不到陆凤娇是这样逼着他投诚，平日对人说得太有志气了，一旦也失了节操，面子比那些投诚的，还要下不来。又恨自己拗陆凤娇不过，一时心里两方面着急，也挨着陆凤娇旁边一张靠椅躺下，只是吁气。陆凤娇一蹶劣爬起来，恨声说道："我知道你不愿意我在你跟前，见着我就长吁短叹。我走开些，免得刺你的眼！"一冲，进里面房间去了。

林巨章正待起身追进去劝她，忽从外面跳进两个人，一把扯住道："且坐着，有话商量。"林巨章举眼一看，拉住自己的是伏焱，后面立着张修龄，不由得有些着慌。暗想：刚才说的话，二人不都听着了吗？只好红着脸，教二人坐，问有甚么话商量。伏焱道："你同嫂子谈的话，我二人全听明白了。君子爱人以德，嫂子的主张竟是大错误了。"林巨章且不听伏焱说话，蹑脚潜踪的到里面房门口望了望，不见陆凤娇，才转身坐下道："你我至交，无话不可说。她是这们逼着我干，教我有甚么法子？妇人家不懂大体，不依她罢，她横吵直闹的，使你莫想有一时一刻的安静日子过。这也只怪我自己无德，不能刑于寡妻。若整日吵闹起来，真给日本人笑话。因此每次总是让她、敷衍她，从没和她计较过。她平素却好，不过小孩子样，说几句气话，一会儿又没事了。今日因事情关系太大，没随便顺从她，她就恼了，你看教我怎么办法？"伏焱愤然作色道："人生名节关头，不能自己没有把握，便是拼性命也说不得。我说句你不见怪的话，你这位嫂子，将你甚么老丑鬼的乱叫，我真听不惯。"林巨章笑道："老也是老了，丑也是丑了，只鬼字还说不上。然而终有一日免不了的，这有甚么要紧！她是在堂子里这们放肆惯了，到我家不上两年，怎改变得这般快？还要算是好的，一嫁我就来日本，总是把她关在房里，甚么热闹所在都没放她去散散心；换第二个，只怕没这般服帖了。"

伏焱见林巨章还是如此入迷，倒说出这些使人不耐听的话，知道再说无味，也懒得久坐，提起脚头也不回的走了。林巨章喊他再坐坐，有话计议，只当没听得，去了。林巨章苦着脸，对张修龄道："这是何苦呢！我做丈夫的能受，他做朋友的却抱不平，你看这话从那里说起？"张修龄笑了笑，不做声。林巨章走进内室，见陆凤娇尚兀自睡在床上啼哭，林巨章想不出安慰的话来，即将方才和伏焱对答的话，及伏焱生气的情形说出来，以为陆凤娇听了，必要高兴一点。只见她翻起身来说道："亏你交的好朋友、好同志，管到人家夫妻说话了！你哑了喉么？怎不问他：一个堂堂男子，人家夫妻谈话，要他窃听怎的？这样鬼鬼祟祟的人物，你若再和他同住，我立刻搬到旅馆里去。是这们说来说去，怕不刁得你将我休了。你快些打定主意，要他走，还是要我走？"林巨章到此时才翻悔自己失言，又陪笑说道："要他搬就是了，用不着又生气。"陆凤娇道："好，既要他搬，你立刻去说！迟了我就走。"林巨章道："今日天色已晚，也要人家来得及找房子。他有家眷，不是一个人，可到旅馆里去。"陆凤娇道："我不管他！今日搬也好，明日搬也好，只不许他再踏进我的门。"林巨章的脑筋被陆凤娇闹昏了，直到夜深，才将她敷衍安贴。

　　次日，陆凤娇气醒过来，也就知道逼着伏焱搬家，面子上过不去，又丈夫投诚的心，已被自己一夜熏陶得有些活动，再毋庸逼伏焱搬开。林巨章几日不出房门，连张修龄、周克珂都不见面，任是谁来拜会，陆凤娇亲自出来，回说病了。初八日林胡子跑来，周克珂不好意思见面，也教陆凤娇回不在家。林胡子不知就里，唠叨问了半晌。陆凤娇是主张投诚的人，见着革命党那有好气？意不属客的，和林胡子随口对答。林胡子本来性躁，陆凤娇的神情又显见得是支吾搪塞，心想：原是你家发起召集同党首领会议，又是你家的人出主意，你家的人承诺探信，我算是帮你实行。到此时，你们男子都匿不见面，叫这个不懂事的女子出来胡说乱道，未免太把我不当人了！林胡子心里这般一想，越见得陆凤娇的脸，好像堆了一层浓霜，竟是个逐客的样子，忍不住逞口而出的骂了几句："造你的奶奶，谁教你当众承诺，害得我瞎跑！"骂着起身就走。陆凤娇倒被骂得张开口望着，林胡子去得远了，才回骂了几声，跑到林巨章面前，气急败坏的说道："你听见吗？你的同志在外面造你的奶奶，这都是你的好朋友、好同志，无缘无故的跑上门骂人的父母。"林胡子的声音大，在客厅里骂的话，林巨章已听得清楚，陆凤娇又是这样一说，登时把那投诚的心，就增加了许多。登时闷闷的坐着，半晌不言语。

　　后事如何，下章再说。

第一百零八章

林巨章决意投诚
刘艺舟放词痛骂

却说林巨章听得林胡子的骂声，又被陆凤娇一激，觉得自己对于民党的名誉信用，难得存在，只有投诚的一条道路可走。深悔那日不该轻慢了章四爷，怕他见了怪，不来替自己做引进的人。想了会章四爷的住址，打算借着回看，好探听他的语气，只是想不起来。知道张修龄去过，即叫了张修龄来问。

张修龄道："他和刘艺舟住在离蒋四立家不远，顺天堂分院隔壁一个西式房子里面。巨老想去看他吗？"林巨章摇头道："问问罢了，谁去看他！"张修龄道："他那里不去也好，刘艺舟的一张乞儿嘴很讨人厌。"林巨章连忙问道："他那嘴怎的？我却不曾和他交谈过。"张修龄道："湖北人的嘴没有好的，他又是湖北人中最坏的嘴。他和人说话，不论新交旧识，总得带三分讥嘲的意思。他自己在老袁跟前投了降的，见着人家投降，他偏要冷嘲热诮，觉得他投降是应该的，别人投降是想功名富贵。他自己一唱新戏，就骂唱旧戏的。唱旧戏的时候，又骂唱新戏的。那种说话的神情，教人一见就讨厌。"林巨章道："他是这们个脾气，章四爷又如何和他合得来哩？"张修龄笑道："章四爷那种滑头和谁合不来？只有人家合他不来的。"林巨章点头道："他本是圈子里头的人，在江湖上混了一辈子，自然能混俗和光了。你近来听人说过康少将甚么事没有？"张修龄道："怎么没听人说？大家都说他也投诚了。"林巨章故意吃惊似的问道："这话只怕不确罢？他投诚，不怕辱没了他的先人吗？"张修龄道："我也是疑心这话不确，并且人还说他这番投诚，是前任湖南国民党支部长老许赞成他的，便是黎谋五也怂恿他。这话不更奇了吗？"林巨章想了想道："这话倒不错，是确有其事。康少将于今还有个八十多岁的祖母，六十多岁的母亲，自己三房家小，两个小兄弟，几个堂兄弟，还有些不关痛痒的亲眷，一大堆子的人都张口望着他要供养。分作几处地方住了，每处一月至少得二三百元开销。合算起来，一月总在千元以上。丝毫没有祖业，逃亡的时节又没卷着一文，老许和黎谋五同他关系最深，见他顾此失彼，那般困窘的情形，自己又没力量帮助，自然要赞成他投诚，好全他的孝养。你曾听人说，也有骂他有没有？"张修龄摇头道："那却没有。"林巨章叹道："投诚也有出于不得已的，不可一概抹煞，骂人失节。"

张修龄知道他被陆凤娇熏得已决意要投诚了，料也劝不转来。自己一想，没有独立的生活，寄人篱下，怎好说出要气节的话，只得跟着附和一声。出来对伏焱说，要伏焱劝阻。伏焱笑道："他鬼迷了，劝他做甚么？我倒要看他再醮，这个风前之烛的老头子能快活几日？他既决心投降，有我住在这里碍眼，我今日就搬。"张修龄道："你没看好房子，一时搬往那里去？"伏焱道："那日会议，曾参谋对我说，他近来新搬到高田马场，房子极大，比这里要大一倍。我问他住多少人，用得着那们大的房子？他说就是夫妻两个，用了两名下女，还有一个同乡的高等商业学校学生，共是五个人。因为住在东京市内，一来怕火烛，夜间简直不敢安睡，一听得警钟响，不顾天气有多冷，要起来上晒台去看，他夫人几番因此着了凉。二来地方太冲繁，往来的朋友太多了，每每因口角闹事，甚至相打起来，当主人的为难。这两桩事把他夫人吓虚了心，一日也不敢住在市内，匆匆忙忙的到市外寻房子。不问大小，寻着了就定下，所以住着那们大的房子。他说于今不怕火了，不怕人来相打了，就只夜间人太少，有些怕贼，想找一个人口干净，没多人往来的朋友同住。我很合他这限制的资格，连通知他都可不必，搬去住便了。我也不进去对巨老说了，要拾夺行李，烦你转达一声罢。"

张修龄想说从缓商议的话，伏焱已教下女清检什物，自己也帮着妻子料理。张修龄没法，回来说给林巨章听，林巨章低头不做声。陆凤娇道："正要他搬去，我们好干我们的事。"林巨章忽然起身出来，到伏焱这边，只见门外停了两辆拉货的车，上面堆着许多箱篓器具，伏焱夫妇正督着下女及拉车的人在那里往来搬运，房中已是空洞无物了。林巨章走到伏焱跟前说道："你为甚事这们急的搬去，真怪了我吗？"伏焱笑道："岂敢，岂敢！十年旧好，那说得到怪字上面去？相见有日，此刻不能奉陪了。"

说完，点点头，携着他夫人的手，出门去了。

　　林巨章呆立了半晌，觉得有人在他肩上推了一下，回头一看，陆凤娇笑嘻嘻的立在背后，问："甚么事一人在这里出神？"林巨章摇头道："他直如此不念交情，真教心里难过！"陆凤娇道："呸！他不念交情，要你难过甚么？进去，教下女把这几间房子收拾，在里面分些木器出来，做客房，也好留人住住夜。市外人客来往不便，有空房可留歇，方便一点。"林巨章放悲声说道："此后只怕我去看人，人还不给见呢，那有来我家给你留住夜的客？"说罢，竟放声大哭起来。陆凤娇道："哭甚么！没有他这个朋友，就不能过日子吗？他自己不讲交情，我们没有得罪他的地方，你这才哭的稀奇！"林巨章收了眼泪说道："我不是哭他一个朋友，他这一出去，同党中就没一个不知道我是个无节操的人了。林胡子是同党中最肯实心任事的人，胡子[1]极信用他。他要在总部里，将我们支吾的情形一宣布，再证以伏焱的话，你和我在这里如何能立住脚？"陆凤娇道："我巴不得你在这里立脚不住，好一意替那方面出力。骑着两头马是不行的。拜章四爷，须得快去。他们若知道你在民党方面已是要脱离关系了，投诚的条件决不能随你提出，不敢批驳。"林巨章愤满胸膛，耐不住说道："我若能做秦桧，你倒是个现成的王氏。"陆凤娇吐了林巨章一脸的唾沫道："放屁！你没能力挣得功名富贵给妻子享受，要妻子出主意，帮助你出头，你倒放出这种屁来！好，我走，我不能陪你给人家铸铁像，跪到千秋万世，任人唾骂！"旋说旋哭，进房去了。

　　陆凤娇这次哭闹，不比寻常，将房中器用捣毁一空，还口口声声说要放火烧房子。林巨章立在旁边，凡是认罪赔礼的话，应有尽有的，都说完了，也熄不灭她那三丈高的无名业火。亏得周克珂竭力劝解，才渐消了些怒气。然这晚抵死不肯同林巨章睡，定要一个人睡在伏焱住的房里。只因这一闹，陆凤娇绝口不谈投诚的事。林巨章也不敢提，也不敢离开陆凤娇，去拜章四爷。因为陆凤娇有种脾气，每和林巨章吵闹，不等到她气醒，林巨章不敢走开一步。要在她跟前，由她数说，由她嘲骂，只能陪笑说是，不许辩驳。是这们经过几十分钟或一点钟，她要数说的话数说完

[1]胡子：中华革命党（中国国民党的前身）党员昵称孙中山为"胡子"。

了，要嘲骂的话嘲骂完了，气才平息。林巨章走开，才没要紧。若在气没平息的时候，无论有天大的事，只要林巨章一走，她就如火上添油，那怕立刻回来，跪在她面前，自己左右开弓的打一百个巴掌，她也只当没有这回事。林巨章因知她是这种脾气，这回又比平常气得厉害，陆凤娇不开口教他去，他就不敢自为主张的去。

张修龄见林巨章一连几日总是紧锁双眉，饭也不大能吃，问何事如此焦急。林巨章道："民党方面听了林胡子和伏焱的话，我的信用是一点也不能存了，决没有我再活动的地盘。投诚的事，又因自己家里口角，是这般搁浅。将来定要弄得两边不着。任是那方面胜利了，我得不着好处；任是那方面失败了，我都得受影响。如何教我不着急？"张修龄道："嫂子不是说了，须得快去拜章四爷吗？看何时能去，我陪着去便了。"林巨章道："你去问问她，说我此刻要去拜章四爷，看她怎样说。我不是怕她，实在闹起来不像个样子。比不得那些下等社会的人，动辄打街骂巷，不怕人笑话。而且人家见惯了，倒也不觉笑话。"张修龄点了点头，心中暗自好笑。到内室见着陆凤娇，忍住笑说道："巨老怕嫂子生气，不敢去拜章四爷，又不敢和嫂子赌气，竟不去拜章四爷。事处两难，独自在客厅里双眉不展，教我来请嫂子的示，看嫂子怎么吩咐。若许巨老去，我就陪他一阵去。"

张修龄这句"陪他一阵去"的话，是有意打动陆凤娇的。陆凤娇与周克珂通奸，林巨章在家固是不便，就是张修龄在家也甚碍眼，心里常是很愿意他两个一阵出去，好趁这当儿与周克珂无所不为。这种人这种事，写出来真污纸笔。不过一部《留东外史》，全是为这种人写照，故不妨尽情披露。当下陆凤娇听了这话，故意沉下了芙蓉娇面，说道："他怕做秦桧，又来问我这长舌妇做甚？"张修龄笑道："嫂子何必再生气？要是怪巨老不应不亲来请示，我就去请他来。"这两句话，说得陆凤娇也扑嗤的笑了，忙转过脸去，说道："有你陪他去最好，就请你催着他快去罢！这本是极要紧的事，因他一张嘴，是那们随意糟蹋人，我就不问他的事。"张修龄怕耽误了时刻，出来对林巨章说了。林巨章听说陆凤娇有了笑容，才放心进房，更换衣服，陆凤娇便也不说甚么了。

林巨章和张修龄乘高架线电车到四谷，就在停车场不远，张修龄指着前面一所半新不旧的房子道："那就是蒋四立的住宅，才移居不久的。"林巨章道："他那伤痕完全好了吗？"张修龄道："听说肩下的那一处，因是实在地方，已完全好了。只腰眼里一处，总是流出黄水，不能合口。据医生说，切近脏腑，但求不再发烂，便是他的福气；要想全愈，只怕一辈子没有希望。"林巨章笑道："他和吴大銮，大约是迷信家说的前生冤业。他的胆量也真不小，被吴大銮刺伤了两处，险些儿送了性命，人家都道他此后决不能在东京住了。就是在东京，也必埋头匿迹，不敢再做那收买人口的生活。谁知他倒变本加厉，大张门户的做起来。嫌原住的地方在一个巷子里面，车马来往不便，竟搬到这大道旁边住了。民党里也毕竟没第二个吴大銮，出来给点颜色他看。他和吴大銮不是前生冤业吗？"张修龄道："海子舆不来，他本是不干了的。海子舆极力把他一恭维，连打了几个电报给老袁，回电十分嘉奖，又赏了一万元的调伤费，一个三等文虎章，教他调好了伤，实心任职，再行升赏。蒋四立接这回电的时候，尚在医院里，心里一高兴，就坐了起来，全不觉伤处有何痛楚，亲到公使馆拍发了谢恩的电。即日退院，搬进这房子，真可谓力疾从公。"林巨章叹道："老袁是这般用人，无怪人愿在他跟前效死。"

二人边走边说，已走近蒋四立住宅门口。林巨章举眼朝门里一望，只见里面悬着一块"东京筹安分会"的楠木牌子。他终是在民党中立久了的人，忽然见了这种字样，虽则已是立意投诚，心中总不免有些不自在，忙掉过脸，催着张修龄快走。行不到几箭路，张修龄停住脚道："章四爷就在这附近了。番号记不清楚，你只留神看门框上也悬了块小木牌子，写着'嗤冈滁羽'四字，那便是章四爷的别号。"林巨章道："这四字猛然听了，倒好像是个日本人的名字。"张修龄笑道："只怕也是特意取这四个字，想鱼目混珠的。"林巨章摇头道："混称日本人，有甚么好处？"张修龄道："好处是没有，注意的人少一点。"林巨章道："这房子不是的吗？"张修龄看了看，连连点头道："是了，你看这牌子，不是旧的吗？他住在小石川的时候，就是用这牌子。"

林巨章上前推门，震得门框上铃子响。里面出来一个中国装的少年男子，粉妆玉琢，艳彩惊人。林巨章从栅栏格里看见，吓了一跳，低声问张修龄认识是谁。张修龄望那少年笑了一笑，对林巨章道："这人巨老不曾见过吗？他在此地出过大风头的。"说话时，少年已将门开了，向张修龄点头。二人才跨进门，只见刘艺舟跑出来，一见二人，就打了一个哈哈，接着说道："难得，难得！今天刮的甚么风，把两位大伟人刮到我这穷窝里来了？章四爷还不快出来，这两位一定是来看你的。"林巨章听了，心中大不舒服，但不好发作，只得做个没听见。张修龄偏伸手给刘艺舟握，刘艺舟且不握手，用那两只猪婆眼，在张修龄手上左一看，右一看，又是一个哈哈道："贵人贵手，穷小子今天有福了。"说时，把他自己的手，在身上揩擦了几下，才双手紧紧的握住张修龄的手，唱戏道白一般的腔调说道："不知仁兄大人驾临，暴弟小鬼有失迎迓，恕罪则个！"张修龄见他有神经病似的，倒觉好笑。章四爷已出来，邀进里面。张修龄笑问："甚么是暴弟小鬼？"章四爷笑道："你信他的话吗，狗口里那长得出象牙？他说'仁'字对'暴'字，'兄'字对'弟'字，'大'字对'小'字，'人'字对'鬼'字；称人'仁兄大人'，应自称'暴弟小鬼'。"林巨章听了，也大笑起来。

刘艺舟走进房来，重新对林巨章点头行礼，林巨章只得起身。刘艺舟笑道："前日巨翁家开会议，我本打算到会的。走到半路上，忽然一想不对，这会议开迟了，若在几月以前，我就能到会。此刻的我呀，已是……"说至此，装出那串老薛保的模样唱道："恨只恨张、刘二氏心改变，一个个反穿罗裙，另嫁夫郎。"唱的时节，用手指指章四爷，又指指自己。唱完了，笑嘻嘻说道："幸亏我仔细，要糊里糊涂到会，巨翁不当面给我个下不去吗？"林巨章又是好笑，又是好气，坐在那里不开口。章四爷望着刘艺舟道："你总是这样疯疯癫癫，也不看人说话。林巨翁从不大到这里来的，应得客气一点才是，你也是这样，也不怕人见怪！"刘艺舟听了，朝着林巨章一躬到地说道："小生这厢有礼了。"说得大家都哄笑起来。

刘艺舟才坐下，正襟危坐的说道："我说件新闻给你们大家听，就是昨日的事，一些儿也不是疯话，你们都愿意听么？"章四爷笑道："你说话，还知道顾人家愿意听与不愿意听吗？"刘艺舟道："你这话是说平素的刘艺舟。在那登台演剧的时候，自然顾不得人家愿与不愿，那怕看的在底下喊打，我在台上也得继续往下唱。此时当着从不来的珍客，若是不愿意听，我就不往下说了。"林巨章笑道："有甚么新闻，请说罢，我们都很愿意听。"刘艺舟拿巴掌在大腿上一拍道："好吗，愿意听，我就开谈了。前几日，正在巨翁家开会的时候，各报纸上不是传遍了老袁派冯润林来买飞机的事吗？就是初八日那天，冯润林到了，他一来，并不径到公使馆。他是直隶人，有个同乡的叫魏连中，在帝国大学农科读书，多年和冯润林交好。冯润林从上海动身的时节，发了个电给魏连中，教他初八日秘密到横滨迎接。又发了个电到公使馆，说初十日到横滨。海子舆派了许多人，带了几个日本暗探，不料到横滨扑了个空，还只道是海轮误了期。魏连中把冯润林接到自己家里，冯润林正要告诉他这次奉使出洋的事由，魏连中就说："事由不消说得，此间各大新闻，早就登载得巨细不遗了。我还替你捏着一把汗，怕到岸的时节，有革命党的人与你为难。"冯润林诧异道："这事秘密得很，国内全没人知道。我也是怕革命党耳目多，得了消息，所以给电海子舆说是初十到。我还自以为是格外小心，谁知各新闻早就登载出来了。"魏连中道："幸喜此时的革命党不大问事了，不然，你那能安全到这里来。"冯润林问："怎么此时的革命党不大问事？"魏连中道："回国的回国去了，投诚的不再出头了，只剩了几个腰缠富足的，拥着娇妻美妾，过他的快活日子。就是间常发出些革命的议论，也是能说不能行的。甚至还有种革命伟人，想受招安，又虑政府不见重他，故意轰轰烈烈的开几回大会，编几回大演说，俨然就要回国去实行革命的样子。这谓之做身价，招安他的条件必能优待得很。你这次奉使来买飞机，关系民党甚是重大；若在去年，定有人在码头上送几颗卫生丸子给你吃。于今是他们不大问事的时候，大约不过借着这事，开几回做身价的会议罢了。'巨老你听，魏连中这东西，说的话可恶不可恶？"

林巨章听刘艺舟讽刺得这般恶毒，不由得勃然大怒，恨不得一手枪打死他。转念一想，他并不曾明说出来，闹起来终是自己理亏。并且刘艺舟这种人是一个不讲人格的，甚么无聊的话可说，甚么无聊的事可做，和他计较，总讨不了便宜的。林巨章有此一转念，才勉强按捺住怒气，也不答白，回头和章四爷闲谈。心里后悔，如何不听张修龄的话，跑到这里来，白讨气受。投诚的话，因刘艺舟这般一挖苦，更不好提了。胡乱坐了一坐，就起身告辞。章四爷知他是心里难受，也不挽留，刘艺舟也同送至大门口，转身进去了。

章四爷送出大门，陪着慢慢的走。林巨章谦让，教不要远送。章四爷道："从容走着谈谈话，倒很好。艺舟的那张嘴，实在有些不能叫人原谅。有他在跟前，便莫想正式谈一句话。我料你此时心里必很觉得厌恶他，他素来是不懂得看人颜色的。"林巨章道："你怎的和这种人同住？我下次真不敢再来你家奉看了。"章四爷道："他就要走了。他和这次来买飞机的冯润林认识，说要帮着姓冯的运飞机归国。那日你家开会的内容，外面知道的很多，姓冯的自是恨你。他和姓冯的认识，也连带的有些望着你生气，所以编出那些讥诮的话来。魏连中是有这个人，打两个电报，初八日到横滨，都是真的。姓冯的此刻已住在公使馆了。你怎的忽然与伏焱生出意见来了？你已见着了海子舆没有？"林巨章笑道："你这话问得奇怪，我怎么会见着海子舆呢？"章四爷道："一些也不奇怪，外面人都说你已受了招安，伏焱才从你家搬出来。我听了有些疑惑，今早去问四立。四立说，他也听得人是这般说，只怕是直接与海公使接洽的。我因此才问你见着海子舆没有。"林巨章摇头道："这话从那里说起？我因伏焱生气搬出去，我也气闷不过，几日坐在家中，连房门都不曾出。外面的人真是好造谣言。他们既是这般造我的谣言，使我失了民党方面的信用，逼得我没路走了，也说不定我真做出这事来。不过我既不等着吃饭，又不想老袁的官做，犯不着是这们干罢了。"

章四爷道："谁拿得稳老袁有官给人做，有饭给人吃？就是有，也得人愿意。只是于今的民党，说起来真寒心。我总算是个民党中的老前辈，像他们那种干法，没得跟在里面呕气。人家动辄骂人卖党卖国，我说中国的国不算国，中国的党不算党，都够不上卖。我要卖就只能卖身。我这身子几十年卖在民党里，于今民党没有了，又拿来卖给老袁。同是一样的卖，看那处身价高点，便卖给那处。我问你，也是卖在民党里几十年了，到底得了多少身价？只怕也得换一个售主，才值价一点。"林巨章笑道："话是不错。依你说，将怎生个卖法？"章四爷笑道："我等肯卖身，还愁不容易吗？你打定了主意，我明日就去见海子舆，不消三五日即成交了。"林巨章停了步，回身向章四爷拱了拱手道："明日请老哥去探探口气，但求不过于菲薄。老哥是知道我的，决不崖岸自高。"章四爷也拱了拱手道："明日去见过之后，来尊府报命便了。"林巨章点头告别，同张修龄仍乘高架线电车回家。

后事如何，下章再写。

第一百零九章

特派员人心不死
外交官鬼计多端

却说林巨章回到家中，走进卧室，只见陆凤娇青丝乱绾，睡态惺忪的躺在床上。轻轻唤了两声，陆凤娇打了个呵欠，伸了个懒腰，刚要嫣然一笑，看清了是林巨章，立时收了笑靥，转过身去又睡了。林巨章便不敢再唤，坐在床沿上，等她睡足了，自己醒来。这种情形，不肖生从何知道？何以写来有如目睹？看官们一定要说是不肖生凭空捏造，其实字字都是真的。看官们不要性急，看到后来自然知道，一些儿也不假。

闲话少说。林巨章聚精会神的等章四爷来回信。次日等到黄昏时候，下女报有客来了。林巨章忙迎出来一看果是章四爷。请进客厅坐下，章四爷笑道："昨日艺舟说的新闻不是新闻，我今日听的新闻才真是新闻呢！"林巨章笑问："听了甚么新闻，不又是挖苦人的话么？"章四爷道："岂有此理，我也是那种轻薄人吗？我今日用了早点，因怕晏了，海子舆拜客去了会不着，连忙换了衣服，到公使馆还不到九点钟。在门房一问，公使已出去了。我心里诧异：公使出外怎这们早？莫是又有了甚么风声，怕见客么？问门房知道去那里，门房支吾其词，不肯实说。我更疑心是不见客。我认识林鲲祥，会着林鲲祥一问，才悄悄的告诉我，说是同冯润林试演飞机去了。天还没亮，就带着朱湘藩、冯润林坐汽车出了使署，大约午前能回来。问我有紧要的事没有，若是有紧要的事，教我就坐在他房里等。我横竖在家也没甚么事，懒得来回的跑，就坐在那里和林鲲祥谈天。林鲲祥的文学还好，谈得倒有兴味。不觉开上午饭来，也胡乱在那里吃了，总不见海子舆回来。后来艺舟也来了，他是会冯润林的，也坐在那里等。

"直等到四点多钟，我真有些等得不耐烦了，忽听得汽车叫，回来了。门房拿了我的名片上去，一会儿回来了，说道：'公使今天实在劳倦了，进房就倒在床上，一声不做，想是睡着了。不敢去回，请章大人明日再来罢！'我等了一整日，得了句这们扫兴的回话！正在纳闷，艺舟也拿出名片，教门房拿去，要会冯润林。谁知门房回来，也是句这们的话。我听了扫兴的话，口里还说不出甚么，艺舟听了那里能忍呢？登时暴跳起来，一手揪住那门房，向他耳边厉声说道：'是冯润林放屁，还是你这杂种放屁？在我跟前拿架子吗？摆官格吗？嘎，还早得很呢。一个航空中校还够不上到这里来摆格呢！他也想学公使的样吗？你快给我去，好好的对他说，他真要摆格，交情就是这一次拉倒。快去、快去！'艺舟说完了，将手一松，那门房几乎栽了个跟头，擎着名片，当面不敢说甚么，跨出房门，唧唧哝哝的去了。没几秒钟的工夫，只见冯润林跑了出来，对艺舟一连几揖笑道：'老哥不要误会，我因心里有事，此时还是难过，门房拿老哥的名片上来，我连望都没望，就挥手教门房回说睡了，实不知道是老哥来了。'

"那冯润林这们一说，我在旁边看看艺舟的脸色，有一百二十分难为情的样子，他只好搭讪着，问冯润林心里有甚么事，这般难过？冯润林坐下来叹道：'办事真难，我在官场中日子浅，不知道这些奥妙，今日才领教了。我明日就动身回北京去，这次差使没办妥，不能怪我。'艺舟就问是甚么奥妙。冯润林总是气忿忿的摇头，问了几次，才说道：'我本是在航空学校，先学制造，毕了业；再学驾驶，又毕了业。成绩都很好，总统才派我来办这趟差。不是我吹牛皮，经我买办的飞机，不要人家的保险证，我就能保险。我既奉了这差使，办回去的货当然是要我负责。但既是要我负责，采办的时候如何能不由我拣选哩？我那日一到这里，公使就对我说，飞机已办好了，只等足下来搬运回去。我听了就吃一惊，问甚么时候办好的。公使说：接到总统电谕之后，因说需用得急，只两日工夫就办好了。要不是求参陆部通过，费了些时日，早已装箱了。于今机件也看过了，合同也订了，参陆部也通过了，价都拨兑了，只等足下来签个字，便教他们装箱起运。足下高兴，就在此多盘桓几日，再动身归北京也不迟。我说道：既是这们，总统随便派甚么人来都使得，何必指令航空学校校长甄选制造、驾驶两科成绩优良的来办这差使呢？难道是专派我来，只管签字和装运的吗？公使当时没回答。夜间朱参赞就来说，官场中办差全是这样的。总统的电谕，也只说从速办妥，随冯润林装运回国，并没有听凭冯润林拣选的话。我听了这话，正要辩驳，朱参赞又说，公使请我明日同去签字，已准备了一万元的程仪，教我在这里多玩几日。公使亲去铁道院办交涉，添挂一辆花车，送我到长崎。再拍电给长崎东洋汽船公司，乘天洋丸或是春洋丸的特别船室回上海，非常安逸。他还说，这本是一趟优差，总统因我的成绩优良，特为调剂我的。我便问道：花车要多少钱坐到长崎？天洋丸的特别船室要多少钱坐到上海？朱参赞打着哈哈对我说：由我们使署去办交涉，一文钱也不要给。这是海公使和日本政府有特别的交情，才能办到。换个旁的公使，就一辈子也莫想办得了这种交涉。

"'我听了又问：既是一文钱不要，又要准备这一万元的程仪做甚么？这十架飞机非由我去亲自拣选，亲自驾驶，我决不签字。要回国，我就是一个人回国，路费我带了现成的。你们办妥了，你们自去装运，我回去报告总统，是不负责任的。飞机这样东西岂是当耍的？研究最精的人还怕看不出毛病来，一到空中就生出障碍。何况你们完全是个外行，他就有好机件也不会卖给你。等你运回中国去了，驾驶起来尽是毛病，那时人也跌死了，机也跌破了，你能问他赔偿损失么？他不说是我中国驾驶的人不行吗？他肯承认是自己的机件不好吗？你们不是学飞机的人，只要自己可以赚钱，那怕把中国驾飞机的都跌死了，你们也不关痛痒！我是学飞机的，知道这里面的危险，要跌死，全是跌死了我的同学。你们没见着我同学的，有几个在北京试演飞机，跌死了，那种可惨的样子要是见着一次，总统就请你们承办这差使，你们也不忍心赚这杀人害命的钱。我动身到这里来的时候，同学的替我饯行，一个个都流眼泪，说我们这些人的性命，就全系在你一个人的两只眼睛上。若稍微大意一点，总得送我等中几个人的性命。朱参赞你想，我忍心是这们糊里糊涂的，连看都不看，图这一万块钱，几天快乐，送了我那些同学的性命么？请你去对公使说，这事关系人命，以前订的合同是要取消的。第二日，公使对我说：合同不必取消，且请同去看一看，只要将就可用，又何必更改？足下不知道，我们弱国和他们强国无论办甚么交涉，是要吃点亏的。合同既经订了，好容易取消？这交涉幸是兄弟在这里办，不然还不知是怎样哩？足下只知道奉命来买飞机，那知道飞机是军用品，日本政府很不容易答应的呢。于今合同订了，无缘无故说要取消，足下也要知道兄弟这做外交官的难处。我听了公使的话，也懒得和他辨论，即答应同去看机件。这一去，可不把我气死了！'

"艺舟就问看的机件怎样。冯润林接着说道:'那机件里面不成材、不合用的地方,说给老哥听也不懂,我只就几样大处说说。我们现在学校里用的都是七十匹马力的推进机,我们驾驶的时候,还嫌它迟钝了,不能做军用飞机;他们于今订的只五十匹马力。我们用的是十九英尺的单叶,在空中有时尚且转折不灵;他们订了二十九英尺复叶的。老哥,你只依情理去想,仅这们大的马力,要它运用那们大的机体,如何能飞行迅速、转折灵巧?并且这筑都氏是日本的民间飞行家,他制造的机只图安稳,不图迅速,本不能做军用品的。总统不知听了谁的条陈,电谕中指定要买筑都式的。但是电谕虽是这般指定,我这承办的应实事求是,宁肯违了电谕,不能花钱去买不成用的物件。我当时看了机件,还不仅马力太小、机体太大,里面的毛病更说不尽!照我的学理推测,这种机决不能升至三百米突以上,就要坠下来的;十架之中必有六架以上要炸汽管的。我看了之后,教翻译将我的推测对筑都氏说。筑都氏涨红了脸答话不出,拖着海公使和朱参赞到旁边,不知说些甚么。我因不懂得日本话,问翻译又不肯说,我就出来,决意不办这式样的机。不一刻朱参赞也跟出来,对我说:筑都氏说这种机是最新式的,马力虽小,却极安稳、极迅速,不试演看不出来。就约了今日去试演,听凭我亲自驾驶,若真不好,将合同取消便了。我听了,即知道他们不安着好心,也不说甚么,只点头答应,试演后再说。

"'今日黎明时候,我带了飞行衣帽以及应用之物,翻译推说有病不能去,就同了公使、朱参赞到那里。十架飞机都配置停当,在那草场里等。我再一架一架的仔细一看,简直没一架可用的,试演都准得跌死人。看筑都氏,仍是平常的衣服,没个准备试演的模样。我问公使,是谁来试演,请出来,我有话告诉他。我的意思,他们虽是外国人,总是同一学飞机的,物伤其类,恐怕试演的人大意了,明明的一架坏机,犯不着送了性命,想对他说明,修理好了再来试演。谁知公使听了我的话,翻起一双白眼,望着我半晌道:怎的倒问我谁来试演?足下说要亲自驾驶,这不是准备了,等足下来试演的吗?我说那如何使得?当然是造飞机的,先试演给买飞机的看。试演的成绩好,买飞机的才亲自驾驶一遍。我又不是制造这机件的人,知道这机件的性质怎样?不看制造的人试演,这种坏机谁敢去驾?公使倒辩得好,说足下是学飞机的人,这机是买回去给足下同学用的,足下不敢坐,将来运回去,不害了那些同学的吗?足下既不坐飞机,又带着飞行的衣帽做甚么？公使这一套糊涂话，说得我的气不知从那里来的。世界上那有这样脑筋不明晰、说不清楚的人！我便不愿意再辨白了，提起脚要走，打算就是这们回北京去，将种种情形直接报告总统，请总统另派人来采办。朱参赞又死拉住我不放，说筑都氏答应更改合同，换过机件，重拣天气清明的日子，由他先试演飞行给我看。今日北风太大，气候不良，本是不能飞演。我教朱参赞说：德国的鸠式飞机，能在狂风骤雨中飞行自在；就是我国从法国购来的飞机，比今天再大两倍的风，也还是在安全气候中。怎的你这种机怕风怕到这样？像我中国北方，终年难得一天有这们好的气候，那不一次也不能飞行吗？并且买了这机，是预备要在四川用的；四川多山，罡风又大，那便怎么办呢？这推诿得太不成理由。我虽是这们向朱参赞说，也不知他照样译给筑都氏听了没有。筑都氏预备了早点，邀我们进屋里。用过之后，搬出许多飞机材料的式样来，一件一件翻给我看。那却都是中用的，但不是他日本的出品，也有英国的，也有法国的。我说若尽是拿这种材料制造，合同一点也不须更改，也毋庸要你试演给我看，我一些也不疑难，就上去驾驶起来，在空中出了毛病，我自愿受危险。不过于今怎么来得及重新制造？你如有用这种材料制造了现成的，不必十架，三五架都可，我便高价买了去，也得着了实用。要尽是草场里陈列的，那只可做模型，陈在博物院，无论如何贱价，我也不要，合同不取消也要取消。公使、朱参赞和筑都氏三人，交头接耳的商议了好一会。只见筑都氏皱着眉头，尽在思索甚么似的。半晌，忽然笑着对公使说了些话。朱参赞即对我说：筑都氏说，这种材料制造的，要十几架都有，但没有崭新的，都使用过几次了，不知能要不能要？我听了觉得奇怪，正使用得好好的机，怎的肯卖给人？不明白他们又安着甚么心。即答应如真有用过了的机，只要没有损坏之处，如何不要！问他是配置好了的，还是拆散了的？他说是配置现成的，教我们在那里等着。筑都氏坐着汽车去了，到午后一点钟才回来，又对公使低声说了许多话。

"'公使告我，十多架机全安顿好了，在这里用了午饭，再去看是如何。他们用过了的，大约不至于又不中用。公使说话的神情，很透着鄙夷不屑的样子。接着又说：足下的眼光，是在学校里看从法国买来的、从美国买来的那种极优良的飞机看惯了，猛然间来看这日本机，一时眼光低不来。足下不曾用过这日本机，论精致、论表面上好看，是法国、美国的好；若讲到实用，还是日本的靠得住些。这次青岛战争，日本飞机奏了许多战绩，比德国的还强呢。那时用的机，就有一半筑都式的在内。飞行将校，没一个不欢喜用这种飞机的。我听了公使是这般不顾事实，随口瞎说，气不过，回说了几句挖苦话道：当青岛战争的时候，是有两架民间飞行机在那里助战，却没有多大的战绩，那里能比得上德国的？飞机本由法国发明最早，制造得也最多，专在军事上用的，由五百架增加至七百余架；德国由二百多架增加至六百多架，战斗力反强过法国。他日本现用的，从英、法两国买来的居十之七八，军事上用的不过几十架，这瞒不了我们学飞机的。比我们中国强些我承认，说比德国的还强，那是拿日本全国和青岛一隅比较罢了。不然就是见笑大方的话。公使受了我这几句话，气得鼓着嘴不开口。

"'我们吃过午饭，筑都氏陪着到一个所在，我也不知道是甚么地方。只见一所极大的西式房子，外面有兵士荷枪站岗，大门内一个草场，穿心有三千米突远近。西式房子东边，一连有二十多间停飞机的厂屋，尽用那红色的镔铁皮盖着。筑都氏指给我看，说着给朱参赞翻译，我听道：那厂屋内所停放的机，都是先前看的那种材料制造的。如要试演，可教学生立刻试演给看。我说且待我看过再说。我走到跟前一看，那有一架是筑都式的呢？我心里就明白，他们是欺我不懂日本话，不知道日本情形，拿着他国的军用机哄骗一时。只等我签了字，仍是把那架坏机装箱起运。我又好笑，又好气，随便看了看说：在这里面选十架，一架也不要试演。不过我有个条件，这十架机须由我亲手拆下来，即日装箱起运；拆坏了，不用你负责；运回去不中用，也不用你保险。这条件想必可行的。他们听了这话，果然都变了色。公使对我说：不按合同做事是不行的。足下只看这些机能用不能用，不能用，就毋庸往下说；能用吗，装箱起运的事，合同上载得明白，按着合同行事就是了。这些粗重的事，教他们学生去办，难道还怕他们办不妥？要足下亲自动手，也失了我国航空家的体面。这条件万分不妥，提出怕他们笑话。将来若是新闻上传播出来，定要讥消袁大总统，派了个航空工匠来采办飞机呢。接着哈哈大笑，又向朱参赞是这们重述一遍。朱参赞也跟着装出那笑不可抑的样子。我忍住气问：此刻看的是这种机，若装运的时节，被他更换了那坏的，将怎么样呢？公使又哈哈笑道：这是那来的话！足下不曾办过这种差使，才有这种过虑。随便何人，随便去那一国，或是采办军装，或是购买机器，都是先看样子，再订合同。交易妥了，办差的即可动身，回国销差。合同上订了装运的期限，外国人最讲信用，决不会误事的。从来没有亲自动手装箱的。何尝听说过，有购定了好的，装运的时候又更换了坏的这种稀奇的事？小心谨慎自是办差人的好处，足下初次奉差，若如此小心，很是难得。不过这回的差，有兄弟一个堂堂公使在内，就凭着多年办外交的资格，他们也不好意思哄骗我。足下尽管放心，总统一般的也有电谕给兄弟，难道兄弟好不负一半责任？请足下认真看，选那十架机最好，这是全凭足下的眼力，定过之后，装好了箱，便不能斟换了。

"'公使这一派鬼话如何哄得住我？但是我不好驳他的话无理，想了一会，得着一个主意，说十架中九架由他按合同装运，留一架我自己带回去。公使说：足下能由此间飞行到上海吗？若是一般的装箱，又何必这们分开呢？我说不装箱，也不坐着飞行，我自有办法带回北京去。公使就生起气来，说是无理的要求，全不知道一点国际间的礼节。像这们有意刁难，不是来办差使，简直是来寻我们外交官的开心！老哥你看看，我不对他们生气，骂他们寻我的开心，就是很顾全他们的面子了。公使倒对我说出这些话来，教我怎么能忍？便斥破了他们的诡谋，说若不是拿着他国家军用的机来哄骗，只要筑都氏能立刻当我拆散一架，我便认筑都氏为确有处分这些机的权限，不怕他装运时更换，一切都依原合同办理。至于公使所说外交官的资格，就是世界各国公认的没信义三个字，除这三个字外，外交官没有资格了。我拼着回北京受总统的责备，不能在这里受了你们的骗，仍免不了总统的责备。再加以跌死几个同学，更要受良心的责备，遭世人的唾骂了。我是要回去了，你们要买，你们去买，我是不管！我是这们发挥一顿即跑出来，跳上汽车，可恨那车夫抵死不肯开车。朱参赞又来再三请我下车，我如何肯理他呢？他们没法，才大家出来。筑都氏不知怎样，我等就回来了。在车上公使也没理我，我也没理他。老哥你说，我应气不应气？我若早知官场中办差是这们不要天良的，也不承认这差使了。'艺舟听了，还笑说冯润林太呆。冯润林更气得瞪着两眼如铜铃一样。我见天色已晚，怕你等着急，骂我荒唐，说我答应了你的事，不回信，匆匆告辞出来。艺舟教我等他同走，我都没理他，径到你这里来了。"

不知林巨章听了这番话，如何评判，下章再写。

第一百一十章

卖人格民党呕气
吹牛皮学者借钱

却说林巨章听了章四爷的一段话，当下微微笑道："于今世界上，像冯润林那们实心任事的人，只怕找不出第二个来。飞机是不待说买不成了。"章四爷道："这事必还有交涉在后。据海子舆说，连款都拨兑了，筑都氏如何肯退钱？就看冯润林在总统跟前的信用怎样。好便罢，不然，还说不定翻转来要受委屈呢。中国的官场，要是黑白分明，或者丧绝天良的人得少几个。"林巨章点头道："不错，我记得程颂云当宣统元二年的时候，在四川赵尔巽跟前当参谋。赵尔巽派他到上海办军装。刚要动身的时节，礼和洋行得了信，就打电报给颂云，承揽生意，颂云没做理会。才走到宜昌，德和洋行也得了信，直接打电给赵尔巽，运动转电颂云，指令到德和洋行采办。颂云一到上海，更有无数家洋行来欢迎，有许八扣的，有许六七扣的，后来连对成的都有，颂云都没答应。末后在一家也没运动、也没欢迎的洋行买妥了，回四川实报实销。同时甘肃也派人到上海，办同样的军装，三十多万块钱，比四川差不多要贵了十万。然而程颂云竟为那次差使削职。四爷，你看这种社会，不是教人为恶吗？"章四爷笑道："为的是这种社会，我们才犯不着独当呆子，讲甚么操守。你睁开眼睛看看，此刻还有几个真真的民党！"

林巨章问道："近来在海子舆手上招安的，都是些甚么人？"章四爷道："阿呀呀，那就多得很，数不完！有几个才是好笑，在上海接了会头，条件议不好，听说在这里的都得了最优的待遇，一个个当了衣裳做路费，跑到这里来，走蒋四立的门路。蒋四立那刻薄鬼，对于这种人有甚么好颜色？当面鼓对面锣的，说是无条件的降服方可，他难得造册子，打电报也要花钱费手续。把那些人气得无般不骂。"林巨章听了，心中不乐。

陆凤娇见是章四爷，忙亲下厨房弄菜。此时开出晚饭来，林巨章一面陪着章四爷吃饭，一面出神。忽然说道："这蒋四立就奇了，自己挂着招牌招安民党，找上门来了又是这般对付。不是'欲其入而闭之门也'吗？"章四爷道："蒋四立是一种人有一种的对待，像我们这种有身分的人，敢是这们吗？你不知那几个从上海来的人，本来是些无足轻重的，在上海当了会'吓诈党'，没诈着几个钱，就破了案，倒被捕房里拿了几个去。他们就倡议投诚，托人在镇守使署要求交换条件。镇守使看破了他们的底里，骂他们不值价，替民党丢人，他们方跑到这里来，当然要受蒋四立那们对待。"林巨章听得，才转了笑容，问章四爷何时再去使馆。章四爷道："我回家打蒋四立门口经过，顺便去瞧瞧他，和他商量，看是怎样。或者他想干这件功劳，直接与老袁通电商榷，不更简便吗？"林巨章道："他于今有和老袁直接通电的资格吗？"章四爷笑道："这资格就是亏了吴大銮两枪之力。不是拼得性命，那够得上？不过电报仍得到使馆拿印电纸，由公使盖印，电报局方才给他打。只这点资格就不容易呢。"

林巨章正要答白，只见下女拿了张名片进来，送到林巨章面前，林巨章看了看，放下饭碗，说请进来。下女转身去了。章四爷接过那名片一看，上面写着"英伦牛津大学毕业文学博士、日本明治大学毕业法学士、凌和邦字汉僧"。问林巨章是甚么人，林巨章笑了笑，且不回答，凑近张修龄耳边，低声说了几句。张修龄笑着点头，放下碗筷，起身进房去了。林巨章才望着章四爷说道："你和他谈谈，就知道是甚么人物了。"

说着话，下女已引着那凌和邦进来。一进门，紧走几步，左手拿着顶博士帽，将右手向林巨章一伸，给林巨章握。回头看见章四爷，忙两步抢到跟前，请教台甫。林巨章接着介绍了，那右手又是一伸，章四爷也握了下。凌和邦说了许多闻名久仰、无缘亲近的话，才大家坐下来。林巨章问："用过了晚膳没有？"凌和邦道："用过了。我刚从中山那里来，原打算到巨翁这里另扰的，中山硬扭住我不放，却不过他的情面，只得在那里用了。有汝为、觉生同席，虽没有甚么可吃的，却谈论得非常痛快。我和他们没有甚么客气，来往得亲密了，无话不说。我方才和中山说笑话：'老袁简直不给你的面子，国内各机关全改用洪宪元年，你难道就是这们默认了吗？那就连我这个专心做学问家，不管国家事的，也不答应你。何以呢？满清是你推翻的，民国是你手造的，你都默认了不说话，那中华民国还有存在的希望吗？'中山连连笑着点头，在我背上拍了两下说：'老弟不要性急，自有收拾他的法子在这里，包管还你个完全的中华民国。'我就说：'这话只你够得说，一些儿不是牛皮。'巨翁，你们两位说，我这话对不对？"林巨章笑道："学问家的话，自然对得厉害！近来想必又有甚么著述要出版了？"凌和邦道："有的，我从英国回来，就是为著书，忙碌得很。现在著的《英政大事纪》和那《留英政治谭》，差不多目下就要出版了。我著书，幸亏有我内人帮助，省了多少气力。要没有她，那得这般容易，出了一部又是一部。在老袁跟前当高等顾问的有贺长雄，我送了部《政治谭》给他，回信佩服的了不得。那书上有我内人的小照，回信中也极力恭维。我于今著书，最是欢喜和他们这些老博士、有声望的竞争角逐，他们却很尊敬我。"林巨章道："有贺长雄想是恭维尊夫人生得标致。他是有名的老骚，你要仔细提防他转尊夫人的念头就是了。"

凌和邦道："料他不敢如此无礼！内人是何等人物，也在英国女子大学毕了业的。并且我这做丈夫的，极讲夫权，那怕英国那们尊重女子，内人有时触了我的怒气，我一般的骂，一般的打。有一次，同在伦敦街上，买了些东西，内人不肯拿，说英国夫妻两个同买了甚么物件，总是丈夫拿着，女人是要空着手走的。我便说：我们不是英国人，不能学这种纲常颠倒的样子。你听我，好好拿着罢。内人掉臂向前走，不肯拿。我忿急了，将那些买来的东西掼了一地，追上去，一把揪住内人的头发，没头没胸的一阵乱打。内人被打急了，就张口叫喊。我说你越要叫喊，我越打得重！街上看的人围满了，我也不顾。就是那们一次，把内人的性子制服下来了。那时她腹中还怀着六七个月的孕呢。"林巨章笑道："有六七个月的孕，你那们揪着乱打，也没惊动胎气？"凌和邦摇头道："一些也没惊动。此刻的小孩子，不就是的吗？因在伦敦生的，就取名叫作伦敦。"

林巨章道："呵，是了！怪道去年腊月，我到康少将那里去，进门就听得里面拍掌大笑。上去一看，挤了一屋子的人，都笑得转不过气来。我问甚么事这们好笑，康少将道：'有个朋友新从内地来，昨日同在街上走，他忽然喊我看，怎么那家号门口，挂一块横牌子，写着"出卖大日本"？日本也可由店家拿着出卖的吗？我听了一看，笑得我甚么似的。朋友反问我甚么事好笑，我说你看错了，他们写招牌，从左到右的，是"本日大卖出"几个字。回来就想着"日本本日卖日本"这一联，没有好对。刚才有几位朋友来说，凌和邦在伦敦生了个女孩，就取名伦敦，我立时触动了昨日那边联语，对道："伦敦敦伦生伦敦"，不是绝对吗？说给几位朋友听，因此都大笑起来。'康少将这们一说，我当时也跟着笑得肚子痛。你大约还没听他说过这幅联语。"凌和邦笑说道："我怎么没听他说过？康少将从来是这们轻口薄舌的，我和他交情厚，知道我不和他计较，所以肯对我说。这也是我那女孩儿有福，将来可因康少将这幅联语，做个传人。"说得林巨章、章四爷都笑了。

周克珂叫下女撤去了残席，章四爷起身盥漱。凌和邦拉着林巨章到廊檐下，小声说道："我现在著的那部《英政大事纪》，因急欲出版，印刷费超过了预算。中山送钱给我，我怪他一百块钱太少，没有收他的。他今日对我说，迟几日南洋的捐款到了，再送一千块钱来。我想中山的钱是搜刮得华侨的，应完全花在革命上面，才不落人褒贬。我借着用虽没要紧，不过我是个爱干净的人，素来不肯在公款里东拉西扯。知道你的钱是从良心上挣来的，不妨暂借用几个，弥补印刷费，好早日出版。你此刻借一百块钱给我罢。我并不拿中山的不干不净那钱来还你，从前出的几部书，在内地极销行，等各分销处解了款来，就如数奉还。"林巨章笑道："怎这们客气，说到奉还的话上面去了！"凌和邦忙道："如何不奉还？你又不是昧心钱，任事挥霍不心痛。我知道你的钱有限得很，要留着在这里生活的，怎比得人家？这是定要奉还的。"林巨章道："你且慢说我有钱留在这里生活，说出来，你也不会相信，等歇我给你个明白就是了。章四爷不是外人，我们到里面说话，没要紧。"说完，自走进房，高声喊了两句修龄。

张修龄从里面出来，林巨章低头皱了一回眉，向张修龄说道："你去把那高桥的簿子拿来。"张修龄答应着转身。走了几步，林巨章又喊回来，略小了些声音说道："你去对你嫂子说，她耳根上那副珠环，不要带了吧，拿来我有用处。"张修龄进去了，好一会，拿着一本簿子书来，放在桌上。林巨章就电灯下翻开给凌和邦看道："你看，我近来全是典质度日，这一本质簿将要写完了。"凌和邦看上面，果然是三元五元的，当了十多票。林巨章把质簿卷起来，问张修龄："珠环呢？"张修龄道："嫂子听说要取她的珠环，急得哭起来了，也没说甚。我见她那种情形，就不敢往下说了。巨老自己去要罢！"林巨章听得，猛然在桌上拍了一巴掌，骂道："混账，好不贤德！古来脱钗珥助人的有的是，偏她这般小气，一副珠环也值得哭！等我自己进去，看她敢不取下来！"将质簿一摆，拔地立起身，就要往里面闯。周克珂已从里面出来，一手拦住说道："不要生气，嫂子是女子见识，自然气量小些。然她毕竟怕巨老生气，已忍痛取了下来，现在这里。"说时，伸手交给林巨章。林巨章接了，回身又就电灯下，将那珠环翻来覆去的看了几遍，向章四爷问道："你估这东西在这里能当多少钱？"章四爷临近身，看是十多颗绿豆大小的珍珠串成的一副耳环，笑答道："去当不能和买的时候比价，我估不出能当多少。"林巨章用手帕连质簿包好，交给张修龄道："请你就去，过十点钟，即不行了。"

张修龄去后，林巨章对凌和邦叹道："不深知我的朋友，见了我这场面，都以为我很富裕。殊不知我历来是欢喜打肿脸称胖子的，早就一个钱也没有了。几个月，全是高桥质店供给我一家人的食用。连写了几封信去家里催汇款来，也不知为何，总不见回信。若下月再没钱寄来，这们大的房子，便不能住了。"凌和邦笑道："怕甚么？你这样的资格，还愁一万八千的呼唤不灵吗？便是我这与政治上没生关系的人，要不是这次印刷费里面填塞得太多，也可通融些给你使用。"林巨章见凌和邦还在那里说大话，他虽是不敢得罪人的，心里也不免有些厌烦，冷笑了声说道："我怎能比你？你是学问家，到处有人供养、有人赏助。要留学罢，有干老子龙璋替你出学费；要娶妻罢，有干妈唐群英替你物色佳人；要结婚罢，有干妈李姨太替你出钱布置。还有些高足弟子，逢三节两生，整百的孝敬。我怎能比你？这样一大把子的年纪，只能做人家的干老子，拜给人家做干儿子，谁也不要。又没学问，不能收门弟子得束脩。是这样坐吃山空，人家还不见谅，枪花竹杠，纷至沓来。像你尚肯说句通融使用的话，那些人简直是该欠了他的一般，只伸出手要。我想他们就是在他干老子手里，要钱也没这般痛快，竟把我当他们的亲老子了。"说完，对章四爷哈哈大笑。章四爷道："居觉生在潍县当总司令，何时到东京来了？我竟没听说。"林巨章笑道："觉生本来有分身术，你不知道吗？就是许汝为也会缩地术，所以才住在上海，能到东京来陪凌先生吃晚饭。孙中山有了这些封神榜上的部下，何愁弄袁世凯不过！"林、章二人你一句，我一句，打算羞辱得凌和邦安坐不住。谁知他竟是没事，也跟着哈哈大笑，倒像大家在一块议论别人似的。因此，当时人说凌和邦的脸，有土耳其达坦要塞那般坚硬，听凭协约国如何攻击，是牢不可破的。

好一会，张修龄回来，将质簿并十元钞票放在林巨章面前。林巨章道："怎么呢，只当了十块钱吗？"张修龄道："嫌少么？还亏了是老主顾，才当得这们些，换别人只能当八块呢。"林巨章翻开质簿，拿着钞票，踌躇半晌，双手送给凌和邦道："莫嫌轻微，兄弟已是竭尽绵力了。没奈何，将就点，拿去用了再说。"凌和邦忙起身双手接了，一边往衣袋里揣，一边笑说道："教巨翁当了钱给我，如何使得！若不赶快奉还，连嫂子都对不住。不出这月，和前次的五十元一并送来。巨翁虽未必等着使用，我借钱的应得如此，才不至失了个人的信用。"林巨章笑道："那里甚么五十元？呵。是了，你不提起，我倒忘了。你们学问家总欢喜说客气话，借钱一说到还字上，就显得生分了。但能得手，用着就是。"凌和邦道："那不是自己丧失信用吗？我于今金钱上能够活动，就是一点信用。我的时间最宝贵，此刻回去，还得译两小时的英文。"说毕，又和林、章二人握了握手，拿起帽子走了。章四爷送了几步，在林巨章衣上拉一下，林巨章即说了声："好走，不远送。"回到客厅。

章四爷笑道："你真想他还钱吗？这样殷勤远送。"林巨章道："他一来，我就知道必又是来借钱的。怕他纠缠不清，所以嘱咐修龄是这般对付。"章四爷道："你怎的和他认识了？"林巨章道："我和他认识得久了，真是说起来话长呢。还是明治四十一年，也是老同盟会的一个人，叫易本羲，从南洋到日本来，害了肺病，住在顺天堂。初来的时节，手中有几百块钱。凌和邦那时也常和民党里的人来往，知道易本羲手里有钱，便借着看病去会了几次。彼此厮熟了，随意捏造了个事故，向易本羲借用了一百元。他钱一到手，就绝迹不去顺天堂了。易本羲当时不知道凌和邦为人怎样，只道他功课忙，也没在意。后来手中的几百块钱用完了，又不知凌和邦的住处，无从讨取。顺天堂的医药费素来昂贵，每日得五六元开销，手中无钱，如何能住？自己的病又没起色，医生不教退院。亏得一个姓皮的朋友，替他到处募捐一样，募了钱还医药账。那时在我跟前，也募去了二十元，是这样又过了几个月。凡是姓皮的朋友，没一个不看姓皮的面子，竭力帮助。但是当学生的力量终是有限，姓皮的也不便再向人开口了，打算回家变卖产业。好索性将易本羲的病调理痊愈，又虑及易本羲不懂日本话，一个人在医院不便，知道我好交结，更欢喜和民党人接近，即跑来对我详述易本羲的学问人品，要和我绍介，做个朋友。我便同去顺天馆，见了易本羲一次。姓皮的临行，就托我每日到顺天堂照顾几点钟。我来回的将近跑了一个月，易本羲能起坐自如了，定要退院。姓皮的到家，即汇了一百元来，恰好了清医院。易本羲从医院出来，住在博龙馆。我仍是每日去看他，替他上药。因他为割了痔疮，还不曾合口，我找了懂医的朋友替他医治。因此易本羲和我的感情非常浓厚。那时不凑巧，我害上了脚气病，又每日走的路过多，一病就很厉害。医生说要转地调养，我即打算去上海住几时。易本羲听说我要走了，对我流下泪来说道：'式谷不知何时能来，你又要走了。我在此一个朋友没有，便死在这里，也没人知道。'我说：'我的病若不转地调养，没有医治的方法，再迟两月，脚气冲心，就有性命的危险了，实在不能不走。'易本羲就说：'你既定要走，我也和你同到上海去。我身体太弱，革命的事业只好让人家去做。听说月霞和尚在安庆迎江寺当主持，我同你到上海之后，就去那里求月霞师剃度。'我说：'同走好可是好，不过我仅有去上海的路费，你又一文钱没有。此间还要清理旅费，至少也得三四十元方能动身。'

　　"易本羲踌躇了一会说：'凌和邦借了我一百块钱，于今几个月了，全没见他的影子，不知他还在日本没有？'我说：'凌和邦不是在正则英文学校上课吗？我虽不认识他，常听人说过。他住在红叶馆，和一个下女有染。同住的中国人，很跟他闹了几次醋海风波。凌和邦三个字的声名，因此就闹得很大。他既借了你的钱，何不写信去向他讨取？'易本羲当时就写了个信，谁知寄去三四日，并没有回音。我等得急了，又代替易本羲写了张邮片，说了几句恐吓他的话。那日我正在博龙馆，凌和邦来了，对易本羲告尽了艰难，一文钱也不承认偿还。我在旁边问他：'你既这般艰苦，然则在这里一月几十元，如何能生活呢？'他说生活是他干老子龙璋每月寄二三十元来。最近两月的钱，不知因何尚未寄到，所以艰苦得很。我说：'龙璋我认识，此刻住在上海，我此去可以会着他。你欠了本羲的钱，也不说定要你还。但他病到这样，和他一面不相识的人，尚且出钱帮助他，你无论如何应得替他设法，才不失朋友疾病相扶持之道。若竟是这样置之不理，你那居心就太不可问了。我到上海有会着你干老子的时候，将这事始末说给他听，请他评评这个道理，那时恐怕于你有些不利益。'凌和邦听我这般说，登时脸上变了颜色。"

　　不知后事如何，下章再说。

第一百十一章

无耻物一味告哀
卖国贼两方受逼

却说林巨章正在说恐吓凌和邦，叫他还易本羲的钱，话犹未了，章四爷忍不住说道："你这一来，一定可以逼他拿几文出来的了。"林巨章道："那有这么容易！你要知道他是个死不要脸的东西，他自然又有特别的抵赖法。当时我正气愤愤的责备他，他便战战兢兢的将我拉到楼梯口，左右一看没人，双膝往地下一跪，两眼泪如泉涌。倒把我吓慌了，伸手扯他起来，他那里肯起呢，哭哭啼啼的说：'我并不是有意不还钱，实在是想不出法子。你回上海，若对我干老子一说，那就绝了我的生路。'四爷，你说我见了他这们一做作，一颗心有不软下来的么？连忙把他拉起，说你不用着急了，还是我去替本羲设法，决不对你干老子说就是了。凌和邦才揩了眼泪，也不进房和本羲告别，就下楼走了。

"过了几日，我筹好了钱，同易本羲动身，他又追到车站来送，在火车上还叮咛嘱咐的，教我莫对他干老子说。我就是从那回认识了他。后来他听说我脚气病好了，重来日本，他便找着我认朋友，向人称是老交情。民国元年，他在上海，那时广西藩司李子香带家眷逃到上海，民党的人知他在广西刮了不少的地皮，寻着他，要他捐助十万军饷。凌和邦与民党方面有些认识，向李子香跟前讨好，说民党的人全听他的指挥，他可保险不再来勒捐。不几日李子香死了，儿子年轻不得力，只有个陈姨太，虽然为人能干，毕竟是个女子，非常怕事，以为凌和邦在民党里真有势力，暗地送了一两万块钱给他。他就保着李子香的灵柩及全家老少，回他原籍，拜陈姨太做干妈。陈姨太替他接了婚。他运动了两名出西洋的公费，带着妻子在英国住了两年，回来便称文学博士。这便是凌和邦的历史并我和他认识的根由。"

　　章四爷笑道："他原来是这们个人物！"林巨章道："你不要轻视了他这种人。像于今的社会，倒是他这种人讨便宜的地方多呢。"章四爷笑着点头。看壁上的钟已过十二点，忙起身说道："贪着说话，忘记了时刻，电车怕快要停了。"林巨章道：电车早已没有了。今晚还想回去么？我这里现成的客房，就此睡一夜，明日再去会蒋四立。但是他若对我也是和对上海来的人样，这事就不用谈了。"章四爷笑道："凭我一个人的面子，他也不敢那们无礼。"二人又闲谈了一会，才安歇了。

　　次日，章四爷去会蒋四立，谈到近来招安的事业，蒋四立忿忿不平的说道："我这事不干了，昨日已递了辞呈。不问批准不批准，决心不干了。"章四爷忙问甚么缘故。蒋四立道："有几个没天良的东西，在我这里受了招安，用去的钱也实在不少。他们忽然跑到内地，又革起命来。他们若是暗地里去干，也不干我的事，偏要在报纸上发出些檄文布告，将他们的名字大书特书的弄了出来。前、昨两日，总统一连来几个电报责备我，说我办事糊涂。我是决心不干了，请总统派精明的人来接办。"章四爷见了这个情形，不便向他提林巨章的话，只得出来，到公使馆会海子舆。

　　此时海子舆正为冯润林不肯签字、筑都氏不肯废约，心里烦难的了不得。虽示意朱湘藩死缠住冯润林，不教动身，无奈冯润林是铁打的心肠，任你如何劝他说官场中的差使不能过于认真，只要船也过得，舵也过得，便可将就了事；冯润林总是摇头，说"这种没天良的勾当，就是拿银子把我埋了，我也不干"！把个足智多谋的海子舆弄得一筹莫展，还有甚么心情见客？章四爷的名片上来，硬回了不见。章四爷气红了脸，对门房发话道："我没紧要的事，不会多远的跑来亲近公使。好大的架子，昨日回睡了，今日回不见，难道把我当作来抽丰的吗？请你再上去问一声，要是成心和我开玩笑也罢，将来到北京，有和他算账的日子。快快上去！照我的话说。"门房不敢开口，只得擎着名片，懒洋洋的上楼去。好大一会，才下楼向章四爷说了句"请"，自摇头掉臂的走开了，也不替章四爷引道。

　　章四爷忍住气，一个人上楼。见海子舆的房门关着，用手指轻轻敲了两下。一个年轻小使开了门，只见海子舆手中执着一本书，躺在一张西洋睡椅上。门一开，即回过脸来，放下书，慢慢立起身，向章四爷似笑非笑的点了点头。章四爷紧走两步，脱帽行了个礼。海子舆让坐说道："兄弟一晌繁忙，实对不起，没工夫请过来谈话。不知劳步有何事见教？"章四爷见海子舆说话的神情，很带几分不高兴，又不好直提林巨章的话，知道提出来决不讨好，便故作慎重的样子说道："公使深居简出，学生方面的消息，恐怕有耳目闻见不到之处。我承公使优遇，但有所闻，不敢不告。且请问公使，购买飞机的事于今怎样了？"海子舆听得，神色惊疑不定了半晌，望着章四爷说道："没有甚么怎样。学生方面消息是如何的？请说给兄弟听，兄弟好思量对付。"章四爷道："外面谣传公使受了筑都氏的贿赂，勒逼冯润林签字，不顾国家利害。许多无知的学生及无赖的亡命客，倡言要借着这个问题与公使为难。还有很多的言语，说出来太不中听，公使也不用管他，只看这飞机的交涉，实在情形到底怎样？"海子舆吁了一声长气说道："老哥那里知道，兄弟正为这事处于两难的地位，心里已是不知有如何的难受。若他们还不见谅，又要来这里寻事生风，兄弟也就只好挂冠而去了。看换了别人来，对他们学生和亡命客，像兄弟这们肯帮忙尽力没有！"章四爷点头道："像公使这样肯替人维持的实在没有，只怪他们太不识好歹。不过公使受圣上付托之重，怎好因这一点小事，遽萌退志？从容研究，自有绝妙对付的方法。"

海子舆喜道："老哥的指教，必是不差！有甚么方法，请说出来，大家研究。"说完，向旁边立着的年轻小使道："去请朱参赞来。"小使应是去了。海子舆道："是一些甚么学生？真属可恶！国家一年花几十万，送他们来留学，他们放了书不读，专一无风三个浪的，寻着使馆捣蛋。前任莫公使被他们闹得呕气下台，兄弟接任，他们又借故在精养轩大闹一次，也不管兄弟这个公使不比前任。兄弟这个是钦使大臣，他们也一例胡来。依兄弟的性子，真要重重的办他两个，做个榜样，看他们还敢是这们目无王法么！"章四爷心里虽然好笑，口里却不住的应是。

门开处，朱湘藩进来，对章四爷点了点头，立在海子舆面前，问有甚么吩咐。海子舆教他坐下，说道："这事怎么办呢？学生和亡命客又要来这里闹风潮了。"朱湘藩就坐，笑答道："真要找上门来，有祸也是躲不了的。且看他们来，将怎生个闹法。他们那一点儿伎俩，我也曾领教过。若是横不讲理，那时真不能不给点厉害他们看。但不知公使从何知道他们又要来闹风潮？"海子舆指着章四爷道："就是他老哥得了这消息，特意来报告的。"朱湘藩便问章四爷道："阁下如何得了这个消息，是些甚么人，将借甚么题目来闹？想必都听得明白。"章四爷笑道："若问他们借的题目，对不住，连参赞也在内，就是为购买飞机的事。他们都说是参赞出的主意，逼勒冯润林签字，合同也是参赞受了筑都氏的贿，才是那们订下来的。他们说，如能将合同废了便罢，不然，这几十万块钱要公使同参赞赔偿。他们电呈圣上，求圣上不承认颁发这宗款子。"

朱湘藩越听脸上越改变了颜色，到末了几句，竟成了一张白纸，勉强笑了笑道："他们都是些甚么人，怎的是这们信口开河的，全不问事实上有无根据！阁下知道他们为首的是谁？既是如此，倒不能不先事准备。"海子舆道："你不用忙，他老哥刚才已对我说了，自有绝妙的对付方法。我们终日坐在这里面，外面的风声一些儿不知道；不如他老哥情形熟悉，研究出对付方法来，必能面面俱到。请他老哥说出来，我们照着办理就是。"章四爷道："这事须要正本清源。朱参赞问为首的是谁，这话确为见地。凡是闹风潮，必有几个为首的从中鼓动，或是想利用，图自己出头；或是图报复，推翻人家出气，决没为乌合之众无端生事，能闹出风潮的。我若没得着确实的消息，并已想好了对付的方法，也不敢冒昧跑来报告。为这飞机的问题，倡议反对的，第一是四川的民党和四川的学生，因他们有切身的利害；次之是云南，也是利害相关。别省人过问的很少。当冯润林还没到的时候，这两省就开了几次会议，议妥两个办法。一个是探得公使于正月八日在精养轩宴会参陆部，运动通过飞机案，趁那时派人来精养轩捣乱；一个是派遣刺客，侦探冯润林到埠的时节，一枪将冯润林刺杀。第一个已实行了，第二个因侦探报告的时间错了，初八误作初十，迟了两日，冯润林已安全进了使署。他们见第二个最紧要的没有办到，就专一侦探这事情的经过，好实行第二步的阻碍。我在民党的资格老，虽已投诚，仍不断的有民党中人来往，因此消息最为灵确。"

朱湘藩连说："不错！是四川人闹得最凶。早有人对我说，一个姓林的，在四川当过旅长，便是他一个人倡议妨害我们，会议也是在他家中。不知阁下所闻的，是不是这个人？"章四爷点头道："一些儿不错，就是这个姓林的，叫林巨章。他在民党中的资格，不但在四川人中首屈一指，便在老同盟会中，也是有数的人物。手下能做事的，在日本也有一百以上。若如在内地，只论长江流域，多的不说，三五万人可一呼即至。他那人还有一件长处，普通人不可及的，最不爱出风头，只知道实心任事，成则功归别人，败则过归自己。因此在民党中十余年，不知立多少事功，打了多少胜战，全不见有他的名字发一个通电，表扬他个人的功绩。就只元年，四川军政府成立，他有一个电报。直到二年宋案发生，才发第二个通电，此后便不见有他的名字了。其实民党中所做危险事业，从场的回数最多的，除开他，没第二个。孙中山、黄克强都极契重他，但他极不以二人为然，会面的日子很少。这回会议，是他一个人发起的。"

海子舆笑道："就是林巨章么？这人我也早闻他的名，是个经济道德都有可观的，怎的从来不见人说他有甚么举动，会忽然由他一个人发起，与我们为难起来？"章四爷道："他去年住在长崎，本也不大问事，搬到东京来不多的日子。这次有人对我说，他因见民党的人多半投诚了，再没人肯出来做事，看了不过意，才发愤出来的。"海子舆道："既是这们，老哥又有甚么方法对付呢？"章四爷笑道："若论林巨章的为人，真是贫贱不移，威武不屈，想要他改头换面，出来投诚，无论有如何的高官厚禄，也不能动他的心。但人一有长处，便有短处。他一个天不怕、地不怕的铁铮铮男子，就只怕他新娶的那个姨太太。姨太太要甚么，就是甚么。姨太太要说炭是白的，他决不说炭是黑的。这事我早想定了办法，已托人先从他姨太太运动下手，咱以重利，务必使他姨太太朝夕缠着他，劝他投诚。公使再屈尊去看他一次，离间他的同党。他在民党方面一失了信用，便失了他活动的地盘。他姨太太是个欣慕势利的人，决不肯由他是这们不图活动，一定逼着他的心，向投诚这条路上走。那时有我和他一说，不过条件优渥一点，今上怀柔反侧，礼遇本极隆厚，他没有不倾心服帖的。此刻的民党，只要再把他这个抽出来了，就丝毫也没有死灰复燃的希望，莫说这一时的风潮自然平息。这不是个绝妙的对付方法吗？"

朱湘藩、海子舆同说道："照说是很有条理，只怕事实上做不到。从何处去找这运动他姨太太的人呢？"章四爷笑道："一些儿不难，并已托人实行运动去了。我没几分把握，怎的无端献策，能说不能行？"海子舆喜道："老哥这们肯替兄弟帮忙，感谢之至！不过兄弟去看他的话，不是兄弟不肯，就是地位上的关系，恐外间又发生误会。他如有意投诚，兄弟请朱参赞代劳，去代达兄弟这番意思。想他是个达人，必不见罪。"章四爷道："朱参赞去代表，原没甚么不可。我说须公使亲去，其用意并不在看林巨章，是使民党的人见他和公使往来，疑心他已实行投诚了，与他脱离关系。他那时便有一百张嘴，也辨白不清。朱参赞去也使得，但须乘公使的汽车，多带仆从，这是一种作用，不妨招摇过市。"海子舆道："这计画很好，一定照办。"朱湘藩道："更不宜迟了，等到风潮已经发生，再去看他，教他也无力挽回了。"章四爷道："我也正是这个意思，迟了不好。我今日回去，探听那运动姨太太的到了甚么程度，或亲来，或由电话报告，公使照着报告的情形办理便了。届时我必在那方面布置停当，参赞去的时候，他才不觉得突如其来。"海子舆笑道："老哥将这事办妥了，劳迹不小，这届保案一定首叙老哥。"

　　章四爷忙起身道谢。随即兴辞出来，心中高兴：这次海子舆却被我套上了。若不这们将他一恐吓，他已受了冯润林的气，门房又将我发作的话告诉了他，正在一肚皮的牢骚，他不趁这事给个大钉子我碰吗？事情办不成，没甚么要紧，但教我对林巨章面子上如何过得去？他本无意投诚，是我在他家极力怂恿，也无非想多引进一个人，多一分劳迹，以后做事多一个帮手。如果办不好，弄得他两头不着，那我才真个没趣呢。且去送个信给他，也教他欢喜欢喜！章四爷回到中涩谷，将经过情形对林巨章说了，林巨章自是感谢不尽，商议回电话给海子舆。

　　大抵天下的事，只要有这种思想，便十居八九有这种事实发现。章四爷正在使馆，信口开河的说出那些风潮资料来，看官们是知道系绝无根据，不过借以见重一时的。谁知真有一部分亡命客及学生，按着章四爷的话，一丝不错的结成团体，闹到公使馆，和海子舆交涉。暂且不表。

　　且说海子舆送章四爷去后，正和朱湘藩研究林巨章投诚的事，忽门房进来报说："筑都氏来了。"海子舆听了，脸上立时布满了愁容，翻起双眼望着朱湘藩。朱湘藩也苦着脸，用那失意的眼光回望着海子舆，开口不得。二人面面相觑的半晌，海子舆对门房挥手说道："请到下面客厅里坐着，说我就出来。"门房应是去了。海子舆道："冯呆子抵死不听劝，于今这里就来了，你看怎好去答应他？"朱湘藩道："只好和筑都商量，情愿加他点价，看他能否更换一半飞得起的。材料上就有点毛病也没要紧，只要飞得起，能当着这呆子试演，便不怕他再吹毛求疵了。等到试演的时候，我还有个办法：那日多请几个来宾，大家看着筑都试演，飞行如意，这呆子再要说不好，大家都可证明他是有意挑剔。径将这几次的情形，电奏皇上，请撤他的差，另委员来。一面将他缠住在这里，等新委员到了，方放他走，看他还能是这们强项么？"海子舆道："他是航空学校成绩最好的，皇上特选派了来。我们都是没研究的,皇上未必便信了我们的话。这事还得从容计议。"朱湘藩笑道:"他成绩最好是不错,但他为人怎样,初次出来当差,皇上必不知道。并且皇上方在倚重公使的时候,说他怎样,还怕皇上不信,许他有分辨的余地吗?他既全不给我们的面子,我们就说不得要先下手了。于今且和筑都交涉更换的话,再尽情将就了他这一回。若真不识抬举,那如何由得公使再做好人呢?"海子舆点了点头。更换衣服,同朱湘藩下楼,会着筑都氏。

海子舆为昨日试演的事先道了会歉。筑都氏道:"十架机都已装好了箱,特来请示起运的时日。"海子舆笑道:"不用忙,还有交涉。"遂将更换五架的话说了。筑都氏道:"这事办不到。若在当日交涉的时候,是这们订的合同,我自然要负试演的责任。此刻已装好了箱,怎能说到更换的话上面去?"朱湘藩道:"又不白更换你的,一般增加你的价目,有甚么办不到?"筑都氏摇头道:"我知道你增加我的价目。你就再重新订过合同,另买五架,也办不到。"海子舆道:"这是甚么道理呢?"筑都氏道:"有甚么道理?制成了的,一架也没有了;未制成的,须等在法国购买材料到了,才能完功,三月五月说不定。"海子舆道:"我不信你早就知道我会来向你买飞机,不多不少的制定了这十架在这里等着,十架之外便一架也没有了。"筑都氏笑道:"这话就难说了。预知的道理是没有,但事实上竟有这般凑巧,连我自己也不相信。只是更换的条件不用提了,如必需重买五架,请再向敝政府交涉便了。这十架已装好了箱,看是如何,请快些定夺。敝处场地仄狭,久搁在那里,于敝厂工事上很受损失。"说完,立起身要走。海子舆挽留住,说道:"不更换几架,冯委员不肯签字,这事怎样办呢?"筑都氏笑道:"有公使和参赞签了字,还要甚么委员?且当时订合同的时候并没甚么委员,他签字不签字,与敝处不生关系。公使自去斟酌,我以后并不愿见那委员的面了。"海子舆见筑都说话的神气,很带着几分不耐烦的样子,不便再往下要求,只得送他出去。

正待转身上楼,冯润林走来问道:"筑都氏来,公使向他提出废约的话没有?"海子舆此时那有好气?冯润林问的又是最刺心的话,故做没听得的样子说道:"你说甚么呢?"冯润林重了一遍,海子舆又是这们做了一遍,才冷笑了声道:"谈何容易!提出废约,真是三岁小孩说的话了。"冯润林道:"怎的是三岁小孩说的话?不废约,难道购定了么?"海子舆道："不购定了，是定购了。你以为和外国人办交涉，是这们容易的吗？就在内地，向寻常的店家买货，他那包裹纸上，也写了不斛不退的字样呢。这几十万块钱的交易，也能随你的意，爱要便要，不爱要便不要吗？他们国家多强，这种军用品肯卖给你们弱国，就算是天大的情面了。这样忘恩负义的话除是你去说，我这外交官是要以国体为重，不能这们胡说乱道的去挨人家的申斥。"

冯润林道："像公使是这样拿着国家的钱，买这不中用的货，那才是丧失国体哩。这种卖国的外交，我真没领教过！这里也用不着我了，我立刻就走。"说完，怒气填胸的回房。教人卷好了铺盖，也不坐使署的车，雇了两乘人力车，掉头不顾的，自己押着行李，出了使馆，口中还不住的骂"卖国贼"！等得朱湘藩受了海子舆的意出来挽留，已走得远了。

不知朱湘藩又和海子舆出些甚么鬼主意，下章再写。

第一百十二章

驰电奏暗中放箭
谈演义忙里偷闲

　　却说冯润林一怒冲出使馆之后，朱湘藩也因受足了冯润林的气，懒得追赶，回房报知海子舆。海子舆问将如何办法。朱湘藩道："一不做，二不休，索性说他受了乱党运动，不肯替皇上效力，故意破坏已成的交涉。"海子舆不待朱湘藩词毕，拍着手道："你说他这话竟像真的！他到日本，不径来使馆，在外面住了两日，又不是旅馆，知道他在甚么地方鬼混了这两天？一到这里，和我开谈的情形就有些不对。不说破，不觉有可疑之处，一语道破了，便觉处处可疑。他不是受了乱党运动，怎得会这样件件刁难，竟是成心来破坏的一般？"朱湘藩道："还有一件铁证。我们谈话，总是称皇上，他无论对何人，都是总统，或竟呼老袁。若非受了乱党的煽惑，同在官场中当差，他怎的独自这般悖逆？只就这一点，奏明皇上，他已难逃处分。"海子舆点头道："不错！"当下叫书记来，说了这番意思，教书记添枝带叶，拟了奏本，电奏袁世凯去了。

　　再说冯润林赌气出了使馆，原打算到中央停车场，乘火车去长崎，由长崎改乘往上海的船，径回北京销差的。走不多远，忽然想到：魏连中约了归国的时候，要我通知他，他有书信物件，托我们带回北京去的。就是这们走了，他不知道内容，必然见怪，不如仍去他家住一夜，明日再动身不迟。想罢，即教车夫向帝国大学这条路上走。魏连中住在大学附近，冯润林的车子刚到他门首，恰好遇着他上课回来，帮着将行李搬进房。冯润林开发了车钱，魏连中邀进屋内，问怎的这般迅速归国，冯润林把海子舆卖国情形及他自己辩驳的言语，细述了一遍，把个魏连中也气得恨声不绝。说道："此间各种新闻，自登载了你来采办飞机的那种消息以后，大约是被他政府取缔了。莫说没有紧要的消息传出，便是于这事略有关系的，也没露出一字来，因此我们外边人绝不知道。这海子舆是个当卖国贼的材料，是尽人皆知的。但竟敢如此丧绝天良，不畏清议！我们总觉得他卖国的时间还早，料不到就公然是这样硬做出来。你迟两日动身，等我多通知几个朋友，大家商议一个对待这贼的办法，务必警戒他，使他下次不敢。我们又不是革命党借题捣乱，想这种卖国情形，便是袁世凯也未必能优容他。"冯润林道："警戒他，我自是赞成，但我万不可在此与大家商议。此间耳目众多，若被这贼知道了，在总统面前又有诋毁我的资料了。我明日只管动身，你就将我告诉你的情形宣布出来，看大家商议个甚么办法，去办了就是。我的意思，最好是用留学生总会的名义，直接将这情形电告总统，我回去销差的时节也有个援应。我明知总统此刻正利用这贼，要求日政府赞助帝制，这贼在总统前说话，是说一句灵一句的。我这小小的中校，做梦也莫想有和他对抗的能力。只是我宁肯拼着连这小小的前程不要，决心将他的罪状在总统面前和盘托出。你们再若补一个电报，总统或者更相信一点。"魏连中道："我也是如此打算。不过于今的留学生会馆，早已是有名无实了，没人肯负责任做事。倒是各省同乡分会，有几处还办得很有精神。如浙江、四川、湖南、云南、江西几省都有个团体，就只江西略为散漫一点。然比较我们北几省的人，团体还坚固得多。须得有这几省的人从场，事才好办。你若以为在这里不便，尽管动身不要紧。明放着这们个事实在此，也不怕海子舆抵赖。"当夜二人复研究了一会办法，冯润林就此歇了。

次日，魏连中送冯润林动了身，才往各处会了几个朋友。一谈这事，都抱不平。但魏连中所来往的朋友，全是第一高等及帝国大学的学生，平日功课繁忙，绝少与闻外事，间有些激烈分子，口头上赞成一两句可以，要他丢了功课不做，实行出头闹风潮，总是不肯向前的。因此魏连中虽跑了几次，仍是一点头绪没有。想再跑几日，自己也是怕耽搁了功课，心里又只是放不下，不肯就是这们不做理会。一个人想来想去，被他想出一个做传单宣布这事的法子来，料定知道的人多了，必有好事的出头，找海子舆算账。幸喜他自己的文笔也还清通，无须请人捉刀，提起笔来，照着冯润林说的情形，写了一大张。末后说了几句激动大家出头，正式去质问海子舆的话，署名"留学生公启"，到印刷局印了二千张，拣中国人住得多的地方，如青年会、三崎馆、上野馆之类散布了。魏连中仍照常上课。

过了两日，这传单果然发生了效力。湖南、四川两省的同乡会，就根据这传单首先开会，派代表去使馆质问海子舆。云南、浙江、江西几省接踵而起。一连几日，把个海子舆正闹得头昏眼花，忽然得了章四爷的电话，说林巨章已被姨太太纠缠得没了主意，飞机风潮已停止进行，只要朱参赞去看他一遭，他肯不倾心投效？海子舆不待听完，将听筒一搁，自言自语的骂道："还在这里说停止进行！你们自己鼓动人到这里闹得天翻地覆，只当人不知道，还拿着这话来哄我，再也不上你的当了！"章四爷见电话里没人回话，不住的将铃子摇得一片声响，海子舆那里肯睬呢。后来响得厌烦了，一手拿起听筒，向里面说了句，听不清楚，又把听筒搁下。

章四爷不知事情变了卦，电话里又没听出生气的声音，以为是电话机坏了，找着林巨章商量。林巨章道："我近来不大出外。昨日修龄看朋友回来，说见了我们同乡会开会的一张通知邮片，上面虽只写有重要会议，没书明事实，打听就是为买飞机的事，开会派代表去质问海子舆，却不知事情已实行了没有。我心里正不快，懒得细问。"章四爷道："这事关系很大，如何不问个详细？"林巨章即叫下女来问："张先生在家么？"下女到张修龄房里，看没人，又不见壁上的暖帽、外套，回答说出去了。林巨章道："你怎到今日才打电话呢？你见海子舆不是有一星期了吗？"章四爷点头道："我那日从你这里回去，本想就打电话去约他的。仔细一思索，电话太去急了不妥。你是民党中十多年的老资格，不应有这般容易翻脸，怕他疑心我是为你的说客，反把你的身分看低了。不如迟几日，使他看不出急于求售的心思，想交换条件不容易优待些吗？想不到真有开会去质问他的事来！据我推测，就是真有人去质问，也全是学生的团体，没有民党的人在内。若有民党，我们万无不得着消息之理。"林巨章道："只怪我们住的地方太幽僻了，东京市内的事，新闻上没有，便一辈子也不知道。"章四爷道："我住在市内，也没听人说。他们留学生无头无脑，能闹出多大的风潮？别的都不打紧，不过单独于你这桩事有些妨碍。"

林巨章听了，不由得心中着急起来，到张修龄房里看了几次，总不见回，只得催着章四爷亲去使馆回话，说电话机便不坏，也说不大清晰。章四爷没法，复到公使馆，先在林鲲祥房中坐了一会，打听得果有几省的代表接连来闹了几次。冯润林又走了，飞机不能退，筑都还只管来催着起运，公使这几日正不愉快得很。章四爷听得，怕碰钉子，打算再迟几日，索性等海子舆气平了，见着好说话些，遂告辞起身出来。刚走到使馆大门口，只见来了一乘马车，章四爷闪在旁边一看，朱湘藩从车中跳下来。一个小使一手提一个大包裹，跟着下车。章四爷忙迎上去点头，朱湘藩问见着公使没有，章四爷道："我听说公使心中不快，打算迟日再来求见。"朱湘藩点头道："这几日我也忙得不可开交，请了几日假，事还没办了。方才公使着人来叫我，说这几日有几省的学生，派代表来这里质问飞机的事，你又有电话来，公使叫我来商酌。我只得放下自己的私事不办，到这里来。"章四爷道："你自己甚么事这般忙？"朱湘藩道："并没甚么要紧的事。只因敝内来了多年，不曾生育，要在这里纳个妾。已看定了一个，就择了这二月十号娶进来。使署不便办这事，另在看町租了幢房子，于今只差几日了，所以繁忙的了不得。你承办的那事怎样了，何以又会弄出甚么代表来质问？"章四爷道："那代表是他们当学生的，林巨章纵有天大的资格，也管不了。他只能保得民党这方面没人出头来闹。"朱湘藩道："那是不错。你且再进去坐坐，等我见着公使，看公使的意思怎样。你要说的话，在电话内大约是说明了的。"章四爷道："恐是电话机坏了，公使回说听不清楚。"

朱湘藩也不再问，邀章四爷回到客厅里，自上楼去了。一会儿下来说道："你在电话里说的话，公使已听明了。不过你那电来得不大凑巧，正在江西的甚么代表，闹了才退出去的时候，公使一肚皮的不高兴，你又提到飞机、风潮几个字，因此才将听筒搁了，说听不清楚。此刻听我说学生不与民党相干，他心中也就没甚么不快了。但是我自己的事实在忙不了，在十号以前，决无工夫拜客，这便怎么办呢？可否请那位林先生屈尊到这里来？"章四爷踌躇道："那就不知办得到办不到。"朱湘藩道："他能来，公使必然优礼款待。"章四爷笑道："你没工夫去拜他，只怕十号，他倒得来你家道贺。"朱湘藩也笑道："那如何敢当！"章四爷见他说话的神情很得意，料是想有人去凑热闹，即问看町的番号。朱湘藩欣然扯下一页日记纸来，用铅笔写了，笑道："本应奉迎喝杯水酒，因在客中，恐不周到，反见罪佳客。"

章四爷忙接了，又客气了几句才作别。仍到中涩谷，把话告诉了林巨章，问林巨章的意思怎样。林巨章道："我怎好就是这们跑到使馆里去？一则你在海子舆面前说的话太大，二则你今日不曾亲见着海子舆，我就是这们跑去，不说他看低了我，就是我也太看低了自己。四爷你说，是有些犯不着么？"章四爷还没回答，忽见下女从里面出来，向林巨章道："太太说有事，教我来请老爷进去。"

林巨章拔起身就往里走。进门即见陆凤娇立在门背后，用耳贴在壁上，听外面说话。见林巨章进来，一把拖到内室说道："你定要人家来拜你，你就不能先去拜人家的吗？你是求人，人又不求你，你如何也要拿架子？你这糊涂蛋，真要把我急死了！"林巨章也急道："我们男子在外说话，偏要你管些甚么？我难道就不明白是去求人！"陆凤娇把手一摔，怒道："照你说，难道是我管错了吗？你的事是不应该我来管的，你看我可是愿意多管闲事的人！你还向我发急胡说，狗屁是这们乱放！"林巨章道："好，好，罢了，有人客在这里，不要是这们闹，有话等歇再说。"说着转身待向外面走。陆凤娇复一把拖住道："你走向那里去？话不说清就走，没这般容易！你在外面去和人谈天快活，说些呕人的话，教我一个人坐在这里，慢慢的呕你的气。你倒想得好，我没这们呆，你不和我说清，看我肯放你去！"林巨章只得又陪笑道："甚么话教我说清呢？"陆凤娇扭转身，坐着不睬，林巨章道："我此刻心里正烦得难过，你不要专一寻着我，闹小孩子脾气罢！"陆凤娇翻转身，猛然向林巨章脸上一口啐道："谁是小孩子，谁教你讨我这小孩子来的？我不曾扭着要嫁你。我生成是这种小孩子脾气，你才知道吗？我不是小孩子脾气，也不跟着你在此受罪了。你自己放明白些，有第二个小孩子肯来管你的闲事么？"一面说，一面哭着数道："只怪我自己不好，鬼迷了心肝，专是做好不讨好的，也骂不怕，斥不怕。我于今明白你的用心了，你不要站在这里，心里烦得难过。你出去陪客开心罢，我没有话说了。"说完，往床上一倒，双手掩面而哭。

林巨章怎舍得就走？凑拢去说道："你是个聪明人，最明白事理的。我岂不知是求人的事，不应等人先来拜我。但是现在的社会，一般人的眼光最是势利不过，越是求人的事，越要自己抬高身价，人越肯应你的要求。你一卑躬折节的向人开口，人家便把你看得一文不值了。这是应世的一种手段，非此不行的。你脑筋素来明晰的，如何也不明这道理？你平常喜欢看《三国演义》，诸葛孔明不是要等刘先主三顾茅庐，才肯出来吗？"陆凤娇本待不理，听说到《三国演义》，她最是欢迎看这部书的，并最是崇拜诸葛孔明的，便放下手，伸出脸来问道："你配得上比诸葛孔明吗？他本是不想出山的，刘先主去求他，自应三顾茅庐呢。你做梦么，也想有人来求你吗？这话真说得好笑！"林巨章笑道："你怎么知道诸葛孔明本是不想出山的？"陆凤娇道："我懒和你这不通的武人说。你要问我怎么知道，你去看他的《出师表》，就知道了。"林巨章笑道："我本是不通的武人，我倒不明白，诸葛孔明既是没有出山的心思，那征南蛮时，火烧藤甲兵及葫芦谷烧司马懿父子的那些火药柜子，早预备了好好的干甚么？迷陆逊的那八阵图，早布好在那里干甚么？木牛流马早造好模型干甚么？"陆凤娇气得坐起来，冷笑道："你这武东西，真不通得可恶！小说上故神其说，以见得孔明和神仙一样，说都是他早预备好了的。既是早预备了这们多东西，当日刘先主求了他出山的时候，怎的不见说陪嫁一般的搬了许多大红柜子来？你读书是这们读的，怪道想比诸葛孔明，也望人家来三顾茅庐！"林巨章笑道："我只要你不生气了，比有人来三顾茅庐还要快活。你不要生气了罢，我去和章四爷商量。我先去拜海子舆，于身分上没有妨碍。我决听你的话，先去拜他便了。"陆凤娇道："你去不去，干我甚么事！你不要我管，我就不管。你去你去，我不管你，你也不要管我。"

林巨章又敷衍了一会才出来，只见张修龄、周克珂都在客厅，陪着章四爷说笑。林巨章问张修龄道："你去那里，整日不见你的影子？"张修龄笑道："我今日原没打算出来。吃过早饭，到理发店去理发。正在剃面的时候，从镜子里看见外面进来个人，穿一身青洋服，戴一顶鸟打帽子，手中提一个小提包；猛然望去，就像在中国贩卖仁丹、牙粉的东洋小鬼。再仔细一看，这人好生面熟。那时我正剃着面，不敢动。这人也是来理发的。我剃了面，回头一看，果是熟人。巨老，你道是谁？就是我四川很负一点文名的，姓乐名艺南，为人最是滑稽得有趣。"林巨章道："我听说过这人的名字，却不曾见过。怎的滑稽得有趣？"

张修龄道："他也是泸州人，他家离我家不远，从小就彼此厮熟。光绪末年，到这里来留学，我也不知他在那个学校上课。近来见着他几次，他总是提着那个小提包，我也没问过他，提包里提着甚么。今日在理发店遇着他，定要拉我到他家去坐。问他家住在那里，他说就距此不远，我便跟着他走。约莫走了五六里，我说：'你说距此不远，怎的还没走到？'他说就在前面，是没多远。于是又走够四五里，我两只脚走痛了，即停了

步，问还有多远。他用手指着前面道：'那边房屋多的地方就是了。'

"我看不到一里路，只得又跟着走。转了一个弯，那房屋多的地方已不见了，两脚越走越痛，看他竟是没事人一般。又足走了五六里，我发急起来，站住问他：'你无端是这们骗我瞎跑做甚么？既有这样远，如何不坐电车？'他倒笑嘻嘻的对我说：'你看那里有电车给你坐？你想坐电车得再走一会，包你有电车坐，并且连火车都有。'我说：'你不是邀我到你家去的吗？难道没坐过电车，要跑到这里来？你快说你家在那里，我里衣都汗透了，不能再走路。'他说：'我若知道你这们不能走路，也不邀你来了。你欢喜坐马车么？坐马车去好不好？'我听了，心想：日本的马车最贵，他当学生的能有多少钱？要我坐马车，莫不是他存心想敲我？我本没打算出外，又没多带钱，便望着他笑。他说：'马车就来了，你走不动，就在这里上车罢。'

"说话时，听得马蹄声响，转眼便见一辆马车来了。我看那马车的式样，好像船篷一般，有七八尺长，两边开着几窗眼，见里面坐满了下等小鬼。四个又粗又笨的木轮，烂泥糊满了。那匹马身上也被泥糊得看毛色不清，车重了拉不动，躬着背，低着头，走一步，向前栽一步。乐艺南拉着我上车。我说，就是这样马车吗？这如何能坐呢！他也不由我说，死拉着我，从车后面跳上去。我还没立住脚，那车子走得颠了两下，我的这颗头便撞钟似的，只管在那车篷上撞得生痛。我高声喊：'使不得，使不得！我不坐了。'弄得满车的下等小鬼都笑起来。乐艺南向一个小鬼说了几句好话，那小鬼让出一点坐位来，纳着我坐了，才免得撞碰。然行走的时候，震动得五脏六腑都不安宁，几番要吐了出来，口里不住的埋怨。他说：'你不要埋怨，你是有晕船的毛病，不打紧，我这里有的是药，给点你吃了，保你安然无事。'我想：他身边如何带了晕船的药？望着他蹲下去，打开了那个小提包，摸出一个纸包来，从中取了一颗黄豆大的丸药，要我张口。我说给我看是甚么药？他说：'决不会毒害你，且吃了再说给你听。'我只得张口接了。他叫我用唾沫咽下去，可是作怪，一刹时心里果然服帖了，也不想吐了。问他是甚么药这般灵验，我倒得多买些，预备将来飘海时用。他说：'我的药多得很，灵得很，这车上不好说，等到家再说给你听。'"

不知说出甚么话来，且俟下章再写。

第一百十三章

编尺牍乐艺南搜奇
送花篮蒋四立吃醋

话说张修龄接着说道："那马车走了二十多分钟，他对我说到了，拿出两张票来，交给驾马车的。我跟着跳下车，问他那票从那里来的。他说常坐着这路上的车马，买了月季票。我看到的地方，好像靠着火车站，他引我向站里走。我问：还要坐火车吗？他说火车只有两站路，这里地名叫王子，若在九、十月到这里来，极是热闹。那一带山丘上，都是如火如荼的红叶，游览的人川流不息，那是此刻这般冷清？我听说还有两站路，说不愿意去了。他又扯住我不放，说火车快，两站路不要几分钟就到。我不得脱身，只好又跟着他坐火车。幸他家离车站很近，下车他就指着一所小茅屋，说是他的家了。

"走到跟前，看那茅屋的周围，都是用细竹编成的篱笆，不过两尺来高，倒青翠可爱。他推开竹篱笆门，带着我并不走大门进去，转到左边一个小园。便看见一间八叠席的房子，几扇格门都开着，房中陈设的几案、蒲团之类都清洁无尘。我一见那房屋的构造，心神不觉得清澈了许多，跳上廊檐，将身就往房中席子上躺，四肢百骸全舒畅了。他进房，也不知叫唤甚么，很叫唤了几声，从里面推门出来一个龙钟不堪的老婆子。他凑近老婆子耳边，高声说：'先烹了茶来，再去做饭，有客来了，饭要多做点。'老婆子把头点了几点，回身到里面去了。他向我笑道：'亏我在日本，居然雇了个这般的下女。你看这不是老天许我在这里享尽人间清福吗？这老婆子今年六十八岁，生成的又聋又哑，一点知识没有。在旁人谁也用她不着，却与我心性相投，很伏侍了我几年了。她一个亲人没有，除了我这里更没第二个家。'我问他从那里雇得来的，他笑道：'并没从那里去雇她。她那年来我家乞食，我见她虽然年老，步履却还健朗，身上穿的破烂衣服倒洁净得很。她见我这园里满地的落叶没有扫除，就拿下一个扫帚，替我扫除得一些微尘没有。我便留着她，教她烹茶做饭，都极称我的意。每日打扫房屋，洗擦地板，比年轻人做事要细密几倍。家政一切，我都委她办理。她替我节俭，替我计算，稍微贵重的蔬菜，那怕是我吃剩了不要的，非我开口教她吃，她总替我留着，一些儿不敢动。我每月送三块钱给她，抵死也不肯受。我定要给她，她就扯着身上的衣服做手势给我看，示意要我做衣服给她穿。我终日欢喜在外闲逛，常半夜三更不回家，她总是坐着等候。无论多冷的雪天，绝没见她向过火。我猜她的用意，是乞食的时候，在外受雨打风吹，那有火向？于今坐在家里，没风雨侵人，又穿着的是棉服，能再向火？将身体弄娇了，一旦用不着她，出去将更受困苦。我见她如此，倍觉得可怜。我很踌躇将来回国的时候，不好如何处置她。我又苦手中无钱，不能给她一二百元做养老的费用，很希望她趁我在此，两脚一伸死了，有我替她料理后事，免得再受穷苦。'"

章四爷听到这里笑道："她有那们健朗，如何会就死？"张修龄道："我也是这般说，三五年内决不会死。我问乐艺南：那提包里到底是些甚么？他笑道：'我这提包是个百宝囊，我拿给你看罢。或是你，或是你的朋友，害了甚么病症，只送个信给我，我就来替你诊治。这里面全是上等药品，各医院取价最昂的。'他说着开了提包，无数的瓶子、盒子、纸包，一齐堆在席子上。我看瓶盒、纸包上面都写了些英文字，他一一说明给我听，并说已经治好了无数的病，从没向人取过分文。我忽见他书案上放着一本寸多厚的大书，望去好像是书画的册页。拿起来看，尽是些五光十色的信札、邮片，没一纸字迹工整、文笔清顺的。我问他是那里来的这些不通的信件，他笑着对我说道：'现在内地各书坊所刊行尺牍模范的书极为销行，我想集一部留学生尺牍，刊刻出来，必能风行一时。你看这种锦绣文字，不是留学生，那个能做得出？我很费了些心血，才集了这一大册。已有八百多篇，也可将就出版了。最好是用珂罗版印出来，和真迹一样。不过资本费得太多，我一个人的力量有限。不然，就更显得我们留学生的真材实学了。'我当时听他是这们说，随意翻阅了几篇，真没一字一句不令人发笑，倘将来真能刊刻出来，我看比《笑林广记》还要好。也不知如何能搜集得这们多。"

林巨章笑道："乐艺南这个人，也就太好事、太不惮烦了。留学生文字不通，与他有甚么相干，要他劳神费力的替人表扬？听他的为人似乎清高，像这种行为，就似个无赖了。"章四爷笑道："也好，是这样丢他们一回脸，看他们以后对于文字上肯留心研究一点么？现在一般年老的文学家都叹息说，中国二十年后决无一人通文字。文字太不讲求，于国民根本上也是一桩很可虑的事呢。"周克珂道："这有何可虑？西洋各国不像中国这们研究文字，日本完全没有文字，不都是极强极富吗？"章四爷道："各人立国的根本不同，中国数千年是讲文化的，不能与他们以工立国、以农立国、以商立国的相比较，而且他们也未曾不研究文字。至于日本，不过如贫儿暴富一般的，想和世家大族攀亲，他自己立国的根本一点也没有。这回欧战终结，无论最后之胜利属谁，世界各国必渐渐趋重文化。那时日本这种没文字的国家，看它能再有一百年的国运没有！语言文字关系国家的命运极为重大，怎的说是不可虑的事？"

林巨章笑道："管他可虑不可虑，我们且商议正事要紧。"即将章四爷会见朱湘藩的话告诉了周、张两个，要二人研究，应否先去拜海子舆。张修龄道："海子舆那东西最是狡猾不过。我看去拜他，还未必肯见呢。"林巨章道："见倒是会见的，朱湘藩还说必然优礼款待呢。他是干甚么事的，怎敢说不见？"张修龄道："这种事完全看时势说话。依我的愚见，初十日朱湘藩纳妾，借着去道贺，倒不妨先把他结识了。这是种私人燕会，与人格品类没甚么关碍。外面早就谣传他与菊家商店的鹤子结了不解之缘，因抽用了几千块钱的学费报效鹤子，弄得许多公费生不服，很闹过一会风潮。外面都以为他的好事不能成就了。谁知海子舆接任，十分契重他，倒赞成他正式娶到家来。他因此异常高兴，巴不得有人肯去贺喜。我们的贺礼须办得特别隆重，好使他注意。只要他在海子舆跟前揄扬一句，我们便增高了无数的身价。"章四爷、林巨章都拍手道好，只周克珂借着催下女做晚饭，抽身到里面去了。

林巨章向张修龄道："这礼该办些甚么，你替我想想，多花几元钱不算事。"张修龄点头道："这贺礼的内容须极贵重，外面却要和普遍贺礼一样，一点也看不出。巨老自己计算，大约能拿出多少钱来办？我心中有个数目，便好打算。"林巨章望着章四爷踌躇道："四爷看应办多少钱的，才不夷不惠？"章四爷没开口，林巨章道，"你在两千块钱以内打算罢！"章四爷吓了一跳道："那用得着这们多？这贺礼一举出去，要骇人听闻了。"

林巨章道："多了吗？他不是说内容须极贵重，外面和普通一样，看不出么？过于平平了，朱湘藩如何得注意呢？"张修龄笑道："贺礼送到两千块钱，本似乎过丰了一点。但是有作用在内，便再多些，也是官场中惯事。我已想了个绝好的送法，到天赏堂去打个白金喜字，钉在大红缎轴上，望去和银的锡的一样，别人决不留神。朱湘藩自己取下来，看反面的印才知道。"林巨章道："若是他自己也没注意，以为是银的、锡的，那不白糟蹋了这们些钱吗？"张修龄摇头道："他那里这般粗心？喜字上的花纹，略为别致一点，礼单上又注明了，难道就如此糊涂？只要掩了那班贺客一时的耳目，以后就有人知道，也无妨碍了。"章四爷道："打喜字，何不打个花篮，装满一篮的鲜花，行礼的时候，给新娘捧在手上，岂不更好？外人更不知道是你们送的。"林巨章连声称妙，张修龄也说比送喜轴好。日本房间仄小，喜轴难得有宽广的地方张挂。林巨章向章四爷道："送花篮好可是好，但是初十日我自己带去不妥，请四爷劳步，替我初九日送，将我的用意对朱湘藩略为表示一点出来，我去才不觉唐突。"章四爷答应了。当下用了晚膳，即告辞回四谷去了。

次日，林巨章交了两千块钱给张修龄，去天赏堂赶造白金花篮，配了两个普通的花圈。初九日雇了一辆马车，将章四爷接来。看那花篮虽只饭碗大小，却玲珑精巧，不是内地的银匠所能制造。缀饰了许多鲜花在上面，非仔细定睛，谁也看不出是白金造的。章四爷笑道："这种贺礼送去，体面是体面极了，就只怕不够本儿。"林巨章道："不见得朱湘藩便白收了我的人情，他只替我方便两句，不有在这里吗？"

章四爷不好再说甚么，带了礼物，坐着马车送到小石川肴町来。寻觅了一会，才寻着了朱湘藩的番地。只见那门口扎着一架岁寒三友的牌坊，两边用五彩绉绸缀成水纹格式；一个格孔内，嵌了一盏梅花形的五彩电泡；牌坊上面，悬一块织锦的横额，斗大的"宜尔室家"四个字，署着海子舆题赠的款。那横额的四围，嵌满了五彩电泡。章四爷心想：若在夜间，有这些电光照映，必更加夺目。正在流连观览，里面派定了的招待员见门口有马车停着，即出来迎接。章四爷回头招呼马夫，将贺礼取出，招待连忙接着，邀章四爷进屋。章四爷留神看那房屋，规模和林巨章的住宅相仿，也是铁栅栏的大门，门内一片草场，场中铺着两条石道，中间一条直抵着大厅。厅上陈设做结婚的礼堂，已有数对花圈安放在礼堂左右。那礼堂中的布置穷极华丽，金碧辉煌，耀得人眼光不定。招待员将那白金花篮供在礼堂上，两个花圈就排着那些花圈放着。里面有数人笑语而出，章四爷看是朱湘藩和蒋四立，后面还跟着几个不认识的，忙作揖道恭喜。

朱湘藩邀进左边一间八叠房内，彼此重新见礼，绍介那后面几个，都是在使署和朱湘藩同事的。朱湘藩道："老兄肯赏光，就是荣幸的了不得，如何还敢劳破费。"章四爷见房中没有外人，才笑答道："且不要谢快了，可惜了一句话。这礼不是我送的，我一个穷光蛋，只知道双肩承一啄，到你这里来尽着肚量吃喝，那有我破费的时候？并且像这样的贺礼，尽我平生蓄积的动产不动产，都搜刮起来也还不够。"朱湘藩、蒋四立听了，都愕然，问是甚么贵重物品，说得这般珍重？又是谁如此见爱，送这样的贺礼来呢？章四爷笑道："这送礼的人，诸公猜度不出。惟新贵人大约是料想得到的。"朱湘藩想了会，摇头道："我此刻的脑筋浑浊得很，想不到是谁。"章四爷遂将林巨章说出来，朱湘藩大笑道："那如何敢当！我没去拜他，不见罪就感情千万了，倒教他这们破费，我决不敢受。"

蒋四立听说是林巨章送的，跑到礼堂，将花篮捧了进来，一边细看，一边笑着说道："怪道章四爷说得那们珍重，原来是白金制造的，我看东京恐怕找不出第二个来。你们大家来开开眼界。"使署的几个职员都围拢来，争着要看。朱湘藩怕他们手重，弄坏了这贵重东西，忙从蒋四立手中接了过来，放在桌上道："你们看，可不要动手，这礼是不能收受的。"蒋四立道："他既应着你的景儿送来了，却之不恭。"章四爷也笑道："林巨翁原虑到你不肯收受，才托我送来。就是凭我这一点小小的面子，也说不到退字上去。"朱湘藩摇头道："这万分使不得！君子爱人以德，望老兄原谅。礼无全璧，那一对花圈领情便了。"蒋四立攀着朱湘藩的肩膊笑道："这花篮是用得着的物件，你看制造得多精巧，新娘见了，必然称意。"朱湘藩回头望着蒋四立道："林巨章又没托你送来，要你这们说了又说做甚么？"蒋四立打着哈哈说道："林巨章要托我，倒没得说话了。我早就看出你脸上的气色很好，这财应该是你得的，便推也推不出去，倒不如爽直点收了，免得章四爷费唇舌，到底是离不了受之有愧的一句话。俗语说得好，与人方便，自己方便。我既在这里，自然应替林巨翁、章四爷方便一句。"朱湘藩道："你这张嘴实讨人厌，不怪人家拿手枪打你。这时候可惜没吴大銮，再来给你一下子。"蒋四立道："我已递过了辞呈，从此以后，不再做那人口买卖了，谁再来给我的手枪？倒是小兄弟要仔细，不要步我的后尘就是了。我遭了手枪，只我一个人受痛，一进医院便不妨事。你若是遭了手枪，现在就有一个心痛的人，等着要进门了，打你一个，甚于打了两个。"朱湘藩听了，脸上改变了颜色，半晌没开口。章四爷笑着谈论别事，才将话头岔开了。

朱湘藩凑近章四爷坐着，小声说道："我已知道林巨翁这人很够朋友，若不是我私人事忙，早就代表公使去拜他了。公使说了，明日来这里，林巨翁若肯赏光，正好在这里见面，彼此倾吐肺腑。公使为皇上罗致人才，必能推诚相与。我将来于林巨翁叨教的日子甚长，但得承他不弃，就获益多多了，是这般隆礼厚币的，反觉得以市侩待我了。"说时，拿眼睛偷瞄了蒋四立一下道，"老兄说是么？"章四爷到此时，才悔不该当着蒋四立说明出来。蒋四立带了几分醋意，弄得朱湘藩为难，不好收受。心中打算，如朱湘藩定说要退，即暂时拿回去，再背着人悄悄的送来。却好，朱湘藩还没提到退的话，蒋四立已起身告辞，朱湘藩随口挽留了两句，即送出来。走到大门口，蒋四立笑着拱手道："我说话素无忌惮，老弟是自家人，不要放在心上。明日公使来了，若老弟没工夫替林巨翁绍介陪公使说话，我横竖闲着没事，尽可代劳。章四爷也不是外人，我难道因他没托我，便分甚么彼此？"朱湘藩只得也拱了拱手道："感谢，感谢！明日请早些光降。"蒋四立去了。

朱湘藩进房向章四爷道："这打不死的无赖贼！一双猪婆眼就只看得见黄金白银，除了金钱而外，便是父子、兄弟他也反眼不相识，莫说是朋友。这里没有外人，不妨说给你听。他因每月贪着报销，和上海野鸡拉客的一样，不问是人是鬼，那怕只在民党里吃过一顿饭的，也拉了来，说是招安，捉着那些东西的手填了誓书、打了手模，七折八扣的，随便给几个钱。进呈的册子上，就异想天开的甚么招待费，甚么维持费，甚么经常费，撰出许多花销的名目，每人每月至少是百元以上。皇上在北京，真是堂高帘远，怎么识得破他这些枪花？左一道谕旨，右一道谕旨，反把他嘉奖得气焰熏天。要不是被他拉来的那些东西不给他顾脸，在内地新闻上宣布出那些悖谬的文字来，皇上赫然震怒，一道电谕下来，给了个大钉子他碰时，还不知要骄蹇到甚么地步呢。他接了那道电谕，就使出小老婆放刁的手段来，打了个电去辞职，以为皇上必有电来慰留。谁知电去了这们些日子，全没一些影响。他于今知道不好，又慌急起来了，求公使去电斡旋。公使近来为着飞机的事，整日烦闷的了不得，那肯管他的闲事？他今日见你说林巨翁，大约是恨这事没落在他手里，失了在皇上前一个好转圜的机会。他那双猪婆眼睛又见了这花篮，亏他一看就看出是白金制造的，更是气不忿，所以说出那些屁话来。他这一回去，好便好，不然还不知要造出多少谣言。我也是恨了他，才骂他应遭手枪打。他这种混蛋，真可惜吴大銮不曾将他打死！"章四爷道："我见他不是外人，以为不妨事，因当着他说出来，不料他别有种存心。这事最初我本想和他商议，因他气忿忿的说出辞职的话，我就没提起了。"朱湘藩笑道："只怪他自己倒运，他就造谣言，我也不怕。请转达林巨翁，我惟力是视，他尽管放心便了。这里今日发帖去请他，明日再派马车去迎接，他务必赏光。和公使见过面，我才好说话。"章四爷答应了，又说了些拜托的话告辞，坐着原来的马车，回报林巨章。朱湘藩的请帖也到了，林巨章约了章四爷明日同去。

第二日，朱湘藩真派了一乘马车，拿着名片来接。林巨章换好了礼服，陆凤娇问："吃喜酒有多久方得回来？"林巨章道："没人缠着谈话，便回来得快，不过午后两三点钟。若遇得熟人多，向晚也说不定。你问了做甚么？"陆凤娇摇头道："不做甚么，我今天不大舒服，是望你早些回的意思。"林巨章温存她道："你怎的会不舒服？我接个医生来，看过了再去好么？"陆凤娇挥着手道："你快去罢，不要见鬼，花钱请得小鬼来，捏手捏脚的，没得人讨厌。"林巨章道："你又是这们不听我说，人有了病，怎免得医生捏手捏脚？你毕竟是如何不舒服，等医生来诊过了，我也好放心出去呢。"陆凤娇不耐烦起来，说道："我不舒服的时候多呢，我也说不出，医生也看不出。你放心去罢，不会就死了，向晚你回来见不着人。"林巨章见她是不像有甚么病，便说："我至迟两三点钟就回，不和人闲谈便了。"

说着出来，见张修龄也正往外走，问他去那里，张修龄停了步说道："我要去四谷。因昨日约了施山鸣，今日去松本楼吃午饭。"林巨章道："施山鸣是谁？"张修龄笑道："巨老不认识他么？那日同去章四爷家里，出来开门，望着我笑的，不就是他吗？他去年在南明俱乐部很出过大风头的呢。"林巨章道："我不知道。你去他那里正好，约了章四爷去吃喜酒，不知怎的，还不见来。我一个人，又坐着这辆使署的马车，去那里很不方便。不如且打发马车回去，我同你去邀了章四爷，另雇一乘车去，比较的妥当些。"张修龄道："章四爷既约了，定要来的，此刻时间还早。"林巨章拿了张自己的名片，交给车夫道："你回去拜上你们大人，我这里自己有车子，立刻就来道喜，迎接不敢当。"车夫接了名片，自驾着车子去了。

林巨章即同张修龄走到停车场，坐电车到了四谷，在哕岗方一问，下女说章四爷已动身到涩谷去了。林巨章跌脚道："真不凑巧，怎的路上也没撞着？他此刻必坐在我家里等候，我就回去罢！"张修龄自进屋邀施山鸣。林巨章匆匆忙忙的，仍由电车回到涩谷。跑进客厅一看，不见有章四爷的影子。直跑入内室，打算问陆凤娇，章四爷来了没有？他若不推门进去，倒没要紧，把门一推，可不活活的把林巨章气死了！只见陆凤娇在上，周克珂在下，两个的下身都脱得赤条条的，在靠火炉的一张沙发上，正在凤倒鸾颠。猛听得门响，惊回头来，林巨章已跨进了房门。两个都慌了手脚，找不着遮掩的地方，来回在房角上乱窜。林巨章一声大叫，往后便倒。

不知性命如何，下文分解。

第一百十四章

陆凤娇再气林巨章
邹东瀛略述曾大癞

却说林巨章看见陆凤娇和周克珂两人，竟大演其"大一体双剧"，一时气堵胸膛，大叫一声，往后便倒。恰好不偏不倚，倒在门旁边一张睡椅上，已昏厥过去，不省人事。周克珂捞着了自己的下衣，来不及穿上，往外就跑。陆凤娇追上去，一手拖住道："你、你、你跑了，教我怎样？"周克珂慌急了，抖着说道："同跑，同跑！"陆凤娇仍拖住不放，自己定了神道："不要怕，既是撞破了，随他怎么处置便了。只要你不负我，便死也甘心。"周克珂指着陆凤娇的下体道："还不快去穿衣！"陆凤娇道："你不走么？"周克珂战兢兢的，把下衣胡乱套上，说道："不走，教我这副脸如何见他？"陆凤娇道："就不顾我了吗？"周克珂脱开了陆凤娇手道："你教我怎么顾？我离了这里，连自己还顾不了呢。"陆凤娇恨了一声："我若早知道你是这种没天良的，也没今日的事了。好，你走你的罢！"说完，咬了一咬牙根，头一低，猛然向墙根上撞去。只听得哗啦一声，靠墙一张小几，几上陈设的瓶镜钟座，一齐倒塌下来，震得屋瓦都动了。

周克珂更加慌急，看陆凤娇撞倒在席子上，头上的鲜血泉涌一般的放出来，一刹时席上流了尺来远，手脚乱动了几下，就不动了；脸上白纸也似的，没一些儿生人气，料是不能活了。一想这祸撞得太大，不趁这时逃走，还坐在这里等受罪吗？便不顾林、陆二人的生死，提起脚往外就跑。才跑了几步，觉得后面有人追了出来，忙放快了脚步，跑出客厅。只见章四爷迎面走来，见了周克珂这种神情，吓得倒退了两步，连问："怎么？"周克珂还没回答，里面林巨章已放出那气急败坏的嗓子喊道："章四爷，不要放走了凶犯！你这禽兽，待往那里跑？"一边喊，一边奔了出来。原来林巨章被陆凤娇撞倒的东西声响惊醒回来，一见陆凤娇倒在一旁流血，周克珂正自逃走，便拼命的追将来。那时周克珂见前面章四爷当门立着，后面林巨章又飞奔将来，知道逃跑不了，只得转身，双膝向林巨章跪下说道："我该死！愿听凭巨老处置。"

林巨章跑过来，举手要打。章四爷不知就里，连忙拦住道："甚么事？有话不妨慢慢的说。"林巨章伸手打不着，暴跳如雷的说道："你不知道，我决不能饶了这禽兽！"奋力撞过去，一脚踢去，又被章四爷扭住了，没有踢着，便向章四爷跳了两跳，圆睁二目说道："四爷，你也成心和我过不去吗？这东西欺我太甚，要我饶他，除非拿手枪来，把我打了！"章四爷看了这种盛怒的神情，若让他过去动手，这边跪着不敢反抗，甚至一两下打出人命来，也不管为的甚么事，抵死把林巨章扭住，用力往里面拖。林巨章手脚都气软了，章四爷当年轻的时候又曾练过功夫的人，那扭得过？看看拉近了廊檐，林巨章厉声问道："你和这禽兽伙通了吗？好，好，你若放他走了，我只知道问你要人便了。"章四爷道："我放他走到那里去？有话我们且进去坐着说。"

周克珂见林巨章已被章四爷拉住，即立起身来，心想：既逃走不了，不能不硬着头皮，由他处置。事情已弄到这步田地，怕也是不中用的。便走到林巨章跟前，说道："请巨老息怒，快救太太要紧，我决不逃跑。"林巨章骂道："狗娘养的，还救甚么太太！"章四爷看这情形，已猜透了八九，忙问："太太怎么了？"林巨章没做声，周克珂答道："太太此刻已昏倒了在房里。"章四爷跺脚道："还不快去施救！"随拉林巨章往里走，周克珂也跟在后面。林巨章旋走旋骂，说不肯施救，然两脚不催自走的，却已进了内室。只见下女已将陆凤娇扶起，坐在林巨章昏倒的那张睡椅上，垂头合眼的奄奄一息。头上青丝缭乱，满头满脸尽糊了是鲜血，下体的衣裳，幸有下女替她穿上了，没被章四爷看出那不堪的样子来。

林巨章一见陆凤娇这般的光景，说不尽心中气恼。若在平日，陆凤娇因别事气到这样，林巨章不知要如何痛心，如何安慰。此时的林巨章，却丝毫不似平时了，随手拖了张椅给章四爷坐，自己就陆凤娇对面沙发椅坐下，冷笑了声说道："你以为一死便足以了事吗？为人像这样的死法真一钱不值，做鬼都不是个好鬼，不是个干净鬼。我看你生成是这种贱相，自去年到我家来，那一些亏负了你，那一些没如你的意？你自己问心，堕落烟花十多年，像我这般爱你，这般凡事体贴你的人，曾遇了几个？我

平日因你是个有些根底的人，虽遭难误入风尘，尚能不忘本来面目，肯读
书识字，以为你在风尘中是出于不得已，竭力将你提出火坑，遇事原谅
你。因你小时候不失为宦家小姐，必然娇养惯了，落风尘之后，更没受良
好教育；间有些乖僻的性质，不中礼法的举动，都容忍不说。谁知你是生
成的贱骨头，不中抬举，误认我平日让你，是怕了你。你不想我花钱买了
你来，你有甚么能力，可使我怕？我又为甚么要怕了你？我真想不到世间
上竟有你和周克珂这种忘恩负义的禽兽！周克珂，你也自己摸摸良心，你
在我跟前当差有多少年了，你家中十来口人，是不是完全我拿钱养活？我
在任上的时候，养活的不仅你一个，也不说了。我事情不干了，到日本来
亡命，都带着你来；你家中仍是由我寄钱去供给生活。你是我甚么人，我
该欠了你的么？你得着我的好处，就是这样的报答，你自己说还有丝毫人
心没有？"接着长叹了一声道，"我也不怪你们，是我不该瞎了眼，不认识
人。教训你们，没得污了唇舌。你们各自谋生去罢，算我晦气，前生欠了
你们的债，到今日大约是已还完了，才神差鬼使的败露出来。我想你们也
没甚么话可说了，都立刻替我滚出去罢！"

　　周克珂低头立在房门口，听林巨章数责完了，不觉天良发现，跨进
房，向林巨章叩了个头，起来泪如雨下说道："辜负深恩，粉身莫赎，今
生已无颜再说报答的话，只好待来世变猪变狗，来偿还万一。"说完，折
转身往外便走，到自己房里，收拾了行李，就从那日归国谋生去了。后来
听有人说他因这事坏了名誉，到处都有些瞧他不来，没好差事给他干，至
今落魄在北京，替人写字，混些日食。从前和他认识的，遇着他都回避，
不肯与他交谈。大约周克珂这三个字，就此与社会要脱离关系了。这也是
无人格无天良的人应有的结果。且不说他。

　　再说陆凤娇被林巨章说得哭晕了几次，头上的血又出的太多，四肢没
一些气力，软瘫在睡椅上，那能动弹半点呢。林巨章见周克珂已走了，一
叠连声的逼着她走。此时陆凤娇又悔又恨，想到周克珂不顾自己死活，提
起脚就走的情形，知道平日的曲意承旨、事事逢迎，全是些假殷勤，图得
一时欢心的，越追悔自己不该受骗上当，越觉得林巨章的真情恋爱，无微
不至。嫁了个这样的人，尚弄得如此结局，将来跳出去，到那里再遇得着
这样的丈夫？那径寸芳心越想越痛，正在如油烹刀割的时候，又听得林巨
章一叠连声的催逼着走，只得哀声说道："你教我一时走向那里去？我既

做了这种对不住你的事，被你撞破了，你便不教我走，我也没有脸再住在这里。不过我不是男子，此时又实在立不起身来，求你留一线人情，许我在这里略为休息，只要精神稍稍恢复了，就动身回上海去。"章四爷在旁边说道："只管从容将息，巨翁一时气头上的话，不一定为得凭的。并且依我说，这事也只能怪克珂太无道理。年轻女子有多少知识？性情未定，识见不到，有一个少年男子终日在跟前多方诱惑，这人欲两字，又本来非常危险，怎能免得了上当？巨翁休怪我言直，你也不能不分任其咎。克珂为人，天性素薄，在你跟前当差这们多年，岂不知道防微杜渐？早就应该谢绝了他。和他这种人共事，在要紧的关头，还怕他卖了你的性命呢。"

林巨章道："我从来坦率，最不肯以不肖之心待人。一年以来，这两个禽兽行迹可疑的地方何当没见着？总以为我是这般待他们，稍有心肝，决不忍欺我到了这一步。谁知他们竟是全无心肝的，还有甚么话说？这样看起来，人类相处真是件极可怕的事。就是极凶恶的野兽，也有养驯了不伤人的时候。独有人类，无论你怎生豢养，终不免被他搏食，不是件极危险极可怕的事吗？于今你要借这里休息休息，未尝不可，不过我为人心软，禁不住几句缠绵话，恐一时欠了把持，又因循下去，将来更不知如何受气。凭着章四爷在这里，许你在此停留一夜，还得去前边新收拾的客房里歇宿，我住的房间是决不能再容你污秽了。明日你再不肯走，我就把这房子让你，我自搬腾出去。四爷，并不是我真如此心狠，对这种丧绝天良的东西，尚能容她停留一夜，已是格外念她是个女子，又远在外国；若在内地，早已驱之大门之外了。我既不承认她是我的妻子了，还用得着甚么爱惜？她心目中多时就没有我了，这屋子她若有主权，不早已将我驱逐了吗？"

陆凤娇虽在哭泣，林巨章的话却已听得明白，料是没有挽回的希望了，拿手帕拭干了眼泪，说道："你也不必说得这般厉害。我干了这种事，自是对你不住，但我并没有恋栈的心思，你又何必就做出这一狠二毒的样子来呢？你要想娶贞节女子，当初就打错了主意，不应到上海堂子里来选择。我生成的贱骨头，何待你说？骨头不贱，怎会当娼？又不曾瞒着你，说是千金小姐。你一时高兴，花钱买了来，于今不合意，将我变卖出去就是。我的身体本来和货物一样，用不着爱惜，更用不着气恼。我到你家来，也不过只吃了你几颗饭，没享受你甚么荣华富贵。不见得卖给别人，便朝打夜骂。在你自以为不曾亏负我，在我这全无心肝的，殊不觉得待我有深仁厚泽在那里。我一个当婊子的人，本讲不到节操，你又自己引狼入室，到今日事情败露了，便多停留一夜，都怕污秽了你的房屋。你果是高风亮节，如何一个堂堂男子，也一般的禁不得几句诱惑的话，就去袁世凯跟前投诚，还要花钱运动呢？"

林巨章听了，又急得跳起来骂道："你这种没天良的！我花钱运动投诚，在别人尽可骂我，你是这事的罪魁祸首，也拿着做口实吗？"陆凤娇冷笑道："我并没不承认是罪魁祸首，但和我一样，一生名节关头，不应自己无把握，听人煽惑。"林巨章向章四爷道："我不料人心之险，竟至于此！我在这里，手中虽不阔绰，只要能维持现状下去，三五年的衣食还不用着虑。老袁的帝制，稍有眼光的，谁见不到决没成功的希望？便是你也完全是为衣食计，取给一时。我好端端的一个民党旧人，又不害神经病，纵要改节，譬如一个妙龄少妇，也不肯改嫁那风前之烛的衰翁。她缠着我横吵，直闹的非投诚不可，起首就将伏焱得罪，赌气搬往高田马场去了；接着又把湖南国民党支部长林胡子气得大骂，拂袖而去。我为她是这样，急得痛哭流涕，心想民党方面既被她胡闹失了信用，实逼处此，只得向这条路上走，以图侥幸于万一。她于今倒拿这话来挖苦我，真不知她这颗心，是甚么东西做的！"

章四爷正要用言语解劝，陆凤娇已勉强撑扎起来道："你管我这颗心是甚么东西做的！你是清高人，不容我停留这里污秽了你，从速将我变卖就是。题外之文，都不用说了。我是你花钱买来的，教我就是这样走，太占了便宜，我于心不安。"林巨章道："我已说了，算是我前生欠了你的。我也不少了这五千块钱，就让你占了便宜去罢。"陆凤娇道："那个不行，我为甚么要占你的这便宜？你有多钱，不会去施孤舍寡，做慈善事业，定要给便宜我这丧绝天良、全无心肝的禽兽占？这话你好说，我不好听，你不将我变卖，说不得再污秽了你，我也是不走的。"

章四爷见陆凤娇讲来讲去，讲出横话来了，知道这口舌不是一时能了，心中记挂着朱湘藩的喜酒，即起身告辞。林巨章道："是去朱家么？"章四爷点了点头。林巨章道："他已派马车来接过了，我因不见你来，回了张名片，打发去了。我同修龄到你家，又没遇着你，以为你必已来这里等候，急忙转回来，就遇见鬼了。你去朱家，请代我托辞道歉。"章四爷连说理会得，对陆凤娇点了点头，随口安慰了两句，走了出来。林巨章跟在后面，送到大门外说道："你去见了湘藩，那事不要提了，我此刻已深悔孟浪。他如向你提起，请你留我一点面子，不要直说出来，听凭你如何支吾过去就是。"章四爷道："自然不能直说。但出处大事，因家庭细故，就灰心放任，仍是不妥。不过你此时心绪不宁，从容计议罢了。湘藩那里，你放心，我自会对付。"林巨章摇头道："在家庭中出了这种事，不能说是细故了。堂子里的人真不能讨，无论是甚么根底，一吃了几年堂子里的饭，廉耻节操便丧失尽了。"章四爷笑道："只怪你所见不广，一顶绿头巾那压的人死？你不看内地的官场，谁的帽子不是透水绿的？能个个照你的样，那些做官的人，还得一天安静日子过吗？"林巨章道："我没那们宽宏的度量。"

　　章四爷笑了笑，别了林巨章，乘电车到了小石川肴町。远远的就看见朱湘藩门口接连停着十多辆汽车、马车。吃喜酒的，看热闹的推进拥出，两个佩刀的警察分左右立在那门口，驱逐闲人。章四爷走入大门，见门旁边一张小几，几上放着笔墨、号簿；一个小盘子，盛了许多名片；使署的门房坐在那里经理挂号。章四爷也拿出张名片来，门房接了看一看，撂入小盘内，低头在号簿上写了名字。即有昨日的那招待员过来，引着向左边那条石道上走去。只见石道两边，摆列各种样式的紫檀花架，架上各色的盆景。石道尽处，两株柏树扎成两只狮子张牙舞爪，和活的相似。走进玄关一看，里面廊檐都用彩绸扎就栏杆，已有许多衣冠楚楚的来宾在廊檐上谈笑。一间十二叠席的客房，四五个人团着一局围棋，在那里下。

　　章四爷认识有邹东瀛在内，忙笑着招呼，问已行过了结婚式没有。邹东瀛笑道："早呢，要到夜间八点钟。不知信了那个星相家的话，说只有夜间八点钟才不犯冲。本定了两点钟的，一听了这新奇学说，便临时更改起来，害得我们做客的等得腰酸背痛。"章四爷笑道："这学说真是新奇。在内地没开化的地方，常有时辰冲犯的话；不料这样文明的人，在这样文明的国内，行这样文明的婚礼，也信这些禁忌。我们不要坐在这里，等行过了结婚式才能走吗？"邹东瀛道："既来了，说不得要多等一会。你已见着湘藩没有？"章四爷道："我刚来，还不曾见着。他在那里？"邹东瀛道："我也不曾见着。大约是事情忙，没工夫出来陪客。"章四爷踌躇道："湘藩为人，应酬最是周到的，并且准备了这们多天，到今日应该事情都办妥了，怎的还忙得这样？"邹东瀛道："我不是这们想吗？他们下棋的来得最早，也没见着主人呢。"

二人正说着话，那招待员带一个下女，双手托着一盘汤点进来，放在桌上，请章四爷吃。章四爷腹中正有些饥饿，吃着向邹东瀛笑道："怎的他完全用着内地的旧格式？他那新房想必陈设得很精致。等我吃过了点心，同去瞧瞧好么？"邹东瀛点头："有志者事竟成，这话真是一些不错。去年湘藩最初一次到菊家商店的时候，我正打那门首经过，还招呼他，谈了一会笑话。后来许久没通消息。虽曾听人说，因这事还闹过一会风潮，我也没注意。前几日忽然接了他请吃喜酒的帖子，才知道有情人真成眷属了。他们自见面到于今，不到三个月，怪不得湘藩得意。有好多青年在那商店门首终年伺候颜色，得着一盼，即欣幸非常，那个及得他这般讨巧？那些伺候颜色的人，真不知要如何羡慕，更如何妒嫉。"

章四爷已吃完了点心，起身说道："我们瞧新房去罢！"邹东瀛道："我还不知新房在那里呢。"章四爷笑道："怕找不着吗？他家又没内眷，不妨穿房入室去看。"邹东瀛道："莫说没有内眷，我来的时候，同时进来了几个女客，这里还有女招待员出来迎接呢。"章四爷道："你认识那女招待员是谁么？"邹东瀛道："怎么不认识？说起来，你一定也是知道的，就是曾秃子绰号癫头鼋的女人，康国宾女士。"章四爷笑道："是她吗，如何不知道？但她怎的也跑到这里来当招待员呢，不是希奇吗？"邹东瀛道："有何希奇！她早已和湘藩结识，今日来替湘藩帮忙，是题中应有之义，并且好像还有种作用在内。癫头鼋交卸支部长后，手中存的几百块钱都在那房东女儿身上用光了。近来的生活艰难得很，房东几次逼着他搬，他房钱欠多了，搬不动。同党的人，因他有钱的时候，过于欢喜搭架子，看没钱的不来；于今窘迫起来，向人开口，人家都是对他一派挖苦话，说：'你也要借钱呢？说那里的话！我们穷光蛋不向你借钱就好了。呵，是了，你是怕我向你借，你就先开口，禁住我不好再说。'癫头鼋还竭力辨白，人家总笑着摇头，说他是说客气话。癫头鼋真急得没有法子，逢人便发牢骚，说革命党不是人当的，亡命客更不是人当的。只愁没有售主，差不多要插着标发卖了。他女人今日来帮忙，说不定是想走湘藩的门路，要受招安呢。"章四爷道："我们去找着她，要她引了去看。"两人便一同走出来。

后事如何，下章再说。

第一百十五章

看洞房来宾闹笑话
省姑母艳女得新知

　　却说章四爷和邹东瀛二人走出来，由草场石道上转到礼堂，看那里坛上，十字交叉悬着中日两面的国旗；一对烂银也似的蜡台，插着两支比臂膊还粗的朱红蜡烛，中间一个斗大的宣德铜炉，烧得香烟缭绕；昨日见着的那几对花圈，一个个都配了木架，站班似的，八字式排列两边；两张花梨木月弓形的桌子接连花圈摆着，上面两个菜玉花盆栽着两支珊瑚树，足有二尺多高，枝干繁密。

　　邹东瀛指着问章四爷道："你知道这东西的来历么？"章四爷道："甚么来历？我不知道。像这般高大的珊瑚树，说得见笑，我还不曾见过呢。便是这两个盆子，一丝破绽没有，也不是易得之物。"邹东瀛笑道："自然不是易得之物。上前年，北京拍卖清宫里的宝物，海子舆花了七千块钱买了这两件，带到这里来，预备送他干老子大隈伯的寿礼。后来打听得有个留学生，带了一幅仇英的汉宫春晓图，有一丈二尺长、六尺多宽，大隈伯想买，因那学生索价太昂，要一万块钱，分文不能少。大隈伯鄙吝，不肯给那们多，交易不成。海子舆知道，连忙找着那学生，也不还价，就是一万块钱买了，送给大隈伯，喜得大隈伯一只脚跳起来。既送了那幅画，这两盆珊瑚树就留在使署里。湘藩大概是借了来撑场面的，海子舆决没这样贵重的礼物送属员。"章四爷道："怪道这般夺目。七千块钱的代价……"

　　话没说完，忽见康女士同着两个女客，一个西装、一个日本装，年龄都在二十左右，一路笑谈着，从左边房里出来，大约也是想看珊瑚树。两个女客抬头见了邹、章二人，即停了步，待转过身去，康女士笑着止住道："这二位不是外人，我都认识的，没要紧。"一边说着，一边向邹、章二人行礼。指着西装的绍介道，"这位是福建的林女士。"又指着日本装的道，"这位是安徽许女士。"邹、章二人只得向这两个女士行礼。两个女士经这一绍介，胆子就大了起来，不似见面时羞涩了，答了礼，也请问二人姓名。康女士也代说了。

邹东瀛笑向康女士道："我正找不着你，又不好进内室来寻，在这里遇着好极了。新房在那里，请你引我们去瞧瞧好么？"康女士笑道："你们男客，不去找男宾招待员，找我这女宾招待员干甚么？我不知道新房在那里。"章四爷笑道："男宾招待员是些笨汉，那里知道招待男客？贤者多劳，谁教你这女招待员又和气，又能干，使我们男客不因不由的都希望你来招待呢。"康女士耸着肩膊笑道："像你这张会奉承人的嘴，可惜湘藩没请你来当招待员。"章四爷忙接着笑答道："我若来当招待员，倒和你可以配成一对了。"康女士红了脸，轻轻的啐了一口道："那来的这般油嘴，是这们瞎说，看我可肯引你去瞧新房！"邹东瀛道："我没有瞎说，你非引我去瞧不可。"康女士将身一扭，也不答白，陪着两女士看珊瑚树。邹东瀛道："你真不引我去么？"康女士回过脸来道："是真不引你去，你便怎么呢？"邹东瀛装模做样的说道："你若真不引我去，我就有对付你的办法。那时却不要怪我。"康女士掉转身来问道："你说，有甚么对付我的办法？"邹东瀛摇头道："那如何能说给你听？我又不是油嘴，又没有瞎说要和你配对，你何必不引我去，定要我用法子来对付，弄得你后悔不迭呢？"康女士偏着头，想了一会道："我倒不信你有甚么对付的法子，你就使出来我看。我不怕，也不后悔。"邹东瀛故意正色说道："真不怕么？真不后悔么？此刻客没到齐，等到行结婚式的时候，中外来宾都齐集在这礼堂里，那时再请你看我对付的法子！"

康女士听说得这般慎重，心里毕竟有些放不下，笑着说道："你不要恐吓我。"随用手指着方才从那里出来的房门说道，"走这房里进去，过一个丹墀，那房门框上悬着一对大彩球的，不就是新房吗？你们自己不会去看，要我来引？"章四爷拍手笑道："到底怕恐吓，一恐吓就说出来了。你认真问他，看他可真有甚么对付的法子？"邹东瀛也笑道："怎么没有法子？"康女士道："有甚么法子，你说，你说！"邹东瀛道："这不就是法子吗？若没有这法子，你肯爽爽利利的告诉我听么？"康女士又啐了口，仍掉转身去了。

邹东瀛同章四爷走那房里进去，果见一个大丹墀，丹墀内堆着一座假山。细看那假山上的楼台亭树，穷极精巧，里面都安了极小的电泡。章四爷道："看这假山的形势，不是日光吗？山顶上还有个湖呢。"邹东瀛道："怎么不是？这湖叫中禅寺湖。你看这湖边的西式楼房，不也挂着一块小招牌，写着蝇头大的'茑屋旅馆'四个字吗？就是这几条瀑布，也和日光的一个模样。"两个人正在看得出神，猛听得假山背后有女子说笑的声音，杂着脚步的声音，看看近了，二人避让不及，只得仍低着头看山。那些女子见有男客，匆匆的都走出去了，二人才转过假山。只见一个月亮门，门上悬一块横额，写着"明月清虚之府"六个字，从额上用彩绸覆下来，一边垂着一个大球。走进月亮门，房中铺着五六寸深的金丝绒毡，看那陈设的几案，是一个客厅的样式。

章四爷道："我们上了康女士的当了。这那里是新房，不是个女客厅么？这圆桌上还有吃剩了的烟茶呢。"邹东瀛四围看了看笑道："没上当，新房还在里面。那大穿衣镜背后不是有张门吗？这朱湘藩不知在那里捞了一批冤枉钱，才能是这样的挥霍。"章四爷道："还有那里，怕不是我们大家的膏血！老袁不照顾他办飞机，我们今日恐怕没有这热闹看。"邹东瀛笑着点头，走近穿衣镜一看，只见一条猩红的暖帘悬在那里，闪烁得人眼光不定，原来是大红素缎，用金线平了两条龙在上面，因此光彩射人。

邹东瀛正要撩门帘进去，忽听得里面还有女子说话的声音，忙停了手，退了两步，轻轻对章四爷道："里面还有女客，幸而没有鲁莽。"章四爷道："可恶康国宾不引我们进来，难道就这们退出去吗？且莫管他甚么女客，让我悄悄的撩开门帘看看。"蹑手蹑脚的走到房门口，撩开一线缝向里面张时，那有一个人影！将头伸进去一看，哈哈笑道："你活见鬼！还有女客在那里呢？"门帘一撩，已跨进房去。邹东瀛跟进房，诧异说道："分明听得有女人的声音在这里说话，怎的连影子也没有了？你看湘藩这东西多坏，这张床也不知是在那里定造的，完全是一个诲淫的幌子。"章四爷看这床有五尺来宽，六尺多长，一块和床一般长大的玻璃砖大镜子嵌在后面，照得人须眉毕现。镜框上面，雕刻着双凤朝阳的花样，那四只凤眼及中间的太阳，都安着电泡。那垫褥下的钢丝弸，是一种富有弹力的，和汽车上的坐垫相仿。一头堆着一叠五花十色的被毯，一头堆着一叠绒枕；下面的和床宽仄一般，有五尺来长；上面一个小似一个，顶上的仅有七八寸长。章四爷笑道："这枕头才是稀奇，夫妻两个怎用得着这们多？"邹东瀛大笑道："你看尽是枕头的吗？"章四爷翻开看了看，也大笑起来。

邹东瀛回头看见一张西洋螺旋椅，才坐下去，不觉哎呀一声。章四爷忙问怎么。邹东瀛攀着两边扶手，立起身来道："你来尝尝这种滋味看。"章四爷看那椅，形式和平常睡椅差不多，只垫坐的地方，好像比平常略高些，望着发怔，不敢去坐。邹东瀛道："野史上说隋炀帝有一种御处女的椅子，大约就是这一类东西。怪道康国宾不好意思引我们来看，原来湘藩这般不长进，新房里陈设这们些器具。"章四爷道："你坐上去觉得怎么？如何外面一点也看不出甚么奇异来？"邹东瀛道："外面若看得出，也不为奇异了。你又不是处女，上去坐坐何妨呢？"

章四爷出了一会神，有些不信，真个背过身，往下一坐，也禁不住哎呀一声，喊了出来；靠尾脊骨的地方往上一起，两脚不自主的，被底下伸出两个踏蹬一般的软东西抵住两个膝弯，高高的举起，往两边分开。章四爷穿着西装礼服，下衣紧小，被这一分，两股已裂开了寸多宽的缝。邹东瀛在旁看了这情形，笑得弯腰跌脚。章四爷骂道："你还笑，不快拉我起来！"邹东瀛笑得喘不过气来，指着两边扶手，做手势教他攀住往上挣。章四爷攀着一用力，不料两腿更被举得高了，那里挣得上来呢！邹东瀛看了，更笑得捧住腹叫肚子痛。章四爷不敢再用力了，问道："你刚才坐了，怎么上来的？不要只管笑，若有人来了，看着像个甚么呢！"邹东瀛只得极力忍住笑，走近前看了看，说道："我刚才坐下去，就觉得不对，底下这两个东西还没伸出来，我已攀着扶手，立起身来。等我来用力按住这个东西，不教它往上举，你就好攀着扶手起来了。"果然一点力也不费，章四爷站了起来，跳离了那椅，理了理身上的衣服，看那两个东西，仍缩入底下去了。走过去，踢了两脚骂道："湘藩真是无赖！买了这种器具，还不知安着甚么坏心呢。"邹东瀛道："他没有隋炀帝那般势力，那来的许多处女给他御？你刚才没见着你自己的模样，真是难看呢。"说着又笑。章四爷道："我如何没见着？这橱门上的镜子，不正对着这椅子吗？"邹东瀛看那镜子里面，真是显然看得清楚。

章四爷看到镜门上没锁，顺手拉开一看说道："怎得这橱没有底？"邹东瀛已看出橱后有张小门，将章四爷推开，跨进橱内。一手摸着那门上的小环，往怀里一拉，呀的一声，门开了。即觉得一股异香，扑鼻透脑。章四爷在后面推着道："进去看看，这房子实在构造得好。"邹东瀛钻了进去，说道："这里是一间浴室。此处还有张门，不知通那里。"章四爷跟着钻过来一看，是一间小小的房子，半边铺着四叠席子，半边用磁砖铺地，放着一个西式白石浴盆，一个大理石洗面台。台上摆列许多化妆品，那股异香就是从这些化妆品里面发出来的。看化妆品的瓶子、盒子上面，尽是菊家商店的牌号。喊邹东瀛看，邹东瀛道："我去年在菊家商店遇着他的时候，就看见他提了两大包。这上面摆着，只怕还不到十分之一。这里没甚么好看，我们走这张门出去，看通到甚么地方。我比你来得早，点心用过了多久，此刻腹中有些饿了。"章四爷看着表道："呵哟！三点多钟了，我们出去罢，大约也要开饭了。他不能接了客来，教人挨饿。"

邹东瀛推开了门，看是一个小院子，周围两三尺高的生垣，整齐清洁。生垣以外，便是大草场，有一条小鹅卵石路通出大门。草场中有几个女客，在那里立着说话。见了邹、章二人，都背过身去。邹东瀛道："是了，方才我听得在新房里说笑的，必就是她们。因听了我们在客厅说话的声音，知道是来看新房的，也是从我们走的这条路，回避到这里来的了。"章四爷点头道："我们又从那里出去呢？"邹东瀛没回答，就听得浴室里有脚步声，只见康国宾跑来笑道："你们还在这里吗？外面请客坐席，男招待员那里没寻遍，还不快去！我们女客也有几个不见了。"邹东瀛指着草场里笑道："那里不是女客吗？"康国宾看了喜笑道："是了，是了！"接着高声"喂"了几"喂"道："诸位姐姐，快请进来坐席，你们怎的都跑到那里去了？"几个女客答应着，低头向小院子走来。

康国宾催邹、章二人出去，章四爷道："新房里不是有女客吗？教我们打那里走呢？"康国宾道："女客都坐席了，只管走新房出去。"二人遂回身走入新房，只见许、林两个女士，立在那风流睡椅旁边出神，邹东瀛忽又想起章四爷那高耸尊臀的情景来，忍不住扑嗤一声笑了，笑得两个女士飞红了脸，不好意思。二人走出新房，那男招待员已迎面走来，接着二人笑道："各处都找遍了，没有，我料着二位必在新房里，请快去坐席！"邹东瀛问道："新郎还不曾回来吗？"招待员道："没有。好在时间还早。"

二人随着到一间大客厅，只见四张大长餐桌丁字形摆着，已围坐了二十多人，都低着头在那里吃呢。主席空着没人，听客自便，拣位子坐着，也无人推让。开上来的菜是中国的燕席，用西式的盘碟，每客一份，随坐随开。大家吃至掌灯时候才散席，都诧异朱湘藩到这时分还不回来。客中有来得早的，整整坐了一日，都已疲惫不堪。大家议论，不知朱湘藩发生了甚么事故，到那里去了。海子舆本说了来的，也不见来。正在摸不着头脑的时候，只见那招待员走了进来，对大众拱了拱手道："敝东叫我来，向诸位先生道谢。本来订了今日午后八点钟行婚礼的。方才菊家来信，新娘装扮都已完备了，忽然得了急病，不省人事。今日万不能成礼，须俟病好了，另行择吉完婚。敝东此刻也因身体不快，迟日当亲到诸位先生尊府道谢、道歉。"众客听了，都代替朱湘藩扫兴，也猜不透是真害病，还是另生了甚么枝节。没话可说，一个个垂头丧气的回去。

　　看书的人看到这里，可猜得出毕竟为了甚么事？鹤子迟不病，早不病，难道真有这们凑巧，偏偏等到装扮都已完备的时候，忽然害起急病来？这里面的原因，说起来真话长得很，细细的写出来。可见得凡事一得意狠了，便有意外的失意伏在后面。

　　朱湘藩自花了五千块钱与鹤子定情以来，十拿九稳的以为鹤子是自家的人了。不特朱湘藩是这般心理，当时人凡知道这事的，没不是这个心理。因见鹤子的父亲高山雄尾，是一个纯粹势利的小人，一心想把女儿嫁个有钱有势的人。前几回书中已经说过了，朱湘藩是他父女最中式的，去年年底借着事故，一敲就是五千块，如何叫他父女不满意，不尽力巴结？新年中，没一夜不留住朱湘藩歇宿，零星竹杠又不知敲过了多少。朱湘藩正愁薪水小了不敷应付，那凑趣的飞机交涉应运而生，绝不费事的和海子舆分了两万块钱。但是海子舆只拿出一万二千块钱来，将两盆珊瑚作价八千元，定要朱湘藩受了。朱湘藩横竖是得了意外之财，又不要自己拿出钱来，巴结上司的勾当，那有不愿意的？自得了这一万二千块钱，便决心将鹤子讨进门来。和高山雄尾计划停当，纳了三千元聘金，喜期定了二月初十。朱湘藩日子已近，忙着料理，有好几日没到菊家去，谁知事情就坏在这几日上。

　　这日是二月初三，天气晴暖，高山雄尾因为女儿就要出嫁了，她有个姑母住在群马县，不能不趁这时候，带着她去探望探望。他姑母姓山本，是群马县一个式微的士族。日本的士族在维新以前，都是极煊赫的，对于平民可自由杀戮，没有禁止的法律。惟士族方有姓氏，代代相承，平民都是没有姓氏的。明治讲究维新的时节，因设警察，造户口册，对于这些没姓氏的平民，不便识别，才临时勒令他们随意择一两个字做姓，如三菱、三井、大仓之类，都是临时眼中看着甚么，便说是姓甚么。那些原来有姓的士族，很瞧不来这班平民，阶级严得厉害。物极必反，近几十年来，日本的富户，平民占十分之九，士族一日式微一日，平民倒瞧士族不来了。但士族虽然是式微，自己的身分却仍是不能忘掉，和平民对亲的事很少。高山雄尾的姐姐，因容颜生得俏丽，才巴结嫁了个士族。过门不上几年，丈夫就死了，膝下一儿一女。儿子山本吉泽，二十四岁了，在京都帝国大学读书。女儿荣子十八岁，遗腹所生，只在群马县的高等小学校毕了业，即在家中，请了个家庭教师，教授刺绣。

山本吉泽有个同学，是塈内侯爵的养子，叫塈内秀吉，和山本吉泽同年，生得仪表魁伟，情性不羁。塈内侯爵最是钟爱他，他却很知道自爱，无礼非法的事绝不胡为。在学校中，就只和山本吉泽说得来。逢年暑假中，不是山本吉泽去塈内邸，便是塈内秀吉来山本家，住到要开学了，才归家检点行李，仍约了日子同行。这回年假期满，山本吉泽忽然生起病来，不能依约的日子同走，便托塈内秀吉到学校的时候，代替请假。塈内秀吉在学校住了几日，没有山本陪伴，很觉得寂寞难过。日本帝国大学的功课，只有进去的第一年异常繁难，稍肯用功的人决不愿意缺课。到了第二三年就很容易了，上课的时间很少，自己研究的时间多。因为学问高深了，不尽是可由教员口授的，全靠自己多购专门书，细心参考。有不能领悟的地方，等上课时质问。因此，一星期至多不过十多点钟到讲堂上课。就是在规定上课的时间，你若没甚么疑问，或正在研究别种功课，不能丢开，便不上课也没要紧。帝国大学的教员，不像各中学各高等的，上课时拿着名簿点名，一堂学生是这们讲，一个学生也是这们讲。只要你受试验，成绩不差，终年不上课也不问。塈内秀吉既觉得寂寞难过，打了个电报催山本快来。山本的病没好，他母亲不教动身，回了个电。塈内再忍不住，坐火车亲来山本家看病。

这日正是二月初三，高山雄尾带着鹤子先到了。鹤子的容貌，艳丽惊人是不待说，近来姘上了朱湘藩，得了些极时髦、极贵重的衣服，装扮起来，更觉鲜明得和一颗明星相似。塈内秀吉来时，没回避得及，见了面，山本吉泽连忙介绍了。他父女听说塈内秀吉，脑筋中早就记得曾听说过，便是侯爵的养子，只等老侯爵一死，立时世袭，便是千真万确的一位侯爵。登时，父女两颗心不约而同的打算，应该如何的表示，才显得通身三万六千毛孔，孔孔有一团媚态呈献出来。可是作怪，父女俩一般的献媚，埚内秀吉的眼光只单独看了鹤子，略略的问了几句山本吉泽的病情，即回身和鹤子说话。鹤子虽在稚年，久在东京热闹场中，惹得一般青年趋之若鹜，目笑眉语、欲擒故纵手段，习之有素。埚内秀吉正当学生时代，不曾多和女子接近，偶然遇了这样见所未见的娟秀小女儿，对于自己又格外的崇仰。埚内生性本来倜傥，没有贵族家拿腔做势的恶习，同鹤子说不了几句话，即发生了恋爱的萌芽。山本吉泽母子，虽没高山雄尾父女那们势利，然像埚内秀吉这般人物身分，自是很希望鹤子能得他的欢心，一成了夫妇，自是活活的一位侯爵夫人。当下见了二人说话的情形，知两边心理都很接近。

日本男女交际的习惯，与中国完全是不同，稍有身分的人家，都模仿西洋风气；不似中国女子，一遇面生男人，即羞缩得不成模样。近年来日本贵族也时常开园游会、茶话会，男女杂沓，即初次见面的，但言语相投，男女二人双双携手，拣僻静的地方叙话，在旁边人见了，并不注意。埚内秀吉既爱了鹤子，又毫无滞碍，自己是没娶妻的人，便背地里问山本吉泽，鹤子已许了人不曾？山本吉泽不知道有朱湘藩这回事，说不曾许，接着还夸张了鹤子许多好处。埚内秀吉即想托他作伐。忽转念贵族与平民结亲，自己是个有新知识、新思想的人，却不计较；只怕父亲老侯爵脑筋太旧，不能许可。一个人踌躇了一夜，想不出一个计较来。

不知后事如何，下面再写。

第一百十六章

硬赖婚老龟翻白眼
遇故欢小姐动芳心

却说塌内秀吉翻腾了一夜，没有想出计较来。次日高山雄尾便说要带着鹤子回东京去。塌内秀吉慌急起来了，和山本吉泽商量道："我心中很爱恋你表妹，想托你向她提出求婚的话，又虑家父不许可，这事你说当怎么办？"山本吉泽道："这不很容易办吗？我和老伯交谈过多次，看他老人家，并不是十分拘执的人。又素来钟爱你，无论甚么事，皆不曾拂过你的意思。这事你委婉些去要求，决没有不许可的。"塌内秀吉道："寻常不关紧要的事，父亲钟爱我，自然不拂我的意思。这贵族与平民结婚的事，在脑筋旧的人看了，说关系不仅在身分和名誉，简直坏了血统，将来传下去的子孙，都变贱皮贱肉贱骨头了。这种话，我曾听他老人家闲谈过，因此料他决不能许可。"山本吉泽道："何妨去要求试试看。实在不许可时，我再替你想办法。只见这种贵族的话，我终是不服的。我母亲就是平民。"塌内秀吉忙答道："这是旧脑筋人说的话，我们如何能认为有道理？你却不可多心。"山本吉泽笑道："我怎会多你的心？你此刻就归家去要求，看是怎样。我留表妹在此多住一日。我也得和我舅父商量商量，看他也有甚么滞碍没有。"塌内秀吉道："不错，先把这方面说妥，是要紧的事。"

山本吉泽即留住高山雄尾，把塌内秀吉要向表妹求婚的话说了。高山雄尾喜得四肢无力，登时将朱湘藩订的二月初十结婚的事，丢在九霄云外去了，一口答应，丝毫没有滞碍。心中自幸不曾鲁莽，没一到就将这事说出来。山本母子若知道鹤子已有了人家，必不能再替塌内作合了。山本吉泽见舅父已承诺，没有滞碍，照着话回复塌内。塌内立时动身。

原来塌内侯的邸宅，就在群马县，离护国寺蚕桑学校不远。塌内秀吉雇了一辆人力车，几分钟就到了。见了老侯爵，请过安，立在一边，掌不住一颗心只管上下的跳，在路上打算陈说的话，一句也不敢说出口。还是老侯爵问：去学校没几日，怎的又回来了？塪内秀吉被问话时的严厉样子慑住了，更嗫嚅半晌，不好从那一句说起。老侯爵有些疑心，连问甚么事，是这们要说不说，又是没钱使了吗？塪内秀吉道："不是，有个极好的女子，儿子想和她约婚，特回来请示的。"老侯爵听了大笑道："这有甚么不好说的，快说出来，那极好的女子是谁？只要真是极好，我没有不许可的。"塪内秀吉道："儿子不敢欺瞒，那女子真是极好。她父亲名高山雄尾，她的名字叫鹤子，住在东京。"老侯爵道："高山雄尾这名字，从没听人说过，是干甚么的？华族吗？贵族吗？"塪内秀吉道："那却不是。"老侯爵道："然则是士族的了。"塪内秀吉道："儿子以为族类没有关系。"老侯爵道："男女配偶，族类还没有关系，要甚么才有关系？普通平民，你能查得出他是甚么根底？族类不同，任凭那女子如何好，是万分使不得的！你年轻人见识不到，只要生得齐整，对你亲近亲近，你就花了心，甚么都不问了。你不见市川子爵娶了个妓女莲叶，惹起众贵族轻视，不和他往来的事吗？没有根底的平民，和妓女有甚么区别？我若糊涂许可你，娶了家来，将来反害了你，不能在交际社会中占一席位置。快打消了这个念头，专心去学校里上课。毕业之后，还愁没有门当户对、才貌两全的女子来与你结婚吗？"

塪内秀吉知道要求无效，再说下去必然生气，便不敢置辨，退了出来。心想：山本吉泽说了，实不许可时，再替我想办法。他的脑筋比我灵活，必已有了办法，才对我是这们说，且去和他商量。即拜辞了老侯爵，回到山本家。见鹤子父女尚在，心里又高兴了些，悄悄的将要求情形告知了山本，问还有甚么办法。山本道："不必想甚么办法，你此刻在没有主权的时代，婚姻的事自然应得老伯许可。等到你自己有了主权，不听凭你和谁结婚吗？"塪内道："等我自己有主权，不知还得多少年，不害了你表妹等的苦吗？"山本道："她于今年纪尚轻，就再等三年五载，也没要紧。不过你此刻须把聘下定了，将来没翻悔的事，便不妨教她多等几年。"塪内道："我岂是无聊赖的人，关系人家终身的事，怎能随意翻悔？我一言为定，将来头可断，此事不能更改。"

山本即将高山雄尾和他母亲请了来，坐在一块，正式提议婚事。塪内从手上脱下个钻石指环来，双手递给山本道："就请你做个证婚人，不拘甚么指环，请交换一个给我。并希望你说明，替我担保永不改悔。"山本也用双手接了指环，向高山雄尾说道："表妹手上带的指环，请拿来，做个互换的物证，我担保五年之内，正式完婚。若五年尚没自主之权，便做外室的办法，暂行赁屋成礼居住。埚内秀吉在那一日袭爵，便那一日迎表妹归侯邸。"高山雄尾诚惶诚恐的连连说好，起身在鹤子手上取下那朱湘藩的钻戒来，也交给山本。山本立起身来，一手拿着一个，站在房中间，教埚内秀吉站在右边，高山雄尾站在左边。山本赞说了几句吉利话，先向高山雄尾鞠了一躬，把埚内的钻戒交了；转身向埚内也是一般。埚内与高山复对行了礼。大家又道喜道谢，热闹了一会。朱湘藩自以为到了口的肉，就是这们一热闹，变了卦了。高山雄尾带着鹤子回东京，心满意足，只商量如何对付朱湘藩。

朱湘藩径到初十日，一早用过了早点，派了去迎接林巨章的马车。一切手续都布置就绪了，才抽空坐着汽车，带了军乐队，到菊家商店来，算是个亲迎的意思。汽车走得快，先到了，以为这时的鹤子，必已妆成了新嫁娘的模样，坐在房中等候亲迎。谁知一进门，即看见高山雄尾的脸色很带着愁烦的样子，一个人坐在房中，装作没看见朱湘藩的，也不起身。全不似平日，只看得见影子，便张口笑着等候。朱湘藩照例一来径到内室，不在店房中停留。鹤子自与朱湘藩生了关系，也不大在店房中坐，怕朱湘藩见了不高兴。朱湘藩这时虽见了高山雄尾那不快的脸色，也没注意，径走到内室。只见关着门，寂静静的，低声叫了两声鹤子，没人答应。正待推门，高山雄尾一步懒似一步的，耸着一边肩膊走了过来，有声没气的说道："还在这里叫鹤子，鹤子已不在这里了。"朱湘藩一听这般冷话，又见这般冷样子，心中万料不到遭此种待遇，立时又惊又气，急得一身冰冷，呆呆的望着高山雄尾，说不出话来。半晌才定了定神问道："你这话怎么讲？她不在这里，到那里去了？就在今日的喜期，难道此刻还有工夫往别处去吗？"高山雄尾做出不理会的样子说道："甚么喜期？你这话我不懂得。"朱湘藩急的跌脚道："你害神经病吗？分明将女儿许给我，约了今日结婚。我忙了几日，一切手续都办妥了，我此时特来迎接，如何忽然将女儿藏起来，想和我抵赖？这道理怎么说得过去！"高山雄尾道："我何时将女儿许了你，有甚么证据，证婚人是谁，你自己害了神经病吗？"

正说话时，外面军乐队到了，吹吹打打起来。高山雄尾忙跑出来扬手，军乐队不知就里，都停住了。这时候的朱湘藩，真急得恨无地缝可入，疑心高山雄尾是想借此多需索礼金，拼着多花几个钱，好事是总得成就的。不过看他这装模作样的神气，须得慢慢和他讲生意似的，要时候耽搁，且派个小使归家，说改了夜间八点钟行结婚式，因白天的时间与新娘的生庚犯冲。小使去后，把高山雄尾拉到里面，说了一大堆的好话，如嫌以前的三千元聘金轻了，看要增加多少，尽好商量，不能不承认，说是没将女儿许我。高山雄尾一口咬定道："我只一个女儿，早已有了婆家，婆家的门户并且高贵得很。那里再有个女儿许给你呢？"朱湘藩伸出手上的指环来道："你如何还要抵赖，这指环不是你女儿和我约婚时交换的吗？"高山雄尾连看也不看，摇摇头道："这种指环到处有买，知道你是从那里买来的带在指上。我女儿今年一十八岁，不曾带过这种贱价的指环。这算得甚么证据！"

朱湘藩见他是有意图赖，并不是借题需索，忍不住骂道："你怎的直如此没有天良！我不上三个月，在你女儿身上用了一万多元。你不许我，不能怪你，害得我甚么都预备了，才忽然赖起婚来。你叫出你的女儿，我和她三面对质！"高山雄尾冷笑道："我女儿是侯爵的未婚夫人，你可够得上叫她出来对质？我不认识你是甚么人，你再在这里胡说，我女儿名誉要紧，我才不答应你呢！"朱湘藩听了恨入骨髓，但神智已经昏乱，想不出对付的方法来。只口头和他辩论，他一口咬定了不承认，鹤子又不能见面，是辩论不出结果来的。只得忍气吞声，出了菊家商店，打发军乐队回去。自己坐着汽车，风驰电掣的到公使馆来，找海子舆设法。不一刻，到了使署。

海子舆正更换了衣服，打算动身到朱家吃喜酒。一见朱湘藩进来，颓丧之气现于满面，即问："这时候怎的还有工夫到这里来？"海子舆这一句话，问得朱湘藩心里如利刀刺得一般的痛苦，两眼不由得扑簌簌流出泪来，悲声说道："今日的事，公使若不能设法替参赞出气，参赞无面目见人了！"说完，抽咽不止。海子舆惊问怎么，朱湘藩把亲迎时的情形说了。海子舆道："这就是意外的奇变了。你不是曾对我说过，他父女没遇着你的时候，就立志想嫁个有钱有势的中国人吗？你又说他父女非常欢迎你，往来了两个多月，亲密的了不得，没有丝毫障碍，怎的一旦变卦得这样快？这样离奇的事，你教我怎生替你出气呢？你本也信用他父女过份了些，一个证婚人没有，三千五千的送给他，连收据都不问他要一张。于今他不讲天良，不承认有这们一回事，有甚么法子向他理论？"朱湘藩道："谁知他父女有这样刁恶！一个做小买卖的商人，有这般妄为的胆量！欺诈取财的事，每每没有证据。然法律上不能因没有充分证据，便概予驳斥，不许控告，也要看控告人与被控告人的身分说话。"海子舆道："法庭自是这样，猜情度理，你若没得菊家许诺，定了今日结婚，你又没害神经病，无端准备种种的结婚手续做甚么？他父女欺诈取财的罪，告到法庭，决没有甚么办不了。不过我们在这里当外交官，一举一动关系国家体面。就是我使署的一个火夫，也不能教日本的直达吏来传，也不能许他去法庭和人对质，受日本法庭的裁判。你是我使署的参赞，和一个小买卖商人起这种不体面的诉讼，纵不怕皇上见罪，他们学生知道了，又要闹出风潮来。"朱湘藩道："然则参赞吃了这们大亏，就善罢甘休不成？那么使署的人员听凭一个小买卖商人尽情欺负，便是图财害命，也要顾全国家体面，忍气不做声呢？"海子舆笑道："你不要气急了不讲情理，我使署如果出了图财害命的事，我自然知道向他政府交涉，没有容易让步的。你这事难道也教我去向他政府交涉吗？"朱湘藩道："我真不甘心！请公使把我的差撤了，我拿着平民的资格去法庭控告，那就与国家体面无干了。好在我的行李数日前已搬出使署，只要公使说一句撤差，便不算是使署的人员了。"

海子舆笑道："这点事，何用急得如此！我告你一个办法。据我猜度，他父女必不是成心欺骗你。嫁你原是真心，但不知近几日内，你因忙碌，没到她家去，她又妍上了个甚么人。那个人的身分财力，必都在你之上，才容容易易将他父女的心翻转过去。若明说和你悔婚，料你决不承认，徒费唇舌，倒给你拿住了把柄。不如索性咬定了没有这们回事，横竖没有证婚人，便告到法庭，也是一件滑稽的婚姻案。"朱湘藩道："公使猜度得一些不错。真假情形，我又不是个呆子，如何一点也看不出？当初要嫁我，确实没一些儿假意，今日高山雄尾忽然说他只一个女儿，早已嫁了人，是侯爵的未婚夫人，这话一两个月前从没听他父女提过。如真是甚么侯爵的未婚夫人，岂肯那们倚门卖笑？"海子舆点头道："知道是那个倒了霉的侯爵，不知底细，偶然看上了她，赏了她一点颜色。在他父女的势利眼内，就看不上你了。你费几日工夫去调查，得着了实在消息，来报告我，再替你设法。只要真是贵族赏识了她，总有破坏的办法。如系下等人没有身份的，倒奈他不何。"

　　朱湘藩略有了些喜容，说道："怎么贵族赏识了她，倒有办法呢？"海子舆道："你还不知道日本贵族的性质吗？像他父女这种身分的人，不是设成骗局，怎得他们贵族垂青？调查实了，你不妨直接去见他，揭破这事情的底蕴。你看他贵族的人肯再和她往来吗？"朱湘藩道："日本贵族就这们托大？京桥、日本桥的艺妓，不是一般的有贵族去嫖吗？商人比妓女总得高贵一点。"海子舆摇头道："不然，艺妓是这种营业，身分随贵随贱。若是经我义父赏识的，寻常贵族去嫖她，还爱理不理呢。小买卖商人的女儿，那里赶得上她，不过和秘密卖淫差不多。那赏识她的贵族，若听说已经许了你的，决不会照顾她了。此刻你家里的客，不都在那里等着行婚礼吗？"朱湘藩摇头叹道："真教我没脸见人。一个个都发帖请了来，害得人家破费。一旦弄到这样，人家不骂我荒唐吗？"海子舆道："你打算怎么去支吾那些客哩？"朱湘藩道："我到菊家的时候，见高山雄尾的情形不对，以为是借题需索，那时就派了人回去，说改子夜间八点钟行结婚式，我于今实在不好意思回去。"

　　海子舆道："我替你打发个人去，只说新娘忽然得了急病，不能成礼，须等病好了，再择吉成亲。你就在这里，暂且不要回去。"朱湘藩道："也只好如此。但是酒席都办好了，索性等他们吃过了酒席再说。不然，白教他们破费，连酒都没给他们吃一杯。"海子舆笑道："你这一次的开销，大概花费得不少。"朱湘藩长叹了一声道："连置办衣服器具及一应杂项，承公使的情，分给我的一万二千块钱，花完了一文不剩。前日还在中国药房林又怡那里借了二千元，预备做今日的开销，幸还没动。这次飞机交涉，受尽了冯润林的气，受尽了众学生的气，还是公使肯格外成全，才得了这个数目。谁知受气得了来的，仍受气花了去。公使请替参赞想想，如何能就是这们肯甘心！"海子舆听了，也实在代他委屈。当时叫了个小使，告了一派支吾的话，教去朱家对招待员传说。朱湘藩就在使署纳闷。暂且放下，后文自有交待。

　　再说邹东瀛等到席散，归来大塚，已是夜静人稀。熊义拥着一个女子，美术学校的教员，名叫鸠山安子的，深入睡乡了。前集书中，不是说熊义与秦次珠约了婚吗？何以此时又拥着一个日本女教员同睡哩？这其间有许多枝节，不是一言两语所能说完，且待我慢慢说来。

　　那次用早点的时候，邹东瀛不是看见熊义愁眉苦脸，端着牛乳只喝了两口便放下来，问他为的甚么，他只摇头不答应，长吁短叹的回他自己房间去了吗？他毕竟是为了甚么呢？原来秦次珠自鲍阿根闹过警察署，熊义节外生枝，说了鲍阿根多少坏话之后，心里对于鲍阿根，已不似从前那般热。熊义更放出研究有素的媚内手段来，两个的爱情，看看的要恢复原状了。秦珍惟恐女儿再出花样，当面和熊义说，把女儿许配他，草草订了纸婚约。熊义想就在日本行了结婚式，好终日住做一块，便于约束。秦珍说："我只这一个女儿，出阁不能不要风光一点。亲戚六眷，一个不在此地，你也是单身在此，连朋友都不多。婚礼过于草率，我于心不安。等国内大局略定了些的时候，我们到上海去，再行婚礼。"熊义不好勉强，只得答应。

　　这日也是合当有事。秦次珠要买手套，教熊义同去三越吴服店。熊义本和秦次珠定了个口头契约：秦次珠无论要去甚么地方，得教熊义同走；除父兄外，非得熊义许可，不能和别的男子说话；凡来往书信，须交熊义检阅。两个先定了这口头契约，才正式约婚的。这时秦次珠要买手套，只好陪着同去。在电车上，熊义非常注意，惟恐有鲍阿根同车。却好径到三越吴服店，并没见有鲍阿根的影子。此时的三越吴服店，正新建了极宏丽的楼房，生意比从前扩充了数倍。买货物的、看陈列品的，自朝至暮，总是摩肩接踵，比菊家商店还要拥挤得多。熊义带着秦次珠到第二层楼上，熊义因人多走不动，教秦次珠跟在后面。自己在前，用手分开众人，挤到专卖装饰品的所在。看宝笼内摆着各种各色的手套，回过头来，想指点给秦次珠看。只见许多日本男子，老的、少的、村的、俏的，团团围住自己，没一个是秦次珠。忙颠起脚，将两眼伸出日本矮鬼的头顶上，四处一望，只见人头纷纷乱动，有朝里的，有朝外的，也没看出谁是秦次珠。

　　熊义着急起来，心里埋怨：秦次珠何必定要到这新改门面、拥挤不通的店里来买手套，于今挤散了，教我回那里去寻找！侧着身体，仍向来路上，边走边向人丛中探望。直挤到楼梯口宽阔地方，只见秦次珠靠栏杆立着，也用眼四处张望，一眼看见了熊义，即走过来埋怨道："你只顾往前面挤，也不管把我丢在后头跟不上。我挤了会，挤不进去，懒得再挤了，索性退出来，拣宽阔地方立着。知道你不见了我，必寻到这里来。"熊义道："手套那里没好的买，你偏要跑这里来，却不能怪我。这回你在前面走罢，也用不着挤，只跟着他们，慢慢往前走就是了。买装饰类的所在就在前面。"秦次珠摇头道："不在这里买了。京桥、银座，多少洋货店，随便去那家，都不似这般挤得人一身生痛。"熊义道："不在这里买，我们就出去罢。"秦次珠点点头，让熊义先下楼，自己跟在后面。

　　熊义和秦次珠闲谈着，一步一步下至楼底。偶回头往楼口上一望，觉得一个很面熟的脸，往栏杆里一缩；再赶着看时，已不见了，彷彿那脸和鲍阿根十分相像。即时气往上冲，一转身三步作两步的往楼上蹿。秦次珠惊得脸上变了颜色，连喊："又上去干甚么？"熊义那里肯睬，蹿到楼口，立住脚，睁开两只铜铃眼，猫儿寻耗子一般。

　　不知寻着了没有，下文分解。

第一百十七章

二姨太细说丑家庭
老糊涂偏护娇小姐

却说熊义看见一个很像鲍阿根的人，免不得要调查一个明白。谁知跑上楼去，伸长脖子望一会，又蹲下来望一会，没有看见。跑下楼向秦次珠道："你又和那洋奴说了话吗？你甚么要买手套，分明约了那洋奴到这里来会面，怎的倒把我拉了同来？特意显手段，做给我看么？"秦次珠道："放屁！甚么洋奴，那里？你见了鬼呢！"熊义道："你只当我瞎了眼，还要赖！你们去会面罢，你就去和他同睡，也不干我的事。只把婚约退给我，不怕天下的女人死绝了，我也拼着鳏居一世。"说着，头也不回，匆匆走出了店门，到停车场等电车。电车一到，即跳上去。才拣了一个座位坐下，抬头见秦次珠已立在面前，拿着淡红手巾拭泪。

熊义也不理她。电车猛然开了，秦次珠不曾拉住皮带，又穿着高底皮靴，立不住脚，身子往后一倒；亏得一个日本男子手快，顺手拉住了秦次珠的衣襟，不曾躺下。秦次珠立起身来，谢了那日本男子一声，一手拉住皮带，用靴尖朝着熊义的小腹，使尽平生之劲踢了一下道："你又不是个死人，也不让点位子给我坐！害得我倒在人身上，由人家捏手捏脚的，你的面子多光彩呢！"熊义被踢了这一下，也生气道："你也知道怕人家捏手捏脚吗？只要捏得你快活，于我的面子有甚么不光彩？"秦次珠娇养惯了的人，在父母跟前尚是使性子，毫无忌惮，那里受得了熊义的抢白？也不顾电车上许多日本人笑话，举起手中银丝编成的小提包，在熊义头上就是一下打去，打得提包内的小梳子、小镜子，还有些零星物件，满电车四散飞舞，泼口大骂道："狗娘养的杂种崽子，谁希罕你这当忘八没志气的男人！你有本领能在电车上管教老婆，我这条命就和你拼了也没要紧！"将提包一撂，揪住熊义的衣，气得两眼都红了。

　　熊义这时候的气，也就恨不得抽出刀来，一刀将秦次珠杀死。但毕竟自己是个男子，不能和女子一般不顾体面。知道秦次珠的性格，越是和她对抗，她越冒火，立时可以不顾性命，闹个天翻地覆。只一退让，不用言语去顶撞她，由她发作几句，她自然会收威，闹不起劲来。再看满电车的人，都张口笑着看闹，只得极力忍耐住性子，乘着秦次珠伸手揪衣的时候，立起身腾出坐位，一面纳秦次珠坐下，一面弯腰拾起提包梳镜之类，说道："你有话不好去家里说，要在这上面，惹得外国人笑话！"秦次珠见熊义倒让位子给自己坐，又拾起掼下去的东西，果然，一腔愤火如汤泼雪，低下头不做声了。经了一个停车场，即起身下车。熊义道："就在这里下车，到那里去哩？"秦次珠道："不换过一乘车，还坐在这里，给人家看笑话吗？"熊义跳下车说道："我要去看个朋友，你要回家，就在此等车罢。"将提包递给秦次珠，秦次珠伸手接了，想开口说话，两眼忽然一红，泪珠一点一点落在衣襟上，哽咽住了没说出。熊义不顾，拔步就走了。胡乱看了几处朋友，到夜深归家，纳头便睡。次日早起，越想越气闷不过，因此用早点的时候，邹东瀛一再问他，只不肯说。一连几日在家纳闷，没去秦家。

　　这日饭后，秦胡子的二姨太来了，进门就笑道："你和我家三小姐甚么事又别气来了？一连几日不到我家，害得胡子好不着急。昨日就要大少爷来喊你，大少爷赌气，说不问三丫头的事，披了外套往外走，不知到那里去了。到你这里来没有？"熊义摇头道："没到我这里来。"二姨太道："我也料他不会到这里来。"熊义道："你怎的料他不会到这里来？"二姨太抿着嘴笑，不做声。熊义道："好奶奶，你说给我听，如何能料着不到这里来？他和我又没闹意见，这话从那里说起呢？"二姨太笑着起身，走到房门口，两边望了一望没人，才转身凑近熊义的耳根说道："我告诉你，你不要对三丫头说。她若知道我说给你听了，又要去胡子跟前撒娇。"熊义道："我怎么肯对她说！"二姨太道："这话有一星期了。那日的天气下了点雨，胡子要大少爷去买南枣。大少爷说：'今天下雨，你老人家要吃，三妹房里只怕还有些。她横竖没吃，暂且拿来，给你老人家吃了，明日天晴了再去买来。'胡子没说甚么，大少爷跑到三丫头房里，一看没人，在桌上找着平日放南枣的坛子，揭开一看，空空的没有南枣，只有一张字纸，搓作一团，放在里面。大少爷拿出来，扯开看上面的字，说写得歪七歪八，就是鲍阿根那西崽不知甚么时候写了送到这里来，即约了那日来会面。大少爷气不过，将字纸收入袋中，看三丫头的皮靴、外套都在房里，知道还不曾出去。跑到胡子房里，想把字纸给胡子看，胡子刚上床，教大姨太捶着脚睡着了。我见大少爷的脸色带着怒容，赶着问甚么事，大少爷就说给我听。我劝大少爷：'不要生气，说给胡子听，胡子一定又要说是我们容不得三丫头，打通伙了排挤她，倒弄得扑一鼻子灰，左右是白说了。你还是去买南枣罢，等歇胡子起来，没得吃，你是没要紧，我两个又倒霉了。'

"大少爷听了我这们说，也就忍住气不则声，披了雨衣往外走。伸手去推大门，推了几下推不动，好像外面有人抵住了。大少爷力大，双手使劲一扯，就听得三丫头在外喊道：'是那个这们蛮扯，拗得我的手痛煞了！'拍的一声，门开了，三丫头拦门站着，脸上现出惊慌的颜色。大少爷见了生疑，说：'三妹站在这里做甚么？雨是这们下，街上又没有甚么看的。'三丫头红了脸，没支吾出话来。大少爷听得墙角上有皮靴声响，像走得很急；一手把三丫头推开，走出大门一看，你说不是鲍阿根还有那个？他急急忙忙跑到墙角上，还大胆立住脚，回过头来看。一眼看见大少爷，大约也有些怕打，露出很慌张的样子，两脚打鼓一般的跑了。大少爷赶了一会，没赶上，恨得咬牙切齿的，回头看三丫头，已不在大门口了。

"胡子平日睡午觉，你是知道的，无论天大的事，谁去惊动他，惹发了他的瞌睡气，谁就得挨骂。大少爷那时大概是气齐了咽喉，一些也不顾忌，跑到床跟前。见帐子放下了，正待伸手去撩，大姨太在床上咳嗽了一声，忙停住下手。胡子就骂起来说：'我没叫你，你闯进来做甚么？这们大的畜牲，一点规矩礼节也不懂得！教你买南枣怎么的，买来了么？'大少爷说：'我就是去买南枣，在大门口看见三妹又和那个洋奴说话。那洋奴还有写给三妹的信，现在我这里。'胡子听了，一蹶劣爬起来，从帐子缝里伸出手来说：'信在那里？拿给我看！'大少爷忙从衣袋中摸出那信，交在胡子手里。胡子只略望了一眼，几下撕得粉碎，骂道：'你放屁！这是甚么信！我晓得你这畜牲，容不得三丫头在家，多吃了碗饭，无中生有的糟蹋她。你既看见她和人说话，为甚么不把那人拿了，难道会飞了去不成？你容不得她么，我偏要把她养老女，一辈子不嫁出去，看你还想出些甚么法子来陷害她。快给我滚出去！你以后敢再是这们，你搬往别处去住，算我没生你这个儿子。'大少爷当时气得哭起来，那敢分辨半句？退到外面，就赌咒发誓，再不问三丫头的事。前日三丫头同你出去，到了甚么地方，你怎的不送她回来？"

熊义哼着鼻孔说道："她还要我送甚么？希罕我这个忘八没志气的吗？"二姨太道："这话怎么讲？"熊义即将那日的事说了道："我要不是因在电车上怕日本人笑话，我一下就把她打死了。"二姨太听了，用食指羞着脸，摇摇头笑道："你不必在我跟前说这要面子的话，她不一下子打死你，就算天大的情分了，你倒说这们大话！仔细立春多久了，前两日还响雷呢。"熊义道："打了她，不见得便犯了法。但她既是这们举动，我犯不着和她吵闹。怕世间上绝了女人种吗？她不希罕我这种男人，我更不希罕她这种下贱胚的女人哩。等再过几日，我的气醒了，去要胡子把婚约退给我。此刻我心里烦躁得很，胡子对我不坏，言语太激烈了，害得他呕气，问心有些对他不住。"

二姨太道："不能由你再等几日。三丫头前日一个人回来，和衣睡倒在床上，正和那日你们将鲍阿根拿到警察署去了一样。她脸也不洗，饭也不吃，只是蒙头盖被，朝哭到夜，夜哭到明。胡子见早晚没有她来请安，问我说：'三丫头怎的，敢莫又是病了？'我说：'怕是受了点凉，睡着没起来。'你说我这话答错了吗？你猜猜那老昧糊涂的胡子怎么说？"熊义道："我知道他怎么说呢？"二姨太恨一声道："他说：'三丫头病了，你是很开心的。'我听了，就气得甚么似的，说小姐病了，于我有甚么好处，要我开心怎的？他说：'你不是很开心，如何也不见你向我说一声？我自己要不问起，她就病死了，只怕也没个信给我。我看三丫头待你们也没甚么不周到的处所，你们眼睛里总多了她这个人。你们是这般存心，还痴心妄想养儿子呢！'我听了，又是气，又是好笑。大姨太在旁边说：'我们养了儿子，也是你老人家的福气。我们当小老婆的人，没有儿子，连猪狗都不如。怎么教我们不痴心妄想呢？'胡子听大姨太这们说，又怕她呕气，连忙说：'我不是说你。'我就问：不是说她，是专说我了。我甚么事该倒霉？我不信三小姐是人王。又不是我害了她生病，甚么事她病了，该我来挨骂？我一边说，一边气得哭出来。胡子从垫被底下扯出块手帕子，要替我揩眼泪，我一手夺了，往地下一掼说："知道是甚么的手巾，不脏不净的，也拿来在人家脸上乱揩！"胡子又笑嘻嘻的，弯腰拾着，仍纳入垫被道：'你怕脏，就自己拿手巾去揩。'接着教大姨太挽了，去三丫头房里看病。

"三丫头钻在被卧里面，胡子'珠儿，珠儿'的，总喊了十多声，三丫头才有声没气应了一句。胡子坐在床边，问长问短。三丫头不耐烦极了，问十句，没一句回答。胡子唉声叹气出来，要大少爷来找你，说你如何也几天不来。大少爷当面不敢回不去，出来就说：'我再问三丫头的事，日前发下来的誓也不许我！'披着外套，不知到那里去了一会，回家也不知在胡子跟前如何支吾。今日胡子又要我来，还教了我一派劝你的话。说三丫头年轻，可怜她母亲死得太早，娇养大的，是有些小孩子脾气。你是个聪明人，年纪比她大，度量也应比她大，不要和她一般见识。因见你爱她，知道她的性资，才将她许配你。她就有甚么事、甚么话对你不住，你总得朝她老子看。她老子待你不错。"

熊义摇手道："罢了，罢了！再朝她老子看，快要谋杀亲夫了。我才见过溺爱不明竟到了这一步！我今日不去，你回家只说没见着我。"二姨太道："你不去不行。我来了这们久，回家说没见着你，在那里耽搁了这久，胡子不教你吃他女儿的醋，他自己的醋劲才大呢。他老得和一条眠蚕相似，疲癃残疾的。来日本还好一点，你没看见在内地的时候，管住我和大姨太两个，跟当差的多说一句话就查根问蒂，看说了些甚么，没一个月不开革一两个当差的。我越见他是这样，越要逗着呕气。后来他禁止当差的，不许入中门以内，买甚么东西，打发去那里，都用老妈子传递。你说这那里禁得了？他只有两只眼睛，还是模模糊糊的；两只耳朵，更是响雷一般的声音才能听得，怕他做甚么？他一夜只能在一处睡，轮到我房里这夜，大姨太就打着锣鼓和别人睡，他也一点不知道。说起来，又是三丫头这东西可恶，嚼舌头都嚼给胡子听了。好笑，每夜三个人做一房，白天里也寸步不离。在签押房，要跟到签押房；就是在内花厅见客，我两个也要跟在后面，一边站一个，或是搔痒，或是捶背。人家都说是秦胡子欢喜摆格，其实是一肚皮的头醋。"熊义笑道："你们本也太不给他的脸了。"二姨太道："谁教他快要死的人了，还讨两个这们年轻的小老婆做甚么？我们当小老婆的不是人吗？不应该有人欲吗？就一心一意守着他这一条眠蚕，也不见得有人恭维我们贞节，将我们做正太太看待。"熊义大笑道："依你的话，凡是姨太太都应该偷汉子？"二姨太道："世界上那有不偷汉子的姨太太？不过有敛迹些的，人家不大知道罢了。像胡子这般年纪，简直是活坑人。看他两脚一伸，还能保得住我两个姓秦么？我两个在这里，固然是受罪，但他自从我两个进门，也没一夜不是受罪。"熊义笑得拍手打跌。

二姨太起身，催熊义同走，熊义道："三丫头是这种情形，我又不是年纪老了，和胡子一样讨姨太太，为甚么也要受这种罪？我不去。"二姨太那里肯依，拉着熊义往外走。熊义道："教我去见了那丫头，如何说呢？难道还要我去向她陪不是不成？"二姨太道："就向她陪句不是，也不算埋没了你们男子的志气。你没见胡子，六七十岁了，那一夜不向我两个作揖打拱陪不是，我两个还不依他呢。走罢，我来了这们久，你甚么也没给我吃，我不要你向我陪不是，就是体恤你，等歇好向三丫头多陪一会。"熊义被拉不过，只得同走，一直被二姨太拉到秦家。

秦珍正等得着急，又要打发下女来催了。二姨太先走进房，秦珍放下脸问道："有几步路，去了这们大半天。来了没有？"二姨太道："姑少爷不肯来，费了多少唇舌。"秦珍不待说完，急忙问道："我告你说的话，你说了没有？"二姨太道："如何没说？不是照着你老人家的话说了，姑少爷怎么肯来？"秦珍把头点了几点道："姑少爷是个懂情理的人，照我的话一说，我知道要来的。到三丫头房里去了么？"二姨太道："没有，现在门外，要先跟你老人家请安。"秦珍道："怎么呢？还在门外，又不早说！快去请进来。"熊义立在房门口，都听得明白。他以为秦珍虽然年老，却还有些少年情性，最欢喜白昼与姨太太戏谑，常是一丝不挂，当差老妈子出入房中，毫不避忌。熊义恐撞着不雅，因立在门外，让二姨太先进房通知。此时听了说请，即跨进房。

房中暖烘烘的，秦珍斜躺在一张豹皮安乐椅上，大姨太拿着一枝象牙雕成的小手，从秦珍衣领口伸进去，在背心里搔痒。见熊义进来，略抬了抬身躯，指着电炉旁边一张椅子道："请坐下来，我很想和你谈谈。这几日阴雨连绵，空气分外潮湿。我这两条腿，每逢阴天就酸痛得很，像这样连日阴雨，更一步也难走动了。常和她们说笑话，我是已经死了半截的人了，只差了一口气没断。但是这口气一日不断，这颗心便一日不得安静。我今年六十八岁，闰年闰月记算起来，足足有七十个年头。在旁人看起来，总说是福寿双全，恭维的了不得。殊不知人生到了七十岁，儿女都教养成人了，尚不能在家园安享，也跟着那些年轻没阅历的人，飘洋过海跑到日本来，混称亡命客。心身没得一时安静，还有甚么福气？简直是一个又可怜又可笑的人了。退一步说，亡命也罢，只要自己儿女听教训，眼跟前也落得个耳根清净。偏偏的儿子、女儿一般的都不听人说！

"三丫头的性格，你是知道的。我因她母亲去世得太早，丢下她无依无靠，怪可怜的。她小时候身体又弱，虽有奶娘带着，到底不是亲生的。我又忙着办公事，没有闲心去关顾她。古语说：蓬生麻中，不扶自直。她从小就没有好人去教育她，终日和那些丫头、老妈子做一块，都是逢迎她、奉承她的。她说的话，谁还敢驳她一个不字？后来我把她带在跟前，得闲的时候教她认几个字，又见她言语举动，伶俐得可爱。大凡年老的人，总有些偏心爱护幼子，便不大十分去拘束她。我也知道，是有些地方待她特别一点。女儿不比儿子，至迟二十多三十岁，终要把她嫁给人家去，在家的日子有限。娘家的财产无论有多少，不能和儿子平分。一出了阁，娘家的权利便一点也不能享受。在家这几年，父亲就略为优待她一点，也是人情应有的事。像三丫头更没得亲娘痛爱她，我若再待她平常，凭你说，我心里如何过得去，如何对得她死去的母亲住？

"不料我待她好了一点，家里这些不要天良的人，都看了眼睛里出火，恨不得立时把三丫头排挤出去。自己破坏自己，无中生有，只毁得三丫头简直不是个人了。幸喜你是个明白人，不听那些闲言杂语。换过一个耳根软的，见自己家里人都是说得活现，外边轻薄人再以耳代目的，信此诋诬，怕不说成三丫头一出娘胎就养汉子吗？我恨极了他们这些不要天良的，所以定要请了你来，将话说明你听，使你知道我们家里人破坏三丫头的原由，外面并没一点不好听的名誉。你待三丫头好，我很感激。她就有些不到之处，你总朝我看，是我不该娇惯了她。她的错处，就是我的错处。她也是个聪明人，你好好说她，自然会改过的。她这几日因你没来理她，急得她水米不曾入口，日夜的哭泣，如何教我见了不心痛。你去看看她罢。我对不住你，此时说多了几句话，精神就有些来不及了。想躺一会儿，养一养神，不能同你去。"

熊义贮着一肚皮的气话，几日不曾发泄，时时计算，要和秦珍谈判，毁了婚约。此刻见面，被秦珍背书一般的背了这一大篇，倒不好从那一句驳起。正是浑身是口也难言，遍体排牙说不出。

毕竟如何，下文分晓。

第一百十八章

含妒意劝和成决裂
遣闷怀热恼得清凉

　　却说熊义听了秦珍一大篇替女儿护短的话，心想：这种糊涂老儿，如此溺爱，也实在无怪秦次珠放肆。但一时不便说甚么，且再忍耐几时，依着胡子的话，细细劝她几遭，看她改也是不改。若仍迷恋着那洋奴，那时却怪不得我了。想罢，也不说甚么，起身辞了出来。走到秦次珠房里，秦次珠正坐在窗檐下对着镜台梳头，露出两只白藕也似的膀臂，左手握住头发，右手拿一把玳瑁梳子，在那里梳理。熊义进房，她只做没看见。

　　熊义也不做声，将身躯往湘妃榻上一躺，顺手拿了枝纸烟，擦上洋火，呼呼的吸。偷眼看秦次珠脸上，白纸一般的没一些儿血色，只两眼又红又肿，差不多要没了缝；眼泪还不住的往外流，脸上一道一道的泪痕，好像是因在梳头，两手不空，没用手帕揩去似的。熊义看见，心里也有些不忍，放下纸烟，从衣袋里抽出条手帕，立起来凑近身体，替她拭泪。秦次珠将脸避在一边，熊义赶着揩道："你还哭，我又当怎么呢？你自己说，是我委屈了你，还是你委屈了我？"秦次珠用手支开熊义的手道："我委屈了你，你不好不到这里来的吗？世界上那里少了我这样的女人？我生性欢喜哭，不要你替我揩眼泪。"

　　熊义道："你只知道替自己想，不知道替人家想。前日在电车上，倘若是我对你那们拳打脚踢，你能是我这们容忍，一句话不说，倒让位子给我坐，替我拾东西么？就说男女平权，夫妻平等，也要两边一样的，才能算是平呢。不能面子给你一人占尽，亏给我一个人吃尽。并且我待你，便凭你自己的良心说，面子还没给你占尽吗？换转来说，你待我也凭你的良心说，不是给我吃尽你的亏吗？你生长名门，不是不懂礼教的，这般倒行逆施的行为，应是你做的么？我一来不肯辜负胡子待我一片盛意，二来见你这种美质暴弃可惜，特来尽一番人事，劝你回头。你是个天分很高的人，用不着唠唠叨叨的说。你此后真能忏悔，我决不牵挂前事。不然，我家中现放着一房妻室，何必又来耽误你，使你不能随心所欲哩。我两人成为夫妇，虽说一般的有父母之命，媒妁之言，然实在是因已有了感情的结合，胡子于不得已的时候，才将错铸错的。你要不愿意，未定婚约之先，我和你立那三条口头契约时，你就应该不承诺。我那时知你的心别有所属，便不至将婚约定下来。我和你既没定婚，你的行动，怎么会干涉你？一边许了我，一边又去勾搭那东西，并且还要当着我，特意教我去做个见证一般，这种行为，你毕竟是个甚么心理？"秦次珠坐听熊义数说，低头一语不发，见问她"这种行为，毕竟是个甚么心理"，才抬起头，用那可怜的眼光望了熊义一眼，想开口，忽又咽住，微微的叹息一声，仍把头低了。

　　熊义看了这情形，说道："你有甚么话，何妨明说出来。到了这时候，还有说不出口的话吗？我看你平常不是不讲身分的人，鲍阿根一个洋奴，算得个甚么东西？你是个金枝玉叶的小姐，怎便倾心到了这一步？这种心理你不说，我如何懂得呢？"秦次珠至此，又抽咽的哭起来。熊义又凑拢去，替她拭泪说道："不要只管哭，你有话就说。若没有可说的话，我也不逼着你说。"秦次珠接了熊义的手帕，自己揩干了眼泪道："我还有甚么可说，一言以蔽之，对你不住罢了。至说我倾心他，就实在不是。我纵下贱也不贱到这样，我也有我的不得已。我若倾心他，也不急得如此了。"熊义点头道："这话我却相信，但你有甚么不得已？难道他敢逼着你，你又岂是怕人逼的？"秦次珠道："这话毋庸研究。总之你能相信我，不是甘心下贱，不是倾心向他，就得了。"熊义道："我相信是相信，只是要问你一句话，你既不倾心向他，为甚么又想跟着他逃走呢？"秦次珠道："你听谁说，我想跟着他逃走呢？"熊义道："鲍阿根在警察署，当众一干是这般宣布，岂只我一个人听说。"秦次珠冷笑了声道："他要是这般说，与我甚么相干？"熊义道："他不仅凭口说，还拿着那些金器作证。金器是你送给他的，怎么不与你相干？"秦次珠道："定要跟他逃走，才能送金器给他么？"熊义只是摇头道："他一方面的话，虽不足信，你亲去巢鸭，在那西式房子后门口和他会面的情形，是我亲目所见的。还说不是倾心向他，我口里纵答应相信，心里终不免怀疑。"秦次珠望了熊义一眼，不觉露出些惊异的神色，接着说道："此一时，彼一时。只我自己知道罢了。"说完，拿起梳子，掉转身，仍梳理头发。

熊义也回身躺下，拿起纸烟来吸。好半晌，终是放不下，又坐起来说道："怎么谓之此一时，彼一时？你自己知道的是甚么？何妨说出来，免得我心里疑疑惑惑。"秦次珠将梳子往桌上一搁，说道："你自己就不明白，定要我说？我老实对你讲罢，你讨了我做女人，又想筷子在口里，眼睛望着锅里，给我知道了，我就不安心胡闹，也要胡闹着给你看看。二骚狐本是个骚婊子出身，马夫、四爬子姘惯了的。昏聩糊涂的秦胡子买了她来，一进门就姘小子。她的行为，你不是不知道，为甚么还和她搅得火一般热？你横竖不管脏净的，我就姘个把西崽有甚么要紧！"熊义跳起来道："你这话真是冤枉，若弄得胡子知道了，看像句甚么话！在这里讲，这里了的话，她对我有没有邪念，我不敢断定，我对她是……"刚说到这里，秦次珠抢着止住道："够了，不要太洗得干净了。胡子又聋又瞎，你把他放在心上么？我的耳也不聋，眼也不瞎，是干甚事的？你后脑上没生着眼睛，自然还要说我冤枉。我生性是这们，情愿嫁一个极下等的人，只要对我心无二用，不愿嫁你这样的上等人，见一个姘一个！"熊义见秦次珠说得这般确凿，心里想想，也有些惭愧。恐怕她把时间、地点情形都说出来，便不再分辨了，只笑了笑说道："这就难怪你，是情愿嫁鲍阿根，不是倾心向鲍阿根。原来有这们些不得已。"

熊义这几句话本是为自己解嘲，秦次珠听了，登时气得那白纸一般的脸红如喷血，捶胸顿足，嚎啕大哭起来。一脑青丝本是披散了，不曾结束，一大哭，一乱动，更乱蓬蓬的，满头满脸，见了怕人。熊义也不劝解，坐在一旁望着。哭叫的声音惊动了秦珍，他本合眼睡了，睁开来一看，房中没人，大姨太、二姨太都不见了。叫唤了几声，两个才笑嘻嘻的跑进来。秦珍生气问道："我一合眼，你们就跑到那里去了？是那里这们高声大哭？"大姨太道："三小姐和姑少爷合口，我两个去看为甚么事。"秦珍蹙着眉头道："怎么又吵起来了？三丫头这小孩，也太使性子了。来了也哭，不来也哭，真是个孽障。来！挽我去她房里看看。"

大姨太扶着到前面房里，只见秦次珠蓬头鬼似的，双手扭住熊义的襟袖，一头一头向熊义胸前撞去，熊义也双手握住秦次珠的臂膊，向两边避让。秦珍连忙喊："珠儿，珠儿，你癫了么？这是甚么样子，还不听我快松手。你这孩子也真不听话！"边说边走拢去拦扯。秦次珠打红了脸，横了心，那里认得衰年老父？身子一偏，把秦珍撞退了几步，幸大姨太搀扶得快，恰好退到床跟前，一屁股顿落在床缘上；头一昏，眼一花，立时睡倒，口里哼声不止。熊义见了，不由得忿火冲霄，在秦次珠脸上就是一巴掌，实打实落，打得秦次珠更狂泼起来。熊义将着衣袖，口里骂着"不孝的畜牲"，预备再打，二姨太、秦东阳都跑来拦住。熊义看秦珍还好，不曾撞伤那里。血气衰弱的人，本来走快了一两步，就头昏眼花，那里禁得撞碰。大姨太替他在背上捶捶，胸前摸摸，也就没事了。

熊义见秦珍没事，知道坐在这里，秦次珠还有得吵闹，趁着纷乱之际，一溜烟跑出来。归到家里，已是黄昏时候，正开上了晚膳，邹东瀛一个人在那里吃，遂坐下胡乱用了一点。邹东瀛忽然叹了声气道："交游真不能不慎。处于今的社会，稍为实心的人，总难免不上当。"熊义道："你因甚么事触发了，发这们感慨？"邹东瀛道："有一次下午，我不是有几个朋友么，这里吃晚饭，还下了一会将棋的吗？"熊义点头道："是呀，那回还来了个扒手，把他们的靴子都扒去了，弄得他们穿草履回去。"邹东瀛道："你记得有个又瘦又长、谈吐很风雅的人么？他叫周之冕，做文章很是把能手。我和他交往了三四年，平日见他应酬周到，议论平正，思想高尚，办事能干，很把他当个民党的人物。大小的事，我都极肯替他帮忙。亡命到这里来，他手中没钱，我送了他二百块；又在朋友处替他张罗了四五百。在肯省俭的留学生，两年的学膳费还用不了许多，他用不到三五个月，便一文不剩了。这手头散漫，少年人本不算坏处。我不待他告艰难，又替他张罗，并多方安慰他。他不知听了谁的话，跑到蒋四立那里去投诚，手续都办好了，才对我说。我因他是为生活问题，就拿老袁几个钱使用，也是中华民国的钱，不是老袁从娘家带来的；只要心里不向着他，于人格无大关系，仍和他往来，一点也不放在心上。后来他母亲死了，我见了他那悲哀的情形，定要奔丧，劝他从权达变，又替他开追悼会，都是把他当个人物，才是这们重视他。

"谁知他竟是个狗彘不食的东西，许多朋友向我说他的禽兽行为。我起初不相信，极力帮他辩护，连朋友都得罪了。连接几次，异口同声，我总以为这些朋友是因他投诚，看他不来，有意捕风捉影的破坏他名誉，好使大家不理他。昨日我到神田方面，想顺便看看他。又有朋友向我说：你去他家，就得注意一点。我听了自然诧异，问甚么事得注意？朋友说了出来，和以前所听，又是一般的禽兽行动，我还不相信。及走到他家，一个老婆子出来说：周先生不在家。我正要转身，又有个年轻的女子在里面喊：请进来坐。我进去问：到底在家没有？年轻女子向我笑道：'请上楼去坐坐，就去叫他回来。'我看了那情形，其中好像是有甚么缘故，遂走上楼。推开那临街的窗户，朝底下一看，正看得见对门人口雇人所都屋。只见请我上楼的那年轻女子，从家里出来，走到都屋门口，轻轻敲了几下门，里面就伸出一只手，把门开了。我在上面，被屋檐遮了，看不见那伸手的是男是女，不过彷彿觉那手又小又白，像也是个年轻的女子。门开了，这女子点了点头，即钻了进去。好一会，才见周之冕出来，立在门口，还回头向里面说话，声音很小，听不清楚。忽然听得有好几个女人浪笑之声，从门里出来。乘着这笑声，就见一只带了个宝石指环的手，伸在周之冕肩膊上揪了一把，周之冕一扭身即回。

"他到了自家门首，我听得门响，忙缩进头，仍将窗户轻轻的推关，坐在书案跟前，拿了本书，故意的翻阅。周之冕上来，那里知道？见面就苦着脸，唉声叹气，惟恐人家不知道他母亲死了似的。他设了个灵案，低头坐在灵案旁边，问我从那里来。那问话的声音，也很带着悲哀的意味。我说：'到了曾广度那里，便顺路来看看你的。'他说有个朋友，新搬到这巷子里来住，因不会说日本话，定要拉了他去，替那朋友和房主人办几句普通交涉。我问朋友是谁，搬在那一家？他说：'离此十多户人家，一个靴子店楼上。朋友是新从内地来的。你不认识。'我问是男子吗？他说自然是男子，那里有女朋友？我说只怕未必，是女朋友罢？他脸上就变了颜色，问我如何这们说。我笑道：'我是说笑话的。听得外面有人说你新包了个女人，价廉物美。我想你的面孔并不漂亮，日本话也说得很平常，那来的这般好事？黄老三是个老留学生，年纪比你轻，面孔比你好，手中虽不算阔，一百八十也还拿得出，终日只听得他说要包女人，到于今还没包着。难道你的神通就这们大，真走了桃花运不成？'

"他见我嬉皮笑脸的是那们说，露出局促不宁的样子来，勉强镇静说道：'我们中国人的口，最是不讲道德的。居心要破坏这人，素来是无的要说成个有的。这话若在平常说我，听的不至注意，因为嫖女人本是件寻常的事。一定要在这时候，我新居母丧，说出来才能使人动听。但是这话，对知道我的朋友说，固不会见信，便是不知道我的人听了，只要略用常识去判断判断，总也不至相信，一个读了几句书的人会在新丧中去包女人。'我听他说得这般冠冕，心里实在好笑，仍装作不知道的样子说道：'说这话的人，却是知道你的，也是肯用常识判断的。居然相信了，那又做何解说呢？'他问我这话是听谁说的？我没说出口，他忙做出领悟了的样子说道：'呵，我明白了，这话一定是听雷小鬼说的。雷小鬼前回见我在蒋四立那里走，以为我是要瞒人的，向我敲竹杠，要借一百块钱。我那里拿得出，送五块钱给他，赌气不要，跑出去了。过了两日，又到这里来。恰好楼底下的那女子在这房里替我补衣，那女子的母亲也就在这隔壁房里扫地，房门还是暑天取下来的，没有安上，两个房通连的。雷小鬼一进来，只道就是我和那女子在房里，登时现出揶揄的脸色，好像又被他拿住了把柄，又得了敲竹杠的机会似的，开口就笑道：你倒快活，有这样如花似玉的美人陪伴你居丧。不知你心里，在这乐以忘忧的时候，也还念及有我这一个穷朋友么？我当时听了，不由得有气，对他不住，结结实实的教训了他几句，逼着他滚出去，不许在我房里停留。他出去记了恨，到处毁我。你这话一定是听了他说的。'

"我说：'你真会说！不愧是读了几句书的。我若真只听了雷小鬼的话，莫说不相信，就是相信到了极处，有你这般一辨明，雷小鬼的话也一点信用没有了。不过我相信我的眼，胜于相信我的耳数倍。耳闻的事，我都不认为实在；目见的事，总觉得是真的。'我说时，伸手将窗户推开说，'你到这里来，朝底下看看。'亏他机警得好，毫不思索的答道：'呵，不用看，我晓得了，你是在窗眼里，见我从对门都屋出来，便疑心雷小鬼的话有因，特拿这些话来冒诈我。说给你听罢，我那新从内地来的朋友要雇个下女，不懂日本话，不能去绍介所交涉，托我替他雇一个。我回家就顺便到都屋说了一声。他们日本下等人，无所谓居丧守制，仍向我说笑话，我如何肯理他们呢？事情是这们的，你见了就疑心。'我见他到这时候，真凭实据给我拿着了，还要勉强支吾，不肯认罪。这人的心已经死了，安于为恶，没有回头的希望了。不愿再和他说话，随意闲谈了两句，起身走了。我回来，越想越觉得人类交际可怕。方才因和你同吃晚饭，联想到那日的晚饭，不禁发出感慨来了。"

熊义听了，正触动了秦次珠撞翻秦珍的事，心想：男女一般的，有了情人，便不要父母。古人说孝衰于妻子，我看于今的社会，并不必妻子，直可谓孝衰于淫欲。熊义想到这时，硬觉秦次珠这种女子，决不可娶做妻室。只是秦珍如此昏聩，总以为自己的女儿不错，婚约已经订过了，他如何肯退给我？一个人想来想去，甚是纳闷。

这时正是十二月初间天气，久雨初霁，入夜霜清月朗。大塚地方有几座小山。熊义住的房屋，有两方面靠着山麓，山坡上一望皆是松树，高才及屋，密密丛丛，苍翠蓊郁。大风来时，立在山顶上举目下望，但见枝头起伏，如千顷绿波，奔驰足底。嘉纳治五郎创办的宏文学校，就在山背后。胸襟雅尚的学生于黄昏月上时，每每三五成群来这山上，徘徊绿荫丛中，啸歌咏吟，这山殊不寂寞。此时的宏文学校已经停办了，又在隆冬天气，轻易那得个人来领略此中佳趣？熊义既是纳闷不过，背抄着手，闲闲的向门外走。从霜月里远望这座山时，苍茫一抹，隐隐如在淡烟轻雾中。信步向山麓走去，穿林踏月，渐渐把秦家的事忘了。一个人立在松林中，万籁都寂，但有微风撼得松枝瑟瑟作响。立了一会，觉得没穿外套出来，身上有些寒冷。

正要举步下山，忽一阵风来，带着很悠扬的尺八音韵。停步细听，那声音即从松林中穿出，愈听愈凄切动人。心想：若非离得很近，听不这们清晰。这山上没有人家，这般寒冷的天气，谁也像我一般在家纳闷，跑到这山里来吹尺八？我倒要去寻着这人，教他多吹吹给我听。一步一步寻着声音走去，好像在山坡上。走近山坡一听，声音倒远了，又似在山底下发出来的。心里诧异了一会，忽然领悟过来，尺八是愈远愈真，正是这种霜天，微风扇动，立在高阜处吹起来，便是三五里路远近，也字字听得明晰。反是在跟前的人，听得哑暗不成音调。

熊义立在山坡前，听那声音，估料在山下不远了，认定方向，走不到几步路，声音截然停止了。月下看得明白，乃是一个女子坐在一块桌面大的白石上，手中拿着一枝尺八；听得熊义的脚步声音，停了吹弄，回头来望。熊义见是女子，不好上前，暗想：她一个女子，夜间若独自出来，跑到这里吹尺八，其开放就可想而知。我便上前和她谈话，大约不至给钉子我碰。我心中正闷苦得难过，何妨与她谈谈，舒一舒胸中郁结。想毕，竟漫步上前，朝着女子点头行礼。

不知那女子是谁，是否和熊义交谈，且等第八集书中再说。

第一百十九章

美教员骤结知音友
丑下女偏有至诚心

第七集书中，正写到熊义因为和秦次珠决裂了，独自一人在山间散步，遇见一个吹尺八的女子，因为作者要歇一憩，因此停止了。此刻第八集书开场，免不得就此接续下去。

话说熊义走到那女子跟前点头行礼，那女子不慌不忙的，起身回答了一鞠躬。熊义开口说道：“我独自在这山里闲步，正苦岑寂，忽听了这清扬的尺八声，使我欣然忘归，寻声而来，幸遇女士。不知女士尊居在那里？因何有这般情兴，也是独自一个在这里吹尺八？”那女子望着熊义，笑了一笑答道：“我就住在这山后。因饭后散步，发见这块又平整又光洁的白石，就坐下来胡乱吹一会，见笑得很！听先生说话好像是中国人，也住在这近处吗？”熊义点头。问姓名，那女子答道：“我姓鸠山，名安子，在女子美术学校教音乐。学校里有两个贵国的女学生，我听她的说话的声调和先生差不多，因此知道先生是中国人。”熊义见鸠山安子说话声音嘹亮，没一些寻常女子见了面生男人羞羞怯怯之态；月光底下虽辨不出容颜美恶，但听声音娇媚，看体态轻盈，知道决不是个粗野女子。心里高兴，想不到无意中有这般遇合，笑着问道：“尊府还有何人，与人合住吗？”鸠山安子答道：“我一个人分租了一间房子。房主人是我同乡，六十来岁的一个老妈妈。我和她两家合雇了个下女。”熊义更加欢喜道：“女士是东京府人么？”鸠山安子摇头道：“原籍是九州人，因在东京有职务，才住在东京。每年暑假回原籍一次，年假日子不多，往返不易，便懒得回去。”熊义道：“女士原籍还有很多的亲族么？”安子道：“亲族就只父亲，在九州学校里担任了教务，一个兄弟在大阪实业工厂当工徒，以外没有人了。”

熊义道：“此去转过山嘴，便是舍下。这里太冷，想邀女士屈尊到舍下坐坐，女士不嫌唐突么？"安子笑着摇头。熊义道："舍下并没多人，就只一个朋友和一个下女。"安子仍是踌躇，不肯答应。熊义道："女士既不肯赏光，我就同去女士家拜望。不知有没有不便之处？"安子连道："很好，没有不便。"说时，让熊义前走。熊义说不识路径，安子遂上前引道。一路笑谈着，不觉走到一所小小的房子跟前。

安子说："到了。"伸手去栅栏门里抽去了铁闩。里面听得推门铃响，发出一种极苍老的声音问："是谁呢？"安子随口应了一句，让熊义脱了皮靴，径引到楼上。放下尺八，双手捧了个又大又厚的缩缅蒲团，送给熊义坐。从房角上搬出个紫檀壳红铜火炉来，用火箸在灰中掏出几点红炭，生了一炉火。跑到楼口叫下女，熊义忙说不要客气。安子叫了下女进房，在橱里拿出把小九谷烧茶壶，两个九谷烧茶杯，向下女说道："拿到自来水跟前洗涤干净，再用干净手巾揩擦过拿上来。这里有蒸馏水，烧开一壶拿来，我自己冲茶，不要你动手。我的开水壶，楼底下老妈妈没拿着用么？"下女道："先生的壶，我另放在一处，怎得拿给老妈妈用？"安子点头道："快拿去洗罢，仔细点，不要碰坏了。"下女两手去接茶盘，两眼望着熊义。安子生气骂道："你两只眼怎么，害了病吗？"下女被骂得红了脸，接了茶盘，低着头向外就走。安子喊道："你这东西，真像是害了神经病的，蒸馏水如何不拿去？"下女又转身从书架上取下一个七八寸高的玻璃瓶，里面贮着大半瓶冰清玉洁的蒸馏水，下女一手提着，一手托着茶盘，下楼去了。安子才挨着火炉坐下，对熊义笑道："在东京这般人物荟萃的地方，雇不着一个略如人意的下女。说起来，倒像我性情乖僻。其实我极不愿意苛派下人，只是下等人中绝少脑筋明晰的。"

熊义进门即见房中陈设虽没甚么贵重物品，却极精致，不染纤尘。四壁悬着大小长短不一、无数的锦囊，大概尽是乐器。在电光下，见安子长裙曳地，足穿白袜，如银似雪；头上绾着西式发髻，在外面被风吹散了些，覆垂在两颊上；没些儿脂粉，脸上皮肤莹洁如玉；长眉秀目，风致天然，便知道是一个极爱好的女子。看她年龄，虽在三十左右，风韵尤在秦次珠之上。当下听她说下等人中少头脑明晰的，也笑答道："便是上等社会中人，头脑明晰的尚少，何况他们下等人？自不易得个尽如人意的。"

安子到此时，才问熊义的姓名、职务。熊义存心转安子的念头，自然夸张身世，说是中国的大员，来日本游历。因贪着日本交通便利，起居安适，就住下来，不愿回国做官。安子看熊义的容貌举动，也不像商人，也不是学生，装模作样，倒是像个做官的，心里也未免有些欣羡。谈到身世，原来安子二十岁上，嫁了个在文部省当差姓菊池的。不到五年，菊池害痨瘵死了，遗下的产业，也有四五千块钱。安子生性奢侈，二三年工夫，花了个干净。还亏得曾在音乐学校毕了业，菊池又是个日本有名善吹尺八的，安子得了他的传授，才能在美术学校教音乐，每月得五六十元薪水，供给生活。在菊池家没有生育。妇人守节，在日本是罕有闻见的事，因此安子对人仍是称母家的姓，不待说是存心再醮。当夜两人说得异常投合，到十二点钟，熊义才作辞回家。

次日，用过早饭，熊义怕秦家又有人来叫他去，急忙换了套时新衣服，跑到安子家来。昨夜望着熊义出神的下女，出来应门。一见熊义，笑得两眼没缝，连忙说请上楼去坐。熊义只道安子在家，喜孜孜脱了皮靴，下女在前引道，熊义跟着上楼。只见房中空空，并不见安子在内。熊义正待问下女"你主人到那里去了"，下女见熊义已经进房，顺手即将房门推关，从书案底下拖出昨夜熊义坐的那大蒲团来，笑吟吟送到熊义面前道："请先生坐坐，我主人就要回家的。"熊义一面就坐，一面说道："你主人嘱咐了你，我来了，教我坐着等的吗？"下女且不答话，拈了枝雪茄烟递给熊义，擦着洋火，凑近身来。熊义刚伸着身子去吸，那洋火已熄了。以为下女必会再擦上一根，等了一会，下女还伸着手，拈着那半断没烧尽的洋火，动也不动。熊义心里诧异，抬头看下女，两眼和钉住了一般，望着自己的脸。熊义老在花丛的人，都被她看得不好意思起来，掉过脸见火炉里有烧燃了的炭，也不理她，自低头就炭火上吸。暗自好笑：这种嘴脸，也向人做出这个样子来，真是俗语说的"人不知自丑，马不知脸长"了！

下女见熊义掉过脸去，也挨过这边来，借着拨火，双膝就火炉旁边跪下，膝盖挨紧熊义的大腿。熊义连忙避开问道："你怎知道你主人就要回的，教我坐在这里等呢？"下女涎着脸笑道："我主人照例是这们时候回来，因此教先生等。"熊义道："这们时候，是甚么时候？此刻还不到十点钟，你主人到那里去了？"下女望着熊义的脸半晌道："先生昨夜和我主人谈了那们久，还不知道她到那里去吗？"熊义点头道："呵，上课去了。那如何就得回来？我走了，她回来的时节，你说我夜里再来。"用手按着火炉，待要立起身，下女拖住衣袖道："请再坐坐。我主人今日只有八至十两点钟的课。先生若走了，她回家又得骂我。"熊义问道："你主人因这一般的事体骂过你么？这里常有男朋友来往么？"下女摇头道："没有骂过。我主人没男朋友往来。不过，我主人脾气不好，无一日不骂我几遍。但是她有一宗好处，骂我是骂我，喜欢我的时候，仍是很喜欢我，随便吃点甚么，给我吃。她最爱好，半旧的衣服，就嫌穿在身上不好看，整套的送给我穿。先生看我身上穿的这件棉衣和这件羽织，不都是很贵重的绸子吗？我煮饭扫地，穿了两个多月还有这们新。我有个亲眷在质店里当伙计，前日我教他估价，他说好质六块钱，若是卖掉，到万世桥也可卖十块钱。"

熊义见下女呆头呆脑的样子，说出这些话来，忍不住好笑。然心里倒原谅她，那种痴笨样子倒不必一定是存了邪念。立时把讨厌她的心思减了许多，逗着她谈谈倒也开胃。笑问道："你伺候你主人几年了？还没有婆家吗？"下女道："我姓吉田，名花子，今年二十一岁了。"熊义笑道："我是问你从何时来伺候你这主人的，不是问你的姓名、年岁。"花子道："我知道先生不是问姓名、年岁。但是先生不问我有没有婆家吗？我婆家原是有的，丈夫也是中国人，在这里留学。我十七岁嫁了他，同住三年。去年他毕了业，回北京去考甚么文官试验，教我等他来迎接回国。约了四个月往返的，谁知他一到北京，就写了封信，寄了二十块钱来，说他家里已经替他另订了亲，就在这几日结婚，不能再来迎接我了。把我绍介给他一个朋友，教我拿着信去见。他那朋友姓阳。我找着了一看，是个五十多岁的胡子，住在一间三叠席子房里，身上穿得破烂不堪。我坐都没坐，就跑出来了。我如何肯嫁他那种穷鬼老鬼？请人替我写信去北京，质问我丈夫，没有回信。直到于今，也不知他结婚是真是假，要甚么时候才来迎接我。我因为没有生活，三个月前方到这，来伺候我这主人。"

熊义道："你那丈夫姓甚么？是那省的人？"花子道："我丈夫姓汪，叫汪祖纶，是江西人。"熊义道："你是怎么嫁他的？没和他订立婚约吗？"花子摇摇头不做声。熊义笑道："汪祖纶我认识他。你前年不是在他家做下女的吗？"花子吃惊似的，望着熊义道："你怎的知道？去过他家吗？我是有些像见过你的。我初到他家，本是当下女，只两个月就改了。你既认识他，请你替我写封信去，催他快来接我，好么？他动身的时分约了千真万真，不过四个月准来接我。于今差不多十四个月了，除接了他第一次的信外，一些儿消息也没有。我想他当日对我那们好，何至一转脸便将我忘记了？他平日最喜说玩笑话，害我着急，我猜度那封信说结婚必是假的，是有意那们写了来，试探我对他的爱情怎么样的。请你替我写信，教他只管来调查，看我自他走后曾做过一件没名誉的事没有。他对我好，我知道；我对他好，他也要知道才好。"熊义见花子这种痴情的样子，心里着实替她可怜。熊义原不认识甚么汪祖纶，因料着花子必是在他家当下女，胡乱妡上的。中国人哄骗女子的本领比世界各国人都大，花子的脑筋简单，听信了汪祖纶图一时开心的甜言蜜语；接了那种信，还痴心妄想，认作是有意试探。这种痴情女子，也算痴得有个样子了。熊义打算点破她，教她不要指望了，一看她正扯着衣袖拭泪，恐怕说破了，她更加气苦，只略略劝说了几句。

忽听得楼底下门铃响动，花子忙收了戚容，跑下楼去。熊义也起身到楼梯口，见安子提着一个书包，走到楼梯跟前，抬头望着熊义，笑了一笑，走上楼来。今日是第二次会面，不似昨日那般客气了，熊义伸手接了书包，握了安子的手进房。安子笑道："你来了很久吗？我昨夜忘了，不曾说给你听，我午前有课，害你久等。花子泡茶给你喝没有？"熊义笑道："便再等一会也没要紧。花子倒是个可怜的人，方才在这里对我说她的身世，说得哭起来了。你知道她的事么？"安子道："怎么不知道？她因嫁过中国人，至今见了中国人，就和见了亲人一样，问长问短，纠缠不清，总是求人替她写信。她听我说美术学校有两个中国学生，她便要去会面，探听她丈夫的消息。我说'这是两个女学生，怎么会知道你丈夫的消息，不要去惹人笑话罢'，她才不敢再说了。今日也请你写信没有？"熊义道："请是请了，但我没替她写。她那丈夫既有信来拒绝了她，她如何不另从别人？"安子道："她肯另从别人倒好了，不会这般痴了。她是个迷信中国人的。她对我说，若她丈夫真个和别人结了婚，不来迎接她了，须得与她丈夫一般年龄的中国人才嫁，日本人是不愿从的。你说她的希望不是很奇特吗？"熊义笑道："中国人与日本人比较起来，中国人只怕是要好些。"

安子道："你是中国人，自然说中国人好。我不曾和中国人交际，不知道怎样。但时常见各种新闻纸上登载中国人的事迹，比日本人好的地方却没见过。只有几年前，听人说过一桩事，是中国人干出来的，我当时澈心肝的佩服。不知你那时在不在这里？有个湖南人，叫胡觉琛，在士官学校学陆军。世界各国的海陆军，都有些秘密不能教外国人学的，我们日本自然也是有的。教授的时候，每逢要秘密的地方，就教中国学生退出听讲席。等教授过了，才喊进来，接续听讲。中国学生有些气忿不过，瞧着没人的时候，悄悄跑到教员房里，将那些有秘密不肯教授的教科书偷了出来。天良好的，偷出来尽日尽夜的抄写，照样誊出，仍将原书偷偷的送回原处，免得那失书的教员受累；没天良的，偷了去，便藏匿起来，或暗地运回本国去。那失书的教员遇了这种人，就受累不轻了。我日本的法律，这类事是依泄露军事上的秘密治罪。那胡觉琛在士官学校，平日的成绩极好。教员中村大佐很契重他，下了课即邀他到教员室谈话。这日中村大佐忽然不见了一部最紧要的书，暗自调查了几日，没有影踪，不敢隐瞒，只得报告校长。校长传谕众中国学生：是何人窃了去，赶快送回原处，不加追究；若仍敢藏匿，将来查出来了，加等治罪。众学生没一个露出可疑的形迹。又过了两天，那有原书送来呢。校长也着急起来了，因那部书的关系太大，弄不回来，一个大佐的性命便活活的葬送在里面了，并且连校长自己也得受很重大的处分，不得不呈报参陆部。

　　"参陆部得报，登时将校长和中村大佐收入监牢。全学校的教职员都恐慌的了不得，甚么地方都检查遍了。对于那些中国学生，利诱威吓，使尽方法，也没一点端倪。中村大佐已自认必死。还是参陆部有些人情，故意把判决稽迟了半个多月。委实不能再延，看看要判决了，中村大佐已和家人、戚友诀别了。那胡觉琛忽然到参陆部出首，说那部书是他偷了，于今已誊录完毕，运回北京呈缴了参谋部。因见中村大佐为这事受拖累，于心不忍，特来自首。请替中村大佐出来，愿受处分。参陆部非常惊讶，问原书现在那里？胡觉琛说在士官学校后面砂堆里，并不丝毫损坏。参谋部派人去砂堆里搜寻，果然全部都在。即将胡觉琛收监，替了校长和中村出来。二人喜出望外，倒异常感激胡觉琛，每日去监牢里陪伴他谈话。中村的夫人和校长的夫人每日做了饭菜点心，送到监牢里给他吃。参陆部的人员及各处陆军将校，闻胡觉琛的名，多来探望。新闻纸上极力恭维他是个侠义之士。军法判决，因自首减等，判了个一等有期徒刑，减去了死罪，参陆部还觉抱歉得很。第二年春天，你中国的贝勒载涛到这里来游历，替胡觉琛说情，立时释放出狱。这个人不但我佩服，我日本人凡是知道这事的，没一个不崇敬他。以外就不曾见有比我日本人好的。"熊义笑道："听你的口气，是不喜欢中国人哪。我不幸是个中国人，不要自请告退吗？"

安子笑道:"只要你不和花子的丈夫一样,我决不说你不好。"

说话时,花子正提了壶开水进房。熊义看她的眼睛尚是红的,望着她笑答道:"我天大的胆子,也不敢学她丈夫的样。"安子道:"你这话就奇了,这有甚么敢不敢的?说不忍不屑倒是一句话。"花子听得说她的丈夫,又求安子转请熊义写信,说熊义认识她丈夫,正好替她说几句公道话,好使她丈夫相信,她一个人在日本一十四个月,没干过一件没名誉的事。安子问熊义道:"你是认识她丈夫吗?就替她写封信去。若能使他二人团圆,也是件好事。"熊义笑道:"我何尝认识她丈夫,是想逗她说出和她丈夫结合的情形来,好听了开心,随口说是认识的。她想丈夫想成了神经病,才相信不疑。但我就是真个认识,写信去也无效。她丈夫纵然喜欢说玩笑话,如何会将她绍介给姓阳的朋友?一年多不再写第二次信来,明明白白是另讨了人,弃绝她了。她痴心只做好的想,本来也没有知识,不能怪她,你难道也糊涂了,跟着她这样说?"

安子还没答话,花子已号啕大哭起来。熊义和安子都吃了一惊,安子连忙止住她道:"你不要听熊先生的话,他从来是信口乱说的。他和你丈夫并不认识,怎么会知道是真讨了人,不是一句笑话吗?你与你丈夫同住了三年,难道还不及他知道的确?你快止了哭,我说给你听。"花子真住了啼哭,泪眼婆娑的望着安子。安子见了又好笑,又可怜,本没甚么话可说,见望了自己张开耳听的样子,只得忍住笑说道:"你嫁中国人两三年了,中国人有种特性,你知道么?"花子摇头道:"不知道。"安子指着熊义笑道:"就是和他刚才一样,都喜哄着人图自己开心。你没听他说的吗?你丈夫哄你,说讨了人,亏你聪明悟出是假的。熊先生当面哄你,如何就信以为真?你问熊先生,看他的话毕竟是真是假?"花子问熊义道:"先生也是哄我吗?"熊义道:"自然是哄你。你主人说得好,我并不认识他,如何会知道真讨了人?你不用着急,我有很多的江西朋友,一打听,便知你丈夫的下落了。我代你托人去找了他来,一些儿不费事。"花子转了点笑容说道:"先生这话只怕又是哄我的。"安子道:"他这话倒不哄你,他是有很多的江西朋友。你不要久在此耽搁了,看架上的钟正打十二点,还不快去做饭给熊先生吃。等他吃了饭,好去托人。"花子登时喜形于色,向熊义道谢了一声,下楼做饭去了。

本章已完,下章再写。

第一百二十章

浪荡子巧订新婚
古董人忽逢魔女

却说花子下楼去后，熊义和安子二人又把她当作笑话谈论了一阵。同用过午饭，熊义邀安子去日比谷公园散步。安子换了西装，披着银鼠外套。她身体生得苗条，亭亭植玉，正如立雪寒梅，独有风格。

熊义和她携着手，缓步从容，到大总车场乘电车，由神保町换了车。行至九段阪下，换车的纷纷下车。熊义把头伸出窗外一看，瞥眼见萧熙寿也携着一个中国装女子的手，旋说话旋向饭田町这条路上走。熊义见距离不远，连喊了几声。萧熙寿耳灵，停了步两边张望。熊义又喊一声，萧熙寿看见了，撇了那女子，跑向电车跟前来。熊义刚问了句那女子是谁，萧熙寿不及回答，电车已开行了。萧熙寿追着说了一声"我明日来看你"，以下就听不清了。熊义回身坐下，心想：萧熙寿平日喜练把势，不大肯近女色，怕伤了身体，从没听他说有甚么女相知，今日怎的忽然携着女子的手，在街上行走起来？彷彿看那女子还像很年轻，有几分姿色。要说他会改变行为，和女人勾搭，倒是一个疑问，且看他明日来怎生说法。

熊义正心里猜想，安子用手在他肩膀上挨了一下，向对面座位努努嘴。熊义看是一个打相扑的，穿着一身青缩缅和服，系着哔叽折裙，金刚一般踞坐在那里。立在他前面的人须抬起头，方能看见他顶上的头发。一个大屁股占了三个人的坐位。安子就熊义的耳根说："你看他的木屐。"熊义一看，吓得吐舌，比普通木屐大了五六倍。那两条脚背上的带子有酒杯粗细。安子低声说道："这人是现在最有名的横纲，常陆山都被他打败了。常陆山打相扑十几年，没遇过对手，只大蛇泻和他打过一回平手，到后来仍是常陆山胜利。这人叫大锦，一连胜常陆山七次，今年秋间才升横纲。"熊义听了，全不懂得，只觉这大锦高得可怕。

一会，车到了日比谷公园前，熊义扶着安子下车，看大锦也大摇大摆的跟着下车。熊义有意等他挨身走过，比身量恰好高了半截。笑向安子道："我曾见报上说，你日本的艺妓欢喜捧这些打相扑的。这话大概是真么？"安子笑道："怎么不真？他们打相扑的少有家室，一半仰给那些王侯贵人，一半就仰给艺妓。你没去两国桥看过他们春秋两季的比赛吗？王侯贵人和那些艺妓，都分了党派，争着拿出钱来使用，那方面的相扑家胜利了，那方面就大开筵燕庆祝。知道内容的，见了真好耍子。报上登载的不过是些浮面上的话，如何肯将内容宣布出来。"熊义道："王侯贵人是钱多了没事可干，养斗鸡走狗一般，看他们打起来开心。可怜那些艺妓营皮肉生涯，得着几个钱，怎么也跟着王侯贵人比并，干这无益的勾当？"安子道："怎得谓之无益的勾当？这里面的好处，你外国人那里知道？"熊义笑道："不是因他体魄生得魁梧吗？"

安子摇头道："不是，不是，这里面很有道理。你说因他们体魄生得魁梧，却也是个理由。但你是一种滑稽心理，骂那些捧相扑家的艺妓。你不知道相扑家稍有成名希望的，决不肯糟蹋身体，和女人纠缠。并且他们身体的发育过于胖大，于女色绝不相宜。曾有医生证明相扑家的身体，十九不能人道。艺妓和他们交好，倒显得没有淫行。我日本女子的心理，除了下等无知的不说，凡是中上等的女子，最敬重两种人：一种是有绝高技艺的人，如狩野守信的画龙，本因坊秀哉的围棋，云右卫门的浪花节；一种是有特殊性质，或任侠，或尚武，虽下贱无赖如积贼电小僧，大盗云龙，因有特殊的性质，也能博得一般有好奇心的女子欢迎。艺妓之对于相扑家，半是这种心理，思想高尚的是这般，思想卑劣的也跟着捧，却另有理由。她们见是王公贵人所供养的，趋奉得相扑家快意了，好在贵人前方便几句，能间接得些利益。还有一种没甚么心理的，专一趋尚时髦，学红艺妓的样，图出风头，归根一无所得。以上三类心理，都是和王公贵人一样，助相扑家成名的。我先夫菊池在日，因会吹尺八，也很得几个有名的艺妓欢迎。我因此知道艺妓捧相扑家的内容。你们外国人依赖新闻上的消息，如何能得着详细！"熊义笑道："这大锦也是艺妓供奉的吗？"安子点头道："他供奉的人多呢。从前供奉常陆山的人，此刻都换过来供奉他了。常陆山呕气不过，不到两个月就宣告退出相扑团，永远休憩了。常陆山休职的那日，我那学校里的校长教学生扎了个大花篮，邀我同去祝贺。

真是千载一时的胜会，来宾有一万多人。日本全国有名的力士，有名的绅耆，有名的艺妓，及教育界及团体的代表都到了。常陆山换了服装，剃了发髻，向来宾演说致谢。新闻上恭维他休职比美国大统领就职还要荣幸几倍，是一句实在话。"

熊义是个表面上极像精明，其实没多思想的人。听了安子的话，也不知道日本人重视相扑家的原故。懒得听安子多说，妨碍了谈情话的工夫，引安子到树林茂密的地方，拣了把干净的公共椅子坐下，拉安子挨身坐着，各抒情绪。两心投合，彼此口头上就订了个百年偕老的婚约。他们这种结合只要两心情愿，肉体上便免不了要生关系。当日从日比谷公园回来，熊义即在安子家住了。二人都图简便，免了行结婚式种种烦难手续。

次日用过早点，熊义因萧熙寿说了今日来看，怕他来的早扑了个空，和安子约了夜间再来，回到家中。不多一会，萧熙寿果然来了。见着熊义，便开口笑道："我时常笑你走桃花运，无论甚么女人，见了就爱。我于今也走桃花运了，只怕比你还要厉害。"熊义笑问道："这话怎么讲？"萧熙寿用脚把蒲团拨近火炉，坐下道："你走桃花运，也要你先起意爱那女人，那女人才爱你。不曾有你并没丝毫意思对她，她初次见面就一些也不客气，明说出来爱上了你的。我此刻就有人是这们爱上了我，不是比你走桃花运还要厉害吗？"熊义道："爱你的就是昨日你携着她手同走的女人么？姿首还生得不错呢。"萧熙寿道："不是她还有谁？你说她生得好，你爱她么？你若是爱她，我可给你介绍，只要你承诺她一句话。"熊义笑道："一句甚么话？知道有多大的关系，好教人随便承诺？"

萧熙寿道："我自然详细说给你听，并是一件极有趣味的事。我要不是有种种滞碍，一定承诺她。我此刻不是住在饭田町大熊方吗？同住有个姓方的是广东人，和我同年。虽没练过把势，身体比我还要强壮。到这里四年了，在中央大学上课。人任侠好义，和我甚是相得。昨日上午他上课去了，我在他房里看了上海寄来的报，忽听得楼梯声响。我想楼上只住了我与姓方的两个，不是来会他的客，便是来会我的客，即时将报纸放下。听脚声走近门外，有指头在门上敲了两下。我问：'是谁呢？请推门进来。'门开处，我吓了一跳，一个中国装的女子跨进房来。见了我，想缩脚退出去，略停了一停，又走进来，向我行了个礼，笑脸相承的问道：'请问先生，有个广东人姓方的，不是住在这里吗？'我连忙起身答礼说道：'方某就住在这房里，此刻上课去了。女士如有事，可以命我转达的，就请说给我听，他下课回来，我好照着女士的话说。'那女士听了似有些踌躇的神气。我怕她为难，接着说，'方某准午后三时下课，女士要会面，请三点钟以后再来罢！'那女子好像知道我避嫌疑，不好留她坐，她自己先坐下来，才说道：'我住在代代木，到这里来很远，不凑巧，偏遇着他上课去了。先生也住在这里吗？'我说我住在隔壁房里。她又问我的姓名籍贯，我都说了。老熊你看奇怪不奇怪？她一听我说出姓名来，立刻站起身，复向我行了个礼，现出很欢喜的样子说道：'不想今日无意中得遇先生，我仰慕多时了！先生要不是改换了和服，我见面必能认识。此时说出姓名来，我仍觉面善的很。'那女子这们一来，又把我弄得茫乎不知其所以然了。"

熊义笑道："这真奇怪，从那里认识你的？"萧熙寿道："说起来，连你都认识。"熊义道："我见过一次面的女子，三年五载也不会忘记。我昨日在九段阪见的那女子，实在不曾会过。她又从那里认识我？"萧熙寿道："不要忙，你听我说。我不是问她从那里认识我的吗？她不肯就说，反教我猜。我说猜不着。她拿眼睛瞟了我一下说道：'先生不是在三崎座和日本人比武的吗？我也在那里看。先生的本领真好，就是小鬼太狡猾。我们同去看的人，都替先生气忿不过。我从那日起，因佩服到了极处。脑筋里一时也不能忘记先生的影子，只恨不知道先生的住处，无从打听，不能来望。今日也是天假其缘，才能无意中在方先生房里遇着。'她说话时连瞟了我几眼，只是嘻嘻的笑。我心里很诧异，怎么这们轻薄，又没有第三个人在房里，教我如何好意思。我低着头，胡乱在喉咙里客气了两句，连她的姓名籍贯，我都不好开口去问，以为她见我那们冷淡，必坐不住，起身告辞。谁知她见我脸上现出些害羞的样子，更加放肆起来，将蒲团移近火炉，距离我的坐位不到一尺坐下，笑问道：'先生到日本几年了？'我随口答应两三年了。她问日本话会说么？我说也说得来几句。她问在那学校上课，我说没进学校。她问没进学校，是在家读书么？我说在家也不读书。她问在家不读书，干甚么消遣日子呢？我说有报纸看报纸，无报纸看小说。她问欢喜看那一类的小说，我说随便那一类的小说，都欢喜看。她说：'我也最喜欢看小说，简直入了小说迷。到学校里上课，在讲堂上用讲义盖着小说，偷偷的看。'我听了，忍不住问她欢喜看那一类的小说。

她说：'中国的小说，凡是略有名头，书坊里有卖的，差不多都看过了。和我的性情相近，最欢喜看的，就只《金瓶梅》、《肉蒲团》、《杏花天》、《牡丹奇缘》、《国色天香》、《野叟曝言》这几种。还有《绿野仙踪》，其中几段，如温如玉嫖金钟儿，周琏偷齐慧娘，翠黛公主丹炉走火，那些所在都写得与我性情相近，很欢喜看。可惜此刻翻印的，不知是那个假装正经的人将那几段完全删了，使我看了索然无味。'"熊义立起身来笑道："世界上竟有这般开放的女子！我真不曾遇见过。你的桃花运是比我走的厉害些。你当时听了又怎么样呢？"萧熙寿笑道："还早呢，这就算得开放吗？我见她这们说，便老着脸问她有丈夫没有。她眯缝两眼，咬着嘴唇，懒洋洋的望着我半晌，才说道：'丈夫是有一个，但是……'她说到这里，望着我不说下去。我说：'但是不在此地么？'她说：'早就回国去了。有人传说被袁世凯拿去枪毙了，那消息并不实在。'"

熊义又截住问道："怎么呢？丈夫有被人拿去枪毙的消息，还这们漠不关心吗？"萧熙寿道："不要只管打断我的话头，自然有个道理在内。我问她：'你的丈夫不在此地，你一个人也欢喜看那些小说吗？'她笑了一笑道，越是一个人越欢喜看。我说：那一类书不是你们年轻女子所应看的，看了有损无益。她说：看小说本没甚么益处，无非图开心，图消遣，欢喜看那一类，便看那一类，无所谓应看不应看。我听她说得这们不要紧，不由得气往上冲，放下脸来说道：'我们年轻人血气未定，最要自家把持。不看淫书，不见淫行，尚且有把持不住一时失足的恨事；何况无端的看那些淫书，自家引诱自家，怕不做个丧名辱节的事来吗？等到身败名裂的时候，再来翻悔当初不该看小说，已是来不及了。在国内干出丑事来，只害了自家本人，被辱没的有限；在此地干出丑事来，新闻上一宣布，就连中华民国四个字都被玷污了。我们没有悬崖勒马的本领，这些处所就不能不慎重一点。我一切的事都胆大，就只对于人欲非常胆小，惟恐把持不住。'老熊你想想，无论甚么女子，就是欲火如焚的时节，听了我这一段冰水浇背的话，也应立时消歇。殊不知在她听了全不在意，面不失色的笑说道：'先生的话是好话，很像宋儒学案上面的议论。不过说话尽可照着那上面说，若照着那上面行事，居今之世，却似有些迂泥不通。古人说，人情所不能已者，圣人勿禁。桑间濮上的事未必尽是淫书诱惑的。'她说至此，又向我嫣然一笑。"

　　熊义长叹一声，指着萧熙寿的脸道："你这人真煞风景，怎这们迂腐可笑？若遇着我时……"萧熙寿笑问道："遇着你将怎样？"熊义道："遇着我么，一把搂住她，先亲了个嘴再说。还怕会轻恕了她吗？"萧熙寿摇头道："那怎生使得？她太来得突兀，所谓事出非常，使我不能不格外注意。依情理猜想，她年轻轻的，又有几分姿首，知识议论在女子中更不易得。此地岂少中国的风流少年，便要面首三十人，也是件极容易的事。我这尊容，又不是潘安重生、宋玉再世，如何能使她一见之下这般颠倒，连羞耻都不顾了，不是一件很可疑的事吗？"熊义道："这有甚么可疑？男女发生爱情本来有这些不可思议的地方。容貌美的固然好，就是丑陋的，也有讨巧的时候。年纪轻的固然好，年老的也有占便宜的时候。每每有自己丈夫漂亮极了，她一些不爱，偏偏爱上了一个又丑又老的跟班。这种事，不能依情理猜度的。"

　　萧熙寿道："不能依情理猜度的，就要说是前缘注定的一个缘字。但是她若和我有缘，一见面就爱上了我，那我也应一见面就爱了她，这些话我最不相信。我顶着革命党的招牌，袁世凯的鬼蜮伎俩又多，早就听人说过，从北京派出来许多女侦探，专一引诱党人入她的圈套。住在上海的党人，是这们上当的已经不少。那女子的言谈举动太觉可疑，当下见她向我嫣然一笑，我心想不宜得罪了她，只得也胡乱望着她笑笑。随即正色问道：女士与方君是亲戚，还是朋友？她说是朋友。我问：是相识了许久的吗？她说：'前日才从朋友处见过一次。因见他为人慷爽，又听朋友说他是个有侠骨的汉子，才想结识他，所以特来拜访。一见先生，更是我多时想望的人，比会了他还要欣慰百倍。先生的宝眷没同来日本吗？'我说没带来。她问结婚几年了，我说十七岁上结婚，于今三十二岁，一十五年了。她说几年没归家，想必时常有信来？我说内人不曾读书，不会写信。她说既不能见面，又不能时常通信，少年夫妻不很难过么？我说不幸做了我的妻子，便难过也没法子。她说先生也不惦记吗？我说男子出门，三年五载是寻常的事，惦记怎的？她说先生在日本这种卖淫国，也不去那些玩笑地方走走吗？我说我身体要紧，不能白糟蹋，并且怕惹了病，将来归国对不起内人。她说：'像先生这样的人真少，使我更死心塌地的佩服。已有了小公子么？'我说有两个犬子，大的今年十岁了。她说：'可惜我不能看见先生的公子，我若看见，公子必是很可爱的。'我问既没看见，怎么就知道可爱？她说；'我想公子的面目必像先生，因此知道是很可爱的。'"

　　熊义跳起来拍手笑道："妙呵，妙呵！她这们颠倒你，你还好意思拒绝她吗？"萧熙寿道："不是不好意思拒绝。既经疑心她是个女侦探，即不敢十分得罪她，一时又被好奇心鼓动，倒想试试她。我一个明明白白的人，看她用甚么圈套来牢笼我。"熊义道："在日本怕甚么！"萧熙寿道："不然。她用暗杀手段，只要近了身，便危险的很。难道革命党一到了日本，即毒不死、刺不死吗？不过已被我看破了，处处留神，看她如何下手。当时我也做出有意爱她的样子来，学着吊膀子的眼光，望了她一眼笑道：'不像我的面目倒好，像了我的面目，还有甚么可爱的？女士这话，不是恭维我，是挖苦我，当面骂我。'她见我改变了口气，认作真有了些意思，登时做出许多淫浪样子来。

　　"我是素来有把握的人，见了那种淫态，一颗心都摇摇不定。可惜你不曾在旁边看见，我于今就有一百张嘴也描摹不出，才相信坐怀不乱是真不容易的事。倒把我平日轻蔑古人说坐怀不乱，只要稍知自爱的人都做得到的这种心思忏悔干净了。低了头，望也不敢望她。她忽然问道：'先生的房间在那里？何不到先生房里去坐坐？'我吃了一惊，连忙说我的房间醒龊得很，不用客气罢。她不由我说，立起身，定要我引她去。我想过于推诿，怕她更加疑心我房间里有多少危险物，只得引她到我房里。我因没有下女，要自家铺床叠被，早起懒得将被卧收入柜内，免得夜里睡的时候又费手续。我从国内带来了一杆手枪，照例是塞在枕头底下。一听她说要去我房里，我的心就是一十五个吊桶打水，七上八下，生怕不留神没塞放得好，露出半截来。进房就望着枕头底下，幸好不曾露出。然而我是心虚的人，总觉那枕头有些碍眼似的。靠床有张椅子，我怕她坐着随手翻开枕头去看，一面指着窗下的椅教她坐，自家先占了这把椅子。

　　"那晓得她不怕急死了我，丢了窗下一椅子不坐，口里说着好精致的床褥，一屁股就床缘上坐下来。我慌急得没有法设，只好任命。她坐下来，将身子斜靠在被卧上，合了眼，有声没气的说道：'我的身体疲倦了，想借你这床略睡一睡，不嫌脏么？'我正在着急的时候，听她这般说，忽转念：'她是个女子，有多大本领，就被她发现了，她难道真能奈何我？'即答道：'只要你不嫌我的床褥脏，想睡只管睡。'她张开眼，看房门是开的，竟起身一手推关了。脱下裙子来，笑道：'睡出许多皱纹，等歇穿出去难看。'我也不做声，看她怎样。她见我坐着不动，毕竟有些脸软，不好再做出甚么特别的样子来，靠在床上，不言不笑，假装睡着。

"猛听得楼梯声响，原来是房主人走到楼口，喊我下去吃午饭。她见有人上来，吓得连忙爬起，拿起裙子就穿。我说请下楼去吃饭，她说不吃。我想：留她一人在房里不妥，只得也回了房主人不吃。请她去上馆子，她倒不客气，同我到维新料理店随便点了几样菜吃了。男女都是一样不能自恃，说我有操守，有把握，一纠缠久了，终有把持不住的时候。我起初见了她的淫态，听了她的淫词，气不知从那里来的，恨不得骂她几句，打她几下，撵了她出去。一转念疑她是侦探，气倒没有了，只有防范她的心。在维新料理店喝上几杯酒，我的心理，不因不由的自然会掉转过来。看她的举动，便觉得娉婷袅娜；听她的言语，更加簧喉莺声，醉眼模糊；望着她的脸，真所谓比初见时庞儿越整。起初那一派迂拘话，那里再说得出口？吃喝完了，她借着拈牙签，有意在我手上挨了一下。我糊涂了心似的，乘势就握了她的手，一切都不知道顾忌了。

"从料理店出来。问她要去那里，她说仍想到大熊方去，看姓方的回了没有。我便携了她的手，从容在街上走。若在平日，就拿刀搁在我颈上，要我携着女人的手，青天白日在街上走，我也情愿被杀死，不肯是这们不顾人笑话。昨日就和吃了迷药一般，幸亏你在电车上将我喊醒，心里明白过来，回头便不敢再握她的手了。同到大熊方，坐不了几分钟，姓方的也回来了，见面称她范女士，我才知道她姓范。"

熊义笑道："我不相信你和她谈了半日，同桌吃喝，携手偕行，她姓名都没问一声。"萧熙寿道："你不信罢了。初见时懒得问，后来我和她太亲热，又觉不便重新请教了。"熊义点头道："这种事常有的，我相信了。姓方的回来，笑话就完了么？"萧熙寿道："没有完，还有在后面呢。"不知后事如何，下面再写。

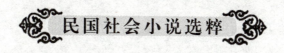

民国社会小说选粹

留东外史（下）

不肖生◎著

河北出版传媒集团

花山文艺出版社

第一百二十一章

苦女儿蓄志报仇
硬汉子正言却色

却说萧熙寿正说到被那女士缠得有些像样的时候，忽然姓方的回来了。熊义便急急的问道："还有甚么笑话，难道对着两个男人，也说出疯话来吗？"萧熙寿道："你听我说。那时姓方的回来，只略谈了几句不相干的话，向我说道："我和一个朋友约了有紧要事，须立刻就去。范女士多在此坐坐，仍是请你替我陪着谈话。我去干完了事就回。"说着，对范女士点了点头，下楼走了。我心里着急，忙喊慢些走，我有话说。他只做没听见，径出了大门。我更加犯疑，姓方的若不知道范女士是个不可近的人，如何会见面如见了鬼物一般，避之惟恐不速？范女士又是他的熟人，来看他的，他平日最喜讲礼节的，这回忽如此无礼，必有缘故。但是他若知道范女士是个侦探，或是个无赖的女人，应该暗地说给我听，使我好防备；不应只图他自己脱身，看着我去上当。

"我登时心里越想越不高兴，越不肯和范女士亲近。范女士见我又变了态度，也坐着不言语。此时的日子最短。不多一会，就电灯上来。范女士坐得太无聊了，忽然起身对我说道：'我想邀先生到一处地方散步，诉说几句心腹话，不知先生许可不许可？'我听她你呀你的喊了半天，此刻忽又称起先生来，也不解她的用意。想说不去，又怕她笑我过于胆怯，便问她想去那里散步。她思索了一会道：'这里离皇宫不是很近吗？围着皇宫有条小河，那里又清洁，又寂静。对面古树参天，景致在月底下更是好看。我想邀先生去那里清谈一会。'她这时说话的声音很带着愁苦，我虽摸不着头脑，但不好说不去。教她在姓方的房里等着，我假说更换衣服，跑到自己房里，从枕头底下摸出那手枪，将子弹上好，关了停机钮，插入肚包里面。身上穿的衣多，外面一些也看不出。出来时，教她在前面走，我跟在后面，步步留神。

"走到皇宫小河边，看四围寂静，绝无人声，只远远听得电车轧轧的响，月影从古树里穿到河堤上，阴森森的。一河清水，也从黑影里透出波光来。俯着铁栏杆朝下一望，使人不寒而栗。我在这可怕的景物中，不由得更把范女士作鬼物看待，总觉不敢近她的身，她却也不靠近我。河边上有个铁灯柱，她倚灯柱立着，仰面望着对岸的树，默然半响。忽长叹一声，即见她拿着手帕拭泪。我还怕她是一种做作，不敢就过去理会，后来见她愈哭愈加伤心的样子，忍不住问她哭些甚么。她没答白。连问了几句，才止了哭说道：'我因见先生是个侠义之士，一腔的怨气想在先生跟前申诉，只有先生能替我报仇雪恨。不过我见先生的日子太浅，没有要求先生报仇的资格。想来想去，除了将父母的遗体自献与先生，先求先生怜爱外，没别的法子。不料先生心如铁石，不肯苟且，我心中说不出的愧悔。然我心里越是愧悔，越是崇敬先生，越觉得我的仇恨非先生不能申雪。但是我又虑及在先生跟前露出了许多丑态，怕先生轻视我，以为我是个下贱女子，下次不容我见面，我一腔怨气再没有申诉的日子了。因此，虽明知先生厌恶我，我也不敢走开。想就在大熊方将冤情诉给先生听，见楼底下有人，恐怕走泄了，于事有碍，拼着使先生再厌恶我一时半刻，把先生请到这里来。话还没出口，我心里便如刀割一般的痛，禁不住先哭了。'"

熊义听述到此处，惊异得叫了声"哎呀"道："这女子的用心真是可怜！我虽还不曾听出有甚么冤情，只听了这般举动，这般言语，设身处地一想，我的鼻子就由不得有些酸了。"萧熙寿道："你的鼻子就酸了吗？再听下去，怕你不掉下泪来。我心肠最是硬的，昨夜也陪着洒了无穷的泪。你听我述下去罢！当时我见她说得那们可怜，连忙安慰她道：'你不用悲苦，你有甚么委屈，尽管说给我听。只要我的力量做得到，无不竭力替你帮忙。我平生爱打抱不平，不问交情深浅。'她听了，拭干眼泪，向我深深行了一礼，说道：'先生能替我雪了仇恨，即是我的大恩人。我的身子听凭先生处分，便教我立刻就死，我也含笑入地。'我说：'你不要说这些客气话，快将事情说出来罢！'她即对我说道：'我今年二十四岁了，在家的名字叫辉璧。我父亲是荆州驻防旗人，讳亦孚，为荆州飞字营管带。母亲是景善的侄女，生我兄弟共五人。我居长，以下四个皆是小兄弟。我们旗籍人在荆州办了个女学堂，都是旗人在荆州做官的大姑奶才进去读书，我也在那学堂里。辛亥年八月十九的那一日，革命党在武昌起事了。消息传到荆州，我尚在学堂里，校长还不肯停课。有同学的对我说：这回革命党比别省的闹得凶些，像是从军队里运动下手的。荆州的常备军，外面也有被革命党运动的谣言。你父亲在飞字营当管带，上了年纪的人，又抽上几口大烟，恐怕疏了防范，为害不浅。你何不请假回家，向你父亲禀明一声。这回不似别省，莫以为尽是谣言，不去理会。若到万不得已的时候，教堂里的洪牧师，我家父亲和他有交情，已办了交涉，临时保护我一家。你父亲如肯入教，跟他办交涉，大约不会拒绝的。

　　"'那时我年轻，虽听了同学的这们关切的话，心中还不大以为然。同学的连说了几次，我才请假回家。我父亲正躺在炕上抽烟，来了几个朋友，也坐在炕上闲谈。我躲在屏风后，听他们谈论的正是武昌革命党造反的事。我父亲兴高采烈的说，革命党成不了事，不久自然扑灭。那几个朋友随声附和，说得革命党简直毫不足畏。同学的话，我便不敢向父亲说了。我父亲营里有个哨官，叫范健飞，是湖北蕲州人，为人阴险刻毒。我父亲寿诞，他来我家祝寿，见过我一次，即托人来说合，被我父亲斥退了。不久他犯了事，我父亲将他的功名详革了。不料他投身革命党，荆州军队里的军兵，他有交情的不少，他一煽动，全营变乱起来。驻防兵尽是旧式武器，毫无纪律，那有抵抗力？汉兵见旗人即杀，不问老少男女。满城炮声震地，我在家中知道不好，盼望父亲回来，好找着同学的，暂时避入教堂。谁知父亲再等也不回来，母亲惊慌得毫无主意。我正检点细软，打算带着母亲和三个小兄弟先到教堂里去。第二个兄弟有事去武昌没回。我们一行，连两个丫头、两个当差的共是九人。

　　"'刚待出门，只见我父亲跟前一个贴身的小使名叫连胜的，满头是汗，气急败坏的跑进来，指手舞脚，半晌说话不出。母亲不待连胜开口，流泪说道：我家老爷一定殉难了！连胜定了定神才说道：老爷已被范健飞杀了，太太、大姑奶快带少爷逃难罢，范健飞只怕就要来这里抄家了。我母亲一听这话，登时昏倒在地。一家人手忙脚乱，忙着灌救。猛听得门外拍、拍、拍一排枪响。我的第五个小兄弟那时才有两岁，在一个丫头手里抱着。枪声尚没响完，一颗飞弹穿来，正中小兄弟后脑。可怜一声都没哭出，已脑浆迸裂，死在丫头手中。丫头惊得呆了。接连又是几枪，两个当差的和连胜想挡住大门，那来得及！枪声过去，我眼望着两个当差的同时中弹倒地，手脚乱动几下就死了。连胜跑回来，一把拖住我母亲，向我说快从后门逃走。我不知怎的，两只脚就如钉住了一般，第三、第四两个小兄弟，一个十一岁，一个七岁，都拖住我的衣哭。我当时痛澈心肝，只得一手携着一个，跟在连胜后面。刚走了几步，从后门已拥进十来个荷枪的叛兵，也不开枪，就用枪上的刺刀对着我母亲及连胜身上乱戳。可痛我母亲，听了我父亲殉难的信，已是急昏了。将要断气的人了，那消几下，就没了性命。那些狼心狗肺的叛兵，不知与他有何仇恨，两个都被戳翻在地了，还不肯住手。有一个兵，背上斜插着一把单刀，抽下来朝我母亲小腹上就是一刀，五脏六腑都随着刀逬裂出来。我在旁边看了，心里如何不痛？两只脚也有力了，几步跑到那背刀的兵跟前，好似有阴灵暗助，一手就把那刀夺了过来，连我自己都没看清楚，已一刀将那兵的脸上刺得鲜血淋漓。那兵回手来夺我的刀时，我也撞昏，倒在我母亲身上，不省人事。

"'等到清醒时，张眼一看，已是夜间。房里昏暗异常，看不出在甚么所在，但觉身子卧在稻草中，略一转侧，即瑟瑟作响。一只破碗放在窗台上，里面有灯芯点着。灯光暗小，窗棂里复吹进风来，吹得时明时暗。我掉转脸，向房中四处定睛一看，三面靠墙根都铺着草，好像还没睡人。我鼻孔里呼吸的空气，很带着些霉气，知道不是在自己家里。此时身上并不觉有甚么痛苦。忽听得远远的枪声四起，猛然触动了白日的惨状，心里便如万刀丛扎。又有几个荷枪的兵，手里提着灯笼走进房来。拿灯笼在我脸上一照，齐声道：好了！脸上转了血色，大概不会死了，分两个在这里看守，分两个去报告范队官。即听得走了两个，留下的两个支开三个灯笼桶子，将灯笼撑在地下，就墙根下稻草中坐了。一个说道：今天的满贼真杀的不少，大约将近二万人了。一个答道：何尝尽是满贼，我们亲同胞，也跟在里面冤枉死的不少。一个道：跟在里面死的都是满贼家的奴隶，也死得不亏。好笑他们以为躲在教堂里就可免了这一刀之罪，谁知在教堂旁边屋里一把火起来，烧的烧死了，逃出来的，一阵乱刀乱枪，都收拾个干净，比坐在家里死的还要难受些呢。我卧在草中听了，知道同学的一家也同时被难。我一家即跟着避入教堂，也免不了惨祸。

"'兵士又说道：范队官的胆量也真不小，这时候，无人不恨满贼，他偏敢留了这个祸根，难道做了官，还怕没有老婆？若教长官知道了，难说不受处分。这个答道：他怕甚么长官！于今是强者为王。他是有大功劳的人，谁管得了？我听得这们说，范健飞将我一家杀尽，独留着我预备做他的妻室，那一时的心中痛恨也说不出。又是一阵脚步声响，坐在墙根下的两个兵士连忙立起。脚声响进房来，火把灯笼照得房中通红。我虽只见过范健飞一次，他的面貌还能彷佛认识。只见他军官打扮，拿着一筒手电，在我周身照了一照，照到我脸上，见有泪痕，拿着条汗巾替我来揸。我乘他不备，在他手下死劲咬了一口，咬掉一块寸多长大的皮，连我身上都滴满了鲜血。'"

熊义听述到此处，跳起来大叫一声道："痛快，痛快！"熊义这一声叫，倒把萧熙寿吓了一跳，笑说道："我昨夜听到这里，不也是和你一样叫了一声痛快吗？她见我叫痛快，叹气说道：'先生此刻听了叫痛快，若在当时看了我那凄惨情形，正不知要如何替我难过呢。我既咬范健飞一口，是安排等他拿枪打死我。那知他并不动怒，连痛都不喊一声，只回头叫兵士快去房角上或屋檐里寻蜘蛛窠，敷在伤口上，即用那替我拭泪的汗巾裹好，和没事人一般的问我想吃甚么。我怎肯理他？他从兵士身上的干粮袋里，掏出一瓶陆军干粮厂的罐头牛肉，两块面包，又拿了一水瓶的茶，都放在我身边，对我说道：'你用不着愁苦。这回的事全是天意，你们满人应遭的劫数。便是你一家，也是天数注定的在这大劫之内。不然有我早来你家一步，也不至全家俱灭了。还算万幸，你不该死。我跨你家的门，就看见一个兵士糊了满脸的鲜血，恶狠狠的，双手举起单刀，正要朝你头上劈下来。我来不及喊救，一手枪对准那兵士的腰胁打去，单刀还没劈下，已中弹倒地。那兵士的同伴不服，向我开枪。我要不是带的人多，也要同死在你家里了。那些不服的兵士在厨房里放起火来，一刹时烈焰腾空。我本想将你母亲与你几个兄弟的尸首一并搬运出来，外面的炮火太猛烈，我带的兵士都要准备对敌，没有这们多的闲员来搬尸首，只得叫我随身几个亲兵将你用棉被裹了，扛到这僻静所在来。我于今其名就是个队官，职务却比司令官还要繁忙，已教亲兵去民间掳两个女子来，伏侍你将息。去了半日，想不久就要回来了。你不要恨我，以为你全家是我杀戮的。你去打听，在荆州的满人那怕是初出娘胎的，看容留了一个没有？我能杀得这们多吗？我为你担着天大不是，你如何反恨我，咬了我一块肉？'他说完教兵士把牛肉罐头用刺刀划开了，说要我吃。我明知他是特意拿这些甜言蜜语来哄骗我回心的，我和他不共戴天之仇，岂肯容易听信他的话？朝他脸上吐了一口唾沫，骂道：你这狼心的恶贼，你在我父亲营里当前哨，我父亲何尝薄待了你？你亲自动手杀了我父亲，又派兵来杀戮我全家，只当我不知道，还拿着这些话来哄我！满洲人死了一两万，我要留着这条苦命做甚么？你要杀要剐都听凭你，只快些动手罢！你不动手，我便自己撞死了。

"'后来我才翻悔。末后我就撞死的这一句话不该说的，倒提醒了他怕我寻了短见，加派四个年老的兵士轮流看守着我。第二日，掳了两个女子来。一个四十多岁，一个才二十岁，和我同年，都是民间的媳妇，逃兵难逃到深山之中。范健飞派出几名亲兵，在乡下四处寻找，家家户户都空洞无人。料是藏匿深山了，对着山上树林丛密之处开枪乱射。果见有许多百姓从树林里跑出来，翻山过岭的逃走。亲兵赶上去，强壮的大脚的都跑得远了，仅剩了这两个脚小的跑不动，被掳了来，向我说诉。范健飞赏了两个每人一百块钱，几套衣服，教两个好生伏侍我，监守我，不许我寻短见。又过了几日，把我移到乡下一个大庄屋里，大约是绅士人家。人都远远的避难去了，房屋器具搬不动，也不敢留人看守，被范健飞找着了，将我移到那里居住。我既寻死不得，两个女子又受了范健飞的命令，跪在地下苦苦的求我进些饮食。寻死的方法种种都易，惟绝粒最难。我自己苦熬了五六日，实在熬不住了。范健飞又每日来，极力表明不是他杀了我父亲。我也心想：就是这们饿死了，杀我全家之仇有谁来报？即进了些饮食。在那庄屋里住了十多日，两个女子和几个老亲兵监着我，不教我出去，外面的消息一点也不知道。范健飞教两个女子朝夕劝我从他。我想：既落在他牢笼里，是不能由我说不从的，除是死了。留得一口气在，明知他是个阴险刻毒的人，怎肯放我过去？并且要报仇，也不能不近他的身。不过我一家父母兄弟都遭了惨死，若一口就承诺他，反使他生疑。我一个弱女子、没有帮手，范健飞又是个有勇力的男子，万一做他不死，白加上我一条性命。我心里计算，口里答应他不必定等三年制满，但要等我伤痛父母的心略减杀些，再议这事。他听了，却也不再来逼迫。

"'看看的民国已经成立了，范健飞当了团长。把我拘禁在武昌，伏侍我的人也都换了。我出入仍是不能自由，只防范我寻死的心思懈怠了许多。不敢说欺先生的话，我那时寻死的念头也是没有了。如此住了两年，范健飞或一日或间日来看我一次。虽也曾提到婚事，我一推托，他便不往下说了。癸丑年带我到江西，这时就逼着要我成婚了。我早已存心，我的身体横竖是父母给我的，只要报得父母的仇恨，无论如何糟蹋都没要紧，长是这们分开住着，到死也没有报仇的机会。当下就答应了，和他在江西结了婚。

　　"'不久，他又革命失败了，就带我到这里来。我含酸忍痛，不敢露出一些形迹。前几月，他接了内地朋友的电报，教他回国商量革命的事。他想带我同走，我推故不去。自他走后，无时无刻不物色帮手。奈在此留学的青年浮薄的居多，一望都是脆弱不堪的，何曾遇见先生这般壮健又有肝胆的人？我在朋友处初次见了方先生，听他言语举动，心里就仰慕的了不得，十分心思想结识他做个帮手，所以今日特来拜他。不料一见先生，就非常惊喜，一种强毅之气发现于外，不由得缩出去的脚又跨了进来。及闻得姓名，猛然记起那日在三崎座看比武，上台打翻日本壮士的，黑板上是写着中国人萧熙寿的字样。先生虽更换了和服，不说出来，有些难认，说破了，再回想当日在台上连敌数人的神威，就彷佛犹在目前。处我这种境遇，见着先生这种人物，如何肯失之交臂！先生若肯见怜，便教我为奴为婢伏侍一生，我也甘心情愿。想再和范健飞过度，是宁死不从的！'说完，又呜呜哭起来。"

　　熊义听到此处，起身打了个呵欠，伸了伸懒腰，叹道："这女子所遇，也真太苦了！你又怎么对付她的呢？"萧熙寿道："我就辜负她一片崇仰的心了。我父母在堂，有妻有子，又别无兄弟，此身对于家庭的担负多重，岂能轻易许诺为人报仇？并且这仇恨在她是不共戴天，在我看了，反正时诛戮满人，合全国计算下不了十万。我当日何尝没手刃几个？也算不了一件大不平的事。不过，为贪图女色，戮人全家，威逼成婚，是一件可恶的事。范健飞这个人我留心记着他的名字，将来没事落在我手里便罢，万一有狭路相逢的一日，我总不放他过去就是了。若我也贪图辉璧的姿色，先取了做妾，再伙同把范健飞谋害，那我还算得一个人吗？我昨夜即将这话对她说，她也恍然大悟，不再提报仇的话，只要求允许和她做朋友，常川往来。我自然答应她。送她上了去代代木的高架线电车，我才回家安歇。今早起来，我问姓方的，如何见了辉璧那们趋避不遑。姓方的笑道：'我在一个同乡的女朋友家遇了她，并没向她请教姓名。她找着我谈话，亲热的了不得，时时露出轻荡的样子来。我很疑心她是个无聊的女子，背地问我同乡的，同乡的说也是初交，不大清楚她的历史。我当时就翻悔，不该说我这地名给她听，怕她找来纠缠。昨日我回家，见她果然来了，如何不作速趋避？'我便说道：'你的朋友来找你的，你倒作速趋避，移祸江东。我若没有把持的功夫，不被你害了吗？'姓方的才回答得好笑，他说：'我因知道你的把持功夫比我好，才请你替我挡杀一阵呢。'"

熊义大笑道："你们这两个男子真可笑，怎么见了女人害怕到这样？"说得萧熙寿也大笑起来。正在轰笑声里，"哑"的一声，房门开了，也是一个女子跨进房来。

不知来的是谁，下文再表。

第一百二十二章

买大烟搭救秦珍
说反话挑拨熊义

却说那女子推门进来，一眼看见有萧熙寿坐在房里，也是连忙缩脚退了出去。熊义早已看出是秦家的二姨太又来了，知道又是秦珍教她来，请自己去与秦次珠会面的。熊义是已与鸠山安子定了婚约的人，如何肯再去敷衍秦次珠？萧熙寿见有女客来了，起身告辞。熊义忙向他使眼色，教他坐着不走，自己跑到房门口，对二姨太说道："对不住你，我有客来了，正议着要紧的事。你有甚么话，就请你在这里说罢，不便请进去坐。"二姨太一听这话，又见熊义神气怠慢，把来时的兴致冷了半截。哼一声，折转身就走。熊义终觉过意不去，追着拉住，陪笑："好太太，不要生气，我委实有客，议着紧要的事。为的是怕你不高兴和面生男子坐一块，才不敢请你进来坐。你要生气，就误会我的用心了。"二姨太将手一摔道："拉住我干甚么？你有客，我不是客？你有紧要的事，我是没事的？三丫头得罪了你，我又没得罪你！千错万错，来人不错，我真犯不着受你的冷淡样子呢。放我走罢！"

熊义此时心里虽爱上了鸠山安子，不怕得罪了二姨太，但由她是这们赌气走了，一则有些于心不安，一则也是不放心，不知她来到底为甚么。两步抢到门口拦住，作一个揖说道："你真和我生气吗？你想骂，骂我几句；你想打，打我几下。只不要生气。我又不是个呆子，你待我好，如何不知道，敢冷淡你么？我岂是这样一个不通情理的人？"二姨太见熊义拦住陪不是，忍不住噗的一笑，伸手在熊义脸上轻轻的揪了一把道："你生成这般油嘴，临时可以说得出几方面的话。你留你一点不是，向三丫头去陪罢，她才是你要紧的人呢！"熊义道："老糊涂了的秦胡子，是这们说罢了，你如何也是这们说起来？老实说给你听罢，你若又是为三丫头来找我，就不必开口。我干完了我的紧要事，自然会到你家来。找我是不去的。"二姨太笑道："你这话才说得稀奇，不是为三丫头的事，难道为我的事不成？你既存心不去，我本也不必开口了，让我走罢！"说着，把熊义推开要走。熊义仍拦住说道："我去虽不去，但你既来了，何妨把话说出来。我这们和你陪不是，还要跟我生气吗？"二姨太笑道："怪我跟你生气？你自己教我不要开口，又没留我坐，我怎么开口，怎么不走呢？"熊义笑道："你又向我放起刁来了，罢，罢！你说，三丫头毕竟怎样了？"二姨太拍手笑道："何如呢，到底不放心么！在我跟前假撇清。哈哈，索性再多装一会，就不会露出马脚了。你不想想，我既来了，岂有不将话说明就走的？就这们关心，迟一刻也等不及？好，说给你听罢，不要害你再着急了。三丫头自你前日走后，她找不着对手，寻胡子闹个不休，把胡子气得昨日整天的起不得床，气满气痛，和要去世的人差不多了。大少爷不该三丫头气病了胡子，拿起老大哥的架子去教训她，倒把大少爷的衣也撕破了，脸也抓坏了，几乎闹得天都要塌下来了。胡子在床上听得，反把大少爷叫到跟前，尽肚皮数责了一顿，骂得大少爷一把眼泪，一把鼻涕跑到外面去歇了，此刻还不曾回来。胡子更加气恼，气促的转不过来；昨夜我和大姨太整夜没有合眼，替他捶捶捻捻。他的大烟戒断几年了，此刻一气，忽然发起老瘾来，也学着大少爷的样，一把眼泪，一把鼻涕，还加上几个呵欠。"

熊义笑道："你还在这里闹玩笑，人家病的要死了。"二姨太鼻子一缩，冷笑道："死也好，活也好，不干我甚么事，我又没把气他受。三丫头是他的性命，他还没做皇帝，三丫头就封了王了。莫说受气是该受的，就为三丫头送了性命，也是该送的。"熊义笑道："不要再发牢骚罢，他发了老瘾怎么样呢？"二姨太道："有怎么样，教我来找你去，看你弄得出大烟来么？"熊义"哎呀"了一声道："日本那像内地，到处可弄得出大烟？这日本那有抽大烟的人？我去也没有法子。"二姨太道："你不抽大烟，这里就弄得出，你也不知道。你没奈何，去多找几个朋友问问。胡子的老瘾发了，没大烟便活不了命，你真望着你丈人活活的瘾死，也不尽尽人事吗？"熊义笑道："你这人说话也颠三倒四了。你刚才说胡子死活不干你的事，此刻又缠着我去弄大烟。"二姨太笑道："你怎能比我？胡子一死，三丫头的嫁妆要减去一大半，你舍得了这一注大妻财吗？"熊义打着哈哈道：

"原来如此。尽管把秦家这一点家私，连胡子的养老费都陪做嫁妆，我姓熊的也没放在眼里。是三丫头这般性格，我愿倒赔几万，请她另择高门。你也太小觑我了。"二姨太道："我是一句笑话，你不要认真。你还是朝胡子看，去替他设法子罢！"熊义道："我去替他问几个朋友，弄得出时，立刻送到你家来；弄不出，却莫怪我。"二姨太不好再说甚么，只得照着言语，回去复命。

　　熊义转身进房，萧熙寿问道："甚么女子，倒吓我一跳？推门进来，缩脚退出去的情形，正和昨日辉璧初见我时一样。我只道又是她来了。"熊义摇头道："这是我同乡姓秦的二姨太。可笑，在日本也想抽鸦片烟。你看这里那有这东西！"萧熙寿道："鸦片烟这里怎么没有？只问你要多少。"熊义吃惊道："这里也有鸦片烟吗？你情形又不熟，怎么知道的呢？"萧熙寿笑道："情形一辈子不会熟的吗？在日本要找这东西，越是情形熟的人越找不着。你道是个甚么道理？"熊义道："那无非是怕情形熟的人知道了，去警察署报告，除此还有甚么道理？"萧熙寿道："不然。你们懂得日本话，情形熟悉的人决不会到那里去。只我们不懂日本话的，去那里便当些。神田不是有个中国剃头店吗，你去那里剃过头么？"熊义道："听说那地方脏死了，谁去那里剃头！"萧熙寿道："是吗，你们不去那里剃头，自然不会知道有大烟。他那楼上有四盏烟灯，三杆烟枪。大土、云土及各种烟都有。"熊义喜道："这是秦胡子命不该绝，偏巧遇了你在这里。教我去问，从那里问得出？一辈子也不会问到你跟前来。你在那楼上吸过么？"萧熙寿道："我素不吸那东西的。有个熟人每天去吸。我的耳痒得很，两三天一次，去那剃头店挖耳，没一次不遇着他。见他又不是剃头又不挖耳，脸上的烟容和铺了一层灰相似。再看那剃头店的老板，也是满面灰尘之气，不由得疑心起来。把那熟人拖到无人之处诈他一诈，就招了供。我要他带我到楼上去看，他起先不肯，被我纠缠不过，只得带着，做贼一般的轻脚轻手摸到楼上；一股鸦片烟气味冲鼻透脑，我几乎吐了出来。举眼一看，那烟就和失了火似的，迷迷两眼，一些也看不出人影子来。仔细定睛，才见有几点火星埋在烟雾里面，原来就是几盏烟灯。横陈直躺的，几个半像人半像鬼的东西，两个共拥着一点火星，在那里呼呀呼的喷出烟来。熟人问我吸不吸，我连忙说，饶了我的命罢，还说吸，只闻了这一房子的烟气，不是极力忍住，早已吐出来了。"

熊义笑道："神田那样冲繁疲难的地方，怎么警察也不过问，一任那些烟鬼吞云吐雾？"萧熙寿道："我不也是这们问那熟人吗？他说中国人的事，日本警察管不了。我也不知道他这话怎么讲。日本小鬼差不多要跑到中国内地去管中国人了，中国人到他国里，怎的倒说他管不了？"熊义笑道："怎得谓之管不了？你不知日本小鬼多可恶，他见神田方面中国人住的多，又多不懂日本话，每每闹出乱子来，警察拿了没有办法。他说那些中国人是化外顽民，只要不妨碍公安，懒得理会。如中国人和中国人口角相争，闹到警察署去，他不问两造理由曲直，大家给一顿骂。因此，你那熟人说管不了，就是这们管不了的。"萧熙寿道："中国人是巴不得小鬼不过问，好随心所欲，无所不为。怪不得上野馆里面，麻雀也有，牌九也有。"熊义点头道是，又道："秦家托我的这事，你既有门道，就请你替我辛苦一遭何如？"萧熙寿见熊义托他去买鸦片烟，连忙摆手道："这差使我不敢奉命，你已知道地方了，你自己去买来就是。坐电车来回，不要二十分钟。"熊义道："我不是没工夫，也不是图懒，剃头店不认识我，未必肯卖给我。秦家等着要吸，索性不听说有处买，也就罢了。"萧熙寿道："剃头店我也不认识他，本是贩卖这东西，不过表面上稍为秘密一点，你去我包管你买得着。"

熊义知道萧熙寿的脾气，是个最厌恶下流的人，便不勉强，留他同在家用过午饭，萧熙寿自归大熊方。熊义只得带了些钱，乘电车到中国剃头店来。这剃头店，熊义不曾到过，在神保町一个极小极龌龊的巷子里面。仅有一间房，嵌了几面破损不堪的镜子，照得人连自己都不认识自己，这便是理发的地方。楼上一间六叠席的房，设了三个烟榻。熊义见巷口上悬着"中国最优等理发处"的招牌，估料着在这巷子里面。一边抬头看牌字，一边提脚向巷子里走。才走了两步，脚底下一软，来不及抽脚，已陷了一只下去。不是熊义人高腿长，怕不栽了一个跟斗。拔出脚来一看，连靴子带裤脚都是污泥，原来是一道小阴沟，上面用木板盖着。从前这巷内行走的人少，木板嵌在沟上，丝毫不动，踩脚很是实在。近来加了个中国理发处，更搭上一个大烟馆，来往的人流川不息，渐渐把木板踩得离了原位，熊义的身量又重，一脚踏去，木板翻转过来，自然把脚陷了下去。熊义见沾了一脚污泥，连在地下甩了几脚。沾牢了，那里甩得掉？急得熊义恨了几声，望着阴沟发了一会愣。只好提起泥脚，向理发处走来。

进门见有三四个人坐在破镜跟前剃头，熊义认识一个是会芳楼料理店的账房，叫江维明。熊义常去会芳楼吃料理，因此彼此都认识。熊义正愁找不着熟人，怕理发店不承认有大烟卖，见了江维明，心里欢喜，忙点头打招呼。那店伙只道熊义是来剃头的，车转一张垫靠都开了花的螺旋椅，用手巾扑了扑椅上灰尘，等熊义坐。看江维明正立起身和熊义攀谈，便呆呆的站在旁边等候。江维明笑问熊义道："这般寒冷的天气，先生也来这里理发吗？这地方虽不比日本大理发店清洁，招待却还殷勤，毕竟是本国人，亲切有味。"熊义笑道："我刚剃头不过两日……"那店伙不待熊义往下说，凑近脸来，低声下气的问道："先生是要修面么？我老板最是会取耳。"熊义笑了一笑，也不答话，仍向江维明道："这店里的老板，你认识么？"江维明指着门口说道："在那里替人挖耳的就是老板。"熊义回头一看，只见一个五十来岁的人，正开一只眼闭一只眼，聚精会神的挖耳。头上光滑滑的，一根毛也没有。穿着一件青灰布棉袍，和脸上一般油烟颜色，一望就知道是个烟鬼。

在熊义的势利眼中，见了这种人，也就不愿去找他交涉。便将要买大烟的话向江维明说了，托他去问。江维明听了笑道："这不是容易的事么，先生是要挑膏，还是要买土呢？"熊义道："自然是挑膏，买了土，没器具来熬也是白买了。"江维明即喊了两声老板。那光头停了手，两眼都开了，转脸望着江维明；江维明举手招了一招，老板一手擎着个竹筒，一手拈着枝铁夹，跑了过来，笑嘻嘻问甚么事。江维明道："照顾你一桩生意。这位熊先生要挑烟膏，是一位极好的主顾。"光头打量了熊义一眼，殷勤问道："先生用得着多少？在这里吸么？"熊义摇头道："不在这里吸。我没有买过这东西，是怎么个价目？"光头道："我这里有三种烟膏，听凭先生选择。在这里吸，烟灰归还我。大土膏三块日钞一钱，红土膏一块八角，云土膏一块六角。先生既要挑膏回去吸，每块钱加二角就是了。江先生介绍的好主顾，不比别人，看先生要那一种，用得着多少。"江维明道："他吸过了，把灰退给你，两角钱可以不加么？"熊义抢着说道："谁还有工夫来退灰，要加两角就是两角罢。"江维明道："吸过了的灰，先生横竖拿着没用，一两大土膏白丢了六块钱呢。"熊义笑道："六块钱有限的事，就给我一两大土膏罢。"把那光头喜得浑身没了气力，问熊义带盒子来没有。熊义道："我那有鸦片烟盒？随便你拿甚么盛了就是。"

　　光头正待跑上楼去，那个坐着等取耳的人，等的不耐烦了，就放在门口的小台子上一巴掌拍得震天价响，骂道："你这秃驴！这般欺人吗，我难道不给钱的？丢了我去奉承别人，这还了得！"光头听了，吓得连忙转身向那人陪不是。那人唧唧哝哝，那里肯依？说光头欺人太甚，耳也不要挖了，钱也不肯给，拿起帽子就走。光头不敢问他要钱，一个店伙不依，拦住那人去路道："先生剃了头，如何不给钱？"那人见拦住去路，举起手要打店伙，口里骂道："你们想要钱，就不应是这们轻侮客人！我原是没钱才受轻侮，受了轻侮仍得出钱，任你凭着谁说，看可有这道理？"店伙尚要辨论，光头将店伙拉了进来，那人便扬长去了。光头道："他就拿出钱来，也不过一个小银角。他常来这里剃头的，每次没多给过一文。他还要洗香肥皂，打花露水，按摩挖耳，缺一就要生气了。这回赌气走了，最好下次去照顾别人。"说完，请熊义坐着，自上楼去挑烟。

　　江维明仍坐下理发，笑对熊义道："刚才闹走的那人，先生不认识么？"熊义道："没见过。"江维明道："我见他闹的次数多了，在我那料理店里也闹过二遭。有一次我去源顺料理店拨账，又遇着他在那里闹。那回他却像是喝醉了酒，闹事的理由也还说得过去。他同着三个朋友在源顺吃喝，下女送上账，整整的六元。本不是他的东，他见了却不愿意，说怎么不五块九角，也不六块一角，有这们巧，刚刚凑成六元的总数？这账开得有些作怪。便教他那做东的朋友不要给钱，一同下楼来找账房再算。账房只得算给他看，果然数目不对。那账房的写算本也太不行了。其实算错了不要紧，人家既来质问，当面认个错，算还给人家，也就没事了。谁知他不认错，倒说：'我这里生意忙，小处错进错出，都是免不了的。先生高兴给，多给几个，不高兴给，少给几个，没工夫只管算来算去。'那里还成一句话呢？说得四个人都鼓噪起来。惟有刚才那人闹的最凶，定要账房说出个高兴不高兴的理由来，又说：'我一文也不高兴给你，又怎样？'谁知那账房又说错了，道是你们红口白牙吃了酒食，只要好意思不给钱便不给，也没甚么了不得。这几句话倒说得四个人同时大笑起来，齐声道：'好大口气的账房，我们一些也没有不好意思。既承你的大方，我们只得少陪了。'那账房睁眼望着他们大摇大摆的走了，倒是真不好意思追上去讨取。后来我打听得欢喜闹的这人姓罗，单名一个福字，在此留学多年了。"

　　熊义见光头手中端着一个三寸多高的明牛角盒子，正来到跟前，便不和江维明答话了。接了烟膏，掏出钞票来，数了三十六元，光头欢天喜地的收了。熊义见盒子没盖，只得托在手中。好在日本普通一般人都不曾见过这东西，看不出是甚么。

　　熊义乘电车，先回到家中，教下女洗去靴子上污泥，自己进房更换衣服。见桌上放着一张小名片，只有寸来长，七分来宽，心想：这不是一个艺妓的名片吗？急忙拿在手中一看，才后悔心里不应乱猜。原来是鸠山安子的名片。跑出房，叫着下女问道："有女客来过了，你怎么不向我说？"下女愕然道："没来甚么女客呢。"熊义骂道："混帐东西，没来女客，这名片从那里来的？"下女望着熊义手中道："呵，不是女客，是一个下女。也没对我说甚么，只问熊先生在家么？我说不在家，她就交了那东西给我，教我放在熊先生桌上，不用说甚么，熊先生自然理会的。我便照着她的话放了，还教我向先生说甚么哩？"熊义不做声，揣了名片，端了烟盒。下女已将泥靴洗刷干净，匆忙穿上，向秦家走来。

　　他也不进秦次珠的房，直到秦珍房门口。在门上敲了两下，即听得秦珍在房里咳嗽得转不过气来。二姨太推开门，见是熊义，笑问道："弄着了没有？这里只差一点儿要断气了。"熊义笑着点点头。进房见秦珍伏在睡椅上，双手抱着个鸭绒枕头，贴在胸口，旋咳旋喘。大姨太不住的替他捶背。熊义将烟盒交给大姨太道："烟是弄来了，但不知道好不好。"秦珍始抬头来望着，伸出手道："给我看看，亏你在此地居然弄着了这东西。"大姨太见秦珍的手发颤得厉害，恐怕倾了出来，送到他面前道："就从我手里看看罢！"秦珍用鼻孔嗅了几嗅，点头道："还好，带一点儿酸香，好像有大土烟在内。"熊义笑道："真是老眼不花，我原是当大土烟买来的。"秦珍道："好是好，只是烟具一件没有，怎生吸得进口？"二姨太笑道："烟具怕不容易吗？不过要将就一点，不能照内地的样，有那们款式。"秦珍听了，张开口望着二姨太嘻嘻的笑道："我老二的主意最多，你有甚么法子，只要能将就进口，也就罢了，讲甚么款式！"二姨太向熊义道："你得替我帮忙，我一个人办不了。"熊义笑道："我又没抽过大烟，知道怎生帮忙？"秦珍连忙伸手去推熊义道："老二教你去帮忙，你去就是，不要再耽搁了，我实在气满的难过。"

　　熊义只得跟着二姨太出来。到厨房里，二姨太顺手拿了个扫地的帚，对熊义道："拿切菜刀来，齐这节截下来，锥上一个窟窿，不就是烟枪吗？"熊义笑道："这竹杆儿向火上一烧都烧着了，怎么吸？"二姨太嗤了声道："你知道甚么！谁教你拿竹杆向火上去烧？又不是吸竹杆，不要罗唣，你是男子，气力大些，快齐这里截下来罢，我还要做烟灯呢。"熊义接了扫帚，用菜刀照着二姨太所指的竹节，几刀砍了下来。看二姨太拿了一个鸡蛋壳，用手慢慢的剥成一个灯罩模样，从橱中取了个酒杯，倾了些油在里面。只见她忽然跺脚道："此地弄不着灯芯怎么办？"熊义道："有甚么可以代替么？"二姨太偏着头思索了会，笑道："我有洋纱头绳，大概也还用得。你跟我来。"熊义放下菜刀，拿了竹杆，跟到二姨太卧室内。二姨太先用小剪刀在竹杆离节半寸的地方锥了个小眼，吹去了里面的灰屑，打开梳妆盒，拿了根红洋纱头绳，剪了两寸来长，纳入油杯中。从头上拔了支簪子，剔出些儿来，连竹杆蛋壳都放在一个小茶盘内，望熊义笑道："烟具是已经完备了。我有句话要问你，三丫头的事，你打算就是这们罢休不成？"熊义道："她自己不愿意嫁我这种丈夫，教我有甚么办法？"二姨太道："女人家气头上的话，谁不是这们说？你们男子的气度应放大些，怎么和女子一般见识！"熊义道："想不到你也帮她说起话来了。现在不是研究这事的时候，再不去烧烟给胡子吸，胡子要急死了。"说着，伸手去端茶盘。二姨太笑着拦住道："你毕竟也怕急死了岳丈，少了嫁妆。我干甚么要帮她说话？也不是和你研究，因为不相信你们男子真有志气。我看都是躲在绿帽子底下称英雄的，有意思这们问你。你此刻的话，是说得好听，只不要又是虎头蛇尾，我便真佩服你。"

　　不知熊义如何回答，下文分解。

第一百二十三章

小姐横心打娇客
老头拼命护女儿

却说熊义听二姨太说了一番话，才知道是有意试探，也笑答道："实在怪不得我们男子躲在绿帽子底下称英雄，只能怪你们女子太不给男人留面子了。我们男子不能丢了正事不干，专一监守你们女子。即如你，教胡子有甚么办法？"二姨太笑道："我们当姨太太的人，算得甚么？贞节两个字，轮不到我们姨太太身上来。生了儿子还好一点，没有儿子时，死了便和死了一只狗一样。人家既都不把姨太太当人，我们当姨太太的，犯不着讲甚么贞节。"熊义笑道："照你的话说起来，讨姨太太的，简直是花钱买绿头巾了。"二姨太道："正太太偷人才是戴绿帽子，姨太太偷人是照例的事。"熊义不等说完，一手端了茶盘就走，道："罢了，我已领教过了。"二姨太几步赶上来，抢了茶盘在手道："让我端去。你不知道胡子的脾气，你走了，他又要说我不愿意伺候他了。"

二人到秦珍房里，秦珍已移到床上，躺着等候。他们因在内地睡高床惯了，不愿睡席子。虽在日本，也是宽床大被。秦珍躺在床上，见二姨太端着茶盘进来，伸着脖子笑问道："都办好了吗？"二姨太将茶盘放在床上，笑答道："办是办好了，还不知道行不行呢？"说着，向大姨太道："你那编物的针，拣一口又尖又小的拿来，当烟签子用。"大姨太从床底下拿出个针线盘，选了一口三四寸长的，递与秦珍。秦珍一面教熊义就床沿坐下，一面擦上洋火，将灯点着，罩上蛋壳，蘸着烟膏烧起来。奈戒断已久，又在病中，手拿着签子，只管发颤，急得问熊义道："你会烧么？请你烧几口给我抽罢！"熊义笑道："我从没烧过这东西，且试看看，只怕烧不来。"说时躺下来，接过烟签。正待往火上去烧，只见一个小下女走进来，说道："小姐教我来请熊先生去，有话说。"熊义只做没听得，秦珍忙问说甚么。二姨太略能懂得几句日本话，故意问熊义道："我家三小姐请姑少爷去有话说，听着了没有？"秦珍听了，连忙伸手接烟签，发出那又苍老、又可怜的声音说道："次珠请你去，你就去和她谈谈罢。她是个没心眼儿的小孩子，便有甚么不对的地方，望你看我的老面子，担待她一点。"熊义也不答话，也不递烟签给秦珍，向小下女说道："你去对小姐这们说，熊先生教小姐在房里安心等着，一会儿就来和小姐说话。"小下女应着是去了。熊义仍蘸着烟烧。秦珍问道："怎么呢，你和下女说些甚么，你就去么？"二姨太在旁说道："姑少爷就去罢，烟等我来烧，我从前的泡子，还烧得很不错呢。"熊义道："怎这们急？这东西烧起来倒很好耍子，休要催我。"说完，仍不住的烧。熊义虽不吸鸦片烟，在内地时，却常在朋友处见人吸过，因此烧的时候，还勉强烧得上签。连烧了两个，给秦珍抽了。秦珍的气喘，便平复了许多。

熊义正待再烧，忽听得有很急促、很重的脚步声走到房门口。拍的一声，房门开了，连床边都震得摇动。大家惊得回头向房门口张望，只见秦次珠披散着头发，脸色青红不定，披着一件长绒寝衣，赤着双足，失心疯的模样，冲了进来。大家见了这情形，都不免有些惊慌失措。秦次珠一眼看见熊义躺在床上烧鸦片烟，也不开口，伸手就夺了那茶盘，拿起来往席子上一掼，只掼得油杯、蛋壳，并那明牛角的烟盒，都是圆体的物事，在席子上乱滚。二姨太见烟膏盒掼在席子上打滚，惟恐倾失了烟膏，连忙弯腰拾着，往隔壁房里便跑。秦次珠正在双手揪住熊义，也没看见。熊义被秦次珠揪了衣襟，按在床上，他本来气力微小，便挣不起来，只口中喊道："你要怎么样，你说！"秦珍气得发抖道："三丫头你真疯了，快放手，这还成甚么体统！"秦次珠用力在熊义胸脯上揉擦道："你问我要怎么吗？我要你的命呢！你只当不来我家就完事么？溜跑了，便不再找你么？你转差了念头！"口里骂着，手里只管揉擦。揉得熊义又痛又恨，也顾不得流血了，手中正拿着一枝烟签，在秦次珠身上戳了几下。秦次珠虽觉得刺的很痛，但是越痛越横了心，一头撞在熊义怀里，口里哭着说道："你只管戳，不戳死我，不算人养的！"

这一闹，就比上次更凶了。大姨太和小下女拼命想把秦次珠拉开，衣都撕破了，那里拉得开呢？大姨太恐秦珍又被撞伤，丢了秦次珠，将秦珍扶起，仍移到睡椅上躺着。秦珍的气又喘了上来，喊秦次珠不听，便问老二上那里去了，怎的也不来拦扯。二姨太在隔壁房里听了，跑了出来。秦次珠因秦珍走开了，空出了地位，一脚跨上床缘。趁这当儿，身子略偏了一点，二姨太见了，乘势往旁边推了一下，按住熊义的那两只手，便不得劲儿。熊义就这时候，一蹶劣翻了起来。他虽然力小，毕竟是个男子，躺在床上，失了势，不好用力，才被按住不能起来。此时双足着了地，秦次珠虽尚揪住衣襟不放，但已是强弩之末了。

　　熊义丢了烟签，心想："不毒打她几下，她只道我还是和从前一般爱她，每次闹起来，总是向她敷衍。须给点厉害她看，使她知道我已变了心，才肯先向我提出废婚约的话来。"当时主意打定，在秦次珠揪衣襟的手上，拨两下拨不开，便双手捧着，往嘴边一送，在她手背上咬了一口。不料这一口用力过猛，秦次珠的皮肤本来极嫩，连皮带肉，已咬落一块，有寸多长，鲜血冒出来，如放开了自来水管。熊义也不怕，以为秦次珠必然痛得把手松了，只要她一松手，就好脱身跑开。谁知秦次珠被咬了这一口，更揑得紧了，也不顾痛苦，借着熊义往外扯的力，也翻了起来。秦珍看见到处都是鲜血，还以为是秦次珠弄破了熊义甚么地方，推着大姨太道："你看三丫头真是疯了，不知道又将姑少爷甚么地方弄破了，出这们多血。你还不去帮着老二把三丫头扯到她自己房里去！"大姨太道："这不是姑少爷的血，是姑少爷把三小姐的手咬破了，流出来的血呢。"秦珍大惊失色道："哎呀！这还了得，这们狠毒吗？我的女儿决不给他了！"登时立起身来，病魔都吓退了三十里，两手也将熊义的衣扭住，望着秦次珠说道："好女儿，快松手，去裹好了伤处，休息休息，凡事有你老子做主，决不饶了这畜牲！"秦次珠到此时，实在是精疲力竭了，受伤的手，更痛得十分难忍，听了秦珍的话，即松了手。双膝往席子上一跪，向秦珍叩头哭道："你老人家不能替你女儿出这口气，你女儿死不瞑目。"说毕，身子向后便倒，直挺挺的在席子上，和死了一般。秦珍愈觉伤心，扭住熊义，也和秦次珠一样，用头去撞，口中只喊："我这条老命不要了，请你这狠毒的东西一并收了去罢！"

　　熊义想不到弄得这一步，也不免有些慌张起来。心想："这老糊涂六七十岁了，又正在病得去死不远的时候，若在我身上几头撞死了，我如何能脱得了干系？"一时不得主意，只将身子往旁边退让，不给秦珍撞着。亏得两个姨太太，一边一个把秦珍抱住。熊义扶着秦珍的头，慢慢拥到床边。见他两眼不住的往上翻，咽喉里痰声响动。大姨太就要哭了出来，二姨太连忙止住。大姨太悲声说道："眼见得要去世了，大少爷又不回来，三小姐更成了这个模样，我和你两个人担得住吗？"二姨太道："且将这里躺下来，你快去弄些姜汤来灌救。他老人家常是这样的，大概还不妨事。"大姨太便将枕头垫得高高的，七手八脚的把秦珍躺下。大姨太望着熊义流泪道："姑少爷可怜我两个不是担当得风波的人，不要只图你个人脱身，提脚就跑。今日的乱子，完全是为姑少爷闹了。"熊义此时急得心无主宰，听了这话，没有回答。倒是二姨太向大姨太说道："你真是多虑，他跑到那里去？又不是他害死的，一跑倒显得情亏了。你快去弄姜汤来，救人要紧。"大姨太才拭眼泪，往厨房里去了。

熊义见大姨太去了，真想脱身逃走。二姨太连连摇手，凑近耳根说道："须得再等一会，看灌救的怎样。救转来了，再走不迟。如灌不转，便用不着走了。有我在这里，你怕甚么？"熊义点了点头，仍坐下来，用手在秦珍背上轻轻的捶，想把他喉中壅塞的痰捶下去。二姨太夺住熊义的臂膊摇头，又凑拢来说道："还怕他痰壅死了吗？"熊义只得收了手，看秦珍的两眼向上翻着，丝毫不动，神光都散了，已露出了死像。二姨太撕了点极薄的纸条儿，两个指头捻着，送到秦珍鼻孔底下，细看了一会，回头望着熊义笑。熊义问怎么？二姨太道："一丝也不动，只怕不中用了。"刚说着，大姨太端着一碗姜汤进来，问转来了没有？二姨太叹气答道："且把姜汤灌下去，看是怎样，此刻是说不定能转来。"大姨太望着秦珍的脸哭道："啊唷，看这脸色，不是已死过去了吗？"随手把姜汤放下，双手捧着秦珍的头，叫了两声老太爷，就放声哭起来。二姨太在她肩上攀了一下道："你能哭得转来吗？还不快把姜汤灌下去！"大姨太停了哭说道："你来看，牙关都紧了，姜汤如何灌得下去？"二姨太就桌上拿了个牙刷道："牙关紧了，用这蹰子撬开，就灌下去了。"大姨太真个接了牙刷，将秦珍的牙撬开，灌了姜汤下去。随即到秦次珠身边，也照样灌了。不一会，只听得秦珍喉管里的痰声，如车水一般的响起来，两眼也渐渐活动了。

熊义看了情形，料已是无性命之忧了，立起身来想走，又恐怕大姨太不依。二姨太早猜透熊义的心事，开口说道："依我的意思，老太爷既救转来了，姑少爷宜暂时请退，免得老太爷清醒了，见着又生气。年老的人，像这般的气，能受得了几遭？"大姨太不做声，熊义此时心中实在感激二姨太真能体贴，便故意踌躇道："话是不错。不过，我不等他老人家完全清醒，就是这们走了，心里如何过得去？明日见面，他老人家不又要责备我吗？"二姨太道："这是用不着说客气话，有甚么过得去过不去？事后受两句责备，也没要紧。况且不是说不明白的。快走罢，等待清醒了，又有许多麻烦。"说时，向大姨太身上推了下，问道："你说我这话错不错？"大姨太只得点点头。熊义如遇了赦旨，抱头鼠窜的跑回家中，急忙更换了衣服，重访鸠山安子去了。

这里秦珍父女都是受气过甚，一时痰厥过去了。有热姜汤把痰一冲散，不消半刻，都清醒转来。大姨太早已用绷带将秦次珠的伤处裹好。秦次珠醒来，就在席子上伏身痛哭。秦珍不见了熊义，咬牙切齿的问道："你们全是死人吗，为何放那畜牲逃了？"二姨太忙凑近床缘答道："姑少爷并不是逃了。他因你老人家醒来，见了他又要生气，暂时走开一步，明日再来请罪。他灌救了你老人家和三小姐，见已不妨事了才走的。"秦珍恨道："还在这里叫甚么姑少爷！我金枝玉叶的女儿，若肯给他这般狠心的贼，也不等到今日了。你就去，教他赶紧把婚约退给我罢！"秦次珠正伏在席子上哭，听秦珍这般说，一蹶劣爬起来坐着道："没这们容易！他那狼心狗肺的东西，巴不得把婚约退了，这样去说正遂了他的心愿。"秦珍连在枕上点头道："是，是！我儿的见识不错。那东西实在是太可恶了。我儿的手，此刻痛得怎样了？老大，你扶小姐过来，给我瞧瞧。"大姨太起身来扶秦次珠，秦次珠已立起身来道："要扶甚么，是谁替我裹上这布条儿的？"大姨太道："我见血流个不止，幸好家中有现成的绷带药棉，就替小姐胡乱裹上了。"秦次珠想解开给秦珍看，才解了两层，里面都被血浸透了，胶结得痛不可忍，又哭起来，口中不住的把熊义咒骂。秦珍便说道："不要再解了。我儿且回房养息，我慢慢想法子处置那畜牲。"

秦次珠生气道："甚么法子要慢慢的想？他既这们毒心，我也说不得要下毒手。我不过拼着偿命，自己去他家里一刀子砍死他。他难道有三头六臂不成，怕砍他不死？"秦珍素知道自己女儿的性子不好，愤恨起来，甚么事都敢做。听了这话，吓得一叠连声说："使不得，他是个男子汉，气力到底比你大些，做他不到时，自己反得受苦。"秦次珠不等秦珍说下去，即抢着说道："顾不了这们些。他力大，能把我砍死更好了。你管着女儿这条命，天天给气你受，倒不如送把人家砍死了，你还可望多活几年。"说毕，哭着往外走。秦珍忙喊："我儿转来，我有话和你商量！"秦次珠也不答白，径走回她自己房里去了。秦珍恐怕她真拿刀子去砍熊义，向两个姨太太说道："你二人快去守着三丫头。她的性情，你二人是知道的。在此地若真弄出杀人的事来，还了得吗？你二人说不得辛苦辛苦，每人带个下女，日夜轮流看守她。只须几日，她的手一好，气就渐渐的平了。也不用拿话去劝她，她的脾气，越劝越厉害的。老二你先去罢，她若不听你拦阻，你就教下女快来告诉我，你却一步也不能离开她。"

二姨太心里虽不愿意秦次珠，但也怕她乘熊义不防备，一刀砍着了，不是当要的。因此，立刻起身赶到秦次珠房里，见秦次珠坐在梳妆台旁边，小下女立在她背后，正拿着梳子要替秦次珠梳头。二姨太走近身，接了小下女的梳子说道："我来替小姐梳理，你这小东西，知道梳甚么头呢？"秦次珠将头避过一边，说道："不敢劳驾。我又不图好看，教她胡乱扎起来就行。老太爷跟前没人，去伺候老太爷倒是你的职务，我这里用不着。"二姨太听了，虽然生气，但是不敢发作，只得极力忍受，勉强笑答道："我是老太爷特意教来伺候小姐的，老太爷跟前有大姨太。"秦次珠也不答话，将身子扭过一边，向小下女说道："你到这边来替我扎罢！"

二姨太只好将梳子交还小下女，退到门口坐了，望着秦次珠连催下女快扎。一会儿缠扎好了，起身打开衣橱，拿衣服把寝衣换了，提起来看看上面的血迹。下女问，要送洗濯屋去洗么？秦次珠摇了摇头道："这是永远的凭据，永远的纪念，如何能洗！"旋说旋折叠起来，用包袱包了，纳入衣橱里。回身从壁上取下暖帽，往头上一戴，提了那个银丝小提包，待往外走。二姨太早已立在门口，拦住问道："小姐要上那里去？"秦次珠冷笑了声道："稀奇得很！我上那里去，要你来问？你若怕我砍死了姓熊的，你去放他偷走就是。有你在这里，还怕甚么呢？"二姨太不觉吃了一惊，脸上却不敢露出形式，故作不理会的说道："老太爷因恐小姐不肯将息，又跑出去吹风，特教我来坐在这里，拦阻小姐。如小姐定要出外，我就只好去报告老太爷了。"秦次珠气得朝二姨太脸上连呸了几呸道："报告老太爷把我怎样，老太爷能禁止我行动自由吗？你们不要做梦！今日谁拦阻我出外，我和谁拼命！"二姨太见风色不对，不敢再说，叫着小下女说道："你快去对老太爷说，小姐定要出外，拦阻不住。"小下女听了，就往里跑。秦次珠跺脚叫转来，见下女不听，便懒得再喊了，举步向外就走。

　　二姨太怕她真个拼命，不肯伸手去拦，只跟在后面说道："小姐何必作践自己的身体？外面这们寒冷，刚受了气，又着了伤，再加上些寒，准得病倒下来。"秦次珠径往门外走，口里说道："我病倒了，正是你开心的时候，怕甚么？"二姨太不好回答，猛听得后面脚步声响，掉转头一看，大姨太追了出来。秦次珠已至大门口，也同时听得脚声，回头见是大姨太，停步问道："追出来有甚么事？今日想我不出外，无论谁来，是不行的。"大姨太已赶到跟前，扯了秦次珠的衣袖道："老太爷已答应极力替小姐出气，自有妥当的办法。便是老太爷的办法不能如小姐的意，小姐尽可自己做主，要老太爷怎么办才好，老太爷也不能说不依小姐的。熊家里又不会飞到那里去，小姐不看此时已是上灯时分了。"才说到这里，秦珍已从里面"珠儿，珠儿"的喊了出来。大姨太趁着秦珍在里面喊，拉着秦次珠的衣袖，往里面就走。急得秦次珠双足在地下只顿，说道："你们这不是要把我活活的坑死吗？我犯了甚么罪，禁止我的行动？你们若是怕我到熊家去，不妨跟我同走。要把我关在家里，行动就来干涉，我受了外人的气，还要受自己家里的气，真没得倒霉了！"

　　秦珍此时已扶着下女，一拐一拐的挨到大门口，两眼流着眼泪说道："我的好孩子，要听我的话，凡事有我做主，留得我一口气在，总不能望着我的孩子白白的给人家欺负。等你哥哥回了，教他去告警察署。现放着你手上这们重的伤痕。警察署准得把那畜牲痛痛快快的办一下子。来，来，这门口风大的很，跟我回房里去。可惜我手颤，不能写字，不然，就把呈报的书写好，只等你哥哥回来，马上就去。"说时，也用手去拉秦次珠。秦次珠本打算上街去买匕首，真想把熊义刺死。这时被拉不过，又见天色已晚，只得跟着转到秦珍房里。

　　秦珍说道："这事不能依你一时的气忿。那畜牲是个男子，你莫说做他不到，便乘他不防备，一下子将他做死了，你独不想想，自己脱得了干系么？为那畜牲偿命固不值当，就受几年监禁，也犯不着呢。要是你还没下手，他已发觉了，那时拿着你行凶的证据，使你有口难分，那才更是自讨苦吃呢。"秦次珠道："我情愿吃苦，不能白送给人这们咬一口。等哥哥回来，去报警察署，这是做梦的话，只求他不帮着人来欺负我，便是万幸了。并且他一句日本话不懂，那没天良的贼倒会说几句。日本鬼听了一面之词，如何还肯办那没天良的贼？"秦珍听了一想，也是不错。但警察署虽然办不了熊义，终不能任凭自己女儿去干杀人的勾当。当时只好搬出许多安慰秦次珠的话，暂时把她那杀人的念头打落下去。

到夜间，秦东阳回来，秦珍将闹架的情形说给他听了，教他明日一早，就去警察署呈报。秦东阳道："这种事情，教日本警察署怎生判断？没得又给日本鬼笑话。"秦珍生气道："你妹子给人家咬了，你就不心痛？难道就这们给人家白咬了吗？怪不得你妹子说你是个不中用的东西。"秦东阳道："妹子又不是给外人咬了，是她自己丈夫咬了。夫妻吵嘴闹架，便在西洋、日本都是极寻常的事。警察署如何能判断？并且也从没听说有闹到警察署去的。"秦珍越发大怒，拍着桌子骂道："你这糊涂蛋！谁是你妹子的丈夫，你此刻还承认那狠心的是你妹婿吗？你老子是绝对的不将你妹子给他了。当着我都有这们狠毒，还了得！我两只眼睛一闭，怕不把我的女儿活吃了？"秦东阳道："闹架以后不承认是女婿，这权操自你老人家。但闹架以前，你老人家并没不承认姓熊的是女婿；当闹架的时候，自然还是夫妻的资格。"秦珍那等得儿子说完，气得下死劲连呕几口道："你这孽畜，敢忤逆你老子！给我快滚出去！"秦东阳不敢再辨，只得退了出去。秦珍余怒未息，教大姨太拿纸笔来，在电灯下写了会呈报的书，手震颤得不成笔画，连自己都看不出写了些甚么。估料着日本鬼少有懂汉文的，登时又把写的撕了。勉强写了封责备熊义并退还婚约的信，次日教二姨太送去。

熊义在鸠山安子家，又会合了一夜。新欢始洽，愉快自不待言，但心中总不免有些惦记秦家父女的死活。和鸠山安子用了早点，即托故跑回家中。料知秦家必有甚么动作，坐在家中等候。不多一会，果见二姨太走了进来，忙起身迎着问道："事情怎么了？有甚么举动吗？"二姨太拿着那信，向熊义怀中一掷笑道："你的老婆靠不住了，你自己去看罢！"熊义从地下拾起来，拆开看了半响。

不知看得懂看不懂，且待下章再说。

第一百二十四章

毁婚退约悍女遄归
对客挥毫新郎受窘

　　却说熊义年纪小的时候，本来没大认真读过书。看他的仪表，却是一点看不出没读书的粗俗样子来。秦珍的文学，少年时很负些名望，于今在病中，虽手颤写得字迹模糊，语句却老辣得很。熊义半猜半估的把字认真了，又得思量语句，因此看了半晌，才略懂了大意。照着二姨太所说老婆靠不住的话想去，断定信中说的是要退婚约的意思。

　　他是个聪明人，不肯露出看信不清的样子来，给二姨太笑话，将信折叠起，纳入衣袋中，向二姨太笑道："信中的意思，我全明白了。你来的时候，胡子怎生对你说的？我昨日走后，他们有些甚么举动，甚么言语？请你详细告诉我。"二姨太便将昨日一切情形说了一遍道："我来的时候，胡子并没说旁的话，仍是昨日教我来说的那一般的话。若不是三丫头有那们多做作，我昨日就来送这消息给你了。你不知我昨日心里真是急也急得够分儿了，气也气得够分儿了。我惟恐你在家中没有防备，一条命真送在那丫头手里，又不能抽身来这里送个信给你，不是把我急得够分儿了吗？我既不能送信给你，就只好绊住她，使她脱不了身。谁知你我在胡子房里小声说的话，好像都被她装死听了去。我一到她房里，她就阴一句阳一句骂起我来。我拿梳子去替她梳头，她简直给个大钉子我碰，气得我实在想发作她几句。奈一时又怀着鬼胎，总怕有甚么把柄落在她手里，只得厚着脸，仍拿好话去劝解她。你看不是气得也够分儿了吗？"熊义忙朝着二姨太一揖到地道："我实在感激你这们关切我！你刚才动身到这里来，三丫头知道么？"二姨太忙起身避开熊义的揖，笑答道："我也不希罕你感激，只要你知道也就罢了。三丫头照例要睡到十一点才起床，此刻那得就起来？胡子昨夜就交代了我送这信你，今早起来说，趁三丫头没起来，教我快把这信送给你，看你有甚么话说。胡子的意思，我说给你听罢。胡子知道三丫头的脾气，既被你是那们咬了她一口，必然要闹得个天翻地覆，非得你去向她陪小心，由她数责一顿，她终不肯罢休。胡子心痛三丫头，想迎合她的意思，以为你心里还是很爱三丫头，决不肯退婚约，有意写这信，想逼着你向三丫头求和。所以教我送来，好着你看了信怎生个说法。如果你露出后悔的样子来，我必知道劝你去三丫头跟前认个罪，带三丫头去医院里把手诊好，你们昨日这场大闹，就算完事了。"

熊义听了，笑着点头问道："胡子是这们做来，依你的意思，我应该如何做去才好呢？"二姨太笑道："我知道你应该如何做去才好？你问你自己的心，想如何做去，便如何做去。"熊义望着二姨太的脸笑道："我问你，不就是问我自己的心吗？我早把你当心肝儿般看待了。"二姨太啐了一口，掉过脸去说道："我久已知道你是个惯会拿这些肉麻的话哄得女人开心的，我听得多呢。"熊义笑道："怎知道是哄你开心？对别的女人，何以又不会是这们去哄？"二姨太道："谁曾见你哄没哄！"熊义道："我若肯是这们哄三丫头，三丫头也不寻我吵了。胡子都恭维你主意最多，请你指引我罢，这信应该如何对付？"二姨太指着熊义笑道："你问这话，就可见你一向都是假心。我的意思，除了你亲自去向三丫头陪个不是，没有第二个对付的办法。难道真个就是这般退回婚约？外面人说起来，你姓熊的就不免要担点错儿。好好的夫妻，你如不存心退她，不应咬她的手，还忍心退回婚约；要是存心退她，更不应把她的手咬伤到那样厉害。你这们狠的心，谁也惹不起你了。你说我这话是不是？"熊义不住的点头笑道："很是，很是！但于今你还向我说这些话，实在耽搁了要商量的事。我问你应如何对付，是看就在今日将婚约由你带去，还是定要我亲自退去？你误会了，以为我退与不退尚在犹疑，反惹得你说出这些客气话来。"

二姨太道："胡子没将婚约给我带来，我如何能替你将婚约带去？"熊义道："那却没甚么要紧。胡子既有信来，说要退婚约，我当然趁便将婚约给你带去。有胡子亲笔书信在你手里，还怕他抵赖不成？我将婚约包好，你对胡子说，只说是我托你带去的回信，胡子也不能怪你。"二姨太摇头道："不妥，我犯不着做这呆子。胡子只教我送信，信送到了就完了责任。你亲自退去也好，不然便从邮局寄去，也不干我的事了。"

熊义喜笑道："从邮局寄还给他，倒省了许多麻烦手续。只是胡子若不将我写在他那里的婚约寄给我，不仍是一桩未了的手续吗？"二姨太笑道："胡子就怕你将来又向他要女儿，所以悔婚，定要退还他写给你的婚约。你难道也怕他将来逼迫你做他的女婿吗？并且他亲笔书信，也抵得了你的一纸婚约。你在外面干了多年的差事，怎的见识倒和我们女人差不多？"熊义笑道："我能及得你这样女人的见识，倒是幸事了。"

二姨太立起身来道："我不坐了。你说怎么办好就怎么办。只是遇着三丫头的时候，要当心一点，莫着了她的道儿。"熊义应着知道，送到门口，问道："你归家将怎生回复胡子？"二姨太道："我只说他接着信，看了大半晌，才将信看清。问了问昨日的情形，我还不曾述完，不凑巧，来了几个男客，把话头打断了，并没看出甚么意思来。"熊义笑着在二姨太肩上拍了下道："你心思真灵巧，这话回得一点不负责任。若说一接信就有客来了，则你在这里耽搁了这们久的时间，又说不过去。这般去回复胡子，丝毫不露痕迹。"二姨太道："你不知道三丫头是个刁钻古怪鬼灵精，胡子又偏要给这些差使我跑。三丫头久已气不忿，若再给她找着了我的差头，你说她肯轻轻放我过去么？"说完别了熊义，自归家复命。

且说熊义回房，拿出那信来，反复看了几遍。想写封回信，并婚约由邮局寄回秦珍。写了一会，总觉不妥，索性不写一字，只将婚约用信套封缄停当，写了地名，又恐怕将来秦珍抵赖，说没有收到，亲到邮局保险。次日得了回条，和那信做一块儿藏好。从此熊义便每日在鸠山安子家盘桓尽兴。教鸠山安子把美术学校的课也辞了，终日伴着他，白日里拣赏心悦目的地方游荡游荡，夜间总在鸠山安子家鸳鸯交颈的睡着。轻易不归家一次，便归家也是来急去忙的，生怕遇着秦家请托出来讲和的人，难费唇舌，又怕秦次珠真来下行刺的毒手。

再说秦珍那日见二姨太回来，说熊义接了信没甚么表示，第二日又接了退回的婚约，心中懊恨得甚么似的。只得把秦东阳叫到跟前，责备他当日不该跟着赞成和熊义结亲，说："我是年老了，精神有些恍惚，又和熊义这人交谈的日子少，认不定他为人的好坏。你和他终日在一块，不应这们不关心，把自己同胞的妹子，胡乱赞成许给一个这样的毒心人。于今还没过门，就把婚书退了来，看你有甚么法子挽回，才能对得起你妹子。"秦东阳想辩说当日并不曾胡乱赞同的话，知道自家父亲是这般性格，最喜委过于人的，一辩说，更要迁怒起来了。他还不曾知道秦珍写信给熊义的事，忽然听说婚事退了来的话，也很诧异熊义的举动。当下问道："他怎的只和妹妹吵闹了一下子，便把婚事退回，他着人送来的么？"秦珍促着眉头道："着人送来的倒好了，可教送的人原封带转去，他从邮局保险送来的，连一句话都问不着。"秦东阳道，"他写了甚么信，夹在里面没有？"秦珍道："一个字也没有。"秦东阳道："他这举动真奇怪，他自己咬伤了人家，人家还没向他说话，他倒劈头就把婚书退回，世间那有这般不讲情理的人！这何须想甚么法子挽回，我尽可当面去质问他。好便好，他若讲不顺理的话，简直去法院里起诉，看他有甚么理由！并且就要退婚，也得经过几层应行的手续，那有如此简单，连一句信都不说，糊里糊涂，就从邮局将婚书退来的？若遇了个神经略为迟钝的人，还不知道他是寄来干甚么的呢。"

秦珍见儿子这般说，才知道自己写信给熊义的事，儿子尚不得知。心想：说出来，又懊恨自己的举动太鲁莽，儿子听了必不舒服。待不说罢，自己实想不出办法来。女儿一时之气，莫说退婚，巴不得一刀将熊义攮死；但将来手已好了，气也平了，免不得也要抱怨她老子。一时拿着这事左右为难，心里一急，头便昏沉沉的，再坐不住，移到床上睡了。他们这种装腔作势的人家，天伦之乐是一点没有的。秦珍睡倒的时候，两个姨太太照例坐在床边，捶背的捶背，捏腿的捏腿。秦东阳偌大一个儿子，秦珍如何肯教他在跟前碍眼？因此，秦珍每逢睡觉，秦东阳是要作速趋避的。不然，就触怒了秦珍，必骂得狗血淋头。当下秦东阳见父亲已睡，料是没话吩咐，即退了出来。

秦珍睡在床上，头脑虽昏沉沉的，却是睡不着。想来想去，越是想不出办法来，越急得心烦虑乱。这番的着急，比前番的受气更觉厉害。前番已是气得个九死一生，还不曾平服。加上此番的又急又恼，这夜一连晕过去了几回。秦次珠因有人轮流监守着她，不能自由出外，她便装病，睡在床上不起来。虽听说自己父亲一夜昏死过几次，她也懒得起来瞧睬。秦东阳却守在秦珍床前垂泪。只是夜深了，在大塚村僻地方，找不着医生。等到天明，找了个医生来，灌了些药水，才略清醒一点。举眼看房中，见儿子及两个姨太都在跟前，只不见女儿，伸着脖子四处探望。大姨太忙凑近秦珍耳根前，问看甚么。秦珍叹了口气，力竭声嘶的说道："你们又不去看着珠儿，全守在这里干甚么？"大姨太说道："小姐现睡在她床上，我已教下女轮流在那里守着，小姐一起床，赶快送信给我。"

秦珍在枕上略略点头，又望着秦东阳，想说甚么似的。秦东阳忙把脸就过去。秦珍道："我要动身回上海去，此间不能再住下去了。你作速打点罢！"秦东阳听了，只道是病中神经昏乱，信口说的，即答道："好，你老人家安心将养，打点一切，儿子自理会的。"秦珍道："你莫以为我是一句随便的话，只在这几日内，我真要回上海去。"秦东阳见说话的神气清爽，知道不是无意，便说道："要回上海，也得俟你老人家病体全好了，方能动身，儿子准备着便了。"秦珍生气道："等我病体全好，等到何时？你这畜牲，定要把我几根老骨头送在外国吗？就在今明两日，决要动身。在这里多住一日，早死一日。"秦东阳口里只得应是，眼望着大姨太，想大姨太劝解。大姨太才要开口，秦珍已掉转脸，朝着里面说道："我的病已没要紧，不必你们都围在跟前，去监守三丫头是件大事。若在这两日内弄出甚么事来，我要你们的命！"说着，又长叹了一声，自言自语的说道，"我前生不知造了甚么孽，今生的磨折，到老还受不尽。"

秦东阳走过一边，问大姨太道："怎的一夜工夫，忽然动了回上海的念头？像这样的病势，在海船上如何受得了风浪？我又不敢多说，这事怎么办好呢？"大姨太道："我推测他老人家的心事，一则怕三小姐受了这般委屈，不顾厉害的去图报复，闹出乱子来不了。二则熊家把婚书退了来，三小姐若知道，说不定倒翻转来，抱怨他老人家不顾女儿终身，不从中和解，反先写信去责人退约。"秦东阳问道："怎么先写信去责人退约？"大姨太道："原来少爷还不知道？"遂将前晚写信，昨日教二姨太送去的话说了一遍，道："他老人家因这两件事没法处置，昨日请少爷来商量，自己先写信去的话又没说出口；少爷说的办法，他老人家知道办不到，因此着急了一夜。仍急不出个办法来，就只好作速回上海。在内地替三小姐择婿，比这里容易些。"秦东阳道："怪道熊家一句信不写，把婚书从邮局寄来。这事本也没法子办理，但是此刻回上海，那些探狗又有生活了。在日本还住不安静，到上海那种万恶的地方，更不知有多少笑话闹出来。大姨若能劝父亲把这念头打消，等来年正二月再为计较，岂不甚好？"大姨太摇头道："劝是不中用的，除了设法挽回熊家的婚事，就只三小姐把自己的火性压下，到床前劝解一番，自然无事相安了。"秦东阳也把头摇了几摇，唉声说道："这两事办得到，还说甚么！"
低头思索了会，忽然点点头道："也好。在此终不免要闹笑话，还怕闹
来闹去，又闹得那鲍家的杂种出来了，没得把我的肚皮气破。"秦东阳
即时出外，打听往上海的船。也不到朋友处告别，恐怕传播了风声，到
上海抵岸的时候，被探狗算计。回家时想顺便看看熊义。他二人本来交
好，并未发生意见。进门问了熊义不在家，只得归来拾夺行李。

秦珍教两个姨太搀着，到秦次珠房里。秦次珠正拥被斜靠着床格，
伸手去床边小几上一个点心盘内拈点心吃。见大家进来，忙将手缩入被
中，垂眉合眼，一声不响。秦珍直到床缘坐下，看了女儿那种憔悴可怜
的样子，不由得先吁气一声，才用手把覆在秦次珠脸额上的散发，朝上
抹起来，轻轻喊了两声。秦次珠拿半开半闭的眼，望了一望，仍旧合
上，有声没气的说道："昨夜一连几次，报丧似的报说老太爷昏过去了，
怎的今日却能行走了？幸亏好的快，若有个长和短，我被监守在这里，
不能自由行动，连送终都没有我做女儿的分呢。"说罢，又流下泪来。
秦珍耳聋，秦次珠说的声音又不大，没听明说些甚么。但见两眼下泪，
总认着是受了委屈，没头没脑的安慰了一会，说带她即日回上海去，免
得在此地受气。秦次珠听了，原有些不愿意，后来一睁眼，见二姨太立
在秦珍背后，脸上很透出忧愁的形色，立时心里觉得痛快，便说："回上
海去很好。开锁放猢狲，大家没得弄，我倒甘心。在这里，我是忍不住
要闹的。"

秦珍只要女儿愿意回上海，即没话说了。大家忙着料理，粗重木器
教旧货店收买了去。仅两日工夫，一家人连行李，都上了往上海的船。
从此辞却日本，有笑话到内地闹去了。

熊义此时沉迷在鸠山安子家，没得着些儿信息。直待过了十多日，秦
东阳从上海寄了全家平安抵沪的信来，才吃了一惊。登时教下女去秦家
探看，回说数日前已换了个日本绅士人家住了，门前悬了一方书写姓名的
磁牌子。熊义出了会神，心中却喜他们全家走了，免得妨碍自己娶鸠山安
子的事。自庆若不是下毒口将秦次珠的手背咬伤，要由自己开口求秦珍废
约，如何好启齿？秦珍那般钟爱女儿的，又如何肯答应？万想不到有这们
容易了事的，心中越想越得意，立时到鸠山安子家计议，订了阳历正月一
日，在日比谷松本楼结婚。他们订立口头婚约的时候，在日比谷公园，因

此结婚也择了日比谷。

光阴迅速，转瞬就到婚期。熊义在东京不大和人交际，亲友来贺的很少。倒是鸠山安子在教育界颇有点名头，和她同事的，并和她有交情的，听说她重醮了个中国很富贵的游历官，都要来见识见识。男女来宾中，当教员的有百多人，当学生的有七八十人，把个松本楼料理店挤得满满的。熊义满心快畅，偕着鸠山安子一一应酬。那些当教员的，见熊义的容貌举动很有些中国官僚的态度，以为中国的官，都是由举人、进士出身的，举人、进士总会写字。日本人有种习惯性，不论上中下何等人物，凡见了中国会写字的人，或游历的官员，总得拿出纸来，要求挥毫，好裱起来，挂在屋子里夸耀乡里。这日来的学生，年龄都小，不知道这些举动。那一百多教员们，有早预备了纸的，都拿出来交给鸠山安子。有不曾预备的，就一个个溜到街上买了来，也送到鸠山安子手里。

鸠山安子不曾见熊义提过笔，以为中国人写汉字是没有不会的。这都是来宾一番推崇的意思，自己嫁了个人人尊敬的丈夫，心里也说不出的快活。一个一个的都接收下来，堆满一大桌。熊义在旁见了，初还以为是他们送的甚么礼物。后来知道是请新贵人挥毫的，心里这时的慌张，就比咬伤秦次珠的手，气得秦珍发昏的时候还要痛苦几倍。十二分怪鸠山安子不该胡乱接收下来，只是说不出口。见来宾中已把墨磨好，大家忙着擦台子铺纸，心里更急得如火烧。一会儿，鸠山安子走来笑说道："他们把纸笔都准备好了，你去写些字给他们，做个纪念罢！"熊义实在想不出推托不写的话来，只得一边起身，一边打主意不写，一步一步挨到写字台跟前。两边看的人排着和两堵墙相似，都寂静无声的看着熊义。

熊义拿纸看了一看，不便说纸不好写，一手将笔提起来，见是枝日本笔，心里有了把握。蘸了一笔墨，在纸上随意画了一笔，忙停了手，装出诧异的样子，拿着笔就光处细看，忽然笑道："怪道不能写，原来这笔是日本制造的，只能写日本字。拿来写汉字，一笔都不行。可惜我的笔不曾带来。"回头望着鸠山安子笑道："这笔不能写，怎么办呢？"鸠山安子那里知道是推托的话，便说道："家中有笔，着人去取了来再写。电车快，没要紧。诸君一番盛意，我两人怎好辜负？"熊义摇头道："纵快也来不及。你难道不知道，从这里去大塚有多远？看这桌上有多少纸？并且着人去取，也不知我的笔放在甚么所在，须得我自己去才行。我看诸君的盛意，自是不好辜负，不如将这些纸都带回家去，我从容写好，再分送至诸君府上。今日匆匆忙忙的，就有好笔，太写多了，精神来不及，也怕写得不好。"

来宾见是这般说，都扫去了兴致。日本人挥毫，没有不是当面的，因此各人的纸上都不曾记上各人的名字。于今要做一捆带回家去写，各人都怕弄错了纸，并且没有名字，不能写上款，将来悬挂起来，也不能夸耀于人。各人都争把自己的纸寻出来，也有用纸条儿写了名字，夹在纸里面的；也有赌气将纸收回去，不要写了的。把个鸠山安子急得向这个道歉，向那个说对不住。熊义倒安心和放下了重担一般。来宾散后，熊义和鸠山安子同乘着马车，归大塚家中。拿出那些留下有名字的纸来，找着邹东瀛代写。邹东瀛本是负了些名誉的书家，因同居的情谊，不能不替他代劳。写好了，鸠山安子按着各人的名字，分送给各人，都欢喜不尽。只有当日赌气将纸收回去的，见了这们好的字，没一个不后悔。这是题外的事，不去叙它。

熊义自娶了鸠山安子来家，每日温存厮守。日本女子的性格，但是受过些儿教育的，无不温柔和顺，惟一的尊敬丈夫。熊义曾被秦次珠鞍轹欺侮过的，忽然改受鸠山安子这般恭顺，更觉得有天堂地狱的分别。流光如电，弹指过了蜜月。

这日二月初十，邹东瀛在朱湘藩家吃了那没成亲的喜酒回来，春宵苦短，熊义早已拥着鸠山安子深入睡乡了。邹东瀛也就安歇。次日起来，邹东瀛和熊义对于朱湘藩的滑稽婚事，自有一番嘲笑的研究，不必细述。熊义的正传，至此已经完结了。后来带着鸠山安子归国，因僻处四川，不知曾否发生变故。但是纵有变故发生，也与本书无涉了。

还有许多别样情事，下章另行开头写来。

第一百二十五章

张修龄深交施小旦
陆凤娇三气林巨章

于今且接叙前几回截然中止的陆凤娇，见软语要求林巨章，口气还是一些儿不放松，即容留一夜，都须到前边伏焱住过的房中歇宿，只得翻转来放出无赖口吻。章四爷走后，要林巨章仍把她卖掉，得回身价钱，不然则须由她从容觅得可以替她赎身的人再嫁，免得林巨章拿花钱买了她来的话做口实。

林巨章也不理会她那一派强词夺理的话，亲自动手，拣了两皮箱衣服，打开首饰匣，见珍珠手钏、赤金手钏及钻环、钻戒都不在里面，便向陆凤娇问道："那些贵重首饰，怎么一件也不见了？"陆凤娇见问，错愕了半晌，忽然又哭了出来。林巨章冷笑道："竟倒贴了这们些吗？你知道那几样东西，共花了多少钱呢？我真想不到，自以为有根底的人，会自贱至此！好，也罢，我本念你也算是和我夫妻一场，弄到如此结果，未必心里甘愿，从此出去，或再嫁人，或再做皮肉生涯，总得有的半年过渡生活，打算给你两皮箱衣服，几件值钱的首饰。以我现在的经济能力，再多给你几百块钱，也不算甚么。谁知你早料有今日，先事已将贵重的首饰搬运一空。你既早有预备，就无须我再为你着虑过渡的生活了。你就是这们走罢！你身上穿的衣服给你，再给你一套铺盖，此外一寸布、一文钱，都不许拿去。"说着，仍将衣箱锁起来。陆凤娇停了哭说道："贵重首饰，我实在一件不曾拿向那里去。你自己不容我，有意藏匿起来，想加重我的罪名也罢了。"林巨章骂道："放屁！还怕你的罪名轻了，去你不掉，要干这些勾当？"陆凤娇也知道不是林巨章藏了，但一听不见了贵重首饰，料定是周克珂早防到有败露的这一日，有便即偷一两件去藏起来。近来因没出外，用不着这些首饰，便没将首饰匣开看，所以不曾发觉。陆凤娇心里虽料定是周克珂偷了，口里却如何敢说，只好一口把林巨章咬了。

　　林巨章此时愈加忿怒，恨不得把陆凤娇吞吃了，夹七夹八的乱骂了一顿。陆凤娇是受林巨章宠幸惯了的，从没听过半句逆耳的话，一旦是这般唾骂，如何能受得来呢？立时站起身来说道："你何必骂个不休！东西已失掉了，也骂不回来。你若不相信，定要说是我先事搬运走了，我已是犯了赃的人，有口也无从分辨，就算是我拿了罢。我现放着人一个、命一条在这里，你有主权，要怎么处置便怎么处置。这不是斗口的事，光骂是不中用的。"林巨章道："我有甚么处置？你想我不要骂，赶快离开这里。我不见你，不生气，自然不骂了。"陆凤娇道："要我离开这里，怕不容易？只是你须写个字据给我。"林巨章不由得跳起来，指着陆凤娇骂道："你混帐，你胡说！为甚么我倒要写字据给你？你自己下贱，在我家偷人养汉，把贵重物品都拐跑了，我不向你追取，你倒问我要字据？你这泼妇，猖獗的还了得！"陆凤娇见林巨章发怒，反从容不迫的笑道："我此刻还不曾离开这里，你当着我尚且说我拐跑了你的贵重物品，我走了之后，知道你将怎生对人说呢？我的身体，人所共知，是你花钱买来的。今日就是这们出去，你不写个字据给我，我怎敢放心嫁人，人家又怎敢放心讨我？你若一时不高兴起来，无论我嫁了甚么人，你都可向法院里告成一个拐带，那我下半世的性命，不是无时无刻都在你掌握中吗？你不写个字据给我，我是决不离开这里的。"

　　林巨章虽然忿怒，但听了陆凤娇的话，就一方面想起来，也似乎近理。便问道："你且说，这字据要怎生写法？"陆凤娇道："字据很容易写，就说我二人感情不能融洽，双方情愿拆离。拆离之后，男可重婚，女可再嫁，各自主张，不能干涉。仍得张修龄做个凭证人，因我来你家的时候，是由他从中作合的。"林巨章道："以外的事，都不提起么？"陆凤娇道："要提起，也只得由你，看你怎生提法。总而言之，你不给我一个一休永绝的证据，我决不放心出去。"林巨章本不愿意再写个凭据给陆凤娇，但一时厌恶陆凤娇的心思太甚，巴不得她立时离开眼前，免得见了就冒火。登时提起笔来，依着陆凤娇所说的写了一张，并没提奸情及偷盗贵重首饰的话。署了自己的名字，掷向陆凤娇道："给你个一休永绝的凭据了，可以放心走了吧？"陆凤娇拾起来，看了看道："张修龄不签个字在上面，手续仍是不曾完备。"林巨章道："你休要得寸进尺！我难道是用三媒六礼，正式娶你来家的？你是我买来的身体，于今犯了奸，我说不要你，就不要你，本来没有我再写凭据给你的道理，只因你多在我跟前一刻，我精神上便多一刻的痛苦，才容纳你这种无理的要求。怎的这们不识进退，还在这里说甚么手续完备不完备？"陆凤娇道："我若是三媒六礼正式嫁到你家的，此刻倒不向你说这话了。为的是我的身体系被你买了来，我自己没了主权。你如果将我卖掉，得回了身价，我也没得话说。你又不将我发卖，就这们教我出去，若没个手续完备的凭据给我，我这身体的主权怎算得收了回来呢？我这要求绝对不是无理。"林巨章实在不愿意再听陆凤娇说话了，闭着两眼，对陆凤娇摇手道："也罢，也罢。教修龄签个字在上面便了。但他此刻不在家，你去前面新收拾的客房里坐着等候罢。我仍教下女送饭给你吃，我和你再无见面与谈话之必要了。"说完，扭转身面壁坐着，听得陆凤娇哽咽着，一步一步的挨出房去了。

却说这时候的张修龄正和施山鸣在松本楼流连忘返，那里知道家中闹了这们大的乱子？这个施山鸣，便是在南明俱乐部演新剧，扮茶花女的。他们这个戏班子，那次到东京来演戏，很亏了本。在三崎馆住的时候，连行头都押了，尚开不来伙食。还亏了有施山鸣在内，能招来许多些和罗呆子一般讲同性恋爱的，暗中贴补房饭钱。不然，那班主刘艺舟，简直要把他自己的老婆卖了，才能了账呢。那些唱戏的，跟着班主漂洋过海的到日本来，原想出出风头，那知得了个这们的结果。一个个埋三怨四的，散伙归国去了。只刘艺舟见东京投诚的机会还好，舍不得错过，便不肯归国。但是眼前的生活，恐怕独力难支，因把施山鸣留在跟前。那时留学界中一般好造谣言的，都说施山鸣跟着刘艺舟，和民国女豪杰沈佩贞的男妾一般身分。那都是讲同性恋爱的，有求不应，才造出这种谣言来，不要信他。

张修龄也是有一种特殊嗜好的人，在四川的时分，最欢喜和一班旦角来往。同事的笑他，说他肥马轻裘，与旦角共，敝之而无憾。他却自命风雅，说不似那些嫖娼的下流。自跟着林巨章到日本来，在长崎地方住下。长崎的中国人，十之七八是经商的，粗眉恶眼，望着就讨厌。商人外，便是学生，生得可人意的又绝少。即偶然遇着一两个眉目位置停匀的，不是年龄和自己相仿，就是没缘分攀谈。又苦于不懂日本话，不能拿标致些的小鬼来解馋。难得移到东京来，换一种新鲜的空气。那时，施山鸣在东京的艳名本来很大，醉心他的留学生，为他破产的，不只罗呆子一人。张修龄当门客的人，手边那能有多钱？虽到东京不久，和施山鸣结识了，只因用钱不散漫，施山鸣仅把他当个熟人看待。见面时，略谈几句浮泛的话罢了，那有知心的话和张修龄说？张修龄不得称心，总是郁郁不乐。近来手边阔绰了，所以专请施山鸣去松本楼吃喝，故意露出大卷的钞票来。施山鸣见了，果然变换了态度，渐渐的向张修龄表示亲热。吃喝完了，带着施山鸣到京桥、银座一带热闹地方闲游，顺便买了些金表眼镜之类，送给施山鸣。施山鸣得了，对张修龄更加殷勤起来。张修龄正在将要得着甜头的时候，怎舍得分手归家？闲游到上灯时分，又拣了家西洋料理店，同进去大吃一会。从料理店出来，便到影戏馆看影戏。直至十二点钟，实在无法纠缠了，才约了第二日再会，亲送施山鸣到四谷，自己方坐最末尾的电车归家。

张修龄只道林巨章已和陆凤娇睡着了，轻轻的打外面客房走过。此时已静悄悄，寂无人声，忽听得客房里好像有人嘤嘤哭泣。张修龄素来胆小怕鬼，吓得打了个寒噤，通身毛骨都竖起来。那敢停脚，缩了头，急急往自己房里走。刚离了客室，又彷彿听得后面有人叹气，更不敢回头。跑到自己房门口，见房中没有电灯，隔壁周克珂房里也是漆黑。连喊了几声克珂，不见答应。一边扭燃电灯，一边心里骂道："克珂这东西，大约是趁着巨老今日出外的机会，和凤娇缠得没有气力了，故此时睡得如死人一般。你们快活是快活，只怕也有不得了的这一天。"

张修龄心里骂周克珂和陆凤娇缠得没了气力，自己却也和施山鸣缠了这一日半夜，气力更是没有了。加以怕鬼，进房便从柜中拖出被来，正弯腰将被打开，想脱了衣钻进去蒙头就睡，猛然见席子上一个黑影，向自己身后晃来。连忙伸腰，回头一看，惊得哎唷一声，张开口往后便倒。陆凤娇连忙喊："张先生，不要害怕，是我呢。"张修龄倒在被上，脑筋却甚清楚，目也能视，耳也能听，只手足不能动弹，口里说不出话，肺叶震动得厉害，正如梦魇一般。听出是陆凤娇的声音，渐渐的把胆放大了，爬起来坐着，仍不敢抬头，问道："嫂子怎弄得这般模样？满头满脸和身上，如何糊了这们多血呢？"陆凤娇道："张先生不用问。前年我来林家的时节，曾承你从场。于今我要脱离林家，也得请你从场。这里有张脱离字，请你就签个名字在上面。"说时，拿出那张字来。张修龄立起身接了，就电灯下看了说道："嫂子与巨老常是拌嘴吵架，算不了甚事，过一会子就好了的，忽然这般认真做甚么？"陆凤娇道："此回不比平常，连字都写了，还有甚么话说！照这字上所说的，你签个名字在上面，大概于你没有妨碍。就请你签了字，我还有话说呢。"张修龄不知道他们脱离的原因，如何肯冒昧签字？拿着那字在手里，出了会神道："嫂子不用忙，我去问问巨老，好好的夫妻，怎么这容易就讲到脱离。"陆凤娇道："你要去问，我也不拦阻你，但是问也得请你签字，不问也得请你签字。你定要去，我就坐在这里等你。"张修龄道："这字我拿去，回头就退给嫂子，没要紧么？"陆凤娇道："没要紧，没要紧。"

　　张修龄擎着字，到林巨章房门口，先把耳贴在门上听了一听，听得里面有脚步声，在房中踱来踱去。轻轻将门推开，见林巨章低着头，负着手，立在房中，像有莫大的心事。抬头见是张修龄，开口问道："这早晚才回来吗？"张修龄道："却回了一会儿。嫂子拿出这字来，教我签名，我很觉得诧异。嫂子的脾气，在巨老面前，虽不免有些纵肆……"林巨章不待他说下去，抢着止住道："不必往下说了，这事已无说话的余地了。她请你签名，你就签个名字在上面，好在于你并无妨碍。"张修龄见了林巨章那种盛怒的形色，不敢再说，立在旁边，想问启衅的原由。林巨章已看出了张修龄的意思似的，长叹了一声说道："我于今才知道堂子里的人真不能讨，讨了进来，准得当忘八，还要退财呕气。我在这婊子身上，自见面起，到今日共花了多少钱，别人不知道，修龄你心中总有个数目。连在上海买给她的首饰，不是五万元以上吗？"张修龄点头道："五万元是有。但首饰有两万元左右，嫂子仍带到巨老这里来了。"林巨章双手往大腿上一拍道："还说带到我这里来了！这婊子真无天良，你还称她甚么嫂子！她早已安心不在这里，不知从甚么时候，已把两万来块钱的东西暗地搬走了。"张修龄笑道："这就奇了！她出外的日子很少，又在这人地生疏的所在，她一个女子，搬向那里去呢？"林巨章道："你才糊涂呢。她若就是一个女子，也不打算把那东西搬走了。有周克珂那杂种和她奸通，还有搬不走的东西吗？我也懒得追问了，你就签个字给她，好教她快些滚出去。"张修龄连应了几个是道："巨老不追问的有见识，追问也是不中用的。退一步想，只当她当日不曾带到这里来，巨老也不在乎这一点。我因不明白原委，以为是寻常的拌嘴吵架。既是如此，巨老当机立断，不失为大丈夫气概。克珂想也不能不走。"林巨章道："那杂种于午前败露的时候，就驱逐他走了。"张修龄道："应当立即驱逐。近来我见他每逢巨老不在家时，总是在这房里谈笑，就觉得于内外之分有些不对，连讽带劝的，也曾说过他几次；奈他色胆如天，不作理会，我便不好多说了。"林巨章道："你既觉得不对，就应该告诉我。怎不见你向我有丝毫表示？"张修龄笑道："这是甚么事？无凭无据的，怎敢向巨老有所表示！"林巨章点头道："这也难怪你。"

张修龄见桌上有笔墨，拿出那字来，就桌上签了自己的名。又恭维林巨章写这字据，不是度量宽宏的，决做不到。张修龄拿了字回房，见陆凤娇坐在电灯下拭泪，张修龄也不说甚么，把字交给她。陆凤娇接着，看了看，揣入怀中，说道："我明日一早就得离开这里，你起床的晏，就不来告辞了。林先生已说过，我此后和他无见面与谈话之必要，我当然不能再去见他。我有一事，须烦替我去问他一声。"张修龄道："甚么事请说出来，我问便了。"陆凤娇道："我当日将本身卖给林家的时候，我养母曾写了张卖身字，由你交给林先生。我于今既要出去，那字当然不能留在这里，请你今晚去林先生那里拿来给我。我只等天明，就好脱离这里了。"张修龄听得，暗自低头想了一想："不错，当日巨老和凤娇已上了船，我同克珂带了五千块钱钞票到陆家谈判，后来说妥了，给过钱，她养母是曾写了张字，由我经手交给巨老。"当即向陆凤娇点头道："我就去要来给你。巨老留着那字在这里，也没用处。"

张修龄又走到里面，多远就听得林巨章在房里长吁短叹。张修龄推门进去，把陆凤娇要回卖身字的话说了。林巨章愕然了半晌道："甚么卖身字，我并不曾见过。"张修龄道："卖身字是确有一张，是在陆家写的，放在我身上。我同克珂办好了那交涉，要上船来，凤娇的养母也要来船上和凤娇诀别，我就带了她来。我们一到船上，凤娇正和她养母说话的时候，我便将那字交给巨老，并叙述在陆家交涉的情形。我彷佛记得，巨老当时接了那字，连看都没看就揣入怀中。往后便不知道怎样了。"林巨章思索了会道："你这样说起来，我脑筋里有些影子了。只是想不起开船后，我把那字收在甚么地方。看是毕竟没打开来看，至今尚不知那字上写的是些甚么。"张修龄道："那日巨老穿的衣服，我记得是在福和公司定做的，那套极时式的美国西装。巨老只在那衣服的口袋里去寻，或者还在里面。"林巨章摇头道："那里还有在口袋里？那套西装，到东京来都不知穿过了多少次，又送去洗濯屋洗了一回。"张修龄道："巨老平日的紧要文件字据，放在那里？何妨清理清理，看夹在里面没有。"

林巨章起身，从柜里拖出口皮箱打开，拿出个尺多长的小保险箱，寻钥匙来开，寻了一会寻不着。向张修龄道："你快去问那婊子，看她把我保险箱的钥匙弄到那里去了。"张修龄去了，不多一会回来说："巨老的保险箱钥匙，是在巨老自己身上，她不特不曾拿过，并不曾见过。"林巨章着急道："这钥匙本来是在我自己身上，因这里面紧要的东西太多，钥匙不敢乱放。近来我也没开这箱子，没人想到钥匙上去，不知从何时丢了。这箱子没有钥匙，无论如何不能开，除了将箱子打破。"张修龄道："钥匙既不见了，这里面的紧要东西，还不知道怎样呢。"林巨章也觉慌了，问张修龄道："那婊子现在前面客房里吗？"张修龄道："坐在我房里，等着要那字呢。"

林巨章向外就走，张修龄跟了出来。林巨章走到张修龄房里，陆凤娇见了，背过脸去不睬。林巨章问道："保险箱钥匙你拿了做甚么？我历来放在身上贴肉的衣袋里，不是你拿，谁也拿不去。还不快拿出来给我！"陆凤娇一任林巨章说，只做没听见。林巨章又说道："我平常脱下来的衣服，时见你伸手去口袋里摸索，我还没疑你早成了坏心。你于今要走了，拿了那钥匙又没用处。"陆凤娇也不作理会。张修龄看了不过意，走过去待开口，陆凤娇已陪着笑脸说道："我请你去拿那卖身字，已承你拿来了么？"张修龄道："巨老不见了保险箱钥匙，特来问你。"陆凤娇道："我和他无见面与说话之必要，请他去问别人罢。他的钥匙，又不曾交给我管理，不见了与我何干，问我怎的？"林巨章生气道："钥匙你不交出来也没要紧，不过把箱子打破。若里面不见了甚么，我再来和你说话。"说着，气忿忿的冲向里面去了。

张修龄见林巨章走了，向陆凤娇道："钥匙如果是你拿了，我看不如趁箱子没打破的时候拿出来。巨老最是好说话的，便箱内不见了甚么，有我从中劝解，难道还使你这要走的人为难吗？"陆凤娇冷笑道："你这是一派甚么话！审强盗的供吗？哄小孩子吗？我管他好说话不好说话，多谢你从中劝解！"张修龄被这几句话抢白得红了脸，开口不得，只得闷闷的，又到林巨章房里来。见林巨章正拿着截菜刀，在那里劈保险箱。张修龄立着看了半晌。幸铁皮不厚，竟被劈开了。林巨章将里面的东西都倾了出来。张修龄看是一束一束的皮纸包裹，上面写了某处的股票，某处的房契，并各银行的存折。林巨章一一清查，幸没失去甚么。只是那张卖身字没有着落。

林巨章道："我是记得不曾放入这里面。据我揣度，一定就是那婊子乘我不在意，把那字偷着撕毁了，免得留在我手里，为她终身说不起话的凭据。她于今明知道没有了，却故意问我要，以为是给我一个难题。你就去对她说，也不必指定是她偷毁了，只说已经遗失。我既写了那张脱离字给她，还有甚么不放心的？"张修龄道："说虽是这般说，万一她有意刁难，只怕少不得要巨老破费几文。"林巨章挥手道："你去和她说便了。"张修龄便走回到房里来，预备和陆凤娇开谈判。

不知陆凤娇如何刁难，下文分解。

第一百二十六章

挥大斧一斫五千
释疑团重回四谷

却说张修龄回到房中，只见陆凤娇伏在桌上打盹，听得脚步声，抬起头来问道："保险箱打开，不见了甚么没有？"张修龄道："甚么都不曾丢，单单把那字丢了。你看稀奇不稀奇？"陆凤娇冷冷的答道："真是稀奇！值钱的不丢，偏把这一钱不值的卖身字丢了。莫说我，便是三岁小孩也不相信。我知道他是不肯把那字退给我。他这鄙吝鬼平日一钱如命，见我此刻没钱，问我退回身价是办不到的事；又在日本，想将我变卖也没人承受。留在家里罢，必有许多不放心。亏他想出这主意来！将我放出去从人，却把我生命攸关的凭据留在手里，好随时向我索还身价。他这种用心如何瞒得我过！仍是请你去，老实对他讲，没有那卖身字给我，我宁肯死在这房里，还落得他替我装殓。若离开这里出去，既不敢接客，复不能嫁人，将来冻死饿死，还没个人瞧睬呢。"张修龄道："巨老何尝是这般用心机的人？能是这般用心机，那脱离字便不肯写给你了。有他亲笔写的脱离字在你自己手里，他纵有苏、张之舌，也不能再向你索还身价了。他是个粗枝大叶的人，当日感情浓厚的时候娶你来，那里想到有今日？以为必是百年偕老的夫妇，那种字据怎肯作为紧要，注意收藏？也不知从甚么时节，胡乱撂在那里去了。径到如今，没人想到那字上去，你也不曾提起过。依巨老待你的心思，何时不可把那字当着你烧毁？因为没想到那上面去，我刚才问他，还愕然了半晌，才彷彿记得有这们一回事。要说他是用心机，就未免太苛了一点。"陆凤娇摇头道："一些儿不苛。他之为人，我深知道。你说他把那字看作没紧要，当时就可不教我妈写。"张修龄抢着答道："并不是巨老教你妈写的。我和克珂经手这事，应行的手续不能大意，这是我们经手人的责任。

陆凤娇道："便依你的解说，不是他教写的。写了之后你曾交给他没有？他何以看都不给我看，说也不和我说一声？他对我如真有浓厚的爱情，就应把那字退还给我，使我心里快活。两年来不曾听说把那字丢了，直到今日问他，就说不见了钥匙。他的意思还想诬我偷盗了甚么值钱的东西。大概是良心上太说不过去，才单说不见了那字。他写给我的这字虽也是个凭据，但卖身字在他手里，将来到了要用法律解决的时候，我总说他不过，脱离时何不索回卖身字？"

张修龄的口辩本不擅长，听了陆凤娇的话，竟无可回驳，只得说道："于今确是遗失了，找不出第二张卖身字来退还给你，将怎么办呢？"陆凤娇把脸一扬说道："遗失的话不必再说了罢，我不愿意听。"张修龄道："凡事总得有个救济的办法。一方面太走极端了，便使人没有转圜的余地。你此刻姑且认定那字是遗失了，第二步的办法看应该如何？"陆凤娇道："第二步的办法吗？我那字上填明了身价洋五千元。他没有字还我，就应给我五千块钱。我有五千块钱在手，无论何时何地都不怕他拿着那字来向我索回身价。这便是我不得已的第二步办法。"

谈话时已是天光大明了。张修龄心里记挂着要与施山鸣会合，事前须略为休息。得了陆凤娇的言语，随即告诉林巨章。自己便推说在外面受了风，头痛得紧，实在撑支不来了，回房打开被卧，倒头便睡，也不管陆凤娇怎样。陆凤娇见张修龄回房，并不提林巨章说了甚么，双手捧着头，只喊头痛，急匆匆钻入被中睡了。转觉有些为难起来，正在打算怎生收科，忽听得林巨章从里面走了出来，径开大门出去了。也就起身出来，到里面房间一看，仍是昨日一般乱糟糟的。寻了套衣服，把身上污了血迹的衣换了，整理了头脸，就坐在房中守候。

再说林巨章此时大清早上那里去了呢？他听了张修龄说陆凤娇没有卖身字，便要五千块钱的话，他拿着这事没方法对付。张修龄又说病伤风，自去睡了，更没了筹商的人。只得亲去四谷，找章四爷计议，顺便打听昨日送朱湘藩婚姻的结果。乘第一次的电车到四谷，走近章四爷门口，见大门还紧的闭着。举起手杖敲了一会，只见里面一个男子的声音，问："是谁呢，这般大清早来捶门打户？"林巨章听了，自觉难为情，低声就门缝里答道："是我。从中涩谷来的。"里面登时换了副喜笑的声音说道："我料定是你。不是你，没这们急猴子样！我并知道你昨晚必是一个通夜没睡。"林巨章听这口气，以为来开门的就是章四爷，隔着门答道："四爷，快开门罢。我真被那婊子缠苦了，特来找你商量一个办法。昨夜实在是通夜不曾合眼。"林巨章说着话，听里面寂然无声，门也没开，再听仍没有声息。心里诧异，怎么门还不曾开，倒进去不作理会了？举起手杖，又是几下敲了，口里高声呼着："章四爷，你害精神病么？如何把我关在外面不开门咧！"一边呼着，一边听得里面隐隐有笑声，又不见有人答应，气得林巨章用手杖在门上乱打，才打出一个下女来把门开了。

林巨章进门，径向章四爷房里走。下女跟在后面喊道："章先生还睡着没起来，请在外面待一会儿，我进去通报一声。"林巨章道："刚才章先生还和我说了话，怎说睡着没起来，你们捣甚么鬼？"下女愕然，没有回答。章四爷已在房里笑着接应道："巨翁请进来罢，我刚才实在没和你说话。"林巨章跨进房去，见章四爷从被卧里探出头来，是像不曾起来的样子，只得说道："你没和我说话，却是奇怪。谁知道我一个通夜没睡呢？你把我家里的事向别人说了吗？"章四爷坐起来，摇头道："一字不曾向别人提过，你家里的事已完结了么？"林巨章道："完结了也不这们大清早起，跑到你家来捶门打户了。"随即将陆凤娇种种无理的要求，并失去两万来块钱首饰的话，说给章四爷听了。

章四爷道："这事你只好认些晦气，给她点钱，放她走了罢。你那保险箱里没失去甚么，还要算是不幸中之大幸。她若存心和你捣蛋，把值钱的拿去几样，你又有甚么办法呢？我们男子，或娶妻，或纳妾，总得慎重又慎重。遇了这种无赖女子，不顾廉耻的，无论被害到甚么地步，还是得给她的钱，满了她的欲望，方得了事。从没有我们男子占了便宜的。"林巨章道："我的意思，也原想给她几百块钱。后来因不见了那们些首饰，恨这淫妇太贱太毒，便存心一文钱不给她了。"章四爷道："那首饰不见得一定是她偷了。"林巨章道："不是她偷了，便是倒贴了周克珂那杂种。"章四爷道："周克珂既受了她的倒贴，手中应该阔绰，没见他新制了甚么衣服，在那里挥霍过大宗的钱。你失去的首饰为数有这们大，除非是周克珂偷着运回国去了，但也是个疑案。至于凤娇，若有这多值价的首饰在手里，不愁下半世的过活了。事情败露出来，必急于求去，不应借事延宕，再来敲你的小竹杠。"林巨章道："这婊子刁狡得很。人家女子有了外遇，对于自己的丈夫表面上应该分外恭顺，使丈夫不生疑心。她这个婊子才不然。我于今回想从长崎直到这里，她对我的情景，无论大小的事，总带几分挟制我的意思，开口便要露出些不愿意的样子来，我因此倒不疑心她有外遇，谁知竟落了她的套儿。"章四爷起床洗漱了，笑答道："可见世间无不破之奸，仍凭你如何聪明，如何刁狡，终有完全败露出来的一日。你看在家里当姑娘们的，一有了私情，总是很快的就受了胎，坠胎药都往往无效。因为当姑娘们的人，没有丈夫察觉，她自己的母亲纵然知道，也必隐瞒不肯声张。若不给她一个私胎，使她坠都坠不下，如何会完全败露呢？有丈夫的，每每因没有生育，想私合成胎，替丈夫做面子，偏弄得外面秽声四播，胎却仍是不成。"林巨章也笑起来说道："替丈夫做面子，这面子我们当丈夫的如何要得！"章四爷笑道："为的是你不要这面子，才有今日。你心里不要难过，这些事都是前缘注定，合该你二人不能成长远的夫妻，所以她替你做面子，你不肯要。你没见昨日行最新式结婚礼的朱湘藩，连我都替他有些难受。"

林巨章道："我正要问你朱湘藩昨日结婚的事，怎么你都替他难受？"章四爷道："内容的详细，我虽不得而知，只是朱湘藩这桩婚事，可断定是已成为泡影了。"随将昨日的情形述了一遍道，"那知宾的虽对来宾支吾，说新嫁娘得了急病，须迟日成礼，但谁也料定是事情变了卦，朱湘藩没脸见人。你看他兴高彩烈的，早几日就四处发帖请客，那屋外铺张的华丽，屋内陈设的精美，没一处不是十二分得意的表示。今忽然得了个无影无踪的结果，朱湘藩心里的难受，还说得出吗？"林巨章点头道："这也算是意外之失意了。但是没有夫妻的缘分，就是这们不成功的也好。与其娶到家里来，再闹笑话拆开，宁肯就是这们煞角。"章四爷笑道："各人处境不同，心理也自有分别。我料朱湘藩昨日的心理，只要菊家商店肯替他顾全面子，行了结婚式，那怕订立一星期就拆开的条约，朱湘藩也是愿意的。"林巨章道："朱湘藩既结婚不成，朋友被他发帖请了来。馈赠的礼物又怎生发落呢？"章四爷道："他此刻多半在焦急得无可如何的时候，只怕还没心情想到朋友的馈赠上去。"

林巨章叹道："说起来，我又恨我家里那婊子了。若不是她一力的撺掇，我怎得白花这一大宗的款子！"章四爷道："怎见得是白花了？朱湘藩的婚事虽不成，你的人情却不会跟着化为乌有。"林巨章道："我不是怕朱湘藩不为我尽力。我因家里这们一闹，已是心灰意懒，甚么事都不愿干了。并且照周克珂这杂种的行为看起来，人情险恶，可怕的很，除了甚么事都不干，才能不与人类往来。一出来干事，又免不得要上当的。"章四爷笑道："你这是一时忿激之词，且放下来，不要再说下去。不嫌不适口，在此用了早点，我陪你回涩谷，处理了家事，慢慢的过下去，有机会再说。"说着教下女开出早点来。林巨章跟着胡乱吃了些，即催着章四爷同去涩谷。

二人同走到停车场，等开往涩谷的车。恰好有辆从涩谷开来的车，打四谷经过，林、章二人同时看见张修龄从那车上跳下来，头也不回，急急忙忙往停车场外跑。林巨章心里着惊，以为家中又发生了甚么变故，张修龄特地找来送信的，连忙走过去，"修龄，修龄"的乱喊。因来往两停车场相隔有数十丈远，张修龄跑的又快，更杂以电车开行的声音，那里喊得应咧？眼望着他运步如飞的，向往章四爷家里那条路上跑去了。林巨章对章四爷道："修龄昨夜受了风，今早病倒了，不能起床。此刻忽然如此仓忙跑向你家里去，必是那婊子在家中又出了甚么重大的变故，修龄才力疾找来送信。我们且不要回涩谷去，回头到你家，问了个详细再说。"章四爷道："我家里知道我和你到涩谷去了。修龄到我家，听说你已回涩谷，必也跟着转来。你家中无论出了甚么变故，我们一到，自然明白。何必来回的跑，白耽搁了时刻？便问了修龄，也是免不了要回涩谷的。"林巨章听了，虽觉有理，但这颗心总觉不先问个明白，有些放不下。一手拉着章四爷向停车场外就走，口里说道："此去你家又不远，何妨先求个实相，我们也好计议呢。"章四爷只得同走出来。

一路上，林巨章胡猜乱想，并要章四爷帮同照理想推测，看意料得到的陆凤娇有几种变故发生。章四爷笑道："依我的理想，除了她乘你不在家，把她自己的衣服及你的股票证券一股脑儿搬走之外，没有第二种变故发生。她是个很聪明的人，我看她连这条路都不会走。"林巨章道："不会寻短见么？"章四爷大笑道："你把寻短见这件事看的太容易了，她这种朝张暮李、廉耻丧尽的女子，当事情败露的时候尚不能死，事后岂再有寻短见的勇气？她寻了短见，我替她偿命！"林巨章道："你何以知道她是聪明人，不会把我的股票证券搬走呢？"章四爷道："这不很容易明白吗？她没和你决裂的时候，偷了你的股票证券，可向国内各钱庄或卖或押，你不会立时察觉。此刻搬了你的，不到几点钟，你报遗失的电就发出去了，她拿着有甚么用呢？"

二人说着话，已到了啰岗方门首。林巨章抢着推开门，先走进去。到章四爷房里一看，并不见有张修龄的影子。章四爷也觉诧异，叫下女来问："刚才有客来会没有？"下女摇头说没客到这里来。林巨章道："这就奇了，他那种慌忙的样子，向这条路上跑来，不是找我，却又找谁呢？"章四爷道："既没来这里，我们不要管他，还是走罢。我原是不主张回头的。"林巨章退出来，听得到艺舟住的那边房里有人说笑。林巨章的身材本来生得高大，踮起脚从窗格里一望，早看见一个头顶戴着暖帽，认得是张修龄的，回头向章四爷道："我说他一定是到这里来了，你看不是在刘家吗？"边说边向窗户跟前走，口里喊了两声修龄。

张修龄已听出林巨章的口音，立时跑了出来，脸上讪讪的问道："巨老何时到这里来的？"林巨章见那日开电门那俊俏后生，从窗眼里露出脸来窥探，猛然想起今早开门时问话的情形来。看了张修龄一眼，沉下脸问道："家里没事吗？"张修龄连忙回道："没事。"林巨章折转身往外就走。章四爷跟在后面笑道："他是为他的事来的，不与你的事相干，却害得我们瞎跑。"林巨章恨道："这也是一个不长进、没出息的东西。在四川的时候，他因为和一班唱花旦的来往，同事的攻击他，报纸上大书特书的骂得他狗血淋头。就为这事，把个省长公署秘书长的差事丢了。我素来不大拘泥细行，由一念爱才之心，聘了他来，也很规劝过他几次。此刻看这情形，大约又是旧病复发了。这个唱戏的，不跟着他的同伙回上海去，却久住在这里干甚么呢？他也是留学吗，或者也是亡命吗？"章四爷笑道："他也不亡命，也不留学，是在这里经商。"林巨章道："我不信他这般一个乳臭未除的小孩子，知道经甚么商。"章四爷打着哈哈道："他这个商，要是他这般乳臭未除的才能经理。若像你我乳臭已除的，还有谁肯来光顾呢？"说得林巨章也大笑起来。

二人乘电车到涩谷。林巨章引章四爷直入内室。方才落坐，陆凤娇已走了进来，向章四爷行礼。

不知陆凤娇说出甚么话来，且俟下章再写。

第一百二十七章

搜当票逐妾破窃案
晾手帕娇娃初现身

话说林巨章引章四爷直入内室，方才坐定，陆凤娇走了进来，向章四爷行礼，章四爷只得回礼让坐。林巨章见陆凤娇进房，不由得把脸沉下来，显出极不高兴的样子。陆凤娇看了看林巨章的脸色，说道："你不要见我进来，便把脸板着。你放心，我不会留恋在你这里。我因见章四先生来了，有句话要说。"章四爷连忙笑着解说道："由他去板脸，有话请向我说便了。"

陆凤娇坐下来说道："我听说不见了贵重首饰，非常疑惑。近来一个多月，我不曾出外，没有需用首饰的机会。我自己没偷盗这首饰，我自己是明白的；便是周克珂，我也能相信他，不至偷盗我的首饰，使我受累。然而首饰又确是不见了，我想下女没这们大的胆量，并且我离开这房间的时候绝少，下女决不敢偷。能在这房里出入自由的，周克珂外，就只张修龄。我记得前几日，章四先生在这里商议投诚的时分，不是有个甚么西洋留学生姓凌的，来这里要借印刷费吗？那时我正在里面有事，张修龄进来说：'向巨老需索钱的人太多，此时外面又来了个西洋留学生姓凌的，要借印刷费。巨老教我进来做个圈套，等歇我来说要拿珠环去当，嫂子便故意不肯，等巨老在外面发作起来，嫂子才着人把珠环送出去。'当时是我不该大意，当着他把珠环拿出来，因为不久仍得放进去，箱子便没上锁，也没留心他的举动。第二日把珠环赎回来，又随手放在梳头盒内，只把那箱子锁了，并没打开看里面的首饰失落了甚么没有。我昨日猛然听得贵重的首饰一件也没了，也疑心是克珂存了不良之心。后来想他为人不至如此阴毒，便有些疑心到张修龄身上。

"今早他说害头痛，当着我脱衣上床，见他背着我从衣袋中掏出一卷东西，塞入枕头底下，彷彿像是一卷钞票的样子。他塞好之后，又回头望望我。我忙低下头作没看见。我从他房里出来，不过一小时，就听得他在厨房里催下女办早点。一会儿下女进来，我问张先生，下女就告我，刚用了早点出去了。我立刻回身到他房里，四处检查，都没可疑的形迹。我想他偷了值那们多钱的首饰，他不是不知道价目的，决不肯便宜卖却，并一时也用不着许多的钱。挥霍过度，反使人生疑。必然拣那不大值钱的钻环钻戒，先变卖或质当几百元应用，其余贵重的，或者尚存放在衣箱里。趁他不在家中，何妨偷开了他的衣箱看看，即看不出形迹，也没甚要紧。看他那衣箱的锁，系中国旧式的铜锁，最容易拔开。当下寻了些梳头时落下来的散乱头发，用簪子从钥匙孔里缓缓塞将进去。不一会，将锁内的簧塞紧了，那锁便锵然脱落下来。

"我揭开箱盖，看里面只有两三件破烂了的夏季洋服和着几本杂乱不成部头的书籍，我心里就很失望。拨开书籍，向里面寻找，就发见了一个旧烂的票夹包。包内很饱满，翻开来，见里面装满了当票，有几元十几元的不等，多半是去年十二月及今年正月的期。惟最后一张，有五百元，是这个月初九日当的，上写明钻石三粒，计六卡纳。我想这三粒钻石，定是我一对耳环、一个钻戒。不知他怎生将金底子拆了下来，专当钻石。我即把那张当票抽了出来，现在这里，请四先生研究，看与这里失去的首饰有没有关系。"陆凤娇说时，从怀中摸出那张当票来，交给章四爷。

章四爷起身接了问道："以外没有甚么可疑的吗？"陆凤娇道："衣箱内是没甚么了。"章四爷看那当票，仍是高桥质屋的，林巨章也起身来看。章四爷向林巨章道："这事无可疑虑了。我可一言断定，你家失去的首饰，有这三粒钻石在内。"陆凤娇道："几件好点儿的首饰，都是做一个小楠木匣装着。既有这三粒在内，那几件不待说也在内了。"章四爷向林巨章笑道："何如呢，我所料的是不差么？"林巨章听了，也不回答，长叹一声，退回原处坐了，不住的拿着手巾拭泪。章四爷着惊问道："恭喜你已去之财有了着落，你应该欢喜，大家商议如何追出原赃，怎么倒悲苦起来？"林巨章道："还追甚么原赃？罢了，罢了！到此刻我才知道，我左右前后的人都是这们拥护我的，还做甚么想活动的梦！这是社会与我的缘分宣告断绝的时候，我若再向张修龄去追赃，那我的魔障更深一层了。前年月霞上人劝我学佛，那时我正在执迷不悟，如何肯听他？此时只得去寻他度我了。"章四爷哈哈笑道："你这念头太转快了，靠不住。"

　　林巨章也不理会，向陆凤娇问道："你没有卖身字退还，便要我给你五千块钱，是不是有这话？"陆凤娇当了面，觉得不好答应。林巨章道："这没甚为难，那字确是被我遗失了，我此刻便给你五千块钱。是你的衣服，你都拿去，并希望你嫁个比我强的丈夫，好好的过这下半世，却不可再上别人的当。一个女人除了自己的丈夫，没有再亲近、再靠得住的人了。别人对你甜言蜜说，都是哄着你，图供他一时开心的。莫说事情败露了，他不肯顾你，便是寻常受点儿打击，想他出力来帮扶你，也是想不到的事。社会上好色、欢喜吊膀子的青年，那个不是轻薄的？轻薄少年，那可托以终生？我和你也有两年挂名的夫妇，此刻要离别了，凭我的良心，我的阅历，送你这几句话。你将来自然知道，我这几句话比五千块钱和几箱衣服值价的多了。"说毕，从箱内拿出一本银行存款折子来，计算了一会道："恰好只剩了五千二百多块钱，你都拿去罢。"随手拿笔签了字，盖了颗图章，伸手递与陆凤娇。见陆凤娇双手掩着脸，正在痛哭，便放在她身边。回身从章四爷手里接了那张当票，拿了雪茄烟，擦上洋火吸燃了，就那烧不尽的火柴，把当票点着，火光熊熊，刹那间化为灰烬。章四爷跳起来蹾脚道："可惜，可惜！不要何不给我？冤枉烧了一千元左右，于今一卡纳可值三百元呢。"林巨章道："你不可惜中国的人心坏到无可救药，偏来可惜这一纸当票，你这可惜便真可惜了。你请坐坐，我还有点事要料理料理。完结了，就邀你同去看个朋友。"章四爷问道："同去看谁呢？"林巨章道："去时自然知道。"

　　章四爷便不做声，看林巨章提起笔，拿了一叠信纸，真是下笔如蚕食叶，片刻数纸，不觉叹道："怪不得人家送你的诗说'检点征衣作才子，也应横绝大江边'，你若真个遁入空门，佛氏是多了个护法的金刚，我中华民国便少了个……"林巨章不待章四爷说下去，抢着说道："少了个吃人的魔鬼。我自己知道，几年来在军队里干的事，都是吃人不吐骨头的事，只因为比人家干得乖巧一点，没惹起一般人氏及各处新闻纸的唾骂。不然，那里花几万，这里花几千，难道是我祖宗传下来的产业不成？像这几日的事，都是我几年吃人不吐骨头所结的果。再不悔悟，只怕更有比这番惨痛十倍的恶果结了出来。到那时，身临绝地，追悔那来得及呢？我这里两封信，一封给月霞上人，约他个会面的地点；一封给我的兄弟，也是约他到一个地方，来承受我没花尽的余钱。我父母早终了天年，无妻无子，只要我兄弟有碗饭吃，便丝毫没有挂碍了。至于国家社会，认真讲起来，像我们这种人，越是死的多，入空门的多，国家越是太平，社会越是有秩序。"

章四爷见林巨章竟是大决心，也跟着惨然不乐。望着他把信封好，揣入怀中，拿了帽子，起身走到陆凤娇面前说道："我也不送你，也不看着你一个人出这房子。我同四爷看朋友去了，你自己收拾动身罢。我赠你的话，你放在心上，是有益处的。"旋说旋拉了章四爷往门外走。才跨出房门，就听得陆凤娇在房里嚎啕大哭起来，那声音凄楚得十分难听。林巨章觉得鼻孔发酸，足不停步的往门外急走，走了多远，耳中还隐隐有哭声缭绕一般。章四爷也跟在后面嘘唏叹息。一气跑到涩谷停车场，才停步长吁了一声。

章四爷问道："你打算去那里呢？"林巨章道："我并没成心打算去那里，就因为不愿意看着她动身，借题抽身出来，让她好收拾了自己的行装走路。你没见我把所有的钥匙都留在桌上吗？我和她两个人的衣服，从来是混做一块儿的。我昨日拣了两箱不大值钱的，打算给她，后来因不见了首饰，呕气不给她了，仍将箱子锁起来。于今我既厌恶这世界了，自己的躯壳都不过暂时保存，为灵魂的住宅，还留着妇人的衣服做甚么？不如完全给了她，免得我又多一层麻烦。我在眼前，她清检有许多不便，所以留下钥匙，听凭她心爱的拿去罢。"章四爷道："你听凭她自己拣心爱的拿，她不作行把你的东西一并拿了去的吗？"林巨章笑道："她便是个兽类，也不至这们没有天良。她若真个拿去，也就罢了。我所损失的有限，她这个人就算完结了。"章四爷笑道："我也知道她决不会把你的东西拿去。不过，我看她这个女子，虽经了这次事变，不见得便能把心收住，好好的嫁个人，了这半世。"林巨章道："这也由她。以我的阅历经验去判断她，大概也和你所见的差不多。总而言之，在上海那种无聊地方生长的女子，家庭的礼教不能严，自己又带着几分姿色，可以说简直没有能从一而终的。"章四爷道："我们快决定去那里，你看两边的电车都要来了。"林巨章道："我们去高田马场瞧老伏去。我对于他很觉抱歉。一则去给他道歉，一则去辞行。"章四爷道："去高田马场，须坐对面来的电车，快走过那边去买票。"

　　二人上了电车。章四爷道："你要去看伏焱，却邀我作伴，甚不妥当。他又是从你家赌气搬到高田马场的。"林巨章摇头道："这有甚么不妥当？我又不和他谈国事。难道我一个就要披发入山的人，还刺探他甚么消息，去老袁跟前报功不成？"章四爷笑道："莫说你不至这们无耻，便是我，又谁不知道是为生活？岂真个拿着二十多年革命党老资格，去老袁跟前当走狗？不过伏焱如何肯替我们设想？伏焱还好一点，我和他接近的次数很不少，还没甚么崖岸。就是他同住的那位曾参谋，胆小如鼠，若听说我到了他家里，知道他的住处了，说不定明日就要搬家。他为人又多疑，见你和我同走，是不待说认定你是我的同类。就是我两个在伏焱房里坐谈一回，连伏焱他都要防备了。那位曾参谋的性格，我深知道，他一有了疑心，任你如何解说，都是无效的。须得他自己慢慢观察你的行为，久而久之，自然解释了，方能上算。不然，他的疑心便一辈子也不能去掉。"林巨章道："他是个这们性格的人，有谁能和他共事呢？"章四爷道："他本来没干过甚么事。在陆军部的时候，当个参谋，吃饭领薪水是他的勤务。在湖南潭三婆婆跟前当个参谋长，事情也都是可做可不做的。然毕竟因性格不好，同事的不愿意他，都知道他胆小，弄了些吓人的金钱炮，打进了他的轿厅，和爆竹一般的响亮，把他轿子上的玻璃都惊碎了。他在内室彷佛听得响声，正要叫人去外面打听，门房已吓得气急败坏的，进来报说外面有人向轿厅里打炸弹。曾参谋一听这话，那颗芝麻般的胆，跟着轿子上的玻璃同时惊得粉碎。一面指挥跟随的护兵赶紧掩上大门，开枪抵御，一面打开五斗橱，将身躯往里面藏躲。"林巨章笑道："你这话未免形容过甚了，五斗橱如何能藏得下一个人呢？"

　　章四爷道："一个字都不曾冤枉形容他。我不把原因说给你听，你自然不相信五斗橱里面可以藏得下一个人。湖南四大金刚之一的康少将，你是认识的。"林巨章道："怎么不认识！并有相当的交情。"章四爷道："你没听他说过，从湖南逃出来，在昌和轮船上，是躲在甚么所在脱险的？"林巨章道："没听他说过。"章四爷道："就是躲在五斗橱内，到湖北才没人注意。"林巨章道："五斗橱一连五个抽屉，怎么藏得下？"章四爷道："好处就在一连五个抽屉。他把那抽屉的底板都去了，抽屉外面的锁，仍锁起来，撬开顶上的厚板，人从上面钻进去，再将顶板盖上。橱后穿几个窟窿吐气，每日吃些面包牛乳，仍从抽屉里送进去。那五斗橱在昌和轮船的买办室内，大小便都是那买办亲手用一个小瓦罐送进送出。任凭侦查的厉害，你看如何查得出？曾参谋知道这个法子巧妙，卧室中早安排了这样一个没底的五斗橱，准备有警，即藏身橱内。"林巨章笑道："曾参谋胆小，我也曾听人闲谈过，以为不过是普通胆量，在军人中算是胆小的罢了。谁知竟是这们一个人。那次金钱炮响过之后，不待说是宣布特别戒严，在长沙城内，大索十日。"章四爷鼻孔里"扑嗤"笑了一声道："他家里响了炸弹，还敢坐在长沙宣布特别戒严？大索十日，也不算是胆小了。他当时要钻入五斗橱，被跟随的护兵拖住，说刺客投了那个炸弹，已跑得无影无踪了，大人无须躲避；他才停了钻，回头问这话是真么？门房也在旁边帮着说，刺客确是已跑得不知去向了，曾参谋方离开五斗橱。定一定神，挥手教在房里的人都出去，他一个人把房门关着，连他太太都不给知道，换了装束，悄悄的从后门溜出来。跑到三井洋行，办了个保险的交涉，就住在三井洋行。写了封信给谭三婆婆，辞参谋长的职务，又写了封信给他的太太，教他太太从速处理家务，立刻动身到汉口某旅馆等候。他自己就由三井洋行保险到了汉口。他对人还夸张他的机警，说有神出鬼没的应变之才呢！"

林巨章笑道："这样的人，我们理他做甚！他搬家也好，疑心也好，横竖我们不和他拉交情。就是伏焱，我也不过在尘世一日，尽一日的人事，谁有心情和他长来往？你不要多心，你是因和我有交情，陪我同走，不是单独去瞧他。"章四爷点头笑道："我既同上车来了，还有甚么话说？像曾参谋这样的人，便一辈子不投诚，也不见得有人恭维他的节操。并且他就是想投诚，老袁还未必定肯收录呢。"林巨章笑道："那却不然。他也是个陆军中将，士官学校的毕业生。这样的资格，为甚么还未必定肯收录？"章四爷道："空空洞洞一个陆军中将，做得甚么？光光一个士官学校的毕业生，这种资格，在老袁眼睛里，看见不看见也是个问题。"

二人在车中谈话，竟把站数忘了。猛然听得掌车的高声唱着"高田马场"，车外的号手也在外面来回的唱报，才将二人惊觉，慌忙下车。都说万幸不曾被他拉到目白去，又要赶电车回头，才讨厌呢。林巨章走前，章四爷走后，出了停车场。林巨章回头计议道："我不曾来过这里，又不知道番地，得多费点时间，遇着警察便问，大约住在这里的中国人不多，只怕还容易寻觅。"章四爷道："没有找不着的道理。不过这市外的警察很少，即问他也未必知道。我有寻人家的绝妙方法，只须到这一带的米店，或青菜店、肉店去问，他们没有不知道的。因为市外的米店、肉店、青菜店都很少，又最欢喜做中国人的生意，中国人决没有从市内买这些食品来的。并且还有一层，最能使这三种店注意的，就是中国人欢喜记账，这三种店大概都有本来往簿。我们去问他，翻出那簿来一看，比警察署造的册子还要明白。"林巨章笑道："这方法果然绝妙。你看前面不就是一家青菜店吗？等我就去问他一声，看是怎样。"

林巨章走近青菜店门首，先脱帽行了个礼，才问道："请问这高田马场住了很多的中国人家没有？"青菜店里出来一个三十来岁的店伙，答道："这附近就住了四五家。高田马场地方宽广得很，不知共有多少家。"林巨章问道："这附近四五家中，有一所房子住两户人家的没有？"店伙连连点头道："有一屋共住两户人家的，新搬来不久，并有家眷。"林巨章向章四爷笑道："你这个绝妙的方法，此刻实验了。"章四爷也笑着问店伙道："这人家是甚么番地？"店伙道："番地却记不大清。我这里有簿，待我查给先生看。"说着跑入里面，拿了本簿出来，翻开看了看道："丰都摩郡，二百八十四番地。从这里向东走，顺着路势转弯。上一个小坡，便看得见那所房子。"

二人听了，都很高兴，谢了店伙，照所说的方向走去。果然一上小坡，不到十多丈远近，就见一带森林，围绕着一所房子。林巨章笑道："看这所房子外面的形势，很像有些邱壑，与普通日本式的房屋不同。可惜给曾参谋这个俗物住了，他那们胆小，住这种房子，夜间一定怕鬼。伏焱的胸襟虽雅尚一点，但也不是个有山林之志的人。并且他起床的时间过晏，山林清淑之气，一些也不能领略。"章四爷道："不要批评了罢，防树林中有人听见，见面时难为情。"林巨章听了，举眼向树林中望去，果见一个中国装的女子，在树林里面走动。幸距离尚远，料没听得。

二人走近大门，看门柜上挂的木牌，写着二百八十四番地，即将大门推开。林巨章先跨进去，见大门内一个草坪，坪中间一条小麻绳，两头系在树枝上；数十条五花十色的小手帕悬在小麻绳上，如悬万国旗一般，不觉笑道："这是一种甚么装设？"章四爷道："必是一个极爱好的女子，才有这们多很漂亮的小手帕，洗了悬在这上面晒干。你看，不还是潮的吗？"林巨章道："伏焱的太太，我知道没这们爱好，并没这们奢华，准是曾参谋的太太了。刚才我们看见的，大约就是在这里晒手帕。"边说边走近廊檐，听里面寂静静，没一些儿声响。林巨章咳嗽了两声，也没人出来。章四爷道："正面房屋多半是不住人的。我们都是熟人，何妨从草坪转过左厢去？"林巨章点头道是，绕到左厢一看，有三尺来高的一带生垣，围着一个小小的花园；靠花园这方面的阶檐，都用香色的暖帘悬着，看不见里面的房屋。林巨章道："这倒布置得很雅。只是把阶檐都悬满了，教人从那里上去呢？不管他，我喊一声老伏看。"接着放开了喉咙，连喊了几声老伏。即听得里面推得门响，有很细碎的脚步声，渐响到切近。暖帘一起，只见一个十八九岁的中国女子，从帘缝里露出半面，望着林巨章，用那极清脆的声音问道："先生找谁呢？"

林巨章一见这女子，不知怎的，立时把那厌恶尘世，要找月霞和尚剃度入山的念头，忘得一些影儿没有了。耳里虽然听得是问自己的话，心里也明白是应答一句来找伏焱的，只苦于一时如被梦魇一般，四肢软得不能动，口里嗫得不能说，两眼呆呆的对望着。章四爷在后面看见，忙向前施礼说道："伏先生在家没有？"那女子道："甚么伏先生！我这里不姓伏，二位找错了。"

不知后事如何，下回再说。

第一百二十八章

责老友伏焱发正论
出东洋陈蒿初得名

却说章四爷进门时，见了那些手帕，就有些疑心是错了。及见这女子出来，更知道不对了。只得向这女子鞠躬道歉，回身要走。林巨章连忙说道："且慢！请问女士，可知住这左近，有一家一个姓伏，一个姓曾同住的么？我问日本人，他们说不明白，因此走错了。"这女子却不羞涩，从容答道："我才搬来此地不久，不知道，请向别处去打听罢。"说毕，将暖帘放下。

林巨章还立着出神，章四爷挽了他的手道："既不是这里，不走更待怎么？"林巨章道："走呀，走呀，看走向那里去！问得清清楚楚，分明一点不错，又是两家合住，又是新搬来的，怎么会说是错了，不是件很新奇的事吗？"章四爷忍着笑，一声不响。才走出大门，林巨章回头看着门框上的番地道："不是二百八十四番地吗？怎么会说是错了的呢？哦，明白了，曾参谋的胆子既是有那们小，躲在这里，必不肯轻易见人。伏焱也是个不大欢喜讲交际的人。两家必互订了条约，除了至好的几个朋友，常来不待通报的以外，凡是进门，开口问某人是不是住在这里，或某人在不在家的那一类的客，一概给他个绝望的回答。这种办法，亡命客中行的很多。我去年在长崎的时候，就是这们对付一般不相干的人。伏焱曾听我说过，所以也是这们办。我们再进去，包管你会得着。"

章四爷心里实在好笑，但口里只得说道："或者如你所料。不过我们再进去，她若仍是那们回说，我们又退了出来，未免有些像失心疯的样子，不大妥当。你要再进去，须在这里想出个最后对付的方法，我才放心陪你进去。不然，给人笑话还在其次，只怕给人抢白几句，一时面子下不来。"林巨章想了想道："最后对付的方法有了，你放心陪我进去罢。来，来。"说时伸手去拉章四爷。章四爷道:"最后对付的方法是怎的?且说给我听了,大家斟酌斟酌。"

林巨章还没回答,听得有皮靴声从坂上朝这大门走来,即停了口。二人都回头看,来的是一个二十多岁、穿洋服的青年。远望去,很有些飘逸出群的样子,渐走渐近,觉得他那脸上确是擦了不少的美颜水,才有那们浮在面上的一层和下了霜一般的颜色。二人正望着那青年,那青年也很注意二人似的,目不转睛的向二人满身打量。一步一步走到跟前,略点了点头问道:"二位来此地找谁呢?"章四爷一听是湖南口音,心里也以为林巨章所料的有几分着了。且不答他的话,反问他道:"足下是住在这里吗?请教贵姓?"那青年听章四爷说话也是湖南人,两眼更不住的打量,口里答道:"我姓周,这房子还有家同住的姓李。"章四爷道:"没有姓曾的吗?"姓周的摇头道:"姓曾的不住在这里。此去半里多路,倒有一家姓曾的,和一家姓伏的同住。"林巨章连忙接着问道:"足下和曾某认识么?"姓周的笑着点头道:"我刚才从他家来。"章四爷笑道:"这却凑巧,免得又去问人。他那里是多少番地?"姓周的道:"他那里是丰都摩郡一千三百六十五番地,但是很容易寻找,那房子有极好记认的标识。二位顺着这条小路走去,并没弯曲,约走了半里路的光景,就留神看右手边,有一所新建筑的房子,半边西洋式,半边日本式的,就是他两家了。那姓伏的,住在日本式房子里。"二人向姓周的谢了一声,姓周的即进门去了,随手已将大门关上。

林巨章道:"这姓周的说话时神情,很有些可疑,怎的一听你开口,他脸色便露出惊慌的样子来,向你满身打量?"章四爷道:"我也觉得他见我说话时,神色有些不对。但后来没继续看出甚么可疑的形迹,大概他也是一个三四等的亡命客,听了我是同乡的口音,因疑心来到此地,或有于他不利的作用。及听说是找曾参谋的,他便放心了。知道与曾参谋认识,必是同类的人,所以殷勤指示。我们且依他指的道路走去。"林巨章虽点头,跟在后面走,心里总放那窥帘女郎不下,走两步,又回头望望。心想:"这姓周的男子,必是那女郎的丈夫。外表虽像很飘逸,但看他那种油头粉面浮薄的神气,不是个有根气的男儿。他既才从曾家来,伏焱必也和他认识。我倒要打听打听,看那女郎和他是不是夫妇。"林巨章心中这们一想,脚步便走的快了。

不多一会，已远远的看见一所新房子，形势和姓周的所说一般无二。二人正用手指点，说必是那一所无疑。忽见从那房子里面出来一大群的人，其中有几个穿中国服的，远处一望分明。章四爷道："他家今日有甚么事，出来那们多人？"林巨章道："大约是会议甚么。那走最后两个穿中国衣的，不是一个伏焱，一个曾参谋吗？只是胆小的人，躲在这地方住了，还公然敢开会集议，也要算是奇事了。"章四爷停了脚道："我们且在此处待一会儿，等他们走远了，再走上前去，免得遇着熟人，又要说长道短。"林巨章心里也正因为外面都传说他投了诚，恐怕遇见同党的人，不知底细，与以难堪的词色，听了章四爷的话，连说很好。

二人找着树林深密的地方，钻进去立了一会。探出头来，见那一大群的人都散得无影无踪了，才出来，走近那所房子。知道曾参谋是住在西洋式的屋子内，便不走那边，径到日本式的房里，推得门铃响。伏焱已出来，看见是章、林两个，登时脸上现出惊疑的样子来。林巨章拱手陪笑说道："今日特来向你道歉！自从你搬走之后，我所过的日月，简直不是人类所能堪的。也毋庸我说给你听，你往后自然知道。"伏焱听得这般说，也摸不着头脑，只得打着笑脸，邀二人至里面客房坐下。勉强与章四爷周旋了几句，才向林巨章问道："近来怎么的，有甚么为难的事吗？我因新搬到这里来，布置一切很费时间，几次打算来看你，苦无工夫。才几天没见你，你脸上的颜色就这般憔悴了。"章四爷从旁笑道："他这两天，没把命送掉，还是徼幸，容颜如何得不憔悴呢！"伏焱着惊道："这话怎么讲？"林巨章摇头道："我也无颜说，也懒得说。四爷完全知道，要他说给你听罢。我和你患难之交，就为那不贤德的女人，险些儿伤了和气。"伏焱道："各人的主张不同，便是亲兄弟也多有在政治上成仇敌的，于私人的感情仍是没有损害。你我的事，却不能怪你那位太太。"林巨章道："你这解说的话，隔膜得很。四爷把情形说给你听，你再说罢。"伏焱即掉转身来问章四爷。章四爷只得把昨今两日的事，说了个大概。

伏焱听了，向林巨章说道："这事只怪你自己溺爱不明，才弄到这们个结果。你来到东京，我和你同住不到十日，他们苟且的事，外面就已有了风声。你看我曾和周克珂攀谈过话没有？张修龄的行止虽然不正，却比周克珂好些。他偷你的首饰固是无聊，不是我说庇护他的话，你也应担点错处。他跟你来这里亡命，住在你家里，除吃了你几颗饭外，得不着一文钱零用。他手边又挥霍惯了，我时常听得你那边的下女跑过我这边来，对我的下女说，张先生今日又抱了一大包的衣服到当店里去了。他有多少的衣服，不当光了吗？你大处却不鄙吝，整千上万的冤枉花费，你一点也不计算；越是小处，越丝毫不肯放松。这也是你用人的大缺点，失人心的大原因。"章四爷忙跟着拍掌，说："对呀！"

林巨章不服道："老伏，你这般责备我。真不能教我心服。修龄用我的钱还在少数吗？你去问问看，在四川的时候，他每月薪水之外，我津贴他多少？一路到上海，同住在东和洋行，每人每日十块钱的旅费，住了个多月，都是由我给他开发的。还有在堂子里，吃酒打牌，三十五十的拿去。动身到日本来，坐船也是同坐的头等，花的钱还在少数吗？就只住在日本，我闲着没干事，他当然也只能作没差事时的想头，何能和从前一样，每月尚有薪水可领呢？自应大家将就一点，才不失朋友相谅之道。"伏焱笑道："你这话也不错，所以张修龄不好意思向你要钱，就是因你说的这一段道理。不过你这话只就你自己一方面着想，在四川干差事的时候，你倒可不必津贴他，他有件差事在手里干着，不愁窘迫得没有办法。住在东和洋行，也不必住那们高价的房子。你便再花多些，也是东和洋行赚了。坐船同坐头等，和住东和洋行一样，张修龄所得，不过一时身体上之舒适，并不是坐了头等舱，住了头等饭馆，就和干了头等差事一样，有许多利益可享。至交卸差事之后，在日本又不比在内地，有亲戚朋友可以挪借。他跟着你亡命，住在你家里，你当然要供给他的用度，不过不能由他尽兴挥霍罢了。普通人情大概如此，十年的好感不敌一分钟的恶感。张修龄把衣服当了作零用，你知道也只不作理会，他从前对你的好感就渐渐消灭了；再长久下去，只怕拿你的生命去卖钱的事，都有做出来的这一日呢！"林巨章道："这种没天良的人物，谁还和他长久下去！我受了昨今两日的教训，已是万念俱灰了。今日到这里来，一则是向你道歉，多年患难的朋友，不要因误解而失了和睦；一则来辞行，我只等退了房租，即动身回上海，找月霞上人剃度。你责备我的，虽是好话，但我既不想在尘世求生活了，别人也不能用我，我也无须用人。与木石居，与鹿豕游，用不着这种机心了。"伏焱见林巨章语气中，还带着护短的意味，便不再说了。拿着不相关的话，谈了一会。

林巨章受了这两日的刺激，心意虽然灰懒，但他素来是个热中事业的人，好色又出自他的天性，所以一方面说要捐弃一切，找月霞上人剃度；一方面见了那窥帘女郎，禁不住尘心又砰砰的跳动。此时心里又转念到那女郎身上去了，望着伏焱问道："你这里今日有甚么聚会吗？我们来的时候，见从这屋里出来了一大群的人。"伏焱道："老曾的太太今日四十整寿。几个平日来往亲密的朋友知道了，都跑来吵着要多弄些料理吃。老曾极力推托，说怕外间误会，当作又会议甚么，风声传出去，新闻记者也来了，侦探也来了，在此地又住不安宁。那些朋友说不要紧，都担任替他保险。他推托不了，才办了些料理。大家正在开始吃喝，果然来了个有侦探嫌疑的人，吓得老曾慌了手脚。由我出来向那人说了原由，敷衍出去了。老曾至此刻，心里只怕还是不安的。"

林巨章道："那有侦探嫌疑的人是谁？怎么消息就得的这们快？"伏焱笑道："那人你不认识。老曾的神经过敏，定说他有侦探嫌疑，其实没有说得上口的凭据，并且是时常到老曾家里来的，今日偶然遇着了。在老曾这种多疑的人看着，便以为是有意来侦探。"林巨章道："那人不是姓周么？"伏焱道："你怎么知道？这就奇了。"林巨章遂将找错了人家，遇着姓周的话，说了一遍道："因听他说才从曾家来，所以我猜是姓周的。那姓周的是个怎样的为人，老曾如何会疑心到侦探上去咧？"伏焱望了望章四爷笑道："那人与章先生同乡，也不认识他吗？"章四爷摇头笑道："湖南人在这里的同乡太多，我见过面认识的很少。我正有些诧异，他见了我，目不转睛的在我周身打量，此刻听说他有侦探的嫌疑，倒也有几分像个侦探。"伏焱道："他这侦探嫌疑的头衔，很来得奇怪。他也没做过类于侦探的事，也没交过做侦探的人，然而老曾加上他这个头衔，他并不能说是冤枉。因为他近来姘上了一个女子，那女子是个唯一崇拜袁世凯的人，常对人说，现在中国的人物，男子就只袁世凯，女子就只她自己。"章四爷笑道："这句笑话，我曾听人说过。那女子不是姓陈吗？是我湖南女留学生中有名的尤物，向她求婚的最多。我因自己的年老了，不敢存这妄念，故不曾瞻仰过她的颜色。这样说起来，连那姓周的，我都知道了，叫周卜先。怪道那们油头粉脸。"伏焱点头笑道："一点不差，就是他两个。我说章先生一定知道，他两个的声名在湖南留学界都很大。"林巨章道："他两个已成了夫妇么？"章四爷笑道："甚么夫妇，一时的姘头罢了。周卜先家里现放着个老婆，听说岳州还有一个，此地又有个日本女子。"

林巨章跳起来道："这还了得！姓周的若不是用哄骗手段，我能断定，那女子决不嫁他！难道向那女子求婚的，便没一个及得这姓周的？"伏焱笑道："你刚才还说要找月霞上人剃度，此刻就犯了个'嗔'字，再说下去，只怕连'痴'字都要犯了。"章四爷也笑道："他此时没'痴'，在周卜先家里已'痴'过了。我不给他一个当头棒喝，难说这时候不尚木立在那生垣旁边呢！"林巨章听了，顿觉不好意思，坐下来说："章四爷真是瞎说！我那时是疑心她支吾，不肯说实话。像你这般罗织人罪，怪不得人家打量你几眼，你就证实人家像侦探呢！"章四爷哈哈笑道："你就是害了这'疑'字上的病，不是'疑'字上加病，又如何得成'痴'呢！"

伏焱听了，也哈哈大笑起来，向林巨章说道："不必你替那陈女士说不平的话。他同乡的，近来因这事唱不平的论调，要开同乡会研究的，已有不少的人呢。"林巨章道："这种事，不是同乡会的力量所能办的。"章四爷道："他两个都是公费，同乡会的力量，可以将他们的公费呈请撤销，为甚么不能办？"林巨章道："是吗，充其量，撤销公费而已。对于陈女士之受骗，没方法使她觉悟。专撤销他们的公费，反足使陈女士废学，而于这种不正当的结合，仍一点不能发生阻止或妨碍的效力。"伏焱道："反对这事的一多，其中自然有设法使陈女士觉悟的人，何必要你这世外的人鳃鳃过虑呢？"林巨章道："我觉得年轻的女子，如奇花异草，大家应该维护她，不使她横受摧折。她年轻，阅历不到，上了人家的当，我们能够提醒她，叫她回头，也是一件盛德之事。就是已出家的和尚，不开口便说慈悲为本，方便为门吗？"伏焱和章四爷都望着林巨章笑，不做声。林巨章也自觉有些不好意思，搭讪着谈了会闲话，便同章四爷告辞归家。章四爷自回四谷。

林巨章归到家中，见陆凤娇搬走了，叫下女问了会走的情形。检查衣服及零星物件，凡不是她自己应用的，都不曾移动。一个人坐在房中，眼看着冷清清的气象，不由得心中凄楚，独自掉了回泪。左思右想，仍以回上海找月霞和尚为妥。夜间，张修龄回来，林巨章也不提当票的事，只说自己要回上海，教他搬往别处去住。张修龄看林巨章待自己的词色，大不如前，心虚的人，早疑到是那当票被人抄着了。回房开箱一看，只急得瞪着两眼，翻恨自己：为甚么怕施山鸣见了笑话，不将当票放在身上？难道他就知道我身上有当票，伸手来搜吗？这真是合该事情要败露，才有此事鬼迷了头的举动。这一夜，林巨章在里面房气恼，张修龄便在外面房悔恨，一般的难受到天明。张修龄无颜再向林巨章告辞，悄悄卷了铺盖，搬到神田甲子馆住了。林巨章起床，即叫下女把房东找来，退了房子。也不管陆凤娇和张修龄的下落，匆匆忙忙收束了家务，乘熊野丸回上海去了。

　　此事已了，作者且慢慢的将周撰骗娶陈蒿女士的故事写来。

　　话说住在神田竹之汤的柳梦菇，历来和周撰交厚，在岳镇守使衙门同事的时候，柳梦菇就很肯替周撰帮忙。周撰娶过定儿之后，手中没了钱，在岳州住不下了，也是柳梦菇替他设法，才从省中运动了一名公费，重到日本来留学。自去年与郑绍畋互闹醋意，解散了贷家，他是运动进了联队，和樱井松子断绝了。在联队里，受了大半年的清苦，心里尚有些不能忘情岳州的定儿，请假回湖南一趟，想将定儿带到日本来。不料翁家夫妇因年老只有一个女儿，要留在跟前陪伴终身，不肯给他带去，只得又独自来到东京。这回却只在联队里挂了个衔，不愿再到里面去受那清苦了。终日在外面，和几个同走欢喜嫖赌吃喝的，在一块儿鬼混。

　　同乡中有个姓何名叫达武的，本是一个当兵出身的人，辛亥年，在一个伟人跟前充一名护兵。那伟人喜他年轻，生得聪明，说话伶牙利齿，夜间无事的时候，教他认识了几个字。他在伟人跟前，很能忠诚自效。伟人有心想提拔他，问他的志愿是要当兵，还是要读书；若愿意读书，现在省政府正派送大帮学生去日本留学，好趁此把何达武三个字加进去。何达武听说有公费送去东洋留学，那里还愿意当兵呢？立时向伟人磕了个头，求伟人栽培。伟人不费一点气力，只动一动嘴，"何达武"三个字便加入了留学生的名册。与那些考一次又考一次，受几场试验，经几番剔选的没奥援学生，受同等的待遇，送到日本来了。这何达武因不是个读书人，不大和那班考送的说得来。只周撰要拉他凑成四个脚，好叉麻雀，常和他说笑说笑，他便对周撰很亲热。周撰同郑绍畋组织贷家，专一引诱新来的牌赌，这何达武算一个最肯报效的。同场的赌友，因他这个配脚是永远不告退的，那怕同赌的更换了几班人，他总能接续下去，几日几夜，也不见他说一声精神来不及，就替他取个绰号，叫"何铁脚"。不知道细底的人，听了他这绰号，又见他是个武人样子，都以为他练过把势，双脚和铁一般坚硬。他自己也不便说明给人听。叫来叫去，有些好事的，更见神见鬼的，附会些故事出来，俨然这"何铁脚"是个最会把势的"何铁脚"了。

大亡命客中，每因意见不合，有须用武力解决的时候，帮闲的居然有把他请了去壮声威的。他运气好，却没一次真动手，被人识破。

　　他有姑表兄，姓李，名镜泓，也是在长沙运动了公费，夫妻两个，并一个小姨子，都在日本留学。这李镜泓年纪有三十四岁了。二十岁以前，还在乡下种田。因见废了科举，左邻右舍的青年都纷纷进学校读书，他也跟着在警察传习所毕了业，充当了一会巡长。他的妻子，姓陈，名毓，倒是个读了点书的女学生。姊妹两个同在周南女学校毕了业。妹子陈蒿，更生得姿容绝艳，丰韵天然。陈、李两家，本系旧亲，陈毓十七岁的时候，李镜泓正在警察厅当巡长，常在陈家往来。见陈毓生得齐整，托人说合。陈毓的父母也不知道一个巡长有多大的前程，但见他时常穿着金丝绲袖的衣服，戴着金线盘边的帽子，腰挂长刀，带着跟随的警卒，很像个有些声势的新式官员模样，便应许了这们亲事。过门之后，夫妻也还相得。

　　这次遇了送学生出东洋的机会，陈毓极力耸恿丈夫四处运动，先补了名字，她姊妹两个才上了个呈文到教育司，说愿与考送的男学生受同等试验。教育司批准了，考试起来，两个成绩都很好，同时取录了。两个的声名，登时传遍了长沙，没人不称羡。本章已毕。

第一百二十九章

何达武赌钱闯穷祸
周卜先吃饭遇娇娘

却说李镜泓带着妻子并姨妹到了东京，在江户川租了所房子住下。何达武也因初来，尚住在旅馆里，听说李镜泓租定了房子，过去一看，还空着一间四叠半席的房没有人住，何达武要分租了搬来同住。李镜泓因是姑表至亲，不好推诿，就分给他住了。何达武也不上课，每日在周撰设的那赌窝子里消遣时光。李镜泓夫妇也不问他的事。及周撰那窝巢散了，他就成了个没庙宇的游魂，整日东飘西荡。或是上野馆，或是三崎馆，推牌九，又麻雀，总免不了他这个铁脚。

一日，他正从江户川坐电车到神田神保町下车，打算去上野馆寻赌。下车才行了几步，见前面一个穿洋服的，也是向北神保町这条路走。何达武看那人的后影，好像是周撰，忙急行几步，赶上去一看，不是周撰还有谁呢？喜得何达武心花怒发，连忙打招呼，笑问道："许久不看见你了，你解散贷家的时候，为何信也不给我一个？害得我到处打听你和老郑的下落。有人说你进了联队，又说你仍回湖南去了。你毕竟躲在甚么地方？去年常同在你那里玩的一班朋友，没一个不惦记你，都还想你出来做个东家。"周撰笑道："你们于今没有我这个东家，就想我做东家。去年有我做东家的时候，你们的话又不是这样的说法了。我的水子也抽重了，款待也不周到了。想邀成一个大点儿的局面，就如上海的野鸡拉客一样，拉这个那个跑了，拉那个这个跑了。几时由你们发起，爽爽直直的，成个一次六人以上的局面呢？"

何达武争着辩说道："老周，你不要是这们说。说那些闲话的，不过两三个没气魄的鄙吝鬼，输不起几个钱，有那些屁放。像我还对你这东家不起吗？"周撰点头道："像你是没有话说。你此刻想到那里去？"何达武笑道:"你说我有甚么地方去? 去年有你做东,就天天在你那里。你走了,没一定的地方,在上野馆、三崎馆这两处的时候居多。唉,如何得有你那里那们自由、那们畅快! 夜间十二点钟以后,无论你心里如何想玩,多玩一刻也不行,手气好的,赢了没要紧;若手气不好,输多了,想再来了几手捞本,万分做不到,只得忍气吞声的,结了账走路。"周撰道:"是这们有个限制,倒好些呢! 手气好的,赢了一个算得一个,实打实落的上了腰;就是手气不好的,输也输得有个休止,不至输到稀烂。"何达武道:"你是个象[1],意见和我的不同。昨夜我在上野馆,约了今日邀一场牌九,我近来输的不成话了,难得在这里遇着你,合该我的运气来了,同去帮我一回忙罢!"周撰道:"我刚从上海来,行李还放在富士见楼。此刻要去看个朋友,不能陪你去。"何达武那里肯放呢,一把拉了周撰的手,不由分说的往上野馆拖。周撰只得说道:"不要拖,来往的人见着不成个样子,同你去便了。"何达武才松了手,二人一同到上野馆来。

不一时,到了上野馆,周撰一边脱皮靴,一边问何达武道:"是谁人的东家?"何达武道:"这里的东家不一定,到临时看谁的朋友来的多,便在谁的房里,就算谁的东家。"周撰道:"在旅馆里,便做东家,也没甚么好处。馆主分了一半去,还有下女要吃红。余下来的,东家能得多少!"何达武道:"正是。"说着,引周撰到三层楼上一个很僻静的房门首,推开房门,让周撰先进去。周撰看是一间八叠席的房,房中已有六个人。周撰认识一半,一个是王立人,一个涂道三,一个小金,都起身向周撰招呼,问:"怎么许久不见你出来玩钱了?"周撰随意敷衍了几句,回头看这三人,衣服都极平常,料没有多少油水,望着王立人笑道:"这房间是你住的吗?"王立人点头道:"我在这房里住了一年多了,不吉利得很。想要搬家,又难得有合式的地方。"何达武抢了涂道三坐的蒲团,递给周撰道:"你坐了再说,等一歇想个蒲团坐,是没有的了。你穿着这们漂亮的洋服,在席子上擦坏了可惜。"

周撰真个坐下来,笑问王立人道:"你住在这房里,如何不吉利?"王立人蹙着眉摇头道:"我自从搬到这房里来,就倒霉极了,没一事如意

---

[1] 象:旧时湘中赌棍口吻,谓内行为"象",又称"长鼻子"。

的。近来更是大赌大输，小赌小输。十场之中，难得有一两场赢的，就是赢也赢的极少。"何达武道："不要说闲话耽搁时刻。我们这里已有八个人了，快商议是牌九还是扑克。"小金也立起身道："我赞成牌九，尽可容得多人。"周撰看房中没一个像是有钱的，便不愿意出手。王立人问他也赞成牌九么？笑答道："你们大家的意思，说甚么好，就是甚么。我今日才从上海来，本要去看个朋友，没打算到这里玩钱的。铁脚在路上行蛮，将我拖了来，陪你们玩一会儿，我就要走的。"何达武连忙说道："那不行。无论你想去会甚么朋友，明日再说，今日是要靠你做一个正脚的。"小金、王立人也跟着说："既来了，那有就走的理！"随着大家立起来，搬台子，洗骨牌。

王立人推周撰先做盘，涂道三已把牌抢在手里说道："且让我先做二十盘，以后任谁接手，我都不问。"何达武看了不愿意，想伸手夺了牌给周撰，周撰忙暗地拉了他一下，何达武才鼓着嘴不做声。涂道三洗好了牌，大家掏出钱来，一角两角的摆了。周撰同何达武两个，坐在天门。周撰留心看了几条，知道弊是没有的，只是见大家的注子太小，犯不着多押。何达武三角五角的输了几次，输得红了眼睛，抓出几张一元的钞票来，作一个孤注。周撰笑着把钞票收回来说道："何妨留在手里多玩几回，你怎么终年睡在赌里面，还是这们草包？"何达武道："就请你替我押罢。我的手气不知怎的，坏到无以复加了。"周撰真个替他匀着押。

也是这日合当要闹乱子，涂道三的盘没做到一半，身边的二十来块钱，已输得一文不剩了。周撰帮何达武赢了十二元，何达武喜得不住的夸张周撰真赌的妙，真是一把好手。涂道三输了钱，那有好气？加以何达武进房的时候，抢了他的蒲团给周撰坐，眼中早已望着周、何两个冒火。所以上场的时候，听说王立人要推周撰做盘，他便将牌抢在手里，也是有意不给周撰的面子。开出牌来，见天门这方不利，看看的把何达武输得发急了。涂道三常和何达武在一块儿赌的，知道何达武的赌性，越赢越不肯出注，只要连输了几手，发起急来，就看荷包里有多少，扫数做一注，这一注十有九仍是输的。同赌的都说何达武只有输钱的胆，没有赢钱的胆。涂道三见何达武发急，将所有的钞票都做一注放了，满拟一两下，把这铁脚收服。偏巧周撰在旁不依，把钞票收了回去。那时涂道三就想发作的，因怕把局面搅坏了，受大家的埋怨，自己也还没赢着钱，勉强将性子按落。

不料周撰赌的乖觉，连赢了几手。众押脚见了，都跟着走。因此不到十盘，把涂道三的一点点儿赌本赔得精光。这一气胸膛都气破了，圆睁两眼，望着何达武称赞周撰，把手向何达武一伸道："喂，借十块钱给我做完这二十盘。"何达武摇头道："我那有钱借给你？你没钱，让别人做。"涂道三朝着何达武脸上，就是一口唾沫吐去，把牌往席子上一拂，骂道："你借我的钱借得，我问你借钱，你就这们放屁！"何达武也跳起来骂道："你输不起，不要赌！我不借给你，只由得我！"涂道三不等何达武骂完，一手拿着茶盘，连茶壶茶杯，向周、何两人的头上掼来。周撰眼快，早避开了；何达武头上着了一茶盘，茶壶茶杯都打在席子上。何达武如何能忍受得这一下，举眼向房中一看，没有可拿着当兵器的东西，即弯腰拾起一把磁茶壶，朝涂道三打去。却没打着涂道三，不偏不倚的，正着在王立人脸上。登时房中大乱起来。

周撰见风色不好，趁着混乱之际，溜出来急急的下楼。账房听得楼上嚷闹，已跑上楼来。周撰在楼梯上遇着，怕他拖住诘问，低了头往下走。刚把靴子穿好，何达武也跟着跑了下来，一同出了上野馆。何达武道："亏我跑得快，再迟一步，就得罚我五块钱，还要呕气。"周撰问道："怎么要罚五块钱，谁罚你的？"何达武道："你不知道上野馆新立的规章吗？因为每次赌钱，总是闹架散场，上野馆账房为维持赌局和平起见，订了一个规章。共有五条，上写'注意'两个大字，下面小字是：凡在上野馆赌博，他可担保没有警察侵扰，但来赌的有遵守以下规定的义务。规定第一条，来赌的以中国留学生为限。第二条，来赌的每场不得超过二十人。第三条，赌博时间午后一时起，至夜间十二点钟为限，逾刻至一分钟以上，罚做东的洋五元。第四条，不论赌博大小，每四小时纳保险费洋五元，做东的负责。第五条，因赌博发生口角，或至争斗，妨害他们治安时，罚启衅的五元。这就是新立的规章。"周撰笑道："这真是闻所未闻了。我在日本这们多年，没听人说过这种新奇的规定。只是今天并不是你启衅，如何能罚你的钱呢？"何达武道："能由我辩得干净的吗？涂道三那狗娘养的，自然要赖我启衅。就是王立人，若不受我一茶壶，或者还肯说句公道话；他偏受了误伤，脸上青肿得有个馒头大，他心里恨我，口里能不指我是启衅的人，好罚我五块钱，消他的忿气吗？"周撰笑着点头道："你走出来的时候，他们没看见吗？"何达武笑道："我趁那账房进来，指手舞脚骂人的时候，大家都吓得不做声，一个个光着眼望着账房，我就从账房背后一溜。好在我们两人今日坐的天门，没有台子挡住去路，不然可真糟了。你此刻不要去会朋友了罢，承你帮我赢了十二块钱，我请你去维新料理店，吃一顿料理罢。"周撰道："此刻还不到五点钟，怎么吃得下？下次再请我吃罢。"何达武道："慢慢的走去，也得十来分钟，到那里再坐坐，如何吃不下？你难道不知道我有钱做东道的日子很少吗？走罢，不要客气，横竖是意外之财，就多吃一两元也不心痛。"周撰推却不过，只得同走。

　　一会到了维新店，上楼拣了个人少的座位坐了。随有下女过来，二人点了菜。何达武问周撰道："你是个甚么方法，每次赌钱，输的时候少，赢的时候多？并且赢还赢的大，输总输的少。同场的人没一个不佩服。你毕竟是个甚么法子，可以传授点给我么？"周撰笑道："怎的没有法子？不过像你这般粗心的人，便教给你也不中用。输了不待说，性子按纳不下，恨不得一两手捞回本，还想赢钱；就是赢了，得意的忘了形，以为自己手气好，无往不利；有时还要显气魄，分明自己押中了的，因头家叫卖没人承受，便把自己的注收了回来，又去买人家的。"何达武拍着膝盖笑道："是呀，我赢了钱的时候，要是头家对着我一个人赌，我就最欢喜是这们。也有赢了的，但是虽然赢了，接连是这们弄几回，总是输得精光下场。"周撰点头道："是这们赌，那有不输的！"何达武道："我为的是不知道赌的法子，所以是这们胡来。你今日若肯将法子传给我，以后自然照着法子赌了。"周撰道："我赌钱有六句诀，每次照着诀赌，总是赢的。偶然大意一点，违背了那六句话，就准得输几文。"何达武听了，喜得张开口望着周撰笑。见下女端了酒菜上来，即起身斟了杯酒，双手送到周撰跟前说道："请你喝了这杯酒，教给我赌诀，以后我赢一次钱，就请你吃一顿料理。"

　　周撰一边用手接酒杯，一边看楼梯口上来了一个妙龄女郎，身上穿着最时式的西装，长裾曳地，姿态横生。偏是作怪，一上楼，就拿着那双水银也似的眼睛，注视在周撰身上。在周撰眼睛里，平生不曾见过这般娇艳的女人，便是不加青眼，也会把持不住，那禁得起那们盈盈注视？立时把个周撰真是受宠若惊，惊得一颗心跳个不了，两眼也不由得望出了神。只见那女郎后面，接着又上来了一个年龄虽略大些，有二十开外了，风度却比初上来的差不了许多。最后跟着一个三十多岁的男子，就粗恶得不相称了。那男子上来，也望着周撰。周撰正在惊疑，何达武已回头看见，忙跑出坐位，向那三人问道："你们怎么都到这里来了？"那男子答道："在家里吃了午饭，她们要我同游靖国神社，我便带着她两个，在靖国神社玩到这时候。都觉肚里有些饥饿了，懒得回家，顺便来这里吃点儿菜。怎么今日这们多人？简直没有空位子了。"何达武笑道："各处座位都是满满的，那里还有空位子？好在我这桌子只有两个人，就在一块儿吃罢。这位周卜先君，也是同乡，在这里留学多年了。"

何达武旋说旋和周撰绍介，周撰早已立起身来。何达武道："这便是我表兄李镜泓。"周撰连忙行礼，说了些仰慕的话，勤勤恳恳的邀三人入座，向陈毓、陈蒿也说了几句客气话。随拍手叫下女来，要了菜单，先送到李镜泓面前，请李镜泓点菜。李镜泓笑道："不要客气。二位的菜已来了，请随便，尽管先用。我们只胡乱吃点儿点心，用不着点菜。"周撰笑道："说那里的话，我和达武交往，感情如亲兄弟一般。李兄与达武又是表兄弟，怎的这般见外？若不嫌弃，将来叨扰的日子长呢。"何达武也在旁推着李镜泓说道："你就点几样罢。卜先是个喜讲应酬的人，为人又极爽利，他一番好意，不领他的情，他反觉扫兴似的。"李镜泓只得照着菜单，写了两样。周撰还不依，要他多点，李镜泓又写了一样。周撰又将菜单纸笔，双手送到陈毓面前，恭恭敬敬的请点菜。陈毓笑着立起身答道："就是这几样很够了。"周撰那里肯呢，逼得陈毓拿起笔来写了一样。周撰倒吓了一跳，心想：看不出李镜泓这般龌龊的人，竟有这们一个如花似玉的夫人，并写得这们好的字。

周撰心里这们想着，手里将菜单、纸笔，又送到陈蒿面前，口里正预备着几句客气话待说，陈蒿已接过笔来，低头自向菜单上寻她自己素来欢喜吃的菜。寻了会，抬头用日本话向下女道："你下去问厨房里，看有新鲜鳗鱼没有？若是有，教厨子先提上来，给我看看。"下女应着是去了。周撰指着壁上贴的字条，向陈蒿道："鳗鱼是有的，这里已写着贴出来了，就只怕不大新鲜。但是有法子，看等歇提上来的怎么样。"陈蒿听了，看壁上贴着一张纸条，上写"上海新到鳗鱼"几个字，便笑着点点头。不一时，厨子提着一尾尺来长的鳗鱼上来，大家起身看了，何达武用鼻子嗅了嗅道："还像是新鲜的。"周撰笑道："要嗅得出气味来，才算是不新鲜吗？你不会看鱼。"说时，指着鳗鱼的眼睛道："这鱼不行，经过的日子太久了。诸位看这两个眼，都变了灰色，凹下去了。"随望着厨子道："你这里有的，大概都是这一类。我和你打个商量，请你抽一刻工夫，我给你五块钱，去会芳楼也好，源顺也好，不拘那一家，去分两尾极新鲜的来；剩下来的钱就给你去喝酒。"厨子接了钱，笑嘻嘻的下楼去了。李镜泓看了不过意，向周撰谢道："这般破费周兄，怎么使得？"陈毓就埋怨陈蒿："甚么菜不好点，偏要点鳇鱼！鳇鱼这东西，出水就死的，在上海尚且难得最新鲜的，不是使周先生为难吗？"周撰忙接着笑道："一点儿也不为难，等歇请李太太看，一定有极新鲜的。"何达武道："卜先在日本多年，无一事不精明，无一事不熟悉。在别人办不到的事，他总有办法。他这种才干，当政客就很相宜，可惜他偏要学陆军，于今还在联队里吃清苦。"周撰道："中国就是龌龊政客太多了，才弄到这一步。你说我当政客相宜，这话不是恭维我，简直是骂我。我几年前的眼光，就很瞧那些政客不来。此刻照国内情形看起来，更是对于那些政客们，不由我不痛心疾首了。为人吃不了清苦，便做不来事业，成不了人物。"

李镜泓听了，连连点首；陈蒿听了，更合了自己的心意，接着周撰的话说道："军人未尝不知政治，何必专做政客？像现在的袁大总统，不完全是个军人？看他在政治舞台上，一般号称政治大家及政治学者，谁不在他大气包涵之中奔走效死？即如日本双料的有贺博士，受聘到北京去当顾问，在东京动身的时候，对送行的吹了些绝大的牛皮，说称他为顾问，毋宁称他为教师，称他为保姆。此去北京，要引老袁上政治的轨道，正如教师教育儿童，保姆维护婴儿，很得去费一番心血。及到了北京，见过老袁一次之后，论调就完全变更了。对人说到老袁，总说是聪明天亶，为现今世界上特奇特怪的一个大豪杰。日本人所以著有《怪杰之袁世凯》的这部书发行。近来那位双料博士，更巴结老袁无所不至了。居然拿着文学博士兼法学博士的资格，替老袁拉起皮条来。连他们日本人都觉不好意思再回护他们的双料博士，只得在报纸上说双料博士老糊涂了，公然受袁世凯多金的运动，作合一个日本很有学识的女家庭教师，即在袁世凯家中当家庭教师的，与袁世凯作妾。并宣布老袁家庭的组织，说有八个妾，四个见习妾。双料博士所作合的，可预卜将来最得宠幸。世界的公例，本多是政客驱使军人，侮弄军人，但是像袁世凯这种军人，就没有政客不是在他驱使侮弄范围之内的。我所以时常说，论当世人物，不能不首推袁世凯。"

　　周撰见陈蒿说话大方的很，却又没有胡蕴王、唐群英他们那班女豪杰的放荡样子，不由的心里愈加敬爱，尽着语言中所有恭维赞美的话，都搜出来向陈蒿恭维赞美了。陈蒿异常高兴。须臾酒菜上来，周撰亲向各人斟了酒。陈蒿的酒量虽不大，却也能饮得几杯，加以周撰殷勤酌劝，酒落欢肠，不觉红连双颊。此时已是七点多钟，电光之下，看陈蒿容光焕发，如映着朝阳的玫瑰，鲜艳绝伦。在周撰的眼中见了，恨不得立刻把陈蒿吞入肚中，免得迟了，落到别人口里去。这时周撰也喝了几杯酒，色胆更大了，偷空即瞟陈蒿一眼。在陈蒿心目中，未必便看上了周撰。但是她今年才得一十八岁，十五岁的时候，在周南女学校读书，就已被一个明德学校的中学预科学生引诱得破了身子，情窦已经大开。周撰虽然算不得美男子，然在普通一般青年中，能比赛过他的却也不多。年轻的女子，又加上些酒意，那里有工夫把持，怎能不回瞟周撰几眼？周撰得了这几个眼风，胜似奉了九重丹诏，一时又惊又喜，坐在椅上几忘了形。何达武靠他右手坐着，忽然推了他一把，吓得他忙把心猿上锁，意马收缰，回头望着何达武。

　　不知何达武推周撰是为了甚事，下章再写。

第一百三十章

卖风情陈蒿抢酒
办交涉周撰呈才

却说周撰被何达武推了之后，又听得何达武说道："鱼买来了，你不看看吗?"周撰才抬头见那厨子，捧着两尾鳇鱼立在门口，因没人喊他进房，依日本的习惯，不敢胡乱往房里闯。

周撰遂向那厨子点头道："拿到这里来看看。"厨子捧进来，周撰略望了望，笑对陈毓道："李太太请看，像这样的，要算是很新鲜的了。"陈毓姊妹都看这鱼的颜色，比初拿上来的是新鲜许多，两眼乌黑，一点也不凹下去。厨子说道："这两条鱼到此地，不过二十分钟。我去这们久的时间，就是坐在会芳楼等它，刚从火车站取来，我拿了这两条就走。"周撰夸奖他能干，笑着问陈蒿道："小姐欢喜怎生烹调?"陈蒿笑道："既有两条，一条醋溜，一条红烧罢。"厨子应着是，捧了要走，周撰喊道："且慢!"厨子停了脚问怎么。周撰道："你照着小姐吩咐的，用心好好的弄了，只要小姐吃了合口，我另赏你两块钱。"厨子欢喜得连说请放心。

厨子去了，周撰笑对李镜泓道："这厨子的菜本还弄的不错。只是他有宗大毛病，欢喜喝酒，一喝上了几杯，就胡乱弄给人家吃，咸淡都绝不注意。知道他脾气的人，只要给一顶高帽子他戴了，或多赏他几个钱，他一用心烹调起来，在东京各料理店的厨子，没一个能赶的上他。这维新店的生意，就全仗他这个厨子。虽然房间又仄狭，又肮脏，生意却能比别家都好。"李镜泓是个老实人，只觉得周撰是这般殷勤款待，初交的人，未免有些过意不去。陈毓虽是个懂风情的，眼中已看出周撰对自己妹子的意思来，但是初次见面，也不能不跟着丈夫说些客气话。惟陈蒿随意吃喝，不说甚。鳇鱼来了，首先尝了一点，颠了颠头笑道："这厨子是还不错，以后须得多照顾这馆子几次，多赏这厨子几个钱。你们大家吃吃看，合不合口？"周撰得意笑道："这样是小姐指定的菜，只要能合小姐的口，便是幸事了。"说着，又拿起壶，满满斟了杯酒，送给陈蒿。

陈蒿正待伸手来接，陈毓低声向陈蒿道："酒要少喝些。早起还在咳嗽，就忘了吗？"周撰听得，连忙将酒收回，说道："原来小姐有些咳嗽，是我不该劝小姐多喝了两杯，好在这葡萄酒不厉害。我们大家用饭罢！"陈毓说好。陈蒿立起身，伸手在周撰面前端了刚才那杯酒，一口喝了，笑道："咳嗽与酒有甚么相干？我又不是喝酒喝得咳嗽的。这下子可以用饭了。"下女盛上饭来，大家都吃了些。

周撰先下楼去会账，回身上楼，要请他们同去锦辉馆看活动写真。李镜泓说叨扰过分了，执意不肯。周撰只得说下次再来奉请，一同下了楼。周撰暗地拉了何达武一下，教何达武不要和他们同回去，何达武已会意。李镜泓引着陈毓姊妹道扰作辞。陈蒿临去时，用那脉脉含情的眼波，很回顾了周撰几下。周撰的神思，立时又颠倒起来。望着三人去的远了，才一把拉了何达武的手，走到僻静地方，跺了跺脚，拿出埋怨的声口问道："你同住的有这样一个美人，平日何以全不见你向我提一提？你这个人，未免太不把我当朋友了。"何达武也急的跺脚道："我如何不把你当朋友？无缘无故，教我怎么向你提？你又不曾问我。"周撰道："你的眼睛，美恶都分不出吗？"何达武道："你这话更说得稀奇，怎么谓之美恶都分不出？"周撰道："你分得出美恶，你表嫂的妹妹，生得是美，还是生得不美？"何达武道："不美是不能说，但我和她们终日在一块儿，也不觉得甚么美的了不得。"周撰冷笑道："原来你的眼光这们高！我问你，她已定了人家没有？"何达武摇头道："不曾定人家。她这个人家，很不容易合格。在内地时，人家向她求婚的不算，只讲从去年到这里来，专向她求婚的信，都有四十多封，托人来说的，以及当面请求的，还不在内。她没一处中意的。你看她这个人家，是容易合格的么？你想转她的念头，就很要费一点儿气力。"周撰踌躇了会问道："你这表兄为人怎样，不干涉他姨妹子的行动么？"何达武笑道："我这表兄是个极可怜的人。他配干涉他姨妹子的行动，倒是个汉子了。连自己老婆的行动尚不能过问，差不多翻转来，要被她们干涉了。"周撰点了点头，问道："你看你表嫂，平日约束她妹妹怎样？"何达武道："你刚才在席上没看见吗？"周撰怔了怔问道："在席上看见甚么？"何达武笑道："劝她少喝杯酒，你又已将酒收回了，她偏要端起来，一饮而尽。你看约束的怎样？"

　　周撰听了，心里恍然大悟，笑向何达武道："这事你替我帮了忙，弄成了功，无论你向我要求甚么，只要我力量办得到的，无不承认。"何达武道："这事你教我怎生替你帮忙？我生性又不会说话。"周撰道："不要你多说话。你表嫂若向你问我甚么，你只替我多吹些牛皮就得了。你明日下午不要出外，我一两点钟的时候，到你那里来看你。你那里是江户川町多少丁目、多少番地呢？"何达武说给周撰听了。周撰恐怕忘记，拿出日记本来，走到电光下写了。何达武道："你说了的，教给我的赌诀，趁这时候说给我听了罢，往后说不定又忘记了。"周撰笑道："那怕没时间说吗？明日到你家时，一定教给你就是。我的行李，今日从船上搬到富士见楼，还动都没动，此刻得回去清理清理。我说给你的话，拜托你不要忘了。"说着，对何达武点点头，提起脚走了。何达武自去不提。

　　却说周撰别了何达武，归到富士见楼。这富士见楼是一家完全住日本人的旅馆，在四谷区富士见町，规模很不小，三层楼房，上下共有百多间房子。当学生的人，住这种旅馆的绝少，都是些日本各界的绅士商人，偶然来东京住几天半月，又想地方清雅一点，就到这种旅馆来。下女的招待及起居的便利，都在那些闹市中大旅馆之上。周撰一则因手中有了几百块钱，最欢喜的是充日本绅士；一则他虽不想再进联队受苦，却又舍不得就这们把名除了。住在联队附近的旅馆，打算看有比进联队再好的机会没有；若过了三五天没有机会，仍是要进去的。想不到今日才到，便遇了这种好机会，再进联队的心思，是不待说立时打消了。

　　这晚归到富士见楼，正在玄关内脱卸皮靴，听得外面呀呜呜的一乘汽车来了，在旅馆门首停了车。那时日本坐汽车的人很少，不由得停了步，看车内下来甚么人。只见先跳下来一个男子，穿着商人的和服，年龄二十多岁，望去像是甚么商店里的店伙。接着下来一个女子，穿着一件极鲜艳的柳条缩缅棉服，外面却没穿羽织，鬓发蓬松覆面，一条银鼠围襟高高的盘在肩上，把脸遮了一半，看不出容貌美恶。周撰在日本久了，熟悉日本情形，看了这女子的衣服举止，已能断定是个上等人家的，不是小姐，便是少奶奶，年龄至多不过二十四五。那男子等女子下了车，即跨进旅馆玄关。见已有两个下女跪在门栏里喊请进，那男子脱帽点一了点头问道："贵旅馆有空房间没有？不拘房间大小，但须僻静一点的。"下女连忙应

960 / 留 东 外 史

道："有。"那男子回头望了望那女子，那女子即跟了进来。

周撰看在眼里，心里想：这们个高贵的女子，怎么跟着个这们卑下的男子？这事情奇怪。当下见下女已引着男女二人上楼去了。自己收好了皮靴，便也跟着上楼。也不知道下女将二人引到甚么房间里去了，只得回到自己定下的房间。把行李检好，打开铺盖，坐下来想刚才进来的两个男女，一定也是为爱情驱使，才跑到这里来，找僻静房间取乐。日本女人讲恋爱，每每不论人品，这是日本女人一种最奇怪的特性。因想到：今日自己于无意中，遇了陈蒿这们一个绝世的美人。据何铁脚说，她的身分很高，许多人向她求婚，都不在她眼内。而今日对我却很像已表示愿意。上楼的时候，我和她并不曾见过面，她就像认得我似的，不住的拿那双追魂夺魄的眼睛，向我浑身打量。后来喝酒的时候，更是有情有意的向我使眼风了。不是何铁脚提起，我倒没留神，她伸手到我眼前抢那杯酒喝，不是有意在我面前表示，她姐姐管不了她吗？今日初次见面便能得这们良好的结果，真要算是侥幸了。明日去时，身边少不得要多带几个钱，得便请他们吃喝游览，总不要露出寒碜相，给她瞧不起。好在我这次从湖南来，骗了汤芗铭几百元侦查费，暂时还不愁没钱使。要不然，专靠一名公费，那有钱来讲应酬？这事就没有希望了。这也是天缘凑巧，合该我有这一段艳福享受，才有这凑趣的汤芗铭送钱给我。

周撰一个人坐在铺盖上，越想越高兴，空中楼阁的揣摹了半夜，神思困倦了，一觉睡去。在睡乡中，也不知经过了多少时刻，猛然被一阵脚步声惊醒转来，开眼看房中，日光已从缝里射在枕头上。忙从枕头底下摸出金表来看，还好，才到八点钟。连忙起来，一边披了衣服，一边按电铃叫下女，连按了几下，不见有下女来。诧异道："电铃坏了吗？这种旅馆的下女，平日呼应最灵的。"接着拍了几下手掌，也不见有人答应。刚要再伸手去按电铃，已听得外面脚步声响，好像是下女来了。门开处，果是下女。进房先行了个礼说道："很对不住，来迟了。因为本旅馆今早发现了自杀案，警察、刑事来了许多，向我等盘诘情形，因此听了电铃响，不能抽身。"周撰问道："甚么自杀案，本旅馆的人吗？"下女摇头道："不是本旅馆的人，是昨晚来投宿的一男一女，坐着汽车来的。"周撰吃了一惊道："不是我昨夜回来的时候，遇着的那两个男女么？"

下女想了想道："不错。那时候先生正在玄关内脱皮靴，就是他两个。

他进来要僻静的房间，是我带领他二人，到二层楼四十一番室内。那男子问我：'这时候能叫菜么？'我还没答话，那女子已接着说道：'何必问呢？东京市内，你怕也和乡下一样么？便再迟几点钟，也能叫菜。'那男子点头，叫那女子说，要些甚么菜。那女子向我说了几样菜，男子说先打一升酒来再说。我便照着那女子说的，向日之出料理店打了个电话。一会儿酒菜齐了，我送进去一看，两个人好像同睡了会才起来的样子，铺盖打开了，男女都在系带。见酒菜来了，两个对坐着吃喝，我还在旁边斟酒。男子喝过几杯，问我这一带有出色点儿的艺妓没有，我说赤阪就很多。男子教我去叫几个来，热闹热闹。女子止住我说道：'就这们清淡多好，叫了她们来，嘈杂的讨厌，不要去叫罢。'男子道：'不叫怎么行？这酒我也喝不下去了。且叫两三个来，闹一会子，你若讨厌她们时，再打发她们走就是了。'女人听了，便不做声。我又出来打电话给赤阪松乃家，叫了两个能唱会跳舞的艺妓，陪着他们二人吃喝。一升酒喝完了，又加了五合。我们正议论，倒看这两人不出，竟有这们会喝酒，直喝到十二点多钟。艺妓去了，我收拾了碗碟出来，便没人再进那房间里去。今早我同伙的走四十一番室门口经过，远远的就看见那格门的纸上，洒了多少的血点，阳光照得分明。走近前一看，那血点还有些没干呢。我那同伙的由门缝里，用一只眼向里面张望。只见一男一女都倒在席子上，满席子都喷的是鲜血。男子手中还握着一把明晃晃带血的尖刀。我那同伙的看了这种惨状，只吓得目瞪口呆，说话不出，那里还有推开门看的勇气呢？连腿都吓软了，慌慌张张的往楼下乱跑。老板见她吓变了颜色，忙拉住她问做甚么。好一会，她才能说出原由来。老板听得也慌了，我们大家到四十一番室一看，两个人都躺在鲜血里面，早已断了气。就只男子手中握了把刀，女子两手空着，咽喉上裂开一条血口，有寸多深，喉管已割断了。男子是自己剖腹死的，肠肚都由小腹旁边一个窟窿里流了出来，看着好不怕人哪。"

周撰听了，惊异了好一会。见下女已将铺盖收好，周撰问道："警察、刑事来验了，曾怎么说？"下女摇头道："没怎么说。男女两个身上，说是搜出了两封遗书，警察就只和刑事看了会，并没说出来遗书上写了些甚么。只向老板说，这两个都确是由他各个人自己决心自杀，绝无他杀嫌疑，与本旅馆不生关系。老板也只求与本旅馆不生关系，就安心了。此刻不知道是怎样，我到这里来了。"周撰心想："怪道昨晚我见那女子，就觉有些奇异。看她的衣服举止，确像是高贵人家的女子，但是怎么出来到旅馆投宿，连外褂都不穿一件，头发也是乱蓬蓬的，原来是要到这里来自杀。可怜这一对痴男怨女，知道是如何的两情不遂，才走最后的这一条路。也亏了这个男子，能下得来这种毒手，从容把自己心爱的女人用刀杀死，然后剖自己的腹。居然人不知鬼不觉，都达到了自杀的目的。这比志贺子爵的夫人，跟着自己家里的汽车夫，去千叶县跳火车自杀的幸福多了。那汽车夫白送了一条命，子爵夫人至今还是活生生的，听说又姘上那接脚的汽车夫了。"

周撰坐在房中胡想，下女端上早点来，才记起自己不曾洗面，拿了盥沐器具，走下楼去洗脸。见大门口拥着一群的人，还停着一辆马车，警察正把闲人驱散。周撰立在楼梯旁边，望着门外，忽听得背后脚步声音响的很重，回头一看，吓得连忙倒退了几步。原来两个工人，用番布床抬着那女尸，从后面楼梯下来，转到前面。周撰心想："幸亏我是个不怕鬼的人，若是胆小的，旅馆里出了这种事，此刻又当面碰了这可怕的尸首，这旅馆准不能住了。"再看两个工人将尸首抬到玄关里，即有两个四十来岁绅士模样的人，走近尸跟前，都苦着脸，对着尸摇头叹息。一个回头在马车夫手上接过一条毛毡，这一个就伸手将女尸的头面搬正。周撰看那女尸的脸，虽然是一个死像难看，但仍不觉有可怕的样子，可想象她生前的面目，必是一个极美丽的女子；并可想象她就死的时候，必不觉着有甚么痛苦。若死时有丝毫感觉痛苦，便不能这们垂眉合眼的，如睡着了的人一般。看着这人拿毛毡盖上，工人抬起走了，才转身洗了脸。回到房里，拿起面包吃了一块，心里也不知怎么，一感触这自杀的事，就吃不下去了，胡乱喝了些牛乳。

下女来收食具，周撰问道："那男子的尸搬去了吗？"下女道："男子的尸，早搬到火葬场去了。他是熊本地方的人，此间没有亲属。"周撰道："女子是那里的哩，刚才是她自己的亲属来搬的吗？"下女望了周撰一望，笑道："我说给你听，你可不能去外面告诉人。警察叮嘱了，不许往外面宣传。老板也教我们守秘密，传出去了，恐怕妨碍营业。"周撰点头道："那是自然。但我是住在这旅馆的人，你告诉我没要紧，我不给外人知道便了。"

下女正待往下说，忽听得脚声响，渐响渐近，下女听得出是老板的脚

声，吓得立起身来，端了食具往外就走。老板恰走到这房门口，用指轻轻
在门上弹了两下，下女推开门，让老板进来。老板立在门外，向周撰行了
个礼。周撰起身让进房，递蒲团给老板坐。老板也没坐下，立在房中说
道："不幸的自杀案，发生在敝旅馆，致使光顾敝旅馆的诸位先生都受了
惊恐。我非常不安，特来向先生道歉。并声明这次的自杀，已有充分的证
据，可证明是由自杀者各自之决心，不但与敝旅馆没有关系，与其他一切
人都没有关系。此刻已由警察通知死者家属，将尸首都搬往火葬场去了。
请先生安心住下。"说完，又向周撰行了个礼，退出房外，轻轻将房门带
关，走向隔壁房里道歉去了。

　　周撰心想："日本人做生意真周到，有他这们一道歉，就是要搬走
的，这两日也不好意思搬走了。但他虽想把这事秘密不宣传出去，各新闻
未必肯替他隐瞒，这样大的事件也不登载吗？并且这种因爱情自杀的事，
在日本不算稀奇。统日本全国计算，每日平均有一个半，那里秘密得许
多？只是我仍得叫下女来问个明白，我才放心。好在这个下女欢喜说话，
刚才要不是老板来打断了话头，此时我已问明白了。"想罢，按了按电
铃。不一刻，下女推门进来。周撰一看，不是早起那个，换了个年老的。
周撰不便说教换那个来，只得借着别事支吾过去了。心想：明日新闻上，
想必有记载出来，迟早总得打听明白，此时不问也罢了。随即换好了衣
服，带了些钞票在身上，出来会了几处朋友。

　　午后一点钟的时候，乘着江户川行的电车，到江户川来。照着日记本
上写的地名，不待十分寻觅，一会儿就找着了，周撰看是一座半旧的房
子，门面狭小，门柜上挂一块五寸多长的木牌子，上写"精庐"二字。看
那字的笔画，与陈蒿昨日在维新店开菜单的笔画差不多。何铁脚是不待说
不能握笔，就是李镜泓也写不来这们好的字。周撰立在门口，听了一会，
里面没有人说话，推开门喊了一声"御免"。只见何达武开门出来，一见
是周撰，喜得拍手笑道："好了，卜先来了，这交涉有人去办了。"周撰摸
不着头脑，问是怎么。接着陈毓姊妹都跑了出来，周撰连忙行礼。陈蒿先
笑着开口说道："周先生来得正好，我们家里正出了个很滑稽的交涉，非
日本话说得好的不能办。"周撰脱了皮靴进房，问道："甚么滑稽交涉？"
陈毓让周撰到自己房里，递蒲团给周撰。周撰是初次到这里来，见是一间
六叠席的房，虽没有贵重的陈设，却清洁得很。重新向陈毓、陈蒿行了

礼问道："李先生怎的不见？"陈蒿笑道："就是办滑稽交涉去了，不曾回来。"何达武笑道："他那阴天落雨学的日本语，和我一样，遇了晴天就不能说。我料他这交涉决办不了。你昨晚若不是约了今天到这里来，我已要向各处去找你。你且坐下来，要她们两个说给你听罢。"

大家都就蒲团坐了。陈蒿说道："说起来，周先生可不要笑话。上个月，我们因公费没发下来，家中无钱使用，又不好开口去向别人借，我便取了个金手钏下来，教姐夫拿去当。我那个钏有四两多重，可当两百来块钱。姐夫说当多了难赎，手上钱一多，就会胡花。他跑到鹤卷町一家当店里，只要当五十块钱。昨日公费领来了，今日吃了早饭，姐夫就带了当票去赎。那当店把钱也收了，当票也收了，教姐夫坐在那里等，说立刻就拿来。姐夫等了两点钟，不见交出来，就逼着当店要，当店仍是教等。姐夫急起来了，要他把当票和五十几块钱退出来，当店又不肯，姐夫便在那里闹起来。但是姐夫的日本话说得不大好，闹了一会，也没闹出结果。看看等到十二点钟了，姐夫说我要回家去吃午饭，你没手钏给我，当票和钱也不退给我，我手中没一点凭据，钏子不白丢了吗？当店见姐夫这们说，就拿出那当票来给姐夫看，已是圈销了。姐夫气的要喊警察，当店才怕了，另拿了一张纸，写了几句话在上面，说今日午后一点钟，凭这纸来取四两三钱重的赤金钏一个，下面盖了当店的图章。姐夫拿着那字回来，气得连饭都吃不下。胡乱吃了一点，又拿着那字去了。看再过一会怎么样，若迟到三点钟还不回来，只好请周先生辛苦一趟，代替我们去办这个滑稽交涉。"

不知周撰如何回答，下文分解。

第一百三十一章

炫学问批评情死
办交涉大占上风

却说周撰听了笑道:"日本鬼常有这一类的事。我前年经过一次,性质和这事一样。我从柏木吴服店买了两百多块钱衣料,送到一家和服裁缝店去缝制,约好时间去取。到期我打发下女去拿,回来说没缝好。过几日又教下女去,回来仍是说没缝好。我只道那店里忙,索性又等了一个礼拜,我自己跑去问。那店里说才缝好了一件,拿出来给我。我看是一件穿在贴肉的襦袢,心想日本衣服是最容易缝制的,怎么几件衣缝了半个多月,才缝好了一件襦袢?这襦袢并算不了一件衣服,缝起来手脚快的,不要三四个小时就缝好了。当时觉得有些可疑,口里只不好说出来是他店里把裁料拿去当了。问他还得多少日子才能缝好,他踌躇了一会道:'误了期,实在对先生不起。我这里赶快缝制,缝好了立刻送到先生家里来。'我知道那裁缝不是个无赖的人,料不至完全把我的裁料骗去。他没有抵款,决不敢抽当,大概是发生了特别原故,抵款不曾到手,便逼着他也是拿不出来的。若是不肯顾他自己的面子,巴不得你告警察,将事情揭穿了,他倒好搪塞了。警察也不过限期令他交出来。因此,我见那裁缝说缝好了立刻送到我家里来,我便不说甚么了。后来我也不去催他,又过了十多天,他把衣服缝好送来了。他见我望着他笑,知道我已明白是他抽当了,所以十多日不去催他。他倒爽利,一五一十的说给我听。原来是他一个最相关切的朋友发生了急难的事,求他帮忙,借一百块钱,约了十天归还。他一时手中拿不出,因见只有十天归还,便把我的裁料抽去当了。他那朋友迟到二十天才将钱还来,遂露出了马脚。他非常感激我没教警察勒逼他,自愿不要一文工钱,我如何肯白教他做呢。"

陈毓笑道:"那裁缝肯这们救朋友的急,倒是一个好人哩。据周先生看，这当店不至于掣骗么？"周撰摇头道："掣骗不了。当店不是没有资本的人所能开的，其中必有旁的原故。李先生来此不久，日本话听不大清楚，等歇若再不回来，我去瞧瞧就明白了。"陈毓道："我也疑心是有旁的原故。一个金镯又值不了一千八百。那当店若是亏了本，周转不来，就应该歇业，不能每日撑开门面，等着人家来逼迫。"

陈蒿笑向何达武道："你横竖是个有名的铁脚，何不先去鹤卷町瞧瞧，看姐夫的交涉办得怎么样了。周先生且在这里坐着，等你的回信。"何达武笑道："我这铁脚是会跑路的铁脚吗？"陈蒿笑道："做会把势解可以说得过去，做会跑路解自然也可说得过去。从这里去鹤卷町又没多远的路。刚才姐夫去的时候邀你同去，你就说约了周先生来，不能不等。此刻周先生已来了，你还等谁呢？"陈毓抢着笑道："可惜那当店里没有牌九、麻雀，有时，多久去了。"周撰也笑道："如有牌九、麻雀，当然应去证明铁脚的真正解释。这里就有铁手也挽留他不住了。"三个人倒像约齐了似的，你一言我一语，说得何达武不好意思不去，只得拿了顶帽子，往头上一套，走到大门口，复回身转来，望着周撰道："你昨夜说了，今日来这里教给我的那件事，就忘记了吗？"周撰听了，愕然了半晌，才点头道："呵，那不容易吗？回头来准教给你便了。我又不跑，急怎的？"何达武才答应着去了。

周撰和陈毓姊妹便坐着清谈起来。周撰的一张嘴本来死人都可以说活，今日又有意在陈蒿面前逞才，估料着陈蒿一个年轻轻的女学生，纵有知识也是平常，除了在学校里几门普通科学之外，还有甚么常识？凡事放开胆量，无中生有，穿凿附会的，谈得天花乱坠。果然把个自命有才识的陈蒿，听得渐渐的要将佩服袁世凯的心思佩服周撰了。周撰这才把富士见楼昨夜的爱情自杀事件说给陈蒿二人听听，看二人如何评判。陈毓道："这女子未免轻贱一点，怎么会跟着一个商店里的小伙计情死？太不值得！"陈蒿道："这就难说，只怪这女子当初不该不慎重。既是到了无可如何的时候，拼着一死，那就无可批评的了。"陈毓道："是吗，我也就是这个意思，并不是说她不该情死，是说她不该跟着商店里的小伙计情死。身分太不相当，就不值得。"周撰笑道："为的是身分太不相当，才有情死之必要。身分相当的，也就不会有这种惨事发生了。"陈蒿问道："这话怎么讲？他们这情死是因身分不相当发生出来的吗？"周撰道："虽不能由这一句简单的话概括情死的原因，只是也要占情死原因之一大部分。'情死'这两个字在中国是绝少闻见的。丈夫死了，妻子守节的虽也是情死的一种；但那种情死，世人见了，只有好的批评，没有恶的批评，不能与日本之所谓情死者相提并论。日本人之情死，我敢下个武断的评论，纯粹是因两方面不得长久时间，以遂其兽欲之放肆。而相手方之男子每居于身分不相称之地位，更时时顾虑其所垂青之女子，初心或有更变。盖社会制裁的力量足以警惕偶为兽欲鼓动、不暇择配的女子，使其于良心上渐次发生羞恶。再双方苟合既久，女子的家庭无论有夫无夫，必发生相当妨碍，以阻遏女子此种不相应恋爱的长育。如是身分不相称的男子，欲保有神圣的恋爱，至死不变，就除了趁情女子恋奸情热的时候，威胁她同走情死这条路，没第二条路可走。我这话有最容易证明的证据，二位但留神看新闻上所发表的情死案，那一件不是由男子逼着女子死的？那一件是曾苟合了一年两年的？那一个跟着情死的男子是有财产有身分的？都是些对于自己的生活没多大的希望，才肯为爱情牺牲生命。女子则一半为男子威胁，一半为偏狭的虚荣心所驱使，以情死为美人的好结局。因此日本才时有这种惨剧演了出来。其行为不正当的不待说，我所以常说日本人没真正的爱情，丈夫死了殉节的事，我在日本将近十年了，从没听人说过一次。像这们所谓情死的，倒数见不鲜了。"

陈蒿正要答话，忽听得外面皮靴声响。陈毓起身笑道："只怕是赎当的回了。"周撰也忙立起身来，见陈毓已抢先开门去了。乘着没人，回头望着陈蒿笑道："小姐昨夜的酒没喝醉么？"陈蒿也笑着摇了摇头道："铁脚要你教给他甚么，那们急得慌？"周撰正待答话，只见陈毓在前面房里喊道："周先生请到这里来，看这个日本人来干甚么的？"周撰只得出来，见玄关内立着一个三十来岁的日本人，穿一身半旧的青洋服，左手提着一个小皮箱，右手拿着一顶鸟打帽子，望去像个做小买卖的商人。见周撰出来，连忙鞠躬行礼。周撰点了点头，问他找谁来的。他也不答话，就那安放皮靴、木履的木箱上，将小皮箱打开，拿出些毛笔、牙粉、樟脑片来，双手捧给周撰道："这些物品都是孤儿院制造的，请先生随便拣着买一点，做做好事罢。我这里有东京府知事久保田及警察总监阪原发给的执照，并不是假冒的。"说着将手中的物品放下，又从怀中掏出一卷执照来，送给周撰看。周撰胡乱看了看，说道："不必看了，你收起罢。这房子住的是中国人，此刻男主人不在家，我是在此作客的，你拿向别家去卖罢。"那日本人听了，也不回言，只望着周撰鞠躬说："就请先生做做好事，买一点罢。"周撰没法，拿起毛笔看，是十枝一把，用小绳扎着，问这一把卖多少钱。日本人说二元，周撰掏出钞票看，没有一元一张的，抽了张五元的，教他找。日本人收了钞票，又从箱里拿出些香皂信纸之类，赖着要周撰买。周撰笑道："你连皮箱给我都值不了五块钱。好好，把你几扎信纸留在这里，拿了五块钱去罢。"日本人谢了又谢，把信纸递给周撰，提着小皮箱去了。陈蒿从周撰手里接了纸笔，看了看，笑道："合当这小鬼行时，拿着这值不了三五角钱的东西，硬敲了五块钱去。"周撰道："这原是一种慈善事业，不能讲值得多少。我是见他纠缠得讨厌，身上又没零钱。"陈蒿笑道："他运气好，遇着周先生在这里。不然，我姊妹两个也和他闹不清楚，不知道他是干甚么来的。"周撰道："他这种人，纯是一种募化的性质，不愿意给他钱，拒绝他，不许进门，也未尝不可。不过日本人眼光最小，并不必给他多钱，就是三角五角，他也是谢了又谢的接着去了。我听得皮靴响，以为是铁脚和李先生回来了。"陈毓道："我也是这们想。"

正说着，外面又推得门铃响，只见何达武的声音在玄关内喊道："卜先没走么？"周撰连忙答道："没走，事情怎么了？"何达武已进房来，气喘气急的说道："小鬼可恶！他自己约了时间，没手镯给人，倒骂老李不该坐在那里逼赎，教老李回来，明日再去取。老李如何肯走呢？正在争闹的时候，恰好我去了。老李听说卜先来了，非常欢喜，教我来请你快去。老李气得要打那掌柜的了。只因为日本话说不好，怕打出事来，到警察署占不了上风，极力在那里忍受。卜先你就同我去罢，莫把老李一个人气坏了。"周撰就席上拿帽子戴了，笑道："那有说不清楚的事，何至要动手打人？一动手都输了理了。走罢，你带我去看看。"陈毓笑道："说不得要辛苦周先生走一遭。"周撰笑道："李太太说那里的话？只要是我力量所得到的事，那说得上辛苦！"陈蒿跟在后面笑道："我是要等交涉成了功才说辛苦的话，不成功算是白辛苦。"周撰回头望着陈蒿笑道："小姐放心，交涉不成功，我决不来见小姐了。留学这们多年，这一点儿小事都办不了，还有脸见人吗？"说笑着同何达武出来，向鹤卷町走。

何达武笑对周撰道："你拉拢女人的本领实在不错，只昨夜一桌酒席，已收很大的效果了。"周撰道："你怎么知道已收了很大的效果呢？"
何达武笑道："我和她同住在一块儿，怎么不知道？"周撰喜道："怎么知
道的，说给我听看。我不相信，就有甚么表示给你看出来了。"何达武道：
"你不信拉倒，算我没说。"周撰道："你且说出来，看是怎么回事。"何达
武摇头道："我不说。你要我说，得先教给我赌诀。"周撰笑道："你这东
西！原来想用这话骗我教你赌诀的。你这样存心，我一辈子也不教给你
了。"何达武笑道："你一辈子不教给我，我也一辈子不说给你听。"周撰往
前走不做声，何达武跟在后面说道："也难怪你不相信，她对我怎么会有
甚么表示。但是你万分猜不到，她虽不曾对我有甚么表示，却比对我有
表示的还要厉害。我一辈子不说给你听，你便一辈子摸不着头脑。"周撰
心里虽断定何达武是信口开河的，只是忍不住要问，故意放慢了脚步，
等何达武走到切近，喂了声道："铁脚，你只说怎么知道的，以外的话，
不说由你。"何达武耸了耸肩头道："你想问我怎么知道的吗？我说给你听
罢，昨夜她姊妹两个在房里谈话，被我听见了，不比对我表示的还要厉害
吗？"周撰道："真的吗？你若骗我怎么说？"何达武道："我若骗你，讨不
了好，每赌必输。"

　　周撰笑道："既是这们，我教给你我的赌诀罢。我这赌诀是六句话，你
记清，临场细心体察，但是不宜久恋，恋赌必输。"何达武笑道："不恋便
不成铁脚了。你说罢，我用心记着就是。"周撰道："赌博最忌执拗，不照
宝路，跳宝强做老宝押，老宝强做跳宝押。是这般一执拗，无论有多少的
钱，都可输的精光。所以我这赌诀的前四句是：'见老押老，见跳押跳，
不老不跳，忍手为妙。'在赌博场中，头家自然是想赢押家的钱，而押家
每每也想赢押家的。因见押家中有一两个赢的多了，望着不服气，自己
拿出钱来，和赢钱的押家拼着赌，这名叫替头家垫背，无有不输的。这种
赌脚，头家最是欢迎。押家既不能对着押家赌，自然是要对准头家赌。只
要知道做头家的，腾挪躲闪的法子很多，押家要时时留心，见风使舵，
才不至为头家作弄。所以赌诀的后两句是：'先观红黑手，再看头四叫。'
红黑手是专指押家，他是赢钱的红手，只可跟着他走，不可反抗他，不可
买他的押注。头家赢了，谓之头叫，叫字就是赢了钱，高兴得叫起来的意
思。在头叫的时候，下注宜有分寸，计算看那方面的押注最轻，就押那方
面，却不可超过对方之押数。一转四叫，就得番转来，赶重方挤下去。若

在四叫中发见了老宝，这种机会须下决心，不妨尽力量做一注，输赢就定在这几宝上；错过了机会便难得有赢钱的希望了。好，我的赌诀都说给你听了，这下子你要把昨夜听的话告诉我了。"

何达武从身边摸出个日记本，连铅笔交给周撰道："请你把六句话写在这上面，我好把它读熟。只说一遍我如何记得！"周撰接了，旋走旋将赌诀写好，递还何达武，催着何达武说。何达武看了看，揣入怀中，奋步向前走着笑道："我有了这赌诀，以后赌钱再也不怕输了。"周撰不依道："你这混帐东西，公然敢骗起我来了。好，你仔细一点，我自有对付你的方法，你不要后悔就是了。"何达武停了步，笑道："你不要急，我说给你听便了。"周撰道："你走你的，我不希罕你说。哈哈，你在我跟前捣鬼还早呢！你瞧着就是。"说着也掉臂不顾的向前走。何达武知道周撰是个很厉害的人，不敢认真得罪了，赶着背后央求道："你如何跟我一般见识？不要生气罢，我详详细细说给你听。以后她姊妹有甚么话，我还负报告的责任呢。"周撰才喜笑道："你也知道怕么？赶快说罢，不要耽搁了。这里离那当店还有多远？"何达武道："早呢，那当店离早稻田大学不远，这一带没有当店。昨夜我和你分手回家，他们还没回来。他们步行从饭田町看夜市，买了些零零碎碎的东西，到家已近十二点钟了。老李邀我去澡堂洗澡，我懒得去，老李一个人去了。我一边收拾安歇，一边想偷听她姊妹背着老李谈你甚么话不。谁知一听，却被我听出有甜头的话来了。你刚才坐的那间房，是老李住的；隔壁一间四叠半席子，是我住的；二姑娘住的房，在厨房隔壁，要走老李房中经过，才能到她房里去。我的房和老李的房只隔一层纸门。老李一去洗澡，二姑娘就叫我表嫂到她房间里去。我料定必是要说不想我听见的话，我便轻轻将纸门推开，走到老李房里。即听得我表嫂说道：'你此后和外人同席，酒要少喝一点。你又没酒量，没酒德，喝上三五杯，就把本来面目忘了。你不是不曾上过当的。当着人我又不好多说。'二姑娘带着笑声答道：'我从那一次喝醉了之后，已决心不再喝酒。今晚不知怎么，一时高兴，不由得又想喝起来了。鳇鱼好吃，拿来下酒，比下饭强呢。'我表嫂也带着笑声答道：'鳇鱼是好吃，只是我看那姓周的，贼眉贼眼，对你十足加一的拍马屁，那里存着好心？'二姑娘道：'那么当然没安着好心，若是铁脚要吃鳇鱼，只怕那姓周的连睬都不睬呢。'"

周撰忍不住笑道："铁脚，你放屁！平空捏出这些话来哄我。"何达武急道："乌龟忘八蛋就捏造了半个字，将来你怕问不出的吗？我好意说给你听，你又不信了。"周撰点头笑道："只要不是捏造的就好，你再往下说罢。"何达武接着说道："我表嫂听得，打了个哈哈道：'甚么留学生，尽是一班色鬼！你瞧着罢，不出十天半月，那姓周的不是写信来，或托人来求婚，就要当面鼓对面锣的，向你开口了。'"周撰忙笑嘻嘻的问道："二姑娘怎生回答的呢？"何达武笑道："她那回答的话，就很有价值咧。我表嫂说过这话之后，好半晌才听得二姑娘长叹一声道：'只怕不见得。那些不自量的东西见面谈不到两三句话，就露出那轻薄讨人厌的样子来。不待他们开口，我就知道会来麻烦。这个姓周的和我们吃了一顿饭，倒不觉着怎么讨厌。我看不见得便和那些不自量的一样，一点儿感情的萌芽都没有，便冒昧向人求婚。'我表嫂说道：'姓周的为人表面很像漂亮，但是和铁脚做一块，只怕也是个欢喜赌博的。'二姑娘没答白，接着就谈到旁的事上面去了。"

周撰听了，心里说不出的高兴，何达武忽然啊了一声，问道："你近来看见老郑没有？"周撰道："那个老郑？"何达武道："你说还有那个老郑？就是和你同住的郑绍畋哪。"周撰心里一惊，说道："我昨日才来，没见着他。你忽然问他做甚么？"何达武笑道："不做甚么。你看好笑不好笑，他也曾向二姑娘求婚呢。"周撰连忙问道："你知道郑绍畋此刻住在那里？他甚么时候，如何向二姑娘求婚的？"何达武道："他此刻新搬到骏河台一个贷间里面，向二姑娘求婚的事才有趣呢。"

周撰正待根问，只见李镜泓从对面走来，何达武也同时看见了，忙赶上去，问手镯赎回了没有。李镜泓一面向周撰打招呼，一面答道："那有手镯给我赎回？我怕你回家闹不清楚，特意赶来，请周先生同去质问那店主。"周撰问李镜泓道："那店主怎生对先生说的？"李镜泓道："他说是向我说了许多的话，我也不知道他说了些甚么。只有句'再等一会儿'的话，是听得明白的。我想：当店里赎当，那有教人家等到几点钟的道理？我也知道必是发生了特别的事故。但是他既没有原物给我赎取，就不应把我的当票圈销，胡乱写一张这不成凭据的字给我。先生的日本话说得好，请同去问个明白。"周撰看李镜泓的神气，很带着急的样子，笑答道："没要紧，我包管替先生拿回来。"李镜泓听了，才现了笑容，引周撰走到离风光馆不远一条小巷子里面，指着末尾一家道："就在这里。"周撰看那门首，悬着一块"中川质屋"的金字木牌；大门开着，挂一条青布门帘，也写着"中川质屋"四个白字。周撰向李镜泓道："你把这店里写的那张字给我。"李镜泓从怀摸出来，递给周撰。

周撰接了，跨进店门。只见一个三十多岁的店伙坐在柜房里，拿着一个算盘在那里算账。周撰来到柜台跟前，那店伙忙将算盘放下。周撰拿出那字来说道："这字条是宝号写的么？"店伙望了一望，又见李、何二人立在周撰后面，登时露出不高兴的样子，沉下的脸说道："我已说了几次，再等一会儿，只管催问怎的？你们不相信，前面有椅子，坐在这里等罢！"说时用手指了指对面的椅子，回身到原处坐下，正待拿起算盘来，自去算账。周撰进门时，原没生气，见店伙这们无礼，不由得忿怒起来，就柜台上一巴掌，厉声骂道："放屁！你凭甚么理由教我们坐在这里等？"店伙不提防，吓了一大跳。见周撰是个中国人，那里放在眼内？也厉声答道："我教你等，自有教你等的理由。你们不愿意等，明天再来！"周撰冷笑了声问道："你姓甚么，你是不是这质店的主人？"店伙道："我不是主人怎么样？"周撰道："赶快教你主人出来！你既不是主人，没和我谈话的资格。快去，快去！"旋嚷旋在柜台上又是几巴掌。只见一个五十多岁的胡子匆匆从里面出来，问店伙甚么事。店伙向周撰道："这便是主人。"周撰道："店主人，我问你，这个奴才是不是你雇用的店伙？"店主人点头道："是我雇用的店伙。"周撰道："你雇了他来，是为营业的，还是向顾客无礼的？"店主人知道是因店伙说错了话，连忙陪笑说道："敝店伙对各位失礼，很对不起。我向各位陪罪。"说时向三人鞠了一躬。周撰见店主人陪罪，却不好再说甚么了，便也弯了弯腰说道："现店主人这们说，我也不屑和他计较。我是来赎取金镯的，请立刻交出来吧！"店主人连说："好好，请三位到里面来坐坐，我有话奉商。"

周撰见店主人倒很谦和有礼，即带着李、何二人，同店主人到里面一间八叠席的房内。看房中的陈设全是些西式家具，清洁无尘。店主人让三人坐了，下女送茶来，店主人低声对下女说了几句话，下女应是去了。一会儿，端出两盘西洋点心来，店主人殷勤让三人吃。周撰略谦逊了两句，说道："店主人有甚么事见教，就请说罢。"店主人笑道："就是因这个金镯的事。说起来不独先生笑话，于敝店的名誉信用都有很大的妨碍。午前这位先生来赎取的时候，事情还不曾发觉；后来查明白了，和这位先生商量变通办法，又苦言语不通。我为这事也很是着虑。此刻先生来了，这事便好办了。不过我商量这事之前，有句话要求，望先生对于这事守相当的秘密。这种要求虽是近于无理，但为小店营业计，不能不求先生原谅。"周撰见他说得这般慎重，即点头答道："我决不存心破坏你的营业，可守秘密之处，决守秘密便了。"店主人谢了一声道："敝店原雇用两名伙计。昨日一名向我请三天假，回长野自己家里去。我因店伙都是有保荐的，也没注意，准假由他走了。今日这位先生来赎金镯，这个伙计到库里一寻没有，再看近日收当的装饰品，很少了几件。敝店没用第三个人，当然是那个请假的伙计偷走了。东京去长野不远，因此，一面请这位先生等候，一面派人到长野找那伙计。谁知他从敝店出去，并没回长野，现正派人四处寻觅。逃是逃不了的，不过料不定何时可寻找得着。既算寻着了，金镯只怕也没有了。所以我想和先生商量一个变通办法，按着当票上的分两，照时价赔偿给先生，看先生说行不行。"

周撰道："依情理是没有不行的，但手镯不是我的，得问问我这个朋友。"即将店主人所说的向李镜泓述了一遍。李镜泓踌躇了一会道："那伙计偷了去，不见得一两日就变卖了。只要寻找得回来，不甚好吗？我愿意再迟些日子，如实在找不回来，或找回来，而金镯已变卖了，那时无法，再照时价赔给我。我没了希望，就不能不答应了。但是当票须换一张给我，这字条儿不行。"周撰点头道："那是自然。"当下把李镜泓的意思译给店主听。店主不好说不依，即换了一张当票，连赎当的五十多块钱都交给周撰。周撰退还了字条，写了个地名给店主，教他找着了即来知会。三人谢了扰，告辞出来。店主径送至大门口，深深的鞠了一鞠躬，才进去了。

不知后事如何，下章再写。

第一百三十二章

供撮弄呆人吃饭
看报纸情鬼留名

　　却说周撰三人出了店门，何达武忍不住笑道："会说日本话，真占便宜多了。我们刚才在这里，就是这个鬼胡子，对我们横眉鼓眼，高声大嗓子的，差不多要吃人的样子。倒是那个小伙计没说甚么。卜先一来，鬼胡子的态度就完全变了。"李镜泓道："可不是吗？这鬼胡子不骂我，我也不会生气。"周撰笑道："他怎么骂你？"李镜泓道："他只道我完全不懂，左一句说我是马鹿，右一句说我是马鹿，骂得我气来了，伸手到柜台里面去抓他，他才跑进去了。"何达武道："他既是预备赔偿，又要我们秘密做甚么呢？"周撰道："你以为他愿意赔偿吗？能够赔偿多少？若不秘密，大家趁这时候，全去赎取，伙计还不曾找着，人家有当了珠宝钻石的，好容易赔偿么？并且他们的店伙都有担保的，万一寻找不着，担保的须拿出钱来代赔。当店自身，如何会愿意立刻垫出巨款来赔偿物主呢？"李镜泓点头道："暂时是当然要守秘密的。"

　　周撰道："和这事相类的，明治四十一年，柳桥有一家大当店，也发现过一次。只是那个店伙比这个店伙能干些，几个月之后才败露出来。那家当店因为营业异常发达，收当的物件都分类存库，每库有专人管理。那伙计所管理的系装饰品一类。他因年轻，欢喜在外面寻花宿柳。柳桥又是日本有名的艺妓聚居之所，身价都比神乐坂、赤坂那些所在的高些。一个当店伙的人，怎够得上在柳桥嫖艺妓？只是被色迷了的人，那顾得研究自己的身分够与不够，一心只想从那里得一注横财，好供挥霍。打算偷盗库里值钱的首饰，又怕物主即来赎取，不免立时败露。亏他朝思暮想，居然想出一个绝妙的方法来。他拣库内值钱的首饰，偷一两件，转托同嫖的朋友，仍拿到那当店里去当。收当了之后，自然交给他存库管理。他却将原有的号码换上。物主来赎取的时候，他照号码拿出来，丝毫没有损坏。是这们做了无数次，绝未败露，总共花去了一万多。直到四五个月以后，期满了打当的时节，才无法遮掩了。此刻那个店伙还在监狱里，不曾释放。大概尚有一两年的罪受。"李、何二人都笑道："这法子真妙。要不打当，永远也不会败露。"

三人笑谈着走，不一会到了精庐。陈毓姊妹都立在门口探望，见三人回来，陈毓迎着问道："取回了么？"李镜泓摇头道："没得气死人。要不是周卜先兄帮着交涉，简直不得要领。"说着话，三人都脱了皮靴进房。李镜泓将当票交给陈蒿，陈蒿笑道："怎么还是一张这个东西？钱没退回吗？"李镜泓道："钱在我这里。"陈蒿望着周撰笑道："怎么的，你不是担保可以帮我取回的吗？怎么还是取了张当票子回来呢？"周撰红了脸笑道："我说取得回的话，是不至于落空的意思，好教小姐放心。此刻也还是有可取回的希望，不过迟些日子。即算不能将原物取回，我不愁他当店里不照原价赔偿给小姐。"何达武道："这事不能怪卜先不尽力。事势上，实在任谁也不能将原物取回。"陈蒿递了蒲团给周撰，笑道："请坐着说罢。我自然知道，不能怪不尽力。我是有意问着顽的。毕竟是怎么一回事？"周撰坐下来，将交涉时情形述了一遍。

陈蒿道："知道他何时找得着那店伙呢？如再迟一月两月，五十块钱的本，照三分利息算起来，我们不又得多吃几块钱的亏吗？"周撰摇头道："利息只能算到今日截止，以后无论迟延多少日子，没有加算利息的道理。"陈蒿道："有甚么凭据，知道他不要加算利息呢？日本小鬼见钱眼开，恐怕到那时，和他争论，也争论他不过了。并且赔偿这句话，也很难说。照日本首饰的金价，就是纯金，也比中国的便宜些，因为金质比中国的差远了。他决不能按中国的赤金价格赔偿给我。按日本纯金的价格，四两三钱金子就更吃亏不少了。他当店里用人不慎，这种损失，决不能教旁人担负。"周撰听了，心里更佩服陈蒿精明，连忙点头答道："小姐所虑，一点不错。但是我有把握，决不至教小姐受损失。加算利息不必要甚么凭据。小鬼虽然是见钱眼开，不过于情理上说不过去的话，他们商人要顾全自己名誉，此种无理的要求，如何说得出口？并且今日换的这张票上面，也批了一句请延期赎取的话，这就算是不能加算利息的凭据了。不是发生了不能给赎的事故，如何有请延期赎取的理由？至于赔偿的价格，当然得按照中国现时赤金的价格计算，并每两几元的手工料都得赔偿。因我当的是赤金手镯，不是赤金，若不赔偿工料，便不能拿着赔偿的款，买得同式的手镯。刚才在那里，因李先生没承认立刻受他的赔偿，便没和他研究赔偿条件之必要。中国赤金比日本纯金好，日本人都知道的。同一分两的金器，无论到那家当店去当，中国金比日本金每两可多当二三元。若照日本金价赔偿，谁也不肯吃这个暗亏。这事小姐尽可放心，将来赔偿的时候，交涉免不了是我去办，断不会糊里糊涂，由他算了就是。"陈蒿点头道："这种暗亏便再吃多一点，对旁人，我都没要紧，惟有日本小鬼跟前，我一文么也不愿意放松。"周撰道："我尽竭力体贴小姐的意思去办便了。"

李镜泓对陈毓道："已是五点多钟了，你去弄晚饭罢，留下卜先兄在这里用了晚饭去。"陈毓答应了起身。周撰假意谦逊道："不要费事，我还要去会朋友，改日再来叨扰罢。"口里说着，身子却坐着不动。陈毓笑道："并不费事，只没甚么可吃的。"陈蒿道："还有块湖南腊肉，也是人家送我的，蒸给你吃罢。"周撰高兴道："有湖南腊肉吃，这是很难得的，倒不可不领情。怎么没用下女吗？"陈蒿道："快不要提下女了，提起来要把人的牙齿都笑落。"何达武不待陈蒿说下去，抢着向陈蒿说道："我的肚子也饿了，请二姑娘就去帮着嫂子弄饭罢。不要把牙齿笑落了，等歇没牙齿吃饭。"陈蒿扬着脸笑道："你肚子饿了，与我甚么相干？你自己不会进厨房吗？雇一个下女，被你弄跑了；雇二个下女，也被你弄跑了，害得我们自己烧饭吃。你还在这里肚子饿了，要我下厨房弄饭给你吃！你挨饿是应该的，饿死都是应该的。"何达武跳起身来笑道："罢了，罢了，我就进厨房，不敢惊动你二小姐，只请少造些谣言。"说着跑向厨房，帮陈毓做饭去了。周撰心里明知道是何达武跟下女勾搭，却做不理会的样子，笑问陈蒿道："铁脚和下女是怎么一回事？"陈蒿正笑嘻嘻的要说，李镜泓忙向他使眼色，陈蒿便改口说道："并没甚么事，就是下女都不愿意他罢了。"周撰偷眼望陈蒿笑了一笑，即回过脸来和李镜泓闲谈。陈蒿也下厨房，帮着做饭去了。

直到上灯时分，饭菜才弄好。周撰看是一大盘腊肉，一大碗鲤鱼，还有几样素菜。留学界能吃到这种料理，就要算是盛馔了。周撰谢了扰，大家围坐共食起来。正吃得高兴的时候，外面有人呼着"御免"。周撰一听声音好熟，只是一时没想出是谁来。陈蒿望着陈毓笑道："准是那涎脸鬼又来了，大家都不要理会他。"陈毓点了点头，仍吃着饭，也没人起身去招待。那人已自走了进来。周撰抬头一看，果然认识，姓黎，名是韦，湖南湘乡人，曾在宏文学校和周撰同过学。年来投考了几次高等专门学校，都没考取，此时尚没有一定的学校。因和何达武认识，得见着陈蒿，黎是韦爱慕的了不得，时常借着会何达武，在陈蒿面前，得便献些殷勤。黎是韦的年纪虽只有二十七八，皮肤却粗黑得和四十多岁的人一样，身体特别的又瘦又高。陈蒿的身量并不矮小，和黎是韦比起来，仅够一半。因此陈蒿甚不中意。任凭黎是韦如何献媚，总是冷冷淡淡的，不大表示接近。黎是韦见没明白拒绝，只道是自己功行不曾圆满，以为尽力做去，必有达到目的之一日。当下进房，见周撰和陈蒿在一桌吃饭，心里就是一惊，只得点头打招呼。

周撰笑道："我们隔别了年多，没想到在这里遇着。"黎是韦道："是吗，我多久想探望你，因不知道你的住处，又无从打听。这里你也常来的吗？"何达武笑道："若是常来的，也不待此刻才遇着你了。"周、何二人说了，仍自低头吃饭不辍。黎是韦想就坐，看蒲团都被各人坐了，立在房中东张西望寻找蒲团。李镜泓是个无多心眼的人，看了不过意，忙腾出自己坐的蒲团来，递给黎是韦道："晚饭用过了么？要没用过，不嫌残剩，就在这里胡乱用点。"黎是韦接了蒲团，弯腰望了望桌上的菜，笑道："我晚饭是已用过了，但是你这里有这们好的料理，不可不尝一点。"说着挨周撰坐下来。周撰刚吃完了饭，即起身让出座位来道："你舒服些坐着吃罢，我吃完了。"黎是韦见没干净筷子，拿起周撰吃的那双，扯着衣里揩了一揩，正要伸到腊肉盘里去，一看腊肉盘不见了。只见陈蒿端在手里，立起身来笑道："这肉冷了不好吃，等我端去热了再吃。"黎是韦听了，满打算是陈蒿体恤他，怕他吃了冷肉坏胃，连忙点头说是，将手里的筷子放了，心里得意不过，找着周撰东扯西拉的说笑。李镜泓夫妇和何达武都吃完了饭，随手将碗筷撤了进去。

日本吃饭的台子，全是要用的时候，临时将四个台脚支架起来，用完了收拢，随意搁在甚么所在，不占地方。周撰见碗筷都撤了，东家既没下女，做客的不好不帮着收拾，即将食台收拢，塞在房角上。黎是韦不好说"我还要吃腊肉，食台不要搬去"，只好望着周撰，心里不免生气。暗想："我的意思原不在吃肉，无非要和我意中人共桌而食，亲近片刻。此时他们都吃完了，我一个人吃着也没意思。"正打算起身到厨房，教陈蒿不要热肉了，何达武已把那盘吃不完的残肉，重新烧热，端了出来，并一双筷子，交给黎是韦道："你净吃肉，还是要吃点饭？若要吃饭，我再去盛一碗来给你。"黎是韦道："我晚饭已吃过了，不过一时高兴，想跟着你们尝尝腊肉的滋味。你们都吃完了，巴巴的热给我吃做甚么呢？"何达武笑道："你还跟我闹甚么客气，快接着吃罢。"黎是韦只得接了。

陈蒿出来，见黎是韦端着一盘肉在手里，忍不住笑道："谁把台子收了？端在手里怎么好吃？"周撰立在黎是韦背后，也望着好笑。黎是韦自觉难为情，将肉放在席子上道："我肚里不饿，吃不下。"陈蒿道："你自己坐下来要吃，害得我重新烧热，你又不吃了，不是拿人开心吗？"何达武也从旁说道："二姑娘好意烧热了，你不吃，难道嫌脏吗？"黎是韦一想不错，不吃对不起陈蒿，仍将盘子端起来，拿筷子一片一片的夹了吃。陈蒿倚门框立着，抿住嘴笑。周撰轻轻走到何达武跟前，在他肩上拍了下道："你不去盛碗饭来，这腊肉怪咸的，怎好就这们吃？"陈蒿接着说道："我去盛来。我只顾自己吃饱了，倒忘了人家。"黎是韦忙说不要费事。陈蒿只作没听见，跑向厨房里，盛了一大碗饭来，亲手递给黎是韦。

黎是韦本来吃不下，但因是陈蒿亲手盛给他的，觉得是很亲热的待遇，即时又把肉盘放下，伸手接了饭笑道："女士的盛意，便吃不下，也得拼命吃了。"可怜他这种害色迷的人，对于他心爱的情意最为诚笃，那里知道人家有意作弄他？竟把一大碗饭，一盘残肉都吃了。立起身来，伸了伸腰，摸了摸肚子笑道："这碗饭盛的太结实，不是我人高肚皮大，也吃不了。"陈蒿看了好笑，问道："还能吃一大碗么？像你这样魁梧奇伟的大丈夫，必有过人的食量，才能做过人的事业。你看《唐书》上的薛仁贵，《史记》上的廉将军，一顿饭就得一斗米。从古来的英雄，都是要会吃饭的，才可以做得，我因此最佩服会吃饭的人。有许多男子，文弱的和女人家差不多，每顿只能吃一碗半碗。那种男子，决不能有精神替国家做事，我是最看不起的。"黎是韦连说："女士的见解不错。我自到日本来，吃饱了的时候很少，每日总得挨着几分饿。"陈蒿道："这是怎么讲？因功课忙了，没工夫吃饱饭吗？"黎是韦摇头道："不是。我到日本，就住在旅馆里。旅馆照例每顿只一小桶饭，极小的饭碗，恰好三碗，一些儿没有多的。不够的时候，教他添一碗，要五分钱。充我的量，每顿添五角钱，还不见得十分饱。算起来，一名公费，只勉强够添饭的钱。女士看我如何敢尽量吃？没法，只得挨挨饿罢了。"陈嵩大笑道："既是这们，我家不要钱的饭，不妨吃个饱去。"说完，又跑到厨房里要添饭。李镜泓夫妇在厨房里洗碗，见陈嵩笑嘻嘻的，又来拿个大碗盛饭，问只管添饭做甚么。陈嵩笑道："我要灌满一个饭桶。"陈毓知道是拿着黎是韦开心，也笑道："何苦这们使促狭，他是个老实人。"陈嵩已盛满了一碗饭，答道："你说他老实，才不老实哩。"

陈嵩端了饭到前面房里。黎是韦正手舞足蹈的和何达武谈话。周撰坐在旁边，一言不发，心里想着甚么似的。陈嵩笑向黎是韦道："黎先生再吃了这一碗罢，以后肚皮饿了的时候，尽管来这里饱餐一顿。"黎是韦折转身，对陈嵩恭恭敬敬作了一个揖道："女士的厚意，我实在感谢。不过我此时已吃饱了，这碗饭留待下次再来叨扰罢。"陈嵩道："那有的话！在我跟前，说这些客气话做甚么呢？"黎是韦又是一躬到地，说道："我怎敢这们自外，在女士跟前说客气话！"陈嵩道："还说不是客气话！刚才你自己说，充你的量，每顿添五角钱，还不见得十分饱。五角钱的饭，有十小碗，难道才吃的那一碗饭，比十碗还多吗？不是客气是甚么呢？呵，是了，你嫌没菜。但是没菜便吃不下饭，不是你这种少年英雄应有的举动。你接着罢，等我去寻点儿菜来。"

黎是韦不由得不伸手接了。陈嵩又待去厨房拿菜，黎是韦心想："我若不将这碗吃下去，须给她笑话我是因没菜，便吃不下饭。只要能得她的欢心，口腹就受点儿委屈，也说不得。"连忙止住陈嵩道："用不着去寻菜了。女士既定要我吃，这碗饭也没多少，做几口便吃完了。我素来吃饭是不讲究菜的。我们男子汉不比女子，为国家奔走的时间居多，像此刻中国这样乱世，我辈尤难免不在枪林弹雨中生活，何能长远坐在家中，图口腹的享受？此时不练成习惯，一旦受起清苦来，便觉为难了。"陈嵩不住的点头道："这话一个字都不错，快吃罢，冷了不好吃。"说时望周撰笑着努嘴，周撰也笑着点头。

李镜泓同陈毓把厨房清理好了，到前面房里来，见黎是韦正端着那大碗饭，大口大口的扒了吃，连嚼都不细嚼一下，竟像是饿苦了，抢饭吃一般，也忍不住都笑起来。陈毓问陈嵩道："老二，你这是做甚么？要人吃饭，又把台子收了。你看教黎先生是这们坐着吃，像个甚么样儿？"陈嵩笑的转不过气来，拿手巾掩着口，极力忍住才没笑出声。一看食台在房角上，即拖了出来，支开四个台脚，送到黎是韦面前，说道："黎先生只管慢慢吃，不要哽了。"黎是韦塞满了一口的饭，也答话不出，翻着两眼，下死劲的把饭往喉咙里咽。周撰握着拳头，对何达武做手势，教他去替黎是韦捶背。何达武真个走到黎是韦背后，用拳头捶了几下，笑道："我看你跟这碗饭必是有不共戴天之仇，才这们拼命的要把它吃掉。"说得大家都放声大笑起来。黎是韦翻手将何达武推开道："铁脚，你不要笑我，你能和我拼着吃么？我吃了这碗不算，看赌赛甚么东西，一个一碗的吃，看毕竟谁的能耐大。"何达武摇头道："我不敢。我是三四号的饭桶，怎么够得上和老大哥比赛？"黎是韦笑道："你既不敢和我比赛，就不要小觑我。我也知道你是斗筲之量，没有和我比赛的资格。替我快滚到那边去坐了，看我一气将这半碗饭吃完。"

何达武立在旁边，打算抢了饭碗，不教他吃了，忽听得门外铃声响，接连高声喊着"夕刊"。忙跑到门口，拿了份晚报进来。周撰道："你们这里看晚报吗？"随即伸手接过来道，"不知道富士见楼的事情，这上面登载出来没有？"李镜泓道："我们并没订看晚报，也没教送报的送报来。不知怎的，近来每晚必送一份来，从门缝里投进来，叫一声夕刊，就飞也似的跑了。我们就想追出去说不要，也来不及。已送了一个多月了，也不见他来要钱。好在我家本没订报，便看一份晚报也好。"周撰道："日本送报的，常有这种事，先不要钱，送给人看。两三个月之后，才来问人家，看要改换他种报，或加送他种报么？人家看了两三个月，总不好意思说钱也不给，报也不看。这也是他们新闻家迎合人家心理，推广营业的一种法子。"陈毓笑道："原来还是要钱的吗？我们又看不懂东文，白花钱干甚么呢？明日我在门口等着，送来的时候，当面拒绝他。"陈蒿道："姐姐怎么忽然这们小气？你看不懂，只怪你初来的时候，就只学日语，不学日文。这一个多月送来的报，我那一天没看？并且看报，日文日语都很容易进步。我此刻虽不能完全说看懂，一半是确能领会。"周撰道："能领会一半就很好了。日本新闻，在留学生中寻完全看得懂的人，百个之中，恐怕不到三五个，普通都只能看个大意。至于语句的解剖，非中国文学有根底而又在日本多年，于日文日语都有充分研究的，断不能讲完全解释得明白。我来了这们多年，日本话虽不能说好，不认识我的日本人，也听不出我是中国人来。然而看日本的新闻，能澈底明了的，不过八成。小姐此时就能看懂一半，真是绝顶的天分。"

周撰旋说旋将新闻翻开来，看了几眼，笑道："有了，这标题'可惊之情死'，一定就是我那旅馆里发现的事。"陈蒿起身将电灯拉下来，送到周撰面前。周撰就电光念道："目下住在芝区某町某番地，前贵族院议员宫本雄奇氏之令嬡菊子，与同町某番地寺西干物商之小僧笠原治一，宿有暗昧行为。近来宫本雄奇氏已为菊子择配，正在准备完婚手续。昨晚九时许，菊子忽然失踪。今晨得警署通报，始知与笠原投宿四谷区富士见楼旅馆，已为最惨酷之情死。死者各有遗书一通，为宫本雄奇氏藏去，无从探悉其内容。"再看以下，为访员询问旅馆下女之谈话，及死者之容态，周撰都是知道的。至于下女对周撰要讲不讲的秘密，新闻上也没有记载。随将两张新闻仔细看了一会，不过有几句半讥讽、半怜惜的评话，没紧要的登录了。便将新闻放下叹道："身分不相称的恋爱，当然要弄到这们悲惨的结果。这一类的情死，在日本层见叠出。不知道怎么，这些小姐、少奶奶们，一点儿也不畏惧，仍是拼命的和下等人讲恋爱。一个个都睁着眼向死路上跑，真不知道是一种甚么心理！"黎是韦道："报上载了甚么事？给我看看。"陈蒿把电灯放了，看黎是韦那碗饭已吃了个精光。陈毓收了食台，拿碗向厨房洗去了。

本章完毕，做书人留下些关节，且待第九集再写出来。

第一百三十三章

周卜先暗算郑绍畋
李镜泓归罪何达武

上集书中说到周撰和陈蒿正在互调眼色的时候，忽然来了一个黎是韦先生，打了一个大岔。周撰便坐不住了，起身要走。那周撰为何急急的要走呢？因为忽然记起何达武说的，郑绍畋向陈蒿求婚的话来，想打听个明白。又料道黎是韦是个涎皮涎脸、纠缠不清的，不愿意和他久坐一块。当下对何达武使了个眼色，教他同走的意思。即向李镜泓、陈蒿告辞。陈蒿笑道："天气很早，忙甚么？"黎是韦正在看报，听说周撰要走，即忙放下说道："我也要走了，周撰先走一步罢，迟日我再奉看。此时我也在这里做客，恕不送哪。"周撰笑了一笑，立起身来。陈蒿道："请把现在的地名留在这里。"李镜泓连说："不错！今日的事，很费了心，将来免不了还是要借重的。"周撰谦虚了几句，撕了页日记本，写了富士见楼的番地，交给陈蒿。同何达武出来，陈毓也送到门外。

周撰拉了何达武的手，沿着江户川河岸缓缓的走。何达武道："黎是韦这朽崽，朽的可恶，又不晓得看人的颜色。二姑娘简直把他当呆子，拿着他开心，他还自鸣得意，以为是欢喜他。"周撰道："他这个倒没要紧，缠一会缠不上，自然会知难而退。我问你，你白天说郑绍畋向二姑娘求婚，是甚么时候的事？"何达武道："就是近来两个星期以内。"周撰道："他们怎生见面的？"何达武道："那日，我在江户川停车场下车，遇了老郑，他问我见着你么，我说不曾见。他说你和他解散贷家之后，回湖南运动，来这里进了联队。听说近来又回湖南去了，不知道来没有。我说自从牛込散伙之后，绝没见过一面。老郑说你还该他几十块钱，请你吃料理，你吃了就溜跑，他非得找着你，问你要钱不可。我当时就邀他到家里坐坐。他见了二姑娘，便发狂似的，来不及的鞠躬行礼。二姑娘也不知道他是个甚么样的人，和他攀谈了几句话。他第二日来，就不在我房里坐了，买了些水果鲜花，送给二姑娘，一连几日，没一日不来，夜间甚至坐到十一二点钟才回去。前几日他忽然向我作了几个揖，求我做个绍介人，向二姑娘求婚。我明知道事情是决无希望的，因他是个鄙吝鬼，素来一毛不拔，乐得借这事骗他一顿料理吃，对他满口承认。说这事有办法，不过我此时想吃料理，你得请我先吃一顿，我才肯替你说。他踌蹰了一会，只得请我到春日馆，吃了个酒醉饭饱，约了第二日来听回信。第二日我吃了早点，便出来在外面混了一天，他就在我房里等了一天。他因不知道我和二姑娘如何说的，不好意思见二姑娘的面；等到夜深，不见我回来，只得走了。留了张字在我桌上，约明日午后六点钟再来。谁知刚天明不久，我还睡在床上，他就捶门打户的来了。我披衣起来开门，一看是他，我就问道：'你留的字不是约了午后六点钟吗？怎么来这们早呢？'他说：'我是约午前六点钟，那字写错了。'他问我事情说好了没有？我说：'事情是对二姑娘说了，但是我的面子太小，二姑娘素来不大信我的话，我连说几遍，二姑娘只作没听见，我不好再说了。最好还是你自己去说，我从来不会说话，说得不好，反把事情弄坏了。'老郑听了我的话，并没疑心是假的。盘问我对二姑娘说的时候，二姑娘的脸色怎么样。我随口说道：'我对她说话的时候，她正低着头写字，没看见她的脸色，不知道怎么。'老郑道：'我不相信你对她提这话，她连头都不抬一抬。'我说：'确是不曾抬头，你不信，自己去问她就知道了。'老郑道：'我怎么好意思当面去问呢？我因见她对我很像表示好意，才托你做绍介人。你既说了一次，她没答理，我当面再去碰钉子，脸上如何下得来哩？'一面说，一面抽声叹气。忽问我道，'听说二姑娘的英文很好，是真好么？'我点头道：'她能翻译英国书，英文总有个相当程度。'老郑喜笑道：'我去写封英文信给她，由信中向她求婚，看她怎么回信。'我说：'你几时学的英文，会写英文信？'他向我耳边低声说道：'我请朋友代写，你却不可说破。说破了，二姑娘就要疑心我是个没学问的人了。'我连说：'好，好，决不说破。前日果然从邮局寄来了一封英文信，把个二姑娘笑的要死。我表兄不懂英文，教二姑娘解给他听，我也在旁边听着。信中不知说多少求二姑娘可怜发慈悲的话，只要二姑娘承诺求婚的事，无论怎么苛酷的条件，都可磋商。末后说如果不承诺，相思病就上了身，全世界没有能治相思病的医生，眼见得就要死在海外。"

周撰笑问道："二姑娘回信给他没有呢？"何达武道："你说二姑娘肯回信么？她最是个爱漂亮的，老郑那种面孔，连我望了都害怕，二姑娘如何看得上眼！"周撰道："你知道老郑在二姑娘跟前说我甚么话没有？"何达武摇头道："二姑娘昨夜才遇着你，老郑怎么会向她说到你身上去？"周撰道："照事势推测，老郑不见得因二姑娘不回信，便绝望不到这里来，他那吊膀子的脸皮厚得厉害。若是明后日再来了，你向他提我的话不提呢？"何达武道："万不能提，一提他就得想方设计的破坏你了。"周撰道："不错呀，不特不能向他提，并且我还要托你，要阻拦他，不许和二姑娘见面。我们不好无端的教二姑娘把遇见我的事情瞒着，不对老郑说。又恐怕你表兄、表嫂于无意中漏出来，就有许多不便。我左思右想，总以不给他见面最妥。"

何达武道："老郑来时，常是径到我表兄房里。我怎生能阻拦他，不给他们见面？"周撰道："不难，我教给你个办法，你明日对你表兄说，郑绍畋这人太无聊，下次来了不要理他才好。你表兄听你这们说，必然问你是甚么道理，你就装出生气的样子说道：'你还问甚么道理，他简直把你当亡八蛋。他初次来的时候，见着二姑娘就问我：这位小姐已许了人家没有？我说没有。他过了几日就求做绍介，要向二姑娘求婚，还请我在春日馆吃料理。我心里虽觉得他太不自量，但因二姑娘本是没许人的，人家来求婚，许可不许可，权操之二姑娘，不能说求婚是无聊的举动。当时也没斥责他，也没替他向二姑娘说。谁知我昨夜送周卜先走后，刚要转身回来，他忽从后面铁脚、铁脚的喊了几句。我回头见是他，问他来做甚么，他把我拉到江户川桥上，悄悄的问我道：我写了封英文信给二姑娘，你可曾听说收到了没有？我说收到了。他问收到了怎么不见回信，我说那我却不知道。他说：只怕是没得希望了。铁脚，我和你系知己的朋友，你如何全不替我帮帮忙呢？我说这种忙我帮不了。他沉吟了半晌道：二姑娘自然是天仙化人，就是他姐姐，也算得是个绝色女子，可惜嫁了李镜泓这们一个笨货。我看他很像带着抑郁不乐的样子，我弄二姑娘不到手也罢。铁脚，只要你肯替我帮忙，在你表嫂跟前方便几句，把我这一点爱慕之心，达到她脑筋里，我就好慢慢的着手了。你表嫂毕竟比二姑娘多几岁年纪，比较的懂风情些，料定决不至拒绝我。'"

　　何达武笑道："主意是好，但是我表兄若当面对起质来，怎么办呢？"
周撰笑道："这种事，你表兄如何肯对质？并且对老郑这方面也得捏造一
番话对付他。你见他来，就对他使眼色，把他拉到没人的地方，先对他跺
脚、摇头、叹气。他必然问你甚么事。你就拿出埋怨他的声调说道：'你
那英文信，是请甚么人替你写的？也没请第二个懂英文的人看一看吗？'
你这们一说，看老郑怎样回答。他若答'我已请会英文的人看过了'，你
就说：'哼，已请会英文的人看过了，二姑娘说，尽是一篇卑鄙无耻的
话，看了刺眼，等姓郑的来了，倒要问问他，这些卑鄙话的出处，看他
是不是从卑田院学的英文！'老郑连英文字母都认不得，听了这话必然害
怕，不敢去见二姑娘。他若说没请第二个懂英文的人看过，你就说：'怪
道二姑娘接了那信，气得说话不出，信中尽是些轻薄、侮辱的话，几次要
拿那信到警察署告你，都被我拦住了。二姑娘说碍我的面子，饶了这轻薄
鬼，下次如再敢跨进我的门，我自有惩处他的办法。'老郑听了，也要吓
得请他进去都不敢进去。"

　　何达武大笑道："你这离间的法子妙极了。"周撰道："我不教你白给
我帮忙，我和二姑娘的事情成了功，多的不敢答应，谢你六十块钱。早
成功，早给你；迟成功，迟给你。"何达武喜道："当真么？"周撰正色道：
"不当真，我难道为几十块钱骗你？"何达武喜得搔耳爬腮，说道："你的
主意多，无论教我怎样办，我总竭力便了。"周撰点头道："我就教给你明
日行第一步的主意。"何达武连忙凑近身，问明日该怎么办法。周撰笑道：
"二姑娘的知识身分，都与平常的女学生高些，下手太急切了，显露出个
急色儿的样子来，反使她瞧不起。我还只和她见面二十四个钟头，若也和
郑绍畋、黎是韦一般涎皮涎脸的，她虽未必就厌恶我如厌恶郑、黎两人一
样，但是我觉得不存些身分，她素来是一双瞧不起一般男子的眼睛；我又
没特别的能耐，如何能得她的真心倾向？我前后思量这件事，须得见面的
日子多了，有了相当的感情，才能渐渐用手段，使她的感情变成爱情，这
件事方有希望。我此时的心理，与昨夜的心理不同。昨夜初次见面，觉得
她很垂青于我，以为下手不难。今日见面，她却也一般有相当的表示亲
热，不过我看了她作弄黎是韦的举动，知道她是一个脑筋极活泼、性情最
流动的女子。昨、今两日所有对我的表示，都是我神经过敏，专从我自己
一方面着想的。吊膀的人，每每有此种一厢情愿的念头。其实对方脑筋里

有没有这人的影子，还是疑问。像昨夜在料理店，她初上楼的时候，那双俊眼就不住的在我满身打量，我当时即认为是注意到我了。后来才想出来，她是因为见我和你坐一块，先看见了你，不由得她自己的眼睛就来打量我了。我容貌虽不丑陋，然自知在中国青年内，决算不了美男子。她不是个乡村女子，没见过世面的，如何会在大庭广众之下一见留情？大凡爱上了这个女子，想吊她的膀子，总不要先自着了迷。一着迷，便和郑、黎两个不差甚么，在二姑娘眼睛里看了，就为醒眼看醉人一般，一举一动都是好笑的，一辈子也不会有表同情的时候。"

何达武笑道："我是问你教我明日怎么办法，你把这些吊膀子的原则公式说出来做甚么？你说不着迷，我看你早已着迷了。"周撰哈哈笑道："你急甚么？自然会说给你听。我刚才说的，要见面的日子多了，有相当的感情，就是这件事下手的办法。只是我不能学郑、黎两个，无原无故的每日跑到这里来，也不管人家的喜怒哀乐，一味厚脸的纠缠。非得你从中撺掇她，使她到富士见楼来回看我一次；我以后便不好意思，再上这里来了。"何达武道："你才出来的时候，她问你要了住址，自然会来回看你，用不着我从中撺掇。"周撰道："她要我写地名的时节，我也是这们想。但这又是着了迷的想法。你没留神，她不是谈到赎金镯，才要我留地名吗？是为恐质店有通知来，没地方找不着我，并不是要来回看我的意思。你只看他们三个人，绝没提过这一类的话，就知道了。"何达武道："二姑娘每次出外，总是和我表兄表嫂同走，上课也是两姊妹同去，她一个人出门的时候少得很。你先得想个办法，能使她单独出来，就好下手了。"周撰笑道："慢慢的来，自有使她单独出来的办法。你明天背着你表兄、表嫂，试探二姑娘的口气，看是怎样。"何达武问道："用甚么话去试探呢？这种吊膀子的事，我绝对的不在行。话若说得不好，反把事情弄糟了。"

周撰道："我教你说，你只做闲谈的样子，说周卜先的眼睛，素常极瞧一般女留学生不起的，每逢人谈到女留学生，他总是闭目摇头说，你们不要再提女留学生几个字罢，听了教人不快活。人就问他这话怎么讲？他说有甚么讲头，无非替中国人丢脸罢了。不服的定要问出丢脸的凭据。他立时指出许多有些名气的女留学生所行所为的丢脸证据来。谁知他一见二姑娘，听了二姑娘的议论，却钦佩的了不得。他说要有二姑娘这般知识，才够得上来日本留学。你照我这们说，看她如何回答。"何达武点头道："这话我可向她说。"周撰道："撺掇她上我旅馆来，只管当着你表兄说。不妨直说周卜先既请了酒，又来拜了，又出力代替赎当，以后并还得用着他，应该去回看才是。他们听你是这们说，定要邀你来回看我的。"何达武道："老李是定来的，只怕她们姊妹未必同来。"周撰摇头道："你将我教你试探的话说了，抵得了一道召将的灵符。你瞧着罢，我明日在旅馆等你，他们万一发生了旁的事，不能来，你也得来送个信给我。你转回去罢，我赶这辆电车回去。"说着别了何达武，跳上电车走了。

　　何达武回到精庐，黎是韦还坐着没走，李镜泓陪着谈话。陈毓在陈蒿房里。何达武是常在陈蒿房里坐的，便推门进去。陈蒿见了问道："送客怎送了这们大的工夫？"何达武随手将门带关，笑道："那里是送客送了这们大的工夫，我送卜先到江户川电车终点，恰好有辆电车来了，望着卜先上了车。我正待转身回来，猛不防有人在我肩上拍了一下，倒把我吓了一跳。回头看是郑绍畋，我气得骂了他两句。"陈蒿笑道："骂得好，那东西是该骂的。"何达武道："还有该打的在后头呢，那东西实在可恶。"陈毓道："你的朋友都差不多，现在外面坐着的也就够分儿了。"何达武道："黎是韦可恶的程度，比郑绍畋差远了。黎是韦是个极忠厚老实的人，他有个绰号，叫黎不犯法。因他老实，决不敢做犯法的事，时常跑到这里来缠扰，虽也可恶；但他心里无非对于二姑娘一点爱慕之心，不能自禁，老实人又不知道遮掩，却仍能保持他那绰号的意义，没有轶出法律范围的行动。至于郑绍畋，刚才对我说的那些话，简直是目无王法了。"陈蒿大笑道："铁脚，你甚么时候知道有王法了？"陈毓笑道："且听他说郑绍畋如何目无王法。"

　　何达武听得门响，回头看是李镜泓进来了。陈蒿问道："去了吗？"李镜泓点了点头，向陈毓笑道："你说甚么目无王法？"陈毓对何达武一指道："我正要问他。"何达武望着李镜泓的头顶笑道："你要问甚么叫目无王法么？有一个人说你模样儿生得魁梧，想要你做关夫子。"三人听了，都不懂得。李镜泓仰天打个哈哈，指着何达武的脸道："你也自作聪明，要在我们跟前说俏皮话儿。你自己说，讨厌不讨厌？"何达武也哈哈笑道："亏你还笑得出，我这俏皮话你不懂么？老实说给你听罢，有一个人要制造一顶绿头巾给你戴呢。"陈毓道："好极了，看择个甚么日子行加冕式罢！"李镜泓知何达武话里有因，听得陈毓是这们说，立时把脸沉下来，呸了陈毓一口道:"不要瞎说!铁脚,你这话从那里来的?"陈毓见李镜泓沉下脸,呸了自己一口,也把脸沉下来,冷笑一声道:"呸我做甚么?就是我制一顶绿帽子给你戴,也要等戴了不合头的时候再来呸我不迟。"

李镜泓自从娶陈毓过门之后,因自己有些匹配不上,就时时存着怕戴绿帽子的心。到了日本,见社会的淫风极盛,而陈嵩这个小姨子又是个招蜂惹蝶的风流人物。那怕戴绿帽子的心,比在国内更加厉害几分。但是他这种没有能力的男子,娶了陈毓这般才色兼全的女人,爱惜得每每过分。越是怕戴绿帽子,越忍不住时时提着这话向陈毓说,只要陈毓不给绿帽子他戴,无论要他做丈夫的如何尽情尽义,都是可行的。不是贤德的女子,谁能真个受宠若惊,益加勉力的恪尽妇道?十有九是越见丈夫爱恤,越发对丈夫玩忽,久而久之,双方都习惯成了自然。夫为妻纲的这句话便翻转来了,妻子责骂丈夫,倒是常事。丈夫若对妻子稍有词色不对,她立时就振起妻纲来了。李镜泓待陈毓,历来是恭顺异常的。此时因发见了他平生最忌讳的戴绿帽子这句话,一万个不留神,竟向陈毓呸了一口,陈毓发出话来,才知道是自己冒失了,心中后悔不迭,口里就不由得埋怨何达武道:"你要说不说的,捣甚么鬼呢?定要弄得大家都不高兴了,你多有趣哩!"何达武年龄比李镜泓轻,又寄居在李镜泓家里,李镜泓每常受了陈毓的气,就在何达武身上寻出路。何达武总不开口,知道不是真向自己生气。当下仍笑嘻嘻的说道:"你们两位都不要生气,是我的不是。我就把原因说给你听罢!"

陈毓把脚一跺道:"不要说!动不动就把脸沉下来,谁该受你的脸嘴?你等到绿帽子上了头,再来向我板脸不迟。"李镜泓连忙陪笑说道:"你不要误会了我的意思,我并不是向你板脸。因为铁脚说话是这们半吞半吐的讨厌,气他不过,不由得对他板起脸来。你跟着生气,不是冤枉吗?"陈毓下死劲在李镜泓脸上啐了一口唾沫道:"你活见鬼,还拿这些话来遮掩!铁脚在这里和我们姊妹说话,半吞半吐也好,一吞一吐也好,要你生甚么气,板甚么脸?就依你说,是对他生气、对他板脸,放屁一般的朝我呸那一口,难道也是呸他,我误会了不成?你怕戴绿帽子,是这种对待我的方法?很好,包管你没绿帽子戴!"李镜泓只急得搔耳爬腮,无话解说。陈嵩笑道:"你们节外生枝的,闹这些无味的脾气,反把正经话丢开不问,未免太笑话了。铁脚爽利些说吧,这话很有关系的。"何达武道:

"当然是很有关系，我才特意向你们来说。"随将周撰刁唆的那一派话，添枝带叶的，说了个活现。把个李镜泓气得说话不出，光开两眼望着陈毓，以为陈毓必也十分动气。谁知她却丝毫气忿的形色没有，反笑嘻嘻对陈蒿说道："果不出我所料么？"陈蒿微笑点头。

李镜泓不知头脑，看了二人说话的神情，心里陡然犯起疑来。问陈毓道："甚么事不出你所料？"陈毓已看出李镜泓极力忍住气忿的神色，故意做出行所无事的样子说道："没甚么事，我们姊妹闲谈，不与你相干。"李镜泓疑心生暗鬼，登时觉得陈毓近来对自己的情形是彷佛冷淡了许多。平常虽则脾气暴躁，也不像今日这般容易动气，这其中必有缘故。满心想根究一个明白，又怕触怒了陈毓。心里越想越是何达武不好，不应把郑绍畋这种无赖的人引到家里来，就是黎是韦常来这里缠扰不休，也是何达武的朋友，于今又加上一个姓周的，也不像是个规矩人。何达武这东西专一引这些人上门，倒像是个拉皮条的。李镜泓心里这们一想，望着何达武，眼睛里就冒出火来。

不知李镜泓打算如何发作，下章再写。

第一百三十四章

发雌威夫妻生意见
卖风情姊妹访狂且

　　却说李镜泓一肚皮的气，正待发作，却又怕牵惹了陈毓，极力忍着。何达武那知道李镜泓此时的心理，只见他气忿忿的坐在那里一言不发，便笑向他说道："郑绍畋那东西，以后不准他进门就是了。"李镜泓听得更加生气，大声说道："和你认识的那班狐群狗党，一概不准进我的门，我防范不了许多。"何达武此时也忍不住气了，正要辨论，陈毓已立起身，指着李镜泓骂道："你放屁！甚么叫防范不了许多，谁是给你防范的？你配防范谁呢？你自己是个孤鬼，整年的不见一个鬼花子上门，枉为一个男子汉，社会上全没一点儿交际。旁人谁没有三朋四友？都和你一样，也没有世界了。真是青天白日活见鬼，只你有个老婆，留学生尽是强盗，你不好生防范，准得掳了去做压寨夫人。"

　　李镜泓寻何达武生气，原是想避免陈毓的责骂。不料气头上说话，不曾留神，反惹得陈毓大动其气。一时想回抗几句，奈夫纲久倒的人，急切振作不起来。只用那可怜的眼光望着陈毓，露出欲笑不能、不笑不敢的脸色说道："我和铁脚说话，你何苦动气？不准郑绍畋进门的话，是铁脚自己说的，你就硬将不是派在我身上。并且你说甚么果不出你所料的话，我问你，何妨说给我听。"陈蒿道："罢了，罢了！平白无故的吵起嘴来，真犯不着。我说给你听，并不是一句有秘密和研究价值的话。前几天郑绍畋在这里鬼混了一会出去，姐姐就向我说，那姓郑的一双贼眼，怪讨人厌，最欢喜偷偷摸摸的向人使眼风。沉下脸不睬他，他也不知道看着风色，仍是涎皮涎脸的，两只黑白混淆的眼，只管溜来溜去。我就说他或者生成是这样一双眼睛，未必真敢便转姐姐的念头。姐姐向我摇头说，那东西一定起了不良之心，你看罢，不久更有讨厌的样子做出来的。刚才听铁脚说这些言语，所以向我说果不出所料的话。姐姐是有意害姐夫着急，不说给姐夫听，姐夫果然上当。若是应该秘密的话，怎么会当着姐夫说呢？这不是很容易明白的道理吗？"何达武也说道："这事怪到我身上，我真有冤无处诉呢。我和郑绍畈并不是很亲密的朋友，又没找着他来。他托我向二姑娘求婚的话，我都拒绝他没说；他自己写信来，我也没法去拦阻他，不理他就罢了。我若把他当个朋友，他今晚和我商量的话，我就不拿着告诉你们了。你倒翻转来怪我，我才真犯不着，是这们做好不讨好呢。"陈毓向何达武道："你不要气，以后遇着这一类的事，只作不知不闻就得了。生成是个戴绿帽子的，像被你说破了，绿帽子戴不上头是不高兴的，是要埋怨你的。"陈蒿立起来摇手道："今晚时间不早了，我要安歇，有话明天说罢。"

李镜泓借着这话，起身回房，何达武也回房歇了；惟陈毓在陈蒿房里坐谈到一点多钟。李镜泓请求了几次，才赌气回到房里，和衣儿睡倒。李镜泓费了无数唇舌，虽渐将陈毓的怒气平息，然从这日起，陈毓对李镜泓的爱情不知不觉的减退了许多。并不是陈毓爱上了郑绍畈，听了何达武的话信以为真，将爱李镜泓的心，移向郑绍畈身上去了。大凡少年夫妇，除非男女都是守礼法的，感情永远不至于动摇外，就得双方配合得宜，感情浓密，才能于相当期间，保得不为外来的感触冲动。陈毓于李镜泓，本来不是相宜的配偶。陈毓那副很幼稚的脑筋，在东京这种万恶社会，日常所接触的，觉得都足印证她己身所遇之不幸，那径寸芳心早已是摇摇欲动。偏偏昨今两日，惯在女人跟前用心的周撰拼命放出柔媚的手腕，殷勤周匝的来勾结陈蒿的心。陈毓看在眼里，心里就不免寻思到自己的丈夫身上，没一样赶得上人家，还要醋气勃勃，一举一动都监视的和防贼一般，这气实在忍受不住。因此见何达武提到戴绿帽子的话，有意当着李镜泓说好极了，看择个甚么日子行加冕式的这几句话，好教李镜泓呕气。李镜泓果然呕了，对他沉下脸呸一口，陈毓巴不得李镜泓决裂，在东京不愁嫁不着比李镜泓强十倍的人，这就是陈毓的心理。

闲话少说。当夜胡乱过去，次早何达武起来，拿着沐具走到洗脸的地方，见陈蒿已先在那里洗脸，即蹲在一旁洗漱。陈蒿向何达武笑道："我昨日就要问你一句话，他们夫妻一吵嘴，就忘记了。你要那姓周的教给你甚么？"何达武心想：若直说教给赌诀，她必疑心周卜先不是个好人，于作合的事有妨碍。不如借着这话，替周卜先吹一顿牛皮。将来就穿了，也怪我不上。便笑了笑说道："周卜先的能耐大哪，人又聪明，又好学，三教九流无所不通，我知道他的催眠术很好，只他不大肯试给人看就是了。"陈蒿喜笑道："你怎么知道他会催眠术？"何达武道："我见他演过几次，想要跟他学，他已答应了。"陈蒿道："你见几次，都是怎么演的？"何达武本是信口开河的，如何能说得出试演的情形来，只得答道："和日本天胜娘演的差不多，有些比天胜娘还要希奇。"陈蒿道："我不相信，若比天胜娘还要希奇，那名声不很大吗？怎么我们都同是湖南人，倒会没听人说过呢？"何达武道："他又不和天胜娘一样，到处演着卖钱。他是做一种学术研究，自然没有名声。并且你们都不大出外，往来的朋友又少，从那里去听人说呢？"陈蒿点头道："那是不错，我们若去教他演，不知道他肯演给我们看么？"何达武道："此刻去教他演，他必不肯演。并且还要怪我，不该向人乱说。将来和他交情深了的时候，也不要当着生人，你教他演，他就不好意思推托了。"

陈蒿道："这种本事，本不宜使多人知道，疑神疑鬼的，与自己人格上很有关系。若是在前清时候，政府还要指为妖人哩。你也是不可向人乱说。他同你去当店的时候，在路上和你说了些甚么？"何达武正心里打算，要将周撰教的话趁机会说出来，难得陈蒿先开口盘问，便笑了笑答道："周卜先在路上说的话吗？我说给你听，你却不要生气，他非常恭维你，说在女留学生中，没有见过你这们漂亮的人。不过他很替你着虑，说留学生中没道德的青年太多，怕你上人家的当。我深知他素来瞧一般女学生不起，不想他对你会忽然倾心，将从前诋毁女学生的论调完全改变。"陈蒿道："这话我生甚么气？留学生中的坏蛋是十居七八，女留学生上了当的，大概也是不少，他这话是好话。我看你往来的朋友，还只这个姓周的是个正经人。以外都不敢当。"何达武道："和我来往的，不过是熟人罢了，怎么算得朋友？周卜先不特在我朋友中是个正经人，就在全体留学生中，也是有名的道德学问兼全的人。和他交往的，有形无形，多少总能得他点益处。"陈蒿听在耳里，洗完了脸，回到自己房内，一个人坐着。想起周撰的俊秀面庞，风流态度，缠绵情致，无一般不动人。更兼有这们学识，将来必能造成一个很大的人物。"我能嫁了个他这们的人，料不至埋没一生，和姐姐一样。只不知他家中有没有妻子？铁脚大约是知道的，等我慢慢用闲话去套问他。我终生的事老不解决，光阴快的很，这们拖延下去，也不成话。父母的思想是旧式的，若由家里主张，必又是择一个和李镜泓差不多的人，把我活坑了。我到了这时候，是万分不能不自己拿出主张来。但是铁脚的话，只能信他一半，他是个没有学识的人，姓周的和他要好，他就专说姓周的好话，是不大靠得住的。我得和姓周的多来往几次，留神观察他的举动，再要李镜泓到各处调查一番，他的道德学问，就都知道了。"

陈蒿将主意想定，早点后和陈毓商量，陈毓道："这事暂时不要教你姐夫知道，你姐夫总咬定牙关，说和铁脚要好的没有好人，是有品行有学问的，决和铁脚说不来，铁脚也交不上。于今和他说，他必是破坏的。"陈蒿道："不和他说也好，只是我们要去姓周的那里回看，须教姐夫同去才好。就是我两姊妹去，面子不大好。"陈毓道："教你姐夫同去回看没要紧，我们商量的事，不给他知道就是了。"陈蒿道："你就去问姐夫，看是今天去，还是缓天才去。"

陈毓点头出房，好一会苦着脸进来，摇头叹气说道："这种死人，真是活现世！我和他说姓周的请我们吃了料理，又来看了我们，应得去回看他才是。你说他怎么回我？他说我和他一点交情没有，无故的请我吃料理，是他自己有闲钱好应酬。我们的公费仅够开销，迟到几天，就得拿东西典当度日，那有闲钱学他的样，讲这些无味的应酬？我说去回回看，也要花钱吗？他说回看我知道不花钱，但姓周的既喜欢应酬，我们回看了之后，他必定又有花钱应酬的花样出来，我们不能一次不了一次的，专扰人家的情，不回请他一次。与其后来露出寒村相，给他瞧不起，不如当初不和他交往。我听他说出这些话来，气不过，骂他生成是在乡下种田的材料，不配上二十世纪的舞台，便懒得再跟他说了。我们去我们的，教铁脚带我们去。"陈蒿道："姐夫一个人在家里么？"陈毓道："青天白日，便是一个人在家里，难道怕鬼打不成？这种死人，理他干甚么！好便好，不好，我立刻和他宣告脱离。趁着此刻年龄不大，跳出去找他这般的人物，闭了眼也可摸得着。"

陈蒿的心思早就主张陈毓与李镜泓脱离关系，就是不便开口劝诱，此时听了陈毓的话，连连点头道："我们就更换衣裙，教铁脚同去罢。"陈毓道："你换衣，我去和铁脚说一声。"何达武听了，自是欢喜不尽。姊妹两个装饰停当，也不通知李镜泓，竟同何达武出来，乘电车到富士见楼去了。

不一时，来到富士见楼。周撰才用过早点，拿着本日的新闻，坐在房里翻看。听下女来报，说外面来了一个男客、两个极标致的女客会周先生。周撰料着是陈毓姊妹同李镜泓来了。连忙同下女迎接出来，一看是何达武跟着，不见李镜泓，陈毓姊妹都就玄关内向周撰鞠躬行礼。周撰让到楼上，彼此行礼后就坐。周撰开口问道："李先生怎不同来玩玩？"何达武笑道："一家四个人全来了，将房子交给警察吗？"周撰道："在日本全家出外，将房门反锁，一点没要紧。"陈毓笑道："我家常是这样，他今日在家里有点儿小事，迟日再来奉看。"周撰笑道："怎说奉看的话，达武和我相识久了，见面容易些。二位都不大出外的，难得今日枉顾。恰好今日新闻上有一条广告，英国有个大力士到日本来献技，定了从今晚起，在本乡座卖艺三天，这是很难得的机会，我专诚奉邀，同去赏鉴赏鉴。"何达武喜得站起来道："这果是难得的机会！我初到上海的时候，听说有个英国大力士，在张园卖艺，气力大的吓人。等我跑去看时，已经闭了幕。后来到日本，看了几次打相扑的，也称为大力士，实在一点趣味都没有。这个英国大力士，不知道就是上海那个不是？"陈蒿笑道："你且坐下来，我和你说。人家又没请你同去看，要你这们高兴做甚么？"何达武摇头笑道："卜先不是这们小气的人，决没有把我一个人丢开不请的。"陈毓笑道："你们听他这话，说得多可怜！周先生便是不打算请他，听了他这可怜的话，也要搭上他一个了。"

何达武见房门开处，一个二十多岁的下女，也还生得有几分姿色，一手托着茶盘，一手端着一个金花灿烂的四方盒子，走进房来，送到周撰面前。一双眼不转睛的望着陈蒿，十分欣羡的样子。何达武坐下来，笑推下女一把，问道："你呆呆的望着这位小姐干么呢？"下女被这一问，自觉不好意思，红了脸说道："失礼得很！我在东京没见过这样的美人，眼睛大大的，鼻子高高的，眉毛弯弯的，无一般不好。我这旅馆里住了八十多位客人，就只这周先生是个美男子，我也没见过。"何达武哈哈大笑，周撰连连挥手，教下女出去。下女走到门口，还回头望了陈蒿几眼，才关上门去了。

周撰先将花盒子打开，拈出几件西洋点心，分送到陈毓姊妹面前。斟了茶，用手指着盒子，向何达武道："你自己随意拈着吃，不和你客气。"何达武笑道："这下女真有趣。"周撰道："这下女最是好说话，很讨人厌。我昨夜从你们那里出来，看了两处朋友，回旅馆已是十一点钟，大家都安歇了，不便呼茶唤水，便打算就寝。才将被卧打开，这个下女走了来，问要开水么？我想也好，即教她提一壶来，她说已经提来了。我说提了了，搁在席子上就是。她说，周先生今晚不怕么？我才想起前夜情死的事来，回头看下女，就是昨日向我说情死的原由，没有说完的那个。我心里正想打听，以为还有甚么秘密的内容，谁知她说出来，仍是和新闻上记载的一样，遗书上写了些甚么，她也不知道。"

陈蒿听了，望着陈毓微笑了一笑。陈毓笑道："这下女倒是很聪明的，她见这旅馆里无端枉死了两个人，周先生必非常害怕，因此来慰问慰问。"周撰道："死亡是人生不能免的事，这旅馆上下，又住了八十多人，害怕甚么？日本的下女完全被中国留学生教坏了，这旅馆不大住中国人，下女比较神田那些旅馆有礼节些。我不住神田那些旅馆，住在这里，就是望了那些妖精一般的下女讨厌。"陈蒿笑道："我家看的那夕刊上，就时常载着中国留学生和下女闹的笑话。"周撰道："日本新闻纸大都一律欢喜挖苦形容留学生，也不必尽是事实。新闻上不是说留学生调戏下女，便是留学生强奸下女，总是留学生的不是就是了。不过以我所见，留学生无聊的固是不少，那些妖精一般的下女，设尽方法勾引留学生的事也多；并且还有下女拉着留学生，要强制执行的。像这样的事，新闻上却不见登载过一次。我虽没有那些讲道学的迂拘习气，却平生最厌恶不顾身分，不顾人格的恋爱自由。这旅馆有三个下女，两个年老的，有四十来岁了。只这个年轻一点，就是好说话，无礼的言词却还不敢。因为不曾在专住留学生旅馆服役的原故。我特意跑到这冷僻地方住着，就是因下女的礼节招待，比神田方面好些。"

何达武笑道："照你这样说法，留学生和下女生关系，简直是不顾身分，不顾人格的么？几多伟人学士，和下女生了关系，还公然正式结婚，大开贺宴，怎不见有人骂他们是没身分没人格的人呢？"周撰笑道："是我说错了，不应信口乱道。能偷下女的，总要算是大好老。"说得陈毓姊妹都笑了。陈蒿笑道："怪道有几多伟人学士是这样。毕竟铁脚不是伟人，和下女结婚的目的，三番两次都不能达到。"何达武道："我将来回国的时候，无论怎么，要娶一个日本女人带回中国去。"周撰一边笑着说"我很赞成"，一边起身到外面去了。陈毓向陈蒿道："他这出去，必是叫菜留我们午餐，我想就是看大力士，也得下午六七点钟，我们不如且回家去，到六七点钟的时候，教你姐夫同去本乡座就是了。今晚我们应请周先生看，才是道理。"陈蒿道："很好，我们就走罢，免得主人把菜叫好了，不能退还。"何达武坐着不动道："卜先不见得是去叫菜，且等他来了再说。此时已是十一点多钟了。"陈毓道："不要坐了，你表兄一个人在家里，我们出来的时候，又赌气不曾和他说明。他必弄好了饭，等我们回去吃。我此刻心里有些后悔，觉他一个人在家难过。"

何达武原想得周撰六十块钱，极力替周撰拉拢。见陈毓这们说，不便硬坐着不走，只得跟着她姊妹起身，却故意慢慢的，说陈蒿的衣也皱了，裙子也卷上边了，要仔细理一理。陈蒿低头一看，果然裙子坐了几个折印。陈毓弯腰替她理了一会才理伸。只这耽搁的当儿，周撰已转身回房，见三人都立在房里，要走的样子。周撰笑道："怎么不坐下来？"何达武道："他们要走哪。"陈毓向周撰行礼道："扰了周先生，已坐得时间不少了。家里没用下女，他姐夫在家，无人弄饭。等午后六七点钟的时候，再教他姐夫来请周先生，同去本乡座看大力士。"周撰笑道："且请暂坐下来，李先生一个人在家没人弄饭，我已想到了，立刻就有办法。"何达武插口问道："有甚么办法？何不说出来，使她两个好放心呢。"周撰道："我知道两位虽在东京住了年多，市内十五区地方，必有许多区域不曾到过。我刚才打了个电话到汽车行里，包一辆极大的汽车，把十五区的繁盛街道都游行一两遍，岂不甚好？我们坐上汽车，先到江户川，接了李先生。再到筑地精养轩，用了午饭，然后各处游行。游到五六点钟的时候，看游到了甚么地方，就在那里拣一家精洁的馆子，不论日本料理，西洋料理，中国料理，只要高雅一点的，进去胡乱用些晚膳，即去本乡座看大力士。"

何达武喜得眉花眼笑，摇头晃脑的说道："这办法妙绝古今！"对准陈毓姊妹，就地一揖道，"铁脚今日伴两位的福，第一次坐汽车，望两位不要推辞才好。"陈毓呸了一口道："那有这个道理，无原无故的教周先生这们破费，我姊妹决不敢领情。并且他姐夫是个迂腐人，决不肯教周先生这们一次不了一次的破费。"周撰哈哈笑道："李太太这话，太把我周卜先看得不当个朋友了。东京十五区的道路，不是要花钱买着走的，一辆汽车破费了甚么？料理馆里吃饭，我又不办整桌的酒席，随几位的意思吃两样充饥，也算得是破费吗？若实在两位心里不安的说法，看大力士的入场券，让两位做东便了。"陈毓见是这们说，回头望着陈蒿。陈蒿道："既周先生执意如此，汽车又已叫了，恭敬不如从命，我们就依周先生的，做了末尾那极小的东罢了。"何达武把脚一顿，拍着手笑道："好吗，你们轮流做东，我一个人夹在中间做西。"陈毓笑道："我看你简直不是个东西。"

正说笑着，下女来报，说汽车已来了。周撰回说在外面等着，将房角上的屏风拿出来支开，先向陈毓二人告了罪，躲在屏风后更换了衣服。引着三人来到外面，看是一辆头号新式汽车，可坐六人。周撰心里欢喜，让陈毓姊妹并坐在中间一层，何达武坐在前面，自己坐在陈蒿背后，告了车夫方向，呜呀呜呀叫了两声，一刹时风驰电掣，早走过了几条街道。周撰因凑近身和陈毓谈话，将手膀伏在陈蒿背后的皮靠上，恰抵着陈蒿的背。借着车行起伏的浪，一摩一擦。陈蒿靠得紧紧的，却不避让。周撰摩擦得十分快意，只恨车行太速，不能延长时间，好在陈蒿背上多侮弄一会。

转瞬之间，已到了江户川河畔。何达武指点了停车地点，周撰先跳下车，偷瞟了陈蒿一眼，陈蒿回打了一个眼波，微笑了一笑，即转过脸去，直喜得周撰心头乱痒。

不知周撰打算如何，下章再写。

第一百三十五章

坐汽车两娇娃现世
吃料理小篾片镶边

却说汽车在精庐门口停下来，只见陈毓向陈蒿耳边说了几句，陈蒿点头，同下车来。周撰举步向前走，陈蒿在后面喊道："周先生且停一步。"周撰忙立住，回头问："小姐有甚么事？"陈蒿走近前笑道："先生不要见笑，我姐夫异常迂腐，他若定不肯去，也就罢了，不用十分勉强他，我先说明一声。他生性是这们的，不是不中抬举，负先生的盛意。"周撰不住点头道："我理会得。"周撰心里巴不得李镜泓不在跟前，免得碍眼。明知道李镜泓是个没能力破坏的人，尤可不措意他，因对于陈毓的面子上，才绕道来这里敷衍敷衍。听了陈蒿的话，更是奉行故事了。

何达武抢先跑到精庐，推门进去一看，各处的板门都关了，房中漆黑的，不见李镜泓说话。即转身向陈毓笑道："我们不在家，老李也出去了。房里关得黑洞洞的，我们用不着进去罢！"陈毓道："他出去为何不锁大门呢？"何达武道："他知道我们就要回的，若将大门锁了，怎么进去呢？"陈毓摇头道："他不会这们荒唐。我们又不是没有安放钥匙的地方，历来锁了门，谁先回来谁拿钥匙先开，怎么今日忽然怕锁了门，我们不得进去？既到了这里，为甚么不上去看看呢？"四人都脱了皮靴进房。陈毓顺手将电灯扭燃，一看李镜泓已打开铺盖，睡在房里。陈毓笑道："你这人真可笑，清天白日是这们睡了，像个甚么！还不快起来，周先生特来请你去玩。"李镜泓伸出头来，见周撰立在房里，心里虽一百二十个不高兴，但是不能露在面上，又怕陈毓不答应，说他得罪了朋友，不敢不起来应酬。随即掀开被卧起来，一面披衣，一面和周撰招呼。

周撰笑道："惊了李先生的美睡，很对不起。承李太太和小姐枉顾，我准备了些不中吃的蔬菜，特来请李先生同去，随意吃点。车子在外面等着，请赏脸就同去罢。只是临时口头邀请，不恭的很！"李镜泓散披着衣服，也不束带，望着陈毓说道："这怎么好呢？我实在有些头痛，所以拿出铺盖来睡了。周先生的好意，你就替我去代表，领他的情罢，我不宜再去外面受风。"陈毓道："你若可去，就同去也好，一个人在家里也闷得慌。"李镜泓道："我若能出外受风，还待你说？你代表我去罢，我也不留周先生坐了。精神来不及，要睡的很。"陈蒿向周撰努嘴，教他出去的意思，自己先退了出来。周撰便道："李先生既不适意，请睡下罢。散披着衣，恐怕凉了。并没甚么可吃的，倒弄得李先生受了风，添了病症，反为不美。"李镜泓向周撰告了罪，仍脱了衣，扯开被卧睡了。

陈毓心里终觉有些过不去，见周撰三人都不在房里，伏身凑近李镜泓问道："你真是有些头痛吗？"李镜泓摇摇头道："我知道你们一去，姓周的必有这些花样闹的，你看何如呢？他的目的我知道，我也不能阻拦老二。不过你得明白一点，你可记得在家里动身的时候，岳母怎生拉着老二的衣，说了些甚么话，又如何嘱托你的？你比她年纪大，当说的不能不说。"陈毓道："她又没有甚么，教我怎生说？"李镜泓回过头去，叹了一声道："此时我也知道是没有甚么，等到有了甚么的时候，只怕说已迟了呢。"陈毓听了不耐烦，正待抢白两句，陈蒿已在外面喊道："姐姐怎么还不来呢，鱼鳔胶住了么？"说得周撰、何达武都大笑起来。陈毓起身应道："就来了。"回头问李镜泓道，"你自己弄饭吃么？"李镜泓道："你走了，我就去隔壁小西洋料理店，随便吃几角钱。你听见老二刚才喊你的话么，这也像闺女兼女留学生的声口吗？"陈毓朝着李镜泓脸上一口啐了道："你管她像不像！你才管得宽哩，管到小姨子身上去了。"说着匆匆走到外面，向周撰陪笑道："对不起，劳先生久等。"周撰少不得也客气两句。

四人仍照来时的座位上了汽车，来到精养轩午膳。周撰有意挥霍给心慕浮华的陈蒿看，酒菜无非拣贵重的点买，四人吃了个酒醉饭饱。周撰向汽车夫说了游行十五区的意思，车不必开行太速。周撰在车中，每经过一条街道，必指点说明给陈毓姊妹听。遇了繁盛地方，就叫停车，引着到那些大店家观览。陈蒿看了心爱的物件，或是问价，或是说这东西好要子。只要价钱在几十元以内，周撰必悄悄的买了，交给车夫拿着。共买了百多块钱的货物，妆饰品占了大半。观览完了上车，周撰才拿出来，双手递给陈蒿笑道："小姐说好要子的，都替小姐买来了。"陈蒿吓了一跳，打开来看，大包小裹，一二十件。陈毓笑道："周先生这不是胡闹吗？花许多钱，买这些东西，有甚么用处？老二你也太小孩子气了，看了这样也说好，看了那样也说好，害得周先生花了这们些钱。"陈蒿笑道："我又没教他买，他买好了，我们还不曾知道呢。怪得我吗？东西本来好，我说好又没说错。"何达武掉转身躯来说道："我就没人买一文钱东西送给我，我看了说好的时候也不少。连那些忘八蛋的店伙见我衣服穿得平常，我问他们的价，十有九都不睬我。二姑娘，我教给你一个法子。"陈蒿道："甚么法子？"何达武笑道："你二次和卜先同走的时候，专拣贵重的东西说好，同走得三五次，不发了财吗？"陈蒿猛不防在何达武脸上啐了一口唾沫道："狗屁！"周撰也在后面叱道："铁脚，还不替我安静些坐着。"何达武用衣袖揩了脸上唾沫，肩膊一耸，舌头一伸道："东家发了气，我再不安静些，不仅没有大力士看，汽车都可不许我坐。"三人看了那鬼头鬼脑的样子，都笑起来。陈蒿将物件裹好，回头向周撰说了声多谢。

周撰见陈蒿眉目间表示无限的风情，心里一痛快，周身骨节都觉得软洋洋的。汽车虽开行不甚迅速，但十五区可游行的地方不多，到四点多钟，都游了一遍。就只几处公园，陈毓姊妹都游过一两次，懒得下车。周撰见汽车正经过神乐坂，即教车夫将车停在坂下等候，拿了两块钱钞票，赏给车夫去吃饭，带了陈毓姊妹同何达武下车。陈蒿问道："这是甚么所在？我们到那里去？"周撰道："这叫神乐坂下，上面是一条很热闹的街道，只是路仄，不大好坐汽车。小姐会坐脚踏车么？"陈蒿笑道："女人家坐甚么脚踏车呢？"周撰哈哈笑道："女子为甚么不坐脚踏车？还有专给女子乘坐的脚踏车呢，上下比男子乘坐的容易些。日本女学生多有乘着上课的。"陈蒿喜道："我却不曾见过，容易学么？"周撰道："像小姐这种活泼身体，只须两三小时，我包管乘着在街上行走。"陈蒿道："到甚么地方学习哩？"周撰道："无论甚么都可以，到处有租借脚踏车的店子。每家店子后面，都有练习的地方，每小时不过两角钱。"陈蒿望着周撰笑道："你会坐么？"周撰也笑道："我若不会坐，也不问你了。"陈毓道："那东西犯不着坐它，我总觉得危险，稍不留神的时候，不是碰了人家，就给人家碰了。"陈蒿摇头道："那怕甚么？街上来来往往的多少，何尝碰倒过？不留神，就是步行，也有给人碰倒的，那如何说得？既是两三小时可以学会，我一定要学，将来回中国去，带一辆在身边，又灵巧，又便利，多好呢。"周撰道："只求能在街上行走，容易极了，我可担任教授。"陈蒿笑道："不只求能在街上行走，还能上房子吗？"周撰道："你不曾见过专研究乘脚踏车的，所以这们说。将来有机会，我带你去看一回，就知道了。此时说出来，徒然骇人听闻。"何达武抢到前面，向周撰说道："你们说笑着走，把路程只怕忘记了，毕竟打算去那里哩？"周撰道："你坐了几点钟的车，才走这几步路，你两只有名的铁脚，就走痛了吗？"何达武道："脚倒没走痛，你看这条街都走完了。"

周撰向两边望了一望，指着前面一家日本料理店道："我们就到那家去，吃点儿日本料理，权当晚膳。我因时间还早，恐怕她二位吃不下，因此在街上多走几步。"何达武笑道："既是这们，多走几步也好。我因见你没说明去那里，怕你贪着说话，把路程忘了。我今日横竖合算，看的也有，吃的也有，只可惜汽车白停在那里，也要按时间计算。若早知道闲逛这们久，何不给我坐着，去看几处朋友，也显得我不是等闲之辈。"陈毓笑问道："谁把你当等闲之辈，你要拿汽车去压服他哩？"何达武道："就是平常几个同场玩钱的，最欢喜瞧人不起，很挖苦了我几次。我若是坐了那汽车到各处走一趟，他们一定你传我，我传你的说何铁脚不知在那里弄了一注财喜，坐着汽车在街上横冲直撞。下次同他们玩钱，就不敢轻视我了。万一手气不好，把本钱输完了，向他们借垫几个，他们决不敢做出愁眉苦脸的样子硬说不肯。咳，这机会真可惜了。"说得三人笑的肚子痛。

说笑着，已进了料理店。四个下女列队一般的跪在台阶上，齐声高呼请进。四人脱了皮靴，下女引到楼上一间八叠席的房内。陈蒿看房中席子都是锦边，陈设也古雅极了，笑向陈毓道："我只道小鬼的房屋都是和我们现在住的一样，纸糊篾扎的，原来也有这们富丽的。"周撰答道："这种房间那能算得富丽，这是极普通的。日本式房屋最精致的，建筑费比西式上等房屋有多无少。你看这种露在外面的柱头，不过四五寸的口径，弯弯曲曲的，不像一根成材的木料。试问问价值看，每根不过一丈来长，最好的须两千元，次等的都是千多。这地方凹进一叠席子名叫床间。日本人造房子对于这床间最要紧，你们看铺在底下的这块木板，好的也得上千。普通人住的房子，这地方也是席子的居多。间有铺木板的，都是两块镶起来，就有整块的也不是好木料。这种门名叫唐纸。普通都是印花纸糊的，不值多少钱。最上等的我虽没有见过，但据日本绅士说，一扇门有值五百元以上的。你们大概计算计算，不比西式房子还贵吗？"陈蒿道："既花这们些钱，为甚么不造西式房子，要造出这些和鸡埘差不多的房子来住呢？"周撰道："日本人起居习惯，是这种鸡埘般的房子便利，房屋一更改，衣服器具一切都得更改。所谓积重难返，不是容易的事。并且日本地震极多，每月震得很厉害的，像这日本式的房屋，那怕高至三四层，因做得合缝，几方面互相牵掣了，能受极强的震荡。纵不幸坍塌下来，全体都系木质，横七竖八的撑架住了，人在里面多能保得性命。不比西式房屋，一坍塌便贴地坍塌了，住在里面的人不独保不了性命，还要压成肉泥。"

何达武听得不愿意了，咧了声道："卜先，下女站在这里半天了，你也不点菜，只顾说话。看你把大家的肚子说得饱么？"周撰道："你这铁脚专捣乱，下女甚么时候在这里站了半天？我看你是饿伤了。好，我们就坐下来点菜罢。"四人都就蒲团坐下，下女捧过菜单来，周撰让陈毓先点。陈毓道："先生再不要客气了罢，我们都没吃过日本料理，也不知道那样能吃，随先生的意，点几样便了。"周撰知是实话，便不再让。陈蒿却从周撰手中接过菜单，笑道："我虽没吃过，倒不可不见识见识。"一看菜单上，尽是写的假名，一样也看不出是甚么菜来。提起对周撰身上一掼，赌气不看了。周撰拾起来笑道："留学生吃日本料理，能在菜单上说得出十样菜的，一百人中恐怕不到三五个人。"陈毓道："甚么原故？"周撰拿起铅笔，一边开菜，一边答道："没有甚么原故，就是日本料理不中吃，没人愿意研究。都不过偶然高兴，如我们今天一样，吃了之后，谁还记得菜单上写着甚么，是甚么菜呢？"周撰写好，交给下女去了。

不一会，下女端出一大盘生鱼来。陈蒿见盘内红红绿绿，很好看的样子。一看许多生竹叶，插在几片萝卜上，和红色的生鱼映射起来，倒也好看。问周撰道："这生鱼片是穿了吃么？"周撰笑道："就这们吃，这是日本料理中最可究的菜。"陈毓道："不腥吗？"周撰道："倒好，没腥气。请试一片就知道了。"陈毓姊妹都不肯试，周撰问何达武吃过么，何达武摇头笑道："我也是和尚做新郎，初试第一回。"周撰笑着拿筷子夹了一片，先沾了些芥末，再沾着些酱油，三人望着他往口里一送，吃得很有滋味的样子。何达武登时也夹一片，照样吃了，连连咂嘴说好吃。陈毓姊妹便也大吃起来。下女又端了一盘生牛肉进来，陈蒿笑道："怎么尽是生的，牛肉也可生吃吗？"周撰道："牛肉原可以生吃，但不是这们吃的。这是用铁锅临时烧了吃，还有火炉、铁锅不曾拿来。"正说着，随后进来一个下女，捧着火炉、铁锅之类。陈蒿看那铁锅只有五六寸大小，锅底是坦平的。下女把锅安在火炉上，放入桌之当中，用筷子从牛肉盘内夹了一块牛油，在锅内绕了几转，略略烧出了些油，便将酱油倾了下去，把盘内的牛肉一片一片夹入锅内，加上些洋葱。拿出四个鸡蛋，四个小饭碗，每碗内打一个蛋，分送到各人面前。陈蒿道："这生蛋怎么吃？"周撰道："等牛肉烧熟了，卤这蛋吃，比不卤的嫩多了。"陈蒿摇头笑道："小鬼和生番差不多，怎么也不嫌腥气。"周撰替三人斟上酒道："腥气却没有，不过和中国料理比起来，滋味就差远了。请就吃罢，煮老了不好吃。"陈毓笑道："牛肉那这们容易熟？你们看，上面还有血呢。"周撰先将饭碗里的蛋搅散，拣陈毓指点说有血的，夹着在蛋内转了一转，咀嚼起来。何达武看了，那忍得住？也不管生熟，一阵乱吃。陈毓姊妹终觉吃不来，随便吃了一点，即停了不吃。周撰心里很过不去，教下女添了几样，二人也尝尝就不吃了。周撰道："日本料理，除牛锅、生鱼外，实在没可吃的东西了。二位既吃不来，我们立刻改到西洋料理店去吃罢。"陈蒿摆手道："罢了，日本的西洋料理，我已领教过了，也没吃得上口的。我们胡乱用点饭，充充饥罢。"周撰只得教下女开饭来，弄了些酱菜，姊妹两个倒各吃了一碗。

开了账来，八块多钱。陈毓看了吐舌道："岂有此理！吃中国料理有这多钱，可以吃普通翅席了。"何达武本已停箸不吃了，听说要八块多钱，又拿起筷子来道："这馆子既如此敲竹杠，我恨不得连铁锅、火炉都吃下肚里去。还剩下这们些牛肉，不吃了它，白便宜了馆主。卜先，来来，我两人分担着，务必吃个精光。"周撰拿出十元钞票，交给下女道："多的一块多钱，就赏给你们罢。"下女磕头道谢去了。何达武道："你真是羊伴，多一块多钱，你不要，给我不好吗？"陈蒿笑道："谁教你不在这里当下女呢？"周撰道："剩下来的牛肉，你要吃，怎么还不动手？"何达武道："你不吃吗？"周撰道："我已吃多了，你吃的下你吃罢！"何达武道："我吃是早已吃饱了，但我终不服气，偏要拼命吃个干净。"陈蒿笑道："你一个堂堂的军人，多吃这点儿牛肉算得甚么？快吃罢，等歇下女来收碗，看了不像个样儿。"何达武一边吃着，一边笑道："我不是黎是韦，你不要作弄我罢！"周撰笑了一笑，也不理他。起身推开后面的窗户，朝下一望，是一条很仄狭的巷子，房屋都破烂不堪，没甚么可看。

正待仍将窗户关上，忽听得下面有吵嘴的声音，侧着耳朵一听，是中国人和日本人吵，只是两边骂的话都听不大清楚。陈蒿姊妹也都起身，到窗户跟前来听。何达武扭转身子问道："你们听甚么，下面不是吵嘴吗？"陈蒿道："中国人和日本人吵嘴，听不清楚。"何达武把筷子一掼，一蹶劣跳了起来道："这里听不清楚，我下去看看，要是日本鬼欺负我们中国人，卜先你就同我去打个抱不平。"说着帽子也不戴，跑下楼去了。陈毓笑道："这铁脚真好多事。"陈蒿道："等他去看看也好，这里横竖听不明白，打开窗户，又冷得很，不如坐着等他来。"周撰见陈蒿说打开窗户冷，连忙把窗户关上。下女来收碗，周撰问下女：知道下面为甚么事吵嘴么？下女摇头说不知道。周撰道："我们且下楼去，到街上等铁脚，这房里坐着没有趣味。"三人遂同下楼。

街上的电灯已经亮了，恐怕何达武回来看不见，就在料理店门首一家小间物商店内，买些零星物事，送给陈毓，陈毓只得收了。等了好一会，不见何达武回来，周撰焦急道："这铁脚真淘气，此刻六点多钟了，再不来，本乡座要开幕了。你两位在这里坐坐，我去那巷子里寻他去。"陈蒿道："他的帽子在这里，你带给他罢。"周撰接了帽子，向商店说明了借着这地方坐坐。急忙找到小巷内，来往的人都没有，那里见何达武的影子呢？看那吵嘴的人家，已是寂静无声。周撰恨道："这鬼头真害人，跑到甚么地方去了，教我到那里去找哩？"在巷子里立了一会，只得转到小间物商店，向二人说了。陈毓道："不要紧，我们慢慢儿走罢，他知道我们去本乡座，随后要坐电车来的。"三人遂起身，向坂下走。

刚走近停汽车的所在，只见何达武从车上跳下来，迎着笑道："你们怎么才来？我坐在这里等，脚都坐麻了。"周撰笑骂道："你这小鬼头，怎么先跑到这里来了？害得我们到处寻找。"何达武道："你不要说这些没良心的话，我到那巷子里看不到两分钟，回到料理店，下女说你们都走了。我不相信，跑上楼一看，果然没有。下女跟着上来，我问：看见我的帽子么？她说不知道。我疑心你们有意撇下我，不带我去看大力士。问下女你们走了多久，下女说才走。我就出来，拼命的追到坂下，见汽车还在这里，我才放了心。你们那一个拿了我的帽子？"陈毓笑道："谁也没见你甚么帽子。"何达武着急道："你们真没看见吗？我找那料理店去。"周撰见何达武又要跑去的样子，从外套袋里扯出那顶帽子来，往何达武头上一套

道："看你下次还是这们鲁莽么！"陈蒿问道："铁脚你去看了，为甚么事
吵嘴？"何达武笑道："甚么事也没有，一个四川学生因家里的款子没有寄
到，住在这个日本人家，欠了三个月的房饭钱，共有三十多元。房主人屡
次催讨没有，就出言不逊。学生不服气，和他对吵起来。那四川学生见我
是个中国人，气忿忿的诉说给我听，说日本鬼欺负人。我只好劝他忍耐点
儿，欠了人家的钱不能不忍些气。我说完这几句话就走了。"陈蒿道："你
为甚么不打个抱不平呢？"何达武道："我身上和那四川学生差不多，也是
一个大子没有。人家讨账，不能说讨错。这个抱不平怎么能打的了？"
周撰笑道："好，你打不了，快去请本乡座的大力士来打。上车罢！"

车夫已将车门开了，四人都上了车，不须几分钟，就到本乡座。见门
口已拥了一大群人，争着买入场券。周撰教何达武伴着陈毓姊妹，不要被
人挤散。自己分开众人，挤向前去买入场券。陈毓拿出钱来，要何达武
去代买。周撰止住道："此时买的人太多，铁脚闹不清楚。太太如定要做
东时，等歇算还我便了。"陈毓只得依允。周撰问特头价目，每人要二元
五角，即拿出十块钱来，买了四张。回身挤出来，引三人到了里面。即有
招待的，看了等级，带到特头座位。台上还没有开幕，看客座位却都坐满
了，只有特等因为太贵，买的人少些，还剩了几个座位。周撰对陈毓道：
"今晚看的人多，我们须定个坐法，免得生人挤着二位不好。铁脚靠左边
坐，我靠右边坐，二位坐在当中。两面有我二人挡着，就不妨人多挤拥
了。"周撰是这们调排坐下来，陈蒿自然是贴周撰坐了。男女之间，两方
面既都存心亲热，还有甚么不容易结合的。当下两人耳鬓厮磨，陈毓只得
做个没看见。

陈蒿忽然失声说道："坏了！"周撰大吃一惊，慌忙问："坏了甚么？"
陈蒿道："我们下车的时候，忘记将买的东西带下来，那车夫难说不偷去
几样。"周撰大笑道："我只道甚么大事坏了，那车是我包了的，他若敢
偷，我也不交给他了。并且他此刻并没走开，我吩咐了在外面等，恐怕随
时要用。你若不放心，可教这里的招待员，去通知车夫一声，立刻就送进
这里来。"陈蒿道："你既说可以放心，我就没话说了。我以为车夫把汽
车驾回去了。"

正说着，满座掌声大起，不知为了何事，下回再写。

第一百三十六章

大力士当场献艺
下流坯暗地调情

却说一阵鼓掌声中，台上已将幕布揭开。一个日本人乘一辆脚踏车，从后台如飞的驰到台上，绕着台打盘旋。周撰忙用肩膊挨了陈蒿一下，笑道："你先说脚踏车只能在街上行走，这里就会做出些花样来。"陈蒿道："怎么大力士不出来，倒弄出乘脚踏车的来了？"周撰道："这差不多是照例的，因为才开幕，恐看客没到齐，先玩玩这些没要紧的把戏，给看客散闷。一会儿大力士就出来了。"陈蒿道："你看见么，怎的那脚踏车只一个轮盘的？"周撰道："你留神看罢，还有许多的把戏呢。"

陈蒿看那乘车的，一个轮盘在台上飞走了几十转，忽然停住，直挺挺的立在那一只车轮上，动也不动，看的人齐声喝采。陈蒿不懂得这立着不动有甚么好处，见周撰也跟着喝采，即问道："这立着不动也喝甚么采？"周撰道："练到这个样子很不容易。两个盘尚且立不住，今一个盘能立这们久，怎么不喝采？你看他把前面的盘又套上去了。"只见那车越转越急，绕着台足转了百十个轮回。转到后来，乘车的一声吼，那车轮离台有两尺，悬空飞了个盘旋，彷彿有甚么东西托着一般。看客不由得都怪叫起来。那车落下来，只绕了两转，就驰入内台去了。即有人从里面搬出两只极粗极笨的木凳出来，靠东西台角，一头放下一只。一人拿着一卷钢丝，两端紧缠在两只木凳上，再用麻绳系住木凳，连在台柱上，将钢丝绷得紧紧的。两块四五尺宽，五六尺长的木板，搭在两木凳上，和搭跳板相似。陈蒿道："大力士这回要出来了么？"周撰道："且看，不知这是闹甚么玩意。呵，不错！还是脚踏车。我曾听人说过，脚踏车能在钢丝上行走，只是不曾见过。"陈蒿惊诧道："钢丝上居然能行走脚踏车吗？"周撰道："岂特在钢丝上行走，有人说简直可以飞墙走壁，快看罢，已经出来了。"

　　陈蒿看还是先出来的那人，只乘坐的车略比前小一点，在台上照前转了几趟，一使劲便上了跳板。前轮对准了钢丝，后轮一催，那车已脱离了木凳，完全在钢丝上。看客都张开眼望着，替乘车的捏着一把汗。车轮不住的往前转，钢丝受不住，渐渐的往下垂，转至钢丝当中，钢丝垂下来五六寸。乘车的到这时候，分外的用劲，奈钢丝垂下来，虽用尽气力也驶不上车。乘车的急了，踏着反车，往后转了两转，蓄势往前一冲，仍没冲上去。那车看看支持不住，有些向两边晃动起来了，钢丝更是颤巍巍的。看客看到这里，都寂静静的连高声出气的都没有。陈蒿低声向周撰道："了不得，要跌下来了。"话没说完，只见那乘车的猛然将前轮一提，离开钢丝有三四寸，后轮一使劲，穿梭一般的，转上了这头的木凳。看客雷也似的齐声喝采。

　　陈蒿伸手给周撰看道："你看我手上的汗，连手帕都湿了。"周撰看着点了点头，乘势将陈蒿的手握了，觉得温如暖玉，柔如无骨，一时心旌摇摇，几乎在大庭广众之中，露出急色儿丑态。陈蒿恐旁人看见，忙放下来，周撰牢牢握着，那肯放手？陈蒿只得靠紧身躯，用围襟遮了，两只手便在围襟里面，互相搓弄。陈蒿本是风流情性，只因初到日本，一则难得相当人物，一则觉得在日本不比在内地，闹出笑话来，新闻上每每尽情披露，不能不较内地敛迹些。但那里是她甘心情愿，守这寂寞生涯？两日来经周撰这般一勾搭，心里也是痒的和周撰一般，搔扒不着。周撰见她偏着头，牙齿咬着下嘴唇，一言不发，双颊红得和朝霞相似，映得通明的电光，越显得娇艳无匹。便附着她的耳说道："你能单独去我旅馆里么？"陈蒿斜睨了周撰一眼，微笑不做声。周撰见这神情，更着急问道，"怎么不做声呢？你若能去，务必可怜我。你知道我这两日的魂灵，整整没一秒钟曾离开你的左右。"陈蒿将周撰手紧握了一下，笑道："谁教你不离开我左右的？"周撰道："还有谁教的？就是你教的。"陈蒿笑着摇头道："看台上罢，脚踏车又换了花样了。你看他倒竖起来，拿手当脚，踏着飞跑。"周撰道："这时候无论怎么好看，我都不愿看了，你总得可怜我，说一句使我定心的话，我才有心思看台上。"陈蒿望周撰只笑，周撰被望得神魂飘荡，恨不得立刻将陈蒿拖到无人的地方，拦腰一把搂住，慢慢的治她害得人失魂丧魄的罪。陈蒿见周撰痴的可怜，轻轻向他耳边说道："当着他们，不要是这样，且等看完了再说。"周撰喜道："看完了，你单独到我旅馆里去么？"陈蒿道："你这般急怎的？我是要看把戏，由你一个人去发呆罢。"周撰只好暂把邪心收起。

看台上脚踏车已没有了，走出一个穿礼服的日本人来，向台下行礼说道："我大日本同盟国英吉利的大力士某君，第一次来日本游历，我日本的力士团欢迎他。他愿意显出平生技能，交欢我国国民。因此今日假这本乡座，请某君登台显技，鄙人甚希望来观的大和民族，多鼓掌，多赞好，以表示我大日本国民与大英吉利国民格外亲善的意思，方不负某君显技交欢与敝力士团竭诚欢迎的双方用意。"那人说完了，客座的掌声就不约而同的，都想把格外亲善的意思拍了出来。

亲善的掌声未歇，早有五六个大日本的绅士，簇拥着大英吉利的大力士，大踏步走到台口，向座客行了个交欢的礼。座客亲善的掌声又震天里响起来，直响了十来分钟，还不肯停歇。大力士想等掌声停了，演几句交欢的话，那知等不出开口的机会。日本翻译等的急了，举起手向座客扬了几下，才渐渐七零八落的，东响几下，西响几下。有一个日本人，因低着头只顾下死劲的拍掌，也没看见翻译扬手。大家都停了，他还在那里拍得恨自己的巴掌不响，拼命的一下重似一下。前前后后的座客都叱的叱，骂的骂马鹿，他才抬起头来一看，羞得两脸通红，不敢再表示亲善了。大力士见掌声停息，说了几句英国话，座客不管懂不懂，不待翻译开口，拍拍拍又是一阵。翻译也就懒得等候，跟着掌声，只见两张嘴动了几下。掌声完时，翻译的话也完了。毕竟满座的人，没一个听出大力士说些甚么来。大力士退到台中间，从台上一手提起一个斗大的铁锤。翻译说每个有一千磅。大力士提在手中，像不费甚么气力。右手的举在空中，左手的向前伸直，猛然右手的往下一沉，与左手的碰个正着，只碰得砰然一声响，连戏台都震动起来。左手的却抵住了，两手同时伸直，并不下垂。座客如狂的叫好。

陈蒿问周撰道："这对锤是用铁皮包裹的么？"周撰笑道："用铁皮包裹的，还算得大力士吗？刚才翻译说，这锤每个有一千磅。"陈蒿道："在他自己手里拿着，看的人那里知道确有多重？他要骗人的钱，能不吹些牛皮吗？"周撰正待回答，见大力士双手持锤，轮回飞舞，舞罢轻轻放在台上，向翻译说了几句话。翻译即向座客说道："这一对铁锤，实共重二千磅。但诸君看了，或者有不相信真有这们重的。大力士说，欢迎诸君中之有力者，不妨三个五个，同上台来拿着试试。大力士并预备了英国某名厂制造的，最上等金表几个，赤金牌几块。如有人能用双手拿起一个，高与膝平的，即奉送金牌一块。能双手举一个到肩上的，奉送金表一个。金表、金牌都在这里，请诸君看看。这是大力士特从英国带了来，与我日本有力人，作纪念的。"说着，回身从桌上捧出些金表、金牌，走到台口，一件一件亮给座客看。座客中登时纷纷议论起来，你推我让，居然让出四个自负大力的来。各人立起身，整理了一会身上的衣服，不先不后的走上台去。

周撰挨了陈蒿一下笑道："这下子可以证明他是不是牛皮了。"陈蒿点点头，仍目不转睛的望着台上。四人上了台，翻译即迎着问姓名，四人都不肯说。大力士趋前和四人握手，四人握着大力士的手，都现出惊慌的样子，大概大力士的手握得重了点儿，四人有些受不住。大力士笑嘻嘻的指着铁锤，做手势教四人抬的意思。四人却不肯抬，推出一力最大的，走到铁锤跟前。仔细端详了一会，先用背对着大力士，两足立了个骑马桩，将右手伸下去，握紧了锤柄，贯足了气力，打算一手提起来。满座的看客，都替这人鼓着一口无穷的劲。只见这人腰肢一挺，右膀往上一提，大约是手不曾握牢，腰肢用力过猛，手掌和锤柄脱离了关系。锤仍是卧倒在台上，手也仍是赤手。座客不由得把那一口鼓着的劲，齐声冲口笑了出来。这人红了脸，回头望着同行的三个。这三个到底不信，走过去，大家打量了一会，用脚踢了两下，有两个摇摇头走开了。一个将衣袖一捋，双手握住锤柄，摇荡了几下。那锤是圆的，摇荡起来似乎活动。看的人都替他欢喜，一片声催他提起来。只急得这人一副脸如泼了血一般，那锤只是摇荡，不肯起来。大力士看了，又向翻译说了些话，翻译连忙走到拿锤的跟前说道："大力士说的，使劲太狠了，恐怕身体受伤。既证明了这锤不是假的，就不必再拿了。"那人松了手，伸起腰来，就像腰上感觉很痛苦的样子，躬着背同那三个，扫兴下台。座客也不暇替四人救脸，哄声大笑起来。周撰问陈蒿道："你这下子相信不是假的了么？"陈蒿道："这大力士的力真大的吓人了。"

大力士等四人下了台，望着台下笑容满面的，一手提起一个锤，一路舞着进去了。即有四个下力的工人，抬着一块见方七八尺的大木板出来，靠台柱竖着。那木板有两寸来厚，上写"计重三百五十磅"几个大字。大力士复走了出来，更换了一身衣服，脚下没穿皮靴，每双脚上用皮带系着一个绝大的铁哑铃。翻译指着说："这哑铃每个重三百磅。"大力士伸脚向台下，给座客看了，弯腰又拾起两个比脚上更大的哑铃来，一手一个，扬给台下看。翻译道："这哑铃每个五百磅。"大力士退到台中间，屁股往台上一坐，身子向后，仰天躺下来。两脚两手都将哑铃举起。四个工人抬起木板，搁在大力士的脚、手上，放得平平的。工人又抬起一张方桌，放在木板当中，周围安了四把靠椅，四个工人同时一方一个跳上木板，坐在靠椅上。翻译亲自动手，拿着开幕时做脚踏车跳板的那块小木板来，也是搭跳板一般的搭在大木板上，再从里面托出一盘饭菜，从容走上跳板，把饭菜放在四个工人面前，四人各扶箸吃起来。座客都看呆了，倒那人记得鼓掌叫好。

陈蒿对周撰道："今晚若不是你发见这件奇事，我们怎会知道来看？我若不是亲眼看见，便一辈子也不相信，世界上有这们大力的人。旁的都可以假，这五个人，这多木器，是假不来的。并且是这们仰天躺着，也不好使力，只要那一只脚，或是那一只手稍微偏了一点儿，这五个人和桌椅碗筷，不都倾了个干净吗？"周撰道："亏他能这们持久，你看这个翻译上呀下的，那木板动都不动，简直和斗了笋一般。"陈蒿道："自然丝毫不能动，只要略动一动，失了重心就危险了。"四个工人每人吃了一碗饭，翻译收了碗筷，仍从跳板下来，将跳板搬去。工人又同时跳下，搬去了桌椅。只留大板不搬，大力士缓缓将两脚平下，身躯往上一纵，已如前坐了起来。木板向后倒去，四个工人扶着抬进去了。那英国大力士演过那套吃饭的把戏之后，踏着铁哑铃，向看客行了个礼，拐进去了。

周撰推陈蒿道："你刚才说演完了再说，此刻演完了，你怎么说呢？"陈蒿瞟了周撰一眼，报着嘴笑道："那这们忙？难道就演完了吗？"周撰道："大力士已行礼进去了，怎么没演完？"陈蒿道："既是演完了，为何看客没一个人走动？"周撰道："纵没演完，也没甚么可看的了。在我实在是不如和你走的好。"陈蒿用手向台上一指道："开幕时报告的那人又出来了，你听他说些甚么。"周撰也懒得看，低头听那人说道："刚才英国大力士所演的两种技艺，实是令人惊服。依照大力士平日在他处显技的规定，每次只演两套。这回蒙大力士特别与我国国民交欢，破例加演两套。"座客听到这里，已齐声鼓起掌来，以下说了些甚么，都没人听了。周撰对陈嵩译述了意思，陈嵩笑道："是吗？我说怎么就演完了。像这样的大力士，很不容易遇着的，既花了钱，多看看不好吗？"周撰只得随顺她的意思。陈毓和何达武看了两人亲热的情形，都只作不闻不见，一心一意的望着台上。

演说的退去之后，大力士又更换了一套很厚的衣服出来，后面跟着两个工人，抬着一条酒杯粗细的铁链。大力士对翻译说了一段话，翻译即向座客说道："诸君请看这铁链，是不是很牢实的东西？千吨以内的轮船，全是用这种铁链拴锚，可以抵御极强的风浪。现在大力士能不用器械，凭一身神力，使这极牢实的铁链，拉成两断。诸君中必有不相信的，大力士可立刻演给诸君看。"翻译说完了，大力士从工人肩上将铁链提下来，吐伸有两丈来长，两手拿着到台口，送给近台两排座客看。翻译教看了的人高声证明，铁链是没有破绽的。有几个好事的看客，大约是心中不大相信，若大一条铁链，若没有破绽，怎能凭一人之力拉断？翻译既教他高声证明，便不能不看个仔细。几个人一齐动手，从两端检阅起，一股一股的，凑近电灯看了又看，都说实没有破绽。翻译便指着几个人，向大众说道："这几位仔细察看了，都可证明这铁链实是毫无破绽的。请诸君注意看大力士的神力罢！"大力士退至台当中，将铁链一端用右脚踏住，一端由右肩上绕到左胁下，在腰间缠了一过，两手握住尾端，缓缓的摇动身躯，像个运气的样子。足运过一分钟光景，猛然将腰一挺，右肩一震，喳的一声，那铁链直从肩上翻到背后，打在台面上，哗啦一响，看客只道是右脚不曾踏稳，链端脱离了脚心，激翻到后面去了。只见大力士弯腰从脚心下，拈起一条二尺来长的断链来，合着腰间的断条，一手一条，抖给大家看。翻译招手，教方才证明的几个人过来细看。几个人凑近身一看，显然是新拉断的，没一个不摇头吐舌。

陈嵩道："这个把戏，虽然是要力大，但是不及第二套好看。"周撰道："看虽没有第二套好看，只是我看比第二套还要吃力些。你但想这们粗的铁链，不能悬五六千斤重量的东西吗？凭空要将它拉断，非五六千斤以上的气力，何能做到？"陈嵩看了看手上的表道："快到十一点半钟了，看他再玩一套甚么。"

大力士将两条铁链丢了，自己就台上脱剥了上身衣服，露出赤膊来，望去虽很壮实，却和平常壮实的工人差不多。翻译说道："大力士的身体，先天原来很弱，十五岁时，还是一个终年患病的孱弱之躯。因朋友劝告他，教他专在体育上用功，身体自然能强壮，大力士才稍稍的从事体育。不到一年，已收了极大的效力，将十五年来的病魔完全驱除了。就从十六岁起，到今年整整的二十年，不曾一日间断，遂练成这般的神力。据大力士自己说，他所练的方法，二十岁以前，专注重体魄的发育；二十岁以后，便专重体力的发育。发育体魄的时期太短，所以至今体魄尚是平常。发育体力的时期很长，才有此神力。在初见大力士的人，绝没人能看出像这般平常体魄的人，有这们大的体力，甚至有疑大力士会邪术的。大力士因恐在座诸君中也有此类怀疑，故露出体魄来，以证明他的神力，确是用苦工磨练出来的，绝对的没丝毫邪术。诸君此刻眼中所见大力士的体魄，是这们平常的。请注意看，大力士运气使劲的时候是何形相，就明白了。"座客听得，一个个都揉了揉眼睛，瞬也不瞬的望着大力士。只见他直挺挺的立着，向左右分开两手，不言不动。渐渐的，觉得两条臂膊有些震动，即时周身皮肤里面彷彿有数千百只耗子在那里走动，骨节都瑟瑟作响；两条臂膊比初脱衣服的时候，竟大了一倍。座客又鼓了一阵掌。翻译道："今晚因是初次献技，有一种新制的器具，还不曾制好，今晚不能演给诸君看。明晚仍在这里，准演出来。比刚才已演过的三套，都好看许多。于今既证明了大力士的体力不是邪术，请诸君看演第四套罢！"

周撰苦着脸对陈蒿道："十一点多钟了，要演又不快演，偏要是这们支支吾吾的，脱了衣服给人家验看。我只道这也算是一套，谁知道还是题外之文。"陈蒿笑道："我也是这们想，以为他没有技艺显了，胡乱是这们闹着凑个数儿，倒要看他再换个甚么花样。你不要急，横竖没有多久了。"

大力士运过气，仍将衣服穿上，四个工人又从里面抬出一块大石头来。那石有七尺来长，一尺四五寸宽，四寸来厚。四个工人被压得一步一拐，放下来喘气不定。大力士望着好笑，挥手教四人走开，他用一手提起，一手解去了绳索，提到台中间。那翻译骑着一匹大白马，从里面的达达走到台口站住。那马调教得极驯良的样子。大力士蹲下去，一手托在石块底下，一手扶着，离了台面，一头高，一头低，斜斜的如一条山坡路。翻译将缰一摆，那马顺过头来，走至石块上，后将缰一提，两脚一紧，那马的前蹄已踏上了石块。翻译用右手在马头上摸了几下，只一起缰，那马已全身纵上了石块。那石块便缓缓的平下来，马在石块上行了两三步，恰行至大力士的手上，即立着不动。大力士放下扶着的手，一手托着伸出来，从容上下了几次，那马全不惊惧。

　　座客但知好看，不顾利害，在这时节不约而同的都鼓掌大吼起来。翻译连向下扬手，已来不及。那马虽则调教惯了，只是从前在西洋各国演这把戏的时候，看客都知道危险，一点声息没有，必等马下了石块，才鼓掌叫好。因此那马不曾在石块上受过惊吓。今晚翻译疏忽了，忘记嘱咐座客，正在吃紧的时候，大家一哄闹起来，那马两耳一竖，两眼左右张望。翻译知道不好，一面对台下扬手，一面抚摸马头，但是已来不及，四脚乱动起来。大力士手上的石块，即不免摇动。翻译越将缰绳收勒，那马越昂头振鬣，仰天喷沫，偶然一脚踏空，石块跟着一侧，连人带马，倒下台来。座客又是一声哎呀喊了，那马掀下了翻译，惊慌得左一跃，右一窜，四蹄在台上如擂鼓一般。吓得近台的座客都站起身要跑，恐怕那马跳下台来。翻译一纵身立起，伸手去拾缰绳，没拾着，那马又惊窜到这边。此时气坏了大力士，放了石块，那马刚从石块旁边跳过，一伸手就握住那马的后腿，那马登时不能动弹。翻译才走过去，拉了缰绳，牵进里面去了。即有开幕时演说的那人，出来向座客道歉。

　　陈蒿暗推周撰一把，笑道：“你这时候又不说走了。”周撰道：“我说一回，碰一回钉子，你不开口，便坐到明天，我也不敢再向你说走了。”陈蒿笑道：“你打算就回旅馆去吗？”周撰道：“随你的意思，我是巴不得你立刻同我回旅馆。”陈蒿悄悄的向陈毓二人努嘴道：“他二人呢，也同回你的旅馆去吗？”周撰道：“我用汽车送他二人回精庐去。”陈蒿笑着摇头道：“我明日拿甚么脸回家见人？你不要急在这一时，此刻你还是用汽车送我三人回精庐。你若常在旅馆里，不大出外，我总有来会着你的时候。”

　　话没说完，座客都纷纷起身，向外拥挤。陈毓、何达武也立起身来。周撰道：“我们且缓行一步，此时要挤出去，很费事的。”陈蒿轻轻说道：“人家都起身走了，独我两人坐着不动，像个甚么？”说着也起身。何达武道：“你们只跟定我来，包你们全不费事的就挤出去了。”周撰道：“这不是湖南戏院子，可由你横冲直撞。你若不按着秩序走，到处有监场的警察，你的衣服又穿得这们漂亮，只瞎挤瞎挤的，包管人家指你是个掏儿。”何达武不懂得甚么叫掏儿，问道：“怎么指我是掏儿？”陈蒿笑道：“你先走罢，此时人已走空一大半了，不会挤拥。”何达武即晃了晃脑袋，掉臂向前行走。

陈毓拉了陈蒿的手，旋走旋咬着耳根说话。周撰跟在后面，只见陈蒿时摇摇头，时点点头，也没听出她们说些甚么。一行人来外面，周撰举眼看汽车，何达武已找着开了过来。陈毓向周撰鞠躬道谢道："先生只管汽车先走，我们可坐电车回去，不敢烦先生再送了。"周撰笑道："李太太怎么还对我说这些客气话？请上车罢。"陈蒿也在旁说道："汽车的长时间过了，送我们到江户川，也要不了多久，姐姐不要和他客气罢。"陈毓望了陈蒿一眼，觉得陈蒿这话说得和周撰过于亲热，只是陈蒿也没理会，催着陈毓上了汽车。陈毓仍向原地方坐了，留出位子来给陈蒿坐，谁知陈蒿上车的时候，周撰暗地在后面拉了一把，教她坐到后面来。陈蒿也就顾不得面子了，撇了陈毓，竟和周撰并肩坐着。汽车立即向江户川开行。陈毓在车中，虽觉自己妹子入迷太快，只是料也防止不了。并且在陈毓眼光中看周撰，也以为与自己妹子匹配相宜，乐得成全他两人，免得双方抱怨。

车行顷刻，到了江户川，周撰从车夫处拿了那包物事，交给何达武拿了，才扶陈蒿下车。陈毓邀周撰到家中坐坐，周撰道："已夜深了，改日再来。"陈蒿道："你就上车回去罢，到我家中坐着，也没甚趣味。"周撰回身上了车，望着三人走了，才驱车回富士见楼。

一宿无话。本章已毕。

第一百三十七章

小鬼头苦耐独眠夜
真马鹿追述求婚书

却说陈毓等归到家中，李镜泓已深入睡乡了。陈毓在本乡座的时候，心中时时挂念李镜泓一个人在家中寂寞。及至归家见了面，想起周撰的那种风流态度，标致面孔来，立时又觉得李镜泓的面目可憎。满拟亲热亲热，只是鼓不起劲来。

李镜泓这一日满肚皮不高兴，一个人也懒下厨房。午晚两膳，都在隔壁小西洋料理店里吃了，家中便一日没举火。夜间独自看了会书，偶然听得外面脚步响，即跑到门口探望，一连望过几次，都是响到别人家去了，赌气懒得再望。看看到了十点钟，便脱衣解带，钻入被中。心想：说是去吃午饭，怎么吃到这时候还不回来？老二那妮子本来就不大安分，只是她姐姐平日却不是放荡不羁的人。这几日一定被老二刁唆坏了，性情大变。并且那姓周的，油头滑脑，一见面就和会亲一般，在老二跟前逢迎巴结，无所不至。贼眉贼眼的，一望就知道是个欢喜嫖的人。老二是这们和他一鬼混，不待说要上当。便是她姐姐，也不免花了心。李镜泓心中越想越难过，睡也睡不着，翻来覆去的。过了十二点钟，才听得门铃响，知道是她们回了，也不作理会，拥着被装睡着。

陈毓走进了声道："睡着了吗？"李镜泓不做声。陈毓又说道："怎么睡这们死，有贼进来把家具都偷了去，你还不知道呢。"李镜泓再忍不住了，伸出头来说道："你也顾家里，怕有贼来偷了家具去吗？我看你简直不记得有家了。"陈毓听了这话虽觉刺耳，但自己心里也着实有些渐愧，勉强笑了笑说道："今日实不能怪我不记得家里，人家的情面，却不过去，教我也没有法子。"李镜泓道："情面是情面，但是男女的交际每每有因，起初却不过情面，弄到后来顾不了体面，我看还是体面要紧。"陈毓道:"怎么谓之顾不了体面,我丧失了你甚么体面吗?"李镜泓道:"我没说你丧失了我的体面,我只不懂姓周的和我们非亲非故,我们一不是富豪,二不是有势力的,他无缘无故的一见面就奉承巴结,无所不至;使钱如散沙似的,请了又请,邀了又邀,端的是个甚么用意?他也不过一个公费生,那来的这们多钱使费?"陈毓抢着答道:"你管他甚么用意,管他那来的钱使费?你既不是富豪,可见他不会巴结你,向你借贷。你又不是有势力的,可见他不会求你荐事,借你的声名在外面去招摇撞骗。你还有甚么怕他沾括了吗?"李镜泓听了,那一股无名业火几乎攻破了脑门,又不敢发作,逼得冷笑了声道:"我是没有甚么给人家沾括,不过一个青年女子飘洋过海,到外国来为的是求学,这种无味的应酬少从场,也不至失了女留学生的资格。留学生的钱不拿来缴学费,买书籍,却专用到酒食游戏上,其为人之邪正就可知了。这种浮荡子弟,在我这个没有学识,没有见解的人看了,简直是个不可理会的。不知道你们对他有甚么情面不可却。"

陈毓见李镜泓说出这些话来,先悄悄的将周撰送给他的物事放入柜内锁了,恐怕李镜泓见了,拿着当把柄诘问。李镜泓又问道:"姓周的请午饭,怎么弄到这时候才回?半日半夜的工夫,在甚么地方,用甚么事情消磨的?"陈毓不耐烦多说,随口说是看西洋把戏去了。李镜泓见陈毓答的含糊,更忍不住要追问道:"甚么西洋把势看了半日半夜?"陈毓生气道:"你既说姓周的简直是个可不理会的人,不理会就罢了,追问做甚么呢?"李镜泓也气道:"姓周的自然是可不理会,但是你在外面费了这们久的时间,为甚么不能将原故说给我听,定要我来追问?"陈毓道:"我有我的行动自由,我高兴就说给你听,不高兴不说给你听,也不犯法。"李镜泓只气的发抖,想数责几句出出恶气,心里又虑气头上说话不检点,陈毓的性气素大,三言两语说决裂了,难于转脸。待不说罢,气实忍受不住,就在这一转念之间,觉得有无穷的悲苦,不由得两眼流下泪来,拉着被角拭泪。

陈毓在电光下看见了,一时动了不忍的念头。笑着说道:"好端端的哭些甚么?又不是个小孩子,这才哭的可笑呢。"李镜泓一听更伤心起来,竟抽咽有声了。陈毓大笑道:"罢了,罢了,不要丢丑了罢。你是为我不得在外多久的原故说给你听么,这也值得一哭?好,好,我说给你听便了。"遂从到富士见楼起，如何在新闻纸上发见了本乡座的英国大力士，如何雇汽车，请吃午膳，如何游十五区，以及大力士如何显技，都说了一遍。只没说送物事及周撰和陈蒿亲热的情形。

李镜泓早停了哭泣，至此问道："照这样说来，姓周的这一日的花费，不是一百元上下吗？"陈毓点头道："恐怕是要花这们多。"李镜泓就枕上摇头道："危险，危险！他这东西居心不良，你真得仔细老二上当。"陈毓笑道："上甚么当，难道老二在家养老女不成？早些配了人也好，免得今日这个也来求婚，明日那个也来说合。这姓周的为人，据我看并不坏，配老二也还过得去。你专就他昨今两日的行为看，是不能为凭的。他是这们花费，有他花费的目的，与平日酒食征逐的不同。西洋人每有因想和一个心爱的女子结婚，事事图满女子的欲望，常有婚尚不曾结得，家业已完全用尽的。于今的文明新式结婚，是这个规矩，不能怪姓周的浮荡。"李镜泓长叹一声道："老二的事，我也管不了。是浮荡也好，不是浮荡也好，不必研究。我只和你要求一件事，从今日以后，无论老二和姓周的怎么举动，你一概不要从场，将来他们的结果好，我们不居功；万一结果不好，我们也不受怨。即岳父、岳母知道了，也怪不上你我。你能答应这句话么？"陈毓道："只要推得脱的，我决不从场。"李镜泓道："老二刚才进房的时候，彷佛提了一个大包，打我面前走过，提的甚么东西？"陈毓见话已说明了，便不遮掩，说是姓周的买了送她的。李镜泓道："老二平日常自己夸说眼眶子大，金钱势力都不看在眼里，原来见了百十块钱的物件，也就把心眼儿迷糊了。"陈毓道："睡罢，不要劳叨些这闲话了。"说着也解衣就寝。

却说陈蒿提了那包物件，归了自己房里，打开一件一件拿着看，听得李镜泓和陈毓说话有合口的声调，忙丢了手中物品，蹑脚蹑手到门跟前窃听。起初听得李镜泓诋毁周撰的话，心里不免受气。后来听得无论老二和姓周的怎么举动，一切不要从场的话，又高兴起来。心想："巴不得你们不从场，我少了许多拘束。男女之爱，那能容有第三人从场的！"回身仍将那些物件包了，收拾安歇。在床上想起周撰的温存，转辗反侧的，那里睡得着呢？陈蒿此时的心里完全在淫欲上着想，并没闲心研究周撰这人是否可托终身。既纯在这方面着想，便觉得周撰无一点不如人意，处处都像是个知情识趣的人，与那些不自量冒昧求婚的相去天远。一个人闭着眼睛从周撰头顶上想起，五官四脚，眼见得着的，即拿着脑筋中的印象做标准，想慕了一个尽情。五官四肢之外，被衣服遮盖了，眼见不着的，就凭着一颗玲珑剔透的芳心揣摩悬拟，也想了个无微不入。想来想去，想得芳心乱跳，身上脸上都一阵热似一阵。恨不得周撰有小说上绿林豪客的本领，能于夜间窜房越脊，如履平地，从窗眼里飘然飞了进来，人不知鬼不觉的各遂了心愿。唉！一个已经领略过偷情滋味的妙龄女子，复经称心如意的男子这们一撩拨，念头一动，便是意马心猿，那里有个收煞？咬着被角，整受了一夜折磨。天光一亮，即坐了起来，揉了揉眼睛，觉得眼泡内含了许多砂砾似的，知是不曾睡好的缘故。披了衣，拿镜子一照，眼眶儿起了一个淡红的圈圈，围着两只黑白分明水银也似的眼睛，倒分外显得妩媚。自己对着镜子叹了一声道："兀的这庞儿，也要人消受。"放下镜子，收了铺盖。因天气太早，即在房中打散了头发，着意安排的梳了个东洋学生头，刷得光溜溜的一丝不乱。这头梳了两点来钟，李镜泓夫妇已起来了，陈蒿才开门，到厨房烧洗脸水。

何达武最是贪睡，这时候尚是鼾声震地，陈蒿推醒了他道："起来，睡到这时候，还没睡足么？"何达武睁眼见是陈蒿，一蹶劣坐起说道："你催我起来，有甚么事？"陈蒿见他平日最懒的，喊他起来用早点，总是要催三五次，他才慢腾腾的，唧唧呱呱的，眼睛开一只闭一只，偏偏倒倒的去洗脸。今日忽然一推就坐了起来，并且清清楚楚的问话，觉得很奇怪。掩着嘴笑道："催你起来，并没甚事，要用早点了。"何达武忙穿了衣服，跑到厨房里，倾了洗脸水，到洗脸的地方。陈蒿也跟在后面，端了盆水来洗脸。

何达武道："昨夜大力士的把戏实在好看，据那翻译说，昨夜是初次登台，还有一种新制的器具不曾制好，须今夜才能演，说比已经演过的把戏还要好看多了。我可惜手边的钱不宽，不能再去看一回。"陈蒿道："我钱倒有，也想再去看。只是钱不多，不能请你。"何达武起先听说有钱也想去看的话，心里一喜，睁着眼，张开口望着陈蒿；听到后两句，顿时又把兴头扫了。忽然一想："她既愿意去，我何不去卜先那里送个信，怕卜先不拿出钱请我吗？这是再好没有的机会，不可错过。他们多见一次面，有一次的成绩，他们早一日成功，我便早一日六十块钱到手。"这们一想，兴头又鼓动起来。笑嘻嘻的问道："二姑娘真想去看么？只怕是哄着我玩的。"陈蒿笑道："我哄你做甚么？是真想去，不过没有伴，一个人就懒得去。"何达武道："表嫂子不去吗？"陈蒿摇头道："她不去。"何达武道："我跟你做伴去看不行吗？"陈蒿道："有甚么不行？就是我的钱不多，你又没钱，怎么能去？"何达武连忙说："我去，我有钱。不特我自己看有钱，连你看的钱我都有。"陈蒿道："你刚才说可惜手边不宽，如何一刻工夫，就有这多钱了？你这是信口胡说的。"何达武急急的辩道："一点不胡说，只要你不变卦，我若没钱买特等票给你，任凭你如何处置我，如何骂我。就当着人喊我做兔子，喊我做马鹿，我都答应你。"陈蒿忍不住笑道："马鹿倒有些儿像，兔子就差远了。还是喊你马鹿罢！"何达武点头道："话就是这们说了上算，昨日是六点多钟到本乡座的，今日也是那时候，我同你乘电车去。你若变卦怎么说？我能当着人喊你甚么东西呢？"陈蒿听了何达武的话，看了他的情形，早知道他已入了自己的圈套。便笑答道："我若变卦时，你也喊我马鹿就是了。"

当下二人洗了脸，何达武一路嚷入厨房，问面包蒸热了没有。陈毓在厨房里答道："你起床就饿了吗？"何达武笑道："倒不是饿，我要先吃了，有事情去。"陈毓指着瓦斯炉上的镔铁甑道："在那里面蒸着，你要先吃，揭开盖拿两片去吃罢。牛乳在开水壶内烫着，我也不知道你何铁脚终日忙的是些甚么事。"何达武揭开了甑盖，也不顾蒸的烫手，拈了两片出来，笑道："我要去找一个朋友，因没有约会，恐怕去迟了，不在家。牛乳我都懒得喝，就吃了这两块东西走罢。"旋吹旋吃，一会儿吃完了，扯了方抹布，揩了揩嘴巴，套上一顶帽子，三步改作两步，跑到停车场。恰好有一辆电车正待开行，连忙跳上车。

卖票的过来卖票，何达武伸手一摸，不见皮夹，连摸了两个口袋都没有，心里着起慌来。低头一想，昨夜临睡时，纳在枕头底下，今早被陈蒿催起，却忘记带在身上。急于想去周撰那里报信，仓卒出门，电车又开的太快，因此到买票时，才知道忘记带钱。只得红着脸，向卖票的说，卖票的教他坐一个停车场下车。何达武自己恨自己，怎么这般没有记性，想早反弄得迟了。须臾那车到了小川町，不能下来。沿着电车道，跑了十多分钟，望着几辆电车飞驰过去，不能去坐。跑得气喘气急的，到精庐拿了皮夹，撒开腿又跑。李镜泓等见了他这们跑出跑进的，知道他是个不安静的人，也不理会。

何达武复身到了停车场，此时却没电车了，只得立着等候。抬头一看，仰面来了个穿和服的男子，正是郑绍畈。远远的就向何达武点头，问去那里。何达武心想："幸在这里遇着，他必又是去精庐想寻老二鬼混，我若不阻止他，他们对了面，前晚的话定要露出马脚。"随即笑答道："我正要去骏河台找你，你却来了，免得我白跑。"郑绍畈已走近身道："你找我为甚么？"何达武道："若不是要紧的事，我也不找你了。我们到桥上去说说话罢。"郑绍畈道："桥上如何好说话，你家就在这里，怎么不到你家里去，坐着慢慢的说？"何达武冷笑了声道："你还想到我家里去，慢慢的坐着说话吗？你做梦呢。"郑绍畈不由得心里一跳，问道："这话怎么讲？"何达武道："你倒是个好人，也不怕丢了我的面子。你知道你到精庐走动，是不是因我的关系？你若不借着和我是朋友，能见着二姑娘吗？二姑娘若不是见你和我有交情，凭你自己说，她素来瞧留学生不起的，肯跟你打交道么？"郑绍畈听了这些摸不着头脑的话，怔怔的望着何达武道："你无缘无故说这些话做甚么呢？我实在不明白你的用意。"何达武把臂膊一伸，睁着两眼，望着郑绍畈道："无缘无故，我没讨得劳神了，巴巴的找你说这些话！老实说给你听罢，你简直害得我无地容身了，特地要找你，看你怎生处置我。"

郑绍畈听了这话，又见何达武忿忿不平的情形，心里着实吃惊，只是表面上不肯露出惊慌的样子来。摇摇头说道："你这话我仍是不得明白，我问心实不曾害你。"何达武道："你还说不曾害我！我问你，写给二姑娘的那封英文信，是谁写的？"郑绍畈道："是我请别人写的，那信怎么样？"何达武点头道："我知道你是请别人写的，但信上是谁的名字？"郑绍畈道："信上自然是我的名字，这何待问呢？"何达武道："却也来，你既知道信上是自己的名字，怎么还说不曾害我？"郑绍畈道："信上并没一个字，写到你姓何的身上去，如何害了你？"何达武道："你那信上写了些甚么话，你知道么？"郑绍畈踌躇了一会道："我那朋友照着我说的意思写的，我怎么不知道呢？"何达武鼻孔里哼了一声道："原来是你的意思，教朋友这们写的。那好，你就跟我去见二姑娘，对面说个明白，免得我毫无所得的人，夹在中间受误伤。"说着拉了郑绍畈的衣袖要走。郑绍畈不知道到底为着甚么，如何肯走呢？立住脚不动道："你且把事情说给我听了，有甚么不妥当的地方，再大家商量着办。我和你不是一天两天的朋友，相交这们久了，甚么话不好说！"何达武随即放了手道："你教你那朋友写那封信的时候，怎生向他说的意思？"郑绍畋道："求婚的信，那有旁的意思？无非恭维二姑娘，人品如何好，学问如何好，我如何的佩服，如何的仰慕。接着就说我自己，年龄虽有了二十五六，却因选择太苛，平常女子看不上眼，富贵的小姐又恐怕娇养惯了，不谙妇道；下等人家的，又恐怕容貌粗恶，没有学识。选来选去，直到现在，尚不曾定得妻室。难得女士生长名门，人品学识又都有这般齐全高尚，承屡次赏脸，接席清谈。幽娴贞静的态度，尤为我平生耳闻目见的名媛闺秀所望尘莫及，因仰慕的心思太甚，便不暇计及唐突，敢掬诚向女士求婚。深望女士怜我一片至诚之心，慨然许诺。则我有生之年，皆为图报大德之日。人命至重，谅蒙矜恤。那信就是这个意思。你说那一个字是害你的？"

何达武道："那信写好了之后，经过了多少时分才送到邮筒里的？"郑绍畋道："送迟送早有甚么关系？你这才问的稀奇。"何达武道："你不要管我稀奇不稀奇，我既问你，自然有关系。"郑绍畋道："写好了，不到十分钟，我亲自送到邮筒里。你快说有甚么关系。"何达武道："那信有第三个人看见过没有？"郑绍畋连连摆手道："就只我那代写的朋友知道，连第二个人看见都没有。"何达武点头道："怪道是一封那们无聊的信，原来写好了就发。唉！你自己既不懂得英文，为甚么偏要写甚么英文信？纵说想讨巧，好借一封书信显显你的学问，你也该写好了之后，再找两个懂英文的看看，那信写得怎样。怎么写了就发，弄出这样笑话来？你自己丢人我不管，倒害得我不特对不起他夫妇、姊妹三个。我交了你这种朋友，将来回国，连二姑娘的父母都要骂我不是个好东西，结交匪类，并且此刻就没脸再住这里了。"说着，唉声叹气不止。

不知郑绍畋见了如何说法，下章再写。

第一百三十八章

郑绍畋当面挨辱骂
何达武注意索酬劳

却说郑绍畋见了何达武那种着急的模样，不由得更加着急起来。当下走近一步，对何达武说道："你不要是这般吞吞吐吐的，说得我听了更是不明白。我只要问你，我那封英文信，怎的得罪了二姑娘？"何达武道："你这才问得奇，你不懂英文，我更不懂英文，我知道你那封英文信怎的得罪了二姑娘？"郑绍畋道："是我的话说忙了。我是问你，二姑娘看了那封英文信，是怎么样一个情形？当时说了些甚么话？"

何达武道："这个我很记得明白。那一天下午时光，我同着我表兄、表嫂和二姑娘，在外面回来，接着你那封英文信。二姑娘看了看信封，还是笑嘻嘻的，后来拆开信封，拿起信纸一看，脸上的颜色就慢慢的变了，渐渐的怒容满面，骂了两声马鹿，又骂了两声混帐东西，又骂了两声畜牲，又骂了两声朽崽，又骂了两声……"郑绍畋忙截住他的话头，说道："铁脚，你不要瞎造谣言，那有个没出闺门的女孩子，是这般信口骂人的？你这话我不能信。"何达武睁起两眼嚷道："信不信由你，你要我说二姑娘看见你写的英文信的情形，我不能欺朋友，不能不直说。你不爱听，我就不说。"郑绍畋本待不听，却又放心不下。只得说道："好，好，好！你说，你说，我信你的。"

何达武道："二姑娘边看边骂的看完了那封英文信，直气得颈脖都红了，一手捏了那封信，立起身来就要跑。那时我表嫂也摸头不着，当二姑娘骂的时候，也问了几声道：是怎么一回事？二姑娘也没有答白，及至二姑娘突然起来要跑，我表嫂才拦住她，问她到底为了甚么事。二姑娘怒气冲天的，把你那封英文信丢在地下，说道：'你们去看，这信上说的是些甚么话！'我表嫂拾了起来，说道：'我是不大懂英文的，这里面到底是些甚么话，你得说出来呀，大家也有个计较。'二姑娘说：'这里面的话，我有些说不出口。'我表嫂说：'大约总是些肉麻的话，这种情书，你何必理它，动这们大的气呢？'二姑娘说：'是甚么情书？郑绍畋这个混帐东西，简直的是糟蹋我！'我表嫂说：'他无缘无故的糟蹋你做甚么？你不讲，我们又怎么能够知道呢？'二姑娘那时也真气极了，不假思索的说道：'这封信上，简直的把《水浒》上王婆所说的五件事，都形容了一个淋漓尽致，你说该死不该死？'我表兄、表嫂都大怒说道：'该死，该死！甚么郑绍畋，简直不是个人。'我表兄又对我说道：'是你去找来的一班无聊鬼，以后不准上我的门。'二姑娘接着说道：'不准上门？那有这样便宜的事！'当下又把信抢在手中，说道，'我抓了这们个把柄，我有三个办法：第一，去告诉留学生监督，革除他的公费，赶他回国。第二，便告诉同乡会会长，开同乡会请大家评评这个理，叫他以后做不得人。第三，把他告到日本警察署，叫他丢一个大丑。'说罢，怒冲冲的就要走。那时幸亏我那表嫂拦住，劝道：'像这般没有人格的东西，犯不着同他计较，你只当疯狗子对你乱咬了一顿，难道你也要认真么？'我当时也插嘴说：'郑绍畋本来不是个东西，这是我该死，不该理他，所以惹出这一场是非。而今我来陪礼，求你不要认真。你若是照这三个办法实行起来，简直毁了他一世，这遭饶过了他罢。'我随说随即作了几个揖，我表嫂又劝了一会，这才把二姑娘的气渐渐的平了下来。我表兄仍旧埋怨了我一顿，我真正羞得恨无地缝可钻，急得出了几身大汗。我又不曾得罪了你，你老人家真正不怕害死了人，开我这们一个大玩笑。请问我怎么对得住他们夫妇姊妹三个？"

郑绍畋听了，好似五雷轰顶一般，不知如何是好。登时怔住了，面青唇白，冷汗直流，才握拳蹬脚，骂了一声道："好一个狗娘养的！"何达武忙问道："你还要骂人吗？"郑绍畋恨了一声道："我可不骂你，我是骂那个狗娘养的，写些这们样的话来害我，我只有去找他拼命。"何达武道："那你得要慎重一点，万一这些话都是我造的谣言，岂不是我害你打人命官司吗？"郑绍畋道："你不必激我，我总得把这桩事弄个明白，我无论那一方面，都不能够听凭别人如此损我。"何达武道："我看你不如同我去见见二姑娘，表明这信不是你写的，着实的解释一番，似乎好些。"郑绍畋道："罢，罢，我还去吃眼前亏吗？少陪，少陪，我要去了。"何达武道："你若是去找那写信的，你要忍耐着性子，真个闹出人命来，我不能替你去抵命的。"郑绍畋也不答话，提起脚就走了。

何达武见郑绍畋上了他的当，得意得了不得，手舞足蹈的走到停车场。只见一辆开往富士见町的电车来了，连忙跳了上去。那车开动起来。何达武忽然想起，时候不早了，恐怕周卜先出去了，误了自己报信的事。登时急起来，只恨电车开行得太慢。又想到："若不是为了郑绍畋耽搁了许多工夫，我早已在富士见町了，何至于着这们急！"忽又转念一想，"虽然为了郑绍畋耽搁许久，可是拦阻着郑绍畋不至于见二姑娘的面，免得打扰卜先的好事，总算做了一桩事，卜先一定更要感激我。"正在心乱如麻的时候，忽然面前站着一人，听得他嘴里咕哝了一句；抬眼看时，原来是车守要他买票。便伸手到怀里一摸，那知道特地跑回去拿的那只钱囊，不知怎地又不见了。只得红着脸对车守说明。此时电车刚走了一站，恰正停住，车守便叫他下车，车又开去了。何达武没法，只得回头向家里奔，奔出一身臭汗，向裤袋里取手巾揩时，却把个钱囊带出来，掉在地下一声响。拾起来，又奔向停车场，气急败坏的立着等电车。看着电车一辆一辆的过去，恰巧没有开往富士见町的，等得一个不耐烦。看看将近十一点钟了，心里又同火烧一般的胡思乱想起来。好容易等了电车，到富士见町相近的地方，跳将下来，急急忙忙的奔上楼去。

真是无巧不成话。那位周卜先正收拾舒齐，打算出去，一看何达武气喘喘的奔了来，便问道："铁脚，甚么事这样急？"何达武一面摇头，一面进房坐下。喘息了一会，才道："喜得我早来一脚，若是你出去了，不但我扑一个空，你还要后悔不及哩。"周撰也坐下来笑道："甚么事说得这般慎重，并且还要我后悔？铁脚，你不要轻事重报啊！"何达武正色道："甚么话！若是没有极要紧的事，我何曾是这们急过？"周撰笑道："我是说笑话的，你不要多心。请你慢慢的把要紧事说出来罢！"何达武道："我说出来，真要喜得你跳起来呢。你知道么？二姑娘对你已很有意思了，只要你再凑一凑趣，就可以立刻成功。"周撰喜笑道："当真的吗？你说我要如何的凑趣呢？"何达武道："你等我告诉你啵，昨夜我们回去，已经十二点多了，二姑娘却没有甚么表示。今早起来，我和她见了面，那时恰好我表哥、表嫂都不在跟前，她忽然盘问起你的身世家庭来，我自然替你吹了一阵大牛皮。后来大家吃早点，就把话头打断了。你试想想，她这盘问你的身世家庭，是安了一个甚么心？你总应该明白。"周撰道："话虽如此，总得她一个人能够自由出外，才有成功的希望。"

何达武道："这不是我说一句表功的话，这其间就非有我撺掇不行了。我因为她有了这种表示，我就打定主意，想引诱她一个人出来。早点之后，我就用话去餂她道：'昨夜的大力士真个好看，我还想去看看，只是一个人去看，没有趣味。'二姑娘听了我这话，便望着我表嫂说道：'我和你再同去看看好么？'我表嫂说道：'罢，罢，这种把戏看过一回也就罢了，况且昨晚回来得太晏了，天天是这般，也未免太不像事，我是不去的。'我便对我表哥说道：'你去不去？'我表哥冷笑道：'我是没有这种闲钱，也没有这种闲工夫。'说着就和我表嫂收拾了碗碟，到厨房里去了。二姑娘便问我道：'他们两个都不去，我就和你去罢。只是你得另外筹买票的钱，我自己买票的钱倒还有。'我便说道：'我这两日很还有几文，连你的票钱我都够。'二姑娘笑道：'那我就老实不客气，竟扰你的了。'我说算数。此时我表哥、表嫂又进来了，我再支吾了几句话，就跑到你这里来，你赶快把你答应的钱给我，一来我可以做这一个东，二来你就可以到本乡座去会二姑娘。我这绍介人的责任，就可以终了。"

周撰笑道："今晚的东何必要你做？你只去引了二姑娘来，我自在本乡座等着，还是我买票请你。"何达武道："然则你答应送我的钱呢？你打算甚么时候拿给我？"周撰笑道："你不用忙，我知道你的手松，用起钱来，从来是没有打算的，今日我拿了给你，只怕你到手就没了，一桩正经事也没做。我的意思，这笔钱，我既然答应了你，我岂能白赖于你的？我决不是那样的人。我以为你不如存在我这里，要用的时候慢慢的来拿，一来你也可以免得乱用，二来也可以济你的急。若是你此时拿去，糊里糊涂的撒漫起来，到了有点缓急的时候，找别人去借，不如到我这里拿存款便当得多。铁脚你说是不是？"何达武道："你这话固然不错，我也知道你不是一个过河拆桥的人。但是这回的事不比寻常，我们推开窗子讲亮话，你要送我的这六十块钱，无非是买我绍介你们到今日的地步。此刻功行将要圆满，你不把这笔钱给我，只要你们今夜达了目的，我这个绍介人没法子叫你二人不在一处。俗话说得好，新娘子进了房，媒人甩过墙。到了明日，我就不能向你追索这笔钱，和讨债的一样。老实不客气的一句话，你此刻把从前答应谢我的话不算数，我这绍介人的责任就此宣告中止，你自己去请二姑娘出来看大力士去，我便不敢与闻了。"周撰笑道："倒看你不出，很像一个积祖做牵头的，这般老到！也罢，你此刻先拿三十块钱去，其余三十块明后日随你甚么时候来拿。"何达武道："你的意思我知道了，你总想扣住一点钱，好叫我不得不从中出力。也好，你就先给我一半，只是那一半等你们好事成功之后，我要来拿，我终究不能当做债讨的。我们先小人，后君子，你得给我一个凭据。"

周撰听了，心里有点不高兴起来。转念一想，此刻正是一发千钧时候，少不得这个马泊六。只得忍住说道："难道叫我写一张字据给你吗？这字据怎样写法呢？"何达武道："字据可以不必写，你只给我一件东西做当头。"周撰听了更不高兴，便不做声。何达武道："你不要疑心我要占你的便宜，想多弄你几文。这种抵押品我早想好了，就是你的文凭，我拿去没用，你却是少不得的。彼此都可以放心。"周撰道："也好，就是这们办。"当下开了一个小皮箧，取出一大卷钞票来，点了三十元，又取出文凭来，一齐交给何达武。说道："这你可以放心了。"何达武接过手，将钞票揣在怀里，又把文凭从封套里抽出来看一看，仍旧套上，搁在一旁。便道："不是我不放心你，实在是这种事的报酬不能不如此过手。今晚你就先去本乡座等，我准同二姑娘来就是。可是买票看戏，仍旧是你出钱的啊。"周撰道："你尽管放心，我说一句算一句，决不白赖。"何达武道："那我就去了。"周撰道："好。"

何达武拿了文凭立身起来，忽然想起早上和郑绍畋一番交涉，便又一一的告诉周撰。周撰道："你诈吓他诈吓得很好，我真要谢谢你呢。今晚你就照着你所说的办罢。"何达武点点头，别了出来，说不尽的高兴。匆匆的跑回精庐，只见他们正在那里吃饭。

后事如何，下章再写。

第一百三十九章

英雌着意扮玩物
铁脚高兴逛游廊

却说何达武走进房来，看见他们正在吃饭，便道："你们就吃饭了吗？我肚子还一点不饿。"陈毓道："你还是早起吃了那点面包儿吗？"何达武道："可不是吗？到外面并没吃甚么。"李镜泓笑道："你平日饿得很，只见你跑到厨房里催要饭吃。今日却是奇怪，第一次听你说肚子不饿。"何达武笑道："连我自己都觉得很奇怪。早起连牛乳都没吃，若不是看见你们在这里吃饭，并不知道已是午饭的时候了。也好，我也随便吃一点罢。"何达武跟着吃了饭，见陈蒿的态度很冷淡，一个人在房里，拥着被卧睡了。不由得心里有些着慌，恐怕陈蒿变卦。见她关门睡着了，又不好进去问她，只得坐在自己房里静候，也想不出逼迫陈蒿践约的法子来。

看看已敲过了四点钟，陈蒿还是高卧不起，把个何达武急得在房中乱转，不得计较。只睁着两眼，望了桌上的闹钟，咯吱咯吱一格一格的往五点钟的数目字上移走。想进房将陈蒿喊醒，见李镜泓夫妇都坐在房里看书。到陈蒿房里去，必打李镜泓房里经过。在平日，何达武也常进陈蒿的房，并不觉得李镜泓夫妇碍眼，此时心中怀着鬼胎，好像一给李镜泓夫妇看见进陈蒿的房，就会疑心是他勾引似的。好容易挨一刻，急一刻，挨到了五点钟，陈毓丢了书本下厨房，李镜泓也照例到厨房帮着弄饭。何达武才趁这当儿，溜进陈蒿的房。

只见陈蒿懒洋洋的，斜靠在一张躺椅上，手中拿着昨日周撰买给她的一个西洋小娃娃玩具，在那里反覆把弄。见何达武进来，也不动身，翻开眼睛望了一望，目光仍注在小娃娃身上去了。何达武忍不住问道："去看大力士，你怎么到这时候还躺在这里，也不妆饰呢？"陈蒿半晌将小娃娃放在桌上道："我身体很觉得疲倦，横竖明夜还有得看，今晚不去了吧。"何达武一听这话，如冷水浇背，急得用手指着陈蒿乱嚷道："你是马鹿，你是马鹿！以后我只叫你马鹿就是了。"陈蒿笑道："我身体虽然觉得疲倦，只是已经答应了你和你同去，就今晚去看也使得。"何达武喜笑道："这才像是你二姑娘说的话。"陈蒿道："你且莫急，我本来可以今晚去看的，不过马鹿已被你叫过了，我还去看甚么？索性连明晚都不去了。你要去，你一个人去，我不叫你马鹿就是了。"何达武连作揖带陪礼的说道："这只怪我的嘴太快，你看我自己打我自己两个嘴巴，警戒它下次不再是这们逞口而出。"说着，拍拍一边脸上打了一个巴掌。陈蒿看了好笑道："你又不是不认识本乡座，定要我同去做甚么？这原是一种玩把戏，高兴便去，不高兴便不去。你是本乡座的案目吗，这们替他拉客？"何达武笑道："我素不欢喜一个人进戏院子，这样难得遇着的大力士，又舍不得不去看。今晚无论怎么样，那怕教我给你下跪，只要你肯同去，我就给你磕头！"陈蒿见他这们情急的样子，知道必是与周撰约好了，周撰在甚么地方等候。登时握着一团尤云滞雨的心，立起身来，笑向何达武道："你既哀求我，说不得身体疲倦也去走一遭。不过我有句话，要先说明，到本乡座之后，我若看了没趣味，或是我身体不能支持了，就要回来，你不能强拉着我坐在那里陪你。"何达武笑道："我岂敢强拉着你陪我，只要到下本乡座，那怕看十分钟，你说没趣，尽管先走。"

陈蒿心里好笑，也不答话，收了小娃娃，坐下来对镜拢头。何达武这才把心放下，退出来，到厨房里催晚饭。陈毓道："你此时觉得饿了吗？"何达武道："饿倒没有饿，早些吃了晚饭，好去看把戏。"李镜泓道："真要去看吗？"何达武道："我们昨夜看了那大力士，听说今晚更有好看的。我也想看，二姑娘也想看，我就和她同去再看一回。"李镜泓低头切菜，不做声。陈毓叹道："有甚么更好看的，无非说那话骗人罢哪。老二也是小孩子一样，欢喜看这些东西。"李镜泓鼻孔里哼了一声，半晌说道："小孩子倒不见得欢喜看这些东西，只怕已经不是小孩子了，才有这们热心呢。"陈毓怕李镜泓再往下说出甚么刺耳的话，自己面子上过不去，望着何达武说道："你们要早些吃饭，就拿碗筷出去，把台子架起来。这里饭已熟了，只等菜，快的很。"何达武答应着，捧了碗筷，到李镜泓房里，架起食台，已是电光亮了。何达武到陈蒿房里说道："快些收拾，要吃饭了。"陈蒿已把头发刷得光溜溜的，樱桃小口上略略的点了点胭脂，两个眼泡儿上因昨夜欠了睡，两道浅红的圈儿围着，更觉得娇媚动人，脸上也薄施脂粉。何达武见了，一面涎垂三尺，一面暗想：老二自到日本来不曾见她施过脂粉，今日总算是周卜先有福，她无意中忽然会是这们修饰起来。陈蒿满脸堆笑的说道："昨日买来的香粉，不知道好不好，特意打开来试一试。还不错，比中国的强多了。你站出去罢，我要换衣。"

何达武即退出来，随手将房门带上，心想："她说换衣，我何不躲在门缝里，看看她的肉色。"随将身体蹲下，睁开一只眼向门内张看。只见陈蒿从柜里拿出一大包衣服来，拣了几件颜色鲜艳的，一件一件提起来，都用香水喷了，只罩在外面的一件银鼠袄儿没沾一滴香水在上面。喷好了香水，将身上的衣连贴肉的小褂都卸了下来。何达武就电光下见了那两条洁白晶莹的肩膀，和那娉婷婀娜的细腰，不禁春兴大发。自己暗恨道："我一般也是个男子，为甚么就没有享受这种美人的幸福？住了一年多，到今日才能偷着看她一眼。周卜先才见面几日，偏有这大的福分，眼见得这雪白娇嫩的身躯，今晚得尽着周卜先一人揉擦。唉！你看她还愁皮肤不香，拿香水倾在掌心里，满身擦遍了。"

何达武正看得出神，忽听得脚步响，连忙立起身退到房中间。原来李镜泓端了一桶饭进来，教何达武去厨房里端菜。何达武到厨房里，帮着陈毓把菜搬出来，都安排好了，只等陈蒿出来同吃。何达武一连在房门口催了几遍，陈蒿才推门出来。何达武见她外面穿的仍是家常衣服，背电光坐了，胡乱吃了几口饭，嫌菜不好吃，把筷子放下，起身回房去了。何达武却匆匆吃了两碗，见已打过六点钟有好一会了，那敢再吃，耽搁时刻，随即也放了碗筷。陈蒿已装饰停当，立在房门里面，趁李镜泓到厨房去了，才花枝招展的开门出来，笑向陈毓说道："姐姐我去了，请你听着门儿，我恐怕回得迟一点。"陈毓道："你去罢，当心点儿，还是早些回来的好。"陈蒿点着头，向外面走，何达武跟在后头，被一股香气冲得骨软筋酥。

直走到停车场，陈蒿才回头问道："我们坐电车去么？"何达武点头笑道："顺遂极了，连等都不要等，恰好这一辆电车转头，又是开往本乡的，你上去罢。"陈蒿一手提起裙边，一手扶着铜柱，上了电车。车中已坐了二十来个日本人，见了陈蒿这种装饰，这种风韵，没一个不回头注目，表示欣羡的。有两个年轻的日本人，见座位都满了，连忙立起身，拉着皮带，让出位子给陈蒿坐。陈蒿向那日人点了点头，即就让出的位子坐下。何达武见陈蒿旁边，还空着几寸地位，忙靠紧陈蒿，挤着坐了。两个年轻日人都横眉鼓眼，望了何达武几下，又不住的向何达武周身打量，以为是追随陈蒿想吊膀子的。及见二人谈起话来，就疑心是夫妇。同车人眼光中，都不免代陈蒿不平，这样花枝儿一般的人物，配一个这们粗恶的男子。何达武得紧靠着陈蒿坐了，心里却非常得意。电车开行时，一颠一簸，自己的臂膊在陈蒿的藕臂上揉擦得心痒难挠，只迷迷糊糊的坐着，领略这种滋味，也不顾同车人望着不平。车行如电，顷刻到了。亏得掌车的高声报着地名，被陈蒿听出来了，何达武才着了一惊，暗恨今日的电车怎么特别迅速，这般容易就到了，只得跟着陈蒿下车。这趟车坐的人极多，大半都是来本乡座看大力士的。拥挤了好一会，才挤到人稀的地方。

陈蒿正向前行走，忽觉有人在她衣袖上拉了一下。举眼一看，不是别人，正是昨夜心心念念希望从屋上飞下来的周撰。心里不由得就是一冲，脸上也不由得就红了。陈蒿明知道这来必遇着周撰，在这里见面自是意中事，却为何心也冲了，脸也红了呢？这种心理不特陈蒿为然，凡是欢喜偷情的女子，初次和情人幽会，都有这类现象发生。著书的却也不明白这是一种甚么心理。

闲话少说。当下周撰拉了陈蒿一把，笑道："我若早知道你今晚来看，早就应叫汽车去江户川等候。"陈蒿红着脸，低头笑道："你不知道我来，却怎的早在这里等候呢？"周撰仰天打了个哈哈道："今晚看的人更多，我恐怕迟了，没有座位，已买了票在这里。此时业经开幕了，我们且进去看一会再说，我想你今晚总不能再照昨晚的样对付我。"说着携了陈蒿的手，向本乡座并肩儿走。

何达武还有点拿不住陈蒿的心理，周撰突如其来，恐怕陈蒿面子过不去，嗔怪自己。起初躲在背后，迟疑不肯上前。及见二人会面，连陈蒿也像是约会了一般，心是放下了，反觉得诧异起来。将事情前前后后一想，才从恍然里面钻出一个大悟来："老二竟是有意利用我，好从中通消息的！怪道她更换衣服，皮肤上及贴肉的衣上，都打了些香水，这不是准备好脱了衣服，和周卜先同睡，再有甚么用意呢？"何达武正在后面越想越明白，越想越透澈，陈蒿忽回过头来，喊着铁脚道："你不向前走，跟在后面，等歇挤失了伴，没有座位，就不能怪我们两个。"周撰也回头笑道："今晚的铁脚，我倒要让个好座位给他。"何达武赶上两步笑道："老二，你倒是一个好人，害得我只少跟你下跪，说尽了低头下气的话，才求得你来，原来都是你有意害我着急的。"陈蒿听了，低头含笑不做声。周撰道："铁脚，你前头走罢，入场券在我这里，不用再买了。"何达武得意扬扬的，大摇大摆到了本乡座门首，抬头见大门上悬着一块黑牌子，用白粉书"满员"二字。但是来迟了的人，虽见了满员的牌，却不肯就退，都还挤在卖票的所在，想打商量，通融出几个座位来。

何达武立住脚，等周、陈二人到了跟前，才将肩膊一侧，挤开人群，招手教陈蒿跟着挤进。直挤到阑干前，验票的拦住要入场券，周撰从怀中摸出，交给验票人。三人进了门，仍是昨夜的座位，陈蒿坐在当中，周、何两人靠左右坐下。陈蒿向周撰说道："今夜有新鲜把戏演，我们就多看一会。若是昨夜翻译骗人的话，演的仍和昨夜差不多，我便懒得看了。"周撰点头笑道："我是巴不得不看，无论他怎么新鲜。"陈蒿斜瞟了周撰一眼，用臂膊挨了一下，低声笑道："这时候不是还早的很吗？"周撰道："开幕好一会了。你看，昨夜报告的人又出来了。且听他怎生报告，便知道有没有新鲜把戏。"只听得那人说道："我同盟国大力士，为特别联络我国民感情，昨夜显技，破格演到四次。今夜大力士别出心裁，和我日本大相扑家共演一种新奇把戏，比昨晚演的更好看几倍。这把戏名叫独力擎天。此种把戏最足表示我日英两国通力合作的精神，请诸君注意鉴赏。"说完，全场欢声雷动。

周撰向陈蒿笑道："这把戏倒不可不看看。"因将演说的意思译给陈蒿听。陈蒿也高兴道："听他这命名的意思，简直是表明英日联盟，可以运天下于掌上。但是何不名为合力擎天，不更恰切些吗？"周撰笑道："看他怎生擎法，这独力两字总有个意义在内。"说话时，台上先走出一个日本大汉，看那大汉的身量，足有一丈高下，真是头如巴斗，腰大十围，比最著名之相扑家常陆山、大蛇泻一般人，更要高大四分之一。那大汉自己报名，叫常盘纲太郎。又说道："我体重有八百八十磅，力量也有八百八十磅，今日被同盟国大力士邀请，合演大力士新发明的独力擎天把戏。但我并非卖艺之人，一则没有卖艺的能力，二则没有卖艺的经验。今回第一次上舞台，纯粹赖同盟国大力士的扶助。若有甚么不到之处，还望诸位看官们包涵一点儿。"常盘说到这里，向看客鞠了一躬。昨夜显技的大力士接着带了翻译出来，对座客说道："今夜预备试演的独力擎天把戏，并不是由鄙人发明的。这把戏的历史很有价值，发明的人系独逸[1]大力士森堂。十五年前，在我英伦卖艺，与我英国第一个体量最高大的人，合演这个把戏。当时所演的器具，重量比今夜所演的每件轻一百磅。自森堂死后，这把戏直到今日，才由鄙人试演第二次。但是鄙人今夜所演的器具，就是森堂复生，也不见得能演。诸君中大约不少知道森堂力量的，请看了再加评判，便知道鄙人的话，不是法螺。"说罢，有八个工人，从里面抬出一把大铁刀来。翻译说，这把大刀有一千磅。大力士走过去，一手提了起来，后台上一竖，有茶碗粗细，一丈高下。八个工人进去，不一会又抬出一把来，比前把略短小些。翻译说，这刀八百八十磅。常盘纲太郎走上前，也是一手提起，但脸上露出很吃力的样子。翻译和八个工人都退了进去。

常盘双手持刀，立在西边，大力士立在东边。忽听得台后尺木一响，两个力士同时将刀举起，和中国演武行戏一般，两个一来一往的，用那笨重的刀，盘旋交战。战了数十个回合。正在全场喝采的时候，常盘作个战败了的形像，拖刀便走。大力士便挺刀从后面追杀，常盘跑进内台，大力士也追进内台。就这当儿，闭了幕布。经过几分钟，台内尺木又响，幕布忽开。大家一看，台上又架着小台，那台见方约有一丈，五个台柱都有斗桶粗细。铺台的木板便是昨夜演吃饭把戏的那块，木板周围安着两尺来高的阑干。西边搭一条七级高、三尺宽的楼梯，台中一个炮架，架着一蹲旧式铁炮，和七五口径的炮，大小差不多。大家看了，都觉诧异。只见常盘纲太郎做出败逃的样子，拖刀跑了出来。回头见大力士挺刀赶来，慌的拖着刀，从楼梯上了小台，将刀放下，双手举起那炮，向着大力士。大力士一看，也像慌了。将身往台下一钻，也把刀放下，两手握着中间的台柱，一声吼举起来。常盘便一手托炮，一手擦火点着火线，轰然一声，如天崩地塌的响亮。大力士举着那台，动也不动一动。看客不由得齐声喊好，那幕布又闭上了。

周撰一手拉着陈蒿，起身道："这就谓之独力擎天，冤枉耽搁了几十分钟。我们先走，铁脚你在这里多看看罢！"何达武点头，望着陈蒿笑了一

---

[1]独逸：德国。

笑。陈蒿将脸往旁边一扬，只作没看见，软步轻移的握着周撰的手走了。

何达武看第二幕，就是昨夜演过的拉铁链，便懒得再看，心里想起陈蒿换衣时情景，并在电车上挨擦的滋味。又想到此刻他们两个出去，必是找旅馆追欢取乐，不禁兴致勃然。暗道："我身边有的是钱，何不去吉原游廊，花几块钱，买一夜快活？"越想越觉这办法不错，立时舍了大力士不看，出来乘电车，到了吉原。

此时正是九点钟，各游廊中所有女郎，一个个都穿着花衣，成排的坐在阑干里面，任人挑选。何达武看了几处，没有中意的。走到一家，才跨进门，听得阑干里面有人叫何先生。何达武吃了一惊，低头向阑干里面一看，并没一个认识的，只见离阑干近些的几个女郎，都望着何达武挤眉弄眼，卖弄风骚。何达武看中了一个年轻的，望去不过十五六岁。当下有个相帮在旁，问何达武挑选第几个。何达武指给相帮看了，相帮点点头，引何达武到里面一间八叠席的房内。番头进来，拿着一本簿，教何达武写姓名。何达武不曾一个人来吉原嫖过，踌躇不肯将真姓名写出。握着笔一想，他们刚才分明喊我何先生，其中必有认识我的，若写假姓名，被他们识破了，反难为情。竟大书特书，题了何达武的大名在那名簿上。年龄、籍贯都开得一丝不错，只不曾将三代填上，写完了交给番头。

那被挑选的女郎已更换了常服，进来向何达武行个半礼，挨近何达武坐着。何达武就电光一看，吃吓不小。原来这女郎一脸的白麻还在其次，两只眼睛只一只有黑珠儿，这一只黑珠儿藏在眼泡内，时隐时现；身材瘦小，确只十五六岁的身量，近看形容苍老，竟是四十开外的人物。因阑干内的电光不十分明亮，浓妆艳抹的，加上那五光十色的衣服，如何看的真切？在挑选的时候，这女郎斜着眼，向何达武一溜一溜的，很觉动人。此时下了装，来到切近，一看忽变了这种模样，如何不吓？不敢逼视，连忙将眼光收回。

番头含笑问道："先生喝酒，用得着些甚么菜，请即吩咐，好去照办。"何达武也不懂此间规矩，见各家门口都悬着牌子，上写"七十五钱酒肴附"的字样，以为酒是必须喝的。既喝酒，怎能不要些菜，给日本人笑寒碜呢？亏得周卜先昨日请吃日本料理，学了几个菜名目，便依着名目，向番头说了。番头极高兴，很表示欢迎的样子。向女郎低声说了几句话，女郎连连笑着点头。何达武的日本话程度，仅能说得来几句家常应用的话，最普通的交涉都办不了，嫖界谈风弄月的话，那里知道一句哩？虽眼望着番头和女郎说话，却一句也不曾听出说的是甚么。番头重新向何达武叩了头，嘴里呱噜呱噜说了些话，才退了出去，随手即将房门关了。女郎便挨近身，笑嘻嘻的问道："先生是支那人么？"何达武点点头。女郎又问道："先生贵姓哩？"何达武道："你们不是认识我吗？怎的又问起我的姓来呢？"女郎怔了怔，笑道："认识是认识的，只是已经忘记了先生的姓。"何达武摇头道："怎的就忘记得这们快，刚才你们不是见我一进门，就大家喊叫起来吗？"女郎抬头向天，一只眼珠儿翻了几番，笑了声道："啊，先生姓张。"何达武摇头。女郎道："姓王、姓李、姓黄是不是？"何达武只是摇头。女郎道："那就是姓梁、姓何。"何达武听他说出姓何，即忙点头道："我是姓何，你们怎么知道？"女郎笑道："有人教给我们的。"何达武诧异道："是谁教给你们的？"女郎道："我们这里有个日本人，在支那住过多久，人都称他为支那通，是他教给我们的。"何达武更觉奇怪道："他何时教给你们的？"女郎道："教给了很多年了。"何达武道："很多年吗？我去年才到日本来哩，他怎生教给你们的？"女郎道："他说这时候的支那留学生很多，大半都是欢喜嫖的。只要我们招待的好，营业不愁不发达。支那人的气概举动，初次见着的，大约和日本人差不多。多见过几次，便一望就能分别了。若是有成群的支那学生在这条街上游走，只管高声喊张先生、李先生或是黄先生、何先生，总得喊中一两个。支那这几种姓很普通，随便喊着都可以的。"

何达武心里才明白，翻悔不该写真姓名、籍贯在那簿上。一时也没有方法好教番头拿来更改。忽见房门开处，一个下男托着一大盘的酒菜进来，女郎起身接了，一样一样搬放小桌上，拿着酒瓶替何达武斟。

不知何达武如何饮酒作乐，且俟下章再写。

第一百四十章

何护兵忍痛嫖女郎
陈才媛甘心嫁荡子

话说女郎替何达武斟上酒，何达武教女郎陪着同喝。女郎笑嘻嘻的，也斟了一杯。何达武看桌上的菜都是大盘大碗，形式和昨日的相仿，只是更加倍的丰盛。何达武夜饭虽吃的不多，但是才吃了没有多久，那里吃得了这们多菜？日本话不能多说，便失了一项最大取乐的资格。闷酒也喝不下，生鱼、牛肉锅都是下酒的菜，寡吃谁也吃不了多少。何达武因不愿白糟蹋钱，舍命的夹着往口里塞，也不顾肚子里装得下装不下，脾胃能容纳不能容纳。女郎坐在一旁望着，心中也纳罕：这个支那人怎这般能吃？后来见何达武吃得吞下去，又从喉咙里回上来，堵在口中半晌，嚼几嚼，后又吞下去，直吞得两眼翻白。何达武心里还想吃点，一看都还剩了三分之二，料着拼命也不能完全吃下，只好忍痛放下筷子。女郎问道："何先生不吃了吗？"何达武道："你能吃么？尽管放量吃，横竖花了钱，留下也白好了料理店。"女郎笑着摇头道："多谢何先生，若不吃了，我们就收拾安歇罢。"

何达武本握着一团欲火，才跑到这里来。原是巴不得进门就收拾安歇的，想不到看走了眼，又不好意思说要更换，只得勉强周旋。打算借几杯酒壮一壮色胆，却又弄来这们多菜，既系自己点的，说不出个退字，明知道这种地方酒菜比料理店至少得贵一倍以上，一存了个痛惜钱的心思，甚么念头都无形消歇了。望女郎一眼，身上的皮肤就起一回粟，几乎忘记是在这里嫖女郎。忽听得催着收拾安歇的话，不由得眉头一皱，有神没气的说道："就安歇，不太早么？"女郎又拿着那一只眼望何达武一溜，头一偏，颈一扭，用手帕子掩着嘴笑道："怎么还早呢，十点钟了。"何达武心想：既已到了这步地位，钱已花了，酒菜是白糟蹋了，这东西虽丑的和恶鬼一样，也没有挽救的方法。若再不从她身上出出气，那钱更花的冤枉！没旁的法子，惟有将电光扭熄，脑筋中作她是一个绝色的佳人，看能鼓的起兴来么。

何达武闭着眼，想得出神。女郎似不能耐了，隔着小桌儿不好亲热，慢慢将蒲团移近，倒入何达武怀里。连推带揉的说道："你心里想些甚么？这房子太大，坐着冷清清的。请到我的睡房里去，比这里好玩。"何达武被这一揉，又闻得一股醉人的脂粉香，登时恢复了电车上的情态，那颗糊涂心往上一冲，两眼就迷迷的辨不出东西南北。顺手将女郎抱起说道："你的房比这里好，就去你房里罢。"女郎一手替何达武拿着帽子，一手拉着何达武的衣袖，推开门，引着弯弯曲曲的经过几条走廊。何达武看那房屋的结构和蜂窝一般，千门万户。每间房门口摆着两双拖鞋，有没接着客的，尚在外面阑干里坐着，房门口便没拖鞋。女郎走到一间房门首，停了步，放了拉何达武的手，推开房门，扭燃了电灯，让何达武进去。

何达武看这房，只得四叠半席，却陈设得耀眼夺目。靠墙根摆着一个玻璃小柜；柜上面陈列着许多金石磁铜的小玩具；柜旁边一个长方形紫檀木火炉，里面紫铜胎子擦得透亮；火炉前半截生火，后半截两个小铁瓮，也是擦的放光，伴火炉一边一个；见方两尺的缩缅蒲团，有三寸来厚，底下的席子都是极紧密极精致的。何达武挨火炉坐下来，女郎即对面坐着，打开玻璃柜，端出一个小茶盘来。何达武看那茶盘，小巧得可爱，但见乌陶陶，光灼灼，也看不出是甚么木料制的。盘内覆着三个牛眼睛般大的九谷烧茶杯，一把拳头般大的九谷烧茶壶，形式都极精美。女郎复从火炉旁边一个小抽屉内，拿出一条小毛巾来，将三个茶杯都揩抹一遍。从玻璃柜上取下一个五寸多高的粉彩天球瓶，倾出一茶匙细茶，揭开茶壶盖倒在里面，才用火筷拨红炉中的火。铁瓮中原是开水，一会儿就沸腾起来。铁瓮盖上插着一把烂银也似的镍勺，女郎取下来冲了一壶茶，斟了一杯，恭恭敬敬，双手递给何达武。又搬出两盘好西洋点心来，请何达武吃。

何达武虽则吃不下，却也欢喜。平常在新宿浅草也嫖过几次，从没受过这般招待。自到日本来，没住过这们清洁的房间。房中的电灯，用绿绸子制成一个伞盖一般的东西罩着，透出的电光，和外面阑干中一样，不大分得出妍媸美恶。何达武心里一欢喜，就糊里糊涂睡了一夜。次早开出账单来，连酒菜带宿钱，共花了十四元几角。昨日所得的三十元皮条代价，并车费整整去了一半。女郎见何达武出钱很大方，撒娇撒痴的拉着何达武，要答应今晚再来。白天阳光满足，不比夜间模糊，何达武那敢再亲近女郎的尊范呢？口里只管答应，拿起帽子，已匆匆出了游廊。

此时这条街上，行人极少，来回走动的除了两三个警察之外，就只各游廊的相帮，在各家门首洗擦阶基，揩抹窗户，绝没一个中等社会的人在这条街上发现。何达武立在街心，两头一望，就和元旦日的光景一般。回想昨夜这街上的热闹，如做了一场糊涂大梦。一个警察走来，在何达武脸上望了几眼，带着揶揄的神色，随即走过去了。何达武很觉脸上无光，溜出了吉原，打算径回精庐。心口有些挂念周撰和陈蒿的事，不知昨晚是何情景。即改道往富士见楼，在下面账房一问，知道周撰在家，遂上楼到周撰房门口，犹恐陈蒿在里面睡着，不敢推门。轻轻在门上敲了两下，听得周撰的声音，在里面答道："谁呀？请推门进来。"何达武一推门，就打了个哈哈道："恭喜，恭喜！"只见周撰还睡在被内，房中并没有陈蒿。

周撰见是何达武，坐起来，披衣笑道："你怎的这般早？"何达武笑道："早是不早了，但我还不曾用早点。老二一个人回去了吗？"周撰点点头道："你昨夜不曾回精庐么？"何达武道："再不要提我昨夜的事了，真是倒尽天下之大霉。"随将昨夜情形，述了一遍道："你看是倒霉不倒霉？"周撰起来，穿好衣服笑道："谁教你跑到那罗刹国夜叉城里去呢！"何达武道："你们昨夜怎生快乐的？也应说给我听听。"周撰摇头道："有甚么快乐可以说给你听？我和她从本乡座出来，就回到这里，闲谈了一会，叫了几样点心吃了。才到十二点钟，就雇了两乘人力车，我亲自送她回精庐。因夜深了，老李夫妇都已安歇，我便没进去，回旅馆已是一点钟，也收拾安歇。直睡到刚才你敲门，我才醒来。"何达武哈哈笑道："说得好干净！本乡座的把戏不好看，那里不好闲谈，要巴巴的回到旅馆里来闲谈？你们这种闲谈，未免谈得太希奇了。啊，我知道你的意思，你想赖我这三十块钱，那不行，不行！"

周撰见何达武急得手足乱动，忍不住大笑道："你急甚么？我想赖你三十块钱，有一张文凭在你手中，你怕甚么？"何达武一想不错，便说道："你不想赖我的钱，为甚么不说实话给我呢？这事还能瞒得了我吗？"周撰笑道："你这蠢东西，要问了做甚么？你既知道不会巴巴的回旅馆闲谈，你说巴巴的回旅馆，应该干甚么？我要赖你三十块钱，昨日的三十块不要你退吗?"何达武才高兴道:"老二昨夜更换衣服的时候,我在门缝里看了,就有些疑心,皮肤上,贴肉的衣服上,都打了些香水,不是准备着来给你这色鬼享受吗?她昨夜在这里,向你说了些甚么话?"周撰笑道:"她换衣服,你偷着看了吗?等歇我说给她听,教她以后得留你的神。"何达武连忙作揖道:"这话你万分说不得,她若知道我偷看了她,这一辈子都得恨我。她昨夜向你说我没有哩?"

周撰道:"你还吹牛皮,说处处是你的功劳!据她说,和我初次在料理店见面,就有要好的心思,不过素昧平生,无由通达款曲。前晚她整夜不曾睡好,才想出利用你通消息的计划来,你尚在睡里梦里,以为她中了你的圈套,跑到这里来讹诈我的钱,我一时湖涂,也以为真是你的劳绩。"何达武跳起来说道:"不是我的劳绩,你就知道她要去本乡座?若没有我在里面,她就会认识你?向她求婚四五十个,难道没一个赶得上你的?谁得了甜头?你去打听打听。亏得我老到,扣了你一张文凭。我昨日就料到你要说这话,真是新娘进了房,媒人丢过墙!但是老二还不算是嫁了你的新娘,昨晚虽则和你生了关系,你不要以为就拿稳了是你的人了。我若从中破坏,还不愁你两个不离开呢。"周撰道:"铁脚,你不要再吹牛皮罢,你所有的能耐我都领教过。此刻莫说是你不能教她和我离开,我敢夸一句海口,就是她的父母到这里来,想禁止她不和我往来,也做不到。我十三四岁就在嫖场上混来混去,无论甚么女子,但经过我手的,我不起意丢她,没有她先起意丢我的。老实对你说,老二昨夜已将终身许我了,就在今夜正式搬到我这里来同住。你还说这些想破坏的话做甚么,不是做梦吗?"何达武不信道:"莫不是你真会催眠术么?要不会催眠术,老二不见得这般容易入迷。她家里有父母,这里有姐姐,由她一个作主嫁人么?就算能由她作主,也不能这般不顾体面,明目张胆的,先同在旅馆里住一会,再来成婚的道理。我倒要回去问问她,你说的话,不免太骇人听闻了。"

周撰笑道:"铁脚少安勿燥,用不着你回去问,不要一会,她就要到这里来的。来了,也不必你开口问她,她自然会向你说的。并且她说这事,多亏你从中作合,还要你全始全终。等我准备了一切,和她正式结婚的时候,少不得请你作个绍介人。就是我也还得谢一谢你这媒人。"何达武听得还有谢礼,不觉满脸堆欢说道:"还是老二有点良心。知道是亏我从中作合。你这过河拆桥的人，简直说我一点劳绩没有。你于今要我做绍介人，才说出要谢我的话了。老二今日真个搬到这里来吗？"周撰道："不是真个，我难道哄你不成？你坐坐，我下去洗了脸，再弄点心来吃。"说着卷起铺盖，往柜中一搁，拿了沐具去了。何达武见席上遗落一叠妇人用纸，拿起来看了一会，揣入怀中。看那书桌的抽屉外面，露出寸来长的彩绸带子，随手扯开那抽屉来看，一个很大的彩绸蝴蝶结儿，认得是陈蒿头上戴的，也偷了纳入衣袋中。周撰洗了脸回房，也不在意。

　　何达武跟周撰用了早点，已将近十一点钟了，何达武道："你这三十块钱，此刻就可以给我吗？还是要等我回去，拿了文凭来再给我哩？"周撰笑道："你此刻又不等着要钱使用，逼着要甚么？有一张文凭在你手中，横竖跑不了你这三十块钱。早拿给你一天，早花完一天，像昨夜那般冤枉使费，六十块钱经得几天，又成了一个光铁脚。倒不如存放在我这里，等到急需的时候，再来拿去，还可以应急。"何达武道："我再也不会是昨夜那们冤枉使费了。我拿下这钱，有个用法，到山崎洋服店去做一套冬服，一件外套，你们结婚的时候，我来做绍介人，身上不也光彩一点吗？"周撰笑道："你做绍介人，想要身上光彩，就非得做大礼服不可。"何达武道："做一套大礼服得多少钱呢？"周撰道："一套普通裁料的大礼服，不过百多块钱就行了。我也就要去做一套。"何达武吓得把舌头一伸道："我箍着肚皮，三个月不吃饭，也做不起这一套衣服。你既要请我做绍介人，应做一套礼服送我才对。我平常又用不着，专为你们结婚时用这一回，我就有钱，也犯不着做。"周撰道："你这话一点不差，我本应做一套送你，就算是谢媒的礼物罢。好在你只穿这一回，不必十分牢实的料子。"何达武见周撰正襟危坐的说，信以为实，连忙点头答道："裁料是不必要牢实的，只要表面上好看一点，你真能做一套送给我么？那我就拼着再替你们跑腿，那怕赴汤蹈火，我总告奋勇去做。"周撰点头笑道："只要你不嫌裁料不好，并不花多少钱，准做一套送你就是。"何达武喜道："大约得花多少钱？我自己略担任几成，也没要紧。我横竖打算做冬服，就将这做冬服的钱加进去，你也可以少花几个。"周撰道："真看你这铁脚不出，好一肚皮的计算！你就尽着在我手里的这三十块钱做罢，少了我给。你的身量，和我差不多，极平常的料子，大概不得超过一百元。我就打电话去叫裁缝来。"何达武喜得举着大指头向周撰笑道："卜翁的举动，真是大方不过。

老二的眼力不能不教我佩服。我和你来往这们久，至今日才知道你是个有气魄的汉子。她和你见面，不过几日，竟能毅然决然，将终身大事托你，能不教人佩服她好眼力？"

周撰笑了一笑，起身打电话去了。一会儿进房笑道："你就在这里等着罢，裁缝店立刻拿见本来量尺寸。"何达武高兴得不知要如何恭维周撰才好。不一时下女来报，裁缝店来了，周撰教带到这里来。只见一个三十来岁的男子，穿一身很时髦的先生衣服，一手拿着帽子，一手提个包袱，进门向周、何二人行礼。周撰道："我二人都要做一套大礼服，你带来了礼服裁料的样子没有？"裁缝连忙答应带来了，随将包袱打开，一本一本的，送给周、何二人过目。周撰自己挑选好了，又替何达武挑选。周撰选的裁料索价一百七十元，何达武的索价一百二十元。讲论了一会价目，周撰的减到一百四十元，何达武的减到一百元。都立起身，量了尺寸，留了一角裁料样子，裁缝收了包袱，作辞去了。

何达武觉得心里有些不安道："这套衣服是好，只是又要你破费七十块钱，我仅尽了这一点点儿力，如何敢当哩？"周撰笑道："你我相好的朋友，有甚么要紧？尽可不必强分彼此。"何达武口里答应，心里暗想："他既这们大方待我，我扣他的文凭举动实太小气了。他于今又多送我七十块钱，那文凭还不拿来退给他，定要他开口问我要，不更小气得不成话了吗？"想罢，起身说道："我回精庐去，老二若要搬到这里来，我就送她同来。"周撰点头道："你能送她同来更好，我在家等你们罢。"

何达武别了出来，乘电车回到精庐。李镜泓出去了，只陈蒿姊妹两个坐在房中闲淡。一见何达武进房，陈蒿便笑着问道："你去卜先那里没有哩？"何达武点头道："他特意教我来家接你呢。"陈蒿道："他怎么说？"何达武道："他没说旁的，就只怕你一个人，一来不认识路，二来没有照顾。"陈蒿望着陈毓道："这事我已决心是这们办，无论有天大的障碍，我都得冲破。姐夫的头脑陈腐，不是二十世纪新舞台的人物。姐姐拿他的话做标准，已经误尽姐姐自己平生。我若不能自决，将来的结局恐怕尚不能比姐姐。"陈毓长叹一声道："你这话我并不能批驳，我也不曾拿你姐夫的话做过标准。不过我的意思，结婚自要从缓，此刻就搬去同住的话，宣传出去了，也似乎不体面。"陈蒿笑道："姐姐所以主张结婚从缓的意思，无非到底有些信卜先不过，想从容打听了个实在，再作计较。我这于结婚以前搬到一块儿同住，也就是这个意思。托人打听，与自己去各方面调查，都难得实在，何能有住在一块儿，朝夕厮守的观察得明晰？若给我看出甚么破绽来了，登时就搬出来，主权完全操之于我，行止皆可自由。岂不比把终身大事，操之二三不关痛痒人口中的，有把握的多着吗？当今之世，我们女子想免受遇人不淑的痛苦，非自己拿出眼光来，照我这们去观察男子，没有再安全的方法。”

陈毓见妹子和吃了周撰的迷药一般，知道劝也无效，便不再说了。陈蒿起身向何达武道：“你来帮我托一口衣箱下来，我要拣几件衣服，做一口小皮箱装了带去。”何达武同到陈蒿房里。陈蒿指点着，搬这样，挪那样。一会儿装好一皮箱，装不下的，用包单包了。陈蒿教何达武提到玄关里，去雇一辆人力车。何达武道：“我们自己坐电车去么？”陈蒿点头应是。何达武雇好了车，开了富士见楼的番地给车夫。开箱拿了文凭。陈蒿此时在家中多坐一刻，便如失了魂魄一般，不等车夫动身，就催着何达武同走。在电车上，陈蒿问何达武手中拿甚么，何达武说是文凭。陈蒿笑道：“你从那里得来的文凭呢？”何达武道：“那是我的？卜先寄在我这里的，今日拿去送还他。”陈蒿听说是周撰的，接过来取出看了一看，仍装好问道：“他的文凭，如何寄在你这里？”何达武见问，不好意思直说，信口支吾了两句道：“我们要换车了。”说着接了文凭起身。陈蒿跟着换了车，仍是不舍追问道：“到底为甚么事，将文凭寄在你手里？你刚才含含糊糊说的话，我没有听清楚。”何达武着急道：“你定要问了，有甚么用处？这电车上也不好说话，等到了卜先旅馆里，你当面去问他罢！”陈蒿才不做声了。

须臾到了，二人下车，步行到富士见楼。周撰迎着，自是欣喜非常，满脸堆笑的问行李搬来了没有，陈蒿含笑点头。何达武将文凭交还周撰道：“你看看，弄坏了没有？”周撰抽出来望了望，仍收入箱内。陈蒿问道：“你怎么把文凭寄在铁脚手里？”周撰望了望何达武，见何达武使眼色，便笑道：“并不是寄在铁脚手里，那日丢在铁脚房里，忘记带回。”陈蒿越见他们挤眉弄眼，越觉可疑，寻根觅蒂的问道：“你那日为甚么带着文凭到铁脚房里去呢？难道到铁脚房里报告投考吗？”周撰扑哧一声笑了道：“就说是报告投考亦无不可。你午饭吃过没有？我今日起的太晏，此时还不曾吃午饭。”陈蒿道：“我早吃过了。”何达武嚷道：“我跑来跑去的，水米不沾牙，快叫下女来，弄饭给我吃罢。"周撰伸手按电铃，下女来了。周撰道："你去通知账房，等歇有一辆人力车运到我夫人的行李，就搬到这里来。看多少车钱，替我开发。此后开饭都是两份。"

下女听说夫人，就抬头望着陈嵩，很透着怀疑的样子。大约心中在那里揣想：前日分明第一次来这里作客，昨日夜间在这里鬼混了一会，叫人力车送去了。今日再来，居然就是夫人了！陈嵩见下女望着自己出神，也觉脸上难为情，搭讪着用日本话问下女道："午饭还不曾开过吗？"下女见问，才敛了敛神答道："众客都早已用过了，就只周先生说要等客，开来了，又教端回去。"周撰挥手道："不要唠叨了，快去开饭来罢。"下女才缓缓的移动那注视陈嵩的眼光，转身去了。周撰道："这下女最讨人厌！"陈嵩道："旁的倒也罢了，就是欢喜钉眉钉眼的看人。前日被她看的我脸上难过得很，昨夜她又是目不转睛的，看了又看。刚才更是不成话了，世界上竟有这种死眉钝眼的人！"何达武笑道："有下女来钉眉钉眼的望着，总是好的。像我就对她叩头，求她望一望，她也连正眼都不睬我哩。"

不知周、陈听了这插科打诨的话，是如何态度，下章再写。

第一百四十一章

遣闲情究问催眠术

述往事痛恨薄幸人

　　却说周撰、陈蒿、何达武三人正在说笑时，下女开上饭来，陈蒿不给她脸看，背转身坐了。周、何二人对坐吃饭。陈蒿忽然折转身，呼着卜先问道："你的催眠术，可以教给我么？"周撰听了，摸不着头脑。何达武想使眼色，又怕陈蒿看见，忙伸脚从食台下推周撰。周撰知道是何达武替自己吹法螺的话，便点头笑道："你要用得着时，有甚么不可！"

　　陈蒿见周撰迟延了半晌，又见食台动了一动，即指着何达武生嗔道："铁脚，你专在我跟前捣鬼，无中生有的，捏造些话来骗我。卜先，你为甚么也跟着他说谎？"何达武辩道："我捏造了甚么话骗你？你说出来。"陈蒿道："你说卜先的催眠术，比日本天胜娘的还要奇妙。我在这里问他，你又用脚在食台底下推他做甚么？"何达武笑道："我不是说了，卜先的催眠术轻易不肯给人知道，轻易不肯演给人看的吗？你刚才问他，我若不推他一下，他必不肯承认有这们回事，你不信再问他。此间没有外人，看他真是比天胜娘的奇妙不奇妙。"陈蒿道："嗄，你到这时候还要支吾，真是该死的东西！"何达武道："你不问他，专怪我做甚么？"陈蒿向周撰道："你说句实话，这东西瞎造谣言，我决不饶他。"周撰笑道："这房里没有外人，你打算不饶他，不如决不饶我。"陈蒿道："你这话怎么讲？"周撰笑道："铁脚又不知道催眠术，你找他说甚么呢？"陈蒿道："照你这样说，你是真知道催眠术了？"周撰道："岂特知道，敢说留学生中没人赶得上我的。"陈蒿道："你既知道，此刻就试演给我看。"周撰摇头道："那里这般容易，我们天长地久的日子，怕没有演给你看的时候吗？"陈蒿道："你甚么时候能演给我看呢？"周撰道："等夜深人静再说。"何达武笑道："何如呢，是我造的谣言么？"陈蒿摇头道："你的话，我只是不信。就是刚才文凭的话，你们也没说出个所以然来，我心里真不高兴。"周撰道："你定要问文凭的话么？说给你听全没要紧。"陈蒿抢着指了何达武道："你又捣甚么鬼，一双鬼眼睛是这们一鼓一鼓的干甚么？"何达武抬起头道："我何时鼓了眼睛？"陈蒿也不理他，掉转脸向周撰道："你若不把实话说给我听，我就恼你了。"周撰见陈蒿逼着要他说文凭的事，只得将事情原尾，说了个大概道："这也是我爱慕你的心太切，依着重赏之下必有勇夫的那句话，着手做的。铁脚，你也不要难为情，有义务自有权利，谁也不能教你白出力。就是将来借重你，作个绍介人，也是一般的要重谢你。"何达武红了脸道："我并没希望你们谢我的心，就是刚才定做那套礼服，我也没有想到你认真替我代做。"陈蒿道："代做甚么礼服？"何达武知道始终瞒不了的，索性都说给陈蒿听了。陈蒿望着周撰不做声，心里大不愿意周撰拿着钱是这般乱花，只当着何达武不好说得。周撰只低头吃饭，却不理会。何达武吃了饭，闲谈了一会，下女搬了行李上来。何达武知道有他在房里，妨碍周、陈两人的亲密行动，遂告辞去了。

　　陈蒿见何达武已走，即问周撰道："你一个当学生的人，能有多少钱，无缘无故给铁脚这们些钱做甚么呢？"周撰笑道："昨日三十块钱，不能不给他。我已许下他了，若不给他，你我就没有今日了。你就再向我好些，没他从中两边通殷勤，怎能在这们短促的时期中各遂心愿呢？"陈蒿道："那三十元已经给过了，还有甚么说头？只无端又送他一百块钱的洋服，就不免过于冤枉。这绍介人，他肯做很好，若故意刁难，不肯出名，也没甚要紧。定要是这们巴结他，外人听了也不体面。"周撰哈哈笑道："我这一张文凭虽不值甚么，但是我化了不少的钱才弄到手，给他扣了去，岂不麻烦？若真个再送三十块钱给他，莫说我心有所不甘，将来传到人家口里去了，还要骂我当了猪，居然被何铁脚敲了六十块钱的竹杠。只得顺水推舟的，用这替他做洋服的法子，将文凭调回来。文凭既到了手，谁还真给他做甚么洋服？"陈蒿笑道："你不是已叫洋服店来，替他量了尺寸吗？"周撰道："我已对那裁缝说了，教他先将我的初缝试好，再动手裁铁脚的。迟两日裁缝拿初缝来试的时候，我就说何铁脚有信来，且迟一月再做，此刻不要动手。"陈蒿道："你当着铁脚对裁缝说的吗？"周撰笑道："铁脚的日本话程度，那能听得出这些话。"陈蒿道："假若那裁缝因不明白你的用意，以为量好了尺寸，迟早是要做的，竟动手将衣料裁成了，你不仍得赔偿他的损失吗？"周撰摇头道："你不知道日本洋服裁缝店的情形，日本无论多大的裁缝店，自己店里存贮的料子极少，仅有各家名厂的样本，顾客看中了甚么料子，临时照着样本去买，多少都依着尺寸，决不多买一码。我已嘱咐了裁缝，铁脚的这一套暂且不要去打料子，他把甚么衣料来动手？"陈蒿踌蹰道："你这法子调回文凭是很好，只是铁脚被你骗了，决不甘心。他是一个粗人，不知道甚么避忌，翻起脸来也很讨厌。"周撰道："他有甚么能力？便翻脸也没甚可怕。他在同乡中，认识不了几个人，由他去翻脸罢。你要看透我们两个结婚的性质，纯粹是由我两人自动，实际上于铁脚的作合，并不十分依赖。还有一层最紧要的，你我身体都能自由，不受任何方面的牵制或干涉。莫说铁脚翻脸不足虑，只要我两人的爱情不发生变化，便是举全世界的人都宣言反对，也不过付之一笑，没有一回顾的价值。"

陈蒿虽是个女子，生性却异常跋扈。周撰这一类议论，最是合她的心性。当下拍手赞成道："你有这们一往直前的勇气，方不负我以终身相许。我此时就可对天宣誓，你周卜先一日不改变爱我的心，我无论处如何困难的境遇，受如何重大的打击，若有丝毫异心，我就……"周撰不等她说出，忙伸手掩住陈蒿的嘴道："你的心我知道，宣甚么誓呢？我并不是怕将来应誓，我以为宣誓的人，就是自己信自己不过。要是信得过自己，所谓事久见人心，何用宣誓以表明心迹哩？并且现在的人，有实实在在的法律，做错了事，就得受惩处，都尚且不怕，这空空洞洞的宣一回誓，算得甚么？你是个富于新思想的女子，怎么还有这种恶习惯呢？"陈蒿笑道："我是因为你我相知不久，恐怕你不相信我的心，易于受外感的摇动。你既明白，我就用不着宣誓了。我只不懂铁脚得了你的钱，替你吹牛皮，怎么瞎吹瞎吹，会吹得你的催眠术比天胜娘还要奇妙。我当时虽不相信，却被他吹得我心里不由得对你增加了许多好感。"周撰笑道："我的催眠术实在比天胜娘还要奇妙，你至今还不相信吗？不过我这催眠术是专就你身上试演的，对他人就无效。"陈蒿望了周撰一眼，笑道："你就试演给我看看。"周撰扯着陈蒿的手抚摸着笑道："昨夜不是在这里试演过了吗？是不是比天胜娘的还要奇妙呢？"陈蒿脱出手来，在周撰脸上拧了一把，低着头，两脸羞的通红。

且不言周撰和陈蒿做一块，每日试演催眠术。却说何达武从富士见楼出来，心想：回精庐没有趣味，身边尚有十多块钱，不如去找小金，再邀两个脚，又几圈麻雀。此时小金住在锦町一家皮靴店楼上，便乘电车到神保町，跑到小金家里。一问小金不在家，只得退出来，在路上徘徊，计算去那一个赌友家中寻乐的妥当。想了一会，仍是上野馆王立人那里靠得住。不过上次同周撰在那里闹了一回武行的活剧，恐怕涂道三记恨在心，狭路相逢，生端报复。后来仔细一想："没要紧，我和他们都是老同场玩钱的人，相打的事也不只闹过一次。只要留神一点，防他们暗算。他们见我有钱，决不舍得排挤我，不准我上场；并且王立人胆小，最怕馆主罚他的钱。就是涂道三有寻仇的心思，王立人也必从中劝解。我从此不玩钱则已，如要玩钱，丢了他们这班人，也拉脚不齐，始终免不了要和他们见面的。"没法，硬着头皮去一遭试试看。计算已定，举步向北神保町走去。

走不多远，只见迎面来了一个着紫红裙的日本女学生，左手掖着花布书包，右手提着便当盒子，行动时腰肢婀娜，体态轻盈，肩上拥着一条很厚的丝绒围巾，将那芙蓉娇面的下半部遮了，看不清是何等面貌。何达武看了那女学生的风度，猜想必是个上等人家的小姐，从学校上课回来。何达武虽也是个好色之徒，却知道自己的资格，不拘讲那一项，都够不上转中等以上女子的念头。因此眼中虽觉得那女学生生得可爱，心中并不敢稍涉邪念。只远远的望了两眼，即将眼光移向他处。可是作怪，何达武正在自惭形秽，不敢多望，那女学生倒像看上了何达武似的，目不转睛的把何达武望着，一步一步的向何达武跟前走来，脸上还露出满腔笑意。何达武料想必是认错了人，更把脸扬过一边。看看走至切近，那女学生忽然放开娇滴滴的喉咙，喊了一声何先生道："长远不见了，到那里去哩？"何达武心里一跳，停步仔细一看，原来是樱井松子。连忙笑着点头道："长远不见了，我才到锦町会朋友，没有会着。你在那个学校里上课回来吗？"松子笑嘻嘻的答道："我就在前面渡边女学校，担任家政教授。何先生住在那里，近来见着周先生没有？"何达武从前在周撰家里赌博，常和松子会面，只周、郑解散贷家之后，周撰如何与松子脱难，却不知道详细。见松子问见着周撰没有，便说道："周先生和我每日见面，我今日还在他那里吃了午饭才出来。"松子听了，欢喜的了不得，向何达武道："我家就住在这里不远，请到我家中去坐坐好么？"何达武道："你家在那里，和甚么人同住呢？"松子指着前面道："就是今川小路，我一个人租了个贷间，并没和人同住。"何达武道："你既没和人同住，就去你家坐坐也使得。"

　　说着，松子向前引路，何达武跟在后面。不一会，走到一条小巷子里面一所小房子门首，松子伸手推门。何达武看那门框上，钉着一块六寸长的木牌，上写"关木"两字。松子推开了门，让何达武进去。何达武脱了皮靴，松子引进一间四叠半席的房内。何达武看那房，虽也洒扫得清洁，房中的蒲团几子却都陈旧得表示一种寒碜气象。一个白木粗制火炉塞在几案旁边，炉中的灰因烧炼既久，未经筛汰，便和零星灰屑结成小块。许多纸烟屑、火柴棒，都横七竖八的，在那些小块上乘凉。壁间悬挂几件旧布衣服，大约是松子在家常穿的。松子进房，将书包、便当盒都纳入箱中，解了围襟，选一个稍大稍厚的蒲团，递给何达武，笑道："请你坐坐，我去房主人家讨点儿火种来，生个炉子给你烤。"何达武坐下说道："我并不冷，炉子不生也罢哪。"

　　松子也不答话，跑到里面，用小铁铲承了几点火炭出来。将火炉推到何达武面前，生了一炉火，靠住何达武，坐下说道："周先生那人太对不起我。他和我脱离的事情，你都知道么？"何达武道："你们解散贷家之后，我就没见着你。周先生也不曾对我提过你和他脱离的原因。他有甚么事对不起你，你可说给我听，我能替你们调解。"松子道："调解倒可不必，我四处打听不着他的住处，我找着了他，要和他谈判的问题多着呢。我和他的关系，并不是和东京普通一班淫卖妇一般，随意姘上的。我好好的在学校里上课，他用种种的方法将我引诱。我那时年轻，天真烂漫，见他求婚的意思十分真切，才应许他，同在大方馆结了婚。他还写了张婚约，现在我母亲手里。结婚之后，因神田大火，大方馆被火烧了，他才带我，同郑先生搬到牛込。在牛込的时候，你不是常来我那里玩钱的吗？后来他和老郑有了意见，将贷家解散，带我在表猿乐町租了一个贷间。住不上一个月，他说有要紧的事要回国去一趟。我既嫁了他，巴不得他能够活动。他有事要回国，我如何能阻拦他呢？当时约定了，至迟两个月回来。我说两三个月以内的生活，还能维持，若过三个月不来，我就没法维持生活了。他说生活不成问题，他一到湖南，便可汇一二百元来，不过此时动身的路费，差的很多，教我拿衣服首饰去当。我的衣服首饰本来就不很多，从牛込搬出来的时候，零零碎碎的就已当了不少，弥补家用；又教我拿去当，我心里不愿意。他问我是真心嫁他呀，还是随意姘姘，不合适就拆开？我说不真心嫁你，又要你写甚么婚书哩？他说既是真心嫁我，妻子对于丈夫，便不应把衣服首饰揹在手里，不当给丈夫做路费。我说都给你当光了，你是有路费可走了，只是你走了之后，我的生活谁来照顾呢？我说两三个月生活可以维持，就是指望着这些衣服首饰。若没有这些衣服首饰，一星期的生活也维持不了。他说生活自有办法，教我尽管放心。我想他是我的丈夫，他说有办法，必是真有办法的，决不能骗了钱去，不顾我的生活。立时依了他的话，把衣服首饰都交给他，共当了六七十块钱。亏他好狠的心，仅留了五块钱给我，余的他都拿着走了。走后不特没汇过一文钱来，连信也不给我一个。我四处打听他的消息，有说他回国没来的，有说他早来了，已进了联队的，始终打听不出他的实在下落来。近来又有人告诉我，说他已从联队出来，又回了一趟湖南，只不知道确实不确实。难得今天遇着你，请你将他住的地方告诉我，我立刻就去找他。我有他的婚书在手里，不怕他赖了去。当票也还在我手里，多久就当满期了，我加了息钱，于今又要满了。"

何达武听了松子这段话，暗想：卜先既和她是这们脱离的，此刻见了面，必要大动唇舌。老二在一块儿住着，松子去闹起来，如何瞒得过她？卜先与老二的爱情尚浅，老二又不知道卜先的历史。松子一去，必将前后的事情一股脑儿揭了出来，甚至闹的老二看破了卜先的行藏，回家跟老李夫妇一计议，老李夫妇自是主张断绝的。那们推原祸始，不是因我把地方告诉了松子，害得卜先受大打击吗？这事情危险，卜先的地方决不能给她知道。何达武心中计算已定，向松子笑道："你既知道他进了联队，为何不去联队里找他呢？"松子道："怎么没去找？找过几次都碰了那卫兵的钉子。你不知道，甚么捞什子联队，去里面看朋友麻烦得很。我们日本女子去那里想会中国男子，尤为可恶，守卫的兵对我就和警察对淫卖妇一样，横眉竖眼的，全没一点温和气儿。"说着连连摇头，苦着脸道，"那地方我再也不敢去。"何达武高兴道："你既不敢去那地方，要找他就很不容易。"松子道："他此刻还在联队里吗？怎么有人告诉我，说他已经出来了呢？"何达武笑道："近来我每日和他见面，告诉你的人，还有我明白吗？"松子长叹了一声，低头不语。半晌，两眼联珠一般的掉下泪来。

何达武见了好生不忍，心里也有些替她不平。暗骂周撰太没天良，既存心与她脱离，就不应借故把她的衣服首饰，都骗着当了。有心想帮松子，转念周撰待自己不错，一时翻不过脸来，只得拿出手帕来，替松子揩了眼泪，安慰她道："你心中不要难过，你虽不能去找他，我可以代你去向他说，教他到你这里来。他就要与你脱离关系，我也可劝他，拿出些钱来，把当了的衣服首饰赎还给你，再多少给你几文，做生活维持费。他若肯继续跟你做夫妇，就更好了。"松子摇头道："他这种薄幸人，如何肯继续和我做夫妇？这是决不会有的事。"何达武道："你此时心里还有和他做夫妇的思想没有呢？"松子拭了拭眼泪说道："我不瞒你说，我自他走后，生活艰难得很。只要能养活我的，随便谁来做我丈夫，都是可行的。莫说他原来是我的丈夫。"

何达武明知道周撰决不会再来理她，故意是这们问问，却有一番用意。原来何达武早已看得松子美如天仙，当日在牛込，只因是周撰的姘妇，自揣没有染指的希望，才不敢发生邪念。于今周撰已是断绝关系了，松子又居处无郎，在何达武以为是千载难逢的机会，故意拿这话套问松子的口气。听松子这般答后，便老着脸皮笑问道："随便谁来做你的丈夫，都是可行的吗？"松子望着何达武点头应是。何达武笑道："像我这般丑陋的男子，难道也说可行吗？"松子又悠悠的叹息了一声道："你这是有意向我寻开心的话，像你这气概还说是陋丑男子，那要甚么样儿的男子才能算是不丑陋哩？"何达武喜笑道："要像周先生那般面孔，才能算是不丑陋。"松子不住的摆手道："不要说他的面孔罢，他那种面孔我实在看不出他的好处来。白的和死人一样，一点儿血色没有，又瘦又弱，坐不到几十分钟，就打起盹来。走路摇摇摆摆，倒像个女子，那里从他身上寻得出一些儿男子气概呢。我曾听人说过，中国女子便最欢喜他那种态度。在我们日本女子眼中看起来，简直把他当一条弱虫，没有瞧得他起的。他每早起来洗过脸，就擦美颜水，身上还带着粉纸、小怀中镜儿，预备出外在人家洗了脸或出了汗临时应用的。他那种行为态度的男子，我是因一时年少无知，误从了他。后来虽看出他不正的行为来，已是生米煮成了熟饭，没法更改了。你自谦说比他丑陋，我一般的生着两个眼睛，决不承认。"

何达武听了，虽然开心，只是说的过于离奇了，平生不曾听人恭维过气概好。此刻忽然听了这十足加一的奉承，不能不有些半信半疑的心思，一时不知如何是好。

毕竟何达武如何，下章再说。

第一百四十二章

诉近况荡妇说穷
搭架子护兵得意

　　却说何达武转念一想，又以为松子想巴结自己，替她向周撰说项。因涎着脸问道："照你这样说，便是我来做你的丈夫，也是可行的了？"松子已收了哭，早变作笑脸，用手在何达武的腿上推了一下道："我心里着急的不得了在这里，你还要尽管跟我开玩笑！我知道你素来只欢喜赌，不欢喜嫖的人，怎么肯来做我的丈夫？不是说着教我白开心吗？"何达武乘她伸手来推，就握住她的手说道："我实在不是跟你开玩笑，你若真肯，我决不说假话。老实对你讲罢，你若再想念老周，便真是白想念了。他此刻又实行娶了一个同乡的女学生，两个的爱情正浓密的了不得，无论你如何找他，也没有再和你继续的希望了。"松子道："是个甚么样的女学生，正式结了婚的吗？"何达武道："那女学生是一个很有学问、很有美名的小姐。此时虽还没有正式结婚，却已生了关系，不能更改了。将来等他们结了婚，另租了房子，我可绍介你去见见。"

　　松子听了，不由得脱出手来，握着小拳头，在火炉边上恨恨的敲着骂道："你这薄情的奴才！原来你又娶了有学问的、有美名的小姐，就把我丢在这里，不理我了。我若有机会报复你的时候，决不饶你！"骂着，又流下泪来。何达武只得在旁边叹道："他本是个薄情人，你错认了他。他早丢你一日，你早得一日的幸福。横竖免不了要脱离的，等到你容颜衰败了，再被他抛弃，那时改嫁，就难得有称心的人了。"松子道："你这话很道着我的心事，我早两个月就存心要改嫁一个周撰的朋友，务必使他知道。我和他既立了婚约，他不宣布离缘，外人总说我是他的老婆。我改嫁他的朋友，人家一定说，周撰的老婆被自己的朋友奸占去了。"何达武笑道："那们人家不骂我不够朋友吗？"松子道："怕甚么呢？你又不是在姓周的家里奸占我的。你对人就说不知道也使得。"何达武点头道："你已决心跟我么？"松子道："你不要问我决心跟你不决心跟你，只问你自己，真决心要我不决心要我。"何达武大笑道："我为甚么不决心要你？不过你既决心跟我，我就有几件事，要和你商量。这不是平常的小事。"松子道："你有话尽管说出来商量。"何达武道："我不能学老周的样，一味哄骗女人。我家里实在有老婆的，你嫁了我，只能作姨太太，这是第一个问题。第二，我虽是一名公费，在这里留学，平常我一个人使用，尚不觉充裕，于今要加上了你，不待说更是拮据。我两人同住，不能请下女，你得自己弄饭操作。第三，嫁了我这穷学生，游公园上戏馆的事，偶然高兴，不花多钱，每月一两遭，我两人同去同回还可；你要一个人自由行动，就使不得。这三桩事，你能依我，我们立时便可成为夫妇。"松子道："我都依你，只看你要我搬到甚么地方去住。我一个人的寂寞生涯实在过怕了。"

何达武踌躇了一会道："我现在的地方是和我的亲戚同住，带你去不方便。待另觅贷家罢，此刻东京市的空房屋很不容易寻觅，至少也得三五天才能寻着。并且新住贷家，置办一切用器，得花不少的钱。我手中虽拿得出，但贷家的用项大，手边一空虚，就瞪着两眼没有办法。贷间更一时难得有合适的。我看你这间房子倒很合适，我就搬到这里来住罢！"松子道："这四叠半的房间，住两个人不太小了些吗？"何达武道："便小些有甚要紧？你我都没有多少器具，我也是一张这们样的几子，只怕还比这个要小一点儿。两个蒲团，一个火炉，比这个却精致些。我的行李更简单，一个被包，一口尺多长的皮箱，一个网篮，以外甚么没有了。这三件东西都不是摆在房间里的。这房里不是一般的有个柜子吗？我两人的被包行李，做一个柜子放了有余。夜间睡觉最要紧，这房虽小，两人睡的地方还很宽绰。这房子多少钱一个月的房租？"松子道："房租便宜极了，在神田方面，不论怎么旧的房子，按席子算计。每叠席子一月总得一元以上，这还是中等以下的房屋。中等以上，有贵至二三元一叠的，将来价钱还只有涨，没有跌落的时候了。我这房四叠半每月只有四块钱租钱，你看不是便宜极了吗？"何达武道："这真便宜，难得难得！有现成便宜房子不住，另向别处找贵的，未免太蠢了。我于今住在小石川，那样冷静的地方，又是从亲戚手中分租出来的，每叠席子一月还得花一元二角。我退了现在的房子，住到这里来，专就房子一项，不但不多花钱，每月还得省几文。衣食住三字，住字是不生问题了。你当了的衣服，我包能教老周赎给你。半年几个月内，可不新制，衣字也没有问题。我两个做夫妇成问题的，就是吃饭一桩事。有一名公费，不怕不够。我去年初到东京来，要学日本话，每月硬顶硬的，要冤枉花三块钱的学费。来去的电车，也和学费差不多。于今不学日本话了，也无坐电车的必要。这两项意外的耗费，都省下来，弥补你一个人的伙食，纵差也就有限。你若真能照我计算，谨小慎微的过下去，我虽多一房家室，简直和单独一个人的使费一般。"

松子道："好是很好，但是要现在的我，才肯跟你过这种日月。去年以前的我，你就不要转这种念头了。"何达武道："现在的你和去年以前的你，有甚么分别呢？"松子见何达武问她，便笑答道："这不容易明白吗？去年以前，我的生活程度很高，老周在牛込区那种供应我，我还觉得不遂意，时常向老周吵闹，要增加零用。自老周回国去后，直到于今，生活一日艰难一日，这才知道自食其力的实不容易。我平时见了一般收入短少的人，用钱鄙吝，我最瞧不起，骂他们是鄙吝鬼。像老郑那样的人，和我同住的时候，也不知受了我多少形容挖苦的话。近来轮到我自谋生活，每月没有固定的收入，手中一窘迫起来，就是几文钱的山芋，没有这几文钱，那店里便不肯白拿山芋给你。越是窘迫，越不能向亲友处活动。值钱的衣服首饰早被老周当了个干净，次等的不到一个月，也被我当光了。自己手边没有钱，又没有可当的东西，这时候去向亲友开口，莫说亲友十九是不肯通融的；便是这个朋友在平日对别人常肯拿出钱来帮助，而我自己只因没有固定收入作抵款，不能随口说出还期，那开口时的勇气，早已馁了几分。还有一层境况，我近来常在生活困苦之中，才领略出来，有钱的人决不知道这层苦处。"

何达武笑道："我看你身上穿的，那里有丝毫穷样子，怎么倒说的这般可怜？"松子道："你看我身上越是没有穷样子，骨子里越是穷苦的不堪。我因为知道你也不是甚么大阔人，用不着说假话来哄你。我身上若不这们穿着，连这四叠半的房间都够不上住了。我刚才说还有一层困苦的境状，就是去向亲友开口，还不曾见着亲友的面，心中只在打算见面应如何说法。那颗心就不由得砰砰的跳动，那怕是时常见面，无话不谈的亲友，一到了这种时候，连自己的口舌都钝了许多，彷佛做了一件对不起人的事，说不出口似的。每每发声已到了喉咙里，禁不住脸一红，声音又咽住了。亲友不知道我心中的苦处，还照着平常见面的样和我攀谈。说也有，笑也有，我心里就更着急，恐怕万一开出口来，没有希望，怎么好意思出门呢？是这们以心问口，以口问心，从动念向亲友告贷起，到实行开口为止，也不知轮回想了多少次，红了几次脸。逼到尽头处，才决然一声说了出来。而说时所措的词，总说不到打算要说的一半，便是这说出来的一半，还是缩瑟不堪，绝不像平时见面的谈话那们圆转自如。因此亲友虽有帮助的力量，见了我这们寒碜的样子，料得十有八九没有偿还的能力，就设法推诿起来了。这种日月，我虽经过得不久，然已是过的害怕极了。所以决心，只要有人能供给我最低限度的生活，我就愿意从他，免得日日在困苦中，处处承望有钱人的颜色。"

何达武笑道："我却不曾经过很阔的生活，也不曾度过你这种穷苦的日月。你既愿依从我刚才提出的三件事，我两个就做一会夫妻试试看。你一个人住在这里，也是自己烧饭吃吗？"松子道："我厨房用的器具都有，还是老周留下来给我的。不过我自己烧饭吃的时候很少，新搬到这里来的一个月以内，因将老周留下来的柜子、桌子和零星器皿，变卖了二十来块钱，才买了些油盐柴米之类，自炊自吃。只一个月的光景，没有成蛊的钱去买柴米。有时买几个钱的山芋吃，有时在别人家吃一顿，归家的时候顺路带几片面包，饿了就吃。"何达武道："你在学校里担任教授，没饭吃的吗？"松子笑着摇头。

何达武从怀中摸出钱包来，数了五块钱钞票，交给松子道："你今日就把柴米油盐酱醋茶，都酌量办些来。从今日起，我就实行住在这里，做你的丈夫了。"松子喜孜孜的接了，问道："你的行李不去搬来吗？"何达武想了想道："我的行李，迟早去搬都没要紧，且在这里过了今夜再说。"松子道："我就去向房主说一声，等歇房主若来问你，你就说是我的丈夫，才从中国来的。行李还在火车站，没有带来。"何达武点头问道："这是甚么道理，难道我们出钱住房子，还要受房主人的干涉吗？"松子道："他并不是干涉，往后你自然知道的。"何达武道："你去说罢，说了快去买东西，要预备弄晚饭了。"松子收了五块钱，高高兴兴的出去了。

何达武立起身，推开柜子一看，上层堆着两条大格子花的棉被，缀了几个补丁在上面；棉被上两个枕头，一个男人用的，一个女人用的。何达武心想："松子一个人住在这里，怎么用得着男子的枕头？这东西只怕有些不贞节。她来时，我倒要质问质问她。"再看下层，一口中国半旧皮箱，没有上锁。弯腰揭开一看，几件破烂单和服，看花纹是男子着的；一个书包，一个便当盒，都摞在烂和服上面。拿起书包，就箱盖解开，只见一本七八分厚，粘贴像片的本子；一本寸来厚的洋装书，书面上印着"绘图改良多妻鉴"七个粉字。何达武也不知道《多妻鉴》是本甚么书，翻开第一页，见是一个戏台上小生模样的像，上写西门庆三字，心想：西门庆是武松杀嫂那本戏里面的人，怎么有像在这本书上？再揭第二页，果然一个拿刀的武小生，上写武二郎。第三页是两个女像，一个小孩子，写着潘金莲、吴月娘、孝哥。何达武心里明白，这必是一本《水浒》，便懒得再往下看。放下这本书，拿起像片本子来，翻开一看，喜得打跌道："哈哈，原来是一本照的春宫像。"一男一女，各形各色的都有。

正看的高兴，房门开了，吓得何达武连忙将本子折起来，回头看进来了一个中年妇人，向何达武问道："你就是何先生吗？"何达武关了柜门，点头应是。那妇人并不客气，走到火炉边，坐了说道："何先生是松子君的甚么人？"何达武道："松子是我的女人，我回中国很久了，今日才来，行李还在火车站。"妇人道："我是这里的房主，你是她的丈夫，在这里住下，就没要紧；若不是她的丈夫，偶然在这里住一夜两夜，那我这里有规矩的。"何达武道："你这里有甚么规矩？我不知道。"妇人道："住一夜要一夜的手数料，这就是规矩。"何达武道："一夜要多少呢？"妇人伸着一个手指道："每夜一元。"何达武道："怎么谓之手数料？"妇人道："秘密卖淫是警察署不许可的，警察若知道了，就要来拿的。拿着了，我做房主的受连累，没有钱给我，我怎么肯负责任？"何达武道："松子平日在这房里卖淫，每夜都有一块钱给你吗？"妇人正要逗口而出的答应"不错"，忽然一想，觉得不妥，这人和松子既是夫妇，说出来了，不是要闹乱子的吗？随即摇了摇头道："松子君住在这里，规矩得很，出都不大出去。"妇人说完，起身告辞去了。何达武心想："松子既在渡边女学校教家政，怎么书包里包着一本春宫？我虽没进过日本的学校，照理想，总没有女学校在讲堂上教春宫的，这事情有些蹊跷。松子大约因老周没钱给她，也秘密卖淫起来。好在我没有真心娶他，又不花多少钱，乐得学他们伟人的样子，讨个临时姨太太。"

不一会，松子回来了，领着几个商店里的小伙，送米的，送柴炭的，送油盐小菜的，松子一一安置好了，向何达武笑道："我办得几样很好的中国料理。老郑是极恭维我，说比中国料理店的厨子还办得有味。骂幸枝不聪明，老学不会。"何达武笑道："你办得来中国料理很好，将来带你回国去便当些。"松子道："你就同到厨房里去，帮我洗锅洗碗，多久没用它了，灰尘厚的很。"何达武道："你做我的姨太太，以后说话不要你呀你的，人家听了，说你不懂规矩还在其次，定要说我不行，对小老婆没有教育。"松子笑道："不喊你，喊甚么呢？"何达武正色道："你做姨太太，姨太太规矩都不懂得吗？你此刻叫我，暂且叫老爷；将来回国，再改口叫大人。自己人不叫出去，外人怎么肯叫呢？这关于本老爷的面子，最要紧的。你要晓得，我中国讨姨太太的人，都是有身分的，做大官。我在日本不过和学生差不多，在中国的地位，说出来吓你一跳，你知道我有多大呢？"松子道："不知道老爷有多大？"何达武将身子摆了两摆，撑着大指头道："和督军差不多一般儿大，比县知事大的多。"

松子道："我不知道中国的官名，拿日本的官阶比给我听，我就知道了。"何达武想了一想说道："拿你日本的官儿比我吗？要皇宫内的官员，才能和我比大小，以外的都不及我。"松子吐着舌头，半晌问道："老周在中国也是做大官么？"何达武道："他在中国，虽也是大官，但比我还要小一点儿。你嫁他，那里赶的上嫁我？不过我此时把我的官衔都说给你听，你却不要拿着去向他人说，我是不愿意给人家知道的。因你此后是我的姨太太了，始终瞒不了你，才说给你听。"松子道："做大官是很有名誉的事，为甚么倒不能给人知道呢？"何达武连连摇头道："这关系大的很，你们女子那里知道！我们中国人越是做了大官，纠缠的人越多，不是找着我借钱，就是缠着我荐事。我在国内住在衙门里，外面有号房，有守卫的兵卒，人家来找我的，我说不见就不见，所以不怕人家知道。此刻单身到日本来了，住在这种小房子里面，外人若知道我是大官，必不断的有人来禀安禀见。一来没有地方给人家坐，二来要借钱要求事的向我开口，答应他们罢，应酬不了许多；待不答应他们罢，他们见我容易赏见，必定每日跑来缠扰不休，因此不如瞒着的干净。"松子只有耳朵能听，那有脑筋能判断？以为何达武说的千真万确，当下欢喜得甚么似的，连洗锅洗碗的事，都觉得是贱役，不敢开口教何达武下厨房帮忙。添了些炭在火炉里，给何达武烤，自己下厨房弄饭菜去了。

何达武因在吉原游廊睡了一夜，觉身上不洁净，抽空去浴堂洗了个澡，回来与松子同用了晚膳。松子见何达武洋服口袋里鼓着很大的一包，伸手摸着问道："这里面很软的，是一包甚么东西？"何达武低头一望，笑道："呵呵，我倒忘记了，这是一个极好看的蝴蝶结儿。我昨夜在京桥，和艺妓万龙住了一夜，她从头上取下来送我作纪念的。你用鼻孔嗅着试试看，有多香呢。不是日本第一个有名的艺妓，那来的这种漂亮结儿！"松子接过来一看，那蝴蝶上两个眼睛，是两颗川豆大的珍珠，竟是十光十圆的。松子的眼界虽不宽，珍珠却见过，勉强分得出假真。看那两颗珠子，至少也得值六七十元，疑心果是万龙的东西。问何达武道："老爷真和万龙同睡过吗？"何达武得意笑道："不同睡过，她怎肯送这纪念品给我！这东西虽不值钱，她对我亲热的心思，总算借这东西表示出来了。"松子道："我听说万龙是身价很高的妓女，轻易不肯接客的，是有这个话没有呢？"何达武点头道："她的身价再高没有了。我若不是来往的次数多，加以资格对劲，她对我也不会有这们好。她说定要嫁我，我因为她是个当艺妓出身的，讨到家来怕她受不来约束。并且她那声名太大了，忽然从良，风声必闹的很大，新闻上都免不了要登载的。我的名誉要紧，不能因一个艺妓，使名誉大受损失，因此不敢答应她。她从手上脱出个四五钱重的赤金戒指来，要给我带在手上，作个纪念。我说这赤金戒指是值钱的东西，给我做纪念不好，人家不知道的见了，还说我贪图你的财物。你要给我的纪念，那怕一文钱不值的都好。她就从头上取下这结儿来，纳入我洋服袋里。刚才你不问我，我倒要忘记了。此后我有了你，也用不着再去她那里了，这结儿就赏给你，也作个纪念罢。"

松子听了，喜出望外，连忙叩头道谢，什袭收了。何达武粗心浮气，那知道这结儿值钱？昨日随便拿着揣入怀中，无非一时高兴，知道是陈蒿和周撰从本乡座回旅馆，安排携手入阳台的时候，恐结儿压皱了，随手取下，纳在抽屉里面，走时忘记戴上。何达武想借着这结儿为开玩笑的资料，怕周撰洗脸回房看见，所以不暇细看。何达武不认识珍珠，便细看也不知道。及至把陈蒿接来，将开玩笑的事又忘记了。此时为图松子欢喜，一出口就赏给她了。这一夜和松子睡了，俨然新婚一般，就只被褥破旧不堪，不免减杀多少兴味。

不知后事如何，下章再写。

第一百四十三章

失珍珠牵头成窃贼
搬铺盖铁脚辟家庭

却说何达武收了松子做姨太太，得了个摆老爷架子的地方。一夜欢娱，不知东方之既白。起来用了早点，何达武向松子说道："我的应酬广宽，白天在家的时候很少，你不做我的姨太太，我不能管你，那怕你终日在外面游荡，我也不问。此刻既正名定分的是我的姨太太了，就得守我家当姨太太的规矩，非得我许可，无论甚么地方、甚么时候，都不许出去。我出外应酬，没一定的地方和一定的时间，随时出去，随时可以回来。我回家若不见你，任你怎么支吾，我是不相信的。你知道在我们官宦人家，做姨太太是很不容易的么？"

松子点头道："这规矩我知道。不过渡边女学校的课，我原订了一学期，似乎不去上课，有些不安。"何达武道："你在渡边女学校教授的甚么功课？每日几点钟？"松子道："我昨日在路上就对你说过了，我接任教授家政，每星期二十四小时，平均每日有四小时。"何达武道："一个月有多少钱薪水呢？"松子道："薪水不多。因为我是渡边女学校的学生，此时毕了业，担任教授多半是尽义务，每月不过十来块钱。现在那学校的经费支绌，便是每月十来块钱，也靠不住送给我。只因双方感情上的关系，不能因无钱便不去上课。"何达武笑道："我是个男子，不曾学过家政。这家政是教授些甚么呢？"松子笑道："这话是老爷故意向我开玩笑的，怎么家政都不知道是教授些甚么呢？"何达武道："男女睡觉的事也在家政里面教的么？"松子怔了一怔，问道："怎么家政里面教男女睡觉的事？这事也要人教吗？"何达武摇头道："怎的不要人教？你就专教人干那男女同睡了干的勾当！"松子红了脸道："我不懂这话怎么讲？"

何达武走到柜跟前，推开柜门，拿出那本春宫来，扬给松子看道：

"这不是你上讲堂的课本吗?"松子见了,连忙起身来抢。何达武将手举高,笑道:"你敢动手来抢!我平生最欢喜这种东西,花钱都买不着。若给你抢坏了,还得了吗?"松子伏着身躯,用两个衣袖掩了面孔说道:"这东西不是我的。幸枝寄在我这里,我昨日带着想送还给她,她又不在家里,我只得带回来。只有你这个老爷欢喜瞎翻,甚么地方都翻到了!"何达武笑道:"这样好东西,怎么好送还给人家?从此以后,算是我的占有品罢。"说着,解开洋服,纳入裤腰里面。松子很觉不好意思,低着头不做一声。何达武道:"我去搬行李来,你的被褥太坏,硬的和门扇一般,亏你夜间能睡。"松子道:"回来吃午饭么?"何达武见问,想说不回来吃午饭,恐怕松子抽空到外面去干卖淫的生活。便说道:"我去小石川,搬了行李就来,你就坐在这里等着罢。"

何达武从关木家出来,到了富士见楼。周撰和陈蒿还睡着,没有起床,下女拦住何达武不教进去。何达武道:"我和周先生是至好的朋友,周太太更是我的亲戚,我进去有甚么要紧?"下女道:"不行,他们没起床,任是谁也不许进去。"何达武觉得很诧异,日本旅馆的下女,从来没有这们强硬,把来宾拦住不教进去的。便动气说道:"是周先生嘱咐了你们,不许来宾进房的吗?"下女摇头道:"不是,是我这旅馆里的主人嘱咐我们的,凡是会周先生的客来了,非先得周先生许可,一概谢绝上楼。"何达武道:"只来会周先生的就是这们吗?"下女应是。何达武料是周撰因有陈蒿在一块儿睡着,怕不相干的人跑来撞破了,陈蒿的面子下不去,所以教馆主是这们嘱咐下女。便仰天笑道:"没要紧,没要紧,我不比别人,我与周先生最亲密的,我每日要到这里来一两次。你不相信,请去向周先生问一声,只说何先生来了,他必然来不及的叫请。"下女道:"请你在楼下坐坐,等他们两位起来了,我再替你去通报。此时他们正睡得好,我怕碰钉子,不敢去问。"

何达武见说不清楚,心里暴躁起来,望着下女生气道:"你这人也拘板的太厉害了!此时已是九点钟了,怎么不好去通报?你既怕碰钉子,就应由我自己上楼。你又不去报,又不让我上楼,教我坐在这楼梯底下等候,不是笑话吗?东京的旅馆那有这种规矩哩!"下女辩道:"这须不能怪我们当下女的,一来是馆主的命令,二来周先生房里若再丢了甚么贵重物品,我们当下女的担不起这们重的担子。"何达武吃惊道:"周先生房里丢了甚么贵重物品吗？"下女扬着脸向天，极不满意的神气答道："不丢了贵重物件，也不是这们下了戒严令一般的防守了。"何达武追问道："你可曾听说丢了甚么东西？"下女道："怎么没听说，还差一点儿就要把我拿送警察署去了呢。"何达武道："毕竟丢了甚么，怎的会要把你们拿送警察署呢？"下女道："听说丢了两颗珍珠，要值一百多块钱一颗，缀在一朵彩绸蝴蝶花上，当蝴蝶两只眼睛的，纳在书案抽屉里面。"

何达武听得这话，心里一上一下的，冲跳个不了。勉强镇摄着问下女道："甚么时候丢掉的呢？"下女道："我又没偷他的，知道甚么时候丢掉的哪。"何达武道："我问错了，我是问甚么时候发现丢掉的？"下女道："昨夜用过晚膳，周先生教我打电话去马车行，要雇一辆轿车，去京桥银座逛街。我才打好电话，去周先生房里回话，只见周先生和周太太两个慌了手脚似的，扯开这个抽屉看看，又扯开那个抽屉看看，接连柜里箱里，连被包都吐开来，两个只是跌脚。周先生忽然指着书案的抽屉问我道：'你今日扫地的时候，在这抽屉里拿了一个彩绸蝴蝶结儿么？要是拿了，就快些退出来。'我当时闻了周先生的话，如晴天打了个霹雳，只得说我今日并不曾扫地，怎么会拿先生的彩绸蝴蝶呢？周先生那由我分辨？大声骂道：'放屁！怎么我丢掉了贵重物品，你就懒的连地都没扫了？你趁早退出来，免得进拘留所。你若还想抵赖，我立刻打电话去警察署，也不愁你不将原物退出来。那彩绸蝴蝶结儿上有两个十光十圆，川豆一般大的珍珠，是做蝴蝶眼睛的。这房间今日是你招待，纵想赖也赖不了的！'我见周先生越逼越紧，不由得急的哭起来。周先生又叫了我主人来，将情形说给我主人听了。主人问我：怎的独今日不曾扫地，这话不说的稀奇吗？我说：并不是我偷懒不曾扫地，因周先生起的晏，还不曾起床，就有个穿洋服的客来了，我见有客在房里，不好进去打扫。到午饭后，周太太就来了，搬来了些行李，又不好打扫，因此今日不曾扫地；并且周先生整日不曾离房，我就是爱小利，也不知道抽屉里有彩绸蝴蝶，蝴蝶眼睛上有两颗值钱的珍珠。周先生整日不曾离房，即算我知道，又从那里下手寻偷哩？我主人听了，才向周先生说道：'敝旅馆的下女，都有确实保人，历年在敝旅馆服役，最靠得住。敝旅馆上下住了四五十人，丢掉物什的事，数年来不曾有过一次。先生或是搁在甚么地方忘了，慢慢儿寻觅，或者能寻出来。敝旅馆的下女，鄙人可负完全责任，无论到甚么时候，只要确保查出来，是下女偷了，鄙人照价赔偿便了。'周先生方没说甚么了。我主人下来，便吩咐我们下女，不论是谁来会周先生，须先得周先生许可，才准引客上楼。如周先生睡着没起床，尤不可引客到他房里去。今日丢珍珠就是在周先生睡着的时候，有一个穿洋服的客，不待通报，径跳到周先生房里去了。那珍珠不见得和那客没有关系。主人既是这们吩咐我，此时周先生夫妇又正睡着没有起来，我再敢把你引上楼去吗？"

何达武心里虽后悔不该孟浪，当作不值钱的妆饰品，随意揣着走了。"但是他们既为这事闹到这个样子，我此时若承认是我拿了，馆主下女决不会说我是跟他们开玩笑的，一定疑我偷了。被老周查出了证据，逼我退了出来，就是老周自己，也必不高兴，要怪我不该如此，害得他骂下女，在日本鬼跟前丢面子。倒不如索性隐瞒到底，一则免得将来误传出去不好听，二则听下女学老周的话，那两颗珍珠竟能值二百多块钱。我尚且没有看出来，松子必是不知道的。回去要到手里，找收买珍珠的店子，能变卖二百多块钱，岂不快活！我今年的财运真好，平日长是手中一文钱没有，自从遇着老周之后，第一日他就帮我赢了十多元。自那日以后，我接接连连的，汽车也有得坐，各种料理也有得吃，把戏也有得看。老周还爽爽利利的送我三十块，已经是得之意外；谁知更有挡都挡不住的运气，老周只随便听我一句做洋服的话，就居然花整百块钱，替我做礼服。要讲到这个蝴蝶，越发做梦都没想到，在它身上也要我发一注这们大的横财！"

何达武正在越想越得意，下女忽走过来说道："周先生已起床了，请你上楼去坐罢。"何达武才敛了敛神上楼。到周撰房门口，见房门开着，周撰见面，劈头问道："铁脚，你为甚么把我这里一个蝴蝶结子拿去，害得我瞎骂下女？"何达武竭力装出神色自若的问道："甚么蝴蝶结子？我看都没有看见。"周撰道："除了你，没有别人。我知道你是想跟老二开玩笑，有意藏匿起来。你说是不是？"何达武正色辨道："我真不曾看见甚么蝴蝶结子。你放在甚么所在，那结子作甚么用的？"周撰笑道："你这是明知故问，昨日你到这里来，我还睡着。你和我谈话的时候，我还彷彿记得看见那结子的飘带露在抽屉外面。我下楼洗了脸回房，因你找着我说话，就忘记再留神看那结子。直到夜间，老二要我带她去逛街，问我要结子戴，我一开抽屉没有了，就知道必是你好玩拿去的。"何达武道："照你这样说，那结子一定是我拿去了？"周撰道："除了你，没有别人。"何达武生气道："你不要胡说，我岂是做贼的人？一个蝴蝶结子能值几个钱，我是何等的人，素来不爱小利。你说话要干净一点，我的名誉要紧。"周撰道："不值几个钱，我倒不说了。"何达武跳起来，指着周撰骂道："你指定我是贼，须拿出赃证来。我为你们的事，腿都跑痛了，你倒拿贼名加在我身上。你指的出赃证就罢了，若指不出赃证，这贼名我当不起，你得替我洗清楚。"周撰笑道："谁说你是贼呢？你没有拿，说没有拿就是了，是这们跳起来闹甚么？难道你一闹我就怕了，不敢说是你拿了吗？我昨日除洗脸和打电话叫裁缝以外，一步也不曾离开这房间。洗脸打电话，都有你在这里，下女决不敢当着你，开抽屉偷东西。你没有拿，是狗禽的忘八蛋拿了！是谁偷了我的结子，我通了他祖宗三代！"周撰这一骂，骂得何达武冒火。陈蒿在旁笑道："东西已经被小贼偷了，你在这里骂甚么？没得骂脏了嘴，稍有人格的小贼都不至偷女人头上戴的蝴蝶。"说时，望着何达武笑道："铁脚，你说我这话对不对？"

何达武两脸涨得通红，几乎气得哭了出来，又不好说他们骂坏了。只急得朝着窗口，双膝跪倒，向天叩了几个头，发誓道："虚空过往神祇在上，我何达武若是偷了周卜先的蝴蝶结儿，就永远讨不了昌盛，过河打水筋斗，上阵遭红炮子，春季发春瘟，秋季害秋痢。我何达武要不曾偷，就望神灵显圣，那诬赖我的人，立时立刻照我发的誓去受报应。"周撰哈哈笑道："罢了，罢了，我和你开玩笑，谁和你认真起来？丢掉一个蝴蝶结儿，也算不了甚么。"陈蒿道："那彩绸结子还值不了五角钱。不过那上面有两颗珠子，还是我祖母遗传下来的，光头极好，在日本就有钱也难得买着。已有人出了两百块钱，我都没有卖掉。这完全吃了卜先的亏，前晚给我戴回去了怎么会丢掉？甚么怕我不来，扣了做押当，好哪，倒被小贼偷了去押去当了。"周撰笑道："你不要埋怨我，我们丢掉两颗珍珠，不算甚么。做小贼来偷这两颗珍珠的人，损失倒比我们大些。"

何达武既跪下发过誓，自以为表明了心迹，仍坐着望了二人说笑。见周撰说偷珍珠的损失倒大些，忍不住攒着说道："那人既偷了两颗珍珠，尽能卖几十百把元，为甚么倒有损失呢？"周撰道："几十把块钱，能够几天使用？用完了，不仍是没有了吗？这人未曾偷珠子以前，穷到不了的时候，大概总有几个朋友去帮助他。偷过这珠子之后，一没了钱，心里就会思量，还是做小偷儿的好。上次趁人家不在跟前，偷了两颗珍珠，居然卖了百十来块钱，很活动了多少日子。此刻手中空虚了，何不再照上次的样，去人家见机行事。如是一次两次，乃至七八次上十次，越偷越得手，就越偷越胆大。世界上的贼还有不被人破获的吗？只要破了一次，这人就要算是死了，社会上永远没有他活动的地位了。你看这损失大不大？并且这人既到了作贼的地位，便是不被人破获，而这人的为人行事，必早已为一般人所不齿。因为作贼的人，决没有学问才能都很好的。没有学问才能的人，在社会上未尝不可活动，然其活动的原素必是这人很勤谨，很忠实。你说勤谨忠实的人，肯伸手去偷人家的东西么？所以我敢断定，昨日在我这里，趁我没看见，偷蝴蝶结子的那个小贼，已受了无穷的损失。"

何达武道："这东西也真丢的奇怪！莫不是那洋服裁缝见财起心，乘我两人不在意，顺手偷去了么？"周撰点头笑道："你这种猜度，也像不错。"陈蒿笑道："那裁缝的催眠术，就真比天胜娘还要神妙了。"周撰大笑道："障眼法罢了。催眠术只我在这房里能演，别人也敢到这里来演催眠术吗？"说得陈蒿避过脸去匿笑。周撰起身笑道："我此刻又要下楼去洗脸了，铁脚你坐坐罢，洋服裁缝不在这里，大约没要紧。"说完拿了沐具，下楼去了。何达武心里有病的人，听了这种话，就像句句搔着痒似的，恨不得立时离开了这间房，免的面上冷一阵，热一阵的难过。但是越是心里有病，越觉走急了露马脚，只得不动，搭讪着和陈蒿闲谈。陈蒿女孩儿心性，丢了她的银钱，倒不见得怎么不快活。丢了她的妆饰品，又是祖上遗传下来、不容易购买的珍珠，心里如何不痛惜？见何达武进来，就不高兴。此时还坐着不动，偏寻些不相干的话来闲谈，那有好气作理会？借着看书，只当没听见。何达武更觉难为情，再坐下去，料道更没趣味，即作辞起身，陈蒿也不说留。

何达武无精打采的出了富士见楼。想回精庐搬运行李，忽一转念："那两颗珍珠在松子手里，恐怕她认出来，不肯退还给我，这回小偷就白做了。赶快回去，拿出来变卖，到了手才算是钱。"脚不停步的跑到停车场，乘电车到神田，飞也似的跑到关木家。进房不见松子，看壁上的裙子没有了，急得跺脚道："这婊子真可恶！我嘱咐了不准她出去，她偏要出去。第一日就不听我的话，这还了得！那蝴蝶结子多半也戴出去了。"随将书案抽屉扯开，看了看没有；又开了柜，在箱里寻了一会也不见，气得一屁股坐在席子上出神。好半晌，自宽自解道："她原说担任了渡边女学校的课，不能辞卸，此时必是上课去了。她纵然秘密卖淫，也没有白日卖的道理。这里的被卧太不能盖，且去精庐把行李搬来再说。"

何达武复出来，到了精庐。李镜泓夫妇正在午餐，何达武即跟着吃了饭。向李镜泓说道："我此刻打算认真读两学期书，好考高等。已在正则英文学校报了名，先预备英文，只这里隔正则学校太远，来回不便当，又多花电车钱。有个日本朋友，住在正则学校旁边，他要我搬到那里去住，求学方便些。房子也还不贵，四叠半席子，每月只得四块钱。我今日就搬去，这里房钱我已交了，只有半个月的伙食，过两日就送来。"李镜泓道："你能认真读书，还怕不好吗？伙食钱有几个，算它做甚么，搬去就是。"陈毓听了，觉得不放心，叫何达武到厨房里问道："你今日看见老二没有？"何达武点头道："看见的，她和老周亲密得如胶似漆，连我都爱理不理了呢。但愿他们快活得长久就好。"陈毓着惊道："老二怎么会是这样？你倒是男子汉，不要和她一般见识罢。她有甚么对你不周到的地方，你一看亲戚分上，二看我的面子罢。我知道你忽然要搬家，必是有甚么意见，快不要存这个心。我就去老二那里，看她为甚么糊涂到这样。"何达武道："不是，不是。我搬家并不因老二不理我。我又不是住着老二的房子，她就不理我，她此刻已不住在这里了，我搬家做甚么哩？我实在是为这里隔学堂太远，嫂嫂不要多心。"

陈毓见何达武词意坚决，不好强留，只得由他清检行李，雇了一辆人力车拉着。陈毓赶出来，问新搬的地名。何达武却记不得关木家的番地，约了明日送地名来，就押着车子走了。陈毓疑心何达武有意不肯留下地名，更加放心不下，要李镜泓同去富士见楼看陈蒿。李镜泓不愿意，气得陈毓骂了李镜泓一顿。李镜泓被逼不过，只好气忿忿的换了衣服，陈毓也略事修饰，急匆匆同出来，反锁了大门。

电车迅速，一会儿就到了。由下女引到周撰房里。周撰一见李镜泓进来，心里一吓，脸上就有些不好意思。陈蒿也一般，脸上有些讪讪的。彼此见礼坐下，李镜泓本来不大欢喜说话，周撰平时虽议论风生，但这时候除了寒暄几句之外，也觉无话可说。还是陈毓与陈蒿姊妹之间，开谈毕竟容易些。陈毓将何达武搬家的情形，说给陈蒿听了道："我因见他说话半吞半吐的，以为和你闹了甚么意见，所以特来看看。"陈蒿笑道："他没提别的话吗？"陈毓道："他若提了别的话，我也不至放心不下，急急的跑来看了。他就怪你不理他。"陈蒿遂附着陈毓的耳,将丢掉蝴蝶结子的话,并何达武辨白发誓的情形说了。陈毓才明白点头道:"怪道他那们急猴子似的,头也不回,搬起跑了。他这样的人,不和我们同住也好。既发现了他手脚不干净的事,就不能不刻刻提防他。同屋共居的人,那里能提防得许多呢。"

李镜泓在旁听得,问说那个。陈蒿不肯说自己丢掉了珍珠,只说何达武昨日在这里,赶房里没人,把卜先的两颗珍珠拿走了。李镜泓道:"这事也怪,铁脚怎么认得出珍珠?他和我差不多从小孩子时代同长大的人,好玩好赌是有之,至于手脚不干净的事,却从来不见有过。周先生的两颗珍珠,曾拿给他看过,向他谈过值多少价钱的话吗?"周撰摇头道:"那却没有,我也不过照情理推测,疑他有意和我开玩笑。因那两颗珠子前夜才拿出来,放在这书案抽屉里面,昨日除了他到这里两次,没外人到这房里来。我又整日不曾出外,旅馆里的下女都是有保荐的。莫说我整日不曾出外,没有给下女盗窃的机会;便是我出外几日不回,下女也决不敢偷东西。我昨夜误怪下女,此时还觉得过于鲁莽。"李镜泓向陈毓道:"铁脚和我们同住了一年多,我们的金珠首饰随意撂在外面的时候也有,却从没有失过事。"陈毓点头道:"前月我们和铁脚四个人,同游上野动物园,我一枝镶珍珠的押发不曾插牢,掉在地下。我自己没理会,他走我后面看见了,拾起来也不交还我,也不做声。直待我们回家,才发见失掉了押发,以为是掉在电车上,没有寻觅的希望了。只见他从怀中摸了一会,摸出来那枝押发来,向我笑道:"你们女人家,出门欢喜戴这些值钱的东西,又不细心戴好。今日幸喜我走你背后,不然就不知便宜了谁发财。"我那枝押发也可值百多块钱。他若是爱小利的,就不交还我,便到今日也不会知道是他拾了。据我的意思,周先生失的这两颗珠子,也不能断定便是铁脚拿了。"

周撰听了,不好抵死说是铁脚,只得含糊点头。陈蒿心里也就有些活动,不专疑何达武了。李镜泓夫妇,又坐着闲谈了一会,才起身告辞,回精庐去了。

后事如何,下章再写。

第一百四十四章

何达武喜发分外财
李铁民重组游乐团

却说何达武将行李搬到关木家，松子已经回来了。帮着把皮箱、被包搬进屋子。何达武责备松子道："我出门的时候再三嘱咐你，非得我许可，不准去外面胡行乱走，你偏不听我的言语。我一出门，你就跟着也跑了。并且我说了回家吃午饭的，依你们做姨太太的规矩，应该弄好了饭菜，坐在房中等我回来同吃，才像个当姨太太的样子，何能听你这们自由行动？我出外拜了几处客，打算回家吃了午饭，还要出去办公事。谁知回到家来，不但饭菜不曾弄好，反连你的影子都不知去向了。我第一次组织家庭，你就敢这般慢忽，这还了得！你快说打那里去来？"

松子笑道："我原说担任了学校里的教授，不能不去。但我今日到学校里，已向校长把担任的职务辞卸了，从此可一心一意在家里陪伴老爷。"何达武很得意，晃了晃脑袋说道："既是去学校里辞职，也就罢了。只要下次不再是这们大胆不听话，这次饶恕你也罢。昨夜赏给你的蝴蝶结子，拿来给我看看。"松子笑道："已经给我了，还看甚么呢？"何达武沉下脸道："拿来罢，不要啰苏，耽搁我的正经事。"松子背转身，从怀中摸了出来，回手递给何达武。何达武看蝴蝶上两颗珍珠眼睛，依旧缀在上面；心中欢喜不尽。笑问松子道："我拿了这件东西，出去办一桩要紧的事，回头仍赏给你。"松子摇头道："已经给了我的东西，又要拿去，还说回头仍赏给我，明日不又要拿吗？一个彩绸结子，也算不了甚么，我倒不希罕，回头不再给我也罢了，尽管拿去赏给外面的淫卖妇罢。"何达武笑嘻嘻的，也不答话，拿了帽子，将蝴蝶结揣入怀中，往外就走。走出门外，复回身叫着松子说道："此刻已是四点多钟了，再过一会你就弄晚饭罢，我大约在六点钟的时候，回家吃晚饭。"松子隔窗户答应了。

何达武走出巷口，见一群中国学生，乱糟糟的在路上手舞足蹈的谈笑着，向会芳楼料理店走去。看那情形好像是从戏馆子里散了戏出来，大家谈论戏中情节似的。何达武心想：此时不是散戏的时候，并且今川小路附近一带也没有戏馆。再看那走最后的分明是小金，不由得从旁边赶上去，轻轻拉了小金一把。小金见是何达武，即停了步，指着何达武的脸笑道："你这铁脚，倒学会了乖巧，那日赢了我们的钱，怕再赌下去输了，借故把局面搅坏，揣着钱一溜烟跑了。害得我们输了钱不算，还要替你出罚款，赔水子。这几日全不见你的影子，你打算就是这们完了吗？"何达武笑道："我赢了甚么钱！你凭良心说，那日是我借故搅坏局面吗？这几日我有事不得闲，没到上野馆来，昨日还到了你家里，没会着你。你们这些人从那里来？会芳楼有甚么宴会吗？"小金道："没有甚么宴会。我们见李铁民和王立人闹了意见，会面不说话，有许多不便，恐怕将来两人的意见越闹越深，又免不了要见面的，或者更闹出寻仇报复的事来。我们做朋友的都为难，不好偏袒那个。就由我发起，今日在上野馆邀成了一个大局，抽了几十块钱的水子，除正当花销外，都拿来做酒席费，替二人讲和。从此各个把各人的意见销除了，仍做好朋友。你和他两个也都是朋友，应该也来一份，才对得起人。"何达武点头道："理应如此，我定来一份便了。"小金道："你既肯来一份，就同进去，加入议和团体罢。"说着拉了何达武，往会芳楼走。何达武还有些迟疑，说怕老涂记恨。小金道："涂老三为人最是有度量，不记小恨。事情已过去好几日了，还有甚么要紧？我保你无事就是了。"

何达武听得，才放胆跟着小金，进了会芳楼。大众都在三层楼上一间大厅里，坐的坐，立的立，三个成群，五个结党，在那里说笑。见小金同何达武进来，李铁民首先立起身，迎着笑道："我们正在说何铁脚怎么好几日不见影子，莫不是回国去了，不然就是害了病，想不到居然能与今日之会。"何达武点头笑道："近日因私事忙碌的很，昨日才抽空去访小金，又不曾访着。刚才无意遇着小金，方知道今日的盛会，我特来加入一个。"涂道三从人丛中挤出来，一手拉了何达武道："我看你这时候再溜到那里去，你打了人不算，还把抽下来的头钱掳了去，害得我们受了罚，还要赔头钱。我只道你一辈子躲了不见人，谁知天网恢恢，疏而不漏，也有撞在我手中的时候。"一边说，一边举起拳头要打。何达武将身一扭，脱离了涂道三的手，退了两步说道："我掳了甚么头钱？我不犯法，为甚么要躲你？你有手段，听凭你如何使来，我姓何的有半字含糊，也算不了是个汉子。"小金连忙拉着涂道三说道："已往之事，老三不要再生气了。我们今日特为王、李两兄讲和，酒席还不曾吃，我们讲和团体里面却自己先又闹出意见来，未免给外人笑话，并且也对王、李两兄不起。"王立人也从旁劝道："那日打架，我一个人吃亏最多，依我的气忿，真要找何铁脚开谈判。只因为平日都是朝夕在一块儿玩耍的好朋友，犯不着为这一点儿小事，认真翻脸伤了和气，因此忍耐不说。我和铁民已经闹了意见的，尚要和解。你们不曾闹出意见来的，还不快把意见销除吗？"李铁民拍手笑道："对呀，我们都是好兄弟，好朋友，大家点菜要酒，来开怀畅饮罢！"

涂道三见劝解的人多，气也就平了。李铁民拉着何达武道："我来替你两人解和。"王立人也拉了涂道三，教二人对作了一个揖，大众都拍手，欢呼大笑。何达武重新与各人见礼。共有二十多人，其中虽有不知姓名的，却都很面熟，是常在一块儿赌博的。何达武向王立人、涂道三谢了罪，辨明那日溜跑是实，头钱确是一文不曾拿走。王立人和涂道三、小金都面面相觑道："头钱铁脚既没有拿走，就不知是在场的那一位朋友，趁着扰乱的时候，打浑水捉鱼，暗地把头钱藏起来了，铁脚却遭了误伤。"李铁民道："事隔多日了，还研究它做甚么？今日的酒席是谁经手，菜已点好了么？"小金答道："早已点好了两桌。刚才下女来问，席面怎生摆法，我已说了。将三张大桌接连起来，当推你和王立人两个新过门的亲家对坐。我们不论次序，都在两旁挤着坐罢。点的酒席十二块钱一桌，要是平均摊派起来，连杂费每人总得一元半上下。铁脚后来加入，只拿一块钱来罢。抽的头钱大概也够使费了。"何达武忙从钱包里抽出一张十元的钞票来，交给小金，要小金找九块。小金接了笑道："倒是何铁脚比我们一般人都阔，身上不断的总有绿里子蓝里子的钞票。"李铁民笑道："只要四圈麻雀，包管他绿里子变蓝里子，蓝里子变黄里子，黄里子变赤手空拳。"何达武笑道："只要你们有本领赢得去，像这样绿里子，多的不敢说，十多张还拿得出。无论谁有本领，都可赢了去。"王立人道："你不要吹牛皮，你身上那的十多张绿里子？我倒不相信。"何达武哼了一声笑道："你不相信罢了，我看你们也没这本领，将我十多张绿里子的赢去。"李铁民道："你若真有，我们就真能赢你的。"何达武道："你们想赤手空拳打我的主意可是不行，我拿出多少，你们也要拿出多少，四硬的劈刹子，看你们可能赢了我的去！"王立人道："自然是劈刹子，我们自己人，谁还能够欺谁吗？"何达武道："就是这们一言为定罢。我们吃过了酒席，原场不散，还是去上野馆，拼个你死我活，强存弱亡。"大家听了，都齐声喊极端赞成。下女托着一个条盘进来，大家起身，帮着下女搬移桌椅。

李铁民被众人推到上面坐了，王立人坐了对面，各人分两边坐下，由小金执壶斟酒。李铁民端了杯酒，立起身向满座举了举杯道："兄弟和立人兄，去年因小事伤了和气，一年以来，虽屡次于无意中会面，却都不肯下气先打招呼。以至劳诸位老兄挂念，破费许多的钱，为我两人谋和。在我李铁民心里，实在感激的很！愿牺牲一切意见，与立人兄交好，如一年前一般。费了诸位老兄的心，即借诸位老兄的酒，转敬一杯。今日都得开怀畅饮，不醉无归。兄弟还有个普通好行的酒令，且请诸位老兄饮过三杯再说。"李铁民自己饮了一杯，将杯覆转来，给大家看。各人也都起身饮了一杯，推王立人发表牺牲意见的话。

王立人不曾演过说，立起身没开口，两脸先红了，举着酒杯，那手战战兢兢的，不能自主。杯中的酒从两边淋了出来，同座的人都望着要笑。和王立人交情厚的，便暗中替王立人着急。好一会王立人才慢慢从喉咙里发出音来，说道："我对铁民本来没有意见，就只因他打的我太苦，我每次照镜子，心中不由得有些发恨。你们大家看我脸上，不还是有一条一条的瘢痕吗？我好好一副很光滑的脸，硬被他砍得这样难看，这个比撕破我一件极时新极值钱的衣还要厉害。并且我从那一次被他砍破面孔之后，行事没一次遂顺的，直倒霉到于今，跳电车就跌倒，赌博就输钱。这都还是小处，尚有一层关系重大的，今日在这里的都是知己，没有笑我的，不妨说出来。我的面孔虽不能说是潘安再世，宋玉重生，然和铁民比起来，他不过善于修饰，至于容颜娇嫩，眉目清秀，我自谓不在他之下。当日我和他同组织游乐团的时候，凡勾引女子的事，我绝不曾落过他的后。这一年以来，因脸上不光彩，自己先有些自惭形秽，一下手就勇气锐减了。这种无形的损失，要求赔偿的话，自然说不出口，只是再不能忍耐不向你们说出来。这是铁民很对不起朋友的事，铁民不要见怪。你若不是妒嫉我，有几次被我夺了你的恋爱，你也不会下这种毒手。本来依我的气忿，应把你的脸照样扎破，方能泄我胸中之气，只是这多朋友劝说，一来面子却不过，二来你我原是生死至交，志同道合，无端拆开了游乐的事，减了多少兴味，所以只得也把意见牺牲。愿重新振作精神，将游乐团恢复起来，再快活几时；免得将来回国去了，聚会不着，后悔在日本时大好光阴，彼此因闹小意见，不知及时行乐。"

李铁民首先拍手赞成，两边坐的人也都鼓掌。李铁民道："立人说的话极有见地。兄弟不但赞成，并极佩服。以前的事确是兄弟对不起朋友，以后决不再那们胡闹了。游乐团因姜清退出了团体，使团务废弛，直至今日精神始得再振。座上旧游乐团的团员，除兄弟与立人外，没有第三个。此时想全体召集起来，也就很不容易。姜清、胡庄都归国了，只有罗福、张全还在东京，其余也有在西京的，也有在大阪的，也有不知住处的。依兄弟的意见，我们重新组织，不必邀集旧人，只就今日这团体组织起来，实力便很可观了。"涂道三笑道："我们今日这会，就算是游乐团成立纪念会罢！"大家都说赞成。何达武更是欢喜说道："合该我运气好，能做游乐团的团员，不迟不早的，从家里走出来，遇着你们，迟早一步，都错过了这机会。不过这种游乐团组织的办法及组织的宗旨，团员应尽的义务，我一概不曾听见说过。二位是旧游乐团的人，须详细说给我们听听。"

李铁民见何达武问游乐团的组织，得意扬扬的答道："这种团体的组织，原是由四川人胡庄发起的。当日订了几条简章，纯粹以课余图适合之愉快为宗旨。其中愉乐的方法，琴棋书画，凡文人韵事，件件都有。嫖赌两项，也是简章内订了的。团员并没有多的义务，只每月缴团费一块钱，租一所房子，中间设置些愉乐的器具，表面就是一种俱乐部的办法。我们从前的游乐团，房子里面还有铺盖，团员在外面勾引了女子，或有特别缘故，不能带回自己家中及旅馆中住宿的，可到游乐团住宿。每夜须纳房金一元。团员勾引女子，遇有困难，须人帮助成功时，凡属团员，均得相机尽力。团员有有无相通的义务。简章中规罚最严的，就是团员割团员的靴，处五十元以上之罚金，还得替被割靴之团员，代缴一年之团费。"

何达武问道："怎么谓之割团员的靴呢？这话我不懂得。"李铁民笑道："割靴的话，你就不懂吗？譬如你相好的女子，我又去暗地勾引，生了关系，就谓之割你的靴。"何达武道："如何能知道，这女子是已经本团的团员相好过的咧？"李铁民笑道："凡是我们游乐团的团员，在外面勾引女子，不特不能守秘密，并对于本团的团员还得宣布。不曾宣布的，便不在割靴之列。姜清就是为不肯宣布他相好的陈女士，才退出游乐团。因他一退出，我们这团体就渐渐的涣散了。初办两年之内，各团员的团费都按期缴纳。所以租的房屋、设备得有个样儿。后来因辛亥革命，团员中有些回国当伟人去了，在东京的团员，也就把团务看得不算回事了。游乐团的名义，便是这们无形消灭了。我们今日既重新组织，就全赖大家齐心。旧游乐团的简章，兄弟家里还有一份，我们这里团体的组织，也没有总理、干事诸名目，只公推庶务一人，经理一切团务；会计一人，每月于常会期中，报告所收团费用途。凡属团员，都有监督及改良团务之权。但须于常会期中，提议经过半数通过，交庶务执行。如遇扩张团务，有需款之必要时，庶务提议通过后，团员有捐集款项之义务。但提议之件，以与团员有普遍利益为限。我们既就今日的会为新游乐团成立纪念会，就得请诸位老兄，先推出庶务、会计两人来，以专责成。"

小金道："庶务自然是要请铁民老哥勉为其难，以资熟手。"两行的人都鼓掌赞成。李铁民极力逊谢，言屡躯多病，恐负委托。众人那里肯依呢，三推五让的，李铁民才答应暂摄临时庶务，俟团务稍具眉目时，即退避让贤。涂道三立起身，正待发言，小金拦住道："菜要冷了，我们且吃完酒菜，再推会计罢！"何达武拿着筷子，伸臂一扬道："大家吃起来，我是再客气不来了。"于是大家举箸，睁目张口，奋勇齐上，如攻坚垒一般。王立人向李铁民道："你刚才说有个普通可行的酒令，且请说出来，看大家能行不能行。"何达武正衔着一口的菜，说不出话来，一边摇手，一边晃脑袋，口里含糊喊道："不行，不行！我们快些吃了饭，还有事去。"李铁民笑道："先没有倡议组织游乐团，就不妨行个酒令，痛饮一番。此时游乐团既成立了，又承诸位老兄委兄弟承乏庶务，组织的手续很繁，简章还得重新订过。兄弟的愚见，团务比酒令重大些，就依铁脚的话不行了罢。"座中本来没有喜喝酒的人，酒令又都不会。李铁民起初倡说要行酒令的话，大家心里就有些不愿意。知道铁民最是欢喜逞能的，越是同席的读书人少，他越是喜提议行酒令，或打诗钟，或是绩麻，总要闹得满座的人这个受罚，这个出笑话，恭维他的学问好，他才得意罢休。今日见同席的读书人很少，所以他主张行酒令。不料何达武并不知道假充斯文，硬嚷出来说不行。跟何达武表同情的，自不乏人。李铁民见风色不顺，便见风使舵，当下一阵碗筷声音，吃完了酒菜。

涂道三道："请诸君将游乐团的会计公推出来罢。在兄弟一个的意思，庶务既推铁民兄担任，会计应推立人兄出来，使两贤相得益彰。"靠着涂道三坐的几个人，都高声喊赞成。小金道："立人兄当会计，自是再好没有。不过会计为经手银钱之职，只立人兄一人，似不足以昭慎重，应请更推一人帮办。凡收支款项，须二人共同经手盖章，如此则出资的团员，可增多少信赖之心，纳费必较为踊跃。"何达武跳起来道："小金的话丝毫不错，我就举小金帮办会计。"众人只得也说赞成。推举已定，李铁民道："我今夜回家即将简章拟定，两位担任会计的务于一星期内，将房屋器具，设备齐全。"小金道："我们出去不要散伙，仍同到上野馆，先将团员名册造起来，按名缴纳团费，有了钱方好办事。"何达武道："你们说了，和我去劈刹子的，难道就只说说罢了吗？锦鸡不准回家，我们且拼一拼，看到底是谁的本领高大。"李铁民蹙着眉头道："我今晚实在不能奉陪，我想起一桩很紧要的事来了，今晚须去实行侦探一番。"

王立人问是甚么紧要的事，李铁民叹道："说起这人来，你们也多认识的，就是湖北人黄文汉。"王立人连连点头道："黄文汉我认识，此刻这人怎么了？"李铁民道："黄文汉本人到山东去了好些日子，他有个很恋爱的日本女子，姓中璧，叫圆子，是一个又美貌、又有才识的女子，曾和我有一面之交。昨日有人告诉我，说那圆子已与黄文汉脱离了，现在境况苦的很，在赤阪一家日本料理店当下女。我本打算今日吃了早点就去探望她，因诸位发起讲和的事，我不好推却，就整整的耽搁了一日。方才想起来，不去探望，再也忍不住。"王立人道："黄文汉是个很有能耐的人，他恋爱的女子想必不差。不过那圆子既是又美貌，又有才识，如何会困苦到当下女的地步？这就奇了！"李铁民道："我不也是这们怀疑吗？要说她是贞节女子，不肯卖淫罢，和我初次见面的时候，却已表示很容易下手的样子。当时我还不知道是黄文汉恋爱的，后来追踪探听，才知道她已与黄文汉立了婚约。自从那次见面之后，再也找她不着，白丢了我一个几钱重的金指环。"同座的人问怎么见面一次，便白丢了个几钱重的金指环？李铁民即将江川户活动写真馆相遇时的情形，述了一遍。大家都说奇怪，既有那们容易下手，那怕不能生活，要降志辱身去当下女？大家正在猜想，何达武却跳起身来，抢着要发表他的意见。

不知何达武说些甚么，下文分解。

第一百四十五章

能忍手翻本透赢
图出气因风吹火

却说何达武听得大家说中璧园子奇怪，忍不住就要把樱井松子说出来，当下抢着说道："这话不然，不见得美貌女子卖淫定够生活。即如那日同我在上野馆赌钱的周卜先，你们不都是认识的吗？他是个最讲究嫖的人，他所恋爱的，必也有几分可取。此刻已经和他脱离了的松子，论容貌才识，也不在一般淫卖妇之下。然而一与周卜先脱离，她的生活就极困苦，和当下女的相差不远了。我见她困苦的可怜，收了她作妾，就住在对门小巷子里面。以后要是打麻雀没地方时，我那里也可作个临时的局面。不过房屋小些，不能容纳多人罢了。并且我那小妾弄得一手好中国料理，比这会芳楼的厨子还要好一筹。"王立人笑道："这真难得！铁脚的福气倒不小。可是今天人多了，怕容纳不下。改日定得去尊府打扰打扰，顺便拜见姨嫂子。"

小金从外面进来，拿着八块钱的钞票，交给何达武道："收了你一块钱酒席费，一块钱团费，这里还你八块。"何达武接了笑道："怎的团费就要交吗？"小金道："怎么不就要交？他们的也都在今晚要收齐，谁还有工夫来催缴团费？就是以后按月缴纳，也还要望诸位老兄大发慈悲，免得我们当会计的跑痛两腿。"李铁民问道："账已会过了么？"小金点头道："会过了，连杂费二十八元五角，还剩下几块钱，就作我们游乐团的基本金罢。"李铁民道："既会过了账，我们就走罢。我将简章拟好了，就到上野馆来。"说着向大众道了扰，首先下楼去了。何达武指着李铁民的背道："这锦鸡只一张口嘴会说，当众一千人答应和我劈刹子，此时又临阵脱逃了，毕竟还是不敢过硬。好在今天人多，去了他一个不算甚么。"旋说旋拉了王立人笑道，"走走，我们去见过高下。"于是一群人都蜂拥下楼。有不愿缴团费的，走到路上，乘人不注意，悄悄的溜走了。

一路溜到上野馆，小金查点人数，连自己才剩了十三个，将近溜跑了一半。气得小金跺脚骂道：”那些东西真是乖巧！见了要出钱，都一个一个的溜之大吉。他们那里知道，出这一块钱的利益大得很！他们平日又不懂得日本的规矩，终日在外面瞎嫖瞎跑，冤枉钱也不知使了多少，却不吝惜。这一块钱引他们上嫖赌的正当轨道，入了我们这团体，得少吃许多的亏，他们倒像疑我们敲竹杠似的。那些东西真是不受人栽培扶植的，由他们溜了罢。以后他们若知道这团体的利益，再来要求加入，望诸君一体拒绝。我们这种团体不组织则已，即经组织成了，不愁缺少团员。不希罕他们那些狡猾东西。”王立人笑道：“我们只愁老实团员多了，难于帮助。怎么还怕缺少团员？你们大家随意请坐，等我将名册造起来，按名收了团费，再来玩钱。”

王立人拿出一本格子簿来，将李铁民及自己、小金三个名字写在前面，第一名团员就写上何达武，以下十名也都写了。王立人拿出一块钱钞票，交给小金道：“这是我的团费，也交你收管。凡是收入的款项都交你保存。支付款项便由我经手。你没有支付的权，我没有收管的权，我两人将权限分清了，责任明了些。”小金笑嘻嘻的收了，拿出日记本来，用铅笔写了收数。挨次伸手向十人要钱，各人出了一块。收到涂道三面前，涂道三先向小金使了个眼色，接着说道：“我前日不是还有几块钱存在你手上吗？你除去一块就是了。”小金点头道：“不错，虽然是这们说，我得拿出一块钱来放在这里面。这团费收齐了，是要封存起来，非团务内正当开支，分文也不能动。”好小金，真从衣袋里摸出一块钱来，加在收的团费一块儿，另作一个口袋装了。小金收齐了团费，向何达武道：“你想搓麻雀，还是想推牌九？”何达武道：“这里十多人怎么搓麻雀，我看还是牌九罢。”涂道三道：“铁脚，你今晚没有牌九师傅替你掌腰，我倒要跟你见见高下看。”何达武道：“我怕了你，不算汉子。”

人多手快，转眼就将场面检好了。涂道三又抢了要做头盘，众人只得依他。何达武仗着怀中有值得二百元的珍珠，心粗气壮，三块五块的注子押下去。奈他的赌法太不高超，才推了四条，手中的十零块钱，看看的都飞到涂道三面前去了。钱包里只剩了几个小银角，涂道三又做好了盘，约有二三十元。何达武即向王立人伸手说道：“看你那里有多少？都借给我押一手，赢不赢我立刻就去拿钱。"王立人将身躯避开，说道："我场场输，只今晚手气略得转好了点儿，你又来和我开玩笑！你在会芳楼不是说了有十多张绿里子的吗？怎么一张都不见你拿出来，倒向我借呢？"何达武赌气缩回手说道："你不要太瞧不起我！我若没有十多张绿里子，也不会向你伸手。不过我不输气，想借你的钱，赢一手再去拿钱。你既小觑我，也罢，你们停一手，我去拿了就来。哼哼，你想卡的住我么？"

说完，帽子都来不及戴，拔步往外就跑。径跑到三崎町中泽质店，从怀中将彩绸蝴蝶掏出来，往柜台上一摆，说看能当多少，就当多少。掌柜的拿过来，反覆看了一看。何达武此时心想："他至少总得说能当一百元，我有这们值钱的东西来当，面子上总算很光彩。"掌柜看过之后，望着何达武笑道："先生当甚么呢？"何达武道："自然是钞票，尽要十块钱一张的，散票子不要。"掌柜的光着两眼，在何达武身上打量了几下，笑着将蝴蝶交还柜台上说道："我不知道先生拿甚么东西当钞票？"何达武听了，疑掌柜的没看出珍珠来，也笑了一笑，打着俏皮腔说道："我就当这蝴蝶的一对眼睛，请你再拿出眼睛来仔细看看，看能当钞票不能当钞票？"掌柜的打着哈哈道："这蝴蝶的一对眼睛，去小间物商店买来，得花六个铜子。看先生说能当多少钞票？"何达武道："你仔细看了没有？"掌柜的笑道："请先生自己去仔细看罢，我们开当店的人，珍珠见的多，落眼便能辨出真假。"何达武不由得心里乱跳，脸也红了，拿起蝴蝶就电光下看了又看，苦于自己不曾见过珍珠，纵仔细也辨不出真假。只得老着脸问掌柜的道："你看了确实是假的么？"掌柜的道："若不是假的，像这们两颗珍珠，多的不说，一百五十元稳能当得。"

何达武这一来，如一盆冷水当头淋下，倒抽了一口气，垂头退了出来。暗恨周撰道："这一定是卜先那东西知道这结儿是我拿了，故意说得那们值钱，那们珍重，好给我上当。这也只怪我自己太不细心，那有这样一个彩绸结儿上面，缀两颗那们贵重珍珠的？我这个当真上的不小。我要不仗着身边有值钱的东西，也不会那们急的搬家，更不会三块五块一注押牌九。周卜先这狗娘养的，真害的我苦！最可恶的是教下女对我说结儿上的珍珠如何值钱，使我见财起意，隐瞒不说。他和老二就当了和尚骂秃驴，骂得我连哼都不敢哼一声。嘎，你们两个东西这们恶毒，我极力替你们两人撮合，你们倒是这们对付我！好，我只要有报复你们的机会，若轻轻放了你们过去，我就不在世界上做人了！"

何达武越想越恨，一步懒似一步的挨出了巷口。站住一想，怎么好意思再回上野馆去呢？待回关木家罢，帽子又丢在上野馆，不曾戴出来。只得打点了几句遮掩的话，仍跑回上野馆。涂道三还在做盘，见了何达武，说道："铁脚快来，去了你，场面上冷了一半。"何达武摇头道："你们合该没有赢我的钱的福气，我有一百五十块钱放在我亲戚手里，刚才跑去拿，不凑巧我亲戚不在家，到横滨去了。今晚多半不能回东京，你们如果信得过我，暂且借些钱给我赌。赢了不待说，立刻就还；万一输了，以明晚这时候为限，一文不欠。我一般的有一名公费，料不能借了人家的钱不还。"各人听了，都不做声。涂道三道："我是做盘的人，手边不能少钱，不是不肯借给你，你向他们每人分借几块。"何达武遂向众赌脚道："你们每人借五块钱给我，少了我不要。"众赌脚早将钞票纳入怀中，只留一二块在手内，伸给何达武看道："我自己都输得剩不上几文了，那里还有五块钱借给你？"涂道三向众赌脚道："你们何妨借几元给他，他是个长玩钱的，决不会赖账。我要不是做盘，一定借给他。你们都说输了，我这几条也输了二三十，钱都到那里去了呢？这赌博原是图开心的事，把一个有名的好脚输的不能伸手了，立在一旁操手望着，我们就有钱在这里赌，也要减少兴味。你们看我这话说的是不是？"

涂道三虽是这们劝，奈众赌脚没一个开口，连自己押注都不肯下了。何达武见借钱没有希望，兴致索然的拿起帽子要走。小金喊道："铁脚，忙着跑甚么呢？"何达武立住脚，回头问道："没钱押，不跑站在这里看甚么呢？"小金笑道："你一押就是三块五块，又押得不在行，你就是把一百五十块钱拿来，也押不了几条。眼见得又是精光，何妨一角两角的，慢慢的溜转些手气来。我借一块钱给你，要是赌的好，也够你捞本的了。你专爱赌，又不知道赌的法子，看你那一次不是输就输的多，赢就赢的少？"何达武被小金几句话提醒了，想起周撰教的赌诀来，即掉转身从小金手里接了一块钱，默念了一遍那六句真言。前四句赌牌九用不着，后两句的意义，尚可相通。遂把那一块钱兑了十个小银角，忍手看了两条，认定了赌脚中两个手气最好的，跟着一角两角的耐烦着押。又看着涂道三，手红，便把押注移到轻方；手黑，就移到重方。有时看不实在，即不下注。众赌脚看何达武赌的很有把握，十条倒有八条赢的，个个都非常惊异，赞不绝口的恭维他。这赌博原有些奇怪，凡是手气好的时候，随心所欲，无往不利。同赌的若都在行，遇了这种场合，就要齐心合力，暗用心机，把这手气好的几下挤翻，方能维持均势，不至输的输烂，赢的赢肿。若大家见这人手气好的古怪，哄起来恭维，便越哄越起，凑这人成功了。

何达武赌过十几条，看手中赢的钱，除捞还原本，还赢了二十多块。估计满场搜集起来，也不过十来块了，心想："今晚真是侥幸，能捞回原本已是喜出望外，额外又赢了这们多！还不收手，更待何时，难道满场的钱都能给我一个人扫尽不成？"随即还了一块钱给小金，收了钞票，一文钱也不押了。涂道三道："铁脚，怎么不押了呢？"何达武道："今晚押够了，明日再来大赌罢。"众赌脚大半都输了，见何达武赢了钱不押，都不服气，拿些话来激何达武。何达武这回学乖了，任凭他们激，只是嘻嘻的笑道："我怕再输了，赶不着钱来，难看你们装穷的样子。你们看罢，我也输得剩不上几文了，那有钱再押！"说着，一溜烟向外跑了。把那些输钱的人气得目瞪口呆，想不出挽留何达武的办法。涂道三点自己的钱数，还赢了几元。见何达武一走，知道再赌下去，得不着多少好处了，也将牌一拂，起身说不来了。输家都抱怨小金，不应该将何达武喊回，垫本钱给他赌，便宜了他赢去几十元。小金笑道："我也是个输家，又去抱怨谁呢？怕输就不应上场，我们凭天良说，何铁脚也应给他赢一回了，我们赢他的钱还赢少了吗？下次你们再赢他的罢！他有钱免不了要来赌的。"众赌脚无可说得，纷纷散了。

何达武回到关木家，已是十点多钟，松子还坐在火炉旁边等候。何达武说道："你怎么还不睡呢？"松子揉了揉眼睛笑道："老爷不是教我弄好了饭菜等的吗？五点多钟便将饭菜弄好了，直到这时候，我还没敢吃。老爷吃过了吗？"何达武大笑道："你这人实在蠢的有个样子了！我外面有多少的朋友，怕没有吃饭的所在吗？若等到这时分才回家吃晚饭，人也要饿坏了呢。你快去搬来吃罢，我晚饭虽吃了，但已过了几点钟，再吃一点也好。"松子去厨房里，不一会搬出饭菜来，还是热气腾腾的。何达武道："怎么还是热的哩？"松子道："这还是老周教我的法子。灶里不断的加上红炭，饭菜放在锅里，锅里有开水，上面有盖盖着，火不熄总不会冷。老周喜睡早觉，我们吃过饭几点钟，他才肯起来，就是用这个法子，留饭菜给他吃。"

何达武听说老周，又想起蝴蝶结子来，立时转了几个念头。忽然在腿上拍了一巴掌，念道：“他们两个狗男女，既做成圈套害我，我何不借刀杀人，也去害一害他呢？现放着他的铁对头松子在我手里，还怕害他不了吗？并且还有老郑，也是不肯饶他的人。我明日只须去递个信给老郑，两方面同时夹攻，看你周卜先有甚么方法应付！”

松子见何达武忽然在腿上一巴掌，不觉吓了一跳。翻着两眼，望了何达武问道：“老爷甚么事？把我吓了一跳。”何达武笑道：“我们吃了饭再说。”二人吃了饭，松子收碗筷，到厨房里洗了，又烧了茶给何达武喝。何达武从来伏侍人家的，今日初次尝着人家伏侍自己的滋味，喜得心花儿都开了，眼睛笑得眯了缝。松子料理已毕，火炉里添了炭，才挨着何达武坐下，问道：“老爷甚么事？拍着腿子，唧唧哝哝的。”何达武笑道：“老周待你好不好？”松子摇头道：“他待我没一点儿真心，我待他自问是情至义尽了。”何达武点头道：“他待你既没有一点真心，你为甚么还待他情至义尽呢？”松子悠悠的叹了一声道：“我们当女子的人，不安心嫁这人则已，既安心嫁了他，他虽待我不好，我总想拿真心去换出他的天良来。谁知他当日骗娶我的时候，早存了个玩弄我的决心，无论我怎么待他，他表面上未尝不像很亲热，实在是一点真心没有。然而我始终没有和他脱离的心，我若存心和他脱离，他说回国没有盘缠，我就抵死也不肯拿衣服首饰给他去当了。我至今还是痴心想他慢慢儿回转心来，念到我的好处，再来找我。他的朋友有几处，我都去了几次。他若找我，向他的朋友一问，就知道我的住处了。奈他生成是个没有天良的人，铁打的心肝，再也转不过来的，我就只得绝念了。此刻我嫁了老爷，十分如意。老爷和他是朋友，好使他知道老爷的容貌和日本话虽都不及他，但我不觉得要紧。因知道老爷是个军人，脑筋简单些，没他那们坏。将来纵难保不丢我，然丢我的时候，决不能施出老周那们狠毒的手腕来，害得我赤手空拳，穿没得穿，吃没得吃。”何达武道：“我将来打算丢你，今日就不讨你了。你放心罢，我真不是没天良的人。只要你不去外面姘人，给绿头巾我戴，我是不会丢你的。老周既对你施那们狠毒的手腕，你心里也不恨他吗？”松子道：“如何不恨他呢？恨不得割了他肉当饭吃，只恨见不着他。要是见着了，他还亲笔写了婚约在我手里，那怕在路上，或是电车上，我都要拼命扭着他，去就近警察署控告。他不赔偿我的损失，我便死也不肯放手。”

　　何达武喜道："老周和我是朋友，照交情我本应帮他，但你既做了我的姨太太，就是我的人了。我不能不帮着自己，反去帮人，因此问你这些话。你知道老周此刻在那里么？"松子望了何达武出神道："我若知道他住在那里，倒不会恨见不着他了。"何达武笑道："他此刻住在富士见楼旅馆里，和他同乡的陈女士双飞双宿，差不多要正式结婚了。你明日用了早点，可去找他。见了面尽管扭住他拼命，任凭他厉害，有凭据在你手里，不要怕他。就告到法庭，我有钱替你请辩护士。诉讼终结，还愁他不赔偿讼费吗？那个陈女士，有名的欺善怕恶，你和老周拼命的时候，她若来帮老周拦你，你就扭住她，一顿乱打，骂她不要脸，夺了你的丈夫。"松子道："到旅馆去闹，不怕馆主干涉吗？"何达武道："怕甚么？你进去就自称周太太，夫妻吃醋，馆主有甚么权力敢出头干涉？你放心去闹，我在外面等着，大约你进去了半点钟光景，正在闹的不可开交，我就进来。好在你本来认识我的，故意向我投诉老周如何骗娶你，如何假意待你，如何施狠毒手腕骗去你的衣服首饰，借名回国，躲着不见面；于今又娶了这无廉耻的女子，把你丢在九霄云外，不闻不问，请我评判，看有这个道理没有。我就照着你的话，说给那陈女士听，使那陈女士知道老周的为人。或者因你一闹，把他两人也拆开了，岂不痛快吗？"

　　不知松子怎生回答，且俟下章再写。

第一百四十六章

丑交涉醋意泣娇娃
小报复恶言气莽汉

话说松子见何达武担任出钱请辩护士，又答应同去作调人，心里更加有了把握。即向何达武说道："我明日先去养母家，将老周写给我的婚约拿来，老周便叫警察，我也有凭据，好说话些。"何达武笑道："他决不敢叫警察。不过既有婚约，就不妨带在身上。但是你在那里闹的时候，见了我进来，你务必装作许久不曾见面的样子，不可露出马脚来，使他们知道是你我商通的。"松子点头说理会得。

何达武听房主人家里的钟，当当打了十二下，教松子铺床，自己解开衣服。松子见何达武胸前鼓着一包，问是甚么。何达武掏出来，看是那本春宫册子。松子一手夺了，笑道："你把这东西揣在怀里做甚么呢？哦，我知道了，你一定还有个甚么女人和你相好。你带着这东西，白天同她取乐。怪道送给我的蝴蝶结儿，又要了去，不是拿了去改送那女人，讨那女人的欢心，是做甚么？我不能禁止你不和旁的女人相好，也不争那蝴蝶结儿，你不应拿着我的东西，去和别人取乐。"说着两个眼眶儿一红，险些儿哭了出来。何达武搂住松子笑道："你不要胡猜乱想，我除了你，还有甚么相好的女人呢？蝴蝶结儿不在这里吗？仍给你去戴罢！"何达武拿蝴蝶结送入松子手里，松子问道："你外面没有相好的，青天白日揣着春宫做甚么？"何达武道："并没一些用意，只因见这东西还好，想拿给一个欢喜此道的朋友去看。"松子道："蝴蝶结子又是拿去做甚么呢？"何达武没话支吾，只得说道："有人告诉我，说万龙送的东西都是值钱的，蝴蝶上两个眼睛是珍珠，我有些不相信，特拿给朋友去看。"松子笑道："毕竟是不是珍珠呢？"何达武道："若是珍珠时，此刻就没有带回来了。"松子一翻身，指着何达武笑道："你还说除了我没相好的女人，两颗珍珠是真的，就没有带回来，是假的，就仍给我去戴。我虽然穷，也不戴这假珍珠的蝴蝶结子。"何达武笑道："万龙尚且可以戴，你身份比万龙还高吗？如何戴不得呢？"松子道："我的身价自然远不及万龙。但我的身分，却比万龙高些。"何达武道："你的身分怎么比万龙高些？"松子笑道："她是个婊子，我是个太太，若是你的身分比万龙低些，我就不和他比身分。"何达武摆了两步道："我们当老爷做官的人，身分如何比婊子还低？你这话说得很有见识，做我的姨太太，身分是很高的。时间不早了，我们收拾睡罢！"

松子见何达武洋服袋里还鼓着一包，也不做声，一伸手就抽了出来，乃是一叠妇人用纸。看了一看，往席子上一掼道："你还抵死辨白，在外面没有相好的女人，这里又被我搜出证据来了。看你还有甚么话说？"何达武笑道："这也是在万龙那里带来的。"松子不待何达武说完，抢着说道："难道这东西也是万龙送你的纪念品吗？"何达武笑道："却不是她送我的，我带在身上，好揩鼻涕。昨夜脱衣的时候忘记了，不曾拿出来。"松子听了，只是摇头不信。何达武费了无穷的唇舌，殷勤抚慰了许久，才得安帖。女子的惯技就是利用男子贪恋淫欲，在这上面撒娇撒痴的，渐渐剥夺男子的威权。不成材的男子，一到了这种时候，总是百依百随的，一切身分都不顾了。世界上怕老婆的男子，大概没有能逃得出这范围的。

闲话少说。次日，何达武起来，同松子用了早点，教松子去拿婚约。松子道："我拿了婚约，就去富士见楼么？"何达武想了想道："也好，我去骏河台会个朋友，就到富士见楼来。你切记又装个和我初见面的样子。"松子答应了，即去梳头洗脸，更换衣服。

何达武先出门，走向骏河台，找着郑绍畋的贷间。郑绍畋正用了早点，打算出外。见何达武进来，即沉下脸说道："何铁脚，你为甚么捏造些话来唬吓我？"何达武道："我捏造了甚么话，在那里吓了你？"郑绍畋道："日前你在江户川桥上对我说的那些话，不是捏造出来，唬吓我的吗？"何达武一边用脚踢出蒲团就坐，一边答道："你怎么知道我是捏造出来的，有何凭据？"郑绍畋道："那日我听了你那一派鬼话，因我自己不懂英文，以为真是朋友作弄我，写了些无礼话在信上，气忿忿的跑到朋友家，不由分说大骂了我那朋友一顿。我那朋友摸不着头脑，由我发作了一会，才问我毕竟为甚么事。我说：'你替我写的好求婚信！于今那女子拿着那信，要向法院里起诉，看你是何苦要这们害我！'朋友笑道：'原来就是为那信么，还有别的事没有？'我说就只为那信。朋友道：'你既不懂英文，尤不应写英文信给她。只是现在信已写去了，这都不必说了。我于今对你说，我那封信写得如何好，你横竖连字母都不认识，也白说了。既是那女子要拿了那信去法院起诉，这官司有我负责替你打了，你不要害怕。但是你怎么知道那女子要向法院里起诉哩，她当面对你说的吗？'我说：不是当面说的，是和那女子同住的朋友，亲眼见那女子接信时的忿怒情形并说的话，详详细细告诉我的。朋友道：'那女子确实懂英文么？'我说程度虽未必高，看信确是能看懂的。朋友道：'这话来得很奇离，其中必别有作用。或是那女子故意当着人那们说，或是告诉你这话的朋友另有甚么用意，捏造这一派话来唬吓你。总之与我那信绝无关系。那信的稿子还在这里，你不信，可拿去问懂英文的人，看有惹人忿怒的地方没有。'我当时听朋友这们说，就拿了那信稿，到青年会找着一个懂英文的熟人，请他照信译给我听，和我要写的意思一般无二。可见得是你这东西捏造出来吓我的，你到底为甚么事是这般害我？"

何达武笑道："你要问我到底为甚么事，连我自己也不知道。我告诉你去问一个人罢，是他教我对你这般说的，并且不是空口教我这们说，还谢了我几十块钱。"郑绍畋道："谁教你说的？告诉我，我准去找他说话。"何达武道："就是你天天想找他说话的周卜先。"郑绍畋恨道："那东西有这们可恶吗？骗了我的钱，不还我也罢了，更来破坏我的好事。你快说他怎么教你说的，此刻他在那里？"何达武摇头笑道："没这般容易，老周送了我六十块钱，一套新制的礼服，我才帮他说这几句话。你凭甚么教我快说？"郑绍畋生气道："你也不是个好东西，东边讨羊头，西边讨狗头。周卜先有钱送你几十块，不算甚么。我姓郑的没钱，要留着自己穿衣吃饭，没闲钱送给你。你不爱说罢了。"何达武哼了一声，指着郑绍畋道："你这事就吃了你自己鄙吝，不肯出钱的亏。你这样穷鬼似的，吊膀子如何配得周卜先的对手？老实对你讲罢，你那日托我打听卜先，若是肯送我二三十块钱，我只略为帮帮你，陈老二稳稳的是你老婆了。周卜先那能夺得去哩？论年纪，你比周卜先轻；论交情，你认识陈老二在周卜先之前；论财产，周卜先家里敲壁无土，扫地无灰，你父亲在教育界很有点声望，房屋田地都有，你手中还有上千的私蓄。周卜先家里有原配，岳州有外室，东京有姘妇，你是确实不曾娶亲的，你没一项资格不在周卜先之上。毕竟一块到了口的肥肉，活生生的被周卜先夺了去。你说不是吃了鄙吝的亏，是吃了甚么亏？"

郑绍畋听了一想，话是不错，只是还不相信周撰就得了手，忍不住问道："周卜先何时把陈老二夺去了？"何达武道："他把陈老二夺去的时候，你还在睡里梦里呢。他一见陈老二的面，就请陈老二吃料理。次日来奉看，知道没我从中撺掇是没有希望，立时送了我三十块钱，求我玉成其事。我得了他的钱，只得替他出力。第三日，我怂恿陈老二去卜先那里回看，卜先就雇了一辆汽车，遍游东京十五区，在银座买了百多元妆饰品送老二，一日吃了两顿上等料理。夜间又去本乡座看大力士。第四日又是撺掇老二再去本乡座，一面通知卜先在本乡座等。就是这夜，他们的好事便大告成功。于今是双飞双宿，快乐无边。只苦了你这鄙吝鬼，手上空有千多块钱存在银行里，眼里望着陈老二，口里流出几尺长的涎来，一点味儿也闻不到手。你若肯送几十块钱给我，此时的陈老二不在你的房里坐着吗？"郑绍畋气得两眼通红，望着何达武大叱一声道："你这东西全不顾一点朋友的交情，只晓得要钱！我拜托你的话，还向你说少了吗？谁知你两眼只认得钱，亏你好意思说得出口！"何达武笑道："现在谁的眼睛不是只认得钱？朋友的交情，不过是一句话。我问你，我帮着你吊陈老二的膀子，若是吊成了，你们做了夫妇，我所得的好处在那里？你肯教陈老二给我睡几夜吗？就是讲朋友交情，周卜先和我的交情，比你只有厚，没有薄。他再加以要求我，送钱给我，我不帮他，难道反帮你这个一毛不拔的？怪道人家都说鄙吝鬼的脑筋只知道就自己一方面着想的，只要于他自己有利益，别人有没有利益是不顾的。你老郑就是这种脑筋。"

郑绍畋听了这些话，虽是气的了不得，但听说陈蒿被周撰夺去了，终不甘心善罢甘休。并且他心里多久就想打听周撰的住处，要向周撰讨账。鄙吝人把钱看得重，呕点气是无妨的。当下仍按纳住性子说道："你既帮周卜先拉皮条，已成了功，只能问周卜先要钱，凭甚么再向我要？专教给我周卜先的住址，也好意思索谢吗？你这样会要钱，将来死了到棺里躺着，只怕还要伸出一只手来，向人讨钱呢。"何达武笑道："教给你周卜先的住址，我何尝说过要钱？那日你自己说了谢我的话，不作数的吗？他们此刻住的地方秘密得很，除我以外绝没人知道。我说给你听，你自免不了要去找他。他一见你的面，就知道是我说给你听的，你找他又没有好意，是向他讨账，他不恨了我吗？同一样的是朋友，我没一些儿利益，怎么犯着为你得罪他哩？我生成两只眼，只看得见钱的，你多少谢我几文，我朝着钱分上，就说不得怕得罪朋友了。此时的周卜先手中富裕得很，他自己定做一套礼服，预备与陈老二结婚的，是一百四十元。送给我一套是一百元。只这几日工夫，种种花费，并送我的六十元，我大约替他计算一下，在五百元以外。你不相信，他送我的钱还不曾使尽，你看罢！"说时，取出一卷钞票，给郑绍畋看。郑绍畋道："礼服在那家洋服店做的？"何达武道："你尽管去调查，是在东兴洋服店做的。"郑绍畋道："送给你的那一套呢？"何达武道："也是东兴洋服店。"郑绍畋道："卜先和你同去东兴看的料子吗？"何达武摇头道："打电话叫拿样本到卜先那里定的。"郑绍畋点点头，不做声了。何达武道："他手中富裕，你去向他讨账。几十块钱算得甚么？不过事不宜迟，恐他把钱用完了，便见着了他，也没有办法。"郑绍畋道："他是个会欠账不会还账的人。手中就富裕，也不见得便还给我，犯不着先花钱买他的住址。他这笔账，我决心不讨了，你不用说他的地方罢。"何达武笑道："你以为装出没要紧的样子，我就说给你听么？哈哈，你倒生得乖，无如我不呆。你这账既决心不讨了，我这话也决心不说了。我还有事去，暂时少陪。"郑绍畋也不挽留。

何达武出来，心想："这东西真是一毛不拔！我在这里坐了不少的时刻，这时候松子必已到富士见楼了，快搭电车赶去罢。她一个人闹得没有转旋的余地，真弄到警察署，卜先那东西也不是好惹的。"就在骏河台上了电车，径到富士见楼。心里不免有些惶恐，怕周撰精明，看出和松子商通的破绽来。悬心吊胆的，走到玄关内，问周先生在家么。下女出来答应，周先生出去了，只太太在家里。何达武道："只太太一个人在家吗？有客来了没有？"下女道："我刚从楼上下来，不见有客。"何达武寻思道："松子这时分还没来，是甚么道理呢？我既来了，只得且上去坐坐。"何达武上楼，到周撰房里，只见陈蒿云鬟不整的，隐几而卧。听得房门响，才缓缓抬起头来。何达武见她两个眼泡儿红肿得胡桃般大，那梨花一般的娇面，也清减得没有光彩。何达武道："怎的只一个对时不见，二姑娘就病了么？"陈蒿拿手帕揩了揩眼睛，说道："病是没病，不知怎的，心里烦的很。恹恹的没些儿气力。"何达武道："卜先那里去了呢？"陈蒿道："他一早起来，就看朋友去了。听说你昨日搬了家，搬到甚么地方去了？"何达武道："我因江户川离正则学校太远，上课不方便，搬在今川小路，会芳楼料理店对面。"

正说话时，外面脚声响，周撰回了。进房见何达武，略打招呼，手中拿着一条松紧带，向陈蒿道："这带子快要断了，你有针线，趁没断的时候替我缝两针。"陈蒿扬着脸，不瞧不睬。周撰一看陈蒿的脸，吃惊问道："你甚么事，把两眼都哭肿了，不是笑话吗？"回头问何达武道，"你向她说了甚么吗？"何达武嚷道："我头上没有癞子，我刚进来，没说的十句话，怪我呢！"周撰后向陈蒿道："我只几点钟不在家里，你甚么事便急得这样？"陈蒿气呼呼的，用手将周撰一推道："你少要在我跟前假猩猩，你的鬼计我都看破了。我上了你的当，恨不得生食你的肉！"旋骂旋掩面哭起来。周撰摸不着头脑，只急得问何达武道："你既没说甚么，她怎的急得这般呢？你在这里，知道为甚么事么？"何达武道："我才进房，就见她伏在桌上，她抬起头来，我见她两眼肿了，还只道她病了呢！我问她，她说病是没病，心里不知怎的烦得很。我那里知道为甚么事哩。"周撰即伸手按电铃，叫下女来问道："我出去了，有甚么客来会我没有？"下女偏着头寻思，还没答白，陈蒿厉声说道："拿这话问她做甚么？难道你出去了，我在家里偷汉子不成？传出去多好听呢。"周撰一想，这样话问下女，是不尴尬。即借着要开水，改口教下女去了。陈蒿道："你不要装佯，你东京既有正式老婆，婚约具在，怎么又多方骗我，要和我结婚？"

周撰一听这话，如在顶门上劈了一个炸雷，惊得几乎失了神智。停了一停，才问道："你这话从那里说来的，我东京何尝有正式老婆？"陈蒿鼻孔里哼了声道："不给你一个凭据，我也知道你一张嘴，死人可以说活。你看罢，这是甚么？"从怀中拿出一张名片来，向周撰一撂。周撰拾起来一看，名片上是樱井松子四字。任凭周撰有多大的神通，到了这种时候，心里总免不了惊慌，脸上总免不了失色。还是他作恶惯了的人，自己的良心不责备自己，只受陈蒿一方面的责备，尚能勉强镇静。故意笑了笑问道："这樱井松子我却认识她，是个极有名的烂污淫卖妇。不错，民国元年的时节，我嫖过她几次，多久不曾和她会面了。这名片怎么到这里来的？"随望着何达武道，"你近来见着松子吗？"何达武吓得心里一冲，连忙辩道："我不认得甚么松子，我近来安排一心读书，甚么事我都不知道，你一概不用问我。"陈蒿道："烂污淫卖妇是不错，只是你只嫖过她几次的话，就太撇清了。我不曾听说过，嫖淫卖妇要立婚约的。你亲笔写的字，也逃得过我的眼睛吗？不但有婚约，还有一封实凭实据的求婚艳书，我都领教了。原来你周卜先是个这们多情的人，对一个烂污淫卖尚且如此，无怪见了我失魂丧魄。只恨我自己太没眼力，把假殷勤当作真情，我想起来真心痛！"说着，又哭起来。周撰见何达武坐在房里，有许多不便，向何达武使眼色，教他出去。

　　何达武本来也坐不住了，即退了出来，出旅馆走不到几步，只见郑绍畋从前面大摇大摆的走来。远远的笑着，对何达武点头。何达武迎上去，问从那里来。郑绍畋笑道："你要我教给你周卜先的住处么？我一个钱的谢礼不要，就是这们教给你。"何达武笑道："你怎么知道卜先的住处哩？"郑绍畋道："不原是你教给我的吗？"何达武道："放屁，我在那里教给你？"郑绍畋道："你没教给我，我怎生知道他住在富士见楼呢？"何达武诧异道："他这地名知道的绝少，你这东西从那里打听出来的？"郑绍畋道："你在我家里说的，此刻倒来问我。卜先若问我怎生知道他的住处，我就照实说，是何铁脚特意跑到我家，告诉我的。并说你老周如何手中富裕，专就吊陈老二的膀一桩事，一切花费并送人家的有五百多元。铁脚催我快来向你老周讨账，迟了怕钱要花完。我这们一说，老周便不能怪我，不该向他讨账了。"何达武急得作揖道："你这们一说，我一辈子也不能再见卜先的面了，便对老二也对不起。毕竟这地方是谁告诉你的？"郑绍畋道："不是你自己说礼服是东兴洋服店做的吗？我问你是不是同卜先亲去洋服店看的料子，你说是打电话教洋服店拿样本到卜先那里看的。洋服店既到过卜先那里，自然知道卜先的住处。我在那洋服店做过几套洋服，跑去一问，清清楚楚的，把番地都开给我了。我又问他两套礼服都试了初缝没有，他说只做一套，价钱不错，就是你说的一百四十元，昨日下午已将初缝试过了。我问他：还有一套一百元的已量过尺寸，为甚么不做哩？他说量尺寸的时候，周先生就说了，这套暂不要买料子，且等一百四十元这套试了初缝，再行定夺。昨日下午去试初缝，周先生回了信，说暂时不做了，只赶快将这套试初缝的做起送去。"何达武变了色问道："这话真的吗？"郑绍畋道："你不信，去东兴洋服店一问，便知道了。"

　　何达武连连跺脚道："我上了周卜先的当了！他要赖我那三十块钱，只因文凭在我手里，无钱取不出去，遂用这个法子，使我恭恭敬敬的双手将文凭送还他，还说了许多道谢的话。这鬼东西实在狡猾的可恨！你尽管去问他要账罢，他手中阔极了，不给你的钱，你只扭着他大吵大闹，最好打他两个耳光，撕破他身上穿的那套很漂亮的洋服，才出了我胸中之气。"郑绍畋笑道："照你说的这们跑去一闹，你的气是出了，我的气将怎么样呢？"何达武道："你不是一样出了气吗？或者将他扭到警察署去也好。"郑绍畋摇头道："我对他没这们大的气，用不着这们出。你要想出气，你自去找他。我若替你出气，我便还有得气呕了。"何达武道："我知道你是听说他有钱，又想去巴结他，不敢对他说句重话，怕得罪了他，没钱赏你。呸，你做梦呢！你去照照镜子，看你这种面孔，也配去巴结周卜先么？你快去，巴结得好时，卜先和老二睡觉，看可用得着你垫腰，或者还给些水你吃。"郑绍畋笑道："你大概是替他们垫腰没垫好，已经巴结到手的礼服都退了信，不赏给你了，连我都替你气不过。我看，你这个拉皮条的太不值得。你先何不巴结我老郑？我老郑虽鄙吝，然说话最有信用，说一句是一句，要是答应了你的钱，决不图赖。你自己瞎了眼，把周卜先当恩人，把我老郑当仇人，你这种人不给点气你呕，你得意的要上天了咧。"

何达武听了这一派话，气得两个眼睛都暴出来了。紧紧握着拳头恨道："我若不是街上怕警察来干涉，这一下子要送你的狗命！"郑绍畋退一步，仍是嘻皮笑脸说道："你有胆量，有本领，去打骗你的周卜先。我被你骗了的人，打我做甚？你不要望着我生气罢，我替你去捞个本儿。卜先这东西是可恶，那次吃了我的料理，推说小解，下楼溜跑了。直到于今，躲了不见面，我不恨他，也不到处打听他了。我两人都是上了当的人，正好大家商量一个对付他的办法。我刚才的话是和你开玩笑的，不要当真。"何达武的脸色，被这几句话和缓了许多，凑近一步问道："你刚才的话，都是信口说了气我的么？"郑绍畋点头道："自然是信口说了气你的。"何达武道："然则那礼服退信的话也是假的？我说周卜先是不会坏到这样。"郑绍畋笑道："那句话却不是假的，东兴洋服店是那们告诉我，我一字不曾增减。"何达武道："好，要你周卜先对我这们狠。哝！你有个甚么对付的办法，何不说给我听听？我也好帮你的忙。"郑绍畋不慌不忙的说出个计较来，何达武连声道好。后来果然由郑绍畋、何达武一班人，把个万恶千刀的周撰尽情的收拾了。

此时且慢说，留在下一章里面发表。

第 一 百 四 十 七 章

郑绍畋大受恶气
林简青初次登场

却说上一章书，写到何达武遇见郑绍畋，郑绍畋尽量损骂了何达武一顿之后，两人又说合了，打算一同捣周撰的蛋。本章就从此处开场。

当下郑绍畋问道："你刚从他那里出来么？"何达武点头道："卜先此时正不得了，老二急得痛哭，卜先因我在那里不好求情，使眼色教我出来。"郑绍畋道："你知道为甚么事么？"何达武道："原因不知道。只见老二拿着一张樱井松子的名片，对卜先说：你东京既有正式老婆，有婚约，有艳书，就不应多方骗我到你家来。"郑绍畋不等何达武说完，即拍手笑道："妙极了，一定是那松子打听了卜先的住址，找卜先来了。可怜那松子被卜先害得上天无路，入地无门，到处打听卜先的下落。皇天不负苦心人，也居然被她打听着了。她就是周卜先的生死对头。铁脚，只要真是松子找来了，你的气就有出路了。"

何达武道："周卜先不是个老实好欺的人，只怕松子不是他的对手。这事除非松子去法院里告卜先，卜先就没法子抵赖了。"郑绍畋连连摇手道："不行，去法院里告卜先，卜先不怕。因为松子本身是个淫卖妇，在早稻田犯过案，被驱逐到神田方面来的，并且告卜先的证据也不充分。"何达武道："证据怎么不充分？有婚约，是卜先亲笔写的，还有一封求婚的艳书，都不是实凭实据吗？"郑绍畋道："那种婚约，在法律上如何算得证据？这是卜先欺松子不懂得法律，骗松子的一种手术。世界上那有一没主婚人，二没绍介人的婚约？那婚约我见过，是写的汉文。那算得甚么婚约？一到法庭，松子准得败诉。"何达武道："婚约上写了些甚么？"郑绍畋道："卜先曾给底稿我看，语句我忘了。大意是中华民国湖南省人周撰，今得日本某某县人樱井松子的同意，在神田大方馆结婚。聘金六十元，交松子母亲具领收讫。恐口无凭，立此婚约为证。下面注了几行小句道：但此约有效期间，以任何一方不同意为止。你看这种婚约，能到法庭么？"何达武笑道："卜先这东西，真滑的比泥鳅还厉害！从没听人说过，婚约上可写小注子，还注得这们活脱的。松子当时怎么依遵的呢？"郑绍畋道："松子母女都不懂汉文。卜先用日本话译给他们听的时候，那里是照着这意思译的哩。"何达武道："求婚的艳书，你见着没有呢？"郑绍畋道："怎的没见着，那封信却写的实在只是不像求婚的信，就算一封吊膀子的信罢了。绝对的不能拿着当起诉的证据。"何达武寻思了一会说道："证据虽不算充分，但告到法庭，卜先的欺骗罪是免不了的。并且卜先临走的时候，听说还骗了松子许多衣服首饰，法庭未必完全不依情理推测。"郑绍畋道："情理是未尝全不讲，但证据是最要紧。在我们知道这事内容的，自然说卜先欺骗。法庭本来是全凭证据说话，婚约上既写了有效期间，以任何一方不同意为止，谁教你松子母女当时承认的呢？法律上对于不识字的人，并没有要特别优待的一条，法官何得替松子于法律之外，来打这抱不平哩？当衣服首饰，也是没有凭据的。总之像松子这般身分，这般证据，便再多受些冤抑，也打不起官司来。"

何达武道："然则这事情将怎么样办呢？"郑绍畋道："只有每天到这里来，找着卜先，也不吵，也不闹，专要钱去赎当。再婚约上虽注明了一方不同意就可脱离，但卜先应得将脱离的话通知松子，使松子好自寻生路，不应哄着松子，留住身子等候。这许多日子的生活费可提出来，要求卜先补偿。是这们要求，就告到法庭，卜先也赖不了。可惜我不知道松子此时住在那里，不能将这办法提醒她。"何达武道："我两人站在这里谈了这大半天，过路的人和警察都觉得诧异，很注意望着我们。你去找卜先罢，你夜间在家里等我好么？我还有事和你商量。"郑绍畋答应了，二人分手。何达武自回关木家。

话说郑绍畋别了何达武，走到富士见楼，问下女道："周先生在家么？"下女在郑绍畋身上打量了几眼，说道："周先生不在家，带着太太出去了。"郑绍畋道："出去多久了？"下女道："有好一会了。"郑绍畋心想：那有这们凑巧，难道他通灵吗？就知道我会来？必是卜先见松子来过了一次，怕她再来，故意教下女这们说。不是如此这般，决见不着。随即对下女做出惊讶的样子说道："周先生和太太都出去了吗？这就奇怪得很，我是东兴洋服店的，周先生刚才打电话到我店里，教我到这里来，有紧要的话说。我接了电话，连忙赶来，怎的他倒出去好一会了，这不是奇怪的很吗？"下女听郑绍畋这们说，便笑道："请在这里等歇，我上楼去看看，或者已回来了也不可知。"郑绍畋点头道："你只对周先生说，东兴洋服店有人来了，有要紧的话说。"下女应着是，跑上楼去了。不一会，在楼梯口喊道："洋服店先生，请上来罢！"

郑绍畋听了，暗自好笑。脱了木屐，下女引到周撰房门口，郑绍畋将门一推，只见周撰立在陈蒿背后，看陈蒿用针线缝袜带。即喊了声："卜先久违了。"周撰回头见是郑绍畋，不由得心里又是一惊。只得点头应道："久违了。"见下女还立在门口，便问道："你说东兴洋服店的人来了，怎么不进来？"下女指着郑绍畋道："这位先生，不就是东兴洋服店的吗？"周撰望着郑绍畋，郑绍畋笑道："我不托名东兴洋服店，你就肯请我到这房里来吗？"说着，弯腰向陈蒿行礼。陈蒿连忙答礼，那脸早已红了。周撰问道："怎么这许久全不见你影子，你一响都在那里？"郑绍畋笑道："怪不得你没见我的影子，你一见我的影子，就要飞跑。我正没有办法，刚才到东兴洋服店打算做一套洋服，因争论价钱，店伙拿出簿来，把别人做衣服的价目给我看。见上面有一百四十元一套的礼服，我问店伙，才知道是你定做的，便向店伙打听了你这地名。我若说出真姓名，料定你是不肯赏见的。随口假充东兴洋服店的店伙，任凭你再精明，也猜不到是我。你见是我进来，不吓了一大跳吗？"

周撰笑道："你一不是夜叉，二不是无常，我为甚么见是你进来要吓一大跳？你搬的地方又不通知我，害的我四下打听。那次承你的情，请我到维新料理店吃料理，我下楼小解，恰好遇着一个好几年不曾见面的好朋友。他一把拉着我，到外面僻静地方谈话。我不好推却，又不便请他上楼来，因为那人和你没有交情。只得陪着他，立谈一会。我心里记挂着你们，怕你们难等。好容易撇开了那朋友，急忙回到楼上一看，谁知你们连等都不等，一个也没了。你们走了没要紧，我一顶帽子，一个小提包，不知去向。帽子不值甚么，只六块半钱买的，已戴了大半年。那个小提包丢了，却是损失不小，包内有八十多块钱，一本账簿，是预备和你算清账，应找给你多少钱，当时好找给你。里面还有些零碎东西，在你们拿了，一文不值，在我的关系就很大。如日记本子、有关系的信札都在里面。我当时急得甚么似的，问下女，下女摇头说不知道；问账房，账房说他不曾上楼。我只得光着头，空着手，跑出来追你。因不知道你的住所，不好从那一头追起。然而我心想：同在东京，又是多年朋友，那有遇不着的？你如果将我的提包、帽子带回去了，迟两日必然找着我送还。过了一晌，竟没有些儿影响。湖南的朋友，又正在那时候打来一个电报，要我即日回湖南有要事。我因为想进联队，也不能不回湖南，去向政府办一办交涉。既找不着你，就只得动身走了。我回东京，进了联队，平日和我往来的朋友，我都时常会见。只你这一对野猫脚，也不知在些甚么地方跑来跑去，总见不着面。联队又不比学校，不能任意出来。在外面的朋友，也不能随意来会。因此我这次从湖南回来，便不愿再进去了。幸亏我住在这里，才能遇得着你。若仍进了联队，就满心想见着你，也是枉然。我那小提包，你不曾替我带来吗？"

郑绍畋听周撰忽然说出这样一派话来，不特将匿不见面的罪，轻轻移到郑绍畋身上，反赖郑绍畋拿了他的小提包。把个郑绍畋气得几乎说话不出，呆呆的望着周撰，半晌才说道："卜先，你说话全不要一些儿天良吗？我当日和你同住贷家的时候，跑腿出力的事，那一件不是我老郑一力承当？然无论大小的收入，那一文不是你独断独行的支用？"周撰忙接着说道："那是当日双方议妥，分划了权限的事，各人尽各人的职责，此刻没有重行研究的价值。假若当日你肯担任经济方面，外面交际的事自然是我承担。职务有劳逸，责任即有轻重，你当日担任的虽比较的劳苦，但责任比我轻松几倍；万一收入短少，我不能不设法维持生活。我当日因为担任的是经济方面，暗中受的损失，报不出账，说不出口的数目至少也有数十元。你看我曾向你提过一句么？不是朋友要好，便不会组织合居；既要好在先，就犯不着因小事失和于后。所以我一不表功，二不抱怨，你我以后相处的日子还长远的不可限量。"

郑绍畋道："你且让我说完了，你再发空议论好么？那日我请你到维新吃料理，你逃席之后，我一个人坐在账房里，足等了一点多钟，不见你回头，我才呕气走了。你有甚么帽子、提包丢在那里？"周撰笑道："你这话就说得自露马脚，所谓欲盖弥彰。你既知道我是逃席，却为甚么不下楼追赶，反死坐在账房里，等至一点多钟呢？难道我逃席，逃一会子又回来吗？我在外面和朋友谈话，不过十多分钟，回头你们就散得一点儿影子没有了。我的提包并没上锁，又放在离你不远的小桌上，你若不是发见了里面有一大卷钞票，恐怕未必走的那们快。"郑绍畋发急道："你这话说得太岂有此理！你硬指定我偷了你的提包吗？你丢了提包有甚么凭据？"周撰笑道："谁说你是偷我的提包？那日是你的东道主，来宾遗落了物件，东道主自有代为收管的义务，法律、人情都不能指为偷盗。至于凭据两个字，不是可向遗失物件的人提问的，譬如你在电车上，或道路上被扒手偷去了皮夹，你去报告警察，警察能问你要遗失皮夹的凭据么？你既不能教扒手写一张收条给你，又不能趁扒手在动手偷窃的时候，请第三者作证人。法律上的凭据就只两种：一种人证，一种物证。两种凭据你都没有，若依你问我要凭据的话说，警察署将不许你告诉，并不能承认你有被窃的事了。你这话才真是太岂有此理呢！"

郑绍畋的口舌本不便给，被周撰滔滔不绝的一发挥，心里越是呕气，口里越是辨驳不出来，只有连连向周撰摆手说道："好，我说你不赢，就算你是丢了提包，但是你走的时候，不曾将提包交给我收管，我也不能负责任。你不能因推说丢了提包，便可不还我的账。我们解散贷家的时候，结算明白，你该我七十二元三角。你当日还曾说，酌量算些利息给我，于今利息我也不向你要，你只将原本算还给我罢！"周撰故作惊异的样子说道："那有这们多？我彷彿记得差是要差你一点，只是差的很有限。当日结算的时候，因在检点行李，匆匆忙忙，还有些付数不曾通盘扣算。我搬出来之后，略为计算了一下，差你的不过十来块钱。其中有几笔拨数，三块五块的，你间接收用了，当时你又不向我报个数目。我问出来，你才承认有那们一回事。因此簿上支付两抵的数，间接拨的都不在内。结算的时候，只照簿据，凭你自己说，你既零零碎碎的间接收用了许多，结算的时候概不作数。要我一个人暗贴一份，明贴一份，这理由如何说得过去！"

郑绍畋冷笑道："卜先，你说话怎的全不要一些儿根据？我间接拨款，是甚么时候的事？拨的也不过一元几角，有两次忘记向你说，你就拿来做口实吗？"周撰笑道："不算账则已，算账就不在款项的多少，那怕三文五文，都是要作数的。就据你说也有一元几角，也有两次忘记向我说。我是当日经手账目的人，记忆力比你强些，我知道的及调查出来的，确不止两次，也确不止一元几角。拨钱的人，并还有一大半在东京，不妨请来作一作证。"郑绍畋道："拨钱的都是谁，你且说出来。"周撰笑道："你倒来问我么？你且把我那提包内的账簿交出来，上面都写明了姓名日月，并拨款的地方数目。那些款子，全是解散贷家后，我照着簿据，向人索取，人家才说老郑早已拨用干净了。我问甚么时候拨去的，也有说住在牛込区时候拨的，也有说才拨去不几日的。我待责备他们不应该拨给你罢，这话又不好说得，显得我和你不够交情，银钱上的界限分得太严了。并且算起来，我是还应找点钱给你，因此一不好说人家不该拨，二不好怪你拨借了。然心里总不免觉得你太不放我的心了。既是我一人经手的账项，何妨等我收集拢来，二一添作五的照算，应扣的扣，应找的找，难道我就一人能将款项完全吞吃么？"郑绍畋道："你不要拿这些似是而非的话来搪塞。我只拨了两处款子，合计不到三元。于今姑且算作三元，你也应找我六十九元七角。谁见你甚么提包内有甚么账簿！"周撰道："提包内没有账簿吗？老实说给你听，我那提包内的东西关系重大，你做东道主请客，客只去外面说几句话转来，你就跑得无影无踪了。这时候由得你不承认吗？恐怕我姓周的没这们好欺负！"

郑绍畋不由得发怒道："你这种无赖的举动，倒说我来欺负你！那日我请到维新店来的朋友，此刻都还在东京，我可以再把他们请来，如果他们能证明你是丢了个小提包在维新楼上，并能证明我是带回去了，我不但账不向你要了，并照你所说遗落的赔偿你。若是听凭你一个人信口开河，那你说提包内有十万八万，我不也要替你负责任吗？"周撰道："你既能请人作证，很好，你就去赶快请来。我也有替我作证的人，我也去请了来，大家对质一个明白倒好，免得我费工夫四处打听你，还打听不着。只是你要赶快，我不能像你没事，为几个钱，可以整日整夜的跑腿。"郑绍畋这时的气，简直能把周撰吞下。无奈口里既说周撰不过，手上也不是周撰的对手。周撰学陆军的人，气力毕竟比郑绍畋大些，郑绍畋如何敢动武呢？只气得圆睁二目，寻思不出一个摆布周撰的方法来。

陈蒿这时候已听得忍耐不住了，呼了声郑先生说道："你二人争论的话，头尾我却不明白。但就所争执的评判，郑先生也用不着气苦，好好的朋友，因银钱纠葛失了和气，给外人听了笑话。两方都不是做生意的人，何必锱铢较量？如郑先生定要见个明白，就只好依卜先刚才说的，你将你的见证请来，卜先也将他的见证请来，自有个水落石出的时候。不过为几个钱的小事，是这们闹的通国皆知，无论曲直属谁，讲起来都不好听。"

　　郑绍畋心想：周撰既安心骗赖，无论如何对质，也掏不出他一个钱来，没得再讨气受。不如去跟何达武商量，设法破坏他和陈蒿结婚的事，倒是正经出气的办法。想罢，也不和陈蒿答话，也不作辞，拔地立起身，抓着帽子就走。周撰跟在后面喊道："你就是这们走吗？话如何不说个明白呢？我好容易遇着你，提包还不曾得着下落，你又要溜开么？"气得郑绍畋在房门口顿脚骂道："无赖的痞子！自己骗账，倒赖我拿了你的提包。要你有这们厉害，看我可能饶你！"旋骂旋提脚走了，虽听得周撰在后面喊嚷，也不答白，鼓着一肚皮的气，出了富士见楼。

　　将近走到停车场，只见前面一个身材高大的人，穿着学校的制服，也是向停车场的路上走。郑绍畋看那人的后影，彷彿是个熟人。紧走了几步，赶上去一看，原来果是认识的。这人和郑绍畋是同乡，姓林，名简青，年龄在三十左右，是东京高等工业的学生，为人很是精明正直。兄弟二人同在日本留学，他老兄叫林蔚青，在早稻田大学肄业，性情却比简青随和些。湖南同乡因林简青办事能干，举止端方，公推他当湖南同乡会的会长。这日因是礼拜，他到四谷会朋友回来，遇着了郑绍畋。郑绍畋本是资格很老的留学生，林简青又在同乡会当会长，彼此自然熟识。当下郑绍畋见是林简青，心中欢喜，思量"要出我今日的气，非得这人出来不可"。笑着开口问道："林会长从那里来？长远不见你老，想是学校的功课很忙。"林简青笑答道："功课却不忙，只因我住在浅草那边，到神田方面来的时候少，所以我们难得会面。我有个同学，住在四谷桧町，听说他病了，因此特来看看。你从那里来？"郑绍畋道："我来这里打听一桩骇人听闻的事，已侦查明白了，正要报告会长，研究挽救的办法。不料有这般凑巧，在这里就遇着了会长。这事会长若不出来设法纠正，将来影响所及，不特留学界受其波累，中国教育前途亦将因此事无形中发生多少障碍。"林简青惊讶道："是甚么事，有这们大的关系？我出外的时间太少，全没得着一些儿风声。"

　　郑绍畋道："周撰这个人，会长是认识的了。事情就是他干出来的。"林简青道："周卜先我如何不认识？我第一次到日本来，就是和他同船。他不是已进了联队吗？他干了甚么事情呢？"郑绍畋道："他此刻那里还在联队，就住在这富士见楼旅馆里。有个我们同乡的女学生陈蒿，人才学问，都够十分。会长听说过这人么？"林简青笑道："岂但听人说过？陈女士姊妹两个都和敝内同学。数月前我们常见面的，只近来我搬到浅草那边去了，相隔太远，有两个月不曾会着。"郑绍畋跺了跺脚道："可惜会长搬远了，令夫人不能常见着陈女士，所以才被周撰骗了。周撰是湘潭人，家中原有老婆。民国元年，在岳州又讨一个。到日本见着一个渡边女学校的学生，姓樱井名松子，生得可爱，又想方设计，讨作第三房。近来不知因何认识了陈女士，用种种欺骗手段，居然骗成了功。此时陈女士跟他同住在富士见楼，俨然夫妇。正所谓先生交易，择吉开张。打听得迟几日，就要正式结婚了。会长看周撰这种败类，对于神圣不可侵犯的女留学生，公然敢明目张胆的，肆行其骗诈手术。这种败类，我同乡会若不加以重惩，将何以维学业而儆邪顽？深望会长挺身出来，挽救这事，民国教育前途，实受福不浅！"

林简青听了，自然不赞成周撰这种行为。但是郑绍畋平日为人，林简青知道，并不是一个言行不苟的，他说的话不见得实在可信。况且维持学业的话，在郑绍畋口里说出来，尤像是有为而发，不可尽信。当下略事踌躇，才回答郑绍畋的话。

不知说些甚么，下章再写。

第一百四十八章

说谎话偏工内媚术
述故事难煞外交家

却说林简青对郑绍畋答道:"陈蒿姊妹和内人来往很亲密,却不像是轻浮女子。周卜先虽则好玩,也是一个很漂亮的人,妨碍群众的行为,大约不至于做出来惹人干涉吧?"郑绍畋摇头道:"他这类小人,行事简直毫无忌惮,还有甚么不至于做出来?他全不知道怕人干涉。会长不相信,请去富士见楼一看,便知端的了。"林简青道:"她姐姐陈毓没在这里么?"郑绍畋道:"陈毓也被周撰那东西骗糊涂了,打成一板,做这无耻的事。我们留学界真暗无天日了。"

林简青见郑绍畋那种气忿不堪的样子,不由得问道:"卜先和你老哥不是很要好的朋友吗?"郑绍畋道:"朋友要好,还朋友要好,不可以私交而废公谊。即如令夫人和陈蒿姊妹要好,难道因私交,便不干涉这种无耻的举动吗?"林简青点头道:"老哥既是和卜先要好,就应得拿朋友的交情,规劝他一番。陈氏姊妹和老哥有亲故么?"郑绍畋摇头道:"和我绝无亲故。我全是激于义愤,毫无偏私。"林简青道:"这种事,除各人尽私交规劝外,似乎很难得有相当的办法。我此刻还有点事,改日再谈罢。"随向郑绍畋点点头,扬长走了。郑绍畋自乘电车回骏河台,等何达武夜间来,商议出气之法。

却说周撰使眼色,教何达武走后,对陈蒿陪了无数小心,并说明当日和松子的关系,又将婚约的滑稽小注,说了个透彻。发誓担保,绝没有妨碍新爱情的能力。陈蒿已见过那婚约,也知道是哄骗日本女人的,决不能发生甚么问题。见周撰殷勤陪话,也就把气平了。问周撰道:"你明知道松子是个烂污淫卖,要嫖她很容易,却为甚么反自己牢笼自己,亲手写一纸婚约给她哩,这不是画蛇添足吗?"周撰笑道:"我的妹妹,你当小姐的人，那里知道这些用意！三年前的樱井松子，在日本淫卖妇中，虽未必能坐头把交椅，然总不在前五名之外。她那时的身价，零嫖每晚的夜度资至少也得五元以上。若论整月的包宿，一月非得百来块钱决办不到，伙食零用还在外。我不过一名公费生，不用结婚的话哄骗她，使她的希望移注将来，安能如我的心愿哩！日本鬼欺负我们中国人，也欺负够了，我何妨骗骗她。我这种行为止限于对日本女子，凡是上过日本淫卖妇当的人，听了我对松子的举动，无有不说做得痛快的。"陈蒿这才明白，也很恭维周撰得了对待淫卖妇的惟一办法。接了周撰要缝的袜带，拿出针线来，正在缝缀，郑绍畋就来了。彼此争论了好一会，郑绍畋呕气走了。

周撰向陈蒿道："我们去精庐，看看姐姐好么？"陈蒿道："好，我正想回去拿衣服。前日因铁脚跑来一催，我的一颗心早在这房里了，胡乱拿了几件，都拿错了。昨日和姐姐说，要她替我清检送来，她说不知道首尾，恐怕拿来又是错了，还是要我自己回去清理的好。连我自己都不知道，是一种甚么道理。我平日在同学家，或是在亲戚家住夜，心里不待说是存着一个作客的思想，没一时安帖的。便是绝不客气的所在，也觉得不如自己家里舒服。然一回到家里，又不能耐坐，每日只想出外一两次，或是看热闹，或是买物件。一连两三日不出门的事，是绝少的。若是遇着大雨大雪，一连几日不能出外，心里不知怎的，那们闷得慌。可是作怪，这间房子和我极相宜，便是一年教我不出这房门，也觉平常得很。"周撰笑道："没有我在这里，你也平常么？"陈蒿睃了周撰一眼，掉过脸去笑道："我又不颠了，没有你，我来这房里干甚么呢？哦，我还有句要紧的话，忘记向你说。刚才那淫卖妇在这里，坐了一会，给婚约、艳书我看，我都不曾留神看她的妆饰。及至作辞走了，我才从她后面，看见她后脑上戴着一个蝴蝶结的蝴蝶身子，颜色大小也是一样。还有一层，我那蝴蝶，下面两根飘带，有一根因放在书案上，我写字时的钢笔落在上面，沾了一点红墨水，有川豆子大。那淫卖妇头上戴的，也彷佛是红了一点，你看这事情奇怪不奇怪？"周撰道："她那蝴蝶的两只眼睛，是甚么东西做的，也是珍珠吗？"陈蒿道："如果也是珍珠时，我当时就要追问她那蝴蝶的来历了。她那对眼睛，是两颗假珠子，一望就分辨得出来。"

周撰出了会神，忽然顿脚道："一定就是你那蝴蝶了！"陈蒿道："我那蝴蝶怎生得到淫卖妇头上去的哩？"周撰道："我来东京没几日，知道我来了的当少，谁知道我这里的住处呢？到过我这里的，只有何铁脚。前夜不见了蝴蝶，我便断定是何铁脚。今日松子忽然找了来，头上便没有那蝴蝶，我也疑心是铁脚将这里的住处告诉了别人，松子或是间接打听出来的。今既有蝴蝶作证，简直是铁脚直接教松子来的。铁脚昨日在这里呕了气，知道松子和我的关系，有意教她来寻衅，好使你听了寒心。在铁脚的意思，不以为这是给我一个很难的题目吗？料定必有笑话可看，所以自己也跟了来。"陈蒿道："你猜想的似乎不错，但是有个大漏洞，铁脚自己偷了我们的蝴蝶，岂有又教松子戴了，上我们这里来的道理，不是有意证明他自己作贼吗？"周撰道："这理由虽不可解，但我决定松子之来，是铁脚教的。珍珠变卖了，换上两颗假的，由铁脚送给松子。必没向松子说明来历，松子不知就里，便公然戴了上我这里来。就是郑绍畋，十有九也是铁脚教他来的。那有这般凑巧，不前不后的，也去东兴洋服店做洋服。并且那簿上也没写我的名字，一百四十块钱的礼服并非惹人注意的价值，就怎的这般留心，特向店伙寻问？这都是铁脚捣鬼，又怕我猜疑到他身上，都是郑绍畋拿这些鬼话来掩饰。他们三个小鬼搅成一片，必定还要无风三个浪，跑到这里来鬼混。"

陈蒿道："我们何不搬往别处去住哩？"周撰摇头道："怕他们做甚么呢？他们的伎俩，我都拿得住。充其量不过想闹到警察署去，受几天拘留之苦，怕他们怎的？"陈蒿道："怎么闹到警察署，受几天拘留之苦？"周撰道："他敢来无理取闹，我不请他们进拘留所，有甚么办法？在日本人跟前说话，他们说一百句，也抵不了我说一句。"陈蒿道："犯不着这们，何、郑两个，一个是多年朋友，一个是我亲戚，且都是同乡人。外人不知道的，只说你仗着日本话说的好，借外力欺压同胞。我们住在这旅馆里，本也不合算，钱花的比住贷家还多。起居饮食却没贷家十分之一的方便。我洗条手巾都没地方晾得，你没家眷，单身一个人就住在旅馆爽利些，有家眷是绝对不行。我看还是从速搬场的好。"

周撰点头道："我们明日去外面走走，看有相安的贷家没有。你快梳头罢，吃了午饭看姐姐去。"陈蒿笑道："你把我头揉散，又不能替我梳拢，我两个臂膊酥软得一些儿气力没有。我自己是梳不来，就是这们蓬松着，回家要姐姐替我梳罢。"周撰笑道："只要你好意思，我有甚么不可。"陈蒿在周撰腿上拧了一把道："谁教你那们暴乱，你怕我不好意思，就替我梳罢。你不替我梳好，我不出去。"周撰笑道："这事你卡我不住，日本中年妇人及艺妓梳的那种曲髻，梳的手续非常繁难，不是专学梳头的妇人决不能梳。那种头，请梳头的梳一次，得花两角钱，还要自己到梳头的家里去梳。若将梳头的喊到自己家里来梳时，看路的远近，三角四角不等。所以艺妓的头异常爱惜，夜间睡觉和受罪一般，轻易不敢动一动。长是十天半月，头发仍是一丝不乱。那种头，我就不能梳。此处女学生的丸髻，你平日梳的那种垂髻，我不但能梳，并梳的很好。和专梳头的比起来，不差甚么。"陈蒿喜道："你真的会梳么？就替我梳一回看。"周撰笑道："这是我的特别能耐。留学生中决找不出第二个来。"陈蒿道："你怎么学会的呢？"周撰笑道："我早知道今日有你这位两臂酥软的太太，自己不能梳头，我就预先练习好了，等着的哩。"陈蒿笑着，拿出梳篦来。周撰真个捋起衣袖，替陈蒿梳理。一会儿梳好了，陈蒿拿起反镜一看，喜笑道："看不出你这学陆军的武人，能做这们细腻生活。你再替我刷点刨花水，就完全成功了。"周撰又拿刨花水替陈蒿刷了。教下女开上午饭来，二人共桌而食。

吃毕，陈蒿更换衣服，同周撰到精庐来。陈毓见面，开口笑道："你两个来的正好，刚才当店打发个店伙来说，镯头已找回了，教这里去赎取。"陈蒿且不答话，指着自己的头笑问陈毓道："姐姐看我今日的头，梳得好么？"陈毓看了看道："梳的好，你自己梳的吗？"陈蒿道："我自己能梳出这们好的头，睡着了都要笑醒。姐姐看他一个学陆军的武人，居然能替女人梳这们好的头。就是姐姐替我梳，也不见得能梳出这个样子。"李镜泓正招呼周撰就坐，听得这们说，翻开眼睛望了陈蒿一下，独自吐出舌来摇头。陈毓在旁看见，恐怕周撰见了难为情，忙拿话向周撰打岔。陈蒿问李镜泓道："我那旅馆里住了不方便，姐夫曾见那里有相安的贷家么？房屋不怕精致，越精致越好。像这们旧屋子，我就不爱住。市内市外却都不拘。"李镜泓道："我在外面游行的日子少，莫说市外我不曾去过，就是市内，我到过的地方也极有限。你问我的贷家，真是问道于盲了。"陈毓道："铁脚搬了，你住的这屋子也空了，我正嫌两个人住一栋房子，白空了两间可惜，你要另找贷家，何不仍搬回来。铁脚那屋子空着，周先生做读书的所在，不过略小些儿，干净却是很干净。"陈蒿连连摆手道："罢了，罢了，这种房子我一辈子也不要来住了。"说着，回头对周撰道，"当店里既送信来，你就去把镯头取回来罢。姐夫的日本话和我差不多，他去说不定又是白跑。我清着衣服等你，你不要跑向别的地方玩去了，害我久等呢。"周撰道："鹤卷町一带连一家大点儿的店家都没有，跑到甚么地方去玩！"陈蒿将那日当店里写的字条，拿出来给周撰，周撰接着去了。

陈蒿回到原住的房里清检衣服，陈毓坐在一旁谈话。陈蒿将松子及郑绍畋来找的话，对陈毓说了一遍道："卜先没意思想搬，我想不论自己如何有理，是非口舌上门，总是讨嫌的。何妨搬开些，免得和他们费唇舌。姐姐既嫌这房子大了，白空了两间可惜，我们若看了相安的房子，姐姐、姐夫能搬来做一块儿同住么？"陈毓摇头道："你姐夫的迂腐性质，你还不知道吗？此时就教他搬做一块儿同住，他必然推故不肯，我心里是巴不得住做一块，凡事都有个照应。这事得慢慢儿来，你不主张卜先和人闹是非，这话很是不错，越闹越于你身上不利。你姐夫的意思，也无非怕你们这样的结合，传开了不好听。若卜先无端的更得罪些人，别的可怕自是没有，难道外边人能干涉我们的家事？就是怕传开了不好听。你姐夫恐怕将来回国，受爹爹妈妈的埋怨。"

陈蒿正待说话，听得外面门铃响，随着听得周撰和李镜泓说话的声音，姊妹二人即同出来，同到外面房里。见周撰手拿着一个小包裹，递给陈蒿说道："取是取回来了，你看没有换掉么？"陈蒿打开来望了一望，点头道："没换掉，不过是把口径捏小了许多。"陈毓也伸点头，凑拢来看。陈蒿忽然嚷道："坏了，当店弄了弊了！"周撰吃了一惊，连忙问道："弄了甚么弊？"陈蒿指着镯头两当合口的所在，给周撰看道："你仔细看，这上面有许多凿印，不知被他刨去多少金子了。"周撰接过来说道："我在那里接到手，就看出来了，觉得这是新凿的痕，也曾指出来问那店伙。店伙说是考金石，分两毫无损失，当时又拿戥子秤给我看。"说时，对着天光仔细看了一会。靠里面一圈，看出鉴痕不少。陈毓向陈蒿道："妹妹你记得么？去年铁脚当了一个金戒指，两个月后赎出来，不是也说在合口的地方，刨去了许多金子吗？"陈蒿点头道："是有这们回事。我那时还以为是铁脚瞎说的，那有开当店的人，贪这点小利的道理？照这镯头看起来，日本当店简直行窃。"周撰道："这事只怪我太没经验，也是和你一般的念头，决没有当店弄这些小弊的。没法，我只得再去一趟，看他怎生说法。"陈蒿道："我看不过刨去几分，没多大的事。你去质问他，他如何肯承认呢？你见他不承认，势必闹到警察署，因为刨去的不多，照原当时所计分两相差不甚远，警察也不能断定是他刨了。并且当的时候，他既安心刨削，他写的分两就不实在，必然少写钱把几分。这当已经上过了，凭谁也闹不出甚么好结果来，犯不着又去跑路。"

周撰心想：这话也属不错。但自己是以会办日本交涉自命的，今日亲身上了日本鬼的当，不能去报复报复，面子上对李镜泓夫妇固然有些下不去，心中也实在气那当店不过。拿着镯头出了会神，望着李镜泓道："当日是李姐夫一个人拿去当的么？"李镜泓点头道："是。"周撰道："请李姐夫同我去，我不愁当店不承认赔偿。商家要紧的是信用，他若不承认，我自有办法，损失金子事小，我也不知道曾刨去多少，但这种欺人的举动，出之日本鬼对于中国人，未免近于因欺可欺。这气我姓周的决受不了！"李镜泓道："下次不和这种奸商交易就是了，亏已经吃了，又是小处，何必去认真怎的？"周撰正色道："话不是这们说，前此若没铁脚当戒指被刨的事证明，我也不能断定是刨了。就这两事合看起来，小鬼的当店，简直就是用这种方法占小便宜。因为日本金子成色比中国金子的差的远，中国赤金与日本赤金一望便能辨别。他们见是可欺的中国人，金子又好，偷一分是一分，聚少成多。留学生当金器是极普通的，大概一百个留学生中，有九十四五个有一两只金戒指，都是预备一有缓急，即取下来去当的。当店用这种盗窃方法，聚少成多，也就不少了。中国学生因日本话说不自如，十九不愿和日本鬼起交涉。像铁脚的样，明知吃了亏，也只得忍受。还有许多被刨了，不曾看出来的。这事既落在我手里，我若不把这黑幕揭穿，日本鬼占了便宜，还得意的暗骂中国人是马鹿。吃了亏，说都不听得说一声。姐夫就同我去罢，并不用你说甚么话，不过当的时候，是你经手的，只证明一句便了。"李镜泓也是个怕和日本鬼办交涉的，听听很不愿意同去。

陈蒿见周撰这般说，也赞成把这黑幕揭破，便怂恿李镜泓道："姐夫只同去走遭，怕甚么呢？卜先不是荒唐人，他要去，总有几分把握，难道他教姐夫去，给姐夫为难不成？"陈毓见李镜泓畏缩不前的样子，很是气恼，在李镜泓肩上推了下道："当店里又没老虎吃人，你怎的就吓得不敢去？你只跟在周先生背后，不问你时，你就不开口，同走一遭也怕吗？真没得现世了。"李镜泓红了脸道："谁说不去是害怕？你既都逼着我去，我去便去。不过交涉胜利与失败，我都不负责任罢了。"周撰笑道："胜利失败，都有我负责。只要姐夫跟去，以备警察询问。"李镜泓才起身更换了衣服，同周撰出来。

周撰在路上对李镜泓谈论日本小鬼种种欺负中国留学生的事："中国学生的日本话程度，多是耳里能听得出，口里说不出。因此每次和小鬼闹起来，分外的呕气。就闹到警察署，日本警察多存心袒护小鬼。中国人日本话说得好的，能据理争辨，警察就不敢偏袒。普通学生对于日本话的重要用处，就是听讲，因此耳朵练习得很灵，一说就懂；口里则除家常应用几句话以外，辨论法理的言词，谁有多少研究？所以交涉总是失败。当交涉的时候，耳朵里能听得出他们说话的破绽，只苦于口里回答不出来，反比那完全不懂日本话的更呕气些。是这们失败的次数一多了，留学生一听说要和小鬼交涉，先就有些气馁。只要勉强能忍耐的下，决不愿意自讨烦恼，和小鬼争论。去年冬天，我的直接长官康少将，住在饭田町，买了瓶中国墨汁，天冷冻住了，揭不开塞子。当时有人献计，说搁在火炉上一烤，便能揭开了。康少将以为这计于情理很通，即依计搁在火炉上。谁知炉火太大，搁上去不多一会，瓶中热气膨涨，轰然一声，瓶口暴裂了。瓶塞被热气冲激，和离弦的弹子一般，拍一下打在天花板上。墨水四迸，席子上也染了几块巴掌大的黑印，天花板上更是麻雀花纹一般，喷了许多斑点。康少将当时擦洗了一会，奈墨汁沾牢了，不能擦洗十分干净。房东见了，大发牢骚，说房子租给中国人住，真倒了霉。好好的天花板，好好的席子，会弄得这般肮脏。康少将气性最大的人，如何受得了这一派教训的话呢？自免不了也发作几句道：'房子要不肮脏，除非不租给人住，我又不是有意弄肮脏的，不过赔偿你的损失便了，你何得向我说这些无礼的话？我出钱住房子，负了赔偿损坏的责任，宾东双方实行条约就是。你这无礼的话，实在太混帐！你不尊重房客的人格，就是你自己不尊重你自己的人格。'姐夫，你说那混帐房东听了康少将的话，怎生回答？"

李镜泓道："房东若是懂情理的，房客既承诺赔偿，除了商议赔偿的价值外，便没甚么话可说了。"周撰笑道："他若肯照情理说话，还有甚么交涉呢？他听了康少将的话，鼻孔里哼了声道：'赔偿吗？赔偿损失吗？这个损失很不容易赔偿呢！'康少将就问：'怎么有不容易赔偿的损失哩？不过是要多给你几块钱，或者拣肮脏的席子，叫叠屋来换过几块，天花板也唤木工来，重新换过。怎么谓之不容易赔偿哩？'"李镜泓道："是呀，房东怎么说呢？"周撰道："说起来真气人。我当时若不在跟前，看着康少将与那房东交涉时，别人述给我听，我必不相信世界上竟有这种不讲情理的人。他听了康少将的话，两眼一翻，对着康少将做出揶揄的样子道：'你们是在中国做官的人，口气真大的了不得！可惜这地方是日本国，不是支那，不能由你拿出那做官时对小百姓的口吻，来和我大日本的人说话。谁没见过钱，要你拿出钱来赔偿我的损失？这房子的损失，一万元也赔不了！'康少将被这几句话气得打抖，那里按纳得住性子再和他辨理，跳起身就桌上一巴掌，打得那些茶杯茶托都震碎的碎了，震落的落了。口里大叱一声骂道：'放屁！你再敢是这般无礼，我有权力能立时驱逐你出大门！'"李镜泓道："痛快之至，那房东又怎么样呢？"周撰道："日本鬼不中用，你和他讲理，他就无礼，以为你怕了他；你只一强硬，绝对不表示让步，他倒软了。康少将骂了几句，一脚踢开坐椅，拂袖冲进里面房间去了。房东见康少将这们强硬，立时改变态度。"

　　不知如何改变法，下章再写明罢。

第一百四十九章

赔损失交涉占上风
述前情家庭呈怪象

"却说那日本房主人见康少将冲进去了，回过头来向我笑道：'康先生的气性怎这们大？'我说：'康先生的气性十成还不曾拿出来三成，因见你是日本人呢。你若是中国人，敢当着他说这们无礼的话，早请你吃了手枪。既不然，刚才那一巴掌，也不会打在桌子上，已打上你的脸了。'房东吐了吐舌头道：'你去请他出来，我再和你说话。'我见房东用命令格的语调，教我去请康少将，我也气不过向他说道：'你这个人怎的一点儿礼节不懂？你有甚么权力可以使令我？'房东只得又向我陪话道：'请先生转教下女去请罢！'我才进去。

"康少将的气还不曾平，教我出来对房东说，要房东去法院里起诉，由法官评判，教怎么赔偿，便怎么赔尝，此时没有说话的必要。我说：这话说去，未免过于强硬了。房东既转过来陪话，知道他自己错误了，就可调停了事，何必定要弄成诉讼？康少将道：'你不知道日本鬼的性格，是普天下第一种生得贱的东西。你不和他强硬到底，这交涉没有结果的日子。你不信，我就委你当代表，你去跟他交涉着试试看。'我说好，随即出来对房东道：'康先生因受不了你无礼的话，不愿直接和你谈判，委我代表。你有甚么话，尽管对我说。关于这损失赔偿的事，我能完全负责。'可恶那房东的态度，果不出康少将所料，见我如此说，把两个肩头耸了两耸道：'拿钱赔偿，我是不要的。'我说：'不赔钱，还是康先生刚才说的，叫叠屋换便了。'房东连连摇头道：'不行，叠屋换的，与原有的不合色。'我说：'不教叠屋来换，教谁换呢？'房东道：'换自是教叠屋换，不过新旧不合，如何能行？至少得将这一间房的席子完全换过，天花板也得全房更换，才看不出痕迹来。这还是看康先生的面子，若是别人时，这房子全部的席子、天花板，都得重新换一遍，外观上方没有损失。'我见他要求得这般无理，实在气他不过，笑着向他说道：'你原来想借这个题目，要求康先生替你修饰房子。你这主意倒不错，康先生的钱素不要紧，我看你不如索性制个图样来，要求康先生替你重新建筑一所极华美的，外观不更没有损失吗？老实对你说罢，康先生本教我出来谢绝谈判的，要你尽管去法院提起诉讼。凭法官判断，教怎生赔偿，便怎生赔偿。我因见你已知道悔悟，我自愿作个调人，免得宾东伤了和气。你要求既仍是这般无理，就只好请你去法院里了。'

"我说罢，也立起身来，做个预备送客的样子。小鬼涎皮涎脸的本事真大，只怕也是普天下第一种厚脸皮族，仍是笑嘻嘻的说道：'我自是这们要求，康先生能承认不能承认，又是一个问题。先生还不曾与我开始谈判，我将从那里表示让步哩？'我听了他话，又觉好笑，只得又坐下来说道：这房间的席子并不是崭新的，也只有两条弄坏了些儿，你说要换，我就教叠屋来换了；你如说暂不必换，我按照两叠席价，给你的钱。天花板也是一样。你能让步到这个程度就说，不能让到这个程序，你自由行动便了。他打了一个哈哈道：'两叠席子能值多少钱？若为这一点点，也无交涉之必要了。'我说：'本来只有这们大的事，你要故意虚张声势的，做一件大不了的事，来严重交涉，小题大做，未免可笑！'

"他这时把气焰放低了，从怀中摸出香烟来，敬了我一枝；擦上洋火，给我吸燃了，才自己吸，俨然表示要作长时间谈判的样子。重新请教我的姓名，问了问我学校、住处，极力恭维我日本话说得好，简直听不出是中国人来；又称赞我能办交涉，不像康先生性躁，说不了几句，气就上来了，是一个好军人，不是外交的人物；恭维我将来准能做个有名的外交家。我被他恭维得不好意思了，也不答话，听凭他瞎说了一会。又说这房子新建筑才五年，这席子都是他亲自监制的，比寻常房间所用的席子大不相同。房中一切木料，都是集搜各县所产名木，经细工制成的。建筑这样的房子，不但花钱比寻常房子多花数倍，不是很在行的人监制，还没这们配合得宜。就是康先生承认将席子、天花板全房更换，叠屋木工也得经他亲手指点。至于木料更是难题，这天花板是中国的楠木，在日本一时决取办不出。"

李镜泓道："你看那房子，是不是如他所说的，比寻常房子精巧些呢？"周撰点头道："富丽自是穷极富丽。康少将手中有钱，最是欢喜摆格，定要住那种阔房子。"李镜泓道："那交涉怎么结果的呢？"周撰道："那日我当代表，并没说出个结果来。后来由康少将的兄弟出头和房东谈判了七八次，仍是赔了几十块钱，才得了结。这事幸出在康少将家里，一来康少将的日本话也还说得好，二来康少将在日本留学多年，看破了小鬼的伎俩。若是普通留学生遇了这事，那房东欺人的本领还了得！胆小又不会说日本话的学生遇了他，只有洗干净耳朵，恭听教训的工夫，那有给你辩理的余地呢。"

二人谈着话，已到了鹤卷町当店门首。周撰在前，李镜泓在后，推门进去。只见那日延接周撰等到里面谈知的店主，正和一个店伙坐在柜房里面。周撰对他点了点头，店主即起身到柜台跟前。周撰将镯头拿了出来，指着几处新凿痕，给店主看道："这镯头不是我的，当时虽然不是我经手，只因贵店出了店伙拐逃的事，物主这位李先生几次来取赎，不得要领，特托我来交涉，才知道这镯头被店伙窃逃的事。今日得贵店通知，李先生又托我来取，当时我发见了这新凿痕，就有些疑惑。问这位店伙，说是考金石磨的。及至我拿回去，物主一看，异常惊讶，凿痕还不止一处，绝对不是考金石能磨成这个模样的。我有经手之责，无以自明，不能不请物主同来，向贵店问个明白。"

店主接过来，反覆看了几遍道："这只怕是原来有的痕迹，敝店收当金器，当面称过分两，写明在质券上。取时仍称给赎的人看，没有错误，便完了责任。这镯头在先生来赎的时分，敝店店伙称给先生看了没有呢？"周撰道："店主这话，表面上似乎开质店的责任只能是这们担负，实际上这当面称进称出，与写明分两在质券上，不过你们开质店的一种保护贪利的器具，在法律上绝对不能承认你们这自称自看，由你们自己书写分两，为己尽了责任。我们质物的，质时与赎时，都不能带着戥子在身上。你们的戥子，质物的不见得便能看的明了，并且你们也不认真称给质物的看，质物的当然不能立时辨出所质金器有无减轻分两的事。店主绝不能拿这种手续，说已完了责任的话。姑无论这镯头的原有分两，与质券写的不对。让一步说，就是对了，这凿痕显然，怎么能说是原来的？中国银楼的工匠，手艺那有这们粗劣？这一望就知道是新凿去的。凿过之后，不曾经贴肉戴过，所以仔细看去，一条一条的，有新旧深浅之分。依我想，贵店的名誉要紧，这分明是由贵店的店伙弄弊，无可推诿。我家中已经用戥子称过了，照原重分两，轻了一钱二分有零。按现在金价，虽只六块多钱，然这损失不能不向贵店要求赔偿。"店主道："六块多钱虽属小事，但敝店不能做这创例的事。"周撰正色道："你知道质店里店伙潜逃，也是创例的事么？你自己雇用的店伙，敢公然偷盗物件，因你用店伙不慎之故，质物受了损失，你赔偿谓之创例吗？"店主道："专凭先生口说，损失了一钱二分，毫无取信的凭据。这种赔偿的方法，也教人难于遵命。"周撰道："取信的凭据，就在一钱二分。我便说损失了三五钱，也不愁贵店不赔偿。但借题多索，有损个人道德的事，不是我等中级社会以上人干的。店主但看我只说损失一钱二分，便知道有最足取信的数目。店主不是没有眼睛，即照凿痕估计，能说刨削不到一钱二分吗？"

正在辨论，忽来了一个日本商人，挟着一大包衣服，往柜台上一搁，口里说要当五十元。店伙将衣服一件一件的抖着细看，店主怕周撰说出损害当店信用的话，给那人听见，连忙让周、李二人到里面房间就坐。周撰知道他的意思，说道："上次我知道贵店的店伙，卷赃逃匿，而我并不向贵店逼镯头，也不要贵店更换质券，任凭贵店随意写一纸作证据不充分的字条，五十多块钱也存放在贵店，我就是极信用贵店。并于店伙逃匿的事，很跟店主表同情，巴不得贵店早日将逃伙缉获。我若不是信用贵店，不与店主表同情，这事早经警察署办理了。贵店的信用是要由店主做出来的，这一钱二分金子，店主赔出来，在物主仅能免受这极小的损失；而于贵店的信用，则大有增加。"

店主做出很为难的样子，踌躇了一会道："我看损失也不至有这们多，赔偿先生三块钱罢！"周撰笑道："这不是开价还价的事。如没损失这们多，我有意多索，何不说是三钱五钱，等你还价呢？我不是没有取信的凭据，当日买这镯头的时候，原附带了一纸保险单，单上注明了分两。如分两不符，金子成色不足，可去原银楼更换的。这保险单因放在衣箱里面，衣箱太多，一时难得翻箱倒箧的寻找。店主若执意不肯照我说的赔偿，我势必去报警察。那时无论我损失多少，贵店这种行为那怕是一分二厘，贵店也是受法律上的裁判。而事情既经警察署，警察若以为这崭新的凿痕，尚不足为充分的证据，我就说不得惮烦，也要将保险单寻找出来，以证明我损失的确有一钱二分。我代贵店着想，与其等那时三面吃亏，何不就这时一了百了哩？并且这事若经警察署，我还有一种取缔贵同业的办法，向警察署条陈，因这类事，我们留学生中受损失最大。"店主失色问道："是一类甚么事？"周撰道："就是刨削金器的事，贵同业都有这类作弊的证据。在我们留学生手里，综计曾受这种损失的留学生，五年内有二千多人，七千多件事实。这事不要求警察取缔，留学生将不敢以金器向当店质钱。"店主故作惊异道："敝同业有这种举动吗？敝店却不知道。但是敝同业很多，其中难保没有贪图小利，不顾信用的人。先生这镯头的凿痕则又当别论，这是没品行店伙背着人做的事。然店伙是敝店雇用的，我不能不负责任，我赔偿先生五块钱，望先生不用再争多了。"周撰道："店主实在太不爽利，因一块多钱，必与我以不愉快之感，很不像是有气魄商人的行为。好，罢了，我也懒得再费唇舌，你就拿五块钱来罢！"店主光着两眼，听凭周撰奚落了一顿。跑去铺房里，拿了五块钱，并纸笔砚台，请周撰写收条。周撰将镯头和五元钞票交给李镜泓，写了"收到赔偿金镯损失洋五元"的收条，辞别店主出来。

李镜泓很恭维周撰能干，这事若在别人，决办不到这们的结果。周撰笑道："这不过利用他怕打官司。他没店伙拐逃的事，教他赔偿，也没这们容易。"李镜泓道："你怎么说那字条作证据不充分？"周撰道："这店主必是一个极厉害的鄙吝鬼，你看他情愿受人奚落，不肯多出这一块钱，那字条上不肯粘贴印花，就知道了。若是更换质券不贴印花，就算违法。正式写收条，也一般非贴印花不可。他于这两种之外，自创一格，写几句又不像契约又不像领条的话在上面，怕你不见信，就加上一颗图章。我当时看了，原知道不合法，但料定他开当店的人，鄙吝则有之，图赖别人的贵重东西，他必不敢。便没说要他更换。"李镜泓道："我所以不愿意同来，就是因为全没一些凭据，实在被刨削了多少，连自己都不知道，怎好开口要他赔偿呢？信口说出个数目来，他若问我有何根据，不就被他问住了吗？你真说的好，四面八方都把他挡住了，使他没有置辩的余地。一面劝诱，又一面恐吓，他虽欲不走赔偿这条路，教他就没有路可走。你如果五块钱不能答应，非照一钱二分金价计算不可，我看他也不能始终不出这一块多钱。"周撰笑道："我不是向他说了，我便开口说是三钱五钱，也不愁他不赔偿的话吗？我敢于邀你同来，自料定了事情的结果。铁脚的戒指被刨削，于我们这回交涉胜利，极有关系。我不得了这件事实，也没这们有把握；若不向店主提说取缔同业的话，五块钱也没这般容易肯出。"

二人一路笑说着回到精庐。陈蒿姊妹听述交涉情形，也自然欢喜。李镜泓从这日起，对周撰不但减轻了厌恶的心，并且表相当的敬意了。背地对陈毓说："卜先确是个聪明有才干的人，就是举止近于轻浮，只怕对于老二的爱情，将来有些靠不住。"陈毓乘机说道："惟其怕他靠不住，而生米已煮成熟饭，我们不能不帮老二，趁早把根基弄稳固。"李镜泓摇头道："这们结合的根基怎么得稳固？"陈毓生气道："不稳固，就望着它摇动一辈子吗？"李镜泓笑道："能摇动到一辈子，就要算是稳固了呢。"

不言李镜泓夫妻私议，且说周撰同陈蒿又搬了一箱衣服及应用的零碎，回到富士见楼，已是入夜了。当晚无话。次早起来，用过早点，周撰催着陈蒿妆饰，去外面寻找赁家。在市内各区寻找了两日，赁家虽多，没有合意的。不是太大，就是太小。第三日到市外目白、柏木、大久保、高田马场一带，寻了一圈，末了在高田马场寻着了一处。房屋虽多几间，房金却比市内低廉十之三四。那房子表面的形势及内容的结构，都极合陈蒿的意。即在经租的手上定了下来。周撰道："这屋大小共七间房子，我两人雇一个下女，那用得着这们多的房子？精庐自铁脚搬走，你又出来，姐姐必嫌房子大了，白空了两间。不如教姐姐把那房子退了，和我们住做一块来。一则免得我两人独居寂寞，二则两家合住，房钱分担，也轻松许多。这市外僻静，若是我有事去市内，夜间归来迟些，你和下女两个看守这们一大所房子，也要胆怯。你看我这主意怎么样？"陈蒿道："我早想到是这们办了，已和姐姐提过，姐姐是没有不愿意的，就只老李那古板鬼，有些无名屁放，我最懒和他谈话。"

周撰道："老李不大赞成你我的事么？"陈蒿道："希罕他赞成做甚么？你于今既也和我的意思一样，打算邀姐姐来同住，我端的不管古板鬼怎样，把姐姐拉来同住便了。老李是知风知趣的，爽爽利利的搬来，我一不欢迎他，二不拒绝他。他若再桀敖，我有能力使我姐姐不理他，看他去那个衙门喊冤！你不知道，他那种不识抬举的人，说起来令人气闷。他自己也不知道自己有何能何德，配享受我姐姐那们齐全的女人。挂名到日本来留学，其实和下女一样，每日只有扫房子、洗衣服、弄三顿吃喝的工夫。你没留神看姐姐的那两只手，在国内的时候，比我的还要白，还要嫩，就是在厨房里冷呀热的，浸了一个冬天，此刻差不多要成乌龟爪子，我看了心里就难过。老李倒像没事人一般，还说操作是女人分内的事。不错，操作本是女人分内的事，不过你老李只够得上讨一个乡村里的黄毛丫头，莫说蒸茶煮饭，视为寻常的事，就是要她脱了鞋袜，跟种田的去田里做生活，或者教她挑百十斤的担子，每日行百十里路，也不为难。甚么好人家的小姐，女学校的学生，也教人家这们操作？便把一条性命累死了，也讨不了好。"

周撰笑道："姐姐自己愿意是这们，有甚么话说？你们三个人，加上一个何铁脚，共是四名公费。难道雇一名下女都雇不起？"陈蒿摇头道："你那里知道？有两个下女本来还年轻，有个六七成像人。因睡在厨房里，与铁脚只隔一层纸门。铁脚既想吊下女的膀子，白天又不跟下女将条件议妥，黑夜摸到下女跟前，把下女惊得当贼喊叫。第二日铁脚气不过，遇着下女就横眉怒目，下女安身不牢，辞工走了。铁脚自去绍介所，雇了一个，年龄十七八岁，比前个更像人一点。这个和铁脚的条件，大约在未进门之先就议好了。两个人你亲我爱的，我们看了，倒很有个意思。这下女做事也能做，又爱清洁，我却很喜欢她。有一日，铁脚吃了午饭，不知去那里，去了半日，直到夜间八点多钟才回来。下女问他，说还没吃晚饭，下女就非常高兴，说'我早知道你会归家吃晚饭，已替你留了一份饭菜'。因将饭菜弄热，端出来给铁脚吃。谁知这位不成材的老李，见了大不舒服，怪下女不该不得他许可，竟将他国内带来最爱吃的腊鱼，私自留给铁脚吃。背着铁脚，骂了下女几句。下女也好，并没对铁脚说。

"你看老李是不是个东西？他见下女被骂之后，对他很小心如意，不知怎么，也动了染指的念头。下女有甚么界限？只要老李能担当，不怕铁脚闹醋，她巴不得多相与一个，多得些额外的利益。起初我和姐姐都丝毫没有疑心，后来姐姐因不见了几样编物，问老李，老李推说不知道。姐姐就疑心是下女偷了。等下女去外面买东西，姐姐即将下女寄在铁脚柜里的一个大衣包打开，果然在衣服中间搜出一小包来了。不但失去的编物在内，还有五块钱的钞票，是姐姐领下来的公费；好玩，盖了一个小章子在上面。本是放在皮夹里的，一日忽然没有了，老李说是拿着还了朋友的账，姐姐见是自己丈夫拿着还了账，自然没有话说。这时无意中，在下女衣包里搜出来，放还原处。跑来和我商量，并说老李和下女奸通的事，不发见这小包，不觉可疑，此刻就觉得可以证明的事实很多了。我劝姐姐不要将这事宣扬，老李不像何铁脚，老李是个专做假面子的人，宣扬出来了，他将无脸见人。

"奈姐姐忍受不住，气得哭了。夜间拿着那小包质问老李。老李无可抵赖，只得承认，求姐姐不要给铁脚知道，并要把小包退给下女。姐姐说，二件都可办到，但立即须将下女开发。你看那不要脸的老李，居然还想留着下女，再做几时。这就是我不肯答应，我说再留下女在这里，不独情理上对不起姐姐，便是两个人共奸通一个女子，也终久有闹乱子的一日。姐姐也不问老李愿意不愿意，第二日一早起来，就把下女开走了。铁脚不知就理，以为是对付他，气忿忿的向姐姐质问开下女的理由。我悄悄把老李的事对铁脚说了。铁脚倒不吃醋，说'这下女既这们烂污，开了很好。我再去雇个五十岁以上的来，大家安静些罢'。铁脚果然雇了个龙钟老妇来，做不上几日，老李说不行，像这样的老太婆，倒要人伏侍她呢，不要跌死了遭人命。又把老妇开了。自那回以后，老李也不提起要雇下女。姐姐因怕再出笑话，自愿身体上受些儿痛苦，免得精神上不快活，何尝是甘心情愿洗衣做饭？"

周撰笑道："老李原来也是一个内多欲而外施仁义的人。照这样看来，姐姐的德性真是难得。我们就去和她商议，搬到我们一块儿来住罢。我听了都很替姐姐不平，和我们住做一块，虽不能说是享福，洗衣做饭的事，决不敢再烦她动手就是了。"陈蒿点头答应，二人从高田马场乘高架线电车到饭田桥，再步行到精庐来。

不知与陈毓如何计议，且俟下章再写。

第一百五十章

得风声夫妻报信
图分谤姊妹同居

话说周撰同陈蒿由饭田桥步行到精庐。二人才走近门首，陈蒿忽然指着玄关内几双皮靴向周撰道："你看，家里必是来了客。"周撰看了看道："不但男客，还有一位女客呢。中间那双高底尖皮靴，不是女客穿的吗？"陈蒿点头道："是了，我认得这靴子，是林太太的。我有两三个月不见她了。"周撰问道："林太太是谁？我此时和他们见面，不妨事么？"陈蒿笑道："是我的同学林简青的太太。甚么要紧，推门进去罢！"周撰才伸手把门推开，二人同脱了皮靴进房。只见林简青夫妇之外，还有一个，便是黎是韦。林、黎二人和周撰都熟识，只林太太不曾见过。当下互行了礼就坐，彼此自有几句客气话说。

林太太见陈蒿与一个飘逸少年进来，料到就是周撰。和陈蒿叙了几句阔别，即轻轻在陈蒿衣袖上拉了一下，起身到陈蒿原住的房里，陈蒿跟着进去。林太太随手即将房门掩上，拉着陈蒿的手，并肩坐在一张沙发椅上，低声说道："我因住处移远了，几月没工夫来看二妹。刚才同二妹进来的那位少年是谁呢？"陈蒿红了脸道："孟姐分明知道，却故意这们问我！"林太太笑道："就是二妹的未婚丈夫吗？"陈蒿低下头说道："好孟姐，不要打趣我罢！"林太太道："已定下了喝喜酒的日子么？我是要来喝一杯喜酒的，二妹不要骗了我呢。"陈蒿道："日期虽不曾定，但那时一定接孟姐来。只求孟姐赏脸肯来，即是万幸。"林太太道："这样客气话，不是你对我说的。不过我今日特意到这里来，一则打听二妹的喜期，二则对于这事，还有想和二妹研究的地方。二妹是聪明人，却不要怪我多事。"陈蒿道："孟姐说那里话来？承孟姐看得我姊妹重，如待亲姊妹一般，多远的来和我研究，自是出于爱我的热心。我方感激之不暇，岂有怪孟姐多事之理！孟姐有话，只管放心说。我这几日的脑筋很觉不大明晰，正要孟姐来提醒提醒。"

林太太握着陈蒿的手问道："这位周先生，二妹和他见面起，到今日有多少时日了？"陈蒿道："十多日子。"林太太道："十多日内，大约曾见面多少次？"陈蒿道："十多日内，无日不曾见面。"林太太道："见面时谈些甚？"陈蒿道："无所不谈，没有一定的问题研究，或谈故事，或谈家常。"林太太道："所谈故事中，有岳州的定儿，东京的松子没有？"陈蒿摇头道："没有。"林太太道："所谈家常中，有他现住的湘潭的家庭组织没有？"陈蒿道："也没有。"林太太道："然则他和二妹所谈的都是泛常的话，没有与二妹终身大事相关的了？"陈蒿道："他曾对我说过，家中父母早已去世，少时即依胞叔生活。十六岁曾娶同邑王氏女子为室，不上三年就死了。元年在岳州，曾议娶翁家女为继室，后因翁家系浙籍，流寓岳州多年，仅有一女，愿赘婿承续裀祀，不愿遣嫁，事遂无成。东京的松子，日前我曾见过，不过一下流淫卖而已。他承认是曾经嫖过的，此刻已无发生问题的资格。我知道孟姐的意思，是怕卜先哄骗我，我不查明底细，上了卜先的当，去做人家的第三四个老婆。这一层孟姐可以放心，料想周卜先没有这们大胆量。他家中老婆若是不曾死去，又有第二个老婆在岳州，他还敢骗娶我吗？雪里面不可以埋尸，总有发见的一日，将来他能免得了重婚的罪么？我的眼光，看周卜先绝对不是无赖的人，而我自己为人，孟姐大约也知道，不是那们好欺的！"

林太太出了会神，始把头点了两点道："但愿二妹自己把宗旨拿定，不受人的欺骗才好。我家先生因在同乡会当会长，来往的人多，这两日所来的人，全是议论二妹这事的。我两耳实在听得有些不耐烦了，所以来问问二妹，毕竟是怎么一回事。"陈蒿道："到孟姐家来议论的都是些甚么人，发了些甚么议论？孟姐说给我听，或者也可借镜一二事。"林太太道："来的人太多，姓名我也记不清楚，并有些不常来的，我不认识，总之都是同乡的罢了。议论的话多的很呢，我只能简单说个大概给你听。有一部分年纪大的人来说，就说周某行为素常无赖，在日本吃喝嫖赌无所不用其极，这回和陈女士又预备结婚，不待说是用尽欺骗手腕。陈女士年轻，识见不到，竟入了他的牢笼，而不自觉。这事若任其成功，将来于女学前途，甚为可虑。而同乡人组织同乡会，以维持学业的意思，就完全失效了；有一部分年轻的来说，就说陈女士是个容貌学识都很优越的女子，应择一个才学相当的人物，又不曾婚配的结婚，才不枉了陈女士这般才貌。周某是个有名的无赖，又已经几次正式宣布结婚，如柳梦菇、胡八胖子之类，都从场吃过喜酒，事实昭彰，在人耳目，岂能瞒隐？我们湖南的女留学生无端受人蹂躏，同乡会应出来维持，免效尤者接踵而起，将来把留学界弄得稀糟。这两类人说话都差不多，总之我只见反对的，不曾听过赞成的。周先生为人如何，我却不知道。据我家先生说：'与他相识得很早，是一个很漂亮的人，家中有没有妻子，我就不敢保险，因为不是同县，没去过周先生家里。'"

陈蒿叹道："我嫁人是我个人的事，是我自己有主权的事，嫁了世界上第一个才学兼优的人，与同乡的没有利益；嫁一个卑田院的乞儿，也与同乡的没有损害。何劳他们老的少的，不惮烦来议论？这也真是一件不可解的事。照孟姐说，两种人的目的，都是想要同乡会出来维持。我不曾拜读过同乡会的章程，就不知道同乡会的势力范围有多大，必如何执行，方能达到两部分人的目的。林先生对于这两部分人的要求，如何回答的呢？"林太太道："我家先生不也是这们说吗？同乡会没有干涉人自由结婚的力量，这是周、陈两家的事。若是两家的长辈出来反对这事，挟尊长之势以临之，或者能有些效力。但周、陈两家的尊长远在湖南，就要反对也来不及，这事只好听之任之，我们同乡会不要多管闲事罢。"陈蒿道："林先生这话回答得又漂亮，又有力量。周家除了一个胞叔之外，没有尊长。我家父母，孟姐是见过的，绝没有干涉我行动的意思。望孟姐替我对林先生要求一句话，以后如再有这两类好多事的人，来尊处议论我的事，求林先生当面谢绝，说已见过陈蒿，陈蒿亲口承认和周撰结婚，是绝对的纯粹的出于陈蒿本人甘心情愿。周撰自始至终，没说过一句哄骗的话，没行过一件哄骗的事。如这两类人不相信，教他们尽管亲见陈蒿问话，我陈蒿和周撰结婚后，还住在东京，等候他们来质问便了。"林太太道："二妹也不要气得走了极端，这两类人的话虽说得有侵犯二妹主权的嫌疑，但说话的人用意却是对二妹很好，并没有诋毁的声调。二妹不要误会了，反使一般存好心想维持二妹的人，面子上下不来。"陈蒿摇头道："孟姐那里知道，到尊处来说话的那两种人的用意，孟姐虽对我说忘记了他们的姓名，然那些人的姓名，我都知道。他们如知趣，不再说了，我也存点厚道，不把他们的卑劣行为宣布。他们若再借口维持学业，无中生有的毁坏周卜先名誉，我有他们假公济私的证据，完全无缺的保存在这里，行将一一宣布出来，请中国留学界大家评判评判，看我陈蒿嫁人，应否受人干涉，更应否受他们这类卑劣无耻的东西干涉！"

林太太惊异道："二妹这些话从那里说起的？"陈蒿道："此时还不是宣布真象的时期，孟姐暂且不用问我。总之，倡反对的别有私心作用，一切粉饰门面的话都是假托的，请林先生不必听。请孟姐放心，不用替我忧虑，结婚的事是决定要行的。"林太太踌躇了一会道："他们的话是难免不有私心作用，不过二妹终身的事，也不可全凭意气，仍得拿出真眼光真实力来，仔细考虑。若因他们的私心作用，激成二妹的反动，更走了极端，只图急于表示自己的身体有完全自由之权，不受他人干涉，反把应研究的终身问题作个与人赌赛的孤注，全不暇用心思去考虑，那个因自由而得的损失就很大了。"陈蒿道："孟姐的好意我知道，并很感激。我自己终身的事，岂待此刻木已成舟了，再来考虑？我并不是因有人反对，才气得决心嫁周卜先，我的宗旨早已定了。"林太太道："我也是一种过虑，岂有二妹这们聪明的人，看人的眼力与料事的识力反不如我？周先生为人，我是初见面不知道，二妹与他相见十多日子，决没有不观察透澈，便以终身许人的。我刚才所谈的，还要望二妹不要多心，疑我夹带了有破坏的意思。"陈蒿道："孟姐说这话，又是把我当外人了，更疑心我发牢骚是对付孟姐了。孟姐是这们疑心我，那我就真辜负孟姐一番爱我的热心了。我方才所发牢骚，此时也不必向孟姐分辨，我自有使孟姐完全明白的一日。"

林太太双手握着陈蒿的手，搓了几下笑道："我们暂把这事撇开，说旁的闲话罢！无论甚么事，越是分辨，越是误会。我们交情是好交情，你们的事是喜事，你的话已经说明，我就很放心了。不过你喜期定妥，务必给我一个信就是了。"二人闲谈了几句不相关的话，林太太即起身，拉着陈蒿出来。林简青拿了帽子，也立起身，向林太太笑道："你们的话想必说完了，我还有事去呢。"林太太点头道："我们因为有两三个月不见面，见面不觉得就话多。"陈毓道："时间还早，孟姐是难得来的，何妨再坐一会？"林太太向林简青努嘴道："我前日就教他带我来，他推没工夫。今日礼拜三，他下午没课，我说你今日总不能再推诿没工夫了。他还迟延了许久，说一个图样不曾制完，电光不如天光好，他想白天将图制好，夜间带我来。我说夜间江户川这条路不大好走，并且多远的，来往在电车上须耽搁差不多一点钟，到精庐坐不了多久，又忙着要回来。两个人议论甚么大事似的，议论了好一会，毕竟是我争赢了，他不能不牺牲这半日。此时已将近黄昏了，不能再坐，若再坐下去，就连他夜间的功课也要被我牺牲了。"李镜泓知道林简青是个很用功的人，便不挽留。黎是韦来在林简青之先，此时不能不走，也一同起身作辞。这人是李镜泓夫妇嫌厌的，更没挽留的资格。

三人走了之后，陈蒿转身，将陈毓拉到里面房间，说道："我们今日已在高田马场定了一所房子，大小共有七间。卜先的意思，想接姐姐、姐夫搬去同住。我说我已经将这意思向姐姐提过，姐姐是没有不愿意的，只怕老李有些作难。卜先听了，就很觉诧异，说：'我当面听得姐姐说，嫌精庐房子大了，白空了两间，还要我们搬去同住，怎么我们定了房子，接他们来住，姐姐倒会不愿意？'我说：老李是个这们古怪性子，素来是不大随和的。卜先说：'怪道我们两人约婚，外面竟有反对的声浪。我想我们两人约婚，是我两个私人的事，与第三者绝不相干，那用得着第三者出来倡反对的论调呢？原来你自己的姐夫，就是个存心反对的人，这就无怪外人同声附和的反对了。老李既是不赞你我的事，自是认定你我的行为为不正当。那们从前有许多人曾向你求婚的，此时见你嫁了我，不待说是要倡议反对。有了老李这一古怪，反对的就更有借口了。我看与其将来因自己人反对，惹起外面人也反对，使我们名誉上或生活上受了打击，不能在此立脚，毋宁及早回头，你我双方罢手，倒免得老李心里不安。'"

陈蒿说到这里，两眼一红，嗓子就哽了。陈毓连忙止住道："妹妹不要说了，我为这事也气得甚么似的，不知暗地和他抬了多少扛子，有几回差不多要和他决裂了。近两日却好许多。自那日他和卜先赎当回来，对于卜先的论调就改变了很多。这几日我因势利导的劝了他几次，他口里早已活动了。你们的房子既经定妥了，又有那们大，我们不搬去也是白空了。你尽管对卜先说，我们决计搬做一块儿住。不过我们只怕要迟两日才能搬家。"陈蒿道："迟两日没要紧，只是姐姐有把握能搬么？"陈毓道："我既教你对卜先这们说，自有把握能搬。"陈蒿道："若老李仍板住不肯，姐姐能一个人搬到我那里去么？我替姐姐想，终年跟老李当老妈子似的，蒸茶煮饭，洗衣浆裳，也太没有生人的乐趣了。并且像老李这样人物，不是我挑拨姐姐的爱情，将来苦到何时是了呢？姐姐是这们苦帮苦做，老李知道姐姐的好处么？有一丝怜惜的心么？可怜去年冬天，敲开冰块，打水洗衣淘米，两只手冻的红虾子一般。老李穿着皮袍，坐在火炉旁边，还只嚷火小了，冷得打抖。曾喊过姐姐来烤一烤手么？姐姐和我们同住，卜先说，享福就不敢说，粗事是决不会烦姐姐动手。"

陈毓半晌无言，长叹了一声道："谁教我生成这般命苦，这些话都不用说了，我心里烦的很。刚才孟珠对你如何说？"陈蒿道："我与卜先约婚，不知和湖南同乡的有甚么相干，要他们接二连三的跑到林家去议论。林家现在当着同乡会会长，他们就要林家出头设法反对。孟珠胆小得如黄豆子般大，吓的来不及给我送信。我已发付了她几句话，大概不成甚么问题。"陈毓道："黎是韦跑来也是这般说，说有许多同乡的对于这事，反对非常激烈，现已结成了一个团体，专攻击周卜先。"陈蒿抢着骂道："黎是韦那混帐东西！他自己就是一个反对最激烈的，特意跑来说是别人，看我们怎么说法！可惜我和孟珠谈了话出来，他也跟着走了，没对着他指桑骂槐的大开他一顿教训，看他能奈何我！一群不自爱、不要脸的奴才，动辄结成甚么团体，攻击那个，看周卜先可怕他们攻击！"陈毓道："不当面骂他也好，这些人不理他就罢了，犯不着逼着他们向一条路上走。这些话你也不要对卜先说，他年轻人只知道要强，不顾厉害，每每因一两句话，激恼了人家，不反对的也跳起来反对了。古语说，千夫所指，无病而死。不论有多大的能为，不能说不怕人反对。"

陈蒿伸手来掩陈毓的口道："请姐姐把这些话收起，我生性不知道甚么谓之反对。我自己没认定这件事可做，全世界人赞成我做，我决不肯牺牲我的意见去做；我已认定这件事可做，就是全世界人都反对我，教我不做，我也只作不闻不见。我眼睛里看得现世界没有人，甚么赞成也好，反对也好，只算是一群动物在那里驴鸣狗吠，于我行止毫不相干。莫说几个湖南小崽子不济事，没奈何我的能力，便是倡合全留学界出头反对，我也只当他们放屁。我偏有这们大的能为，敢说不怕人反对的话。我已向孟珠说了，有本领倡反对的，请他来会我，我好当面教训他们。"陈毓知道陈蒿从小就是这们的脾气，越是赌她，越走极端，杀人放火的事，一时气头上都干得出来，便不再和她说这事了。见天色已晚，即留周撰、陈蒿吃晚饭，自己下厨房弄饭。饭后，周撰同陈蒿回富士见楼，一夜无话。

次日，周撰带着陈蒿，出外置办家具。雇了一名下女，将高田马场的房子收拾得内外整洁。随即清了富士见楼的账，把行李搬进新房子来。这夜周、陈二人就带着一个下女，在新房子里住了。第二日，陈蒿因还有些行李在精庐，要周撰同去搬来，好顺便问陈毓，看能否即日搬来同住。周撰遂又带着陈蒿，来到精庐。此时陈毓已跟李镜泓说妥，答应搬到高田马场同住。不过因精庐房屋距满期尚差半月，李镜泓的意思，想住满了再搬，免得受这半月房金的损失。陈蒿听说，连忙笑道："这点儿损失算得甚么？我那高田马场的房屋，第一月的钱已经出了。这一个月算送给姐姐、姐夫住，不要姐夫算房钱，姐夫还占了半个月的便宜。"李镜泓笑道："我怕受损失岂是这个意思，因不肯白便宜了日本鬼，才想住满期再搬。照二妹说来，我竟是个爱占小便宜的人了。也罢，你们姊妹既想早日团聚做在一块，就是明日搬了。二妹就帮着你姐姐把零星东西检拾，和你自己的行李，今日做一车打去，我此刻就去找房东退租。"陈蒿欣然答应。李镜泓自找房东退租去了。

陈蒿笑问陈毓道："老李怎么忽然这们随和起来了呢？"陈毓道："他何尝肯这们随和，你看这桌上的镜子就知道了。"陈蒿看桌上一方梳头用的玻璃砖镜子，打破了一角，笑问是甚么缘故。陈毓道："昨夜你们夫妻走了之后，我就将卜先要接我们同住的话向他提起。他只当我还是和平常一样，他说甚么，我不大愿意十分反对。他听我提这话，把两眼一翻，对我说道：'林简青夫妻和黎是韦在这里说的话，你难道没耳朵，没听见吗？'我故意说没听见，是甚么话呢？他说：'外面人倡议反对老二的事，到了这步地位，我们躲避还愁躲避不了，你就这般没脑筋，倒搬做一块儿去住？他们是巴不得拖我们住做一块，表面显得正当些。殊不知我们一去，就是集矢之的，反对他们的便连我们也反对。'二妹你想，我听了这话气不气？"

陈蒿的两条柳眉早已竖起，咬着牙齿，啐了声道："亏他说的出口，姐姐怎么回他的哩？"陈毓道："你说我有好话回他么？我没等他住口，忍不住啐了他一脸的唾沫道：'放屁！我们有甚么事给那些忘八羔子反对？那些忘八羔子反对老二，多是因为求婚不遂，气得邀齐班子来破坏。我并不怪他们，老二那一桩事对你错了，你也跟在里面反对，你吃了那些忘八羔子的屎么？'他见我骂得这们厉害，也气起来了，立起身来说道：'我不搬去同住，我有我的自主权。我从来不受人挟制，反对也好，赞成也好，我一概不知道。不要拿这话向我来说，噪我的耳。'我听这里，忿极了，一手拿着这镜子，向门外天井里一掼，骂道：'混帐！你不受挟制，谁受人挟制？你家里这种日月，我也过够了，你有自主权，难道我就没有自主权不成？你不搬由你，我要搬，也只得由我。好，好！我们从此脱离关系罢，你免得怕受连带的反对，我是早就不愿意在你家做老妈子了。'他不料我竟这般决裂，吓得半晌不开口。我便起身，故意清检衣服，说明早就搬。他在旁边呆立了好一会，又跑到天井里，把镜子拾起来，自言自语的说道：'好好的一面镜子，至少也值一块钱，于今打破了一角，用是还可用，只是很去了一个看相。何苦，何苦！你听话又不听清楚，开口就动气。我何尝是反对老二？我不主张同住也有个意思，我们住在这里，外面的消息灵通些，来往的朋友多几个，他们倡反对的，有甚么举动，我们容易得着真象，好设法对付。若是住做一块，莫说在市外高田马场，轻易没有人跑到那边去，就是有人去，因老二同住在一块，来的人有话也不便直说，闭聪塞明的，一任人家作弄，如何使得呢？你们姊妹情深，巴不得朝夕在一外，虽也是人情，但往后的日子长的很，何必急在这一时？你把我意思误会了，以为我阻止你，不许你去同住，就气得无话不骂，连东西都掼起来了，你看无端的生气到这样，是何苦来。好，你不要再气了罢，我依你的主张，一同搬去高田马场便了。但这房子还有半月的期，索性住满期再搬，免得白便宜了小鬼。'我清我的衣服，由他怎么讲，我总不答理他。他急了，走拢来夺了我的衣服，往柜里一掼，将柜门一关，笑道：'你真和我动气么？'"

周撰听到这里笑道："老李毕竟厉害，拿手工夫一拿出来，姐姐就没有办法了。我和老李同住下来，倒得跟他学学这一类的法子呢。"

不知陈蒿听了这几句刻薄话，如何情形，下章再写。

第一百五十一章

周撰开罪阴谋家
胡八细说反对派

却说周撰说了几句俏皮话，陈蒿赶着伸手，去拧周撰的嘴道："你学了这法子，将怎么样？"周撰被拧得连连作揖，笑道："我不学，我不学，太太饶了我一次罢！"陈毓大笑道："老李的程度，比你差远了，他得向你学才行呢！"陈蒿收了手，向陈毓道："看姐姐有些甚么东西，搭我今日的车去的，拾夺起来罢。卜先帮我去打被包，抬衣箱。"

三人才拾夺停当，李镜泓回来了，说："车子已顺便雇妥了，现在外面。卜先，你把番地写给他，教他就搬着走罢。"周撰答应着，写了一纸地名，在纸尾用假名，写了几句话给下女，说如行李到在我们归家之前，须小心督着车夫搬运。车子已经开发。周撰写好，并车钱交给车夫，车夫推着行李去了。周撰向陈蒿道："明日姐姐搬去高田马场了，此后我们没要紧的事，便轻易不会到市内来，你在这里坐坐，我去看两个朋友，回头再来接你。"陈蒿道："你不在这里午餐吗？"周撰摇头道："我随便去那个朋友家胡乱吃一点便了。"说着辞了李镜泓夫妇，出来坐电车到神田。心想：许久不见柳天尊了，且去看看他的近况如何。随走到竹之汤浴堂隔壁柳梦菇家。

柳梦菇正陪着一房的客，在那里笑乐。见周撰进房，都起身望着大笑道："说神神到，说人人到，真是不错。我们正在这里说你，你就来了。"周撰一边点头打招呼，一边笑说道："你们拿着我嚼舌头，看你们嚼些甚么？"房中坐的有陈学究、周之冕、胡八胖子、谭先阆、刘应乾、曾广度、曾姨太太一干人，都是和周撰素识的。柳梦菇答道："岂特我们嚼你的舌头么？这几日内，凡是湖南人家里，那一家朝夕研究的不是你这个东西？我们都不解你的神通，怎么这般广大，那位陈蒿先生是有名瞧一般留学生不来的女子，许多资格极完备的向她求婚，都被拒绝了。你到底凭那一项资格，这般中她的意呢？"周撰笑道："你们问我，连我自己也解说不来，只好说是前生的缘分罢。"胡八胖子道："我不信，只你一个人前生就有这们些缘分？岳州的定儿，此刻正在岳阳楼上望眼欲穿；东京的松子，前回还跑到我那里来，探听你的下落。这也都是你前生的缘分？看你这些缘分，缘到甚么时候才了。"周撰笑道："了不了，也都随缘分，由不得我要了，更由不得我不了。"陈学究拍手笑道："卜先你这样随缘，松子、定儿只怕也要实行随缘了。"周撰道："她们岂待今日才实行随缘，早已是缘的缘不的了。"

周之冕问道："你们就是这们马马糊糊下去，还是也要奉行故事的，行行结婚式呢？"周撰道："不行结婚式怎么能算正式的夫妇哩？这手续是万不能免的。"周之冕道："就在东京行，还是将来归国去行呢？"周撰道："就在东京行。"柳梦菇道："定了日期没有？"周撰摇头道："日期虽没定，大约总在二十天以内。"周之冕道："我们本家，你得请我喝杯喜酒才对。"周撰道："免不了在座诸位，都要奉迎的。不过我听说老伯母仙游了，足下方在寝苦枕块的时期中，若不是自己开口教我请，我还不敢冒昧下帖子哩。"陈学究就因这孝字上不满意周之冕，听了周撰的话大笑称妙。周之冕不好意思，搭讪着说道："卜先怎么老不长进，还是一张这们尖刻的嘴！"

柳梦菇暗中虽曾帮着邹东瀛反对过陈学究，后来也说和了；然而和周之冕的交情，毕竟比陈学究厚些。见周撰挖苦周之冕，陈学究在旁喝采，便有些不服，指着陈学究说道："卜先尖刻还不及他厉害。"曾广度、胡八胖子同声说道："天尊不要挑拨罢！"陈学究指着谭先阆、刘应乾道："天尊仗着他两人在这里，又想欺负我了。"柳梦菇笑道："你们看他这张嘴多厉害，还说我欺负他。他打了人家的耳刮子，人家连哼一声都不准，那回的事，我至今还有些不服气。"曾广度笑道："他打人家一个耳刮子不算甚么，邹东瀛虽和我共过患难的朋友，然他为人，该打的地方是有，学究打的不亏。不过那一个耳刮子打去，却打掉了我们一个很好的东道主。"周撰问道："怎么打掉了一个很好的东道主哩？"曾广度道："他在曾参谋家打的，曾参谋以为乱子出在自己家里，恐怕将来脱不了干系，俨然就如有祸事临头一般。他又信风水，说那房子不利，接连受了两次惊恐，再不移居，必有大祸接踵而至。匆匆忙忙的跑至市外高田马场，看了一所大房子搬了。"周撰听说高田马场，异常欢喜，知道曾参谋是湖南革命党中坚人物，相住得近，好随时侦察他们的行动，连忙向曾广度问了番地。曾广度那知道周撰近来替汤芗铭当侦探，即将曾参谋的地名对周撰说了，周撰写在日记本上。周之冕坐了一会，自觉没趣，先告辞走了。谭先闿、刘应乾也跟着告辞。曾广度带着他姨太太，和陈学究都前后走了。

　　只剩了胡八胖子，因和周撰在岳州同过事，有话要跟周撰商量。见这些人都走了，才对周撰说道："你和陈蒿约婚，知道外面反对的人很多么？"周撰故作不知的答道："这如何也有人反对，我倒不知道呢。"柳梦菇道："你还不知道吗？这几日已是满城风雨了，我们都替你担心呢。想通个信给你罢，又不知道你住在那里。你往常间不了几日，就要来我这里一次，这回有大半年不见你的影子了，我和老八都替你着急。"周撰道："承二位的关切，我很感激。"胡八胖子道："要你感激的，就不会关切你了。我们也知道你是个很精明强干的人，不过这回反对你的人，很有几个负些声望的在内，你不能不注意一点。先把自己的脚跟立稳，免得在东京跌一交，将来回国不好见人。"

　　周撰道："负声望的是些甚么人哩，和我认识的么？"胡八胖子道："和你认识的大概也不少。"周撰道："他们反对是一种甚么意思呢？"柳梦菇道："骨子里是甚么意思，我们就不得而知。表面上借口，无非说你素来是个无品行的人，陈蒿是个天真未凿的好女子，被你用种种的方法骗她上了当，又逼着她结婚。更逼着她姐姐陈毓，要跟丈夫脱离，陈毓的丈夫向人申诉冤抑。这种暗无天日的事，居然发见在留学界，同乡的若不出来挽救，不特湖南留学生脸上无光，并且将来还怕弄出人命关天的事来。"周撰笑道："怎么会有人命关天的事弄出来哩？"柳梦菇道："就是说陈毓的丈夫是老实人，人家见他在外面对人申诉冤抑，恐怕陈毓真要和他脱离，老实人心地仄狭，说不定气得寻了短见，不是人命关天吗？"周撰笑道："原来如此，这种谣言真造得绝无根据。现在李镜泓夫妇感情极好，我刚才从他家来，他们夫妇两个还定了明日搬到我家去同住，看这些话从那里说起。他们反对的，将作何举动呢？就是这们说说罢了吗？"胡八胖子道："就是这们说说罢了，我们又替你担甚么心、着甚么急呢？听说他们议了几项办法，将分头实行。"周撰笑道："真亏他们不惮烦，竟议出了几项办法。留学界从来对爱国的事，都不曾见有这们热心的举动。这们坚实的团体，这回为我的事，算替留学界开一个新纪元了。"说罢，禁不住哈哈大笑。柳梦菇道："你暂且不要大笑罢，你听老八说出几项办法，只怕哭都来不及哩。"

周撰收了笑声，静听胡八胖子说反对的所议几项办法。胡八胖子道："第一项是派代表，或用公函警告陈蒿。因疑心陈蒿不知道你的历史，误认你为正人，家中确是没有妻子。所派代表，挑选你的亲同乡，详知你家底细的人，去向陈蒿确实为负责之申明，以保陈蒿觉悟，自行和你离异。第二项是用公函警告你，教你早自反省，不要污秽留学界。如警告后仍怙恶径行，则同人等已准备了相当惩戒的方法，在这里等候。"周撰听了笑道："好怕人的公函！简直和近来上海新闻上登载的吓诈书信一样体裁。只是留学生没有炸弹、手枪，我毕竟不大害怕。"柳梦菇道："卜先，你不要当作是和你开玩笑呢。你说留学生没有炸弹、手枪。你要知道这回反对你的人，并不尽是留学生。炸弹就难说，手枪却多是有的。你如大意一点儿，说不定就这回把命送掉。我看你这种嬉笑怒骂的态度，处置这事很不对。我和老八不是胆小没经过事的人，都为你担心着急，可见是不能以谈笑处之的。"周撰点头道："第三项办法是怎么的哩？"胡八胖子道："第三项吗？是第一二项警告无效，就侦知你们结婚的时期并结婚的地点，趁着你们兴高彩烈，行结婚礼的时候，他们结成团体，借着贺喜，来扰乱你们的礼堂。或用其他灵巧的手腕，使你陷于违警的地位，硬将你拿到警察署去。另推一个很有体面的人物亲去警察署，用情面要求警察署借故多拘留你几日。一面要陈毓夫妇劝令陈蒿悔悟。这三项办法，若都没有效果，最后的方法，就是武力对付你了。那时是用炸弹，还是用手枪，便不得而知了。"周撰吐着舌头笑道："好厉害，主动最力的是几个甚么人？说给我听，我好防范。"

胡八胖子道："我说给你听，你放在心里就是了。万不可向别人说出来，害我又得罪几个朋友。"周撰道："这种事，我自己防范就是，那用得着向别人说呢？你放心说罢。"胡八胖子遂低声说出几个姓名来。周撰思忖了半晌，才笑说道："究竟不过是几个饭桶，况且用这种手段来对付我，我也不怕。"柳梦菇道："卜先，快不要这们说，你还想激起他们真个做去来吗？幸而我这房里没有外人，若在别处，你是这们一说，你这条小

狗命，包管断送在这里了。"胡八胖子道："我替你设想，你们既已同睡了
多少日子了，形势上行结婚礼这一层，免了不行也罢哪。若说不经过这番
手续，便不成正式夫妻，将来归国以后亲友都齐了再举动，也不为迟。在
东京和他们斗起来，你只有吃亏的。我能决定，任凭你如何能干，到底占
不了上风。"

　　周撰道："我如果真是用种种设计哄骗陈蒿上手，又逼着陈蒿结婚，
再陈毓本有要和李镜泓脱离关系，李镜泓本有向人申诉冤抑的事，我就
怕人出头反对，替李镜泓、陈蒿打抱不平，不敢在东京结婚。现陈蒿、
陈毓、李镜泓都在这里，并不谢绝朋友访问，何妨去问问他们，看陈蒿是
不是出于自己甘心情愿，李镜泓夫妇是不是爱情正好。至于我重婚的罪，
姑无论能成立与否，即算我是重婚，然能提起诉讼的，也只能限于我的前
妻，旁人没有代行这种职权的资格。他们因贪慕陈蒿貌美兼有知识，曾一
再向陈蒿求婚，都被拒绝。于今见我独得成功，大不服气，倡合些不知底
蕴的人出头反对。我和陈蒿若因他们借端反对，便将婚事延搁，他们将谓
我真是畏亏，不敢出面。我不信陈蒿自由的身体，因曾拒绝人求婚，便永
远不能嫁人。日本不像内地，人民没法律作保障，由他们人多势大，要恐
吓就恐吓，要厮打就厮打。力量单薄不能自卫的，除忍气吃亏外，没有呼
吁申雪的机会。迟延到归国后再举行结婚，那时他们要反对，我真没抵抗
的能力。这日本是完全法律保护之下，但问我自己，果曾违法不违法？我
不违法，任凭他们反对，只算是自讨没趣。说到武力对付，更是吓三岁小
孩的话，我娶的是陈蒿，是个不曾嫁人的小姐，一没丈夫，二没姘夫，又
不是偷奸了他们的老婆，要他们这般伤心做甚么？他们真肯拚着自己的命
不要，我也无法避免。我和陈蒿结婚后，拚着牺牲一个礼拜，每天在神田
方面带着陈蒿闲逛几小时，等他们用武力来对付。我住的地方荒僻，免得
他们寻不着。"

　　柳梦菇摇头道："你不能太自恃过分了。你一个人，将来在社会上不
能不图活动。只要能忍耐过去，就犯不着多结嫌怨。在日本法律保护之
下，他们诚哉不能奈何你，然你能终身托庇日本么？老八刚才对你说的
那几个人，久远不能说，十年之内的政治舞台，还少得了他们几席位置
吗？"周撰笑道："天尊不要见怪，你说这话对我自是好意。将来的政治舞
台他们纵少不了，难道我就绝没有在政治舞台活动的希望，定要走他们这

条线索？据你两位说，我和陈蒿结婚，干犯了他们甚么，要他们出头来反对，不是存心欺负人吗？我于今就承认怕了他们，自愿与陈蒿脱离，再去向他们求情，以后在政治舞台上提携我一下子，他们也不见得就肯援引我。我常说，人物不论大小，能力不论强弱，各人自有各人的生活法。我不能估料他们的结果，他们也估料我不着。我常做无法无天的事，尚不怕人；法律范围以内的行为，难道一闻反对，一遇干涉，就吓的罢手不成？两位的好意，我自感激；只为我担心着急，就可不必。他们看我是个没人格的人，但我自己看自己，不能也看作没人格。我为保护我的人格起见，势不能俯首贴耳，屈服于他们恐吓之下。他们有本领，尽管施展。我固不能终身不离日本，他们难道便做了日本的顺民，竟想借日本警察的势力，来压服自己同国的人？只我还怕他们尚够不上借日本警察的势力。如果做得到，我却很愿意受日本警察署拘留。日本鬼虽然卑劣，知识眼光却在他们这几位先生之上，未必肯受这几位先生的指挥。我正不妨暂借这个问题，做一回这几位先生的能力试验品。"

胡、柳二人只是摇头，知道劝说无效，也不再说了。周撰邀二人去馥兴园，吃了一会料理，才握手分别。也无心再去别处访朋友，闷闷的归到精庐。陈蒿迎着说道："怎么一去就是几点钟不来，等得我心里慌起来了。"周撰笑道："朋友拉住谈话，不知不觉的就谈到了这时分。你有姐姐陪着说笑，无端的心里慌些甚么？"陈毓笑道："我们实在不觉有多久，老二一个人的时间过得慢些，我们过一点钟，她有过十点钟那们久。一会儿又看看桌上的钟，说怎么还不回来？一会听得外面脚声响，就先笑着说，我听得出这是卜先的脚声。来不及的跑到门口一看，见不是你，啐了一口，折转身跑回原位，鼓着嘴，板着脸，一声儿不言语。她又没记性，白跑到门口瞧了一趟。等歇那人再走得脚声响，她又以为是你，又跑出去，又是啐一口转来，我见了真忍笑不住。"

陈蒿笑向周撰道："你不要听姐姐瞎说。我望你不回，心里慌，是因为姐夫对我说，现在有一班人，因见你和我约婚，十分不服气，到处倡议反对。就中分出两派来，一派用文，一派用武。用文的没要紧，不过是写信发传单，用武的就可恶了，说是已纠合了无数强壮青年，分途巡缉，遇着你就不问青红皂白，将你骗到无人之处，要打成你一个残废。这班人，此时已四处布满了，你看我听了这话，如何放心得下。"周撰问李镜泓道：

"姐夫从那里听得这个消息？"李镜泓道："我去找房主人退租，在路上遇着几个去年在东亚日语学社同学的，对我这们说，有二十多个，最有名会把势的谭先阊、刘应乾都在内。我问倡首的是谁？他们说，倡首的是个资格很老的留学生，只听说姓郑，不知道叫甚么名字。"周撰笑道："那姓郑的定是郑绍畋了。谭先阊、刘应乾两人未必在内，这是郑绍畋借资号召的。"陈蒿问道："谭先阊、刘应乾是两个甚么人，你怎么知道未必在内呢？"周撰道："他两个也是附属的亡命客，初到日本的时候，帮拳助架，无所不来。只要给他几块钱，教他两人去杀人都干。近来因帮一个浙江人抢劫女子，听说两个都得了不少的钱，够一两年穿、吃了，轻易不肯再出来冒险；除非是他两人的直接上司有事派遣，才肯出力。我们的事，绝不与他相干，郑绍畋那有请他两人出来帮拳的资格？我料定决没他两人在内。并且我今日还在朋友家遇着他两人，若有他在内，我朋友必然知道，就说给我听。这消息断不可信，信了，心里一害怕，便上他们的当了。我今日听的消息还要稀奇呢，外面有人说，姐姐逼着姐夫，要跟姐夫脱离关系，姐夫到处向人申诉冤抑，求人出头打抱不平呢。"

李镜泓吃惊道："这话卜先从那里得来的？"周撰即将胡八胖子和柳梦菇说的话，述了一遍。陈毓气得骂道："湖南人真不爱脸，那有这们爱管闲事的！于今我也不辨白，说我没存这个心，没做这个事。就算我真要跟老李脱离关系，老李为人虽老实，何至拿着这话去向不相干的人申诉？我请问他们，这种抱不平将怎生个打法？说起来，真是气人。"陈蒿道："是吗，姐姐也忍不住气吗？前天姐姐的意思，还不该我气了呢。"李镜泓道："这种谣传真骇人听闻，我夫妻两个当着人从不曾合过口，闹过意见。你气头上虽也说过那些不相干的话，但都在夜间，房中没有外人，说一会子就没事了。外面怎么会造出这种谣言来呢？"陈毓道："我知道怎么造出来的哩。你自己问自己，总应该明白。看你曾向谁人申诉冤抑，就是谁造出来的谣言。"陈蒿道："我猜这谣言，别人造不出。因姐姐和姐夫吵嘴从没大闹过，外人不得着一点儿因，如何能造出这种动听的谣言呢？这必是何铁脚，在外面胡说乱道，反对我和卜先的人听了，就拿了做造谣言的根据。"周撰点头道："你猜的有些儿像，完全是铁脚一个人的鬼。郑绍畋、松子都是他送信，教两人到富士见楼来的。"陈蒿道："那东西是个坏蛋，我早已知道，本不想抓破他面子的。那日你用做礼服的法子骗回文凭的时候，我不是还曾劝你，不要得罪他，怕他恼羞成怒的吗？无奈他越弄越不成话，居然做贼，偷起我的东西来了。这就教人没法子再和他含糊了。"周撰笑道："怕他怎的，他和郑绍畋的本领，始终只有那们大，看他这谣言能造出甚么结果来。我们且回家去罢，还得清检行李呢。"

陈蒿答应着，向陈毓、李镜泓说道："姐姐、姐夫明日准要搬到我那里来，我们在家里收拾房间等着就是。"陈毓望着李镜泓说道："外面造出这种谣言来了，看你还板着不搬做一块儿住吗？就完全吃了你这种拘腐性质的亏。依得我的脾气，偏要跟你脱离关系，倒要看那些湖南崽子有甚么办法。"李镜泓笑道："罢了，俗语说的好，巫师斗法，病人吃亏。你跟外人斗气，归根落蒂，还是害了我。谣言也好，反对也好，我们干我们的，不要理他。"陈蒿反劝慰了陈毓几句，才跟周撰回高田马场。

后文如何，下章再写。

第一百五十二章

陈老二堂皇结婚
周之冕安排毒计

却说周撰、陈蒿回到高田马场，车夫早将行李送到，堆在空房里。周撰教下女帮着料理，当日将给陈毓、李镜泓住的房屋收拾整洁。第二日李镜泓同陈毓押着两车行李，迁来同住。

大家帮同布置，料理妥协后，周撰提议行结婚式的办法。李镜泓主张不在东京举行。陈蒿不依，说不但要在东京举行，并须大开筵宴，发贴遍请各同学及平日有交往的朋友。周撰也因有人倡议反对，不服这口气，很赞成陈蒿的主张。当下决议借日比谷松本楼，举行结婚式。只是周撰虽也这般主张，心里却仍不免有些畏惧，恐怕反对的真个趁结婚的时候，在礼堂上闹出甚么花样来，不能不先事防范。所喜同乡几个负声望的亡命客，有些是周撰的上司，有些与周撰认识。周撰心里计算，留学生的能力薄弱，敢作敢为的，多是三四等亡命客。这些三四等亡命客，各有头二等亡命客管领。这事要防患未然，惟有事前把几个头二等亡命客运动的不反对了，由他们各人约束各人的部下，不准滋事。结婚的时候，再去警察署请几个佩刀警察看守大门。先和警察办好交涉，如有学生敢来礼堂胡闹，即取严厉手段，拿到警署拘押。那时就巴不得学生抵抗，越抵抗得厉害，警察越不肯放松。只要过去了那几小时，他们反对的就不中用了。

周撰计算停当，即着手运动。只几日工夫，如康少将、程军长、程厅长等一班头等亡命客，都先后运动得不说甚么了。这日打算去运动曾参谋，恰好遇着参谋夫人寿诞，来了许多吃寿酒的客。曾参谋不明白周撰的用意，疑心是来侦察宴会情形的，吓得不敢出来招待。康少将一干人虽在座，料道是来运动婚事的，然因为曾参谋胆小，也不便说不妨延纳进来的话。当时由伏焱出来，向周撰敷衍了一会。周撰见曾参谋家有宴，明知自己有侦探嫌疑，亦不便久坐，并且素知曾参谋是黄叶飞来怕打头的人，部下也没几个有体面的，便不运动他也没要紧。辞了伏焱归家，在自己门首，遇了章四爷同林巨章，因探听伏焱住处，错找到周撰家来。

周撰教给二人地名去后，回到房里，陈蒿迎着说道："刚才来了两个人，直跑到这院子里来，口里不住的喊老虎、老虎，我和姐姐都吓了一跳。老李又不在家，我只得跑到廊檐上，揭开暖帘一看，原来也有一个是湖南口音。"周撰笑道："甚么老虎、老虎，他两人找伏焱。四川人声音喊老伏，你听了就只道是喊老虎。我才从门外遇着他们。"陈蒿道："你去曾参谋家，说的怎么样？"周撰道："曾参谋的太太今日做寿，来的客很多，我没提说这事。他部下没有多人，他又是个最怕事的，决不至多管闲事，不和他说也罢了。好在柳梦菇、胡八胖子都已担认替我向各方面疏通，我们也不必选时择日，就是二月十五日罢。今天二月十一日，还有四天，发帖请客及布置一切，都来得及。我已请曾广度和他姨太太做绍介人，胡八胖子做证婚人，老李和姐姐做主婚人。曾、胡二人，在亡命客中都很有体面，有他两人从场，那些不自量的便想来捣乱，见有他两人立在礼堂上，也要吓退几分。并约了老柳替我帮忙，我看礼节不妨简单一点，布置一个礼堂很不容易，花钱倒是小事，在这里没人经理，不像内地，可多雇几个当差的。"陈蒿道："我们这种婚礼，不过形式上算经过了这番手段，都在这里留学，怎比得在家，一切都不妨极力简省。十五日，我和你同老李、姐姐四个人，雇两乘马车到松本楼，等请的客都到齐了，由老李出来，向众客宣布我两人结婚的话；拿出婚约来，请绍介人、证婚人签字或盖章；我两人交换戒指，对行三鞠躬；然后我两人同向绍介人、证婚人、主婚人各一鞠躬，众客道贺的自然相向各一鞠躬，婚礼即算完了，大家饮宴就是。"周撰点头道："好在我发帖请的没有外人，多是和我知己的，不至笑话我简率。"周撰即将这种办法对陈毓说知，陈毓自无话说。这日周撰便把请帖发了，有些紧要的地方，又亲身去邀请一次。

十四日，周撰到日比谷警察分署，先替自己吹了一会牛皮，说得俨然是个很重要的人物，明日在松本楼举行结婚礼，贺客必多，请警察署派两名佩刀警士，去松本楼维持秩序。日本的警察本来遇着集会，无论何种事体，只要当事去警署报告，要求派警士维持，没有不许可的。警署见周撰人物漂亮，服饰华美，日本话又说得很好，自然另眼看待。问了结婚的时间，当即答应。周撰从警察署出来，在神田方面侦查了一会反对党的动静，比前几日反觉冷静了，柳梦菇、胡八胖子也都放了心。知道是由几个曾向陈蒿求婚不遂的人，虚张声势的，想一面恐吓周撰，不敢正式结婚，一面使陈蒿觉悟，与周撰脱离关系。无如周、陈二人的恋爱热度高到一百二十分，刀锯鼎镬，都甘之若饴，那里肯顾甚么反对？那些人见谣言不发生效力，周撰更发帖请客，正式宣布结婚，也就摸不着周撰有恃无恐的道理。所以这几日的谣言，反觉冷静了。周撰得了个这们可喜的消息，归家与陈蒿高枕而卧。

次日二月十五，已是预定的结婚日期，公然照陈蒿所议的手续，雇了两辆马车，飞驰到了松本楼。前几日发帖请的客，如林简青夫妇，曾广度夫妇、柳梦菇、胡八胖子、陈学究之类，都应招而至。维持秩序的警士也来了两名。这日，周撰、陈蒿都穿着崭新礼服，若专论仪表，也真算得一对适当配合的夫妻。来吃喜酒的自然没有主张反对的人，见新郎新娘的神采，都如玉树临风，大家也异常高兴。陈蒿所议简单结婚手续顷刻完备。互道恭喜，各人也都有些馈赠。周撰、陈蒿一一谢了。入座饮宴，安然无事的，竟不见有一个反对的来演闯辕门的武剧。饮宴既毕，来客告辞走了，周撰才谢了警士，四人仍坐着马车，在各处游行了一会，方归高田马场。从此陈蒿便正式成为周撰的老婆了。

再说郑绍畋、黎是韦和樱井松子一班反对这事的人，为何只空空洞洞的，造一会破坏的谣言，一些儿也不见诸实行呢？这中间却有一个很大的缘故，著书的与其拉杂写来，使看书的分不清眉目，不如先将周撰、陈蒿一方面，写一个尽情的胜利，再一心一意写反对党的办法。前日，胡八胖子对周撰说的那三项手续，并不是反对党没有执行的能力。只因反对党里面新加入了一个很有能为的人，说那三项办法都制周撰不下，不要枉费了心机。要出气只须如此这般，方能有效。这个有能为的是谁呢？就是周撰在柳梦菇家用尖刻话挖苦的周之冕。

周之冕那日既受了周撰的奚落，又被陈学究打了一个和声，登时羞愤得置身无地。辞了众人出来，越想越忍耐不住这口气。知道反对这事的，暗中有几个很激烈的党人在内；又知道这几个党人虽然激烈，却头脑浑浊，想不出甚么好办法来，决不是周撰的对手。便存心想加入这反对的团体，替他们出个主意，好宣泄自己胸中的恶气。他早听说主持反对最力的系郑绍畋、黎是韦两人，以外都是被两人或用情面邀请，或用言词激发出来的。黎是韦是个欢喜研究词章的人，平日与周之冕往来颇密。周之冕既决计加入这团体，便不归深谷方，径到本乡元町东肥轩旅馆，来会黎是韦。

凑巧黎是韦这时正一个人坐在房中纳闷，见周之冕进来，连忙起身让坐。周之冕开口笑道："我刚才在柳天尊家遇见周卜先，他得意的了不得呢。"黎是韦道："他如何得意的情形？"周之冕道："他还不得意？绝不费力的，只几日工夫就骗了这们一个如花如玉的美人。于今是安安稳稳的，要预备结婚了。这样事不得意，还有甚么事得意哩？"黎是韦忿忿的说道："我包管再没多少日子给他得意了！我不拚命的惩治他，也出不了我这口无穷的怨气。"周之冕笑道："你打算用甚么方法对付他，能使他不得意？我倒愿闻妙计。"黎是韦道："我已拟了三项办法，先礼后兵，不愁他不屈服于我这三项办法之下。"遂将三项办法，如胡八胖子所说一般的说给周之冕听。周之冕只管笑着摇头道："不济不济，周卜先岂是怕恐吓的人！"黎是韦道："我这三项办法，岂仅恐吓了事？如第一、第二两项办法无效，便立时实行第三项。实行的人，我已邀集得不少，都是勇敢不怕事的。"周之冕仍摇头笑道："就是实行，也无济于事，这全不是对付周卜先的手段。你须知周卜先不比别人，他精明干练，日本话又说得好。他和陈蒿结婚，犯了甚么法律，应受大家的武力攻击？就算是犯法，也放着专讲法律的警察署及法院在，也轮不到你们这种野蛮对付。我看你这三项办法不实行倒可藏拙，一实行就是你们倒霉的时期到了。周卜先虽不是个会把势的人，然毕竟是学陆军的，人又机警不过；好容易把他骗到无人之处，动手打他，只怕你们打他没有打着，倒被他叫警察将你们拘进监狱去了呢。你这种办法莫说周卜先听了不怕，就是我这样文弱的人听了，都只觉得好笑，没一点儿可怕的价值。"

黎是韦道："我这三项办法之外，郑绍畋还拟了一个办法，是用之以济三项办法之穷的。"周之冕道："是甚么办法？"黎是韦即说出闹礼堂的办法来。周之冕连连摆手道："这办法更是吃了屎的人拟的。他们好好的结婚，无端的要你们去闹些甚？周卜先精明，结婚的时候必然请警察来维持秩序，一来替他自己撑场面，二来防备反对的去捣乱，那时他只要向警察一努嘴，你们就立时进了拘留所。并且质讯起来，你们连一句成理由的话都说不出口。你们所拟的这些办法，简直是自己攀石头打自己的脚，与周卜先丝毫没有关涉。"黎是韦道："依你这样说，这也不行，那也不行，不是没有办法，只好听之任之了吗？"周之冕笑道："那里没有办法？只怪你的脑筋专知道想做诗，不知道想做事。"黎是韦道："你有甚么办法，何妨教给我一个，我心里实在恨周卜先那东西不过。"

周之冕道："陈蒿于今已如吃了周卜先的迷药一般，要想把他两人拆离，事实上无论如何做不到。并且既算把他们拆离了，你老黎也得不着陈蒿的甜头。不如索性听凭他们去结婚，等他们结婚之后，我们却来开同乡会，驱逐他两人回国。"黎是韦也连连摆手道："你这办法也和吃了屎的差不多。"周之冕笑道："怎么也和吃了屎的差不多呢？"黎是韦道："你知道此时湖南同乡会的会长是谁么？"周之冕道："谁不知道是林简青哩。"黎是韦道："你既知道是林简青，就应知道林简青的老婆和陈蒿姊妹是最要好的同学，他能放他丈夫出头，开这种会议么？"周之冕大笑道："像你这种书呆子，那里是周卜先的对手！同乡会是林简青的吗？我们大家要开会，怎么能由得会长的一个老婆不放他丈夫出来？若林简青真有这们不漂亮，林简青的老婆真有这们横蛮无理，我们不能立时取消他会长的资格吗？试问林简青的老婆对自己的丈夫亲些，还是对同学的朋友亲些？"黎是韦道："既算林简青不能不开会，我问你将用甚么理由，将用甚么方法，把他两个驱逐回国？"周之冕道："我所持理由正当的很，周卜先便请一百个辩护士来，也辩护不了这个罪名。只是这时候我也不必费唇舌详述给你听，总之理由十分正当，谁也不能推翻，到时我自有登台宣述这理由的人。那日的会，你我都没有发言的资格，只能坐在旁边鼓掌赞成，及提议付表决时举手通过而已。"

黎是韦喜问道："我深信你的能耐，你说有把握，决不至荒唐。但既是我们主张开会，却为何我们倒没有发言的资格，要谁才能发言呢？"周之冕道："你知道你和郑绍畋倡议反对了这们多的日子，正式和你们表同情的有几个人？有一个老成有道德之士没有？周卜先和陈蒿这种事，在老成有道德的人见了，本极厌恶。但何以不跟着你们表示反对呢？因为你们的反对，不是根本道德问题，是因为没遂得自己的私欲，气得出头反对。面上虽说是反对周卜先的行为，实际上就是争风吃醋，所谓醋海兴波。你说老成有道德的人，怎肯跟着帮你们闹醋？因此心里虽极反对周卜先，口里倒不好跟着你们说同样的话了。那日的会，务必推出几个老成人来，由他们仗义执言，看有谁敢出来替周卜先辩护？若是你和郑绍畋登台，只要一开口，人家就轻轻巧巧的加你们一个争风吃醋的名词，纵有十足的理由，也不能动人的听了。"黎是韦不住的点头道："你这个办法厉害，不过老成人怎么能推的出来呢？"周之冕笑道："你有求婚不遂的嫌疑，人家见了你就好笑，自然推不出来。我既出这个主意，自有推的出来的能力。但是此刻，时期还没到，须让周卜先和陈蒿结了婚再说。他们不曾正式宣布结婚，我们反对的便没有题目。我这办法不过暂时说给你一个人听，免得你糊里糊涂的着手出去实行那几项办法，反给周卜先占了胜利去。在周卜先未结婚以前，你万不可将我这办法向外人宣扬。并不是怕周卜先知道了，先事防范我这办法，就是预先通知周卜先，教他防备，他也没法避免。怕的是把这办法宣扬出去了，吹到我们想推出来的老成人耳里，老成人一有了怕为我们利用的心思，我们就难于下说词了。这个关系就很大了。"

黎是韦道："你做事的见识是比我高超几倍，我决不向外人宣扬就是了。只郑绍畋是我们合手做的人，似不能不给他一个信；因他是主张闹礼堂的，不给他一个信，恐他竟去实行，不害他跌了一交吗？"周之冕道："郑绍畋自应通知他，教他尽管耐心等候便了，不怕没他泄忿的时候。"黎是韦道："他很听我的话，我教他怎么，他不至违拗。因他的见识比我还不行。"周之冕笑道："你喜欢作诗，这回的事，你正好做几首竹枝词，印几百份，预备开会的那日在会场上发给大家看，也能发生些破坏的效力。"黎是韦点头道："何必教我一个人做，且等周卜先已经结过了婚，我和你两个人买几合酒，买几样可口的下酒菜，破一夜的工夫，你做一首，我做一首，不论好坏，凑合起来，不就行了吗？印刷快的很，几点钟就有。"周之冕道："也好，横竖是一种滑稽笔墨，又不署名的，只要押韵就行，管甚么好坏。"当下二人计议妥当了，周之冕即作辞归深谷方。黎是韦也出来，到骏河台给郑绍畋送信。

黎是韦走到郑绍畋家，房东说："郑先生在楼上，有客来了，正在陪客谈话呢。"黎是韦因是常来的，不待通报，脱了皮靴，径到楼上。

原来来客是何达武和松子。郑绍畋一见黎是韦，忙起身问道："信写去了没有哩？"黎是韦摇头道："那信不要写了，我已改变了方法。那信写去也是无效，周卜先、陈老二岂是两封信可以使他们畏惧的？"郑绍畋道："我也原是这们想，凭空说话，任你说的多凶，他们是不会怕的。还是我们那办法得劲，他要结婚，我们就去打礼堂；他不结婚，我们就分途出发，谁遇着他，谁给他一顿饱打，也不和他对证，看他有甚么法子！"黎是韦道："你还在这里说你这办法得劲，人家正骂你是吃了屎，才拟出这个办法来呢。快收起，不要再向人谈了罢！"郑绍畋愕然问道："谁骂我是吃了屎的？"黎是韦顺手将房门带关，坐下来慢慢的说道："不但你的办法是吃了屎的，就是我那三项办法，经人仔细研究起来也是不行，所谓非徒无益，而又害之"。遂将周之冕前后所谈的话，照样述一遍给何、郑二人听了道："这主意你二人千万不可向人泄漏。"郑绍畋点头道："主意虽比较我们的正大，只是好了周卜先那东西。纵然能将他们驱逐回国，周卜先的老婆已是到了手，我们仍是白指望了一顿。"黎是韦叹道："虽有诸葛复生，想也没法把他两人拆开。这只好怪我们自己不争气，脸子没他长的得人意儿。劳山牛皮说的，就是把他两人拆开了，我们也不见得有甚么好处，这倒是一句实在话。老郑你得退一步想，白指望了一顿的人，岂仅你我？据说有四五十人呢。"何达武点头道："专向老二求婚的信，我看见的就有四十多封。还有许多不曾写信的，你们看合计有多少呢！"

郑绍畋偏着头，出了会神，忽然问道："劳山牛皮所谓老成有德的人，毕竟是谁呢？他又有甚么法子，可以推的出来呢？"黎是韦道："是些甚么人，我却没问。他说自有推出来的法子，这话是靠得住的。"郑绍畋摇头道："只怕靠不住，我们不要又上了他的当。"

不知黎是韦如何解释，下章再说。

第一百五十三章

反对党深谷方聚谈
游乐团田中馆活动

话说黎是韦听得郑绍畋的话，愕然问道："上他甚么当？"郑绍畋道："劳山牛皮是有名的牛皮，他的话能靠得住吗？我看莫不是卜先那东西，听说我们那几个办法厉害，怕起来了，想用缓兵之计，特请出劳山牛皮来，是这们冷我们火气的。等到婚已经结过了，我们去请同乡会会长开会，那林简青和卜先素来要好，林简青的老婆又和陈氏姊妹是多年同学，那时一定借词推诿。同乡会的图记在他手里，他不发传单开会，谁能开的会成呢？至于说取消他的会长，更是笑话。他这会长经同乡三百多票选举出来的，就由我们几个人取消了吗？我们到那时瞪着两眼，翻悔上当，是已经迟了。并且留学界有甚么老成有德的人？若论资格，我的资格就很老。湖南的留学生，我老郑不认识的除了是新来不久的，但在一年以上，看谁和我没有点头的交情？大家都许为老成有德的，我却没有见过。只几个在第一高等帝国大学和庆应高工的，比一般私立学校的肯用功些，不见得便是老成有德。况且他们那些人素来不管外事，莫说这种不关重要的事他们不会出来，就是去年五月九日，小鬼政府向中国下最后通牒那种大事，我们都开会推举代表，凑钱给代表做路费，归国向政府力争，他们那些学生有几个到会的？我记得我有个朋友，在第一高等，我去邀他到会，他就拿一块钱给我说：'代表的路费，我捐一块钱，请你替我带去缴了就是，我无庸到会；横竖我又没甚么意见要发表，你们怎么议怎么好。我去到会，耽搁几点钟没要紧，我这脑筋就有几日不能恢复原状。'我听了气不过，说中国亡了，有你这书读了有甚么用处？他倒和没事人一般的笑道：'中国就亡了，也得有有点学问的国民，才能图谋恢复呢。'我气的懒得和他多说，拿了他一块钱就走。我实在恨他不过，一块钱也没替他缴。所受是实的，我就替代表用了。"

黎是韦指着郑绍畎的脸笑道："你自己说，看你这人有多坏，这一块钱都不缴出来。"郑绍畎笑道："这有甚么要紧？代表又不短少旅费，希罕了这一块钱！一没有收据，二没有簿记，缴与不缴，我自己不说，谁也不知道，我此时是举这个例给你听。你说我们若为周卜先的事开会，他们那些学生肯来到会么？除了他们那些人，还有甚么老成有德的人在那里哩！"黎是韦踌躇道："劳山虽喜吹牛皮，但他和我的交情还算不薄，无端的来骗我，大概不会。"郑绍畎道："怎么谓之无端的来骗你呢？他和你交情不薄，就不能和卜先的交情更厚吗？卜先那东西诡计多端，料道别人的话你不肯相信，就阻你不住，特地把劳山牛皮请出来。你只想劳山牛皮又不曾向陈老二求婚，又不和周卜先有仇，为甚么要帮我们出主意，平白无故的得罪卜先一干人？你又没要求他替我们帮忙，怪不得人家送你个不犯法的绰号，你这人真老实。他不是为周卜先作说客，为甚么说未结婚之前，一点也不许动作，直要等他安安稳稳的把婚结了，我们才来放马后炮呢？这样显而易见的诡计，你都识不破！"

黎是韦心想：郑绍畎的话，是说得有些儿道理。便说道："没要紧，好在劳山今日才来说这话，没误我们的进行；不过我心里总有些不相信，劳山会肯替卜先作说客。论能力，卜先不是能驱使劳山的人。劳山和卜先的交情，我知道委实不厚。我和劳山来往很密切，不曾在劳山家见过卜先的踪迹，也不曾听劳山谈过卜先。劳山有一种脾气我知道，凡是和他要好的朋友，他最欢喜拿在口里说的，好像惟恐人家不知他有这些要好的朋友似的。并欢喜替朋友夸张，几乎说得他的朋友，没一个不是有能耐的。因此人家才送他这个劳山牛皮的绰号。"郑绍畎道："这不足为劳山与卜先交情不厚的证据。劳山虽不曾对你夸张过卜先，然也不曾对你毁坏过卜先。并且交情厚薄不一定在结交的时期长短，他们两人又是本家，也许三言两语即成至交的。你这老实人，专知道就一方面着想。"黎是韦低着头不做声。何达武道："老黎何妨拿老郑批评的这些话，去质问劳山牛皮，看他有甚么话辩护。如他辩护不了，我们依照原议进行，也还不迟。"郑绍畎摆手道："你这是小孩子主意，还用得着去质问吗？你去质问他，他又怎生肯承认是替卜先帮忙呢？"黎是韦抬起头，望着何达武道："你这主意倒是不差，我和劳山的交情，够得上去质问。他是个很能干的人，明知道我老实，料想不至欺我，他不是不知道我为陈老二的事很呕了气。老郑不要躁，你也同我去，当面和他去研究，他是不是帮着周卜先；说穿了，识破更容易些。他若真是帮着我们，就是我们出气的好机会，我们很难得拉他这样的帮手，不要误会了，自己坏了自己的事。"郑绍畋仍是摇头道："一些儿没有质问的必要。我只怕一质问，反误了我们的事。"黎是韦不依道："误了我们甚么事？劳山就住在仲猿乐町，此去没有多远，要快可乘电车去。我不去质问，始终放心不下。"郑绍畋道："你既这们相信他，我就陪你去一趟也使得。"何达武道："我明日再去精庐探探他们的动静，到老黎家报告，好相机行事。"郑、黎二人都点头道好。何达武自带着松子归关木家。

郑绍畋同黎是韦出来，乘电车到神保町，走到仲猿乐町深谷方，问明周之冕还不曾回来。黎是韦要上楼坐着等候，郑绍畋不愿意，说："你要等，你自去等，我陪你来已不愿意，还等他吗？"黎是韦道："你实在不愿意等，我也不勉强，我等着会见劳山之后，他如真不出你所料，我回家，今晚就把两封信写好，明早等你来看过就发。何铁脚明日去精庐探看动静，看如何来报告。得着了他们结婚的时期与结婚的所在，我们就预备实行第三项与你所拟的办法。"郑绍畋应着是，自归骏河台去了。

黎是韦向深谷童子说了上楼等候的意思。深谷童子认得黎是韦是周之冕常来往的朋友，欣然引到周之冕房中，斟了杯茶给黎是韦，告了方便，下楼去了。黎是韦坐在房里，想寻本书看着消遣，见周之冕母亲的灵桌旁边有一个书架，架上摆着许多的书，即将蒲团移到书架跟前。见书架底下塞着一个小竹筐儿，随手扯出来一看，乃是一筐儿女人做活计的针线包及零星裁料包。黎是韦早听说周之冕包了一个女人，每月包费一十六元，只夜间来歇宿，白日仍听其自谋生计，因此外人不容易识破。不是十分相知的朋友问周之冕，周之冕仍不承认有这们回事。黎是韦也是听得人说，周之冕自己不曾谈过，心里有些怕周之冕回来撞着，见怪不该发见了他的阴私。正在这们着想，便听得扶梯声响，吓得连忙将竹筐儿塞入原处，将蒲团移开，正襟危坐着。见房门开处，进来一个三十多岁穿洋服的人，瘦身体，黄脸膛，疏疏的几根胡须两边分开，朝上翘着，如倒写一个八字在口鼻之间。黎是韦认识是黄老三，彼此点头打了招呼。

黄老三开口笑道："听说你为陈蒿和周撰过不去，已组织了一个团体，拟了几项办法，怎么全不见你们实行呢？"黎是韦正色道："那里为的是陈蒿？我们因留学界出了周撰这种败类，不能不群起攻击他，以维持留学界的声誉。他们这种狗彘不若的行为，实在污辱我们留学界太甚了。你黄老三此时已不能算是留学生，只算是亡命客的附属品，当然用不着和周撰过不去。"黄老三笑道："我不能算是留学生，也不能算是湖南人吗？你这眼光未免看的太近了。他们这种行为，就只污辱了你们的留学界吗？我看污辱留学界不算甚么，阻碍全国的女学进步，替湖南人丢脸，倒是重大问题。要攻击人总得师出有名，所谓名不正则言不顺，言不顺则事不成。你这假借污辱留学界的名义，说出来很没有斤两，鼓不动人。你要挖苦我是亡命客的附属品，倒是我这附属品不出来攻击则已，我一出来，周撰和陈蒿就得滚蛋，包管他两人没有抵抗的余地。"

黎是韦本是没有主意的人，听了这话，不觉喜笑道："这本来是大家的事，你也应出来仗义执言，以表示我湖南不是没人，听凭败类肆行无忌。"黄老三摇头笑道："仗义执言未尝不可，只是像你们拟议的那几种办法，若实行起来，就替湖南丢人，比周撰更丢的厉害。"黎是韦道："我们拟议的办法不好，原没说非照我们的实行不可。你是这样说，我倒得看看你的。"黄老三道："不要忙，自有办法，我就来寻劳山牛皮商量的。我听说劳山牛皮今日受了周撰的奚落，想必有番动作。我特来探听探听，或可助他一臂。"黎是韦道："你听谁说？劳山怎么受了周撰的奚落？"黄老三道："我同住的胡八胖子，亲眼看见周撰奚落劳山。周撰自己还没介意，旁边人都替他捏一把汗。"遂将当时情形，述了一遍给黎是韦听。黎是韦才明白周之冕帮着出主意的原因。

黄老三笑道："陈蒿也算不得甚么天仙化人的美不可状，不知道你们怎么这们重视她。现在放着一个比陈蒿还要强几倍的，住在旅馆里，你们倒不过问；却任凭甚么李锦鸡、王立人一班无赖子，终日在那里起哄。那个女子，你若能向她求婚成了功，不但是无量的艳福，只怕还有一注很大的妻财。"黎是韦问道："那里有一个这们的女子？你也学劳山的样，瞎吹起牛皮来了。"黄老三道："你自己眼界不广，却说我是吹牛皮。你不信，但去水道桥附近田中旅馆看看。包管你一见面，魂魄就不能随身了。"黎是韦见黄老三说的不像胡诌，将信将疑的问道："是一个干甚么事的女子，怎么会住在田中旅馆，又任凭李锦鸡那班无赖色鬼起哄呢？这事过于奇离怪诞了，教我不能无疑。"黄老三道："那女子的真实历史，此时还没人知道。不过据一般见过她的人推测，疑是内地那位大人物的姨太太，或是小姐。不知因甚事，独自逃到日本来。身边携带的行李，有四口大皮箱，三口小皮箱，一个被包。看她的举动，皮箱内的财物必不在少数。只她手上一个钻戒，都说可值五六千。"黎是韦道："她姓甚么，叫甚么名字，那省的人哩？"黄老三道："她自己说姓伍，叫蕙若，江苏上海人。"黎是韦道："你见过她没有呢？"黄老三笑道："我若没见过她，也不说比陈蒿还强几倍的话了。不过我虽见过她，却不曾和她谈过话。因在三崎町路上遇着，我同住的胡八胖子指给我看。我在女子队里混了十多年的人，甚么生得美的女人我不曾见过？平生实没有梦见过这们生得齐全的。正用得着龚定盦那首'绝色呼他心未定，品题天女本来难。梅魂菊影商量遍，忍作人间花草看'的无题诗。"黎是韦嘻嘻的笑道："比陈老二更强几倍，绝色二字自不足以尽之。我只不懂她一个人跑到日本来，有甚么目的，言语又怎么能通呢？"黄老三道："甚么目的我也不懂，但是日本话听说不仅能说，发音还很好呢。"

黎是韦惊讶道："这还了得吗？不是在日本留过学的，如何能说的来日本话哩？我敢断言，是曾在这里留过学的；不然，也不敢独自一个人跑到这里来，又住在那不住中国学生的田中旅馆，更非能说日本话不行。如真有这们一个女子，我愿牺牲性命以求之。"黄老三道："不是真有，我无端骗你有甚么好处？"黎是韦点头道："我也是这们想，你平日无故捏造这事来骗我，没有好处。唉，我怎么这们不管事，田中旅馆离我住的东肥轩没半里路，我那一日不从水道桥往神田，必打田中旅馆经过，怎的绝不留心？今日不是你说，我竟失之交臂了。"黄老三道："她来田中旅馆本没几日，你没得着一些儿风声，怎的会留心到那里去。"黎是韦道："李锦鸡、王立人一班人怎生知道的，此时正如何起哄呢？"黄老三笑道："你知道李锦鸡那班人，是在这里干甚么事的？"黎是韦道："他们有甚么事可干？终日无非是吃喝嫖赌。"黄老三道："他们的吃喝嫖赌，还组织了一个团体呢。那团体名游乐团，听说有十多人，专一打听那里有好女子，大家研究应如何下手。这伍蕙若女士有如此惊人的神采，又住在神田方面，他们还有打听不着的么？"黎是韦道："不错，我有个姓何的朋友，混名叫何铁脚。他前日对我说，和几个要好的朋友组织甚么游乐团，邀我加入，只要缴一块钱团费。我倒不是吝惜一块钱，因见何铁脚是粗人，和他最要好的必是他同类人物，我连问都懒得问他是些甚么人，怎生个组织法。就推说我素来抱定宗旨，不入党会，不入团体，谢绝了他。原来就是李锦鸡、王立人一班大好老组织的，喜得我不曾加入。你可知道他们对这伍女士已勾引到了甚么程度么？"

黄老三摇头道："怎么就能说勾引到甚么程度？此时不过正在起点。昨日小金对我谈起，说前日李锦鸡和王立人同走，同时在神保町发见了这位伍蕙若女士，就跟在后面钉梢。跟到田中旅馆，见进去了，二人在门外等了两点钟，不见动静。李锦鸡才恍然大悟道：'这女子是住在这旅馆的，我们白等了。'王立人问：'怎生知道是住在这里的？'李锦鸡道：'你没见她进去的时候，一句话没说，就径脱了皮靴上楼吗？若不是住在这里，是来看朋友，那有一句话不问，直向楼上跑的？'王立人才跺脚道：'我真是呆鸟，你心里是比我灵活些。'李锦鸡道：'我日本话说的比你好些，你在外面等着，或先回去也使得，让我一个人进去打听这女子的来历，再大家研究下手的方法。'王立人听了，就不愿意道：'我两人同时发见的，又同在这里等了两点多钟，要进去打听，也应同进去。何以见得你的日本话比我好些？我的日本话，那一项交涉不能办？并且这事又不是试验日本话说的好便许打听，说不好便不许打听。你不要借故想把我撇开，好由你一个人得手。'李锦鸡道：'我们至好的朋友，你怎的也这们疑我？我看这事不要鲁莽，这女子不像小家子。莫怪我说的直，老弟的本领还差一点，莫去孟浪了，反弄得画虎不成，大家都讨不了好处。我们且归家，仔细研究了下手的方法，再来不迟。'当下二人同回到五十岚方，前夜研究了一夜。王立人毕竟弄李锦鸡不过，终让李锦鸡先去下手。如李锦鸡不成功，再换王立人去。"

黎是韦问道："昨今两日，李锦鸡下手的成绩怎么样呢？"黄老三道："听说还只设法见了一次面，不得要领。李锦鸡打算也搬进去住，好朝夕伺便，易于着手些。此时不知道已搬进了没有。"黎是韦道："李锦鸡这群狗东西，实在可恶极了！见了一个齐整些的女子，便如苍蝇见血一般，不顾性命的往里只钻，脸皮又厚，主意又多，这女子既经他在那里转念头，我不要白费心血罢？我对这种女子是一片至诚的心思，如果蒙她见爱，我便死也不忍背她。我断弦将近五年了，像陈蒿那种女子若嫁了我，将来决不会有薄幸负心的事。周卜先和李锦鸡是一类人，无非哄骗女子，供暂时肉体的娱乐。而女子偏欢喜这一类人，自愿上当。我这样诚诚恳恳的，因不会油头滑脑，她反瞧不来，你看气不气死人！这回的气还没寻得出路，又去和李锦鸡挑战，眼见得又要一气一个死。"

黄老三点头笑道："你很有自知之明！吊膀子的勾当，本是他们那种油头滑脑之辈干的事。照你讲的，是真正精神恋爱，不是被人吊得着的女子脑筋中所曾梦想过的。这女子既肯和男子吊膀子，她所希冀的，也无非肉体上的淫乐。所以油头滑脑的人最为合适。你这种人，在你自己说是一片至诚心，在这些女子心目中，还说你是呆头呆脑呢。"黎是韦拍着腿道："这真是有阅历的话！但是此刻这些话都不用说了，言归正传，我来找劳山，就是为反对周撰的事，请他出来帮忙。刚才你说也是为这事，想助他一臂之力。他于今老不回来，我两人何妨先行研究？劳山今日上午到我那里，很研究了一会。他走后，我觉得他的话有些靠不住，因此又跑到这里来找他。还没坐到一分钟，你就来了。"黄老三道："他怎生和你研究的呢？"黎是韦即将周之冕的办法复述了一遍。黄老三点头道："这办法很对，除了这个办法，没第二条路走。你怎么觉得靠不住？"黎是韦只得将郑绍畋辨论的话，又学说了一遍。

黄老三还没答白，听得楼梯响，接着周之冕的声音笑说道："是那两个不待我主人许可，擅自跑到我房里，坐着谈天呢？"二人见周之冕进房，都起身笑答道："牛皮吹到那里去了，害我们坐在这里老等？"周之冕道："在黎谋五先生那里，谈了一会。你们来了多久了吗？"黄老三点头笑道："你在黎谋五先生家，谈些甚么呢？"周之冕道："你说和他老人家，能谈旁的么？专听他老人家谈诗。"黄老三笑道："谈竹枝词么？"周之冕摇头道："今日谈的是五古五绝。"黄老三笑道："只怕也谈了一会东京时事竹枝词呢，你还瞒我做甚么啊？我立刻就去对黎谋五先生说，教他不要听劳山牛皮的话。劳山牛皮受了人家运动，替人家争风吃醋，要开同乡会，攻击周撰。"周之冕望着黎是韦笑道："你这人太不中用，就拿我的话发号外了。"黎是韦着急道："你怪我吗？你问问他，是为甚么事到你这里来的？"黄老三连连摇手道："我以前的话取消，实在是来侦察你们行动的。"黎是韦听了，脸上变了色。

不知后事如何，下章再写。

第一百五十四章

写冬凤带说李锦鸡
赞圆子极表黄文汉

却说黎是韦听见黄老三说是来做侦探的，登时面上变色，望着周之冕发怔。只见周之冕笑道："你来侦察我们的行动，便不会说出来。哦，不知是老曾还是老八，向你说了周卜先那杂种对我无礼之话，你就来看我是不是？"黄老三指着周之冕笑道："你这人是机伶，不怪你吹牛皮。"周之冕道："你知道没有要紧，只是回去不要向老曾、老八说起。胡老八和周卜先交情最厚，他们若知道我刚说的这条路数了，我这把戏便玩不成功了。"黄老三道："你放心便了，我还可以帮你捧捧场。但是教我明来，我就犯不着。暗中出力，尽可担任。"周之冕笑道："谁教你明来，我难道不是在暗中用力吗？你在那里遇着这位不犯法先生的？"黄老三笑道："他先来，我后来，在这里谈笑了半天。他正在虑你告他的办法靠不住。"黎是韦忙分辨道："不是我怕靠不住，郑绍畋抵死和我争，说劳山受了周卜先的运动，害怕我们那几项办法厉害，特地请劳山来用缓兵之计的。我气他不过，拉了他来对质。因劳山不在家，他懒得等，就先回去了。"黄老三打了个哈哈道："好厉害的办法！不但周卜先害怕，连我都害怕。怕甚么呢？怕替湖南丢人！"周之冕笑道："我始终说郑绍畋是吃屎的，他的话一笑的价值都没有。他信不信由他，不犯法不要再向他说了。"黎是韦点头应是。黄、黎二人坐着闲谈了一会，同时告辞出来。

黎是韦步行回东肥轩，走经田中旅馆的时候，心里原不想停步探看，奈一双脚刚到旅馆门首，不由自主的就停了。此时已是向晚，街上的街灯与旅馆门首的电灯，照耀得人须眉毕见。黎是韦自己低头一看，顿觉得又是有些呆头呆脑的样子来了。再望那旅馆门内，除玄关里有几双木屐及几双皮靴摆列在那里，不言不动外，连人影子也没看见一个。只得决然舍去，提起脚，一气跑回东肥轩。

第二日睡着还没起来，郑绍畈就来了，将黎是韦推醒。黎是韦道："这们早跑来干甚么？"郑绍畈笑道："你自己是有名会睡早觉的，此刻十一点钟了，还问我这早跑来干甚么。"黎是韦伸手从枕头底下摸出一个表来，看了看笑道："真个差不多十二点钟了。我昨晚因做两首诗，送一个广东朋友的行，做到两点多钟，才收拾安歇。一觉睡到这时候，你不来，我还不知睡到甚么时候呢。这馆子里的下女也好，晓得我有这睡早觉的脾气，也不来惊醒我。"郑绍畈道："不来惊醒你，馆主可省一顿早点。"黎是韦道："我在馆子里住了一年多，吃他早点的时候不过三五次。下女也替我取了个绰号，叫做夜精。其意是说我夜间不睡，白日不起来，熬夜熬成精了。"郑绍畈笑道："吃午饭了，还不起来吗？"黎是韦打了一个呵欠，才慢条斯理的起来，披了和服，拍手叫下女进来收了被卧。

黎是韦洗了脸回房，说道："我昨夜两首诗，做的很得意。"郑绍畈道："广东朋友是谁？"黎是韦道："我这个朋友是个很有福命的人，清高的了不得。姓方，字定之，广东番禺县的人。今年二十六岁，在上海复旦公学毕业，中国文学很好。他家里本是科甲世家，人又生得飘逸，真是有子建般才、潘安般貌。今年正月，在广东和一个姓魏的女士结婚，结婚后一个礼拜，就带着这位新夫人来日本度蜜月。新夫人今年二十岁，也生得修眉妙目，姿致天然。他这一对新婚夫妇在街上行走，路人无不停足注目，诧为神仙中人。我在他同乡陈志林家中遇着，把我羡慕死了，也不问他愿意不愿意，殷勤和他拉交。他夫妇两个都倜傥极了，到我这里来过几次，又请我吃过几回料理。我也请他们游览过几处名胜，并还联得有诗。可惜就在这几日，他夫妇要动身回广东去了。我不能不做两首诗送他，作个纪念。我今日要去买一方画绢来，好好的写了，裱成一个横幅，给他带回广东去，悬挂在他自己书房里，我的诗字都增光不浅。你看我这两首诗，是不是要他们这般美满的一对璧人，才够得上受我这般赞美？"

郑绍畈见他扯开抽屉，拿出一张槟榔笺来，即笑着说道："你的诗给我看，和给你这馆子里的下女看差不多。"黎是韦笑道："你也不要过自贬损了。"郑绍畈接过来，看那诗是两首五律。诗道：

踏倦罗浮月，樱花岛上来。

绿波双鬓影，紫府各仙才。

月下调珠柱，风流赋玉台，
仙姿游戏惯，只合住蓬莱。

解后论交旧，灵山合有缘。
竭来冠盖外，倾倒酒尊前。
乡梦梅花驿，闲情柳絮篇。
长途嘱珍重，春暖粤江烟。

郑绍畋看了，满心想恭维几句，只苦于想不出一句得体的话来，勉强笑道："真亏你一夜就做了两首。要是我，两夜一首也难做。"黎是韦见郑绍畋恭维的不得劲儿，更想不出得体的话来回答，含糊应了一句，即将诗接过来，仍收入抽屉内。

忽见房门开了，回头一看，何达武气喘气促的跑了进来。黎、郑二人都吃一吓。只见何达武把脚一跺道："我只去迟了一步，精庐的人，全家搬走了。我追到富士见楼一问，周卜先、陈老二也逃的不知去向了。"郑绍畋哈哈笑道："他们到底怕我们武力对付，悄悄的都搬跑了。"黎是韦问道："李镜泓搬了，门口也没贴移居的地名吗？若有信札，教邮局如何投递哩？"何达武道："若贴有移居的地名，我也不追到富士见楼了。"黎是韦道："你问富士见楼的账房没有？"何达武道："我问了，账房说不知道搬往甚么所在去了。"郑绍畋笑道："毫无疑义，是听说我们要用武力对付，周卜先那东西多机警呢！知道众怒难犯，不如悄悄的搬跑，免得吃眼前亏。我们这几日在外面宣传的，一传十，十传百，反对派的威风还了得，不愁他周卜先不吓跑。铁脚你再去打听，看他们躲在甚么地方，我们再用这法子去威吓他。这下子他们决不敢正式结婚了。老黎要听劳山牛皮的主张，就一辈子也反对他不了。上了当，还要遭人唾骂。"何达武道："你们昨日去质问劳山牛皮，结果是怎么的呢？"郑绍畋把脸往旁边一扬，鼻孔里冷笑一声道："还有甚么质问的价值？我们的主张已经占了胜利。"

黎是韦猛不防伸手将郑绍畋的口掩住道："请闭鸟嘴，请闭鸟嘴！你这笨蛋，不是愚而好自用，简直可谓下愚不移。我昨日若不是自己稳健，几乎信了你的话，把一个好好的帮手得罪了。人家实心实意的，已经着手在那里帮我出气，我们倒把人家当坏人。"郑绍畋避开一边说道："劳山牛皮真是帮我们吗？"黎是韦道："他教我用不着向你说，你信不信没有关系，他说你要实行你的主张，尽管去实行，他不算帮忙你的，也不要你来帮忙。"郑绍畋道："他既是实意反对周卜先，和我们的意见相同，正好通力合作的做事。我们内部先自分裂，一则减了力量，二则给人笑话；并且还怕周卜先利用我们内部闹意见，实施其离间手腕。我昨日是信劳山牛皮不过。你既证实了他，不是来行缓行之计的，我的主张尽可牺牲，绝对服从劳山牛皮的计划。你只把昨日如何证实的情形说给我听，也使我好欢喜。"黎是韦见郑绍畋这们说，便将昨日黄老三所说周之冕受周撰奚落的话，并周之冕和黄老三谈话情形，说给郑绍畋听了。郑绍畋自是欣喜。

黎是韦问何达武道："你前日邀我入甚么游乐团，这游乐团毕竟是怎么一回事？"何达武笑道："我们这游乐团吗，这几日兴旺极了，李团长忙得不可开交。"黎是韦道："李团长就是李锦鸡么？"何达武点头道："那是他的绰号，他的名字叫李铁民，学问、人品都了得。"黎是韦道："他忙的不是为田中旅馆的伍女士吗？"何达武道："你怎么知道是为这个？"黎是韦道："自有人说给我听。他此刻已搬进田中旅馆去了没有呢？"何达武道："怎么没有？前日下午就搬进去了。昨夜他出来，向团员报告成绩，要团员大家辅助他。成了功，大家有不小的好处。"黎是韦笑道："报告的成绩怎样？你听了他的报告么？"何达武道："怎么没听得，他说搬进去后，已和那女士接谈了数次，成绩很好。不过下手还须用一会水磨工夫。"黎是韦道："那女士的来历，他打听着了么？"

何达武道："已当面问出来。那女士是做过福建督军的姨太太，原来的名字叫冬凤，因小时候住在大连，在大连进过日本鬼办的学校，能说些日本话。福建督军花五万雪花银子，买来做姨太太，宠擅专房。那督军有一个正太太，三个姨太太，平日大姨太最得宠。二姨太虽不得宠，然人极能干，大姨太欺压她不下。只第三房的姨太太，几年之内，更换了几个。无论花多少银子买进来，只要大姨太一说不合式，就立脚不住，立时打发出去；任凭嫁人也好，当娼也好。这冬凤是第四次的三姨太，那督军太宠幸过分了，大姨太不愿意，逼着要那督军把冬凤打发出去。那督军一来花了五万银子，舍不得随意打发；二来这冬凤实在生得太美，又会承迎督军的意旨，要打发出去，委实割舍不开。奈那大姨太的势力大的了不得，那督军全不敢违拗她的意思。说是那大姨太只有一个亲生女儿，嫁在福建林百万家里。那督军近来的财产差不多要嫖光了，全赖那大姨太向女儿手里讨些钱来生活。因此大姨太的威势，在督军之上几倍。大姨太心目中既容不下冬凤，督军也爱莫能助，只好瞒着大姨太，将冬凤搬到外面住着，对大姨太就说已经打发走了。谁知这冬凤甚不愿意，当初被那督军用五万银子买去的时候，以为那督军阔的了不得，所以自愿做姨太太。及到督军家里住了年多，见除了表面的排场尚像是个有钱有势的外，骨子里连一千八百现银子一时都拿不出。袁世凯又将那督军监视了，<u>丝毫没有活动的希望</u>。冬凤心里早就有几成不愿意了，只因是被卖出来的身体，不能自由，勉强过度。后来被逼搬到外面，便十成不愿意再跟着那督军受罪了，带了从督军家搬出来的行李逃到上海，想找她十五六岁时打算嫁的一个少年商人。不料上海一打听，这商人改了行业，已到日本来留学。她因此赶到这里来，连日访那商人，还没有访着。我们李团长口里答应她，帮她探访，实在是要用种种的手段，勾引她上手。只要成了功，我们游乐团就不愁没有经费了。”

黎是韦叹道：“可怜，可怜！这位冬凤女士的遭遇，比陈老二还要不幸，万一上了李锦鸡的手，必然弄得人财两空。只是事情也就可怪，如何飘洋过海来找情人，连情人的住址都不知道，会弄得单身住在田中旅馆，使一般无赖子有垂涎的机会呢。”何达武道：“住址她原是知道的，说是近来搬了。因此，这女士到商人原住的地方扑了一个空，才住进田中旅馆，想从容探访的。”黎是韦道：“世上真有这般不凑巧的事，合该这女士要倒霉，李锦鸡要走运，才是这们冤家路仄。听说李锦鸡在日本十多年，甚么学问都没有长进，就只勾引女人的本领，实有绝大的神通。”

郑绍畂问道：“你二人说了半天，我还摸不着头脑。到底是个甚么样的女子，老黎见过没有？”黎是韦道：“刚才铁脚已把这女士的历史说了，你怎的还摸不着头脑呢？我见虽没有见过，但知道是个绝美的女子，姿容在陈老二之上。”郑绍畂笑道：“姿容既在陈老二之上，单身来到日本，李锦鸡便不着手去勾引，也免不了有去勾引的人。你不见向陈老二求婚的，就有五六十人吗？”黎是韦道：“这却不然，旁人纵去勾引，五六十个也敌不了李锦鸡一个。李锦鸡的本领，只怕还在周卜先之上。”何达武笑道：“你这话也不尽然，李锦鸡吊膀子，也一般有失败碰钉子的时候。我们游乐团成立的那日，他说有个日本女子，是中国人姓黄的姘妇。姓黄的回国去了，丢下这女子在这里，生计异常艰难，在一家料理店里当甚么酌妇。

李锦鸡说与她有一面之缘，要去看看她。前日我听得李锦鸡说，跑去碰了一个很大的钉子。那女子姓中璧，叫圆子。"

郑绍畋连忙问道："甚么呀，中璧圆子是我最好的朋友黄文汉的女人。我前几月还接了黄文汉从山东潍县寄来的信，托我调查圆子的下落，我正愁不认识和圆子相熟的朋友。黄文汉信中说：'有一个姓持田的住在喜久井町。持田有个女儿，和圆子要好。我临走的时候，还留了一百块钱并一份日记，托持田转交圆子。不知交了没有？'我接了这信，即时找着持田打听。持田家母女两个，我都会着。他们拿出日记及邮便局存那一百块钱的折子，给我看说，圆子自黄先生还在东京的时候，在这里借宿一夜之后，从不曾见过面，也无从打听。我听了没法，只得回来，照实写了封信，回给黄文汉去了。近来老黄也没信给我，朋友说他已到了上海，意态萧索得很。他素来爱嫖的，听说这回住在上海，花丛中不曾涉过足，就是为这个圆子没有消息。不料今日无意中，在你口里得着了她的消息。你且把李锦鸡碰钉子的话及圆子的地方告诉我，我好不负老黄的托。"

何达武道："地方我没听明白，只知道李锦鸡碰钉子的大概。李锦鸡那日到料理店，已是夜间七点钟了，以为圆子既当酌妇，李锦鸡又是认识的人，必然出来招待。谁知圆子见是李锦鸡进来，不独不出来招待，反躲到里面去了。李锦鸡那时肚中原来不饿，因想见圆子，只得上楼，寻一间僻静的房子，点了几样菜，沽了几合酒，预备和圆子痛饮的。酒菜来了，一个中年酌妇在旁斟酒。李锦鸡不能耐，问道：'你这里有个酌妇，叫圆子姑娘，我和她认识，你去替我唤她到这里来，我有话和她说。'那中年酌妇道：'圆子姑娘出去了，今晚不见得能回来。'李锦鸡道：'我刚才进门，还看见她坐在账房里，怎么对我胡说？我和她是朋友，有要紧的话对她说，特地来会她的。快替我唤去罢！'那中年酌妇推却不了，只得下楼。半晌，圆子缓步轻移的进房，也不行礼，靠房门立着问道：'李先生呼唤我，有甚话说？'李锦鸡见圆子的容颜大不如初见时的惊人神采，并且板着脸，如堆了一层严霜一般，半点儿笑容也没有，不觉冷了半截。只得勉强涎着脸笑道：'且请坐下来，我有话才好说呢。'圆子也不做声，靠着门柜坐下。李锦鸡斟了一杯酒，递给圆子笑道：'我好容易探听着姑娘的所在，特地前来问候，请饮了这一杯，我还有衷肠的话，向姑娘申诉。'圆子也不伸手，只正容厉色的，口里答道：'我从不喝酒，请自己喝罢！先生的衷肠话，我没有听先生申诉的必要，请先生不要开口。我当酌妇，却不卖淫。先生要喝酒，这里自有酌妇招待，我身体不快，已向馆主告假，恕不能陪侍先生。'圆子说完这几句话，自立起身，头也不回的下楼去了。李锦鸡端着那杯酒，好一会缩不回来。僵了一般的，直待那中年酌妇进来执壶斟酒，魂灵才得入窍。闷闷的饮了几杯酒，就会了账出来。至今提起，还是忿忿的。说他在女人面前栽跟头，这是第一次，并说他和圆子初见面时，圆子异常表示亲热，他还送了一个金戒指给圆子，以后就没会过面。实在想不到，劳神费事的好容易探听了下落，见面得这们一个结果。"

郑绍畋道："黄文汉是何等人物，他的女人岂有卖淫之理！李锦鸡不知自量，应该碰这们一个又老又大的钉子。李锦鸡住在那里？我要去找他，打听圆子的所在。"黎是韦道："铁脚刚才不是说了，前日下午搬进了田中旅馆吗？你要去找他，我陪你同去。顺便瞻仰那位冬凤女士，看毕竟是个甚么模样儿。"郑绍畋点头道："你在这里等着，我先回家将老黄的信带在身上，问了住址，就好去探望他。"黎是韦道："便是去探望圆子，我也要同去。这种女子在中国礼教之邦，于今世风浇薄，道德沦丧，如此有操持的女子，尚不易见。何况日本这种卖淫国家，一般女子都是绝无廉耻的，独这位圆子居然能出污泥而不染，真要算是难能可贵了。我听了她对李锦鸡说的那种斩钉截铁的言词，不由得我心里非常钦敬。像这样的节烈女子，在我们口读圣贤书的人，维持保护还恐不力，如何能忍心去蹂躏她、破坏她呢？李锦鸡那种举动真死有余辜！可惜圆子不曾打他两个嘴巴。"郑绍畋笑道："你的书呆子脾气又来了。你没听铁脚说，初次见面时，圆子曾很表示亲热吗？"黎是韦摇头道："这是胡说！李锦鸡是专事吊膀度日的人，他的心目中，甚么女人不是觉得对他很亲热呢？除非放下脸，指着他痛骂一顿。然而他有时顽皮起来，或者还要对人说是打情骂俏呢！他的胡说为得凭的吗？如果初次见面圆子真曾表示亲热，何以第二次见面，反给这们一个老大的钉子他碰哩？这样自相矛盾的话，亏你还替他辩护！我的脾气第一最恨破坏人的名节，次之就恨枉口拨舌的诬蔑好人。"何达武笑道："你既最恨破坏人名节，却为甚么拚命转陈老二的念头呢？若陈老二为你所动，和你生了关系，她的名节不是为你破坏了吗？"

不知黎是韦如何回答，下章再写。

第一百五十五章

虐亲儿写恶兽奇毒
探贞操凭女伴证明

却说黎是韦听了何达武的话，心里大不谓然，登时正颜厉色的说道："这话在你这样粗人口里说出来，我不能骂你，因你的脑筋太简单，没有学识。一不知道名节二字是甚么东西，二不知道我转陈老二的念头所持的是一种甚么态度，所存的是一种甚么心思。你看作和普通好嫖的人吊膀子，图暂时肉体的娱乐一样，无怪乎有这种诘问。若在读书有知识的人口里问出这话来，我简直要不答应他。你要知道，陈老二是正在择人而嫁的时候，我又是继弦待续的人，正不失关雎君子、淑女好逑之旨。当时你和陈老二同住，我每次在她家坐谈，十九有你在跟前，你曾见我失礼的言词及无聊的举动没有？便是陈老二许嫁我，我也必待六礼完备，才能与她成为夫妇。决不敢存周卜先那样的心，先行骗奸，再敷衍些结婚的手续，以掩饰人耳目。"郑绍畋起身笑道："你老黎，我倒知道是个至诚君子。奈陈老二实在算不了一个淑女。"何达武见郑绍畋拿了帽子起身，即问道："你走么？"郑绍畋道："我回家拿封信就来。"说着，先走了。

黎是韦问何达武道："你们组织这游乐团，有甚么利益呢？"何达武道："利益怎么没有？我明日带章程给你看。"黎是韦笑道："还有章程吗？章程上写些甚么哩？"何达武道："李锦鸡一班人，从前原组织过游乐团的。因辛亥革命，团员多回国去了，团务就不发达；直到这时，才重新组织。章程是李锦鸡拟的，说比从前的更改了许多。于今还是写的，每团员一份，将来团务发达再行排印。"黎是韦笑道："我问你章程的内容，你说这些不相干的话做甚么呢？"何达武笑道："我说了明日带章程给你看，你看了，自然知道内容。此刻教我说，我也记不大清楚。我那松子，前日也加入了这团体，她也算是一个团员。"黎是韦道："不也要缴一块钱团费吗？"

何达武点头道："那是自然，不但入团的缴一块，以后还得按月缴纳。"黎是韦道："游乐团要这多钱干甚么呢？"何达武笑道："你真是个书呆子！有了钱，还愁没有事干吗？"黎是韦道："我倒是个书呆子，只怕你这个自命不呆的，白送钱给李锦鸡这班人花用。他们拿了你们的钱，嫖也用得着，赌也用得着，真不愁没事干了。"何达武摇头道："那有的事！钱是归小金经管，王立人负支出的责任，李锦鸡连看都没看。昨日小金正租定了小日向台町的一个贷间，每月房租八元，买了些应用的器具。团费不够，小金和王立人还共垫了十多元。就在这两日，要在新房子里开正式成立会，要加捐团费。章程内有一条，团员中有能绍介新加入团员一名，即免缴绍介人本月团费，绍介两人，免缴两月，绍介至三人以上，为特别团员。由团长发给一枚银质旌章，佩带胸前。普通团员在途中遇着，得行礼致敬。普通团员有听受特别团员指挥的义务。"黎是韦笑道："李锦鸡这东西真会愚弄人，怪道你拉我加入。章程我也无须看，但听你所说这一条，已可断定是内地清帮、洪帮骗人钱的故智。"

说话时，下女进来笑问道："黎先生不饿吗？"黎是韦听得，才想起从起床到此刻，三点多钟了，只顾说话，连饿都忘了。问何达武道："你吃了午饭没有？"何达武道："我吃了些早点出来，就到精庐，又到富士见楼，都没看着人，回头到这里，在那里有午饭给我吃？"黎是韦笑向下女道："你不开饭来，倒问我饿不饿，就去开两客饭来罢！"下女应着是去了。

且慢，下女怎么对客有这种离奇的问话呢？却有个道理在内。黎是韦虽是个又至诚又老实的人，生性却极鄙吝，轻易不肯白花一文钱。平常有朋友来访，无论有多远的路，虽在吃饭的时候，非那朋友不客气，硬向他开口要饭吃，他决不肯先开口留朋友吃饭。他并叮嘱馆主，在开饭的时候，如遇房中有客，须停一会，等客走了方开来。不可照旅馆的常例，还不到开饭的时分，就教下女来问要客膳么。馆主因黎是韦是这们叮嘱了，今日见房中有客，只得把黎是韦一个人的饭，停了不开，以待客走。无奈郑绍畋走了，何达武还是坐着不动，饭菜都等得冷了，见黎是韦仍不教开，馆主也是个算小的，恐怕等歇黎是韦说饭菜冷了，要重新烧热，又得费柴火。不得已才教下女来，带着讪笑的语气问这们一声。

下女开上两客饭来，何达武只吃个半饱，饭就没有了。黎是韦道：

"住在这旅馆的留学生，都不大愿意叫客膳。就是因这馆主太算小了，菜没得给人吃还罢，连饭都不肯给人吃饱。这小饭桶只有松松的两平碗饭，饭量大的还不够个半饱，教他添这们一桶子，就要一角大洋。"何达武只好将碗筷放下，说道："这旅馆的客膳未免太贵了，连菜不要算两角钱吗？"黎是韦道："两角钱倒也罢了，连菜要两角四分呢。"何达武把舌头一伸道："好吓人，两片浸萝卜，一点两寸来长的咸鱼，就要人一角四分钱，比强盗还要厉害！我要早知道花你这们这多钱，仅能吃个半饱，便拼着再饿两点钟，回家去吃不好吗？我们自炊的合算，两个人的饭菜，每日不到三角钱，还吃得很好。"黎是韦道："你们自炊的人，不妨到外面吃饭，吃人一顿，自己家里便留着一顿。像我们住旅馆的，跑到朋友家，使朋友叫客膳，真是两败俱伤之道。朋友多花一份钱，我自己旅馆里仍不能把饭菜给我留着。月底算起账来，只怕不能少给他一文钱。我住的这地段不好，离神田太近，交通过于便利，来往的朋友顺路到我这里坐坐，极为便当，每月至少总有几次客膳。所以我一名公费，恰够开销，丝毫羡余没有。这次对于陈老二之爱情失败，手边不宽绰，也占原因的一大部分。老郑的本事比我大，躲在那人迹不到的地方住了，他平日不到人家吃一顿饭，人家也莫想吃得着他的。所以他能贮蓄。"何达武笑道："他对于陈老二的爱情，不也是一般的失败吗？"

正说着，郑绍畋已来了。进门即笑说道："我刚才回家去，在路上遇着一个朋友，说一桩新闻事给我听，倒是很有趣。"黎是韦一面拍手叫下女来收食具，一面问是甚么有趣的新闻。郑绍畋道："神田菊家商店，有个女儿名叫鹤子，在神田方面大有艳名。"黎是韦点头道："我见过她，是生得还好。前一晌，不是宣传要嫁一个中国公使馆的参赞吗？"郑绍畋笑道："可不是吗？我也曾听得是这们说，其实并没嫁成功。我朋友对我说，那参赞名叫朱湘藩，在菊家商店数月来花了上万的钱，大张声势的准备结婚，请了无数的亲朋，谁知落了一场空。我那朋友今日亲眼看见那参赞，没迎着亲，垂头丧气的坐着汽车溜了。有人说，那鹤子早几天就走了，不在菊家商店了。你看好笑不好笑？"黎是韦笑道："这分明是个改头换面的仙人跳，将来怎生个结果，新闻上必然登载出来。"

郑绍畋问何达武道："你去李锦鸡那里么？"何达武正在踌躇，黎是韦道："去多了人不好。田中旅馆的中国人住的少，我们一群一群的跑去，给人讨厌。"何达武道："我本来不愿意去。"郑绍畋道："你不去，我们两人就走罢！"黎是韦披了外褂，系了裙子，三人同出了东肥轩。何达武独自归家。

黎、郑二人来到田中旅馆。此时李锦鸡正陪冬凤在自己房中谈福建督军的家事。原来李锦鸡是福建人，那位督军在福建生长，做了二十多年的福建武职大官，他的家世，李锦鸡也知道很详细，因此和冬凤说得对劲。黎、郑二人由下女引进来，李锦鸡虽与二人认识，却没交情，既是来访，只得起身招待。冬凤见有客来，即兴辞避去。黎、郑二人已看得分明，但觉得珠光宝气闪灼眼帘，兼以窈窕身材，入时装束，不由得使人神移目注。惟二人目的不全在冬凤身上，李锦鸡又在招呼让坐，遂都敛神坐下来。郑绍畋先述了见访之意，李锦鸡笑道："二位怎知我住在此间？"黎是韦道："贵游乐团的团员何达武，今日在舍间谈起足下的艳遇，因此知道。适才拜见的，想必就是那位伍女士了。"李锦鸡点头笑道："这位女士的遇合，实在可悲得很。她若不是见机得早，将来结局之惨，还不知要残酷到甚么地步。适才她正和我闲谈闽督家的惨事，我听了心骨都为之悲酸。"黎是韦道："是些甚么事，这们可惨？"

李锦鸡长叹一声道："我将来把这些事调查确实了，打算编成一部家庭悲剧，演给人看，也是一种社会教育。这位闽督的家世及他为人的残忍，在我敝省的恶迹，我本早有所闻。敝省的人民恨他也恨得有个样子了。不过他家庭的细事，外人传说的总不大明晰，说得不近人理的，似乎不足为根据的。得这位冬凤女士一说，才知前此外人所传说，我辈所谓不近人理，不足为根据的，尚未尽事实的十分之一。不料世界人类中，竟有恶毒寡恩像我敝省的这个督军的人。我今日将我所知所闻的，说给二位听，还望二位广为传播，使人人知道这位废闽督，是禽中之鸮，兽中之獍，人类中绝无仅有的毒物！我叙述他的事，誓不捏造一语，因我和他绝无嫌怨，无所用其诬毁。我于今先说他处置他父亲身后的事，其人之没有天良，已可见一斑。他父亲系清室中兴名将，在鲍春霆部下屡立奇功。官也升，财也发，在敝省做一任全州提督，一任厦门提督。前后或利诱，或威逼，弄敝省二十多个女子做姨太太。他死的时候，姨太太年纪最大的不过三十岁，小的仅十四岁。这位废督是长子，承理家政，对于二十多个姨太太无论曾生育，不曾生育，一概不准改嫁，勒令守节。可怜那些十四五岁的小女孩,并没享受他父亲甚么恩义,有三四个进门还不上半年的,怎么愿意牺牲一世的生趣,做这种毫无意义的寡妇?没一个不是怨天恨地,暗骂这废督没有天良。废督那里放在心上,新造一所房子,彷佛现在模范监狱,将这一大群姨太太活活的监在里面,终年不许见天日。敝省人无有不为之不平的,只因一则系人家的家事,二则这废督那时在弊省的势力,已是炙手可热,因此无人敢说。"黎是韦点头道:"这事我也曾听人说过。只就这一点而论,他父子两人已都是罪不容于死了。"

李锦鸡道:"可见我不是捏造出来,诬毁他的。据冬凤说,他在废督家,是做第三房姨太太。废督的大姨太、二姨太都没有更动过。只第三房频年更动,至冬凤已是更到第四次了。受祸最惨的,为第一次到他家的三姨太,姓王,家中都呼为王姑娘。容貌比大、二都美,废督原很宠爱她,奈大姨太不依,废督有些畏惧,不敢多和王姑娘亲近。一夜,废督在大姨太房里歇宿,大姨太忽然想要借事羞辱王姑娘一顿,逼着废督,将王姑娘叫到房里。大姨太拉着废督同睡,教王姑娘在床边替二人捶腿。那时废督正在敝省督军任上,以堂堂督军之威,王姑娘系新讨的人,不敢违抗,只得忍气吞声的替二人捶了一会。退后自忍不住哭泣。废督的正太太却好,闻知了这情形,次日将大姨太训责了几句。说你们同是当姨太太,伺候都督,你怎的独骄横到这一步?这位大姨太受了训责,便在废督跟前撒娇撒痴,寻死觅活的哭闹。废督答应将王姑娘打发出去,大姨太那里肯依呢?说就这们打发出去,便宜了她,须留在家里,朝打夜骂的凌磨,慢慢的把她磨死,才算快意。并要立时将正太太送回原籍,不许同住在都督府。废督都答应了,先将正太太遣走,即把王姑娘提到大姨太面前,剥去身上衣服。废督手握藤条,浑身乱打,只打得王姑娘跪在地下,磕头痛哭求饶。大姨太还嫌废督两手无力,太打轻了,教王姑娘仰天睡倒,勒令废督用双足在小腹上踩踩。王姑娘腹中怀着几个月身孕,大姨太想把他踩落下来。不知怎的,偏踩不下,竟怀满了十个月,生下一个女儿来。可是作怪,王姑娘怀着身孕,受尽人世惨毒的凌磨,不曾磨死。生下这女儿之后,废督只一脚,便送了王姑娘性命。王姑娘死后,大姨太怕她阴魂作祟,炒热几斗铁砂和豆子,倾入棺内,说非如此不能镇压。"

黎是韦道:"这才是最毒淫妇心呢。"李锦鸡道:"这就算毒吗?这位废督才真是毒呢。王姑娘既已活活的被废督一脚踢死了,留下这个女儿,也雇了一个奶妈带着。有几个月，知道笑了，废督想逗着大姨太开心，用一个小竹筐儿承了这女孩，拿绳系了竹筐，穿在屋梁上。废督亲自动手，一把一把收那绳子，将竹筐高高扯起；扯到离屋梁不远了，猛然将手一松，竹筐往下一坠，筐中的女孩便吓得手脚惊颤；不等竹筐堕地，又连忙将绳索收紧。如此一扯一放，大姨太一开心，说是好要便罢，大姨太若不高兴，看了不做声，就迁怒到女孩身上，提起来就是几巴掌，并指着骂道：'你的娘不得人意，生出你这东西来，也是不得人意的！'带这女孩的奶妈知道废督的脾气，到了这时候，就得赶快上前接着抱开。若迟一步，便往地下一掷，已曾掷过几次，却不曾掷死。"

黎是韦听到这里，不由得脱口而出的怒骂道："这样禽兽不若的东西，还了得吗！人言虎毒不食儿，这东西真比禽兽还要狠毒，实在令人发指。"李锦鸡道："扯竹筐的事，凡是敝同乡十有八九都知道，不过没这们详细。但是他的狠毒行为，尚不止此。这女孩长了一岁多，能在地下走了，废督无端用火将女孩顶上的头发点着，自己和姨太两个看着，拍掌大笑。有一次拿手枪要把这女孩打死，一枪没打中要害，仅将手膀打断了，至今不曾医好。"黎是韦连忙摇手道："我不愿意再往下听了，足下能将这些事编成剧本，我极赞成，我有一分妨阻这废督活动的力量，誓必尽力。"李锦鸡笑道："暂时已被老袁监视，决没有给他活动的机会。他若有活动的希望，冬凤也不敢逃到这里来，明目张胆的对人说了。"

郑绍畋起身向李锦鸡道："望足下将圆子的地址给我。"李锦鸡点点头，就桌上拿了张纸，写了番地，交给郑绍畋。郑绍畋略问了问途径，辞了李锦鸡出来。郑绍畋道："我们须步行到水道町，乘赤阪见附的电车。"黎是韦点头，跟着郑绍畋走。郑绍畋笑道："这位福建督军的行为，连李锦鸡都骂他是禽中之鸮，兽中之獍，其人之险恶就可知了。"黎是韦正色道："李锦鸡这种人，不过是自甘暴弃，不务正道。拿着有志青年及正人君子的行为去绳他，自然是种不受绳墨的弃材。然和这福建督军比起来，就不是善恶之辨，简直有人禽之分了。我本一团高兴的来看这冬凤女士，不料听了些这样的话，不特将我一团高兴扫个干净，反使我心中很不愉快。连冬凤女士这几日的情形，都没心情打听了。"郑绍畋笑道："相距咫尺，还怕打听不出她的情形吗？不要慌，你见着圆子，心里就愉快了。"

二人说笑着，乘电车到了赤阪。郑绍畋见字条上写着笠原料理店，按着番地寻找。这笠原是赤阪很大的料理店，不一会就找着了。郑绍畋道："我们也得拣一间僻静的房子，点几样料理，才好请圆子上来说话。"黎是韦道："但怕她疑心又是和李锦鸡一样，来轻薄她的，不肯上来见面。"郑如畋摇头道："不受人轻薄，只由得她。为甚么会不肯见面？我认识她，不是小家女子。"二人说着话进门，即有下女出来迎接。郑绍畋一眼望去，没有圆子在内。脱了木屐上楼，下女引到一间六叠席房里。郑绍畋向下女说了两样下酒的菜，要了两合酒。有个二十多岁的酌妇，在一旁斟酒。郑绍畋先引着酌妇说笑了一会。酌妇见郑、黎二人衣服、像貌虽很平常，听郑绍畋说话，却甚是在行。料是久在嫖场厮混的，便把初时慢忽的神气收了，改换了一副殷勤的态度来。

郑绍畋饮过两杯酒，做个闲谈的样子，从容问道："听说贵店有位和你同业的，姓中璧，名叫圆子，为人极好，又生得漂亮，这人此刻还在贵店么？"酌妇见问，望了郑绍畋一眼，笑道："先生问圆子君么？此刻在是在这里，但是……"说到这里，又望着郑绍畋笑，不往下说了。郑绍畋笑问："但是怎么，如何不说下去呢？"酌妇笑了一会道："先生问她是甚么用意呢？"郑绍畋笑道："你看你们当酌妇的职务是甚么，我问她就是甚么用意。"酌妇笑得伏着身子道："我们酌妇的职务吗？是酌酒呢。"郑绍畋道："还有哩？"酌妇望着郑绍畋摇头道："没有了。"郑绍畋道："来喝酒的，自己不会酌酒吗？有下女也不会酌酒吗？"酌妇笑道："先生问的圆子君，但是专会酌酒，她不曾担任酌酒外的职务。"郑绍畋故作正色道："你奈何欺我，那里有专会酌酒的酌妇，并且绍介给我知道的朋友，就和圆子很有过交情，不过身价高一点儿罢了，那里有不担任酌酒以外职务！"

酌妇听了，似乎有些惊讶的样子，敛了笑容问道："先生的朋友，和圆子君在这个料理店里有过交情吗？"郑绍畋含糊答应，点了点头。酌妇笑道："先生自说欺人的话，圆子君在别处怎样，我不得而知；自到这里和我同事，实不曾见她和谁有过交情。她进来的时候就和番头定了条件，酌酒之外，随时得准她请假。这里时常有中国人来喝酒，其中有和圆子君认识的，想拉交情，也都被拒绝了。前几日还来了一个穿洋服，生得很漂亮的中国人，指名要圆子君出来，说有要紧的话说。我们听了，疑心是和圆子君有交情的客来，悄悄的躲在门外偷听。只听得那中国人低声下气的请圆子君喝酒，被圆子君用无情的语音，说了几句，立时退出房外。到夜间安歇的时候，我和她同床，问她怎么见了那个中国人那们生气，全不给人一点面子。她叹了一口气，低着头，坐在床边半晌不做声。被我追问急了，才回答道：'那个中国人是我的仇人，曾害过我的，所以我见了面不由得就生气。'我问她怎生害的？她只是不肯说。先生要说圆子君在这里和人有过交情，这话我决不承认。"

　　不知郑、黎听了这话，如何情形，下章再写。

第一百五十六章

郑绍畋设辞穷诘
黎是韦吃水开晕

却说郑绍畋虽然从这个酌妇口里探出圆子的操守来，当下仍旧追问道："你问过她为甚么不肯和人拉交情的道理没有呢？"酌妇道："怎么没有问过哩？她说她身上有恶疾，说人家花钱图快乐，不要害人染一身的病去。"郑如畋道："她有恶疾，曾去医院诊治么？"酌妇道："她曾说她的病是诊治不好的。"郑绍畋知道是圆子托故的话，心里也不由得钦敬起来，笑向酌妇道："我此刻要是想请圆子君到这里来酌酒，她肯来么？"酌妇道："那有不肯来的道理呢？"郑绍畋道："你就去代我请她来。"酌妇望着郑绍畋道："请她来做甚么，她不是和我一般的酌酒吗？"郑绍畋摇头道："你去请她来，我还有要紧的话说。"酌妇扑哧的笑一声道："先生也是有要紧的话说？"郑绍畋笑道："我要紧的话不和那个中国人一样，请你就去罢。"酌妇道："真个有要紧的话要请她来说么？"郑绍畋正色道："谁有工夫来哄你呢！"

酌妇才笑嘻嘻的下楼去了。好一会仍走回来说道："圆子君说，很对先生不起，她此时正害着病，睡倒在床上，实在不能上楼来陪先生谈话。等将来病好了，再向先生谢罪。"黎是韦在旁说道："是吗？我原说只怕她不肯见面，我们进来的时候，就该直截了当的托酌妇向她说明来意，才能表示来访的诚心。你偏要对这酌妇闲谈一些无聊的话，已现出很轻薄的样子，身分比李锦鸡还不如；教这酌妇去请，又不说明来历，不是自讨没趣吗？黄文汉写信来托你这种轻薄子，真算没眼！圆子便一请就到，听了你这些盘诘的言语，也要见怪了。"郑绍畋笑道："这有何要紧，没我这们盘诘，怎显得圆子的操守？她是何等聪明的人，有这种操守难道不愿意人知道吗？我自有方法请她上来，并包管不至见怪。"说着，从怀中取出黄文汉的信来，并自己一张名片，交给酌妇道："请你再去向圆子君说，她有病不能上来，我也不敢勉强。这封信是圆子君的丈夫寄来的，请她看过仍退还给我，看她有回信没有。"酌妇双手接着，应了声是，复跑下楼去。

郑绍畋道："我是个极不相信日本女子有操守的人，虽知道老黄赏识的比别人不同。然在这种地方，服这种职务，殊不能使我毫无疑虑。李锦鸡一个人被拒绝，不能即为有操守的铁证，因为我们不知道圆子和李锦鸡有没有其他不能发生关系的原因；或者圆子见李锦鸡是中国人，恐一有关系，易为老黄侦悉。她是个聪明女子，做事必思前虑后，不肯胡来，给人拿住破绽。我用这些话盘诘酌妇，只要圆子在这里曾有一次不洁的行为，酌妇听了我那句有朋友和圆子有过交情的话，必猜我已经知道，再瞒不了；或露出些迟疑不肯说的神色来，我就侦查得有些把握了。圆子若有这些举动，我不怕她见怪；若没这些举动，她不但不至怪我，并巴不得我侦查实在，好给老黄通信。你听脚声响，必是她来了。"

话才说完，圆子已进房来，见面认识郑绍畋，深深鞠了一躬。二人连忙起身，郑绍畋指着黎是韦绍介了。圆子只当是黄文汉的朋友，见了礼，向郑绍畋陪笑说道："同伴的没说明白，不知道是先生呼唤，得罪得罪。"郑绍畋道："还望嫂子恕我唐突，像嫂子这般意志坚定，实令我钦佩不置。老黄的信，嫂子想已看过了？"圆子点头道："先生快不要如此称呼，实不敢当！黄先生的信，已拜读过了。承他的情，不忘鄙陋，奈我生成命薄，有缘只好留待来世。"说时，两个眼眶儿已红了。

绍畋看她身上的棉服，虽是绸的，却旧到八成了。容光憔悴，大不似前年十月初九日，在水道桥遇见时的神采。见她两眼红了，连忙安慰道："嫂子不用如此伤感，老黄因没得着嫂子的消息，意懒心灰，他平日办事极有能干，极有秩序。归国后，只因记挂着嫂子，连办理都打不起精神来。在山东潍县，也没办一件有成绩的事；近来住在上海，更是无论甚么事，他都不愿意干了。嫂子当知道他的性格，他是素来爱玩的人，听说这回在上海，花丛中一次都不曾涉足。在他能是这们，也算是很难得的了。他去年从东京动身的时候，因找不着嫂子，曾留下一份日记。写的是嫂子走后，半个多月，他和下女各处寻觅，及追念已往，推测将来，种种思潮起伏、状态不宁的情形，并一百块钱，寄在喜久井町持田家。他以为必再去那里，便可见着那日记，收用那一百块钱了。我去年接着这封信，即去持田家访问。谁知嫂子并没再去，持田家也无从打听嫂子的住处，只好将那一百块钱作为邮便贮金，存放在邮便局里。存折我都看见，还是用嫂子的名义存放的。"

圆子道："我辞别黄先生之后，因心绪不佳，不但持田家不曾再去，即素日和我交好的女伴，一个也不曾见面。有时在途中遇着，我宁肯远远的绕道，实无心与人烦絮。曾在某商人家，充过四个月女中，无奈体弱病多，不胜繁剧，只得到这里当酌妇。收入虽然不丰，却喜职务轻易。这种生活，心里倒非常安适，比在黄先生家费尽心力，尚时时以失恋为忧的，转觉自在些。爱情这两个字我自信看得很透澈了，我这样命薄的人，轮不到有人以真情相爱。若专为生活，我既有自活的能力，便用不着再嫁人以谋生活了。我之充女中，当酌妇，都是为谋个人简单生活起见。其所以当酌妇而又只专担任侑酒，也是为体弱多病，想借此保养，少受些疾厄的痛苦；并不是心念黄先生，与黄先生的爱情未断，不忍转恋他人。望郑先生回信给黄先生时，代我将此意表明。持田家的日记及一百块钱，请黄先生写信去讨回。我生计很充裕，多钱用不着。日记看了徒使我心里不愉快，故不愿意看它。总之，黄先生的恩情，莫说我现在还活着，便是死了也应知道感激。不过我此刻已成了脱离枪口的弹丸，无论是达目的与不得达目的，弹丸的本身已是没有回头再入枪膛的资能了。这封信是黄先生写给先生的，仍退还先生。"说着，将那信送到郑绍畋跟前席子上。

郑绍畋因不知道圆子和黄文汉脱离时的情形，毕竟是为着甚么，黄文汉这们记挂圆子，而圆子尚是如此决绝？想用言词劝慰，觉得比想要恭维黎是韦的诗还要难于得体。只得说道："老黄这信，是从山东寄来的，近时他已不在原处了。虽听说他于今住在上海，却不知道他的住址。尚须打听着他的地点，方能写回信去。依我的愚见，他寄在持田家的财物，非得嫂子去拿来。久存在人家，人家也难于保管。一百块钱，在嫂子眼光中看了，固不算甚么。老黄也不过借此表表他的心，老黄注重的还在那几页日记，那是他对嫂子呕的心血，嫂子似不宜竟不理会。"圆子沉吟了一会道："我明日去持田家看看也使得。"郑绍畋把那信收放怀中道："嫂子能去持田家一看，我方不负老黄所托。不然，显得我连这一点事都办不来，这几句都说不清，不独对不起朋友，并对不起自己了。"圆子笑道："我很感激两位先生惠临，无以为谢。此刻已是晚餐时候了，惟有亲治两样菜，请两位先生胡乱饮几杯酒去。"

二人连忙谦谢。圆子已起身笑道："此地是料理店，一点儿不费事。客气怎的？"圆子下楼，托了两个很生得漂亮的酌妇，烫了一瓶热酒，提上楼陪二人饮酒笑乐。郑绍畋见这两个酌妇，年纪都不过十七八岁，面庞儿一般的秀丽；态度虽不及圆子大方，然皮肤白嫩，姿态妖冶，不像圆子那般严重，使人不敢存轻侮的心。郑绍畋笑向黎是韦道："这才是当酌妇的本来应有的姿态。像圆子那般面目，来当酌妇，没得倒把人的兴头压退了。"黎是韦点头笑道："话虽如此说，我心里却十分钦敬她。如这两个，直当以玩物蓄之而已。"郑绍畋也不答白，伸手便拉一个，教坐在自己身边。指点那个，教陪黎是韦坐。那个望着黎是韦笑，似乎不好意思坐拢去的样子。郑绍畋对黎是韦说道："你不伸手拉她一把，她女孩儿家，怎好真教她岸来泊船吗？"

黎是韦不曾在嫖界里厮混过，倒红了脸，认真不好意思起来。端起酒杯，向那酌妇一伸道："请你斟一杯热酒，给我喝喝。"那酌妇听黎是韦的日本话，一个一个字凑拢来，生硬得怪难听。忍不住执着酒瓶，笑得打颤，斟时淋泼了黎是韦一手背的酒，烫得黎是韦手背生痛，口里不住的喊痛，痛。酌妇听了这痛字，更笑的转不过气来。坐在郑绍畋旁边的酌妇忍着笑，叱了声"失礼呢"，这酌妇才慌忙将酒瓶放下，从怀中摸出一方小绸帕来，双手替黎是韦揩去手背上的酒，也陪笑说了声失礼。黎是韦本想喝几杯酒，把脸盖住，好伸手去拉酌妇。不料有这机会，酌妇双手捧着自己的手揩酒，赶着乘势握住酌妇的手，轻轻往怀中一带，酌妇已身不由己的倒入黎是韦怀中。

这一来，黎是韦的胆子就大了，脸皮也厚了。握着她的手，问她姓甚么，叫甚么名字。酌妇说姓寺田，名叫芳子。黎是韦端起酒，自己喝一口，递到芳子嘴唇边，教芳子喝。芳子只是摇着头，抿了嘴唇笑。郑绍畋正问自己这个，叫川田吉子；抬起头来想问芳子，一看这情形，急得连忙止住黎是韦道："你怎的这们外行，一点规矩也不懂！"吓得黎是韦缩手不迭，翻着两眼望了郑绍畋道："有甚么规矩？我不懂得。"郑绍畋指着桌子当中一大碗清水道："你看这是做甚么的？"黎是韦看了看道："只怕是嗽口。"郑绍畋笑道："嗽口的，放在桌子当中做甚么呢？"黎是韦望着那碗清水出神道："不是嗽口的，难道是给她们喝的不成？"黎是韦说这话，原来是误会了郑绍畋的意思。以为郑绍畋说给酒芳子喝，是不懂规矩；又指着碗中清水，又说不是嗽口的，心里疑这碗里也是酒，是预备由客人酌给酌妇喝的，因此是这们反问郑绍畋一句。郑绍畋听了，又好笑，又好气，也懒得多说，自己拿着酒杯做手执，教他洗洗的意思。做完了手势，仍掉过头，和吉子说话去了。谁知黎是韦更加误会，只道自己猜想的不错，郑绍畋的手势，是教他这们取酒。便将杯中剩酒一口喝了，用两个指头捏着酒杯边，伸手去大碗中，兢兢业业取了一杯清水出来，笑嘻嘻的送给芳子喝。芳子笑得躲过一边，伏身在席子上，只喊肚子痛。吉子也笑得举起两只纤纤手掌，只管连连的拍。

郑绍畋愕然望着黎是韦，问做甚么。黎是韦指着那碗道："你教我取这里的酒给她喝，她不喝，笑得这样，我也不知道是做甚么呢。"郑绍畋也禁不住，打了一个哈哈道："你这种没见过市面的乡里人，带你到这些地方真丢人！这是一碗洗酒杯的水。这种地方的规矩，客人要给酌妇或艺妓酒喝，须将酒杯在这碗水里洗干净，然后斟酒给她们，她们才肯喝。她们喝了，也得洗干净；回敬客人；不然她们是不喝的。这是预防传染病的意思，谁教你取水去给她喝的？"黎是韦羞得两脸通红，自言自语的说道："谁知道有这些甚么鸟规矩！你说又不说清楚，要拿手来做样子，谁能猜想得到呢。"郑绍畋知道书呆子的脾气，最是不肯自己认错的，又怕他羞恼成怒，忙笑道："只怪我没说清楚，我替你换过一杯酒，再给她喝。"

郑绍畋把杯中的水倾入碗里，将酒杯洗了一洗，斟上一杯酒，对芳子笑说道："我这位朋友，今年二十二岁了，还是个童男子，平生不曾近女人，玩笑场中更没到过。今日有你们陪着喝酒，算是他有生以来第一次。你若不逗着他玩笑，他是要害羞，也不肯逗着你玩笑的。你喝了这杯酒，再回敬他一杯，我托你多劝他几杯酒。"芳子听了，望着黎是韦的脸，心想："这们苍老的容颜，怎的还说只二十二岁？玩笑场中不曾到过，倒有些儿像。不管他怎样，我既受了圆子之托，教我好生陪他，只好殷勤一点。"芳子即将酒杯端起，一饮而尽，洗了杯子，复行斟上，移近黎是韦，娇声媚态的劝黎是韦喝。黎是韦只得又鼓起兴来，一边喝酒，一边和芳子起腻。

不一会，圆子亲自托着条盘进来，盘中四大碗日本料理，无非鸡鱼肉蛋之类。黎是韦见圆子进房，不好意思再和芳子扭做一块，忙将自己的蒲团移开。圆子已经看见了，笑道："黎先生怎这般客气呢？这种地方原是玩笑不拘形迹的，只怕我这两个同伴生得丑陋，不中两位先生的意；若不嫌厌，我是特地教她两人来侑酒供娱乐的人，一拘形迹，便觉得没有趣味了。"吉子笑向圆子道："郑先生说黎先生是童男子，平生没近过女人；今晚既到了这地方，害羞两个字全用不着，请开怀畅饮罢！"郑绍畋也笑向黎是韦道："你不要这们缩手缩脚的样子，隔壁房里不也是有人在那里喝酒吗？你听说笑的多热闹！"

黎是韦此时已喝上了几杯酒，心里早已想放肆，只因听得圆子的举动，钦佩的了不得；以为当着圆子露出轻薄的样子来，圆子眼睛里必瞧不起。及听得圆子反劝自己不拘形迹，心想：圆子既在料理馆当酌妇，终日耳目所接近的，全是轻薄样子。那个道学先生跑到这种地方来吃料理呢？然惟其在这种地方，当这种职务，终日耳目所接近，又都是引人入胜的情态；她一个青年女子，且曾营过极滥的皮肉生涯，一旦临崖勒马，处之泰然，任凭种种淫污浪荡的行为，时时在眼帘中演映，她竟能熟视无睹。这不但是平日有操守的人所能时时刻刻把持得定，必须灵府清虚，绝无渣滓，将所谓男女肉体之乐，视为人世极卑污苟贱之求乐，有夷然不屑为之的胸襟，才能做得到。黎是韦想到这里，又望望圆子。见圆子正执着酒瓶替郑绍畋斟了杯酒，换过手来，要替自己斟。黎是韦忙端酒杯接着。圆子斟了酒笑道："这酒菜虽是我孝敬两位的，但这酌酒，便是我在这里营业的职务。这职务和几个同伴的一样，这项职务之外，我所担任的便和同伴的不同。我是担任替同伴的与客人拉拢。今日二位是为送信给我而来，并非单纯的顾客，我本无履行职务的必要。不过我不向二位把我的职务申明一声，二位或者客气，本有求乐的心，因为碍在我的面子上，反不好说得，致使我这两个同伴事后来抱怨我，怪我怎的不替她两人拉拢。"吉子、芳子听了，都笑着伸手去拧圆子。

郑绍畋望着黎是韦。黎是韦到日本还不曾尝过嫖的滋味，和芳子起腻了一会，又浪上一些火来了，十分想趁此开张；只怕价钱太贵，要花多钱就不免心痛。见郑绍畋望着他，即移近座位问道："你不问她，要多少钱一晚呢？"郑绍畋笑道："你真打算在这里嫖吗？"黎是韦道："我倒随便，我怕你想在这里，我一个人便也懒得回去。"郑绍畋点头道："我不想在这里，你若懒得回去，我一个人回去也使得。"黎是韦踌躇道："你何妨问问价钱，便不嫖也没要紧。知道了价钱，以后若想到这里来玩，也有个计算。"郑绍畈摇头道："这话如何好意思问得？并且我身上的钱也带的不多，就是价钱不大，我也不能在这里住夜。"黎是韦道："我身上钱却带得有，前日才领了公费，没有去多少。"郑绍畈道："我不也是前日领的吗？早已用的剩不了几元了。你若真想在这里住夜，我就陪你一晚，牺牲几个钱也是小事。不过我短少几文，你暂时须替我代垫，明日就算还给你。"黎是韦沉吟道："你大约得垫多少才够呢？"郑绍畈道："我已有几元，纵多想也不过垫四五元就够了。你定要歇，我就问价。"说完，即掉过脸，凑近吉子的耳根，也不知悄悄的说了些甚么，只见吉子望着黎是韦笑。

郑绍畈回头说道："早知道要这们大的价钱，我也不问她了。"黎是韦道："要多少呢？"郑绍畈道："每人十元。"黎是韦吓了一跳道："这样贵，我舍不得花这们多钱。我们还是回家睡去罢。"郑绍畈正色说道："那怎么行呢，价都问过了。说嫌贵不要，对的起人吗？看你怎么好意就这们走！"黎是韦道："难道问了价，就非住夜不可吗？那有这个道理？"郑绍畈道："这不是买一样物件，问了价钱太贵，可以不要。她们也是和我们一般的人，你不想玩，就不要问价。你既教我问了，就不能不玩。这一来是人情，二来是习惯。问了价又走，是她们最忌讳的。"黎是韦道："问了价就不能走，然则她们说要一百八十，我们不也要在这里住夜吗？"郑绍畈道："这不是要一百八十的地方，她们不敢瞎欺人，随便开口，敲人竹杠。我们如果到了那种本来要一百八十的地方，不问价则已，问了价，也是不能走的。"黎是韦道："假若我身边不曾带得那们多钱，不走怎么办呢？"郑绍畈笑道："你真是个书呆子，身边不曾带那们多钱，跑到那种地方去干甚么呢？你刚才教我问的时候，我不是曾说我身边的钱不够吗？因见你说带得有，又见你已决心想在这里玩，我才开口向她问价。这个价目，比下等淫卖妇，就觉太贵些，若和上等艺妓比起来，还要算是很便宜的呢。玩这种女子，可以放心，不怕传染病毒。"黎是韦道："何以见得这种女子便没传染病呢？"郑绍畈道："我在这里面算是一个老资格了，女子有没有病，一落眼就知道。你看她们唇红齿白，目秀眉清，皮肤又白嫩，又干净，怎么会有病？"黎是韦道："可不可以要她减点价呢？"

不知郑绍畈听了，如何说法，下章再写。

第一百五十七章

黎是韦大窘郑绍畋
李苹卿再夺张绣宝

却说郑绍畋当下冷笑道:"这样话,只好你自己去问,我是问不出口。"黎是韦道:"你明知我的日本话说不来,一开口她们就笑了,怎么好问?"郑绍畋道:"你就说得来日本话,这话也是白问了。这种勾当,那里有还价的?"黎是韦道:"然则我两个人,不共要二十块钱吗?"郑绍畋道:"你只算你自己的十块,我差多少,向你借用。你又不是个空子[1],又不是个羊伴[2],我们是朋友,难道敲你的竹杠,教你替我出嫖钱?看你垫了多少,我明日还你多少,决不短你一文。"黎是韦道:"那是自然,你敲我的嫖钱,你自己的人格也没有了。好,我拼着心里痛一会,乐得快活一夜再说。十元之外,没有甚么杂用了么?"郑绍畋道:"一切杂用都在这十元之内。你只拿出十块钱来,厉兵秣马,以待交绥就是。所有嫖场应行手续,我是识途老马,一概交给我办便了。你不懂的规矩,不要夹七杂八的和她说。她见你是外行,说得不好,她们反无中生有的,要起出花头来敲你。这嫖场里面门道极多,她们挤一挤眼睛,动一动眉毛,又是花头来了。不是老资格,简直防不胜防。你要知道我这老资格,也是花钱捐起来的。你今日幸得有我在一块,不至花一文冤枉钱。要是你一个人想尝这种地方的滋味,你身上带的这一个月的公费,只怕有得带来,没得带去。"

黎是韦道:"我们外行来嫖,还要贵些吗?"郑绍畋道:"多花几个钱,能实行在这里嫖一夜,也还罢了,但怕你来花钱还嫖不着呢。她们就答应

---

[1]空子:旧时跑江湖的人称不懂江湖事理的人为"空子"。
[2]羊伴:骂人话。祭祀用猪羊,羊之伴即是"死猪"。

留你住夜，一时生出来一个名目，又是甚么枕头钱，甚么席子钱，甚么夜具钱，还有车钱，盒屋钱，无一个名目不是向你敲竹杠的。我记也记不清，说也说不尽，总之十块钱，莫想能实在这里嫖一夜就是了。"黎是韦道："枕头钱、席子钱还有点道理，甚么盒屋钱何所取义呢？"郑绍畋笑道："你那从知道这盒屋的名色，就是上海跟局的娘姨，常带着一个衣盒子同走，预备给姑娘更换的，谓之盒屋。不要你赏它几个钱吗？这里的规矩是先付钱，后住夜，和上海野鸡堂子一样。等歇乘她们不在意，你悄悄的从桌子底下递十五元钞票给我，我算是借你五元，所有交涉都由我替你开发。"黎是韦点了点头。

他们两人说中国话，圆子等三人都不懂得，只翻着眼，望了他们说。说完了，郑绍畋才对吉子低声说了在此住夜的意思。吉子告知圆子，圆子自是说好，教芳子、吉子劝黎、郑二人饮酒菜，自己拿出三弦来弹着。芳子、吉子唱了一会曲子，黎、郑二人快乐得忘了形，直闹到九点多钟，吃喝已毕，才收拾安歇。黎是韦暗地给了郑绍畋十五块钱，郑绍畋落了五块，只交了十块钱给圆子。本来这种酌妇每夜不过三四元，郑绍畋交出十块钱，面子上便很好看了。芳子、吉子都极高兴。黎是韦初次尝着这滋味，又见芳子服待殷勤，心中愉快自不消说得。圆子教下女撤去了残席，在房中间支起一扇屏风，将一间六叠席子的房，间作两间。下女把夜具理好，圆子道了安置，下楼去了。

圆子去后，黎是韦望着郑绍畋道："怎么就是这一间房子，我们四个人同睡吗？"郑绍畋道："中间有屏风隔着，不和两间房子一样吗？有甚么要紧呢？"黎是韦摇头道："这如何使得，不和禽兽差不多吗？"郑绍畋哈哈大笑道："你这书呆子说话，真见笑大方，你几时曾见禽兽交接，用屏风遮住的？你没嫖过，也没听人说过么？要在这里面讲究摆格，就得再多花几倍的钱去嫖最上等的艺妓，也不用去远，就在这料理店附近都有。莫说一个人要一间房，便是要三五间也有。"黎是韦口里虽没话再说，心里终觉得这种公开的办法，不甚妥当。如痴如呆的，立在屏风跟前，望着郑绍畋脱衣解带。郑绍畋老实不客气，卸下衣服，赤身钻入被中，伸出头来向黎是韦道："你还要等傧相来，赞行合卺礼吗？"黎是韦苦着脸道："你何妨问她们一声试试看，那怕是极小极坏的房子都没要紧，只不要是这们混做一块儿。"郑绍畋做出不耐烦的样子说道："你真好多说闲话，若办的到，我早办了。"接着喊了两声芳子君道："你还不快来，把你的这个人拉过去睡。他在这里吵的我们不能睡呢！"芳子真个跑到黎是韦跟前，边笑边拉着就走。黎是韦低着头，一语不发，芳子只知道他真是童男子，倒很觉有趣，伸手替他解了腿带，褪了衣服，黎是韦不能不睡到被卧里去。芳子把黎是韦的衣裙，一件件清理折叠起来，才把自己的衣服脱了，陪黎是韦同睡。黎是韦听得隔壁有声息，他不曾经过这种公开的办法，反吓得连动都不敢多动，倒亏了芳子多方开导，黎是韦教芳子将电灯扭熄，房中漆黑，才放胆了许多。

春宵苦短，一觉醒来，已是日高三丈。黎是韦睁眼看见屏风，想起昨夜情形，脸上有些涩涩的，觉着惭愧。一翻身爬起来坐着，喊了两声老郑，不见答应。芳子已醒来问道："不睡了么？"黎是韦点点头，芳子起来，自己先把衣服披了，拿衣服给黎是韦穿。黎是韦向郑绍畋那边努嘴，芳子轻轻走到屏风跟前，伸头望了一望，连忙缩回来，对黎是韦笑着摇手。黎是韦气不过，只将屏风一推，哗喳向郑绍畋身上压倒下去。吓得郑绍畋哎呀一声喊道："怎么的呢，把屏风推倒了！"即听得吉子的声音，在屏风底下说话。黎是韦和芳子都拍手大笑。郑绍畋用身将屏风躬起，笑道："你们还不快来揭开，弄出我的淋病来了，看我不问你老黎要赔偿医药费呢。"黎是韦立起身，一手将屏风揭在一边，只见郑绍畋还压在吉子身上，吉子用死劲，几下才将郑绍畋推下来。郑绍畋指着芳子笑道："全是这小妮子！"芳子笑道："这如何怪的上我呢？"郑绍畋道："你还要抵赖，不是你，是一只狗？我分明看见你这雪白的面孔，在屏风角上张望我这边，见我一抬头，就缩回去了。接着屏风就倒下来，你说不是你，是那个呢？"芳子指着黎是韦，黎是韦笑道："谁教你青天白日，这们不顾羞耻。"吉子一面起床披衣，一面抱怨郑绍畋。词意之间，就很有些瞧郑绍畋不来的样子。郑绍畋对她说笑，她扳着脸，爱理不理。芳子对黎是韦反殷勤周到，无微不至，俨然把黎是韦作亲丈夫看待。

郑绍畋也猜不透个中道理，向黎是韦说道："我们就去牛乳店，吃点面包牛乳当早点，免得这清早跑回去，给房主人笑话。"黎是韦道："在料理店住夜，怎的倒要跑到牛乳店去用早点呢？不能在这里弄料理吃吗？"郑绍畋笑道："谈何容易，在这里弄料理吃，你以为昨夜吃了圆子的，今早又好教她请我们吃吗？"黎是韦道："谁说教她请，我们既到这里来玩，难道人家不请，我们自己就吃不起么？你要图省钱，你自去牛乳店吃。是这们一早爬起来就跑，面子上真有些下不来。"郑绍畈："你既要在这里吃，我一个人走甚么？也在这里吃一顿算了。"黎是韦道："你吃没要紧，我却再没钱给你垫了。"郑绍畈道："你这不是有意给我下不去吗？你明知道我的钱还花的不够，倒借你五块，这时候你不替我垫，我那里有钱吃呢？"黎是韦冷笑道："你怕没钱吃吗？我看你的本领，连人都吃的下。你嫖了我的，还要赚我五块钱，你真把我当死猪，只怕世界上没这们净占便宜的事。你为甚么不拿把刀子去行劫呢？"

郑绍畈听了，不由得吃了一吓，料道是芳子给他说了。一时任凭郑绍畈有一肚皮的诡计，也想不出支吾掩饰的话来。只好把脸皮一老，好在芳子、吉子都不懂中国话，随即装出全不在意的样子笑道："也罢，你这个徒弟，我还算教的不错，没走眼色。这几块钱，你若发觉不出来，就真是死猪了。便带你嫖一辈子，也混不出一个内行来。你不要想左了，以为我是要占你的便宜；你就不发觉，我难道真好意思不退给你，那我还有人格吗？我是有意试试你，看你这书呆子呆到甚么程度？照这样看来，尚不算十分呆，将来在嫖字里面，还有成内行的希望。这几块钱，我就退给你。"说时从怀中摸出钱包来，拿了那张五元的钞票，递给黎是韦。黎是韦明知他是遁词，却也不好顶真说破，只笑着问道："你身上分明有钱，那五块钱为甚么不还给我？"郑绍畈道："迟一会儿，不至少了你的。"黎是韦不依道："说那里的话，甚么少不少，退给我了却一番手续。既是试试我，已经试穿了，再要迟一会干甚么呢？定要揩着我当死猪吗？拿来拿来，不要麻烦了。"

郑绍畈想不到败露得这们快，此时还在料理店里，有人证实，没法抵赖。心里打算，只要一出了这料理店，就由他东扯葫芦西扯叶，可说得全没这一回事了。黎是韦平日把一个钱看得比斗桶还大，既识破了奸谋，怎肯再放松一点？见郑绍畈迟疑不拿出，禁不住声色俱厉的发作起来。郑绍畈也怕闹得给圆子一干人知道了，脸上没有光彩，只得忍痛又拿出五块钱来，退给黎是韦。心中不明白黎是韦是如何识破的，仍涎着脸笑问道："看你这呆子不出，你从那里看出来的呢？芳子对你说的吗？我想她无端的不会说到这上面去哩。"黎是韦接了那五块钱，笑嘻嘻的扬给芳子看了一看，才揣入怀中。见郑绍畈问他，即晃了晃脑袋笑道："我这呆子，也有时竟不呆呢。你要问我怎生识破的吗？说起来合该你倒霉，鬼使神差的教你露马脚。"郑绍畋笑道："这不算露马脚，不过一时哄着你玩玩，我若真打算骗你的钱，你一辈子也识破不了。"黎是韦点头道："君子可欺以其方。我本绝对的没疑心你，想在这里面赚钱。因为芳子问我住在那里，问我能常来这里玩么？我说玩是很想常来玩，就是不懂这里的规矩，以后每夜仍得多少钱？芳子说：'你以后来，每夜三元够。'我说怎么今晚要十元呢？芳人说：'两人共十元，每人五元，但是也还多了。你一月的收入若是不多，便不能继续来玩了。'我说：'怎么两个人共十元呢？我一个人就出了十元，还借了五元给郑先生，替他代垫。'芳子摇头说：'郑先生交钱给圆子姐姐的时候，我在旁边看见，就只一张十元的钞票。'我说：'你看明白了么？'芳子说：'如何没看明白？圆子姐姐还说给我和吉子听了，教我两人好生伏侍，便没看明白，也听明白了呢。'"郑绍畋笑道："你说我若存心想骗你，数目会给芳子知道么？"黎是韦笑道："罢了，不用再研究了，你去牛乳店用早点罢！"郑绍畋笑道："你不要欺我真没钱，非你垫不可。我们两个人同吃就是了，你吃一元，我不能出九角九分。不是我形容你，我不在这里，你一个人吃日本料理，还不知道名目呢。"

　　黎是韦见圆子带着一个下女进来，收拾夜具。圆子向黎、郑二人笑道："这里简慢的很，两个同伴又年轻，伏侍不周到，还要求两位先生原谅。"郑绍畋只得跟着客气几句。下女把夜具收拾，郑、黎二人洗漱完毕，正待叫下女弄早点，圆子已双手托着两个食案进来，每人一瓶牛乳，两个鸡蛋，一盘白糖，三片面包，分送二人面前说道："没好款待，只将就充一充饥罢了。"二人谦逊就食。黎是韦要算钱，圆子抵死不肯收受，只索罢了。郑绍畋复叮咛了几句，要圆子去持田家。圆子答应了，二人才与圆子告别，和芳子、吉子握了握手，走出笠原料理店。郑绍畋心中甚不快活，埋怨黎是韦不该同来，见了女人就要嫖，害他无端退了这笔大财，还怕生病。黎是韦听了好笑，也懒得和他争辨，自去纸店里买了一张画绢，归东肥轩写诗，送方定之去了。

　　郑绍畋独自懊丧了一会，想找朋友闲谈破闷，信步走到谭先阊家里。有心探询谭先阊和刘应乾对周撰、陈蒿结婚的意见。几日前，郑绍畋曾要求二人出来帮忙，二人也没答应，也没拒绝，说且等他们结了婚，看各方面的空气怎样。郑绍畋即拿着两人的名字，在外面号召，说两人都要实行出头反对，也有许多相信的。此时郑绍畋一见面，谭先阎即开口说道："我们两个人何时曾答应你，出头反对周撰？你拿着在外面胡说乱道，弄得程军长昨日将我们两人叫去，从头至尾责备一番，说我两人不安分，专爱管闲事。我两人被骂，还摸不着头脑。后来一打听，才知道周撰当面要求程军长出来维持。程军长说：'我不反对就是了，要出来维持，却做不到。'周撰说：'军长不反对，军长的贵部下反对，不仍和军长自己反对一样吗？'程军长说：'我的部下，不得我许可，没有敢多事的。'周撰说：'只怕也有瞒着军长，在外面倡议反对的。如谭先阎、刘应乾两个，外面无人不说，受了郑绍畋的运动，要实行以武力对付。'程军长听了气不过，周撰一走，即将我两人叫去，严行训责了一顿。你这东西和周撰闹醋，为甚么要把我两人拉在里面？"郑绍畋陪笑说道："是我不应该，但我没有恶意，无非想借重两位的声威。"

刘应乾道："你在外面瞎说没要紧，害得我两人几乎不能自由行动了。西神田警察署的便衣刑事，就在这几日内，来我家侦查了几次。"郑绍畋笑道："我不信日本警察有这们厉害。我不过向几个不关重要的人，提过你们两位，警察署不见得就知道；即算知道了，这样绝无根据的风说，便值得如此注意，派便衣刑事来侦查？"谭先阎道："刑事是曾来过几回，但发动的原因，不是为你瞎说，但这种风传也不无关系。"郑绍畋道："是为甚么呢？"谭先阎道："原因来得远的很，浙江章筱荣带着张绣宝住在长崎，李苹卿不服气，邀了一些人到长崎找着章筱荣的住处，夜间劈门入室，将章筱荣捆缚，口里塞了棉花，手脚都打断了，掳着张绣宝，逃的不知去向。章筱荣由警察送进医院诊治。长崎警察因要澈底查究这案，特从神户警察署提了前次的案卷，行文各县，通缉李苹卿。西神田警察署，因我两个人是前案很有关系的人，特来调查事情真象。幸亏我两个住在这里半年多，不曾有丝毫非分的行为。日本警察也还讲些道理。若是在中国，我两人也免不了要提案质讯呢。"

郑绍畋道："李苹卿黑夜掳了张绣宝，逃到甚么地方去了呢？"谭先阎道："有一说已经上船，回上海去了。有一说由釜山，到朝鲜去了。总不至再逗留日本。"刘应乾道："据我推测，十九已回上海。由长崎到上海，中间没停泊的地方，不怕半途截获。去朝鲜仍是日本势力范围之内，恐不容易幸逃法网。"郑绍畋笑道："章筱荣、李苹卿两个，都算得亡命之徒，目无法纪。张绣宝一个破货，实没有这们抢来抢去的价值。"刘应乾笑道：
"情人眼里出西施，我们看了不值甚么，他们简直是得之则生，不得则
死。"谭先阊道："人在世上，所争的就是这一口气，不要说张绣宝还有相
当的姿色，便是再丑几倍，赌气争夺起来，也一般的不顾性命。即如你现
在这位日本太太，你常叹息她遭际之不幸，不也是为生得有几分姿色，
眷恋她的人，争风吃醋，卒之两败俱伤，连带你这位太太，都立身无地
的吗？"刘应乾点头道："她的地位却不与张绣宝相同，她小时候就伶仃孤
苦，才成人便被匪徒押卖在游廊里，自己身体没有主权，不能禁止眷恋她
的人不发生冲突。所以一遇了我，就决心从良。若是张绣宝那种贱货，我
也不花三百块钱替她赎身了。"

郑绍畋问道："你两位对周撰的事，就因他搬出上司势力来一压，便
压得不敢说反对的话了吗？"刘应乾道："你这话是放屁！我们本来没说反
对，甚么压得不敢说反对呢？我对你打开窗子说亮话罢，周撰还发了帖子
来，请我们两人吃喜酒哩。就是这个十五日，在松本楼行结婚式。你有本
领尽管去反对，我们也不阻挡你。"郑绍畋道："你们去吃喜酒么？"谭先阊
道："那却不一定，看那时高兴不高兴。"

郑绍畋听了，甚为纳闷。料道自己不是周撰的对手，平日的交游也不
及周撰宽广。起先尚疑心周撰被谣言吓跑了，连陈毓夫妇都不敢在原处居
住。此刻听得公然发帖请客，宣布结婚日期和地点，简直没把他这派反对
的看在眼里。心中又气，又没作计较处。见谭、刘的态度，已是再说不进
去，遂垂头丧气的回到骏河台，也不敢多出来见人，恐怕人家讪笑。只打
听了黄文汉在上海的住处，将圆子的境况及会见时所谈的话，详细写了一
封回信，寄给黄文汉去了。自己就在家中躲了几日。

这日是二月十六了，只见何达武跑了进来，说道："怎么这几日，全
不见你的影子？老黎特教我来，找你到东肥轩去，黄老三、劳山牛皮都在
那里等你哩。"郑绍畋道："找我去干甚么？"何达武道："你去自然知道，
没事也不教我来找你了。"郑绍畋道："老黎曾对你说甚么没有呢？"何达武
摇头道："那有工夫对我说甚么呢。我到他那里，连坐都没坐，劳山牛皮
就对我说，教我找你去。老黎说，奇怪，这几日全不见老郑的影子。催我
快来找你，有要紧的事。我听了这话就跑，去罢，去罢！"

不知郑绍畋去也不去，下章再写。

第一百五十八章

黎是韦领衔请开会
林简青着意使阴谋

却说郑绍畋起身跟着何达武跑到东肥轩，只见黄老三、周之冕两人，立在黎是韦背后，黎是韦伏在书案上写字。周之冕回头见了郑绍畋道："老郑，你来得很好，这里写信去同乡会，还差几个名字，看你拉那几个人进来。"郑绍畋道："你这样说，我还摸不着头脑。你得从头说给我听。"周之冕笑道："你连同乡会的章程都不知道吗？要会长开临时会议，须得十个负责的人出名盖章，写信给会长；会长才能根据那信发传单，召集会议。我们于今反对周撰与陈蒿结婚的事，须开同乡会研究，已有人对林简青说过。林简青说这种会议，他会长不能负责，看是谁要开会，须照同乡会章程，有十人负责的请求书信，会长方能执行。我们此刻信已写好了，只要填名字进去。老黎的头名，你的二名，铁脚的三名，看你还拉那几个进来？"郑绍畋道："只要几个人出名字，不容易的很吗？我念出来，你们写上去就是，有我负责任。"黎是韦道："本人不愿意，不能胡乱拉出来的呢！"郑绍畋道："你放心，我说负责任，决不会有人出来宣布窃名。"黎是韦即照郑绍畋说的，写上了七个。

黄老三道："你既负责，就得拿这信，找着各人盖上图章，方能有效。"郑绍畋踌躇道："这倒是个难题目，我说的这七个人，没几个有图章的。教他为这信临时去刻图章，只怕他们不愿意。"黎是韦道："图章没要紧，只要你真能负责任，我立刻替他们镌几颗图章就是。镌图章的刀子我都有，就只图章的材料，我这里只有三颗，还差四颗，得花钱去买来才行。"周之冕一眼望见书案上，有两条桃源石的压尺，黎是韦写字时，用他压纸的。即伸手拿起来笑道："这不是现在的四颗图章材料吗？"黎是韦拍手笑道："这事情真凑巧，我就动手刻起来罢。"原来黎是韦于金石学很有些研究，日本几家有名的印铺，都知道黎是韦的名字，常找到东肥轩来，跟黎是韦研究刀法。黎是韦不欢喜小鬼，不大肯镌给小鬼看，又不能用日本话解说出来，印铺因三番五次得不着益处，才不来了。然而黎是韦镌的图章，拿给那几家印铺里去看，一望都能认识，说是黎刻。他手法极快，这类图章又不必镌得如何精美，只要大概望去是那几个字的模样，便可敷衍过去。因此不到一小时，七颗图章，方的、圆的、长方、椭圆各式俱备，都镌刻好了。黎是韦细心，挑出些印泥来，略加颜料变成几种彩色，使人看不出是一种印泥印出来的。

这信发去之后，林简青接了，很有些替周撰担心，即时用他太太的名字，通了个信给陈蒿，教陈蒿设法疏通。陈蒿和周撰商议，周撰道："你把黎是韦、郑绍畋一般人写给你的求婚信都拿出来，我同你去浅草，带给林简青看。即请林简青在会场上当众宣布，看他们有甚么脸再登台说攻击我们的话。这班东西，谁耐烦去疏通。"陈蒿道："我也早已定了这样的主意。"陈蒿当时检出那些信札，做一包提了，同周撰乘电车到浅草。

林简青已下课回来，夫妻二人正在研究开会时应持何种态度。周、陈二人进来，林太太忙起身迎着让坐。彼此寒暄已毕，陈蒿笑向林简青夫妇道："承孟姐写信来通知我，说黎是韦领衔，要求同乡会开会，研究我和卜先结婚的事。这事情实在离奇得很，不料他们因不遂自己的欲望，公然敢牵动同乡会出来，假公济私，以图泄忿。孟姐的好意，教我会前疏通。我想他们这班无耻之尤，要他们不反对，除非我有分身法，能化身十百千万，作肉身布施，使他们一个个都能遂其兽欲，方不至再说反对的话。如其不能，凭口说疏通，是无效的。我想：同乡会是个公共结合的团体，无非为联络感情而设，并不是个政府的组织，有行使法律，处置会员的威权。无论我与卜先结婚有没有不合法的行动，即算犯了大法，应处死刑，也不是同乡会所能执行的。无瑕方可戮人，要议人非法，须先自立于不违法的地位。试问他们因我结婚的事，要求开同乡会处置，是不是法外的行动？况且他们都是为向我求婚不遂，一腔私忿，无处发泄，才想借同乡会来破坏。林先生是正派人，像这种不成理由的要求，似乎可以置之不理。湖南同乡在此的尚有四五百人，则湖南同乡会，是四五百人的同乡会，不是十个无赖子的同乡会。因十个人无理的请求，即发传单，牵动全局，未免小题大做。我今天到这里来，并不是向林先生及孟姐求情。我的愚见，同乡会的一举一动，关系同乡体面正大，林先生既被推为会长，有主持会务之权，举动不能不审慎一点，免贻笑外人。黎是韦、郑绍畋一班人，向我求婚的信，我都带来了，请两位过目，看他们这开会的要求，是否有应允的价值。"说着，将那包艳书打开，检出黎、郑两人的来，送给林简青夫妇看。

林简青看黎是韦的是一封骈体文，郑绍畋的是一封英文，都写得缠绵艳丽，颇能动人。再看这些，也有写得好的，也有写得词句费解的，总之令人看了肉麻的居多。并都盖了图章，填明了住处。有几封连三代籍贯，及家中财产，本人职业，都写得十分详细。林太太看了，不觉笑道："这都只能怪二妹自己不好，不能怪人家。"陈蒿道："怎么只能怪我呢，孟姐教我个个都答应嫁他吗？"林太太笑着摇头道："那就真要将你撕开，每人吃唐僧肉一般的，一个吃一块，只怕还不够呢。我说怪你自己不好，是谁教你生得这们如花似玉，使男子一看了就涎垂三尺。在周南女学的时候，你那时年纪还轻，不过十三四的人，隔壁明德学堂的男学生就找着你，纠缠不清。我那时就对你姐姐说，只怕不等到成人，求婚的就会应接不暇。你小时候就有一种脾气，最欢喜引得一般青年男子发狂；及到认真和你谈判，你又正言厉色，拒人于千里之外。你还记得有一次，我同着你两姊妹在曾文正祠游观，你在柱头上拿石灰块子题诗的事么？那不只怪得你自己不好吗？"

陈蒿望了林太太一眼笑道："那小时候懂得甚么？旧事重提，真令人惭愧。"周撰忙问是甚么事，陈蒿回头向周撰脸上啐了一口道："干你甚事，要你问！"周撰道："你们说得，我为甚么问不得哩？"林简青笑道："这又只怪得孟珠不好，无端说得这们闪闪烁烁，连我都要问。"林太太笑道："一不是说不得的事，二不是问不得的事。我是偶然触发起来，想起好笑。周先生要是不放心，以为有甚么不相干的事，我就懒得说。拿作闲谈的资料，便不妨说出来，也可见二妹小时候就不是一个老实人。这一大包的求婚书，亦非无因而至。"周撰道："谁不放心！有甚么不相干的事，小时候的行为，很有些令人听了开心的。嫂子请说罢！"

林太太道："那年是宣统三年，我记得是三月初间，礼拜日学校里放假，由我发起邀二妹姊妹两个，到药王街镜蓉室照相馆，叫了一个照相的，去曾文正祠花园里照相。那日既是礼拜，各学校的男学生到那园里游览的很多。我三人带着照相的一进园，就有两个穿明德学校制服的学生，年龄都不过十五六岁，跟在我们后面走，评头品足的，无话不说。二妹那时才十三岁，听那两个学生说话讨厌，就回头问他们是那个学堂的。二妹的意思，本想问过他们的学籍，即责骂一顿。谁知那两个畜牲误会了，见二妹说话笑嘻嘻的，以为是有了好消息，立时现出那种轻骨头样子，真教人见了恶心。还对着二妹涎皮涎脸的，说出些不中听的话来。二妹气他们不过，让他们走到切近，猛不防朝着两人脸上呸了两口，呸出无数的唾沫在那两人脸上。看那两个畜牲多无耻，真有娄师德唾面自干的本领，被喷了一脸的唾沫，不但不恼怒，反跟在后面，说这种香唾，是不容易得到脸上来的。我连忙教二妹再不要睬他。我们三人在那桥上照相，那两个东西就站在桥头如痴如呆的望着。我们照过相下桥，回头见两人仍是跟着，二妹就从地下拾起一块壁上掉下来的石灰，在那回廊柱头上写了几句诗道：

> 碧梧原是凤凰枝，梦想魂销亦太痴。
>
> 寄语郎君须自爱，临风漫作定情诗。

我当时就怪二妹不该写，二妹和小孩子一样，也不理会。后来毕竟为那首诗，害得那两个东西颠颠倒倒，课也不上，每日只在周南女学门口徘徊。二妹倒和没事人一样，那里肯睬他们呢？足足的徘徊了上两个月，料道没有希望，才把那痴狂的念头断了。然而学校里竟为这事，除了两人的名。除名后，每人还写了一封信给二妹，二妹也没理他。周先生看二妹小时候，是不是就调皮得厉害？"

陈蒿笑道："我们今日到孟姐这里来，是来研究现事的，不是来听故事的。亏你好记忆力，这样狗屁诗居然印在脑筋里，几年不忘记。不提起，我自己倒忘了。小时候脸皮厚，想得出就写得出。于今回想起来，真羞死人，快不要再说了。看林先生对于这开会的要求怎生说法，还是依我说的置之不理呀，还是徇几个无赖子无理的要求，把一个庄严的同乡会，作私人倾轧之具呢？"

林简青道："这事我昨夜已和孟珠研究了好一会，照情理本可置之不理，论我们的交情更不消说得，是立于反对开会的地位。但这事我们吃亏，第一就吃亏在你们是同学，第二吃亏在我当会长。公道话本来人人可说，不过出自有交情的人口里，就显见得有心偏袒似的。同乡会的章程，只要十人联衔，请求开临时会议，会长是不能否认的。你说为十人牵动全局，不错，然十人若于开会时，所报告开会理由，大家不承认这理由有开之必要，这十人自要受相当的处罚。处罚的是甚么呢？赔偿开会的一切损失，受大家严厉的诘责，这权操之会员大众。会长于开会前，没否认这理由之权。因此，置之不理的话，决办不到。事前若不设法疏通，开会时，想有人出来否认开会的理由，但怕不容易。因为每次开会，在下面发议论的人多，肯上台发表的人极少。这事和两位表同情的虽也不少，但没受两位的请托，他们不见得肯到会。就到会，也不见得肯上台批评人家的议论，以结怨于人。这十个人既联衔写信来要求开会，必已有一种结合，不但不尽是曾向你求婚的。这十人之外，必尚有暗中指挥不肯露面的。两位若不事前疏通，则惟有团结一部分人，预备在会场上为有力之辨论；不然，以全无团结的，与有团结的抵抗，只怕有些难占胜利。"

周撰点头道："简青这话很有见识。团结一部分人不难，但有魄力、能登台雄辩的，不容易找着。"陈蒿道："找人家干甚么？我们自己没生着口吗？他们定要开会，我自己去，看他们怎么说，我自有答复他。这一包信，我也带去，不见得到会的没一个正人。"林简青摇头道："自己去，是万分使不得。会既是为反对你们的人所开，会场中的空气，自然没有和缓的。那时吃了眼前亏，没处申诉。"陈蒿不服道："难道他们是野蛮国的种子，不讲法律吗？既是开会研究，就完全应凭法律解决，有甚么空气和缓不和缓？他们真敢对我一个弱女子动武不成？如何有眼前亏给我吃？"

林简青笑道："东京留学生开会，打得落花流水的次数还少了吗？被打的人，那个不是最会讲法律的？宪政党的梁启超，在锦辉馆开他本党成立会，到会的全是他本党的人。不料被国民党人知道了，由张溥泉临时邀集十多人，冲进会场。没等梁启超演得几句说，张溥泉一声喊打，十多人齐声响应，会场秩序登时大乱。张溥泉一跃上台，抓住梁启超就打，这十多人在满座寻人厮打。宪政党的党员，那日因是本党成立会，各人胸前都佩了黄色徽章，国民党人见着佩黄徽章的就打，打得那些佩徽章的，一个个忙把徽章扯下来，往地下丢，只一刹时工夫，打得满会场没一个敢佩徽章的人了。张溥泉就据了演台，演起说来。梁启超被打得抱头鼠窜。直到今日，还没见梁启超拿法律和张溥泉算账。这眼前亏，不是服服帖帖的吃了吗？他们自己本党的人开会，只侵入十多个外党的人，尚且打得落花流水。这里反对你们的人开会，莫说喊打，只趁你上台演说的时候，他们十来个人，在下面齐声一叱，任凭你有多少理由，也没你说的分儿了。"

陈蒿的脾气，前几回书中已说过，是最受不得激刺的话。林简青若赞成她，说她自己到会辩论最好，她不见得就不顾利害，真去到会。今见林简青说到会有这们危险，心里未尝不知道是实在情形，只是总服不下这口气，口里偏要说道："林会长既把他们这班杂种看得比老虎还要厉害，把我就小觑得和梁启超一般，这事安有再研究的余地？一切话都不用说了，我来时向会长要求的话，于今申明，完全取消。请会长照着他们请求开会的书信，开会便了。届时我决计亲自到会，看他们那些忘八羔子，能在会场上把我陈蒿生吃了么？"陈蒿旋说旋将艳书包起，立起身教周撰同走。

林简青夫妇见陈蒿提起那包信札赌气要走，林太太知道她的性格，即连忙起身拦住，说道："只有我二妹还是这种老脾气不改，简青又不是主张反对你们的人，赌甚么气呢？二妹难道要我们赞成你去，给人家侮辱吗？简青又不是有意说得这样恐吓二妹的。"周撰也说道："我们原是来研究开会的事，所有利害自应考虑周详。且坐下来，从容商议。我看简青的话极有见识。就凭你自己说，像郑绍畋那一类人，我们犯得着跟他们去拌口吗？"陈蒿被林太太一拦阻，又听得说简青不是主张反对的这句话，心想："不错，人家是一番好意跟我商量，我反向他赌气，未免使人寒心。"随即坐下来，向林简青陪笑说道："我性气不好，每容易误会，险些儿和林先生赌起气来了。不是孟姐一句话把我提醒，我真对不起林先生了。"

林简青笑道："你仔细想想，就知道我这话不是有意激你的了。我和孟珠很商议了一会，他们的信，是要求二月二十日开会，但日期迟几日没要紧，会长有权可以更改。二十日是礼拜，我想改做二十三，礼拜三日下午。今日十七，距会期还有五天，尽这五天去联络人，大约不至临时仓卒。我这里把传单迟发一两日，到二十二日才发，邮局到很慢的，二十三日接到传单，就在本日开会，便有许多不到会的。我到十九日，回一封信给黎是韦，说我二十日有事，不能开会，须延期至二十三下午，这是情理之常，他们不能勉强的。你们所联络的，只要有一两个能上台演说的，就够了。还是在下面鼓掌的人要紧，如万一找不着会说的，就专联络些会捣乱的，在会场上扰乱秩序，使他们不能研究出对付你们的方法来。就研究出来了，也使大家不能通过。我只等会场秩序一乱，即登时宣布散会。我散会的话一发出去，你们所联络的人，就都立起身，纷纷喊走，这会便没有结果了。"

周撰拍手笑道："这法子妙极了！只是苦了简青，替我们负责这们大的责任。我将来倘得寸进，必不敢忘你维持我的德意。"林简青笑道："用不着说这们客气话。你要知道，我这法子并不是帮你，只因见他们这些反对你们的人，完全是出于私意。我待不承认开会罢，他们更有借口，说我私心袒护你们，违背会章，藐视会员；想等到开会时和他们争辩罢，他们必以恶语相加，说我受老婆的运动，甚至喊叱喊打，徒然得罪一干人，于事毫无益处。他们研究出办法来，仍强着我执行，不执行就得辞职。我辞职没要紧，他们还要故甚其词，说是把我革了。再进一步，革了也不算甚么，他们不仍是当场又举出一个会长来执行他们的办法吗？那就更难于挽救了。好好的一个同乡会，由他们几个人，纯粹为报复主义，闹得稀糟。外省人听了，也要笑话，说我这个当会长的，一些儿威信也没有。索性是几个有声望、有道德的人出来，堂堂正正的说几句话，或议出甚么办法来，教我执行，我也未尝不可。无如第一、第二名领衔的，假公济私的证据，就十分明确，真教我有不能从同之苦。"

周撰笑道："有声望、有道德的人，此刻住在日本，正销声匿迹不暇，如何肯出来管这些闲事？承你的好意，我们就是决议了罢！你若有机会能代我拉拢几个表同情的人，到会场上替我捧捧场，我夫妇尚有人心，必知感激。"林太太笑道："这岂待周先生嘱托？感激的话，更说不上去。"陈蒿对林简青道："开会那日，我们自己既不宜到会，这一包信，就放在先生那里，开会时请先生带到会场上。先生看有机会，可以发表，便请发表出来，也可夺他们联衔的人气。"林简青沉吟道："这包信发表是应当在会场上发表，力量也是很有力量的。不过由我带去，似乎不妥。我看不如仍由你带回去，等到开会的那日，你们写一封信并这个包儿，雇一个日本粗人，送到会场里来。不论那日临时主席是谁，我当会长的，总有权能使来件发表，不致为人收没。"

周撰道："这般发表最好。人家都说简青精明干练，照这样看来，果是名下无虚，教人不能不佩服！"陈蒿道："事情既经议妥，我们走罢。林先生是用功的人，不要久坐，耽搁了他的功课。"周撰起身笑道："他们把功课看得重的人，耽搁他光阴的，便是仇人。我们正要求他帮忙，不可使他心里怀恨，是早走的好。"林简青笑道："说那里的话，我的光阴看得重，那里及得你们燕尔新婚，春宵一刻千金价呢。我若留住你们多坐，使你拘束了，不得亲热，才真会把我当仇人哩。"说得三人都大笑了。周撰同陈蒿辞了出来，归高田马场。

后事如何，下章再写。

第一百五十九章

散人家误认捧场客
东肥轩夜拟竹枝词

却说周撰盘算了一夜，次日起来，打算四处去联络几个帮忙的人。心想："曾广度、胡八胖子两人，曾到场吃过喜酒的，两人虽无雄辨之才，在亡命客中却有些声望。须把他两人请出来，再求他两人替我出面联络，比较容易动人些。"

周撰计算停当，首先来到散人家。曾广度带着他姨太太出外看朋友去了。只有黄老三、胡八胖子和胡八胖子包的日本女人在家。这日本女人生性古怪，一双眼睛见不得漂亮男子，就当着胡八胖子跟前，来了生得漂亮或穿得漂亮的客，她一双眼睛半开半闭，不住的在那客浑身上下打量，一张嘴就笑得合不了缝。胡八胖子每次见了这种样子，心里非常气忿，只等客人一走，必用那可解不可解的日本话，尽量训责一番。奈俗话说得好：江山易改，本性难移。任凭你如何训责，她不见生得漂亮的则已，一有漂亮的落眼，仍是故态复萌。胡八胖子拿着没有办法，在未归国之前，又不甘寂寞，舍不得将她退了。而一般青年男子，每每的不讲恕道，不管胡八胖子心里难过，见这女子好像有心勾引，每借故宕延，坐着不去。胡八胖子只好遇着这种场合，就带着女的去外面闲逛，使两方都不得遂勾引之愿。

周撰虽与胡八是旧交，然胡八到日本，住在散人家，周撰来往，却不亲密。胡八这种忌讳，周撰那里得知呢？这日来到散人家，出来开门的就是这位喜勾引人的日本太太。一见周撰这般飘逸，登时吃了迷魂汤一般，尽情表示亲热，险些儿要把周撰搂在怀里。周撰是司空见惯的人，也不在意。因知是胡八的姘头，不能不略假词色。胡八却误会了，以为周撰本是到处钟情的人，日本话又说得好，这两人一动了邪念，将防不胜防，不如避开一步，免得惹出意外的事来。当下只和周撰闲谈了几句，即向黄老三说道："请你陪卜先坐坐，我有事出去，一会就来。"黄老三见惯了胡八这种办法，便笑着点点头。周撰问道："老八去那里，一会儿就回来么？"胡八道："老三在家里陪你，我有点儿事去。"周撰踌躇道："我特意来找你，有话想和你商量。"胡八心里不高兴，随口说道："你有话和老三商量一样，等歇我回来，教老三说给我听便了。"说毕，拿起帽子，拉着日本女人走了。

周撰做梦也想不到是闹醋意，只道真是有事去了。更不知道黄老三也是帮着黎是韦一干人反对自己的人。见胡八说有话和老三商量一样，心想：黄老三与曾广度、胡八同住，平日和自己虽没甚好感，也无恶感。他又不曾向陈蒿求过婚，料不会附和人家反对。胡八走后，便向黄三说道："反对我和陈老二结婚的人，此刻已写信要求同乡会开会，研究对付我，你知道么？"黄老三为人最是深心，随意答道："反对你，要求同乡会开会有甚么用处呢？我不曾听人说过。"周撰道："我特地来找胡八，就是为这事，不凑巧，胡八又有事去了。"黄老三道："究竟是如何的情形？不妨把大概说给我听，老八回来，我向他说便了。"周撰点头笑道："不但请你对老八说，还要求你出来，替我帮帮忙。黎是韦、郑绍畋他们这种举动，不特对不起我，并对不起同乡。他们都曾向陈老二求婚，陈老二没答应，他们就记了恨，但图破坏，不顾同乡体面。一个堂堂正正的同乡会，他们竟想拿过来作私人攻击之具。这同乡会，大家都有分的，你看不是并对不起同乡吗？"黄老三笑道："这种举动，真没有道理。只是同乡会的章程，我彷彿记得，要开临时会议，不是要十个会员联衔写信给会长才能行的吗？黎是韦、郑绍畋两个，怎么有效呢？"周撰道："十个人是有，但都是些无名小卒，不待说，除黎、郑二人外，全是被动。"

黄老三道："他们要求在那一日开会，你从那里打听出来的呢？"周撰道："林简青的太太和陈老二同学，由他写信来通知我们的。他们要求是这个月二十日，林简青说二十日没有工夫，打算延期到二十三。我素知你是个人情世故最透澈的人，你说我应该怎生应付？"黄老三笑道："我从来不大理会这些事，你自己是个极精明有手腕的人，怎的倒来问我？你来找老八，胸中必有已成之竹，我很愿听你应付的法子。黎、郑两个笨蛋，那里是你的对手呢。前一会子，我听得老八说，就知道他们闹不出甚么花样来，教老八尽管放心，去松本楼喝喜酒。老八还有些迟疑，我说卜先何等机警的人，郑绍畋他们一般笨蛋，那是周卜先的对手。老八从松本楼回来，才恭维我有先见之明。我说，我有甚么先见之明，只怪你们粗心，不是周卜先的真知己罢了。周卜先若没有十分把握，就敢冒昧宣布结婚吗？分明听说有人要来礼堂捣乱，却故意宣布结婚地点与结婚时日。没有把握的人，怎敢轻于尝试呢？"黄老三这几句话，恭维得周撰很得意，误认黄老三是个表同情，可以做帮手的人。不觉把林简青商量的办法，都对黄老三说了。

且慢！周撰既是个很机警的人，为甚么这们容易把要紧的话，都对没深交的黄老三说了呢？这也是周撰、陈蒿合该倒运，才是这们一着之差，全盘都负。周撰因见黄老三是个很恬淡的人，平日是最不爱出风头，虽然是黄克强的堂兄弟，却不曾借黄克强的势力，夤缘过显要的差事。受革命党连带的关系，到日本亡命，仍是和几年前当留学生一样，一般的在学校里上课。与郑绍畋一班人素没往来，又跟胡八、曾广度同住，因此绝不疑心会和郑绍畋一班人打成一板。当下黄老三听了林简青的办法，满口答应替周撰帮忙。周撰又千恳万托的说了一会，才告辞出来，找柳梦菇商量去了。

黄老三送周撰去后，等至曾广度回来，即跑到深谷方来找周之冕计议。周之冕笑道："我料道林简青是要帮他的。他这捣乱会场的办法，也很厉害，我们防范是防范不了的。不过鬼使神差，这计划既被我们事先知道了，又知是林简青替他出的主意，这事情好办。事不宜迟，我和你就到东肥轩去。"黄老三道："去东肥轩怎么样呢？"周之冕道："仍是写信给林简青，把他的主意揭穿，看他如何答覆。"黄老三点头道："且去东肥轩商议，看还有较好的办法没有。"二人随即动身。

仲猿乐町距本乡元町没多远的路，一会儿就到了。黎是韦正陪着何达武在房里谈话，见黄老三二人进来，黎是韦忙起身向黄老三笑道："你来了很好，我正听说一桩事，要说给你听。"黄老三同周之冕坐下来，问道："一桩甚么事？"黎是韦道："你那日不是对我说田中旅馆住了个姓伍的女子，李锦鸡一班人在那里起哄吗？次日我同郑绍畋亲去田中旅馆，拜望了一遭，原来就是元二年，在福建做督军的逃妾，名字叫冬凤。我去看她的时候，李锦鸡已吊得有几分成绩了，以为必定是李锦鸡口里的食。刚才铁脚来说，李锦鸡这回大失败，偷鸡不着倒蚀了一把米。"黄老三笑道："怎么的呢？"黎是韦道："李锦鸡仗着是福建人，知道那督军的身家行事，因此和这个冬凤说得来，又迎合冬凤的心理，答应替冬凤出气，编一本家庭新剧，将那督军的丑史揭破出来。冬凤是恨那督军的人，自然高兴，乐得有这样一个人帮自己泄忿。所以把那督军的残暴行为，尽情说给李锦鸡听。李锦鸡就利用这点，得亲近冬凤。只道是亲近久了，即不愁得不着好处。谁知这冬凤很有点能耐，绝不是年轻才出世女子，一边和李锦鸡敷衍，一边仍积极调查她曾许嫁的意中人，前日毕竟被她寻着了。那男子也是江苏人，在东京高等商业学校读书，姓王，单名一个韬字。年龄二十六七岁，听说生得比李锦鸡还要漂亮几倍。前日这王韬找到田中旅馆来，同冬凤到李锦鸡房里，向李锦鸡道谢，随即清了馆账，连人带行李搬走了。只气得李锦鸡瞪起一双白眼，望着两人比翼双双的同坐一辆马车，跑得不知去向。田中旅馆的宿食价很贵，李锦鸡因想吊膀子，排场不能不阔，住的是头等房间，每日宿食料五元，还加上别的用费，这几日共花了七八十元。连冬凤的皮肤都不曾沾着，害得李锦鸡把衣服都当完了，才能了清馆账，仍搬回五十岚。你看好笑不好笑？"

　　黄老三笑道："李锦鸡这东西也应得教他失败一回。"黎是韦道："幸亏我知道自量，不然，也和李锦鸡一样，乘兴而来，败兴而去。"周之冕道："并不是你能自量，因为受了陈蒿一番教训，不敢再寻覆辙。这女子若发现在陈蒿之前，也难保不上当了。"黎是韦点头道："这倒是一句知我的话。"何达武道："李锦鸡只因这事失败，把值钱的衣服都当光了，昨日召集游乐团的团员，要求我们预缴一月团费，给他借用，赎衣服出来。团员中有许多反对的。李锦鸡倒说得好，他说吊这冬凤的膀子，也是为游乐团筹经费，今不幸失败，非他勾引不力之罪。若是吊成了功，至少也有一千块钱，捐作游乐团的经费。但是任他如何说得好，要团员预缴团费，是办不到的。李锦鸡见团员不听他的话，赌气要辞职。不是王立人和小金极力挽留，我们这团体已是群龙无首了。"

　　正说之间，只见郑绍畋匆匆的跑将来，进房一看，便道："你们都在这里，好得很！我来报告一件新闻你们听。"黎是韦道："是甚么新闻？快说出来，我们大家研究。"郑绍畋道："这事不是我们研究范围以内的，却是有趣得紧。那天，我不是对你说起公使馆的参赞朱湘藩，要娶菊家商店的鹤子，没有娶成功吗？我而今打听得下落来了。原来菊家商店的老板，本是一个忘八坏子，完全是想在他女儿鹤子身上发一注大财，恰巧遇了朱湘藩这位冤大头，花了一万多，那老忘八却也心满意足，就答应把鹤子给他。谁知鹤子有个表兄，和一个甚么埚内侯爵的嗣子同学，又替鹤子拉上一马，那鹤子父女便拣着高枝上飞，登时打消朱湘藩这面的婚约，预备做未来侯爵的夫人和丈人了。所以朱湘藩那天迎娶扑一个空，花钱呕气丢脸，恨入骨髓。亏他真有能耐，一两天工夫，居然探了个确实。你们想想，朱湘藩知道了悔婚的实在情形，便该怎么办？"

黎是韦道："这有甚么办法？又打不起官司告不起状。"周之冕笑道："没得这们没主意，这一定要设法去破坏的，好在朱湘藩的情敌是个贵族。"何达武道："老郑，你快说罢，没得闷死人。"郑绍畋道："朱湘藩真做得厉害呢。他把他和鹤子定婚和迎娶的情形写上一大篇，又把他买给鹤子定婚的钻石戒指的发票，和他预备结婚时给鹤子捧的白金花篮，一并送到埚内老侯家里，说是送小侯的新婚贺礼。本来埚内小侯和鹤子定婚是瞒着老侯的，这一来老侯大生其气，责骂了小侯一顿，立逼着小侯退了鹤子的婚。并叫人到朱湘藩那里送回花篮、发票，说了无数抱歉的话，朱湘藩这才出了一口恶气。谁知菊家商店那个老忘八，因为埚内一方面不得成功了，又想仍旧把女儿来卖朱湘藩几文，便叫鹤子写了一封哀悔的情书，去找朱湘藩。朱湘藩回他不见，苦等了一日，居然见着朱湘藩，连忙跪下叩头，说其无算自责的话。朱湘藩只冷笑了一声，叫人扶着那老忘八出去，鹤子的信也不开封的掷还了。从此鹤子便不择人的卖起淫来了。"黎是韦叹道："朱湘藩的心太狠了，前一半文章是做得恰好，后一半文章未免绝人太甚。"

周之冕道："罢罢罢，我们商议正事要紧，这些话不要说了。"因将黄老三听得周撰的话，对黎是韦说了。黎是韦拍案恨道："我们同乡会的会长，这们祖恶还了得！我当面去质问他，看他如何说法？"黄老三道："妙呵，只有当面去质问他最好。劳山说写信去，我不大赞成。"周之冕道："我没想到老黎有这们告奋勇，就只写信去了，能当面去质问，还怕不好吗？"黎是韦道："我领衔的信已经发出去了，这回的仇人做定了，再不努力，一拳打他不死，便留下永远的后患。你们说，万一我们的会场竟被周卜先捣乱了，闹得没有结果，要我们赔偿开会损失还在其次，我们这一张脸放在甚么地方去，一辈子不见人了吗？"周之冕点头道："他就来捣乱会场也不怕，我们既经伸出了这一只脚，不达到目的，无论如何是不能放手的。林简青为人，我很知道，并不是真和周撰表同情的人。老黎去质问是要紧，只是我们趁这几日，须制造一种反对周撰的空气；林简青一见风色不顺，他是一个很稳健的人，转舵必然很快。他尽管延期，我这里预备登台说话的人便延期一年，周撰也运动不过去。"

黎是韦道："怎么制造空气呢？"周之冕道："我们都有朋友，朋友又有朋友，大家把反对的论调及林简青祖恶的主张，尽力宣传。我前回曾对你说，教你做几首竹枝词。我原是想在会场上发给到会人看的。于今林简青既帮他出主意，这竹枝词就得早些发布，也是制造空气的一种办法。"黄老三笑道："这还很有力量呢。"郑绍畋也道："好极，好极！但是我不会做诗。"黎是韦道："你和铁脚不必做，他两位今夜不要走，我们三个人分担了，不消几小时的工夫，就做起了。明日送到秀光社印刷局去印，秀光社的账房我和他办过印书的交涉，又可以快，又可以便宜。"黄老三道："好可是好，但我从来不能做诗，这类竹枝词，尤其看都看得少，你们两位做罢。"周之冕道："谁是会做诗的？只要七个字一句，也还押了韵，就可发出去了。"黎是韦道："横竖不要你署名，周撰和陈蒿的事迹，我们都知道，还怕胡诌不出来吗？"周之冕笑道："你留我们在这里做竹枝词，不又要破费你块把几角钱吗？"黎是韦道："两三个客膳，我还供应得起，算不了破费。"周之冕道："不仅是客膳，还得沽几合酒来，我们旋喝旋做，才有好诗出来。"黎是韦即拍手叫下女。

郑绍畋、何达武齐起身道："我们不管你甚么竹枝词、木枝词，先回去了。"黎是韦也不挽留，郑、何二人先走了。黎是韦对下女说了，要两个客膳，五合正宗酒。黎是韦又拿出一部诗韵来，放在桌上。一会周之冕笑道："我已得了第一首了。"随拿笔写出来，黄、黎二人看是：

　　蔓草野田凝白露，樱花江户正春宵。

　　周郎艳福真堪美，赢得大乔又小乔。

黎是韦道："大乔小乔怎么讲呢？"周之冕笑道："岳州的定儿，混名大乔，你还不知道吗？因为岳州有个小乔墓，所有人称定儿为大乔。"黎是韦道："定儿我知道，只不知道她这绰号。我的第二首也有了，写出来你们看罢！"黄、周二人欣然接着，只见纸上写道：

> 女儿十八解相思，坠入情魔不自知。
>
> 嫁得情郎才几日，雀桥私渡已多时。

黄老三不住的赞好道："我虽有了一首，只是不及你们好，说不得，也要献丑。"二人看着黄老三写道：

> 须眉当代数袁公，巾帼无人只阿侬。
>
> 自古英雄皆好色，又垂青眼到幺筒。

黎是韦拍手笑道："妙呵，妙呵！周卜先这东西真是个幺筒，你只看他油头粉面的，不是个幺筒是甚么呢？"周之冕笑道："湖南人都知道幺筒就是兔崽，只怕外省人有些不知道的，底下须注明才好。"黎是韦道："那有不知道的？便不知道也可想像而得，不必注明。"周之冕点点头，又去思索。

黎是韦忽然跳起来，笑道："我这一首真做的好，香艳得很，你们看罢！"说着，提起笔，如飞的写了出来。诗道：

> 桃花憔悴旧容光，姊妹喁喁话短长。
>
> 新涨蛮腰衣带减，鬓云还是女儿装。

周之冕赞道："敦厚温柔，不失诗人之旨。你看我这一首，也还过得去。"当下也写了出来：

> 巴陵城外草萋萋，少妇闺中怨别离。
>
> 望断岳阳楼上月，郎情如水不还西。

黎是韦道："好诗，好诗！"黄老三笑道："你们在这里好诗好诗，却把我不好的诗吓退了。弄得我简直不好意思写出来。"周之冕道："这有甚么要紧？竹枝词原不妨粗俗，并且发给这些留学生看，太雅驯了，他们还看不出好处来呢。"黎是韦道："这话一些儿不错，也是要诌几首粗俗不堪的在里面，人家看了才发笑哩。"黄老三笑道："你们这们一说，把我的胆子又说大了些，我也写出来罢！"遂提笔写道：

> 自贱强颜说自由，桑间濮上竟忘羞。
>
> 伤心误作庐家妇，千古恨成松本楼。

黎是韦道："这倒是竹枝词的正路，我也得照这个样子做一首。"周之冕道："照这个样子吗？我已有了两句。念出来，你续罢！"口里随念道：

> 不得自由毋宁死，为人作妾亦堪伤。

黎是韦笑道："这两句教我续，就苦了我。老三且把这两句写了出来。"黄老三教周之冕再念了遍，即照着写了。黎是韦看了一看，在房中走了两转笑道："续是续上了，只不大相当。也罢，是要光怪陆离，无奇不有才好。"黄老三拿笔在手，回头笑问道："怎么续的？念出来，我就替你写在这两句下面。"黎是韦复停了一停，才念道：

秋风团扇新凉早，薄幸人间李十郎。

周之冕笑道："你毕竟做不出粗俗的诗来，这首诗倒像一样东西。"黄老三道："像甚么东西？"周之冕道："像一件衣服。"黎是韦愕然问道："怎么像是一件衣服，像是一件甚么衣服呢？"周之冕道："四句凑拢来，雅俗判若天渊，不像是前几年最时行的罗汉长衫吗？上半截布的，下半截绸的。"说得黎、黄二人也大笑起来。周之冕道："我听说陈蒿动身到日本来留学的时候，他父亲拉着她，叮咛嘱咐的，怕她年轻貌美，受人引诱。专就这事，我又得了一首，仍请老三替我写罢！"黄老三笑道："我的笔还不曾放下呢。"周之冕笑着点了点头念道：

阿爷走送母牵衣，临别叮咛好护持。

劫堕人天缘绮恨，蓬莱汝莫负相思。

黎是韦道："有了这几首，也就够了。你把这首作第七首，我两人共做的那首作煞尾的。"周之冕道："你高兴再作两首，凑成十首。"黎是韦点头道："也好，这稿子留在我这里，我凑成十首，明日就送去印。我去质问林简青，须拉一个帮手同去才好。"周之冕道："帮手仍是郑绍畋妥当，别人都犯不着去。你两个正是俗语说的，洗湿了头发，是免不了要剃的。"

　　三人饮食完毕，复研究了一会，周、黄都告辞回家。黎是韦又卒成了两首，另纸誊正了，才收拾安歇。次日亲送到秀光社，定印一千份。从秀光社出来，到骏河台访郑绍畋。

　　不知二人如何质问林简青，且俟下章再写。

第一百六十章

圆子得所遥结前书
周撰被驱遂完续集

话说黎是韦走到郑绍畋家，只见郑绍畋正陪着一个穿中国衣服的健壮男子在房里谈话。黎是韦看那男子三十来岁年纪，中等身材，两颧高耸，准头端正，浓眉大口，两目炯炯有光芒射人。

郑绍畋见黎是韦进来，即指着男子绍介道："这便是我常和你谈起的，我至好的朋友，黄君文汉是也。"黎是韦听了，连忙行礼，说久仰久仰。黄文汉起身答礼，请教了姓名。黎是韦问道："何时从上海来的？"黄文汉道："刚到没十分钟，行李还在中央停车场呢。"郑绍畋道："黄君真要算是天下第一个有情人了，十五日接了我的信，今日这时候就赶到东京，不到四天。你看若不是为情人，就逃命也没这般快呢。"黎是韦点头道："不怪黄君这们急的赶来，像黄君的这位圆子太太，实是不可辜负。她在那笠原料理店里，不待说也是望眼欲穿了。黄君已见过面了没有？"黄文汉摇头道："我才到，还不知她在甚么地方呢。黎君见过她吗？"黎是韦笑道："岂但见过，还扰了她的情，请我吃料理哩。"黄文汉对郑绍畋道："你还有甚么事没有呢？若没事，我们就去看看罢。"郑绍畋道："我就有天大的事，也只得放下来，且陪你去了再说。"黄文汉笑着起身。黎是韦笑道："我同去看看，没有妨碍么？"黄文汉笑道："妨碍甚么？就请同行罢。"郑绍畋笑向黎是韦道："你的芳子，只怕也是望穿秋水了呢。"黄文汉道："芳子是谁？"黎是韦道："等歇到了那里，自然知道。"三人遂一同出来。

电车迅速，顷刻就到了。郑绍畋在前引道，进了笠原料理店。芳子正在门口，一眼看见黎是韦，笑嘻嘻的迎着，接手杖，取帽子，往楼上让。三人上了楼，郑绍畋向芳子道："你快去请圆子姐姐来，有个最要紧的人来看她，快去，快去！请她快来，快来！"芳子望了黄文汉几眼，觉得中国装束好看，悄悄的问黎是韦道："这个穿花衣服的是甚么人？"黎是韦道："你快去把圆子姐姐请来，自然明白。"芳子拿出三个蒲团来，分给三人坐了，望着郑绍畋笑道："点甚么菜呢，要菜单么？"郑绍畋急得在自己腿上拍了一巴掌道："你还没听得吗？且去把圆子姐姐请来，我再点菜。"芳子翻着两只眼睛道："圆子姐姐么？"郑绍畋道："谁说不是圆子姐姐呢，你真是一个马鹿！"芳子笑道："我倒不是马鹿。圆子姐姐病了几天，不能起床，你不知道吗，教她怎生上得楼？"

黄文汉吃了一惊，忍不住问道："是甚么病，没有医院诊么？此刻住在那里？"芳子见黄文汉穿着中国衣服，说话又和日本人一样，不像郑绍畋说得牵强，发音也不大对，倒惊得望着黄文汉出神，不知道是个甚么人。黄文汉又问了一遍，芳子才答道："我不知道是甚么病。"随用手指着黎、郑二人道："自他们两位那日从这里走后，圆子姐姐也请假出去了好一会，到下午回来，就说身体不舒服，向番头请了假，睡着调养。大约是身上有些痛苦，我见她时时躲在被卧里哭泣，番头问她甚病，她也不说，只说过一会就要好的。要她进医院去诊治，她也不肯去，每天只喝点儿牛乳，到今日已过一星期了。"黄文汉拔地立起身来道："她睡在楼下么？请你引我们去看看，我自重重的谢你。"芳子道："那怕使不得么，她不病的时候，她房里尚不愿意男子进去。此时病了，我是不敢引你去。"黄文汉从身边掏出一张名片来，交给芳子道："你引我到她房门口，我在门外等着，你拿这名片进去问她，她如不教我进去，我就不进去，是这们行么？"芳子才接了名片，点点头道："你随我来，不要高声。"黄文汉回头向黎、郑二人道："两位坐坐，我去一会就来。"黎、郑齐声说道："你对我们客气怎么。"

黄文汉随着芳子下楼，走到楼梯口，芳子望着一个女子喊吉子道："你的郑先生在楼上，你还不快上去陪他？"只见那吉子把嘴巴一鼓，口里嘟嘟哝哝的说道："没得倒霉了，又要我去陪他。"黄文汉也无心听她，跟定芳子走到里面一间很黑暗的房子门首，芳子轻轻的向黄文汉说道："请在这里等着。"黄文汉点头答应。芳子推门进去，随手把门关了。黄文汉忍耐不得，芳子才把门带关，随即伸手推开了。跨进一只脚，伸进头一看，芳子正弯着腰，递名片给圆子看，口里还不曾说出，听得门响，即回过头来用手指着黄文汉对圆子道："就是他呢。"圆子一眼看见黄文汉，不由得哎呀一声，即咽住了，说不出第二个字来。黄文汉抢行两步，到得圆子跟前，也只说得一句"可不把我想死了呢"，就哽了嗓子，眼泪和种豆子一般的纷纷落了下来。芳子在旁见着，料道是情人见面，即抽身退了出来，上楼陪黎是韦去了。

黄文汉见芳子已走，即屈一个腿，跪在圆子的床缘上，伸手握了圆子的手道："可怜，怎的便憔悴到这一步，我真是冤苦你了！"圆子一手扯着被角，拭干了眼泪，望着黄文汉的脸半晌，笑道："你的容颜倒比先光彩了，从上海来的吗？"黄文汉点了点头，见枕头旁边一卷字纸，低头凑近一看，就是留在持田家的那份日记。圆子脱出手来，拿了那卷日记，几下撕得粉碎道："你要归国就归国罢了，偏要留下这害人的东西做甚么？你要不来，我做鬼都要带了你去。"黄文汉也拭干眼泪笑道："我若见不着你，做鬼也不由得你一个人活着。"圆子道："你坐开一点，我想起来坐坐。在这里面，磨过几日了。"黄文汉移到旁边坐着，问道："自己能起来，不吃力么？"圆子指着壁上挂的衣服，"你伸手取下来，给我披上。"黄文汉见仍是去年同住时，常穿着下厨房弄菜的那件薄棉衣，即探着身子取下来。圆子已翻身坐起，便替她披上。圆子道："你把行李下在旅馆里吗？"黄文汉笑道："把行李下在旅馆里才来见你，也不是我了，你也不必见他了。行李还在中央停车场呢！只怕要午后三四点钟才能去取。"圆子停了一会问道："你这回来打算怎么呢？"黄文汉道："看你说要怎么便怎么。"圆子笑道："我在这里是当酌妇，你知道么？"黄文汉笑道："不当酌妇，怎显得出你来？"圆子笑道："五十岚的李铁民，常到这里来，你不知道么？"黄文汉道："一百个李铁民也没要紧，你能走得动么？我还有两个朋友在楼上，走得动，就同上楼去说话。"圆子道："朋友是那个？"黄文汉道："就是我托他来看你的那人。"圆子笑道："又不早说！你先上去罢，我就来。"黄文汉道："迟一点没要紧，我扶你上楼梯罢！"

圆子即立起身来，结束了衣带，对镜略理了理头发。望着镜子里笑道："我只道这一生已用不着这东西了，万想不到今日就要用它。"黄文汉道："你本来就不肥胖，近来更消瘦得可怜了。"圆子睃了黄文汉一眼道："你知道可怜吗？知道我怎么消瘦到这样子的哩？"黄文汉笑道："还有甚么话说，我因此特来请罪。"圆子道："走罢，不要害得你朋友久等。"黄文汉遂跟着圆子出来，要伸手去搀圆子上楼梯，圆子道："你只管走，不要你搀。"

二人同进房，黎、郑二人起身和圆子见礼，芳子、吉子见圆子忽然好人一般的上楼，都很惊讶。两个悄悄的议论，圆子看了，知道是议论自己，在芳子肩上推了一下道："妹妹去向厨房里说，看今日有鲜鲷鱼没有，弄两尾很大的来，再弄几样下酒的菜，要一升正宗酒。"芳子道："要一升酒吗？黎先生、郑先生都是不会喝酒的。"吉子听说黎先生不会喝酒，想起那夜灌水的事来，不觉卟哧笑了声说道："黎先生只会喝水呢。"说得芳子、圆子都笑了。圆子指着黄文汉道："只这一个黄先生，一升酒还不够哩。"芳子又望着黄文汉出神道："听说胖子才会喝酒，这位黄先生不胖，怎么也会喝酒呢？"黄文汉笑道："你日本要胖子才会喝酒，我中国就要我这种瘦子，才会喝呢，你不信，等歇我就喝给你看。"

芳子似信不似的，笑着去了。一会儿，带着一个粗使下女，捧着一盘下酒菜，芳子自己提着一大瓶酒进来。吉子、圆子帮着布置杯碟。圆子先替黎、郑二人斟了酒，才斟给黄文汉。黄文汉接着，喝了一口道："大半年没尝这正宗酒的滋味了，毕竟是好味道。"圆子道："怎么只大半年哩，不是整一年了吗？"黄文汉摇头道："我在潍县，专和日本人办交涉，没一天不喝酒，并喝的都是顶好的樱正宗。到上海之后，一来没有喝这酒的机会，二来心绪不佳，也懒得巴巴的跑到虹口日本料理店去喝，因此大半年没尝这滋味。"黄文汉接连喝了六七杯，望着芳子笑道："你看我比你日本的胖子喝得如何呢？"芳子笑道："是这们一口一杯的，我还不曾见人喝过哩。"圆子推着吉子道："妹妹去把三弦拿来。"吉子笑道："要唱歌吗？"圆子笑道："你去拿来，这黄先生是唱浪花节的师傅。"吉子听了，喜孜孜的跑到外面，抱了一把三弦进来，递给圆子道："姐姐会弹浪花节么？"圆子摇头笑道："我会弹浪花节就好了，还跑到这里来当酌妇么？"说时，将三弦递给黄文汉道："你回去一年，没把这些技艺忘掉么？"黄文汉接了三弦笑道："怎么会忘记，在潍县的时候，还大出风头呢。山东的日本人最多，几个有些身份的，没一个不佩服我。我因此和他们办外交十分得手。我未到以前，有几件交涉，换了数个交涉员，都没办好。我去不到两月，甚么疑难的事都迎刃而解。这浪花节的功效，也有一点。"

郑绍畋在旁问道："怎么办外交与浪花节有关系呢？"黄文汉笑道："这话若在我没去山东以前，有人对我这们说，我也要像你这们问他哩。于今我才知道，和日本人办外交，不但浪花节有关系，连我在日本学过一点儿柔术，都很得他的益处。有个姓赤岛的大佐，在山东的威权很大，他的性格就和我一样。我因一桩交涉，初次和他会谈，他对我很傲慢。后来见我日本话说得好，对我便渐渐客气一些。次日我请他吃酒，因我是用私人名义，彼此都不似正式宴会的拘泥形迹。酒至半酣，叫了几个日本艺妓来，唱跳歌舞。赤岛技痒起来，接过艺妓的三弦，弹唱了一会，艺业却不甚高。我随口恭维了他几句，他说足下也会么？我说会就不敢说，贵国几个唱浪花节有名的，却时常会过。赤岛高兴不过，递三弦给我，教我唱，我便不客气，放开嗓子唱起来。只一开口，赤岛就拍掌叫好。我才唱完，赤岛亲手斟了满满的一杯酒给我，赞不绝口的恭维。说不但在中国人中没有见过，就是日本人，能唱得这们好的，也寻不出十个八个来。自那回以来，赤岛对我便分外亲热了。他又绍介一个姓井上的少佐参谋和我结识。这井上就欢喜柔术射箭，也和我最说得来，因有这两人和我要好，甚么交涉都好办了。不过我在山东办的交涉，都是小部份的，不大要紧的事。赤岛自己就可作主，他们外交部办的外交，或者不能照我这样容易。"

圆子笑道："你不要只管说中国话罢，我们听着不懂，纳闷得很。你看我这两个妹妹，都睁着眼睛望了我，想听你唱歌，你就唱给他们听罢！"黄文汉笑着答应，又喝了两杯酒，吃了些菜，调好了三弦，连弹边唱起来。芳子、吉子都惊奇道异，疑心是日本人假装的中国人。圆子也拿起酒杯，斟了杯酒喝了，笑问芳子道："妹妹看黄先生像个日本人么？"芳子偏着头，把黄文汉端详了一会道："实在是个日本人。"又掉过头来望了望郑、黎二人道："这两个中国人，看多文弱，黄先生这们强壮，一定是日本人了。"黄文汉唱完了，放下三弦，端起酒向圆子笑道："你为我苦了这一年，敬你一杯酒。"圆子接过来，笑嘻嘻的饮了，复斟了一杯还敬黄文汉。你一杯，我一盏，不一会工夫，已将一升酒饮完了。黄文汉叫添酒，圆子止住道："明日再饮罢，我再陪你，身体支持不住了。我几日没吃饭，只略饮些儿牛乳，我陪你吃点饭罢！"芳子即到楼口，叫下女送饭上来。下女捧来两尾大鲷鱼，一桶白饭，连芳子、吉子六个人，同一个桌儿共食。黄文汉见圆子吃了两碗饭，异常高兴。

吃完了，下女撤去残筵，芳子、吉子也都下楼去了。黄文汉才和圆子开谈道："从前的事，我早已忏悔，此刻都不用谈了。一言以蔽之曰：我对不起你。我这回接了老郑的信，知道了你的下落，兼程赶到这里来，总望你可怜我，许我继续去年的生活。"圆子道："你这回来，打算怎么样呢？还是在日本住吗？"黄文汉道："我云南有朋友，早就招我去，我只因没得着你的下落，恐怕一去云南，离日本更远了，更没有和你团圆的希望；便顿在上海，没应我朋友的招。此时既见着你了，只看你有在日本勾留的必要没有，若不必勾留，我是任凭何时，都可同动身去云南。"圆子道："云南有够我两人生活的事干么？"黄文汉道："要图大发展就难说。生活一层，你可放心。我这番在国内住了一年，很有把握，生活不成问题。"圆子道："你既说生活有把握，我就没旁的问题了。我也无在日本勾留的必要，我在这里本没定长时间的约，做一个月算一个月，随时可走的，我和番头说一声就行。"黄文汉道："这好极了，你有粗重的行李么？"圆子摇头笑道："讲到我行李真可笑，仅一个小小的衣包，以外甚么也没有。"黄文汉道："你就去向番头辞职罢，今晚同去旅馆里住宿。"

　　圆子点头起身，下楼去了。不一时，只见她提着一个衣包，同芳子、吉子进来，将衣包扬给黄文汉看道："我的行李，尽在这里。"黄文汉同黎、郑二人起身道："料理账给了么？"圆子道："就把我的工资算给了，我两个月的工资，吃一顿还不够呢。"黄文汉叹道："高楼一桌席，贫汉十年粮，真是不错。"圆子给衣包黄文汉提了，回身与芳子、吉子握手，忍不住眼圈儿红了道："想不到仓卒与两位妹妹分别，此后还不知道有再和两位妹妹见面的缘没有。"芳子、吉子都流下泪来。因圆子平日为人极好，七八个酌妇都和圆子说得来，就中芳子、吉子两个，尤和圆子亲密，今猝然分别，自不免凄恋。六人一同下楼，圆子进里面辞别，番头及所有同事都跑出来，送到大门外，皆有些依依不舍之态。芳子、吉子更哽咽得出了声，圆子走了好远，回头向二人挥手巾，教二人进去。二人直看得没有影子了，才转身进门。

　　黄文汉带着圆子，在旅馆住了一夜。次日略买了几件衣服给圆子更换，也懒得在东京逗留，第三日即同圆子坐火车到长崎，由长崎买轮回上海去了。后来黄文汉在云南当了两年差，替唐督军当驻京代表，圆子生了两个很好的儿子。凡和黄文汉有交情的朋友，无一个不羡慕圆子是黄文汉的好内助。这都是题外之文，不必说了。

　　再说黎是韦、郑绍畋那日别了黄文汉，黎是韦把黄、周二人昨夜来说的话，说了一遍道："我特来找你，同去林简青家开谈判。不料被黄文汉耽搁了这大半日，此时才打过三点钟，还可以去质问他。"郑绍畋道："我陪你去可以，只不会说话。"黎是韦道："话不必你说，自有我问他，不怕他抵赖了去。"郑绍畋才答应了。

二人乘电车到浅草，寻着了林简青的家。林简青正才下课回来，见二人进来，知道必是为开会的事，只得延进客房里就坐。黎是韦开口说道："我两人特来质问会长一句话，请会长答复。周撰与会长有交情，我们知道，陈蒿与会长的太太同学，我们也知道。会长帮周撰、陈蒿的忙，一是朋友之情不可却，一是太太之命不敢违，我们更知道能替会长原谅。但是会长论资格，是堂堂正正的湖南同乡会会长；论平日为人，是我们素所敬服的、磊落光明的好学生。要帮周撰的忙，应该当面鼓，对面锣的，在会场上，当众侃侃而谈，将我们所持开会的理由，驳得不能成立，才是会长应有的行为，应取的态度。为甚么鬼鬼祟祟的，写信把周撰、陈蒿叫家里来，沽私恩，市私惠，教他纠集无赖，捣乱会场？这湖南同乡会，便是会长一个人的吗？我们所请二十日开会，会长还怕时间仓卒了，周撰来不及拉人，硬要将会期改至礼拜三下午。请问会长，这是一种甚么理由？望即明白答复。"

林简青听了，惊得脸上变了颜色，一时也摸不着如何泄漏的道理。只得勉强道说："足下这话从那里说起来的，我简直摸不着头脑。"黎是韦冷笑道："会长不要装佯罢！会长认错了人呢，周撰不是个好东西，他把会长替他出的主意，尽情向人宣布了。会长还在睡里梦里么？"林简青心想："我和周撰、陈蒿商量的话，就只我们四个人知道。若不是他两人在外面乱说，黎是韦如何知道这般详细呢？我好意帮他们，他们反是这们害我，真气死我了。好，好，我也顾不得你们了，这须怨不得我。"随向黎是韦道："足下说的话，我绝对不是装佯，确是我脑筋里没一些儿影子，我和周撰毫无所谓交情。就是敝内，虽和陈毓姊妹在国内同过学，近数月也没有往来。便是有交情，他们的行为不正当，我也不至从井救人。足下所听的话，是不是真出自周撰、陈蒿之口，我姑不深论，总之，即算是他二人说的，与我也没有关系。是他二人假借我的话，去哄骗人的，足下万万不可信。延期至礼拜三的话，我是曾对许多朋友说过，因此今日还不曾发传单，只写了封信，通知足下，今早付邮的，不知足下接着了没有？"黎是韦道："我出来很早，没有接着甚么信。依会长的话，教他纠人捣乱会场的事，是没有的？"林简青道："没有。"黎是韦道："教他趁开会的时候，将我和郑绍畋向陈嵩求婚的信，送到人场来，由会长发表的事，有没有呢？"林简青摇头道："那有这事！"黎是韦道："此时会长说没有，就算没有，我没凭据提向会长证实。不过会长得留神一点，这话既泄漏出来了，凡是湖南同乡都得着了这消息。那日开会的时候，要没这两项事实发生才好，若果实现了，我们却已早为之备，于会议程序毫无妨碍，只怕于会长个人有许多不便呢。我们特来警告一声，任凭尊意裁处。"林简青只好忍气吞声的说道："足下但请放心，如那日会场上发生了这两面问题，我不竭力维持秩序，就算我是教唆的。不过他们是这们做不是这做，我就不能保险。因为这两项举动都不必我教唆，他们也能做，我只能尽我的责任就是。"黎是韦道："到那时，是非自有公论。会长莫以为要求开会是我领衔，便是我的主动，暗中主动的人还多得很哩。到开会时请会长看罢！"林简青道："这种会，主张开的自然很多，便是我，也是主张开会的一个。"黎是韦道："好，但愿会长言行相顾。我们会场上见罢！"说罢，同郑绍畋告辞起身。

　　林简青也不挽留，送至大门口，转身进房，向林太太跺脚道："卜先、老二都不是东西，我们帮他，他倒害得我受人家的脸嘴，真是没得倒霉了。"林太太问是怎么，林简青将黎是韦的话，约略述了一遍。林太太也气得甚么似的，说这事怎的办呢？林简青道："有甚么怎的办，写封信给两个狗男女，说事情已经泄漏，万不能再照着实行。即实行也是无用，徒使我为难，倒不如听之任之，或者我还有能暗中尽力的时候。若再实行出来，我势必立脚不住，我一辞职，于事情更无希望了。是这们写封信给他，我想他决不至再冒昧做去了。"林简青当夜详细写了封信，寄给周撰。周撰接了，大吃一吓，知道是错认了黄老三。但已后悔无及，也不好意思再去林简青家。只回了封信，遵命停止进行，也不再出外运动。

　　到了二十三那日，还不到午后一点钟，大松俱乐部门首，到会的就拥挤不堪。都是看了那竹枝词，哄动了全省留学生，无不想看看这种新奇会议。黎是韦又在竹枝词尾上，注了礼拜三下午，在大松俱乐部，开同乡会研究这事的几行字，比传单的效力还大些。这日到会的很有些年高有德的人，公推黎谋五先生主席。林简青见了这种情形，深悔自己见事不到，幸亏早经泄漏，若是事后被人调查出来，还有脸见人吗？不过一点钟，会场上挤了四百多人，湖南的留学生差不多到齐了。

黎谋五先生上台说道："今日开会，为研究周撰和陈蒿结婚的事，这题目就很好笑，人家结婚，与同乡会有何相干，要同乡会来开会研究呢？这其中不待说是很有可研究的道理。道理在那里哩？在维持社会道德与祛除女学的障碍。周撰生成一个作恶的性质，济之以作恶之才貌，因之所行所为无一不损及个人道德与公共道德。在岳州骗娶定儿，在日本先骗娶松子，后骗娶陈蒿，特其作恶之一端耳。至其钻营苟贱，充汤芗铭侦探，尤为卑劣无耻。这种人，同乡会决不能再容其同居斯土，披猖肆恣，此所谓维持社会道德。我国女学方在萌芽，送到日本来留学的犹是少数。近年来女学所以不发达之故，原因虽不一端，然浮薄青年引诱女生之魔障，亦占原因之一大部分。陈蒿一人，讵如此足惜？惟因陈蒿之事，而使内地之为父母者更引为深戒，不敢再送其女来日本读书，这障碍女学进步就很大了，我所以说祛除女学障碍。我的主张，由同乡会具函湖南留学生监督处，撤销二人公费，将二人驱逐回国，以示儆惩。诸君或再有较好的办法，请上来发表。"

周之冕接着上台，即将黎谋五先生的话，重行申引一遍，将办法付表决，全场通过。只这一来，周撰、陈蒿二人的公费，便轻轻的撤销了。

次日，周撰即接监督处的通知书，和陈蒿面面相觑。既没了公费，便不驱逐，也不能在日本住了，只得垂头丧气的卷起行囊，同归上海。由上海归湖南，在汤芗铭跟前混碗饭吃。后来南军驱汤，被程厅长把他拿着，做侦探枪决了。

不肖生写到这里，心想：这部《留东外史》本是用周撰起首的，恰好到这里，得了个天然的结束。正好趁势丢下笔来，从此做个好人，谨守着闲谈无论人非的格言了。

附录：

留东外史补

（第一集）

第一章

不肖生重渡蓬莱岛
陈女士偷窥和尚家

不肖生自民国三年起草《留东外史》前后，已经写完了十集。不肖生脑筋中所贮积的奇闻怪事，总算已搬出十之八九了。虽间有些零星小事，一时未曾写着，遗留在脑筋角落里，几年来也没人记挂着它。遇着亲朋过从的时候，脑筋里有了这些影事，也是酒后茶余笑谈的资料。到了民国八年十二月，不肖生因个人事业上的关系，重渡日本。旧游重到，物是人非，回想五年前留学生和亡命客的盛况，不禁发生无穷的感慨。

五年前的留学生，公费自费核算起来，人数将近两万。亡命客来来去去，虽不能有个确定的数目，然大的小的连带的附属的，以及投降袁世凯后，仍顶着亡命客头衔充老袁私家侦探的，总共算起来也有三千人左右。不可谓不是极一时之盛了。老袁称帝不成，忧愤而死，国内政局大变。以上等等亡命客的政敌死了，大家活动的时期到了，谁肯再在日本坐失本人在政治上活动的优先权呢？自然一个个都争先恐后，和当日仓卒逃亡一般的，急急买舟回沪，各争个人的地盘去了。就是那些曾失节再醮的人物，一旦痛失所天，论情论势也都不能自甘寂寞，独守空房。

如何谓之论情呢？他们投降老袁，目的原在己身富贵。凡投降早的，不过半年，迟的才一月两月，不但富贵无缘，便是每月数十元津贴费，还有不曾领着的。起初，驻日公使海子兴和招降经纪人蒋四立，奉了袁皇帝谕旨，在日本专事收买这类古董的时候，开盘价目原极相宜，金钱官爵听便取携，所以能欣动一般志士。且当时蒋四立的口头号召，是说今上求贤若渴，望治殊殷。当此国政百端待理之时，岂可遗才异地？志士听了这类恭维的话，金钱官爵又能满足各人的欲望，苟非坚贞卓绝与腰缠甚富的人，谁能把得定这颗心，不砰砰的跳动，不乐就而欣然呢？及至收容过多，金钱官爵都不敷分布，就渐渐的要减价收费了。后来减价仍是不敷，现钱交易不能做，自免不了一体半现半赊。因此，改节早的，虽不会实享官爵的荣华，却乐得手头挥霍了一会；至于见机不早，或不善夤缘的，徒担了一个失节的声名，不会沾着丝毫恩惠。所以论人情，这类人也没有替老袁守节的道理。

如何谓之论势呢？这话更容易明白。凡是投降的亡命客，不是热中利禄，便是穷苦不能聊生。热中利禄的，能放得下钻营的心思，就不会投降；生活艰难的，能耐得住穷苦，也不会投降。况津贴费既经取消，而各等亡命客又都已回国，更没有可以告帮的人。所以论势也不能再留日本。当袁世凯死过一月之后，在日本的亡命客，简直可说已绝迹了。

不肖生这回再到日本的时候，亡命客却又有了些儿。不过这时亡命的，与那时亡命的分别，有官僚与民党的不同。二三年的亡命客，是人人知道的民党；这时就全是安福系的官僚，人数比前回少了几十倍。而所闹的笑话，倒超过了几十倍。只因他们不大和学生接近，而住在东京的又少，所以闹出来的笑话，非待新闻纸上宣播出来，不但内地无从得知，就是住在日本的留学生，能知道详细的也不多。并且这时的留学生，比较二三年，也就减少十之八九了。

这留日学生顿减的原因有两种极大的，趁此时表明出来，看官们脑筋里，有了这两个影子，方好看以下所写种种事实。

第一是因为五九以后，内地排日的风潮甚炽。留学生中，自然有许多是倡排日论的原动人。迫于爱国的一念，忿而归国的，有十分之三四。第二是因为日本乘欧洲战争，各国工商业停滞的时候，出全力独霸了中国市场。见中国人排斥日货，遂将所输出的日用寻常物品，改变式样，更换标帜，或仅书英文，不书汉字。欺我国普通人识英文的少，误认作西洋货；或竟书写"毋忘国耻"，"勿忘五月九日"及"提倡国货"种种字样，使中国人误认做国货。还有些狡诈商人，硬拿着日货充西洋货销售的。几年的畅旺生意一做，日本商人中，徒然发富至数百万数千万的，不知有多少人。那时金价又低落到了极处，日本生活程度因此陡然增高了数倍。后来金价虽然回复了，而货价仍然低减不下来，在他们赚了中国无数金钱的人，固不在乎这一点。只苦了中国的留学生，但能分利，不能生利。拿着数年前的生活费，那能在这时生活呢？况且各省的公费，都被盘据各省的军阀截留做了军饷，或竟卷入了私囊。总是拖拖欠欠的，不但不能按月发给，常有三五个月不做理会的。终日把这些留学生逼得叫天不应，哭地不灵。有些家中殷实，本人又求学心切的，就从家中汇钱来过度。若是家业平常的，自不免被逼得跑回国来。其中也有些家中本来殷实，本人也是真心想求学，却因他的原籍的省份，有几个军阀在那里为争占地盘打起仗来，打得交通阻断，汇兑不通，甚至财产被兵匪掠劫一空。昨日尚是大富豪，今日变成穷光蛋。于是在外国留学的，也就存身不住了。

由以上的原因回国的，居十之五六。其残余在日本的，有两种身分，一种是欠多了馆账，没有旅费，穷困到动身不得，忍苦坐待发费的；一种是侨商的子弟与家中富有，能汇款来接济的。穷困得不能动身的，只有可怜可悲的惨事，没有可笑可恶的怪事。至于富有的，这时的所行所为，在不肖生的眼中看来，人数虽少，倒是觉得比五年前人数极多的时候，其作恶程度还要高的多。大约是世界文明进步，中国人的作恶程度，也就跟着进步。只看几年来，国内的政治和社会的情形，已足证明我国人作恶进步之神速！然在脑筋浑浊，及不明各外国政治和社会情形的人，还不见得有昨是今非的判别力。至于我国人侨居外国，有外国人作当前的显明比较，正如昆虫鸟兽，一旦失去了他本身的保护色，其所行为便纤微毕露，不能遁影藏形了。

不肖生这次在神户住了十月，在东京住了半年。住神户的时候，和安福系的几个亡命僚同住在乡下一个村落里，相隔不到两三户人家。那乡下的人家很少，中国人尤其不多。住在那里的中国人，一举一动都非常碍眼，不肖生又是个有心刺探的人，所以他们做出来的新奇笑话，我能知道十分详悉，却也真是不在少数。于今且从头至尾一件一件的细写出来。但是不肖生有句话，须于此时表明。作这补编的动机，虽是在民国八年十二月，因重渡日本，目睹种种较甚于前的怪状而发，然所写事实，有许多不能不从远因写出来的；并且这部书虽不能依着正史编年的例，分纲列目，然以前十集写到了甚么地方，这补编就应从甚么地方写起。在著书的脑里，固以为必如此才觉得下笔顺便，就是看官门眼里，也必以为不如此，没有线索，没有条理。

第十集结尾，是写到周撰和陈嵩结了婚，黎是韦、郑绍败、何铁脚一般人，在大松俱乐部开同乡会驱逐他夫妇二人回国；二人的公费，由湖南同乡会写了一封公函给湖南留学生经理处，经理处只须用笔一勾，二人的公费便算是已经取消了。在周撰和陈嵩的意思，本打算尽管经理处撤消他们公费，拼着担负几百元的债务，自费也要在日本双飞变宿的，招摇几个月；使一般反对的看了，眼睛出血，又没法奈何他们，这便算是二人消极的报复方法。

谁知湖南同乡会，那日在大松俱乐部开会的时分，周之冕一般谋士早已料到有此一着。当日议决之后，除函知经理处外，又写了一封公函，去中国驻日公使馆，由公使馆知照日本警察署。警察署打发人，向周、陈提出出境的劝告书。陈嵩为这劝告书气的整整哭了一昼夜。周撰也垂头丧气的，思索不出一些儿抵抗的法子来。便是陈毓也实在替自己妹子委屈，虽是用许多言语劝慰，两个无奈这番的气受的太厉害，太结实，连自己心中的不快都解释不了，如何能有中肯的言语，好去劝慰当事的人哩？只有李镜泓对于这回的事，态度非常冷静，不闻不问的，就好像没有这回事一般。陈毓姊妹和周撰也不理会，因知道李镜泓素性是一个笨滞的人，一切感觉都像比寻常人迟钝。周撰既没有可以抵抗那出境劝告的办法，只得和陈嵩收抬动身。李镜泓夫妇两个，如何能住高田马场那们大的房屋？只等周、陈一走，立时便退了租，仍搬回东京，捡了一处最小的贷家，在御茶之水桥旁边，虽只三间小屋，却清幽的很。屋后有个小小的院落，黄昏月上的时分，足可供住那房子的人散一散步。

陈毓对于李镜泓，在内地的时候，就本来没有甚么浓厚的爱情。陈毓虽也是一个女界中的新人物，容貌学识，和普通一般自命女豪杰的比较，没一件赛不过人。但是，她的头脑却不似一般女豪杰活泼，性情也没有一般女豪杰那们乖张跋扈。因此她尽管不满意李镜泓，心里总觉得已成了多年的夫妇，没有平白又脱离的道理。有时遇见了甚么问题，李镜泓懦弱，不能解决，或是言语受了李镜泓的气，她只是独自背着人哭泣，怨自己的命不好，不曾嫁得个争气的丈夫。到日本以后，他夫妇的感情，比前略为浓厚了些儿。后来周撰的事，陈嵩大不愿意李镜泓，从旁极力唆使陈毓要和李镜泓脱离。陈毓终日看了周撰对陈嵩的温存体贴情形，回头想想自己丈夫，从来不曾有过一次这般的细腻风光。便没有陈嵩从旁唆使，也就免不了要对李镜泓渐渐的增加不愉快的表示。况两耳不断的钻进许多破坏李镜泓的话，若不是湖南同乡会下手将陈嵩驱走，只要再延下去一月两月，包管李镜泓做不稳陈毓的丈夫了。

湖南同乡会这次的集会，算是李镜泓的大救星，也算是陈毓的当头棒。经此一度警告，陈毓才觉悟自己妹子这回的举动，是很不正当的模样，是很不宜效法。心想："自己丈夫虽没多大的学问，为人却甚是诚朴，若是和他脱离了，另嫁一个男子，专讲相貌或者能赛过他。只是现在的青年大概都和周家的差不多，我真犯不着也上这个当。遭人唾骂还在其次，自己的终身之恨，就要后悔也来不及了。"

陈毓既有了此种觉悟，对待李镜泓的态度就完全改变了，夫妇二人新迁了这所小贷家，雇用了一名下女，安心乐意的过渡，倒很快活。与他们邻居的也是一家中国人，也是男女两个，却没雇下女。男的年纪大约有五十多岁了，出外有时穿和服，有时穿洋服。在家总是穿着中国衣服，衣服的样式非常古拙，合着他苍古的面貌与迟缓的举动，像是一个道学先生。女的年纪望去不过三十多岁，鹅蛋式的脸盘，长条条的身体，不论在家、出外，都是穿着很入时的中国衣裙，举止态度也像个有些学问的。只因李镜泓是个绝对不好交际的人，虽在贴邻，几个月不曾通过闻问。这两个男女姓甚么，叫甚么名字，那一省的人，是在日本亡命呢，还是留学生，一点儿也不知道。

可是这两个男女也很古怪。两家的院落本来相连，只隔了一层二三尺高的竹篱笆，彼此时常同在院落里散步；竟像是有嫌隙的一般，这边不向他那边打招呼，那边也就只作不理会。有几次，陈毓听得这两男女吵嘴，声音越吵越大，两人口里骂出来的话，都听不明白，分不出那省那县的口音。陈毓就跑到院子里来听，因为距离一近，必听得明晰些。谁知他一到篱笆跟前，男的便住了口，急急忙忙的开门出去了。男的一走，女的没有了相手方，一个人是不能更吵下去了。几次都是如此。

李镜泓很不以陈毓三番五次的偷听为然，向陈毓说道："人家夫妻吵嘴，是极普通的事，有什么可听的？夫妻吵起嘴来，女人甚么话都骂得出，做丈夫的总得顾全一点儿面子。没人旁边瞧热闹还好，若是外面站着几个人，女人的精神更好，吵闹得更凶，做丈夫的心里就更难过，面子上更下不来。所以你每次去看他们吵嘴，那男子总是以一走了事，因为恐怕这女人起劲，更骂出不中听的话来，给人笑话。我看以后若是他们再吵嘴，你犯不着再去看了。"陈毓笑道："我若是能断定他们是正式夫妻，也不去看他们吵嘴了。"李镜泓道："你这话就是瞎说了，不是正式夫妻，难道也是姘头吗？这个男子，无论在甚么人的眼中看出，都不能不承认他是一个道学先生，决不会像现在的一般浮薄青年，动辄和女人轧姘头。就是这个女的也没一丝淫浪的样子。莫说这种女子断不至与人轧姘头，便是表面上不能完全看出人的行径，然而她既有这般姿首，纵要轧姘头，也不愁没有年貌相当的，怎么会姘一个如此老而且丑的胡子呢？这是个续弦的老婆，不是原配的，倒可以断定。"

陈毓连连摇头道："像你这们猜度，我难道不曾猜度过？就是姘头吵嘴，也是极寻常的事，我怎犯着去偷听？也只因我彷佛听那女子骂出来的话，很不像是妻子对丈夫的口吻。他们骂出来的话，我虽听不大明白，但是也有些听得懂的。前几次我就听得那女子骂道：'你不要面孔，你知道我是你的甚么人？'这两句话你记得么？我们到上海，住在那家旅馆里的时候，一个客人和茶房吵嘴，客人走后，几个茶房都说那客人不要面孔。二妹和我们不是大家学着那腔调，说笑了好久的吗？隔壁女子骂的口音，就和那茶房的口音一般无二。所以这两句话一落到我耳里，便听得明白。你想，岂有妻子拿这种话骂丈夫的么？并且那女子把这两句话一骂出口，男子便寂然无声了。每次如是，这不是很稀奇吗？"李镜泓也觉诧异道："你还听出旁的话没有呢？"陈毓道："零零碎碎也有些懂得的，总之不像是夫妻。"李镜泓踌躇道："不是夫妻又不是姘头，看情形却又似乎是曾有肉体上关系的，这就真教人莫名其妙了。"

陈毓低头思索了一会，忽然望着李镜泓笑道："没要紧，我有打听他们的法子了。"李镜泓也笑道："你有甚么法子？"陈毓道："我看他们家里的陈设和他两人穿着的衣服，不像是没有钱的，怎么连下女都不雇一个，一切粗事全是自己动手呢？不是吝啬，我想必是恐怕下女见了他两人的举动，拿到外面向人去说。我细听二人说话的声音，和那个去年同在东亚日语学校学日本话的张克诚差不多，你可知道张克诚是那一省的人么？"李镜泓道："张克诚和贺钺白不说是亲同乡吗？贺钺白是江苏丹阳人。"陈毓点了头道："我们只向张克诚去打听，必然能探出这两人的来历来。"李镜泓摇头道："不见得，张克诚到日本不久，便是同乡也未必就认识。你我又不知道这两人的姓名，冒冒失失的去问人家，人家如何能知道？并且我们在这里住了几个月，从来不曾见过他家有往来的宾客。我猜这男子的

年纪有这们大了，难道还是在这里留学不成？十有九是个亡命客。张克诚
是个纯粹的学生，向他去打听亡命客，不更是问道于盲吗？倒是贺钺白在
这里留学多年了，问他或者能知道。他家又离这里不远，就在骏河台中国
留学生会馆边。不过我们和他没甚么交情，我只同张克诚去过他家一次，
若专为这事去问他，似乎我们太爱管闲事了。最好凑巧在那里遇着他，顺
便向他打听，他知道决没有不肯说出来的。"陈毓只得点头应是。然心里
终觉放不下，每日早晚借着散步，在院落中窥探这一对男女的举动。

　　此时已是七月，各学校都放了暑假。李镜泓虽在明治大学挂了一个
衔，平时到校上课的时间尚少，暑假期中不待说是在家清闲无事，和一切
书籍都断绝关系了。陈毓却从他妹子走后，认真在三轮田女子师范学校上
课。便是暑假在家，每日也得用一两点钟的工夫。这几日因天气热的厉
害，白天实在不能用功，他们住的又是有树林的地方，夜间蚊子最多，更
不能久坐不动。因此只得早些起床，安设一把从上海带去的藤躺椅，在后
院廊檐下躺在上面看书，看到红日射人了就实行休息。

　　这日，陈毓起的最早，天光还没十分明亮，到院中打算吸取点新鲜空
气，等天光大亮了再拿书读。在草地上才走了几步，忽觉有一阵很奇怪
的声音钻进耳来。暗想：这近处没有庵堂寺观，那来这嗥经和木鱼的声音
呢？立住脚仔细听去，这声音确是从隔壁那一对怪男女家中发出来的。看
这家的木板门还不曾打开，板缝里露出电光来。这时清风习习，又吹得一
阵一阵的香气扑鼻。这种香气一触鼻，即能辨别是焚在香炉里的沉檀速降
之类，估料着必是念经人所焚的香。

　　陈毓正在凝神之际，猛听得拍的一声响，木板门开了一扇，接着就见
那女子现出身来，一扇一扇的将木门推到廊檐角落里。看那女子身上穿的
是一件日本式的寝衣，淡青的颜色印着宝蓝的蝴蝶，薄的和蝉翼一般，里
面贴肉衬的水红襦袢，隔着寝衣看得分明；头上梳着日本女学生的发结，
已蓬松缭乱作三股，披满了肩背。陈毓一见这种装束，登时觉得这种女子
平时矜庄的态度，丝毫也不存在了。自己虽则同时是一个女子，无从发生
甚么不规则的念头。只是不知怎的，这妖冶的风态一入眼帘，心旌就不由
得有些摇摇不定。

　　那女子起初不曾留神到这边院落里，不知有人窥探，及至将木板门完
全推开了，靠着檐柱喘息，偶一回头，看见了陈毓，立刻似乎吃了一惊。

陈毓不肯露出窥看的样子来，连忙掉转身，装做散步闲行。一会再看那女子，已是不见了。正待走上廊檐读书，就听得背后有脚步响，那唪经的声音也就跟着脚声出来，不由得又停住脚回头一看。这一看可更是作怪了，只见那五十多岁的男子，身上披着一件大红袈裟，两手捧着一卷黄表纸和一根燃烧了的纸搓，光着一颗雪白的头，口里不住的唪着经，低头目不斜视的向那边院中走来。

　　不知他走到院中作何举动，且俟下章再写。

第二章

探新闻李镜泓访友
惩顽劣贺钺白进牢

话说陈毓看见那男子作和尚装束，一路唪经，走到他自己院落里一株松树底下。那松树下有一只人造石的灯台，彷佛中国古庙里有顶的香炉一般。这种灯台，日本式房屋的院落中十九是有的，不过大小高矮不等。除壮观瞻之外，有甚么用处，著书的也曾向日本人打听，都说不出一个所以然来。便是这东西的来历也不曾稽考得出，姑且算它是一只人造石的灯台罢了。

那男子走近那灯台，吹燃了手中纸搓，将一卷黄表纸点着，连同纸搓塞入那灯台的四方窟窿里。一阵黑烟卷出，黄表纸须臾化了。那男子就将两掌合拢来，口中一面念念有词，一面向那灯台礼拜。陈毓看了实在好笑，心想："愚夫愚妇礼拜偶像，已是可怜可笑；然偶像毕竟还似一个人，这人造的灯台算是甚么，难道也有灵气吗？用得着是这们向它拜了又拜？怪道前日一阵风刮了许多纸灰，沾在我和老李的衣上，当时还猜疑了好一会，不知那些纸灰从那里吹来的。原来就是这们一个来历！"陈毓心里是这们思想，两眼仍望着那男子，见他立起来，拜下去，也没人数着，不知拜了多少次。口中不念了，才停了拜。探头看了看四方窟窿里的纸灰，大约是恐怕那黄表纸有不曾烧化的。看过之后，随即转身走上廊檐，进房里去了。始终不曾抬头向左右望过一眼。

陈毓久已觉得这一对男女来得太稀奇，一心想根寻他们的究竟。这一来，更是横梗在脑筋中，觉得这世界上的事，没有比这个再奇特的了。也无心照平时的样，躺在藤椅上用功了。径走入房中，将刚才所见的情形，一五一十对李泓镜说了。李泓镜笑道："听说日本的和尚都有老婆，这个男子只怕是学日本和尚的样，吃肉睡老婆全不忌。但是他既做了和尚，怎么又住在家里，而且装束又时时更换；一时西洋服，一时和服，一时中国服，这毕竟是一个甚么怪物呢？你说那女子的衣服态度，也就是妖冶得不像个能修真养性的人，我看这其中必有一段很新奇的来历。"陈毓点头道："我也是这们想，我们用过早点，何妨去贺钺白那里坐坐，顺便探听一番。若是能知道详细，不可解释了我们满腹的疑惑，并免了以后每日的疑神疑鬼吗？"李镜泓道："也好，好在此去没有多远的路。"当下二人用过早点，便步行到骏河台来。

于今且说这贺钺白，系江苏丹阳人，从光绪三十一年，就考送到日本来；进了好几处私立学校，皆不曾毕业过。近来却改变方针，一心一意的要弄一张中央大学的毕业文凭回去。日本的私立学校，除庆应义塾而外，毕业文凭本来没有甚么难得，何以贺钺白这们多年，倒弄不着一张呢？这却有一个很大的缘故。贺钺白因知道私立大学的文凭都可以花钱买来，自从宏文中学校毕业之后，更进了明治大学的商科。有时高兴，也亲去听听讲；不高兴就不作理会。这种不作理会的态度，也不只贺钺白一人，凡在明治大学的中国学生都差不多。不但中国学生，便是他们日本人，十个人之中大约也有七八个，把听讲不当做一回事。所以日本人叫明治大学，普通都叫做"饭大学"。一则因日本人叫"饭"（メシ）的字音，和叫"明治"（メイジ）的字音差不多；一则简直是形容明治大学的学生只知道吃饭。但是在明治大学读书的，讲尽可不去听，讲义却不可不去领。领讲义是要缴讲义费和学费的。大凡留学生在学问上不肯用功，在吃喝嫖赌上必是很肯用功的。这也不仅是留学生的公例，凡是不务正业的人，无不如此。贺钺白的惟一嗜好就是爱嫖。然他一不爱嫖艺妓，二不爱嫖女郎，三不爱嫖卖淫；专一爱偷偷摸摸的，或是在甚么戏场，或是在甚么活动写真馆，遇见可爱的女子，他立刻施出他那偷香窃玉的手段来。成功不成功他都不问，只求挨近那女子身旁，碰一碰胳膊，或是闻一闻香气，他便喜不自胜的，以为是这一日的成绩。

日本女子有一种特性呢，说起来好笑，著书的一时也找不着一个很恰当的名词。就好的这方面说法，姑且算她是大方罢。但大方两字的意义，在这里只能作不小气的对待名词看，这不小气三字又只限男女交际上才用得着。日本女子因有这种特性，所以对于男子的轻薄举动，看得极平常，绝不像中国有礼教家庭的女子，对于男子的无礼行为，毫不宽假。日本的女子无论她身份怎样，只要她有单独进戏场及活动写真的机会，即带着有给人引诱的可能性；就只怕引诱他的人资格差远了，够不上高攀，便没有上手的希望。但是资格尽管太差，希望是没有希望，然绝不至因高攀不上，受投梭峻拒的耻辱。正和孟夫子缘木求鱼的比譬一般，虽不得鱼，无后灾。至讲到资格一层，第一自然是天赋了。日本女人所中意的天赋，比中国女人大是不同。中国女人心爱的，论容貌，是眉清目秀，齿白唇红；论身段，是中等身材，不肥不瘦；论性情，是温存蕴藉、细腻风流；论言语，是轻柔清脆，吹气如兰；论学问，是歌赋诗词，万言倚马。这几门资格都完备了，而中国女人见了不中意的，只怕也就少的很了。日本女人所心爱的，简直可说是完全相反，容貌是要浓眉大眼，方口巨臂；身段是要板背圆腰，挺胸拢脊；性情是要豪放不羁，磊落豪爽；言语是要沉雄浑厚，简切中肯；学问则首重外国语言。英语更是日本人所最崇拜的东西，不问男女。次之，则重柔道、剑术。

相扑家虽也有一部分女人中意，只是艺妓为多。并且相扑家的资格，不特中国人万不能取得，就是日本人，假若他不打算以相扑家终身，不肯牺牲其他一切学问与事业，亦断不能取得这相扑家的资格。因为相扑是日本独有的武术，中国古代虽也有相扑为戏的说法，但实际上是完全不相同的。日本练相扑的人除煅炼身体，日与同类的人角斗外，终其身不与闻他事。他们的生活，全是由他人供给，不能自谋。供给他们生活的人，多半是王侯贵族，次之就是春秋两季在东京两国桥举行大角斗的买票费，再政府也有相当的津贴。这种人对于国家所负的义务，可说是没有。然日本举国上下，何以这般尊重他呢？每次大角斗时候，某人胜了，某人败了，新闻纸上详细登载的不算，每次分了胜负，各新闻社立刻印发号外，并到处通电，胜负决后不到一两点钟，已是传遍全国了。这就是日本人提倡尚武精神的最显明表示。此外并没有旁的用意。一部分爱相扑家的女人，无非是见王侯贵族的人都尊重，也就学时髦，跟着尊重罢了。

贺铖白的资格在中国女人眼中看了，纵不说如何厌恶，然相赏识于牝牡骊黄之外的，恐怕百人中，也难得一个这样的知己。这时，贺铖白的年纪，已是四十有一了。身材高大，皮厚粗老；两条眉毛长有二寸，宽有六分；两眼深陷，却很有光芒，望去就和系了两盏灯在山岩下一般；两颧也是高耸出来，与倒八字翘鬓相对峙。他步行的时候，晃晃荡荡，越是在矮小的日本人丛中，越显得他翘然挺出。因此他的朋友都戏呼他为将军。而日本小孩则赶着他叫"马鹿大将"，他为这马鹿大将的绰号，还受了几日牢狱之灾，说起来又是可笑，又是可气。

他初到日本的时候，不懂得马鹿大将的意义。后来知道日本骂马鹿，照字意虽不过是骂人愚蠢，然同一骂人马鹿，于语气之间极有轻重的分别。友朋闲谈，遇不满意的事，随口骂人马鹿，被骂的十九一笑了事。恋爱的女子有时骂俏，也骂马鹿，被骂的更是欣然承受。然这两字一在口角的时候骂将出来，则被骂的莫不认为极重大的辱骂。就是日本小孩赶着拿马鹿大将四字，叫骂贺钺白，也要算是侮辱达于极点了。

贺钺白不懂得没要紧，既已明白了这轻重之分，如何再能忍受呢？那些小孩，见赶着叫骂没有反应，小孩心里，便以为这人真是个马鹿大将了。贺钺白每次出外，赶着叫骂的越添越多，叫骂的声音，也就越多越大。有跳着骂的；有旋骂旋笑，笑得喘不过气来的；有恐怕贺钺白听不见，特地跑上前回转身来立住脚，仔细端详着骂的。这些小孩何以这们欢喜骂他呢？研究起原因来，一半因是日本小孩欢喜骂中国人，一半也是贺钺白自寻烦恼。他生性虽是爱嫖，却鄙吝得十分厉害。他来日本的时候，年纪已有了三十多岁，那时想将来学成，归国做官的心思很切。因在清朝不留发辫，恐怕在官场不能讨巧，而且怕犯了革命党的嫌疑，所以他初来日本的两年中，舍不得将发辫去了。只是眼见得一般留学生都剪了，他心想独自拖着一条大辫子在背后，似乎有些不雅观，于是就将头发挽了一个道装的髻子，堆在头顶上。偏巧他的头发又多又长，无论如何盘挽那辫子，仍有饭碗粗细。出外就把一顶帽子盖着，帽顶总是朝天凸起。这样子已属令人见了好笑，又他初穿洋服，以为是和在国内时穿体操衣一般。冬天气候严寒，操衣里面，多有穿一件羊皮小紧身的。他未动身来日本之前，听说日本四面环海，冬天极冷，又无皮衣服可买，他就特制了一身丝绵衣裤，带到日本来。不论穿洋服和服，都把那身丝绵衣裤塞在里面。和服宽大，塞在里面虽也觉得难看，但是还可勉强混过去，不至十分惹人注意；惟有塞在洋服里面，简直臃肿得写不出，画不出，形容不出那种丑模样来。像他这种装束，在一般学速成法政的老先生队里，原不算甚么稀奇。就因贺钺白初来住的地方，不是那些法政先生聚居之所，日本小孩少所见，多所怪，而他的身材又特别加大。还有一层，他既鄙吝成性，随便购办一样物事，都得通盘计算。普通和服的价钱，虽比较洋服便宜，然仅能在日本穿着，一回中国就不能穿了，洋服是无论何时何地都可以穿的。所以贺钺白的衣服，除了夏季是穿一件极轻而易举的和服浴衣外，余秋冬两季的衣服，一概都是洋装洋服。不比中国衣服，中国衣服穿的不大烫贴，不大称身，旁人见了，不过说这人不爱修饰，衣服不漂亮罢了；洋服若是不称身，或是褶皱太多，就得给人笑话。贺钺白初穿洋服，那知道这些讲究？更塞了一套丝绵衣裤在内，两腿两膀就和癫象的四条大腿一般，一轮一轮的；又像是围了许多水桶箍在上面。这种装束在外面走，怎能教日本小孩不赶着叫马鹿大将呢？

当前清的时候，留学生在日本，只要走小孩多的地方经过，多少总听几句"豚尾奴"的恶骂。当时留学生不曾被骂过一次的，敢说一句武断话，简直没有。被骂的虽是觉得厌恶，但赶着骂的，全是未成年的小孩，没有适当惩处他们的办法。并且大多数被骂的心理，很视为一句等闲的恶口。一因中国人的辫发，在中国不觉显眼，在外国实也自信不甚雅观。普通留学生，自己的辫发既经除去了，对于未曾除去的，也和日本小孩一样，不大表示好感。日本小子骂的是豚尾奴，我没有豚尾，便可自己解说骂的不是我，用不着我多管闲事，去和他们小孩计较。一因豚尾奴这种不好的名词，是骂中国一般人的，并非单独骂那一个。他们要骂尽管去骂，只要不指出我的名字骂来，我就装作没听得，免得寻烦恼。还有许多初到日本的，不大懂得日本话，听不出是骂他的。也有就是听懂了，打算反抗，和骂的争辩一番，无奈自己日本话程度，听得来的多，说得来的少，不知应如何争辩才好，充其量回骂一声马鹿，也就完事了。

贺钺白若是听得骂他豚尾奴，他自己摸摸头顶上，确实是有一条豚尾。多数没有这条豚尾的，尚且忍气吞声的挨受，他又有甚么挨受不了呢？无如那些小孩偏是对于他特别优待，放着现成的豚尾奴不骂，单独拣出这一个极刺耳、极恶心的马鹿大将来骂他。这四个字里，简直把贺钺白那种写不出、画不出的丑态穷形尽相的，在这四个字里烘托出来。

这日追从跟骂的小孩一多，实在把他骂得冒上火来了，故意缓缓的向冷僻地方走去；更装出些马鹿样子，逗得那些小孩越骂越得劲，不知不觉的就跟着进了一条冷巷。贺钺白看了看两头都没有大人，一折身掉转来，就伸手去抓小孩；小孩却也知道不好了，也回头拼命的跑。贺钺白身大脚长，一步赛过小孩三五步，自然一追就抓着了两个，其余的都抱头鼠窜了。贺钺白不曾生得三只手，一手抓着一个小孩，想毒打他们一顿，只苦腾不出手来。两个小孩被抓，料想没有很好的待遇，只得苦着脸求饶。贺钺白那里懂得那些求饶的日本话呢？全不睬理他，气忿忿的打主意，看如何才能放下一个，打了这个，再打那个。两个小孩看贺钺白脸色、神气，没有肯饶恕的意味，臂膊又被抓得痛彻心脾，同时乱挣乱叫起来。两个口里叫的，是叫救命。贺钺白也不懂得，见两个想要挣脱，恐怕被挣脱走了，不曾饱打一顿，许多日受的恶气，再无此好机会可以发泄。也来不及打主意了，就把两手一开一合，使两个小孩的头碰头，碰得和杀猪一般的叫救命。贺钺白一边手里抓着人打碰，一边口里拿中国话"混账"、"忘八蛋"的乱骂。

正碰骂得高兴，猛听得耳根旁边霹雳也似的起了一声大吼，随觉自己的两条胳膊，被人抓住了。待在碰下去，两膀却如失了自由，支使不动了。即时停止了乱骂，向两边一看，不好了，一边立着一个制服佩刀的警察！那两个警察的脸上，赛过堆了一层浓霜，四只眼睛都用那极厉害的眼光，钉注在贺钺白脸上；每人两手捉在贺钺白一条胳膊，口里只叫"快松手，放了小孩"！贺钺白虽不懂得是教他松手，但是到了这时分，本也要放开手了。

两个小孩见有保护他们的警察来了，即时各人双手捧住各人的头，一面喊痛，一面向警察哭诉道："我两个在这巷口玩耍，这个支那人忽然拉住我两个，说有话要和我两个讲。我们不认识他，不肯同走。他的力大，拉着我们到这里来，也没说甚么话，就是这们碰打起来。我们叫救命，他仍是碰着不理。"诉完又哭。警察鼻孔里哼了一声，怒容满面的问贺钺白："甚么事抓着两个小孩，是这们毒打？"贺钺白瞪着两眼，初上口的日本话，如何能述的明白一桩事由来呢？结巴了似的结了好几句，自以为是述明白了，警察却一句也不承认是日本话。知道是才来日本不久的，便也懒得多问。两人都施出那捉拿强盗的手段，每人从腰间抖出一根笔管粗细的麻索来。这种麻索，站街警察和便衣巡查、暗行侦探等身上，都带着有一根的。麻索的两端，绾好了两个现成的活结，抖开来往犯人手腕上一套，即可拉着便走。不过须使用麻索的犯人，必是很重要的案子，犯人有脱逃的必要，才用这麻索缚了手腕，以防意外。若是寻常案件，谁肯脱逃，增加自己的罪行哩？所以用不着它。

论贺钺白这回的过犯，绝无逃跑之必要。就是教他逃跑，也未必真有这们马鹿。两个警察何尝不知道是用不着麻索的人犯？然两人都绝不踌躇，同时从腰间抖出那索，把贺钺白的手腕缚了。无非是有意侮辱中国人，所以一人缚了，还不上算；一人缚住一只手腕，分左右牵扯着，在街上行走，好使一般日本人看了开心。可怜贺钺白这时到日本还不上一年，那里知道日本的法律和习惯？日本话又说不来，鱼之肉之，只得听凭那两个警察处理。被牵扯着在马路上行走，面子上自免不了有些觉得难为情，但也只得把头低着。

跟着走了好一会，才到了一处警察分署。贺钺白抬头一看，那大门旁边悬一块木牌，上写着"麻布区警察署"。两个警察将他牵进署内，不但不立时察讯，连姓名、籍贯都不问一声，径送到一间栅栏门的房里，去了两手的麻索，倒锁着门去了。贺钺白一看那房子空空洞洞的，一些儿陈设没有。地下一没有席子，二不是地板，就是和马路上一般的塞门汀，连可以坐的一张凳子也没有。心想："这就是监牢吗？就是拘留所吗？我犯了甚么罪应受拘留？便算是犯了罪，也应先盘问明白，方能将我关在这里呢。只可恨我不曾学过法律，又不会说日本话，只好忍受了这场羞辱。"

贺钺白糊里糊涂的在那间没有一些儿陈设的房里过了两日，每日吃一顿乌黑铁硬的两片面包，一顿粗恶如砂的半碗麦饭，再无一个人来理会他。这种痛苦也直够他受的了。过到第三日，看手上的表已是十点多钟了，还不见送黑铁面包进来，肚中饥饿得荡起回肠了，心里恨道："难道连这一点点黑面包都不给我充饥了，竟想就是这们将我饿死吗？可惜我的朋友和同乡的都不知道我关在这里了。若是有一人知道，总得设法来救我出去。于今我关在这里面，也没有给我传消息出去的机会。照日本小鬼对我的情形看起来，难免不就是想这们将我饿死。我前日进来的时候，看见那两个小孩也跟着进署来了。我当时以为必得对审一场，我日本话虽不能说，笔谈时能达意的。谁知竟一句话也不问！这些没天良、专欺负中国人的小鬼，不是存心要将我饿死在这里吗？"贺钺白独自是这们思想，越想越觉得自己所料不差，想到伤心之处，就忍不住哭泣起来。正用双手掩面，靠着砖墙哭泣，突听喳喇一声，吓了一跳。

不知是何物响亮，且俟到下章再写。

第三章

遇同道监里话情场
打皮球生垣钻穴隙

话说贺钺白在麻布区警察署拘留所内，第三日过了十点钟，还远不见送那乌黑铁硬的面包进来，猜疑是小鬼狠毒，存心要将他饿死。想到自己的身世，禁不住就伤心痛哭起来；却又怕被小鬼听了笑话他胆怯，只好吞声饮泣。

正哭到很凄凉的时分，忽听得喀啦一声，立时把他的凄凉惊破了。忙拭干眼泪一看，只见栅门开了，一个警察跨进监来。贺钺白以为是送面包进来的。看那警察手中，并不曾拿着面包，却牵着一根麻索。接连又跨进一个二十多岁，学生装束的青年，鼻梁上架着一副金丝眼镜，梳着西洋式的头，光滑得可以照见人影；头上没有帽子，身上的洋服虽是学生装，但很精致时款；脚上穿的黄皮鞋也磨擦得很透亮，使人一见就能断定是一个极爱修饰的后生。只可惜那白而且嫩的手腕上，也和贺钺白前日一般的套着麻索。不过贺钺白套上了两条，这青年只套了一只手腕。进监之后，警察解去了套索，随手拖住青年的臂膊，往房角上一掼，耸了一耸肩头，踏着那很表示严正的步法，两三步走出了监门，仍转身上了锁。听得一阵刀靴之声渐响渐远，渐远渐听不着声息了。

贺钺白望面包仍望落了空，只是加上了一个同伴，心里也就安慰了些儿。但他因才来日本不久，眼睛里看中国人和日本人，还不大分辨得出。以为这个青年是日本人，自己日本话不行，也就不敢逗着人说话。倒是那青年一见贺钺白，便知道是中国人。那警察走后，即对贺钺白点头打招呼、问姓名。贺钺白这才更加欢喜了，也连忙点头，不肯说出自己真名姓，随口说了一个姓名，转问那青年姓甚么，因甚么事被警察拘了来。青年露出很忿恨的样子，好一会才长叹了一声，说道："你要问我因甚么事被拘到这里来的么？我这回的事无论向何人，都可以说得，我一些儿也不觉得惭愧，绝对没丢中国人的脸。警察来拘我的时候，我已存心将这事逢人宣布，事后我还得做一篇记事，邮寄到国内各报馆，请他们给我登载出来。于今且详细说给你听，看你怎生评判。我姓潘，名良仲，江西泸溪人。去年腊月到这里来留学，就住在芝公园旁边一个日本人家的贷间里面。一响学着日本话，还不曾进学校。我住的那人家隔壁，也是一家日本人。那门框上挂的木牌上，是写着藤田秋水四个字。我起初并不知藤田秋水是甚么人，只是他家有个女子，年纪虽有了二十多岁，因相貌生得标致，皮肤又白，身材又小，看去只像十八九岁的光景。我起初也不知道是藤田家的甚么人。

"我每日早起，到后院廊檐上洗脸，隔着生垣，可以望见她家。那女子总是不前不后的，将身斜靠着房柱，面朝我这边望着，有时候还对我现出笑容来。是这们也不止十天半月了。我一则因日本话不曾学好，不能和人多谈；一则不知她是甚么人，恐怕被她家的别人看见了，彼此都没趣。所以尽管她向我表示好意，我只不敢兜搭。我看她身上穿的衣服，是很阔的妇女装束。若是未出门的闺女，衣服的花纹和颜色以及头上的发结，都有显然的分别。有朋友曾指点给我看过，我落眼就能辨认出来。那女子和我邻居几个月，虽不曾见过她有丈夫，但是由她的装束来看，可以断定她是个有丈夫的，只不知她那丈夫是否就是那藤田秋水。我本打算问我那贷间的老板奶奶，因怕他们疑心我想吊那女子的膀子，不好启齿去问。

"在一星期以前，这日早起，我仍在后院廊檐上洗脸，正低着头在漱口，忽然一个圆鼓鼓的东西，飞也似的向我眼前落下来，拍的一声掉在我的面盆里，打的那面水溅了我满身满脸。我登时吓一大跳，几乎把漱口的盂都弄掉了。一看面盆里，浮着一个皮球。当下我很诧异，不知这皮球从那里抛来的。便放下漱口盂，将皮球捞在手中，即听得一种极娇嫩的声音，隔着生垣说'对不住'。我抬头一看，那女子平时斜倚着看我的地方，却不见有人影；再四处一望，也没看见一个人。这时我心里已料定抛皮球的，就是那说对不住的人，说对不住的就是每日斜倚着看我的那女子。但是怎么听得见声音，却看不见人影呢？原来那生垣的枝叶异常浓厚，那女子靠近生垣站着，她身上衣服的颜色又是深绿，身段更是矮小，不十分注意竟是看不出来。我发现了她的时分，她望着我笑了一笑，一时又似乎难为情，急忙把头低了。

"我回头看房里没有别人，就大胆穿着檐下摆着的现成草履，双手捧了那双皮球，走向生垣跟前去，到了生垣跟前，我和她相隔不过一尺，若不是那生垣遮断了，简直是并肩而立。我一拢去，就闻得一股秾艳的香，冲鼻透脑。我在日本好几个月，因日本话不熟，不曾和日本女人生过关系。像这般醉人的香气，日本不用说，就是在国内也未尝领略过。当时这香气一熏入我的鼻观，精神便不知不觉的有些彷彿起来；周身三万六千个骨节，一节一节的都被那香气冲的摇摇活活，一节也不得些劲儿。若不是我自己极力的振作，早已瘫软在那生垣底下了。勉强把身体挣持住了，就想将手中的皮球递过去。忽然转念一想，这种小皮球又不是用脚踢的，用手在地下抛举，怎么会飞到我这边来呢？即算举的太重了些，跳过这生垣，也就充其量了。我洗脸的所在离生垣还有两丈多远，又在廊檐上面，它若不是有意向我抛来，绝没有跳到这们远，又不偏不倚，恰好落进我面盆的道理。看她几个月来对我的神情，已差不多是明说出来，想和我要好。见我始终不作理会，她实在忍耐不住了，才逼出这单刀直入的法子来。我若再不搭理她，自己问良心，也有些过不去。并且她的容貌风度，不待说是无论何人见了都得动心。就是从她的举止上看来，也可以见得她是个很有些身分的人，绝不是一般妓女和秘密卖淫的所能与她比较。我既不是坐怀不乱的鲁男子，又不是力拒奔女的柳下惠，遇了这种时候，再讲操持，那就是欺人的话了。

"我那时承受她好意的念头已定，便捧着那皮球，不肯即时投过去。将那生垣的枝叶撩开了一处窟窿，张看得非常清切。她是从窟窿里来张我，两人的眼对眼，相离就只几寸了。我的念头虽已转定，彼此对了面，话却不知要从那一句说起才好。我的日本话当中，说得最流畅的，就是请教姓名的一类应酬话，当时就捡熟练而用得着的说了。她低头含笑的，半晌才轻轻答道：'问我吗？问我的姓名吗？'我连声说'是'。她红了脸，用极低微的声音说道：'我说给你，你却不可说给旁人，使得么？'我又连声说'使得'。她才说出姓名来，叫藤田秀枝，我也把姓名说给她听了。她笑着说：'我的皮球你不给我么？'我说'你的皮球怎的到了我手里呢？你不是想拿皮球打我么？'她含笑瞟我一眼。正待答话，不知她听见了甚么，猛回头看了一看，登时现出惊慌的样子，话也来不及说，球也来不及要，翩若惊鸿的进屋子里去了。

"我这边的老板奶奶，也正走到廊檐上来。我立刻装出散步的样子，反操着手，把皮球藏在背后。老板奶奶倒不在意，随即走过去了。我恐怕藤田秀枝再到生垣跟前来，我进了房，她便见我不着，只得一个人在院中踱来踱去。并不觉着经过了多少时间，直到老板奶奶叫我用早点，我才知道已是八点钟了。因我平时用早点，照例是在八点钟，我口里答应老板奶奶就来，心下踌躇道：我等了这们久不来，我一进去用早点，不要凑巧又跑来了才好呢。她刚才走的时候，露出神色很惊慌的样子，这是甚么道理哩？难道是她的丈夫，躲在甚么地方看见了她和我吗？想情理没有这们凑巧。几个月来，每日这时分，她必立在对面檐柱旁，两眼下死劲的钉住我，并且没一次不用那极媚人的俊眼，望着我笑笑。何以这些时候，曾不见她有甚么丈夫躲在那里看她呢？她刚才的惊慌，必不是怕丈夫识破，另外有甚么可惊慌的事。我不知道她家的底细，自是无从揣想。我于今且把这个皮球搁在生垣上那撩开的窟窿里。我在用早点的时候，她若是真个走了来，见了这皮球，也好顺便带了转去；或是借着打皮球，在她那边院中可多留连一会。没有这皮球，呆呆的立在院中等我，旁人看见就要生疑了。

"我想罢，觉得很周到，遂复走近生垣，仍拿眼从窟窿里向那边张望了一会。见没一些儿动静，即将皮球塞进窟窿。心里又想：是这们塞了不妥，塞在枝叶里面，遮掩得太干净了，她不曾得我通知，不至注意到这里面去。若不用枝叶遮掩，把球头露在外面，枝叶是绿的，皮球是白的，不拘那一个，打这里经过都看得出来。如果刚才她惊慌的，真是为被她丈夫发见了甚么，这个球又偏巧是由她丈夫看出来，好便好，不好就是害她受罪了。我心里既是这们一想，还是不放在这里的好。于是就伸手向窟窿里，打算仍把球取出来，等下见面时亲手交给她。谁知我的手伸去，触动了一条树枝，皮球是圆的，树枝是软的，一触动了，便滴溜溜的滚到那边草地下去了。急得我只管跺脚，恨不得跳过去拾了过来。奈那生垣有六尺多高，如何能跳得过去呢？立了一会，不得计较，听得我自己房里有脚声响，才三步作两步的离开了那生垣。

"原来是老板奶奶见面包牛乳都冷了，见我还不去吃，不知我在那里干什么，特地跑来催我。我只得跟着进房，马马虎虎的拿起面包乱吃。老板奶奶先时见我在院里，以为我是散步，确是不在意；后来见我迟迟不去用早点，与我平日的举动不同。我在她家住了几个月，从来是一开上早点来就吃，有时迟了些儿，还不住的往厨房催问。这种情形，老板奶奶是见惯了的。这日忽然改变了态度，而且洗面的器具，平日洗完了脸，立时就收检到自己房里；这日不但不曾收，连水都没有倾掉在院中，闲走的事也是从来没有的。老板奶奶就疑心起来。我在吃面包的时候，她便坐在旁边，笑嘻嘻的问道：'潘先生今早心里有甚么不愉快的事吗？举动很是改变了常态。'我口里随便答道：'我有一个问题，一时想不出解决的方法来，因此烦闷的很，并没有旁的事不愉快。'老板奶奶问道：'甚么问题，这般难得解决，可以告诉我，大家想想解决的方法么？'我听了只是摇头，也懒得答白。我知道那老板奶奶的脾气，是最爱多管闲事的，待我却是很好，全不似我几个朋友所住贷间的老板奶奶。我那老板奶奶也曾读过些书，认得许多汉字。我学日本话回来，读错了音，或是忘了解，老板奶奶常说给我听。我做一件衣服，或是买一件物事，老板奶奶总得问问花了多少钱，在甚么地方买来的，她的性格素来是这们爱管闲事。因此，这日她虽坐在旁边盘问，说要替我想解决的方法，我都认为是她的素性如此，全没作理会。她见我摇头不说，也就罢了。我胡乱用完了早点，心里只是放不下，一时脑筋中盘旋反复的，纯粹是藤田秀枝的倩影和那生垣的形式。我生性爱洁，平日用完早点，必到洗脸的所在洗漱一番。这日不知不觉的，把这一件照例的事忘了。"

　　贺钺白听到这里，点点头笑道："是有这种情况，我是过来人，深知美人的魔力是无大不大的。不待说你这日用完早点，是直跑到生垣旁边，探头去那窟窿里张看了？"潘良仲也点头笑道："不向那里跑，还有甚么地方可跑吗？只是这日我在生垣跟前徘徊了三四点钟，在那窟窿里张看了无数次，一回也不曾瞧见藤田秀枝的影子。"贺钺白插口问道："那皮球还在那草地下没有呢？"潘良仲摇头道："在不在那里不知道，因为那生垣的枝叶太密，三四尺以上可以撩拨的开，所以能撩开一个窟窿。下面编扎的太紧，如有些蔷薇刺夹着长在里面，不能动手去撩拨。那球滚在甚么地方，我都不知道。我等过三四点钟，身体也实在有些疲乏了，心里揣想：秀枝若是要来，应当早已来了，等到这时分还不来，今日十九是没有希望。便决意不再等了。但临走，我还在窟窿里张看了一回，没有，才毅然决然的回房。"

贺钺白听了，就在大腿上拍了一巴掌，唉声叹气的说道："你一个年轻轻的人怎么仅仅等了三四点钟，身体就会疲乏呢？我说你老哥不要见怪，你的尊躯也未免太不中用了。"潘良仲不服道："你这话说的太不原谅人！我早点后虽只等了三四点钟，早点以前等的时间难道就不作数吗？我的坚忍力自信比一般人都强，你和我是初次见面，也难怪你不知道。"贺钺白笑道："坚忍力是干这种勾当的重要原素，你这日回房怎么样哩？"潘良仲道："我回房不久就用午餐，老板奶奶忽然向我问道：'潘先生家里有太太吗？'我想她这话问的很像有些意思。我本来在十二岁的时候就由家父家母主张，替我定了亲事。只因我七八年来在内地学校里读书，许多朋友劝我，在求学的时代不可急于结婚；一结了婚，就得分去求学的心。因此直到现在还是不曾结婚。老板奶奶问我，我也懒得说这些原由，只答应家中没有太太。老板奶奶似乎不大相信的样子，望着我笑说：'我常听人说中国留学生异常好笑，在我们眼中看了还是个小孩子，问起他来，却已结过婚、生过儿子。潘先生此刻已不是小孩了，怎么还不曾结婚呢？我只道已经生了儿子啊。'我就说，中国人约婚，最早有还在他母亲的胎里，就已定妥了的。老板奶奶听了我这话十分诧异，连忙问道：'还在他母亲的胎里，男女尚且分不清，怎么便能约婚呢？这不是笑话吗？'我就把中国有指腹为婚的故事说些给她听了，并问她忽然问我家中有没有太太的用意。老板奶奶笑着不作声。"

贺钺白笑道："你那老板奶奶多大年纪了，莫不是要转你的念头吗？"潘仲良连连拢手道："不是，不是！她已有五十多岁了，他丈夫才死了几年，他儿子都有二十多岁，在邮便局里当司员，家中还有些财产。只住了我一个中国人，是由一个日本人绍介给我去住的。我见她笑着不做声，也就不往下问了。吃过了饭，无精打采的到廊檐上洗脸，看藤田那边还是没有动静。这时我的头脑，不知怎的昏乱的厉害，在房里拿出书来读，再也读不进脑筋里去。做不到十来分钟，忍不住又要去院里看看。是那们跑进跑出，也不知跑过了多少次，心里只知道记挂着一方面，连嫌疑都不知道避忌了。我早起就在院中徘徊，喊我用早点，都像没工夫，不来催还不去。用过早点，又在院中踱来踱去的，整踱了大半天，吃饭都没有心思。下半天在房里读书，更是读一会又跑出来看看。老板奶奶也是个很精明的人，并且和藤田家邻居很多年了，岂不知道秀枝生得美？见了我那种坐卧不安的情形，那有猜不透的道理！

"夜间八九点钟的时候，我打算收拾安歇，又怕睡不着。正一个人在房里踌躇，只见老板奶奶走了进来，说道：'潘先生就要睡了吗？卧具都搬出来了。'我点点头。老板奶奶便坐在我的卧具上，笑嘻嘻的向我说道：'可惜潘先生刚才不到我房里来，错过了一个美人！'你不曾看见，我在那贷间住了好几个月，从没见过有模样略略好的女人到她家来过，莫说是有称得起美人的。我只道是她有意和我开玩笑，信口答道：'果是可惜了！我到你日本差不多一年了，美人是甚么样子，我还不知道呢，你说的美人是你们日本人吗？'老板奶奶道：'不是日本人是甚么人？'我说：'不然，你们日本叫美利坚的人，多是叫美人，我以为这美人也是美利坚的人呢。'老板奶奶道：'我这是和潘先生说正经话，不是开玩笑的话。潘先生果是不曾见过我日本的美人，不知道美人是甚么模样吗？像隔壁藤田家的太太是不是个美人哩？'我听了这话，心里就是一冲，不好如何答应她。她接连逼着问道：'是不是个美人，先生不用客气，尽管直说。'我怎忍心说藤田秀枝不是个美人哩？只得点头笑道：'像藤田家太太的模样确是一个美人。'老板奶奶也笑道：'却也来，她是不是日本人哩？先生见过她没有哩？知道那模样儿不哩？'我说：'你这些话都不错，但是我惟一承认藤田家太太是个美人，然她不曾到你家来。我刚才所说的，是反对今晚到你家来的美人，你说我可惜错过了，不曾见着的。老实讲，这些美人我不见也罢了，没甚么错过了可惜。'老板奶奶打了一个哈哈，又点了点头道：'到我家来的自然没有可算是美人的。我家是一口染布的颜料缸，不论甚么美人一到我家来，便染成丑人了。就是藤田家太太那般人物，连先生都承认她是美人的，只一到我家，也得跟着染丑了！好，好，先生收拾安歇罢。吵扰了先生，莫怪，莫怪。"

贺钺白听到这里，就哎呀一声道："坏了，她说的美人一定就是那藤田秀枝哩！你这人怎这般不机灵，就这么让她走了吗？"潘良仲笑道："我那里便痴呆到了这一步？她才待起身，我立刻拉住她，陪笑说道：'我说话素来是这们胡说乱道的，好奶奶不要和我生气，我还有要紧的话说。'我说时，起身斟了一杯茶，送到她跟前笑道：'这杯茶，算是替我表示陪不是的诚意，我唐突了美人，本应处罚；且待他日有机会，在亲向美人谢罪罢．'老板奶奶接了茶就笑起来。我想藤田秀枝忽然来看那老板奶奶，不是为我，还为的是甚么呢？她必已向老板奶奶表示了爱我的意思，甚至托她做个引线人。我何不将秀枝几个月来，每日对我的情形和这日抛球的事，详细说给她听，就托她玉成其事，不免了我时时五心不定，终日在廊檐上、院子中跑来跑去吗？

　　"我当下打定了主意，就将这些和我爱慕秀枝的心思，和盘托出的，说了一遍。老板奶奶静听我说完了，望着我出了一会神。突然问我道：'先生可知道藤田秋水是何等身份的人么？'我冲口答说'不知道'。她又问我：'可知道秀枝，是藤田秋水的甚么人？'我说：'大约是藤田秋水的奥样（即夫人），是不是哩？'老板奶奶点头道：'先生既知道秀枝是藤田秋水的奥样，怎么可以是这们爱慕呢？我日本的法律，和有丈夫的妇人通奸是有罪的，先生知道么？藤田秋水是陆军的联队长，我日本和露西亚国[1]打仗的时候，他还是一个中士，因为他临阵最勇敢。听说有一次他带着五个兵，不知在甚么地方遇见一队露兵，有三四十个。那五个兵吓得想逃走，藤田秋水一个人不肯，说他那边人多，我们相离太近，逃也逃不了，不如找一处好掩护的所在，和他们困斗一场，或者有接应的兵来，我们倒可获得了性命。那五个兵一想也不错，就听藤田秋水的指挥。果然只战了半小时，接应的兵到了，那三四十个兵已被这六人打死了二十一个，伤了八个，只剩了几个逃跑了。藤田秋水的名誉就从那一次全国皆知了。连天皇陛下都知道他，说是一个忠勇士卒的模范。这藤田秋水为人件件都好，就只性格太古怪。他那古怪的性格，说起来没人肯信．'"

　　不知藤田秋水是怎生一个古怪性格，且俟下章再写。

---

[1]露西亚国：俄国。

第四章

骂马鹿警察欺人
学语言下女上当

话说潘良仲在监牢中，对贺钺白述说他自己钻穴踰墙的故事。上章书中，述到他那贷间的老板奶奶，说藤田秋水的性格古怪。贺钺白愕然问道："藤田秋水的性格，毕竟怎生一个古怪的情形呢？你那老板奶奶不是故意恐吓你的吗？"

潘良仲叹道："老板奶奶肯故意恐吓我倒也好了。我此刻也不至到这里来，和你谈这话了。我那老板奶奶说：'藤田秋水的脾气，并不是不好色。平日对于他夫人秀枝君极是爱恋，只是不喜欢在一块儿睡。听说已结婚有二年多了，除了度蜜月的时候，两夫妻在一块儿住了一个多月，这二年多在一块儿睡的次数，捞总不上五十回。'我问老板奶奶道：'藤田秋水夜间不归家来歇宿么？'老板奶奶道："回家歇宿的时分，一个月倒有十来夜，却是各睡各的。若是这夜要同睡，藤田秋水下午回家，很早的吃过饭，夫妻两个就同到自已家中的浴堂里，互相洗擦，须洗过三小时之久，方松手出浴堂，上床同睡。到第二日早起，又来不及的到浴堂里去洗。因为同睡一次有这们麻烦，所以一个月至多不能睡过三次。'我又问：'莫不是藤田秋水在外面另有相爱的女人么？'老板奶奶连忙摇头道：'没有，他还是对他这位太太，才有这们亲热。若是对于旁的女子，不论生得有多美，旁人见了都称赞的了不得，他连眼角也不肯去望一望。他有个同事的和先夫有交情，先夫虽已去世，只是仍不断的到我家来。他说藤田秋水爱秀枝君到了极处，手帕角上，手表壳内，以及钥匙柄上、香烟盒上，都有秀枝君极小的照片在上面；口袋里还一年四季的揣着一张秀枝的小照。他们夫妻的感情，算是达了极点，就是不大肯同睡。因此秀枝君总觉美中不足。老实对你潘先生说罢，她刚才到这里来，很想和你做个朋友，特来求我介绍的。'"

贺钺白听到这里，拍手喜笑道："找上门的生意来了！脸子好的是占便宜，我老贺到日本也这们些日子，却不曾遇过一回这们的好事。"潘良仲摆手说道："这种好事不遇也罢了，我不遇这好事，又怎么会身陷囹圄，丢尽留学生的脸呢？"

贺钺白腹中本久已饥饿不堪，此时听得潘良仲述这一段事，心里一高兴，不但把饥饿忘了，连自己被禁在监牢里的事也忘了。接着问潘良仲道："你当下怎么说的呢？"潘良仲道："她求老板奶奶绍介给我做朋友，老板奶奶有些害怕，恐怕将来给藤田秋水知道了，她这绍介的脱不了干系。她对秀枝说：'你想和潘先生做朋友很好，只是不能在我家里会面。你们约一个地方，约一个时候，自去相会罢。万一藤田秋水知道了，便与我无涉。这第一次约的时间和地方，我倒可以替你们传话。'秀枝没法，只得约次日下午四点钟在芝公园等我。老板奶奶遂将这话传给我听了。"

潘良仲才述到此处，忽听得监牢门上的锁声，便停了嘴。只见门开处进来两个警察，向贺钺白做手势，教贺钺白出去的意思。潘良仲在旁用日本话问道："开释么？"警察点头应："是。"潘良仲即对贺钺白道喜道："老兄的灾星已满了，留下我一个人在这里，更要苦死了。"贺钺白道："只怕未必就是这们开释，我来这里三天还不曾盘问过一次呢。那有就是这们开释的道理？"潘良仲道："不然，我已问了，确定就是这们开释。"贺钺白道："我此刻倒不愿意他开释我这们快，你的话还不曾说完，以后还不知你我会得着会不着。"潘良仲正待问贺钺白的居处，两个警察那容他们多说，一个拉一个推，已夹着出了监门。拍的一声，又把监门锁了。贺钺白深悔不曾问得潘良仲的番地，只知道是住在芝公园旁地。但是偌大一个芝公园，旁边的房子何止几百户，又不知道他那房主人姓甚么，这一段艳事十九得不着下落了。

贺钺白一面思量，一面随着两个警察来到前面一间大厅里。厅上摆了七八张条桌，就有七八个人坐在那桌子旁边，写字的写字，翻书的翻书；像学校里的自习室，又像银行及各种会社的办公室。两个警察引着贺钺白，到了一张稍大点儿的桌子跟前。一个年约五十岁，身穿制服的警官坐在那桌子旁边一把螺旋椅上，正低着头在那里写字。两个警察教贺钺白离警官座位五六尺的地方站住，一个警察看守着，一个警察上前两步，举手向那警官行礼。口里报告了几句话，贺钺白也不懂得。那警官就像没听得样子，理也不理，仍然低头写字。约有一分钟之久，大约要写的字已经写完了，从容放下钢笔，拿吸墨纸在写字的纸上印了几下，才慢慢回过头来；一手摸着那倒八字须，一手反撩在螺旋椅靠上，两腿叠了起来，脚尖一上一下的摇动。虽还不曾开口，那种骄矜得意，瞧不起中国人的情形，已十足加一的表示出来，他那里肯拿正眼来望贺钺白呢？把脸扬过一边，两个黑眼珠聚做一角，白眼全翻了出来，仔细的将贺钺白浑身打量好一会，才鼻孔里哼了一声，开口问了贺钺白几句。贺钺白此时的日本话程度，只知道御免（恕罪之意）左样奈良（少陪或再会之意）等等极普通的话。日本话这种东西，论实用，是除了在日本留学或经商的，须用得着外，一过了长崎，是丝毫没用的。但是在日本的时候，要认真研究起这种语言来，却是很不容易。在不曾到过日本，而又在国内学过日文的人，莫不以为日本话是一种极容易学的语言。因为学日文只须三五个月工夫，便能翻译日文书，日本话总不过一年半载，尽可以学会了，其实大谬不然。初学日本话比西语似觉容易得多，若要说得极好，使日本人听了，分不出是中国人来，这就比西语要难上几倍。只因日本话的构造和种类太繁难、太复杂了。绅士有绅士的话、学生有学生的话，商人有商人的话，劳动者有劳动者的话。总而言之，一种类人有一种类的话罢了。老年的话，中年的话，少年的话，以及艺妓有艺妓的话，女郎有女郎的话，还有贵族是贵族的话，相扑家是相扑家的话。种种类类的话，便有种种类类的构造法，都要学会，就是日本人也做不到。只要种种听得懂，至少也得在日本十年八载，还得喜交际喜研究才行。贺钺白的日语程度，既是那们低微，警官的话又说的简切，连得斯马斯等等语尾都没有，教贺钺白如何能懂得呢？

那警官一连问了几遍，他耳里听不懂，口里便答不出。只得也学着警官的样，翻着一双白眼对望着。那警官像是生气的样子，口里也骂了一声马鹿。随即把手一挥，两个警察就推着他往外走。贺钺白这时听警官骂他马鹿，却不敢再动气用武了。被警察推出了警察署的大门，就如脱了樊笼的鸟，这三日所受的痛苦，也就不把它放在心上了。

只是贺钺白从这次以后，觉悟自己的装束不甚雅观，把塞在里面的丝绵衣裤脱了。后来日本话渐说渐好，更知道驱入时髦了。在神田牛込一带的密卖淫，凡是假装女学生或贵家小姐的，他不认识的很少，一个个都是在剧场活动写真馆里，用水磨工夫吊上手的。每吊上一个，必对他的朋友夸张他艳福如何好，遇合如何奇。一月只要有两三次这种奇遇，这一月的公费便得报效十分之七八。他所报几处私立大学的名，学费、讲义费，便没闲钱去缴纳了。一学期如此，二学期也是如此，学校里催缴的信来不理，除名的通知来，自然也不能理了。因此许多学校，都是白缴了些学费和讲义费，还白花了些钱请人代考代试验。到头除名了结，不曾领得一纸毕业文凭。他如是改变方针，专守着一个明治大学，到学校里去听讲。虽仍是要他心血来潮，一时高兴才肯挟着书包，去学校里跑一趟，但学费、讲义费却不敢含糊了。好在日本的学费和讲义费都取得极轻，又只这一处学校，有限得很。只要少看一回帝国剧场的戏，也就够一月学费了。只可惜觉悟得迟了些儿，所以直到民国六年，还不曾毕业，但是距毕业的时期仅差两学期了。他在这短促的时期中，却想把所领来的讲义翻阅一遍。并不是为预备毕业试验，因为他原籍办了一个法政大学，那大学的校长和他是至戚，知道他将近要毕业了，写信来预约他毕业归国，就去那学校里担任商科教授。因此对于那些素昧平生的讲义，不能不略为应酬。这时虽在暑假当中，也只得忍耐性子，坐在家中看讲义。

李镜泓和陈毓是因在东亚日文学校，与贺钺白同乡张克诚同学，贺钺白几次到东亚日文学校来看张克诚，张克诚就给李镜泓夫妇介绍了。贺钺白也曾转过陈嵩的念头，只因陈嵩的崖岸太高，贺钺白很有自知之明，怕碰钉子，不敢多和陈嵩纠缠，仅跟着张克诚到过精庐两三次。后来李镜泓夫妇和陈嵩在东亚日文学校毕过了业，便不大与张克诚往来了。贺钺白更是除了在电车上，或会场中偶然与李镜泓遇过一两次外，简直是彼此不相闻问了。这日李镜泓因陈毓一心想打听隔壁家那古怪和尚的来历，只好陪同陈毓到骏河台来。

贺钺白家，李镜泓是曾经来过的，用不着向人访问，一径走到门口，推门进去。贺钺白是独自住了一栋房子，雇了一个中年下女。李镜泓推开门，照例叫了一声御免。下女跑出来一看，见一个中国装的漂亮女子立在门外。李镜泓虽是穿着洋服，但在这里见惯了中国人的下女眼中看来，一望就知道是个留学生。也不待李镜泓开口问话，即恭恭敬敬的，向李镜泓用中国话说道："快进来同我去睡。"李镜泓想不到下女是说中国话，怔了一怔，不知下女说的是甚么，竟翻起两眼望着。下女料是没有听懂，又伶牙俐齿的说了一遍。这遍的声音比前遍说的更高，陈毓立在门外，早已忍不住笑起来，李镜泓自也免不了要笑。下女见二人的情形，已觉悟自己所学的这句中国话是上了人家的当，被人捉弄了。虽尚不明白这句话的意思，但这两脸已羞得通红了，也不顾李镜泓夫妇，起身往里面便跑。这时贺钺白正在房里看讲义，听了推门的声音，知道有朋友来会，起身出来探看。只见下女火也似的红着脸往里面跑，贺钺白倒吃了一吓，一面问怎么，一面向玄关来。李镜泓见贺钺白出来，忙忍住笑，点头说道："久不见了，今日特来奉看。"陈毓也跨进门，向贺钺白行礼。

贺钺白没想到是二人来了。陈嵩和周撰结婚的事，贺钺白不曾听人说过，此时忽然见二人来了，因心理爱慕陈嵩的缘故，不知不觉的，对二人也发生一种连带的好感，脸上登时表示出极端欢迎的样子来，连忙搭礼，让二人脱了皮靴进房。贺钺白从柜中拿出两个漆布蒲团来，递给二人坐。人家的蒲团都是放在房中席子上的，惟有贺钺白的蒲团，是一年四季收检在柜里的；非有紧要的客来，蒲团是不肯拿出来的。他连自己坐的，共有五个蒲团，两个冬天用的，是格子花布所制；两个夏天用的，是漆布所制。他自己坐的一面格子布，一面漆布，算是冬夏皆宜。这五个蒲团，还是在前清光绪三十三年买的；若不是他用得这般爱惜，早已破烂得不中用了。普通交情的朋友，到他家不论冬夏，全是坐席子。他常对人说，这种蒲团将来带回国做椅垫子，是再好没有的了。和他来往的人，大家都知道他鄙吝，也没人稀罕要坐他蒲团。今日慎重其事的，拿出这两个蒲团来，并不是对李镜泓夫妇肯这般特别优待，实亏了有使他念念不忘的陈嵩，是陈毓的妹子，这也可以说是爱屋及乌的意思。

宾主坐定，贺钺白开口说道："真没想到两位珍客，这们热的天气会到寒舍来，近来见着老张没有呢？"李镜泓知道是问张克诚，即摇头答道："不见他好几月了，不是暑假回国去了么？"贺钺白还不曾回答，下女托了个茶盘进来。陈毓一见下女，触发了刚才进门时的情形，忍不住噗哧一笑，想拿手帕子掩口都来不及了。李镜泓立时受了传染似的，也笑了起来。贺钺白不知道就理，也笑着问道："甚么事？"陈毓见问，更笑得扶着身子，喘不过气。下女的脸又红了，放下茶盘，问贺钺白道："前日张先生在这里教我说的中国话，一定是骂人的恶口。我方才照样说出来，这两个客都笑一个不了。"贺钺白笑道："我当时不是曾教你不要学的吗？你不相信，定要跟着他学。"

　　贺钺白说时，随向李镜泓说道："这个下女笨的异常。有一次我在家里，来了两个朋友看我，都是才来不懂日本话的。和这下女说了一次，彼此都不懂得，闹不清楚。两个朋友要进房写张字，留给我。这下女拦着，死也不肯放那朋友进房。朋友忿不过，赌气指着下女的脸，骂了几句跑了。我回来，下女就如此长短的说给我听。老李你说，我怎能怪朋友不是？自然骂这下女太蠢，青天白日的，又不是来了强盗，为甚么不放人家进房写字呢？她从这次受了我的责备之后，便每天向我说，想学中国话，我那有闲工夫教她？任凭他说，也没人理会她。我这里就只张克诚来的最密，每星期至少得来两次，又欢喜和下女谈话，下女就以为得了学中国话的好机会。前日老张在这里吃完饭，她定要请老张教，老张就问她，想学些甚么话。她说且学几句普通招待客人的话，学好了再慢慢的增加。老张的性格素来顽皮惯了，二位是知道的，专拿些无聊的话教她，说'快进来同我去睡'，是请到里面坐的意思；说'同我睡了不要钱'，是极好的意思，等客人进房坐了再说。此外还有几句，都是极村俗极无聊的。我当时一边教老张不要开她的玩笑，一边教她不要学他。她不相信我，见她口音差的太远，还以为她胡乱念一阵子，念不上口也就罢了。不想她今日竟实用起来，幸是二位在这里听了，我可以说出这些恶口的来历来；若旁人在别的地方听了，必以为是我没有品行，教下女这们些无聊的话。"

　　贺钺白在那里对二人说明，下女就蹲在旁边，呆呆的望着李镜泓。见她脸上很有些难为情的样子，即用日本话向下女解释道："你方才说的中国话，并不是骂人的恶口；不过你的发音错了，所以我们听了好笑。你以后不要再拿这错了音的话，向旁的中国人说。若再说出来，无论甚么人听了，也要好笑的。"下女听说不是骂人的话，才笑着说道："是吗？我也想张先生不是会捉弄我的人呢。"贺钺白连连点头，挥手说道："不错，不错，张先生如何会捉弄你？好，不用说了，你快去端两杯蜜柑水的冰来罢。这里八个钱，你拿去。"随从抽屉里，拿出八个铜元放在桌上，下女拿着去了。

　　李镜泓问道："贵省人在这里留学的，公费自费共有多少，也有个调查的数目没有哩？"贺钺白道："在前清的时候，我们大同乡会有名册，不论公费自费，都有姓名年龄籍贯，以及通问的地点，写明在那册子上。并且新来一个同乡的，同乡会就得开会欢迎。那时候的同乡办的极有精神，新来这里的学生很能得着同乡会的好处。民国以来，一年不如一年的，到此刻简直是有名无实了。不但没有个调查的数目，连同乡会的调查员都几年不曾推举了。"李镜泓道："贵省也有在这里亡命的没有哩？"贺钺白道："亡命客也很有几个在这里，有从南京来的，有从江西来的，只我都不认识。"李镜泓道："你知道有夫妻两个，在这里留学或亡命的么？"贺钺白笑道："你这才问得稀奇呢，亡命客我不知道，夫妻两个在这里留学的，倒是有几个，你问的是谁呢？姓甚么？叫甚么名字？住在那里呢？"李镜泓也笑道："我若知道他的姓名，也不是这们没头没脑的问你了，他的住处，我倒知道就在御茶之水桥的旁边。御茶之水桥左首，不是有一家照相馆，招牌上写着三枝箭的吗？我问的那一对夫妻，就住在那照相馆后面。你知道么？"

贺钺白偏着头正想，下女端着两杯冰进来了。贺钺白忙接过来，送到二人面前，笑道："我这里没甚么可吃的，天气热，请吃一杯冰罢，此刻日本物价样样都贵了。我记得我初来的时候，这种蜜柑水的冰只卖两个铜子一杯，后来涨到两个半。民国元二年还只卖三个钱一杯，此时竟涨到四个了。这里四个铜子，在内地要值七十多文。二位看七十多文钱，买一杯这般的冰水，内地的人可吃的起么？"李镜泓点头道："在我们湖南物价廉的地方，七十多文钱够一家三五口人一日的生活费了。"贺钺白道："一些儿不错，便是我们丹阳乡里，何尝不是如此？请吃罢，不要化掉了。"李镜泓端起来吃，陈毓平日已是极不满意李镜泓的小家子气，此时听了这几句附和贺钺白的话，心里便更不耐烦；只碍着在贺钺白家里，不好说甚么，挑了两匙冰水到口里，就放下来，懒得吃了。李镜泓吃了一半，也有些嫌这冰刨的太粗，嚼得牙齿痛，也放在席子上不吃了。贺钺白问道："二位都不吃了吗？怎么嫂子的还一些儿没有动呢？"陈毓冷冷笑道："多谢了，我有些胃病，不宜吃冰。"贺钺白即呼着下女："把这两只冰杯子收去罢。"下女来收杯子，贺钺白已起身先到厨房里去了。

下女收了杯子进去好一会，贺钺白才出来。陈毓一望贺钺白的嘴唇，就知道是才吃了那剩下来的冰水出来的。心里很翻悔："不该剩下来，好了这个龌龊不堪的东西，和我同吃一双杯里的冰水！"李镜泓虽也看出来了，却没有甚么感想，接续着问道："你知道那一对夫妇是甚么人么？"贺钺白道："你怎么知道是我的同乡呢？"李镜泓道："我听他们说话，好像与你和张克诚两人的口音差不多，我就猜度是你的同乡。"贺钺白道："此刻我们江苏在这里的留学生，算我的资格最老。带着老婆在这里留学的，现在还有四个人，我都认识，却都不住在御茶之水桥旁边。一个姓刘的，住在四谷一；一个姓胡的，住在大久保；一个姓戴的，才来不久，住在上野馆；还有一个是我的本家，就住这骏河台，离这房子，不过十来户人家，以外没有夫妇两个在这里留学的了。你说住在御茶之水桥旁边的，只怕是费植荪，但他信佛，没有老婆，也不是江苏人，他有一个妹子叫费若华。不错，他们的确是住在三矢照相馆后面的。你问他们干甚么呢？"

李镜泓笑道："必就是这位费先生了，不是江苏人是那里人哩！他们兄妹也是在这里留学的么？"贺钺白笑道："说起这位费先生来，确是一个怪物。他的历史，除了我，和住在这里没多远的我那本家两人外，在日本的留学生，恐怕没第三人知道。他们那里是在这里留学？不如索性说他们在这里蜜月旅行，还觉得切当些。"李镜泓点头笑道："我和敝内也正疑心他们两人不像是夫妇，果是这们一回事。"贺钺白笑道："夫妇是已成了夫妇，不过是一对兼职的夫妇罢了。"李镜泓的脑筋素来笨，问："怎么是兼职的夫妇？"陈毓在旁说道："兄妹兼夫妇，不是兼职的夫妇是甚么？"贺钺白道："你在那里看见他们闹甚么笑话吗？"李镜泓道："我四月间搬的家，就搬在这位费先生的贴邻。时常听得他们那边吵嘴，那女子口中骂出来的话，我们也有些听得懂；觉很不像是妻子骂丈夫的口气，我们早已有些疑心了。近来天气热，敝内因趁早晨凉爽，好读一两小时的书。今日起的更早，在院子里散步，就听得有念经的声音。"

李镜泓说到这里，回头向陈毓道："你亲耳听的，亲眼见的，说来比我清楚些，你说罢。"陈毓因怀着一腔好奇的心思想打听这一桩怪事，只得将这日清早所见的情形说了一遍。贺钺白笑道："二位是因不知道他们的历史，见了这些情形便以为很奇怪。其实他们俩住在日本的奇怪事情多着呢，二位若是得闲，不怕耽搁正事，我倒可以从头至尾演说一遍给二位听。"李镜泓笑道："于今正在假期中，谁还做甚么功课？并且我们是专为打听这事来的，请你说罢。"

不知贺钺白说出甚么奇怪的历史来，且俟下章再写。

第五章

假道学处士盗名
捉奸情英雌泼醋

话说贺钺白见李镜泓说是专为打听这事来的，便提起精神说道："他两人所干奇奇怪怪的事，若是在普通没知识的人干了，我们也犯不着说他，只当他们是一对禽兽罢了。这费植苏是个甚么样的人，二位来日本的时间不久，又不大讲交际，所以还不知道。他的名气真可以说是久闻大名，如雷贯耳，就是他这妹子费若华，声名也很不算小。并且他们俩的声望，绝对不是纯盗虚声，确都有些实学。

"费植苏是唐圣人的门生，在二十年前已是负盛名的人物，那时他是跟着唐圣人讲维新，讲变法。后来唐圣人一亡命出洋，他也逃到了日本，把维新变法的话，都收起来不讲了；专一讲道学，真是规行矩步，言笑不拘。闻他的名的中国人钦仰他，是不待说；便是无智愚老少，一概瞧中国人不起的日本小鬼，闻了他的声名，见了他的举动，也没有不心悦诚服崇拜的，见面称为费老先生。他自己也实在是时刻不忘的，以圣门中弟子的颜回原宪自待，在日本讲了几年道学。民国成立，他回国住了两年，嫌政界太龌龊，不屑在政治上活动。于是他所讲的学又变了，把道学完全收起来。那时月霞和尚正走运，在上海结识了一个很有钱的犹太人，到处演讲，大乘起信论。犹太人拿出钱来，印刷了许多讲佛学的小册子，不要钱的送给人看。于是这位费老先生，就背叛了孔圣人和唐圣人，投降到释迦牟尼门下了。他的父母早已死去，只有一个胞妹，就是这个费若华，比他的年纪小了十岁，在家乡很有美名。费若华的书是费植苏教出来的，文字都过得去，前清时就在上海甚么女学校里教国文。费若华并不是抱独身主义的人，只因父母死的过早，仅有一个哥子；又为保皇党的关系，亡命海外，竟没人作主，替她许配人家。但是她在上海这种寡廉鲜耻的社会当中，当女学校的新式国文教员，自由恋爱，平等解放等等新潮，终日包围她的左右，难道她就不能拿出眼光，选择一个相安的人，实行自由恋爱吗？这种自由恋爱她确是实行过的，所实行的还不仅一两次。在上海当了三年教员，因自由恋爱演出来的花样，弄得同事的和学生们都知道的次数，三年中已演过上十次了。还有几次自由恋爱结了晶，竟弄得虹口某日本医院也知道了。只为实行的次数过多，反选不出一个相安，可以付托终身的人来。她既有了这点儿学问能力，眼界自然比普通一般女子的高些，不相干的男子，她那里看得上眼？偶然高兴，随手抓来，和读书人看小说一般，当作消遣的东西，自然很容易当选；若讲到付托终身，劈头就有几层难处。她要年龄比她大，而且不曾结过婚的。"

李镜泓笑道："这一层就很难，中国人三十多岁不曾结过婚的，除了没力量结婚的，就是抱独身主义的。至如有志求学，学不成不结婚，有志事业，事业不成不结婚的，只怕少的很呢。"贺钺白点头道："我不是这们说吗，她不要男家有翁姑的，有兄弟须得分居，这不也是很难吗？"李镜泓道："此刻所谓新式家庭，好却是好，但中国数千年来，以兄弟同居和睦为美德。兄弟本来不和睦，本来是分居的倒也罢了，若为娶一个女人弄得兄弟参商，稍微有点德行的人，怎么肯娶这不贤良的女子呢？"贺钺白笑道："还有一层更好笑的，他要男的有五万元以上的财产，大学毕业的程度；又要不做官，不当议员，不当律师。二位看好笑不好笑？"李镜泓道："政界上本来太龌龊，不做官可以说的过去；于今的议员，本来太没有人格，不当议员，也说的过去；至于律师是一种很高贵的职业，欧美各国都把律师看得很重，怎么这位费若华小姐，却这们瞧不起律师呢？"贺钺白道："那却不知道她是甚么用意，只是她的许婚条件，确是这几种。至今她养的一只乌云盖雪的猫，都取名叫做律师，她一喊律师，那猫就跑到她跟前，这便是她嫌恶律师，轻蔑律师的证明书。"李镜泓、陈毓听了，都大笑起来。贺钺白接着说道："前年费植荪因要研究佛学，住在上海，租了哈同路民甚么里的房子。那房子其名虽说是租，其实是不要租钱的，这也为的是他名气大的原故。听说房东很敬仰他，费若华这时就和他住做一块，也说是要研究佛学。凑巧我这本家历来在上海做生意，家眷也住在那一个弄堂里，和费植荪兄妹的住宅，也跟你们此刻一样是贴邻。他兄妹的一举一动，连那些暗昧不明的勾当，都知道的十分详细。"李镜泓道:"那怎么能给外人知道的哩?像我们此刻,已和他们打邻居了几个月,他们的姓名籍贯,还不知道呢。"

贺铖白笑道:"他们于今学乖了,一不用当差的,二不用老妈子,你们自然没有知道的理由。那时,他们用了一个苏州娘姨,还用了一个扬州大姐,耳目所及的,巨细不遗都得转到我本家的耳朵里来。那种种的笑话无非是兽欲冲动,不顾廉耻,且不说它。在那里只住了四个多月,大约是房东知道他们兄妹的行径了,经租账房竟向他讨房租。他们住的是一幢三楼三底的房子,一月的房租很不少。他兄妹两个十多年来,全是靠朋友津贴和学校里的脩金过度,财产可说是丝毫没有。费植荪仗着这点儿声望,不劳而获的钱,从来是非常容易。但是一生修养得来的声望,只为一念兽性发作,不能制止。几个月工夫,就败坏得根本削除了。在上海一方面,津贴他的朋友,差不多和约会了的一般,一个也不与他来往了。他降尊去会,没一个不是推脱说不在家的。这们一来,他兄妹便在上海存不住身。以为日本的生活程度,还是与明治时代一般低廉;日本人敬仰他的心思,还是以前那般诚恳,就兄妹双双的跑到日本来。初到东京的时候,住在本乡一家旅馆里。他们索性作为夫妇,在旅馆里同房起卧,倒没人注意。他偏要说明是兄妹,夜里做两间房歇宿。日本下女顽皮的多,眼里见惯了中国人的还好,若是见的少,或简直不曾见过的,拿做看稀奇把戏一般。本乡旅馆里的下女不比神田,费植荪兄妹住的,又是一家不大住中国人的旅馆;下女从来不曾见过中国女人,费若华的容貌态度本来很好,加以善于修饰,在日本下女的眼中看来,更以为是天仙化人,不敢当面细看,恐怕馆主人责备她失礼。只好躲在壁缝里、门缝里偷看,夜间更是偷看得仔细。他们兄妹的行径,怎当得了几个下女日夜轮流偷看呢?住不上半个月,满旅馆的人都已是尽情知道了。日本虽是世界上有名的卖淫国,也从来无所谓伦常纲纪;但是一般人的心理,总有些觉得兄妹是这们胡来,似乎不大妥当。就是这几个偷看的下女,也渐渐的瞧他兄妹不来了。寻常客人在房里按铃呼下女,账房闻得铃声,照例高声答应就来。随招呼下女,某号房里的客人呼唤,下女听明番号就走,绝不敢略为迟延。费植荪兄妹初进那旅馆,自然也是这般殷勤招待。十多日以后,下女们的面目就一日一日的,变成慢不为礼的样子了。有时按铃三四次,不见有人答应,便答应也是有声没气的。费植荪还没想到是自己兽行被人家瞧破了,减退了人家敬仰的心，对费若华总说是日本小鬼照例瞧不起中国人，殊不知瞧不起中国人的小鬼，并不是这种小商人和下女，全是一般政客和没有多少知识的新闻记者。若讲到这般开旅馆的小商人，其中还有一大部份极欢迎中国人，对中国人极表示好感的。"

李镜泓道："这话不错，我们初来的时候也住过旅馆，并不曾见有瞧不起我们中国人的事。像上野馆，胜田馆，三崎馆，改盛馆，初音馆，这些旅馆确是极欢迎中国人。"陈毓笑道："只怕未见得是欢迎中国人，欢迎中国人的银钱松动也罢了。朝鲜人印度有钱，他们不是一般的欢迎吗？"陈毓说时向李镜泓道，"你怎么说我们住旅馆时，不曾见有瞧不起中国人的事？你想想我们是怎么搬出来的，不是因胜田馆主人骂十二号房里的客回旅馆太晚了，两个人吵起嘴来；同住的都听了不平，才同盟罢工，都搬了出来的吗？"李镜泓道："那回的事，一半也要怪十二号房里中国人不好，那们寒冷的天气，长是半夜三更才回来；旅馆里关了门，下女都已睡了，他却来捶门打户的，一则妨害别人的治安，二则下女累了一日，夜间也得安睡一回，方是情理。他在外面打门，又不能不从热被里爬出来，吵醒了瞌睡，还得受冷风吹，教她们如何不抱怨？据说又不是一次两次，屡屡如此。馆主人说他几句也是人情，不过说的太重了些儿，使人受不了，那就是馆主人的不是。"陈毓道："却又来！馆主人不是瞧中国人不起，怎敢带着教训的语调来说？若是日本的富人贵族住在那旅馆里，只怕每夜到天亮才回来，馆主人还要亲自等候呢，敢说半个不字么？"李镜泓见陈毓说的要生气了，吓得不敢做声。

贺钺白笑道："那胜田馆的主人本来不是个东西，我也曾在那里住过。那次同盟罢工，大家都搬来之后，他却慌了，印了许多汉文广告，到处分送。有人肯去他那旅馆里住，他愿赠送两块钱搬家费。后来听说因那张广告，被一个江西人姓王的骗去了二百块钱。至今还分文不曾讨着，人家都说这是瞧不起中国人的报应。"李镜泓笑道："我们说话不要离了题，这位费老先生后来怎样呢？"贺钺白道："后来还亏得费若华聪明，见了同馆的人对自己的揶揄神气，知道自己的秘密行为被人窥破了。和他哥子商量搬家，因东京市内的生活费太高，就搬到市外南千住町一家小下宿屋（客栈）里住了。谁知在那小下宿屋里又闹出笑话来了。甚么笑话呢？原来那下宿屋虽小，却有一个生得很漂亮的下女，年纪只得二十岁。费植荪一见，登时复发了那厌故喜新的旧病，暗中和那下女调笑，已不止一次。下女虽有些嫌他年老，只因那下宿屋里住的客人，更没一个赶得费植荪上，所以下女也将将就就的，有些儿意思了。却是好事多磨，天不作美。费若华见哥子待自己的恩情，有日减无日增，她是一个情场中混老了的人，甚么窍门不懂得？甚么举动瞒得过她的眼睛？费植荪偷偷摸摸和下女调笑的情形，她虽没有对面撞见，但心里已猜度到十之八九是这们一回事。这费若华好不厉害，心里虽已猜度了十之八九，面子上却一些儿不露出形色来，装糊涂，装得和没事人一样；暗里却窥探得更加严密。这日真是应了那些小说上合当有事的一句话。费植荪一早醒来，见费若华正睡得酣畅。便轻轻爬了起来，拿了洗脸的器具，到洗脸的所在地。他和下女照例在这时候亲热，趁满馆子的人都没有起来。不提防费若华是有心窥探，悄悄的走起，拿一个正着。"

李镜泓听到这里失声笑道："坏了！"贺钺白也笑道："这一坏，才坏的凶呢。二位见过费若华的，样子不是很温存吗？"李镜泓点头道："因为生得美的原故，便泼辣也看不出了。"贺钺白望着陈毓笑道："嫂嫂听了不要生气，我说吃醋是女子的天性，不论怎么温柔和顺的女子，一遇了吃醋的场合，一个个都有蛮凶，性命都是可以不顾的。我看也不止费若华一人。"陈毓笑道："你说话又说离了题，请说正文罢，拿着了怎么样？"贺钺白道："怎么样吗？费若华一把抓住了费植荪的领襟，硬要拼命，一连几头向费植荪怀里撞去。下女吓得一溜烟跑去，藏躲起来了。费植荪怕弄得大家知道，面子上难为情，对费若华甚么好话都说尽了，哀求苦告的只少下跪磕头了。费若华积了多少日子，积成这一肚皮的怨气，好容易才拿着真赃实证，那里肯就这们善罢干休哩？费植荪哀求的话，只当没听见，拿出中国女子闹醋的看家本领来，哭着扭着，跳着骂着，头发披散，衣服撕破。一刹时间，直闹得个天翻地覆。同住的旅客和下宿屋主人不待说，都跑到洗脸的所在来看热闹。这下宿屋除他们两个中国人外，还住了一个中国人。那些日本人见男女扭着相打，都不肯过来拦扯；亏得这中国人走拢来，说道：'请两位替我们中国人留一点儿脸子，不要做一次丢尽了！中国这们大的地方，还不够你们闹吗？为甚么定要闹到外国来，给外国人骂呢？'幸喜这个中国人，尚不知道他们两人的历史，以为是夫妇，所以他只这们教训几句。后来被这人打听出来了，深悔当时不能揭穿来，骂他们一顿。费若华生成的贱相，费植荪那们哀求哀告，她不肯干休；被这几句话一骂，却忍气吞声的掩面回房，一句高声的话也不敢说了。只急忙检点行李，要独自回上海去，照旧当教员度日。费植荪怎么肯放她走呢？过了几日，在目黑租了一栋房屋，认真住起来。他们在这里的生活费，听说是张大辫子供给的。好像是每年两千块钱，平均有百多块钱一月，两个人也够过的了。但是目黑那地方甚是荒僻，他们素来用借来的钱用惯了，手中有钱就挥霍得很。目黑地方的人几曾见过多少阔人？许多小店家见他们用钱散漫，都争先恐后的，要和他家做来往。半年以后，他家的阔名，竟比从前的道学声名还大。一来就哄动了几个窃贼，欺他家人少，容易下手，半夜里乘他二人入睡乡的时候，撬开门进来，把二人的洋服、首饰、金钱和现金八十元，一股脑儿偷去了。直到次日早晨，费植荪伸手枕头旁边摸表看，踪影不见了，爬起来见板门大开，才知道失了窃。费若华胆小，如何再敢住在那里？只得仍搬回东京来。就是此刻所住三矢照相馆后面的房子。他们在上海时候，上了姨娘大姐的当；在本乡旅馆和南千住町的时候，又都吃下女的亏。因此不敢再用下女，费若华情愿自己操作，果然不曾闹出甚么大笑话来。"

陈毓伸了一伸懒腰笑道："原来是一对衣冠禽兽。"李镜泓笑道："费若华许婚的条件，算是合了一大半。费植荪虽不曾在甚么大学毕业，有这们好的学问，也就可以将就过去了；年纪大十岁，照古人男子三十而娶，女子二十而嫁的话说来，正是相当；确是不曾结过婚，他们兄妹知道有素，更用不着证明；父母早死，兄弟无有，比弟兄要分居的还来得爽利；不做官，不当议员，不当律师，在费植荪尤为再合格没有。就只五万元以上的财产一条，不能合格。然男子汉当以学问名誉为财产，费植荪的学问名誉，无论何人也得承认有值五万元以上的价值。我看费若华的许婚条件，简直是拿了费植荪做标准提出来的。照她的条件看来，除了费植荪，只怕也难得再找一个这们合格的了。"说得贺钺白也点头笑了。

陈毓起身说道："事情已打听明白了，我们回去罢，已耽误了贺样（日本人呼某君，皆呼某样。我国留学生，朋友相处也多是这呼唤）四小时的功课。"贺钺白大笑道："我若是肯这们用功时，早就毕业回国去了，还能在这里谈论人家的隐私吗？"陈毓微微的笑着，想要答话，忽又忍住了。李镜泓已拿了草帽起来，下女在隔壁房里听得客人要走了，忙跑出来，推开门等着。陈毓望见下女，忍不住笑将起来，用日本话向下女道："你还有甚么中国话么？再说一句给我们听听看。"贺钺白这时忽然想起陈嵩来，忙问陈毓道："令妹二小姐好么？她怎的不同来玩玩呢？"陈毓一面穿皮靴，一面随口答道："舍妹暑假归国去了。"贺钺白道："怪道不曾同来！暑假快完了，只怕差不多要来了么？"陈毓含糊应了一句"是"，即同着李镜泓作辞出来。

在路上，陈毓埋怨李镜泓道："这种鄙吝鬼，说鄙吝话，你不斥驳他就算是很客气了，怎么还跟着他学小家子样，极力去附和他呢？"李镜泓听了，一时摸不着头脑，只得问道："我几时跟着他学了甚么小家子样，附和他说了些甚么？"陈毓生气道："你还问我？四个钱一杯的冰，既是嫌贵，不买也罢了，买了来却又当着我们，说那些鄙吝不堪的话。若是老二的性子，必然不吃他的冰，还得挖苦他几句。你偏要跟着他说，七十多文钱够一家数口一日的生活。我也不知，你这些小家子话从那里得来的？湖南甚么地方有这们便宜的生活？就是有这种生活，又那里算得上是生活？叫化的一文钱没有，也得生活，你能说湖南一文钱不要，可以生活吗？鄙吝鬼遇了鄙吝鬼，说句话都怕赔了本似的，随便甚么总拣最小限度以下的说，也不管旁人听了怄气。怪不得老二最恨鄙吝鬼，我平日还说她不要走了极端，照刚才的情形看来，真不由人不恨。你看我剩下来的那点儿冰水，那鄙吝鬼就来不及的叫下女端进厨房，他却先起身在厨房里等着，吃了出来，还不住的舌尖舔嘴唇，舍不得嘴唇上粘的蜜柑水。你说这种不堪的情形，在留学生做了出来，可耻不可耻？你就学得一模一样，也不过是个贺钺白。他说肯这们用功早毕业回国去了那话的时候，我就想说，原来贺样很知道爱惜金钱，却不知爱惜比金钱贵重的光阴；忽转念一想，老二喜说尖话，我时常规劝她，怎么我自己也说起来了呢？立时就忍住不说。"李镜泓道："不说也罢了，何必无端把人得罪，使人记恨？"陈毓冷笑道："你只道我忍住不说，是怕得罪了他，可是怕他记恨吗？像这种鄙吝鬼，我不得罪他，他倒已得罪我了。不待他恨我，我已是恨他了。"陈毓自陈嵩跟周撰走后，对李镜泓不曾闹过脾气，这次就算是生气数说李镜泓了。好在李镜泓从来忍受惯了，一声儿不回答，陈毓便没得话说了。

不知二人归家后如何，且俟下章再写。

第六章

人情魔欢场成苦海
觅幽会露水结同心

　　这章书却要追叙潘良仲的事了。前章书写潘良仲在麻布警察署的监牢里，对贺钺白细述他自己的钻穴踰墙故事。刚述到他贷间的老板奶奶，替藤田秋水的夫人秀枝传送消息，约好了次日在芝公园相会，就有警察进监，将贺钺白开释出来。自后钺白不曾遇见潘良仲，遂无从探得与藤田秀枝相会时情景，并被警察拘进监牢的事由。便是看官们心里，对于这种有头无尾的叙述，必也纳闷得很。于今正好趁这当儿，将前事交代一番，以便接写潘良仲的正传。

　　潘良仲这夜得了那老板奶奶的通知，心里不待说是惊喜若狂。但是这时的潘良仲，年龄虽有了二十二岁，情欲之场也曾经历过，只这种吊膀子的勾当，在国内时并没有经验；至于和日本妇女交际，这回更是初次。他既是初尝这种滋味，于惊喜之中总不免有些疑惧。老板奶奶退出房后，他就将铺盖打开来，打算安睡一夜，次日好抖擞精神，与意中人会合。只因心中有些疑惧，便再也不能安然睡去。他心里疑的，是不相信像藤田秀枝这般艳丽矜贵的女子，又嫁了这般一个有身分、有名望的丈夫，居然会做这种没行止的事。"就是丈夫不大和她同睡，她不甘寂寞，要在丈夫以外寻些愉乐，日本人中也不少生得漂亮的少年男子，却怎的要来找我这个绝无渊源的中国人呢？并且这个老板奶奶又不是当虔婆的，藤田秀枝更和她非亲非故。我在此住了这们久，从不见她们有过往来。这是何等要秘密的事，自己有丈夫的人，好这们随随便便的，托一个不相干的邻妇拉皮条吗？这实在有些使人难信。然而这个老板奶奶，平日虽是欢喜多说话，只是无中生有、瞎说骗人的话，却不曾听她说过。便是刚才的话，也不像是她捏造的。"

　　潘良仲如此一想，所以很是疑惑。他又因这种事没有实地练习过，自己来日本不久，日语程度固是不高，而日本妇女的性情举动尤不明白。仅曾听说过日本的法律，和没有丈夫的女子通奸，倒没有要紧；若奸了有丈夫的女子，便得受法律的制裁。他的意中人藤田秀枝，分明是个有丈夫的，一旦被人发现了，不是要受日本法律的处治吗？他心里是这们一转念，登时又非常恐惧。然尽管又疑惑又恐惧，两念终不敌一个欲念。欲念一炽，如是又揣想明日到芝公园，与意中人相会时情景。越揣想到十分满足，越不能安睡，竟是彻夜无眠，睁眼看着天光大亮。外面送牛乳的车声和送新闻的铃声，都响亮得贯入耳鼓。暗想："在万籁无声的静夜，尚且睡不安稳，这时还有可以睡着的希望吗？不如索性起来，在洗脸的地方多盘桓一会，或者藤田秀枝有甚么话要和我说，也可彼此隔着生垣谈谈。"

　　当下潘良仲就起床，收了铺盖，拿着洗脸器具到后院廊檐下洗脸。不住的举眼向藤田那边张望，却是冷悄悄的，不见有个人。莫说藤田秀枝不曾出来，便是每日早起，看见在那边扫院子的下女也不见出来。潘良仲心中诧异道，这是甚么道理呢，他家竟这般清冷？忽转念一想道："不错，我往常不曾起得这们早，总是七点半钟的时候在这里洗脸。此刻还不到七点钟，她如何就得出来呢？"知道等也无益，洗了脸即回房，拿起本日的新闻翻看。看一会，又跑到廊檐下张望一会；接连张望了数次，只是不见藤田秀枝的倩影。直到八点钟，用过了早点，仍然不见她出来。暗想："怪呀，近两个月以来，不问风雨，每日七点半钟的时候，她总是斜倚着那根房柱，向我笑盈盈的望着。昨夜既来约我，今日在芝公园相会，怎的这时倒不见她出来了呢？当面约定一个相会的地点，岂不好吗？"张看了几次，既是见不着，只得从顶至终的，着意打扮得十成漂亮，恐怕迟了时刻，十点多钟就出门到芝公园来。他家就在芝公园旁边，仅相隔一条马路。不须一分钟，便进了公园里面。

　　这个芝公园，规模不及日比谷、上野、浅草等公园宏大。这时在午前更没有多的游人，寻人很容易见着。潘良仲在园中各处走了一遍，便选定一处往来要道，坐下等候。一双眼是不待说，和猫儿捕耗子一般聚精会神的探望。心里虽明知时间尚早，然总怕藤田秀枝也和自己一样，来的这们早。及听得轰然一声，午炮响了，更以为约会的时间快要到了，探望得比来时更发注意。可怜潘良仲连脖子都伸痛了，两眼更是望得发花了，两腿也坐得痠了又麻，麻了又痠了。来游公园的，和打公园中过路，到别处去的男男女女，也不知见了多少，独不见有一个与藤田秀枝相似的。低头看手上的表，已到四点一刻。从八点钟在家胡乱吃了些面包牛乳出来，直到这时候水米不沾牙，这饥饿更如何能挨忍？在潘良仲的意思，原打算会见藤田秀枝，就邀她同到料理店去进些饮食，再研究以下的问题，所以不在家里用午饭。此时既已到了四点一刻，还不见秀枝的芳踪到来，心里又暗自思量道："我这回十九是上了老板奶奶的当，必是老板奶奶早已看出藤田秀枝每日那边看我的情形来，昨日又见我在院子中踱来踱去，连早点都要她催着才去吃，更猜透了我是和藤田秀枝吊膀子，有意捏造这们一回事来，开我的玩笑。这也只怪我自己粗心。她昨夜说不敢担这干系，不肯给我二人绍介，在她家会面；却又肯替我二人通消息，约时间在外面相会，这不是一个老大的破绽吗？替我二人通消息和替我二人绍介，有甚么分别？难道绍介会面得担干系，通消息会面的，就不担干系么？无非因事情是捏造的，她若给我绍介在家中见面，我只坐在房里等候，没有甚么玩笑可开；既约了外面，便可害得我是这们苦等，她瞧着不很开心么？我昨夜在被里，原已疑心这事不近情理，也是色令智昏，才有这一日的苦吃。我归家非得找她问个明白不可！"

潘良仲自以为思量得不错，急忙走回家。进门就见老板奶奶迎着笑问道："怎么回的这般快，只在公园里玩了一会，没同往旁的地方去吗？"潘良仲没好气的答道："你说假话骗我受苦，这时还用得着揶揄我吗？我问你，为甚么无端捏造出那些话来，害我耽搁一日的功课，挨饥忍饿的在公园苦等？并且人家是有丈夫的女人，你捏造出这些话，也妨碍人家的名誉。"老板奶奶见潘良仲气忿忿的说出一大段的话，语法的构造虽是重重错误，然大概意思是听得懂的，即时现出惊讶的脸色问道："怎么呢？秀枝君失约了，不曾来吗？"潘良仲也不答话，径直走进自己房里，拍的一声将房门带关，坐下来一言不发。老板奶奶跟在后面轻轻用手在房门上弹了两下，问道："可以进来么？"潘良仲不答白。老板奶奶又这们问了一遍，潘良仲没好气的答道："像你这们无礼的人，难道要进我的房，还定要得我的许可吗？"老板奶奶笑嘻嘻的把门推开，跨进房来，问道："秀枝君失约，真是出人意外！潘先生不用气，我总得向她问个明白，看她为甚么自己来这里约的，却是不来践约？"潘良仲听了，心里又活动起来，问道："秀枝君真是来过了么？我只道是你有意捏造些话来，骗我寻开心的呢。既真是她来约的，怎的害我等了这一日，只不见她来哩？"老板奶奶哈哈笑道："怪道潘先生，方才是这们气呼呼的望着我，原来疑心我是捏造。潘先生放心，我就得去找着她问，潘先生方才说妨碍她的名誉，她是这们无信，还妨碍我名的誉呢！"

潘良仲听了一想："这事不大妥当，既真是秀枝来约了，不践约，必有不践约的理由。我对老板奶奶生气，老板奶奶受了我的气，去向她寻出路，也带气质问她，三言两语不合，岂不把事情弄僵了？我如此不能体谅她，也似觉对她不住。"当下便换了一副笑容，向老板奶奶说道："这事也用不着去质问她，只要不是你捏造的，我就不怪她了。我逆料她必是当时发生了甚么事故，所以不能来。她是有家庭组织，有丈夫的人，不能像我随时要行动，就随时行动，这种事本来得当时看机会，不能预约的。此时且请你弄点饭给我吃了再说，我肚皮实在饿得不能受了。"

老板奶奶随口答应着，转身弄饭去了。潘良仲忍不住，仍起身走到后院廊檐下，又如痴如醉的朝那边望了一会，那里见得着藤田秀枝呢？无精打采的吃过了饭，兀自想不出见不着秀枝的理由来，也不好托老板奶奶去打听。潘良仲是昨夜失了眠的人，闷坐到七点钟，支持不住，就睡着了。第二日早起，才提了沐具走到洗脸的地方，就听得生垣跟前有人咳嗽的声音。这种咳嗽声一入耳鼓，不论何人都能辨别不是真的咳嗽，是一种惹人注意的符号。潘良仲一接到这个符号，两眼还不曾去看，心里就是一动；不待思索，已能断定这符号是由藤田秀枝发出的。两眼且不朝那发符号的所在望去，先回头看了看自己后面，见没有人，才掉转脸向生垣略望了一眼。已见秀枝离生垣四五尺远立着，云鬟不整，脂粉无光，一种憔悴忧伤的样子，使人一见就得发生怜悯她的心思。

潘良仲不暇审顾，急忙套上廊檐上的草履，几步跑近生垣，轻轻喂了两声。前日撩开的那个窟窿还是玲珑剔透的，便用眼就那窟窿里向那边张望。只见秀枝也回头向后面望了几眼，走到窟窿跟前，像是极慌张的样子，对潘良仲说道："昨日很对先生不住！今日午后六点钟，先生得闲吗？"潘良仲连忙说："我无论何时都得闲，只看夫人叫我在那里等候，我是决不会失约的。"秀枝听了，露出很难为情的脸色，想要说甚么，忽然又停住不说了。略迟疑了一下，接连向背后望了几次，才继续着说道：

"今日午后六点钟，仍是在芝公园好么？"潘良仲已失悔自己说话太不仔细："怎么对着失约的人，说我是决不会失约的话？她的神经敏感，自然要疑我是有意说她的。其实我不过要表示我是极可靠的。"潘良仲心里正自悔失言，想要用话解释，听了句"仍在芝公园好么"的话，急点头连声说好。秀枝又回头往背后望，忽将身子往下一蹲，潘良仲即伸着脖子朝下去看；生垣太厚，眼的光线不能拐弯，看不见，只听得一路细碎柔靡的草履声，靠着生垣走去了。

潘良仲这时心里的欢喜，真是不可名状。即时跑到厨房里，见老板奶奶正在煮牛乳，便将刚才的情形，向老板奶奶说了。并道歉说："昨日实在怪我自己太粗心，太鲁莽，以至疑心你有意寻我的开心。全没想你平日是个很有信用的人，怎会无端捏造这些话来骗我呢？况且像这样的事，很关系秀枝君的名誉，你是个明白事理的人，也不至于无中生有的瞎说。我确是一时糊涂，向你生气说出许多使你难堪的话，我此时心里惭愧的了不得。"老板奶奶听了，也知道潘良仲的用意，是恐怕得罪了引线人。引线人一灰心不作理会了，以后说不定有多少不方便的地方。只点头笑了一笑，说了几句恭喜潘良仲的话。

这日，潘良仲却不似昨日那般痴狂。离约会的时间尚远，就跑去公园里苦等了。在家挨到五点五十分钟，才装饰停当，从容到芝公园来。仅等候了四五分钟，即见秀枝从旁边树林里，惊鸿一般的穿了出来。这时天色已是黄昏时候，秀枝到了跟前，潘良仲方看出来。一则是因时已向晚，一则因秀枝不是从往来要道上走来的。

潘良仲一见秀枝，即伸手拉秀枝的手。秀枝连忙避开，向潘良仲鞠躬行礼，说道："昨日失约，我心里很是不安。潘先生想必等得很苦，此刻特来向潘先生道歉。"说罢，又鞠了一躬。潘良仲没想到男女偷情的事，在无人的地方见了面，还用得着些繁文礼节，不曾准备言语回答，一时只得陪着鞠躬，口里不知应怎生说法。秀枝指着树林说道："这里有公共椅子，又不是来往要道，潘先生能否愿意同我去里面坐着谈话呢？"潘良仲点头应道："夫人太客气，夫人便教我去那里死，去那里受罪，我都愿意，莫说还有夫人陪着同去。"秀枝望着潘良仲嫣然一笑，软步轻移，向树林里面走去。

潘良仲跟在后面，但闻得一股温香，不由得一颗心就摇摇荡荡的，如中了迷药。低头跟着穿过许多树林，到了芝公园的西方角上。一排参天古木底下，安设了几把铁靠长椅，预备着给游人憩息的；四周都是树木遮护了，不走近长椅跟前，必没人知道椅上有人坐着；又在天色已晚的时候，虽有此星月之光，却被树枝树叶掩盖了，树林中没有电灯，所以就是有人走来，不注意也难瞧见。潘良仲虽住在芝公园旁边好几个月，也时常到公园里面游玩，但每次来游都在白天，这种幽静地方，白天见了原不觉着，一到夜间，就知道是一个天然幽会之所了。

秀枝先就长椅坐下来。潘良仲本待跟着坐下，因刚才拉手碰了钉子，初次入情场，又是初次和日本妇女交际的人，摸不着秀枝的脾气，惟恐鲁莽了，给秀枝看不来尚在其次，就怕把好好的事情，弄得决裂了，后悔来不及。只诚惶诚恐的立在旁边，不敢就坐。反是秀枝见潘良仲呆呆立着，用手在椅上轻轻拍了两下，笑道："潘先生不坐下，怎好谈话呢？这里比甚么所在都好，便有人来，远远的就能听脚声，我们从容走开。夜间在树林中谁也瞧不见，先生放心坐下来谈话罢。"潘良仲得了秀枝这几句话，彷佛奉了恩诏，慌忙靠近秀枝坐了，彼此细谈起衷曲来。

不知二人谈出些甚么花样来，且俟第七章再说。

联队长续假捉奸
糊涂虫密谋拐带

　　话说潘良仲和藤田秀枝在芝公园树林中幽会，两方面精神上的爱慕都非一日，一旦得了这们一个好幽会的地点，自然是无限欢娱。

　　原来日本女人的性格，在前几回书中已经说过的，比较中国女人大方些。男女偷情本是一件偷偷摸摸的事。在中国青年男女，虽也不少素未谋面，即一弄成合的；然这种桑间濮上的行为，男女总没有在会合的时间，还讲许多礼节，做许多客气样子。因为这种事，原是不讲礼节、不做客气的男女才肯去干。所以从来中国的小说上面，写男女偷情的勾当，多是说女的娇羞不语，男的任情轻薄，绝没有像藤田秀枝这般大方的，这般客气的。但是日本女子的礼节和客气，也只初见面一刹那之间；经过这一刹那，也就不客气了。

　　藤田秀枝和潘良仲不客气之后，秀枝问潘良仲，家中已有妻室没有？潘良仲家中原是有妻室的，只因是旧式婚姻，在潘良仲十三四岁时，他父母就替他娶了媳妇。他的媳妇的年纪竟比他大了十岁。为什么妻子比丈夫大了这么多呢？这虽是潘良仲家乡的习惯，然这种习惯，也有些儿理由在内。因为他那家乡的风俗淫靡，少年男子极容易误入迷途，老早的替儿子娶一个大十来岁的媳妇到家，就将儿子交给媳妇管理。儿子是媳妇领大的，从小时就在媳妇手中教训打骂惯了，看见媳妇便和看见长辈一般，一切的言语都不敢违背。父母管理儿子，纵然管理得很严，而于儿子情窦已开，在外和不相干的女人鬼混的事，必不能随时随地，步步留心监察。媳妇则不然，对于自己丈夫这类不正当的行为，天性不肯放松半点。所以想禁制儿子不入情网，就只趁儿子在童稚时代，娶一个管理儿子的媳妇来家。潘良仲的妻室，也就是这般的一个管理人。

潘良仲在家乡的时分，确是不敢胡为，于今到了日本，真是天高皇帝远，那里还把这管理人放在心上？不仅不放在心上，并厌恶这管理人到了极处。凡遇着不知道他家庭组织的人，问他已否娶妻，他只是摇头，推说没有。这时秀枝问他，自然更装出极诚恳的样子说道："我中国的习俗，男女婚嫁本皆很早。但我因是个有新知识的人，反对那种旧式婚姻，立誓非在大学毕业后，不和女人结婚，不经我自由恋爱过的女人，不和她约婚。所以至今不但不曾娶妻，并不从和女人生过恋爱。此番得太太垂情，算是我平生初尝着的恋爱滋味。只可惜太太是个已有丈夫的人，使我不能发生妄念；若不然，像太太这般的人物，又有今日这般机会，我一定要……"潘良仲说到这里，紧握着秀枝的纤手，搓揉了两下，不往下说了。

秀枝也用肩头挨着潘良仲的臂膊，低头长叹，半晌说道："此间虽是僻静，然凉风太大，禁受不了这们寒冷。浅草公园旁边的旭屋旅馆，那番头和我是亲眷，看潘先生明日甚么时间得闲，请到旭屋去，我们可以多谈谈。我丈夫的军队，在一个月前移驻九州，四日前回家来，本打算昨日一早就动身去九州的。前夜有人请他喝酒，我趁他不在家中，就到先生的房主人那里，所以约先生昨日到这里来相会。谁知我丈夫喝醉了酒回来，糊里糊涂的，睡到昨日午前十点钟，还不肯起来；并且大改变了平日的脾气，强拉我睡做一块，也不放我起来。我心里着急潘先生，在洗脸的时候必然伸着脖子，向我那边盼望；我又不敢违反他的意思，独自先爬起来。好容易推说腹中饥了，劝他起来用早点。他起是起来了，却一步也不许我离开他。我问他，午前的车既脱了班赶不上，可是要乘午后的车去？潘先生，看他回答我多可笑！他说这几日来，忽然对我增加了恋爱，一时也不舍得离开我了。觉得多在家中逗留一夜，多享一夜幸福似的。今日午后的车和明日午前的急行列车，相差的时间不多，乐得多在家睡几小时。我当时听他说出这些可笑的话，暗想：'你对我增加恋爱，何不早几月增加呢？这时我已将恋爱你的心，移到旁人身上去了；你却来讨我的厌，竟像是有意是这们似的，岂不可笑？'但是我当着他，也不好说甚么，打算抽空给潘先生一个信，免得来这里白等；奈他只是缠住我，拉我一同到浴室里洗过了身体，又拉着同吃饭，又拉着同去帝国剧场看影戏。看过影戏回来，就催我快睡，直把我急得如失了魂魄，料知潘先生必等的很苦，骂我自己约了人，自己先失约。"

潘良仲忙插嘴辨道："我就有天大的胆量，也不敢存心骂太太。我又没有神经病，承太太如此的垂情，难道便不能原谅太太失约，是出于不得已吗？"秀枝点头接着说道："亏得他今早不似昨日，我要起床，他没勉强留我多睡。他因须赶九点二十五分的急行列车，也起来检点要带去九州的物件。我趁他在书房里检点东西的时候，跑到生垣跟前等潘先生，却喜等不上两三分钟，潘先生就手端着面盆出来了。在隔着生垣和潘先生说话的时候，很吃了一吓，不知他为着什么，忽然也走到院里来。幸亏有几棵树和许多蔷薇刺的枝叶，遮掩了我的身体；又有那般浓厚的生垣，将潘先生遮住了，他不曾看出什么来。吓得我连忙俯着身子，靠着生垣走过那边，迎着他，问他要带去的物件已检点好了没有。我口里是这们问他，心里实在是惊跳的不了。好在他是因一件应带去的东西不见了，想问我搁在那里。在书房里叫了我两声，不见我答应，只得出来找我。厨房、浴室都找了，没有，才到院里来，却一些儿不疑心。八点五十分钟的时候，他就动身走了。我问他，这回去了，须何时才得回来？他说快要大检阅了，至早也须一个月以后，方能抽身来家一遭。然在家也不过能住两三夜；所以这次在家不舍得走，照预定的时间多了一夜。我若在平日，听他说须这们久方能回来，又只能在家住两三夜，心里不知如何的难过。其实他一月前在东京的时候，每月平均得回家住二十夜，和我同睡的时候也很少。他回与不回，本没有什么关系。不过我总觉得他隔多了日子不回来，对我的爱情必然会减少了似的，心里十分的难过。今日便不是寻常那般的心理了，希望他越隔得日子多越好。潘先生是不是也和我一般的心理呢？"潘良仲恨不得挖出心来，给秀枝看才好，指天誓日的说道："我所希望的，还不止在隔的日子多，并希望他一辈子不回来。若能使世界上，立时没有藤田秋水这个人，就更如了我的心愿了。"

二人谈得投机，不觉到了夜深，才分手各自归家。临别彼此叮咛次日在旭屋再会。当时二人都为淫欲所迷，都只顾图谋一方面，看如何才得称心如意，那里顾虑及藤田秋水是一个很深心的人，早已窥破了秀枝坐卧不安的举动。不过没有看出秀枝心中所属的是谁，更想不到是自己平生最厌恶、最瞧不起的中国人。直到这日秀枝将一个皮球抛到潘良仲面盆里，引得潘良仲隔着生垣谈话，藤田秋水恰好在这时候，走院里经过，才彷彿看见秀枝是在那里和人说话。就径走过去，装出不曾看见的样子。夜间被朋友请去喝酒。心中有事的人，容易喝醉；然脑筋仍是明白，故意强拉着秀枝，睡过十点钟，还不放她起来，看她的神色怎样。其所以忽然对秀枝改变态度，说是增加了恋爱，并迟延一夜再走，却不是知道秀枝已约好了潘良仲相会，有意是这般妨碍他们的。

藤田秋水的意思，也觉得自己对于秀枝太冷淡了些。少年女子的心性，多有不甘寂寞的，因此才有这种可疑的举动。他以为对秀枝表示出增加了恋爱，待秀枝分外的亲热起来，可以使秀枝感悟，不忍弄出笑话来，丢自己的脸。一面亲热，一面注意秀枝的神情。在平日，若是这夜将要和秀枝同睡，必先拉秀枝同进浴室洗澡，这是他夫妻的惯例。秀枝每逢藤田秋水履行这种惯例的时候，必是欣喜异常，待藤田秋水处处殷勤周致；这回，秀枝却是大改常度。藤田秋水是有心观察的人，如何不理会得？所以次日早，就不再留秀枝同睡了。自己还借着检点带去九州的物件，躲在书房里，看秀枝再有甚可疑的举动没有。秀枝到生垣跟前等候潘良仲，并咳嗽引潘良仲到面前来，藤田秋水都躲在门缝里看见了。秀枝没有想到已被自己丈夫发觉，自然不知道会躲在门缝里偷看，只回头看院里无人，便大胆和潘良仲谈话。

初次偷情的男女，那能处处瞻前顾后，做得十分周密？藤田秋水见了自己妻子这样行为，不消说是连胸脯都要气破了。但他为人极有城府，素来对于男女的情感又非常淡薄，这时既确定秀枝有了外遇，同时就决心和秀枝脱离夫妻关系。当下按耐住火性，心想："要和秀枝脱离夫妻关系，不能拿她这一点举动作为离婚的理由。若此时出去，撞破他们，也抓不着他们甚么证据，离婚的理由便不充分。我又不能常在家里窥探她，监督她；她背着我，仍能实行她的自由恋爱。我心里明明知道，口里却是说不出。此刻她不疑心我发觉了，还容易侦查些；倘外面略有些风声，则她的举动必更加仔细了。我要抓她的证据，也就更难了。可惜我这次只请了四日的假，就为这事，已逾了一日的限。今日是万不能不去销假了。好在大检阅的时期快到了，秀枝必相信我一时不能回来；我却去九州，借故续假一星期，仍回东京，在友人家住几日，化装来侦察他们。他们正在恋奸情热的时候，见我还在九州，没有不朝夕聚做一块的。"

藤田秋水打定了主意。本来可以不必到院子里来惊动秀枝，但是两眼看了那种喁喁细语的情形，不由得为一腔酸意所驱使，总觉得要把二人惊散才好。遂走了出来，故意放重些脚步，两眼向旁处张望，装作瞧不见秀枝的样子。秀枝听得脚音，忙绕道藤田秋水前面，迎着问："到院里来干什么？"藤田秋水道："厨房、浴室都找遍了，只不见你，估料你必又是在院里打球。果是在这里，我那卷擦枪的砂布忘记搁在那里，你知道么？我要带到九州去呢！"秀枝听得是问砂布，心神才安定了，答道："砂布不是搁在你自己书房里的吗？怎的不见了咧？"藤田秋水笑道："我的记忆力极弱，还只道是你替我收了呢。"说着，就挽了秀枝的手，同进房收拾了行李。时间已到了八点五十分，便动身走了。

藤田秋水是个很有品行的人，寻常无故不大请假，借故续假最易。续好了假，匆忙回到东京，真在他的至友河村信武家中住了。他曾充过军事间谍，善能化装。这时秀枝和潘良仲，已在旭屋旅馆内欢聚了数次，正是搅得如火一般热。秀枝一时也舍不得离开潘良仲，仗着自己丈夫相离得远，以为真须一月以后方得回来。家中下女是自己拿钱买通了的，不怕她走漏了风声，夜间竟和潘良仲在旭屋睡到一二点钟，才回家安歇。像这般毫不避忌，何待曾经当过侦探的人，始能探的出来呢？藤田秋水续假回来的第一日，就已亲眼看见秀枝打扮得比平常艳冶几倍，跟着一个穿洋服的漂亮后生，乘电车到浅草旭屋。旭屋的番头和秀枝是亲类，藤田秋水是早已知道的，化了装去调查，还有调查真象不出的么？不待一日功夫，已侦查得题无剩义。原想趁二人在旭屋苟合的时候，报警察将二人捉捕的，他挚友河村信武说："是这们太丢脸了，不如去和加藤泽太郎商量，只将那姓潘的奴才，拿他到那分署里监禁起来。支那人的名誉心异常薄弱，丢脸是不当一回事的；我们为身分上的关系，若跟这种名誉心薄弱的支那人同去法庭，实在不上算。并且到了法庭上，还保不定秀枝能不帮着姓潘的奴才说话，那时才是气上加气呢。"藤田秋水道："加藤是麻布区的分属长，如何将姓潘的奴才拿到他那里去呢？"河村信武道："你且去和他商量，他总有办法。姓潘的是支那人，又不过是一个学生的身份，任凭加藤无论怎生的处置，都没要紧。"藤田秋水道："不将秀枝一并拿去吗？"河村信武摇头道："那如何使得？你既准备离缘，离了缘，就不是你的妻子了。你不是昔日当兵的身分，这种不体面的事，若在新闻纸上揭载出来，于你的名誉岂不大有妨碍？于今只须和加藤商酌，悄悄地将那姓潘的处置一番。

离缘的话，最好迟十天半月再说，这是不成问题。"

藤田秋水很以为然，当下就到麻布区的警察分署。署长加藤泽太郎和藤田秋水很有交情，藤田秋水将近来秀枝的举动，自己侦查所得和河村信武的主张，一一告知了加藤，问加藤能否是照这们办。加藤略略的思索了一下道："办是能照这们办，但是我得亲去浅草区一趟。那署长是我的同学，向他说明原委，料想没有不行的。横竖是一个不会有抵抗能力的支那人，当然比较一切人都好办。只是拿到我这里来，将怎生发落咧？我这监里，现正拘留着一个支那的马鹿大将，还不曾审讯呢。"藤田秋水问："怎么谓之支那的马鹿大将？"那署长将贺钺白行凶殴打日本小孩的话，述了一遍，说得藤田也笑了，问怎的拘来了却不审讯。那署长笑道："这种支那马鹿，又不能说话，真是马鹿一般的东西，怎么好审讯呢？"藤田道："只管拘留着不审讯，就这们胡乱拘留下去也行吗？"署长道："有甚么不行？不过拘留的日子多了，每日也得喂养他一些食料，有些不上算罢了。不然，多几日，少几日，是不生关系的。不拘留他了，将他驱逐出去就是。"藤田喜道："即可如此简便，就不必研究弄到这里将怎生的发落了，我只求你，替我多给些苦痛那奴才呢，泄我胸中的恶气！怎生发落，我都不问，你任意发落了，也用不着更和我说。"那署长点头应是。

可怜潘良仲此时还睡在鼓里，那里想的到祸生眉睫？一连和秀枝在旭屋欢聚了五日，总是朝去暮归。相聚的越多，相爱的越厚，一日归家晚似一日。到第五日，索性在旭屋停眠整宿了。秀枝迷恋了潘良仲，相信潘良仲不曾娶妻，竟想脱离藤田秋水，要嫁给潘良仲，并愿意跟着同回中国。潘良仲那知利害？也就与秀枝商量，看如何方能脱离藤田家的关系。秀枝家有父母，有兄嫂，是一家中等的商人。不知秀枝在那一个女学校里读书，被藤田秋水见着了，仰慕风采，托冰人向秀枝的父母求婚。日人最信仰军人，藤田又是名字曾上达天听的好军官，要娶一个商人的女儿，自是一说便妥。只因秀枝家里还是旧式家庭的习惯，秀枝自己没有主权，嫁给藤田的事，全是他父母主张的。于今爱上了潘良仲，想与藤田脱离，逆料着自己的父母必是不许可的。见潘良仲问她如何能脱离的话，一时也想不出脱离的方法来，便问潘良仲：敢就这们悄悄的，带她跑回中国去么？潘良仲既是不知道利害，听了秀枝的话，反非常高兴道："只要你敢跟我走，我有甚么不敢？不过我要走，需等十来日，把这里的事情料理清楚了，才能成行。"

潘良仲所谓把事情料理清楚，并不是真的有甚事情，须十来日料理。为的是这月领到手的公费，这几日已经花销得干净了。若带秀枝回国，至少也得百多块钱。从前的官费生，每人都有一本领费的折子，拿了那本折子，可以向一般放留学生高利贷的人，押钱应急。此时的公费生，各省有各省的经理员，经理发放学费，将那种可以押钱的折子取消了。潘良仲计算，向朋友处筹借，总得十来日，始能筹齐这宗巨款。亏得藤田秋水觉察得早，打破了二人的这种计划；不然，藤田秋水真个去九州，一个月后方到东京来，则潘良仲的这件拐带案，就完全成立了。这夜，潘良仲和秀枝商议停当，秀枝已决心跟潘良仲逃回中国，就在旭屋整夜的奸宿。

潘良仲次日起来，正下楼洗漱，只见一个人向他招手，口里连呼潘先生、潘先生。潘良仲看那人，穿着商人式的和服，气宇却甚轩昂。一面答应着，向那人走去，一面思量："我并不认识他，他怎知道我姓潘？"

不知呼潘良仲的是谁，且俟下章再写。

第八章

女边干低头过街市
熟生巧吹豆打禽鱼

话说潘良仲见有人呼他，万想不到是奸情发觉，祸事临头，随口答应了一声，大踏步向那呼唤的人走去；一面看那人，生得身材高大，眉目间颇带些英武之气，身上穿着有纹付（和服之外衣名羽织，色尚黑，两袖及前胸后背，多有小圆形之白花，名为纹付。花纹各有不同，多有于纹付中表显其姓氏者）的绅士衣服，年约四十余岁，笑容满面的望着潘良仲。

潘良仲走到切近，那人点了点头道："请潘先生到外边来，我有一句话，要和先生谈谈。"旋说旋举步往外走。潘良仲心里虽也有些疑惑，但是在那仓卒之间，不容有退缩不去的念头发生。因此绝不踌躇的套上皮靴，跟着那人往外边便走，口里便不住的问甚么事。谁知那两脚才跨出旭屋旅馆的大门，即有一个制服佩刀的警察过来，伸手要和潘良仲握手。潘良仲不知就里，方将右手伸出，那一条缚强盗的无情麻索，已从警察衣袖里捋了出来，套在潘良仲的手腕上。潘良仲连忙将手一摔，那里摔得开呢？不摔这一下倒还罢了，这一下摔去，那麻索是打了一个活结，越扯越紧。那警察也没有话说，只向刚才呼唤潘良仲的那人，点头打了个招呼，便牵着潘良仲要走。

潘良仲到了这个时候，心里已明白是为了秀枝的事。但他并不害怕，所牵肠挂肚，舍不得立刻离开旭屋旅馆的，就只为自己被拘，没人替他给秀枝送个信，使秀枝好趁早躲开。当下立住脚，对那警察说道："我犯甚么事，要受到警察的逮捕？并且我还有东西放在旅馆里，不曾带来，你应得许我进旅馆，拿了我的东西，算清了旅费再去。"那警察耸起一边肩头，做出那极轻侮的样子，将麻索一拉，呸了一声道："你这奴才！还不知道犯了什么事，要受逮捕么？有得你再进旅馆的自由，也不算是犯罪了。走，谁有工夫和你这奴才多说！"

潘良仲受了这一顿恶抢白，不敢再说，回头看那穿和服的人，已走进旅馆去了。只得低下头，跟着那警察走。好在丢在旅馆里，不曾带出来的东西，只有一顶中折呢帽；便丢掉了，也没甚么了不得。跟着警察走了一会，见街上的行人，十九见他来了，都停了步，立在旁边注意的看。潘良仲虽把头低了，然旁边人注意的神情是理会得的。若是日本人，或换一个旁的留学生，被警察是这们牵了在街上走，行人未必如此注意；只因他的模样本来生得不错，衣服又穿得漂亮，不像是一个学生，倒疑心是一个贵家公子，知犯了甚么大罪恶，竟用绳索牵了，招摇过市。日本法律，对于应处决的囚犯，在提审的时候，尚且用一个草编的长桶帽子，给犯人戴在头上，把脸遮了，算是曲全犯人的颜面。像这们牵了在街上走的，在日本人眼中，实是罕见的事，更不由人不注意。行人一注意，潘良仲就越觉不好意思。日本原有一种专载犯罪人的马车，那种马车，形式和普通马车差不多，就只没有玻璃窗。两旁虽有百叶窗，却是放下来的，犯罪人坐在里面，不能往外瞧见经过的街道；街上的行人，自也瞧不见犯罪人是谁，一般人都叫这马车为黑马车。

从浅草到麻布，很有几里路，就坐黑马车，也得好一会才能到。偏遇了这使促狭的警察，不但不给黑马车潘良仲坐，连电车也不教坐，硬牵着一步一步的走。只把个潘良仲走得又羞又忿，竟横了心，决计将这偷情的始末缘由，逢人宣布。原知道藤田秋水这种办法，是又要出气，又要顾全自己绅士人家的名誉，所以设法将潘良仲骗出旅馆，方下手逮捕。因此，潘良仲更不肯落他的圈套，凑巧一进监牢，就遇着贺钺白。潘良仲本想对贺钺白说一个详尽的，偏偏才说得一半，贺钺白就开释出来了。

潘良仲独自在那间没有一些儿陈设的房里，足受了一个星期的拘押，也和贺钺白一样，无审讯的开释出来。归到家里，那老板奶奶迎着，倒很关切的问道："潘先生去甚么地方，旅行了这们多的日子吗？怎么动身之前，也不向我说一声呢？害得我好不盼望，好不担心；若再过一两日不回来，我真要去警察署，报告你失踪了。"潘良仲面上红一块，白一块，因房中尚有外人坐着，只好胡乱地点点头，进了自己的房。老板奶奶跟踪进来问："怎么不戴帽子？（日本人出外，不戴帽子的极少，所以老板奶奶很注意。）面上的颜色也改变了，彷佛是大病才好的一般。"潘良仲看老板奶奶说话的神气，不似装假，知道确是不曾听说，便也不说明出来。心想：这里是不好再住下去了，老板奶奶终久总有知道的这一日。不如作速离开这里的好，免得往后再弄出甚么花头来。当下便向老板奶奶说道："我有紧要的事，须立刻动手到长崎去，在长崎料不定有多久的耽搁。只得把这里的房租退了，请算算看，还差你多少房饭钱。"老板奶奶以为是真的，愕然了半晌才说道："潘先生在这里，正住得相安，和自己家里的人相似，我真有些舍不得潘先生走。我这房子原是不分租给人的，只因知道潘先生没有多的朋友往来，又比一般留学生干净，却才住合了式，又要搬了。"潘良仲虽知道老板奶奶所说，并不是面子话，但既已决心离开这里，只随口答应了几句道谢的客气话，就打开柜子，清检行李。老板奶奶知不可留，无精打采的退出房，算账去了。

潘良仲一面清检行李，一面思量搬到甚么去处。近来因和秀枝欢会，很花费了不少的钱。这里的房饭钱须还清了才能搬走。几件值钱的东西，早已当了钱，在旭屋旅馆花得剩不了几何，估计仅够了这里的房饭钱。没有钱，要租贷间是不行的；住下宿屋罢，又贵又不方便。一时为这住处倒踌躇起来。想来想去，却想出一个妥当的地方来了。他同乡中有一个姓鲁名理成的，是个资格最老的自费生。说到这位鲁理成，倒是一个极有趣味的人物。论他自费生的资格，本不应在这书中露脸；论他的才情和事迹，这书却不能不借重他，撑一撑场面。他又生成与潘良仲有密接的关系，要写潘良仲的事，再也少不了他，只得且将他的来历略叙一叙。

鲁理成从十八岁，就自费到日本留学。他的家业并不富厚，绝没有自费留学的财力。只因他生性是个放诞不自检束的人，十岁上就跟着乡村里的拳教师练把式，他父母都禁止他不了。他练习了几手拳脚，恨没处试验，就时常找着乡下牧牛的小孩打架。牧牛的小孩如何是他的对手呢！打输了，便哭啼啼的，跑到他家里来，告诉他的父母。他父母自然用好话敷衍牧牛小孩去了，就抓着他打一顿，教训一顿。大凡顽皮小孩的皮肤，确是顽强坚固的，挨打也是不知道痛楚的；又从来父母打儿子，谁肯打得十二分狠毒？都不过拍灰尘似的，在屁股上拍几下。鲁理成既生成的顽皮，轻轻的被父母拍几下，那里放在心上？一出门就旧病复发，仍是找着那些小孩打架。乡下的牧牛小孩，又岂有一个不顽皮的？昨日被他打输了，今日他来找着要打，又忍不住想见个高下。有时鲁理成怕打重了人家，去家里哭诉自己父母，就只把人扭倒在地，不尽情毒打；也好使人不被打得害怕，不肯再和自己打。然尽管鲁理成不存心重打人，练过把式的人，出手毕竟比人重些。并且他是要试验自己的工夫，又不是久惯临阵，和曾多教徒弟的老拳师那样，出手有甚么分寸，有甚么把握，仍旧时常打的人家痛哭。他又不肯敷衍人家，求人家莫去家里哭诉。

他父母见这般闹的次数太多，怕他真个打出人命来，遂把他反锁在一间房子里面。他父亲隔着窗户，教他的书，限制他每日得写多少字，读熟多少书，才有饭给他吃。初锁的几日，鲁理成很觉得难过。但他素来不肯说哀求的话，就赌气坐在里面，不说想出来。后来锁了多少日子，也习惯了。只苦在里面，除读书写字之外，没有一些儿玩耍的事可做。他欢喜把字纸放在口里，用唾沫调湿了嚼碎，拿舌尖卷成一个纸团儿，竭力向壁上一唾。每日的字纸，全是用这个法子消纳了。初唾的时候，到壁有粘有不粘。唾到一二个月以后，立在东边的房角上，向西边的房角上唾，也没有不粘着的了。他越唾越觉得有趣味，于是就改向房顶上唾。乡下的房子一没有楼，二没有天花板，一唾就到了瓦上。又唾了两三个月，唾在瓦上有了声响，并有了准头。心里想唾在那一片瓦上，只须两眼一望那瓦，将口一张，纸团就当的一声，粘在那瓦上了。鲁理成心里高兴，便把这唾纸团当作一门功课。一年之后，能向一个地方接连唾去，纸团不偏不倚的堆起来，可堆到几寸高。

一日，他母亲给了些豆子他吃。他偶然衔了一颗，向瓦上唾去；只听得一声响，那瓦应声而碎，裂破了一个窟窿，可以看见天日。鲁理成心里倒吃了一惊，还疑心那片瓦本来破裂了，适逢其会，打了一个窟窿。连忙拣一片好瓦，照样唾一颗豆子上去，谁说不是如前一般的，洞穿了一个窟窿呢？这一来，把个鲁理成喜得如获至宝。

他父母见他锁在房里很安分，以为他年纪大了些，顽皮的性子也改变了些，便释放他出来。他出这家庭监狱的第一日，觉得天地都变了颜色，不似从前和那些牧牛小孩打架的天地了。他这时也真不再要那些小孩做试验品了。问他母亲要了些豆子，揣在口袋里，独自跑到屋后的山上，想找一样最好的目的物，试验他这独有的口弹。正在树林中物色，忽然一只班鸠从树林中打他面前穿过。也是这斑鸠合当把性命送在他手里，距离他不到三丈远，他这时口弹的力量，已能唾到五丈有效。他口中早衔好豆子，见斑鸠拂面飞过，不觉脱口而出的唾将上去。只见白毛一散，那斑鸠一个翻身，就倒栽了下来。鲁理成赶过去，拾起来一看，肚皮上流出许多鲜血，那颗豆子已打进了脏腑。

他的口弹不仅能打飞鸟，并能向水中打鱼。小说书上常有绿林大盗，拿弹子打人，遇着本领比他高的，总是一手接他一颗；第三颗飞过来，就用口接了，一口唾回去，把用弹子的人打伤的话。这种话头，小说上套用的很多，在看小说的心目中，十九要疑这些话是绝无根据的。但是，鲁理成却确有这种本领，不过不能像小说上面所说的，用口接住人家打来的弹子，再唾转去打人。他只能用豆子打打鱼鸟，铁弹子虽也能一般的唾出去，一般的有准头，只是在一丈以内，力量能打死一只雄鸡，一丈以外，还能打死虾蟆，一上两丈便没有效力了。并且铁弹子脱口的速率，比豆子要迟缓一倍，就是要拿它打人，人也容易闪躲。

他本来想继续练习下去的，只因他为练习这个，得了两种毛病，医生劝告他万不可再练。两种甚么毛病呢？一种是舌尖失了知觉，木强不能自如，不问酸咸苦辣，到了极点的食物，他不大分辨得出，说话更是笨滞得不似以前流畅。这种毛病，还不大要紧，更有一种极厉害，关系性命的，就是损失的津液过多，又过于伤气，面色变化成了黄色。年轻轻的人，就有些气喘，所以不敢再练了。

然他就因有了这一点点玩意儿的本领，已得着过很大的效用。他十五岁的时候，正当清朝末年，各省都兴办学堂。他道听途说的，知道了些学堂的好处，便向他父亲说，要进学堂读书。他父亲是个迷信八股文章的人，那些学堂里的教授法和课程表，那里瞧得上眼呢？只恨自己没有力量，若有力量，真要把所有的学堂概行捣毁。忽听得自己儿子也要去学堂里读书，正触了他的忌讳，恶狠狠的将鲁理成骂了一顿，并说："你如果这们不入正道，这么趋入下流，我就不要你这个儿子了。一定向族人出逐条，将你驱逐！"鲁理成见自己父亲说得这般决绝，自然不敢再说要进学堂的话了。但他既生成是一种不受羁勒的性格，心中又绝端相信进这学堂读书的好处，他父亲平日教他做的那些八股式的策论文章，久已做得不厌烦了；一个转念，就决定不待父亲许可，偷了他父亲二十两银子，两串大铜钱并几件衣服，做一个包袱捆了，悄悄的走了出来。

原想搭乘民船到南昌进学堂的。他自从出娘胎长了一十五岁，不曾出门到过百里以外，完全在泸溪乡下住了一十五年。一旦从家中偷逃出来，那里辨得出东西南北，也不知道南昌在那里。亏他逢人打听，知道应向那条路上，走多少里旱路方有民船可搭。他是从来不曾行过远路的人，逃出来又怕家里人追赶，一口气跑了二十多里路，才得着一家火铺，坐下来休息休息，打算休息片刻又走。谁知不歇下来，一气走去，倒还可再走几里；一下坐下歇息，两只脚板就如有十万口针尖，一齐来戳，那里再能着地行走一步呢！天色又早得很，他逃出来，天光才亮，这时也还在上午，不能就在这火铺里投宿。又怕家里人赶来，只得向那火铺里的老板问道："你这里有小车子可雇没有？只要推车的，人能行走得快，今夜能赶到搭船的埠头，便多要些力钱也不在乎。"

那老板拿眼打量了鲁理成几下，知道是个初出茅庐的小伙子，遂装模作样的答道："于今正在农忙的时候，要雇整天的小车子，你说得好轻松，那里有！"鲁理成道："农忙是农忙，我加倍的出钱。田里的工夫，不好另请别人做的吗？"老板道："古言说得好，农事大如天，你就加一倍的钱，也没处雇。"鲁理成听得这么说，心里有些着急起来。他也知道越是急急的要雇，越得受人家的卡，也装作没要紧的样子说道："既是雇不着，就再走一二十里也不妨。"说着掏出几文茶钱给了，立起身来，把包袱往背上一搭。那老板想开口说甚么，忽又停住了，用眼望望立在旁边的伙计，那伙计就笑着说道："要雇小车子，倒有一个人可去。"老板故意问道："你知道有甚么人可去，且说出来，我看去得去不得。"伙计停了一停说道："王二麻子不是小腿上害了疮，不能下田做工夫的吗？推这么轻的车子，我想他一定能去。"那老板微微点头道："去是去得的，只看他肯去不肯去。"说话时，随掉过脸，望着鲁理成说道："客人要雇小车子，还是雇也不雇呢？"

鲁理成的脚立起来实在刺痛的难受，虽明知他们是有意卡价，也只得答道："我说了雇自是要雇的，不过得快些，我有急事，来不及多等了。我不是要快，也不多出钱呢？"那伙计道："那么客人请再坐一会，我去问问王二麻子，看他怎么说。"鲁理成道："既是还得看他怎么说，不仍是靠不住吗，若是靠不住，就不要害我坐在这里等，耽误我的时刻。"老板遂向那伙计道："不要去问王二麻子了，我看横竖没多重的车子，你在家也没事做，就去赚了这点儿外水吧。"伙计仍做出踌躇的样子道："我倒也不在乎这点儿外水喂，客人你老实说，能出几多钱？"

　　鲁理成不曾雇过这种车子，又不知道毕竟有多少路，如何说得出一个数目，随口说道："这怎么能由我出，只能看你要多少。依我巴不得只三五百文。"鲁理成这几句话自以为答得很聪明，不知末尾这一句，不啻自己说明是个不懂得价钱的。那时的生活程度极低，种田的人苦做一日，还挣不到一百文钱；鲁理成还说巴不得只三五百文，那老板和伙计听了，怎能不动心咧？只因他说错了这句话，险些儿把性命送这两个人手里。

　　不知是怎生一个险法，且俟下章再写。

第九章

鲁理成铜钮锄强暴
卢子卿任侠招流亡

话说鲁理成既说出巴不得只三五百文的话，那老板和伙计，更看出是一个不曾出过门，不知道物力的小伙子。当下就对那伙计故做商量的神气说道："要王二麻子去，大概非有三串钱，他是不肯走的，你左右闲着无事，便宜点儿，教他给你二串六百文罢。"伙计摇头道："那有这么便宜的？车子虽轻，有这么远的路，是要人一步一步走的。"

鲁理成这时有十二分的恐怕家里派人来追赶，只要有车可雇，忍痛偷来的钱，便再教他多出几文，也没要紧。不待他们争多论少，一口答应了说道，三串就三串，你能走的快，我还可给你些酒钱。"那伙计道："就请把钱拿给我罢，免得回头带在身边累赘。"鲁理成道："我身边有的是银子，大钱只得两串，且先给你两串，到了埠头再换银子给你。"鲁理成打开包袱，将两串钱交给那伙计。伙计一面接钱，一面留神看包袱里的散碎银两。虽只二十两银子，因没封好，和衣散放在包袱里，一眼望去，只见白花花的，估量必是不少。

那伙计接钱在手，问道："这钱给了我，在路上喝茶吃饭，不是没了零钱吗？"鲁理成道："零钱我身上还有。"伙计便不说甚么了，从里面推出一乘二把手的小车子，指着鲁理成的包袱道："你坐在这边，包袱捆在这边。你要快，就不能久耽搁了。"鲁理成道："包袱用不着捆，里面没几件衣服，就搁在我身上也行。"那伙计摇头笑道："这怎么使得？一边太重，一边太轻，近路倒没要紧，这么远的道路，不等得走到，我一身就拗得生痛了。你难道是出世以来第一回坐车子吗？"鲁理成被伙计抢白得红了脸，只得褪下包袱来，交给那伙计，捆在左边车把手上，鲁理成就右边坐了。他年轻身材小，不过五六十斤重，伙计推着走的飞快。鲁理成不认识道路，听凭那伙计推着往前走。

约莫走了二十多里，到了一处四望无人烟的山下，伙计忽然停住脚说道："你下地来歇歇罢，我拿肩头给你当脚走，你也好意思，老是这么坐着不下来吗？"鲁理成见伙计说话声色俱厉，他毕竟是个年轻初出门的人，心里不由得有些害怕，连忙跳下车来，说道："歇歇也好，我两脚也正坐得有点儿麻木了。"伙计将两眼一翻，两眉一竖，使劲在鲁理成脸上啐了一口唾沫道："你只两脚有点儿麻木吗？我看你通身都是麻木的呢。你认识我是谁么？你三分不像人，七分不像个鬼，也够得上坐车么？也配教我替你推么？值价些，自己把裤带解下来，自去拣一颗树上吊，留一个全尸首；若不值价，要我来动手，就得请你变成肉泥！"

鲁理成一听这些话，只惊得一颗心几乎从口里跳了出来。因那伙计的身躯高大，像貌凶恶，自己虽曾练过一会武艺，但自从受家庭监狱的拘禁，即间断了，不曾继续研习；到了这种生死关头，毫无把握的工夫，怎敢拿来应用呢？便是独一无二的口弹绝技，也因从来没拿它打过人，仓卒之间，都没想到这上面去。一时吓慌了，只得连连向伙计作揖哀求道："我是初出门的人，实在不知道你不是推车的人，错请了你，我在这里向你陪不是。"伙计用脚在地上跺了一下，骂道："放屁！谁要你陪不是，还不快些解下裤带来吗？定要我动手，就不要怪我无情呢。"旋说旋卸了肩上的板带，放下小车，口里仍不住"快，快，快"的催促。这一来，把鲁理成逼得真急了，如何肯立着不动，束手待毙咧？趁那伙计的两只脚还在车把手以内，没提起来的时候，拔步就跑，连头也不敢回的跑了几十丈远近。没听得后面有追赶的脚音，才停步回头一望，并不见赶来。略定了定神，心想："他不来追赶，必是因包袱已到了他手，用不着真要把我治死。但是我偷来的银两尽在包袱里面，于今被他抢了去，我要去省城读书，却那里有盘缠呢？"

鲁理成心里踌躇之际，倒猛然想起自己口弹的绝技来，思量屋瓦尚且可以弹破，鱼鸟也都能弹死，岂有弹不伤人的道理？"我怕他做甚么？还不赶紧追上去，将包袱拿回来，更待何时！"有这么一转念，胆气便登时壮起来，折转身就追。追不了几步，忽又暗叫了一声苦道："我平日打口弹，照例用的豆子。此时从那里去找这东西呢？这地下除了黄泥之外，就是石子。不是精圆的，怎能弹去有力？"不觉又把步停了，低下头思索。

也是鲁理成不当退财，一眼看见自己衣襟上的铜钮子了，禁不住狂喜起来，连忙揪下三颗，这番就拼命的追了。

那伙计自谓是已到手之财，做梦也没想到这初出世的小伙子，竟有追回来的胆量和本领。推着那个包袱，不慌不忙的向来的那条路上走。鲁理成看看追近了，相离在三丈以内，才喝了一声："站住！"这声喝出口，就丢了一颗铜钮进口。那伙计听得后面的喝声，即掉过头来，鲁理成的嘴唇一动，一点寒星已直贯那伙计的左眼。"哎呀"都不曾喊出，第二颗又到，正弹在额头上。任凭那伙计有多大的身躯，多凶恶的像貌，这两颗铜钮都弹中了要害。再也立脚不住，身体一偏，连车翻倒在地。还亏了弹的是铜钮，分两太重，不能像豆子那般有力。第一颗只将左眼弹瞎，眼珠被铜钮占去了地盘，排挤在眼眶以外；第二颗嵌入额骨，还露出一半在外面，望去就彷彿瓜皮小帽上钉的一颗半边珠子。两颗都不曾伤着脑海，所以不至送了性命，然两处的疼痛也就达于极点了。

鲁理成见他痛得在地下乱滚，即指着他的脸骂了一顿，也不暇顾他的死活，从车上将包袱解下来，往肩上一套，掉臂走了。七差八错的，也不知跑了多少冤枉路，到省城，进了学校。那时学校都是初办的，进去很容易。鲁理成的天资极高，功课自然做得好。但是他因为天分太高，同学的人多，他就伙同许多生性顽皮的，作种种不规则的举动。同学中有一个像貌生得最标致的，大家呼为"弥子瑕"。鲁理成和这绰号弥子瑕的，极是要好，亲兄弟都没那们亲热，行走坐卧，顷刻不离。

这日，两人同坐在自修室，恰好校长走窗外经过，偶然发现鲁理成抱着这绰号弥子瑕的亲嘴。校长当时怒不可遏，回房就写了一块开缺的牌，挂在校长自己的房门外。这是学校的惯例，甚么校规校谕，都是用粉牌写了，悬在挂开缺牌的地方。学生走这门口经过，都得仰面看更换了牌没有，这也成了一种习惯。鲁理成抱着绰号弥子瑕的亲过了嘴，心中正很愉快，忽见一个平日常同做一块，作不规则举动的同学，慌慌张张的走进来，向鲁理成说道："你好自在，还笑嘻嘻的坐在这里！你也不去看看，校长房门外挂的是甚么牌。"鲁理成毫不在意的答道："有甚么稀奇古怪的牌，要你这么大惊小怪？我倒要去看看。"鲁理成走到挂牌的地方一看，只见上面分明写着"鲁理成品行不端，不堪造就，着即开缺，限二小时出校"几句话。

这几句话，在鲁理成见了，比青天的霹雳还要厉害。他因是从家中偷逃出来的，若是在学校里毕了业回家，他估量自己父母不但不会治他偷逃的罪，并得奖励他是个有志向学的青年。于今在校里开了缺，且受了一个品行不端、不堪造就的罪名，归家自是无颜，不归又如何是了？也料知是因亲嘴的事，被校长撞见了。回想刚才亲嘴时的情形，也自觉太不堪了："校长既已撞见，就不能由我用言语去掩饰，而且牌已经挂出，校长是从来不肯收回成命的。不如趁早出去，免得再讨没趣。"

鲁理成无精打采的退出了那学校。在旅馆里住了几日，听说南京甚么学校招考，鲁理成就到了南京。那时南京的学校比别省办得认真些，招考取相当严格的试验，鲁理成竟不曾考上。身边的盘缠早已经用完，住在旅馆里，没有钱清房饭账。两三个月份下来，旅馆主人见他是个外省人，本地无亲无故，年纪又太轻，怕他再住下去，拖累得更多，逼着要鲁理成退出旅馆。鲁理成本没多的随身行李，至此更成了一个光蛋，便流落在南京城里。肚中饥饿难忍，也顾不得体面，竟自沿街乞食。

只是鲁理成在南京乞食，也和江湖上卖艺的差不多，就凭着他那口弹的绝技。用线穿一个康熙钱，到一家铺户，即将康熙钱悬在人家门框上，口里连珠般吐出三颗川豆，一颗颗都从钱眼里穿过去。南京人见鲁理成这小小的年纪，就有这般本领，又没有一点儿寒乞相，倒也不少的人拿钱给他。是这们在南京城里混了半个月，虽不曾受了冻馁，然总觉得自己是一个要求学的人，正在应求学的年龄中，无端把光阴是这们消磨了，未免太可惜；并且如此乞食度日，万分不会有好结果。心中打算将讨来的钱积聚几文，往上海找学校读书。无奈南京城只有那们多户人家，半月之间，没一家铺户不曾去过。第二遭去讨，各铺户便不肯和初次一般的多给钱了。每日所得仅能糊口，那有余钱积蓄？

这日，鲁理成走马府街经过，见一家大公馆门面悬灯结彩，鼓乐喧阗，门口立着好几个豪奴悍仆，轿马络绎不绝的进去。知道是有喜事，遂挨近门口一看。只见大门框上，钉着一块"杨公馆"的金漆牌子。他也不知道是杨甚么人的公馆，更不知道是做寿呢，还是讨媳妇，只心想：这家既有喜事，打发的钱米必较别家多些。就将康熙钱悬在公馆对面的一颗小树枝上，也学说了江湖上人卖艺的几句开场口白。立在门口那些豪奴悍仆，多不曾见过鲁理成的口弹，都喜得眉花眼笑的望着。鲁理成吐了几颗川豆，没一颗不从钱眼穿过，看的人不由得都高声喝采。大家一哄笑，早惊动了里面的许多轿夫马卒，争着跑出来看，拥挤得那张大门没一丝缺隙。喝采的声音就更加大了。鲁理成每吐三颗川豆，即停住向看的讨盘缠，叵耐那些看的，全是下等人，大出手也不过三文五文。

鲁理成正自闷闷不乐，忽听得一片"让路、让路"的喊声，喊得那些看的人，如波浪一般的向两边分开。即见一个青衣小帽的人，左手挟着一个红漆帖包，右手举着一张大红单帖名片，口里喊开众人，向门里飞走。后面跟着一匹大黑走骡，骡背上骑一个华服少年，容仪俊秀的了不得，好像很诧异大门口为何拥挤这们多人似的，勒住了骡子，拿眼向周围望了一转，彷彿寻觅甚么；一眼看见了鲁理成，不住的遍身打量，似很注意。鲁理成正待把技艺显出来，大门内已有人高声喊请，那少年将手中的缰头一拎，的得的得几步，已走进大门里面去了。看的人复围了拢来。鲁理成更是一肚皮的不高兴，暗恨自己的时运，直如此的不济："好容易才来一个有钱的人，又很是注意我，偏巧进去得这般快；若再迟一刻儿，见我打了几颗口弹，便不问我的话，也总得给我几百文。如今讨了这大半日，口都吐干了，川豆打了几十颗，还讨不到一百文钱。再打下去，只怕川豆打完了，这些下等鬼也只是白看。走罢，东边不亮西边亮，去了南方有北方。"想罢，走过去取下康熙钱。众人料是没把戏看了，登时散开了那个大圈子。

鲁理成长叹了一声，一步懒似一步的离了杨公馆。才走了一箭路，听得后面有跑路的脚音，接着哇呀哇的，哇了几声。鲁理成看自己前面，并没人走；料是哇自己的，回过头来。只见刚才挟帖包的那个二爷，对自己招手，鲁理成随口问道："干甚么呢？"那二爷道："我家老爷叫你去玩把戏。"鲁理成心想：他家老爷大约就是那骑骡子的人。当下不觉得把脸沉下来，答道："我不是玩把戏的人，怎的叫我去玩把戏？多半是你那甚么老爷弄错了。"

且慢，鲁理成方才还自恨命运不济，怪那骑骡子的进去快了，不曾显出技艺，没讨得几百文钱；此时骑骡子的教人来叫，为甚么反把脸沉下，说出这几句不满意，并带着讥嘲的意思的话来哩，这不是奇了吗？这其间也有个道理，在下曾亲耳听得这位鲁理成说。他当时虽已乞食了半个月，南京城里给他钱的人，自免不了拿他做叫化的一般看待。然他自己实没一秒钟忘了学生的身分，伸手向人家要钱。自己确认为是凭技艺卖来的，不是白向人讨的。他因为是存着这们一种心理，所以听了那二爷说的丝毫没有含有敬意的话，拿来朝自己的身分一想，那天赋的傲性，不因不由的，就发挥出来。若不是为境遇所逼，不能不按住火性，吞声忍受，早已啐了那二爷一脸唾沫，还说不定赏他两个耳光，岂仅回说这几句话？

只是那二爷听了鲁理成的话，并不在意，连连说道："不错不错，我老爷就要看你拿川豆打钱，你快随我去罢，还有许多老爷们要看咧。"鲁理成便跟着那二爷走进了杨公馆。无数的底下人，都迎着嘻嘻的笑，喜的又有把戏看了。那二爷教鲁理成在房间里等着，自去里面回报。这时便有些轿夫马卒过来，向鲁理成问长问短。鲁理成只得胡乱和他们答应，一面在口袋里拣选了几十颗圆整的川豆，准备进里面，打给那些老爷们看，好多赏几文钱。

等了好大一会功夫，只是不见那二爷出来，肚中有些饥饿起来。心中说不出的焦急，疑惑是那二爷有意这们寻穷人的开心，气不过问那门房道："方才引我到这里来的，是谁家的爷们呢？"那门房有神没气的答道："你在门外的时候，没看见吗？就是那位骑骡的老爷家里的爷们。"鲁理成道："看是看见的，那骑骡的是谁呢？"门房没回答，锣也响了，喇叭也叫了，门房连忙往外走。原来是已散了酒席，贺喜的客都要走了，门房忙着出来伺候。鲁理成等到了这时，已断定是上了那二爷的当，立刻站起身，打算往外走。因见大厅上的轿马纷纷的如蜂般拥出大门，只好再等一等。从门里偷看那匹大黑骡，也有人将缰绳解下，准备给人乘坐的样子。

一转眼，就见那骑骡的少年出来了，伸手接过缰绳，且不乘坐，立在阶檐下，两眼只向四处张望，忽高声喊道："来福，来福。"喊声才了，那二爷已跑到跟前，那少年嘴唇动了一动，没听出说甚么。鲁理成这时知道那二爷叫来福了。只见来福垂手应了一声"是"，少年一跃上了骡背，两腿一紧，径出大门去了。来福转身向门房走来，鲁理成见面没好气的问道："怎的害我在这里老等，连回信也不给我一个？你们老爷……"

来福不待鲁理成说下去，已伸手来拉鲁理成的手道："走罢，我老爷因这里人客太多，教我领你到公馆里去。你的时运到了，我老爷的银钱最松动，包你可多弄几文。"鲁理成跟着走出了杨公馆，在路上问来福道："你老爷姓甚么？叫甚么名字？是干甚么事的？"来福笑道："你问我老爷么？他就是南京城里人人知道的卢子卿，最是欢喜周济穷苦的人。他家世代书香，他的文才比状元还高。但他不肯去考，只在家里吟诗作对。制台请他去做官，他都不去；做官的人来拜他，他时常推说不在家，不愿接见，也不去回拜；倒是流落江湖的朋友，向他求盘缠，三十两五十两的送给人家，有时还留在公馆里住几日。"鲁理成听了来福的话，暗想："卢子卿这人，不是小说上的甚么赛孟尝那一类人物吗？当今之世怎么也有这种人呢？如果真能向来福所说的，我这回的际遇，到算有缘。"

二人说着话，经过了几条大街。来福指着一家大公馆门面说道："那就是我老爷的公馆。"鲁理成随着来福所指的，看那公馆的势派，比杨公馆的规模还要宏大。

不知鲁理成见着卢子卿，如何结果，且待下章再写。

第十章

学体育众友助资
吃点心单身遇艳

话说鲁理成同来福走到卢公馆门口，看那门面的势派，比杨公馆的还大，知道是一个巨室。来福将鲁理成引进里面一间书房，教坐着等候。来福进内通报去了。

鲁理成坐不一会儿，只见那个骑骡的少年，风神潇洒的走了进来，鲁理成忙起身立了一个正。这少年便是来福口中所说不乐仕进，在家安享的卢子卿。见鲁理成起身行礼，略把头点了两点，自己先就椅子坐下来，才指着一把椅子让鲁理成坐。问了鲁理成的姓名，说道："我看你很像是学校里的学生模样，怎么弄得在这里卖艺糊口呢？"鲁理成便将自己的身世，从头说了一遍。卢子卿听完叹道："可惜可惜，你此刻仍想进学校读书吗？"鲁理成道："我原打算就讨来的钱，多积聚几文，做去上海读书的盘费；奈近日讨的不多，仅够饭食，一文也没得积聚。"卢子卿点头道："你到上海就有学堂可进吗？"鲁理成道："学堂是有的，不过能考的进考不进，这就看我自己读书的缘法如何，此时还说不定。"卢子卿绝不踌躇的说道："你且在舍间暂住些时，我设法送你进学堂读书。我这里甚么书都有，你尽管拿着读，不要把时间荒废了。"鲁理成万般的想不到有这般遭际，一时几乎疑是做梦，不知要怎生的回答。卢子卿当即将来福叫到跟前，吩咐了几句招待鲁理成的话；又叮咛鲁理成，不要存心的客气，即进里面去了。

过了几日，卢子卿教裁缝做了衣服，给鲁理成更换。鲁理成见书案上陈列的，都是些《新民丛报》、《黄帝魂》、《警世钟》一类灌输民族思想的书，以前在学堂不曾寓过目的。拿着翻阅了一遍，青年简单头脑，就不因不由的改变了。心里才明白卢子卿是个主张革命的人物，所以不肯做官，却喜和一班武官往来。

鲁理成在卢家住了两个多月。这日，卢子卿忽走进书房，问鲁理成道："你愿意去东洋留学么？"鲁理成道："只要能去，那有不愿意的？"卢子卿笑道："不能去，我也不问你了。现在有一个机会，你愿意就可一同去。国家资送学生出东洋留学，上月南京考取了一批，就在这几日动身。我因你的年龄程度都不合式，又是江西的籍贯，不便教你去投考；就是勉强夤缘补了官费，恐怕将来受人排挤，反为不好。我打听过在日本留学的费用，节省些儿，一月有二十元足够。这一点点经费，我还担负得起。你到东洋用功求学，两三年仍是一般的，可以补取官费。"鲁理成心里十分不安，道："先生如此的栽培我，我将来把甚么报答先生呢？"卢子卿大笑道："这算得了甚么！我不过尽我个人的力量，替国家培养元气。你将来能为国家出力，便是报答我了。你要知道，现在的国家不是谁独有的，我们人人都有分。而你这般年龄的青年，责任更比别人重。自重自爱，与自傲自满不同，你的前程很大，不可妄自菲薄。"

鲁理成听了卢子卿一番勉励的话，自是感激。不几日，便跟着十几个官费生，动身到东京来留学。卢子卿每半年邮寄百二十元，给鲁理成做学费。那十几个同行的官费生，见鲁理成性情豪迈，中学也有些根底，又会武艺，更是苦心求学，倒都钦敬他。在东京一同进了宏文学院，才读到第三个学期。

这日，鲁理成接了卢子卿一封信，并一百二十块钱。信是从上海寄的，信中说有重要的事去广东，事成必相见很快；如不成，则希望鲁理成能继续其志，努力做去。信中虽不曾明言去广东做的甚么事，然鲁理成知道是去广东发难。接了这个信，心中自是十分的挂念。不多几日，日本报纸上即登载了革命党人攻击广州总督衙门失败的事，殉难的七十余人。把个鲁理成急得伤心痛哭，只是那时心里还希望卢子卿不在七十余人之内。后来证实确已死了。他就决心牺牲自己的学业，要继续卢子卿的志愿。心想宏文学院的普通科学，就学成了，也不能拿到革命的事业上去用；要研究革命用得着的，只有学陆军。但日本的陆军，非由清政府专送的，不能进去。和陆军学校类似的，只有体育学校。在体育学校，也能得相当的军事知识，并且革命的事业，第一是自己的体质坚强，柔术剑术马术，都得知道些儿，进体育学校是极相宜的。

　　鲁理成的宗旨已定，即独自到大森体育学校报名。大森的下宿屋比东京便宜，一月并学费有十二三元，足够生活。然卢子卿既死，每月二十元的津贴费当然截止了。鲁理成家中又不能有钱寄来，这一月十二三元的生活费，却从何处取办呢？他初进体育学校的时候，就是同来东京的十几个官费生，因他向学的意志坚强，若半途废学可惜，议定了每人每月，帮助他一元。半年之后，他译了几种研究体育的专书，卖给上海书坊里，得了些儿润笔。他于是辞了同学的津贴，一部书译成，可供好几月的用度。

　　辛亥年，他在体育学校还不曾毕业，清政府已轻轻巧巧的，被革命军推翻了。他不想赶现成，就懒得归国。因他见清政府已经推翻，用不着再作革命的准备了，便又改进了中央大学，研究政治经济。这时他原可以夤缘补一名公费，夤缘的手续也不烦难，只要在他本省的省教育厅里递一张呈文，呈明履历；再到他本省特派的留学生经理员那里报一个名，缴纳一张照片，即可补得。不过这种办法，只有民国元年，有鲁理成这样资格的能行。元年以后，一则因资送的太多，一则省库都被各大伟人、烈士搜刮干净了，已补的尚须酌量裁减，未补的自不能望补了。

　　但鲁理成何以坐在东京，却不去夤缘呢？说起来，倒有一个笑话在内。原来鲁理成年轻，生得很漂亮；加以研究体育，肌肉异常发达，在留学中，仪容算是极俊伟的了。他虽不是个风流放诞的人物，然就他小时候的行径看来，便可知他不是个拘泥小节的人。只苦于自知道人事以来，全是依人生活，手边不曾有过宽裕的钱。当卢子卿未死的时候，每月二十块钱，一切节省着用度，尚可羡余三五元出来；有时因生理上的关系，不能不和女人接近，一月总可有一二度的能力。及至靠十多个友人接济，便是除学膳费外，毫无余资了。后来译了几部书，手边略略活动了些儿，又脱离了大森那种荒僻之地，移住东京，每逢礼拜六、礼拜天出外闲游，遇了可亲的女人，自不免有些色授魂与。

　　这日，正是礼拜，他独自一人到会芳楼，想吃些中国点心。才把点心的名色向下女说了，下女答应着退出房后，偶一抬头，见对面玻璃窗角上，露出半边又白又嫩的脸来；那半边脸上的一只俏眼，正对准自己的脸望着。鲁理成起初尚不在意，以为是一个少年生得美的男子，听得这边说话，张看是不是认识的人；也懒得回眼去望他，自低头看菜单上还有甚么可吃的点心没有。看了一会，又看出一样点心来。从身边摸出铅笔，打算寻点纸写了，教下女拿去，免得和下女说不明白。才一抬头找纸，只见那窗角上，又加了半边雪白一般的脸；那一只水银也似的眼睛，也是瞬也不瞬的朝自己望着。

鲁理成这才注意起来，认真回看了几眼，那里是生得美的少年男子呢，竟是两个如花似玉的中国女学生。鲁理成尽管回看她们，她二人不但不知道害羞，并且看出了神似的，越看越下死劲的钉住。把个鲁理成看得有些不好意思起来，借着看壁上挂的字画，缓缓将视线移开。只是视线虽然移开到字画上去了，心思却是注定在玻璃窗角上。不一会，又忍不住将视线缓缓的移回窗角上来。作怪鲁理成的视线尽管移动，她二人倒像是有西洋镜的，全不肯放松半点，并都带着笑容。

鲁理成见了这种情形，心里就禁不住有些冲动，刚才立起身，想走过去通个殷勤，"喳"的一声房门响，下女送点心进来了。一转眼间，再看那窗角，窗帘檐布已放了下来，两半边芙蓉娇面都不见了。鲁理成心里不舍，只等下女退去，即跑到窗跟前，隔玻璃朝那边房里望去。奈窗檐布是悬在那边的，在这边撩拨不开，一点也瞧不见。就在窗下立了一会，以为二人又要来看的。只是点心都等的冷了，仍不见二人再露出半面来。只好退回原位，胡乱把冷点心吃了，也不再要，按铃叫下女来回账。顺手指着隔壁房问下女道："那房里有多少人吃料理？"下女道："只有两个穿中国衣服的女人。"鲁理成道："会说日本话吗？"下女摇头道："有一个略知道说几句。"鲁理成道："已吃过去了么？"下女道："刚回了账，差不多要走了。"鲁理成便不再问，给了下女的钱，匆匆忙忙跑出会芳楼，立在对面一个商店的房檐下等候。

没一刻功夫，只见两个新式装束的女子，都梳着东洋女学生发结，穿着高底尖皮鞋，一前一后的走下扶梯，立在账台跟前和那管账的谈话。鲁理成估量那走前面，略肥胖些儿的，年龄约有二十四五岁。后面那个苗条些儿的，不过十八九岁。真是燕瘦环肥，各尽其妙。肥胖些的和管账的谈话，背朝着街上。那苗条些儿的，面朝外立着，一眼就看见了鲁理成；这时却露出些害羞的样子，眼波儿一动，两脸就红了，忙把头低下去。似乎递了个暗号，给那肥胖些儿的，登时回过脸儿来，向两边望了一眼，视线才到鲁理成身上。这个就老练点，全不知道害臊，望着鲁理成笑了笑，仍转脸与账房谈了几句。那账房连连点头，二人即携手走了出来，向九段这方面低头细语的行走。

鲁理成在日本虽曾嫖过，但嫖的是日本女郎，这种吊膀子、盯梢的勾当，却不曾干过一次。这时为一念色欲所冲动，一切都不知道顾忌了。见二人向九段方面走，两脚毫不迟疑的，提起来就赶上去。二人并不回头，鲁理成赶到切近，便听得肥胖些儿的向苗条些儿的说道："这时候还早，我们何不去靖国神社玩玩呢？横竖回家也是闲着无事。"苗条些儿的点头答道："好可是好，不过我想先到劝工场，买几样东西，再去靖国神社，免得回头又忘记了。"肥胖些儿的道："你要买甚么东西呢？劝工厂里弯弯曲曲的，转的人一双脚生痛。从劝工场出来，那里还有精神去靖国神社咧？看你要买甚么东西，回头来买，我包你不会忘记。"苗条些儿的低声说了两句，鲁理成没听出说的甚么，肥胖些儿的旋走旋掉过脸，又望着鲁理成笑了一笑。鲁理成实在想趁这个机会紧一步，和二人搭话；奈话没说出口，心里早禁不住跳了起来，一时也想不出应说几句甚么话。这一口勇气还不曾鼓起，那掉过来的脸儿，又已回过去了。失了这个机会，在路上更没有攀谈的希望了。

行行复行行，已到了九段劝工场的门首。二人走进门，鲁理成正待跟进去，忽见二人又笑嘻嘻的退出来，恰好与鲁理成正面撞着。那苗条些儿的，更笑的将脸躲在肥胖些儿的背后，鲁理成忙退后让开一步，趁势也笑着问道："二位怎么进去又退回来呢？"苗条些儿的只笑得说话不出。鲁理成以为在门里发见了甚么可笑的东西，所以笑得这样，伸着脖子朝门里一望，只见一个二十多岁的日本商人坐在门里，并没有一些儿可发笑的东西。两个女子也不搭话，走到东边的大门就进去了。鲁理成抬头见门框上面，写着入口两个字。原来刚才走错了，走到出口的门里去了。幸得有这一错，错成了鲁理成一个开谈的机会，两个女子虽不曾答话，然鲁理成曾经向二人开了口，以后说话便容易了，胆力也无形的增加了许多。

一进了劝工场，距离即不似在路上那般远。紧跟在后面，二人看这样货物，鲁理成也看这样货物。因听得会芳楼的下女说，二人不会说日本话，正好借此献些殷勤。二人拿这样货物看，鲁理成即向那照管货物的问价还价；照管货物的，把三人看作是一道的。鲁理成依着二人看的，给钱买了，照管货物的包裹起来，就交给两个女子手里。两个女子不肯接，鲁理成忙陪笑说道："我专诚买了送给女士，望女士赏脸收了，不然，日本人见了，我太没有面子。"肥胖些儿笑答道："谁教你买这个？我们只看看，又不想买。"

鲁理成见她居然肯答话，真喜得要作狮子舞了，来不及的凑拢去说道："只要女士赏脸接了，用不着时再掼掉，也没要紧。"肥胖些儿的即向那苗条些儿的道："妹妹你接了罢。快走，这里面人多，怕遇见熟人。"那女子真个伸手接了。劝工场里照例人多拥挤，礼拜日更甚。鲁理成那顾得遇见熟人？巴不得人多，好挤在一块儿，和两个女子摩肩擦背的走。爱女人谁也知道要爱年轻的，这个年轻的又走后面，鲁理成靠紧了她的臂膊。劝工场里的光线本来不强，加以人多，无论怎么挨着走，是没人注意的。是这般靠着走不了几步，那女子的柔荑纤手偶然触在鲁理成的手上。鲁理成到了这时，真是色胆天来大，一下就把那女子的手握住。那女子也不挣脱，任凭鲁理成握了。走到人稀的地方，才想脱出来，鲁理成只牢牢的握住不放。那女子轻轻的摔了两下，没摔开，急得红了脸，小声说道："姨嫂嫂看见了，难为情。"

鲁理成这才把手松了，也放低了声音回问道："尊寓在那里？我能去尊寓请安么？"那女子摇摇头不做声，赶上一步，牵了她姨嫂嫂的手，走到买角梳的地方，拿了几把角梳看。鲁理成正要问价，年轻的女子已拿出一张五元的钞票来，交给照管货物的，口里说着极清脆的日本话道："这几把都买了，找钱给我。"鲁理成听她的日本话虽说得不十分流畅，发音却甚准确，并且是日本上等人家令娘的语法；反觉得自己的日本话，没说得这般的好听。那照管货物的接了钞票，问还买旁的东西不买，鲁理成向二人说道："这里面的东西，都有还价的，照着纸条子上写的价钱买了，就上了当，比较外面要贵三成以上，依我不要在这里买罢。"二人都道："已给过了钱，上当也没法了。"鲁理成要献殷勤，连说："不要紧。日本人做生意，不像内地的商人，那怕交了钱，只要原货现在，没有损坏，尽可退货还钱。"说着，即对照管货物的说了几句货色不对，请他将钞票退出来的话，便把货物退了，收回钞票。日本人虽不愿意，但也说不出甚么。只这们一来，倒把两个女子吓得不敢看货买货了，一路不停步的走了出来。

鲁理成凑上去问道："还去靖国神社玩玩么？"那个姨嫂嫂看了看手腕上的表说道："妹妹，我们回去了罢，不要在靖国神社前遇着你哥哥，那才真倒霉呢！我也才见过这们样的人，也不知道避一些儿嫌疑，那有这们涎皮涎脸的！"鲁理成慌忙陪不是道："女士尽管放心，我离远些儿就是了。"边说边挺胸向前走，做出不与二个女子相干的样子。走了十来步，回头看二人还立在劝工场门首没动，也不是在那里谈话。鲁理成心想："她们是好人家的女子，干这种勾当自然要极秘密，怕熟人撞见。我刚才种种举动，也实在是过于急色了些。看她们的情形和不知道避一些儿嫌疑的话，可见她们心里，是很愿意和我要好，不过要我做得机密些。此时立在那里不动，必是叫我先去靖国神社，她们随后就来的意思。"当下即横过了电车道，走上九段坂。

立在坂上看二人时，只见远远的来了一辆车，二人已移步到停车的地方，等着要上车的样子。鲁理成一见这光景，只急的跺脚，连说"怎么了"！待跑下九段坂，跟上电车，奈相离停车的所在太远，电车已飞也似的到了，万分来不及。一转眼，见二人已上了电车。鲁理成光开两眼望着，电车的铃子当当响了几声，已开行了。鲁理成忽然心生一计，暗道："我不如如此的追上去。"

不知鲁理成如何追得上电车，且俟下章再写。

第十一章

看名片严监督发急
窥窗户潘良仲探奇

    话说鲁理成见电车已经开行了，看那电车上的牌子，是开往赤坂见附的。这时若是在别处的电车，那怕距离再远些，凭着鲁理成那两条曾经练过赛跑的腿，也可追赶的上。无奈九段坂下的电车，开往本乡须田町以及上野各方面的，是下坡路，最好追赶；惟有开往四谷、赤坂方面的，一过九段坂，就得钻进一个小小的山洞。在未进山洞以前，右边是很高的石崖，左边是一条很深的围护皇宫的河，电车轨道旁边没有给人通行的道路。无论如何会跑的人，也不能在这条路上追赶电车。

    鲁理成当下一着急，却急出一条道路来。知道开往四谷、赤坂方面的电车，一驶过九段坂的山洞，到了交叉点照例须停留一会，避让从各方面开来的车；并且在山洞下行驶的时候，比较在别处行驶，速率减少得多。若从九段坂上步行赶去，尽力的跑，会跑的必能赶上。鲁理成既急出了这条道路，当下连忙认明了那电车的号码，一面回身就跑。他的脚底下也真不慢，那电车刚到交叉点，鲁理成也赶到了，只是已跑得呼呼的喘，转不过气来。正待一跃上车，只见那两个女子已从前面运转台旁边，一先一后的跳下来。鲁理成见了，心中好生诧异，暗想："才坐了一个停车场，怎的就下来呢？莫不是她们见我追来了，料知挣脱不了，特地下来，打算真个和我同去靖国神社玩耍么？哈哈，那有这般好事！"

    二人下了车，也不回头，也不停脚，随即横过电车道，互挽着手向前行走；旋走旋交头接耳的谈话，竟像不知道有鲁理成在后面拼命追赶似的。鲁理成既追了一个停车场，此时又已见着了，岂有放手不追的道理？倒抽了一口气，便赶上去咳嗽了一声。二人回过头来，一见鲁理成跟在后面，那肥胖儿的脸上登时露出惊慌的颜色，用臂膊挨了那苗条些儿的一下，彷佛催她快走的意思。鲁理成到了这时，只得挟一个破釜沉舟之势，胆也大了，脸皮也厚了，凑上前一步说道："两位怎么忽然害怕起我来？即承两位的美意在先，我也只希望得两位做个腻友，并不敢有旁的念头。请教两位贵姓，尊寓在那里？"

那苗条些儿的红着脸，把头低了不做声；那肥胖些儿的脸色，更觉惊慌得厉害，也不回答，挽紧了这个的手就走。鲁理成实在猜不透二人的心理，不知道为甚么在会芳楼的时候，无端的是那们表示好意；在劝工场里面，也还似乎是有意要好。怎么无缘无故的，会改变出这们一个态度来呢？见二人又提起脚走，就跟在后面，独自的口里念道："两位索性在会芳楼的时候，不先理我，我也不敢无理；于今既把我引到了这里，那么两位上天，我就赶到灵霄殿；两位入地，我就赶到水晶宫。不问两位跑到那里，我是要追到那里的。"

二人见鲁理成这们说，只得停步回头，那个肥胖些儿的笑向鲁理成说道："对你不起，求你不要再跟着走了罢，我家里实在不能教你去。"鲁理成见她笑得很勉强，料知她心里害怕，便也笑答道："我可以不进两位家里去，只要说明了番地，将来有机会的时候，好来给两位请安。我到了尊寓门口，自知检点，决不至使两位为难。"那女子踌躇了一会道："我下次出来的时候，到你家来好么？你把地名写给我，只求你莫跟着我们走。"鲁理成想了一想，点头道："好。"随从怀中摸出一张名刺来，用铅笔写好了住处。这时鲁理成还住在早稻田风光馆，照着番地写好了，交给那女子。那女子接了，连看都不看，即揣入手中的一个小提包里面，望着鲁理成道："这下子你可转去了么？"鲁理成道："转去是可以转去，但两位何时能到我那里来，须请约一个日子，我还在馆里恭候？"那女子道："就在后天罢。"鲁理成看她说话的情形，不像是有诚意的。转念一想，觉得无味："我一个好好的男子汉，从来没干过这种无意识的事。她们既已表示不愿意我的样子，我又何苦只管纠缠她们呢？"当下边正色说道："不是我敢无端的向两位无理，两位既是爱憎无常，我也就不敢领教两位的好意了。罢，罢，请把我那名片退还我，不要害得我牵肠挂肚。"

那女子却也作怪，见鲁理成说出这些话，脸色倒转和悦了，和这个苗条些儿的低声说了几句听不清楚的话，复望着鲁理成道："你这地名留在我这提包里没有关系，你放心好哪。"鲁理成也明知没有关系，并且心里仍不能断念，不希望她们真个肯来。不过自己不愿意再是方才那们不顾身分，涎皮涎脸的和她们纠缠罢了。只略点了点头，回身就走了。

过了两日，并不见二人找到风光馆来，也就没把这回事放在心上。谁知就因这们一来，鲁理成的公费便再也没有补给的希望了。甚么道理呢？原来在惠芳楼转鲁理成念头的这两位宝贝，说起来很有些来历。那个肥胖些儿的，是留学生监督严筱舫的如夫人；苗条些儿的，是严监督的胞妹，就是在北京有名的严无非女士。严监督这位如夫人，并不是甚么不三不四的人家女儿，她父亲在清朝是一个吏部主事，四川人姓陈，名字却记不清了。严无非在北京甚么女学校读书的时候，和她同学，彼此十分要好。严监督那时也在吏部当差，因自己胞妹的介绍，得见着这位陈小姐。严监督虽有一位原配的太太，只因容貌生的丑陋，不称严监督的意，久有意想弄一个姨太太，就苦于没有合式的。陈小姐在女学生伴里，很负些善于交际的时望。严监督一见倾倒，一再求他自己的胞妹从中穿针引线，彼此居然成了一个先行交易，择吉开张的新婚式。当成就好事的时候，并不曾说明将来做大做小，后来严监督事事都能如陈小姐的愿。陈小姐也只要能朝夕厮守在一块，就不问是大是小了。

严无非从小时候，原已许了人。只为男家是个极旧式的家庭，严监督曾托媒人去男家说，教送妹婿进学堂读书，必须在大学毕业之后，方许结婚。男家抵死的不肯，两下几番交涉，弄得僵了，彼此都赌气毁了婚约。及至运动了这留学生监督的差使，带着姨太太和妹子到日本来，原存要物色一个相当的人物，招做妹婿；奈一晌不曾觅得。论到严无非的性格，虽是一个新式的女学生，从来跟着自己的姨嫂子，仇视贞操惯了的。然而生成的面皮很嫩，欢喜温存蕴藉的少年男子，只在眉目精神之间表示爱慕的意思，她才合式；若在大庭广众之中，动手动脚，以及种种很激烈的表示，她一见倒害怕起来。鲁理成的模样，在严无非的心目中，也还觉过得去。就因表示的过于激烈了些，所以弄的中途变卦。但是两姑嫂的心理，又都有些不舍得完全把鲁理成断绝。起初要鲁理成写地名，本存着有哄骗鲁理成脱身的意思，及见鲁理成真个要走了，索退名片，两姑嫂在惠芳楼转的念头，不觉又发动了，因此商量着不肯退还。

事也奇怪，严监督平日对于自己姨太太及妹子的行为，素来不大理会。她们姑嫂时常出外，整天的不回家，严监督像是相信得很，连问也不问一声。他姨太太手中提的那个小提包，严监督更不曾动手打开看过。这日不知为甚，他忽然心血来潮。姨太太将提包放在柜里，就到严无非房里谈话去了。严监督陡然觉得姨太太平常回家，提包是随手乱放的，今日巴巴的打开柜子放了，似乎提包里有甚么紧要的东西，即起身开柜弄出那提包来。这种小提包，原没有锁的，随手打开一看，最容易注目的就是鲁理成这张名片。严监督将名片捏在手中，不由得气的那手发抖，即时把姨太太叫进房来，用手指点着名片问道："这东西是那来的嗄？你这骚蹄子，在外面干的是些甚么事，还不好好的给我说出来！"姨太太见了，倒不慌不忙的笑道："一张名片有甚么那来的，值得这般大惊小怪，没得笑煞人呢！难道我在外面偷汉子，还用得着交换名片么？"

严监督一肚皮的怒气，被姨太太冷冷的几句话，说的不好如何发作了。呆呆的望着名片，发了一会怔，毕竟按捺不住火性，复厉声问道："这鲁理成是个甚么人？他的名片如何到你的皮包里来的？总应该有个来历。"姨太太笑道："名片是我自己放到提包里的，不过我连看也没看。我同妹妹到会芳楼吃料理，这人忽走进房来，向我和妹妹行礼。我们虽见面不认识他，但他既走来向我们行礼，我们只得起身，问他进来有甚么事。他说五年前在北京，当英文教员，教过我和妹妹的英文，还认识我们的面孔。今日无意中在外国遇见了，也是很难得的，所以特地进来谈谈。后来就留了这张名片，放在桌上，请我们高兴的时候，到他那里去玩。我们只含含糊糊的答应了，也没说去，也没说不去。他走后，我随手将这名片搁在提包里，名片上是些甚么字，我至今不曾看一眼。"

严监督听了这一派胡诌的话，却不疑心，只问了一会鲁理成甚么年纪，在日本干甚么。姨太太仍是一阵胡诌，这场风波，就这们敷衍过去了。然过不到几日，严监督忽在江西经理员家里，发见了鲁理成的一张半身像片，上面写明了姓名、籍贯、年龄、学校，触动了严监督的心事。见像片上写的年龄，只二十二岁，暗想：今年还只二十二岁，五年前不只有十八岁吗？那时北京那有十八岁的英文教员呢？料定是自己姨太太掉的枪花，心里不由得就疾恶起鲁理成来，便问江西经理员，鲁理成是公费是自费。江西经理员说现在尚是自费，这张像片就是为请补公费，才照了送来的。

严监督遂乘机破坏鲁理成，随口说出鲁理成许多不敦品，不励学，不应补公费的理由来，并托江西经理员呈复江西教育司，未补则无庸补，已补请取消。可怜鲁理成，连严监督姨太太的皮肤都不曾沾着，倒被严监督一阵醋气，将一名公费冲掉了。事后有人问鲁理成，说出补不上公费的原因来，要鲁理成去质问严监督。鲁理成倒处之泰然说："一名公费供养不了我一辈子，我若真想得公费，也不学这法政了。我能考取五高，姓严的够得上破坏我么？"

鲁理成公费既不曾补得，同乡的很有些替他不平。见他住在下宿屋里花费太大，他们同乡会原租了一间房子，在神田北神保町，是一个八叠席子的贷间。房主两老夫妇姓村田，将楼上一间房子分租给江西同乡会做会所，每月得十块钱房租。开一次常会，给一块钱的茶水费。平日是没有人来往的。鲁理成是一个苦学的自费生，同乡的都因为会所白空着可惜，公推鲁理成住在里面，自炊生活。

鲁理成在里面住了不少的日子，也很相宜。这回潘良仲从麻布警察署出来，急于要移居，一时又想不出相当的所在。他本来和鲁理成要好，知道鲁理成一个人住一间八叠席的房，很是宽敞，暂时搬去同住是不妨事的。也无需商议，就把行李搬来同住了。同乡的只要鲁理成愿意，不说甚么，也没人多管闲事，出头反对。但是鲁理成独自在同乡会里住了多少日子，一晌都是平安无事，没有弄出甚么笑话，只潘良仲一搬进去，那同乡会就不得安静了。

同乡会的房屋，坐落在一条小巷子里面，对门一所半新不旧的房子，门框上悬着一块六七寸的木牌子，上写着"长谷川秀一"五个草书字。鲁理成以为是一个姓长谷川的日本人，从来走那门首经过，连侧眼都没有望过里面一下。潘良仲搬来才住了两日，忽笑向鲁理成道："怪道你住到这里，这们久不想移居，也不大在朋友处走动，只终日守在这房里，原来这房里有这房里的好处。"鲁理成摸不着头脑，怔了一怔问道："这房里的好处在那里，不就只不要我的房租吗？"潘良仲指着鲁理成，咦呀咦呀的，咦了几声笑道："你还要装马糊吗？只不要房租的好处，谁不知道！"鲁理成正色道："除了这个，更有甚么好处？我实在不知道了，你倒不要吞吞吐吐的，爽利些说出来罢。"潘良仲用嘴向前面的窗子一努，笑道："洛阳女儿对门居，才可容颜十五余，不是这房里的特别好处吗？"鲁理成道："对门住了甚么生得好的女子？我在这里住了这们久，一次也不曾见过；

你搬来才两天，怎的倒被你发现了？是个甚么模样的女子，你在那里看见的？"潘良仲道："你真个还不曾看见么？就在对门楼上，不是住了一个生得很漂亮，很年轻的中国女子么？"鲁理成吃惊似的问道："怎么，对门住的是一个姓长谷川的日本人，他楼上如何会有中国女子，你不会是见了鬼么？"潘良仲道："日本人楼上，你怎见得就不能住中国女子，难道只许住中国男子吗？"

鲁理成随即立起身来，走到窗户跟前，推开窗向对门一望，见那楼上的窗门关了，看不见里面是不是有中国女子。潘良仲也走来同看。鲁理成指着对面窗户问道："是那楼上么？"潘良仲点头道："我刚才就是站在这里看见的，那女子的年纪，至多不过二十岁，身段生得自如。因只看见上半截，不知道怎样。至于容颜风度，我在女留学生中还不曾见生得这般齐整的呢。不过我看她那脸上，很带着忧伤的样子，一手扶着窗台，愁眉不展的望着我们这边。我还只道她是望你，你在楼底下弄饭，我正想下楼给你一个信，她却急匆匆的把窗门关了。"鲁理成笑道："我的书案，因靠后面的窗户放着，这前面的窗户从来不打开。这窗台上堆放着很多的书，不是你前日搬来的时候，才将那些书移到那里面去的吗？我尚不知道有她，她怎么会来望我？你不要胡闹，这不是当耍的，你我都曾为这女人上面吃过很大的亏。此后对于女人，总以谨慎的为好。"

潘良仲还不曾回答，只见对面的窗门又开了，一个淡妆少女伸出头来，两眼盈盈的朝这边望着。鲁理成一看，真是黛眉敛怨，渌老凝愁，像是有极大的心事不得解决似的。那一种憔悴、可怜的模样，直能使罗汉低眉，金刚俯首。鲁理成怕又惹出是非来，退进房把门窗关了。潘良仲会错了意，以为鲁理成和那女子有关系，怕人看出来，所以推说不曾看见。这时看见了，就怕那女子做出甚么样子来，只得把窗户关了不看。潘良仲却偏要再看看，一伸手又把窗门开了；但是这边在开窗门，而对面的窗户，又已关上了。潘良仲立了一会，不见再开，只好回身笑道："你还装假正经，说是不曾见过，她却为甚么对你使眼色呢？我又不抢夺你的，你瞒了我干甚么？"鲁理成道："你真活见鬼了！你甚么时候见她如何使眼色？看你这人有多们没有天良，那女子憔悴忧伤的模样，无论如何铁石心肠的人见了，也只应有可怜她的意思，不容发生丝毫邪念。你怎忍心说出这些话来呢？"

　　潘良仲见鲁理成说出这般庄严的话来，也连忙收了嘻笑的脸，点头答道："我也是觉得她那愁眉不展的样子，教人见了可怜。只是你住在这里很久了，直到今日我发见了，你才看见，只怕她也是才搬来不久的。我想中国女子单独一个人，决不会住在日本人家。"鲁理成道："我不也是这们设想吗？你再去打开窗门看看，大门上悬的那块写着长谷川秀一的牌子除掉了没有。若是除掉了，就是换了户头。"

　　潘良仲复推开窗门朝下一看，只见一个四十多岁的粗莽汉子，满脸的络腮胡须，从大门里出来，随手把门带关。从怀中摸出一把中国式的牛尾铁锁来，将门锁了，头也不回的走出小巷子去了。潘良仲见了那汉子的凶横模样，不觉打了个寒噤。

　　不知那汉子是谁，且俟下章再写。

第十二章

回教徒来东学剑
轻薄子窥壁受惊

话说潘良仲从窗眼里看见那个粗莽汉子，不觉得打了一个寒噤，连忙缩退身体，向着鲁理成把舌头伸出来，只管摇头。鲁理成看了他这个样子，忍不住笑问道："你看见了甚么，做出这般嘴脸来？那木牌子还悬着么？"潘良仲指着鲁理成的脸，哈哈笑道："你一定是瞒着我，所以说对过住的是日本人，以为我听说是日本人，便不会注意。没想到就被我看出来了，看你还隐瞒得了么？"鲁理成正色道："你不要胡说！我甚么事要瞒你，被你看出甚么来了？你就说罢，我从来不欢喜干瞒人的事，并且吊膀子，虽不是正人君子干的事，然我既干了，就不讳莫如深，难道还怕谁来干涉我吗？我的公费已是因吊膀子不曾补得，于今更不怕有人破坏我了。"潘良仲见鲁理成说话的神气，不像是假装的，便点点头说道："那就是了，不过你在这里住了好几个月，怎的对过住的是中国人，你都不知道呢？"鲁理成道："是中国人吗？你刚才看见是甚么样的人呢？"

潘良仲道："我说中国女学生，决不会单独住日本人家的贷间。果然，刚才我看见从大门里出来的，是一个四十多岁的中国人。看他那容貌气宇，可断定不是个读书人。身上的和服，虽然穿得很阔气，但一些儿不文雅，外面披着一件英板利斯（外套中之一种），尺寸略小了一点，多半不是他自己照着身体做的。我因他从身上摸出一把中国式的铁牛尾锁来锁门，才见着他和服的袖口，确是日本绅士衣服的裁料。他的面貌，虽因他背着身子锁门，我又站高处，没看得十分仔细，只是他跨出门的时候，我已见着了一个大概。皮肤粗黑还不打紧，就是那下颏一部络腮胡须，实在令人见了害怕。索性留起那须来倒也罢了，偏要剃掉，却又不剃干净，留着三四分深浅，远望去简直和刺猬一样；两道眉毛，也是又粗又黑，覆在那两只铜铃般的眼上；一个酒糟鼻子倒是不小，古小说上说甚么鼻如悬胆，这人的鼻子真像是悬的一个牛胆，一团酒杯粗细精圆的肉，垂在嘴唇上，你看像不像悬胆呢？"

鲁理成笑道："够了，不必再形容其盛德了。唉，我问你，那男子一个人出来的吗？"潘良仲应是。鲁理成道："只怕是那女子走在前面，已拐了弯，你不曾看见么？不然，他怎么会把大门反锁了咧？"潘良仲摇头道："没有的事，无论如何决没有这们快。才在楼上窗门里看见那女子，并不是将要出门的装束。并且那男子出来的时候，我分明见他临时把门推开。若是那女子出门在先，明知男子跟在后面，如何会将门带关呢？"鲁理成道："女子既不曾出来，男子却为何把门反锁起来呢？那女子关在里面，不是出入都不能自由吗？"潘良仲道："照那愁眉苦脸的样子看来，也是像是失却了自由的。"鲁理成道："你看清了那男子是中国人么？他穿的是和服，又没向你说话，你何以见得是中国人咧？"潘良仲道："他那模样举动，一望就能断定他是个中国人，何待他开口说话？他并有一个很显明的证据，不但可断定他是中国人，且能断定他是个来日本不久的中国人。"鲁理成笑道："我倒小看了你，这们胡乱望一眼，居然能看出甚么证据来！且说出来，看你所谓证据的，确凿不确凿。"潘良仲笑道："今日这般晴明天气，若是日本人，身上穿了那们漂亮的和服，脚上绝不会着皮靴。日本人穿和服着皮靴的，我虽也曾见过，然大抵下等商人居多，还要雨天才有，晴天无有不是木屐草履的。这是不是个确凿的证据呢？"鲁理成点头笑道："这话是不错，只是乡下人到东京来的，就在晴天，穿和服着皮靴的也很多，不过这人既拿出锁来锁门，可知不是初来东京的乡下人。"潘良仲道："是吗，他拿出来的锁，是一把很长大的铁牛尾锁。日本人固不会用这种锁，便是来日本略久的中国人，也不会用这种锁。这也可算是一个证据。"

鲁理成偏着头，寻思甚么似的。寻思了好一会，才抬头向潘良仲道："这事很是蹊跷，很有给人研究的价值。这个女子身上必夹杂了一段极离奇的情史。"潘良仲点头："我也是这们想。"鲁理成道："我照刚才所见的情形推测，那男子脚上穿的便不是皮靴，也应该是一个中国人。一则因为中国女子不会单独住日本人家的贷间；二则那男子若不和这女子有密切的关系，如何自己出门，将女子反锁在屋里？据你说，男子那们大的年纪，又那们丑的容貌，不是这女子的原配丈夫，是谁也看得出的。这女子既生得如此标致，要姘人，还愁没有相当的少年男子吗？怎么会姘一个这们屠夫也似的凶横人物呢？这其中，必有个很离奇的缘故。世间男女苟合的事，原也有许多年龄资格极不相称的，然在旁人看了极不相称，而在当事者，为肉欲所迷，不但不以为不相称，恋姘的热度，反比一般苟合的男女浓炽。"潘良仲不住的点头道："这是自然的，若不是为肉欲所迷，何至姘媸老少都不能辨别咧？不过这女子对于那个男子，断然没有了不得的恋爱，只看她那憔悴忧伤的神气，就可以知道。"鲁理成道："何用看她的憔悴忧伤的样子，才可以知道她对那男子没有了不得的恋爱呢？世间岂有爱情浓厚的男女，男子出门，会把女子反锁在房里的？你再在推开窗门瞧瞧看，还有甚么可供我们研究的资料没有？"

潘良仲喜孜孜的，复到窗跟前，且不推窗门，先就格缝里用一只眼向那边张看。只见窗门关着，窗门外的房檐底下悬挂一个很精致的画眉鸟笼。笼里养着一只画眉鸟，笼衣撩开了半边，好像是淡青绉绸制的，上面还绣了花。潘良仲一面向鲁理成招手，一面将窗门推开。鲁理成也走过来，同看那笼里的画眉活泼泼的跳上跳下。潘良仲道："可见女的不曾同去，我们刚才不是没看见这画眉笼吗？那男子走了之后，才挂出来的。"

二人在窗跟前立了好一会，不见女的开窗。潘良仲道："我们何不下去，转到她家后门看看。或者前门锁了，后门却是开的，也未可知。也有不愿意客来，故意把门反锁了，使来人见门上有锁，就回头不敲门的。他们若是这般用意，便不必是不相恋爱了。"鲁理成道："这话也近情理。每有苟合的男女，因种种的关系，不能使人知道他们奸宿的地点，就有这些遮掩的举动。即如他们这大门上挂着长谷川的牌子，何尝不就是这个意思呢？只是他用铁牛尾锁锁门，就不太检点了。也好，我们就去他后门侦探侦探。"

潘良仲随手仍将窗门关了，和鲁理成一同下楼。二人正在玄关里，低着头穿皮靴，忽听得门铃响。抬头一看，只见一个少年男子，身上穿着猎服，两脚套着长筒皮靴，后面跟着一个一般年纪的日本学生，身上穿着木棉制的和服，下系柳条布裙。原来穿猎服的少年，是鲁理成的朋友马佐廷，跟在后面的，是马佐廷同学的日本人矶田荣次。这马佐廷是甘肃的一个回教徒，才来日本不到半年，因想学日本的剑术，在麴町一个剑术馆里，跟着日本有名的剑师川崎雄太郎研究。川崎雄太郎的剑术，阶级虽只四段，名声本领却都在七八段剑师以上；年龄又很轻，这时才得三十岁。但是何以本领在七八段的以上，阶级还是四段呢？其中有一个很滑稽的缘故。

川崎雄太郎学剑，赋有一种非常人所能及的天才，只三天功夫便上了初段。他一上初段，就在初段队里，杀一个没有对手。他时常使出一些自出心裁的手法战胜同段的人。他所使出来的手法，并不是真力量，长处全在骗人上当。那怕是有名的老手，和他动手的时候，他总有方法把老手骗得落他的圈套。他每次战胜了，不问战败的人察觉了他的骗术没有，他总得当众一干，宣布他自己如何设骗，人家如何上当的道理来。若是会剑术的，大家都拿着研究的心思和他较量，被他战败的，自然巴不得他将胜败的理由宣布出来，好大家当心，免得下次再上这一类手法的当。无奈那些会剑术的人，好虚荣的心比研究学问的心重，以为自己的资望在川崎雄太郎之上，年龄也比他大，倒败在他的手里，心中已是又羞又气。若说是川崎的真实本领比自己高，战他不过，倒不至于十分丢脸；若败了，还受一个被骗的名，大家都恭维的老剑师，即本人也自信是个老手，竟一旦被一个少年后进用骗术打败，打败后又弄得大家都知道败得极不体面。虚荣心重的人，如何能忍受得了？因此川崎每升一段，那同段负时望的人，必恨他刺骨。他到二段的时候，二段的人，巴不得他从速升到三段去。他在三段，三段的人，也是如此。所以能年升一段，三年就升到了四段。

但是四段的人，见他最会用骗人的手法败人，一个个都有了戒心，不肯轻和他交手。平时斗着玩耍，胜负没有关系，资望不深的同段人，倒间常有些肯和他交手，想窥偷他的骗法的。一到红白试合的关头，胜负关着升降，便谁也不肯和他较量。五段的人，大家商议不给他升段；四段的人，就没法可将它推出本段去。川崎的性情又非常骄傲，全不把一般负盛名的老剑师放在眼里。会剑术的人，素来是互相称许，互相标榜的。一般老剑师的名字，一到川崎口里，便说得一文不值了；倒是对于那些才上级，未曾进段的后学，奖饰得无所不至。初上级的人和他交手，他自出心裁的骗人手法并不施放出来。有时不留神，被初上级的打败了，他不但不隐瞒不说，且逢人便道，说后进的可怕，老辈中无一个有能为的，日本的剑术，将来全希望这些后进发挥光大。那些后进的人物，有川崎这们一奖饰，一个个都忘乎其所以然了；对着同道的老前辈，也都学着川崎的样，时常翻着一双白眼，大言不惭。日本剑术界的秩序，几乎被川崎一人弄糟了。因此剑术界中人，没有一个不把川崎看作眼中钉。不约而同的，替川崎取个绰号，叫做五月蝇。这五月蝇三个字，是一句极普通的日本话，就是讨厌的程度，和五月里的苍蝇一样的意思。

川崎既得了这个绰号，言谈举动，就更使同道的讨厌了。他在麴町办一个剑术馆，专教一般狂诞的少年的剑术，隐隐的在剑术界独树一帜。他自己也不稀罕升那没有价值的段，有学生问他的本领，可到几段。他说日本剑术界有八段，他便是九段；剑术界有九段，他便有十段。总之，他的本领在最高级的上一级。由得他一个人夸口，并不是真没有人能打得过他。八九段的人物，都是年老的，自己到了这般地位，只想持盈保泰，不肯轻易和这五月蝇较量。又见这五月蝇战无不胜，也不免有些胆寒。就和日本下围棋的野泽竹朝一样。论野泽下围棋的本领，除了九段的本因坊秀哉外，曾经和他对局的，没一人不曾被他杀败过。只因野泽的性情举动，竟和川崎一般无二，凡是负些时望的围棋名手，大半都曾被他用骗术杀败。在各新闻纸上登载出来的棋局，野泽竹朝十九是白子，并十九是中押胜，所谓中押胜，就是不待终局，对手方的棋势已败得不可收拾，知道没有转败为胜的希望了，自愿认输，免得终局数起子来，面子上更难为情。野泽得了终押胜，还要在批评上，把骗人被骗的地方，一着一着的宣布出来。也是弄得同道的人，都骂他是五月蝇，老不给他上段，年年在四段里面，也不知混了多少年。方圆社的社长中川龟三郎，是有名的老七段，就是一个最善于持盈保泰的。如论如何，也不肯和野泽对局。但是下棋的人越讨厌野泽，击剑的人越讨厌川崎，而社会的一般人，倒是越信仰二人，越是称道二人。从野泽学棋的，和从川崎学剑的，一般的意外踊跃。

马佐廷这时的年纪，虽只二十五岁，在甘肃回教徒中，算是一个最有知识、最有毅力的有望青年。专为研究剑术，才到日本来。他在国内的时候，各般武艺都曾略略的研究过，只苦不曾遇着善剑术的人。到处访求剑术家，见着了许多名剑师，便请那些名剑师使起剑来。马佐廷一看，原来使的剑法，都和使单刀的方法大同小异。马佐廷盘问了一会用法，也和单刀差不多，便相信中国的剑术也失了留传，于今一般武术家，所演的剑法，全是由单刀变化出来的，没有研究的价值。后来听人说，日本人很多研究此道的，在辽东和俄国人打仗的时候，最后五分钟的胜利全得力于剑术。遂决心到日本来，打算专研究剑术，旁的学术概不过问。来到东京一打听，知道川崎雄太郎是日本剑术界里独树一帜的人物，就到麴町剑术馆报了名，进馆学习。

鲁理成在大森体育学校的时候，每逢星期日到东京来，必到这剑术馆来击两小时的剑。搬来同乡会里住着之后，更不必星期，高兴就去。这馆里中国学生很少，这时就只有鲁、马两个，所以很是要好，彼此川常往来。马佐廷住在剑术馆旁边一个日本人家的贷间里面，房主人的儿子叫矶田荣次，和马佐廷同年，也是在剑术馆学剑的。

这几日，马佐廷不见鲁理成去他家玩耍，矶田荣次也想念鲁理成，所以一同到江西同乡会来。进门恰好见鲁理成和潘良仲在玄关里穿皮靴。马佐廷和矶田荣次都不认识潘良仲，以为是来看鲁理成的客，有事邀鲁理成一同出去，恐怕妨碍人家的正事，便打算不上楼。见鲁理成放了靴子不穿，抬头打招呼，就在玄关里说道："我二人是来闲坐的，鲁样有事，尽管同贵友去，我们明日再会罢。"鲁理成连忙笑道："没事，没事。我们也是去外面闲逛，请看我们不是都科着头吗？"一面说，一面仍将皮靴拾起，让马佐廷卸了长筒靴，矶田荣次也脱了草履，一同上楼。

潘良仲因二人都是不认识的，其中又有个日本人在内，就不愿意同上楼周旋，独自走出大门。在挂长谷川牌子的门口徘徊了一会，不见里面有甚么动静，随转到这房子的后门。见后门开着一条二三寸宽的缝，从门缝里传出放得自来水响的声音来，夹着又听得洗碗的声音。心里明知道就是那女子在厨房里洗碗。满心想挨近门缝去张望，只是有些害怕，立在离门缝丈来远的地方，探头探脑的向门缝里看。只隐隐约约看见一只瘦条条的脚，套着一只湖色绣花的拖鞋。暗想："不必见着她的身材容貌，只见了这只脚和这只拖鞋，就已足够销人的魂了。在日本的女人中，那里去找这们美的脚？就是中国女子，也要下江一带的，才有这们美。若是我江西，不是小的和拳头一样，就是大的和南竹笋一样；像这们苗条端正的，千百个女人中，也难见着一二个。我潘良仲没有这种福气消受这个女子，怎能够使她肯把这脚给我握一握，拿在手中端详端详，也是好的。"

潘良仲越看越爱，越爱越出神。真是从来色胆如天大，心里一迷糊，就也不觉得害怕了。蹑脚潜踪的，一步一步向那门缝跟前移近。挨近了门缝，便伸着脖子朝里望，在亮处立久了的眼睛，移着去看暗处，必然有好一会辨不出五色。潘良仲伸着脖子，朝门缝里一看，但觉得暗沉沉的，连那女子是立着的，还是蹲着的，都没有看出。正待仔细定睛，猛听得里面一声大吼，彷彿晴天放下一个霹雳，只把个潘良仲吓得跳起来。

不知发吼的是谁，潘良仲怎生对付，且俟下章再写。

第十三章

鲁理成赛马夺锦标
潘良仲传书逢鸟使

话说潘良仲正待仔细定睛的窥看，忽听得里面如雷的吼了一声。登时把潘良仲吓得后退了一步，手脚都软了，来不及转身要跑。

那厨房的后面已哑的一声开了，蓦地蹿出一个人来，放开破锣一般的喉咙，接二连三的喝问道："找谁呢？找谁呢？你是那里来的？"潘良仲到了这种时候，一张嘴全不似平日的能谈会说了。其实自己并没甚么破绽给人家拿住，尽可随意回答；又不是在深更半夜，青天白日的，难道还怕人能指奸为奸、指盗为盗吗？无如他在风月场中的资格并不甚老，自己一觉得心虚，口里本就有理也说不出。加以陡听了那声断喝，手慌脚乱之后，又被那接二连三的一问，俨然自己有甚么破绽给人家拿着了似的。脸上即时变了颜色，口里不知要怎生回答才好。光著一对眼睛看那人时，正是在同乡会楼上看见的那个拿锁锁门的汉子。此时横眉竖目，更觉得显出一种怕人的凶横样子。

潘良仲心里一害怕，不由得掉转身就跑。耳里听得那汉子在后面喊道："拿你到警察署去！"潘良仲听了这话，那敢停步回头呢？一口气跑出巷口，还彷佛听得后面追赶的脚声。潘良仲不敢向同乡会跑，恐怕那汉子追到同乡会，拖累了鲁理成。直跑到神保町电车道上，心里打算：那汉子如再追来，自己就飞身逃上过路的电车。

急急的回头一看，神田道上过往的人虽多，只是不见有那们凶横的汉子在内。连望几眼，没有，才把这颗心放下，立在街檐边定了定神。心里忽然明白起来，自己问着自己道："你犯了甚么罪恶，要惊慌到这一步，要是这们没命的逃跑？那汉子凭甚么把我拿到警察署去，岂不是个大笑话吗？我当时何妨推说，是找朋友找错了人家咧。我又不曾跑进他屋子里去，怕他做甚么？"潘良仲心里一明白了，便不住的唉声叹气，追悔他自己太不中用。在街檐下站立了一会，只得无精打采的，一步懒似一步，走回同乡会来。将要走近那悬挂长谷川牌子的门口，心里仍是禁止不住有些惊跳，就和胆怯的人不敢夜行一般。明知并没有可怕的鬼物，却只是不敢独自行走。潘良仲一面害怕，一面还是留神看那门上有没有牛尾锁。也不知那锁何时开了，自己又埋怨着自己道：刚才为甚么不留神看这门上的锁呢？若看了这门上没锁，知道那汉子回来了，怎么会毫无忌惮的伸着脖子朝他厨房里去望呢？一路埋怨着，进了同乡会的门。看玄关里面不见了刚才两人的长筒靴和木屐，料是已经走了。

上得楼来，只见鲁理成独自立在房里看书。潘良仲问道："客就去了么？"鲁理成点头道："他们是来约我明日去大久保跑马的，只略坐坐就走了。你去那里来呢？"潘良仲把脚一跺，叹了一口气道："我真是倒霉！偏遇着你有客来了，害得我一个人吃苦头。若有你同去，那个忘八蛋也不敢是那们欺负我了。"鲁理成怔了一怔问道："谁在那里欺负了你？"

潘良仲坐下来，将方才的情形述了一遍。鲁理成听了，也忿忿不平的说道："岂有此理！警察署不是他家的，能听凭他说把人拿去就把人拿去了吗？你又没做贼，没偷他家甚么东西，无缘无故跑些甚么？你这是自讨人欺负，你不做出那犯了事，怕他拿了去受罪的样子，他就敢拿出那般神气来对你吗？我本来是不愿意招惹女人寻烦恼的，那忘八蛋既有这们凶恶，我倒得想方法，使他受受恶气。并要查查他们的根底。我估量他们如果是正式夫妻，丈夫要出门，决不会将妻子锁在家里。"

鲁理成正说着，隐隐听得对门楼上有吵嘴的声音，还夹着有女子的哭声在内，鲁理成即指着潘良仲说道："你害了那女子了，必是那王八蛋见你虚心逃走，以为是那女子乘他不在家，特约你去相会的。有你这们一逃跑，可怜那女子便有一百张口，也分辩不清了。"潘良仲听了，心里很觉难过，连忙起身到窗户跟前，从窗缝里张望对面楼上。只见那窗门仍然关着，画眉笼仍悬在檐下，却已不听得有吵嘴的声息了。这日，潘良仲接连在窗缝里张望了无数次，总不见那女子开窗。

次日早起，鲁理成打算去大久保和马佐廷跑马。只因天光没亮，就下起倾盆大雨来，知道不能跑马，便在家中和潘良仲打主意，要使对过那汉子受受恶气。早点过后，即将前面的窗门打开，二人靠窗槛闲谈，不时向对面窗张望。忽听得下面门铃声，鲁理成连忙伸着脖子朝下望，只见一个身腰粗壮的汉子，披着一件雨衣，正从对过门里出来。果然拿着一把牛尾锁，把格门反锁了。潘良仲这时也看见了，向鲁理成努嘴，轻轻的说道："就是这个王八蛋可恶！可惜他那鬼脸被雨帽遮了，不能给你看清。"鲁理成看那汉子锁了门，还怕锁的不停当，抽出钥匙把锁摇了几摇，才大踏步冒雨走了。

鲁理成见已走得远了，故意高声咳嗽了一下，咳声才毕，即见对过的窗门开了，竟像是约了暗号的。那女子坐在窗跟前，右手拿着一本书，左手推着窗格门，顺过头对这边望着。因正在纷纷的下雨，被雨丝遮断了望眼，看不大分明，便紧蹙双眉，仔细定睛的看。潘、鲁二人看那女子的神气好像本坐在窗跟前看书，为听得咳嗽声，才推开窗门来看。鲁理成在潘良仲衣角上拉了一下道："你看还是个读过书的呢，怎的会被这们一个粗莽汉子禁锢起来咧？"潘良仲点了点头道："看了她这憔悴样子，可知她心中十分抑郁。等我写几句话，裹一枚铜元掼过那边去，看有甚么动静没有。"鲁理成笑道："你这人也是吃亏吃不怕的！也好，你写吧，我自有方法递过去。"潘良仲连"哦"了两声道："不错，我倒把你的绝技忘了，但是写几句甚么好呢？"鲁理成道："只能听便你写，我却不知道写甚么好。"潘良仲到自己坐位上，拿了一张很薄很小的洋纸，吮笔构思了一会，实在不好写几句甚。猛然间，想出两句《牡丹亭》上的话来，便落笔写道：无萤凿遍了邻家壁，甚东墙不许人窥。下款就套着《红楼梦》上宝玉写给妙玉的衔名，也写了"槛外人书"四个字。当下写好了，递给鲁理成看。鲁理成接在手中看了一看，笑嘻嘻的打开柜子，提出一个小小的线袋来，从袋里掏一粒小围棋子。把潘良仲写的字纸，将棋子包裹了，放在掌心里搓了几搓，走到窗跟前。看那女子还侧着身子，坐在那里看书，左手正待翻揭书页。鲁理成笑向潘良仲道："你看，我要正弹在她的左掌心里。"潘良仲道："不要弹痛了她，不要惊吓了她才好。"鲁理成笑着将棋子纳入口中。

这时的雨已下得小了许多，鲁理成对准那翻书的左掌心。"噗"的一口吐去，随即将身体往旁边一隐。潘良仲还不曾看见棋子出口，就见那女子露出惊讶的神色，看了看她自己的掌心，即顺过头来望这边。潘良仲怕她变脸，低了头看下面一会儿，再抬头看时，那窗门已关了。潘、鲁二人都大失所望，只得也把窗门关了。

午饭过后，天色已晴明了。鲁理成怕马佐廷怪他爽约，换了衣服，自往麴町区去了。潘良仲独自坐在房中，正在纳闷不过。忽听得甚么东西，扑得窗门纸喳喳的响。回头看时，只见一个黑影子在窗外扬来扬去，磨擦得窗喳喳的响。连忙起身，将窗门推开，猛可的一只鸟儿向潘良仲脸上一扑，只吓得潘良仲倒躲不迭。定神一看，原来是对门楼上的那只画眉鸟，用很长的丝线系了一只鸟爪，放风筝似的飞到这边来了。潘良仲看这一只鸟爪上系了一片纸条儿，纸上写有字迹。潘良仲慌忙用手挽住丝线，从鸟爪上解下纸条儿来。将手一松，画眉鸟向外飞去，那女子一连几把即将丝线收回去了。

潘良仲看对过的窗门，只开了三四寸宽，那女子隐身窗门里面，看不见全身；收进画眉鸟后，复把窗门关了。潘良仲这时手拈着纸条，如获奇珍异宝，慎重其事的打开来一看，笔画秀劲，极像是临摹《玉版十三行》的，上面整整的写着十个字道：深锁绣帏中，是怕人搬弄。潘良仲看了又看，喜得跌脚道："真回复得有些意思！我写去的是两句《牡丹亭》，她就回复两句《西厢记》。亏她一时就想得起这句恰切的西厢成语来，可见得她的灵心慧婉，真可称得才子佳人，合而为一了。但是这事也奇怪到了极处。她既有这般容貌，又有这般才学；看她的态度，又不像是小家子出身，如何会弄到这里，受这般监禁的罪呢？她用这画眉鸟传书，实在亏她怎么想得到！"接着长叹了一声道，"有这纸条儿一来，我的相思病只怕要害成功了。"一个人在房中踱来踱去，盘旋了好一会儿，打算再到那后门口去探望探望。一想起昨日的情形，仍觉得十分害怕，复从窗眼里窥看那大门上的牛尾铁锁，又已不知在何时开了。思量那汉子既经回来，去探望的念头就更不能不打消了。

挨一刻得似一夏的挨到黄昏时候，鲁理成喜气洋洋的回来了。进房便开口笑道："幸亏我今日没偷懒，去麴町走了一遭，马佐廷正和马术学校的几个学生在那里等我，我若不去，旁的没要紧，头等奖是没我中国人的分了。"潘良仲喜问道："你得了头等奖吗？"鲁理成伸出左膀，指点着脉腕上带的一个钢壳手表笑道："这东西就是我今日大出风头的纪念！"旋说旋解下来，递给潘良仲看。潘良仲看那表壳背面镌着"马术学校第四届会赛纪念"十一个芝麻小字。鲁理成道："据那校长和田刚太说：中国还不曾有人在日本得过赛马的奖咧。这种赛马虽不能算是正式的比赛，然在马术学校能得着一等奖，不问去甚么地方比赛也不至落后；并说我这回很替中国人争脸不少。普通一般日本人都说中国人不会骑马，从前中国派武员来日本参与阅兵式，有好几个武员从马背上掉下来，因此日本人都以为中国人是不会骑马的。这回被我这个无名的中国人得了一等奖，大是出乎一般日本人意料之外。有几个不服气的要求重赛，和田校长不肯，只索快快的回去了。其实就是重赛，也没要紧，这个一等奖也不愁被他们夺了去，不过累我多出一身臭汗、腰腿多肿胀一会儿。"潘良仲将表退还鲁理成道："你赛马得着了一等奖，自是快活非常；只苦了我，今日下午真是坐又不安，立又不稳，便是热锅上蚂蚁也没有我这般难过。时刻盼望你回来出个主意，替我治疗这相思病。"

鲁理成笑道："就是那个洛阳女儿么？对你又有了甚么表示吗？"潘良仲道："岂但是有表示，简直要我潘大少的命呢。"接着将画眉鸟传书来情形说了一遍，并拿出纸条给鲁理成看。鲁理成看了笑道："照这女子的情形举动看来，倒像是一个经验有素的会偷情女子。"潘良仲问道："何以见得呢？"鲁理成道："她一个女孩儿家，《西厢记》、《牡丹亭》这一类的书都读得这般烂熟，还怕不是个会偷情的吗？我看她那画眉鸟，都是特意喂养了，好替她传书的青鸟使。这事你要成功很容易，你今夜挖出心血，写成一封缠绵悱恻的情书，我明日瞧着有机会，就替你吐过去，我包管她实心实意的和你要好。"

潘良仲道："她就实心和我要好，不是白要好了吗？那汉子在家的时候，不待说是不中用；那汉子一出门就把大门锁了，并且昨今两日都是出门没一会儿便回来了。我就是个神仙，也没方法可和她生关系呢！若是寻常的女子，只要肯和我交谈，我就不愁她不肯和我同睡了。叵耐这忘八蛋偏防范得如此严密，教我有偷天换日的本领，也无处施展。"鲁理成摇头笑道："可见你的本领毕竟不高超。我是个遭蛇咬了的人，见了麻绳就害怕，纵有天仙化人的女子在这里，我也不敢再转这种念头了。你既是此心不死，她又回复了一个这们好的消息给你；你若再有一封动人的情书给她，你虽没有方法可和她生关系，难道她也想不出方法来，和你生关系吗？她既能想出这般巧妙的方法，和你通消息，必更有巧妙的方法和你生关系，你只耐心等着罢。"

潘良仲听了，心里很觉得鲁理成说话不错。这夜真个聚精会神的写了一封情书。书中的措词命意，无非是些仰慕颜色，钦佩才情，和见她被幽禁，替她不平的话。恭楷誊正了，足费了大半夜工夫。给鲁理成看过之后，自己睡在被里，还看了又看，自以为没有破绽了，才折叠起来放在枕头旁边，预备次日叫鲁理成吹弹过去。

只因这夜欠了眠睡，真睡到次日九点多钟，梦中听得窗外有多人说话的声音，二人才惊醒起来。潘良仲抬头看壁上的钟，已是九点四十五分了，听窗外有下等日本人说话的声息，听不出说的是甚么。鲁理成收卷铺盖，潘良仲就推开窗门朝下探看。这也是不看倒罢了，此时窗外的情形，一看在潘良仲眼里，就彷彿迎头一盆冷水浇将下来，直把潘良仲的五脏六腑都凉得冰透了。不知道潘良仲眼里看的是甚么情形，那女子毕竟是谁，留着到第二集再写。[1]

---

[1]《留东外史补》第一集，原刊载于上海大东书局1922年至1923年出版的《星期》周刊上，共13章，署名不肖生。该周刊于1923年初停刊后，未见其他刊物登载该书后续章节，亦未见到该书第二集有单行本问世。本次再版《留东外史补》第一集，系根据大东书局民国十五年三月出版的单行本进行录入、重排，并参照《星期》周刊连载文本校正。